王维诗集笺注

杨文生○编著

四川人民出版社

图书在版编目（CIP）数据

王维诗集笺注 /杨文生编. —3 版. —成都：四
川人民出版社，2022.3
ISBN 978－7－220－12664－2

Ⅰ.①王…　Ⅱ.①杨…　Ⅲ.①唐诗－注释
Ⅳ.①I222.742

中国版本图书馆 CIP 数据核字（2021）第 281534 号

WANG WEI SHIJI JIANZHU

王 维 诗 集 笺 注

杨文生　编著

出 版 人	黄立新
策划组稿	刘周远
责任编辑	韩　波
营销策划	张明辉
封面设计	象上设计
内文设计	戴雨虹
责任校对	王　璐
责任印制	许　茜
出版发行	四川人民出版社（成都市槐树街 2 号）
网　　址	http://www.scpph.com
E-mail	scrmcbs@sina.com
新浪微博	@四川人民出版社
微信公众号	四川人民出版社
发行部业务电话	（028）86259624　86259453
防盗版举报电话	（028）86259624
照　　排	四川胜翔数码印务设计有限公司
印　　刷	成都蜀通印务有限责任公司
成品尺寸	146mm×208mm
印　　张	29
字　　数	850 千
版　　次	2022 年 4 月第 3 版
印　　次	2022 年 4 月第 1 次印刷
书　　号	ISBN 978－7－220－12664－2
定　　价	119.00 元

编著说明

一、本书是一部带汇校、汇注、汇评性质的著作，资料丰富，可供各个方面的读者参阅。

二、本书参照北宋蜀刻《王摩诘文集》（简称"蜀刻本"，上海古籍出版社影印）的分类形式略作适当调整，将王维诗仍编为六卷，卷一歌行、应制，卷二寄赠、酬答，卷三山水、游览，卷四过访、行旅，卷五饯送、留别，卷六哀伤、杂题。由于未作大的变动，个别诗篇的分类或有不当。收录的诗歌，除删去蜀刻本第一卷的《白鹦鹉赋》《皇甫岳写真赞》《裴右丞写真赞》《宋进马哀词》和第四卷的《奉和圣制圣劄赐宰臣连珠词五首应制》五篇属于"文"的作品外，共存诗 368 首，连同收入外编的 7 首，总计 375 首。同时诗人唱和的 63 首，分别附载于本诗之后。

三、本书所载诗歌的文字，以赵殿成《王右丞集笺注》（简称"赵本"，中华书局校点排印）为底本，用北宋蜀刻《王摩诘文集》、清钱曾述古堂影抄宋本《王右丞文集》（简称"述古堂本"，北京图书馆藏书）、元刊《须溪（刘辰翁）先生校本唐王右丞集》（简称"元刊本"，商务印书馆影印）、明铜活字本《王摩诘集》（简称"活字本"，载上海古籍出版社影印《唐五十家诗集》中）、《全唐诗》（上海古籍出版社据扬州诗局本影印）、郑振铎校《王右丞诗集》（系以元刊本为底本，校以明顾可久《唐王右丞诗集注说》、明顾元纬《类笺唐王右丞集》、明凌濛初《王摩诘诗集》及赵殿成本，载《世界文库》中）为主要校本，并以赵殿成校勘时引用过的各种本子和某些宋人诗话进行参校。校记写在有关诗句的注解之前，以"〇"

号隔开。凡改动底本文字，均作说明。

　　四、本书的注释，以赵殿成注为基础（标明〔赵注〕），转录时，对原注引书未注篇名的，一般已予补上；少数引文过繁的，作了适当删削；个别注解不当的，作了相应修改。赵本无注和需要补注的地方，我新写了一部分注文（接在〔赵注〕之后的标明"生按"），并选用了三十五位古今学者的一些有特色的注文（例如王尧衢《古唐诗合解》标明〔王解〕，陈贻焮《王维诗选》标明〔陈注〕）。注释力求详明达意，对可备一说的观点酌量收入存参，以供读者探讨。注中引用古籍，重在切合诗意，文句亦有节略。诗题之下间有原注，如"时年十九"、"时为节度判官在凉州作"、"杂言走笔"之类，或本王维自注，或是王缙附书，或系须溪所加，都一律保留。

　　同时唱和的及诗中提到的诗人，他们的小传是根据《全唐诗》《唐才子传校笺》和一些新资料改写而成的。

　　五、本书的评笺，有历代各家诗话，有现代学者评语。后者是从各种文学史、专著、诗选和有关论文结集中摘录的，如有失当之处，请原著诸位先生原谅！

　　六、附录五种，颇有参考价值。其中"现代诗评"，反映了现代王维研究的一部分重要观点。"王维年谱"是由多种年谱资料改编的，所作某些推论，期望得到学者的订正。

　　七、本书初稿写成于 1992 年，经过四次修改补充，至 2000 年定稿。由于自己的诗文修养不深，记问之学有限，书中的疏陋错误在所难免，敬请读者批评指正！

杨文生

目 录

卷一 歌行 应制

卷二　寄赠　酬答

卷三　山水　游览

卷四　过访　行旅

卷五　饯送　留别

卷六　哀伤　杂题

外　编

附　录

歌行　应制

鱼山神女祠歌二首①

迎 神 曲②

坎坎击鼓③，鱼山之下④。吹洞箫⑤，望极浦⑥。女巫进⑦，纷屡舞⑧。陈瑶席⑨，湛清酤⑩。风凄凄兮夜雨⑪，神之来兮不来？使我心兮苦复苦⑫！

此诗作于开元十一年至十三年任济州司仓参军期间。

①诗题，英灵集作《渔山神女智琼祠歌》，《楚辞后语》作《鱼山迎送神曲》，乐府作《祠渔山神女歌》。○〔赵注〕《太平寰宇记》："郓州东阿县（今属山东）有鱼山，一名吾山。"《汉书·沟洫志》："武帝临决河，作《瓠子歌》曰：吾山平兮钜野溢，鱼沸郁兮迫冬日。"郭缘生《述征记》："济北郡史弦超，魏嘉平中有神女成公智琼降之。超同室疑其有奸，以告。监国诘问，超具言之。智琼乃绝。后五年，超使将之洛西，至济北鱼山下，陌上遥望曲道头有车马，似智琼，前到果是，同乘至洛，克复旧好。太康中仍在。"生按：祠，祭祀。歌，古诗的一种体裁，唐代以前一般是可以歌唱的诗。《诗·魏风·园有桃》毛苌传："曲和乐曰歌"。唐诗题目为"歌"的诗，多用七言，也有五言、杂言、骚体，句式较为自由，音节富于变化，但大都不入乐歌唱。王维这两首骚体的歌，应当是可以歌唱的祭祀歌词。

②英灵集、全唐诗"迎神"、"送神"皆无"曲"字。

③坎：读孔音。〔赵注〕《诗·陈风·宛丘》："坎其击鼓"。毛苌传："坎坎，击鼓声。"

④《诗·召南·采蘋》："于以奠之，宗室牖下。"陆德明音义："下，协韵则音户。"

⑤〔赵注〕《汉书·元帝纪》："鼓琴瑟，吹洞箫"。颜师古注："如淳云：箫之无底者。"蔡邕《独断》："箫，编竹有底。"《宋书·乐志》："前世有洞箫，其器今亡。"生按：古代的箫，用竹管编排而成，以蜡封底，又

称排箫，大的二十三管，小的十六管；不封底的，称为洞箫。屈原《九歌·湘君》："望夫君兮未来，吹参差兮谁思"王逸注："参差，洞箫也"

⑥极浦：遥远的水滨。屈原《九歌·湘君》："望涔阳兮极浦，横大江兮扬灵。"王逸注："极，远也；浦，水涯也。"

⑦〔赵注〕《国语·楚语》："在男曰觋（音昔），在女曰巫。"《说文》："巫，祝也。女能事无形，以舞降神者也。"生按：古人认为，巫能通神，是人神之间的媒介。巫必善舞。祭祀活动中，带有神秘色彩的巫舞，是降神、娱神的重要形式。进，谓进至堂前降神。

⑧左思《蜀都赋》："纤长袖而屡舞。"〔陈注〕纷：众多貌，形容舞蹈人数之多。屡：屡次，形容舞蹈次数之多。

⑨陈：铺设。屈原《九歌·东皇太一》："瑶席兮玉瑱"。王夫之释："席华美如瑶也。"生按：瑶，通蒵。蒵草即蒲叶，可织席，以其光洁清凉如玉，故称瑶席。

⑩"酤"，元刊本、久本、活字本作"醑"○〔赵注〕《诗·商颂·烈祖》："既载清酤"。毛苌传："酤，酒也。"生按：酤音户。湛音占。司马相如《封禅文》："湛恩庬鸿。"李善注："湛，深也。"此谓深注、满斟清酒。《诗叫·雅·信南山》："祭以清酒。"古代用蒸熟谷物拌和酒曲酿成的酒，色黄有糟滓，过滤去滓后澄清的美酒称为清酒、清酤。

⑪"兮"，英灵集作"而"，乐府作"又"。○兮：孔广森《诗声类》："《秦誓》'断断猗'，《大学》引作'断断兮'，似兮、猗音义相同。猗古读阿，则兮字亦当读阿。"生按：马王堆汉墓帛书《老子》甲、乙本"兮"皆作"猗"，张松如径写为"呵"。

⑫上句，英灵集作"不知神之来不来"，乐府、全唐诗作"不知神之来兮不来"。下句，英灵集作"使我心苦"。○《广释词》："复犹啊，语助无义。"

评 笺

唐汝询《唐诗解》："此冀神来降之辞。言既击鼓鱼山之下，又吹洞箫以望极浦，迎神之声乐盛矣。又使女巫进舞，列席陈觞，时风雨凄其，神之来否尚未可必也，徒使我心展转忧劳耳。盖极言求神之切，深冀其来格也。"

送 神 曲

纷进拜兮堂前①，目眷眷兮琼筵②。来不语兮意不传③，作暮雨兮愁空山④。悲急管，思繁弦⑤，灵之驾兮俨欲旋⑥。倏云收兮雨歇⑦，山青青兮水潺湲⑧。

①"拜"，乐府、全唐诗作"舞"。〇拜：一种古礼。行礼时下跪，两手至地，俯首与腰平。

②〔赵注〕《诗·小雅·小明》："眷眷怀顾。"谢朓《奉和随王殿下十六首》之六："端仪穆金殿，敷教藻琼筵。"〔陈注〕眷眷，顾盼貌。琼筵，极言筵席的珍贵。琼：美玉。

③"语"，乐府、全唐诗作"言"。

④〔陈注〕用巫山神女事来比拟鱼山神女。传说楚怀王游高唐时，梦见一妇人，说是巫山之女，愿来和他做伴。临去时，妇人辞别怀王说："妾在巫山之阳（山南为阳），高丘之阻（险峻之处叫阻），旦为朝云，暮为行雨。"（见宋玉《高唐赋》序）作暮雨，就是"暮为行雨"的意思。生按：空山，幽深少人的山。

⑤"管"字下，乐府、全唐诗多一"兮"字。品汇作"悲急管兮繁弦"。〇〔赵注〕鲍照《代白纻曲二首》之一："催弦急管为君舞。"蔡邕《琴赋》："曲引兴兮繁弦抚。"生按：张华《励志诗》："吉士思秋。"李善注："思，悲也。"谓管乐声节奏急促，弦乐旋律繁密，音调皆带悲意。

⑥"灵"，英灵集、乐府、全唐诗作"神"。〇《尸子》："天神曰灵。"〔赵注〕谢惠连《七月七日夜咏牛女》："沃若灵驾旋，寂寥云幄空。"〔陈注〕驾，车乘的总称。俨，俨然，好像。旋，回去。

⑦"收"，英灵集作"消"。〇〔陈注〕：倏，音柬，一忽儿。《高唐赋》将云雨比拟神女，因此云收雨歇是说神女已去。

⑧"潺湲"，唐文粹作"潺潺"，乐府无"水"字。〇潺湲：音缠元，水流轻缓貌。〔赵注〕《九歌·湘夫人》："观流水兮潺湲。"

评　笺

唐汝询《唐诗解》："此神既降而送之也。言主祭者纷然进拜，若见神之顾我祭矣。虽无音声意象之可传，惟觉空山夜雨之有验。时管弦之声益哀，而知灵驾将归也。于是云收雨歇，山水依然，非神之已去乎？"

朱熹《楚辞后语》："（王）维以诗名开元间，遭禄山乱，陷贼中不能死，事平复幸不诛。其人既不足言，词虽清雅，亦萎弱少气骨，独'山中人'与'望终南'、'迎送神'为胜。"生按：傅璇琮说："在中国历史上，对知识分子，对文人，总是有一种苛刻的不公正的评价，这是片面的，应当从文化角度对文人进行评价。"我赞同这种观点。

许学夷《诗源辩体》："摩诘楚辞，深得《九歌》之趣，唐人所难。"

张谦宜《𬘭斋诗谈》："《鱼山神女祠歌》，妙在恍惚，所以为神。"

周珽《唐诗选脉会通评林》："杨慎曰：语从楚辞出，亦自难。"

桂天祥《批点唐诗正声》："二曲俱由楚辞变化，而《送神》尤精致。"

翁方纲《石州诗话》："唐诗似骚者，王右丞'送迎神曲'诸歌，骚之匹也。"

吴昌祺《删订唐诗解》："右丞虽不登峰造极，而各体俱佳。因属天资，亦由闲暇。子美曰：'文章憎命达'，吾欲以此说解之。"

吴曾祺《诵骚》："自屈平始作《离骚》，其徒宋玉、景差之属，相率为之。后则贾谊、东方朔、严忌、王褒诸子，皆衍其旨趣，递有述作。大抵皆文人学士蹉跎不遇，以写其抑郁无聊之思，而卒归于忠爱之旨。自后代赋家间用是体，推而广之，如哀死之文，礼神之作，莫不以此为大宗。"

林庚说："这可以说是《九歌》之后久成绝响的佳作。"（《唐代四大诗人》）

陈贻焮说："王维不仅采用了《楚辞》的形式，发展了它的意境，创作了《登楼歌》《送友人归山歌》《鱼山神女祠歌》等许多骚体诗，境界精美，且一往情深，颇有哀怨之思，所受《楚辞》（尤其是《九歌》）的影响，也莫不隐约可辨。"（《论王维的诗》）

邓安生说："诗中描写了当地民间祭神的场面，深受《楚辞·九歌》的影响，其中原始神秘的祭神场景的描写与缠绵悱恻的情调相融合，表现了一种凄艳哀婉的风格，与《湘君》《湘夫人》等篇尤为相近。《送神曲》写神女似语不语、将去未去的情景，颇有《洛神赋》的情韵；结句境界幽美，余味不尽，与'曲终人不见，江七数峰青'（钱起《湘灵鼓瑟》），同一意趣。"

生按：王维精于书画音乐，其诗歌涵泳于全面艺术修养之中，故诸体皆善。骚体诗亦有深厚造诣，格调情韵都从《楚辞》中来，平易晓畅，音节谐婉，且篇幅大都短小，在唐诗中独具面目，并不多见。

登 楼 歌①

聊上君兮高楼②，飞甍鳞次兮在下③。俯十二兮通衢④，绿槐参差兮车马⑤。却瞻兮龙首⑥，前眺兮宜春⑦。王畿郁兮千里⑧，山河壮兮咸秦⑨。舍人下兮青宫⑩，据胡床兮书空⑪。执戟疲于下位⑫，老夫好隐兮墙东⑬。亦幸有张伯英草圣兮⑭，龙腾虬跃、摆长云兮捩回风⑮。琥珀酒兮雕胡饭⑯，君不御兮日将晚⑰。秋风兮吹衣，夕鸟兮争返。孤砧发兮东城⑱，林薄暮兮蝉声远⑲。时不可兮再得⑳，君何为兮偃蹇㉑！

此诗疑作于乾元元年任太子中舍人时。

①王粲《登楼赋》："登兹楼以四望兮，聊暇日以消忧。览斯宇之所处兮，实显敞而寡仇。"维歌与王赋，有脉络可按。

②《广雅·释诂》："聊，且也。"

③甍音蒙。〔赵注〕鲍照《咏史》："京城十二衢，飞甍各鳞次。"李周翰注："甍，屋檐也，若鱼鳞之相次。"生按：飞，高。《释名·释宫室》："屋脊曰甍。甍，蒙也，在上覆蒙屋也。"本指屋顶之脊，引申为屋盖。又《释船》："其上重屋曰飞庐，在上故曰飞也。"谓眼底幢幢高楼，屋瓦排列如鳞。

④汉长安城内有通往十二门的十二条大街。唐长安城也有十二条大街，

东西五条，南北七条。〔陈注〕：通衢，四通八达的道路。

⑤参：音辞恩切，差音雌。〔陈注〕参差：不齐貌。

⑥〔陈注〕却瞻，回头望。〔赵注〕《水经注·渭水》："龙首山长六十余里，头枕于渭，尾达樊川，头高二十丈，尾渐下，高五六丈，土色赤而坚。"《元和郡县志》："龙首山，在京兆府长安县北十里。"

⑦〔赵注〕《雍录》："宜春苑，地属下杜。宜春宫，即下杜苑中宫。《东方朔传》曰：'武帝东游宜春。'师古曰：'宜春宫也，在长安城东南。'《上林赋》曰：'息宜春'。师古曰：'宫名，在杜县东，即唐曲江也。'其苑若宫皆秦创，而汉唐因之也。"生按：宜春苑，隋代改名芙蓉苑，唐因之。宜春宫，本在苑之西部。

⑧王畿：京都周围千里之内直属于天子的地区。《周礼·夏官·职方氏》："乃辨九服之邦国，方千里曰王畿。"木玄虚《海赋》："郁淼渌而隆颓。"李善注："郁，盛貌。"

⑨咸秦：秦都咸阳，在今陕西咸阳市东二十里渭城故城。这里借指长安。

⑩《旧唐书·职官志》："太子右春坊：中舍人二人，正五品上。舍人掌行令书令旨及表启之事。"〔赵注〕《神异经》："东海外有东明山，有宫焉，左右有阙而立，其高百尺，建以五色，青石为墙，面一门，门有银榜，亦青石碧镂，题曰'天地长男之宫'。"后人称太子宫曰青宫，本此。生按：《新唐书·王维传》："下迁太子中允，久之，迁中庶子。"唐无中庶子，杨军推测："太子中庶子或是太子中舍人之误。"唐制，太子右春坊拟中书省，太子中舍人拟中书舍人。此年春末维已改官太子中舍人。

⑪胡床：一种简便坐具，即折叠椅，类似马扎子。相传始于汉灵帝时，唐代始装有弧形栲栳圈和靠背，又称交椅。《释名·释床帐》："人所坐卧曰床。"程大昌《演繁露》："今之交床，制本自虏来，始名胡床。隋高祖意在忌胡，乃改交床。（因椅足互相交叉）唐穆宗时，又名绳床。（因椅面用绳绷成）"〔赵注〕《晋书·殷浩传》："浩为中军将军北征许洛，以（姚）襄为前驱。次山桑，而襄反。浩惧，弃辎重，士卒多亡叛。坐废为庶人。浩虽被黜放，口无怨言，夷神委命，谈咏不辍，虽家人不见其有流放之感。但终日书空，作'咄咄怪事'四字而已。"生按：安禄山反，玄宗仓皇奔蜀，维迫授伪署，亦"咄咄怪事"也。

⑫〔赵注〕曹植《与杨德祖书》："昔杨子云，先朝执戟之臣耳。"潘岳《夏侯常侍诔》："执戟疲杨，长沙投贾。"生按：《汉书·扬雄传》："岁余，奏《羽猎赋》，除为郎，给事黄门，与王莽，刘歆并。"杨雄所任郎官，乃少府所属给事黄门侍郎，掌侍从皇帝，传达诏命，并非光禄勋所属郎官，掌更值执戟宿卫诸殿门。但汉代黄门侍郎和唐代太子中舍人都要轮流值宿宫内，此系活用典故，喻官闲职微。

⑬〔赵注〕《后汉书·逸民列传》："王君公遭（王莽）乱，独不去，侩牛（当牛市经纪人）自隐。时人为之论曰：'避世墙东王君公'。"李贤注：嵇康《高士传》曰："君公明《易》，为郎。数言事不用，乃自污与官婢通，免归。诈狂侩牛，口无二价也。"

⑭亦：还。幸有：幸亏有。草圣：对草书有卓越成就者的尊称。《后汉书·张奂传》："长子芝，字伯英，最知名。芝及弟昶，并善草书。"李贤注："王愔《文志》曰：芝少持高操。太尉辟，公车有道征，皆不至。尤好草书，学崔（瑗、实）杜（度）之法。家之衣帛，必书而后练。临池学书，水为之黑。下笔则为楷则，号'忽忽不暇草书'。为世所宝，寸纸不见遗，韦仲将（诞）谓之'草圣'也。"按：张芝变"章草"（保留着隶书笔画形迹的早期草书）为"今草"。王维亦工草、隶。

⑮〔赵注〕鲍照《芜城赋》："蠢似长云。"屈原《九章·悲回风》："悲回风之摇蕙兮。"生按：虬，音求。屈原《天问》："焉有虬龙。"王逸注："有角曰龙，无角曰虬。"捩，音列，扭转。回风，旋风。二句谓草书笔势精妙，如龙蛇飞舞，摆动长云，扭转旋风。

⑯琥珀：矿物名，远古松柏树脂的化石，产凡层中，色黄褐或红褐。唐代的酒，用煮熟的谷物拌和酒曲酿成，与流传至今的绍酒同类，色黄如琥珀，故称。〔赵注〕《西京杂记》："菰之有米者，长安人谓为雕胡。"郑樵《通志略》："雕蓬者，米芰也，其米谓之雕胡，可做饭。"宋玉《讽赋》："为臣炊雕胡之饭。"生按：菰生浅水中，叶如蒲苇，春长新茎如笋，名茭白，俗称高笋，秋结实，名菰米、雕胡。

⑰〔赵注〕班婕妤《自伤赋》："君不御兮谁为荣！"蔡邕《独断》："御者，进也。凡衣服加于身，饭食入于口，妃妾接于寝，皆曰御。"

⑱〔赵注〕《韵会》："碪，知林切，音与斟同，捣缯石。或作砧。"生

按：古人将漂煮过的丝、麻或帛、布置于砧上，两人抱杆相对舂捣，使之脱胶、除去杂质、变软变白，以备纺织或裁缝，称为捣练或捣衣，非谓捶洗脏衣。砧发，指杆砧撞击发出声音。

⑲〔赵注〕屈原《九章·涉江》："露申辛夷，死林薄兮。"王逸注："丛木曰林，草木交错曰薄。"张衡《西京赋》："荡川渎，籓林薄。"薛综注："林薄，草木丛生也。"

⑳〔赵注〕屈原《九歌·湘君》："时不可兮再得，聊逍遥兮容与。"

㉑偃蹇：音奄简。《汉书·司马相如传》："揵鳍桥以偃蹇兮"。颜师古注："偃蹇，委曲貌。"此谓为何在朝廷中委曲周旋，不去隐居。

评　笺

《王摩诘诗评》："顾磷云：入骚。"

张谦宜《絸斋诗谈》："比骚差多，为其明白光滑也。"

陈贻焮说："这是一首招人归隐的诗。先描写登楼所见长安的盛况和山川的壮丽；接着用隐者的洒脱生活作对比，以反衬仕途变化莫测的可畏，和低级官职的不足留恋；最后正面点出招人隐居的主旨。""（'舍人'以下六句）写登楼眺望时想象京城中从仕和退隐的两类人物的不同情况：做官的可能有人正获罪下朝，像殷浩一样暗中抱屈；也可能有人像杨雄一样有才能而不被重用；而那些退隐的人们却没有这些苦闷，他们或如王君公隐于市井，或如张伯英以艺术自娱，都过得很安适。"生按：这六句诗是王维自道其生活境况。查类书所引太子中舍人或太子舍人史传，尚未见有遭遇如维可"书空"的。

双黄鹄歌送别　时为节度判官，在凉府作①

天路来兮双黄鹄②，云上飞兮水上宿③，抚翼和鸣整羽族④。不得已，忽分飞，家在玉京朝紫微⑤。主人临水送将归⑥，悲笳嚼喋垂舞衣⑦，宾欲散兮复相依。几往返兮极浦，尚徘徊兮落晖⑧。岸上火兮相迎⑨，将夜入兮边城。鞍马归兮佳人散⑩，怅离忧兮独含情⑪。

此诗作于开元二十六年春。

①活字本无题下十字注语。"凉府"，全唐诗、赵本作"凉州"。○黄鹄：鹄音胡：天鹅。〔赵注〕谢维新《合璧事类》："鹄，禽之大者，色白，又有黄者，善高翔，湖海江汉间有之。"生按：《古诗》："愿为双黄鹄，高飞还故乡。"《乐府诗集·黄鹄曲》："黄鹄参天飞，半道还哀鸣。三年失群侣，生离伤人情。"诗题取义于此。《旧唐收·职官志》："（开元十一年前）缘边御戎之地，置八节度使（平卢、范阳、朔方、河东、河西、陇右、安西、剑南）。受命之日，赐之旌节，得以专制军事。"《通典》：节度使僚属中有"判官二人，分判仓、兵、骑、胄四曹事。"又《地理志》："河西节度使治，在凉州（今甘肃武威）。"

②〔赵注〕张衡《西京赋》："要美门乎天路。"

③〔赵注〕左思《蜀都赋》："云飞水宿，哢吭清渠。"

④〔赵注〕傅玄《钓竿篇》："庆天安所至，抚翼翔太清。"生按：抚同拊，拍。族与簇通。整羽族，整理羽毛。《唐诗评选》谓"族字未稳"，其说可商。

⑤〔赵注〕葛洪《枕中书》："元始天王在天中心之上，名曰玉京山。"生按：此处借指京都长安。紫微，帝宫。《晋书·天文志》："紫微，大帝之座也，天子之常居也。"此处借指唐玄宗。

⑥〔赵注〕宋玉《九辩》："登山临水兮送将归。"

⑦〔赵注〕曹丕《与吴植书》："清风夜起，悲笳微吟。"张铣注："笳，笛类。"《韵会》："笳，胡人卷芦叶吹之。《乐书》云：'胡笳似觱篥而无孔，后世卤簿用之'。"生按：笳，军乐，入卤簿（仪仗队）。传说胡笳由汉张骞从西域传入。今传蒙古胡笳可能是遗留的形制。《清会典·乐器》："蒙古乐器四：一曰胡笳，以木为管，饰以桦皮，长二尺三寸九分六厘，内径五分七厘，为三孔，两端加角，末翘而上，口哆（音侈，大），加角哨吹之。"嘹唳：响亮而凄清的声音。谢朓《从戎曲》："嘹唳清笳转，萧条边马烦。"

⑧极浦：遥远的水滨。见《鱼山神女祠歌·迎神曲》注⑥。落晖：落日的余光。陆机《拟古诗》："三间结飞鸾，大壑嗟落晖。"

⑨"岸",全唐诗一作"塞"。

⑩佳人:此指送行的歌舞女伎。《淮南子·说林》:"佳人不同体,美人不同面。"

⑪〔赵注〕《九歌·山鬼》:"思公子兮徒离忧。"刘良注:"离,雁也。"生按:"此谓离别的忧思。"

评　笺

顾可久按:"畅洽老劲。"(《唐王右丞诗集注说》)

倪木兴说:"此诗运用比兴手法,描摹黄鹄的神情,把水边送友的情景溶化于其中,构思新颖,别开生面。"(《王维诗选》)

赠徐中书望终南山歌①

晚下兮紫微②,怅尘事兮多违③。驻马兮双树④,望青山兮不归!

此诗作于乾元元年秋初迁中书舍人时。

①诗题,《楚辞后语》作《望终南》,品汇作《望终南赠徐中书》。○陶敏《全唐诗人名考证》:"徐中书,徐浩。《旧唐书》本传:'徐浩,越州人。安禄山反,出为襄阳太守。肃宗即位,召拜中书舍人。时天下事殷,诏令多出于浩。'"生按:中书舍人可省称"中书",参见《年谱》。《新唐书·百官志》:"中书舍人六人,正五品上。掌侍奉进奏,参议表章。凡诏旨制敕,玺书册命,皆起草进画;既下则署行。制敕既行,有误则奏改之。"〔赵注〕《初学记》:"《五经要义》云:终南山,长安南山也,一名太乙。潘岳《关中记》云:其山一名中南。言在天之中,居都之南。《福地记》云:其山东接骊山、太华;西连太白,至于陇山;北去长安城八十里;南入楚塞。连属东西诸山,周回数百里,名曰福地。"生按:终南山是秦岭

的总名，但通常用为其主峰的专名，在今长安县南五十里。

②〔赵注〕《旧唐书·职官志》："中书省，开元元年，改为紫微省。五年，复旧。"

③〔赵注〕陶潜《辛丑岁七月赴假还江陵夜行途中一首》："闲居三十载，遂与尘事冥。"李善注："尘事，尘俗之事也。"生按：怅，因失望而感慨。多违，大都违背自己意愿。

④"驻马"，《楚辞后语》作"驻驷马"。○双树：即娑罗双树，在印度北方拘施那城阿利罗跋提河边，其处四方各有二株双生娑罗树，为释迦牟尼涅槃处。此处借指佛寺。

评 笺

王尧衢《古唐诗合解》："楚辞继三百篇之后，开西京建安之先。用笔古峭，含情深长。其体不拘长短，此其短章也。"

送友人归山歌二首①

山寂寂兮无人，又苍苍兮多木。群龙兮满朝②，君何为兮空谷③？文寡和兮思深，道难知兮行独④。悦石上兮流泉，与松间兮草屋⑤。入云中兮养鸡⑥，上山头兮抱犊⑦。神与枣兮如瓜⑧，虎卖杏兮收谷⑨。愧不才兮妨贤⑩，嫌既老兮贪禄⑪。誓解印兮相从⑫，何詹尹兮可卜⑬！

此诗约作于天宝五六载间。

①《楚辞后语》题作《山中人》。

②〔赵注〕《后汉书·郎𫖮传》："唐尧在上，群龙为用。"李贤注："群龙喻贤臣也。"鲍照《蜀四贤咏》："皇汉方盛明，群龙满阶阁。"

③空谷：幽深少人的山谷。《诗·小雅·白驹》："皎皎白驹，在彼空

谷。"借指归隐之地。

④行独：犹独行，谓不随俗浮沉。《礼记·儒行》："其特立独行有如此者。"〔王解〕文寡和今二句，是友人归山之由。调高而和寡，是知音者稀也。至道非庸众所知，而行成于独，又何心于世。

⑤与通誉。《字汇》："誉与豫同，乐也。"

⑥〔赵注〕刘向《列仙传》："祝鸡翁者，洛人也。居尸乡（今河南偃师县西）北山下，养鸡百余年。鸡有千余头，皆立名字。暮栖树上，昼放散之。欲引呼名，即应呼而至。"

⑦〔赵注〕《元和郡县志》："抱犊山在沂州承县北六十里，壁立千仞，顶宽而有水。此山去海三百余里，天气澄明，宛然在目。昔有遁隐者，抱一犊于其上垦种，故以为名。"生按：山在今山东峄县北，又名君山。

⑧〔赵注〕《史记·封禅书》："李少君言上曰：臣游海上，见安期生。安期生食臣枣，大如瓜。安期生仙者，通蓬莱中，合则见人，不合则隐。"

⑨〔赵注〕葛洪《神仙传》："董奉居庐山，不种田，日为人治病。重病愈者，使栽杏五株，轻者一株，数年计得十万余株，郁然成林。后杏子大熟，于林中作一草仓，示时人曰：'欲买杏者，不须报奉，但将谷一器置仓中，即自往取一器杏去'常有人置谷来少而取杏去多者，林中群虎出吼逐之，大怖，急挈杏走，路旁倾覆，至家量杏，一如谷多少。奉一日竦身入云中，妻与女犹守其宅，卖杏取给，有欺之者，虎还逐之。"

⑩〔赵注〕《汉书·王尊传》："趣自避退，毋久妨贤。"

⑪贪禄：贪恋禄位。《周礼·天官·太宰》："以八则治都鄙。四曰禄位，以驭其士。"郑玄注："禄，若今月俸也；位，爵次也。"

⑫解印：古代，朝廷给部分官员颁发印章，佩带身旁，作为官阶与权力的象征，解印，此谓辞去官职。按：隋文帝命采梁及北齐仪注，以为五礼（吉、嘉、宾、军、凶）。唐太宗始命修改旧仪于贞观七年颁行《贞观礼》，唐玄宗又于开元二十年颁行《大唐开元礼》，但均无关于百官印章的规定，当系仍沿袭有明确规定的北齐礼。《通典·沿革·嘉礼》："北齐制：二品以上，并金章紫绶；三品银章青绶（三品以上，凡是五省官，皆为印，不为章）；四品得印者，银印青绶；五品、六品得印者，铜印墨绶；七品、八品、九品得印者，铜印黄绶。六品以下，九品以上，惟当曹为官长者给

印。"隋、唐官印存于官府，身不自佩。

⑬"可"，诸本皆作"何"，从赵本。何通可。○〔赵注〕屈原《卜居》："屈原既放，三年不得复见。竭智尽忠，而蔽障于谗。心烦虑乱，不知所从。乃往见太卜郑詹尹曰：'余有所疑，愿因先生决之'。"生按：商、周人主要用龟腹甲和牛肩胛骨占卜，先在甲骨上凿钻槽、孔，然后火灼甲骨，根据裂纹来预测吉凶，决断疑难，叫卜。《说文》："卜，灼剥龟也，象灸龟之形。一曰：象龟兆之纵横也。"春秋以来主要用蓍草据《周易》进行筮卜。

　　山中人兮欲归①，云冥冥兮雨霏霏②。水惊波兮翠菅靡③，白鹭忽兮翻飞④，君不可兮褰衣⑤！山万重兮一云⑥，混天地兮不分。树晻暖兮氛氲⑦，猿不见兮空闻。忽山西兮夕阳，见东皋兮远村⑧。平芜绿兮千里⑨，眇惆怅兮思君⑩。

　　①〔赵注〕屈原《九歌·山鬼》："山中人兮芳杜若，饮石泉兮荫松柏。"生按：此指隐居山中的友人。

　　②《诗·小雅·无将大车》："维尘冥冥"。朱熹传："冥冥，昏暗也。"〔赵注〕刘向《九叹·怨思》："云冥冥而暗前山。"〔陈注〕霏霏：雨纷乱貌。〔赵注〕何逊《赠族人秫陵兄弟》："霏霏入窗雨。"

　　③翠菅：菅音肩。〔赵注〕《说文》云："菅，茅也。"翠菅即是青茅。翠菅靡与水惊波对列，皆承上雨霏霏而言，非谓翠菅因惊波而靡也。生按：靡，披靡，草木随风雨倒伏。

　　④忽：快速。《广雅·释诂》："忽，疾也。"

　　⑤褰衣：褰音牵，用手提起。《诗·郑风·褰裳》："褰裳涉溱。"此谓提起衣裳冒雨归去。

　　⑥〔张注〕一云：一片阴云。

　　⑦晻暖：音暗爱。《玉篇》："晻暖，暗貌。"氛氲：雾气朦胧貌。氲，音愚恩切。鲍照《冬日》："烟霏有氛氲。"

　　⑧"东"，全唐诗一作"桔"，误。○皋音高。〔赵注〕阮籍《奏记诣蒋公》："方将耕于东皋之阳。"张铣注："泽畔曰皋。"潘岳《秋兴赋》："耕东皋之沃壤兮。"李善注："水田曰皋。东者，取其春意。"生按：东皋泛指田野。

⑨平芜：杂草繁茂的原野。〔赵注〕江淹《四时赋》："平芜际海，千里飞鸟。"

⑩《广雅·释言》："渺，漠也。"疏证："言远视渺漠不知边际也。"屈原《九章·哀郢》："渺不知其所蹠。"王逸注："远视渺然，足不知当所践蹠也。"谓远望友人迷茫不见。惆怅：失意伤感貌。《后汉书·冯衍传》："情惆怅而增伤。"

评　笺

《王摩诘诗评》："（'云冥冥兮'以下三句）刘辰翁云：点景状意，色色自别。○不用楚调，自适目前，词少而意多，尚觉《盘谷歌》意为凡。○宋玉之下，渊明之上，其似晋人。不知者以为气短，知者以为《琴操》之余音也。"

顾璘云："丽句极多，骚之变也。"

沈德潜《唐诗别裁集》："'山万重兮'以下，写去后情事，如披图画。"

周珽《唐诗选脉会通评林》："周敬曰：幽境中翻出新意，语语成锦。○周珽曰：寝食衣履于楚骚，故学积而气通，形神俱肖。○吴山民曰：起数语用楚辞比兴法，见世不可居。中引兴自佳。末芳草王孙之思。楚格，楚语，结撰自别。"

顾可久按："模写景物，各有分属，玄虚，高古，俊彩。"

陈铁民说："因情造景是王诗谋求达到景情合一的途径之一。此诗以景状意，前五句用雨骤风狂的景象，表达不愿友人离去的情意；后八句也用多种景物，烘托别后思念友人的怅惘之情。全诗的景，多为达情而设，它经过作者的选择与改造，而非眼前实景的再现。"（《王维新论》）

奉和圣制天长节赐宰臣歌应制①

太阳升兮照万方②，闿闾阖兮临玉堂③，俨冕旒兮垂衣裳④。金天净兮丽三光⑤，彤庭曙兮延八荒⑥。德合天兮礼神遍⑦，灵芝生兮庆云见⑧。唐尧后兮稷卨臣⑨，匝宇宙兮华胥人⑩。尽九服兮皆四邻⑪，乾降瑞兮坤献珍⑫。

　　此诗作于天宝七载八月。

　　①奉：敬词。和：依照对方原诗题意和体裁作诗，或和韵，或不和韵。和韵的，用原诗同一韵部的字，叫依韵；用原诗韵脚的字但不拘先后，叫用韵；按原诗韵脚次序和诗，叫次（步）韵。

　　①圣：对皇帝的尊称。《易·说卦》："圣人南面而听天下。"制：写作。宰臣：任宰相职务的诸大臣。我国秦汉以来，辅佐皇帝、统领百官、执掌政务的大臣，习称丞相或宰相。唐朝高宗以后，常以中书令、侍中各一人，及其他二三位大臣（称同中书门下三品或同中书门下平章事）为宰相。应制：应皇帝之命而作。《史记·秦始皇本纪》："命为制。"〔赵注〕《挥尘录》："《唐明皇实录》云：'开元十七年秋八月，上降诞之日，大置酒，合乐，宴百官于花萼楼下。尚书左丞相源乾曜、右丞相张说，率百官上表，愿以八月五日为千秋节，著之甲令，布于天下，咸使宴乐，休假三日。诏从之。'诞日建节，盖肇于此。天宝七载八月己亥，诏改为天长节。"

　　②〔赵注〕《后汉书·丁鸿传》："日者阳精，君之象也。"

　　③阊阖：音昌合。屈原《离骚》："倚阊阖而望予"。王逸注："阊阖，天门也。"〔赵注〕《三辅黄图》："（建章宫）正门曰阊阖"。杨雄《解嘲》："历金门，上玉堂"。吕延济注："金门，天子门也。玉堂，天子殿也。"生安：《历代宅京记》："玉堂殿在未央宫。《汉书》曰：建章宫南有玉堂，璧门三层，台高三十丈。玉堂内殿十二门，阶陛皆玉为之。"此处借指唐帝宫殿。

　　④俨：严整，端庄。《礼记·曲礼》："俨若思"。郑玄注："俨，矜庄貌。"冕旒：古代大夫以上所戴礼帽叫冕。据《周礼·夏官·弁师》记载，冕外面黑色，里面朱红色；冠顶有版，宽八寸，长一尺六寸，前圆后方，前低后高，叫延；延的前后端垂有六寸长的五彩丝绦，穿挂着五彩玉珠，叫旒。天子的冕前后各十二旒。南北朝以后只有皇帝戴冕。垂衣裳：《易·系辞下》："黄帝、尧、舜，垂衣裳而天下治。"集解："至乎黄帝，始制衣裳，垂示天下。"正义："以前衣皮，其制短小；今衣丝麻布帛衣裳，其制长大，故云垂衣裳也。"生按：王充《论衡·自然》："垂衣裳者，垂拱无为也。"谓无为而治。《诗·齐风·东方

未明》毛传："上曰衣，下曰裳。"裳，本指下裙。

⑤《礼记·月令》："立秋，盛德在金。"按照"五行"学说，秋季属金，故称之为金天。〔赵注〕《初学记·天》："日、月、星谓之三辰，亦曰三光。"

⑥〔赵注名〕班固《西都赋》："玄墀钒砌，玉阶彤庭。"张铣注："彤，赤色也，以彤漆饰庭。"生按：彤庭，天子的殿庭。延，接纳。《淮南子·泰族训》："登泰山，履石封，以望八荒。"《汉书·项籍传》："有并吞八荒之心。"颜师古注："八荒，八方荒忽极远之地也。"刘向《说苑·辨物》："八荒之内有四海，四海之内有九州，天子处中州而制八方耳。"

⑦《孔子家语》："圣者，德合天地，变通无方也。"礼神：祭拜神祇。《旧唐书·玄宗纪》："天宝元年二月，亲享玄元皇帝于新庙。十月，新成长生殿名曰集灵台，以祀天神。三载十二月，亲祀九宫贵神于东郊。六载正月，于京城置三皇五帝庙，以时享祭。五岳（泰、华、衡、恒、嵩）既已封王，四渎（江、河、淮、济）当升为公。"

⑧〔赵注〕《汉书·天文志》："若烟非烟，若云非云，郁郁纷纷，萧索轮囷，是为庆云。庆云见，喜气也。"生按：灵芝，菌类。《瑞命记》："王者德仁，则芝草生。"庆云，五色云，古人认为是祥瑞之气，即卿云。《旧唐书·玄宗纪》："天宝七载三月乙酉，大同殿柱产玉芝，有神光照殿。"王维有《大同殿生玉芝，龙池上有庆云，百官共睹》诗。见：通现。

⑨"禼"，类苑作"禹"。○《尔雅·释诂》："后，君也。"禼：音楔。据《史记·五帝本纪》、皇甫谧《帝王世纪》：尧为旁釐次子，帝挚之弟，名放勋。初封陶，后徙唐，故又称陶唐氏。二十而登帝位，都平阳，史称唐尧。尧立七十年征舜，命舜摄行天子之政，尧避位凡二十八年而崩。稷为周之始祖。其母有邰氏女，曰姜嫄，履巨人迹而孕，生子初欲弃之，因名曰弃。及成人，好耕农，尧举弃掌农政而为稷官，封于邰，赐姓姬氏，周人称为后稷。禼即契，商之始祖。母曰简狄，有娀氏之女。三人行浴，见玄鸟堕其卵，简狄取吞之，因孕生契。及长，舜命契为司徒，封于商，赐姓子氏。

⑩匝：音扎，《说文》段玉裁注："遍也。"〔赵注〕《列子·黄帝》："黄帝昼寝而梦，游于华胥氏之国。其国无师长，自然而已。其民无嗜欲，自然而已。不知乐生，不知恶死，故无夭伤；不知亲己，不知疏物，故无爱憎；不知背逆，不知向顺，故无利害。都无所爱惜，都无所畏忌。黄帝

既寤，怡然自得。召天老、力牧、太山稽告之日：'今知至道不可以情求矣。朕知之矣，朕得之矣。'又二十有八年，天下大治。几若华胥氏之国。"

⑪〔赵注〕《周礼·夏官·职方氏》："乃辨九服之邦国：方千里曰王畿，其外方五百里曰侯服，又其外方五百里曰甸服，又其外方五百里曰男服，又其外方五百里曰采服，又其外方五百里曰卫服，又其外方五百里曰蛮服，又其外方五百里曰夷服，又其外方五百里曰镇服，又其外方五百里曰藩服。"郑玄注："服，服事天子也。《诗》云：侯服于周。"生按：引申为天子威德所服之地。

⑫"献"，全唐诗作"降"，误。○《周易大传·说卦》："乾，天也。坤，地也。"

白 鼋 涡 杂言走笔①

南山之瀑水兮②，激石濩濩似雷惊③，人相对兮不闻语声。翻涡跳沫兮苍苔湿④，藓老且厚，春草为之不生。兽不敢惊动，鸟不敢飞鸣⑤。白鼋涡涛戏濑兮⑥，委身以纵横⑦。主人之仁兮，不网不钓，得遂性以生成⑧。

此诗约作于开元二十二年春。

①活字本无"杂言走笔"四字。○鼋：音元。《说文》："鼋，大鳖也。"《本草纲目》："鼋，肉有五色，而白者多。"涡："水流回旋处。〔倪注〕终南山下有澔水，即石鳖谷水，白鼋涡或即澔水上游。"生按：石鳖谷即太乙谷，白鼋涡或即谷附近瀑布下的水潭。走笔：即兴作诗运笔疾书。《释名·释姿容》："疾趋日走。"

②南山：终南山。瀑：音仆。孙绰《游天台山赋》："瀑布飞流以界道。"李周翰注："悬流千仞，如垂布而下。"

③"濩"，全唐诗一作"澔"，通。○濩濩：音雪暴。〔赵注〕马融

《长笛赋》："漏瀑喷沫。"李善注："漏瀑，沸涌貌。"左思《蜀都赋》："龙池漏瀑溃其隈。"李善注："漏瀑，水沸之声也。"

④跳沫：水沫腾跃。司马相如《上林赋》："驰波跳沫。"

⑤马援《武溪深行》："鸟飞不度，兽不敢临。"二句由此化出。

⑥"濑"，纬本、凌本作"漱"。○〔赵注〕左思《蜀都赋》："其深则有白鼋命鳖，玄獭上祭。跃涛戏濑，中流相忘。"生按：濑，沙石间的急流。

⑦《广韵》："委，随也。"《经传释词》："以，犹而也。"纵横：水流盘纡波浪起伏之状。此谓瀑水落入涡后，随地形变化，形成纵横曲折的小溪流。

⑧"主"，全唐诗作"王"。○遂性：顺适本性。生成：生育成长。此谓涡中白鼋无人捕捉，能自然成长。〔赵注〕《隋书·高祖纪》："率土大同，含生遂性。"

评　笺

生按：王维的骚体诗，《鱼山神女祠歌》《送友人归山歌》，无疑是楚辞之遗。这首《白鼋涡》，显然是受楚辞和骚赋熏陶的作品，但即事吟咏，感物抒情，篇幅短小，不用铺陈，更像是从汉代杂有韵语或散句的楚声古歌变化发展而来，说它是古歌之变，是可以的。

新秦郡松树歌①

青青山上松，数里不见今更逢。不见君，心相忆，此心向君君应识。为君颜色高且闲②，亭亭迥出浮云间③。

此诗作于天宝四载任侍御史时。

①〔赵注〕《新唐书·地理志》："关内道，麟州新秦郡。开元十二年析胜州之连谷、银城置，十四年废。天宝元年复置。"生按：故治在今陕西

神木县北四十里。歌：古诗的一种体裁，见《鱼山神女祠歌》注①。这是一首不入乐歌唱而题目为"歌"的诗，姜夔《白石道人诗说》："放情曰歌"，就是指这一类。

②为：因为。颜色：姿态，容貌。《论语·泰伯》："正颜色。"高：高雅。闲：闲静。《淮南子·本经训》："闲静而不躁。"高诱注："闲静，言无欲也。"

③《正字通》："亭，直也。"孔稚圭《北山移文》："亭亭物表，皎皎霞外。"张铣注："亭亭，高耸貌。"《说文》："迥，远也。"末二句，"此心向君"之故。

评 笺

顾可久按："短短写亦自婉曲清古。"

王达津说："诗意和刘桢《赠从弟》'亭亭山上松，瑟瑟谷中风'相近。"（《王维孟浩然诗选》）

王友怀说："从'心相忆'、'心向君'等语正可看出，松树的气质仪度，恰是作者所追慕的。实际上也是隐逸之士风操的写照。"（《王维诗选注》）

榆林郡歌①

山头松柏林，山下泉声伤客心②。千里万里春草色，黄河东流流不息③。黄龙戍上游侠儿④，愁逢汉使不相识⑤。

此诗作于天宝五载春。

①〔赵注〕《旧唐书·地理志》："关内道，胜州，天宝元年复为榆林郡。"生按：故治在今内蒙古准格尔旗东北十二连城。

②〔王注〕《陇头歌辞》："陇头流水，鸣声幽咽。"诗用此意。

③〔赵注〕《通典》："榆林郡北至黄河五里。"

④《说文》："戌，守边也。"引申为边塞营垒。〔赵注〕萧绎《燕歌行》："黄龙戌北花如锦，玄菟城前月似蛾。"《宋书·冯跋传》："冯跋自号燕王，以其治黄龙城，故谓之黄龙国。"生按：黄龙城即唐营州治，为控御奚、契丹之边防重镇，故名黄龙戌，即今辽宁朝阳县。用黄龙戌借指榆林郡，因为也是边塞。游侠：古代好交游、重然诺、仗义轻生、救人危难的一种人。《史记·游侠列传》："今游侠，其行虽不轨于正义，然其言必信，其行必果，已诺必诚，不爱其躯，赴士之厄困，盖亦有足多者焉。"此指从军少年。〔赵注〕曹植《白马篇》："借问谁家子？幽并游侠儿。"

⑤汉使：以汉喻唐，作者自谓，此是诗人时尚，因唐代政治、经济、文化，堪与汉代媲美。不相识，则边警频仍之愁，戎马辛苦之愁，功业未立之愁，有家难归之愁，都无从倾吐。或释为不赏识，未允。

评　笺

王夫之《唐诗评选》："真情，老景，雄风，怨调，只此不愧汉人乐府。"

顾可久按："见汉使而不相识，犹非乡人也，何以慰愁，意尤凄切。摹写荒远愁绝之景可想。"

青 雀 歌

青雀翅羽短①，未能远食玉山禾②，犹胜黄雀争上下③，唧唧空仓复若何④！

此诗作于天宝三载。

①〔赵注〕《尔雅·释鸟》："桑扈，窃脂。"郭璞注："俗谓之青雀，嘴曲食肉，好盗脂膏，因名云。"生按：翅羽短，则不能远飞，喻才能低下。

②〔赵注〕鲍照《代空城雀》："诚不及青鸟，远食玉山禾。"生按：《山海经·西次三经》："玉山，是西王母所居也。"郭璞注："此山多玉石，

因以名云。《穆天子传》谓之群玉之山。"《山海经·大荒西经》:"有西王母之山,有三青鸟,一名曰大鸷,一名曰少鸷,一名曰青鸟。"郭璞注:"皆西王母所使也。"玉山禾:喻高官厚禄。

③黄雀:雀之一种,形略小,黄褐色,冬季常群栖,鸣声可爱,可饲为笼鸟。这里比喻世俗众人。争上下:为寻找食物(名利)上下争飞。

④〔赵注〕庾信《和何仪同讲竟述怀》:"饥噪空仓雀,寒惊懒妇机。"生按:复若何,又怎么样。诗有安时处顺,清高自许之意。

同　咏　　　　　　　　　　　(卢　象)①

　　啾啾青雀儿,飞来飞去仰天池②。逍遥饮啄安涯分③,何假扶摇九万为④!

①卢象(698?—763?)字纬卿,汶上(今山东泰安、曲阜一带)人,久居江东。开元中,由前进士补秘书省校书郎,转右卫仓曹椽。开元廿二年,张九龄擢为左拾遗,后转河南府司录。天宝初,入为司勋员外郎,与贺知章、王维、李颀等交游。为飞语所中,四载秋出为齐州司马。转汾、郑二州司马。约十三载入为膳部员外郎。安禄山反,陷贼授伪官。乾元元年谪果州长史。二年贬永州司户。再移吉州长史。安史乱平后,广德元年征为主客员外郎,道病留武昌,卒。有诗名,与王维、崔颢比肩骧首。《河岳英灵集》谓其"雅而不素,有大体,得国士之风。"《全唐诗》存诗一卷。

②《诗·小雅·车辖》:"则慕仰之。"孔颖达疏:"仰是心慕之辞"。《庄子·逍遥游》:"南冥者,天池也。"成玄英疏:"大海洪川,原夫造化,非人所作,故曰天池"。生按:二句喻企美富贵者。

③逍遥:闲放不拘怡适自得貌。涯分:分际,本分。

④"为",元刊本作"馀"。○何……为:为什么……呢?为,语气词。假:凭借。《尔雅·释天》:"扶摇谓之飙"。郭璞注:"暴风从下上也。"生按:缓言之,扶摇;急言之,飙。此指回旋而上的龙卷风。《庄子·逍遥游》:"鹏之徙于南冥也,水击三千里,搏扶摇而上者九万里,去以六月息者也。蜩与学鸠笑之曰:我决起而飞,抢榆枋,时则不至,而控于

地而已矣，奚以之九万里而南为?"郭象注："夫小大虽殊，而放于自得之场，则物任其性，事称其能，各当其分，逍遥一也，岂容胜负于其间哉!""苟足于其性，则虽大鹏无以自贵于小鸟，小鸟无羡于天池，而荣愿有余矣。故小大虽殊，逍遥一也。"二句卢象自喻。

同　咏　　　　　　　　　　　（王　缙）①

　　林间青雀儿，来往翩翩绕一枝②。莫言不解衔环报③，但问君恩今若为④。

①王缙，王维弟。其生平见本书《王维年谱》。

②翩翩：翩飞貌。《诗·小雅·四牡》："翩翩者鵻，载飞载下。"

③〔赵注〕《续齐谐记》："弘农杨宝，性慈爱。年九岁，至华阴山，见一黄雀为鸱枭所搏，堕于树下，伤瘢甚多，宛转复为蝼蚁所困。宝怀之以归，置诸梁上。夜闻啼声甚切，亲自照视，为蚊所啮，乃移置巾箱中，啖以黄花。逮十余日，毛羽成，飞翔，朝去暮来，宿巾箱中。如此积年，忽与群雀俱来，哀鸣选堂数日乃去。是夕，宝三更读书，有黄衣童子曰：‘我王母使者，昔使蓬莱，为鸱枭所搏，蒙君仁爱见救，今当受使南海。’别以四玉环与之曰：‘令君子孙洁白，且从登三公，事如此环矣。’宝之孝大闻天下，名位日隆。子震，震生秉，秉生彪，四世三公。"

④但：只。谢灵运《东阳溪中赠答》："但问情若为，月就云中堕。"《语辞汇释》："若为：怎样，如何。"

同　咏　　　　　　　　　　　（崔兴宗）①

　　青扈绕青林②，翩翾陋体一微禽③。不应长在藩篱下④，他日凌云谁见心⑤!

①崔兴宗，王维内弟。曾与王维、裴迪隐居终南山。约天宝五载出仕。

后在蓝田亦有别业，称东山草堂，西距辋川庄不远。天宝十一载官右补阙。乾元初，杜甫尝与交游。有《九日蓝田崔氏庄》等诗。后曾游蜀。《全唐诗》存诗五首。

②青扈：桑扈的异名，即青雀。〔赵注〕谢朓《咏竹》："青扈飞不碍。黄口得相窥。"

③翾：音旋。〔赵注〕张华《鹪鹩赋》："弃翾翾之陋体，无玄黄以自贵。"刘良注："翾翾，小飞貌。"

④〔赵注〕张华《鹪鹩赋》："生于蒿莱之间，长於藩篱之下。"生按：《玉篇》："藩，篱也。"

⑤凌云：升上云霄，喻得志。《后汉书·冯衍传》："不求苟得，常有凌云之志。"

同　咏　　　　　　　　　　（裴　迪）①

　　动息自适性②，不曾妄与燕雀群③。幸忝鸱鸯早相识④，何时提携致青云⑤？

　　①裴迪（716—?），绛州闻喜（故治在今山西闻喜县东北）人，一说关中（今陕西）人。行十。开元二十五年，与孟浩然同入荆州大都督府长史张九龄幕。天宝初，与王维、崔兴宗俱隐终南。维得辋川别墅，与迪浮舟往来，啸咏终日。后曾任职尚书省。上元元年春，以侍御使蜀（见钱起《送裴迪侍御使蜀》），留为蜀州刺史王绩属官，其间与杜甫时相唱和。迪工诗，《全唐诗》存诗二十九首，多五绝，清新闲远，风格最近王维，但不及维深醇自然。

　　②适性：适合本性，安于天性。《庄子·逍遥游》郭象注："夫大鸟一去半岁，至天池而息；小鸟一飞半朝，抢榆枋而止。此彼所能，则有间矣，其于适性一也。"

　　③〔赵注〕《史记·日者列传》："凤凰不与燕雀为群。"

　　④忝：辱，自谦词。鸱：音鸳，又名鸱雏。鸱鸯：喻高贵的人。《集韵》："鸱，凤属。"《初学记》："雄曰凤，雌曰凰，其雏为鸯。"《毛诗草木

虫鱼疏广要》：“凡凤有五色：多赤色者乃凤，多黄色者鹓雏，多青色者鸾。”

⑤致：通至，达到。青云：葛兆光说：是一种世俗的进取向上的象征。生按：此喻高位。《史记·范雎列传》：“不意君能自致于青云之上。”就唐代风气而言，隐逸与高位之间有路可通，等待名高位显的人推荐提拔，或待时选官，都可暂时隐居。《新唐书·卢藏用传》：“藏用能属文，举进士不得调，与兄微明偕隐终南、少室二山。长安中召授左拾遗。司马承祯尝召至阙下，将还山，藏用指终南曰：‘此中大有佳处。’承祯徐曰：‘以仆视之，仕宦之捷径耳。’”

评　笺

顾可久按：“诸咏皆命意自寓，所谓‘盖各言尔志’者，右丞则洁清高远矣。”

陈铁民说：“大抵都是以鸟喻人，托物见志。”（《王维新论》）

王友怀说：“王维这首诗，表现手法有点像《诗·豳风·鸱鸮》，通篇比体，又有文外曲致。”

黄　雀　痴　杂言走笔①

黄雀痴！黄雀痴！谓言青觳是我儿②，一一口衔食，养得成毛衣。到大啁啾解游飏③，各自东西南北飞。薄暮空巢上，羁雌独自归④。凤凰九雏亦如此⑤，慎莫愁思憔悴损容辉。

①诗题、无刊本、活字本、赵本无“杂言走笔”四字，从蜀刻本、述古堂本、金唐诗。

②谓言：同义复词，以为，说是。青觳：青色雀雏。觳音卵。儿读倪音。〔赵注〕《尔雅·释鸟》：“生哺，觳。”邢昺疏：“鸟子生，须母哺而食，名觳，谓燕雀之属也。”

③啁啾：音周纠。《集韵》："啁啾，燕雀声。"解：知晓。游飔：飞翔。飔音扬。

④羁音基，通奇，孤，单。〔赵注〕枚乘《七发》："暮则羁雌迷鸟宿焉。"吕延济注："羁雌，孤鸟。"

⑤〔赵注〕《尔雅·释鸟》："生噣，雏。"邢昺疏："鸟子生，而能自噣食者名雏，谓鸡雉之属也。"《乐府诗集·陇西行》："凤凰鸣啾啾，一母将（携带）九雏。"

评　笺

王闿运批《唐诗选》："横宕出奇。"

倪木兴说："此诗以物喻人，借物写情，通篇运用拟人手法，塑造了黄雀这个艺术形象，暗寓着封建社会的家庭关系。诗以劝慰言语作结，但仍包含着一种无可奈何的愁绪，情思哀怨。"（《王维诗选》）

生按：王维的杂言诗，脱胎于古乐府。从这首《黄雀痴》，可以看到它和《西门行》《战城南》等乐府诗在体制上的源流关系。王维精通音乐，这类杂言诗有的可能是可以入乐的杂曲歌词。学者一般认为，"词"是中唐以来兴起的。而李清照《词论》说，开元天宝间，"乐府、声诗并着。"这首《黄雀痴》的句式，前后四句分别和《长相思》《南歌子》相同，其间有无分合倚傍关系，值得探讨。

夷门歌①

七雄雄雌犹未分②，攻城杀将何纷纷！秦兵益围邯郸急③，魏王不救平原君。公子为嬴停驷马④，执辔愈恭意愈下⑤。亥为屠肆鼓刀人⑥，嬴乃夷门抱关者⑦。非但慷慨献奇谋⑧，意气兼将身命酬⑨。向风刎颈送公子⑩，七十老翁何所求⑪！

此诗约作于开元八年左右。

①〔赵注〕《史记·魏公子列传》："魏公子元忌者，魏昭王少子而魏安釐王异母弟也。安釐王即位，封公子为信陵（今河南宁陵县西）君。公子为人仁而下士，士无贤不肖皆谦而礼交之，致食客三千人。魏有隐士曰侯嬴，年七十，家贫，为大梁夷门监者。公子从车骑，虚左自迎侯生。侯生摄敝衣冠，直上载公子上坐。公子执辔愈恭。侯生又曰：'臣有客在市屠中，愿枉车骑过之。'公子引车入市。侯生下见其客朱亥，俾倪故久立，微察公子。公子颜色愈和。至家，公子引侯生上坐，为寿侯生前。侯生曰：'嬴乃夷门抱关者也，而公子亲枉车骑自迎嬴于众人广坐之中。市人皆以公子为长者能下士也。'侯生遂为上客。魏安釐王二十年，秦昭王已破赵长平军，又进兵围邯郸。公子姊为赵惠文王弟平原君夫人，数遗魏王及公子书，请救于魏。魏王使将军晋鄙将十万众救赵。秦王使使者告魏王：'诸侯敢救赵者，已拔赵，必移兵先击之。'魏王恐，使人止晋鄙，留军壁（筑营垒）邺（今河北临漳县西南邺镇），持两端以观望。公子数请魏王，不听。乃请宾客，约车骑百余乘，往赴秦军，与赵俱死。行过夷门，见侯生。侯生曰：'嬴闻晋鄙之兵符，常在王卧内，而如姬最幸，力能窃之。'公子从其计，请如姬盗晋鄙兵符。公子行，侯生曰：'臣客屠者朱亥，可与俱。此人力士，晋鄙不听，可使击之。'请朱亥，朱亥曰：'臣乃市井鼓刀屠者，而公子亲数存之，今公子有急，此乃臣效命之秋也。'公子过谢侯生。侯生曰：'臣宜从，老不能。请数公子至晋鄙军之日，北向自刭以送公子。'公子遂行。至邺，矫魏王令代晋鄙。晋鄙合符疑之，欲无听。朱亥袖四十斤铁椎椎杀晋鄙。遂将晋鄙军击秦军。秦军解去。救邯郸，存赵。公子与侯生决，至军，侯生果北向自刭。"生按：夷门，魏都大梁城东门，故址在今河南开封城内东北隅。歌，古诗的一种体裁，见《鱼山神女祠歌》注①。这是一首七言歌行。王灼《碧鸡漫志》："古诗或名曰乐府，谓诗之可歌也。故乐府中有歌、有谣、有吟、有引、有行、有曲。"徐师曾《文体明辨序说》："乐府命题，名称不一。盖自琴曲之外，其放情长言、杂而无方者曰歌。"葛晓音说："七言歌行从七言乐府衍生，是非乐府题带有歌辞性题目的七言古诗"（《初盛唐七言歌行的发展》）。此诗的歌辞性题目是"歌"。

②"七雄"，品汇作"七国"。○〔赵注〕张衡《东京赋》："七雄并争"。

薛综注：“七雄，谓韩、魏、燕、赵、齐、秦、楚也。”〔程注〕雄雌：强弱，胜败。〔闻笺〕《史记·孟尝君传》：“齐、秦，雌雄之国也，势不两雄。”

③《汉书·地理志》：“赵国，邯郸，赵敬侯自中牟徙此。”生按：邯郸故址，即今河北邯郸县西南十里赵王城。益：愈，更加。谓增兵围困。

④驷马：用四匹马驾的高车，显贵者所乘。许慎《五经异义》：“《诗》，毛苌说天子至大夫同驾四马；《礼·王度记》，天子驾六马，诸侯与卿同驾四马。”

⑤二“愈”字，述古堂本、赵本俱作“逾”，通用。〇辔音配。屈原《九章·惜往日》：“无辔衔而自载。”朱熹注：“辔，马缰；衔，马勒。”执辔：谓驾驭马车。《孔丛子·刑论》：“左手执辔，右手运策。”〔怀注〕意愈下：态度更加谦下。

⑥潘岳《西征赋》：“肆廛管库。”李善注：“肆，市中陈物处。”鼓刀人：屠夫。鼓刀，谓杀牲时敲拍屠刀招徕顾客。屈原《离骚》：“吕望之鼓刀兮”。王逸注：“鼓，鸣也。”《战国策·韩策》：“（聂）政乃市井之人，鼓刀以屠。”

⑦抱关者：看守城门的小吏。抱，抱持；关，横栓城门的木杠。《说文》：“关，以木横持门户也。”《孟子·万章》：“抱关击柝。”孙奭疏：“抱关击柝之职，乃监门守御之吏也。”

⑧“奇”，元刊本、正音、品汇、全唐诗作“良”。〇《广韵》：“慷慨，竭诚也。”奇谋：指献计窃符夺晋鄙军。

⑨意气：意志和气节，指侯嬴任侠尚义的献身精神。或释为恩义。酬：报答。〔赵注〕谢承《后汉书》：“杨乔曰：侯生为意气刎颈。”〔闻笺〕崔骃《安丰侯诗》：“壮士激兮忘身命。”

⑩“颈”，述古堂本、元刊本、正音、品汇作“头”。〇向风：我国中原地带多吹北风，向风即面向北方之意。赵在魏北。刎：音吻。《玉篇》：“刎，割也。”侯嬴既得知遇，又献奇谋，平生意愿已足，割颈自杀，是表示与信陵君共命运的决心。

⑪〔赵注〕《晋书·段灼传》：“七十老公，复何所求哉！”〔沈笺〕言老翁之刎颈，岂有所求于公子耶，特以意气相激故耳。

评　笺

《王摩诘诗评》："刘云：仅仅许不可易。顾云：容易数语，悉尽曲折。"

焦竑《笔乘》："右丞《夷门歌》，'向风刎颈谢公子，七十老翁何所求'！出《晋书·段灼传》。灼上书追理邓艾，有曰'十老公复何所求哉'！然语意浑成，如自己出，所以为妙。"

田艺蘅《香宇诗谈》："《夷门歌》云：'七十老翁何所求！'以后人之言，而用之前人之事，浑化无迹，使人不知其妙，真点铁成金手也。"

《唐诗归》："（末句下）钟惺云：取其一语。"

胡震亨《唐音癸签》："'信惟饿隶，布实黥徒。'班固史赞语也。王维诗有'亥为屠肆鼓刀人，嬴乃夷门抱关者。'虽未必相模仿，而语格恰同。诗即有韵之文，在所善用耳。"

桂天祥《批点唐诗正声》："逸气豪侠，自是一格。"

方东树《昭昧詹言》："《夷门歌》'亥为屠肆'二句，与古文浮声切响一法。'非但慷慨'以下，转出波澜议论。"

翁方纲《七言诗三昧举隅》："王右丞《夷门歌》，所谓'羚羊挂角，无迹可求'，'不著一字，尽得风流'者，举此一篇足矣，此乃万法归原处也。"

高步瀛《唐宋诗举要》："姚姬传（鼐）曰：'叙得峻洁。'吴北江（汝纶）曰：'叙古事而别有寄托，意在言外，故佳。'"

黄培芳《唐贤三昧集笺注》："顾（可久）云：太史公本传宛转千余言，而此叙事数语，极简要明尽。又嘉公子无忌之重客，嬴、亥之任侠，溢于言外。结尤斩绝有力量，妙甚。"

张文荪《唐贤清雅集》："朴实说去，自然深劲，何等气骨！"

王尧衢《古唐诗合解》："此歌为意气而发。右丞慨世无真好士者，故借侯生事而作此歌。"

赵殿成按："夷门抱关，屠肆鼓刀，点化二豪之语对仗天成，已微墨妙。末句复借用段灼理邓艾语，尤见笔精。使事至此，未许后人步骤。"

王力说："唐人七古上无所承，只好自阐蹊径。他们喜欢平仄入律，因为这样才近似律诗；他们喜欢四句一换韵，因为这样就等于把几首近体绝句集合成一首；他们喜欢平仄韵递用，因为这和句中的平仄相间是一贯

的道理。盛唐和中晚唐的诗人都喜欢跟着王维这样做。多数诗论家都认为这是七古的正调。"（《汉语诗律学》）

葛晓音说："陈隋至初唐歌行，在字法句式方面，将重叠复沓的特征发挥到极致；而其篇法结构则发展了以偶句铺陈场景物态的赋体特点，这一特征突出表现在'篇'和'行'诗中。盛唐歌行部分作品犹存初唐体调，但由繁复丽密转向精练疏宕，基本句式已由偶句为主转向以散句为主。如王维的《夷门歌》《陇头吟》，崔颢的《长安道》，高适的《邯郸少年行》等。"（《初盛唐七言歌行的发展》）

陈贻焮说："这诗不仅歌颂了'屠肆鼓刀人'和'夷门抱关者'的慷慨，同时也称赞了信陵君的礼贤下士。肯定那些出身下层但具有真实才能的英雄人物，肯定那些较开明、能任用才能的政治家，在封建时代，在反抗权贵阿私的意义上，无疑是富有人民性的。"（《论王维的诗》）

程千帆说："这篇诗以简洁而又丰富的语言，咏叹了古代一个激动人心的故事，歌颂了广大人民所喜爱的礼贤下士、仗义扶危的历史人物。诗写到侯嬴自刎便戛然而止，如截奔马，倾向性鲜明，风格隽上。"（《古诗今选》）

周啸天说："不同的文学形式对同一题材的移植、改编，都有一个再创造过程。从《史记·魏公子列传》到《夷门歌》，主人公由公子无忌变为侠士侯嬴，从而成为主要是对布衣之士的一曲赞歌。把有头有尾二千余字的史传故事，择取三个重要情节，改写成不足九十字的小型叙事诗，缩龙成寸，组接巧妙，语言精练，人物形象鲜明，是《夷门歌》艺术上成功之处。这首诗代表着王维早年积极进取的一面。唐代是中下层地主阶级知识分子在政治上扬眉吐气的时代，这时出现不少歌咏游侠的诗篇。决不是偶然的。"（《唐诗鉴赏辞典》）

陇 头 吟^①

长城少年游侠客^②，夜上戍楼看太白^③。陇头明月迥临关^④，陇上行人夜吹笛^⑤。关西老将不胜愁^⑥，驻马听之双泪流^⑦。身经大小百余战⑧，麾下偏裨万户侯⑨。苏武才为典属国⑩，节旄空尽海西头。⑪

此诗约作于开元八年左右。

①诗题赵本一作《边情》。○陇头吟：乐府古题。〔赵注〕《乐府诗集·横吹曲辞·汉横吹曲》："《陇头》一曰《陇头水》。《通典》曰：'天水郡有大阪，名曰陇坻，亦曰陇山，即汉陇关也。《三秦记》曰：其阪九回，上者七日乃越，上有清水四注下，所谓陇头水也。'"生按：陇山在今陕西陇县与甘肃清水县间。〔闻笺〕《乐府古题要解》："梁戴暠诗：'昔听陇头吟，平居已流涕。'但叙征人行役之意。"张表臣《珊瑚钩诗话》："吁嗟慨叹，悲忧深思，谓之吟。"此诗是拟乐府题的七言古诗。

②"城"，英灵集、乐府、全唐诗、纬本作"安"。○长城：始筑于战国时期。秦始皇于三十三年（前214年），将秦、赵、燕三国北边长城连贯为一，西起临洮（今甘肃岷县），东至辽东。此后，汉、北魏、北齐、北周、隋代，都曾修缮。游侠客：古代好交游、重然诺、仗义轻生、救人危难的一种人。见《榆林郡歌》注③。此指从军少年。

③〔赵注〕庾信《和宇文内史春日游山》："戍楼侵岭路，山村落猎围。"生按：《说文》："戍，守边也。"戍楼：边境要塞上瞭望敌情的哨楼。太白：星名，即金星。古人以为太白主兵，说是观察其出没及星象，可以决断军事行动，预测战争吉凶。《史记·天官书》："用兵象太白：太白行疾，疾行；迟，迟行。角，敢战。动摇躁，躁。圜以静，静。顺角所指，吉；反之，皆凶。出则出兵，入则入兵。其出西失行，外国败；其出东失行，中国败。"二句写游侠少年从军陇头。思立边功，夜上戍楼观察星象。

④"迥"品汇作"尚"。○《秦州记》："陇山东西八十里。登山巅东望，秦川四五百里，极目泯然。山东人行役，升此而顾瞻者，莫不悲思。山下有陇关，即大震关，为秦雍喉隘。"陇关在陇山东坡。迥：高远。临：照到。

⑤行人：征人，出征士兵。唐代兵丁，除征集"府兵"外，常临时招募"征人"。《唐律疏议》："征人，谓非卫士（府兵），临时募行者。"此处即指侠少。程千帆说："这两句就是王昌龄《从军行》'烽火城西百尺楼'一篇之意。"（《古今诗选》）

⑥〔赵注〕《后汉书·虞诩传》："谚曰：关西出将，关东出相。"生按：关西指函谷关以西，即今陕西、甘肃一带。不胜：承受不了。

⑦"驻"，才调集作"驱"。"泪"，赵本一作"涕"。

⑧"身"，品汇作"曾"。○〔赵注〕袁宏《后汉纪》："汉祖与项羽战，大小百余。"

⑨麾：音挥。《史记·灌夫列传》："至吴将麾下。"正义："麾，谓大将之旗。"引申为部下。偏、裨：偏将、裨将，裨音脾。都是副将的称谓。《左传·襄公三十年》："且司马，令尹之偏。"杜预注："偏，佐也。"《汉书·项籍传》："籍为裨将。"颜师古注："裨，助也，相副助也。"万户侯：食邑万户的侯爵。汉制，功臣封侯者，按其功勋赐给大小封邑，有权征收封邑内民户的赋税作为俸禄，称为食邑。万户是最大封邑。《汉书·百官公卿表》："爵：十九，关内侯；二十，彻侯。彻侯或曰列侯。"《续汉书·百官志》："列侯大者食县，小者食乡亭，得臣其所食吏民。关内侯无土，寄食在所县，民租多少，各有户数为限。"〔赵注〕《汉书·李广传》："文帝曰：'惜广不逢时，今当高祖世，万户侯岂足道哉！'广之军吏及士卒或取封侯。广历七郡太守，前后四十余年，结发与匈奴大小七十余战。"

⑩〔赵注〕《汉书·昭帝纪》："移中监（掌管鞍鹰犬射猎之具，在移园）苏武使匈奴，留单于庭十九岁乃还。奉使全节，以武为典属国，赐钱百万。"如淳注："以其久在外国，知边事，故令典主诸属国。"颜师古注："典属国本秦官，汉因之，掌归义蛮夷。"生按："据《汉书·百官公卿表》，典属国地位低于九卿，而与将作少府、京兆尹等相当，秩二千石，其俸为每月百二十斛。《汉书·卫青传》："乃分处（匈奴）降者于边五郡外，因其故俗为属国。"师古注："不改其本国之俗，存其国号，而属汉朝，故曰属国。"

⑪"空尽"，英灵集、全唐诗作"落尽"，蜀刻本、述古堂本、元刊本一作"零落"，品汇作"空落"。"海西"，唐文粹作"海南"。○节：古代使臣所持的旄节。旄：音毛，牦牛尾。节旄：饰于节头之旄。《后汉书·光武纪》："持节北度河。"李贤注："节，所以为信也，以竹为之，柄长八尺，以牦牛尾为其眊（梢上垂毛），三重。"海：北海，即今西伯利亚贝加尔湖。〔赵注〕《汉书·苏武传》："匈奴徙武北海上无人处，使牧羝（公羊），羝乳（生子）乃得归。武既至海上，廪食不至，掘野鼠去（收藏）草实而食之。

杖汉节牧羊，卧起操持，节旄尽落。"杨广《泛龙舟》："借问扬州在何处？淮南江北海西头。"〔林注〕空尽：白白地落尽。言外有不平之意。

评　笺

《王摩诘诗评》："刘云：次第转折，恨怅何限，又非长篇所及。"

何汶《竹庄诗话》："《瑶溪集》云：《陇头吟》一首，状边情。"

沈德潜《唐诗别裁集》："少年看太白星，欲以立功自命也。然老将百战不侯，苏武只邀薄赏，边功岂易立哉！"

翁方纲《七言诗三昧举隅》："此则空际振奇者矣，与《夷门歌》之平实叙事者不同也。平实叙事者，三昧（梵语'正定'，此谓奥秘、诀窍）也；空际振奇者，亦三昧也；浑涵汪茫、千彙万状者，亦三昧也。此乃谓之万法归原也。若必专举寂寥冲淡者以为三昧，则何万法之有哉！"

桂天祥《批点唐诗正声》："音节气势，古今绝唱。"

方东树《昭昧詹言》："起势翩然，'关西'句转收，浑脱沉转，有远势，有厚气，此短篇之极则。"

黄培芳《唐贤三昧集笺注》："三、四句有景有情。收句若倒转便少味。〇顾可久云：句法顿挫流丽，并使二事，一隐一显，是变幻作法。悲壮雄浑。"

王闿运批《唐诗选》："亦是平叙。"

张文荪《唐贤清雅集》："极凄凉情景，说得极平淡，是右丞家数。少年、老将，宾主相形法。"

吴乔《围炉诗话》："起手四句是宾，'关西老将不胜愁'六句是主。主多于宾，乃是赋义。"

宋宗元《网师园唐诗笺》："（关西老将句下）立功之难，从听者意中写出。"

余冠英说："苍凉悲怨。"（《中国文学史》）

钱锺钟书说："王维《陇头吟》，少年楼上看星，与老将马背听笛，人异地而事同时，相形以成对照，皆在凉辉普照之下，犹'月子弯弯照九州，几家欢乐几家愁'；老将为主，故语焉详，少年为宾，故言之略。"（《管锥篇》）

程千帆说："此诗与《老将行》用意相同，而写法各别。《老将行》以铺叙见长，本篇却以一位想从戎立功的侠少与一位久历戎行而功名蹭蹬的老将对照，展现主题，而以老将听侠少吹笛这一情节，将两人绾合，格局甚新。全诗十句，四句侠少，四句老将，最后两句挽人史事，按而不断，耐人寻味。"（《古诗今选》）

陈贻焮说："长安少年今夕的憧憬，安知不就是关西老将当年的抱负？关西老将今日的遭遇，又安知不就是长安少年他年的命运？封建社会不仅仕途坎坷，边塞疆场也大有不平的事在。"（《论王维的诗》）

章培恒说："诗中用关、月、笛这些边塞的典型物色，巧妙地绾合少年的壮怀和老将的悲哀，从历史的深度上写出一代代志士不断重蹈壮志难酬的遭遇，立意精警而意味深长。"（《中国文学史》）

葛晓音说："将初到边塞的长安少年和久戍边塞的关西老将组织在一个月下听笛的画面中，仿佛是一个人的少年与老年的形象化成了两个剪影，正相对审视着自己的过去和未来。意境具有极高的概括力。"（《初盛唐七言歌行的发展》）

老 将 行①

少年十五二十时，步行夺取胡马骑②。射杀山中白额虎③，肯数邺下黄须儿④。一身转战三千里⑤，一剑曾当百万师。汉兵奋迅如霹雳⑥，虏骑崩腾畏蒺藜⑦。卫青不败由天幸⑧，李广无功缘数奇⑨。自从弃置便衰朽⑩，世事蹉跎成白首⑪。昔时飞箭无全目⑫，今日垂杨生左肘⑬。路傍时卖故侯瓜⑭，门前学种先生柳⑮。茫茫古木连穷巷⑯，辽落寒山对虚牖⑰。誓令疏勒出飞泉⑱，不似颍川空使酒⑲。贺兰山下阵如云⑳，羽檄交驰日夕闻㉑。节使三河募年少㉒，诏书五道出将军㉓。试拂铁衣如雪色㉔，聊持宝剑动星文㉕，愿得燕弓射大将㉖，耻令越甲鸣吾君㉗。莫嫌旧日云中守，犹堪一战立功勋㉘。

①《文选·饮马长城窟行》李善注："《汉书音义》曰：行，曲也。"
《文体明辨序说》："乐府命题，名称不一。盖自琴曲之外，其步骤驰骤，
疏而不滞曰行。"《唐音癸签》："七言古诗，于往体（仿汉魏以下诗，声律
未叶者）外另为一目，又或名歌行。"葛晓音说："乐府'行'诗，用鼓点
伴奏，且一再行之，其繁音促节可以想见。"这首"七言'行'诗从乐府
脱胎自立新题"，为"非乐府题的带有歌辞性题目（'行'）的七言古诗"。

②"取"，乐府、全唐诗作"得"。○《考工记》："胡无弓车。"郑重
注："胡，今匈奴。"《史记·李将军列传》："武帝立后四岁，李广以卫尉
为将军，出雁门击匈奴。匈奴兵多，破败广军，生得广。广时伤病，置广
两马间，络而盛卧广。行十余里，广佯死，睨其旁有一胡儿骑善马，广暂
（顿时）腾而上胡儿马，因推堕儿，取其弓，鞭马南驰数十里，复得其余
军，因引而入塞。"〔林注〕化用李广事，写老将少时英勇机智。

③"山中"，全唐诗作"中山"，正声作"山阴"，三昧集作"阴山"
○〔赵注〕《晋书·周处传》："周处谓父老曰：'今时和岁丰，何苦而不乐耶？'
父老叹曰：'三害未除，何乐之有！'处曰：'何谓也？'答曰：'南山白额猛兽，
长桥下蛟，并子为三矣。'处乃入山射杀猛兽，因投水搏蛟，遂励志好学。"
〔马注〕有关古代射虎的事迹，流传颇多，这里可能不是专用某一典故。

④肯：岂肯；数：数一数二之数，推许之意。邺下：曹操封魏王，治
邺，故城在今河北临漳西南邺镇一带。《三国志·魏书·任城王传》："任
城威王彰，字子文。数从征伐，志意慷慨。代郡乌丸反，彰北征，乘胜逐
北。去代二百余里，大破之，斩首获生以千数。北方悉平。太祖（曹操）
喜，持彰须曰：黄须儿竟大奇也。"裴松之注："彰须黄，故以呼之。"

⑤〔赵注〕转战，谓相驰逐战斗也。《后汉书·吴汉传》："踰越险阻，
转战千里。"

⑥《集韵》："霹雳，雷之急击者。"形容兵势勇猛神速。〔闻笺〕杨雄
《羽猎赋》："霹雳列缺。"

⑦虏：古代对敌人的蔑称；骑：音寄，骑兵。《语辞集释》："蒋绍愚
说：崩腾，纷乱之意。"〔赵注〕曹植《白马篇》："边城多警急，虏骑数迁
移。"《六韬》："木蒺藜，去地二尺五寸，百二十具，败步骑。要穷寇，遮

走北，狭路微径，张铁蒺藜，芒高四寸，广八寸，长六尺以上，千二百具，败走骑。"《埤雅》："蒺藜布地蔓生，子有三角刺人，状如菱而小。今兵家乃铸铁为之，以梗敌路，亦呼蒺藜。"

⑧天幸：天赐幸运，隐喻皇帝宠幸。《史记·卫将军骠骑列传》："大将军卫青者，平阳人。姊子夫得入宫幸上（汉武帝），为夫人，青为大中大夫。元朔元年，卫夫人立为皇后。五年，青将三万骑击匈奴。还，拜为大将军。明年，姊子霍去病从大将军，为剽姚校尉。元狩二年，去病为骠骑将军。骠骑所将常选，然亦敢深入，常与壮骑先其大军，军亦有天幸，未尝困绝也。"生按：对勘今本《史记》、《汉书》，"有天幸"指霍去病而言，面维诗作卫青事，或谓所据《史记》版本不同，断句可异。阮葵生《茶余客话》："右丞初不误，后人读《史记》者不明句读故耳。《霍去病传》云：'骠骑所将常选，然亦敢深入，常与壮骑先。其大将军军，亦有天幸，未尝困绝也。'以'常与壮骑先'五字为句，属去病；'其大将军军'二句，则谓青也。上下文义了然。唐人用此事甚多，不独右丞。"

⑨无功：无功勋，指未封侯。缘：因。数：命数；奇：音基，单数。数奇：命运不好。黄生《义府》："数奇，奇者对偶（双数）之称。"《后汉书·桓谭传》："陛下听纳谶记，其事虽有时合，譬犹卜数奇偶之类。'盖占时有此占法，以偶为吉，奇为凶。"〔赵注〕《史记·李将军列传》："李将军者，陇西成纪人也。孝文帝十四年，广以良家子从军击胡，用善骑射，杀首虏多，为汉中郎。孝景立，为骑郎将，徙上谷太守，上郡太守。尝为陇西、北地、雁门、代郡、云中太守，皆以力战闻名。武帝立，为未央卫尉，其后四岁，广为将军出雁门击匈奴，败，当斩，赎为庶人。家居数岁，召拜为右北平太守。匈奴闻之，号曰'汉之飞将军'，避之数岁。广尝与望气王朔宴，语曰：'自汉击匈奴，而广未尝不在其中。诸部校尉以下，才能不及中人，然以击胡军功取侯者数十人。而广不为后人，然无尺寸之功以得封邑者，何也？岂吾相不当侯邪？且固命也？'元狩四年，广从大将军青击匈奴。青亦阴受上诫，以为李广老，数奇，毋令当单于，恐不得所欲。故令引兵与右将军合军出东道。军亡导，或失道，后大将军。单于遁走。大将军使长史问失道状，欲上书报天子军曲折，急责广之幕府对簿。广遂引刀自刭。"

⑩"便"凌本作"更"。○弃置：抛弃搁置，谓不加任用。〔闻笺〕孔

焘《老诗》："一朝衰朽至。"

⑪《说文新附》："蹉跎，失时也。"谓虚度岁月。

⑫"箭"，三昧集作"雀"。秦似说：作箭，含有雀这个目标在内；作雀，就丢掉射箭这个内容。（《唐诗新选》）○〔赵注〕鲍照《拟古八首》之三："石梁有馀劲，惊雀无全目。"李善注引《帝王世纪》曰："帝羿有穷氏与吴贺北游。贺使羿射雀。羿曰：'生之乎？杀之乎？'贺曰：'射其左目。'羿引弓射之，误中右目。羿抑首而愧，终身不忘。故羿之善射，至今称之。"〔马注〕无全目，是说射艺之精，能够分辨左右目。生按：无全目，一眼被射残。此谓当年箭无虚发。

⑬《庄子·至乐》："支离叔与滑介叔观于冥伯之丘，昆仑之墟，黄帝之所休，俄而柳生其左肘。"林希夷注："柳，瘤也，今人谓生痔也。"郭嵩焘注："柳，瘤字，一声之转。"生按：《说文》："柳，小杨也。"柳通称杨柳，柳谐"瘤"音，这里由于对仗和声韵的需要，改为垂杨，又谐"疡"音，都指痔瘤。意谓久不习武，技艺荒疏，犹如肘生痔瘤，不灵便了。

⑭〔赵注〕《史记·萧相国世家》："邵平者，故秦东陵侯。秦破，为布衣。贫，种瓜于长安城东。瓜美，故世俗谓之东陵瓜。"生按：今骊山附近有邵平店，传是其种瓜故地。

⑮陶潜《五柳先生传》："先生不知何许人也，亦不详其姓字，宅边有五柳树，因以为号焉。"生按：陶潜隐居，以五柳先生自况。此谓像陶一样躬耕田园。

⑯"茫茫"，英华，品汇、纬本、凌本、全唐诗作"苍茫"。"连"，全唐诗、赵本一作"迷"。○茫茫：广大貌。穷巷：僻巷。《韩诗外传》五："隐居穷巷。"

⑰"辽"，全唐诗、赵本作"寥"，从蜀刻本、述古堂本、元刊本。○辽落：空旷辽远。牖：音友。虚牖：洞开的窗子。《说文》："牖，穿壁以木为交窗也。"段玉裁注："交窗者，以木横直为之，即今之窗也。在墙曰牖，在屋曰窗，此则互明之。古者室必有户有牖，牖东户西，皆南向。"〔闻笺〕《世说·言语》："江山辽落，居然有万里之势。"慧净《和卢赞府游纪国道场诗》："落照侵虚牖。"

⑱疏勒：故地在今新疆西部疏勒县。〔赵注〕《后汉书·耿弇传》："永

平十七年，（耿）恭为戍已校尉，屯金蒲城。明年三月，北单于攻金蒲城。恭乘城搏战，匈奴遂解去。恭以疏勒城旁有涧水可固，乃引兵据之。匈奴来攻，于城下拥绝涧水。恭于城中穿井，十五丈不得水，吏士渴乏，笮（榨）马粪汁而饮之。恭乃整衣服向井再拜，为吏士祷。有顷，水泉奔出，乃令吏士扬水以示虏。虏出不意，以为神明，遂引去。"

⑲空：只。使酒：宴会上借酒发脾气。〔赵注〕《史记·魏其武安侯列传》："灌将军夫者，颍阴（今河南许昌，汉属颍川郡）人也。建元元年，入为太仆，徙为燕相。数岁，坐法去官。灌夫为人刚直使酒，不好面谀。贵戚诸有势在己之右，不欲加礼，必凌之；诸士在己之左，愈贫贱，尤益敬，与均。家累数千万，食客日数十百人。横于颍川。"

⑳贺兰山在今宁夏贺兰县西，一名阿拉善山。〔赵注〕《元和郡县志》："贺兰山在灵州保静县西九十三里。山有树木青白，望如驳马，北人呼驳为贺兰。其抵河之处亦名乞伏山，在黄河西，从首至尾，有像月形，南北约长五百余里，真边城之巨防。"生按：《玉篇》："阵，师旅也。"谓屯驻的军队密集如云。

㉑檄：音锡，军事文书。羽檄：紧急军事文书。交驰：边塞与朝廷双方报马交相奔驰。日夕：昼夜。〔余注〕闻：传报。〔赵注〕《汉书·高帝纪》："吾以羽檄征天下兵。"颜师古注："檄者，以木简为书，长尺二寸，用征召也。其有急事，则加鸟羽插之，谓之羽檄，示速疾也。"《魏武奏事》云："今边有警，辄露檄插羽。"陆倕《石阙铭》："羽檄交驰，军书狎至。"

㉒"三河"，元刊本、久本、品汇作"山河"，误。○节：符节，由朝廷制发，用以证明身份和传达命令的信物，竹、木、铜或金、玉制成，上书文字，剖而为二，左留朝廷，右付在外臣下，朝廷有令，遣使持节传达，以两片符合为验。《史记·孝文纪》："初与郡国守相为铜虎符、竹使符。"索隐："《汉旧仪》：铜虎符发兵，竹使符出入、征发。"《旧唐书·职官志》："（门下省符宝郎）凡国有大事，则出纳符节。一曰铜鱼符，所以起军旅，易守长。二曰传符，所以给邮驿，通制命。三曰随身鱼符，所以明贵贱，应征召。"唐代兵丁，除依律征集"府兵"外，常临时召募"征人"。征、募兵使臣，持符节以为信记，故称节使。《汉书·高帝本纪》："发使告诸侯曰：悉发关中兵，收三河士。"韦昭注："河南（今河南南部）、河东（今山西）、河内（今河南北部和河北）也。"〔赵注〕刘孝威

《结客少年场行》："边城多警急，节使满郊衢。"

㉓诏书：皇帝颁发的命令。《说文通训定声》："诏，告也。按上告下之义，古用诰，秦复造诏字当之。"〔赵注〕《汉书·常惠传》："宣帝本始二年，匈奴连发大兵击乌孙，使使胁求公主。于是汉大发十五万骑，五将军分道出。"《匈奴传》）："遣御史大夫田广明为祁连将军，四万余骑出西河；度辽将军范明友，三万余骑出张掖；前将军韩增，三万余骑出云中；后将军赵充国为蒲类将军，三万余骑出酒泉；云中太守田顺为虎牙将军，三万余骑出五原。凡五将军，丘十余万骑，出塞各二千余里。"

㉔试：与下句"聊"互文，犹"且"，可释为"试着"，表示主体实施动作时的某种态度。拂：擦拭。铁衣：铠甲。《本兰辞》："寒光照铁衣"。〔陈注〕句谓把铠甲擦得雪亮。

㉕〔赵注〕《吴越春秋·王仵使公子光传》："伍员奔吴，至江，渔父渡之。乃解剑与渔父曰：'此剑中有七星，价值百金。'渔父不受。"吴均《边城将诗》："刀含四尺影，剑抱七星文。"生按：聊：犹"且"，暂且，权且。七星文：余注"宝剑上刻有七星花纹。"林注"嵌在宝剑上的七个金星"。从出土文物考察，春秋战国的各式利剑，剑身大多刻有花纹，剑鼻上有镶嵌若干绿松石、孔雀石、蓝水玉的，似林说近之。动匣文：谓剑上七星闪闪发光。

㉖"大"，各本作"天"，从赵本。《燕支行》称"汉家天将"，则胡将宜称"大将"。〇燕：即北燕，都蓟（今北京西南）。战国中期称王，为七雄之一，辖有今河北北部、辽宁、朝鲜北部之地。〔赵注〕《列子·汤问》："纪昌乃以燕角之弧、朔蓬之簳射之。"左思《魏都赋》："燕弧盈库而委劲。"李周翰注："燕弧，角弓，出幽燕地。"

㉗"耻"，品汇作"敢"。"甲"元刊本作"马"，误。"吾君"，蜀刻本、乐府、述古堂本、元刊本、正音、品汇、全唐诗作"吴军"，误。〇越：传为夏少康庶子之封国，都会稽（今浙江绍兴）。春秋末年，越王勾践灭吴，辖有今江苏、浙江及山东南部。战国后期，为楚怀王所灭。甲：披甲的兵士。鸣：惊动。〔赵注〕《说苑·立节》："越甲至齐，雍门子狄请死之。齐王曰：'鼓铎之声未闻，矢石未交，长兵未接，子何务死之为？'对曰：'昔者王田于圃，左毂鸣，（车毂制造装配不善，发出声响），车右为其鸣吾君也，遂刎颈而死。今越甲至，其鸣吾君岂左毂之下哉！车右可以

死左毂，而臣独不可以死越甲也？'遂刎颈而死。是日，越人引甲而退七十里。曰：'齐王有臣均如雍门子狄，拟使越社稷不血食。'遂引甲而归。齐王葬雍门子狄以上卿之礼。"

㉘ "立"，英华、蜀刻本、述古堂本、乐府、全唐诗作"取"，正声作"树"。○汉云中郡，故治在今内蒙古托克托县北。〔赵注〕《汉书·冯唐传》："（文帝）以胡寇为意，复问唐曰：'公何以言吾不能用（廉）颇、（李）牧也？'对曰：'今臣窃闻魏尚为云中守，军市租尽以给士卒，出私养钱，五日一杀牛，以飨宾客军吏舍人，是以匈奴远避，不近云中之塞。虏尝一入，尚帅车骑击之，所杀甚众。愚以为陛下法太明，赏太轻，罚太重。且云中守尚，坐上功首虏差六级，陛下下之吏，削其爵，罚作之。由此言之，陛下虽得李牧，不能用也。'文帝悦。是日令冯唐持节赦魏尚，复以为云中守。"

评　笺

《王摩诘诗评》："刘云：（'茫茫'二句）愈出愈奇。○满篇风致，收拾处常嫩而短，使人情事欲绝。起语娇嫩，复胜老语。顾云：老当益壮，须用云中守结，方有力。"

顾可久按："善使事，雄浑老劲。"

毛先舒《诗辩坻》："七言古至右丞，气骨软弱，已逗中唐。如'愿得燕弓射大将，耻令越甲鸣吾君'，极欲作健，而风格已夷，即曲借对仗，无复浑劲之致。须溪评王嫩复胜老，爱忘其丑矣。"

张谦宜《絸斋诗谈》："《老将行》填健语欲令雄壮，正是不足处，此在骨子内辨。"

吴乔《围炉诗话》："《老将行》起语至'数奇'是兴，'自从'下是赋，'贺兰'下以兴结。"

方东树《昭昧詹言》："《老将行》'卫青'句陪；'李广'句转；'昔时'二句，奇姿远韵；'贺兰'句转。"

胡应麟《诗薮》："王维《老将行》《桃源行》，皆脉络分明，句调婉畅。"

唐汝询《唐诗解》："对偶严整，转换有法，长篇之圣者。"

郎廷槐《师友诗传录》："问：七言长短句，波澜卷舒，何以得合法？萧亭（张实居）答：七言长篇，宜富丽，宜峭绝，而言不悉。波澜要宏阔，陡起陡止，一层不了，又起一层。卷舒要如意警拔，而无铺叙之迹，又要徘徊回顾，不失题面，此其大略也。长篇如王摩诘《老将行》，最有法度。"

沈德潜《唐诗别裁集》："此种诗，纯以队仗胜。学诗者不能从李、杜入，右丞、常侍自有门径可寻。〇卖瓜种柳，极形落寞。后半写出据鞍顾盼意，不敢以衰老自废弃也。"

周珽《唐诗选脉会通评林》："吴山民曰：陡然起便劲健。次六句何等猛烈。'卫青'句正不必慕，'李广'句便自可叹。'苍茫'二句说得冷落。'誓令'二句猛气犹存。末六句老趁何如。"

黄培芳《唐贤三昧集笺注》："从少说起。（'寥落寒山'句下）写得闲散，意象如画。（'贺兰山下'句下）前路迤逦，其势蓄极，到此乃喷薄而出，须知其谐处俱不失其健。此段驰骤，须放缓来收，音节乃尽抑扬之妙。"

张文荪《唐贤清雅集》："起势飘忽，骇人心目。七古长篇概用对句，错落转换，全以气胜，否则支离节解矣。转接补干，用法精细，大家见识。"

邢昉《唐风定》："绝去雕组，独行风骨，初唐气运至此一变。歌行正宗，千秋标准，有外此者，一切邪道矣。"

范大士《历代诗发》："右丞七古，和平宛委，无蹈厉莽募之态，最不易学。"

王闿运《唐诗选》："此则有装点。"

高步瀛《唐宋诗举要》："雄姿飒爽，步伐整齐。"

林庚说："燕支行、陇西行、陇头吟、老将行等，正是一代的绝唱，都是含有'兴寄'的政治诗。"（《中国文学简史》）

刘大杰说："笔意酣畅，风格豪放，诗人托古讽今的意图是极为明显的。"（《中国文学发展史》）

程千帆说："这篇万口传诵的名作，是以统治者刻薄寡恩与老将军壮心不已的矛盾为主题的。通篇以汉喻唐，成功地表达了许多军人的呼声，使这篇诗具有典型意义。用了贺兰山（唐朝和西北诸族，特别是和吐蕃的战场）这个不见于汉史的地方，正好透露了诗人的现实感。"（《古诗考索》）

陶文鹏说："在老将悲壮感人的形象之中，也寄托了寒士怀才不遇饱受压抑的愤懑不平。"（《唐代文学史》）

　　傅经顺说："每十句为一段，章法整饬，大量使事用典，从不同的角度刻画出老将的艺术形象，增加了作品的内容含量。对偶工巧自然，达到了理正而文奇、意新而词高的艺术境界。"（《唐诗鉴赏辞典》）

　　王从仁说："嫌用典太多，有些典故也不很贴切，近于堆砌。说明诗人对于前人艺术创作的借鉴是成功的，但还未形成独特的艺术风格。"（《王维和孟浩然》）

　　郝世峰说："功名之念，终身不已，这也是唐代士人的心声。"（《隋唐五代文学史》）

　　沙灵娜说："这首诗受鲍照《代东武吟》很深影响，但比鲍诗思想内容更复杂深刻，格调更悲凉慷慨。"（《唐诗三百首全译》）

燕支行 时年二十一①

　　汉家天将才且雄②，来时谒帝明光宫③。万乘亲推双阙下④，千官出钱五陵东⑤。誓辞甲第金门里⑥，身作长城玉塞中⑦。卫霍缠堪一骑将⑧，朝廷不数贰师功⑨。赵魏燕韩多劲卒⑩，关西侠少何咆勃⑪。报仇只是闻尝胆⑫，饮酒不曾妨刮骨⑬，画戟雕戈白日寒⑭，连旗大旆黄尘没⑮。叠鼓遥翻瀚海波⑯，鸣笳乱动天山月⑰。麒麟锦带佩吴钩⑱，飒踏青骊跃紫骝⑲。拔剑已断天骄臂〔三十〕，归鞍共饮月支头㉑。汉兵大呼一当百㉒，虏骑相看哭且愁。教战虽令赴汤火㉓，终知上将先伐谋㉔。

　　此诗作于开元七年。

　　①乐府、元刊本、活字本、品汇无"时年二十一"五字○〔陈注〕燕支：山名，即胭脂山，一作焉支山，在今甘肃山丹县东南。霍去病过燕支山伐匈奴获胜。这篇歌颂将军出征胜利的歌行以此命名。〔赵注〕《史记·匈奴列传》："汉使骠骑将军去病，将万骑出陇西，过焉支山千余里击匈奴，得胡首虏骑万

八千余级。”《元和郡县志》：“焉支山一名删丹山，水草茂美与祁连同。匈奴失祁连、焉支二山，乃歌曰：‘亡我祁连山，使我六畜不蕃息！失我焉支山，使我妇女无颜色’。”生按：崔豹《古今注》：“燕支，叶似蓟，花似蒲公，出西方。土人以染，名为燕支。中国人谓之红蓝。以染粉，为妇人面饰。”

②“天将”，品汇、纬本作“大将”。

③“来时”，活字本作“时来”。○《雍录》：“汉有明光宫三：一在北宫南，与长乐相连者，武帝太初四年起。别有明光宫，在甘泉宫中，亦武帝所起，发燕赵美女三千人充之。至尚书郎主作文书起草，更值于建礼门内，则近明光殿矣。建礼门内得神仙门，神仙门内得明光殿，约其方向，必在未央正宫殿中，则臣下奏事之地也。”

④《孟子·梁惠王》：“万乘之国。”赵歧注：“万乘，兵车万乘，谓天子也。”朱熹注：“天子畿内地方千里，出车万乘。”〔赵注〕《史记·冯唐传》：“上古王者之遣将也，跪而推毂（车轮）曰：闻（郭门）以内者，寡人制之；阃以外者，将军制之。”《尔雅·释宫》：“观，谓之阙。”郭璞注：“宫门双阙。”邢昺疏：“其上悬法象，其状巍然高大，谓之‘象魏’；使人观之，谓之‘观’；门之两旁相对为双，故名‘双阙’。”《雍录》：“阙之得名也，以其立土为高台楼观，夹峙宫门两旁，而中间阙然为道也。”生按：谓皇帝亲送至宫门前。

⑤〔赵注〕《荀子·正论》：“古者天子千宫。”班固《西都赋》：“北眺五陵。”李善注：“高帝葬长陵，惠帝葬安陵，景帝葬阳陵，武帝葬茂陵，昭帝葬平陵。”生按：五陵皆在渭河北咸阳原上，略成一直线。互陵东，指汉长安城西北，因通西域的大道在西北横门外。《诗·大雅·崧高》：“王饯于郿。”郑玄笺：“饯，送行饮酒也。”

⑥〔赵注〕《汉书·霍去病传》：“上为治第，令视之。对曰：‘匈奴不灭，无以家为也’。”《霍光传》：“赐甲第一区。”陆机《君子有所思行》：“甲第崇高闼。”李善注：“《汉书音义》曰：第，第宅。有甲乙次第，故曰甲第。”李周翰注：“甲第，第一（等）宅也。”生按：第宅，多为朝廷赏赐的官邸。金门，金马门。《三辅黄图》：“金马门，宦者署，在未央宫。武帝得大宛马，以铜铸象，立于署门，因以为名。东方朔、主父偃、严安、徐乐，皆待诏金马门。”金门里：指朝廷之上。

⑦塞：关塞；玉塞：玉门关，因和阗玉经此输入中原而得名。据向达《两关杂考》，汉玉门关故城即今甘肃敦煌县西北二百里之小方盘城。残《沙州图经》谓"周回一百二十步（汉六尺为步，清五尺为步），高三丈。"今小方盘城垣尚完整，俱属版筑，北西二面有门。城为正方形，与《图经》所记大致相合。隋唐时，玉门关已东移至瓜州晋昌县西二里，在今甘肃安西县双塔堡附近。〔赵注〕《晋书·载记》："控弦玉塞，跃马金山。"〔陈注〕此谓大将镇守边关，捍卫邦国，有如万里长城。生按：《南史·檀道济传》："道济见收，乃脱帻投地曰：乃坏汝万里长城！"

⑧"缚"，蜀刻本、乐府、活字本、凌本、全唐诗作"才"。○《史记·卫将军骠骑列传》："元狩四年春，上令大将军（卫）青、骠骑将军（霍）去病击匈奴。大将军军出塞千余里，捕斩首虏万余级。骠骑将军出代、右北平千馀里，所斩捕功已多大将军。军既还，皆为大司马，秩禄等。"生按：据《史记》此传及《后议书·百官志》，汉代职位比公的将军，有大将军、骠骑将军、车骑将军、卫将军。在他们领导下的偏、禆将军，名号很多，有前、后、左、右将军，轻车、骑、骁骑、强弩、游击、横海等等将军，骑将即骑将军。

⑨"不"，唐文粹、述古堂本、乐府作"莫"。○《史记·大宛列传》："（太初元年）宛（大宛），（故地在今乌兹别克共和国费尔干纳盆地，王治贵山城）有善马在贰师城（故地在今吉尔吉斯共和国南部马尔哈马特），不肯予汉使。会郁成（故地在今吉尔吉斯共和国奥什）攻杀汉使，天子拜李广利为贰师将军，发属国六千骑，及郡国恶少年数万人，以往伐宛，期至贰师城取善马。贰师将军军攻郁成，郁在大破之，引兵还，留敦煌。（二年）夏，益发戍甲卒十八万，天下七科谪，及载糒给贰师。贰师复行，至宛，围其城攻之四十余日。宛贵人共杀其王毋寨，出其善马。汉军取其善马数十匹，中马以下牡牝三千余匹，与盟而罢兵。天子封广利为海西侯。"〔陈注〕句谓李广利功劳虽大，但和这位大将比较起来，就很难为朝廷数到了。

⑩战国时期，赵辖有今河北南部、山西北部之地，都邯郸（故地在今河北邯郸赵王城）。魏辖有今山西南部、河南北部之地，都安邑（故地在今山西夏县西北）；魏惠王迁都大梁（故地即今河南开封），又称梁。韩辖有今山西东南及河南中部之地，都郑（故地即今河南新郑）。燕，见《老将行》注

㉖。《说文》:"劲,强也。"《三国志·魏书·杜畿传》:"武士劲卒。"〔陈注〕句谓这位大将所率领的原赵、魏、燕、韩领地的士卒很劲健猛勇。

⑪ "勃",元刊本、久本、品汇作"呦",通。○关西:函谷关以西今陕、甘一带。侠少:游侠少年。见《陇头吟》注①。〔赵注〕潘岳《西征赋》:"出申戚于河外,何猛气之咆勃!"李善注:"咆勃,怒貌。"

⑫ 〔赵注〕《史记·越王勾践世家》:"三年,吴王夫差悉发精兵击越,败之夫椒(越地,或谓在苏州洞庭西山)。越王乃以馀兵五千人保栖于会稽(绍兴会稽山)。吴王追而围之。越王乃令大夫种行成于吴,曰:'勾践请为臣,妻为妾。'吴王卒赦越,罢兵而归。越王勾践返国,乃苦身焦思,置胆于坐,坐卧即仰胆,饮食亦尝胆也,曰:'汝忘会稽之耻邪?'"

⑬ 〔赵注〕《三国志·蜀书·关羽传》:"羽尝为流矢所中,贯其左臂,后疮虽愈,每至阴雨,骨尝疼痛。医曰:'矢镞有毒,毒入骨,当破臂作创,刮骨去毒,然后此患乃除耳。'羽便伸臂,令医劈之。时羽适请诸将,饮食相对,臂血流离,盈于盘器,而羽割炙饮酒,言笑自若。"

⑭ 〔陈注〕画戟雕戈:雕画着花纹的戈和戟。生按:戈,古兵器,长六尺六寸,其刃横出,可勾可击。戟,古兵器,长一丈六尺,合戈矛为一体,可直刺也可勾击。

⑮ 〔赵注〕《左传·僖公二十八年》:"亡大旆之左旃。"杜预注:"大旆,旗名。继旐为旆。"生按:旗长八尺,黑色,画龟蛇,称为旐。在旐末续以八尺长红色燕尾形旗尾,便称为旆,是将帅所建的大旗。

⑯ 〔赵注〕谢朓《入朝曲》:"凝笳翼高盖,叠鼓送华辀。"李善注:"小击鼓谓之叠。"张铣注:"叠鼓,其声重叠也。"《史记·匈奴列传》:"骠骑封于狼居胥山(在今外蒙古乌兰巴托东),禅姑衍(在狼居胥山西北),临瀚海而还。"如淳注:"瀚海,北海名。"生按:北海,指西伯利亚贝加尔湖。但霍去病伐匈奴,出山西代县北二千余里,似未达北海。瀚海,当指满语称为"戈壁"的大沙漠,因其广阔无垠,黄沙起伏若浪,浩瀚如海,故名。唐龙朔三年置瀚海都护府,在今内蒙古五原,即位于大沙漠之南。

⑰ "天",乐府作"关",误。笳:军乐,入卤簿。见《双黄鹄歌》注⑦。《六韬·军略》:"击雷鼓,振鼙、铎,吹鸣笳。"〔赵注〕曹丕《与梁朝歌令吴质书》:"从者鸣笳以启路"。《史记正义》:"天山一名白山,今名

折漫罗山，在伊吾县（今新疆哈密）北百二十里。"《史记索隐》："祁连山在张掖、酒泉二界上，东西二百余里，南北百里，有松柏五木，美水草，冬温夏凉，宜畜牧养，一名天山。"《北边备对》："天山即祁连山也。虏语祁连、时漫罗、祁漫罗，皆天也。自甘肃张掖而西，至于庭州（今新疆吉木萨尔县北破城子），相去三千五六百里，而天山皆能周遍其地。"

⑱〔陈注〕麒麟锦带：刺绣着麒麟的锦带。〔赵注〕鲍照《代结客少年场行》："骢马金络头，锦带佩吴钩。"李周翰注："吴钩，剑类，头少曲。"《吴越春秋·阖闾内传》："阖闾命于国中作金钩。令曰：'能为善钩者赏之百金。'有人成二钩，诣宫门而求赏。王曰：'子独求赏，何以异于众夫子之钩乎？'作钩者曰：'吾之作钩也，贪而杀二子，衅成二钩。'王乃举众钩以示之：'何者是也？'于是钩师向钩而呼二子之名：'吴鸿，扈稽，我在于此，王不知汝之神也！'声绝于口，两钩俱飞着父之胸。吴王大惊曰：'嗟乎！寡人诚负于子。'乃赏百金？"

⑲飒沓：音萨踏，迅疾貌。应场《西狩赋》："按辔清途，飒沓风翔。"或释为众盛貌，似未切。〔赵注〕《尔雅·释畜》："青骊，駵。"孙炎注："青毛黑毛相杂者名駵，今之铁骢也。"赤色马，唐人谓之紫骝，后人改呼枣骝。

⑳天骄：指匈奴。〔赵注〕《汉书·匈奴传》："胡者，天之骄子也。"《汉书·西域传》："赞曰：孝武之世，图制匈奴，患其兼从西国，结党南羌，乃表河西，列四郡，开玉门，通西域，以断匈奴右臂，隔绝南羌、月氏。单于失援，由是远遁，而漠南无王庭。"

㉑月支：即月氏，禺氏，西域古国名。秦汉之际，游牧于敦煌、祁连间。汉文帝前元三至四年（公元前177—前176），遭匈奴攻击，大部西迁至今新疆伊犁河流域及其迤西一带，称大月氏；少数入今祁连山区，称小月氏。〔赵注〕《史记·大宛列传》："匈奴老上单于杀月氏王，以其头为饮器。"〔陈注〕喻唐大将歼敌而归。

㉒〔赵注〕《后汉书·光武帝纪》："诸将既经累捷，胆气益壮，无不一当百。"

㉓"虽"，元刊本、赵本作"须"。从蜀刻本、纬本、凌本。《语辞汇释》："须，犹虽也。"○〔赵注〕《汉书·晁错传》："故能使其众蒙矢石，赴汤火，视死如生。"

㉔"先伐谋"，唐文粹、乐府作"伐谋猷"。○〔赵注〕《淮南子·兵略》："故上将之用兵也，上得天道，下得地利，中得人心，乃行之以机，发之以势，是以无破军败兵。"《孙子·谋攻》："上兵伐谋，其次伐交，其次伐兵，其下攻城。"〔陈注〕谓以谋略征服敌人。生按：《语辞汇释》："虽字与终字相应，言教战之令虽严，终以伐谋为先也。"

评　笺

《王摩诘诗评》："顾云：壮。○通前篇（《老将行》）是大学力。"

吴乔《围炉诗话》："诗用兴比出侧面，使人深求而得，故曰'言之者无罪，而闻之者足以戒'也。王右丞之《燕支行》，正意只在'终知上将先伐谋'，法与此同。"

毛先舒《诗辩坻》："七言古至右丞，气骨顿弱，已逗中唐。如'卫霍才堪一骑将，朝廷不数贰师功'，极欲作健，而风格已夷，即曲借对仗，无复浑劲之致。"

顾可久按："结束斩绝，雄浑老劲。"

陈铁民说："王维的这类诗歌，多着眼于写人，并通过写人，寄寓自己的情志。他写人，侧重于表现人物的精神面貌，思想感情。《燕支行》写出了汉家天将的英雄气概和报国决心。全诗多用烘托手法，以烘托将军的才且雄。"（《王维新论》）

袁行霈说："豪情四溢，颇有盛唐边塞诗的浪漫色彩。"（《中国诗歌艺术研究》）

从 军 行①

吹角动行人②，喧喧行人起。笳悲马嘶乱③，争渡金河水④。日暮沙漠垂⑤，战声烟尘里⑥。尽系名王颈⑦，归来报天子⑧。

此诗约作于天宝四载。

①从军行：乐府古题。〔赵注〕《乐府诗集》："王僧虔《技录》：'平调七曲，其六曰从军行。'《乐府解题》曰：'《从军行》皆军旅辛苦之辞。'"

②〔赵注〕《宋书·乐志》："角，书记所不载。或云出羌胡，以惊中国马；或云出吴越。"生按：陈旸《乐书》："胡角本应胡笳之声，其制并五彩衣幡，掌画蛟龙，五彩脚。"《文献通考·乐考》："革角长五尺，形如竹筒，本细末大，或以竹木，或以皮，非有定制也。"动：命令出发。行人：征人，出征的士兵。见《陇头吟》注⑤。

③"悲"，英华作"应"，乐府作"鸣"。○笳：胡笳，军乐。见《双黄鹄歌》注⑦。

④"金"，全唐诗一作"黄"。○〔赵注〕《太平寰宇记》："云中郡有紫河镇，界内有金河水。其泥色紫，故曰金河。"生按：一名黑河，在今内蒙古呼和浩特市南，曲折西南流，经托克托县，入黄河。

⑤垂：边，今作陲。〔赵注〕曹植《白马篇》："少小去乡邑，扬声沙漠垂。"

⑥"战声"，英华作"力战"。○烟尘：烽烟与战场上扬起的尘土。蔡琰《胡笳十八拍》："烟尘蔽野兮胡虏盛。"

⑦"名王"，英华作"蕃王"，赵本一作"名蕃"。○《广韵》："系，缚系。"〔赵注〕《汉书·贾谊传》："行臣之计，请必系单于之颈，而制其命。"《汉书·宣帝纪》："匈奴单于，遣名王奉献。"颜师古注："名王者，谓有大名，以别诸小王也。"《汉书·陈汤传》："至今无名王大人见将军受事者。"颜师古注："名王，诸王之贵者。"生按：以绳系颈，此谓俘虏之。

⑧"报"，蜀刻本、久本、活字本、全唐诗作"献"，凌本作"见"。○报：复命。《广雅·释言》："报，复也。"《木兰辞》："归来见天子。"

评笺

顾可久按："雄浑，善摹写。"

林庚说："这里既无夸张，也无感慨，它不动声色而声色俱在其中，写法在盛唐边塞诗中是自成一格的。"（《唐代四大诗人》）

陇 西 行①

　　十里一走马，五里一扬鞭②。都护军书至③，匈奴围酒泉④。
关山正飞雪，烽戍断无烟⑤。

　　此诗约作于开元二十五年冬。
　　①陇西行：乐府古题。〔赵注〕《乐府诗集·相和歌·瑟调曲》："《陇西
行》一曰《步出夏门行》。"《乐府解题》曰："古辞云：'天上何所有，历历种
白榆。'始言妇有容色，能应门承宾，次言善于主馈，终言送迎有礼。若梁简文
'陇西四战地'，但言辛苦征伐，佳人怨思而已。"《通典》曰："秦置陇西部
(郡治在今甘肃临洮县)，以居陇坻之西为名。"生按：右丞此作略与简文同意。
　　②走马：驰马。《释名·释姿容》："徐行曰步，疾行曰趋，急趋曰走。"秦
汉以来，朝廷沿交通要道设邮、亭、驿（置）等馆舍，供传递公文的信使休息
和换马。《续汉书·百官志》注引《汉官仪》："十里一亭，五里一邮。"又《舆
服志》："三十里一置。"《新唐书·百官表》："三十里有驿，驿有长，举天下四
方之所达，为驿千六百三十九。"二句写传送军书的信使驱驿马急驰的情景。
　　③〔赵注〕《汉书·郑吉传》："郑吉发诸国兵攻破车师（国都在今新疆吐
鲁番西北雅尔湖村附近），迁卫司马，使护鄯善（今新疆若羌一带）以西南道。
神爵中，（匈奴）日逐王先贤掸降汉，吉遂并护车师以西北道，故号都护。都
护之置，自吉始焉。"颜师古注："都犹总也，言总护南北之道。"生按：唐代
在边疆地区置六都护府，其中：太宗置安西大都护、北庭都护，高宗置安北、
单于大都护及安东、安南都护。《旧唐书·职官志》："大都护，大都护一员，
从二品，副都护四人，正四品上；上都护府，都护一员，正三品，副都护二人，
从四品上。都护之职，掌抚慰诸蕃，辑宁外寇，觇候奸谲，征讨携贰。"军书：
军事文书。〔赵注〕《汉书·息夫躬传》："军书交驰而辐凑。"
　　④匈奴：我国古代北方民族。《史记·匈奴列传》谓其先祖出于夏后氏
之苗裔淳维。王国维《观堂集林·鬼方昆夷猃狁考》，谓其族随世易名，因
地殊号。其见于商周间者，曰鬼方，曰混夷，曰獯鬻；周季曰猃狁；春秋谓

之戎，谓之狄；战国时始称匈奴，又称曰胡。其族原散居今甘肃、陕西、山西诸省，后渐北徙，屡为边患。东汉建武二十四年，其国饥疫死耗，乃分而为二：一曰南匈奴，归汉，杂居今山西省之北部；二曰北匈奴，居今内、外蒙古及中亚细亚境，东汉和帝时，为窦宪所破，远走西方。许多学者认为，匈奴人后裔与马扎尔人融合，即今匈牙利人的祖先。〔赵注〕《汉书·武帝纪》："征和三年，匈奴入五原、酒泉，杀两都尉。"《汉书·地理志》："酒泉郡，武帝太初元年开。"颜师古注："旧俗传云，城下有金泉，泉味如酒。"生按：故治在今甘肃酒泉县东北。

⑤"戍"，全唐诗一作"火"。○烽戍：边防上报警的烽燧台。《后汉书·光武帝纪》："筑亭候，修烽燧。"李贤注："边方告警，作高土台，台上作桔槔，桔槔头上有笼。中置薪草，有寇即举火燃之以相告，曰烽；又多积薪，寇至即燔之以望其烟，曰燧。昼则燔燧，夜乃举烽。"贺昌群《烽燧考》说：据《流沙坠简》，可证《说文》烽为'燧之候表'（候望信号），燧为'塞上亭，守烽者'之说不误。烽燧即'烽火亭燧'之简称。亭，主捕盗贼，若设塞上，常与燧并置，故称亭燧。烽燧于高山四望险绝处，无山则在平地高迴处置燧有长，有烽卒五人。断无烟：谓前线消息中断，形势危急，胜败未卜。《资治通鉴·唐纪·至德元载》："及暮，平安火不至。"胡三省注："《六典》：唐镇戍烽候所至，大率相去三十里。每日初夜，放烟一炬，谓之平安火。"

评　笺

张戒《岁寒堂诗话》："世以王摩诘古诗配太白，盖摩诘古诗能道人心中事而不露筋骨，如《陇西行》《息夫人》《西施篇》《羽林骑闺人》等篇，信不减太白。"

顾可久按："起束皆突兀急骤，流丽宏古。"

刘德重说："这首诗，取材的角度很有特色。它反映的是边塞战争，但并不正面描写战争，而是仅仅撷取军使飞马告急这样一个片断、一个侧面来写，至于前后的情况，则让读者自己用想象去补充。这种写法，节奏短促，一气呵成，篇幅集中而内蕴丰富，在艺术构思上不落俗套。"（《唐诗鉴赏辞典》）

章培恒说："王维现存的边塞诗有三十余首，艺术处理上往往表现出高度的概括力。如《陇西行》，在险急的军情后面略一点景便戛然而止，把酷烈的酣战场面一并隐去，全部付诸读者的想象。全诗以歌谣式的明快节奏起头，收煞处截断众流。突兀的起结造成了饱满的张力，用语寥寥而效果强烈。"（《中国文学史》）

钱锺钟书说："画之写景物，不尚工细；诗之道情事，不贵详尽。皆须留有余地，耐人玩味，俾由其所写之景物而冥观未写之景物，据其所道之情事默识未道之情事。取之象外，得于言表，'韵'之谓也。叔本华云：'作文妙处在说而不说'，正合希腊古诗人所谓半多于全之理。"（《管锥篇》）生按：这段话正可移作此诗评笺。

少年行四首①

新丰美酒斗十千②，咸阳游侠多少年③。相逢意气为君饮④，系马高楼垂柳边。

①少年：古称青年男子。《乐府诗集·杂曲歌辞》有刘孝威《结客少年场行》、何逊《长安少年行》。《乐府解题》："《结客少年场行》，言轻生重义，慷慨以立功名也。"王维《少年行》意同。

②《汉书·地理志》："新丰，高祖七年置。"应劭注："太上皇思东归，于是高祖改筑城市街里以像丰，徙丰（故治即今江苏丰县）民以实之，故号新丰。"故地在今陕西临潼县东北二十里，古代盛产美酒。萧绎《登江州百花亭怀荆楚诗》："试酌新丰酒，遥劝阳台人。"《诗·大雅·行苇》："酌以大斗。"孔颖达疏："大斗，长三尺，谓其柄也。盖从大器把之于尊用此勺耳。"斗本为大酒勺，秦汉以来称饮酒器之大者为斗，其容量可达一斗。曹植《名都篇》："归来宴平乐，美酒斗十千。"此借曹植诗形容美酒名贵，一斗十千文并非唐时酒价。

③"多"，万首绝句作"皆"。○咸阳：借指长安。见《登楼歌》注⑧。游侠：古代好交游、重然诺、仗义轻生、救人危难的一种人。见《榆林郡歌》注③。

④ "意气"，万首绝句作"气味"。"饮"，英华一作"死"。〇意气：志趣气味。谓因志趣相投、一见如故而畅饮定交。〔林注〕君：泛指。

评　笺

《唐诗归》："钟惺云：此'意气'二字，虚用得妙。"

黄叔灿《唐诗笺注》："少年游侠，意气相倾，绝无鄙琐踟蹰之态，情景如画。"

张文荪《唐贤清雅集》："雄快事说得安雅，是右丞诗体。"

富寿荪《千首唐人绝句》："刘拜山说：以邂逅相遇，即系马痛饮，烘染出游侠意气。末句看似不着力，实乃传神空际之笔。"

刘学锴说："轻生报国的壮烈情怀，重义疏财的侠义性格，豪纵不羁的气质，使酒任性的作风，都可以包含在'意气'之中。因而，对侠少们来说，无须经过长期交往，就可彼此倾心，一见如故。这就是所谓'相逢意气'。写马，正所以衬托侠少的英武豪迈。高楼旁的垂柳，点缀了酒楼风光，使之在华美、热闹中显出雅致、飘逸，不流于市井的鄙俗。而这一切，又都是为了创造一种富于浪漫气息的生活情调，为突出侠少的精神风貌服务。"（《唐诗鉴赏辞典》）

出身仕汉羽林郎①，初随骠骑战渔阳②。孰知不向边庭苦，纵死犹闻侠骨香③。

①出身：以身从事，指出仕任职。鲍照《代东武吟》："仆本寒乡士，出身蒙汉恩。"羽林郎：禁卫军官。〔赵注〕《后汉书·百官志》："羽林郎比三百石，掌宿卫侍从。常选汉阳、陇西、安定、北地、上郡、西河凡六郡良家（汉时指非医、巫、商贾、百工的人家）子补之。"生按：《汉书·百官公卿表》颜师古注："羽林亦宿卫之官，言其如羽之疾如林之多。一说羽所以为王者羽翼也。"蔡质《汉仪》："羽林郎百十八人，无员（常员）。"唐代亦有左右羽林军，大朝会则周卫阶陛，巡幸则夹驰道为内仗。

②骠：音票，马疾行貌。〔赵注〕《史记·骠骑列传》："元狩二年春，以冠军侯去病为骠骑将军，将万骑出陇西，有功。"正义："《汉书》云，

霍去病征匈奴，有绝漠之勋，始置骠骑将军，位在三司，品秩同大将军。"生按：渔阳郡治，汉时在今河北密云县西南，开元时移治今河北蓟县。霍去病曾领兵出右北平郡击匈奴，其郡治秦时在今蓟县，汉时在今辽宁凌源县西南。这里以战渔阳借指其事。

③"苦"，全唐诗一作"死"。○《荀子·礼论》："孰知夫出要节之所以养生也。"杨倞注："孰，甚也。"边庭：边疆地区。《左传·昭公十六年》："其庭小"。杜预注："庭，蒐（猎）场也。"〔赵注〕张华《博陵王宫侠曲》："生从命子游，死闻侠骨香。"诗意谓死于边庭者，反不如侠少之死而得名，盖伤之也。〔林注〕深知不宜去边庭受苦，但少年的想法是，哪怕死在边疆上，还可以流芳百世。孰知：熟知，深知。〔沈笺〕谁能知道这种不能到边疆去的苦处呢？为了保卫祖国，即使最后剩下一堆白骨，它也带着侠气，发着香味。生按："孰知"一句，宜从林注。李白《侠客行》："纵死侠骨香，不惭世上英"，同是一种境界。或据《经传释词》解"不"为发声语词，"不向"向也。存参。

评　笺

《王摩诘诗评》："刘云：（'侠骨香'句下）好！"

刘克庄《后村诗话》："'纵死犹闻侠骨香，'警句。"

郝世峰说："侠义精神是王维那个时代对个性和生命价值的肯定。"（《隋唐五代文学史》）

沈祖棻说："一般诗人多写边塞从军之苦，而王维此诗独写不能到边塞从军之苦，从而突出为国献身的崇高愿望、昂扬斗志和牺牲精神，使我们今天读了还深受感动和鼓舞。"（《唐人七绝诗浅释》）

　　一身能擘两雕弧①，虏骑千重只似无②。偏坐金鞍调白羽③，纷纷射杀五单于④。

①"擘"，乐府作"臂"，误。○擘：音博，大拇指，引申为以手拉开弓弩。〔赵注〕《汉书·申屠嘉传》："屠嘉以材官蹶张。"颜师古注："今之弩，以手张者曰擘张，以足踏者曰蹶张。"《玉篇》："弧，木弓也。"雕弧：

有雕画的良弓。〔富注〕此谓能左右开弓，多力善射。

②"重"，乐府、万首绝句作"群"。○虏骑：古代对匈奴骑兵的蔑称。

③偏坐：侧身坐（为便于拉弓射箭）。《诗·小雅·车攻》："弓矢既调。"郑玄笺："调，谓弓强弱与矢轻重相得。"〔陈注〕谓将弓箭调配适度，以备发射。〔赵注〕司马相如《上林赋》："弯蕃弱，满白羽。"文颖注："以白羽羽箭，故言白羽也。"鲍照《拟古八首》："留我一白羽，将以分虎行。"

④单音蝉。单于：汉时匈奴君长之称。《汉书音义》："单于者，广大之貌，言其象天单于然。"〔赵注〕《汉书·宣帝纪》："匈奴虚闾权渠单于病死，右贤王屠耆堂代立。骨肉大臣立虚闾权渠单于子为呼韩邪单于，击杀屠耆堂。诸王并自立，分为五单于（呼韩邪、屠耆、呼揭、车犁、乌藉），更相攻击，死者以万数。"生按：此借指匈奴诸王。

评　笺

朱宝莹《诗式》："豪放○变化工夫全在第三句也。"

黄培芳《唐贤三昧集笺注》："顾云：前半隐使李广事，后半隐使霍去病事，而矜才雄。虽散联而隐属对，皆作法之妙。

　　汉家君臣欢宴终，高议云台论战功①。天子临轩赐侯印②，将军佩出明光宫③。

①《后汉书·朱景王杜马刘傅坚马列传》："论曰：中兴二十八将（汉光武功臣邓禹、吴汉、耿弇、岑彭等），咸能感会风云，奋其智勇，称为佐命，亦各志能之士也。永平中，显宗（明帝）追感前世功臣，乃图画二十八将于南宫云台。"〔赵注〕江淹《上建平王书》："结绶金马之庭，高议云台之上。"生按：云台在洛阳南宫中。

②临轩：亲临殿堂檐下栏前的平台。《义府》："《后汉书·张奂传》：'御座轩前'。注：'轩，殿槛栏板也。'盖堂陛之间，近檐之处，两边有栏楯谓之轩，如车之轩耳。"〔赵注〕《后汉书·崔寔传》："天子临轩，百僚毕会。"

③"明光"，述古堂本、无刊本作"光明"，误。○将军：〔沈笺〕少年已是将军。生按：或谓指封侯的将军。存参。明光宫：汉宫名，见《燕

支行》注。

评　笺

胡应麟《诗薮》："七言绝，李（白）王（昌龄）外，王翰《凉州词》、王维《少年行》、高适《营州歌》、王之涣《凉州词》，皆乐府也，然音响自是唐人，与五言绝稍异。"

许学夷《诗源辩体》："太白七言绝多一气贯成者，最得歌行之体。其他仅得王摩诘'新丰美酒'、'汉家君臣'，王少伯'闺中少妇'数篇而已。"

顾可久按："通篇豪侠纵横之气摹写殆尽，当于言外得之。"

周珽《唐诗选脉会通评林》："摩诘《少年行》诸篇俱激烈慷慨。"

陈伯海说："唐代的社会思想，总的来说是比较开放和活跃的，儒、释、道三教融合与任侠之风炽盛，是其突出的表记。比较来说，儒、侠二者在总体中占据着更为突出的位置。宗儒，大体上指明了唐人的政治方向；任侠，则更多地显示了唐人的人格精神。儒与侠结合，促使儒家传统中'济苍生，忧社稷'的一面得以充分展开，而任侠的思想行为也获得了较为开阔的视野。由初唐入盛唐，是任侠精神愈来愈高昂的时期，并较多地同建功立业、拯物济世的人生理想相结合。对现实生活中的侠士和侠义行为的赞美，从卢照邻《结客少年场行》起，可谓代不绝书。"（《唐诗学引论》）

林庚说："当唐代上升到它的高潮，一切就都表现为开朗的，解放的，唐人的生活实是以少年人的心情作为它的骨干。王维的《少年行》，高适的《营州歌》，李白的《金陵酒肆留别》，唐人的诗篇正是这样充满了年轻的气息，一种乐观的奔放的旋律。""如果说汉、魏《乐府》里最普遍的主题是游子，这时就扩展为对于边疆的关怀和向往。这一方面是对于新的现实的展望，一方面则是一个统一局面所带来的爱国主义的高潮。"（《中国文学简史》）

陈贻焮说："将渊源于《结客少年行》的少年，从游侠引向边塞，而且写得如此之理想化，如此之富于浪漫色彩，其意义不止在于诗人藉之抒发了自己的豪情壮志，更在于反映了当时有志之士渴望为国立功的普遍心情。"（《盛唐七绝刍议》）

沈祖棻说："这组诗共四首，一写任侠（意气相投，纵情豪饮），二写立志（慷慨出塞，以身许国），三写建功（驰骋疆场，大显身手），四写受奖（凯旋回朝，论功行赏）。有头有尾，有条有理，勾画了这位少年的前半生。诗人用积极浪漫主义手法，通过对几个侧面的描写，给当时的游侠少年画出了一个轮廓，着重指出他们成长发展的道路。诗中掺杂了追求功名富贵的思想，但为国效劳的崇高愿望占支配地位。"（《唐人七绝诗浅释》）

吴功正说："英勇杀敌，效命疆场的描写，深化了咸阳侠少们‘意气’的内涵。而在长安侠少意气风发建功立业的身影中，又有着诗人主体理想、愿望的寄托。"（《唐代美学史》）

刘永济说："大抵美游侠能立边功，又悯其赏功不及，观第二首‘孰知’二句与第四首末句，此意显然。"（《唐人绝句精华》）

钱锺书说："唐诗中示豪而撒漫挥金则曰‘斗酒十千’（生按：如王维、李白、崔国辅等人诗），示贫而悉索倾囊则曰‘斗酒三百’（生按：如杜甫诗。吴景旭《历代诗话》云：‘北齐卢思道尝云：长安酒贱，斗价三百。杜引此，亦未可知’）。说者聚辩，一若从而能考价之涨落、酒之美恶。夫此特修词之一端耳，述事抒情，是处皆有‘实可稽’与‘虚不可执’者，岂止数乎"？（《管锥篇·诗·诃广》）

生按：唐代《少年行》所写的游侠少年，常带有市井气。李白诗："五陵年少金市东，银鞍白马度春风。落花踏尽游何处，笑入胡姬酒肆中。"杜甫诗："马上谁家白面郎，临阶下马坐人床。不通姓字粗豪甚，指点银瓶索酒尝。"都离不开马和酒，王维诗的第一首也一样。但是，王诗比李、杜诗要高雅些，立意取境也大不相同，他写的是典型的盛唐少年风貌。

洛阳女儿行　时年十八①

洛阳女儿对门居②，才可颜容十五馀③。良人玉勒乘骢马④，侍女金盘脍鲤鱼⑤。画阁朱楼尽相望，红桃绿柳垂檐向⑥。罗帷送上七香车⑦，宝扇迎归九华帐⑧。狂夫富贵在青春⑨，意气骄奢剧季伦⑩。自怜碧玉亲教舞⑪，不惜珊瑚持与人。春窗曙灭九微火，九微片片飞花琐⑫。戏罢曾无理曲时⑬，妆成只是熏香坐⑭。城中相识尽繁华⑮，日夜经过赵李家⑯。谁怜越女颜如玉，贫贱江头自浣纱⑰！

此诗作于开元四年。

①乐府、活字本无"时年十八"四字。赵本、全唐诗作"时年十六，一作十八"。○《乐府诗集·新乐府辞·乐府杂题》收入此诗。萧衍《河中之水歌》："河中之水向东流，洛阳女儿名莫愁。"题名本此。生按：洛阳于唐高宗显庆二年改为东都，地处贯通南北之大运河中枢，仓储最丰，商贸发达。武后曾迁关内数十万口以实洛阳，且居此最久。开元时期，玄宗先后有九年多住在东都。此诗命意略同萧衍，更写出当时洛阳的富庶和权贵的豪奢。

②〔赵注〕萧衍《东飞伯劳歌》："谁家女儿对门居，开颜发艳照里间。"

⑧"颜容"，全唐诗作"容颜"。○才可：仅约。《语辞汇释》："可，约估数目之辞。"《乐府诗集·清商曲辞·子夜四时歌》："为欢憔悴尽，那得好颜容"；又《阿子歌》："阿子复阿子，念汝好颜容。"以作"颜容"为是。颜容：面貌。从妇女面貌估计其年龄是通常习惯。〔郁注〕萧纲《怨歌行》："十五颜有余"。

④《诗·唐风·绸缪》："见此良人。"毛苌传："良人，夫称也。"〔赵注〕庾信《华林园马射赋》："控玉勒而摇星，跨金鞍而动月。"生按：《说文》："勒，马头络衔也。""骢，马青白杂毛也。"

⑤《论语·乡党》："脍不厌细。"皇侃疏："细切鱼及肉，皆曰脍。"此指烹调精美的鲤鱼片。〔赵注〕《陌上桑》古辞："就我求珍肴，金盘脍鲤鱼。"〔章注〕以出身娇贵起。

⑥庾肩吾《咏舞曲应令》："歌声临画阁，舞曲出芳林。"谢朓《入朝曲》："逶迤带绿水，迢递起朱楼。"〔怀注〕相望：楼阁一个对着一个。生按："相望"，"向"，都是相对的意思。

⑦"帷"，全唐诗作"帏"。○罗帷：绫罗帷幔，即步障。古代贵族妇女出行时，用步障遮身，表示娇贵不愿外人窥见。〔高注〕曹操《与太尉杨彪书》："谨赠足下四望通憻七香车一乘。"章樵注："七种香木为车。"〔赵注〕萧纲《乌栖曲》："青牛丹毂七香车。"〔陈注〕芬芳华美的车子。

⑧宝扇：饰有珍宝的雉羽扇，即长柄障扇，贵族妇女出行时用以遮阳蔽尘。九华帐：绣有多种花卉的华丽罗帐，"九"言其多。〔赵注〕鲍照《行路难》："七采芙蓉之羽帐，九华蒲桃之锦衾。"〔章注〕此叙居处行止，极其富丽。〔余注〕这两句写洛阳女儿出嫁时的排场。此说存参。

⑨〔陈注〕狂夫：古代妇人自称其夫的谦辞，有谓其放荡之意。

⑩"季伦"，蜀刻本作"等伦"，疑一作"等季伦"。○〔陈注〕意气：逞情任性之意，如言意气用事。〔赵注〕《晋书·石崇传》："石崇字季伦。财产丰积，室宇宏丽。后房百数，皆曳纨绣，珥金翠。丝竹尽当时之选，庖膳穷水陆之珍。与贵戚王恺、羊琇之徒，以奢靡相尚。恺以饴澳釜，崇以蜡代薪。恺作紫丝布步障四十里，崇作锦步障五十里以敌之。崇涂屋以椒，恺用赤石脂。崇、恺争豪如此。武帝每助恺，尝以珊瑚树赐之，高二尺许，枝柯扶疏，世所罕比。恺以示崇，崇便以铁如意击之，应手而碎。恺既惋惜，又以为嫉己之宝，声色方厉。崇曰：'不足多恨，今还卿。'乃命左右悉取珊瑚树，有高三四尺者六七株，条干绝俗，光彩耀日，如恺比者甚众。恺恍然自失矣。"生按：《世说·汰侈》刘孝标注："王隐《晋书》曰：石崇为荆州刺史，劫剋夺杀人，以致巨富。"剧，超过。《玉篇》："剧，甚也。"

⑪《尔雅·释诂》："怜，爱也。"《乐府诗集·吴声曲辞·碧玉歌》序："《乐苑》曰：《碧玉歌》者，宋汝南王所作也。碧玉，汝南王妾名。"《碧玉歌》："碧玉小家女，不敢攀贵德。感郎千金意，惭无倾城色。"〔余注〕这里指侍妾。生按：即指洛阳女儿。

⑫九微：灯名。火：灯火。有九条或多条灯管，故称九微。汪中《释三九》："三之所不能尽者，则约之九以见其极多。"《广雅·释诂》："微，明也。"〔高注〕张华《博物志》："汉武帝好仙道。七月七日，王母乘紫云车而至于殿西，南面东向。时设九微灯。帝东面西向。"〔赵注〕何逊《七夕》："月映九微火，风吹百合香。"〔陈注〕琐：碎屑之意。花琐，指灯花碎屑。生按：此谓春日通宵欢娱，至窗现曙光方才灭灯；灭灯时灯花碎屑片片飞灭。〔余注〕花琐：雕花窗格。存参。

⑬曾无：已无。理曲：弹琴，演奏乐曲。《古诗十九首》："被服罗裳衣，当户理清曲。音响一何悲，弦急知柱促。"嵇康《琴赋》："理正声，奏妙曲。"或释为温习乐曲，练习弹琴，存参。

⑭《说文》："妆，饰也。"指妇女修饰打扮。熏香：古代富贵人家，每天用熏炉焚烧薰、檀、麝之类香料，人坐其旁使衣服熏染香气。萧纲《拟夜夜曲》："兰膏尽更益，熏炉灭复香。"

⑮繁华：繁盛富贵之家。班固《西都赋》："窈窕繁华，更盛迭贵。"

⑯经过：交往。〔赵注〕阮籍《咏怀》："西游咸阳中，赵李相经过。"成按：《汉书·谷永传》云："成帝数为微行，多近幸小臣，赵、李从微贱专宠，皆皇太后与诸舅夙夜所常忧。"此指赵飞燕、李平二女宠而言也。又《叙传》云："会许皇后废，班婕妤供养东宫，进侍者李平为婕妤，而赵飞燕为皇后。自大将军薨后，富平、定陵侯张放、淳于长等始爱幸，出为微行，行则同舆执辔；入侍禁中，设宴饮之会，及赵、李诸侍中，皆引满举白，谈笑大嚎。"此则指赵、李二家之戚属言也。籍所引，正借用为贵戚事。〔陈注〕一说指汉哀帝时豪强赵季与李款。这里泛指一般权贵。

⑰"谁"，品汇作"将"。○〔赵注〕《古诗》："燕赵多佳人，美者颜如玉。"〔程注〕越：今浙江省境。相传这地方美女很多。浣：洗。生按：《太平寰宇记》："江南东道越州诸暨县：苎萝山，山下有石迹水，是西施浣纱之所，浣纱石犹存。"此活用西施微贱时浣纱事，借指贫家妇女。

评　笺

刘克庄《后村诗话》："王维《洛阳女儿行》云：'自怜碧玉亲教舞，不惜珊瑚持与人。'警句。"

屠隆《鸿苞论诗》："'画阁朱楼尽相望，红桃绿柳垂檐向。罗帏送上七香车，宝扇迎归九华帐。'丽情艳句，粉黛无色，足使世人遂为情死。"

宋征璧《抱真堂诗话》："何大复惜摩诘七古未为深造，然《洛阳女儿行》殊是当家。"

邢昉《唐风定》："非不绮丽，非不博大，而采色自然，不由雕绘。"

顾可久按："初唐王、杨之体如此。俊丽，结斩绝。"

黄周星《唐诗快》："通篇写尽娇贵之态。"

沈德潜《唐诗别裁集》："结意况君子不遇也，与《西施泳》同一寄托。"

王闿运批《唐诗选》："似有微词，不伤诗格。"

高步瀛《唐宋诗举要》："吴汝纶曰：借此以刺讥豪贵，意在言外，故妙。"

　　陈贻焮说:"这诗写一个为权贵所宠爱的少妇,过着极其骄奢但又很空虚的生活。末后说贫女虽美,却无人爱怜,藉以慨叹世事的不平。"(《王维诗选》)

　　程千帆说:"这篇诗讽刺了当时贵族豪家的奢华生活,同时也以美色暗喻贤才,对当时社会中只重出身不重贤才的风气,发出了不平之鸣。"(《古诗今选》)

　　邓安生说:"全诗几乎句句用典,讲究对仗,风格接近初唐卢、骆七言歌行,但用典已渐近自然,从中可见王维少年时期诗作的特点。"(《王维诗选译》)

桃源行 时年十九①

　　渔舟逐水爱山春②,两岸桃花夹去津③。坐看红树不知远④,行尽青溪不见人⑤。山中潜行始隈隩⑥,山开旷望旋平陆⑦。遥看一处攒云树⑧,近入千家散花竹⑨。樵客初传汉姓名⑩,居人未改秦衣服。居人共住武陵源,还从物外起田园⑪。月明松下房栊静⑫,日出云中鸡犬喧。惊闻俗客争来集⑬,竞引还家问都邑⑭。平明闾巷扫花开⑮,薄暮渔樵乘水入⑯。初因避地去人间⑰,更问成仙遂不还⑱。峡里谁知有人事,世中遥望空云山⑲。不疑灵境难闻见⑳,尘心未尽思乡县㉑。出洞无论隔山水,辞家终拟长游衍㉒。自谓经过旧不迷,安知峰壑今来变㉓。当时只记入山深㉔,青溪几度到云林㉕,春来遍是桃花水㉖,不辨仙源何处寻!

　　此诗作于开元五年。

　　①乐府、活字本无"时年十九"四字。○陶潜《桃花源记》:"晋太元中,武陵人打渔为业。缘溪行,忘路之远近,忽逢桃花林。夹岸数百步,中无杂树,

芳草鲜美，落英缤纷。渔人甚异之，复前行，欲穷其林。林尽水源，便得一山。山有小口，仿佛若有光。便舍船，从口入。初极狭，才通人；复行数十步，豁然开朗。土地平旷，屋舍俨然，有良田美池桑竹之属；阡陌交通，鸡犬相闻。其中往来种作，男女衣著，悉如外人；黄发垂髫，并怡然自乐。见渔人，乃大惊；问所从来，具答之。便要还家，设酒杀鸡作食。村中闻有此人，咸来问讯。自云先世避秦时乱，率妻子邑人来此绝境，不复出焉，遂与外人间隔。问今是何世，乃不知有汉，无论魏晋。此人一一为具言所闻，皆叹惋。余人各复延至其家，皆出酒食。停数日，辞去。此中人语云：‘不足为外人道也。’既出，得其船，便扶向路，处处志之，及郡下，诣太守，说如此。太守即遣人随其往，寻向所志，遂迷，不复得路。南阳刘子骥，高尚士也，闻之，欣然规往。未果，寻病终。后遂无问津者。”生按：晋武陵郡治在今湖南常德县。县西南八十余里有桃源洞，相传即桃花源，宋乾德年间因析置桃源县。又四川酉阳县城西北三里许有大酉洞，小溪流经其中，洞顶有藏书石室，深三十余丈，出洞后有三面环山农田五十余亩。《酉阳州志》谓：“核其形，与渊明所谓桃花源者毫厘不差。酉阳于汉属武陵郡之迁徙地，渔郎所问之津，安知不在于此。”其实，《桃花源记》是传闻也是寓言。唐长孺先生说：“刘敬叔《异苑》卷一云：‘元嘉初，武陵蛮人射鹿，逐入石穴，才客人。蛮人入穴，见其旁有梯，因上梯。豁然开朗，桑果蔚然，行人翱翔，亦不以怪。此蛮于路砍树为记，其后茫然，无复仿佛。’这不像是《桃花源记》的复写或改写，倒像更原始的传说。敬叔似乎没有添上什么，而渊明却以之寄托自己的理想，并予以艺术上的加工。”（《魏晋南北朝史论丛续编》）陈寅恪先生说：西晋之末，北方战乱，汉人不能远离本土的，大抵纠合宗族乡党，屯聚堡坞，据险自守，以避戎狄寇盗之难。真实的‘桃花源’应在北方弘农或上洛，先世所避之秦应为苻秦。记实部分乃据义熙十三年春夏间刘裕率师入关时，戴延之等溯洛水至檀山坞之见闻；寓意部分乃混合刘骥之（子骥）入衡山采药故事（见《搜神后记》）而成。（《魏晋南北朝史讲演录》）

②《集韵》：“逐，从也。”逐水：谓沿溪划行。山春：山中的春色。〔马注〕春，即下文的‘桃花’、‘红树’。

③“去”，唐文粹、乐府、方舆胜览作“古”。○去津：流水。《国语·晋语》：“东游津梁之上。”韦昭注：“津，水也。”沈约《新安江水诗》：

"清津涧无津。"

④坐：因，为。知：觉。红树：指桃花。谢朓《三日侍华光殿曲水宴》："红树岩舒，青莎水被。"

⑤"不见"，英华、唐文粹、乐府、方舆胜览作"忽值"。"人"，一作"入"。

⑥潜行：暗中摸索而行。隈隩：音威奥。《淮南子·览冥训》："渔者不争隈。"高诱注："隈，曲深处。"隩通幽奥。《庄子·天下》："其途隩矣。"释文："隩，深也。"此谓洞中路径曲折幽深。谢灵运《从斤竹涧越岭溪行诗》："逶迤傍隈隩。"

⑦旷望：远望。何逊《七召》："延袤水陆，旷望东西。"旋：顷刻间。平陆：平原。谢朓《冬日晚郡事隙诗》："苍翠望寒山，峥嵘瞰平陆。"

⑧攒：音钻，又音粗安切（阳平声）。《正韵》："攒，簇聚也。"〔怀注〕攒云树：云烟笼罩的树林。

⑨方舆胜览作"近入千花映烟竹。"○散花竹：到处生长着鲜花翠竹。

⑩樵客：〔马注〕古时渔樵并称，可以通用，此指渔人。生按：传，转告。汉姓名，汉这个朝代名称。

⑪武陵源：即桃花源，晋代属武陵郡。《礼记·乐记》："人心之感于物也。"孔颖达疏："物者，外境也。"物外：人寰之外，尘世之外。张衡《归田赋》："苟纵心于物外，安知荣辱之所如！"

⑫"静"，全唐诗一作"净"。○〔赵注〕左思《吴都赋》："房栊对㸌，连阁相经。"李善注："《说文》曰：栊，房室之疏也。"生按：疏，窗。又，《广雅·释宫》："栊，舍也。"

⑬"惊"，英华作"忽"。○《尔雅·释言》："集，会也。"《广雅·释诂》："集，聚也。"〔陈注〕俗客：指武陵渔人。

⑭"都"，正音作"乡"。○都邑泛指城镇，大曰都，小曰邑。此指居人原籍家乡。〔张注〕竞引：争着邀请。引，延引。

⑮〔赵注〕刘向《九叹·逢纷》："平明发兮苍梧。"生按：平明，黎明。天渐亮时。《说文》："闾，里门也。"周制，二十五家为里，里有门，称为闾。闾巷：里巷。

⑯《初学记》："《纂要》：日将落曰薄暮。"生按：薄，迫，逼近之意。

渔樵：偏义复词，即指渔人。乘水：趁水。〔林注〕此句暗示渔人感到出入很方便，为下面"不疑"句作伏线。

⑰避地：因避乱而移居他乡。《后汉书·东夷传》："陈涉起兵，天下崩溃，燕人卫满，避地朝鲜"去：离开。

⑱"更问"，英华、唐文粹、方舆胜览、全唐诗作"及至"，赵本作"更闻，"从蜀刻本、述古堂本，元刊本等。"遂"，英华、唐文粹、方舆胜览作"去"。○《说文通训定声》："问，假借为闻。"《语辞汇释》："闻犹趁也，乘也。"生按：《字汇》："乘，趁也，又因也。"更问，即更闻、更因。

⑲"中"，元刊本、久本作"上"。○《韵会》："山岭夹水曰峡。"人事：人世间事。陶潜《归田园居》："野外罕人事。"谓谁知峡里还有人生活着。空：只。

⑳不疑：没有想到。《广韵》："灵，神也。"灵境：有神妙气氛的境地，道家指仙境。江淹《效谢灵运〈游山〉》："灵境信淹留。"闻见：偏义复词，此用"见"义。

㉑尘心：尘俗之心，凡心。乡县：故乡。孙万寿《远戍江南寄京邑亲友》："数载辞乡县，三秋别亲友。"

㉒无论：不论，不管。游衍：尽情游乐。《诗·大雅·板》："及尔游衍。"毛苌传："衍，溢也。"孔颖达疏："亦自恣之意也。"谢朓《和伏武昌诗》："鄂渚同游衍。"李周翰注："衍，乐也。"〔葛注〕长期游玩，流连不返。

㉓"峰"，英华作"岑"。○谓：以为。壑：山谷。

㉔"当时"，蜀刻本、乐府作"常时"。

㉕"度"，全唐诗作"曲"。○几度：谓溪水经几番曲折。云林：指桃花源，即前面所说"一处攒云树"。

㉖〔赵注〕《汉书·沟洫志》："来春桃花水盛。"颜师古注："《月令》，仲春之月，始雨水，桃始花。盖桃方花时，既有雨水，川谷水泮，众流猥集，波澜甚长，故谓之桃花水耳。而《韩诗传》云：三月桃花水。"

评　笺

胡仔《苕溪渔隐丛话》："东坡云：'世传桃源事多过其实。考渊明所记止言先世避秦乱来此，则渔人所见，似是其子孙，非秦人不死者也。又云杀鸡作食，岂有仙而杀者乎？旧说南阳有菊水，水甘而芳，居民三十余家，饮其水皆寿，或至百二三十岁。蜀青城山老人村有五世孙者，道极险远，生不识盐醯，而溪中多枸杞根如龙蛇，饮其水，故寿。近岁道稍通，渐能致五味，而寿亦益衰。桃源盖此比也。使武陵太守得而至焉，则已化为争夺之场久矣。尝意天壤之间若此者甚众，不独桃源。"苕溪渔隐曰："东坡此论盖辨证唐人以桃源为神仙，如王摩诘、刘梦得、韩退之作《桃源行》是也。惟王介甫作《桃源行》与东坡之论暗合。"

高步瀛《唐宋诗举要》："宋人所载苏子瞻之说不尽可信。说诗不当如此。桃花源本渊明寓言，《容斋三笔》卷十之说最是。后人各就所见，或以为仙，或以为避秦人后，皆无不可。纷纷致辩，转无味矣。"

翁方纲《石洲诗话》："古今咏桃源事者，至右丞而造极，固不必言矣。然此题泳者，唐、宋诸贤，略有不同。盖唐人之诗，但取兴象超妙，至后人乃益研核情事耳，不必以此为分别也。"

吴乔《答万季野诗问》："又问'诗文之辨'。答曰：二者意岂有异，惟是体制辞语不同耳。意喻之米，文喻之炊而为饭，诗喻之酿而为酒；饭不变米形，酒形质尽变。"生按：可以此释陶记与王诗。

施补华《岘佣说诗》："《桃源行》，摩诘一副笔墨，退之一副笔墨。古之名大家，必自具面目如此。"

王士祯《带经堂诗话》："唐宋以来作《桃源行》最传者，王摩诘、韩退之、王介甫三篇。观退之、介甫二诗，笔力意思甚可喜。及读摩诘诗，多少自在，二公便如努力挽强，不免面赤耳热。此盛唐所以高不可及。"

吴乔《围炉诗话》："右丞《桃源行》是赋义，只作记读。"

《王摩诘诗评》："顾云：叙得绝妙。〇（'平明'二句）不是摩诘道不得。"

《唐诗归》："钟云：将幽事寂境，长篇大幅，滔滔写来。《帝京》《长安》安得有如此流便不羁。〇'桃花水'上加'遍是'二字，写出仙凡之隔，又是一世界，一光景，下'不辨'句即从此二字生出。妙！妙！"

沈德潜《唐诗别裁集》："顺文叙事，不须自出意见，而夷犹容与，令人味之不尽。"

黄培芳《唐贤三昧集笺注》："多参律句，尚沿初唐体。〇顾云：叙事展怀，段段血脉，段段景象，亲切如画，殊非人境，令人忘世，流丽醇雅。"

张谦宜《絸斋诗谈》："《桃源行》，比靖节作，此为设色山水，骨格少降，不得不爱其渲染之工。○咏桃源一诗，摩诘绮丽。"

翁方纲《王文简古诗平仄论》："七言古自有平仄。若平韵到底者，断不可杂以律句。若仄韵到，间似律句无妨。若换韵者，已非近体，用律句无妨。大约首尾腰腹，须铢两匀称为正，如王右丞《桃源行》。"

梁章钜《退庵随笔》："王右丞之《桃源行》凡三十二句，律句至二十三见，此皆唐宋大家可据为典要者。"

张文荪《唐贤清雅集》："长篇提缀铺叙，不板不浮，气体入妙。"

方东树《昭昧詹言》："《桃源行》'月明松下'二句，浮声切响。○凡一题数首，观各人命意归宿，下笔章法。辋川只叙本事，层层逐叙夹写。昌黎只是衍题。介甫纯以议论驾空而行，绝不写。"

王闿运批《唐诗选》："亦平叙，随宜著色。○金人瑞云，摩诘善用'遥'，是倩女离魂法。"

陈兆奎《王志》："张若虚《春江花月夜》，秾不伤纤，局调俱雅。王维《桃源行》从此滥觞。"

王文濡《唐诗评注读本》："全诗格律谨严，风神淡古，意境超脱。即如'遥看'两句，惟一处故曰'攒'，又的是遥看；惟千家故曰'散'，又的是近入。用字俱经千锤百炼。此等处，切勿轻轻放过。"

程千帆说："金德瑛说：'凡古人与后人共赋一题者，最可观其用意关键。如《桃源行》，陶公五言，尔雅从容，'草衰'，'木荣'八句，略加形容便足。摩诘不得不变七言，然犹皆用本色语，不露斧凿痕也。昌黎则加以雄健壮丽，犹一一依故事铺陈也。至后来王荆公则单刀直入，不复层次叙述，此承前人之后，故以变化争胜。使拘拘陈迹，则古有名篇，后可搁笔，何用多赘。诗格固尔，用意亦然。苟无新意，不必重作。世有议后人之透露，不如前人之含蓄者，此执一而不知变也。'（陆以湉《冷庐杂识》引）""王维《桃源行》将陶诗中对那个无税的小国寡民世界的向往改为对神仙世界的向往这一主题的更新，正可为王维早年就具有道家神仙思想作证。王士祯说维诗'自在'，应当是指少年王维作品中弥漫着青春的色彩与气息，在生动活泼的语言中的自然流露，因而毫无雕琢的痕迹。王维笔下

的灵境不是枯寂凄黯的，而是幽美恬适的。他以自在的笔触描绘了仙源中人自在的生活。"（《古诗考索》）

马茂元说："此诗结体娴整，而韵致清新，叙事宛曲，而气机流畅，已开长庆元白叙事歌行体之先河。"（《唐诗选》）

陶文鹏说："《桃源行》创造了一个美丽、静谧、闲适、虚幻、奇妙的神仙境界，渗透着浓烈的超尘出世思想。可以看出，诗人一开始写田园诗，便表现出一种对美好理想境界的热烈向往和追求。"（《唐代文学史》）

荆立民说："王维的皈依自然，是自觉的人生追求。他向往的是一个没有倾轧、没有争斗的自由、平静的理想王国。日后的事实证明，反映着王维人生价值观的这个闪耀着理想主义光彩的'桃源'，已经构建起诗人一生山水田园作品整体意境的雏形。"（《追求者的歌唱和绝望者的哀鸣》）

赵昌平说："齐梁以后歌行，逐渐形成平仄韵相间、或四句、或六句，或八句一转的体式，而诗意的转折，一般都在转韵之处。这种转韵法也表现在盛唐高、岑、王、李的七古作品中。""'四杰'歌行表现的宏大气魄，倜傥风神，是唐人七古的基本素质。盛唐歌行在许多方面有机地融入了'四杰'歌行的成功经验。中经王维《桃源行》、崔颢《邯郸宫人怨》等，演变而成元、白'长庆体'歌行，这是'四杰'歌行的升华。"（《从初盛唐七古的演进看唐诗发展的内在规律》）

葛晓音说："盛唐歌行基本句式，已由偶句为主转为以散句为主。散偶交替的作品固然也很多，但不少是以散句为精神，即使偶句亦多转为一句一意，而非两句重复一意。如王维《桃源行》中'遥看'等四句，顺序自然，构成行云流水般节奏之美。"（《初盛唐七言歌行的发展》）

早 春 行

紫梅发初遍①，黄鸟歌犹涩②。谁家折杨女③，弄春如不及④。爱水看妆坐⑤，羞人映花立⑥。香畏风吹散，衣愁露沾湿。玉闺青门里⑦，日落香车入。游衍益相思，含啼向彩帷⑧。忆君长入梦，归晚更生疑⑨。不及红檐燕，双栖绿草时。

此诗约作于开元五年前后。

①《西京杂记》："初修上林苑，群臣远方，各献名果异树。梅七。"其中有紫蒂梅、紫花梅等。初：才，刚刚。

②〔赵注〕陆玑《诗草木鸟兽虫鱼疏》："黄鸟，黄鹂留也，或谓之黄栗留。幽州人谓之黄莺。一名仓庚。当甚熟时来在桑间，故俚语曰：'黄栗留，看我麦黄葚熟否？'亦是应节趋时之鸟也。"生按：歌犹涩，谓新生黄莺始歌，调不圆润。

③"女"，蜀刻本作"柳"。○折杨女：古代有折柳寄远风俗。梁、陈、初唐诗人作《折杨柳》诗，多伤春怀人之辞。王瑳《折杨柳》："攀折思为赠，心期别路长。"此处暗用其意。

④弄：玩赏。《素问》："各有大过不及也。"王水注："不及，不足也。"谓游赏春光，像玩不够。

⑤谓爱坐池边欣赏水中自己的妆影，有顾盼自怜之意。〔赵注〕庾肩吾《咏美人》："看妆畏水动，敛袖避风吹。"

⑥映花：隐蔽于花丛中。颜延之《应诏观北湖田收诗》："金驾映松山。"李善注："映，犹蔽也。"

⑦闺：女子居室。玉闺，华贵的闺阁。〔赵注〕《三辅黄图》："长安城东，出南头第一门，曰霸城门。民见门色青，名曰青城门，或曰青门。"

⑧〔赵注〕谢朓《登山曲》："王孙尚游衍，蕙草正萋萋。"〔陈注〕游衍：游乐。绿帷：彩色的绸幔。生按：此指床帐。

⑨《广雅·释诂》："晚，后也。"归晚：谓迟久不归。

评　笺

刘克庄《后村诗话》："王维《早春行》云：'忆君长入梦，归晚更生疑。不及红檐燕，双栖绿草时。'警句。"

《唐诗归》："钟云：右丞禅寂人，往往妙于情语。"

顾可久按："别是一种纤丽语。"

徐炬《事物原始·评诗》："王维《早春行》云：'爱水看妆坐，羞人映花立。香畏风吹散，衣愁露沾湿。'论曰：摩诘之才，秀丽疏朗，往往意兴发端，神情傅合，由工入微，不犯痕迹，所以为佳。"

王闿运批《唐诗选》："著笔甚轻。"

陈贻焮按："这是一首闺怨诗，描写贵族少妇初春时的复杂心情。春天虽带给她无限快意，但又勾起她心头痛苦的相思；由于她深谙别离之苦，就不禁艳羡檐前燕子双栖之乐了。前八句，写景色彩鲜艳，写人物栩栩如生，而且洋溢着欣欣向荣的早春气息，给人以清新明丽的感受。"（《王维诗选》）

余冠英说："王维对人物的细小的情态也善于作生动的刻绘，造成一种动人的情思与气氛。如《早春行》就用一些传神的情态动作，抒写了春闺少妇矜持而又稍感空虚的寂寞生活，也是细腻入微的。"（《中国文学史》）

扶南曲歌词五首①

翠羽流苏帐②，春眠曙不开。羞从面色起，娇逐语声来③。早向昭阳殿④，君王中使催⑤。

此组诗作于任大乐丞时。

①诗题，乐府无"歌词"二字。○〔赵注〕杜佑《通典》一四六："炀帝立九部乐。平林邑国，获扶南工人及其鞞、瑟、琴，陋不可用，但以天竺乐传写其声而不立乐部。"生按：《新唐书·礼乐志》："至唐，东夷乐有高丽、百济，北狄有鲜卑、吐谷浑、部落稽，南蛮有扶南、天竺、南诏、骠国，西戎有高昌、龟兹、疏勒、康国、安国，凡十四国之乐，而八国之伎列于十部乐。"伯希和《扶南考》："昔之扶南，今之柬埔寨与下南圻（泰国东南，老挝、越南南部）。"《乐府诗集》将此诗收入"未尝被于声"的《新乐府辞》，不当。题为"歌词"，显然有声，应入《近代曲辞》。

②〔赵注〕沈满愿《戏萧娘》："明珠翠羽帐，金薄绿绡帷。"左思《吴都赋》："张组帷，构流苏。"吕向注："流苏，五色羽饰帷而垂之。"王同《长安有狭斜行》："珠扉玳瑁床，绮席流苏帐。"生按：挚虞《决疑要录》："流苏者，绛鸟尾垂之若旒然，以其蕊下垂故曰苏。"此指以翠鸟羽

毛制成者，后世多以丝线制成穗子，垂于帷檐。

③《词诠》："逐，随也。"

④〔赵注〕《三辅黄图》："武帝时，后宫八区，有昭阳、飞翔、增成、合欢、兰林、披香、凤凰、鸳鸯等殿。"葛洪《西京杂记》："赵飞燕女弟，居昭阳殿。"

⑤中使：宫中使者，指太监。〔赵注〕沈约《齐安陆昭王碑文》："中使相望。"张铣注："天子私使，曰中使。"生按：诗押"灰"韵，依叶韵习惯催可读"粗哀切"音。

　　堂上青弦动①，堂前绮席陈②。齐歌卢女曲③，双舞洛阳人④。倾国徒相看⑤，宁知心所亲⑥。

①"青"，乐府作"清"。○青通清。清弦：琴瑟的代称。蔡邕《琴赋》："清声发兮五音举，韵宫商分动徵羽。"动：弹奏。〔赵注〕《代朗月行》："靓妆坐帷里，当户弄清弦。"

②绮席：精美的缛席。《后汉书·宦者传》注："绮室，室之绮丽者。"陆机《文赋》注："绮靡，精妙之言。"陈：铺设。〔赵注〕阴铿《侯司空宅咏妓》："佳人遍绮席，妙曲动鹍弦。"

③〔赵注〕崔豹《古今注》："《雉朝飞》者，牧犊子所作也，其声中绝。魏武帝宫人有卢女者，故冠军将军阴叔（《乐府诗集》作'阴升之姊'）之妹，年七岁入汉宫，学鼓琴，琴特鸣，异于诸伎；善为新声，能传此曲。"

④洛阳人：洛阳歌舞伎。〔赵注〕谢朓《夜听伎》："要取洛阳人，共命江南管。情多舞态迟，意倾歌弄缓。"

⑤倾国：绝色美女。徒：但、只。〔赵注〕《汉书·外戚传》："李延年侍上，起舞，歌曰：北方有佳人，绝世而独立。一顾倾人城，再顾倾人国。宁不知倾城与倾国，佳人难再得。"

⑥《经传释词》："宁，犹岂也。"

　　香气传空满，妆华影箔通①。歌闻天仗外②，舞出御楼中③。日暮归何处？花间长乐宫④。

①影：遮掩。箔：音薄，帘。影箔：悬挂堂户的竹帘或珠帘。谓室内妆饰华丽的歌姬舞女，其姿态于帘外约略可见。影箔、影屏、影壁，诸影之字义同。

②天仗：皇帝的仪仗兵卫。唐制，宫廷诸门内外，有挟门卫队带刀持仗列东西廊下。

③"楼"全唐诗一作"筵"。○《玉篇》："出，见也。"赵秉恕按：郭茂倩《乐府诗集》所载《陆州歌》一首，即是诗前四句也。但改"气"作"风"，"满"作"陌"，"影箔通"作"映薄红"，"闻"作"声"，"出"作"态"，七字不同，句调遂劣。盖唐的乐曲，多采才人名句，被之管弦而歌之，其声律不谐者则改字就之，以协宫商，不问其句调之雅俗故也。生按：即《陆州歌》第三遍，是截取《扶南曲歌词》作为《陆州歌》歌词，不是采本不入乐的诗句入乐。

④《汉书·高帝纪》："五年，治长乐宫。七年，宫成。"《雍录》："未央在汉城西隅，而长乐乃其东隅也。自惠帝以后，长乐常奉母后。"

宫女还金屋①，将眠复畏明。入春轻衣好，半夜薄妆成②。拂曙朝前殿③，玉墀多珮声④。

①金屋：华贵之屋。〔赵注〕《汉武故事》："胶东王（武帝初封王位）数岁，长公主抱置膝上，问曰：'儿欲得妇否？'指左右长御百余人，皆曰'不用'。指其女："阿娇好否？'笑对曰：'若得阿娇作妇，当以金屋贮之。'"

②《说文》："妆，饰也。"薄妆：轻淡的衣着打扮。〔赵注〕宋玉《神女赋》："媚被服，侻薄妆。"沈约《丽人赋》："来脱薄妆，去留余腻。"

③拂曙：天将明时。拂：迫近。曙：晓。〔赵注〕庾信《对烛赋》："莲帐寒檠窗拂曙，筠笼熏火香盈絮。"生按：汉时长乐、未央、建章、甘泉诸宫，皆有前殿，即正殿也。《玉海》："周曰路寝，汉曰前殿。"

④"墀"，乐府作"除"。○〔赵注〕鲍照《拟行路难》："璇闺玉墀上椒阁，文窗绣户垂罗幕。"生按：墀音迟，阶也。珮，字本作佩，系于腰带上的玉

饰。唐制：一品官佩山玄玉，二品以下、五品以上佩水苍玉，诸公主、王妃及外命妇五品以上，皆按其品位佩玉。《诗·郑风·女曰鸡鸣》："杂佩以赠之。"朱熹传："杂佩者，左右佩玉也。上横曰珩。下系三组，贯以蠙珠。中组之半，贯以大珠曰瑀；末悬一玉，两端皆锐曰冲牙。两旁组半，各连一玉，长博而方曰琚；其末各悬一玉，如半璧而内向曰璜。又以两组贯珠，上系珩两端，下交贯于瑀，而下系于两璜。行则冲牙触璜而有声也。"

　　朝日照绮窗①，佳人坐临镜。散黛恨犹轻②，插钗嫌未正③。同心勿遽游④，幸待春妆竟⑤。

　　①〔赵注〕左思《蜀都赋》："列绮窗而瞰江。"吕向注："绮窗，雕画若绮也。"陆机《君子有所思行》："遭宇列绮窗。"张铣注："绮窗，窗为锦绮之文也。"萧衍《子夜歌》："朝日照绮窗，光风动纨罗。"

　　②散黛：用黛画眉。散：分布。引中为描画。黛：青黑色画眉颜料。轻：浅。〔赵注〕萧纲《美人晨妆》："散黛随眉广，胭脂逐脸生。"

　　③钗：古代妇女首饰。簪的一种，顶端分叉，有的装雕花朵或凤、雀、以金、玉、铜或木制作，用来插住头发。《玉篇》："钗，妇人歧笄也。"

　　④同心：知心朋友。《易·系辞上》："二人同心。"遽：音巨，急。遽游：匆忙出游。

　　⑤"待"，乐府作"得"。○幸：希。竟：完毕。〔赵注〕沈约《携手曲》："斜簪映秋水，开镜比春妆。"

评　笺

　　张谦宜《绒斋诗谈》："《扶南曲》，扶南，外国名，乐工仿其声调为曲，却是律诗格，但截去二句耳。摩诘晓音乐，此曲必是按谱填成，想亦是柔曼靡丽之声。"

　　《王摩诘诗评》："顾云：（'倾国徒相看'二句）用得别。"

　　顾可久按："短章亦自婉丽。"

　　吴在庆说："这类诗与初唐的某些艳冶之作虽可谓同属绮情风流，但意趣却不同。王维的风流，乃发至儒雅。"（《试论王维的风度》）

生按：《唐声诗》收《扶南曲》二调，一为王维《班婕妤》之"怪来妆阁闭"一首，为五言四句，任半塘先生说："《国秀集》题作王维《扶南曲》，此首平仄与五言小律体《扶南曲》（即本组诗前四首平韵者）之后四句合，彼此似有关。辞之内容全非调名本意，为声诗可知。"另一调即本组五首，"此体五辞，亦全非调名本意，必辞已讬于《扶南》之声，然后始有调名。"

奉和圣制赐史供奉曲江宴应制[①]

侍从有邹枚[②]，琼筵就水开[③]。言陪柏梁宴[④]，新下建章来[⑤]。对酒山河满[⑥]，移舟草树回。天文同丽日[⑦]，驻景惜行杯[⑧]。

　　[①]《全唐诗人名考证》："史供奉，疑为史惟则，著名书法家。《宝刻类编》卷三，录史惟则官衔，有殿中侍御史内供奉、集学院学士、翰林院待制等。待制翰林院，故呼为史供奉。"《新唐书·百官志》："翰林院者，待诏之所也。唐制，乘舆（皇帝）所在，必有文词经学之士，下至卜医技术之流，皆置别院，以备宴见。玄宗初，置翰林待诏，掌四方表疏批答，应和文章。既而又以中书务剧，文书多壅滞，乃选文学之士，号翰林供奉，与集贤院学士分掌制诏书勒。开元二十六年，又改翰林供奉为学士，别置学士院，专掌内命（皇帝直接发布的诏令）。"〔赵注〕《雍录》："唐曲江本秦陁州，至汉为宣帝乐游苑，亦名乐游原，基地最高，四望宽敞。隋营京城，宇文恺以其地在京城东南隅，地高不便，故阙此地，不为居人坊巷，而凿之为池，以厌胜之。又会黄渠水，自城外南来，可以穿城而入，故隋世遂从城外包之入城，为芙蓉池且为芙蓉园也。长安中，太平公主于原上置亭游赏。后赐宁、申、岐、薛王。正月晦日、三月三日、九月九日，京城士女咸即此被褉，帘幕云布，车马填塞，词人乐饮歌诗。汉武帝时，池周围六里余，唐周七里，占地三十顷，又加展拓矣。地在城东南升道坊龙华寺之南。"（《唐两京城坊考》谓，曲江与芙蓉苑相连，应在敦化坊南。）

康骈《剧谈录》："曲江池本秦世陵州，开元中疏凿，遂为胜景。其南有紫云楼、芙蓉苑，其西有杏园、慈恩寺。花卉环周，烟水明媚。都人游玩，盛于中和（二月初一）、上巳（三月初三）之节，彩幄翠帱，匝于隄岸，鲜车健马，比肩击毂。上巳即宴赐臣僚，京兆府大陈筵席，长安、万年两县，以雄盛相较，锦绣珍玩，无所不施。百辟会于山亭，恩赐太常及教坊声乐。池中备彩舟数只，惟宰相、三使、北省官与翰林学士登焉。每岁倾动皇州，以为盛观。入夏则菰蒲葱翠，柳阴四合，碧波红蕖，湛然可受。好事者赏芳辰，玩清景，联骑携觞，叠叠不绝。"生按：曲江池唐末已竭涸，故址在今西安市东南曲江乡。

②〔赵注〕班固《西都赋》："言语侍从之臣。"邹枚，邹阳、枚乘也。《水经·睢水注》："梁王（刘武）广睢阳（今河南商丘县南）城七十里，大治宫观台苑屏榭，势并皇居。或言兔园在平台侧。平台，离宫所在，今城东二十里，宽广而不甚高。梁王与邹、枚、司马相如之徒，极游其上。"生按：《汉书·邹枚传》："邹阳，齐人也。汉兴，诸侯王皆自治民，聘贤。阳与严忌、枚乘等俱仕吴，皆以文辩著名。久之，吴王（刘濞）阴有邪谋，阳奏书谏，吴王不纳其言。于是皆去之梁，从孝王游，为上客。枚乘字叔，淮阴人也。梁客皆善属辞赋，乘尤高。"

③"就"品汇作"向"。〇琼筵：珍贵的筵席。就：近。开：摆设。

④《语辞集释》："蒋绍愚说：言义同谓，谓通为，言有为义。"〔赵注〕《三辅黄图》："柏梁台，武帝元鼎二年春起此台，在长安城中北阙（未央宫北之阙）内。《三辅旧事》云，以香柏为梁也。帝尝置酒其上，诏群臣赋诗，能七言诗者乃得上。"

⑤"下"英华作"自"。〇〔赵注〕《三辅黄图》："武帝太初元年，柏梁台灾。粤巫勇之曰：'粤俗有火灾，即复起大屋以厌胜之。'帝于是作建章宫，度为千门万户。宫在未央宫西，长安城外。"生按：未央宫在汉长安城西南。建章宫遗址今名高低堡子。此处借指唐宫。

⑥《汉书·叙传》："皆引满。"颜师古注："谓引取满觞而饮。"此处意谓山河与众人一同满饮。

⑦天文：指玄宗所作赐史供奉曲江宴诗。〔赵注〕庾信《奉和夏日应令》："朱帘卷丽日，翠幕蔽重阳。"

⑧景：日光。驻景：留住白日。惜：爱。行杯：依次传递酒杯而饮。惜行怀：谓尽情宴乐。生按：诗押"灰"韵，依叶韵习惯，回可读"槐"音，杯可读"掰"音。

奉和圣制从蓬莱向兴庆阁道中留春，
雨中春望之作应制①

渭水自萦秦塞曲②，黄山旧绕汉宫斜③。銮舆迥出仙门柳④，阁道回看上苑花⑤。云里帝城双凤阙⑥，雨中春树万人家。为乘阳气行时令⑦，不是宸游重物华⑧。

①英华题作《奉和御制从蓬莱宫向兴庆阁道中作》。○〔赵注〕《雍录》："大明宫南端门名丹凤，在平地门北。三殿（含元、宣政、紫宸）相沓，皆在（龙首）山上。至紫宸又北，则为蓬莱殿，殿北有池，亦云蓬莱池。"生按：《唐会要》："龙朔二年，修旧大明宫，改名蓬莱宫。长安元年十一月，又改为大明宫。"宫在唐长安城外东北，本为禁苑的东部，遗址在今西安火车站北二里龙首原上。〔赵注〕《唐会要》："开元二年七月廿九日，以兴庆里（本名隆庆坊）旧邸为兴庆宫。后于西南置楼，西面题曰'花萼相辉之楼'，南面题曰'勤政务本之楼'。"《长安志》："南内兴庆宫，距外郭城东垣。武后大足元年，睿宗在藩，赐为五王子（成器、成义、隆基、隆范、隆业）宅，明皇始居之，开元二年置宫。十四年又取永嘉、胜业坊之半增广之，谓之南内，置朝堂。二十年，筑夹城入芙蓉园。自大明宫东夹罗城复道（上下有道，故称复道，即阁道），经通化门以达此宫，次经春明、延兴门，至曲江芙蓉园，而外人不之知也。"生按：兴庆宫遗址即今西安城外东南的兴庆公园。〔赵注〕《史记·秦始皇本纪》："（阿房）周驰为阁道，自殿下直抵南山。"张衡《西京赋》："钩陈之外，阁道穹隆。"吕向注："阁道，飞陛也。"生按：即楼阁之间架于半空的长廊，类似过街天桥。〔怀注〕留春：流连春景。

②"塞"，英华作"甸"。"曲"品汇作"北"。○渭水：源出甘肃渭源县鸟鼠山，东南流，经陇西、天水入陕西境，东经宝鸡、周至、咸阳、西安、渭南、华阴诸县，会洛水在潼关县境入黄河。《元和郡县志》："万年县（今西安东半部）：渭水在县北五十里。"萦：音营，回绕。秦塞：塞音赛，边界险要之地。秦（今陕西）的四境都有这类地带，故称秦塞。《史记·苏秦传》："秦，四塞之国，被山带渭，东有关河，西有汉中，南有巴蜀，北有代马，此天府也。"此谓渭水仍自曲萦秦塞。

③〔赵注〕《汉书·地理志》："右扶风槐里县有黄山宫，孝惠二年起。"《三辅黄图》："黄山宫在兴平县西三十里。"《水经注·渭水》："渭水又东北径黄山宫南。"生按：黄山在陕西兴平县北，亦名黄麓山，即兴平原，东西五十里，东跨咸阳，西入武功。宫在原上，故谓黄山依旧斜绕汉宫。〔马注〕二句意谓长安是秦汉故都，山环水绕，据形胜之地，风景优美。

④"仙"，正音，品汇、全唐诗作"千"。○〔赵注〕班固《西都赋》："乘銮舆，备法驾。"生按：銮舆，皇帝的车驾。《说文》："銮，人君乘车，四马镳，八銮铃，像鸾鸟之声，声和则敬也。"段玉裁注："为铃系于马衔之两边，声中五音，似鸾鸟，故曰銮。"迥出：远出。仙门：宫门。仙：对皇宫事物的美称，如仙掖、仙省、仙使之类。〔马注〕意谓銮舆从垂柳夹道的重门中出宫。

⑤"回"，英华作"遥"。○上苑：皇家园林。唐长安城的皇家园林：禁苑在京城之北，东西二十七里，南北三十里，东至灞水，西连汉长安故城，南连京城，北枕渭水。西苑在太极宫北部。东苑在大明宫东南部。芙蓉苑在长安城东南角，曲江之东，即汉之宜春苑。此处指禁苑（东南部）或东苑，皆接夹城阁道。

⑥顾炎武《历代宅京记》："建章宫，左凤阙，高二十五丈。古歌云：'长安城西有双阙，上有双铜雀，一鸣五谷生，再鸣五谷熟。'铜雀即铜凤皇也。"《剧谈录》："含元殿国初建造，凿龙首冈以为基址，玄墀钿砌，高五十余尺，左右立栖凤、翔鸾二阙，龙尾道出于阙前。倚栏下瞰前山，如在指掌。"

⑦乘：趁。阳气：春天可使万物蓬勃发生之气。时令：岁时节令。我国阴历一年有二十四节气。大约战国后期，对每一节气已形成关于农事及有关政务的教令，称为节令或月令。《礼记·月令》："天子乃与公卿大夫

共饬国典，论时令。"又："季春之月。是月也，生气方盛，阳气发泄。勾者毕出，萌者尽达，不可以内。天子布德行惠，命有司发仓廪，赐贫穷，振乏绝。是月也，命司空曰：时雨将降，下水上腾，循行国邑，周视原野，修利隄防，导达沟渎，开通道路，毋有障塞。"行时令：施行节令规定的农业生产及有关政务。

⑧"重"，品汇、纬本、凌本、全唐诗作"玩"。○宸游：皇帝出游。《品字笺》："帝居曰宸，取北辰之义，加宀，像宫室也。宸翰，宸游，不敢直指至尊，称其居也。"物华：美好的景物。谢灵运《撰征赋》："怨物华之推择，慨舟壑之递迁。"

评　笺

王夫之《唐诗评选》："人工备绝，更千万人不可废。若'九天阊阖'、'万国衣冠'，直差排语耳。"

《王摩诘诗评》："顾云：此篇状出题景，春容典重，用字深厚，不见工力，结归之正，足见襟度。○'迥出'、'回看'，盛唐用字只如此，不类小家。○（'云里'二句）画亦不到。"

沈德潜《说诗晬语》："唐时五言以试士，七言以应制，限以声律，而又得失谀美之念先存于中，揣摩主司之好尚，迎合君上之意旨，宜其言之难工也。钱起《湘灵鼓瑟》、王维《奉和圣制雨中春望》之外，杰作寥寥，略观可矣。"

黄生《唐诗摘抄》："风格秀整，气象清明，一脱初唐板滞之习。初唐逊此者，正是才情不能运其气格耳。一二不出题，三四方出，此变化之妙。出题处带写景，此衬贴之妙。前后二联俱阁道中所见之景，而以三四横插于中，此错综之妙。"

陆时雍《唐诗镜》："前四语布景略尽，五六着色点染，一一俱工，佳在写题流动，分外神色自饶。摩诘七言律与杜少陵争驰。杜好虚摹，吞吐含情，神行象外；王用实写，神色冥会，意妙言先，二者谁可轩轾？"

周敬《唐诗选脉会通评林》："起得完整，联多神采，结有回护，雅诗正体○周珽曰：宏丽之中，更饶贵重。"

徐增《而庵说唐诗》："右丞诗都从大处发意。此作有大体裁，所以笔如游龙，极其自在，得大宽转也。"

方东树《昭昧詹言》："起二句，先以山川将长安宫阙大势完其方位，此亦擒题之命脉法也。譬如画大轴画，先界轮廓；又如弈棋，先布势子，以后乃好依其间架而次第为之。三四贴题中'从蓬莱向兴庆阁道'。五六贴'春望'，贴'雨中'。收'奉和应制'字。通篇只一还题完密，而兴象高华，称台阁体。"

赵臣瑗《七言律诗笺注》："欲画銮舆迥出，阁道回看，先从渭水萦边，黄山绕处，经营布置，远处落墨，将一切蓬莱宫、兴庆宫、千门柳、上苑花、云中凤阙、雨里人家，都措在无数山围水抱之中，遂成一幅绝大绝妙之帝城春望图，真能事也。结得赞颂体，得规讽体。"

张谦宜《绲斋诗谈》："一二从外景写望字，三四阁道中写望字，五六方切雨中望，末又回护作结，章法密致之极。"

吴昌祺《删订唐诗解》："所谓浓纤得中者也。微欠圣制意。"

徐世溥《榆溪诗话》："'渭水自萦秦塞曲，黄山旧绕汉宫斜'。秦塞、汉宫，何等冠冕；曲对斜，景象恰合。"

黄培芳《唐贤三昧集笺注》："颔联入画，然却是盛唐人语，故妙。"

魏庆之《诗人玉屑》："'銮舆迥出仙门柳，阁道回看上苑花。'典重。"

吴乔《围炉诗话》："盛唐人之用字，实有后人难及处。如王右丞之'銮舆迥出千门柳，阁道回看上苑花'，其用'迥出'、'回看'，景物如见。"

王鏊《震泽长语》："摩诘铺张国家之盛，如'云里帝城双凤阙，雨中春树万人家'，又何其伟丽也。"

张世炜《唐七律隽》："'云里'二句，是一幅禁城春雨宫殿图，此小家手笔所能梦见耶！"

屠隆《鸿苑论诗》："（'云里'二句）英词伟句，冠冕庄严，皇居帝里，形容壮丽殆尽。"

陈世镕《求志居唐诗选》："五、六开阔，有神无迹，当于音节求之，解此方可与言初、盛。"

高步瀛《唐宋诗举要》："吴曰：（'云里'二句）大句笼罩，气象万千。"

王闿运批《唐诗选》："（'云里'二句）七言律以此一联为高华富丽，不可模拟。"

许学夷《诗源辩体》："摩诘七言律，如'渭水自萦'篇，华藻秀雅者也。〇摩诘诗：'云里'二句，诗中有画者也。〇盛唐律诗，七言王维如'銮舆'四句，皆浑圆活泼，而气象风格自在。盖初唐气格甚胜，而机未圆活；大历过于流婉，而气格顿衰；盛唐所以为诣极也。"

《唐诗归》："（'雨中'句下）钟云：幽鲜。"

唐汝询《唐诗解》："唐人应制，俱尚虚词，独此一联，（'为乘'二句）有规讽意。"

宋宗元《网师园唐诗笺》："诗传画意，颂不忘规。"

沈德潜《唐诗别裁集》："应制诗应以此篇为第一。结意寓规于颂，臣子立言，方为得体。"

张文荪《唐贤清雅集》："壮丽有逸气，应制绝作。"

王寿昌《小清华园诗谈》："颂美，近体当如右丞此诗与少陵之《将赴成都草堂途中先寄严郑公》，皆美不忘规，最为得体。"

顾可久按："温丽自然，景象如画。"

赵殿成按："结句言天子之出，本为阳气畅达，顺天道而巡游，以行时令，非为赏玩物华。因事进规，深得诗人温厚之旨，可为应制体之式。"

胡应麟《诗薮》："《春望》诗，'千门'、'上苑'、'双阙'、'万家'、'阁道'，五用宫室字。惟其诗工，故读之不觉，然一经点勘，便为白璧之瑕，初学首所当戒。〇王才甚藻秀而篇法多重，'绛帻鸡人'，不免服色之讥；'春树万家'亦多花木之累。"

朱庭珍《筱园诗话》："赵松雪谓七律须有健句压纸，为通篇警策处，以树诗骨。此言极是。又谓七律中二联，以用实字无一虚字为妙，则矫枉过正，未免偏矣。纯用实字，杰句甚少，不可多得。王右丞'九天阊阖开宫殿，万国衣冠拜冕旒'，气象阔大，而稍欠精切；'云里帝城双凤阙，雨中春树万人家'，秀健而欠雄厚，又逊一格矣。"

俞陛云《诗境浅说》："右丞此作，后四句尤佳。五言觚棱双阙，高入云霄，状宫殿之尊崇。六言烟树万家，俱沾春雨，见邦畿之富庶。写景恢弘，句复工秀。结句言乘时布政，不为春游，立言得体。吴梅村《行围应制》诗：'不向围中逢大雪，无因知道外边寒'，与此同意。"

马茂元说："应制诗讲究高华典丽，易于流为肤廓板滞。此诗能于气象宏阔中寓流走之感，重深曲屈中得自然之致，固然得力于诗人提炼景物的技能，写出'雨中春树万人家'这样清新的句子；也由于全诗布局位置的得当。二联'迥出'、'回看'，不但将一、三联的写景分作两层，富于变化；又因流水对的句式增强了动态。这样，全诗就脉络舒畅、欣欣而有生意了。"（《唐诗三百首新编》）

王树海说："结句显然吸收了汉赋的'曲终奏雅'之意（汉赋临近终篇时，往往寄托一些讽谕君王励精图治的意思，被人称为'曲终奏雅'）。应制诗原是重在颂扬，益在无讥，难得王维颂不忘规。"（《禅魄诗魂》）

大同殿生玉芝。龙池上有庆云，百官共睹，圣恩便赐宴乐，敢书即事①

欲笑周文歌宴镐②，遥轻汉武乐横汾③。岂如玉殿生三秀④，讵有铜池出五云⑤。陌上尧樽倾北斗⑥，楼前舜乐动南薰⑦。共欢天意同人意，万岁千秋奉圣君⑧。

此诗作于天宝七载三月。

①全唐诗"生"字作"柱产"二字，"庆云"二字下多"神光照殿"四字。"敢"，英华作"因"。○〔赵注〕《唐六典》："兴庆宫西门曰兴庆门，次南曰金明门，门内之北曰大同门，其内曰大同殿。"《旧唐书·玄宗纪》："天宝七载三月乙酉，大同殿柱产玉芝，有神光照殿。群臣请加皇帝尊号曰'开元天宝圣文神武应道'，许之。八载六月，大同殿又产玉芝一茎。"生按：芝，灵芝，菌类。《博物志》："名山生神芝，不死草。"《埤雅广要》："《本草》有青赤黄白黑紫六色，今所见惟黄紫二色，或如鹿角，或如伞盖，皆坚实芳香，叩之有声。"《艺文类聚·祥瑞》："《本草经曰》：白芝一名玉芝。"〔赵注〕《唐诗纪事》："龙池，兴庆宫池也，明皇潜龙之地。"《雍录》："帝王之兴，悉著符瑞，理固有之，然而傅会者多也。《六典》所记曰：'隆庆坊宅有井，忽涌为小池，周袤数十丈，常有云气或黄龙出其中。至景云间，潜

复出水，其沼浸广，里中人悉移居，遂鸿洞为龙池焉。'然予详而考之，《长安志》曰：'龙池在跃龙门南，本是平地。自垂拱初载后，因雨水流潦成小流，后又引龙首渠水分溉之，日以滋广。至景龙中，弥互数顷，深至数丈，常有云龙之祥，后因谓之龙池。'《志》又曰：'龙首渠者，隋城外东南角有龙首堰，隋文帝自此堰分浐水北流，至长乐陂西北分为二渠，其西渠自永嘉坊西南流，经兴庆宫。'则是兴庆之能变平地以为龙池者，实引浐之力。至《六典》所记，则全没导浐之实，而专以归诸变化也。"生按：庆云，又名卿云、景云、古人以为五色祥瑞之气。《汉书·天文志》："若烟非烟，若云非云，郁郁纷纷，萧索轮囷，是谓庆云，喜气也。"敢，谦词，犹冒昧。即事，当前的事物。以当前事物为题的诗称为即事诗。

②镐：音皓。镐京：周武王迁都于此，故址在今陕西长安县西北丰镐村附近。〔赵注〕《诗·小雅·鱼藻》："王在在镐，岂乐饮酒。"本武王事，谓为周文者误也。然考宋之问《幸昆池应制》诗，亦云"镐饮周文乐，汾歌汉武才"。岂唐人相袭作周文事用耶？

③"遥"，品汇、凌本作"还"。○横汾：横渡汾水。〔赵注〕《汉武故事》："上行幸河东，祀后土，顾视帝京欣然。中流与群臣饮燕，上欣甚，乃自作《秋风辞》曰：秋风起兮白云飞，草木黄落兮雁南归。兰有秀兮菊有芳，怀佳人兮不能忘。泛楼船兮济汾河，横中流兮扬素波。箫鼓鸣兮发棹歌，欢乐极兮哀情多，少壮几时兮奈老何！"《水经注·汾水》："汾水又西迳耿乡城（今河津县）北。汉武帝行幸河东，济汾河，作《秋风辞》于斯水之上。"生按：汾水源出山西宁武县管涔山，经太原市南流至新绛，西流至河津入黄河。

④"如"，品汇、凌本、纬本、全唐诗作"知"。○〔赵注〕屈原《九歌·山鬼》："采三秀兮于山间。"王逸注："三秀，谓芝草也。"生按：秀，此指开花。传说灵芝一年开花三次，故称三秀。

⑤"讵"、"铜"，类苑作"复"、"龙"。○〔赵注〕《汉书·宣帝纪》："元康四年，金芝九茎产于函德殿铜池中。"颜师古注："铜池，承溜（屋檐下承接雨水的溜槽）是也，以铜为之。"与'龙池'义不合，亦疑有误。生按：讵，岂。《广释词》："有犹若。《国语·鲁语》：'其中有羊焉'。《史记·孔子世家》作'中若羊'。"五云，五色庆云。句谓铜池产芝岂若龙池出云。

⑥〔赵注〕杜审言《望春亭侍游应诏》："尧尊随步辇，舜乐绕行麾。"

屈原《九歌·东君》：“援北斗兮酌桂浆。”生按：《广雅》：“陌，道也。”《孔丛子·儒服》：“昔有遗谚，尧舜千钟。”樽：同尊，盛酒器。尧樽，指玄宗所赐的酒。《诗·小雅·大东》：“维北有斗，不可以挹（舀）酒浆。”北斗七星像斗形（有柄的舀酒勺），一至四星像斗身，五至七星像斗柄。

　　⑦〔赵注〕《孔子家语》：“昔者舜弹五弦之琴，造《南风》之诗。其诗曰：南风之薰（和煦）兮，可以解吾民之愠兮。南风之时兮，可以阜（厚）吾民之财兮。”生按：动，弹奏。南薰，《南风》歌。

　　⑧〔金解〕“生芝出云，是为天意。今此五、六，则是人意。推言天意何故有彼，则惟人意实先有此也。‘陌上’字妙，便知尧樽直通田家瓦盆。‘楼前’字妙，便知舜乐直通妇子连袂。”

评　笺

　　唐汝询《唐诗解》：“此记当时瑞应也。设尧樽，举舜乐，朝野欢呼，颂之以为天人合应，圣寿当无疆也。”

　　许学夷《诗源辩体》：“摩诘七言律，如‘欲笑周文’，宏赡雄丽者也。”

　　潘德舆《养一斋诗话》：“李于鳞选右丞七律，亦不尽如人意。如‘欲笑周文歌宴镐’篇，调平意复，岂独非绝作而已。”

敕赐百官樱桃 　时为文部郎中①

　　芙蓉阙下会千官②，紫禁朱樱出上兰③。才是寝园春荐后④，非关御苑鸟衔残⑤。归鞍竞带青丝笼⑥，中使频倾赤玉盘⑦。饱食不须愁内热⑧，太官还有蔗浆寒⑨。

　　此诗作于天宝十一载四月。

　　①活字本“赐”作“赠”，又无题下原注“时为文部郎中”六字。○敕：音赤。《后汉书·光武帝纪》注：“《汉制度》曰：帝之下书有四：一

曰策书，二曰制书，三曰诏书，四曰诫敕。"生按：汉时官长命令僚属也可称敕。唐显庆中，规定不经凤阁鸾台不得称敕，从此专用于皇帝文告。李绅《岁时记》："四月一日，内园进樱桃，寝园荐讫，颁赐百官各有差。"〔赵注〕《新唐书·百官志》："吏部郎中二人，正五品上。天宝十一载改吏部曰文部，至德二载复旧。"

②〔赵注〕车操《洛阳道》："重关如隐起，双阙似芙蓉。"庾信《陪驾幸终南山和宇文内史》："长虹双瀑布，圆阙两芙蓉。"〔金解〕阙下即至尊：会千官，会朝至尊也。生按：芙蓉阙即汉建章宫凤阙，此处借指唐大明宫含元殿。

③《三辅黄图》："宫中谓之禁中，谓门阁有禁，非侍御及通籍之臣不得妄入。"〔赵注〕谢庄《宣贵妃诔》："收华紫禁"。李善注："王者之宫以像紫微，故谓宫中为紫禁。"左思《蜀都赋》："朱樱春熟。"《本草图经》："樱桃，其实熟时深红色者，谓之朱樱。"《三辅黄图》："上林苑有上兰观。"生按：上林苑见《奉和圣制从蓬莱向兴庆阁道中》注⑤，此处借指御苑。

④"才"，述古堂本、元刊本、唐诗解、活字本、赵本作"总"，从英华、蜀刻本、全唐诗。李攀龙《唐诗选》谓"才"与下句方有照应，此说是。○〔赵注〕寝：寝庙；园：园陵也。《三辅黄图》："孝文太后、孝昭太后，皆有寝园。"《演繁露》："古不墓祭，祭必于庙，庙皆有寝故也。凡庙列诸寝前，以像人君之前朝后寝也。凡寝之有衣冠几杖像生之具者，即在庙之寝也。秦人始于墓侧立寝，汉世因之，诸陵皆有园寝。"《礼记·月令》："仲夏之月，天子乃以雏尝黍，羞以含桃，先荐宗庙。"唐李绅《岁时记》："四月一日，内园进樱桃，寝园荐讫，颁赐百官各有差。"亦是孟夏事。惟《汉书·叔孙通传》云："古者有春尝果，方今樱桃熟，愿陛下取献宗庙。"颜师古注："《礼记》曰：'仲春之月，羞以含桃，先荐寝庙'，即此樱桃也。"右丞诗中用"春荐"字，当是其时虽四月一日，而节令未改，尚在暮春，否则因师古之注而误也。生按：秦以亥月为正月，汉武帝太初元年起改用寅月为正月，秦仲夏相当于汉、唐仲春，维诗用"春荐"字不误。

⑤〔赵注〕《吕氏春秋·仲夏纪》高诱注："含桃，樱桃。莺鸟所含食，故言含桃。"生按：残，余留。陶潜《归田园居》："桑竹残朽株。"〔徐说〕"非关"与"残"字极有斟酌，及时荐即及时赐也。

⑥〔赵注〕《乐府诗集·相和歌辞·陌上桑》："青丝为笼系，桂枝为

笼钩。"〔王解〕此言百官先受赐而归者。〔徐说〕归家祀先，以荣君赐。

⑦中使：太监，见《扶南曲歌词》之一注⑤。频：一再、连续。《广韵》："频，数也。"〔赵注〕《艺文类聚》："史云：后汉明帝于月夜宴群臣于照园，太官进樱桃，以赤瑛为盘，赐群臣，月下视之，盘与樱桃同色，群臣云是空盘，帝笑之。"〔王解〕此言百官方受赐者。

⑧"愁"，英华作"忧"。○〔高注〕《证类本草》："《食疗》曰：樱桃，温，多食有所损。《衍义》曰：樱桃，小儿食之过多，无不作热，此果在三月末四月初间熟，得正阳之气，先诸果熟，性故热。"

⑨"太"各本多作"大"，字通。"蔗"，英华作"柘"，字同。○〔高注〕《汉书·百官公卿表》："少府属官，有太官。"颜师古注："太官主膳食。"〔赵注〕宋玉《招魂》："臑鳖炮羔，有柘浆些。"王逸注："柘，诸蔗也。取藷蔗之汁为浆饮也。"生按：《旧唐书·职官志》："光禄寺太官署：掌供膳食之事，凡朝会宴享，九品以上并供其膳食。"藷蔗即甘蔗。《本草纲目》："蔗，其浆甘寒，能泻火热。"〔徐说〕见君恩周匝，有加无已处。

评 笺

王夫之《姜斋诗话》："咏物诗，齐、梁始多有之。其标格高下，犹画之有匠作，有士气。征故实，写色泽，广比譬，虽极镂绘之工，皆匠气也。又其卑者，饾凑成篇，谜也，非诗也。至盛唐以后，始有即物达情之作。'自是寝园春荐后，非关御苑鸟衔残'，贴切樱桃，而句皆有意，所谓正在阿堵中也。"

王夫之《唐诗评选》："浮出一格，为小诗布意，亦变体也。○腹联宕开，结联益宕开，开则不复合矣。一开一合，恶诗之诀。"

沈德潜《唐诗别裁集》："起句敕赐之由，三四见敬礼臣下，结见君恩无已。词气雍和，浅深合度，与少陵《野人送樱桃》诗，均为三唐绝唱。"

方东树《昭昧詹言》："《敕赐百官樱桃》，起亦是盐题之脑。三四在赐之前，补二句，意思圆足。五六赐字正位。收题后补义。格律详整明密。"

张谦宜《纟见斋诗谈》："《敕赐百官樱桃》描写君恩之厚，得《三百篇》遗意。三四言其新。五六言其多。七八用补笔跳结，意更足，法更妙，笔更圆活。"

薛雪《一瓢诗话》："王摩诘学佛，不得已也。如《敕赐百官樱桃》，当时赋诗纪恩者不一，独摩诘三、四两句，人所忽而不言者，而独言之。是天理人心之砥柱，不是他人一味铺张盛事夸耀君恩而已。"

李攀龙《唐诗直解》："典而致，在三、四句尤见本事。"

胡仔《苕溪渔隐丛话》："唐自四月一日寝庙荐樱桃后，颁赐百官各有差。摩诘诗：'归鞍竞带青丝笼，中使频倾赤玉盘'；退之诗：'香随翠笼擎初重，色映银盘泻未停'。二诗语意相似，摩诘诗浑成胜退之诗。樱桃初无香，退之言香，亦是语病。"

唐汝询《唐诗解》："五六对偶工，用事妥。另生议论作结，亦是巧思。"

管世铭《读雪山房唐诗序例》："凡律诗最重起结，七言尤然。落句以语尽意不尽为贵。如王维'饱食不须愁内热，太官还有蔗浆寒'，皆足为一代楷式。○摩诘为正雅，少陵为变雅，观二樱桃诗可见。"

恒仁《月山诗话》："王维之《敕赐百官樱桃》、岑参之《早朝大明宫》，李白之《登金陵凤凰台》，不独可为唐律压卷，即在本集此体中，亦无第二首也。"

俞陛云《诗境浅说》："咏樱桃者，以摩诘及少陵《野人赠朱樱》诗为最。王诗注重承赐，处处皆纪恩泽之隆。杜诗注重又见樱桃，处处见怀旧之切。"

黄生《唐诗摘抄》："结处将无作有，更进一层，妙！"

徐增《而庵说唐诗》："（末句）极小事到右丞手便见如许之大，人岂可无手笔！"

焦袁熹《此木轩论诗汇编》："初读之只觉其稳切耳。观崔君和章，乃叹摩诘真天人矣。结联味外有味。"

金人瑞《圣叹外书》："敕赐樱桃诗，妙在第一句全不提起樱桃，只奋大笔先书曰'芙蓉阙下会千官'。盖阙下会千官，即会朝至尊也。朝廷之事，必有大者，而此樱桃不过一日偶然宣赐之微物，此谓笔墨所争甚微，而立言所关甚大也。三、四两使樱桃事，妙在写出一片敬爱之盛，正不徒以精切为能也。五写先受赐者，六写后受赐者，不谓连百官之百字，先生妙笔，直有本事都写出来，读之分明立在门左右，亲看其纷纷续续而去也。末又意外再写君恩无穷，又如逐员宣谕之也。"

黄培芳《唐贤三昧集笺注》："后人作此种题，非繁缛即纤俗，盛唐人不可及在此。"

和王维《敕赐百官樱桃》　　（右补阙崔兴宗）①

　　未央朝谒正逶迤②，天上樱桃锡此时③。朱实初传九华殿④，繁花旧杂万年枝。全胜晏子江南橘⑤，莫比潘家大谷梨⑥。闻道令人好颜色⑦，神农本草自应知⑧。

　　①崔兴宗，见《青雀歌》注。由此诗可知崔官右补阙在天宝后期。

　　②《西京杂记》："汉高帝七年，萧相国营未央宫，因龙首山制前殿，建北阙。未央宫周回二十二里九十五步五尺。"生按：未央宫故址在西安市西北十五里长安故城西南部。此处借指唐大明宫。逶迤：逶通委；迤音移，通蛇、蛇。从容谦让貌。《后汉书·杨秉传》："逶迤退食。"《诗·召南·羔羊》："退食自公，委蛇委蛇。"陈奂疏："郑笺云：'委蛇，委曲自得之貌。'委曲犹顺从也。"

　　③《左传·宣公四年》："君，天也。"天上：君上，皇上。《集韵》："赐，《说文》：'予也。'或作锡"。

　　④朱实：红色果实，此指樱桃。张衡《西京赋》："神木灵草，朱实离离。"〔赵注〕《博物志》："西王母遣使乘白鹿告帝当来，乃供帐九华殿以待之。"《初学记》："洛阳宫殿簿有九华殿。"

　　⑤"全"，从蜀刻本、英华、纪事、赵本，他本皆作"未"。○〔赵注〕《说苑》："晏子将使荆（楚），荆王欲辱之。于是荆王与晏子立语，有缚一人过王而行。王曰：'何为者也？'对曰：'齐人也。'王曰'何坐？'曰'坐盗'。王曰：'齐人固盗乎？'晏子反顾之曰：'江南有橘，齐王使人取之，而树之于江北，生不为橘乃为枳，所以然者何？其土地使之然也。今齐人居齐不盗，来之荆而盗，得无土地使之然乎！'荆王曰：'吾欲伤子，而反自中也。'"蒋绍愚说："全：更。"

　　⑥〔赵注〕潘岳《闲居赋》："张公大谷之梨。"刘良注："洛阳张公居大谷，有夏梨，海内惟此一树。"生按：句谓大谷梨也不能比。

　　⑦"好颜色"，纪事作"颜色好"。○〔赵注〕陶宏景《名医别录》："樱桃调中益脾气，令人好颜色。"

⑧《帝王世纪》："炎帝神农氏，姜姓。人身牛首，长于姜水。"《淮南子·脩务训》："神农乃始教民播种五谷，尝百草之滋味，水泉之甘苦，令民知所避就，当此之时，一日而遇七十毒。"《本草纲目·序例》："旧说《本草·经》三卷，神农所作，而不经见。李世勣等以梁《七录》载《神农本草》三卷，推以为始，又疑所载郡县有后汉地名，似张机、华佗辈所为。《本草》由是见于经录。药有玉石草木虫兽，而云'本草'者，为诸药中草类最多也。"

三月三日曲江侍宴应制①

万乘亲斋祭②，千官喜豫游③。奉迎从上苑④，被禊向中流⑤。草树连容卫⑥，山河对冕旒⑦。画旗摇浦溆⑧，春服满汀洲⑨。仙籞龙媒下⑩，神皋凤跸留⑪。从今亿万岁，天宝绍春秋⑫。

此诗作于天宝元年。

①"曲江"下英华有"楼"字。○〔赵注〕《后汉书·礼仪志》："三月上巳（上旬巳日），官民皆洁于东流水上，曰洗濯祓除，去宿垢疢（热病）。"生按：这种习俗，称为祓禊、修禊。自魏以后，定为三月三日，不再用上旬巳日。曲江：唐代游赏胜地，故址在今西安东南曲江乡。见《奉和圣制赐史供奉曲江宴应制》注①。

②《孟子·梁惠王》："万乘之国。"赵歧注："万乘，兵车万乘，谓天子也。"斋祭：斋戒祭祀。古人于祭祀之前必先斋，即洁净身心。斋必有所戒。《礼记·祭统》："及其将斋也，防其邪物，讫其嗜欲，耳不听乐，心不苟虑，手足不苟动"，故称斋戒。斋前必沐浴。《说文》："斋，戒洁也。"《后汉书·礼仪志》："凡斋，天地七日，宗庙山川五日，小祠三日。"后世民间，多以沐浴为戒，素食为斋。

③《尔雅·释诂》："豫，乐也。"《集韵》："豫，逸也。"

④从：由。上苑：皇家园林。见《奉和圣制从蓬莱向兴庆阁道中留春》

注⑤。

⑤祓：音拂。《字汇》："祓，除也。"禊：音系。《风俗通》："禊者，洁也。"《广韵》："禊，祓除不祥也。"《事物纪原·祓禊》："《韩诗》曰：'三月桃花水下之时，郑国之俗，以上巳于溱、洧之上，执兰招魂续魄，祓除不祥。'沈约《宋书》曰：'魏以后但用三日，不复用巳也。'《周礼·春官》：'女巫掌岁时祓除衅浴。'郑玄注：'如今三月上巳如水上之类。'《论语·先进》：'暮春者，春服既成，冠者五六人，童子六七人，浴乎沂，风乎舞雩，咏而归。'则水滨祓除由来远矣，盖周典也。"

⑥容卫：仪仗侍卫。《北史·魏太武五王传》："广阳王嘉，性好仪饰，车服鲜华，既居仪同，又任端首，出入容卫，道路荣之。"

⑦冕旒：皇冠，此处借指皇帝。见《奉和圣制天长节赐宰臣歌应制》注④。

⑧画旗：画有各种物象的旗帜。《周礼·春官·司常》："司常掌九旗之物名，各有属，以待国事。日月为常，交龙为旂，通帛为旜，杂帛为物，熊虎为旗，鸟隼为旟，龟蛇为旐，全羽为旞，析羽为旌。"〔赵注〕屈原《涉江》："入溆浦余儃佪兮。"吕延济注："溆亦浦类也。"谢灵运《过瞿溪山僧》："映泫归溆浦。"生按：浦、溆同义，水滨。

⑨屈原《九歌·湘夫人》："搴汀洲兮杜若。"洪兴祖注："汀，水际平地。"生按：汀，小洲。

⑩"籞"，蜀刻本、述古堂本、元刊本、赵本、活字本作"乐"，从纬本、凌本、全唐诗。○籞：音语。仙籞，天子的苑囿。〔赵注〕《汉书·宣帝纪》："池籞未御幸者，假与贫民。"颜师古注："苏林曰：折竹以绳绵连禁御，使人不得往来，律名为籞。应劭曰：籞者，禁苑也。"《汉书·礼乐志》载，武帝太初四年诛大宛王获大宛马，作《天马歌》，其辞有云："天马徕，龙之媒"应劭注："言天马者乃神龙之类，今天马已来，此龙必至之效也。"张正见《门有车马客行》："红尘扬翠毂，赭汗染龙媒。"生按：龙媒，骏马之美称。句谓天子乘骏马来到曲江御苑（芙蓉苑）。《旧唐书·舆服志》："玄宗行幸及郊祀等事，无远近，皆骑于仪卫之内。其五辂及腰舆之属，陈于卤簿而已。"

⑪〔赵注〕张衡《西京赋》："实惟地之奥区神皋。"张铣注："神者美言

之，泽畔曰皋。"生按：此仍借指曲江。《玉篇》："跸，止行者。"本谓帝王出行时清道，禁止路人通行，后借指帝王车乘。凤跸：凤辇。辇用人挽以行，其轼前饰一金凤，故称凤辇。〔赵注〕《唐会要》："旧制，辇有七：一曰大凤辇。"

⑫"绍"，述古堂本、元刊本、全唐诗、赵本作"纪"，纬本、凌本作"治"，从蜀刻本、活字本。○《旧唐书·玄宗纪》："天宝元年春正月丁未朔，改元。二月丁亥，上加尊号为开元天宝圣文神武皇帝。"《尔雅·释诂》："绍，继也。"春秋：古代编年史的一种通称，除鲁《春秋》外，《墨子·明鬼》下有周、燕、宋、齐之《春秋》，汉以后所修有《楚汉春秋》《十六国春秋》。此处借指唐史。绍春秋：谓用"天宝"年号继续为唐朝纪年。

奉和圣制庆玄元皇帝玉像之作应制①

明君梦帝先②，宝命上齐天③。秦后徒闻乐④，周王耻卜年⑤。玉京移大像⑥，金篆会群仙⑦。承露调天供⑧，临空敞御筵⑨。斗回迎寿酒⑩，山近起炉烟⑪。愿奉无为化⑫，斋心学自然⑬。

此诗作于天宝元年二月。

①《旧唐书·高宗纪》："乾封元年二月己未，次亳州。幸老君（李耳）庙，追号曰太上玄元皇帝庙。"〔赵注〕《旧唐书·礼仪志》："天宝元年正月，陈王府参军田同秀称，于京永昌街空中见玄元皇帝，以'天下太平，圣寿元疆'之言传于玄宗，仍云'桃林县故关令尹喜宅旁有灵宝符'。发使求之，十七日，献于含元殿。于是置玄元庙于太宁坊。二月辛卯，亲祔玄元庙。""初，太清宫（即玄元庙）成，命工人于太白山采白石为玄元圣容，又采白石为玄宗圣容，侍立于玄元之右。"生按：玉像即此白石雕像。

②"先"，英华作"见"。○〔赵注〕《资治通鉴·玄宗纪》："开元二十九年，上梦玄元皇帝告云：'吾有像在京城西南百余里，汝遣人求之，吾当与汝兴庆宫相见。'上遣使求得之于周至楼观山间。夏，闰四月，迎置兴

庆宫。五月，命画玄元真容分置诸州开元观。"生按：句谓明君先梦玄元皇帝。首句用韵，状语后置。

③宝命：天命。《书·金滕》："无坠天之降宝命。"蔡沈传："宝命，即帝庭之命也。谓之宝者，重其事也。"上齐天：谓大唐国命、玄宗寿命，长与天齐。此指田同秀所传玄元皇帝之言。

④〔赵注〕张衡《西京赋》："昔者大帝悦秦穆公而觐之，飨以钧天广乐。帝有醉焉，乃为金策，锡用此土，而翳诸鹑首。"生按：《诗·商颂·玄鸟》："商之先后。"郑玄笺："后，君也。"此谓天帝飨秦穆公（秦后）以钧天广乐，醉而赐秦以国土，但至始皇一统天下，不过二世而亡，是空闻乐。

⑤〔赵注〕《左传·宣公三年》："（周）成王定鼎于郏鄏，卜世三十，卜年七百，天所命也。"生按：耻卜年，谓唐朝将传千秋万世，周朝不及，周王当以卜年为耻。

⑥道教称天帝所居之处为玉京。葛洪《枕中书》："《真记》云：玄都玉京，七宝山周围九万里，在大罗天之上。"此处借指唐都，谓将白石雕像移往西京玄元庙供奉。

⑦金箓：道教的一种斋祭仪式。〔赵注〕《隋书·经籍志》："箓皆素书，纪诸天曹官属佐吏之名有多少，又有诸符错在其间，文章诡怪，世所不识。受者必先洁斋。其洁斋之法，有黄箓、玉箓、金箓、涂炭等斋。"《唐六典》："斋有七名，其一曰金箓大斋。调和阴阳，消灾伏害，为帝王国王延祚求福。"生按：玄宗先已发得灵符（道教符箓并用，符也是箓），现又奉安玉像，故举行金箓大斋，受符告成。《云笈七签》说：领受符箓者可以"诏令天地万灵，随功役使"，则斋祭之时，群仙自当前来聚会。

⑧《汉书·郊祀志》："作柏梁铜柱、承露仙人掌之属。"颜师古注："《三辅故事》云：建章宫承露盘，高二十丈，大七围，以铜为之，上有仙人掌承露，和玉屑饮之以求仙。"《说文》："调，和也。"《尔雅·释诂》："天，君也。"《广韵》："供，给也。"天供：供奉天子的饮食。

⑨临空：对着天空。敞：开，摆设。御筵：皇帝命设的筵席。

⑩斗：有柄的舀酒勺。《诗·小雅·大东》："维南有箕，不可以簸扬。维北有斗，不可以挹酒浆。"孔颖达疏："箕在南而斗在北，故言南箕北斗也。"朱熹传："或曰北斗，常见不隐者也。"生按：《大东》诗箕、斗连

言，本指南斗。南斗六星、北斗七星皆象斗形，但南斗之柄常向西，北斗之柄常以顺时针方向回转。维诗云"斗回"，当从朱传或说，解为北斗。迎：迎取。寿酒：向尊者进酒时祝颂长寿。

⑪谓近山形似香炉，升起云气犹如炉烟。

⑫无为：顺应自然，不强有所为。《史记·老庄列传》："李耳无为自化，清净自正。"正义："言无所造为而自化，清静不扰而民自归正也。"《淮南子·原道》："所谓无为者，不先物为也。"

⑬"斋"，述古堂本、元刊本作"齐"。通。○斋心：清心寡欲。《说文》："斋，戒洁也。"〔赵注〕《列子·黄帝》："退而闲居大庭之馆，斋心服形。"张谌注："心无欲则形自服矣。"《老子》二十五章："人法地，地法天，天法道，道法自然。"河上公注："道性自然，无所法也。"

奉和圣制上巳于望春亭观禊饮应制①

长乐青门外②，宜春小苑东③。楼开万户上④，辇过百花中⑤。画鹢移仙伎⑥，金貂列上公⑦。清歌邀落日，妙舞向春风⑧。渭水明秦甸，黄山入汉宫⑨。君王来祓禊，灞浐亦朝宗⑩。

此诗作于天宝三载。

①"应制"，英华作"之作"。《乐府诗集》以前四句收入《近代曲辞》，题为《浣纱女》。但维诗所咏并非调名本意，是乐府以此诗入乐用《浣纱女》调歌唱，不是本词。○禊饮：三月三日在水滨祓禊后饮酒宴乐。见《三月三日曲江侍宴应制》注⑤〔赵注〕《雍录》："南望春亭、北望春亭，在禁苑东南高原之上，旧记多云望春宫，其东正临浐水也。"生按：据《资治通鉴》及《旧唐书》，天宝元年以韦坚为陕郡太守。坚引浐水抵苑东望春楼下为潭，以通河渭。二年三月毕功，盛陈舟艘。丙寅，上幸望春楼以观之，命名广运潭，潭在唐长安城东九里。丙寅为三月二十六日，则二

年上巳无望春亭观禊饮之事，当在三载。

②长乐：汉宫名，在汉长安城东隅。见《扶南曲》之三注④。此处借指唐兴庆宫。青门：汉长安城东南门。见《早春行》注⑤。此处借指唐延兴门。句谓长乐与青门之外。

③汉宜春苑故址在长安城东南曲江之东，隋代改名芙蓉苑。宜春苑内西部有宜春宫。见《登楼歌》注⑥。小苑：即芙蓉苑，小于禁苑，故名。杜甫《秋兴》："芙蓉小苑入边愁。"句谓宜春宫与小苑之东。

④"户"，英华、全唐诗作"井"。○楼即亭。《资治通鉴》称望春楼。因潭水直抵楼下，故《旧唐书》又称广运楼。

⑤"辇过"，乐府作"人向"。○辇：音碾。《说文》段玉裁注："辇，谓人挽以行之车也。"《一切经音义》："古者卿大夫亦乘辇，自汉以来，天子乘之。"参见《三月三日曲江侍宴应制》注⑪。

⑥"伎"，品汇、唐诗解作"仗"。○画鹢：船的别名。《汉书·司马相如传》："浮文鹢。"颜师古注："鹢，水鸟也，画其像于船头。"庾信《咏画屏风》："画鹢先防水，媒龙即负船。"仙伎：宫中歌舞女艺人。

⑦〔赵注〕《隋书·礼仪志》六："武冠，一名武弁，今左右侍臣及诸将军武官通服之。侍中、常侍则加金珰附蝉焉，插以貂尾，黄金为饰云。"江淹《杂体三十首·王侍中粲怀德》："贤主降嘉赏，金貂服玄缨。"《唐六典》："三师（太师、太傅、太保），训导之官也，其名即周之三公。汉哀、平间，始尊师、傅之位，在三公（大司马、大司徒、大司空）之上，谓之上公。"生按：金珰附蝉，冠饰，金质，当冠前，其中缀以金蝉，故名。唐制：侍中、中书令、左右散骑常侍，冠上都饰有金珰附蝉和貂尾。

⑧"落日"，述古堂本、元刊本作"日落"。"妙"英华作"妍"。○邀：阻，留。《玉篇》："邀，遮也。"〔王解〕清歌竟日。〔赵注〕谢朓《永明乐十首》："清歌留上客，妙舞送将归。"

⑨"甸"，英华作"殿"。○渭水在长安城北五十里。黄山在兴平县北。见《奉和圣制从蓬莱向兴庆阁道中作》注②、③。《书·禹贡》："五百里甸服。"孔安国传："规方千里之内，谓之甸服，为天子服治田，去王城面五百里内。"〔徐说〕天子登舟祓禊毕，复还望春，凭楼而望。〔王解〕长安乃秦地，王畿（京都及所辖地区）曰甸。明者渭水之光，入者黄山之色，此皆凭楼而见。

⑩〔赵注〕《三辅黄图》："灞水出蓝田谷，西北入渭。浐水亦出蓝田谷，北至灞陵入灞。"《诗·小雅·沔水》："沔彼流水，朝宗于海。"郑玄笺："水流而入海，小就大也。喻诸侯朝天子，亦犹是也。诸侯春见天子曰朝，夏见曰宗。"孔颖达疏："朝宗者，本诸侯见天子之礼。臣之朝君，犹水之趋海，故以水流入海为朝宗也。"

评 笺

王夫之《唐诗评选》："收合不妄。"

余成教《石园诗话》："王右丞应制之作，如'楼开万井上，辇过百花中'，语语天成。"

王寿昌《小清华园诗谈》："宜以诗生韵，不宜以韵生诗。意到其间自然成韵者，上也；句到其间韵自来凑者，次也；以句求韵尚觉妥适者，又其次也。诗之天然成韵者，如王右丞之'楼高万户上，辇过百花中'；'远树蔽行人，长天隐秋塞'；'五湖三亩宅，万里一归人'；'隔牖风惊竹，开门雪满山'之类是也。"

徐增《而庵说唐诗》："右丞是诗，自由性格，若法不能以拘之者。此之谓'诗天子'。"

三月三日勤政楼侍宴应制①

彩仗连宵合②，琼楼拂曙通。年光三月里，宫殿百花中。不数秦王日，谁将洛水同③。酒筵嫌落絮，舞袖怯春风。天保无为德④，人欢不战功⑤。仍临九衢宴⑥，更达四门聪⑦。

此诗约作于天宝四载。

①三月三日：参见《三月三日曲江侍宴应制》注①。〔赵注〕《旧唐书·睿宗诸子传》："玄宗于兴庆宫西南置楼，西面题曰'花萼相辉之楼'，

南面题曰'勤政务本之楼'。"《长安志》："勤政务本楼，楼南向，开元八年造。每岁千秋节，酺饮楼前。"

②彩仗：五彩仪仗。合：聚集。唐代皇帝出驾仪仗，极为华贵庞大，羽葆、华盖、旌旗、鼓吹、车马、卫队，皆着彩饰。卫队在二千人以上。出发前七刻，天尚未明，仪仗即依次列队于殿庭内外守候，故谓"连宵合"

③《荀子·王霸》："不足数于大君子之前。"王先谦注："称、数义同。"《语辞汇释》："谁，犹何也。与指人者异义。"《经传释词补》："将，犹与也。"《续齐谐记》："晋武帝问：'三日曲水，其义何指？'尚书郎束晳曰：'昔周公城洛邑，因流水以泛酒，故逸诗云：羽觞随波。又秦昭王三日置酒河曲，见有金人出奉水心剑曰：令君制有西夏。及秦霸诸侯，乃因此处立为曲水祠。二汉相缘，皆为盛集。'"洛水：源出陕西洛南县冢岭山，东流经卢氏、洛宁、洛阳、巩县入黄河。二句意谓，玄宗三月三日在勤政楼赐宴群众，昭王置酒河曲已不足称数，与周公泛酒洛水又何其相同。

④《诗·小雅·天保》："天保定尔"。郑玄笺："保，安。"无为：见《奉和圣制庆玄元皇帝玉像》注⑫。谓天使有无为德的国君安宁。释保为保佑，亦通。

⑤《资治通鉴·唐纪·玄宗》："天宝四载，春，回纥怀仁可汗击突厥白眉可汗，杀之，传首京师。突厥毗伽可敦帅众来降，于是北边晏然，烽燧无警矣。"不战功或指此。

⑥仍：且，又。临：尊者至卑者处。九：极多之称。《尔雅·释宫》："四达谓之衢。"九衢：四通八达的大道。兴庆宫南西北三面与大街相邻，临九衢宴，含与民同乐之意。

⑦达：通达。《书·尧典》："明四目，达四聪。"孔安国传："广视听于四方，使天下无壅塞。"

奉和圣制暮春送朝集使归郡应制①

万国仰宗周②，衣冠拜冕旒③。玉乘迎大客④，金节送诸侯⑤。

祖席倾三省⑥，褰帷向九州⑦。杨花飞上路⑧，槐色荫通沟⑨。来预钩天乐⑩，归分汉主忧。宸章类河汉⑪，垂象满中州⑫。

此诗作于天宝三载春。

①唐制，每年冬季，各州郡将境内各县户口田亩、赋税收支、盗贼狱讼等项编成计簿，由都督、府尹、刺史或上佐为使者集于京师，奏呈朝廷，接受考绩，谓之上计，使者称朝集使。〔赵注〕《唐六典》："凡天下朝集使，皆令都督、刺史及上佐更为之。若边要州都督、刺史，及诸州水旱成分，则他官代焉。皆以十月二十五日至于京师，十一月一日户部引见讫，于尚书省与群官礼见，然后集于考堂，应考绩之事。元日陈其贡篚于殿庭。"〔唐解〕《实录》："天宝三载三月，敕两省五品以下，鸿胪亭祖饯朝集使。"

②万国：《汉书·地理志》："方制万里，画野分州，得百里之国万区，故称万国。"此处借指唐代各州、府、都督府。周的宗庙在王都，故王都称宗周。又周为诸侯的宗祖国，故周称宗周。此处借指朝廷。〔赵注〕《诗·小雅·正月》："赫赫宗周。"毛苌传："宗周，镐京也。"

③衣冠：士大夫的穿戴。冠：礼帽。此处借指群臣。冕旒：皇冠，借指皇帝。见《奉和圣制天长节赐宰臣歌应制》注④。

④〔赵注〕江淹《恨赋》："丧金舆及玉乘。"李善注："玉乘，玉辂也。"《周礼·秋官·大行人》："大行人掌大宾之礼，及大客之仪，以亲诸侯。"郑玄注："大宾，要服以内诸侯；大客，谓其孤卿。"生按：玉辂，王侯所乘车，车上部件的末头都用玉装饰。孤卿，掌握诸侯国政地位独尊的上大夫，此处借指都督、府尹、刺史或上佐等朝集使。

⑤〔赵注〕《周礼·地官·掌节》："凡邦国之使节，山国用虎节，土国用人节，泽国用龙节，皆以金为之。"郑玄注："诸侯使臣行颇聘，则以金节授之，以为行道之信也。"生按：金节，铜制符节，由朝廷制发，用以证明身份和传达命令的信物。见《老将行》注㉒。此谓朝集使归郡之前，皇帝新授符节。

⑥祖：祭名，出行之前祭祀路神。祖席：饯行宴席。倾：犹尽。〔赵注〕唐时以尚书省、门下省、中书省为三省。

⑦褰：音千，揭起。〔赵注〕《后汉书·贾琮传》："为冀州刺史。旧典，传车骖驾，垂赤帷裳，迎于州界。及琮之部，升车言曰：'刺史当远视广听，

纠察美恶，何有反垂帷裳以自掩塞乎！'命御者褰之。百城闻风，自然竦震。"生按：古籍记载，我国古代分全国为九州，但说法不一。《尔雅·释地》："两河间曰冀州，河南曰豫州，河西曰雍州，汉南曰荆州，江南曰扬州，济、河间曰兖州，济东曰徐州，燕曰幽州，齐曰营州。"郝懿行疏："《禹贡》有青、徐、梁，无幽、并、营，是夏制；《周礼》有青、并、幽，无徐、梁、营，是周制；此有幽、徐、营，而无青、梁、并，疑是殷制也。"

⑧杨花：柳絮。庾信《春赋》："二月杨花满路飞。"上路：京城的大路。《汉书·枚乘传》："游曲台，临上路。"萧纲《咏柳》："垂阴满上路。"

⑨〔赵注〕左思《魏都赋》："疏通沟以滨路，罗青槐以荫途。"生按：通，四通八达。

⑩《正韵》："预，参预。"〔赵注〕《史记·赵世家》："赵简子疾，五日不知人。窥语大夫曰：'我之帝所甚乐，与百神游于钧天，广乐九奏万舞，不类三代之乐，其声动人心。'"乐，当作洛音，对下忧字，与沈佺期"称觞献寿乐钧天"同意。生按《吕氏春秋·有始览》："中央曰钧天"。钧天广乐是天上音乐，借指皇家音乐。

⑪"类河"全唐诗一作"在云"。〇宸章：皇帝所作的诗章。《品字笺》："帝居曰宸，取北辰之义。"《正字通》："类，肖似也。"

⑫"中"，全唐诗一作"皇"。〇《易·系辞》："天垂象，见吉凶。"孔颖达疏："象谓悬象，日月星辰也。"〔赵注〕嵇康《琴赋》："放肆大川，济乎中州。"李善注："中州，犹中国也。"〔徐说〕朝集使亲赍圣制以归，则宸章满于九州。天子中天下而立，九州以天子言之，则为中州。

评　笺

余成教《石园诗话》："王右丞应制之作，如'祖席倾三省，褰帷向九州'，语语天成。〇王右丞和贾至诗：'万国衣冠拜冕旒'。和圣制送朝集使归郡起句云：'万国仰宗周，衣冠拜冕旒。'两诗未知孰先孰后，只加'仰宋周'三字，便成两句，各见其佳。"

徐增《而庵说唐诗》："古人叶韵用重字（此诗两用州字），自是一病，然大家数多不论。盖古人或不及照顾，叶句又贵稳，韵中或无可替用之字，不妨存以为玷，与白璧无损也。古诗可无论，排律体中只见此作。请大词坛试更之。”

奉和圣制送不蒙都护兼鸿胪卿归安西应制①

上卿增命服②，都护扬归旆③。杂虏尽朝周④，诸胡皆自郐⑤。
鸣笳瀚海曲⑥，按节阳关外⑦。落日下河源⑧，寒山静秋塞⑨。万
方氛祲息⑩，六合乾坤大⑪。无战是天心，天心同覆载⑫。

此诗作于天宝四载秋。

①不蒙：即夫蒙。《广韵》"不"音"分物切"，与"弗"通，故夫蒙可译
写为不蒙。《元和姓纂》："夫蒙本西羌姓，或改姓马氏。"据《资治通鉴》，开
元二十七年，夫蒙灵察任疏勒（故治即今新疆疏勒县）镇守使。天宝元年夏，
唐发兵纳西突厥十姓可汗阿史那昕于突骑施（十姓之一，据伊犁河上流之盆
地），至俱兰城（故地在今哈萨克南部卢戈沃伊附近），为突骑施莫贺达干所
杀。三载五月，安西（误作"河西"，据通鉴考异引《会要》改）节度使夫蒙
灵察讨莫贺达干，斩之。六载十二月以高仙芝为安西节度使，征灵察入朝。疑
灵察斩莫贺达干之次年曾入朝，加官鸿胪卿，秋末返安西。《新唐书·百官
志》："大都护，从二品（亲王遥领）。副大都护，从三品。都护掌统诸蕃，抚
慰、征讨、叙功、罚过，总判府事。""鸿胪卿，从三品，掌宾客及凶仪之事。
凡四夷君长以蕃望高下为簿，朝见辨其等位。二王后及夷狄君长袭官爵者，辨
嫡庶。诸蕃封命，则受册而往。"安西大都护府治所在龟兹，即今新疆库车县。
开元、天宝时期，安西副大都护常由安西节度使兼任。

②〔赵注〕沈约《安陆昭王碑文》："军麾命服之序。"李善注："命
服，爵之服也。"生按：上卿，周王朝和诸侯国的执政大臣。此处借指夫
蒙都护。命服，按官爵等级赐予的官服及佩饰；任官须有命，故称。周代
官爵分为九等，称九命。如上公九命为伯，公侯伯之士、子男之大夫一命。
隋唐官秩也分九等，称九品，每品又分正、从二级。增命服，加官进爵，

指夫蒙以副大都护兼鸿胪卿。

③〔赵注〕陆机《赠顾交趾公贞》："惆怅瞻飞驾，引领望归旆。"生按：旆，将帅所建的大旗。见《燕支行》注⑮。

④〔赵注〕鲍照《代陈思王白马篇》："要途问边急，杂虏入云中。"成按：杂虏朝周，盖用《逸周书·王会解》中周成王七年四夷大会于成周（东都洛邑）之事。生按：秦汉称匈奴为胡，其后泛称北方和西方的少数民族为杂胡、诸胡，蔑称为杂虏。

⑤"郐"，英华作"会"，是本字。○郐：西周侯国，《诗》作"桧"，妘姓，灭于郑，故地在今河南密县东北。〔赵注〕《左传·襄公廿九年》："自郐以下无讥焉。"杜预注："郐第十三，曹第十四，季子闻此二国歌，不复讥论之，以其微也。"成按：右丞用其字者，亦取诸胡微细，如曹、郐小国，不足置论之意。生按：据唐史记载，开元二十七年八月，擒突骑施可汗吐火仙，诸部先隶属突骑施者皆帅众内附。二十八年十二月，突骑施酋长莫贺达干帅众内属。天宝元年夏，莫贺达干杀十娃可汗阿史那昕，西突厥微。八月，后突厥叶护阿布思，毗伽可汗之妻及其子西杀葛腊哆、登利可汗之女等，帅部众五千余帐来降。三年八月拔悉密叶护攻杀后突厥乌苏可汗，传首京师。四载正月，回纥怀仁可汗，杀后突厥白眉可汗，后突厥微。所谓杂虏朝周、诸胡自郐，指此。

⑥笳：军乐，入卤簿。见《双黄鹄歌》注⑦。瀚海：戈壁大沙漠。见《燕支行》注⑯。此处当指甘肃境内之腾格里沙漠，系大沙漠西部之一角。曲：隅曲，边隅。

⑦〔赵注〕《史记·司马相如传》引《子虚赋》："按节未舒。"郭璞注："言顿辔也。"司马彪注："按辔而行得节，故曰按节。"生按：《字汇》："按：控也。"《文选·子虚赋》张铣注："按节，谓节马足也。"引缰徐行貌。《新唐书·地理志》："沙州寿昌县西十里至阳关故城。"向达《两关杂考》说，寿昌故城在今敦煌西南一百四十里南湖东北三里，湖西北隅古董滩即阳关故城。关在玉门关之南，故称阳关。

⑧黄河源在今青海省巴颜喀拉山脉各姿各雅山麓，正源为卡日曲。

⑨"静"，英华作"尽"。

⑩祲：音侵。《左传·昭公十五年》："吾见赤黑之祲，非祭祥也，丧氛也。"杜预注："祲，妖气也。氛，恶气也。"孔颖达疏："祲是阴阳之气

相侵之名。"生按：此处指战祸。〔赵注〕《晋书·阮孚传》："皇泽遐被，贼寇敛迹，氛秽既澄，日月自朗。"

⑪"大"，英华作"太"，全唐诗一作"泰"。○《初学记·天》："天地四方曰六合。天谓之乾，地谓之坤。"《正字通》："太、大、泰，音义通。"

⑫"战"，蜀刻本、活字本作"物"。○天心：天子之心。《礼记·中庸》："天之所覆，地之所载。"《管子·版法》："凡人君，覆载万民而兼有之。"此谓天子之心惟愿华夷万民同在天覆地载之中和平生活。生按：《汉语诗律学》："近体诗以平韵为正例，仄韵非常罕见。仄韵律诗和绝句可说是近体诗和古体诗的交界处，往往也可认为'入律的古风'。"此诗即可认为入律古风。古风可以邻韵相通。去声'泰'、'队'韵，音最相近，常通用。旆（读'派'音）、邻、外、太，泰韵，塞、载，队韵。

奉和圣制重阳节宰臣及群官上寿应制①

四海方无事②，三秋大有年③。百生逢此日④，万寿愿齐天。芍药和金鼎⑤，茱萸插珉筵⑥。玉堂开右个⑦，天乐动宫悬⑧。御柳疏秋景⑨，城鸦拂曙烟⑩。无穷菊花节⑪，长奉柏梁篇⑫。

此诗约作于天宝七载。

①"群官"，全唐诗、赵本作"群臣"，从蜀刻本、述古堂本。"应制"，英华作"之作"。○宰臣：任宰相职务的诸大臣。见《奉和圣制天长节赐宰臣歌应制》注①。曹丕《与钟繇书》："岁往月来，忽九月九日，九为阳数，而日月并应，故曰重阳。"上寿：捧杯敬酒，祝颂长寿。《史记·滑稽列传》："奉觞上寿。"

②四海：犹言全国。古人以为中国四方有海。《书·益稷》："决九川，距四海。"无事：无战争。《礼·王制》："天子无事。"郑玄注："事，谓征伐。"

③〔赵注〕王融《永明十一年策秀才文》："幸四境无虞，三秋式稔。"

李善注："秋有三月，故曰三秋。"生按：《说文》："年，穀熟也。"《公羊传·桓公三年》："彼其曰'大有年'何？大丰年也。"

④"生"，赵本作"工"，从蜀刻本、述古堂本、元刊本等。"逢"，蜀刻本作"逸"，全唐诗作"无"，误。○百生：百姓。《白虎通》："姓，生也，人禀天气，所以生者也。"李玄伯说："姓亦人所自出，实即原始社会之图腾。"（《中国古代社会新研》）

⑤"和"蜀刻本作"如"，误。○〔赵注〕司马相如《子虚赋》："芍药之和具，而后御之。"集解："郭璞曰：芍药，五味也（酸、苦、辛、咸、甘）。"颜师古注："芍药，药草名，其根主和五脏，又辟毒气，故合之于兰桂五味，以助诸食，因呼五味之和为芍药耳。今人食马肝马肠者，犹合芍药而煮之，岂非古之遗法乎！"鲍照《代淮南王二首》："金鼎玉匕合神丹。"生按：鼎，古代祭祀、宴享盛馔之器，常见者为三足两耳，用铜铸成。战国以前，王侯卿大夫皆列鼎而食，鼎形相同，大小相序。据《周礼·天官·膳夫》《周礼·秋官·大行人》《仪礼·聘礼》所载，王十二鼎，牢鼎九（牛、羊、豕、鱼腊、肠、胃、肤、鲜鱼、鲜腊），陪鼎三（膷、臐、膮）；上公九鼎。侯伯七鼎（无鲜鱼、鲜腊）；子男、卿大夫五鼎（无牛、肤、鲜鱼、鲜腊）。据考古发掘所见，王十二鼎，诸侯九鼎，卿七鼎，大夫五鼎。

⑥〔赵注〕《艺文类聚·岁时中》："《风土记》曰：九月九日，律中无射而数九，俗尚此日，折茱萸房以插头，言辟除恶气，而御初寒。"刘桢《瓜赋》："布象牙之席，薰玳瑁之筵。"生按：玳瑁，似龟而大，背有甲十二片，黄褐色，有黑斑和光泽。作饰品用。《周礼·司几筵》郑玄注："铺陈曰筵，藉之曰席。"引申为设于筵席之上的酒宴叫筵或席。玳筵：喻华贵的酒宴。

⑦玉堂：皇帝的殿堂。见《奉和圣制天长节赐宰臣歌应制》注③。〔赵注〕《吕氏春秋·季秋纪》："天子居总章右个。"高诱注："明堂中方外圆，通达四出，各有左右房，谓之个。个犹隔也。东出谓之青阳，南出谓之明堂，西出谓之总章，北出谓之玄堂。"生按：明堂，周天子朝见诸侯明布政教之堂，犹后世帝王的正殿。总章右个，即明堂西堂的北房。此谓玄宗在偏殿接受节日祝贺。

⑧天乐：喻宫廷音乐。〔赵注〕《周礼·春官·小胥》："正乐悬之位，王宫悬，诸侯轩悬，卿大夫判悬，士特悬。"郑玄注："乐悬，谓钟磬之属悬于笋（横木）簴（音巨，立柱）者。郑司农云：宫悬，四面悬；轩悬，

去其一面；判悬，又去其一面；特悬，又去其一面。四面，像宫室四面有墙，故谓之宫悬。”

　　⑨“景”，元刊本、赵本作“影”。字同。

　　⑩“鸦”，类苑作“乌”。

　　⑪菊花节：重阳节的代称。《续齐谐记》：“汝南桓景，随费长房游学累年。长房谓之曰：‘九月九日，汝家当有灾厄，急宜去，令家人各作绛囊，盛茱萸以系臂，登高饮菊花酒，此祸可消。’景如言，举家登山，夕还家，见鸡狗牛羊一时暴死。长房闻之曰：‘代之矣！’今世人每至九日，登山饮菊酒，妇人带茱萸囊是也。”

　　⑫“柏”，蜀刻本作“和”，误。○《三辅黄图》：“柏梁台，汉武帝元鼎二年春起此台，在长安城中北门内，《三辅旧事》云，以香柏为梁也。帝置酒其上，诏群臣和诗，能七言诗者乃得上。太初中，台灾。”《日知录》：“汉武柏梁台诗，本出《三秦记》，云是元封三年作。而考之于史，则多不符，盖是后人拟作，剽取武帝以来官名及《梁孝王世家》‘乘舆驷马’之事以合之，而不悟时代之乖舛也。”生按：宋本《古文苑》所载《柏梁台诗》，赋诗者有武帝和群臣共二十六人，每人一句，句皆用平韵，一韵到底，句下大都注有官衔，注姓名的仅郭舍人、东方朔，章樵增注，才在官衔下实以人名，后世以此诗为联句之始，并称每句平韵、一韵到底的七言诗为柏梁体。此处借指玄宗和诸大臣所唱和的诗。奉：奉和。

评　笺

　　余成教《石园诗话》：“王右丞应制之作，如‘百生逢此日，万寿愿齐天’，语语天成。”

　　方回《瀛奎律髓》：“‘此生已觉都无事，今岁仍逢大有年。’东坡之句，乃出于此。○纪昀云：首二句不必定是九日，三、四二句太廓落。”

奉和圣制与太子诸王三月三日龙池春禊应制①

　　故事修春禊②，新宫展豫游③。明君移凤辇④，太子出龙楼⑤。赋掩陈王作⑥，杯如洛水流⑦。金人来捧剑⑧，画鹢去回舟⑨。苑树浮宫阙，天池照冕旒⑩。宸章在云汉，垂象满皇州⑪。

此诗作于天宝十三载。

①"应制"，英华作"之作"。○龙池：兴庆宫池。见《大同殿生玉芝龙池上有庆云》诗注①。三月三日到水滨洗濯，拂除不祥，称为祓禊或春禊。见《三月三日曲江侍宴应制》注⑤。

②故事：历来的习俗。修：从事某种活动。王羲之《兰亭集序》："暮春之初，会于会稽山阴之兰亭，修禊事也。"

③新宫：指焕然一新的兴庆宫。《历代宅京记》："开元二年秋七月，作兴庆宫。天宝十二载冬十月，和雇（官府出钱雇佣）京城丁户一万三千人筑兴庆宫墙，起楼观。"展：开，进行。豫游：逸游，乐游。

④凤辇：皇帝乘坐的一种车。见《三月三日曲江侍宴应制》注⑪。

⑤王融《三月三日曲水诗序》："出龙楼而问竖，入虎闱而齿胄。"李周翰注："龙楼，汉太子门名也。"后借指太子所居之宫。

⑥〔赵注〕《三国志·魏书·陈思王传》："陈思王（曹）植，字子建。邺铜雀台新成，太祖悉将诸子登台，使各为赋。植援笔立成，可观，太祖甚异之。"生按：掩，盖，超过。

⑦洛水流：见《三月三日勤政楼侍宴应制》注③。流杯：祓禊宴饮的一种仪式。集会者列坐环曲的水渠两旁，置酒杯于上游，任其循流而下，杯停在某人面前，当即取饮，称为流觞或流杯。

⑧金人捧剑：见《三月三日勤政楼侍宴应制》注③。

⑨"去"，纬本、凌本作"出"。○画鹢：船的别名。见《奉和圣制上巳于望春亭观禊饮应制》注⑥。

⑩天池：此指龙池。冕旒：皇冠，借指皇帝。见《三月三日曲江侍宴应制》注⑦。

⑨"汉"，纬本、凌本、活字本、全唐诗作"表"。○宸章：皇帝所作的诗章。垂象：悬于天空的日月星辰。皇州：帝都。见《奉和圣制暮春送朝集使归郡应制》注⑫。

奉和圣制登降圣观与宰臣等同望应制^①

　　凤扆朝碧落^②，龙图耀金镜^③。维岳降二臣^④，戴天临万姓^⑤。山川八校满^⑥，井邑三农竟^④。比屋皆可封^⑧，谁家不相庆！林疏远村出，野旷寒山静。帝城云里深，渭水天边映。喜气含风景^⑨，颂声溢歌咏。端拱能任贤，弥彰圣君圣^⑩。

　　此诗作于天宝七载冬。

　　①英华"圣"作"御"，"应制"作"之作"。纬本、凌本无"等"字。○〔赵注〕《资治通鉴·玄宗纪》："天宝七载十二月戊戌，或言玄元皇帝降于朝元阁。"胡三省注："玄宗于华清宫中起老君殿，殿之北为朝元阁，以或言老君降于此，改为降圣阁。"生按：宰臣，任宰相职务的诸大臣。见《奉和圣制天长节赐宰臣歌应制》注①。

　　②扆，音倚。〔赵注〕《书·顾命》："设黼扆缀衣。"孔安国传："扆，屏风，画为斧文，置户牖间。"谓之凤扆者，当是画凤于扆上也。生按：《论衡·书虚》："户牖之间曰扆，南面之坐也。"指皇帝御座。朝：对，向。碧落：碧空，青天。〔赵注〕《度人经》："昔于始青天中碧落空歌。"注："东方第一天，有碧霞遍满，是云碧落。"句谓玄宗高坐于降圣观上。

　　③〔赵注〕张衡《东京赋》："龙图授羲。"《水经注·洛水》："黄帝东巡河过洛，修坛沉璧，受龙图于河。"刘孝标《广绝交论》："圣人握金镜。"李善注："《雒书》曰：'秦失金镜。'郑玄注：'金镜，喻明道也。'"生按：传说伏羲见龙马负图出于黄河。遂效法图文，画成八卦。龙图是上天授予人君权力的象征，此处借指帝道。句谓玄宗为政，其清明之道的光辉照耀天下。

　　④〔赵注〕《诗·大雅·崧高》："崧高维岳，骏极于天。维岳降神，生甫及申。维申及甫，维周之翰。"郑玄笺："申，申伯也；甫，甫侯也。皆以贤知入为周之桢翰之臣。"生按：申、甫，周代姜姓诸侯，其封国故地在今河南南阳县（申在县北二十里，甫在县西三十里方营村），是周朝南方

的屏障。此以中、甫重臣喻辅佐玄宗的宰臣李林甫、陈希烈。

　　⑤《国语·周语》:"欣戴武王。"韦昭注:"戴,奉也。"《尔雅·释诂》:"天,君也。"《华严经音义》:"临,治也。"万姓:民众。

　　⑥〔赵注〕《汉书·百官公卿表》:"中垒校尉、屯骑校尉、步兵校尉、越骑校尉、长水校尉、胡骑校尉、射声校尉、虎贲校尉,凡八校尉,皆武帝初置。"生按:《通典·职官·武散官·诸校尉》:"皆掌宿卫兵,各有司马。"此处借指左右侍卫禁军。

　　⑦井邑:乡村。《周礼·地官·小司徒》:"乃经土地,而井牧其田野,九夫为井,四井为邑。"三农:三种地区的农夫。〔赵注〕《周礼·天官·太宰》:"三农生九谷。"郑玄注:"三农,原、隰、平地。"竟:尽,农事已毕。

　　⑧比屋:挨家挨户。封:帝王以爵位、土地、民户、名号等赐人。《汉书·王莽传》:"明圣之世,国多贤人,故唐虞之时可比屋而封。"

　　⑨"喜",英华、全唐诗作"佳"。

　　⑩"圣君圣",类范作"贺君圣"。○《魏书·辛雄传》:"端拱而四方安,刑措而兆民治。"杨广《冬至乾阳殿受朝》:"端拱朝万国,守文继百王。"端拱:正身拱手。谓玄宗临朝,端庄有礼,无为而治。弥:愈;彰:显。

评　笺

　　张谦宜《缡斋诗谈》:"《奉和圣制登降圣观应制》,此等诗如内造雕漆器皿,镂金错采,即不无,终未是瑚琏簠簋样。"

　　赵殿成按:"或谓律诗无仄韵,其仄韵者,乃是对偶古诗耳。成谓古律之分,当以调以格,不当以韵。唐人试士,类用律诗,今考张谓之'落日山照耀',豆卢荣之'春风扇微和',裴次元、何儒亮之《赋得亚父碎玉斗》、郭邕之《洛出书》,俱用仄韵,不居然可知乎!孙月峰作《排律辨体》,特出仄律一门,盖有见于此矣。"

　　生按:应制诗多系歌功颂德、肤廓板滞之作,常为论者诟病。其实,歌颂是一种政治需要,中外皆然。应制诗与试帖诗都严于格律,有助于锻炼才思,提高技巧。诗中叙事,也有足以观风俗盛衰,见政治得失的,则需读者发掘梳理。对待王维与其他诗人的应制诗,似当作如是观。

奉和圣制御春明楼临右相园亭赋乐贤诗应制①

复道通长乐②，青门临上路③。遥闻凤吹喧④，阍识龙舆度⑤。
褰旒明四目⑥，伏槛纡三顾⑦。小苑接侯家，飞甍映宫树⑧。商山
原上碧⑨，浐水林端素⑩。银汉下天章⑪，琼筵承湛露⑫。将非富
人宠⑬，信以平戎故⑭。从来简帝心，讵得回天步⑮。

此诗约作于天宝四载秋。

①御：幸，谓皇帝亲至其处。《集韵》："以尊适卑曰临。"〔赵注〕《唐
六典》："京城东面三门，中曰春明。"《旧唐书·玄宗本纪》："天宝元年，
改侍中为左相，中书令为右相。"生按：《旧唐书·李林甫传》："天宝改易
官名，为右相。林甫京城邸第，田园水硙，利尽上腴。城东有薛王别墅，
林亭幽邃，甲于都邑，特以赐之。"生按：春明楼：即长安正东城门春明门
城楼。春明门位于兴庆宫东南角宫墙之外。

②〔赵注〕《史记·叔孙通传》："孝惠帝为东朝长乐宫，及间往来，数
跸烦人，乃筑复道。"集解："如淳曰：上下有道，故谓之复道。韦昭曰：阁
道也。"生按：指宫廷楼阁间架于半空的长廊式通道。见《奉和圣制从蓬莱
向兴庆阁道中》注①。长乐：借指兴庆宫。见《扶南曲歌词》之三注④。

③"临上路"，蜀刻本作"上坦路。"○青门：汉长安城东面三门，南
为青门。见《早春行》注⑤。此处借指春明门。临：近。上路：京城的大
道。见《奉和圣制暮春送朝集使归郡应制》注⑧。

④〔赵注〕丘迟《侍宴乐游苑送张徐州应诏诗》："诘旦阊阖开，驰道
闻凤吹。"吕延济注："凤吹，笙也。笙体似凤故也。"生按：丘光庭《兼
明书》："吹者，乐之总称；凤者，美言之也。以天子行幸必奏众乐，岂独
吹笙而已哉。故《月令》云：'命乐工习吹，大享帝于明堂'。是谓众乐为
吹也。"则笙、箫、笋等细乐为凤吹。吹读去声。

⑤"龙"，凌本作"金"。○阍通谙。阍识：熟知。龙舆：皇帝所乘

车。〔赵注〕杨广《步虚词》："翠霞承凤辇，碧雾翼龙舆。"

⑥襮：音牵，揭起。《正字通》："旒，以丝绳贯玉，垂冕前后者。"《礼记·玉藻》："天子玉藻，十有二旒。"《汉书·东方朔传》："冕而前旒，所以蔽明。"〔赵注〕《尚书·尧典》："明四目，达四聪。"孔安国传："广视听于四方，使天下无壅蔽也。"生按：谓揭起障蔽目光的旒向四方眺望。

⑦伏：凭、倚。槛：阑干。纡：音迁，屈。〔赵注〕宋玉《招魂》："坐堂伏槛，临曲池些。"《三国志·蜀书·诸葛亮传》："先帝不以臣卑鄙，猥自枉屈，三顾臣于草庐之中。"生按：谓玄宗凭阑得见右相园亭，因临幸之。

⑧小苑：指兴庆宫内御苑。《唐六典》："（兴庆宫）宫之北曰跃龙门，其内左曰芳苑门，右曰丽苑门。"飞甍：高耸的楼阁。见《登楼歌》注③。映：遮蔽。

⑨《太平寰宇记》："《帝王世纪》云：南山曰商山。"生按：商山属秦岭（终南山）山脉，在陕西商县东。

⑩〔赵注〕《一统志》："浐水在西安府城东一十五里，源出蓝田县，合金谷水，北流入灞水。"潘岳《西征赋》："南有玄灞素浐。"李善注："玄、素，水色也。"生按：《小尔雅·广诂》："素，白也。"

⑪〔赵注〕白氏《六帖》："天河谓之天汉、银汉、银河。"生按：天章，皇帝的诗章。徐陵《丹阳上庸路碑》："御纸风飞，天章海溢。"

⑫琼筵：珍贵的筵席。见《渔山神女祠歌·送神曲》注②。〔赵注〕《诗·小雅·湛露》毛苌传："《湛露》，天子宴诸侯也。"郑玄笺："天子与之宴，所以示慈惠。"生按：湛音占。湛露，浓露。谓林甫蒙玄宗与其宴饮，恩泽深厚。

⑬"人"，元刊本、赵本作"民"。述古堂本作"入"，误。从英华、蜀刻本、活字本、全唐诗等。赵按：唐人避太宗李世民讳，以人代民，作"民"字当是后人所改。○〔赵注〕《史记·平津侯传》："治国之道，富民为要。富民之要，在于节俭。"生按：《古书虚字集释》："将，犹若也。"《字汇》："宠，恩也。"《资治通鉴·玄宗纪》："李林甫知上厌巡幸，乃与牛仙客谋，增近道粟赋及和籴以实关中，数年，蓄积稍丰。上从容谓高力士曰：天下无事，朕欲高居无为，悉以政事委林甫何如？"所谓"富民宠"或指此。

⑭信：诚，实。〔赵注〕《左传·僖公十二年》："齐侯使管夷吾平戎于王，

使隰朋平戎于晋。"杜预注:"平,和也。"生按:《资治通鉴·玄宗纪》:"天宝
三载五月,河西节度使夫蒙灵詧讨突骑施莫贺达干,斩之。八月,拔悉蜜攻斩
突厥乌苏可汗,传首京师。回纥、葛逻禄共攻拔悉蜜可汗,杀之。上册拜(回
纥)裴罗为怀仁可汗,于是怀仁南据突厥故地。十二月癸卯,以宗女为和义公
主,嫁宁远奉化王阿悉烂达干。"所谓"平戎",或指以上诸事。

⑮〔赵注〕《后汉书·耿秉传》:"每公卿会议,常引秉上殿,访以边
事,多简帝心。"陆机《拟迢迢牵牛星》:"昭昭清汉晖,粲粲光天步。"生
按:简通简。《说文》:"简,在也。"《旧唐书·李林甫传》:"每有奏请,
必先略遗左右,伺察上旨,以固恩宠。上在位多载,倦于万机,恒以大臣
接对拘检,难徇私欲,自得林甫,一以委成。"天步:本指天空星辰运行,
此处借指皇帝步履。谓林甫从来在帝心中,岂能回銮不至其园亭。

评 笺

生按:"浐水林端素"、"林端出绮道",这种景物层次,在高远开阔处
才能见到,是画家山水平远之法,亦"诗中有画"的内涵之一。

奉和圣制十五夜燃灯继以酺宴应制①

上路笙歌满②,春城漏刻长③。游人多昼日④,明月让灯光。
鱼钥通翔凤⑤,龙舆出建章⑥。九衢陈广乐⑦,百福透名香⑧。
仙伎来金殿⑨,都人绕玉堂⑩。定应偷妙舞⑪,从此学新妆。奉
引迎三事⑫,司仪列万方⑬。愿将天地寿,同以献君主。

①英华题作《奉和十五夜燃灯继以酺宴之作应制》。○《旧唐书·玄
宗纪》:"天宝三载十一月癸丑,每载依旧取正月十四日、十五日、十六日
开坊市门燃灯,永以为常式。"生按:金宝祥先生说,元夜燃灯这一风俗,
渊源于古印度"大神变月"的燃灯礼佛。古印度的十二月三十日,相当于

中国正月十五日（古印度以月满为一月，中国以月尽为一月，相差半月），世称"大神变月"。每逢此夜，相传迦耶城大菩提寺佛塔舍利大放光明，天雨奇花，四方僧俗则云集佛塔周围，树灯轮（七层之灯，每层七灯，灯如车轮），散香花，奏乐礼拜，竞相供养。张骞通西域后，这一佛教习俗随之而东。东汉末年至南北朝，元夜燃灯礼佛习俗，已渐趋底定。降及隋唐，益复兴盛，但其性质已由礼佛求福转向歌舞升平。（见《和印度佛教有关的两件唐代风俗》）〔赵注〕《汉书·文帝纪》："酺五日"。服虔注："酺音蒲。"文颖注："汉律，三人以上无故群饮酒，罚金五两。今恩诏赐令得会聚饮食五日也。"生按：国有庆典，特赐臣民聚会饮酒为酺。《正字通》："唐无酺禁亦赐酺者，盖聚作伎乐，高年赐酒面。"

②上路：京城的大道。见《奉和圣制暮春送朝集使归郡应制》注⑧。

③"漏刻"，凌本作"刻漏"。○漏刻：古代计时器。其法以铜壶盛水，底穿一小孔，壶中立箭，上刻度数，一昼夜共百刻。壶中水因漏渐减，箭上刻度依次显露，即可视刻知时，故称漏刻。唐制，京城街道有金吾卫（禁卫军）在每晚二更后巡夜，禁止居民夜行，惟正月十四、十五、十六夜，勅金吾弛禁，让百姓观灯，称为"放夜"。漏刻长，谓金吾不禁夜游，似乎夜晚很长。

④多昼日：多于白昼。

⑤钥：音月，锁。〔赵注〕《芝田录》："门钥必以鱼者，取其不瞑目守夜之义。"萧纲《秋闺夜思》："夕门掩鱼钥。"《初学记》："《晋宫阁名》曰：总章观有翔风楼。"《雍录》："唐都畿内外宫殿，有薰风、就日、翔凤、咸池、临照、望仙、鹤羽、乘龙等殿。"生按：通翔凤，谓节日之夜宫门不锁。

⑥龙舆：皇帝所乘车。见《奉和圣制御春明楼临右相园亭》注⑤。建章：汉宫名，在汉长安城外西面，此处借指唐宫。见《奉和圣制赐史供奉曲江宴应制》注⑤。

⑦〔赵注〕屈原《天问》："靡萍九衢。"王逸注："九交道曰衢。"后人称广路曰九衢，本此。生按：广乐，天上音乐，借指皇宫音乐。《史记·赵世家》："我之帝所甚乐，与百神游于钧天，广乐九奏万舞。"

⑧"透"，全唐诗一作"迸"。○〔赵注〕《初学记》："《洛阳宫殿簿》有百福殿。"《唐六典》："宫城在皇城之北，南面三门，中曰承天。其北曰太极门，次北曰朱明门，又北曰两仪门。两仪之右曰宜秋门，宜秋之右曰

百福门，其内曰百福殿。"生按：此处泛指宫殿。

⑨"仙"，蜀刻本作"神"，误。○仙伎：宫中女歌舞艺人。金殿：泛指宫殿。谢朓《奉和随王殿下》："端仪穆金殿，数教藻琼筵。"

⑩都人：京都的人。班固《西都赋》："都人士女，殊异乎五方。"玉堂：汉宫殿名，借指唐殿。见《天长节赐宰臣歌应制》注③。此谓京都的人围绕宫殿观看宫伎的舞蹈。

⑪"定"，英华作"止"。"妙"，全唐诗一作"艳"。

⑫〔赵注〕《汉书·郊礼志》："礼月之夕，奉引复迷。"韦昭注："奉引，前导引车。"《后汉书·舆服志》："乘舆大驾，公卿奉引。"生按：《诗·小雅·雨无正》："三事大夫，莫肯夙夜。"郑玄笺："三事，三公。"《通典·职官典》："周以太师、太傅、太保为三公。"《旧唐书·职官志》："太尉、司徒、司空各一员，谓之三公，并正一品。武德初，太宗为之，其后亲王拜三公，皆不视事，祭祀则摄者行也。三公，论道之官也。"此谓迎三公作为皇帝车驾的前导。

⑬"列"，英华作"立"。○〔赵注〕《周礼·秋官·司仪》："司仪掌九仪之宾客傧相之礼，以诏仪容辞令揖让之节。"郑玄注："出接宾曰傧，入赞礼曰相。"生按：万方，多种方位。

评　笺

陈居仁《菊坡丛话》："唐明皇在东都，正月望夜，移仗上阳宫，设蜡炬连属不绝，结采缯为灯楼，高五十丈，垂以珠玉，风动锵鸣，灯有龙凤虎豹之状。士民纵乐，初止三夜，后又增十七、十八两夜。当时惟王右丞奉和圣制一诗，括尽时事。"生按：依菊坡说，本诗作于洛阳。然诗中翔凤、百福、建章等殿均在长安，洛阳虽有百福殿，但典故例用贴近本事者，此说存参。

余成教《石园诗话》："王右丞应制之作，如'游人多昼日，明月让灯光'，语语天成。"

奉和圣制幸玉真公主山庄因题石壁十韵之作应制①

　　碧落风烟外②，瑶台道路赊③。如何连帝苑④，别自有仙家。比地回銮驾⑤，缘溪转翠华⑥。洞中开日月⑦，窗里发云霞⑧。庭养冲天鹤⑨，溪留上汉查⑩。种田生白玉⑪，泥灶化丹砂⑫。谷静泉逾响，山深日易斜。御羹和石髓⑬，香饭进胡麻⑭。大道今无外⑮，长生讵有涯。还瞻九霄上⑯，来往五云车⑰。

　　①“真”，蜀刻本、述古堂本、元刊本、久本、品汇、唐诗解作“霄”，误。《乐府诗集·近代曲辞》载此诗前八句，题作《昔昔盐》。任半塘《唐声诗》：“‘盐’原为疏勒舞曲之称，起于北魏。‘昔昔盐’乃羽调，唐亦为舞曲，惟舞姿不详，乐用筝篴。”〇《独断》：“天子所至曰幸。”《后汉书·光武帝纪》李贤注：“天子所行必有恩幸，故曰幸。”《资治通鉴》：“睿宗景云元年十二月，以二女西城、隆昌公主为女官（女道士）。二年五月，更以西城为金仙公主，隆昌为玉真公主，各为之造观（皆在长安城内辅兴坊）。”《旧唐书·玄宗纪》：“天宝三载，玉真公主让号及实封，赐名持盈。”〔赵注〕《古楼观紫云衍庆集》：“今楼观南山之麓，有玉真公主祠堂存焉，俗传其地曰邸宫，以为主家别馆之遗址也。”生按：楼观山在陕西周至县，观“连帝苑”之句，此诗的玉真公主山庄不在周至，疑在临潼。储光羲《玉真公主山居》：“山北天泉苑，山西凤女家。”《述降圣观》：“一山尽天苑，一峰开道宫。”《述华清宫诗》：“今我神泉宫，独在骊山陬。”温泉宫在临潼骊山之北，储诗所谓“天泉苑”、“天苑”、“神泉宫”，都是写诗时自用的美称。

　　②碧落：青天，道教说是神仙居住的天界。见《奉和圣制登降圣观与宰臣同望应制》注②。

　　③瑶台：神仙居住的楼台。〔赵注〕《拾遗记》：“昆仑山有瑶台十二，各广千步，皆五色玉为台基。”生按：《字汇》：“赊，远也。”此诗押“麻”韵，协韵读沙音。

④乐府"如何"作"何如","帝"作"御"。○蒋绍愚《唐诗词语札记》:"如何,有'岂料'之义。"

⑤"比",蜀刻本、品汇、全唐诗作"此",一作"匝"。○《玉篇》:"比,近也。"《齐民要术·种谷》:"以勾镰比地刈其草。"谓贴近地面割草。此处"比地",当解为靠近山庄的地带。銮驾:皇帝的车驾。见《奉和圣制从蓬莱向兴庆阁道中留春》注④。〔赵注〕庾肩吾《三日侍兰亭曲水宴》:"銮驾总朝游。"

⑥"转"《乐府》作"满"。○〔赵注〕司马相如《上林赋》:"建翠华之旗。"李善注:"翠华,以翠羽为(旗上)葆(繐)也。"生按:借指皇帝仪仗。

⑦"开日月"乐府作"明月夜"。○开:布列。

⑧乐府作"窗下发烟霞"。

⑨〔赵注〕《列仙传》:"王子乔者,周灵王太子晋也。好吹笙,作凤凰鸣。游伊洛之间,道士浮邱公接以上嵩高山。三十年后,求之于山上。见桓良曰:'告我家,七月七日待我于缑氏山巅。'至时果乘白鹤驻山头,望之不得到,举手谢时人,数日而去。"孙绰《游天台山赋》:"王乔控鹤以冲天。"

⑩"留",二顾本、凌本、全唐诗、赵本作"流"。从蜀刻本、述古堂本、元刊本。○汉:天河。查:同槎,音差,木筏。〔赵注〕《博物志》:"旧说云,天河与海通。近世有人居海渚者,年年八月,有浮槎去来不失期。人有奇志,立飞阁于槎上,多赍粮乘槎而去。十余日中,犹观日月星辰,自后茫茫忽忽,亦不觉昼夜。去十余日,奄至一处,有城郭状,屋舍甚严,遥望宫中多织妇,见一丈夫牵牛渚次饮之。牵牛人乃惊问曰:'何由到此?'此人具说来意,并问:'此是何处?'答曰:'君还至蜀郡,访严君平则知之'。竟不上岸,因还如期。后至蜀问君平,曰:'某年月日,有客星犯牵牛宿。'记其年月,正是此人到天河时也。"

⑪〔赵注〕《搜神记》:"阳公伯雍,洛阳县人也。性笃孝,父母亡,葬无终山,遂家焉。山高八十里,上无水,公汲水作义浆于阪头,行者皆饮之。三年,有一人就饮,以一斗石子与之,使至高平好地有石处种之,云'玉当生其中'。乃种其石,数岁,时时往视,见玉子生石上,人莫知也。"

⑫泥灶:炼丹炉灶。丹砂:硃砂,指丹药。《抱朴子·金丹》:"凡草木烧之即烬,而丹砂烧之成水银,积变而还成丹砂,故能令人长生。一转

之丹服之三年得仙，九转之丹服之三日得仙。"生按：道教宣称，将殊砂、硫磺、雄黄、雌黄、青铅、赤铜、硝石、矾石等矿物密闭炉中烧炼，经过一至九次化合还原，可以先后变为砷化药金、药银和服之能成仙的丹药。考古发掘，南京象山晋代王丹虎墓中存有朱红、粉红、白色三种丹药二百余粒，定性分析乃硫化汞为主，硫占百分之十三，汞占百分之六十一，其余尚未析出。

⑬〔赵注〕《列仙传》："邛疏者，周封史也，煮召髓而服之，谓之石钟乳。"《晋书·王烈传》："尝得石髓如饴，即自服半，余半与嵇康，皆凝而为石。"葛洪《神仙传》："神山五百年一开，其中石髓出，得而服之，寿与天相毕。"

⑭胡麻：芝麻。《本草纲目》："胡麻。沈存中《笔谈》云：汉使张骞始自大宛得油麻种来，故名胡麻。时珍曰：胡麻即脂麻也。"《续齐谐记》："（晋惠帝）永平中，刘晨、阮肇入天台山采药，见二女，颜容绝妙，便唤刘、阮姓名，因邀至家，设胡麻饭与食之。"

⑮《老子》二十五章："有物混成，先天地生。寂兮寥兮，独立不改。周行而不殆，可以为天下母。吾不知其名，字之曰道，强为之名曰大。"《庄子·天下》："至大（无限大）无外，谓之大一。"《庄子·秋水》："至大不可围也。"

⑯〔赵注〕沈约《游沈道士馆》："锐意三山上，托慕九霄中。"张铣注："九霄，九天，仙人所居处。"

⑰五云车：仙人所乘的五色云车。《汉武帝内传》："汉武帝好仙道，七月七日夜漏七刻，王母乘云车而至于殿。"〔赵注〕庾信《道士步虚词》："东明九芝盖。北烛五云车。"

评　笺

唐汝询《唐诗解》："跨鹤乘槎，咫尺霄汉。种玉炼鼎，丹圭乃成。主盖几于仙矣。帝于是乐其泉石，享其仙供，美其道之大，羡其生之永，复冀群仙之来游也。"

《王摩诘诗评》："刘云：（别自有仙家）好语。○顾云：洗濯精采。"

余成教《石园诗话》："王右丞应制之作，如'洞中开日月，窗里发云霞'，语语天成。"

从岐王过杨氏别业应教^①

杨子谈经所^②，淮王载酒过^③。兴阑啼鸟换^④，坐久落花多。
迳转回银烛，林开散玉珂^⑤。严城时未启^⑥，前路拥笙歌^⑦。

此诗作于开元八年。

①此诗前四句《乐府诗集》收入《近代曲辞》，题作《昆仑子》，《万首绝句》同。任半塘《唐声诗》："《昆仑子》作始不详。可能有《昆仑》大曲，此其摘遍。古以马来种人为'昆仑'，其族有乐传至中国。"《蛮书》："昆仑国正北去蛮界西洱河八十一日程。"向达注："即昆仑国在南诏国都今大理正南八十一日程，由大理正南行，只能至今泰国。"○〔赵注〕《旧唐书·睿宗诸子传》："惠文太子范，睿宗第四子也。初封郑王，寻改封卫王。长寿二年，随例却入阁，徙封巴陵郡王。睿宗践祚，改封岐王。开元初，拜太子少师，带本官历绛、郑、岐三州刺史。八年迁太子太傅。范好学工书。雅爱文章之士，士无贵贱，皆尽礼接待。与阎朝隐、刘庭琦、张谔、郑繇篇题唱和，又多聚书画古迹，为时所称。"生按：从，随行。过，访问。岐王卒于开元十四年，此前名高位显的杨氏，一为睿宗时任刑部尚书封魏国公之杨元琰，开元初拜太子宾客致仕，六年卒。一为开元初任太府少卿，旋拜太府卿，封弘农郡公之杨崇礼，授户部尚书致仕，开元二十一年卒，又，《开元天宝遗事·开元》："长安城中有豪民杨崇义者，家富数世，服玩之属，僭于王公。""长安豪民王元宝、杨崇义、郭万金等，延纳四方多士，竞为供道，朝之名僚，往往出其门下。每科场，文士集于数家。时人目为豪友。"此诗之杨氏，疑是杨崇义，与崇礼当是弟兄。别业：别墅。《南史·谢灵运传》："修营别业，傍山带江，尽幽居之美。"应教：谓尊王命作诗。《玉篇》："教，令也。"《独断》："诸侯王之命令曰教。"

②"所"，英华、唐诗正音、品汇、唐诗解作"处"，万首绝句、乐府

作"去"。○此以扬雄借称杨氏。（杨雄《反骚》自序世系，为春秋时晋国公族杨食我之后，应姓杨，或作扬，是误字。）经：指《太玄经》。《汉书·扬雄传》："扬雄字子云，蜀郡成都人也。雄少而好学，不为章句，训诂通而已，博览无所不见。年四十余，自蜀来游京师，大司马车骑将军王音奇其文雅，召以为门下史，荐雄待诏。岁余，奏《羽猎赋》，除为郎，给事黄门。当成、哀、平间，雄三世不徙官。及莽篡位，以耆老久次转为大夫。实好古而乐道，其意欲求文章成名于后世，以为经莫大于《易》，故作《太玄》；传莫大于《论语》，故作《法言》。"

③此以淮南王刘安借称岐王范。过：诗押"歌"韵，读"戈"音。〔赵注〕《汉书·伍被传》："淮南王安好学术，折节下士，招致英俊以百数。"《汉书·扬雄传》："雄家素贫，嗜酒，人稀至其门。时有好事者，载酒肴，从游学。"

④"兴阑"，万首绝句、乐府作"醉来"。"换"，唐诗正音、品汇、唐诗解作"缓"，乐府作"唤"。○谢灵运《永初三年七月十六日之郡初发都诗》："述职期阑暑。"李善注："阑，犹尽也。"

⑤银烛：白亮如银的烛光。此处也可能是火炬（晋代以前称为烛）而非蜡烛。玉珂：马勒上的装饰品，用贝壳制成，色白似玉，故名。马行时珂相击有声，林开而马散行，则珂声亦散。〔赵注〕张华《轻薄篇》："文轩树羽盖，乘马鸣玉珂。"

⑥古代京城，夜晚通常戒严，紧闭城门，禁止行人，故称严城。《正字通》："严，戒也。昏鼓曰夜严，椎一鼓为一严，二鼓为二严，三鼓为三严。"《唐六典》："城门郎掌京城、皇城、宫殿诸门开阖之节。承天门击晓鼓，听击钟后一刻，鼓声绝，皇城门开。第一冬冬鼓声绝，宫城门及左、右延明门、乾化门开。第二冬冬鼓声绝，宫殿门开。其京城门开闭，与皇城门同刻。"〔赵注〕何逊《临行公车》："禁门俨犹闭，严城方警夜。"

⑦"拥"，全唐诗一作"引"。○拥：通壅，堵塞。《管子·明法》："出而道留谓之拥。"谓前导的仪仗队因城门未开暂时留止中途。

评　笺

张戒《岁寒堂诗话》："世以王摩诘律诗配子美，盖摩诘律诗至佳丽而老成。如'兴阑啼鸟换，坐久落花多'；'草枯鹰眼疾，雪尽马蹄轻'等句，信不减子美。摩诘心淡泊，本学佛而善画，故其诗于富贵山林，两得其趣。'兴阑'二句，虽不夸服食器用，而真是富贵人口中语，非仅'笙歌归院落，灯火下楼台'之比也。"

曾季狸《艇斋诗话》："前人诗言落花。有思致者三：王维'兴阑啼鸟换，坐久落花多'；李嘉祐'细雨湿衣看不见，闲花落地听无声'；荆公'细数落花因坐久，缓寻芳草得归迟'。"

范晞文《对床夜语》："好句易得，好联难得。唐人'天势围平野，河流入断山'；'风兼残雪起，河带断冰流'；'兴阑啼鸟换，坐久落花多'；下句皆胜于上。"

尤袤《全唐诗话》："刘梦得对宾友每吟王维诗云：兴阑啼鸟唤，坐久落花多。"

吴开《优古堂诗话》："前辈读诗与作诗既多，则遣词措意，皆相缘以起，有不自知其然者。荆公晚年《闲居》诗云：'细数落花因坐久，缓寻芳草得归迟'。盖本于王摩诘'兴阑啼鸟换，坐久落花多'。而其辞意益工也。"

胡应麟《诗薮》："'杨子谈经处'篇，绮丽精工，沈、宋合调者也。"○"审言'风光新柳报，宴赏落花催'；摩诘'兴阑啼鸟换，坐久落花多'。皆佳句也。然'报'与'催'字，极精工而意尽语中；'换'与'多'字，觉散缓而韵在言外。观此可知初、盛次第。"

宋征璧《抱真堂诗话》："王摩诘'兴阑啼鸟换'，'换'字可谓之奇。"

王夫之《唐诗评选》："'坐久落花多'，自是佳句。末四语，巧心得现前之景。"

《王摩诘诗评》："顾云：三、四句内生意，若更细，便浅促。"

陆时雍《唐诗镜》："'坐久落花多'，意景适会。"

王士祯《带经堂诗话》："唐人所歌乐府词曲，率是绝句。然又多剪截律诗，别立名字，殊不可晓。如王右丞'杨子谈经处'一首，截取前四句，名《昆仑子》。"○"晚唐人诗：'风暖鸟声碎，日高花影重'；'晓来山鸟闹，雨过杏花稀'。元人诗：'布谷叫残雨，杏花开半村'。皆佳句也。然总不如右丞'兴阑啼鸟换，坐久落花多'自然入妙，盛唐人高不可及者如此。"

周珽《唐诗选脉会通评林》："吴山民曰：摩诘善作丽语，此是其得意者。'回'跟'转'，'散'跟'开'，下字有法。"

沈德潜《唐诗别裁集》："杨子云比杨氏，淮王比岐王，三、四言赏玩之久也，后言深夜始归，余情无尽。"

黄生《唐诗摘抄》："贵人出游，着不得寒俭语，然铺张太盛，又未免顾宾失主。此妙在过杨处只淡淡打发二语，而车骑笙歌之盛，却从归途写出，用笔之斟酌如此。"

王寿昌《小清华园诗谈》："何谓严？曰：如右丞之《从岐王过杨氏别业应教》是也。"

朱光潜说："'兴阑啼鸟换，坐久落花多'，是超物之境。超物之境是诗人在冷静中所回味出来的妙境（王国维所谓'于静中得之'），没有经过移情作用，所以实是'有我之境'。"（《诗论》）

季羡林说："'兴阑啼鸟换，坐久落花多'，这些诗句当然表达一种情境，但妙处不在这情景本身，而在这情景所暗示的东西，比如绝对的幽静，人与花鸟、物与我一体，等等。这些都是没有说出来的东西，这就叫神韵。"（《禅和文化与文学》）

林庚说："（兴阑二句）王维的得力之处，往往又是以最平常的语言说出人人共有的体会。这些都是盛唐时代鲜明的形象。"（《中国文学简史》）

陶文鹏说："王维在创作诗歌的过程中，是同时以诗人的灵心、画家的慧眼和音乐家的锐耳来捕捉、表现自然美的。诗人在林园里静坐，竟能辨别出各种鸟声的变换，甚至听见了花瓣飘落的声息，确实是一位擅于寂中求声，捕捉和表现大自然微妙音响的诗人。"（《传天籁清音绘有声图画》）

王达津说："典雅绮丽，有六朝初唐遗风。"（《王孟诗选》）

从岐王夜宴卫家山池应教①

座客香貂满②，宫娃绮幔张③。涧花轻粉色④，山月少灯光⑤。积翠纱窗暗⑥，飞泉绣户凉。还将歌舞出，归路莫愁长。

此诗作于开元八年。

①燕：同宴。山池：山林池沼，犹山庄。萧纲《南郊颂》："山池壮丽，阶阁彤丹。"卫家：未详何人。

③香貂：汉、唐贵近大臣，以貂尾为冠饰。香貂满，谓显贵满座。《汉官仪》："中常侍，秦官也，汉兴或用士人，银珰左貂。光武以后，专任宦者，右貂金珰。"《旧唐书·舆服志》："武弁，平巾帻，侍中、中书令则加貂、蝉，侍左者左珥（插），侍右者右珥。"〔赵注〕江总《赋得谒帝承明庐》："香貂拜觳觫，花绶拂玄除。"

④"张"，述古堂本作"障"，误。○宫娃：宫女。《正字通》："娃，美女也。"绮幔：丝绸帷幔。《释名·释采帛》："绮，欹也。其纹欹斜不顺经纬之纵横也。"《集韵》："张，陈设。"〔赵注〕司马相如《长门赋》："张罗绮之幔帷兮。"

④轻粉色：浅于粉色（指妇女面容）。萧绎《和林下咏姬诗》："轻花乱粉色，风筱杂弦声。"

⑤"少"，英华作"吐"，非。○少灯光：弱于灯光。《史记·曹相国世家》："岂少朕与？"索隐："少者，不足之词。"二句或释为粉色浅于涧花，灯光弱于山月，似与夜宴气氛不合。

⑥"暗"，英华作"透"。

⑦《诗·周颂·我将》："我将我享"。郑玄笺："将，奉。"

敕借岐王九成宫避暑应教①

帝子远辞丹凤阙②，天书遥借翠微宫③。隔窗云雾生衣上，卷幔山泉入镜中。林下水声喧语笑④，岩间树色隐房栊⑤。仙家未必能胜此，何事吹笙向碧空⑥！

此诗作于开元八年。

①又玄集无"应教"二字，"避暑"下英华有"之作"二字。○勅：音赤，皇帝的诏书。见《勅赐百官樱桃》注①。借：借给。〔赵注〕《雍录》："九成宫在凤翔府麟游县（今属陕西），本隋仁寿宫。贞观五年，太宗自修缮以备清暑，改为九成宫。"《陕西志》："九成宫在麟游县城西五里之天台山。"

②帝子：皇帝子女之通称，此指岐王。陆厥《奉达内兄希叔》："嘉惠承帝子。躧履奉王孙。"〔赵注〕《唐六典》："大明宫南面五门，正南曰丹凤门。丹凤门内正殿曰含元殿。"生按：丹凤阙，丹凤门前两旁的楼观，借指朝廷。

③〔赵注〕《尔雅·释山》："未及上，翠微。"邢昺疏："谓未及顶上，在旁陂陀（不平）之处，名翠微。一说山气青缥色，故曰翠微也。"右丞所谓翠微宫，盖取此意，与终南山（太和谷）之翠微宫无涉。生按：天书：皇帝的诏书，即"敕"。九成宫坐落山间，故王维称之为翠微宫。

④"语笑"，鼓吹、品汇作"笑语"。

⑤"间"，鼓吹、品汇作"前"。"树"，敦煌诗集残卷作"曙"。○张协《杂诗》："房栊无行迹，庭草栖以绿。"李周翰注："栊亦房之通称。"

⑥"笙"，又玄集、敦煌诗集残卷、鼓吹、二顾本、凌本、品汇作"箫"。"向"，敦煌诗集残卷作"访"。○周灵王太子晋，好吹笙，道士浮丘公接上嵩山，成仙而去。见《奉和圣制幸玉真公主山庄》注⑨。何事：何须。

评　笺

《王摩诘诗评》："顾云：句法天成，更不可易。起语叙事从容曲尽，下联便见九成物色，结乃费咏，便成收束。"

许学夷《诗原辩体》："摩诘七言律，如'帝子远辞'、'洞门高阁'、'积雨空林'等篇，皆淘洗澄净者也。"

王世懋《艺圃撷余》："诗有古人所不忌而今人以为病者，摘瑕者因而酷诋之，将并古人无所容，非也。然今古宽严不同，作诗者既知是瑕，不妨并去。《九成宫避暑》三、四'衣上'、'镜中'，五、六'林下'、'岩前'，在彼正自不觉，今用之能无受人揶揄?"

赵翼《瓯北诗话》："《九成宫避暑》，三、四'衣上'、'镜中'，五、六'林下'、'岩前'，句法重出，究是诗中之病。"

金人瑞《圣叹外书》："云雾通窗，山泉入镜，此是极写所借之地暑气全无，清凉隔世，正特为题中'避暑'二字。"

方东树《昭昧詹言》："起二句破题甚细，不似鲁莽疏漏。帝子，岐王也，先安此句，次句'借'字乃有根。中四句突写九成宫之景。收句乃合应制人颂圣口吻。"

黄培芳《唐贤三昧集笺注》："对叠起最好，后人多不解此法。鲜润清朗，手腕柔和，此盛唐之足贵也。○顾可久云：颔联宫上景，颈联宫下景。使太子晋事翻案，清新俊逸。"

黄生《唐诗摘钞》："右丞诗中有画，如此一诗，更不逊李将军（思训）仙山楼阁也。'衣上'字、'镜中'字、'喧笑'字，更画出景中人来，犹非俗笔所办。"

宋宗元《网师园唐诗笺》："（'卷幔'句下）读之忘暑，当不仅赏其吐属之秀。"

李因培《唐诗观澜集》："（'卷幔'句下）画亦难到。（'岩间'句下）处处切避暑意，设色直令心地清凉。"

许总说："唐诗中的精密雅致的艺术表现，首先在于贵族化的宫廷文学。武后时代诗坛中心由宫廷向社会转移，开天时代诗坛中心向都城重新汇聚。王维的早期作品，在一定程度上带有精雅的宫廷文学的遗传因子。此诗就表现出宫廷文学遗承的特点。"（《唐诗史》）

寄赠　酬答

寄崇梵僧 杂言①

崇梵僧，崇梵僧，秋归覆釜春不还。落花啼鸟纷纷乱，涧户
山窗寂寂闲②。峡里谁知有人事？郡中遥望空云山。

此诗作于官济州时期。

①元刊本、品汇、活字本、全唐诗无"杂言"二字。○王士禛《居易
录》："司马温公言，崇梵乃寺名，近东阿覆釜村，名见《邻几杂志》。"生
按：唐东阿县属济州，故治在今山东东阿县南。《释氏要览》："僧，梵语
云僧伽，唐言众，今略称僧。《南山钞》云：本四人以上名僧。僧以和合为
义，一理和，二事和。"按：又译为和合众。

②涧户：山涧旁的房舍，此指僧舍。〔赵注〕孔稚圭《北山移文》：
"涧户摧绝无与归。"

评　笺

张谦宜《絸斋诗谈》："《寄崇梵僧》结云：'峡里谁知有人事？郡中遥
望空云山。'是之谓冷。"

生按："峡里"二句，一见于《桃源行》，再见于此诗，仅一字不同，
彼作"世"，此作"郡"。二句情韵缥缈悠逸，故右丞一再咏叹。

问寇校书双溪 杂言①

君家少室西②，为复少室东③？别来几日今春风。新买双溪
定何似④？馀生欲寄白云中⑤。

①元刊本、活字本、全唐诗无"杂言"二字。○〔赵注〕按《新唐书·百官志》，宏文馆有校书郎二人，集贤殿书院有校书四人，秘书省有校书郎十人，著作局有校书郎二人，崇文馆有校书郎二人，司经局有校书四人，俱九品官。〔生按〕寇校书，未详。天宝九载，钱起登第释褐秘书省校书郎后有《夜雨寄寇校书》诗云："此时蓬阁友，应念昔同衾。"或系此人。

②《元和郡县志》："河南道登封县。嵩高山，在县北八里。东曰太室，西曰少室，嵩高总名，即中岳也。山高二十里，周回一百三十里。少室山在县西十里。高十六里，周回三十里。"

③《语辞汇释》："为复，犹'复'也，与'抑或''还是'略同。"

④"似"，蜀刻本作"以"，凌本作"事"。○《语辞汇释》："定，疑问辞，犹云究竟。"

⑤谓欲隐居山林。陶弘景《诏问山中何所有赋诗以答》："山中何所有？岭上多白云。只可自怡悦，不堪持寄君。"

雪中忆李揖 杂言①

积雪满阡陌②，故人不可期③。长安千门复万户，何处蹩躠黄金羁④？

①"揖"，蜀刻本、活字本、全唐诗、作"楫"，误。活字本、全唐诗无"杂言"二字。○据《唐刺史考》、《旧唐书·房琯传》，天宝十四载，李揖任延安郡太守。至德元年八月，宰相房琯帅兵讨伐安禄山，以户部侍郎李揖为行军司马。陈涛斜兵败后，揖任谏议大夫。琯与揖等高谈虚论，说释氏因果、老子虚无而已。余未详。

②《说文新附》："路，东西为陌，南北为阡。"

②期：邀约，等待。

③复：与。蹩躠：音泄迭。一作蹰躠，又作蹀躞。张衡《南都赋》："罗袜蹑蹀而容与。"李善注："蹑蹀，小步貌。"《篇海》："蹀躞，马行貌。"

《说文》："羁，马络头也。"此处借指马。〔赵注〕吴均《战城南》："骏蹀青骊马，往战城南畿。"《别夏侯故章》："白马黄金羁，青骊紫丝鞚。"

赠 裴 迪 杂言①

不相见，不相见来久②。日日泉水头③，常忆同携手。携手本同心④，复叹忽分襟⑤。相忆今如此，相思深不深？

①活字本、全唐诗无"杂言"二字。○裴迪，王维好友。见卷一《青雀歌》附裴迪同咏注①。

②蒋绍愚说："来，语助词，表示'……以来'。"

③"日日"，蜀刻本作"月日"，误。

④《国语·晋语》："同德则同心，同心则同志。"

⑤分襟：离别。襟，衣的前幅。骆宾王《秋日别侯四》："歧路分襟易，风云促膝难。"

春夜竹亭赠钱少府归蓝田①

夜静群动息②，时闻隔林犬。却忆山中时，人家涧西远。羡君明发去③，采蕨轻轩冕④。

此诗作于乾元二年春。

①〔赵注〕《清波杂志》："古治百里之邑，令抚其俗，尉督其奸，故令曰明府，尉曰少府。"生按：钱少府即钱起（720？—782？），字仲文，吴兴（今浙江吴兴县）人。天宝九载举进士，释褐授秘书省校书郎。约天宝

末期任蓝田县尉，在当地置有别业。乾元元年春以后任京畿某县县尉。宝应二年后任拾遗、章陵（陕西富平县）令。大历中，历任祠部员外郎、司勋员外郎、司封郎中。建中初转考功郎中。约建中三年卒。钱起为大历十才子之一，与郎士元齐名，当时人称"前有沈、宋，后有钱、郎"，《中兴间气集》谓其诗"体格新奇，理致清赡。"有集十卷。蓝田：即今陕西蓝田县。《元和郡县志》："按《周礼》，玉之美者曰球，其次为蓝。盖以县出美玉，故曰蓝田。"

②群动：各种动物。陶潜《饮酒二十首》："日入群动息，归鸟趣林鸣。"

③明发：黎明，破晓。《诗·小雅·小宛》："明发不寐。"朱熹传："明发，谓将旦而光明开发也。"

④〔赵注〕陆玑《毛诗草木鱼虫疏》："蕨，山菜也。周秦曰蕨，齐鲁曰鳖。初生似蒜茎，紫黑色，可食。"谢朓《休沐重还丹阳道中》："志狭轻轩冕，恩甚恋闉阇。"生按：采蕨为食，谓过淡泊的隐居生活。《晋书·张翰传》："翰谓顾荣曰：天下纷纷，祸难未已。吾本山林间人，无望于时。荣曰：吾亦与子采南山蕨，饮三江水耳！"轩冕：借指高官厚禄。《左传·闵公二年》："卫懿公好鹤，鹤有乘轩者。"杜预注："轩，大夫车。"孔颖达疏："服虔云：车有藩曰轩。"《说文》："冕，大夫以上冠也。"观此诗及《送钱少府还蓝田》，知钱起任蓝田尉时，曾在蓝田山中营建别业。此是送钱归蓝田休假探亲，因其有归隐之意，故诗云"羡"。学者多谓乾元、上元年间，钱尚任蓝田尉，与两诗诗意不合，疑误。钱当已改任畿县某县县尉，故两次春归蓝田，路过长安，维皆有诗送之。

评　笺

沈德潜《唐诗别裁集》："五言用长易，用短难，右丞工于用短。"

李沂《唐诗援》："不谓送行诗乃有如此深致，彼以诘曲为深者，视之天壤矣。"

施补华《岘佣说诗》："三韵五言古，摩诘、太白、苏州皆有之。太白宕逸，苏州幽澹，摩诘清远，《春夜竹亭》一首、《送别》一首可见。"

王闿运批《唐诗选》："亦轻远，开韦派。"

宋宗元《网师园唐诗笺》："（首句下）曲尽幽景远情，言简意长。"

酬王维春夜竹亭赠别 　　　　　　（钱　起）

山月随客来，主人兴不浅。今宵竹林下，谁觉花源远①！惆怅曙莺啼，孤云还绝巘②。

　　①花源：桃花源。见《桃源行》注①。
　　②孤云：钱起自况。〔赵注〕张协《七命》："于是登绝巘，溯长风。"张铣注："绝巘，高山也。"《广韵》："巘，山峰也。"

评　笺

沈德潜《唐诗别裁集》："仲文五言古仿佛右丞，而清秀弥甚。然右丞所以高出者，能冲和能浑厚也。"

刘文蔚《唐诗合选详解》："吴绥眉曰：亦佳作也，但过求风致，去古稍远。"

余成教《石园诗话》："仲文受知于王右丞，《酬王维春夜竹亭赠别》诗，无一语誉王。唐贤赠答，每每写情赋景，而不哓哓于称誉，自后则不然矣。"

吴烶《唐诗选胜直解》："酬别之意，淡而愈浓。"

至滑州隔河望黎阳忆丁三寓①

隔河见桑柘②，蔼蔼黎阳川③。望望行渐远，孤峰没云烟④。故人不可见，河水复悠然⑤。赖有政声远，时闻行路传。

　　此诗作于开元十一年秋。

①"寓"。英华、蜀刻本作"禹"。〔赵注〕《新唐书·地理志》，河南道有滑州灵昌郡。《元和郡县志》，卫州有黎阳县。成按：唐时滑州在黄河之南，属河南道。黎阳在黄河之北，属河北道。中间仅隔一水，对岸可见。生按：滑州故城在今河南滑县东滑台城。黎阳故城在今河南浚县东北。丁寓：王维好友，行三（岑仲勉《唐人行第录》："唐人率依祖或曾祖所出以联排行"），曾任黎阳令，后为朝官，归隐长安近郊。余未详。

②柘：音蔗，桑属，叶尖厚可喂蚕，实如桑葚而圆，木材密致坚韧，可制弓，皮可染黄色。

③蔼蔼：草木茂盛貌。束晳《补亡诗》："瞻彼崇丘，其林蔼蔼。"

④孤峰：指大伾山，在黎阳东南临河，远望可见。

⑤悠然：渺远貌。《广韵》："悠，远也，遐也。"

赠刘蓝田①

篱中犬迎吠②，出屋候柴扉③。岁晏输井税④，山村人夜归。
晚田始家食⑤，余布成我衣⑥。讵肯无公事，烦君问是非⑦！

此诗作于天宝九载或十载冬守母丧居辋川时。

①〔赵注〕此诗亦载卢象集中。生按：《英灵集》《唐文粹》以此诗为王维作，各本皆收录此诗，《全唐诗》卢象卷不载，当属维作。蓝田：即今陕西蓝田县。刘蓝田：当是蓝田县令，未详何人。

②"中"，英灵、文粹、全唐诗，作"间"。

③"柴"，英灵、文粹、全唐诗，作"荆"。○扉：门扇。范云《赠张徐州谡》："还闻稚子说，有客款柴扉。"候柴扉：谓候夜归人。

④输：交纳。井：井田，商、周时代的一种土地制度。见方一里的土地划为九区，如井字形，故名井田。（孟子·滕文公》："方里而井，井九百亩，其中为公田。八家皆私百亩，同养公田。公事毕，然后敢治私事。"井田无税，惟共耕的公田，收获归王室或卿大夫所有。井，后世引申为田

地之义，井税指官田租税。唐制：受分官田的课租户口，每丁岁纳租粟二石，仲冬起输，孟春纳毕，故谓岁晏输井税。

⑤"食"，唐文粹作"熟"。○《六部成语·户部》："晚田，晚稻之田也。"

⑥余布：向官府交纳布帛后剩余的布帛。唐制，受分官田的课租户口，每丁岁输绫或绢或纯（音施，粗绸）二丈，若输布加四分之一；输绫、绢、纯者兼调绵三两，输布者兼调麻三斤。

⑦"讵肯"二句，卢象集作"对此能无忆，劳君问是非"。"问"，纬本作"闻"。○讵肯：岂可。《孟子》所谓"公事"，本指服公田劳役，此处引申为交纳租、调等对国家的义务。问是非：交纳租、调则是，不交纳则非，县令有查问此事之责。

评 笺

屈复《唐诗成法》："气味淳正，笔法疏落，从陶诗中涵咏深者。"

《唐诗归》："（余布句下）钟云：厚甚。为此一句不入律内，然盛唐人不拘。"

范大士《历代诗发》："着笔全不尤人。"

黄培芳《唐贤三昧集笺注》："前六句极写村人之淳朴安乐，所以美其政也。今人美县令诗，谁及此之大雅而深至者？末二句言岂必无公事，烦君一问是非，正见公事之稀也，立言之超妙无匹乃尔！"

顾可久按："急征繁苦之意，见于言外。"

钱锺钟书说："东坡称渊明诗'质而实绮，癯而实腴'。王右丞田园之作，如《赠刘蓝田》《渭川田家》《春日田园》，太风流华贵，持较渊明《西田获早稻》《下潠田舍获》《有会而作》等诗，似失之过绮。"（《谈艺录》）

陶文鹏说："揭示了农民贫困的根由，在于赋税负担过重，但写得比较肤浅。"

生按：赠县令诗而以农家口吻出之，微而婉。盛唐时代的农村生活，也有贫苦的部分和相对贫苦的一面，但强制权力的剥削还是有秩序的，还是多数农民可以接受的，否则就没有盛世可言。

赠李颀^①

　　闻君饵丹砂^②，甚有好颜色。不知从今去^③，几时生羽翼^④？王母翳华芝^⑤，望尔昆仑侧^⑥。文螭从赤豹^⑦，万里方一息^⑧。悲哉世上人，甘此膻腥食^⑨。

　　此诗约作于开元十八年隐居嵩山之初。

　　①李颀（690？—754？）原籍赵郡（今河北赵县），家居颍阳东川（即东溪，在今河南登封县东北十余里五渡河上游）。青年时期，往来两京，倾财任侠。其后闭户十年，读书学道，先后与王维、张谔、刘方平为友。开元二十三年进士及第，释褐任职不详，后调新乡县尉。约二十九年春去官，归东川。天宝五至七载，时来长安，八载后多在洛阳。与王维、卢象、王昌龄、綦毋潜、岑参、高适等交往。曾游江东、湖湘，或曾远去塞上。天宝十三载以后卒。颀诗"发调既清，修辞亦秀，杂歌咸善，玄理最长"（《河嶽英灵集》）。擅长七言歌行，边塞诗很有特色，论者常与岑参、高适并列。《全唐诗》存诗三卷。

　　②饵：食。丹砂：殊砂，指丹药。我国古代道士，将殊砂等矿物于炉中炼成丹药，说吃了长生不老。见《宴王·真公主山庄》注^⑫。

　　③《语辞汇释》："去，犹后也。陶潜《游斜川》：'不知从今去，当复如此不？'"

　　④屈原《远游》："仍羽人于丹丘兮，留不死之旧乡。"王逸注："或曰，人得道，身生毛羽也。"洪兴祖注："羽人，飞仙也。"〔赵注〕曹丕《折杨柳行》："服药四五日，身轻生羽翼。"

　　⑤王母：西王母，神话中仙人名。《列子·周穆王》："遂宾于西山母，觞于瑶池之上。"〔赵注〕杨雄《甘泉赋》："乃登夫凤凰兮而翳华芝。"李善注："翳，隐也。华芝，华盖也。言以华盖自翳也。"生按：《说文》："翳，华盖也。"此作动名词用。华芝，五彩灵芝。谓遮荫于芝盖之下。

　　⑥〔赵注〕《山海经·大荒西经》："西海之南，流沙之滨，赤水之后，

黑水之前，有大山名曰昆仑之丘，其下有弱水之渊环之。有人戴胜虎齿，有豹尾，穴处，名曰西王母。"

⑦文：斑纹。螭：音蚩。司马相如《上林赋》："蛟龙亦螭。"文颖注："龙子为螭。"张揖注："赤螭，雌龙也。"《说文》："或曰无角曰螭。"屈原《九歌·山鬼》："乘赤豹兮从文狸，"洪兴祖注："从，随行也也。"陆玑云："毛赤而文黑，谓之赤豹。"

⑧"方一息"，蜀刻本、纬本、凌本、类苑、作"走方息"。〇一息：一呼一吸，喻时间短暂。《汉书·王褒传》："周流八极，万里一息。"

⑨羶：音山，羊臭。腥：鱼臭。羶腥食：腥臊的肉食。〔赵注〕《汉武内传》："绝五谷，去羶腥。"

评 笺

陈铁民说："从这首诗不难看出，作者对于'服食求神仙'的肯定和向往。盛唐时代，特别是玄宗时，道教兴盛，社会上弥漫着一股浓厚的崇道之风，王维不能不受到一定的影响。"（《王维新论》）

奉寄韦太守陟①

荒城自萧索②，万里山河空。天高秋日迥，嘹唳闻归鸿③。寒塘映衰草④，高馆落疏桐⑤。临此岁方晏⑥，顾景咏《悲翁》⑦。故人不可见，寂寞平林东⑧。

此诗作于天宝五载秋。

①太守：郡的长官。《旧唐书·玄宗纪》："天宝元年二月，天下诸州改为郡，刺史改为太守。"陟音秩。《旧唐书·韦安石传》："二子陟、斌，并早知名。陟开元初（二年）丁父忧，自此杜门不出八年。于时才名之士王维、崔颢、卢象等，常与陟唱和游处。历洛阳令，转吏部郎中。张九龄

引为中书舍人。后为礼部侍郎，好接后辈。为吏部侍郎，风采严正。李林甫忌之，出为襄阳太守。改陈留采访使：天宝中（五载）以亲（韦坚）累贬钟离太守。秋，重贬义阳太守。寻移河东太守。十二年入考，杨国忠恶其才望，引人告陟，坐贬昭州平乐尉。肃宗即位，除江东节度使。赴行在，拜御史大夫，吏部尚书。出为绛州刺史。乾元二年，为礼部尚书、东京留守。上元元年八月卒。"

②《广雅·释诂》："荒，远也。"引申为"古"义。荒城：古老的城郭。《语辞例释》："自，已。"索：通瑟、飒。萧索：萧条寂寞。江淹《恨赋》："秋日萧索，浮云无光。"

③《诗·小雅·鸿雁》毛苌传："大曰鸿，小曰雁。"归鸿：季秋南归的雁。嘹唳：响亮凄清的雁声。〔赵注〕陶弘景《寒夜怨》："夜云生，夜鸿惊，凄切嘹唳伤夜情。"

④〔赵注〕何逊《与胡兴安夜别》："露湿寒塘草"。

⑤〔赵注〕萧绎《蕃难未静述怀》："楼前飘密柳，井上落疏桐。"

⑥方晏：将晚，谓岁暮。〔赵注〕谢庄《月赋》："月既没兮露欲晞，岁方晏兮无与归。"

⑦"咏"，元刊本、品汇、唐诗解作"问"。○顾景：对景；顾：观看。或解为自顾其影，存参。《乐府诗集》："《古今乐录》曰：汉鼓吹铙歌十八曲，二曰《思悲翁》。"陆侃如《乐府古辞考》："庄述祖曰：'韩、彭菹醢，始歌曰：安得猛士兮守四方！思之晚矣。夺我少壮之年，漫遇主以成功名，垂及白首而戮之。纵复悲思，亦何益乎！'然则《思悲翁》乃伤少壮立功、老大弃置之辞。"生按：《思悲翁》古辞有云："思悲翁，唐思，夺我美人侵以遇。悲翁也，但我思。"咏悲翁，隐喻对韦陟的思念。〔赵注〕沈炯《长安少年行》："杖策寻遗老，歌啸咏悲翁。"

⑧"林"，蜀刻本、述古堂本、全唐诗作"陵"。○平林故城在湖北随县东北，此时韦陟任义阳太守，义阳郡治在今河南信阳，位于平林之东。作"平陵东"，则寂寞者为王维，从用典看有些勉强。《古今注》："《平陵东》，汉翟义门人所作也。"《乐府古题要解》："义，丞相方进之少子，为东郡太守，以（王）莽篡汉，举兵诛之，不克，见害，门人作歌以悲之也。"平陵故城在今咸阳西北，其东，暗指王莽居摄地长安。

评　笺

翁方纲《石洲诗话》："右丞五言，神超象外，不必言矣。至如'故人不可见，寂寞平陵东'，未尝不取乐府语以见意也。"

周珽《唐诗选脉会通评林》："唐陈彝曰：叙影潇洒。'顾景咏悲翁'，情惨。蒋一梅曰：淡而有味。"

李攀龙《唐诗广选》："王元美曰：由工入微，不犯痕迹。"

陆时雍《唐诗镜》："疏冷。"

黄培芳《唐贤三昧集笺注》："其妙处纯在自然。六朝人名句足千古者，莫不是自然。高致自然，读之使人气平。（寒塘二句）'月映清淮流'、'疏雨滴梧桐'，不能专美。"

张文荪《唐贤清雅集》："高疏细密，'寒塘'二语，尤见风调。"

陈铁民说："以萧索的秋景衬托思念故人的惆怅之情。含蓄不露，绰有余味。"（《王维新论》）

顾随说："诗与禅相似处只在'不可说'之一点。非不许知，乃是'不许说'。诗是诗。禅是禅，而其精深微妙的'不可说'的境界则相同。盖入禅愈深则产量、变化愈少，故王、孟、韦、柳作品皆少。佛乃万殊归于一本，是'反约'，故易成为单纯。而'反约'亦有其优点，虽不易变化丰富而易有精美作品；变化丰富则易有壮美作品。如孟浩然之'微云渡河汉'，王维之'高馆落疏桐'、'反约'功夫太深，故缺少壮美。"（《驼庵诗话》）

林园即事寄舍弟纮①

寓目一萧散②，消忧冀俄顷③。青草肃澄陂④，白云移翠岭。后沔通河渭⑤，前山包鄢郢⑥。松含风里声，花对池中影。地多齐后疟⑦，人带荆州瘿⑧。徒思赤笔书⑨，诅有丹砂井⑩。心悲常欲绝，发乱不能整。青簟日何长⑪，闲门昼方静。颓思茅檐下^⑫，弥伤好风景^⑬。

　　①诗题下纬本注云："公次荆州时作"，全唐诗、胡本无"公"字。○即事：眼前事物。多用为写眼前事物的诗题。纮：音胆。王维幼弟，此时情况不详。参见本书附录《王维年谱》。

　　②寓目：过目，此谓观看景物。左思《吴都赋》："寓目幽蔚。"一：短暂之意。萧散：闲散不拘貌。〔赵注〕江淹《杂体三十首·殷东阳仲文兴瞩》："直置忘所宰，萧散得遗虑。"

　　③冀：希望。俄顷：片刻，一会儿。何逊《望廨前水竹答崔录事》："乡念一遄回，白发生俄顷。"

　　④"陂"，述古堂本、元刊本、全唐诗一作"波"。○肃：静立。陂：音皮，池塘。

　　⑤"沔"，述古堂本、元刊本、赵本作"浦"，从蜀刻本、二顾本、凌本等。○沔音勉。《书·禹贡》："逾于沔，入于渭，乱于河。"孔颖达疏："计沔在渭南五百余里，故越沔陆行而北入渭，渭水入河。"《水经注·沔水》："沔水出武都沮县东狼谷中。一名沮水。至汉中为汉水，是互相通称矣。"

　　⑥〔赵注〕《史记正义》："鄢在襄州夷道县（湖北宜都）南九里。郢在荆州江陵县东六里。"生按：包，环绕。鄢在今湖北宜城县西南，是楚国别都；郢是楚国国都。此外泛指楚地。

　　⑦"瘴"，蜀刻本、纬本、凌本、活字本、全唐诗作"癀"。○齐侯：齐景公。《左传·昭公二十年》："齐侯疥，遂痁（音店，久瘴），期而不瘳。"洪亮吉诂："案疥，梁元帝云：'当作痎，两日一发瘴。'《颜氏家训》引作'齐侯痎'。今北方犹呼瘴疾为痎瘴。"

　　⑧瘿：颈部甲状腺肿瘤。〔赵注〕张华《博物志》："山居之民多瘿肿疾，由于饮泉之不流者。今荆南诸山郡东多此疾。"

　　⑨〔赵注〕赤笔书，二顾注俱引《汉官仪》："尚书丞郎，月给赤管大笔一双。"成谓非是。赤笔书当作仙书符箓之解，《魏书·释老志》所谓"丹书紫字"，《云笈七签》所谓"紫书"、"紫笔缮文"之类是也。生按：此时王维尚未官尚书丞郎，故云"徒思"（空想）。且唐代诗人习用"赤笔"典故，如岑参《送颜平原》："赤笔仍在箧，炉香蕙衣裳。"白居易

《和令狐相公》：“碧幢千里空移镇，赤笔三年未转官。”

⑩〔赵注〕葛洪《抱朴子·仙药》：“余亡祖鸿胪少卿，曾为临沅令。云此县有廖氏家，世世寿考，或出百岁，或八九十。后徙去，子孙转多夭折。他人居其故宅，复如旧，后累世寿考。由此乃觉是宅之所为，而不知其何故。疑其井水殊赤，乃试掘井左右，得古人埋丹砂数十斛，去井数尺。此丹砂汁因泉渐入井，是以饮其水而得寿。”

⑪“簟”，元刊本作“箪”。〇簟：音垫，竹席。江淹《别赋》：“夏簟青兮昼不暮，冬釭凝兮夜何长！”李善注：“张俨《席赋》曰：席为冬设，簟为夏施。”吕延济注：“不暮，言其日长。”此谓夏日卧青簟上，百无聊赖，深感昼长。

⑫颓思：心情颓丧。《广雅·释诂》：“颓，坏也。”司马相如《长门赋》：“无面目之可显兮，遂颓思而就床。”〔赵注〕陶潜《饮酒二十首》：“缊缕茅檐下，未足为高栖。”

⑬弥伤：更加感伤。《吕氏春秋·贵生》：“其亏弥甚者也。”高诱注：“弥，益也。”

评 笺

赵殿成按：“后浦”诸本俱误作“后沔”，惟刘须溪本是“浦”字。顾元纬因沔、鄢、郢、荆州诸字俱是楚地，遂于题下注云：“公次荆州时作”。成按，沔水不通河渭，《禹贡》：梁州贡道有“逾于沔，入于渭，乱于河”之文，是言其水陆相间而行之道如此，非谓其一水通流也。其为“浦”字之误明甚。鄢、郢虽是楚地，然前山则指秦地之山而言，与《送李太守赴上洛》诗云，“商山包楚邓，积翠霭沉沉”文章一例。荆州与齐后对用，是引故事，非实指楚地。参互考之，非次荆州时作也。生按：《广韵》：“大水有小口别通曰浦”，乃水的支流。依赵说，“后浦”指辋谷水。此水西北流入灞，灞入渭，渭合泾、北洛水入河。则此诗作于辋川别业，时在天宝四载之后。或谓“后沔”不误，此诗作于开元廿九年夏，疑王维南选事毕返长安复命后，曾去职隐居襄阳附近，诗中后沔、前山，齐后瘳、荆州瘿，徒思赤笔、心悲欲绝，皆当时当地情境，并非徒引故事。此说存参。

余冠英说：“王维的诗还有一种胜境，它的比画更为动人的地方，是在于这些诗所表现的声息、动态，仿佛可闻可见。'松含风里声，花对池中影'，'细枝风响乱，疏影月光寒'，这些诗句所显示的美的情态和美的音响是任何画幅所不能表达的。"（《中国文学史》）

赠从弟司库员外绿^①

　　少年识事浅，强学干名利^②。徒闻跃马年^③，苦无出人智。即事岂徒言^④，累官非不试^⑤。既寡遂性欢^⑥，恐招负时累^⑦。清冬见远山，积雪凝苍翠。皓然出东林^⑧，发我遗世意^⑨。惠连素清赏^⑩，夙语尘外事^⑪。欲缓携手期，流年一何驶^⑫！

　　此诗约作于天宝十二载。

　　①从弟：同祖兄弟，俗称堂弟。《通典》："天宝十一载，又改库部为司库，至德初复旧。"《旧唐书·职官志》："兵部，库部员外郎一人，从六品上。员外郎之职，掌邦国军州戎器、仪仗。"绿：音求，其生平未详。

　　②《尔雅·释诂》："强，勤也。"《论语·为政》："子张学干禄。"郑玄注："干：求也。"

　　③〔赵注〕《史记·范雎蔡泽列传》："蔡泽者，燕人也。游学干诸侯，小大甚众，不遇，而从唐举相。唐举曰：先生之寿，从今以往者四十三岁。蔡泽笑谢而去，谓其御者曰：吾持粱齧肥，跃马疾驱，怀黄金之印，结紫绶于腰，揖让人主之前，食肉富贵，四十三年足矣。"生按：谓空闻富贵得志四十三年之事。

　　④即事：任职办事。《广雅·释诂》："即，就也。"《国语·鲁语》："卿大夫佐之，受事焉。"韦昭注："事，职事也。"徒言：空谈，说空话不做实事。

　　⑤《诗·小雅·大东》："百僚是试。"毛苌传："试，用也。"

　　⑥遂性：顺适本性。《隋书·高祖纪》："合生遂性。"

　　⑦《史记·五帝本纪》："鲧负命毁族。"正义："负，违也。"〔陈注〕

恐因不合时宜而招致政治上的牵累。

⑧"皓"，全唐诗作"浩"，通。〇皓然：心胸旷达貌。

⑨发：生起。遗世：避开尘世。《抱朴子·博喻》："箕叟以遗世得意。"

⑩〔赵注〕《宋书·谢惠连传》："幼而聪敏，年十岁，能属文，族兄灵运，深相知赏。"生按：借指王缙。清赏：风度高雅，赏通尚。

⑪凤：往昔。尘外：世外。〔赵注〕《晋书·谢安传》："始居尘外，高谢人间。"

⑫一何：何其，多么。《经传释词》："一，语助也。"《古诗十九首》："四时更变化，岁暮一何速！"〔赵注〕潘岳《在怀县作》："感此还期滞，欢彼年往驶。"张铣注："驶，急也。"

评　笺

陈贻焮说："此诗明显地表露出避世远祸的思想。李林甫独揽朝政，曾召集谏官训示：'今明主在上，群臣将顺之不暇，乌用多言。诸君不见立仗马乎？食三品料，一鸣辄斥去，悔之何及！'其时王维正担任谏官（右拾遗），在这种黑暗的政治重压下，他是张九龄的旧人，又怎教他不感到'既寡遂性欢，恐招负时累'呢！"（《王维的政治生活和他的思想》）生按：此诗当作于天宝后期。从作品的政治背景看，陈说仍可从。其实，只要存在封建统治，就存在"恐招负时累"的政治压力。

葛晓音说："王维隐逸观念的转变，反映了开元至天宝年间由治趋乱的现实，以及部分中层官僚由积极进取转为明哲保身的精神状态。山水田园对他们来说，主要还是一种调节心理、怡悦性情的精神享受。他们真正喜爱的只是田园生活平和宁静、优雅高尚的情趣。"（《山水田园诗派研究》）

座上走笔赠薛据慕容损①

希世无高节②，绝迹有卑栖③。君徒视人文④，吾固和天倪⑤。缅然万物始⑥，及与群物齐⑦。分地依后稷⑧，用天信重黎⑨。春风何豫人⑩，令我思东溪⑫。草色有佳意，花枝稍含荑⑫。更待风景好，与君籍萋萋⑬。

此诗约作于开元十八年，时已隐居嵩山。

①走笔：即兴作诗运笔疾书。薛据（700？—768？），河中宝鼎（今山西万荣县西南）人。开元十九年进士及第。任永乐（今山西芮城县）主簿，迁涉县（今属河北）令。天宝六载，又中风雅古调科。十一载，任大理司直。乾元二年，任太子司议郎。上元二年，迁祠部员外郎。大历二年曾滞留荆州，此前已任水部郎中。寻归长安，未几卒，赠给事中。据为人骨鲠有气魄，文章亦然。与王维、杜甫、孟云卿友善。《全唐诗》存诗十二首。《元和姓纂》卷八《昌黎慕容氏》："珣，吏部侍郎。珣生损，渝州刺史。"《唐仆尚丞郎表》卷十："吏部侍郎，慕容珣，开元七年。"《唐刺史考》："渝州刺史，慕容损，约开元中。"

②"节"，述古堂本、元刊本作"符"。○希世：迎合世俗。〔赵注〕《庄子·让王》："希世而行。"释文："希，望也，所行常顾世誉而动。"陆机《赴洛》："希世无高符，营道无烈心。"李善注："希世，随世也。"

③绝迹：踪迹与人世隔绝。《庄子·人间世》："绝迹易，无行地难。"释德清注："逃人绝世尚易，有涉世之心不着形迹为难。"卑栖：处于低下的地位。〔赵注〕郦炎《见志诗》："修翼无卑栖，远趾不步局。"

④徒：但。人文：诗书礼乐之教。《易·贲》："观乎人文，以化成天下。"孔颖达疏："言圣人观察人文，则诗书礼乐之谓，当法此教而化成天下也。"谓薛与慕容但以诗书礼乐为是非之标准。

⑤和：调和。天倪：自然的分际（界限、尺度）。《庄子·齐物论》："何谓和之以天倪？曰：是不是，然不然。忘年，忘义。"生按：庄子以为，任何事物既是此又是彼，即是是又是非，并无绝对的差别界限。因此应以自然的尺度调和一切是非，即齐是非。

⑥缅然：遥想貌。《国语·楚语上》："缅然引领南望。"韦昭注："缅犹邈也。"《易·乾》："大哉乾元，万物之始。"《老子》："无，名天地之始。"

⑦"物"，蜀刻本、纬本、凌本作"牧"，非。○《庄子·齐物论》："天地与我并生，而万物与我为一。"郭象注："苟足于天然，而安其性命，故虽天地未足为寿，而与我并生；万物未足为异，而与我同得。"成玄英

疏："夫物之生也，形气不同，有小有大，有夭有寿，若以性分言之，无不自足。是以两仪虽大，各足之性乃均；万物虽多，自得之义惟一。"

⑧分地：分别各种土地（山林、川泽、丘陵、坟衍、原隰）及宜种植的谷物。〔赵注〕陆贾《新语》："于是后稷乃列封疆，画畔界，以分土地之所宜，辟土殖谷，以用养民。"生按：后稷，古代周人崇奉的始祖。《史记·周本纪》："周后稷，名弃。好耕农，相地之宜，宜谷者稼穑焉，民皆法则之。帝舜封弃于邰，号曰后稷，别姓姬氏。"

⑨"信"，全唐诗一作"奉"。○用天：依照四时节令进行耕种。《孝经·庶人章》："用天之道，分地之利。"李隆基注："春生、夏长、秋收、冬藏，举事顺时，此用天道也。"《国语·楚语》："颛顼受之，乃命南正重司天以属神，命火正黎司地以属民。"生按：徐旭生先生说，重，当是职掌上天会集群神命令以向下民传达的大巫，观察星象，颁布历数，皆其分内事。而《尚书·尧典》称，尧命重、黎后代羲氏和氏，"历象日月星辰，敬授民时"，则将重、黎混用（见《中国古史的传说时代》），维诗与《尚书》同。

⑩《易·豫》郑玄注："豫，喜豫，悦乐之貌。"

⑪东溪：王维在嵩山的隐居地，与李颀的隐居地在同一区域。姚奠中说："《水经注·颍水》：'颍水又东，五渡水注之，其水导源太室东溪。'东溪在河南登封县东十余里，嵩山之南。"（《中国历代著名文学家评传》）

⑫《玉篇》："稍，渐也。"葳：通稊，音提。《集韵》："葽，卉木初生叶貌。"

⑬〔赵注〕孙绰《游天台山赋》："藉萋萋之纤草。"李善注："以草荐地而坐，曰藉。"吕延济注："萋萋，草美貌。"

赠祖三咏 济州官舍作①

蟏蛸挂虚牖②，蟋蟀鸣前除③。岁晏凉风至，君子复何如？高馆阒无人④，离居不可道⑤。闲门寂已闭，落日照秋草。虽有近音信，千里阻河关⑥。中复客汝颍⑦，去年归旧山⑧。结交二十载，不得一日展⑨。贫病子既深，契阔余不浅⑩。仲秋虽未归，暮秋以为期。良会讵几日^⑪，终自长相思^⑫。

　　此诗约作于开元十三年秋。

　　①活字本、品汇无"济州官舍作"五字。○祖咏（约699—?），洛阳人。与王维、卢象、储光羲友善。《极玄集》载"开元十三年进士"。（《唐才子传》作"开元十二年杜绾榜进士"。《南部新书》载，祖咏"试《雪霁望终南》诗，限六十字，至四句，纳。主司诘之，对曰意尽"。所作不合程式，似不得及第。芮挺章于天宝三载编《国秀集》，选录咏诗二首，犹题作"进士祖咏"，且其他题作"进士某某"的十一人多数为不第进士，则咏二十年仍未释褐。）当年冬，赴济州访王维。十五年秋，归隐汝坟（故治在今河南叶县北）别业，尝与王翰、杜华游宴唱酬。又曾南游江南，北上蓟门。为人恃才傲物，狂放自负，流落不偶。后曾入仕，又遭贬谪。以渔樵自终。《河狱英灵集》云："咏诗剪刻省净，用思尤苦，气虽不高，调颇凌俗，足称才子。"《全唐诗》存诗一卷。《元和郡县志》："卢县（故治在今山东壮平县西南），武德四年，复为济州。至天宝十三载，州为河所陷，废。"

　　②蟏蛸：音肖梢。牖：音有。〔赵注〕《尔雅》注："蟏蛸，小蜘蛛长脚者，俗呼为喜子。"陆玑《毛诗草木鱼虫疏》："蟏蛸，长踦，一名长脚，荆州、河内人谓之喜母，幽州人谓之亲客。此虫来著人衣，当有亲客至，有喜也。亦如蜘蛛，为罗网居之是也。"《韵会》："牖，《说文》：'穿壁以木为交窗也。'徐锴曰：'但穿明则为窗，牖者，更以木为交棂也。古者一室一户一牖。一曰：在墙曰牖。'"生按：挂虚牖，谓挂丝于洞开的窗中。

　　③〔赵注〕《毛诗草木鱼虫疏》："蟋蟀似蝗而小，正黑，有光泽如漆，有角翅。一名蛬，一名青蚨。楚人谓之王孙，幽州人谓之趋织，督促之言也。里语曰：'趋织鸣，懒妇惊'是也。"王勃《观佛迹寺》："颓华临曲磴，倾影赴前除。"生按：除，阶。前除，阶前。

　　④"馆"，凌本作"阁"。○阒：音去。〔赵注〕《说文》："阒，静也。"《玉篇》："阒，静无人也。"潘岳《怀旧赋》："空馆阒其无人。"

　　⑤〔赵注〕屈原《九歌·大司命》："将以遗兮离居。"

　　⑥河关：河流与关隘。颜延之《秋胡诗》："离居殊年载，一别阻河关。"

⑦汝：汝水，源出河南嵩县西天息山，流经临汝、襄城、郾城、上蔡、汝南，注入淮河。颍：颍水，源出河南登封县西南，流经禹县、临颍、西华、商水，注入淮河。此谓汝、颍流域，尤指临汝、襄城、临颍一带。

⑧谢灵运《过始宁墅》："剖竹守沧海，枉帆过旧山。"吕延济注："来过旧居。"生按：指洛阳。

⑨《唐才子传》："（咏）少与王维为吟侣。"《尔雅·释言》："展，适也。"郭璞注："得自伸展适意也。"〔王解〕"二十年知交，相会日少，不得有一日之展怀。"

⑩《诗·邶风·击鼓》："死生契阔，与子成说。"毛苌传："契阔，勤苦也。"马瑞长《毛诗传笺通说》："契当读如契合之契，阔读如疏阔之阔。契阔与死生相对成文，犹云合离聚散耳。"生按：此处宜从毛传。《后汉书·傅毅传》："契阔夙夜，庶不懈怠。"李善注："契阔，谓辛苦也。"

⑪〔赵注〕曹植《洛神赋》："悼良会之永绝兮。"生按：讵犹无。陆机《叹逝赋》："弥年时其讵几。"吕向注："讵几，无多也。"

⑫"自"，二顾本、凌本、活字本、全唐诗作"日"。○《语辞集释》："蒋绍愚说：自，副词词缀，不为义。"〔赵注〕《古诗十九首》："上言长相思，下言久离别。"〔王解〕未会思会，既会复离，相思之念，终自不歇。张籍云："安得在一方，终老无送迎。"有同感矣！

评 笺

唐汝询《唐诗解》："四语一转，是毛诗分章法。"

黄培芳《唐贤三昧集笺注》："取材《三百篇》，便觉色味俱高，此不可不知。○四句一韵，深情远意，绵邈无穷，此真为善学《三百》者也。"

《王摩诘诗评》："顾云：步骤《选》体。"

张文荪《唐贤清雅集》："兴体。诗凡五解，法本汉人，其音节天然安适，是右丞本色，《国风》遗韵。○昔人谓王、孟五言难分高下。蒙意王气较和，孟骨差竣；王可兼孟，孟不能兼王。即此微分，故首王而次孟，非同耳食漫推重右丞也。右丞各体俱佳，不谢不随，风规自远，古今绝调。"

徐增《而庵说唐诗》："此诗共五解，如清水中数鱼，头头分明。作古诗法见于此。"

焦袁熹《此木轩论诗汇编》：“凡五章，读之只如书一通，真率温厚，情意可掬。”

周珽《唐诗选脉会通评林》：“吴山民曰：直叙中有委曲。‘闲门’、‘落日’二句含情正远。末实境语，读之使人长叹。”

陆时雍《唐诗镜》：“诗家各有一种习气，磨灭不尽。摩诘似较少，太白亦不多见，五言古时时有之，以此知陶、谢之美。”

赠房卢氏琯①

达人无不可②，忘己爱苍生③。岂复少千室④，弦歌在两楹⑤。浮人日已归，但坐事农耕⑥。桑榆郁相望，邑里多鸡鸣⑦。秋山一何净，苍翠临寒城。视事兼偃卧⑧，对书不簪缨⑨。萧条人吏疏⑩，鸟雀下空庭⑪。鄙夫心所尚⑫，晚节异平生⑬。将从海岳居⑭，守静解天刑⑮。或可累安邑⑯，茅茨君试营⑰。

此诗约作于开元十八年秋。

①琯：音管。〔赵注〕《旧唐书·房琯传》：“房琯，河南（今洛阳）人。开元十二年，玄宗将封岱岳，琯撰封禅书以献，中书令张说奇其才，奏授秘书省校书郎。调补同州冯翊尉，无几去官。应堪任县令举，授虢州卢氏令，政多惠爱，人称美之。二十二年，拜监察御史。”《旧唐书·地理志》：“虢州宏农郡，有卢氏县（今属河南）。”生按：据皎然《夏铜椀龙吟歌》序，房琯“早岁尝隐终南山峻壁之下”，盖与王维旧交。房琯于开元十七年在苏州作《龙兴寺碑序》，有“琯浮客一过，舍身投体”语，当在自冯翊尉去职之后。

②达人：通达事理乐天知命的人。可：适宜。〔赵注〕贾谊《鵩鸟赋》：“达人大观兮，物无不可。”李周翰注：“通达之人，以理观之，万物不殊于己，故云物无不可。”

③史岑《出师颂》:"苍生更始。"刘良注:"苍生,百姓也。"生按:《说文》段玉裁注:"苍,青黑色。"苍生即黎民。郭沫若说:周初彝器中的禺或人禺,就是古书上的黎民,黎、禺是同音字。在日下劳作的人被太阳晒黑,就如鼎锅被火烟熏黑一样。本指奴隶,作普通百姓解,是后起的。

④"少",述古堂本、元刊本作"小",通。"千",蜀刻本、久本、活字本、全唐诗作"十",误。○岂复:《广释词》:"岂,犹不。《国语·鲁语》:'岂唯鲁然',韦注易'岂'为'不'。复,语助无义。"千室:有千户居民的县。《论语·公冶长》:"千室之邑,百乘之家,可使为之宰。"此谓房不小视千室之邑,乐为县令。

⑤弦歌:抚琴唱歌。《论语·阳货》:"子之武城,闻弦歌之声。夫子莞尔而笑曰:'割鸡焉用牛刀'!子游对曰:'昔者,偃也闻诸夫子曰:君子学道则爱人,小人学道则易使也。'子曰:'二三子!偃之言是也,前言戏之耳。'"生按:子游(偃)称述的道,即礼乐之道。孔子以为,礼节人行,乐和人心,民学礼乐,和敬有序易治。所以子游为武城宰,以弦歌教化邑人。此以子游喻房琯。两楹:殿堂中间的两根大柱,借指殿堂之中。〔赵注〕张协《杂诗十首》:"折冲樽俎间,制胜在两楹。"

⑥浮人:离开家乡在外佣作的流民,又称浮浪人。《隋书·食货志》:"其无贯之人,不乐州县编户者,谓之浮浪人。"《新唐书·杨炎传》:"天下残瘁,荡为浮人。"但坐:只为。

⑦"里",纬本作"地",误。○邑里:乡里。《周礼·地官叫·小司徒》:"九夫为井,四井为邑。"郑玄注:"邑,方二里。"

⑧视事:处理政事。《左传·襄公二十五年》:"崔子称疾,不视事。"偃卧:仰面躺卧。〔赵注〕谢灵运《道路忆山中》:"追寻栖息时,偃卧任纵诞。"

⑨簪:音孜安切。簪缨:官吏的冠饰。簪:用以连冠于发的条形首饰,金属或骨、玉制成。缨:系冠的丝带,以左右二组系子冠,拴结项下。不簪缨:不戴冠,披着发,闲散貌。

⑩"疏",凌本作"散",品汇作"稀"。○萧条:空寂。

⑪〔赵注〕谢灵运《斋中读书》:"虚馆绝争讼,空庭采鸟雀。"

⑫"尚",元刊本、类苑、赵本作"向",从蜀刻本、、述古堂本、全唐诗等。○鄙夫:鄙陋浅薄的人,自谦词。

⑬晚：晚近。晚节：近来的志趣。《论语·宪问》"久要不忘平生之言。"孔晁注："平生犹少时。"陶潜《停云》："安得促席，说彼平生。"

⑭从：犹向。海岳居：谓隐于湖山之间。

⑮《老子》："致虚极，守静笃。"魏源注："虚者无欲也，无欲则静。"《庄子·德充符》："无趾语老聃曰：'孔丘以諔诡（奇异）、幻怪之名闻，而不知至人之以是为桎梏邪！'老聃曰：'胡不直使彼以死生为一条，以可不可为一贯者解其桎梏，其可乎？'无趾曰：'天刑之，安可解？'"生按：天刑，天的刑罚。孔丘好名之累，犹如天给的刑罚。解，解除。

⑯〔赵注〕皇甫谧《高士传》："闵贡字仲叔，太原人也，世称节士。客居安邑，老病家贫，不能得肉，日买猪肝一片，屠者或不肯与。邑令闻，敕吏常给焉。仲叔怪而问之，乃叹曰：'闵仲叔岂以口腹累安邑耶！'遂去，客沛，以寿终。"

⑰茅茨：茅舍。〔赵注〕《汉书·司马迁传》："茅茨不剪。"颜师古注："屋盖曰茨。茅茨，以茅覆屋也。"生按：二句探问可否在房琯帮助下到卢氏隐居。

评　笺

陈铁民说："从儒家仁政的角度，颂扬了房琯治卢氏的政绩。"（《王维新论》）

丁寓田家有赠①

君心尚栖隐，久欲傍归路②。在朝每为言，解印果成趣③。晨鸡鸣邻里④，群动从所务⑤。农夫行饷田⑥，闺妇起缝素⑦。开轩御衣服⑧，散帙理章句⑨。时吟招隐诗⑩，或制闲居赋⑪。新晴望郊郭，日映桑榆暮⑫。阴尽小苑城⑬，微明渭川树⑭，揆予宅闾井⑮，幽赏何由屡⑯！道存终不忘⑰，迹异难相遇⑱。此时惜离别⑲，再来芳菲度⑳。

①英华题作《田家赠丁禹》，注云："集作丁寓，误也。"○丁寓：王维好友。见《至滑州隔河望黎阳忆丁三寓》注①。田家：此指田庄、田园。

②"栖"，述古堂本作"幽"。○尚：好尚。栖隐：稳居。〔赵注〕谢灵运《永初三年七月十六日之郡初发都》："从来渐二纪，始得傍归路。"张铣注："傍，近也。"归路：指辞官还乡。

③解印：长官皆有印，解印谓辞官。〔赵注〕陶潜《归去来辞》："园日涉以成趣。"生按：此谓实现其志趣。

④"邻"，蜀刻本作"阳"，误。

⑤"从"，蜀刻本作"徒"，误。○群动：各种动物。从：从事。务：事。

⑥行：往。饷：音享。《广雅·释诂》："饷，食也。"饷田：耕作时往田间送饭，此处借指种庄稼。

⑦"妇"，蜀刻本、全唐诗作"妾"。○素：白色生绢。《古诗，上山采蘼芜》："新人工织缣，故人工织素。"

⑧谢瞻《答灵运诗》："开轩灭华烛。"李善注："轩，窗也。"蔡邕《独断》："御者，进也。衣服加于身曰御。"

⑨帙：音至。〔赵注〕谢灵运《酬从弟惠连》："凌涧寻我室，散帙问所知。"刘良注："散帙谓开书帙也。"《说文》："帙，书衣也。"生按：理章句，研读诗文。《广雅·释诂》："理，治也。"《文心雕龙·章句》："夫人之立言，积句而为章，积章而为篇。"辨析章节句读字义，是古人研读诗文的基本方法。

⑩晋左思、陆机皆有《招隐诗》，歌咏山林景色与隐士清高生活，招人归隐。

⑪〔赵注〕潘岳《闲居赋》序："于是览止足之分，庶浮云之志。筑室种树，逍遥自得。池沼足以渔钓，春税足以代耕。灌园鬻蔬，供朝夕之膳；牧羊酤酪，俟伏腊之费。孝乎惟孝，友于兄弟，此亦拙者之为政也。乃作《闲居赋》，以歌事遂情焉。"

⑫"映"，全唐诗一作"暎"。○《通俗文》："日阴曰映。"〔赵注〕《初学记》："日西垂，景在树端，谓之桑榆！言其光在桑榆树上。"

⑬"阴"英华作"荫"，"尽"全唐诗作"昼"。○〔赵注〕小苑字始见

《汉书·肖望之传》，昔贤不注地在何处，六朝及唐人诗中多用之。成按右丞"长乐青门外，宜春小苑东"之句，当是指曲江之芙蓉园也。唐大内有西内苑，有东内苑，有禁苑，凡三苑，芙蓉园不及三苑之阔远，故谓之小苑。一时称谓如此。生按：芙蓉苑是在秦宜春苑故地扩建而成的，周围有城。

⑭〔赵注〕《三辅黄图》："渭水出陇西首阳县（今甘肃渭源县）鸟鼠同穴山，东北至华阴入河。"《唐六典》注："渭水出渭州（今甘肃陇西县东南），历秦、陇、岐、京兆、同、华六州，入于河。"

⑮揆：音葵，忖度。宅：居住。闾井：里巷，市井。《周礼·地官·大司徒》："令五家为比，使之相保；五比为闾，使之相受。"郑玄注："闾，二十五家。"〔赵注〕屈原《离骚》："皇览揆予于初度兮。"《宋书·何承天传》："并践禾稼，焚燕闾井。"生按：句谓想到自己居住城中。

⑯幽赏：赏玩幽静清雅的景色。屡：累次。

⑰"忘"，述古堂本作"志"，误。〇〔赵注〕《庄子·田子方》："若夫人者，目击而道存矣。"生按：谓维与丁寓之间，存在着朋友的道义，终究不会相忘。

⑱《广韵》："迹，足迹。"迹异：谓出处行迹不同。

⑲"离别"，品汇作"别离"。

⑳芳菲：花草香美。屈原《离骚》："皇览揆予于初度兮。"朱熹注："初度之度，犹言时节也。"谓芳菲时节再来同游。

评　笺

许学夷《诗源辩体》："摩诘诗，如'阴尽小苑城，微明渭川树'，诗中有画者也。

戏赠张五弟𬤞三首 时在常乐东园，走笔成①

吾弟东山时②，心尚一何远③！且高犹自卧，钟动始能饭④。

领上发未梳⑤，床头书不卷。清川与悠悠⑥空林对偃蹇⑦。青苔石上净，细草松下软。窗外鸟声闲，阶前虎心善。徒然万像多⑧，澹尔太虚缅⑨。一知与物平，自顾为人浅⑩。对君忽自得，浮念不烦遣⑪。

此诗作于开元二十一年秋。

①诗题，凌本、活字本无"戏"字，品汇作《戏赠张五弟》，元刊本无"时在"等九字。"东园"，述古堂本作"东阁"。○张諲：永嘉（今浙江温州）人。初隐少室下，闭门修肄，志甚勤苦，不及声利。能诗，明易卜，善草隶，工绘画。与李颀友善，事王维为兄，皆为诗酒丹青之契。尝入蜀。在宣城、濛州皆有居处。后应举，官至刑部员外郎。天宝年间辞官，复归隐少室。大历中仍在世。唐宋人书目皆未著录其诗文集，书画作品亦失传。常乐东园：常乐坊东头园林，此坊是兴庆宫南第二坊。

②〔赵注〕《晋书·谢安传》："寓居会稽，无处世意，桓温请为司马，中丞高崧戏之曰：卿累违朝旨，高卧东山。"生按：谢安早年隐居之东山，在今浙江上虞县西南。后因以东山指隐居地。

③"一"正音、品汇作"亦"。○心尚：志向。颜之推《颜氏家训·勉学》："有志尚者，遂能磨砺。"远：高雅。嵇康《琴赋》："体清心远，邈难极兮。

④钟动：指嵩山寺庙于中午斋时之前敲钟。

⑤"领"，品汇作，"头"。

⑥"与"，述古堂本、全唐诗、赵本作"兴"。从蜀刻本、元刊本、活字本等。○曹植：《王仲宣诔》："振冠南岳，濯缨清川。"《语辞汇释》："与，犹对也。"《诗·小雅·车攻》："悠悠旆旌。"朱熹注："悠悠，闲暇之貌。"谓对着清川悠闲自在。

⑦"对偃蹇"，品汇作"时对偃"。○空林：人迹罕至的森林。刘熙《释句·释姿容》："偃，偃息而卧，不执事也；蹇，跛蹇也。病不能作事。今托病似此也。"王先谦《释名疏证补》"郭璞《容傲》：'庄周偃蹇于漆园'，即偃卧不事事之意。"谓对着空偃卧休息。

⑧"像"，品汇、凌本作"虑"。○徒然：枉然。万像：即万象，万

物。孙绰《游天台山赋》："浑万象以冥观，兀同体于自然。"

⑨澹尔：犹澹然。《庄子·逍遥游》：释文："澹然，恬静也。"《游天台山赋》："太虚辽廓而无阂，运自然之妙有。"李善注："太虚，天也。"《广韵》："缅，远也。"二句谓虽万物纷陈目前，而内心恬静如藐远的天空。

⑩《庄子·德充符》："一知之所知。"一：混一。知：智慧。平：齐。二句谓张諲的融通混一的智慧能齐物我，而自己闻道不深。

⑪自得：内心有所领语。浮念：虚妄的念头。遣：排除。

评　笺

《王摩诘诗评》："（'日高'联下）刘云：不必其人，直自输写。○（'阶前'句下）顾云：警语不在深。"

《唐诗归》："钟云：题中'戏赠'二字意颇难看，似嘲其隐志不能自坚。"

施补华《岘佣说诗》："《赠张五弟》诗：'窗外鸟声闲，阶前虎心善。'阶前句甚奇而仍平，此摩诘能用柔笔处。"

黄培芳《唐贤三昧集笺注》："有陶家遗咏。"

宗白华说："庄子曰：'瞻彼阕（空处）者，虚室生白'。这个虚白不是几何学的空间间架，死的空间，所谓顽空，而是创化万物的永恒运行着的道。这'白'是'道'的吉祥之光。宋朝苏辙在《论语解》内说得好：'贵真空，不贵顽空。盖顽空则顽然无知之空，木石是也。若真空，则犹之天焉，湛然寂然，元无一物，然四时自尔行，百物自尔生。粲为日星，滃为云雾，沛为雨露，轰为雷霆，皆自虚空生，而所谓湛然寂然者自若也。'王维有诗云：'徒然万象多，澹尔太虚缅'，也能表明中国人的特殊的空间意识。"又说："中国文艺在空灵与充实两方面曾尽力，达到极高的成就。所以中国诗人尤爱把森然万象映射在太空的背景上，境界丰实空灵，像一座灿烂的星天。王维诗云：'徒然万象多，澹尔太虚缅'。"（《艺境》）

荆立民说："王维皈依自然，是自觉的人生追求。日本学者井口孝和认为：王维讴歌自然的作品，'与其说是指向物象的焦点，不如说是从现实的世界飞出，指向彼岸的世界。'（《书评》在王维那些描绘终南、辋川自然景物的作品里，和《桃源行》一样，也存在一个高度理想化了的世界，一个自然万物同人之间，山水、草木、禽鸟之间，和谐相处的世界如《戏赠

张五弟谞三首》。"（《追求者的歌唱和绝望者的哀吟》）

张弟五车书，读书仍隐居①。染翰过草圣②，赋诗轻《子虚》③。闭门二室下④，隐居十年馀⑤。宛是野人野⑥，时从渔父渔⑦。秋风日萧索⑧，五柳高且疏⑨。望此去人世，渡水向吾庐⑩。岁晏同携手，只应君与予⑪。

①五车书：谓读书很多，学识渊博。〔赵注〕《庄子·天下》："惠施多方，其书五车。"生按，蒋绍愚《唐诗词语札记》："仍隐居，且隐居也。"

②翰：笔。染翰：以笔蘸墨，谓书写。过：超过。草圣：对草书有高度成就者的美称，指变"章草"（保留着隶书笔画形迹的早期草书）为"今草"的东汉张芝。见《登楼歌》注⑬。

③轻：小视。〔赵注〕《西京杂记》："司马相如为《上林》《子虚》赋，意思萧散，不复与外事相关，控引天地，错综古今，忽然而睡，焕然而兴，几百日而后成。"

④〔赵注〕《初学记》："嵩高山者，五岳之中岳也。代延之《西征记》云：'其山东谓太室，西谓少室，相去七十里，嵩高总名也。谓之室者，以其下各有石室焉。"生按：嵩高山，即嵩山，在今河南登封县北。

⑤"居"，蜀刻本作"凡"，居，古作"凥"，是写刻缺笔致误。

⑥"野人野"，述古堂本、元刊本、越本作"野人也。"从蜀刻本等。○宛：若，好像。《左传·僖公二十三年》："乞食于野人，野人与之块。"《诗·鲁颂·駉》："在坰之野。"毛苌传："邑外曰郊，郊外曰野。"野人野，如乡野之人无拘无束。

⑦"渔父渔"，述古堂本、元刊本、赵本作"渔父鱼。"从蜀刻本等。○〔怀注〕时从：经常跟随。渔父最早出现在《庄子》《孟子》《楚辞》等先秦典籍里，都是一个类似隐者的形象。

⑧"日"全唐诗一作"自"。

⑨〔赵注〕《晋书·陶潜传》："尝著《五柳先生传》以自况，曰：先生不知何许人也，亦不详其姓字，宅边有五柳树，因以为号焉。"生按：以五柳暗喻张谞。

⑩《广雅·释诂》："去，行也。"谓由嵩山去到尘世。释为离开尘世，则张諲已未隐居，不妥。水：指洛水。吾庐：终南山王维隐居屋舍。

⑪岁晏：一年将尽时。《小尔雅·广言》："晏，晚也。"《广释词》"应，合也，当也。"同携手：一同隐居，偕隐。

评　笺

钱锺钟书说："诗用虚字，《文心雕龙·章句》结语已略论之。盖周秦之诗骚，汉魏以来之杂体歌行，皆往往使语助以添迤逦之概。唐人如王维《赠张諲》：'隐居十年余，宛是野人也'；《青溪》：'请留磐石上，垂钓将已矣。'"（《谈艺录》）

葛晓音说："盛唐人用偕隐冲淡隐居中的寂寞之感，他们既能获得领悟自然的美感，又能享受到自己的悟解力被人理解和欣赏的快感。"（《盛唐田园诗和文人隐居方式》）

　　设置守麀兔①，垂钩伺游鳞。此是安口腹，非关慕隐沦③。吾生好清静④，蔬食去情尘⑤。今子方豪荡，思为鼎食人⑥。我家南山下，动息自遗身⑦。入鸟不相乱，见兽皆相亲⑧。云霞成伴侣，虚白侍衣巾⑨。何事须夫子，邀予谷口真⑩

①罝：音居，麀：普谦。〔赵注〕鲍照《拟古八首》：'伐木清江湄，设置守麀兔。'吕向注："罝，网也。"《诗·小雅·巧言》："跃跃麀兔，遇犬获之。"毛苌传："麀兔，狡兔也。"

②"钩"，各本作"钓"。从蜀刻本、述古堂本。○鳞：鱼。〔赵注〕潘岳〔闲居赋〕："游鳞瀺灂，菡萏敷披。"

③〔赵注〕谢朓《游敬亭山》：隐沦既已托，灵异居然栖。"李周翰注："隐沦，隐逸也。"

④"静"，全唐诗作"净"。○清静：道家语。《史记·老子列传》："李耳无为自化，清静自正。"《老手》："归根曰静，静曰复命。""清净：佛家语。《俱舍论》："远离一切恶行烦恼垢故，名为清净。"按：二者有相通处。

⑤情尘：佛家语，指六情六尘。眼、耳、鼻、舌、身、意为六情，又

名六根；色、声、香、味、触、法为六尘，又名六境。六情与六尘相接，产生思虑欲望，便染污净心，故当除去。〔赵注〕王巾《头陀寺碑》："爱流成海，情尘为岳。"

⑥豪荡：豪放，气概不凡无所拘束。〔赵注〕张衡《西京赋》："击钟鼎食，连骑而过。"生按：《汉书·主父偃传》："丈夫生不五鼎食，死则五鼎烹耳。"鼎，古代祭祀、宴享盛馔之器。战国以前，王侯卿大夫皆列鼎而食。见《奉和圣制重阳节宰臣及群官上寿应制》注⑤。

⑦遗：忘，谓忘物我，无机心。

⑧〔赵注〕《庄子·山木》："入兽不乱群，入鸟不乱行。鸟兽不恶，而况人乎！"

⑨〔赵注〕《庄子·人间世》："瞻彼阕者，虚室生白。"《释文》："崔误云：白者日光所照也。司马彪云：室比喻心，心能空虚，则纯白独生也。"生按：虚白本喻空明的心境，此处用崔误义，指日光。侍，陪从。衣巾，衣服与头巾。二句谓出游有云霞作伴，闲户有日光陪从。

⑩何事：何故。〔赵注〕皇甫谧《高士传》："郑朴字子真，谷口（故地在今陕西醴泉县东北）人也。修道静默，世服其清高。成帝时，元舅大将军王凤以礼聘之，遂不屈。杨雄盛称其德，曰：谷口郑子真，耕于岩石之下，名振京师。"

评 笺

赵殿成按："前二篇，美张能隐居乐道，物我两忘，与己合志。后一篇，嗤张之钓弋山中，只图口腹，与己异操。譬如李家娘子，才出墨池，便登雪岭，何一日之间黑白不均乎！题曰戏赠，良有以也。"

陈铁民说："王维的一些山水田园诗，还常常流露出一种超脱尘世、亲近自然的意趣和'随缘任运'的思想。如《戏赠张五弟谭三首》《酬张少府》《终南别业》等。"（《王维新论》）

袁行霈说："王维对空寂的追求，有时连他自己的存在也遗忘了。'动息自遗身'，就是这种无我的境界。"（《中国诗歌艺术研究》）

赠东岳焦炼师①

先生千岁馀②，五岳遍曾居③。遥识齐侯鼎④，新过王母庐⑤。不能师孔墨，何事问长沮⑥。玉管时来凤⑦，铜盘即钓鱼⑧。竦身空里语⑨，明目夜中书⑩。自有还丹术⑪，时论太素初⑫。频蒙露版诏⑬，时降软轮车⑭。山静泉逾响，松高枝转疏。支颐问樵客⑮，世上复何如⑯？

此诗作于贬官济州期间。

①东岳：泰山，在今山东泰安县北。李白《赠嵩山焦炼师》序："嵩山有神人焦炼师者，不知何许妇人也，又云生于齐梁时，其年貌可称五六十。常胎息绝谷，居少室庐。游行若飞，倏忽万里。世或传其入东海，登蓬莱，竟莫能测其往也。余访道少室，尽登三十六峰，闻风有寄，洒翰遥赠。"当即此人，李白未曾见过焦炼师，说焦是妇人，乃据传闻。李颀也有《寄焦炼师》诗。〔赵注〕《唐六典》："道士修行有三号：其一曰法师，其二曰威仪师，其三曰律师。其德高思精者，谓之炼师。女道士亦同。"

②"岁"，《英华》作"载"。

③《周礼·春官·大宗伯》："以血祭祭五岳。"郑玄注："五岳，东曰岱宗（泰山）、南曰衡山、西曰华山、北曰恒山、中曰嵩高山。"按：岳，镇护地方的名山。古代帝王于中岳祭天，四岳则巡狩所至。

④〔赵注〕《史记·孝武本纪》："（李）少君见上。上有故铜器，问少君。少君曰：'此器齐桓公十年陈于柏寝。'已而按其刻，果齐桓公器，一宫尽骇，以少君为神，数百岁人也。"生按：鼎，古代三足两耳金属盛馔器。见《奉和圣制重阳节上寿应制》注⑤。

⑤〔赵注〕曹植《仙人篇》："驱风游西海，东过王母庐。"生按：《山海经·大荒西经》："西海之南；流沙之滨，赤水之后，黑水之前，有大山名曰昆仑之丘。有人戴胜，虎齿，有豹尾，穴处，名曰西王母。"《列子·周穆王》：

"穆王肆意远游，命驾八骏之乘，主车则造父为御。驰驱千里，别日升于昆仑之丘，遂宾于西王母，觞于瑶池之上。西王母为王谣，王和之，其辞哀焉。"

⑥《韩非子·显学》："世之显学，儒墨也。孔子、墨子俱道尧舜，而取舍不同，皆自谓真尧舜。"何事：何须。长沮：春秋时楚国叶邑（今河南叶县西南旧县）隐者。《论语·微子》："长沮、桀溺耦而耕（两人各执一耜合力并耕，或一人耕地一人碎土），孔子过之，使子路问津（渡口）焉。长沮曰：'夫执舆者为谁？'子路曰：'为孔丘'。曰：'是知津矣。'问于桀溺，桀溺曰：'是鲁孔丘之徒欤？'对曰：'然。'曰：'滔滔者：（像洪水一样恶浊的事物）天下皆是也，而谁以易（改变）之。且尔与其从避人之士（孔丘）也，岂若从避世之士（长沮、桀溺自谓）哉？'耰而不辍。"此谓焦炼师不师法孔墨，不为行道奔走求仕，就无须向长沮问津。

⑦《孟子·梁惠王下》赵歧注："管，笙。"《说文》："笙，十三簧（管中有簧，故可以'簧'代'管'），像凤之身也。""琯，古者管以玉。前零陵文学姓奚，于泠道舜祠下得笙，玉琯。夫以玉作音，故神人以和，凤皇来仪也。"《列仙传》："王子乔者，周灵王太子晋也，好吹笙作凤鸣。道士浮丘生接上嵩高山，三十余年，仙去。"生按：《列仙传》又有"箫史教弄玉吹箫作凤鸣、凤皇来止其屋。"依《说文》及赵歧之说，东汉时管已解为笙，笙箫同类，则玉管招来凤皇，也可以是箫史和弄玉。

⑧〔赵注〕《后汉书·方术列传》："左慈字元放，少有神道。尝在司空曹操座。操从容顾众宾曰：'今日高会，珍羞略备，所少吴松江鲈鱼耳。'元放于下座应曰：'此可得也。'因求铜盘贮水，以竹竿饵钓于盘中，须臾引一鲈鱼出，操大拊掌笑，会者皆惊。"

⑨《广雅·释诂》："竦，跳也。"〔赵注〕《淮南子·道应训》："若士举臂而竦身，遂入云中。"葛洪《神仙传》："班孟者，不知何许人。能飞行终日，又能坐空虚之中，与人言语。"

⑩〔赵注〕《抱朴子·杂应》："或问明目之道。抱朴子曰：能引三焦之升景，召大火于南离，洗之以明石，熨之以阳光，及烧丙丁洞视符，以酒和洗之，古人曾以夜书也。"

⑪"还丹"，全唐诗一作"丹砂"。○〔赵注〕《抱朴子·金丹》："若取九转之丹，纳神鼎中，夏至之后，爆之鼎热，候日精熙之，须臾翕然辉

煌，神光五色，即化为还丹。取而服之，一刀圭即向日升天。"参见《奉和圣制幸王真公主山庄》注⑫。

⑫〔赵注〕《白虎通》："始起先有太初，后有太始，形兆既成，名曰太素。混沌相连，视之不见，听之不闻，然后割判。"《列子·天瑞》："太素者，质之始也。"生按：此谓谈论天地万物初始情况。

⑬露版：原名露布，是不封缄的文书。蔡邕《独断》："敕令，赦令，召三公诣朝堂受制书，司徒印，露布下州郡。"征召的文书不缄封，表示可以宣扬。三国以后称此种文书为露版，而专称捷报、檄文为露布。

⑭〔赵注〕《后汉书·明帝纪》："尊事三老，兄事五更，安车软轮，供绥执授。"李善注："安车，坐乘之车；软轮，以蒲裹轮。"

⑮"支"，英华，全唐诗作"搘"。○支颐：以手托颊，安闲貌。

⑯"世上"，述古堂本作"出止"。

赠焦道士①

海上游三岛②，淮南预八公③。坐知千里外④，跳向一壶中⑤。缩地朝珠阙⑥，行天使玉童⑦。饮人聊割酒⑧，送客乍分风⑨。天老能行气⑩，吾师不养空⑪。谢君徒雀跃，无可问鸿濛⑫。

①焦道士：即焦炼师。见《赠东岳焦炼师》泣①。

②"岛"，凌本作'"岳"，误。○三岛：即三神山。《史记·秦始皇本纪》："海中有三神山，名曰蓬莱、方丈、瀛洲，仙人居之。"

③"预"，英华作"遇"。○《广韵》："预，厕也。"预八公：谓加入八公行列。《汉书·地理志》："九江郡，秦置，高帝四年更名为淮南国。""淮南王安亦都寿春。"（今安徽寿县）〔赵注〕《水经注·肥水》："淮南王刘安，是汉高帝之孙，厉王长子也。折节下士，笃好儒学。养方术之徒数十人，多神仙秘法鸿宝之道。忽有八公，皆须眉皓素，诣门希见。"门者曰：'吾王好长生，今先生无住衰之术，未敢相闻。'八公咸变成童，王甚敬之。八公并能炼金化丹，出入无间。乃海安登山，埋金干地，白日升天。"

④〔赵注〕《抱朴子·金丹》："服黄丹一刀圭，即便长生不老矣。及坐，见千里之外，吉凶皆知，如在目前也。"

⑤ "跳"，品汇作"眺"，误。○〔赵注〕葛洪《神仙传》："壶公者，不知其姓名。时汝南有费长房者为市掾，见公从远方来入市卖药，人莫识之。卖药口不二价，治病皆愈。常悬一空壶于屋上，日入之后，公跳入壶中，人莫能见，惟长房楼上见之，知非常人也。长房乃日日自扫公坐前地，及供馔物，公受而不辞。公知长房笃信，谓曰：'至暮无人时更来'。长房如其言即往。公语房曰：'见我跳入壶中时，卿便可效我跳，自当得入。'长房依言，果不觉已入。入后不复见壶，惟见仙宫世界，楼观重门阁道，宫左右侍者数十人。公语房曰：'我仙人也，昔处天曹，以公事不勤见责，因谪人间耳。卿可教，故得见我。"

⑥〔赵注〕葛洪《神仙传》："费长房有神术，能缩地脉，千里存在，目前宛然，放之复舒如旧也。"生按：珠阙，仙宫。东方朔《神异经》："西北荒中有金阙，高百丈，上有明月珠，径三丈，光照千里。中有金阶，西北入两阙中，名天门。"

⑦〔赵注〕《太上飞行九神玉经》："凡行玉清之道，出则诸天侍轩，给玉童玉女各三千人。行上清之道，出则五宿侍卫，给玉童玉女各一千五百人。行太清之道，出则五帝侍卫，给玉童玉女各八百人。"

⑧饮：音印。饮人：请人饮酒。〔赵注〕葛洪《神仙传》："曹公（操）召左慈，乃为设酒。慈曰：'今当远旷，乞分盃饮酒。'慈拔道簪以画盃酒，中断，其间相去数寸，即饮半，半与公。"

⑨〔赵注〕《水经注·庐江水》："（庐函）下又有神庙，号曰宫亭庙，故彭蠡亦有'宫亭'之称。山庙甚神，能分风、擘流、住舟，遣使行旅之人，过必敬祀而后得去。故曹毗咏云：分风为二，擘流为两。"《神仙传》："庐山庙有神，能使江湖之中，分风举帆。"

⑩《辩字·黄帝》："黄帝既寤，怡然自得。召天老、力牧、太山稽。"张湛注："三人，黄帝相也。"〔赵注〕《抱朴子·释滞》："欲求神仙，惟当得其至要。至要者，在于宝精行气。初学行气，鼻中引气而闭之，阴以心数，至一百二十，乃以口微吐之。及引之，皆不欲令己耳闻其有出入之声，常令入多出少，以鸿毛著鼻口之上，吐气而鸿毛不动为候也。渐自转增其心数，久可以至千。

至千，则老者更少，日还一日矣。夫行气当以生气之时，勿以死之时也。一日一夜有十二时，其从半夜以至日中六时为生气，从日中至夜半六时为死气。"

⑪杨树达《词诠》："不，语中助词，无义。"王引之《经传释词》："《尚书·多方》：'尔尚不忌于凶德。不，语词；不忌，忌也。'而《日知录》谓"《书》：'我生不有命在天。'不上省一'岂'字。"〔赵注〕贾谊《服鸟赋》："不以生故自宝兮，养空而浮。"服虔注："道家养空虚若浮舟也。"生按："浮"，《史记》作"游"。谓养其空虚之性，以浮游于人世。

⑫谢：问。徒：但。无可：不能，无法。〔赵注〕《庄子·在宥》："云将东游，过扶摇之枝，而适遭鸿蒙。鸿蒙方将拊髀雀跃而游。云将见之，倘然止，贽然立，曰：'叟何人邪？叟何为此？'鸿蒙拊髀雀跃不辍，对云将曰：'游！'云将曰：'朕愿有问也。'鸿蒙仰而视云将曰：'吁！'云将曰：'天气不和，地气郁结，六气（阴、阳、风、雨、晦、明）不调，四时不节。今我愿合六气之精，以育群生，为之奈何？'鸿蒙拊髀雀跃掉头曰：'吾弗知！吾弗知！'云将不得问。"

评　笺

《王摩诘诗评》："刘云（'一壶中'句下）每作清素，可贵。（'乍分风'句下）奇！（'问鸿蒙。句下）好！"

山中示弟等①

山林吾丧我②，冠带尔成人③。莫学嵇康懒④，且安原宪贫⑤。山阴多北户⑥，泉水在东邻。缘合妄相有⑦，性空无所亲⑧。安知广成子，不是老夫身⑨！

此诗约作于天宝末期。

①诗题，蜀刻本、二顾本、凌本、全唐诗皆无"等"字。

②《庄子·齐物论》："南部子綦隐几而坐，仰天而嘘，荅焉似丧其偶。颜成子游侍乎前，曰：'何居乎？形固可使如槁木，而心固可使如死灰乎？今之隐几者，非昔之隐几者也。'子綦曰：'偃，不亦善乎，而问之也！今者吾丧我，汝知之乎'？"郭象注："吾丧我，我自忘矣，天下有何物足识哉！"成玄英疏："身与神为匹，物与我为偶也。子綦凭几坐忘，离形去智，身心俱遣，物我双忘，故若丧其匹偶也。丧，犹忘也。"

③冠带：戴冠束带。张衡《西京赋》："冠带交错。"薛综注："冠带犹搢绅，吏人也。"成人：犹成器、成材。谓诸弟已为官成材。

④《晋书·嵇康传》："嵇康字叔夜，谯国铚（今安徽宿县西南）人也。学不师受，博览无不该通，长好老庄。与魏宗室婚，拜中散大夫。所与神交者，惟陈留阮籍、河内山涛（巨源），预其流者河内向秀、沛国刘伶、籍兄子咸、琅邪王戎，遂为竹林之游，世所谓'竹林七贤'也。山涛将去选官，举康自代，康乃与涛书告绝。东平吕安服康高致，每一相思，辄千里命驾，康友而善之。后安以事系狱，辞相征引，遂复收康。钟会谮康、安等言论放荡，非毁典谟，帝王者所不宜容。遂并害之，时年四十。"〔赵注〕嵇康《与山巨源绝交书》："性复疏懒，筋驽肉缓，头面常一月十五日不洗，不大闷痒，不能沐也。"

⑤〔赵注〕《史记·仲尼弟子列传》："原宪字子思。孔子卒，原宪遂亡在草泽中。子贡相卫，而结驷连骑，排藜藿，入穷间，过谢原宪。宪摄敝衣冠见子贡。子贡耻之曰：'夫子岂病乎？'原宪曰：'吾闻之，无财者谓之贫，学道而不能行者谓之病，若宪贫也，非病也。'子贡惭，不怿而去。"

⑥"北"，述古堂本、元刊本作"是"，品汇作"比"。○《说文》："阴，水之南、山之北也。"北户：门户朝北开。

⑦〔赵注〕《大般若经》："然一切法（事物、现象），自性本空，无生无灭。缘合谓生，缘离谓灭，实无生灭。"生按：佛教认为世间万物都由因缘和会而成。因是主要条件，（赵朴初释为互存关系），缘是辅助条件。《辅行》："亲生为因，疏助为缘。"《维摩诘经·佛国品》鸠摩罗什注："力强为因，力弱为缘。"因缘也统称为缘。此谓万物皆缘合而成的虚假现象，乃是幻有。

⑧性：佛教语，指事物本质。《大智度论》："性言其体。"〔赵注〕《涅槃经》："观一切法，本性皆空。"《摩诃经》："诸法毕竟空，即是涅槃。"

生按：此谓事物本性虚幻不实，并无亲疏可言。

⑨《庄子·在宥》："黄帝立为天子十九年，令行天下，闻广成子在于空同之山，故往见之。"〔陈说〕二句谓，世界一切事物皆不断变化，刹那生灭，安知老夫不是古仙人广成子的化身？

评　笺

《王摩诘诗评》："（'尔成人'句下）。刘云：别是一种。"

陈铁民说："王维此诗，表现出融合佛、道的思想倾向。'山林'句是道家的'自忘'思想，'缘合'二句则是佛教的'空'理。《庄子·齐物论》讲'吾丧我'，认为物我两忘可以达到与天地万物浑然一体的境界，获得精神的自由。佛教讲'空'，鼓吹世界上的一切都虚幻不实，要忘掉现实生活中的各种痛苦烦恼，从幻想中寻找安慰。这两种思想，其精神是相通的。"

袁行霈说："此诗融合着佛学和庄子，表现了无我的境界。"（《中国诗歌艺术研究》）

周裕锴说："诗中自始至终有一个合儒（原宪）、释（性空）、道（广成子）三位一体的'老夫'形象，'我'何曾'丧'呢？王维诗中真正的'无我之境'，是来自禅宗的'对镜无心'，而非道家的'丧我'。陶诗与王、孟诗意境的主要区别也在这里。"（《中国禅宗与诗歌》）

胡居士卧病遗米因赠①

了观四大因②，根性何所有③？妄计苟不生，是身孰休咎④？色声何谓客？阴界复谁守⑥？徒言莲花目⑦，岂恶杨枝肘⑧？既饱香积饭⑨，不醉声闻酒⑩。有无断常见⑪，生灭幻梦受⑫。即病即实相⑬，趋空定狂走⑭。无有一法真⑮，无有一法垢⑯。居士素通达，随宜善抖擞⑰。床上无毡卧，镉中有粥否⑱？斋时不乞食，定应空漱口⑲。凌本此处多"露葵自朝折，黄粱不烦剖"二句，各本皆无。

聊持数斗米，且救浮生取^⑳。

①胡居士：未详何人。《维摩诘经·方便品》："若在居士。"慧远疏："居士有二：一，广积资财，居财之士名为居士；二，在家修道，居家道士名为居士。"生按：后世多用第二义。遗：音未。《集韵》："遗，赠也。"

②了观：彻悟。《大乘义章》："细思名观。"四大：地、水、火、风四种合成事物的元素。《圆觉经》："我今此身，四大和合。所谓发毛爪齿，皮肉筋骨，髓脑垢色，皆归于地；唾涕脓血，津液涎沫，痰泪精气，大小便利，皆归于水；暖气归火；动转归风。"因：产生事物的主要条件（互存关系）。见《山中示弟等》注⑦。

③《辅行》："能生为根，数习为性。"〔赵注〕《维摩诘经》："四大合故，假名为身。四大无主，身亦无我。"生按：佛教谓人性有生善业或恶业之力（业，指行办、语言、思想），故名根性。由地、水、火、风四大和合而成之我身为假有，为色空，则能生善业恶业的根性也不复存在。

④妄计：虚妄的计度、计较，即妄念。《经传释词》："孰、谁一声之转，谁训为何，故孰亦训为何。"《后汉书·顺帝纪》："鸿范九畴，休咎有象。"李贤注："休，美也；咎，恶也。"生按：佛教谓凡夫被六境蒙蔽，自心对世间事物妄起是非善恶美丑等分别，因而产生烦恼。若自心清净，妄念不起，则此身何来吉凶祸福。

⑤佛教以眼、耳、鼻、舌、身、意为六根，根之作用对象色、声、香、味、触、法为六境，六根为主，六境为客。此谓我身既为假有，则六根不得为主，六境亦不得为客。

⑥"阴"，蜀刻本、活字本作"荫"，荫通阴，佛经皆作阴。○〔赵注〕谓五阴十八界。《维摩诘经》："是身是阴、界诸入所共合成。"生按：梵语塞健陀，初译为阴，后译为蕴。五蕴是因缘和合而成的人所积聚的五类现象，包括身心两方面，即色（形相）、受（接触事物引起的感觉）、想（心中出现的印象和概念）、行（对事物产生的意念、语言、行为）、识（对事物产生分别认识的作用）。"五蕴皆空"，但能荫覆真性，积聚痛苦。界：类别。《俱舍论》："一身或一相续，有十八类诸位种族，名十八界。"即能产生认识功能的六根（眼、耳、鼻、舌、身、意），作为认识对象的六境（色、声、香、

味、触、法），六根与六境相接产生的六识（眼识、耳识、鼻识、舌识、身识、意识）。此谓我身为阴、界合成之假有，并无自性，谁也不能持守。

⑦《广雅·释诂》："徒，但也。"《维摩诘经》："目净修广如青莲。"注："僧肇曰：天竺有青莲花，其叶修而广，青白分明，有大人（佛）目相。"生按：佛教把莲花作为吉祥、清净、慈悲，离一切尘垢的象征。如来、弥陀等佛居住的净土是莲花藏世界。如来、观音都是青莲花眼。此处莲花目喻佛与佛法。

⑧〔赵注〕《庄子·至乐》："支离叔与滑介叔观于冥伯之丘，昆仑之虚，黄帝之所休，俄而柳生其左肘，其意蹶蹶然恶之。支离叔曰：子恶之乎？滑介叔曰：亡，予何恶！生者，假借也。假之而生生者，尘垢也。死生为昼夜。且吾与子观化，而化及我，我又何恶焉！"生按：《庄子》以"柳"借为"瘤"，此诗以"杨"代"柳"，以肘生痈瘤比喻患病。二句意谓，学佛者不能只讲祈求吉祥清净，须知疾病是事物生、住、异、灭变化的一种表现，当随缘任运，无所烦恼，岂可嫌恶。

⑨〔赵注〕《维摩诘经》："舍利弗心念：'日时欲至，此诸菩萨当于何食'？于是维摩诘不起于座，居会众前，化作菩萨，而告之曰：'汝往上方界，分度四十二恒河沙佛土，有国名众香，佛号香积，与诸菩萨方共坐食。汝往到彼，如我辞曰，愿得世尊所食之余，当于娑婆世界（忍界，现实世界）施作佛事，令此乐小法者，得宏大道，亦使如来名声普闻。'时化菩萨即于会前升于上方，到众香界，礼彼佛足，又闻其言。于是香积如来以众香钵，盛满香饭，与化菩萨。化菩萨须臾之间，以满钵香饭与维摩诘。于是长者主月盖，从八万四千人，来入维摩诘舍。诸地神、虚空神及欲、色界诸天，闻此香气，亦皆来入维摩诘舍。有异声闻，念是饭少，而此大众，人人当食。化菩萨曰：'勿以声闻小德小智，称量如来无量福慧。四海有竭，此饭无尽。'于是钵饭悉饱会众。"生按：香积饭能使一切人饱食，是大乘佛教普度众生之意。

⑩〔赵注〕《瑜伽论》："诸佛圣教，声为上首。从师友所，闻此声教，展转修证，永出世间。小行小果，故名声闻。"生按：早期佛教，否定真我，未解法空，宣扬听闻佛之声教而得自我解脱的佛果。公元一二世纪时出现大乘佛教，主张色无自性，假有性空，自利利他，普度众生，将早期佛教称为小乘或声闻教，谓小乘佛教徒为禀赋很差的下根修行者。乘，运载之意，喻能运载众生到

彼岸佛土的教法。二句意谓，既已深悟大乘之妙谛，便当超脱声闻之小智。

⑪〔赵注〕《大般若经》："如是般若波罗蜜多，能灭一切常见、断见、有见、无见，乃至种种诸恶趣见。"《法苑珠林·成论》："以五阴相续生，故不断；念念灭，故不常。离此断、常，名为中道。于现报中，凡愚不观念念迁灭，则是常见；不观念念新生，则是断见。若于来报，六道不定，人非常人，迷此谓常，则是常见；若谓死后，更不受生，心识永谢，则是断见。"生按：见，见解。佛教认为，对事物的见解，执著于实有、常住的一面，是"有见"也是"常见"，执著于实无、断灭的一面，是"无见"也是"断见"，都是片面的"边见"，不是中道正见。

⑫〔赵注〕《维摩诘经》："是身如幻，从颠倒起；是身如梦，为虚妄见。"生按：《涅槃经》："诸行无常，是生灭法。"《楞伽经》："若知无所生，亦知无所灭。观世悉空寂，彼不堕有无。"《放光经》："知诸法如幻梦者，为识如来。"《金刚般若波罗蜜经》："一切有为法（由因缘和合而生成的事物现象），如梦、幻、泡、影。"《胜鬘宝窟》："领受在心曰受。"此谓由因缘和合或离散而表现出来的生或灭，睡眠中出现的梦境，魔术师制造的幻象，都是可以感受到的空无自性的东西。

⑬〔赵注〕《法华经》："唯佛与佛，乃能究竟诸法实相。"《涅槃经》："无相之相，名为实相。"生按：实相即佛性、法性、真如，是万物真实一如的本性、本质。由四大为主的因缘和合而成的万物，无自性，当体即空，则是现象。疾病由四大不调而生，或六境致惑激动四大而起，也是现象。现象是本质的表现，所以，生病即实相的表现。即：相即，不二、不离之义。

⑭《般若心经》："色即是空，空即是色。受想行识，亦复如是。"万物皆因缘和合而成，刹那生灭，虚幻不实，并无质的规定性和真实存在，故谓之空。但空非虚无，而是假有；假有的现象（幻有）：是存在的。因此，只趋向空，执著空，以为一切虚无，这种邪见，乃是"空病"，必定令人心思散乱狂逸。疾病在人的变化迁流过程中，也是存在的，只能随缘调治。

⑮《大乘义章》："法义不同，泛释有二：一，自体名法；二，轨则名法。此处指第一义，即包括物质现象与精神现象在内的一切事物。佛教认为，诸法皆空，凡所有相（形象、现象），皆是虚妄，并无真实有自性的东西存在，故无一法真。

⑯《梵网经》："一切众生，皆有佛性，是一切众生本源自性清净。"《大乘义章》："染污净心，故名为垢。"生按：众生是四大所造，因缘和合而成，其性清净，初无染著，故无一法垢。

⑰随宜：随其所宜，随缘任运。〔赵注〕抖擞：犹言振作。《释氏要鉴》："头陀，梵语杜多，汉言抖擞。谓三毒（贪、嗔、痴）如尘，能坌污真心，此人能振掉除去故。"

⑱"镉"，久本作"锅"。○镉即鬲，音栗，古之炊具。《尔雅·释器》："鼎，款足者谓之鬲。"郝懿行疏："款足，谓足中空也。"

⑲斋：佛教制度。僧人过午皆不许食，于早晨和中午进食，名为斋时。（中午名中食）。世人以素食为斋，是大乘佛教别义。乞食：僧人向施主求食。《法集经》："行乞食者，破一切骄慢。"《大乘义章》："专行乞食，所为有二：一者为自，省时修道；二者为他，福利世人。"《广释词》："应，犹定，料度副词。定应，复词。"〔赵注〕释氏法，每食后必以杨枝漱刷口齿。

⑳〔赵注〕《庄子·刻意》："其生若浮"。生按：《唯识论》："取是著义。"《大藏法数》："从二十岁后，贪欲转盛，于五尘境（色、声、香、味、触）四方驰求，是名为取。"本指成年人对欲望的执著，此指生活需求。

与胡居士皆病，寄此诗兼示学人二首 梵志体①

一兴微尘念②，横有朝露身③。如是睹阴界，何方置我人④？碍有固为主，趣空宁舍宾⑤。洗心讵悬解⑥，悟道正迷津⑦。固爱果生病，从贪始觉贫⑧。色声非彼妄⑨，浮幻即吾真⑩。四达竟何遣。万殊安再尘⑪。胡生但高枕，寂寞与谁邻？战胜不谋食⑫理齐甘负薪⑬，子若未始异⑭，讵论疏与亲！

①诗题之末，各本无"梵志体"三字，从述古堂本、元刊本，此三字疑是刘长翁评语。王梵志，黎阳（故治在今河南浚县东南）人。其生活年

代约在隋末唐初七八十年间。他中年归依佛教，为了更好地向劳动人民宣传佛教义理，有意识地以转译的通俗易懂的佛经偈颂形式作诗，说理劝善，讽喻人情世态，其诗体被后人称为'梵志体'。王梵志诗，令人张锡厚据敦煌文献及宋人诗话、笔记，编成《王梵志诗校辑》，录诗三百二十五首。○学人：求学的人，此指学佛之士。

②兴：生起。微尘念：身是微尘和成的观念。小乘佛教说，构成万物的最小元素为极微。极微分地、水、火、风四种，和合而成人与生物。一极微集合上下四方的极微成七极微，为微尘，天神才能看到。《楞严经》："父母所生之身，犹彼十方虚空之中，吹一微尘，若存若亡。"

③《后汉书·酷吏传》："重文横入。"李贤注："横，犹枉也。"〔赵注〕《汉书·苏武传》："人生如朝露。"颜师古注："朝露见日则晞，人命短促亦如之。"

④如是：如此。睹：观察。阴、界：五阴十八界。见前诗注⑥。〔赵注〕《璎珞经》："尽观世界，空无我、人。"《华严经》："此中无少物，但有假名字。若计有我、人，则为入险道。"生按：此身既是阴、界合成之假有，空无自性，则无处安置实体的自我和他人。

⑤《说文》："碍，止也。"碍有：止于有，执著有。〔赵注〕《后汉书·西域传》："清心释累之训，空有兼遣之宗。"李贤注："不执著为空，执著为有。兼遣谓不空不有，虚实两忘也。"生按：诸法皆空而空非虚无，空、有是一切事物的两边，当于相而离相，亦空亦有，非空非有。只执著有，有固为主，但有乃假有，不得为主。只趋向空，则有又是宾，而空非虚无，岂能舍有。

⑥洗心：洗涤尘心。讵：犹未。悬解：自然解况。〔赵注〕《庄子·养生主》："适来夫子时也，适去夫子顺也，安时而处顺，哀乐不能入也，古者谓是帝之悬解。"郭象注："以有系为愚，则无系者悬解矣。"释文："崔误云：以生为愚，以死为解。"生按：此谓只洗涤尘心，而不悟空有之理，不能达到自然解脱。

⑦迷津：迷妄的境界，又称迷界，指三界（欲界、色界、无色界）、六道（天道、人道、阿修罗道、畜生道、饿鬼道、地狱道）诸生死轮回过程。此谓不悟空有之理，则学佛正在迷津途中。

⑧〔赵注〕《维摩诘经》："从痴有爱，则我病生。"生按：《大乘义

章》：“贪染名爱。”从：由，因。

⑨《般若经》：“心性本净，客尘所染。”《大乘起信论》：“三界虚伪，唯心所作，离心则无六尘境界。”生按：佛教认为，色、声等六境，与眼、耳等六根相接能染污净心，故又名六尘。若妄心不起，六境与六根相接，也不会产生迷妄，故谓非彼色、声等六境为妄。

⑩〔赵注〕《西域记》：“人命危脆，世间浮幻。”生按：此谓事物虚幻不实，我、人也虚幻不实，才是真的。

⑪“万”，元刊本作“方”，误。○四达：又名四实。《止观》：“水、盐、器、马，一名四实。谓洗时奉水，食时奉盐，饮时奉器，游时奉马。”竟：终。《古书虚字集释》：“何犹无也。”遣：差遣，使用。万殊：万事万物。《大乘义章》：“能坌名尘，坌污心故。”此谓清心寡欲，则外界事物焉能染污净心。

⑫〔赵注〕《韩非子·喻老》：“子夏见曾子，曾子曰：何肥也？对曰：战胜，故肥也。曾子曰：何谓也？子夏曰：吾入见先王之义，则荣之；出见富贵之乐，又荣之。两者战于胸中，未知胜负，故臞。今先王之义胜，故肥。”生按：《论语·卫灵公》：“君子谋道不谋食。”食，指名位利禄。

⑬理：佛教语，即法性、佛性，指事物的本体、本性。众生皆有佛性，但被尘障染蔽，解除尘障，则本性不殊，等同一体，是谓理齐。《礼记·少仪》：“问士之子长幼，长，则曰能耕矣；幼，则曰能负薪、未能负薪。”郑玄注：“士禄薄，子以农事为业。”生按：佛教讲众生平等，唐代僧徒，降接受布施外，大都从事农耕。负薪，指过请贫生活。

⑭“子”，蜀刻本、全唐诗作“予”。○未始异：未尝分别彼此。《助字辨略》：“《庄子·齐物论》：‘有以为未始有物者。’未始，犹言未尝。”《说文》：“异，分也。”段玉裁注：“分之则有彼此之异。”

　　浮空徒漫漫，泛有定悠悠①。无乘及乘者，所谓智人舟②。讵舍贫病域，不疲生死流③。无烦君喻马④，任以我为牛⑤。植福祠迦叶，求仁笑孔丘⑥。何津不鼓棹，何路不摧辀⑦！念此闻思者，胡为多阻修⑧？空虚花聚散⑨，烦恼树稀稠⑩。灭想成无记⑪，生心坐有求⑫。降吴复归蜀⑬，不到莫相尤⑭。

①《说文》：'浮，泛也。"佛教认为，一切事物都具空、有二相。事物皆因缘和合而成，无自性，非真实存在，乃是性空；事物是空，但不是无，乃是幻存的假有。偏执空，则空为虚无，偏执有，则有为实有。故此诗谓浮于虚无徒然漫无边际，泛于实有必定邈无着落，都不能达到彼岸佛地。

②〔赵注〕《楞伽经》："诸天及梵乘，声闻缘觉乘，诸佛如来乘，我说此诸乘。乃至有心转，诸乘非究竟。若彼心灭尽，无乘及乘者，无有乘建立，我说为一乘。引导众生故，分别说诸乘。"生按：《大乘起信论义疏》："乘，运载为义。"乘即教法（教义与方法），谓遵循教法修行，犹如乘船筏而至彼岸佛地。佛教教法，一般讲三乘：一声闻乘，修四谛之教法成阿罗汉；二缘觉乘，修十二因缘之教法成辟支佛；三菩萨乘，修六度之教法成佛。《楞伽经》也讲三乘，因强调万物是自心所见的虚妄分别之相，说离弃名言，灭尽妄心，是成佛的最好教法，称之为"无乘及乘者"的"绝想一乘"。智人舟；智慧者之乘。智慧，指断除迷妄、觉悟真如的识力。《大乘义章》："照见名智，解了称慧，通则义齐。"二句谓：灭尽妄心，则既无乘也无乘者，此一乘教法乃是智慧者获得解脱的途径。

③讵：犹不。舍：离弃。不弃贫病，谓清净无欲，安于贫病。〔赵注〕《涅槃经》："善断有顶种，永度生死流。"生按：事物时刻处于生灭变化的过程中，故称生死流。疲：厌倦。不厌生死，谓安时处顺，解脱生死。

④〔赵注〕《涅槃经》："譬如大王有三种马，一者调（驯顺）壮大力；二者不调，齿壮大力；三者不调，羸老无力。王若乘者，当先乘调壮大力，次乘第二，后及第三。调壮大力喻菩萨僧（修菩萨乘者），其第二者喻声闻僧（修声闻乘者），其第三者喻一阐提（断一切善根不能有成佛者）。"生按：小乘佛教说一阐提不能成佛，大乘佛教说众生平等，都有佛性，皆能修行成佛。故谓无须烦君以马为喻教我如何修行。

⑤〔赵注〕《庄子·天道》："子呼我牛也，而谓之牛；呼我马也，而谓之马。"

⑥植：种。祠：立祠祭拜。〔赵注〕《法苑珠林》："第四拘楼秦佛，第五拘那含牟尼佛，第六迦叶佛，此三佛同姓迦叶。又释迦牟尼之大弟子亦名迦叶。"僧肇《维摩诘经》注："迦叶以贫人，昔不植福，故生贫里。"生按：佛弟子中姓迦叶者五人。大弟子摩诃迦叶出身大富，能舍大财。十

力迦叶为释迦牟尼堂弟。其他三迦叶即第四、五、六佛，是弟兄，或系僧肇所云贫人。《论语·述而》："子贡问孔子曰：伯夷、叔齐，何人也？曰：古之贤人也。曰：怨乎？曰：求仁而得仁，又何怨！"《庄子·渔父》："客曰：'孔氏者何治也？'子贡对曰：'孔氏者，性服忠信，身行仁义，饰礼乐，选人伦，上以忠于世主，下以化子齐民，将以利天下，此孔氏之所治也。'客乃笑而还。"二句谓：佛、儒之教不同，但无须妄生分别。

⑦津：河流。鼓枻：行船时叩桨为节以鼓舞水手。《晋书·陶偶传》："鼓枻渡江"。辀：车辕。摧辀：折辕覆车。枻、辕喻佛乘教法。谓修行者精进修持，或亦中途受挫。

⑧〔赵注〕《佛遗教经》："是故汝等，当以闻、思、修慧，而自增益。"学人修习禅观，有闻、思、修三法，谓闻法、思维、修习，能生智慧。生按：闻思者，念佛修行者。胡为，为何。阻修，路途既阻隔又遥远。张载《拟四愁诗》："我所思今在营州，欲往从之路阻修。"此谓佛教各宗派的义理和修行方法多歧异，学佛者不易走上正道证成佛果。

⑨〔赵注〕《楞伽经》："观一切有为（指由因缘和合而生成的事物现象），犹如虚空花。"《仁王经》："世谛（指世俗对事物的认识）幻化起，譬如虚空花。"

⑩〔赵注〕《涅槃经》："是经即是刚利智斧，能伐一切烦恼大树。"生按：《唯识述记》："烦是扰义，恼是乱义，扰乱有情（有情识的众生），故名烦恼。"佛教以贪、嗔、痴、慢、疑、恶见，为六大根本烦恼。随根本烦恼而生的种种烦恼，为随烦恼。烦恼多至八万四千众，故以树喻乏。

⑪"想"，纬本、全唐诗作"相"。○《俱舍论》："能坏名灭。""想，谓于境取差别相。""无记者，不可记为善、不善性、故名无记（非善非恶）。有说，不能记异熟果（于今世有益，来世无益的乐果，于今世无益、来世有益的苦果），故名无记。"生按：灭想，断灭思想活动。记，标记、烙印，引申为分别、判断。泯除是非善恶之别，获得非善非恶之识，需要觉悟。止息思想活动，定慧双修，有助于悟入。而断灭思想活动，是住于诸法寂灭之相的弃智之病，不是大乘正道。或从纬本"灭相"，释为不思善，不思恶，一任自然。

⑫生心：心生妄念。坐：因，由于。《金刚般若波罗密经》："不应住色生心，不应住声香味触法生心。"或释为修道决不能起心着意寻求解脱，

起心有修，即是妄心，不可得解脱。

⑬〔赵注〕《三国志·蜀书·黄权传》载，刘备伐吴败，权不得还，乃降于魏，曰："臣过受刘主殊遇，降吴不可，还蜀无路，是以归命。"右丞借用其字，承上而言，以喻灭想、生心，皆非入道之径耳。生按：《广释词》："复，犹与。"

⑭不到：不到彼岸佛地，谓不能证得涅槃。尤：责怪，怨咎。《论语·宪问》："不尤人。"

评　笺

焦竑《笔乘》："子瞻云：'子美诗：王侯与蝼蚁，同尽归丘墟。愿闻第一义，回向心地初。知其文字外别有事在。'然子美亦偶及此耳，要非本色，必也，其摩诘乎！观《与魏居士书》、胡居士三诗，可谓绝妙。如'即病即实相，趋空定狂走。无有一法真。无有一法垢。'又'因爱果生病，从贪始觉贫。'又'何津不鼓棹，何路不摧辀！'非其见地超然，安能凿空道此。"

钱锺钟书《谈艺录》："归愚（沈德潜）谓摩诘'不用禅语'，未确。如寄胡居士、《谒操禅师》、《游方丈寺》诸诗，皆无当风雅。《愚公谷》三首更落魔道，几类皎然矣。"

胡遂说："这两首诗集中体现了王维对于世间事物的认识与态度，由于它涉及许多佛学理论，且以抽象说教的形式出现，缺少诗歌应有的形象与韵味，因此过去常被人们看成是王维诗中的败笔而置之不理。其实，要研究王维的思想状况和人生哲学，了解王维的佛学理论修养及其对文学的影响，对于这些诗是不应该回避的。""佛教对众生如何正确认识诸法空虚无常的实相，向来十分重视。小乘禅观强调以不净观、因缘观看待世间事物，从而起厌弃心，彻底回避世事，一心苦修，争取获得解脱。禅宗尤其是南宗不主张这种彻底'离相'的态度，倡扬'于相而离相'的禅法，即主体对于事物既不能采取回避态度，也不能拘泥于事物的相状，从而产生种种分别计较心，生起贪、嗔、痴欲念。在这两首诗中，对'于相而离相，这一禅法，王维是领会得很深的。"（《中国佛学与文学》）

陈铁民说："许多佛徒，'口虽言空，行在其中'，嘴里说'去欲'内心却有无穷的欲望；但王维在这一方面，应当说还是较真诚的。"（《王维新论》）

生按：王维学佛有得，故能在山水田园诗域开辟出崭新境界。

秋夜独坐怀内弟崔兴宗①

夜静群动息②，螅蛄声悠悠③。庭槐北风响，日夕方高秋④。思子整羽翰，及时当云浮⑤。吾生将白首，岁晏思沧洲⑥。高足在旦暮⑦，肯为南亩俦⑧？

此诗约作于天宝四载秋。

①《义礼·丧服》："舅之子"。郑玄注："内兄弟也。"王维母崔姓，兴宗是其内弟，今称表弟。见《青雀歌》同咏注。

②群动：各种动物。陶潜《饮酒》："日入群动息，归鸟趋林鸣。"

③《庄子·逍遥游》："螅蛄不知春秋。"释文："司马彪云：'螅蛄，寒蝉也，一名蜻蛚，春生夏死，夏生秋死。'案即《楚辞》所云寒螿者也。"声悠悠：声音曼长悽清。

④日夕：日夜。王粲《从军诗》："日夕凉风发，翩翩漂吾舟。"方：正当。高秋：深秋。何逊《赠族人秣陵只弟》："萧索高秋暮。"

⑤"翰"，元刊本、赵本作"翾"，从蜀刻本、述古堂本、纬本等。○翰：鸟羽。左思《吴都赋》："理翮振翰，容与自玩。"此以鸟之整翼待飞，喻人之准备仕进。云浮：翱翔空中。

⑥屈原《九歌·山鬼》："岁既晏兮孰华予。"王逸注："晏，晚也，年岁晚暮。"〔陈注〕这里兼指人的暮年。生按：沧通苍。谢朓《之宣城出新林浦向板桥诗》："既谨怀禄情，复协沧洲趣。"吕延济注："沧洲，隐者所居。"

⑦《古诗十九首》："何不策高足，先据要路津。"高足，本指良马，此谓登上显要官位。〔陈注〕旦暮，早晚之间，谓短时间内。

⑧肯：疑词。《诗·豳风·七月》："馌彼南亩。"古代田土，多随地势水势向南开辟，因向阳利于作物生长。后世泛称田亩为南亩。俦：音仇，

伴侣。问崔肯与已归田隐居否？

赠裴十迪①

　　风景日夕佳，与君赋新诗②。澹然望远空③，如意方支颐④。春风动百草，兰蕙生我篱⑤。暖暖日暖闺⑥，田家来致词："欣欣春还皋⑦，澹澹水生陂⑧。桃李虽未开，夷萼满真枝⑨。请君理还策⑩，敢告将农时。"⑩

　　此诗约作于天宝十载春。

　　①裴十迪即裴迪，十，是他在兄弟辈中（包括伯叔之子）的大排行。唐人诗文喜用大排行称呼朋友。见《青雀歌》同咏注。

　　②日夕：傍晚。陶潜《饮酒诗》："山气日夕佳，飞鸟相与还。"又《移居诗》："春秋多佳日，登高赋新诗。"

　　③《位子·逍遥游》郭象注："遗身而自得，虽澹然而不待坐忘行忘。"《释文》："澹然，恬静也。"

　　④〔赵注〕《释氏要览》："竟名阿那律，秦言如意。《指归》云：'如意，古之爪杖也，或骨、角、竹、木，刻作手指爪，柄可长三尽许，或脊有痒，手所不到，用以搔爪，如人之意，故曰如意。'通梵、通慧大师皆云：'如意之制，盖心之表也，故菩萨皆执之，状如云叶，又如此方篆书心字。今讲僧尚执之，多私记节文祝词于栖，备于忽忘，要时手执目对，如人之意，故名如意。'因斯而论，则有二如意，盖名同而用异焉。"生按：支颐，托着面颊。

　　⑤《古诗十九首》："东风摇百草。"罗愿《尔雅翼》："一干一华而香有余者兰，一千五六华而香不足者蕙。今野人谓兰为幽兰，蕙为蕙兰。"

　　⑥"日暖闺"，英华作"闺日暖。"○正俭《褚渊碑文》："暖有余辉"。李善注："暖，温貌。"《庄子》："曰：暖然似春。"闺：小门，此处借指贫家。《左传·襄公十年》："荜门闺窦之人。"杜预注："荜门，柴门；

闺窦，小户，穿壁为户，上锐下方如圭也。言微贱之家。"或释为内室，此处泛指房舍。存参。

⑦欣欣：喜悦貌。皋：泛指原野。《说文通训定声》："皋，泽边地也。白者，日未出时初生微光也，圹野得日光最早，故从白。"

⑧张衡《东京赋》："绿水澹澹。"〔陈注〕澹澹，水荡漾貌；一作平满貌。生按：陂，池。《说文》段玉裁注："陂得训池者，陂言其外之障，池言其中所蓄之水。故'叔度汪汪若千顷陂'，即谓千顷池也。"

⑨"萼"，英华作"英"。"其枝"，蜀刻本、纬本、凌本、活字本、全唐诗作"芳枝"。○荑：通稊，音提。〔陈注〕荑，草木的芽。萼，蓓蕾外部藉以保护花瓣的鳞片，数片轮生，一般呈绿色。此指蓓蕾。

⑩〔赵注〕策，杖也。《南史·褚伯玉传》："望其还策之日，暂纡清尘。"生按：理，准备；还策，拄杖而回。

⑪敢：谦词。敢告：让我告诉您。农时：农耕之时。《孟子·梁惠王》："不违农时，谷不可胜食也。"此指夸耕。

评　笺

何良俊《四友斋丛说》："王右丞五言有绝佳者，如《赠裴十迪》，格调既高，而寄兴复远，即古人诗中亦不能多见者。"

张谦宜《茧斋诗谈》："汁清味厚，此加料鲤血汤也。"

王闿运《唐诗选》："自然成文"。

顾可久按："流彩中复冲古，景与兴会。"

葛晓音说："表观春回田园、风和景媚的情味，欣欣生意，溢于笔端。从中也不难窥见诗人有意将汉魏古诗浑朴的格调、清婉的韵味，与齐梁一景百媚的境界揉为一体的尝试。"（《山水田园诗派研究》）

邓安生说："诗的写法学陶渊明体，用平淡自然的风格，表现初春田园风光的优美和自己的闲适情趣。首二句即从陶诗脱化而来。写田家致词，也是概括《归去来辞》的'农夫告余以春及，将有事于西畴'语意。澹然'二句，就活画出了他那种观赏融融春景时悠然自得、物我两忘的神态。"（《王维诗选译》）

萧弛说："'澹然望远空，如意方支颐'。王维诗而禅，他在美丽的自然面前，常常只是无言地微笑着。这无言的悟境之中，蕴含禅家的'触目而真'，庄周的'道无不在'。作为诗人，他能持有一种既不舍弃感性客体，又能超脱以精神的审美态度。"（《中国诗歌美学》）

赠 吴 官[①]

长安客舍热如煮[②]。无个茗糜难御暑[③]。空摇白团其谛苦[④]，欲向缥囊还归旅[⑤]。江乡鲭鲊不寄来[⑥]，秦人汤饼那堪许[⑦]。不如侬家任挑达[⑧]，草屦捞虾富春渚[⑨]。

①官：对青年男子的尊称。沈涛《铜熨斗斋随笔·官》："梁武陵王纪、河东王誉皆呼元帝为七官，纪为元帝弟，誉为元帝侄，乃尊之之词。"骆宾王《秋日饯尹大往京诗序》："尹大官三冬业畅，薛六郎四海情深。"郎、官对举，其义相同。

②〔赵注〕《释名·释天》："暑，煮也，热如煮物也。"

③"个"，全唐诗、赵本一作"过"。○《集韵》："茗，茶晚采者。"《尔雅·释名》："粥，糜也。"邢昺疏："稠者曰糜。"〔赵注〕傅咸《司隶教》："闻南市有蜀妪作茶粥卖之，廉事打破其器具，使无为。"储光羲有《吃茗粥诗》。

④〔赵注〕《晋书·王导传》："王珉好捉白团扇。"吴均《和萧洗马子显古意六首》："氍氀愚青凤，遥迤摇白团。"生按：谛：佛教语，圣者所知的真实不虚之理。《涅槃经》："何谓苦谛？有八苦，故名曰苦谛。八相为苦，所谓生苦、老苦、病苦、死苦、爱别离苦、怨憎会苦、求不得苦、五蕴盛苦。"

⑤《语辞例释》："向，犹与。"〔赵注〕《文选序》："词人才子、则名溢于缥囊。"吕向注："缥，青白色；囊，有底袋也，用以盛书。"生按：《尔雅·释宫》："路、旅，途也。"旅，古音鲁。

⑥鲭：音青，鱼名。鲊：音乍。《释名·释饮食》："鲊，菹也。以盐

米酿鱼以为菹，熟而食之也。"此指腌鲭鱼、糟鲭鱼之类。〔赵注〕《南齐书·虞悰传》："乃献醒酒鲭鲊一方而已。"

⑦汤饼：汤煮的面食。黄朝英《缃素杂记》："凡以面为食具者，皆谓之饼，故火烧而食者呼为烧饼，水瀹而食者呼为汤饼，笼蒸而食者呼为蒸饼。"〔赵注〕《荆楚岁时记》："六月伏日，并作汤饼，名为辟恶。"生按：《诗·大雅·下武》："昭兹来许。"毛苌传："许，进也。"马瑞辰《毛诗传笺通释》："《续汉书·祭祀志》引作'昭哉来御'。《广雅》许、御并训进。"此谓那能在暑天进用汤饼。许，读古音虎。

⑧"侬"，蜀刻本作"农"。○《广韵》："侬，我也。吴人自称曰侬。"《诗·郑风·子衿》："挑兮达兮，在城阙兮。"陈奂疏："挑达，往来貌，乍往乍来之意。"

⑨"捞"，蜀刻本、述古堂本、元刊本、久本、活字本作"𦫌"，误。○〔赵注〕《梁书·何点传》："或驾柴车，蹑草屩。"生按：屩音决。《广韵》："草履也。"富春：今浙江富阳县。浙江流经桐庐、富阳县境的一段，称富春江。渚：音煮，江中小洲。〔赵注〕任昉《赠郭桐庐出溪口见候》："朝发富春渚，蓄意忍相思。"吕延济注："富春渚在钱塘江上。"

寄荆州张丞相①

　　所思竟何在②？怅望深荆门③。举世无相识④，终身思旧恩⑤。方将与农圃⑥，艺植老邱园⑦。目尽南飞鸟，何由寄一言⑧！

此诗约作于开元二十六年秋。

①《旧唐书·张九龄传》："张九龄字子寿，曲江人。开元二十一年十二月，起复拜中书侍郎、同中书门下平章事。明年，迁中书令，兼修国史。二十三年，加金紫光禄大夫，累封始兴县伯。李林甫自无学术，以九龄文行为上所知，心颇忌之。乃引牛仙客知政事，九龄屡言不可，帝不悦。二十四年，迁尚书右丞相，参知政事。初，九龄为相，荐长安尉周子谅为监

察御史。至是（二十五年四月），子谅以妄陈休咎，上亲加诘问，令于朝堂决杀之。九龄坐引非其人，左迁荆州大都督府长史。"按：荆州故治在今湖北江陵县。唐制，亲王任大都督者，例由长史知府事。

②〔赵注〕沈约《临高台》："所思竟何在？洛阳南陌头。"刘孝绰《櫂歌行》："所思竟何在？相望徒盈盈。"首联全学其句。

③《玉篇》："深，远也。"〔赵注〕盛宏之《荆州记》："郡西泝江六十里，南岸有山，名曰荆门；北岸有山，名曰虎牙。二山相对，楚之西塞也。虎牙石壁红色，间有白文如牙齿状。荆门上合下开，开达山南有门形，故因以为名。"然唐人多呼荆州为荆门，不仅指荆门一山。生按：山在湖北宜都西北长江南岸。

④《说文》："识，知也。"

⑤《旧唐·书·王维传》："张九龄执政，擢右拾遗。"

⑥农圃：粮农，菜农。《论语·子路》："樊迟请学稼，子曰：吾不如老农。请学为圃，曰：吾不如老圃。"集解："马融曰：树五谷曰稼，树菜蔬曰圃。

⑦《说文》："艺，种也。"老：终老。邱：同丘，古代区划田地的单位。《汉书·刑法志》："地方一里为井，丘，十六井也。"引申为田。《易·贲》："六五，贲于丘园。"王弼注："失位无应，隐处丘园。"后以丘园指隐居之处。

⑧"飞鸟"，蜀刻本作"无鸟"，纬本、凌本作"无雁"，全唐诗作"飞雁"。"无"是"飞"之误。〇《语词汇释》："目尽，犹云目断、目极，均与望断同义。"南飞鸟：指雁，雁秋季南飞。《汉书·苏武传》："匈奴诡言武死。后汉使复至匈奴，常惠教使者谓单于，言天子射上林中，得雁，足有系帛书，言武等在某泽中。"后人用苏武事，谓雁能替人传书带信。何由：无从，怎能。按：此诗押"元"韵，依唐音叶韵，则"园"、"言"可读"云"、"银"音。这一点今人多不讲究，是可以的。

评 笺

黄培芳《唐贤三昧集笺注》："顾云：情深质直，写情冲淡。"

唐汝询《汇编唐诗十集》："八语一直说下，使人读不断。"

《唐诗归》："钟云：（怅望句下）悠然，渊然〇（终身句下）悲甚，厚甚，非过时人不知。（方将二句下）此二句不说思归，其意更深。（末句下）质朴，深致。"

屈复《唐诗成法》："本为浮沉宦海，令将决计归田，回思旧恩举世无二，文义极顺，然不成作法矣。今先写丞相，接写感恩，决计归田反写在五、六，文势意味方陡健深厚。"

冬晚对雪忆胡居士家①

寒更传晓箭②，清镜览衰颜③，隔牖风惊竹④，开门雪满山⑤，洒空深巷静，积素广庭闲⑥。借问袁安舍⑦，翛然尚闭关⑧。

①"居"全唐诗一作"处"。"家"，述古堂本、元刊本作"水"，误。此诗一作王劭诗，非。〔陈注〕按：据司空曙《过胡居士睹王右丞遗文》："闭门惟有雪，看竹永无人"句，知曙所见即是此诗。"闭门"二句实承王诗"隔牖"二句而来。曙诗题中谓是"王右丞遗文"，实据胡居士所云。故可肯定此诗为王维所作。〇居士：在家修行的佛教徒。见《胡居士卧病遗米因赠》注①。

②"箭"，蜀刻本、述古堂本、元刊本作"碧"。"传晓箭"，全唐诗一作"催喝晓"。〇更：古代夜间计时单位。一更一个时辰，相当于两小时。报更用鼓声，称为更鼓。《颜氏家训·书证》："汉魏以来，谓为甲夜、乙夜、丙夜、丁夜、戊夜；又云鼓，一鼓、二鼓、三鼓、西鼓、五鼓；亦云一更、二更、三更、四更、五更，皆以五为节。所以尔者，假令正月建寅，斗柄夕则指寅，晓则指午矣，自寅至午，凡历五辰。更，历也，经也。故曰五更。"传：传报。箭：立于漏壶中刻有度数的计时标杆。传晓箭，谓报晓。见《奉和圣制十五夜燃灯继以酺宴应制》注③。〔陈注〕谓带有寒意的更鼓声在报晓了。

③"览"，全唐诗一作"减"。〇清镜：明镜。谢朓《冬绪羁怀诗》：

"寒灯耿宵梦，清镜悲晓发。"〔马注〕二句谓寒更报晓时，对镜自伤岁月蹉跎。

④牖：音有，墙上的窗。见《老将行》注⑰。

⑤"门"，全唐诗一作"帘"。

⑥洒空：指下雪。《世说新语·言语》："谢太傅（安）寒雪日内集，与儿女讲论文义。俄而雪骤，公欣然曰：'白雪纷纷何所似'？兄子胡儿（谢朗）曰：'撒盐空中差可拟'。"〔张注〕积素：堆积的雪。素，白色，这里指雪。生按：素，本义为白色生绢。庭，阶前院落。

⑦〔赵注〕《汝南先贤传》："时大雪积地丈余，洛阳令自出按行，见人家皆除雪出，有乞食者。至袁安门，无有行路，谓安已死。令人除雪入户，见安僵卧。问何以不出？安曰：'大雪人皆饿，不宜干人'。令以为贤，举为孝廉。"

⑧翛：音肖。翛然：自然旷达无所牵挂貌。《庄子·大宗师》："古之真人，不知悦生，不知恶死，其出不欣，其入不拒，翛然而往，翛然而来而已矣。"关：门闩，借指门。江淹《恨赋》："闭关却扫，塞门不仕。"〔陈注〕用袁安卧雪典故作结，不仅很切贴，且能表达作者对他的深切关怀。

评 笺

曾季狸《艇斋诗话》："东湖（徐俯）言，王维雪诗不可学，平生喜此诗。其诗云：'寒更传晓箭，清镜减衰颜。云云'。又言柳子厚雪诗，四句说尽。

王士禛《居易录》："或问余古人雪诗何句最佳？余曰：莫瑜羊孚《赞》云：'资清以化，乘气以霏；值象能鲜，即洁成辉。'陶渊明诗云：'倾耳无希声。在目皓已洁。'王摩诘云：'隔牖风惊竹，开门雪满山。'祖咏云：'林表明霁色，城中增暮寒。'韦苏州云：'怪来诗思清入骨，门对寒流雪满山。'此为上乘。若温庭筠'白马夜频惊，三更灞陵雪。'亦奇作也。"

沈德潜《唐诗别裁集》："写对雪意，不削而合，不绘而工。忆胡居士，只末一见。"

张文荪《唐贤清雅集》："写得清朗照人，末收到居士家，气浑而语切。"

洪亮吉《北江诗话》："古今咏雪诗，高超者多，咏正面者殊少。王右丞'洒空深巷静，积素广庭闲'，可云咏正面矣。"

屈复《唐诗成法》："五六写雪不着迹象，妙句。"

潘德与《养一斋诗话》："诗之妙全以先天神运，不在后天迹象。如王摩诘'隔牖风惊竹，开门雪满山'咏雪之妙，全在上句'隔牖'五字，不言雪而全是雪之神，不至'开门'句矣。大抵能诗者无不知此妙，低手遇题，乃写实迹，故极求清脱，而终欠浑成。"

宋宗元《网师园唐诗笺》："（隔牖句下）不假追琢，自然名贵。"

张谦宜《𬘡斋诗谈》："'隔牖风惊竹，开门雪满山'。得蓦见之神，却又不费造作。"

朱庭珍《筱园诗话》："咏雪诗最难出色。古人非不刻画；而超脱大雅，绝不黏滞。后人著力求之，转失妙谛。如渊明句云：'倾耳无希声，在目皓已洁'，寥寥十字，写尽雪之声色，后人千言万语，莫能出其右矣。右丞'洒空深巷静，积素广庭闲'，工部'烛斜初近见，舟重竟无闻'，一写城市晓雪，一写江湖夜雪，亦工传神。龙标'空山多雨雪，独立君始悟'，意境虽佳，非专咏雪也。祖咏'终南阴岭秀'一绝，阮亭最所心赏，然不免气味凡近。柳子厚'千山鸟飞绝'一绝，笔意生峭，远胜祖咏之平。此外无可取者。"

黄培芳《唐贤三昧集笺注》："雪诗如此，甚大雅，恰好，开后人咏物之门。"

王寿昌《小清华园诗谈》："宜以诗生韵，不宜以韵生诗。意到其间自然成韵者，上也。如右丞'五湖三亩宅，万里一归人'；'隔牖风惊竹，开门雪满山'之类是也。"

老舍说："王维的'隔牖风惊竹，开门雪满山'！这没有任何形容，就那么直接说出来了。没有形容雪，可使我们看到了雪的全景。韩愈写雪的诗："随车翻缟带，逐马散银杯。"这是很用心写的，用心形容的，但是不好。王维是一语把整个的自然景象都写出来，成为名句。而韩愈的这一联，只是琐碎的刻画，没有多少诗意。"（《关于文学的语言问题》）

陶文鹏说："王维善于将声音与画面和谐地配合，构成有声有色的胜境。如'隔牖风惊竹，开门雪满山'；'细枝风响乱，疏影月光寒'（《沈十四拾遗新竹生读经处》）；'松含风里声，花对池中影'（《林园即事寄舍弟

统》）。巧妙地寓声于景和藏声于象，诱使读者发挥想像力，从景物的形象和色彩中'听'出声音来。"（《唐代文学史》）

余冠英说："（'隔牖'二句）看似客观景物的如实素描，却又撷取了这些景物最为动人的刹那而加以刻画，以含蓄的风格创造了感人的美的境界。"（《中国文学史》）

刘学锴说："颔联从听、视感受的流动过程中，写出自己由'闻'而未知到'对'而方知的感觉推移，却别具一种神韵。诗人好像在没有思想感情准备的情况下突然发现了一个银装素裹的美好世界，胸中霎时间充满了新鲜愉悦和神往之感。在全篇中，这是一个转关。"（《王维孟浩然诗歌名篇欣赏》）

赵昌平说："中二联是千古传诵的咏雪名句，其妙处不仅在笔意超脱，不粘滞于物象描写，还在于惊、满、静、闲等词，显示了作者思绪的发展变化。尾联怀人之情，就是从这里酝酿出来的。"（《唐诗选》）

王树海说："（积素二句）从容、闲适，似乎未着些微'人力'，'诗心'与自然如此和谐地融为一体，由洒空的落雪所呈示的静，益发衬托出深巷之深，这种纵深感一直绵延至诗人视野以远，仿佛连接着宇宙的'内心'；而积素所展现的闲，则使广庭愈广，于是，人们觉得愈闲愈广，愈广愈闲。这是诗人的内心状态，也正与外部宇宙的深邃、闲静相符契。王维这种与自然宇审'通连'、融合状态，使其诗境之扩大，可尽想象之极。"（《禅魄诗魂》）

辋川闲居赠裴秀才迪[①]

寒山转苍翠[②]，秋水日潺湲[③]。倚杖紫门外，临风听暮蝉[④]。渡头馀落日，墟里上孤烟[⑤]。复值接舆醉[⑥]，狂歌五柳前[⑦]。

①〔赵注〕李肇《国史补》："王维好释氏，故字摩诘。立性高致。得宋之问辋川别业，山水绝胜，今清源寺是也。"生按：《读史方舆纪要》：

"辋谷水在蓝田县南八里。谷口乃骊山、蓝田山相接处，山峡险隘，凿石为途，约三里许。商岭水自蓝桥伏流至此，有千水洞、细水洞、锡水洞诸水会焉，如车辋环辏，自南而北圆转二十里。过此则豁然开朗，林野相望。其川又西北注入灞水，亦谓之辋川。"《陕西通志》："辋川在蓝田县南峣山之口，去县八里。川口为两山之峡，随山凿石，计五里许，路甚险狭。过此豁然开朗，村墅相望，蔚然桑麻肥饶之地，四顾山峦掩映，似若无路。环转而南，凡十三区，其美愈奇，王摩诘别业在焉，有孟城坳等二十景。"辋水主流呈"S"形犹如轮图，两岸有无数细流如轮辐，故名。秀才：唐初科举，有秀才科，高宗永徽二年停，其后凡举子皆通称秀才。裴迪：王维好友。见卷一《青雀歌》同咏注。

②"转"，久本作"积"。○寒山：秋山。转：变为。苍翠：深绿色。谢朓《冬日晚郡事隙》："苍翠望寒山，峥嵘瞰平陆。"

③潺湲：音缠元。水流徐缓貌。谢灵运《七星濑》："石浅水潺湲。"李善注："《楚辞》曰：观流水兮潺湲。《杂字》曰：潺湲，水流貌。"

④倚杖：拄着手杖。鲍照《代东武吟》："倚杖牧鸡豚。"临风：当风，而对着风。屈原《九歌·少司命》："临风怳兮浩歌。"〔马注〕暮蝉：指寒蝉，蝉的一种，据说可以叫到深秋。

⑤〔余注〕墟里：村落。孤烟：炊烟。〔赵注〕陶潜《归田园居》："暧暧远人村，依依墟里烟。〔马注〕二句与"大漠孤烟直，长河落日圆"构图形式相类，而格调迥异，可见王维写景之善于变化。

⑥《说文》："值，逢遇也。"《高士传》："陆通字接舆，楚人也。好养性，躬耕以为食。楚昭王时，通见楚政无常，仍佯狂不仕，故时人谓之楚狂。"按：此以迪比接舆。

⑦陶潜隐居，自称五柳先生。见《老将行》注⑮。王维自比陶潜，其宅前亦有柳，《孟城坳》云："新家孟城口，古木余衰柳。"

评 笺

《王摩诘诗评》："刘云：类以无情之景述无情之意，复非作者所有。"
周珽《唐诗选脉会通评林》："周珽曰：淡宕闲适，绝类渊明。"
胡应麟《诗薮》："'寒山转苍翠'，幽闲古澹，俋、孟同声者也。"

许学夷《诗源辩体》："摩诘五言律，如'寒山转苍翠'，闲远自在者也。"

王夫之《唐诗评选》："通首都有赠意，在言句文身之外，不可徒以结用两古人为赠也。楚狂、陶令，俱凑手偶然，非著意处。〇以高洁写清幽，故胜。〇日字重用。"

《唐诗归》："钟云：（首句下）转字妙，于寒山有情。（墟里句下）上字好。"

施补华《岘佣说诗》："写景须曲肖此景。'渡头余落日，墟里上孤烟'，确是晚村光景。'两迤山木合，终日子规啼'，确是深山光景。'黄云断春色，画角起边愁'，确是穷边光景。'山光悦鸟性，潭影空人心'，确是古寺光景。'野径云俱黑，江船火独明'，确是暮江光景。可以类推。"

又："五言律有中二语不对者，如'倚杖柴门外，临风听暮蝉'是也；有全首不对者，如'挂席几千里'、'牛渚西江夜'是也。须一气挥洒，妙极自然。初学人当讲究对仗，不能臻此化境。"生按：徐师曾《文体明辨》："凡起联相对而次联不对者，谓之偷春体，言如梅花偷春色而先开也。"

黄叔灿《唐诗笺注》："倚杖二句流水对，说景色闲妙。"

余成教《石园诗话》："王右丞佳句，如'渡头余落日，墟里上孤烟'，语语天成。"

陆时雍《唐诗镜》："三四意态犹夷。五六佳在布景，不在属词。彼时倚檐前树，远看原上村'，语似逊此。

黄生《唐诗矩》："虚实相间格。一二五六用实，三四七八用虚，相间成篇。"

黄培芳《唐贤兰畹集笺注》："对起，上句尤妙，此从陶出。'渡头余落日，墟里上孤烟'，景色可想。〇顾云：一时情景，真率古淡。"

乔亿《剑溪说诗》："《辋川闲居》二首，并体认'闲'字极细，句句与幽居迥别。此首结处，合两事熔成一篇以赠裴，妙有'闲'字余情。

卢麰《闻鹤轩初盛唐近体读本》："此篇声格淡逸清高，自然绝俗。〇三、四绝不作意，品高气逸，与'采菊东篱下，悠然见南山'正同一格。"

张文荪《唐贤清雅集》："神韵止可意会，才拟议便非。"

曹雪芹《红楼梦》四十八回："这'余'字和'上'字，难为他怎么想来！我们那年上京来，那日下晚便挽住船，岸上又没有人，只有几棵树，远远的几家人家作晚饭，那个烟竟是碧青，连云直上。谁知我昨儿晚上读了这两句，倒像我又到那个地方去了。"

高步瀛《唐宋诗举要》："自然流转，而气象又极阔大。"

朱光潜说："'渡头余落日，墟里上孤烟'，为超物之境。超物之境是诗人在冷静中所回味出来的妙境。"（《诗论》）"超物之境隐而深，作者不言情而情自见。"（《我与文学及其它》）

又："中国诗人受佛教影响最深而成就最大的要推谢灵运、王维和苏轼三人。他们的诗专说佛理的极少，但处处都流露一种禅趣。禅趣是和尚们静坐山寺参悟佛理的趣味。禅趣中最大的成分便是静中所得力于自然的妙悟，中国诗人所最得于佛教者就在此一点。王维的'兴阑啼鸟换，坐久落花多'，'倚杖柴门外，临风听暮蝉'诸句的境界，都是我所谓禅趣。"（《诗论》）

陈铁民说："用诗中有画、景中有我来概括王维诗歌写景艺术的主要特点和成就，是比较合适的。此诗展现了闲居田园、优游自在的'高人王右丞'的自我形象。""王维在其诗中，十分注意语言尤其是表动态字的提炼。一个'余'字，即把黄昏前日落已开始、尚未完成的渐进过程准确地刻画了出来；一个'上'字，又使孤烟产生了持续升腾的动态。这类表动态字皆千锤百炼而出以自然，有助于增强诗歌的画意。"（《王维新论》）

葛晓音说："诗人选择风里听蝉、倚杖柴门这些类似田家野老的意态，以表现自己安闲的神情，又化用陶诗的意境，绘出山村萧爽铁暮色和渡头落日的余晖。这就用隐居环境的类比，写出了与陶渊明在精神上的相通之处"（《山水田园诗派研究》）

赵昌平说："以柴门为定点，摄取眼中所见农村景物，随意点染，涉笔成趣，构成一幅清淡的水墨画。篇终以接舆狂歌作结，给寂静的画面带来了动感和生气。（《唐诗选》）

孙昌武说："主要是借所写的景物来抒写自心。关键在于他写了胸中的佳处。这是他的诗意境更为深厚隽永的原因之。"《禅思与诗情》）

阎翠荣说："一个'倚门'而立，若有所待并带有几分孤独的诗人自我形象，与'行到水穷处，坐看云起时'中自得其乐、不求人知的洒脱飘逸的形象似有巨大反差。事实上惟有这种复杂性与多样性才构成王维完整的精神实体。"（《从王维诗的'闭门'意象看其隐逸心态》）

刘逸生说："此诗是以'暗传'技巧写久雨乍晴的深秋景色。"(《"暗传"的技巧》)

酌酒与裴迪

酌酒与君君自宽①，人情翻覆似波澜②。白首相知犹按剑③，朱门先达笑弹冠④。草色全经细雨湿⑤，花枝欲动春风寒⑥。世事浮云何足问⑦，不如高卧且加餐⑧。

①〔赵注〕鲍照《行路难》："酌酒以自宽，举杯断绝歌路难。"〔王注〕自宽：自我宽解。方牧说：宽人也即宽己，胸中郁积块垒，需与挚友一起借酒浇化。

②"翻"，品汇作"反"，通。○〔赵注〕陆机《君子行》："天道夷且简，人道险而难。休咎相乘蹑，翻覆若波澜。"

③按剑：手抚剑柄。《史记·苏秦列传》："韩王勃然作色，攘臂瞋目按剑。"邹阳《狱中上梁王书》："语曰：'有白头如新（交），倾盖如故（交）'。何则？知与不知也。"谓白头知交犹有因利害或嫌疑而抚剑相向者。

④朱门：古代达官贵人住宅的大门漆成红色，故称，先达：达，显达，谓先做高官。弹冠：弹去冠尘。〔赵注〕《韩非子·说林》："管仲、鲍叔相谓曰：齐国之诸公子，其可辅者，非公子纠则小白也。与子人事一人焉，先达者相收。"《汉书·王吉传》："王吉字子阳，与贡禹为友。时称'王阳在位，贡公弹冠'，言其取舍同也。"颜师古注："弹冠者，且入仕也。"生按：谓先做高官者窃笑弹冠相庆望其援引之人。

⑤"经"，英华作"轻"，误。○〔王解〕草色比小人得意，细雨比君之恩泽。

⑥〔王解〕花枝欲动而畏春寒，比君子欲进而为阴邪所阻。

⑦浮云：喻变幻无定。《周书·萧大圜传》："嗟乎！人生若浮云朝露，

执烛夜游，惊其迅迈。”

⑧高卧：高枕而卧。《晋书·陶潜传》：“夏月虚闲，高卧北窗之下，清风飒至，自谓羲皇上人。”加餐：劝人保重身体之辞。《古诗十九首》：“弃捐勿复道，努力加餐饭。”

评　笺

廖文炳《评注唐诗鼓吹》：“此裴干请不遂，因与酌酒解之也。”

王世贞《艺苑卮言》：“摩诘七言律，自《应制》《早朝》诸篇外，往往不拘常调。至‘酌酒与君’一篇，四联皆用仄法，此是初盛唐所无，尤不可学。凡为摩诘体者，必以意兴发端，神情傅合，浑融疏秀，不见穿凿之迹，顿挫抑扬，自出宫商之表，可耳。○此篇与苏子瞻‘我行日夜见江海，枫叶芦花秋兴长。平淮忽迷天远近，青山久与船低昂。寿州已见白石塔，短棹又转黄茅冈。波平风软望不到，故人久立天苍茫’八句，皆拗体也，然自有唐宋之辨，读者当自得之。”

翟翚《声调谱拾遗》：“《酌酒与裴迪》，‘细雨湿’三仄，‘春风寒’，三平，于中联偶著拗调，求之前人诗中亦不多见。岂是时诗律未严，沿袭齐梁之遗与！”

王寿昌《小清华园诗谈》：“唐人诗有全不拘律者，如王维之《酌酒与裴迪》，李白之《寄崔侍御》，杜甫之《城西陂泛舟》。唐初七言中亦有此体。然再偶一为之，不可援以为例也。”

黄周星《唐诗快》：“此拗体也，然盖气岸兀不群，亦何必以常格绳之。”

彭端淑《雪夜诗谈》：“七言律最难，惟少陵。右丞乃造其极，而维诗甚少，殊不满意。如‘云里帝城双凤阙，雨中春树万人家’；‘草色全经细雨湿，花枝欲动春风寒’。皆雄视古今，无与颃者。”

黄培芳《唐贤三昧集笺注》：“炉火纯青妙极矣，此又七律中高一着者也。极纾徐淡与之致，立论故不见其轻薄。第七句‘世事浮云’妙与‘春风’、‘细雨’相为映带，‘何足问’三字将上所论人情世事，一切消纳。第八句乃为缴足，去路悠然。”

《王摩诘诗评》：“顾云：此篇似有朋友反复为诬潜者，或小人谗沮之类，故为此以解之云耳。草色、花枝，固是时景，然亦托喻小人冒宠，君子颠危耳。"

《唐诗归》："钟云：直直命题，便藏感慨。（'草色'二句下）感慨矣，忽着此和细语。此诗去粗露一途亦近矣，此二语救之。"

赵殿成按："'草色'一联，乃是即景托喻。以众卉而邀时雨之滋，以奇英而受春寒之痼，即植物一类，且有不得其平者，况世事浮云变幻，又安足问耶！拟之六义，可比可兴。"

方牧说："五、六两句是即景即情，为酌酒时举目所见，展示天地无私，万物亲仁，豁然呈现一新境界。此处'静观''达观'态度，与三、四句世俗的'势利''凉薄'恰成对照。"（《唐诗鉴赏辞典补编》）

即蒙宥罪，旋复拜官，伏感圣恩，窃书鄙意，兼奉简新除使君等诸公①

忽蒙汉诏还冠冕②，始觉殷王解网罗③。日比皇明犹自暗④，天齐圣寿未云多。花迎喜气皆知笑⑤，鸟识欢心亦解歌⑥。闻道百城新佩印⑦，还来阙共鸣珂⑧。

此诗作于乾元元年二月。

①宥：赦免。拜官：授官。奉旨授官应即拜谢。沈括《梦溪笔谈》："唐制，丞郎拜官，即笼门（至殿门前，笼通拢）谢。今三司副使以上拜官，则拜舞于阶上，百官拜于阶下而不舞蹈，此亦笼门故事也。"伏：敬词，俯伏之意。圣：对皇帝的尊称。简：西汉以前无纸，用以写字的狭长竹片称简，此处借指诗笺。除：免故官，任新官。使君：汉武帝元光五年，将全国分为十三州，分统诸郡，每州遣使者一人，督察官吏清浊，称为刺史，故后世称州刺史为使君。《唐会要》："至德元载十二月十五日，又改郡为州，太守为刺史。"《旧唐书·王维传》："贼平，陷贼官三等定罪。维以《凝碧诗》闻于行在，肃宗嘉之。会缙请削己刑部侍郎以赎兄罪，特宥之，责授太子中

允。"《旧唐书·职官志》:"太子左春坊,左庶子二人,正四品上。中允二人,正五品下。左庶子掌侍从赞相,驳正启奏,中允为之贰。"

②秦制,天子之令为诏。此以汉喻唐。先秦大夫以上所戴礼帽称冕,后世通称官员礼帽为冠冕。还冠冕:复官。

③〔赵注〕《史记·殷本纪》:"汤出,见野张网四面,祝曰:'自天下四方,皆入吾网。'汤曰:'嘻!尽之矣。'乃命去其三面,祝曰:'欲左,左;欲右,右。不用命,乃入吾网。'诸侯闻之曰:'汤德至矣,及禽兽。'"〔金解〕将二事拚作二句,言我直到复官之后,始悟既已赦罪矣。

④"皇",元刊本作"星"。"明",蜀刻本作"朝"。皆误。

⑤"皆知",述古堂本、元刊本作"犹能"。

⑥识:知。沈攸之《西乌夜飞》:"花笑莺歌咏。"

⑦《后汉书·贾琮传》:"琮为交趾刺史,在事三年,为十三州最。黄巾新破,以琮为冀州刺史。百城闻风,自然竦震。"百城:喻列所辖各县,此处借指刺史。

⑧宫门两旁的楼观,中间阙然为道,故称双阙。见《燕支行》注④。珂:用贝壳做成的马勒饰。马行时珂碰撞发声,故以鸣珂喻骑马。萧绎《看骑马诗》:"鸣珂随蹀驶,轻尘逐影移。"此谓一同骑马阙前,同往朝廷谢恩。

评　笺

金人瑞《圣叹外书》:"前解伏感圣恩,后解奉简诸公。五、六花皆含笑鸟亦解歌者,盖事出望外,心神颠倒,所谓不自知其手之舞之、足之蹈之也。"

王力说:"律诗本用散行的句子来表示结束,但是王维却有几首全首用对仗的律诗,如此诗及《送李判官赴东江》《故西河郡杜太守挽歌》之一。"(《汉语诗律学》)

山中寄诸弟妹①

山中多法侣②,禅诵自为群③。城郭遥相望,惟应见白云④。

①《万首绝句》无"诸"字，凌本、唐诗正音无"妹"字。

②法侣：修习佛法的伴侣。萧衍《金刚般若忏文》："恒沙众生，皆为法侣。"

③〔赵注〕谓坐禅、诵经。《陈书·王元规传》："吴郡陆庆，筑室屏居，以禅诵为事。"生按：禅，梵语"禅那"的略称，意译"静虑"，"思维修"，又称"禅定"。禅宗北宗认为，众生真心清净，性与佛同，但被客尘染覆。通过修习禅定，息想摄心，就可积渐显真成佛。其禅法大要是：于静处结跏趺坐（跏，盘足交加；趺，足背，先以右足背押左股，次以左足背押右股。然后两手相重于腿上脐下，掌心向上，左掌在上，两拇指肤面相接)，闭目合口，舌拄上颚，调匀气息，心住一境，息灭妄念，凝心入定。修习既久，逐渐由定启慧，达到明心见性、完全解脱、一切皆如（真如、佛性）的涅槃（断灭烦恼生死）境界。这也是王维修习的禅定。南宗则主张"外离相即禅，内不乱即定"，禅定不限于打坐，只要心不散乱，行住坐卧都是定。

④"见"，纬本、凌本作"礼"，误。○陶弘景《答诏问》："山中何所有？岭上多白云。只可自怡悦，不堪持寄君。"

评 笺

张谦宜《絸斋诗谈》："身在山中，却从山外人眼中想出，妙悟绝伦。"

《千首唐人绝句》："富云：与岑参'山中有僧人不知，城里看山空黛色'，皆善状山中之幽深。"

闻裴秀才迪吟诗因戏赠①

猿吟一何苦②，愁朝复悲夕③。莫作巫峡声④，肠断秋江客。

①《万首绝句》题作"闻裴迪吟诗戏赠"。○戏其朝夕苦吟。杜甫

《暮登四安寺钟楼寄裴十迪》："苦思缘诗瘦。"

　　②一何：叹辞，多么。《古诗十九首》："上有弦歌声，音响一何悲！"〔赵注〕《水经注·江水》："自三峡七百里中，两岸连山，略无阙处。重岩叠嶂，隐天蔽日，自非亭午夜分，不见曦月。每至晴初霜旦，林寒涧肃，常有高猿长啸，属引凄异，空谷传响，哀转久绝。故渔者歌曰：'巴东三峡巫峡长，猿鸣三声泪沾裳！'"

　　③"悲"，凌本作"愁"。

　　④《读史方舆纪要》："三峡者，一为广溪峡，即瞿塘峡也，在四川奉节县东三里；一为巫峡，在巫山县东三十里，因山为名，首尾一百六十里；一为西陵陕也。"

评　笺

　　朱存爵《存余堂诗话》："诗非苦吟不工，信乎！古人如孟浩然眉毛尽落；裴迪袖手，衣袖至穿；王维走入醋瓮；皆苦吟之验也。"

赠韦穆十八①

　　与君青眼客②。共有白云心③。不向东山去④，日令春草深⑤。

　　①品汇题作"赠弟穆十八"，误。○韦穆：王维友，未详何人。

　　②正目而视，眼多青色，谓之青眼；斜目而视，眼多白色，谓之白眼。青眼客：志同道合的朋友。《晋书·阮籍传》："阮籍不拘礼教，能为青白眼。见礼俗之士，以白眼对之。嵇喜来吊，籍作白眼，喜不怿而退。喜弟康闻之，乃斋酒挟琴造焉，籍大悦，乃见青眼。"

　　③白云心：避世隐居之心。见《山中寄诸弟妹》注④。

　　④东山：晋谢安隐居处，在今浙江上虞县西南。见《戏赠张五弟諲三首》之一注②。

　　⑤"日"全唐诗一作"自"，"令"蜀刻本作："暮"。○《楚辞·招隐士》："王孙游兮不归，春草生兮萋萋"。

评　笺

《王摩诘诗评》："刘云：淡淡有情。"

唐汝询《唐诗解》："此叹归隐之不早也。言我今乃不向东山而使春草日深，其如白云何？"

九月九日忆山东兄弟 _{时年十七}①

独在异乡为异客，每逢佳节倍思亲。遥知兄弟登高处，遍插茱萸少一人②。

此诗作于开元三年秋。

①凌本题作《九日忆东山兄弟》，章燮《唐诗三百首注疏》谓"别本题作《忆山中兄弟》"，皆误。品汇、活字本无原注"时年十七"四字。○〔陈注〕王维父亲处廉，由祁（今山西祁县）迁居于蒲。（今山西永济县），蒲在华山以东，所以称故乡兄弟为山东兄弟。

②茱萸：药用植物，即吴茱萸，一名越椒。〔赵注〕《尔雅翼》："《风土记》曰：俗尚九月九日，谓为上九。茱萸至此日，气烈熟色赤，可折其房以插头，丢辟恶气，御初寒。生按：《荆楚岁时记》："九月九日宴会，未知起于何代，然自汉至宋未改。今北人亦重此节，佩茱萸，食饵，饮菊花酒，云令人长寿。又《续齐谐记》云：汝南桓景随费长房游学累年。长房谓之曰：九月九日，汝家当有灾，宜急去，令家人各作绛囊盛茱萸以系臂，登高饮菊花酒，此祸可除。景如言，举家登山，夕还，见鸡犬牛羊一时暴死。长房闻之曰：此可代也。"曹丕《九日与钟繇书》："岁往月来，忽复九月九日。九为阳数，而日月并应，俗嘉其名，以为宜于长久，故以享宴高会。"

评 笺

阮阅《诗话总龟》："《古今诗话》：刘梦得言：'茱萸'二字，更三诗人道之，而有能否焉。杜子美云：'醉把茱萸仔细看'；王右丞云：'遍插茱萸少一人'；朱放云：'学他年少插茱萸'；子美为优。"

胡仔《苕溪渔隐丛话》："此三人类各有所感而作，用事则一，命意不同。后人用此为九日诗，自当随事分别用之，方得为善用故事也。"

唐汝询《唐诗解》："己既思亲，亲亦念我。下联想其情，'少一人'者，己不在也。词义之美，虽《陟岵》不能加。"生按：《陟岵》，《诗·魏风》篇名，是行役者望乡思念父母兄长，想象父母兄长思念自己之作。

沈德潜《唐诗别裁集》："即《陟岵》诗意，谁谓唐人不近三百篇耶！"

黄培芳《唐贤三昧集笺注》："情至意新。此非故学三百篇，人人胸中自有三百篇也。"

《王摩诘诗评》："顾云：真意所发，忠厚蔼然。○切实，故难。"

李攀龙《唐诗直解》："诗不深苦，情自蔼然，叙得真率，不用雕琢。"

宋宗元《网师园唐诗笺》："至情流露，岂是寻常流连光景者。"

高棅《唐诗正声》："口角边说话，故能真得妙绝，若落冥搜，便不能如此自然。"

张谦宜《𬩽斋诗谈》："不说我想他，却说他想我，加一倍凄凉。"

俞陛云《诗境浅说》："唐诗中忆朋友者多，忆兄弟者少。杜少陵诗：'忆弟看云白日眠'，白乐天诗'一夜乡心五处同'，皆寄怀群季之作。此诗尤万口流传，诗到真切动人处，一字不可移易也。"

林庚说："这一个结合着民间习俗的诗篇，出自一个十七岁少年之口，对于这一个少年时代，是具有深深的感染办的。而他十八岁时（或说十六岁）所写的《洛阳女儿行》，十九岁时所写的《桃源行》，又都已是广泛流行的七古佳作；这一个少年天才的表现，正说明那是一个解放的少年的时代，活跃的青春的时代。"（《中国文学简史》）

许总说："王维此诗在句法的修饰性方面也能找到更早的渊源。王勃《秋江送别》'早是他乡值早秋'，以两'早'字增加氛围感，与王维以两'异'字重复的句法及其效果完全相同。"《唐诗史》）

沈祖棻说："只用'每逢'与'倍'三个虚字，不但写出佳节思亲，而且将平日无时不思之情也有力地暗示出来。三、四两句从对面写，是诗人想象中情境。本是自己佳节思亲，而说家乡兄弟思念自己，已是翻进一层。又不明说直说，而从插茱萸这一风俗生发，而对方相忆之情自见，自己相忆之情也更为突出鲜明。"（《唐人七绝诗浅释》）

刘学锴说："每逢佳节倍思亲这种体验，可说人人都有，但在王维之前，却没有任何诗人用这样朴素无华而又高度概括的诗句成功地表现过。杜甫的《月夜》：'遥怜小儿女，未解忆长安'，和三、四两句异曲同工，而王诗似更不着力。"（《唐诗鉴赏辞典》）

葛晓音说："盛唐诗人的绝句，没有简单地停留在模仿乐府的口语、风致和表现方式上，而是深入一层，比民歌更自觉地在人们日常的生活中提炼出共同的民族情感。'独在异乡为异客，每逢佳节倍思亲'，既是诗人王维的心情，又超出了时空地域的界限，为人类所共有。"（《初盛唐绝句的发展》）

周啸天说："王维的绝句内容多为抒写较普遍的情感。他确实很少写特殊的题材，或抒发很个性化的情感。他的兴趣乃在同时代人、乃至超越时代的普遍人情。如《九月九日忆山东兄弟》《送元二使安西》《伊州歌》《送沈子福归江东》《相思》《杂诗》，情感是普遍的，语言是朴质无华的。"（《绝句诗史》）

寄河上段十六①

与君相见即相亲②，闻道君家在孟津③。为见行舟试借问，客中时有洛阳人④。

此诗约作于开元十五年官淇上时。

①诸本俱载此诗。《万首唐人绝句》作卢象诗，《全唐诗》重见维集及卢集中。佟培基《全唐诗重出误收考》据《旧唐书·隐逸传》载卢象之叔卢鸿一"徙家洛阳"；卢象有《乡试后自巩还田家》诗，在巩县参加乡试应即河

南府（治洛阳）巩县人；因此为卢作。按：王维曾在洛阳有家，难以断为卢作。○段十六：未详何人。上：边侧之意。孟津在黄河边，故称河上。

②"见"，全唐诗卢象集作"识"。

③"在"，全唐诗卢象集作"住"。○孟津：即盟津，在今河南孟县南。《史记·周本纪》载，周武王九年准备伐纣，曾与八百诸侯会盟于此。

④《经传释词》："为，犹如也。"《词铨》："试，犹且也。"孟津地近洛阳，时维家在洛阳。二句谓如见船上洛阳旅客，且为探问洛阳近况。或释"为犹因"，谓船上洛阳旅客或有知段十六近况者，因探问之。存参。

评　笺

《王摩诘诗评》："刘云：容易尽情，旧未有此。"

《唐诗归》："谭元春云：是他乡见同乡生人，实境。○钟云：'时有'二字，可怜！"

赠裴旻将军①

腰间宝剑七星文②，臂上雕弓百战勋③。见说云中擒黠虏④，始知天上有将军⑤。

此诗作于天宝元年秋。

①旻：音民。〔赵注〕《新唐书·文艺传》："文（或疑作'玄'）宗时，诏以李白歌诗，裴旻剑舞，张旭草书为三绝。旻尝与幽州都督孙佺北伐，为奚所围。旻舞刀立马上，矢四集，皆迎刀而断，奚大惊引去。后以龙华军使守北平。"李翰《裴将军射虎图赞序》："开元中。山戎寇边，玄宗命将军守北平州。公尝率偏军横绝漠，声振北狄，气慑东胡。胡人服艺畏威，不敢南牧，愿充麾下者五百余人。"开元二十年，樊衡《为幽州长史薛楚玉破契丹露布》："即令都护裴旻述职，大阅于松林管内，勇士万人，骁驹千里。"乔潭《裴将军剑舞赋》："后元年（天宝无年）秋七月，羽林裴公献戎捷于

京师。上御花萼楼，大置酒。酒酣，诏将军舞剑。"王维、颜真卿皆有《赠裴将军》诗。《新唐书·宰相世系表》："（裴）旻，左金吾大将军。"

②七星文：宝剑上嵌的七个金星光辉灿烂。见《老将行》注㉕。

③〔赵注〕张衡《东京赋》："雕弓斯彀。"薛综注："雕弓，谓有刻画也。"

④《马氏文通》："见说者，闻说也，疑为唐人方言。"汉云中郡，治云中，在今内蒙古托克托县北。文帝时魏尚为云中守，匈奴不敢侵扰。见《老将行》注㉘。黠：音狭，狡狯。虏：古代对敌人的蔑称。〔赵注〕《后汉书·伏湛传》："黠虏困迫。"

⑤天上：犹天朝。唐人对戎狄之邦自称天上，如维此诗及《故西河郡杜太守挽歌》；孙逖《观永乐公主入蕃诗》："美人天上落，龙塞始应春。"

评　笺

顾可久按：俊伟。

奉和杨驸马六郎秋夜即事①

高楼月似霜②，秋夜郁金堂③。对坐弹卢女④，同看舞凤凰⑤。少儿多送酒⑥，小玉更焚香⑦。结束平阳骑⑧，明朝入建章⑨。

①驸马：驸马都尉的简称，汉武帝置，掌天子副车，秩比二千石。至三国魏何晏为曹操婿，授驸马都尉，其后帝婿例加驸马称号，非实官。据《新唐书》，玄宗二十九女，杨姓驸马有杨说、杨徽、杨数、杨洄、杨朏（杨国忠之子）、杨锜（杨玄珪之子），未知孰是。郎本官名，汉代光禄勋属官有议郎、中郎、侍郎、郎中，统称为郎，主宿卫侍从。汉制，吏二千石以上，得任兄弟或子一人为郎，故后世称贵公子或青年男子为郎。即事：眼前的事物，多用为诗题。

②萧纲《望月》："形同七子镜，影类九秋霜。"

③郁金堂：散发郁金香气（香料或燃香）的堂屋。郁金香，花名。叶披针形，带白色。花大而丽，有红黄白色，六瓣或重瓣，单生于茎端，可制香料或燃香。萧衍《河中之水歌》："卢家兰室桂为梁，中有郁金苏合香。"沈佺期《独不见》："卢家少妇郁金堂，海燕双栖玳瑁梁。"

④卢女：魏武帝宫人，善弹琴。借指弹琴的歌伎。见《扶南曲歌词五首》之二注③。

⑤〔赵注〕张衡《东京赋》："鸣女床之鸾鸟，舞丹穴之凤凰。"薛综注："《山海经》曰：丹穴之山，有鸟焉，其状如鹤，五彩，名曰凤皇。是鸟也，饮食自歌自舞。"

⑥〔赵注〕《汉书·卫青传》："阳信长公主家僮卫媪，长女君孺，次女少儿，次女则子夫。"生按：借指侍女。

⑦〔赵注〕白居易《霓裳羽衣歌》："吴妖小玉飞作烟。"自注："夫差女小玉，死后形见于王，其母抱之，霏微若烟雾散空。"然观元微之诗："小玉上床铺夜衾"，与右丞同意，俱作侍儿解。

⑧结束：整理、装束。〔赵注〕《史记·卫将军传》："大将军卫青者，平阳人也。其父郑季为吏，给事平阳侯家，与侯妾卫媪通，生青。青壮为侯家骑，从平阳主。建元二年春，青姊子夫得入宫幸。上乃召青为建章监，侍中。"

⑨建章：汉宫名，在汉长安城外西面。见《奉和圣制赐史供奉曲江宴应制》注⑤。

评　笺

赵殿成按：《汉书》，少儿初与霍仲孺通，生去病，后更事詹事陈掌妻。卫青初为平阳侯家骑，后青尊贵，而平阳侯曹寿有恶疾就国，上诏青尚平阳主。皆非驸马家美事，而右丞用之，盖唐时引事，初无顾忌若此也。

生按：唐朝前期，皇室婚姻男女关系较为开放，如玄宗以媳为妃，其女再嫁或三嫁的有九人。

和尹谏议史馆山池①

云馆接天居②，霓裳侍玉除③。春池百子外④，芳树万年余⑤。洞有仙人篆⑥，山藏太史书⑦。君恩深汉帝，且莫上空虚⑧。

此诗作于开元二十五年春。

①"尹"，英华作"伊"，误。〇〔赵注〕《旧唐书·玄宗纪》："开元二十五年正月癸卯，道士尹愔为谏议大夫、集贤学士兼知史馆事。"《新唐书·儒学传》："尹愔，秦州天水人。博学，尤通老子书。初为道士。玄宗尚玄言，有荐愔者，召对喜甚，厚礼之。拜谏议大夫、集贤院学士兼修国史，固辞不起。有诏以道士服视事，乃就职，专领集贤史馆图书。开元末卒，赠左散骑常侍。"《长安志》："史馆在门下省北。贞观三年置秘书内省，以修五代史，又置史馆，以编国史。"生按：《通典》："及大明宫初成，置史馆于门下省之南。开元二十五年，史馆谏议大夫尹愔奏移于中书省北。"门下省在大明宫含元殿东北侧，中书省在含元殿西北侧。

②"云"，全唐诗一作"灵"。〇云馆：高可干云的馆舍，此指史馆。天居：天子所居处，皇宫。〔赵注〕左思《吴都赋》："虹霓回带于云馆。"鲍照《代陆平原君子有所思行》："层阁肃天居，驰道直如发。"

③霓裳：彩虹制成的衣裳，仙人的服装。此指着道袍的尹愔。〔赵注〕屈原《九歌·东君》："青云衣兮白霓裳。"曹植《赠丁仪》："凝霜依玉除。"《玉篇》："除，殿阶也。"生按：《旧唐书·职官志》："谏议大夫掌侍从赞相，规谏讽谕。"

④"子"，活字本作"草"，误。〇〔赵注〕《西京杂记》："戚夫人侍儿贾佩兰说，在宫内时，常以七月七日临百子池，作于阗乐。"生按：外，超出之意，谓春池景物优于百子池。百子池故址，在汉长安故城外，建章宫之西。

⑤〔赵注〕《西京杂记》："初修上林苑，群臣远方各献名果异树，亦有制为美名，以标奇异，中有千年长生树十株，万年长生树十株。"生按：《广雅·释诂》："余，久也。"

⑥箓：符箓，道教秘文。〔赵注〕《隋书·经籍志》："道经受道之法，初受五千文箓，次受三洞箓，次受洞玄箓，次受上清箓。箓皆素书，纪诸天曹官属佐吏之名有多少，又有诸符错在其间，文章诡怪，世所不识。受者必先洁斋，然后斋金环一，并诸贽币，以见于师。师受其贽，以箓授之，仍剖金环，各持其半，云以为约。弟子得箓，缄而佩之。"陈子昂《南山家园》："凤蕴仙人箓，鸾歌素女琴。"

⑦〔赵注〕《史记·太史公自序》："略以拾遗补艺，成一家之言，厥协六经异传，整齐百家杂语，藏之名山，副在京师。"生按：《史记》原名《太史公书》，《隋书经籍志》始称《史记》。

⑧"空"，全唐诗一作"云"。○〔赵注〕葛洪《神仙传》："河上公者，莫知其姓字，汉文帝时，公结草为庵于河之滨。帝读老子经，颇好之，有所不解数事。闻时皆称河上公解老子经义旨，乃使斋所不决之事以问。公曰：'道尊德贵，非可遥问也。'帝即幸其庵躬问之。帝曰：'子虽有道，犹朕民也，不能自屈，何乃高乎！'公即抚掌坐跃，冉冉在虚空中，去地数丈，俯仰而答曰：'余上不至天，中不累人，下不居地，何臣民之有？'帝乃下车稽首曰：'惟愿道君有以教之。'公乃援素书二卷与帝曰：'余注此经以来，凡传三人，连子四矣，勿以示非其人。'言毕，失其所在。"

评 笺

胡仔《苕溪渔隐丛话》："《复斋漫录》云：上官仪《咏雪》诗：'幸因千里映，还绕万年枝。'谢玄晖《中书省》诗：'风动万年枝。'晏元献诗：'万年枝上凝烟动，百子池边瑞日长。'王维《史馆山池》云：'春池百子外，芳树万年余。'晏用此也。万年枝，江东人谓之冬青，惟禁中则否。"（此条又见《优古堂诗话》）

和使君五郎西楼望远思归①

高楼望所思，目极情未毕②。枕上见千里，窗中窥万室。悠

悠长路人③，暖暖远郊日④。惆怅极浦外⑤，迢递孤烟出⑥。能赋属上才⑦，思归同下秩⑧。故乡不可见，云水空如一⑨

此诗约作于开元十三年。

①使君五郎：疑是济州刺史裴耀卿。《旧唐书·裴耀卿传》："开元十三年，为济州刺史。其年，车驾东巡（封泰山），时大驾所历凡十余州，耀卿称为知顿（宿食所需之物），之最。"孙逖《唐济州刺史裴公（耀卿）德政颂》："开元甲子岁（十二年）至于是邦。"使君：汉州刺史的尊称，后世沿用之。《乐府·日出东南隅行》："使君从南来，五马立踟蹰。"

②目极句：尽目力所及以远望，而思归之情不尽。〔赵注〕宋玉《招魂》："目极千里兮伤春心"。谢灵运《登永嘉绿嶂山诗》："行源径转远，距陆情未毕。"

③悠、遥一声之转。《尔雅·释诂》："悠，远也。"郭璞注："悠悠，行之远也。"《诗·小雅·黍苗》："悠悠南行。"

④屈原《离骚》："时暧暧其将罢兮"。王逸注："暧暧，昏昧貌。"洪兴祖注："暧，日不明也。"

⑤极浦：遥远的水滨。见《渔山神女祠歌》注⑥。

⑥〔赵注〕谢灵运《田南树园激流植援》："靡迤趋下田，迢递瞰高峰。"张铣注："迢递，高远貌。"

⑦《汉书·艺文志》："登高能赋，可以为大夫。"能：擅长。属：是。

⑧〔赵注〕《后汉书·冯衍传》："体兼上才，荣微下秩。"生按：下秩，官阶低下者。谓使君思归之情，为居下位的王维所同有。刺史为四品至从三品，州司仓参军从八品下至从七品下，故云。

⑨"水"，赵本作"外"。从蜀刻本、迷古堂本、元刊本、英华等。○空：空濛。唐武德四年置济州，治卢县（在今山东茌平县西南），西临黄河，"云水"句是西楼望远实景。

和贾舍人早朝大明宫之作①

绛帻鸡人送晓筹②．尚衣方进翠云裘③。九天阊阖开宫殿④，万国衣冠拜冕旒⑤。日色才临仙掌动⑥，香烟欲傍衮龙浮⑦。朝罢须裁五色诏⑧，珮声归向凤池头⑨。

　　此诗作于乾元元年春。

　　①贾舍人：贾至（718—772）字幼邻，洛阳人。开元末明经擢第，任校书郎。天宝初为单父。（今山东单县）县尉，七载罢尉。寻改官洛阳。天宝末为起居舍人。从玄宗至蜀，迁中书舍人。乾元元年春末，出为汝州（今河南临汝）刺史。二年三月，九节度之师溃于相州，至出奔襄邓，夏，贬岳州（今湖南岳阳）司马。宝应初，召复故官。二年，迁尚书左丞。广德二年，转礼部侍郎。永泰元年，加集贤院待制。大历三年改兵部侍郎，封信都县伯。五年，转京兆尹兼御史大夫。七年，以右散骑常侍卒，赠礼部尚书，享年五十五。《唐才子传》称其诗："俊逸之气，不减鲍照、庾信，调亦清畅，且多素辞。"《全唐诗》：存诗一卷。《旧唐书·职官志》："中书省：中书舍人六员，正五品上。掌侍奉进奏，参议表章。凡诏旨制敕，玺书册命，皆起草进画，既下，则署行。"早朝：唐制，皇帝临朝形式，一为大朝会，每逢元旦冬至、受册改元、皇帝诞辰、蕃国朝贡等重大典礼，在大明宫含元殿（唐初在太极殿）举行。二为常朝，凡在京文武官职事九品以上，朔、望日朝；文官五品以上及员外郎、监察御史、太常博士，每日朝参；武官五品以上，每月五日、十一日、二十一日、二十五日参，三品以上，九日、十九日、二十九日又参。高宗永徽二年八月以后，改为五日一参（日期与原规定武官五品以上同），朔、望朝。常朝属政务活动，多在含元殿后宣政殿举行。玄宗曾在宣政殿后的紫宸殿（前殿后寝的内朝）常朝，朝日唤仪仗入内，百官随之由宣政殿东西阁门入，称为"入阁"；又曾在兴庆宫常朝。朝之日，未明前七刻，殿庭内外先列仪仗禁卫。未明五刻，朝臣齐集东西朝堂。平明，监察御史领百官登左右龙首道入宫。进殿后，宰相及两省官横列香案前，其他文官列殿东，武官列殿西。日出视朝，帝出西序门，羽扇合；升座，扇开，留座左右各三。朝罢，扇再合，帝入东序门。然后散朝放仗。此诗当是在大明宫宣政殿常朝。〔赵注〕《长安志》："唐大明宫在禁苑之东南，南接京城之北面，西接宫城之东北隅，南北五里，东西三里。贞观八年，置为永安宫城。九年改曰大明宫，以备太上皇清暑，百官献资财以助役。龙朔三年大加兴造，号曰蓬莱宫。咸亨元年改曰含元宫，寻复大明宫。"生按：大明

宫故址在今西安火车站北二里龙首原上，因位于太极宫之东，当时又称东内。

②"送"，鼓吹、品汇、唐诗解，作"报"。○帻：音责，包发髻头巾。〔赵注〕《周礼·春官·鸡人》："大祭祀，夜呼旦以叫百官。"《汉官仪》："宫中舆台并不得畜鸡。夜漏未明三刻鸡鸣，卫士候于朱雀门外，著绛帻，专传鸡唱。"生按：《后汉书·百官志·尚书郎》注引蔡质《汉仪》作"专传《鸡鸣》于宫中。"应劭曰："楚歌，今《鸡鸣歌》，也。"方以智《通雅.官制》："鸡人，歌《鸡鸣》者也。"送：传报。筹：更筹，按照漏箭显示的刻度用以计时报更的竹签。送晓筹，谓报晓。《陈书·世祖纪》："每鸡人伺漏，传更签于殿中。"

③〔赵注〕《新唐书·百官志》："尚衣局奉御二人，直长四人，掌供冕服几案。"宋玉《讽赋》："主人之女，翳承日之华，披翠云之裳。"章樵注："辑翠羽为裳。"生按：唐制，天子常服裘衣无定式，此指用翠羽等绣成云纹的裘衣。

④"天"，英华作"重"。"阊阖开宫殿"，唐诗鼓吹作"宫殿开阊阖"。○《淮南子·天文训》："天有九重。"九天：天的最高处。《说文》："阊阖，天门也。"借指大明宫前殿门。此谓皇宫巍峨壮丽。康骈《剧谈录》："含元殿国初建造，凿龙首岗以为基址，形墀钢砌，高五十余尺。殿去午门二里。每元朔朝会，禁军与御仗宿于殿庭，金甲葆戈，杂以绮绣，罗列文武，缨珮序立，蕃夷酋长仰观玉座，若在霄汉。"

⑤万国：指唐代各州、府、都督府，并指协勘平定安吏之乱的朝聘国等。见《奉和圣制暮春送朝集使归郡应制》注②。衣冠：士大夫的穿戴，借指上朝群臣、朝集使及朝聘使节。冕：皇冠。旒：冕前后所垂的珠穗。借指皇帝。见《奉和圣制天长节赐宰臣歌应制》注④。

⑥"色"，瀛奎律髓作"影"。○《旧唐书·李德裕传》："先王听政，昧爽以俟，鸡鸣既盈，日出而视。"〔赵注〕《三辅黄图》："《庙记》曰：神明台，武帝造，祭仙人处。上有承露盘，有铜仙人舒掌捧铜盘玉杯，：以承云表之露。以露和玉屑服之，以求仙道。"生按：是日光逐渐照射仙掌，却写成仙掌迎旦而动，寓尊崇之意。或疑唐宫无仙掌，杜甫《秋兴》。"承露金茎霄汉间。"，似有。或解为蔽日遮风的障扇，存参。

⑦香烟：殿庭的香案上、熏炉中燃香散出的烟。衮龙：皇帝礼服上所绣

的龙。《周礼·春官·司服》:"享先王则衮冕。"郑众注:"衮,卷龙衣也。衮之衣五章,裳四章,凡九也。"孙治让正义:"卷龙者,谓画龙于衣,其形卷曲。天子有升龙,有降龙。上公无升龙。"《三礼图》:"九章,一曰龙,二曰山,三曰华虫,四曰火,五曰宗彝,皆画绘于衣;六曰藻,七曰粉米,八曰黼,九曰黻,皆刺绣于裳。"班固《东都赋》:"盛三雍之上仪,绣衮龙之法服。"生按:分明烟动,却写成龙动而香烟欲傍着动,寓依附之意。

⑧〔赵注〕《邺中记》:"石虎诏书,以五色纸,著凤雏口中。"生按:裁,制。谓草拟诏书。唐制,写诏用黄麻纸。

⑨"向",律髓、品汇、唐诗解、凌本作"到"。○珮:垂于腰带上的玉饰,行动时撞击而有声。唐制,五品以上官,皆双绶佩玉。见《扶南曲歌词五首》之四注④。凤池:凤凰池,禁苑中池沼。魏晋设中书省于禁苑,故以之借指中书省。头:词语后缀,犹里。〔赵注〕《晋书·荀勖传》:"拜中书监,久之,以勖守尚书令。勖久在中书,专管机事,及失之,甚惘怅。或有贺之者,勖曰:夺我凤凰池,诸君贺我耶!"

评 笺

徐师曾《诗体昭辨》:"古人赓和,答其来意而已,初不为韵所缚。如杜甫、王维、岑参和贾至《早朝大明宫》诗,各自成篇。甫但云'诗成珠玉在挥毫',参云'阳春一曲和皆难',并其意不同,况于韵乎!中唐以后,元、白、皮、陆更相倡和,此体始盛。"

许学夷《诗源辩体》:"摩诘七言律,如'绛帻鸡人',宏赡雄丽者也。"

王寿昌《小清华园诗谈》:"何谓气象?曰:王维《和贾舍人早朝大明宫之作》,不谓之'诗中天子,不可也。"

郝敬《批选唐诗》:"意象俱足,庄严稳称,较胜诸作。"

陆时雍《诗镜总论》:"王用实写,神色冥会,意在言前。"

王闿运批《唐诗选》:"大语不廓落。"

《王摩诘诗评》:"刘云:前四句帖子语,颇不痴重。○顾云:右丞此篇,直与老杜颉颃,后惟岑参及之,他皆不及,盖气概阔大;音律雄浑,句法典重,用字清新,无所不备故也。或犹未全美,以用衣服字太多耳。"

谢榛《四溟诗话》:"'尚衣方进翠云裘。''万国衣冠拜冕旒'。重字,不害为大家。"

毛先舒《诗辩坻》:"典重可讽,而冕服为病,结又失严。"

吴烶《唐诗选胜直解》:"应制诗庄重典雅,斯为绝唱。"

胡震亨《唐音癸签》:"《早朝》:四诗,名手汇此一题,觉右丞擅场,嘉州称亚,独老杜为滞钝无色。"

胡应麟《诗薮》:"细校王、岑二作,岑通章八句,皆精工整密,字字天成。颈联绚烂鲜明,早期意宛然在目。独颔联虽绝壮丽,而气势迫促,遂至全篇音韵微乖,不尔,当为唐七言律冠矣。王起语意偏,不若岑之大体。结语思寋,不若岑之自然。颈联甚活,终未若岑之骈切。独颔联高华博大,而冠冕和平,前后映带宽舒,遂令全首改色,称最当时。大概二诗力量相等,岑以格胜,王以调胜;岑以篇胜,王以句胜;岑极精严镇匝,王较宽裕悠扬。令上官昭容坐昆明殿,穷岁月较之,未易坠其一也。"

沈德潜《唐诗别裁集》:"早朝倡和诗,右丞正大,嘉州名秀,有鲁卫之目。贾作平平。杜作无朝之正位,不存可也。"

胡应麟《诗薮》:"作诗大法,惟在格律精严,词调稳惬。使句意高远,纵字字可剪,何害其工。王维'九天'二句,老杜剪为'闾阖开黄道,衣冠拜紫宸'二句,何害王句之工。"

宋宗元《网师园唐诗笺》:"(日色才临句下)博大昌明。"

杨载《诗法家数》:"王维、贾至诸公《早期》之作,气格雄深,句意严整,如宫商迭奏,音韵铿锵,真麟游灵沼,凤鸣朝阳也。学者熟之,可以一洗寒陋。后来诸公应诏之作,多用此体,然多志骄气盈。处富贵而不失其正者,几希矣,此又不可不知。"

赵翼《瓯北诗话》:"岑、王、杜等《早朝》诸作,敲金戛玉,研练精切。"

何世璂《然镫记闻》:"师(王士禛)。曰:吾盖疾夫世之依附盛唐者,但知学为'九天闾阖'、'万国衣冠'之语,而自命为高华,自矜为壮丽,按之其中,毫无生气,故有《三昧集》之选。要在剔出盛唐真面目与世人看,以见盛唐之诗,原非空壳子、大帽子话,其中蕴藉风流,包含万物,自足以兼前后诸公之妙。彼世之但知学'九天闾阖'、'万国衣冠'等语,果盛唐之真面目真精神乎?抑亦优孟叔敖也。"

《瀛奎律髓》:"方云:此四诗倡和在乾元元年戊戌之春,俱伟丽可喜,不但东坡所赏子美'龙蛇'、'燕雀'一联也。然京师喋血之后，疮痍未复，四人虽夸美朝仪，不亦汰乎！○纪云：四公皆盛唐巨手，同时唱和，世所艳称。然此种题目，无性情风旨之可言，仍是初唐应制之体，但色较鲜明，气较生动，各能不失本质耳。○何焯云：次联君臣两面都写到，所谓有体要也。○冯舒云：盛丽极矣，字面太杂。○冯班云：才气驾驭，何尝觉杂，毕竟右丞第一。末句太犯，然名句相接便不觉。"

　　许印芳《律髓辑要》："尾联与三联不粘。唐人七律上下联不忌失粘，后人七律声律加密始忌之。若以后人之法绳唐人而病其失粘，则非矣。"

　　何焯：《唐诗偶评》："此独从天子视朝之早发端，善变而有体。落句用裁诏收舍人，仍不离天子，是照应之密。"又《唐诗鼓吹》何焯评："第六指舍人立班处，脱卸无迹。"生按：中书、门下官员，朝参时在香案前横列，何评据此。

　　喻守真说："贾至原作七、八两句是拗体，王维和作亦故意作拗，并且'五色诏'连用三仄，贾作也连用三仄，又是和原作的声调。"（《唐诗三百首详析》）

　　傅璇琮说："这几首诗确实具有声律、词藻之美，在唐代七言律诗的创作中有一定特色。但总的说来，它们形式上的完整掩盖不了思想内容上的贫乏，这只是对纷乱现实的暂时的忘却或掩饰。"（《唐代诗人丛考·贾至考》）

早朝大明宫呈两省僚友[①]　　　　　　　（贾　至）

　　银烛朝天紫陌长[②]，禁城春色晓苍苍[③]。千条弱柳垂青琐[④]，百啭流莺绕建章[⑤]。剑佩声随玉墀步[⑥]，衣冠身惹御炉香[⑦]。共沐恩波凤池里[⑧]，朝朝染翰侍君王[⑨]。

　　①〔赵注〕杜佑《通典》："门下省为在省，中书省为右省，或通谓之两省。"生按：《左传·文公七年》："同官为僚。"其时贾至任中书舍人，王维任集贤殿学士，岑参任右补阙，属中书省；杜甫任右拾遗，属门下省。

　　②《尔雅·释诂》："天，君也。"天帝居紫微垣，故天子皇宫称紫宫，京都道路称紫陌。〔赵注〕刘孝绰《春日从驾新亭应制》："纡余出紫陌，

迤逦度青楼。"

③禁城：宫城。见《敕赐百官樱桃》注③。

④《汉书·元后传》："赤墀青琐"。颜师古注："青琐者，刻为连琐文而以青涂之也。"按：是宫门上的雕饰，借指宫门。

⑤汉建章宫，借指唐宫。见《奉和圣制赐史供奉曲江宴应制》注⑤

⑥唐制，五品以上官，佩剑、珮等物。墀：殿阶。

⑦〔赵注〕《新唐书·仪卫志》："朝日，殿上设黼扆、蹑席，熏炉，香案。"生接：惹香，含沾沐皇恩之意。

⑧"里"，品汇作"上"。

⑨染翰：以笔蘸墨，谓书写制、诏。潘岳《秋兴赋》："染翰操纸"。李善注："翰，笔毫也。"

评　笺

胡应麟《诗薮》："早朝四诗，妙绝千古。贾舍人起结宏响，其工语在'千条弱柳'一联，第非作者所难也。工部诗全首轻扬，较他篇沉着雄浑如出二手，'朝罢香烟'句，王道思大讥之，然是和舍人'衣冠身惹御炉香'意耳。贾此句顾华玉亦有'近拙'之评。

毛先舒《诗辩坻》："早朝倡和，舍人作沉婉秾丽，气象冲逸，自应推首。'衣冠身'三字微拙。四诗互有杆轾，予必贾、王、岑、杜为次也。"

王夫之《唐诗评选》："劲调中不乏生色。〇更不作意收，直收而可该无限。"

梁章钜《退庵随笔》："赵松雪尝言，作律诗用虚字殊不佳，中间两联须填满方好。此语虽力矫时弊，幼学者正不可不知。唐人如贾至《早朝大明宫》等作，实开其端。"

李攀龙《唐诗广选》"顾华玉曰：此篇只是好结，音律雄浑。中联参差，不及王、岑远甚。"

同　和　　　　　　　　　　　　（岑　参）①

鸡鸣紫陌曙光寒②，莺啭皇州春色阑③。金阙晓钟开万户④，玉阶仙仗拥千官⑤。花迎剑珮星初落⑥，柳拂旌旗露未干⑦。独有凤凰池上客⑧，《阳春》一曲和皆难⑨。

　　①岑参（715—769），荆州江陵（今湖北江陵）人。幼孤贫。十五隐于嵩阳，二十献书阙下。天宝三载进士，授右内率府兵曹参军。八载冬至十载春，为安西节度使高仙芝掌书记。十三载秋至至德二载春，充安西、北庭节度使封常清判官。乾元元年春任右补阙。二年夏出为虢州长史。广德元年，由御史台属吏拜祠部员外郎。次年，任考功员外郎。累迁虞部、屯田、库部郎中。大历二年官嘉州刺史。三年七月，罢官欲归故里，淹泊戎州。四年，客居成都，岁末，卒。参累佐戎幕，擅长边塞之作，尤工七言歌行，与高适齐名，而雄逸瑰奇过之。有《岑嘉州集》。

　　②"曙"英华作"晓"。○

　　③"色"英华作"欲"。○〔赵注〕谢朓《和徐都曹出新亭渚》："宛洛佳遨游，春色满皇州。"张铣注："皇州，帝都也。"生按：阑，尽、晚。

　　④"晓"英华作"曙"。○金阙：借指宫廷。晓钟：大明宫含元门内，东侧有钟楼报点，西侧有鼓楼报更。《三辅黄图》："建章宫，度为千门万户。"

　　⑤〔赵注〕班固《西都赋》："玉阶彤庭。"张铣注："玉阶，以玉饰阶也。"生按：仙仗，皇帝的仪仗。仙，对宫廷和省署事物的美称。《新唐书·仪卫志》："凡朝会之仗（兵卫仪仗），三卫番上，分为五仗，号衙内五卫。皆带力捉仗（各种仪仗）。列于东西廊下。朝罢放仗。"

　　⑥"落"，英华作"没"。

　　⑦〔赵注〕朱晦庵谓唐时殿庭间皆植花柳，故杜子美诗有"退朝花底散，归院柳边迷"之句，岑诗用花柳字，亦其一证。

　　⑧"独"英华作"别"。

　　⑨"皆"，英华作"仍"。○〔赵注〕刘向《新序》："客有歌于郢中者，其始曰《下里巴人》，国中属而和者数千人。其为《阳春白雪》，国中属而和者数十人而已也。是其曲弥高者，其和弥寡。"生按：此谓贾诗高雅，堪称绝唱，很难酬和。

评　笺

杨万里《诚斋诗话》："七言褒颂功德，如少陵、贾至诸人倡和《早朝大明宫》，乃为典雅重大。和此诗者，岑参云：'花迎剑佩星初落，柳拂旌旗露未干'，最佳。"

高步瀛《唐宋诗兴要》："吴曰：庄雅秾丽，唐人律诗，此为正格。"

王夫之《唐诗评选》："刻写入冥，如两镜之取影。《毛诗》：'庭燎有辉，言观其旂'，以状夜向晨之象，景外独绝。千载后乃得'花迎剑佩'一联，星落乃知花之相迎，旌之拂柳也。《三百篇》后，不可无唐律者以此。"

毛先舒《诗辨坻》："早朝倡和，嘉州句语停匀华净，而体稍轻扬，又结句承上，神脉似断。"

黄生《唐诗摘抄》："看岑'紫陌'、'春色'、'莺'、'柳'、'剑佩'、'凤池'等字皆公然取之贾诗，而运用不同，气色迥别，与此作并观，低昂不待辨矣。"

胡应麟《诗薮》："王、岑二作俱神妙，间未易优劣。嘉州较似工密，乃'曙光'、'晓钟'，亦觉微额，又'春'字两见篇中，尚非绝瑕之璧也。于戏不易哉！"

李攀龙《唐诗广选》："田子艺蘅曰：诸公倡和，此当为首，惜寒、阑、干、难四韵不佳耳。"

陆时雍《诗镜总论》："唐人《早朝》惟岑参一首最为得当，亦语语悉称，但格力稍平耳。"

吴昌祺《删订唐诗解》："岑诗用意周密，格律精严，当为第一。贾亦不能胜杜。'花迎'二句或谓为两截语，非也，盖言迎于星落之时，拂于露湛之际耳。"

方东树《昭昧詹言》："岑参和贾至舍人《早朝大明宫》之作，起二句'早'字，三四句大明宫早朝，五六正写朝时，收和诗匀称。原唱及摩诘、子美无以过之。"

周容《春酒堂诗话》："《早朝》四诗，贾舍人自是率尔之作，故起结圆亮而次联强凑。少陵殊亦见窘。世皆谓王、岑二诗，宫商齐响。然唐人最重收韵，岑较王结更觉自然满畅。且岑是句句和早朝，王、杜未免扯及未朝罢朝时矣。”

施补华《岘佣说诗》：“和贾至舍人早朝诗，究以岑参为第一。‘花迎剑佩’、‘柳拂旗旌’，何等华贵自然。摩诘‘九天阊阖’一联失之廓落。少陵‘九重春色醉仙桃’更不妥矣。诗有一日短长，虽大手笔不免也。”

《瀛奎律髓》：“纪昀批：五六句方说晓景，末二句如何突接？究竟少绪。”

施闰章《蠖斋诗话》：“毛子大可夜酌，尝言酬和诗不易作。如老杜一代诗豪，其和贾至《早朝》，较王维、岑参诗皆逊，推岑作独步矣。一日语少子恪，恪诵吟过，笑曰：洵如毛说，则早朝时无‘莺啭’，亦不见‘春色’。余更思不可得。”

同　和　　　　　　　　　　　（杜　甫）①

五夜漏声催晓箭②，九重春色醉仙桃③。旌旂日暖龙蛇动④，宫殿风微燕雀高。朝罢香烟携满袖，诗成珠玉在挥毫⑤。欲知世掌丝纶美⑥，池上于今有凤毛。舍人先世掌丝纶⑦。

①杜甫（712—770）字子美，巩县，（今属河南）人，原籍襄阳（今属湖北）。开元十九年后曾漫游吴越。二十三年举进士不第。遂游齐、赵。天宝三载，结识李白于洛阳。十载，献《三大礼赋》，命待制集贤院。十四载，擢河西（今陕西合阳）尉，不拜，改授右卫率府胄曹参军。安史乱起，避难鄜州（今陕西富县）。肃宗立，甫赴灵武，中道被俘，陷长安。至德二载五月，脱身至凤翔（今属陕西）谒肃宗，拜左拾遗。乾元元年，出为华州（今陕西华县）司功参军。次年弃官，经秦州、同谷入成都。上元元年，得严武之助，于浣花溪旁营建草堂。代宗广德二年，严武再任剑南节度使，奏为参谋、检校工部员外郎。永泰元年严武卒，甫离成都。大历元年寓居夔州（今奉节）。三年，出蜀，漂泊岳阳、长沙、衡阳一带。五年冬，病死在长沙至岳阳的湘江途中。甫诗沉郁典重，以古体、律诗见长。因身经唐代由盛转衰之变，其诗于世上疮痍、民间疾苦有深广反映，晚唐以来称为“诗史”、“诗圣”。有《杜工部集》。

②〔赵注〕陆倕《新漏刻铭》："五夜不分。"李善注："卫宏《汉旧仪》曰：昼漏尽，夜漏起，省中用火，中黄门持五夜——甲夜、乙夜、丙夜、丁夜、戊夜也。"生按：一夜分为五夜，甲夜至戊夜，即一更至五更。夜晚七时至九时为甲夜、一更，每更相距二小时。余类推。催晓箭：催促天明。见《奉和圣制十五夜燃灯》注③。

③"重"，仇兆鳌本一作"天"。○宋玉《九辩》："君之门以九重。"洪兴祖注："天子有九门，谓关门、远郊门、近郊门、城门、皋门、库门、雉门、应门、路门也。'此借指宫廷。朱鹤龄注："言春色之浓，桃花如醉。以在禁内，故曰仙桃。"

④"旌旂"亦作"旌旗"。《说文》："㫃，旌旗之游。"段玉裁注："旌旗者，旗之通称。旌，有羽者；旗，未有羽者。各举其一，以概九旗也。"生按：据《周礼·春官·司常》，九旗的名称是：旗上画日月的是"常"，画蛟龙的是"旂"，縿（附于杆的直幅）斿（缀于縿的若干横幅）同色的是"旜"，縿斿异色的是"物"，画熊虎的是"旗"，画鸟隼的是"旟"，画龟蛇的是"旐"，杆首有五彩羽毛的是"旞"，杆首有不同颜色羽毛的是"旌"。

⑤珠玉：喻诗文贵重华美。萧纲《答新渝侯书》："风云吐于行间，珠玉生于字里。"《语辞例释》："在，相当于任。"

⑥〔赵注〕《礼记·缁衣》："王言如丝，其出如纶。王言如纶，其出如綍。"生按：《语辞例释》："欲，已。"掌丝纶，职掌为皇帝撰写诏书。《新唐书·贾至传》："帝（玄宗）传位，至当撰册。既进稿，帝曰：昔先天诰命，乃父（贾曾）为之辞。今兹命册，又尔为之。两朝盛典，出卿家父子手，可谓继美矣。"

⑦凤毛：先人（凤）遗留的风姿文采。凤：俊杰之古的美称。〔赵注〕《世说新语·容止》："王敬伦（劭，王导之子）风姿似父。作诗中，加授桓公（温）公服，从大门入。桓公望之曰：大奴（王劭小名）固自有凤毛。"顾宸说："贾诗言凤池，公即用凤毛，贴贾氏父子，不可移赠他人，结语独壮。"

评　笺

仇兆鳌，《杜少陵集详注》："《演义》：'初联，早朝之候；次联，大明宫景；三联，言退朝作诗，称贾至之才；结联，言父子继美，切舍人之事。此诗比诸公之作，格法尤为谨严。'苏轼曰：'七言之伟丽者，子美云：旌旗日暖龙蛇动，宫殿风微燕雀高；五更鼓角声悲壮，三峡星河影动摇。尔后寂寞无闻。'按：前人评此诗，谓其起语高华，三壮丽，四悠扬，无可议矣。颇嫌五六气弱而语俗，得结尾振救，便觉全体生动也。"

李日华《恬致堂诗话》："唐人《早朝》诗，俱称典丽。然王警句曰：'九天……万国……'岑则曰：'花迎……柳拂……'贾则曰：'剑佩……衣冠……'气象诚高，波澜诚阔，终是落境语耳。子美则云：'旌旗……宫殿……'以旌旗所画之龙蛇对真燕雀，已极变化。而动字高字，则含生气。风微字，则以燕雀因风微得至殿屋，风稍壮不免抢地矣；且'大厦成而燕雀贺'，又本成语，见朝廷宽大群情乐附之意。有比有兴，六义俱涵，辗转咏之，弥堪咀味。杜真诗圣，三子咸当北面。"

王夫之《薑斋诗话》："情、景名为二，而实不可离。神于诗者，妙合无垠。巧者则有情中景，景中情。景中情者，如'长安一片月'，自然是孤栖忆远之情；'影静千官里'，自然是喜达行在之情。情中景尤难曲写，如'诗成珠玉在挥毫'，写出才人翰墨淋漓、自心欣赏之景。凡此类，知者遇之，非然，亦鹘突看过，作等闲语耳。"

谢榛《四溟诗话》："《金针诗格》曰：诗有内外意，内意欲尽其理，外意欲尽其象。内外意含蓄，方入诗格。若子美'旌旗……宫殿……'是也。此固上乘之论，殆非盛唐之法。且如贾至、王维、岑参诸联，皆非内意，谓之不入诗格可乎？然格高气畅，自是盛唐家数。""贾则气浑调古，岑则词丽格雄，王杜二作，各有短长，其次第犹是一辈行。"

唐汝询《唐诗解》："岑，王矫矫不相下，舍人则雁行，少陵当退舍。盖尺有所短，寸有所长，不当以一诗议优劣也。"

毛先舒。《诗辩坻》："工部诗音节过厉，'仙桃'、'珠玉'近俚，结使事亦粘带，自下驷耳。"

施闰章《蠖斋诗话》："老杜和贾至《早朝》，较王维，岑参诗皆逊。'春色仙桃'语既近俗，即'日暖龙蛇'、'风微燕雀'并非早朝时所见，五六遽言'朝罢'，殊少次第，故当远让王、岑。"

赵殿成按："毛西河（奇龄）曰：'丙午年长至，夜饮施愚山（闰章）使

君官舍。愚山偶论王维、岑参、杜甫和贾至《早朝》诗，惟杜甫无法。'坐客
怫然。予解曰，往有客亦主此说，客曰：'律法极细，吾但论其粗者。既题早
朝，则鸡鸣、晓钟、衣冠、阊阖，律法如是矣。王维歉于岑参者，岑能以花迎
柳拂、阳春一曲补舍人原唱春色二字，则王稍减耳，其他则无不同者。何则？
律故也。杜即不然，王母仙桃，非朝事也；堂成而燕雀贺，非朝时境也；五夜
便日暖耶？舛也，且日暖非半时也；若夫旌旗之动，宫殿之高，未尝朝者也，
曰朝罢，乱也；诗成与早朝半四句，乏主客也。'予时无以应。然则愚山之论
此，岂过耶！'按：仙桃即殿廷所植之桃，以其托根禁地，故曰仙桃，与王母仙
桃无涉。燕雀每于天光焕发之后，高飞四散，此句咏早字甚得，然写作宫殿间
景致，未免荒凉耳，于堂成而燕雀贺之说杳不相干也。"

和太常韦主簿五郎温汤寓目[①]

汉主离宫接露台[②]，秦川一半夕阳开[③]。青山尽是朱旗绕，
碧涧翻从玉殿来[④]。新丰树里行人度[⑤]，小苑城边猎旗回[⑥]。闻
道甘泉能献赋，悬知独有子云才[⑦]。

①"汤"，品汇、鼓吹、凌本作"泉"，唐诗解作"泉宫"。"寓目"后
《全唐诗》有"之作"二字。○《旧唐书·职官志》："太常寺，常邦国礼
乐、郊庙、社稷之事，以八署分而理之。主簿二人，从七品上。主簿掌印，
勾检稽失，省署抄目。"韦主簿五郎，未详何人。《长安志》："温汤在临潼
县南一百五十步，骊山之西北。"《十道志》："贞观十八年，营建宫殿御
汤，名汤泉宫。咸亨二年，名温泉宫。天宝六载，改为华清宫，益治汤井
为池。台殿环列山谷。又筑会昌城，置百司及公卿邸第焉。"《唐语林》：
"骊山华清宫，汤泉凡一十八所。第一即御汤，周环数丈，悉砌白石，莹彻
如玉，石面皆隐起鱼龙花鸟之状。四面石座，阶级而下。中有双白石甖，
连腹异口，甖口中复植双白石莲，泉眼自莲中涌出，注白石之面。御汤西

南，即妃子汤，汤稍狭，汤侧有红石盆四所，刻作菡萏于白石之面。余汤迤逦相属而下，凿作暗窦，走水。"寓目：寄目，目中所见，常用作诗题。按：此诗唐时入乐，曲名《想夫怜》，一作《相府莲》。白居易《听歌六绝句》："玉管朱弦莫急催，容听歌送十分杯。长爱夫怜第二句，请君重唱夕阳开。"自注："王维右丞辞云：'秦川一半夕阳开'，此句尤佳。"

②汉主：此以汉喻唐。〔赵注〕《三辅黄图》："离宫，天子出游之宫也。"《汉书·文帝纪》："帝尝欲作露台，召匠计之，值百金。上曰：百金，中人十家之产也。吾奉先帝宫室，常恐羞之，何以台为！"《括地志》："骊山上犹有露台之旧址。《汉书·翼奉传》云，孝文露台，其积土基，至今犹存。"〔王注〕露台：露天高台。

③川：平原。《读史方舆纪要》："陕西，秦孝公徙都之，谓之秦川。"开：明朗。崔曙《九日登望仙台呈刘明府》："此日登临曙色开。"杜甫《反照》："反照开巫峡。"与此处"开"字义近。〔赵注〕夕阳未落，或为云霞所覆，其余晖所及，往往半有半无。

④《增韵》："翻，又通作反。"○玉殿：指华清宫内高处殿阁。

⑤"树"，赵本一作"市"。○新丰：在今陕西临潼县东北，现为新丰镇。见《少年行》四首之一注③。《字汇》："度，过也。"

⑥小苑：指芙蓉苑。见。《奉和圣制上巳于望春亭观褉应制》注③。《旧唐书·玄宗纪》："开元二十年六月，筑夹城至芙蓉园。"

⑦《历代宅京记》："甘泉宫，秦所造，在今池阳（陕西淳化）县西甘泉山。汉武帝建元中增广之，周十九里。"〔赵注〕《汉书·扬雄传》："成帝时，客有荐雄文似相如者。上方郊祠甘泉泰畤、汾阴后土，以求继嗣，召雄待诏承明之庭。从上甘泉还，奏《甘泉赋》以讽。"庾信《和赵王看伎》："悬知曲不误，无事畏周郎。"生按：悬知，料想。

评　笺

胡仔《苕溪渔隐丛话》："《蔡宽夫诗话》云：题是《和太常韦主簿温汤寓目》，不知何以指为《想夫怜》之辞。大抵唐人歌曲，本不随声为长短句，多是五言或七言诗，歌者取其辞，与和声相叠成音耳。予家有古《凉州》《伊州》之辞，与今遍数悉同，而皆绝句诗也。岂非当时文人之辞为一时所称者，皆为歌人窃取而播之曲调乎？"

管世铭《读雪山房唐诗序例》："七言律诗出于乐府，王摩结'秦川一半夕阳开'为乐府高调。"

胡应麟《诗薮》："唐七言律起语之妙，自'卢家少妇'外，崔颢'岩峣太华俯咸京，天外三峰削不成'，王维'汉主离宫接露台，秦川一半夕阳开'，皆冠裳宏丽，大家正脉可法。"

许学夷《诗源辩体》："摩诘七言律，如'汉主离宫'，华藻秀雅者也。○摩诘诗，'新丰树里行人度，小苑城边猎骑回'，诗中有画者也。○（'青山尽是'四句）浑圆活泼，而气象风格自在。"

《王摩诘诗评》："顾云：此篇铺写景象，雄浑富丽，造作句律，温厚深长，皆足为法。"

桂天祥《批点唐诗正声》："诗思宏丽，开阖变化，尤深典雅，近时何（大复）、李（东阳）所极力模仿者。"

《唐诗归》："钟云：为'一半夕阳开'五字选之，要知此等诗却不曾深厚，不曾浑雅。○（'小苑城边'句下）将小景写出大气象。"

姚鼐《今体诗抄》："首句是实事切景，非漫用以就韵也。"

谢榛《四溟诗话》："王维《温泉》，上句曰：'新丰村里行人度'，'闻道甘泉能献赋'，度、赋同韵，此非诗家正法。"

方东树《昭昧詹言》："《和太常韦主簿五郎温汤寓目》，先叙明温汤地方，以原题立案，所谓盐脑也。中四句寓目。收切主簿及和诗。只是不脱题面，不抛漏题中应有事意，而古今小才陋士率未能解，亦可怪也。首句写地，次句兼及时，三四近景，五六远景，收切人，切和诗。"

金人瑞《圣叹外书》："此前解是写温泉，然吾详玩其四句次第，却是细细又写寓目，譬如作大幅界画者，其正经主笔，本自定于一幅之居中，而其初时起手，却必是最下一角，先作从旁小景，既而渐渐添成，便是远近正偏，无数形势一齐俱备矣。一、二只陪写温泉，三、四方正写温泉。此为寓目时自远而近，自边而中，最精最细之理路也。如此四句，便是满胸章法，其为画家鼻祖，岂无故而然乎！"

卢麰《闻鹤轩初盛唐近体读本》："陈德公曰：爽笔写异景，绝不尖近，此为盛唐。三、四老成警出。五、六是其自然本色，亦有媚媚情致，不为衰率。又从题中‘寓目’字抒写，故佳。”

黄培芳《唐贤三昧集笺注》：“此种都是盛唐正轨（秦川句下）接得开宕，不平弱。”

李因培《唐诗观澜集》：“好景如画，然用意极深，看项联‘尽是’、‘翻从’，托出得蕴藉如许。”

张世炜《唐七律隽》：“落句以甘泉比温泉。诗中只写离宫之景，将温泉淡淡点出，俗手必极力描写。”

杨慎《升庵诗话》：“夫唐至天宝，宫室盛矣，秦川八百里，而夕阳一半开，则四百里之同皆离宫矣，此言可谓肆而隐。奢丽若此，而犹以汉文惜露台之费比之，可谓反而讽。末句欲韦郎效子云之赋，则其讽谏可知也。言之无罪，闻之可戒，得扬雄之旨者，其王维乎！”

唐汝询《唐诗解》：“以彼秦川之迥而夕阳半开，其半为宫室所掩也。今在朝之臣惟主簿独有其才，庶几寓目之作亦将有以感动吾君耳。”

王夫之《唐诗评选》：“题云《温汤寓目》，固有规讽，通篇皆含此旨，故首以‘汉主’二字隐之，乃使浅人不测。”

黄生《唐诗摘抄》：“（次句）妙于立言。明明道其宫殿之盛。〇朱之荆补：前六句惟第四句贴温泉一笔，其余俱是寓目，极言宫室盛，以寓讥讽之意，故插‘露台’字于前，令人不觉。次句甚浑。结以甘泉赋赞其诗。”

顾可久按：写景入画，清俊蕴藉。

赵殿成按：“诗以寓目命题，则前六句皆即目中之所见而言也。汉主句，纪其所见宫室之富，而并及其地。秦川句，纪其所见风景之丽，而兼记其时。青山、碧涧之句，乃寓目于近。新丰、小苑之句，乃寓目于远。末则归美韦郎，以见属和之意。诗之大旨，不过尔尔。温汤接近露台，本是骊山实境，何尝有反讽之意乎！夕阳未落，或为云霞所覆，其余辉所及，往往半有半无，今登高望远，时一遇之，不知杨氏有何创见，而谓四百里之内皆离宫耶？甘泉献赋，唐人习用，执此而言讽谏，尤属迂谈。”

张步云说：“无论描写景色，渲染气象，均妙入绘笔，为锤炉之作。”（《唐代诗歌》）

和陈监四郎秋雨中思从弟据①

袅袅秋风动②，凄凄烟雨繁。声连䴔鹊观③，色暗凤凰原④。细柳疏高阁，轻槐落洞门⑤。九衢行欲断⑥，万井寂无喧⑦。忽有《愁霖》唱⑧，更陈多露言⑨。平原思令弟⑩，康乐谢贤昆⑪。逸兴方三接⑫，衰颜强七奔⑬。相如今老病，归守茂陵园⑭。

此诗约作于天宝四载。

①《唐人行第录》："以余考之，陈监四郎应希烈之孙。《姓纂》言希烈子沩为少府少监，元和初尚存，疑此四郎为沩之子（希烈尚有子泇为秘书少监），名已不可知矣。"生按：《元和姓纂》："开元左相、太子太师希烈，世居均州。子某，左司郎中；鸿胪大卿；沩，少府少监；润，户部郎中；泇，秘书少监。"《旧唐书·职官志》："少府监：监一员，从三品。少监二员，从四品下。监之职，掌供百工伎巧之事，总中尚、左尚、右尚、织染、掌冶五署之官属。少监为之贰。"

②袅袅音鸟。〔赵注〕屈原《九歌·湘夫人》："袅袅兮秋风。"王逸注："袅袅，秋风摇木貌。"

③䴔音支。䴔鹊，喜鹊。〔赵注〕司马相如《上林赋》："过䴔鹊，望露寒。"张揖注："䴔鹊观，武帝建元中作，在云阳（今陕西淳化县西北）甘泉宫外。"

④〔赵注〕《一统志》："凤凰原在临潼县东北十里。"《太平寰宇记》"后汉延光三年，凤凰集新丰，即此原也，亦骊山之别麓。"

⑤洞：通。《汉书·董贤传》："重殿洞门。"颜师古注："洞门，谓门门相当（对）也。"

⑥《尔雅·释宫》："四达谓之衢。"九衢：四通八达的大道。行音杭。《尔雅·释宫》："行，道也。"行欲断：谓路断人稀。或音形，释为人迹，亦通。

⑦万井：犹言万户。《汉书·刑法志》："地方一里为井。一同百里，

提封万井。”

⑧〔赵注〕谢瞻《答灵运诗》：“忽获《愁霖》唱，怀劳奏所诚。”吕向注：“灵运寄《愁霖》诗于瞻，故有此答。”生按：《南史·谢瞻传》：“瞻字宣远。文章之美，与从叔琨、族弟灵运相抗。”灵运寄诗已佚，此处借指陈监诗《秋雨中思从弟据》。

⑨〔赵注〕《诗·召南·行露》：“岂不夙夜，谓行多露。”毛苌传：“行，道也。”郑玄笺：“夙，早也。”生按：陈，陈说。马瑞辰释：“谓，畏之假借。《左传》僖公二十年引此诗，杜预注‘惧多露之濡己’。”

⑩〔赵注〕《晋书·陆机传》：“成都王颖以机参大将军军事，表为平原内史。”又《陆云传》：“云字士龙，六岁能属文，性清正，有才理，少与兄机齐名，虽文章不及机，而持论过之，号曰二陆。”谢灵运《酬从弟惠连》：“末路值令弟，开颜披心胸。”生按：古称己之弟为令弟，犹贤弟。《诗·小雅·角弓》：“此令兄弟。”郑玄笺：“令，善也。”

⑪康乐：谢灵运袭封康乐公。《汉书·李陵传》颜师古注：“谢，以辞相问也。”《广韵》：“昆，兄也。”

⑫逸兴：豪迈的兴致。《易·晋》：“康侯用赐马蕃庶，昼日三接。”孔颖达疏：“言非惟蒙赐蕃多，又被亲宠频数，一昼之间三度接见。”按：此指陈监四郎。

⑬〔赵注〕《左传·成公七年》：“吴始伐楚、伐巢、伐徐，子重奔命。马陵之会，吴入州来，子重自郑奔命。子重、子反于是乎一岁七奔命。”生按：强，勉强。奔命，为执行王命而奔走。此王维自谓。天宝四载，维曾先后出使榆林、新秦等郡。

⑭茂陵：汉武帝陵，在今陕西兴平县东北。《史记·司马相如传》：“相如常有消渴疾（糖尿病）。其进仕宦，未尝肯与公卿国家之事，称病闲居，不慕官爵。拜为孝文园令。即病免，家居茂陵。”生按：此诗押“元”韵。用今音读，繁、原、园、喧、言，属于“安”韵，门、昆、奔属于“恩”韵，已不完全叶韵。这种变化，在宋代已经定型，所以今音读“安”韵的“元”韵字，在词韵中属第七部；今音读“恩”韵的“元”韵字，在词韵中属第六部。四川方音中，上列读“安”韵的字至今有读“恩”韵的，如原、喧、言，荣县人仍读云、熏、银音，显系唐音的遗留。现在读

押"元"韵的唐诗，不改变读音叶韵是可以的。

和仆射晋公扈从温汤 时为左补阙①

天子幸新丰②，旌旗渭水东③。寒山天仗里④，温谷幔城中⑤。
奠玉群仙座⑥，焚香太乙宫⑦。出游逢牧马⑧，罢猎有非熊⑨。上
宰无为化⑩，明时太古同。灵芝三秀紫⑪，陈粟万箱红⑫。王礼尊
儒教⑬，天兵小战功⑭。谋猷归哲匠⑮，词赋属文宗⑯。司谏方无
阙⑰，陈诗且未工⑱。长吟吉甫颂，朝夕仰清风⑲。

此诗作于天宝三载冬。

①活字本无"时为左补阙"五字。各本"左"误作"右"。○〔赵注〕
《旧唐书·玄宗纪》："开元二十五年七月庚辰，封李林甫为晋国公。天宝元
年八月壬辰，吏部尚书兼右相李林甫加尚书左仆射。"生按：《封氏闻见记》：
"百官从驾谓之扈从，盖臣下侍从至尊，各供所职，犹仆（给事者）御（驾
车者）扈（养马者）养（烹饪者）以从上，故谓之扈从耳。"温汤：即温泉
宫，在今陕西临潼县华清池，见《和太常韦主簿五郎温汤寓目》注①。《旧
唐书·玄宗纪》："天宝三载十二月戊申，幸温泉宫。"又《职官志》："门下
省，左补阙二员，从七品上。补阙、拾遗之职，掌供奉讽谏，扈从乘舆。"

②幸：至，专用于皇帝。《独断》："车驾所至，民臣被其德泽，故曰
幸"新丰：在今临潼东北新丰镇。此处借指温泉宫，因宫在县境内。

③旌旗：旗的通称，此指左右兵卫的旗帜。见杜甫《和贾舍人早朝大
明宫之作》注④。《水经注·渭水》："渭水右径新丰县故城北，东与池水
会。池水之西南有温泉。"

④"寒"，全唐诗一作"远"。"里"，全唐诗作"外"。○天仗：皇帝
的仪仗。

⑤〔赵注〕潘岳《西征赋》："南有汤井温谷。"李善注："温谷，即温

泉。"庾肩吾《应令》："别筵开帐殿，离舟卷幔城。"生按：《说文》："幔，
幕。"幔城，谓兵卫众多帐幕围绕如城。

⑥《说文》："奠，置祭。"奠玉：谓祭祀时供玉。《旧唐书·玄宗纪》：
"天宝元年十月，新成长生殿，名曰集灵台，以祀天神。"群仙座指此。

⑦"焚"，英华作"薰"。○《史记·封禅书》："天神贵者太乙。"
《资治通鉴·玄宗纪》："天宝三载冬，术士苏嘉庆上言：遁甲术有九宫贵
神，典司水旱，请立坛于东郊，祀以四孟月。从之。"胡三省注："九宫贵
神，盖《易乾凿度》所谓太乙也。"《旧唐书·玄宗纪》："天宝三载十二月
癸丑，上祀九宫贵神，赦天下。"

⑧〔赵注〕《庄子·徐无鬼》："黄帝将见大隗于具茨之山，至于襄城
之野，适遇牧马童子，问途焉。黄帝曰：异哉小童！非徒知具茨之山，又
知大隗之所存，请问为天下？小童曰：夫为天下者，亦奚以异乎牧马者哉，
亦去其害马者而已矣。"

⑨"有"，全唐诗作"见"。○〔赵注〕《搜神记》："吕望（姜尚）钓
于渭阳，文王出游猎，占曰：'今日猎得一狩，非龙非螭，非熊非罴，合得
帝王师。'果得太公于渭之阳。与语，大悦，同车载而还。"

⑩上宰：对宰相的尊称。无为：冯友兰说，并非什么也不做，是无所为
而为，即顺乎自然。化：教化。《老子》："道常无为而无不为，侯王若能守
之，万物将自化。"《淮南子·原道》："所谓无为者，不先物为也；所谓无不
为者，因物之所为。"《庄子·在宥》："无为而尊者天道也，有为而累者人道
也。主者天道也，臣者人道也。"又《天道》："上必无为而用天下，下必有
为为天下用，此不易之道也。"《旧唐书·李林甫传》："（玄宗）自得林甫，
一以委成。宰相用事之盛，开元以来，未有其比。然每事过慎，条理众务，
增修纲纪，中外迁除，皆有恒度。"则林甫所为亦有合乎无为之教者。

⑪屈原《九歌·山鬼》："采三秀于山间。"《尔雅翼·释草》："芝，瑞
草，一岁三花，故《楚辞》谓之三秀。"《古瑞命记》："王者慈仁则芝生。"
《论衡·验符》："（汉章帝）建初三年，零陵泉陵女子傅宁宅，土中忽生芝
草五本，盖紫芝也。太守奉献，天下并闻，咸知汉德丰雍，瑞应出也。"
《旧唐书·五行志》："天宝初，临川郡人李嘉胤所居柱上生芝草，状如天
尊像，太守拔柱以献。"

⑫〔赵注〕《史记·平准书》："太仓之粟，陈陈相因。"《诗·小雅·甫田》："乃求千斯仓，乃求方斯箱。"箱，郑玄作车箱解。《汉书·贾捐之传》："太仓之粟，红腐而不可食。"左思《吴都赋》："红粟流衍。"吕延济注："红粟，谓储久而色赤。"生按：《旧唐书·玄宗纪》："开元二十八年。其时频岁丰稔，京师米斛不满二百，天下乂安。"

⑬"王礼"，英华作"玉醴"。○〔赵注〕《晋书·宣帝纪》："博学洽闻，伏膺儒教。"生按：《资治通鉴·玄宗纪》："开元二十七年八月，追谥孔子为文宣王，追赠弟子皆为公侯伯。"

⑭〔赵注〕杨雄《长杨赋》："天兵四临，幽都先加。"李善注："天兵，言兵威之盛如天也。"生按：天兵，对封建王朝军队的美称。小，谓以战功为小。《旧唐书·王忠嗣传》："天宝元年八月，拔悉密与葛逻禄、回纥三部落，攻（突厥）米施可汗走之。忠嗣因出兵伐之，取其右厢而归。其西叶护阿布思、及毗伽可敦（毗伽可汗妻）、男葛腊哆，率其部落千余帐入朝。明年，再破怒皆及突厥之众。自是塞外晏然，虏不敢入。"

⑮谋猷：谋略。《尔雅·释诂》："猷，谋也。"《书·君陈》："尔有嘉谋嘉猷，则入告尔后（君）于内。"哲匠：明达而有才智的大臣。〔赵注〕殷仲文《南州桓公九井作》："哲匠感萧辰。"李周翰注："哲，智也。匠谓善宰万物者。"

⑯〔赵注〕《南史·徐陵传》："自陈创业，文檄军书，及受禅诏策，皆陵所制，为一代文宗。"生按：文宗，受士人崇仰的文章大家。

⑰〔赵注〕《周礼·地官·司谏》："司谏掌纠万民之德而劝之。"郑玄注："谏犹正也，以道正人行。"则非后世谏官之职，盖借用也。生按：司谏，职掌讽（规劝）谏。方无阙，谓正无缺失可谏。

⑱〔赵注〕《礼记·王制》："命太史陈诗以观民风。"郑玄注："陈诗，谓采其诗而视之。"生按：此谓献上和诗。

⑲《诗·大雅·崧高》："吉甫作诵，其诗孔硕。"郑玄笺："尹吉甫，周之卿士（王卿之执政者）。"《诗·大雅·烝民》："吉甫作诵，穆如清风。"毛苌传："清微之风，化养万物者也。"陈奂疏："《潜夫论·三式》：'周宣王时，尹吉甫作封颂二篇。'疑三家诗'诵'作'颂'字。"生按：仰，敬慕。此以吉甫颂喻李林甫及其诗。

评　笺

　　陈贻焮说：“后期王维是消极的。他不满意不良政治倾向、不满意李林甫，但也不能不去歌功颂德。他不愿巧谄以自进，但又不干脆离去。他不甘同流合污，但又极力避免政治上的实际冲突，把自己装点成亦官亦隐的‘高人’，保持与统治者不即不离的关系，始终为统治者所不忍弃。这些，我们不应只看作佛学对他所产生的坏影响，应看作他思想意识中妥协一面发展的必然结果。”（《王维的政治生活和他的思想》）

　　生按：中国古代各个王朝的官吏和士人，都是当时政治经济秩序的实际创制者和维持者。他们同代表这种经济秩序的最高权力人物君、相，在政治利益上是根本一致的，所以才有可能奉行穷则独善其身、达则兼济天下的立身处世原则。独善其身就是明哲保身，为的是待时而动。只要当时的政治经济秩序还没有发展到不能维持下去的地步，他们还有一定的既得利益，他们是不会轻易离开君、相，甚至站到对立方面去的。因此，在必要的场合，无论是自愿、违心或被迫，他们总是不能不歌颂的。今人似不宜责怪其软弱和妥协。

和宋中丞夏日游福贤观天长寺即陈左相宅所施之作①

　　已相殷王国②，空余尚父溪③。钓矶开月殿④，筑道出云梯⑤。积水浮香象⑥，深山鸣白鸡⑦。虚空陈伎乐⑧，衣服制虹霓⑨。墨点三千界⑩，丹飞六一泥⑪。桃源勿遽返，再访恐君迷⑫。

　　　　此诗作于乾元元年夏。
　　①全唐诗在“寺”字后又重一“寺”字。述古堂本将“即”以下九字作题下原注，元刊本同述古堂本而无。“宅”字。赵本题作“和宋中丞……寺之作”，“即陈左相所施”作题下原注。从蜀刻本、活字本等。○陶敏《全唐诗人名考证》：“宋中丞：宋若思。《旧唐书·玄宗纪》：‘天宝十五载六月

庚子，以监察御史宋若思为御史中丞，充置顿使。'《旧唐书·房琯传》：'天宝十五载八月，诏加持节，招讨西京兼防御蒲潼两关兵马节度等使。琯请自选参佐，乃以中丞宋若思为判官。'《旧唐书·地理志》：'江州至德县，至德二年九月，中丞宋若思奏置。'《太平寰宇记》：一〇五：'建德县，唐至德二年，采访使、宣城太守宋若思奏置。'李白有《中丞宋公以吴兵三千赴河南军，次浔阳，脱余之囚，参谋幕府，因赠之》等诗文。若思为宋之问弟之悌次子。"《旧唐书·职官志》："御史台，大夫一员，正三品；中丞二员，正四品下。大夫、中丞之职，掌持邦国刑宪典章，以肃正朝廷，中丞为之贰。"福贤观、天长寺：故址在今陕西宝鸡市东南磻溪旁。《唐会要》："天宝七载八月十五日，敕两京及诸郡所有千秋观、寺，宜改天长名。"《旧唐书·玄宗纪》："天宝五载四月，门下侍郎陈希烈同中书门下平章事。六载四月，陈希烈为左相兼兵部尚书。"《新唐书·陈希烈传》："及禄山盗京师，遂与达奚珣偕相贼。后论罪当斩，肃宗以上皇素所遇，赐死于家。"

②〔赵注〕《史记·殷本纪》："武丁夜梦得圣人名曰说。于是乃使百工营求之野，得说于傅险中。是时说为胥靡，筑于傅险。见于武丁，武丁曰：是也。与之语，果圣人，举以为相，殷国大治。"生按：陶敏说，陈希烈深受唐玄宗尊重，而竟相安禄山，犹太公望被尊为尚父，而曾相敌国殷也。

③〔赵注〕刘向《列仙传》："吕尚（姜太公）西适周，匿于南山，钓于磻溪。"《诗·大雅·大明》："维师尚父"。毛苌传："师，太师也。"郑玄笺："尚父，吕望也，尊称焉。"生按：《水经注·渭水》："渭水又东过陈仓（宝鸡）县西。渭水之右，磻溪水注之。水出南山兹谷。溪中有泉，谓之兹泉。泉水潭积，自成渊渚，即《吕氏春秋》所谓太公钓兹泉也。东南隅有一石室，盖太公所居也。水次平石钓处，即太公垂钓之所也。"陶敏说，喻希烈已死，惟余旧宅。

④矶：水边突出的岩石。太公钓矶今名钓鱼台。开：建。月殿：借指矶旁佛殿。《立世阿毗昙论》："是月宫殿，琉璃所成，白银所覆，是月天子（大势至菩萨所化）于其中住。"〔赵注〕萧子良《九月侍宴》："月殿风转，层台气寒。"生按：此下八句，皆一句写寺，一句写观。

⑤〔赵注〕《书·说命》："说筑傅岩之野。"孔安国传："傅氏之岩，在虞虢之界。通道所经，有涧水坏道，常使胥靡刑人筑护此道。说贤而隐，代胥靡筑以供食。"谢灵运《登石门最高顶》："惜无同怀客，共登青云

梯。"刘良注："仙者因云而升，故曰云梯。"生按：云梯，高入云中的山间石级。此句暗示上有道观。

⑥积水：深潭，即兹泉之潭，今名云雾潭。《荀子·劝学》："积水成渊。"香象：佛教传称的巨象，青色，身出香风。《涅槃经》："如彼驶河，能漂香象。"

⑦〔赵注〕《续博物志》："陶隐居云：学道之人居山，宜养白鸡白犬，可以辟邪。"

⑧"陈"，全唐诗一作"无"。○〔赵注〕《法华经》："诸天伎乐，百千万种，于虚空中，一时俱作。"生按：伎，歌舞女伎。佛经中常有天女吹弹歌舞奉佛的记载。佛寺中有此类雕刻和壁画，称为飞天。

⑨《初学记》："凡虹双出，色鲜盛者为雄，雄曰虹（即虹的内环）；暗者为雌，雌曰霓（即虹的外环）。"屈原《九歌·东君》："青云衣兮白霓裳。"虹霓制成的衣服，仙人穿着。此指道士的衣服。

⑩"墨"，纬本、凌本作"黑"，误。○〔赵注〕《法华经》："乃往过去无量无边不可思议阿僧祇劫，尔时有佛名大通智胜如来，彼佛灭度以来，甚大久远。譬如三千大千世界所有地种，假使有人磨以为墨，过于东方千国土乃下一点，大如微尘，又过千国土复下一点，如是展转，尽地种墨，汝等能得边际，知其数不？不也。"生按：三千界，三千大千世界之略称，是一佛所教化的世界。《释氏要览》："积一千国，名小千世界。积一千小世界，名中千世界。积一千中世界，名大千世界，以三积千（积小中大三种千），故名三千大千世界。"《法华经》还说，大通如来有十六子出家成佛，都在教化众生，释迦牟尼前生即第十六子。此谓寺内僧人修行求佛。

⑪〔赵注〕《抱朴子·金丹》："第一之丹，名曰丹华。当先作玄黄，用雄黄水、矾石水一钵作汞，戎盐、卤碱、礜石、牡蛎、赤石脂、滑石、胡粉各数十斤，以六一泥封之，火之三十六日，成，服之，七日仙。"《云笈七签》："作六一泥法，矾石、戎盐、卤碱、礜石，右四物分等烧之，二十日止。复取左牡蛎、赤石脂、滑石，凡七物，合治万杵讫，置铁器中，猛下火，九日九夜，药正赤。复治万杵，下细筛，和以醇酽苦酒，合如泥，名曰六一泥。"生按：飞：中药的一种制法，研药为细末，置水中漂去水面粗屑。炼丹药石，皆先飞过，故炼丹称为飞炼。《资治通鉴·玄宗纪》：

"先天元年。太子曰：君有何艺？王倨曰：能飞炼。"此谓观中道士炼丹求仙。参见《奉和圣制幸玉真公主山庄》注⑫。

⑫陶潜《桃花源记》："及郡下，诣太守，说如此。太守即遣人随其往。寻向所志，遂迷，不复得路。"见《桃源行》注①。遽：急忙。

瓜 园 诗 并序

> 维瓜园高斋，俯视南山形胜。二三时辈，同赋是诗，兼命词英数公，同用园字为韵，韵任多少。时太子司议郎薛据发此题，遂同诸公云①。

余适欲锄瓜，倚锄听叩门。鸣驺导骢马②，常从夹朱轩③。穷巷正传呼④，故人觉相存⑤。携手追凉风，放心望乾坤⑥。蔼蔼帝王州⑦，宫观一何繁！林端出绮道⑧，殿顶摇华幡⑨。素怀在青山，若值白云屯⑩。回风城西雨，返景原上村⑪。前酌盈樽酒，往往闻清言⑫。黄鹂啭深木，朱槿照中园⑬。犹羡松下客⑭，石上闻清猿。

此诗作于上元元年夏。

①元刊本、久本少后一"韵"字。○瓜园：王从仁说："王维施庄（辋川别业）为寺后，在终南山附近，又另外经营了一处瓜园"（《王维和孟浩然》）。《正字通》："斋，燕（闲）居之室。"南山：终南山。形胜：风景优美。《魏书·冯亮传》："周视嵩高形胜之处"。时辈：当代名流。《三国志·魏书·孙礼传》："礼与卢毓，同郡时辈。"词英：词章英才。《淮南子·泰族》："智过万人者谓之英。"《唐会要》："（东宫官）左春坊：司议郎四员，正六品上，掌侍奉规谏，驳正启奏，并录东宫记注，分判坊事。"薛据：见《座上走笔赠薛据慕容损》注①。乾元二年秋，薛据任太子司议

郎。时杜甫在秦州,有《秦州见敕目薛三据授司议郎》诗。韵任多少:任随写多少韵。古近体诗通常每两句叶韵一次,是为一韵。八句是四韵。王维此诗二十二句,是十一韵。同:一同作诗。此处不作"和"解。

②〔赵注〕《南史·到溉传》:"恒鸣驺在道,以相存问。"《后汉书·羊续传》李贤注:"驺,骑士也。"生按:鸣驺,指显贵出行时前导的骑士吆喝开道。或谓鸣驺指前后侍从的骑士,鸣指马铃声;"驺哄"、"驺唱"才是骑士喝道。此说存参。《说文》:"骢,马青白杂毛也。"段玉裁注:"俗所谓葱白色"。

③常从:随身侍从。《三国志·吴书·孙奋传》:"左右常从有罪过者,当以表闻。"〔赵注〕张协《咏史》:"朱轩曜金城。"刘良注:"朱轩,公卿车也。"生按:是一种车辕上曲,车厢两旁有轓蔽(靠手兼护泥板),漆成大红色的坐车。

④穷巷:僻巷。《淮南子·修务训》:"隐处穷巷,声施千里。"〔赵注〕《汉书·萧望之传》:"下车趋门,传呼甚宠。"颜师古注:"传呼,传声而呼侍从者,甚有尊宠也。"

⑤傥:不期而然。《庄子·缮性》:"物之傥来寄者也。"成玄英疏:"傥者,意外忽来者耳。"存:访问。〔赵注〕曹操《短歌行》:"越陌度阡,枉用相存。"李周翰注:"存,问也。"

⑥放心:放开心胸,心胸舒展。

⑦《广雅·释训》:"蔼蔼,盛也。"《玉篇》:"州,居也。"谢朓《入朝曲》:"江南佳丽地,金陵帝王州。"此谓帝都繁荣盛大。

⑧林端:林上。《释名·释采帛》:"绮,敧也。"谓纵横交错的道路出于远处树林之上。此高处所见,入画。

⑨"摇",纬本、凌本作"播"。〇幡同旛。《集韵》:"旛,谓旗幅之下垂者。"华幡:彩幡。

⑩素怀:平素的志趣。《颜氏家训·终制》:"聊书素怀"。《经传释词》:"若,犹如。"《说文系传》:"值,逢遇。"〔赵注〕谢灵运《入彭蠡湖口》:"春晚绿野秀,岩高白云屯。"李周翰注:"屯,聚。"生按:二句谓,向来志在青山,如像遇着青山就屯聚其上的白云。

⑪屈原《九章·悲回风》:"悲回风之摇蕙兮。"朱熹注:"旋转之风也。"《说文》:"景,日光。"〔赵注〕《初学记》:"日西落,光返照于东,

谓之返景。"刘孝绰《侍宴集贤堂应令》："返景入池林，余光映泉石。"

⑫"闻"，元刊本、述古堂本作"间"。○〔赵注〕《晋书·郭象传》："郭象少有才理，好老庄，能清言。"生按：清言，高雅的谈论，犹清谈、玄谈。

⑬"中"，赵本一作"空"。○黄鹂：黄莺。见卷一《早春行》注①。〔赵注〕嵇含《南方草木状》："朱槿花，茎叶皆如桑，树高四五尺。自三月开花，至仲秋即歇。其花深红色，五出，大如蜀葵，有蕊一条，上缀金屑。一丛之上，日开数十朵，朝开暮落。一名日及。"中园：园中。

⑭松下客：喻隐者。松树经冬不凋，古人以喻志操高洁的贤者和隐士。

评 笺

许学夷《诗源辩体》："摩洁诗如'回风城西雨，返景原上村'，诗中有画者也。"

何良俊《四友斋丛说》："王右丞五言有绝佳者。如《瓜园》《赠裴十迪》《纳凉》《济上四贤咏》诸篇，格调既高，而寄兴复远，即古人诗中亦不能多见者。"

张谦宜《絸斋诗谈》："《瓜园》诗，铺叙有次第，以章法错行，不觉其板，当学此。"

王闿运批《唐诗选》："与赠裴诗同一起法，所谓脱手弹丸。然是强词，右丞非锄瓜者。回风'二句，对写自分雅俗。"

同卢拾遗《韦给事东山别业二十韵》

给事首春休沐，维已陪游。及乎是行，亦预闻命。会无车马，不果斯诺①。

托身侍云陛②，昧旦趋华轩③。遂陪鹓鸿侣④，霄汉同飞翻⑤。君子垂惠顾，期我于田园⑥。侧闻景龙际，亲降南面尊⑦。

万乘驻山外⑧，顺风祈一言⑨。高阳多夔龙⑩，荆山积玙瑶⑪。
盛德启前烈⑫大贤钟后昆⑬。侍郎文昌宫⑭，给事东掖垣⑮。谒
帝俱来下⑯，冠盖盈丘樊⑰。闺风首邦族⑱，庭训延乡村⑲。采
地包山河⑳，树井竟川原㉑。岩端回绮槛㉒，谷口开朱门㉓。阶
下群峰首㉔，云中瀑水源㉕。鸣玉满春山㉖，列筵先朝暾㉗。会
舞何飒踏㉘，击钟弥朝昏㉙。是时阳和节，清昼犹未暄㉚。蔼蔼
树色深，嘤嘤鸟声繁㉛。顾已负宿诺，延颈惭芳荪㉜。蹇步守穷
巷，高驾难攀援㉝。素是独往客㉞，脱冠情弥敦㉟。

此诗作于开元二十五年春。

①"同卢拾遗韦给事"，全唐诗作"同卢拾遗过韦给事"。○同：和诗。卢拾遗：
卢象，见《青雀歌》同咏注。韦给事：韦恒。〔赵注〕按《旧唐书·韦嗣立传》，嗣
立有三子，皆知名。次曰恒，开元初为砀山令，擢拜殿中侍御史，历度支左司等员
外、太常少卿、给事中。二十九年，为陇右道河西黜陟使。出为陈留太守。次曰济，
开元初为鄄城、醴泉令，三迁库部员外郎。二十四年为尚书户部侍郎。转太原尹。天
宝七载为河南尹，迁尚书左丞。出为冯翊太守。《新唐书·百官志》："门下省，给事
中四人，正五品上。掌侍左右，分判省事。"东山别业：即韦嗣立的骊山别业。骊山
在长安东。《旧唐书·韦嗣立传》："嗣立尝于骊山构营别业，中宗亲往幸焉，自制诗
序，令从官赋诗。赐绢二千匹。因封嗣立为逍遥公，名其所居为清虚原、幽栖谷。"
梁元帝《纂要》："孟春曰首春。"《初学记》："休假亦曰休沐。汉律，吏五日得一休
沐，言休息以洗沐也。"唐制，十日一休沐。韦应物《休假日访王侍御不遇》："九日
驰驱一日闲。生按：会，适当其时。果，实现。诺，应许之言。

②〔赵注〕谢灵运《还旧园作》："托身青云上，栖岩挹飞泉。"李周
翰注："托，寄也。"左思《七章》："阊阖第之广袤，建云陛之嵯峨。"生
按：陛，天子殿前台阶，云，形容其高。借指天子。

③"旦"，蜀刻本、述古堂本、元刊本、久本作"早"。○《诗·郑风
·女曰鸡鸣》："士曰昧旦。"陈奂疏："旦，明。昧明，未全明。"趋：疾
行。〔赵注〕潘岳《为贾谧作赠陆机》："优游省闼，珥笔华轩。"吕向注：
"华轩，殿上曲栏。"生按：此谓早朝。

④鹓音鸳，即鹓雏。《庄子·秋水》："南方有鸟，其名鹓雏。"释文："鹓雏乃鸾凤之属。"《诗·小雅·鸿雁》毛苌传："大曰鸿，小曰雁。"鹓与鸿，飞行有序，比喻朝官行列。鹓鸿侣：朝中同僚。

⑤霄：高空云气。汉：天河。意谓天空，此喻朝廷。〔赵注〕《后汉书·仲长统传》："可以凌霄汉，出宇宙之外矣。"王粲《赠蔡子笃诗》："苟非鸿雕，孰能飞翻。"

⑥垂：敬词，用于尊重和感激别人的行动。惠顾：关心照顾。期：约会。《诗·鄘风·桑中》："期我乎桑中"。田园：指东山别业。

⑦侧闻：从旁听到。谦词。《旧唐书·中宗纪》："景龙三年，十二月庚子，辛兵部尚书韦嗣立庄。"南面尊：指中宗。帝王之位坐北向南《易·说卦传》："圣人南面而听天下，向明而治。"

⑧《孟子·梁惠王》："万乘之国。"赵歧注："万乘，兵车万乘，谓天子也。"驻：停留。

⑨顺风：顺下风，处于风的下方。谦词。《庄子·在宥》："广成子南首而卧，黄帝顺下风膝行而进，再拜稽手而问曰：闻吾子达于至道，敢问治身奈何而可以长久？"此谓中宗礼贤，亲至别业请教。

⑩《史记·五帝本纪》："昔高阳氏有才子八人，世得其利，谓之八恺。高辛氏有才子八人，世谓之八元。此十六族者，世济其美，不陨其名。至于尧，未能举。舜举八恺，使主后土；举八元，使布五教于四方。以夔为典乐，龙为纳言。"生按：舜举的高阳氏后裔八恺，杜预、孔颖达认为，即垂、益、禹、皋陶等人，他们都是颛顼子孙；夔、龙也应在八恺、八元之内。此喻中宗多贤臣。

⑪玙璠音于凡。〔赵注〕《通典》："虢州湖城县（今河南灵宝）有荆山，出美玉。"生按：《水经注》卷四十："荆山在南郡临沮县（今湖北远安）东北。卞和得玉璞于是山，楚王不理，怀璧哭于其下，王后使玉人理之，所谓和氏之玉焉。"《左传·定公五年》："季平子卒于房，阳虎将以玙璠敛，仲梁怀弗与。"杜预注："玙璠，美玉，君所佩。"此喻韦氏多良才。

⑫启：开创。《诗·鲁颂·閟宫》："大启尔宇，为周室辅。"《尔雅·释诂》："烈，业也。"郭璞注："谓功业。"此指韦嗣立及其父思谦、其兄承庆，父子三人皆曾任宰相。

⑬《集韵》："钟，聚也。"《书·仲虺之命》："垂裕后昆。"孔安国传：

"后世。"此指韦恒兄弟。

⑭〔赵注〕荀绰《晋书·百官表》注曰："尚书为文昌天府，众务渊薮。"《晋书·天文志》："文昌六星，在北斗魁前，天之六府也。"天子六曹尚书似之，故以文昌为尚书美称。生按：此指尚书省户部侍郎韦济。

⑮〔赵注〕掖垣谓掖门之垣。唐时宣政殿前有庑，两庑之掖门，东曰日华，日华之外则门下省；西曰月华，月华之外则中书省。以其皆在掖垣之侧，门下省在东，谓之东掖垣。给事中属门下省。生按：此指给事中韦恒。

⑯谒：朝见。〔赵注〕曹植《赠白马王彪》："谒帝承明庐。"

⑰冠：礼帽；盖：车盖。谓官服和车乘，借指官员。班固《西都赋》：'冠盖如云'。〔赵注〕谢庄《月赋》："臣东鄙幽介，长自丘樊。"刘良注："丘园樊篱也。"生按：丘樊，乡村。

⑱闺：小门，特指妇女居室。《书·说命》："时乃风。"孔安国传："风，教也。"邦族：国之望族，如李、武、韦、杨等皇亲贵族。《新唐书·韦嗣立传》："景龙中，拜兵部尚书、同中书门下三品。嗣立与韦后属疏，帝特诏附属籍，顾待甚渥。"嗣立已附韦后属籍，故称闺教为邦族之首。

⑲庭：厅堂。庭训：家教。《晋书·孙盛传》："虽子孙斑白，而庭训益严。"《书·大禹谟》："赏延于世。"孔安国传："延，及也。"

⑳"采"，蜀刻本、述古堂本、元刊本、活字本作"菜"，通。○采地：采邑，食邑，中国古代天子、诸侯封赐所属卿、大夫作为世袭爵禄的田地。《公羊传·襄公十五年》何休注："所谓采者，不得有其土地人民，采取其租税耳。"按：此制盛于周代，秦汉以后行郡县制，皇帝封大臣食邑若干户，受封者征收（或由朝廷代征）封地内民户租赋，作为俸禄之一部，可以世袭。此处借指东山别业。

㉑井：井田，田地。见《赠刘蓝田》注④。树井：在田地的界上植树，作为疆界标志，"封"字即像此形。此处借指韦家庄田。竟：终极。谓庄田广阔，达川原尽头。

㉒岩端：岩上。回：环绕。绮槛：华丽的栏杆。〔赵注〕王勃《七夕赋》："珠栊绮槛北风台，绣户雕窗南向开。"

㉓〔赵注〕《演繁露》："后世侯王及达官所居之屋，皆饰以朱，故号曰朱门，又曰朱邸。"生按：郭璞《游仙诗》："朱门何足荣，未若托蓬莱。"

㉔〔赵注〕谢灵运《入华子冈是麻源第三谷》："遂登群峰首，邈若升云烟。"

㉕〔赵注〕《长安志》："唐韦嗣立构别庐于骊山凤皇原、鹦鹉谷，有重崖洞壑，飞流瀑水。"

㉖贾谊《新书·容经》："鸣玉以行。鸣玉者，佩玉也。"见《扶南曲歌曲五首》之四注④。

㉗列筵：陈列筵席。谢灵运《从游京口北固应诏诗》："张组眺倒景，列筵瞩归潮。"又《石门新营所住四面高山回溪石濑茂林修竹》："早闻夕飚急，晚见朝日暾。"李周翰注："暾，日初出貌。"按：暾音吞。先朝暾，在日出前已经排筵。

㉘飒踏：众盛貌。飒音撒。〔赵注〕鲍照《代白纻舞歌词》："珠履飒踏纨袖飞，凄风夏起素云回。"

㉙钟：古代叩击乐器，即编钟。《左传·襄公三十年》："夜饮酒，击钟焉。"弥：满。弥朝昏：谓从早至晚饮宴奏乐。

㉚阳和：春季温暖和畅之气。节：季节。《史记·秦始皇本纪》："时在仲春，阳和方起。"清昼：清明的白昼。暄：日暖。

㉛束皙《补亡诗》："其林蔼蔼。"李善注："蔼蔼，茂盛貌。"〔赵注〕《诗·小雅·伐木》："鸟鸣嘤嘤。"郑玄笺："嘤嘤，两鸟声也。"

㉜顾：但。宿诺：先前的诺言。延颈：伸颈而望，喻仰慕之切。〔赵注〕《列子·黄帝》："天下丈夫女子莫不延颈举踵而愿安利之。"《说文》："荪，香草也。"《史记·司马相如传》："葴橙芳荪。"索隐："荪草似菖蒲而无脊，生溪涧中。荪音孙。"谢灵运《入彭蠡湖口》："乘月听哀狖，浥露馥芳荪。"生按：此以芳荪喻韦给事。

㉝蹇音俭。蹇步：举步艰难，此谓无车马。谢瞻《张子房诗》："四达虽平直，蹇步愧无良。"高驾：高贵的车乘，引申为对人的敬辞，此处语意双关。〔赵注〕刘孝绰《江津寄刘之遴》："高驾何由来。"

㉞素：向来。独往客：超脱尘俗，一任自然，独行其志的人。江淹《杂体诗·许征君询》："遣此弱丧情，资神任独往。"李善注："淮南王《庄子略要》曰：江海之士，山谷之人，轻天下，细万物，而独往者也。司马彪曰：独往，任自然，不复顾世也。"

㉟脱冠：脱去官帽。敦：厚。谓辞官之念愈深。

评　笺

顾可久按：叙事丽雅森整。

葛晓音说："王维在吟咏别业山水的应酬诗中，常常有意识地效法大谢，以追求典雅端庄的风格。如《同卢拾遗韦给事东山别业二十韵》：'岩端回绮槛，谷口开朱门。阶下群峰首，云中瀑水源。鸣玉满春山，列筵先朝暾。'遣词工稳厚重，自然令人想到谢灵运的'遂登群峰首，邈若升云烟'，'列筵皆静寂'，'晚见朝日暾'等诗句。很多前代评论家都指出'王维诗典重靓深'（《木天禁语》）的这一面，正与他学习大谢有关。"（《论山水田园诗派的艺术特征》）

同崔员外秋宵寓直①

建礼高秋夜②，承明候晓过③。九门寒漏彻④，万井曙钟多⑤。月迥藏珠斗⑥，云消出绛河⑦。更惭衰朽质，南陌共鸣珂⑧。

此诗作于天宝十一载秋。

①"同"，英华作"和"。○《旧唐书·崔圆传》："崔圆，清河东武城（今河北清河东北）人。开元中，以钤谋射策甲科，授执戟。后为会昌丞。累迁司勋员外郎。"又《玄宗纪》："天宝十一载十一月，以司勋员外郎崔圆为剑南留后。"按：时王维为文部郎中。（至德二载十月，唐军收复东京，诸陷贼官均被收系。崔圆为中书侍郎，曾召王维、郑虔、张通于私第，使绘斋壁，可能曾为维等求情）。寓直：直同值，值宿省中。

②建礼：汉宫门名。〔赵注〕《汉官仪》："尚书郎主作文书起草，夜更值（轮流值宿）五日于建礼门内。"生按：汉尚书台在内。此处借指唐皇城朱雀门，尚书省在内。高秋：此指深秋。何逊《赠族人秫陵兄弟》："萧

索高秋暮，砧杵鸣四邻。"

③承明：汉未央宫内殿名，殿旁有承明庐。〔赵注〕《汉书·严助传》："君厌承明之庐，劳侍从之事。"张晏注："承明庐在石渠阁外。值宿所止曰庐。"生按：此处借指唐尚书省值宿处。二句谓：深秋之夜，在建礼门内承明庐中度过，睡不安稳。

④《礼记·月令》："毋出九门。"郑注："天子九门者，路门、应门、雉门、库门、皋门、城门、近郊门、远郊门、关门也。"此处泛指京城。漏：铜壶滴漏，古代计时器。见《奉和圣制十五夜燃灯继以酺宴应制》注③。《说文》："彻，通也。"引申为尽。寒漏彻：谓寒夜已尽。

⑤井：井田。《说文》："八家一井。"《汉书·刑法志》："地方一里为井，一同百里，提封万井。"引申为街巷院宅。曙钟：拂晓的钟声，或击钟报更点，或击钟敬神佛。〔赵注〕庾肩吾《蔬圃堂》："风长曙钟近，地迥洛城遥。"

⑥《广韵》："迥，光也，辉也。"〔赵注〕珠斗，谓斗星相贯如珠。生按：《说文通训定声》："北斗七星，南斗六星，又天市垣五星，皆像斗形，故以为名。"此谓月朗则珠斗不显。

⑦"消"，英华作"开"。○王逵《蠡海集·天文》："河汉曰银河，而曰绛河，盖观天者以北极为标准，所仰视而见者，皆在于北极之南，故称之曰绛，借南方之色以为喻也。"按：《书·益稷》孙星衍疏："五色，南方谓之赤。"赤即绛。

⑧《广雅·释室》："陌，道也。"沈约《临高台》："所思竟何在，洛阳南陌头。"按：东汉和唐代，宫殿建在京城北部，供居住和商贾之用的街道坊市大都在京城南部，故泛称街道为南陌。鸣珂：马行时勒上悬珂相击有声。见《从岐王过杨氏别业应教》注⑤。此谓愧与崔员外骑马同归。

评 笺

许学夷《诗源辩体》："九门寒漏彻，……云消出绛河。浑圆活泼，而气象风格自在。○摩诘五言律，如'建礼高秋夜'，一气浑成者也。"

胡应麟《诗薮》："王维《岐王应教》《秋宵寓直》《观猎》俱盛唐绝作，视初唐格调如一，而神韵超玄，气概闳逸，时或过之。○'建礼高秋夜'篇，绮丽精工，沈、宋合调者也。"

《王摩诘诗评》：“顾云：‘藏’、‘出’字有趣。”

王夫之《唐诗评选》：“轻安。”

《瀛奎律髓》：“纪昀云：了无深意，而气体自然高洁。‘藏’字‘出’字，炼得自然，不似晚唐宋人之尖巧。末二句入崔员外，却突兀。○何焯云：清华。”

周珽《唐诗选脉会通评林》：“杨慎曰：太概宏敞，‘九门’二句，雄丽卓绝。○吴山民曰：三、四整而暇，五、六语丽。”

屈复《唐诗成法》：“建礼秋夜，承以‘漏彻’、‘曙钟’似不写夜景矣，直到五、六方转笔写夜景，此倒叙法、唐人多有。‘更惭’接上，简妙，言同值已惭矣，‘更’字‘共’字相呼应。”

李因培《唐诗观澜集》：“（万井句下）自然好！（月迥二句下）清华秀丽，十字画出禁中秋宵。”

黄生《唐诗矩》：“尾联见意格。味结语便知崔在壮年，立朝可以有为，今已方衰朽，展效无力，能不怀惭。无限语意只以‘惭’字见出，盛唐人笔力不可及者以此。右丞诗分艳、淡二种，艳在初年，淡归晚岁，所谓‘绚烂之极，乃造平淡’者也。”

沈十四拾遗新竹生读经处同诸公之作①

闲居日清静，修竹自檀栾②。嫩节留馀箨，新丛出旧栏③。细枝风响乱，疏影月光寒。乐府裁龙笛④，渔家伐钓竿。何如道门里，青翠拂仙坛⑨。

①沈十四：未详何人。《旧唐书·职官志》：“门下省，左拾遗二员；中书省，右拾遗二员。从八品上。拾遗之职，掌供奉讽谏，扈从乘舆。”同：和。

②“自”，英华作“复”。○修：长、高。〔赵注〕谢朓《和王著作融八公山》：“阡眠起杂树，檀栾荫修竹。”吕延济注：“檀栾，竹美貌。”

③箨：音脱，笋壳。出：超过。

④《汉书．礼乐志》："武帝定郊祀之礼，乃立乐府，以李延年为协律都尉。"《日知录》："乐府是官署之名，其官有令，有音监，有游徼。后人乃以乐府所采之诗，名之曰乐府。"裁：制作。龙笛：相传笛声似水中龙吟，故称。马融《长笛赋》："龙鸣水中不见已，截竹吹之声相似。""后多指以龙饰管首的笛。〔赵注〕虞世南《琵琶赋》："凤箫辍吹，龙笛韬吟。"

⑤道门：道教徒修道处。〔赵注〕《永嘉记》："阳屿有仙石山，顶上有平石，方十余丈，名仙坛。坛隈辄有一筋竹，垂坛旁，风来辄扫拂坛上。凡有四竹，葳蕤青翠，风来动音，自成宫商。石上净洁，初无粗箨。相传曾有却粒者于此羽化，故谓之仙石。"阴铿《侍宴赋得夹池竹诗》："夹池一丛竹，青翠不惊寒。湘竹染别泪，衡岭拂仙坛。"生按：仙坛本是道教徒祭祀、讲经的高台，筑土而成。

同崔傅答贤弟①

　　洛阳才子姑苏客②，桂苑殊非故乡陌③。九江枫树几回青④，一片场州五湖白⑤。扬州时有下江兵⑥，兰陵镇前吹笛声⑦。夜火人归富春郭⑧，秋风鹤唳石头城⑨。周郎陆弟为俦侣⑩，对舞《前溪》歌《白纻》⑪。曲几书留小史家⑫，草堂碁赌山阴墅⑬。衣冠若话外台臣，先数夫君席上珍⑭。更闻台阁求三语，遥想风流第一人⑮。

　　此诗约作于乾元二年秋。

　　①傅：崔圆。据《旧唐书·肃宗纪》及本传，崔圆于天宝十一载十一月为蜀郡大都督府左司马、剑南留后。玄宗至蜀，拜中书侍郎、同中书门下平章事、剑南节度。肃宗即位灵武，玄宗命圆同房琯、韦见素并赴行在。肃宗还京，拜中书令。乾元元年五月罢知政事，迁太子少师。二年正

月充东京留守。三月，九节度兵溃，军回过洛阳，所在剽掠，圆弃城南奔襄阳，诏削除阶封。寻起为济王傅。上元元年十一月，李光弼收怀州，用为怀州刺史，除太子詹事，改汾州刺史。上元二年二月，拜扬州大都督府长史、淮南节度观察使。大历三年去世。则为济王傅在上元元年十月以前，乾元二年夏季以后。

②〔赵注〕潘岳《西征赋》："贾生（谊）洛阳之才也。"《太平寰宇记》："隋平陈，改吴州为苏州，盖因州西有姑苏山以为名。姑苏山一名姑胥山，在吴县西三十五里。"生按：指客居苏州的崔圆之弟。

③"桂"，述古堂本、元刊本、凌本、久本、品汇作"杜"，非。"故"唐诗正音作"旧"。○〔赵注〕《太平寰宇记》："桂林苑，吴立，在升州上元县（今南京）北四十里，落星山之阳。《吴都赋》云：'数军实于桂林之苑。'即此也。谢朓《和沈右率诸君饯谢文学》："叹息东流水，如何故乡陌。"生按：《广释词》："珠，犹终也。"《广雅·释室》："陌，道也。"

④《书·禹贡》："荆州，九江孔殷。九江主要有二说：一，孔安国传："江于此州界，分为九道"；二，《汉书·地理志》："浔阳，《禹贡》九江在南，皆东合为大江。"汉唐诸儒多主第二说。《经典释文》："九江，《浔阳地记》云：一曰乌白江，二曰蚌江，三曰乌江，四曰嘉靡江，五曰畎江，六曰源江，七曰廪江，八曰提江，九曰箘江。"

⑤《书·禹贡》："淮、海惟扬州。"《周礼·夏官·职方氏》："东南曰扬州。"汉武帝置十三州刺史部，扬州所辖为今安徽淮水和江苏长江以及江西、浙江、福建等地。又《职方氏》："扬州，其泽薮曰具区，其浸五湖。"五湖主要有二说：一，《国语·越语》："越伐吴，'战于五湖。'韦昭注："五湖，今太湖也。"二，《水经注·沔水》："五湖，谓太湖、长荡湖、射湖、贵湖、滆湖也。《国语》云：'范蠡灭吴，返至五湖而辞越。'斯乃太湖之兼摄通称也。"

⑥〔赵注〕《汉书.王莽传》："是时南郡（治江陵）张霸、江夏羊牧、王匡等起云杜绿林，号曰下江兵，众皆万余人。"生按：下江兵，指原属永王璘现在广陵一带之兵。至德元载七月，璘任山南东道、江南西道等四道都节度使，镇江陵。十二月，璘引兵东下，欲据金陵，效东晋故事。二载二月至当涂，被广陵长史李成式等部阻击，属下大部倒戈投奔广陵、江宁、白沙，余部被击溃，璘被杀。

⑦〔赵注〕《一统志》：“兰陵城在常州府城北八十里万岁镇西南。”生按：笛声当有立军功之思，念家人之情。

⑧〔赵注〕《水经注·浙江水》：“浙江又东北入富阳县，故富春也。”谢灵运《富春渚》：“宵济渔浦潭，旦及富春郭。”

⑨〔赵注〕《元和郡县志》：“石头城在上元县西四里，即楚之金陵城也。吴改为石头城，建安十六年吴大帝修筑，以置财宝军器，有成。诸葛亮云：‘钟山龙盘，名城虎踞’。言其形之险固也。”生按：《晋书·谢玄传》：“决战肥水南，（符）坚中流矢。坚众奔溃，弃甲宵遁，闻风声鹤唳，皆以为王师已至。此指乾元二甲秋，史恩明兵至汴州，使其将南德信等数十人徇江淮，进行骚扰，当地百姓都惊慌疑惧。

⑩〔赵注〕《三国志.吴书·周瑜传》：“时年二十四，吴中皆呼为周郎。”生按：陆弟，谓陆云。《晋书·陆云传》：“云字士龙，少与兄机齐名，虽文章不及机，而持论过之，号曰三陆。”此处周郎借指江南东道或江南西道（淮南）采访使一类官员；陆弟借指崔弟，时在幕府供职。⑪《乐府古题要解》：“《前溪歌》，晋车骑将军沈玩所造舞曲也。”《茗溪渔隐丛话》：“于竞《大唐传》：湖州德清县南前溪村，则南朝集乐之处，今尚有数百家习音乐，江南声伎，多自此出，所谓舞出前溪者也。”《晋书·乐志》：“《白纻舞》，按舞辞有巾袍之言，纻本吴地所出，宜是吴舞也。”《乐府解题》：“古辞盛称舞者之美，宜及芳时为乐。其誉白纻曰：质如轻云色如银，制以为袍馀作巾，袍以光躯巾拂尘。”

⑫“史”，品汇作“吏”。○曲几：几面呈曲磬形的三足靠几。小史：书童，侍使。徐陵《鸳鸯赋》：“宋玉之小史含情而死。”〔赵注〕《晋书·王羲之传》：“羲之尝诣门生家，见棐几滑净，因书之，真草相半，后为其父误刮去之，门生惊懊者累日。”生按：晋代门生，常为师长侍从，故维诗借“小史”称之。

⑬萧纲《草堂传》：“汝南周颙，昔经在蜀，以蜀草堂寺林壑可怀，乃于钟岭（南京钟山）雷次宗（南朝宋隐士）学馆立寺，因名草堂，亦号山茨。”按：此处借指山墅。〔赵注〕《晋书·谢安传》：“符坚率众号百万，次于淮肥，京师震动。加安征讨大都督。安遂命驾出山墅。亲朋毕集，方与玄（谢安侄）围棋赌别墅。”生按：谢安别墅在会稽郡始宁县（今浙江

上虞县西南），山阴县为会稽郡治，此处借用。

⑭衣冠：官服官帽。《汉书·杜钦传》：“杜邺与钦同姓字，故衣冠以钦为‘盲杜子夏’以别之。”颜师古注：“衣冠谓士大夫也。”此处借指在朝官员。外台臣《通典》：“州府为外台。”《后汉书·谢夷善传》：“稍迁荆州刺史，钜鹿太守。所在爱育人物，有善绩。班固为文荐夷吾曰：寻功简能，为外台之表。”〔赵注〕屈原《九歌·云中君》：“恩夫君兮太息。”《礼记·儒行》：“儒有席上之珍以待聘。”生按：夫君，对男子的敬称，此指崔傅。席上珍，喻才德出众者，此指崔弟。何逊《赠族人秣陵兄弟》：“方成天下士，岂伊席上珍。⑮〔赵注〕《后汉书·仲长统传》：“虽置三公，事归台阁。”李善注：“台阁，谓尚书也。”《晋书·阮瞻传》：“瞻见司徒王戎，戎问曰：‘圣人贵名教，老庄明自然，其旨同异？’瞻曰：‘将无同’。戎咨嗟良久，即命辟之。时人谓之三语掾（掾，佐助官吏的通称）。”生按：台阁，唐代指尚书、中书、门下三省。“将无”犹“得无”、“岂不”，今语“恐怕”、“莫非”，两可之辞，意以为是而以商榷的口吻出之。风流：有才识而不拘礼法的气派。

《晋书·王献之传》：“少有盛名，而高迈不羁，虽闲居终日，容止不怠，风流为一时之冠。”此谓崔弟是三省官员的最佳人选。

评　笺

沈德潜《唐诗别裁集》：“寓疏荡于队仗之中，此盛唐人身份。”邢昉《唐风定》：“顾云：摩诘七言最高，情景故实，随取随足。”

王闿运批《唐诗选》：“地望全不相副，只图词采相鲜。”

钱锺书说：“《柳亭诗话》：‘金观察（长真）云：唐人诗中用地理者多气象。余谓明人深得此法。’王士禛《池北偶谈》云‘：‘世谓王右丞画雪中芭蕉，其诗亦然。如九江枫树几回青，一片扬州五湖白，下连用兰陵镇、富春郭、石头城诸地名，皆寥远不相属。大抵古人诗画，只取兴会神到，若刻舟缘木求之，失其指矣。’由是观之，明七子用地名而不讲地理，实遥承右丞。然唐人作诗，尚有用意，非徒点缀。明人学唐，纯取气象之大，腔调之阔，以专名取巧。”（《谈艺录》）

曹顺庆说：“王士禛在这里所谈的‘兴会神到’，就是司空图、严沧浪等人倡导的意境美。王维打破时空之自然规律，其目的不在求真，而在追求艺术的本质真实，追求艺术意境之美。在中国艺术中，我们到处可以发现这种乖理之理，无理之美。"（《中西比较诗学》）

周振甫说："'几回青'就是几年，因为要说得形象，所以说'枫树几回表'。为什么说'九江枫树'呢？因为《楚辞·招魂》里有'湛湛江水兮上有枫，目极千里兮伤春心。'九江在古扬州，又联系到江水，所以用'九江枫树'。这样又同'目极千里'联系，所以说'一片扬州五湖白'。从苏州联系到太湖、九江，加上长江下游的战事，风声鹤唳，就同招魂联系起来。"（《诗词例话》）

陈铁民说："王维善于抓住景物的某种独有的特征，加以鲜明生动的描绘；而且其笔墨亦极简净，具有高度的概括力，能启发人们丰富的艺术联想。'一片扬州五湖白'，视野广远，境界寥阔，抓住扬州的地理特征大笔勾勒，细节则调动读者自己去想象。"（《王维新论》）

同比部杨员外十五夜游有怀静者季 杂言①

承明少休沐，建礼省文书②。夜漏行人息，归鞍落日余③。悬知三五夕④，万户千门阖。夜出曙翻归，倾城满南陌⑤。陌头驰骋尽繁华，王孙公子五侯家⑥。由来月明如白日，共道春灯胜百花。聊看侍中千宝骑⑦，强识小妇七香车⑧。香车宝马共喧阗，个里多情侠少年⑨。竞向长杨柳市北⑩，肯过精舍竹林前⑪！独有仙郎心寂寞⑫，却将宴坐为行乐⑬。倘觉忘怀共往来⑭，幸沾同舍甘藜藿15。

此诗约作于天宝五载或六载正月。

①诗题，赵本无"杂言"二字。○《旧唐书·职官志》："刑部，其属有四，三曰比部。员外郎一员，从六品上。掌勾诸司百僚俸料、公廨、赃

赎、调敛、徒役、课程、逋悬数物，周知内外之经费，而总勾之。"

杨员外：未详何人。《旧唐书·玄宗纪》："开元二十八年春正月，以望日御勤政楼宴群臣，连夜烧灯，会大雪而罢，因命自今常以二月望日夜为之。天宝三载十一月敕：每载依旧取正月十四日、十五日、十六日开坊市门燃灯，永以为常式。"参见《奉和圣制十五夜燃灯》注①。静者：宗清静无欲之道者。《吕氏春秋·审分》："得道者必静，静者无知。"，多指隐士、道徒或僧侣。静者季，未详何人。

②"明"，纬本作"恩"，误。○承明：汉承明殿，借指郎官治事之所。见《同崔员外秋宵寓直》注③。少：少有。休沐：休假。见《同卢拾遗韦给事东山别业二十韵》注①。建礼：汉宫门名，尚书台在内。见《同崔员外秋宵寓直》注②。《说文》："省，视也。"《唐会要》："凡内外官，日出视事，既午而退，有事则值官省之。务繁者，不在此限。"

③夜漏：古代以铜壶滴漏之法计时，入夜称为夜漏。见《奉和圣制十五夜燃灯继以酺宴应制》注③。鞍：借指马。归鞍：乘马而归。《广雅·释诂》："余，久也。"谓落日后。

④"悬"，述古堂本、赵本作"岂"，蜀刻本作"置"，此从元刊本。○悬知：料知。〔赵注〕谢灵运《南楼中望所迟客》："与我别所期，期在三五夕。"李善注："三五，谓十五日也。"

⑤《增韵》："翻，通作反。"南陌：南面的街道。见《同崔员外秋宵寓直》注⑧。

⑥〔赵注〕《汉书·元后传》："(成帝)河平二年，上悉封舅谭为平阿侯，商、成都侯，立、红阳侯，根、曲阳侯，逢时、高平侯。五人同日封，故世谓之五侯。"

⑦"宝"，蜀刻本、述古堂本、元刊本作"馀"。○聊：姑且。《初学记》："秦置侍中，本丞相史也。丞相使史五人，来往殿中奏事，故谓之侍中。汉因之。"《通典》："汉侍中为加官，自列侯下至郎中，皆得有此加官。"〔赵注〕《史记·吕太后本纪》："留侯子张辟疆为侍中，年十五。"应劭注："入侍天子，故曰侍中。"此诗所谓侍中，乃天子近臣，非唐时门下省之侍中。

⑧"小"，元刊本作"少"，通。○强：勉强。小妇：少妇。七香车：七种香木制成的车。见《洛阳女儿行》注⑦。按：车字古音又入麻韵，此

处读差音。

⑨阒音田。《说文》："阒，盛貌。"喧阒：声音盛大嘈杂。个里：这里，其中。侠：古代仗义轻生、救人危难的一种人。见《榆林郡歌》注③。

⑩〔赵注〕《三辅黄图》："长杨宫在今周至县东南三十里，本秦旧宫，至汉修饰之，以备行幸，宫中有垂杨数亩，因为宫名。"《汉书·游侠传》："万章，字子夏，长安人也。长安炽盛，街间各有豪侠，章在城西柳市。"颜师古注："《汉宫阙疏》云：细柳仓有柳市。"生按：长杨、柳市之北，指京都各繁华地区。细柳仓在长安县西南三十三里细柳原上。

⑪肯：岂肯。〔赵注〕精舍本为讲读之地。《后汉书·刘淑传》："遂隐居，立精舍讲授，诸生常数百人。"《三国志·吴书·孙策传》裴注引《江表传》："道士于吉，往来吴会，立精舍，烧香读道书。"则道士亦立精舍。自晋孝武帝太元六年，初奉佛法，立精舍于殿内，引诸沙门居之，因此世俗谓佛寺为精舍。《翻译名义》："《释迦谱》云：息心所栖，故曰精舍。"《艺文类聚》："非由其舍精妙，良由精练行者所居也。"《涅槃经》："今在此间王舍大城，住迦兰陀竹林精舍。"

⑫《白孔六帖》："诸曹郎（郎中、员外郎）称为仙郎。"此指杨员外。

⑬〔赵注〕《维摩诘经》："舍利弗白佛言，忆念我昔，曾于林中，宴坐树下。"《释氏要览》："宴坐又作燕坐，宴，安也，安息貌也。"生按：宴坐是短时间闭目息心静坐，类似坐禅。

⑭"觉"，元刊本作"覔"（觉的俗字），述古堂本、赵本作"觅"，从蜀刻本、活字本、全唐诗等。○觉通较，较量。《孟子·尽心》赵歧注："彼此相觉，有善恶耳。"孙奭疏："觉音教，义与校同。"引申为考虑。忘怀：情志不系恋于名利，不介意于得失。陶潜《五柳先生传》："尝著文章自娱，颇示己意，忘怀得失，以此自终。"

⑮同舍：谓同为员外郎。〔赵注〕《汉书·直不疑传》："为郎，其同舍有告归，误持其同舍郎金去。"《史记·太史公自序》："藜藿之羹。"正义："藜似藿而表赤。藿，豆叶也。"生按：《语辞汇释》："幸，犹正也。"沾，沾光，谦词。曹植《七启》："余甘藜藿。"刘良注："藜藿，贱菜，布衣之所食。"二句谓：若考虑与不求名利者交往，我正好与君同僚且安于淡泊生活。

酬诸公见过 四言时官未出在辋川庄①

嗟余未丧，哀此孤生②。屏居蓝田，薄地躬耕③。岁晏输税，
以奉粢盛④。晨往东皋，草露未晞⑤。暮看烟火，负担来归⑥。
我闻有客，足扫荆扉⑦。箪食伊何⑧？副瓜抓枣⑨。仰厕群贤，
皤然一老⑩。愧无莞簟，班荆席藁⑪。汎汎澄陂⑫，折彼荷花⑬。
净观素鲔⑭，俯映白沙。山鸟群飞，日隐轻霞⑮。登车上马，倏
忽雨散⑯。雀噪荒村，鸡鸣空馆。还复幽独，重欷累叹⑰！

此诗作于天宝十载夏末。

①活字本无题后原注，述古堂本、元刊本、赵本原注无"未"字，从蜀
刻本、全唐诗。○酬：以诗赠答。见过：相访，敬词。官未出：出，指出仕，
任职。《易·系辞》："君子之道，或出或处。"按照古礼，为官者遭父母之
丧，除非皇帝令其"夺情"，例需离职守丧三年（实为三个年头，王肃以为
二十五月，郑玄以为二十七月。开元前期，从王从郑，仍有争议。开元七年
八月十六日诏："诸服纪一依丧服文"。按《礼记·丧服小纪》："再期之丧三
年也。"期，是周年。又《三年问》："三年之丧，二十五月而毕。"依诏书规
定应是二十五月），然后复职。时王维守母丧请假，官位仍在，但未任职。

②"余"，述古堂本作"今"，"未"，述古堂本、元刊本作"末"，并
误。○嗟：音皆，叹辞。曹丕《短歌行》："嗟我白发，生一何早！"《国语
·楚语》："生乃不殖。"书昭注："生，人物也。"孤生：孤独的人。王维
幼年丧父，妻亡不再娶，又无子女，今母又丧，故云。

③〔赵注〕《汉书·窦婴传》："谢病，屏居蓝田南山下。"颜师古注：
"屏，隐也。"《后汉书·孟尝传》："单身谢病，躬耕垄次。"生按：《说
文》："躬，身也。"躬耕，亲自耕种。

④〔赵注〕屈原《九歌·山鬼》："岁既晏兮孰华予！"王注："晏，晚
也。"潘岳《秋兴赋》："输黍稷之馀税。"生按：唐制，内外官员除分得永业田

（王维此时为从五品官，应分五顷）外，任官期间另给职分田（正、从五品皆六顷），都免租、庸、调，但仍要按户等的高下缴纳户税（凡九等，中中户每年二千文），按田亩的多少缴纳地税（每亩纳粟二升）。以奉粢盛：用作奉献给皇帝的宗庙祭祀谷物。《左传·桓公六年》："粢盛丰备。"孔颖达疏："粢是黍稷之别名，亦为诸谷之总号。祭之用米，黍稷为多。盛，谓盛于器。"

⑤东皋：泛指田野。见《送友人归山歌》之二注⑦。〔赵注〕《诗·秦风·蒹葭》："白露未晞。"毛苌传："晞，干也。"

⑥"负"，蜀刻本作"鱼"，纬本、凌本作"渔"。○烟火：烟，偏义复词。负担：本义背负肩担，此处用作同义复词。

⑦足：遍。荆扉：柴门，喻简陋的居室。陶潜《归田园居》："白日掩荆扉。"

⑧箪：音单，一种篾器。《礼·曲礼》："苞苴箪笥。"郑玄注："箪笥，盛饭食者，圆曰箪，方曰笥。"《论语·雍也》："一箪食，一瓢饮，在陋巷。"伊何：什么。《尔雅·释诂》："伊，惟也。"郭璞注："发语词。"

⑨"瓜抓"，蜀刻本作"孤孤"，误。○〔赵注〕《广韵》："副，析也。"《礼记·曲礼》："为天子削瓜者，副之。"郑玄注："既削，又四析之，乃横断之。或作疈。"生按：副音劈，剖分。抓音瓜，扑打。

⑩仰：仰附，高攀。厕：厕身，参加其中。皤音婆，白发貌。〔赵注〕谢灵运《拟魏太子邺中集诗》："广川无逆流，招纳厕群英。"《韵会》："厕，次也。"《南史·范缜传》："年二十九，发白皤然。"

⑪莞：音管，蒲席。簟：音垫，篾席，一说细苇席。〔赵注〕《诗·小雅·斯干》："下莞上簟。"郑玄笺："莞，小蒲之席也。竹苇曰簟。"《左传·襄公二十六年》："伍举、声子遇于郑郊，班荆相与食。"杜注："班，布也。布荆坐地。"生按：布与铺通。〔赵注〕藁，禾秆，谓藉禾秆而坐。《史记·范雎传》："应侯席藁请罪。"

⑫"澄"，蜀刻本、元刊本、赵本、活字本、全唐诗等作"登"，从述古堂本。○汎汎：船浮动貌。《诗·小雅·菁菁者莪》："汎汎杨舟，载沉载浮。"陂：音皮。《玉篇》："陂，池也。"

⑬"彼荷"，蜀刻本作"枝作"，误。

⑭"净"，全唐诗作"静"，通。○素：白色。鲔：音委，鲟鱼，体青

黄，腹白色，吻尖突，口在颌下。

　　⑮《语辞例释》："隐：映，照。"

　　⑯"雨"，全唐诗、胡本作"云"。○〔赵注〕谢朓《和刘中书》："山川隔旧赏，朋僚多雨散。"

　　⑰欷：音希。《玉篇》："欷，悲也，一泣馀声也。"

评　笺

　　《唐诗归》："钟云：韵高气厚。○谭云：四言诗，字字欲学《三百篇》，便远于《三百篇》矣。右丞以自己性情留之，味长而气永，使人益厌刘琨、陆机诸人之拙。"

　　张谦宜《𬘓斋诗谈》："《酬诸公见过》，只是一篇雅词，尚未到汉、魏境界，《雅》《颂》又无论矣。向后人作四言体，却只宗此派。"

　　生按：四言诗盛于秦代以前，汉后五言盛行，四言遂微。盖四言古朴雅洁而文约意少，不如五言之"指事造形，穷情写物，最为详切"（《诗品》）。李白倡言"古道"，推尊四言，谓"兴寄深远，五言不如四言，"是所重者乃《诗》中比兴而非四言形式，其集中并无纯四言诗。王维此诗，是唐前期四言诗中难得的好诗，全诗六句一换韵，后廿四句平仄韵交替，回环往复与诗情共低昂，结有余音在耳。

　　张志岳说："就每行诗的音步说，四言诗是双音步，只有仄仄平平和平平仄仄两种形式，六言也只有仄仄平平仄仄和平平仄仄平平两种形式，而五言则兼有单音步，有平平平仄仄，仄仄仄平平，仄仄平平仄，平平仄仄平四种形式。就表达意义的单位（一个词或两个词组合的短语）的组合来说，一般是以和音节上的单位（即音步）大体相一致为原则的。因此，在这一方面的变化上，五言显然比四言为多，但可以不比六言少。这就是五言形式在竞赛中能超过四言和六言的基本原因。"（《诗词论析》）

酬黎居士淅川作 昙壁上人院走笔成①

　　侬家真个去②，公定随侬否？着处是莲花@，无心变杨柳④。

松龛藏药裹⑤，石唇安茶臼⑥。气味当共知⑦，那能不携手！

此诗作于天宝二年。

①"淅"，蜀刻本、述古堂本作"浙"，但《水经注》、新旧《唐书》等均无"浙川"之名。○居士：在家修行者。见《胡居士卧病遗米因赠》注①。黎居士：未详。淅川：北魏置县，北周并入内乡县，唐初复置，旋废，故城在今河南淅川县西南。上人：对和尚的尊称。《释氏要览》："《十诵律》云：有四种人，一粗人，二浊人，三中间人，四上人。瓶沙王呼佛弟子为上人。古师云：内有智德，外有胜行，在人之上，名上人。"昙壁上人：青龙寺僧，余未详。

②〔赵注〕《玉篇》："侬，吴人称我是也。"生按：王维曾游吴越，故诗中偶用吴语。瓒，也作个，语尾助词。真个，真的。去，指辞官修行。

③着处：所在之处。《观无量寿经》："如来教一切众生，观于西方极乐世界，见彼清净国土。"《阿弥陀经》："极乐国土有七宝池，八功德水充满其中。池中莲花，大如车轮，青、黄、赤、白，微妙香洁。"故极乐世界又名净土、莲花世界。《维摩诘经》："欲得净土，当净其心，随其心净，则佛土净。"谓只要心无垢染，则所在之处即为净土。此句意同。

④《庄子·至乐》："俄而柳生其左肘，其意蹶蹶然恶之。"柳通称杨柳，谐音借为疡瘤。见《胡居士卧病遗米因赠》注⑧。无心：不起妄心。《传心法要》："但学无心，顿息诸缘，莫生妄想分别，无人无我，无贪嗔，无憎爱，无胜负，性自本来清净，即是修行菩提法佛等。"此谓对事物现象（杨柳）的变化，顺其自然，心无爱恶妄念。或释为变成杨柳观音，疑非。

⑤〔赵注〕庾肩吾《乱后经复禹庙》："松龛撤暮俎，枣迳落寒丛。"生按：据《论语·八佾》，夏代用松木制社主（土地神牌位），故庾诗称供奉夏禹的龛（小阁）为松龛。此诗松龛与石唇对举，指窟室内用松木制成供奉佛像的小阁。药裹：药包。

⑥石唇：石岩上天然生成凸起如唇的小台面。茶臼：舂茶的石臼。唐人饮用的茶，茶叶需经蒸捣、拍、焙后，制成茶团，饮之前在石臼中捣碎，用陶壶煮沸，加葱姜桔皮等而后饮。

⑦气味：性格和志趣。共知：互相了解。

评　笺

　　袁行霈说："这首诗里，佛学和《庄子》又一次通过'无我'的媒介携起手来了。"（《中国诗歌艺术研究》）

酬虞部苏员外过蓝田别业不见留之作①

　　贫居依谷口②，乔木带荒村③。石路枉回驾④，山家谁候门⑤，渔舟胶冻浦⑥，猎火烧寒原⑦。惟有白云外，疏钟间夜猿⑧。

　　①《旧唐书·职官志》："工部，虞部员外郎一员，从六品上。掌京城街巷种植，山泽苑囿，草木薪炭，供顿田猎之事。"苏员外：未详何人。蓝田别业：即辋川庄，见《酬诸公见过》注①。《词诠》："《诗·褰裳》疏：'见者，自彼加己之词。'可释为被。"不见留，谓往访不遇。

　　②依：靠近。《一统志》："辋川别业在蓝田县西南辋谷。"谷口：指辋谷口。〔邓注〕也用汉隐士郑子真隐居谷口的意思。

　　③《说文》："乔，高而曲也。"《淮南子·原道》："乔木之下。"高诱注："乔木，上竦少阴之木也。"〔陈注〕带：环绕。可与孟浩然"绿树村边合"句参读。

　　④枉：敬词，委屈。驾：车乘，转为尊称对方之词。〔陈注〕枉驾，谓屈尊见访；枉回驾，谓不遇而返，空劳见访。

　　⑤谁候门：〔陈注〕无人应门待客。

　　⑥胶：黏着，冻结。冻浦：冰封的河畔。

　　⑦"火烧"，蜀刻本作"犬绕"。○猎火：打猎时焚烧原野或山坡草木以驱兽出之火。

　　⑧"间"，诸本俱作"闻"，从元刊本。

评　笺

　　黄培芳《唐贤三昧集笺注》："顾云：起二句，此别业景可想见。第四应‘贫居’，五六善叙冬日之景。”

张文荪《唐贤清雅集》：“通首用缩笔藏锋法，古韵铿然，起四句俱活对。”

《唐诗归》：“钟云：后四句似不沾题，映带蕴藉，妙在言外，此法人不能知。”

焦袁熹《此木轩论诗汇编》：“‘惟有’者，无一有也。此诗家三昧也。”

酬比部杨员外暮宿琴台朝跻书阁率尔见赠之作①

旧简拂尘看②，鸣琴候月弹③。桃源迷汉姓④，松树有秦官⑤。空谷归人少，青山背日寒。羡君楼隐处⑥，遥望白云端。

此诗约作于天宝五载或六载。一作卢照邻诗。按：王维集各本俱载此诗，另有《同比部杨员外十五夜游有怀静者季》诗，见本卷。卢照邻《幽忧子集》未收此诗。应属维作。

①“台”，英华、凌本作“堂”。○跻音基。《说文》：“跻，登也。”《说文通训定声》：“率，假借为猝。”〔陈注〕琴台：在山东单（音善）县（春秋时单父邑）东南一里旧城北，即宓（音伏）子贱弹琴之所。宓子贱名不齐，春秋鲁人，孔子弟子，为单父宰，鸣琴不下堂而治，孔子称之为君子。书阁：藏书之阁，当是琴台附近古迹。率尔：急遽貌，谓急着将其宿琴台诗赠给作者。

②《尔雅·释器》：“简谓之毕。”邢昺疏：“简，竹简也。古未有纸，载文于简，谓之简札。”生按：汉制，诗、书、易、礼、春秋，简长二尺四寸，诸子及其他著作，简长一尺，皆宽一寸。〔陈注〕谓于书阁披阅古籍，切杨朝跻书阁事。

③“候”，英华作“俟”。○〔陈注〕渭于琴台待月上弹琴，切杨暮宿琴台事。

④“源”，全唐诗一作“花”。○陶潜《桃花源记》：“问今是何世？乃不知有汉，无论魏晋。”迷汉姓：即不知有汉。见《桃源行》注①。〔陈注〕谓琴台附近杨员外隐居处是世外桃源，其间居民，罕知世事。

⑤ "树"，纬本、凌本作"径。"〇〔赵注〕《艺文类聚》："《汉官仪》曰：秦始皇上封泰山，逢疾风暴雨，赖得松树，因休其下，封为五大夫。"生按：秦制，有军功者赐予爵位。爵凡二十级，一级公士，九级五大夫，二十级彻侯。见《汉书·百官公卿表》。〔陈注〕本句借用此典，泛谓彼处树木极古老，非实指。

⑥ "栖"，凌本作"归"。

评　笺

吴修坞《唐诗续评》："'松径有秦宫'，用古极化。'羡君栖隐处'，酬意作结。〇首联写杨栖隐之事，中二联栖隐之处，结点醒之。酬诗与和诗不同，和诗必见和意，酬诗不必也，但必要似答其人口气，如'羡君'云云。"

卢𪢮《闻鹤轩初盛唐近体读本》："三、四工而婉。第六尤警，作对更如不意。"

苑舍人能书梵字，兼达梵音，皆曲尽其妙，戏为之赠①

名儒待诏满公车②，才子为郎典石渠③。莲花法藏心悬悟④，贝叶经文手自书⑤。楚辞共许胜杨马⑥，梵字何人辨鲁鱼⑦？故旧相望在三事⑧，愿君莫厌承明庐⑨。

此诗作于天宝六载。

① 英华无"皆"、"为之"字。〇苑舍人：苑咸，京兆人（《唐诗纪事》作成都人）。开元间上书，拜司经校书。张九龄曾委咸续修《唐六典》，于二十六年奏草上。李林甫当政，善苑咸，使主书记。天宝五载已任中书舍人兼尚书省某司郎中。后贬汉东郡司户参军，复起为舍人，终永阳太守。《旧唐书·李林甫传》："林甫自无学术，仅能秉笔，而郭慎微、苑咸，文士之阘茸者，代为题尺。"《旧唐书·职官志》："中书省，中书舍人六员，正五品上。

舍人掌侍奉进奏，参议表章。凡诏旨制敕，乃玺书册命，皆按典故起草进画。既下，则署而行之。"梵字：古印度文字。〔赵注〕《法苑珠林》："昔造书之主，名曰梵，其书右行。居于天竺，取法于净天，故天竺诸国谓之天书。西方写经，同祖梵文，然三十六国，往往有异。"生按：梵音，指佛教徒仿效古印度的音调吟咏经文和歌唱偈赞的声音。《高僧传》卷十三："天竺（印度）方俗，凡是歌咏法言（经文），皆称为呗。至于此土（中国），咏经则称为'转读'，歌赞则号为'梵呗'。昔诸天赞呗，皆以韵入弦管。"胡适说："大概诵经之法，要念出音调节奏来，是古代中国所没有的。这法子自西域传进来，后来传遍中国，不但和尚念经有调子，小孩念书，秀才读八股文章，都哼出调子来，都是印度影响。"（《白话文学史》）

②"诏"，纪事作"制"。○〔赵注〕《后汉书·谢该传》："善明春秋左氏，为世名儒。"《汉书·东方朔传》："初来上书，文辞不逊，高自称誉。上伟之，令待诏公车。"颜师古注："公车令属卫尉，上书者所诣也。"《后汉书·光武帝纪》："遣诣公车。"李贤注："公车，署名，公车所在，因以名焉。《汉官仪》：公车掌殿司马门，天下上事及征召，皆总领之。"

③《广雅·释诂》："典，主也。"石渠：汉藏书阁名，借指唐代中书省集贤殿书院。苑咸以郎中兼书院修撰或待制官，故谓典石渠。〔赵注〕《三辅黄图》："石渠阁，萧何造。其砻石为渠以导水，因以阁名。所藏入关所得秦之图籍，至于成帝，又于此藏秘书焉。"《三辅旧事》："石渠阁在未央宫大殿北。"

④莲花：喻佛法美妙。藏音脏。法藏：佛所说的教法，包括经、律、论三藏。一切精义皆在其中，故为宝藏。《法华经》："阿难持八万四千法藏，十二部经（佛典按佛说法的形式分为十二种），为人演说。"悬悟：深悟。任昉《王文宪集序》："悬然天得，不谋成心。"吕延济注："悬，远也。"引申为深。

⑤贝叶：多罗树叶。贝，梵语叶；多罗，树名，简称贝多。树似棕榈，叶用水沤后可以代纸，古印度以写经。〔赵注〕《酉阳杂俎》："贝多出摩伽陀国（故地在今印度比哈尔邦南部），长六七丈，经冬不凋。此树有三种，西域经书用此三种皮叶，若能保护，亦得五六百年。"

⑥"楚"，英华作"赋"。○楚辞：战国时楚人屈原、宋玉所写的辞赋。西汉司马相如、杨雄所和的赋，都承袭楚辞形式。杨雄，见《从岐王过杨氏别业应教》注②。《史记·司马相如传》："司马相如，成都人，字长卿。以

资为郎，事孝景帝，为武骑常侍，非其好也。因病免，客游梁，得与诸生游士居，数岁，乃著《子虚》之赋。梁孝王卒，相如归。居久之，上（武帝）读《子虚赋》而善之，乃召问相如。相如请为天子游猎赋，赋奏，天子以为郎。"生按：苑咸文集失传，《唐诗纪事》称"唐人推咸为文语之最。"

⑦鲁鱼：指书籍传写刊印中形近易误的字。句谓世人识梵字者少。〔赵注〕《抱朴子·遐览》："谚曰：书三写，鱼成鲁，虚为虎。"

⑧《汉书·韦贤传》："天子我监，登我三事。"颜师古注："三事，三公之位，谓丞相也。"按：此借指尚书、中书、门下三省。唐代宰相以三省长官担任。相望，谓接连不断，言其多。句谓故交旧友多在三省为官。

⑨承明庐：汉代侍臣值宿之处。见《同崔员外秋宵寓值》注③。

答　诗　　　　　　　（苑　咸）

王员外兄以予尝学天竺书，有戏题见赠。然王兄当代诗匠，又精禅理，枉采知音，形于雅作，辄走笔以酬焉。且久未迁，因而嘲及①。

莲花梵字本从天②，华省仙郎早悟禅③。三点成伊犹有想④，一观如幻自忘筌⑤。为文已变当时体⑥，入用还推间气贤⑦。应同罗汉无名欲⑧，故作冯唐老岁年⑨。

①玄奘《大唐西域记》："天竺之称，异义纠纷，旧云身毒，或曰贤豆，今从正音，宜云印度。"匠：在技艺、学术上有高深造诣者。《庄子·徐无鬼》："郢人垩漫其鼻端，若蝇翼，使匠石斲之。匠石运斤成风，听而斲之，尽垩而鼻不伤。"禅：梵文"禅那"的简称，又称"禅定"。见《山中寄诸弟妹》注③。禅理：指以禅定为主要修习内容的佛学义理。枉：委屈，谦词。采：择。谓愧被择为知音。辄：立即。走笔：即兴作诗，运笔疾书。迁：升官。嘲：调笑。

②从天：即《法苑珠林》所谓梵造字"取法于净天。"

③华省：画省。《书言故事》："《汉官典职》曰：尚书省中以胡粉涂壁，

画古贤烈士，故名画省。"〔赵注〕潘岳《秋兴赋》："独展转于华省。"生按：《白孔六帖》："（尚书省）诸曹郎称为仙郎。"悟禅：悟，包括领悟与觉悟，是修习禅定的主要途径，即由定启慧，直观悟入，使心灵与真如冥契。

④〔赵注〕《涅槃经》："我今当令一切众生悉皆安住秘密藏中，我亦复当安住是中入于涅槃。何等名为秘密藏？犹如伊字三点（梵文伊字作 或 ∵ 形），若并，则不成伊；纵亦不成；若别，亦不得成。我亦如是，解脱之法，亦非涅槃；如来之身，亦非涅槃；摩诃般若（大智慧），亦非涅槃；三法各异，亦非涅槃。我今安住如是三法，为众生故，名入涅槃，如世伊字。"生按：解脱、如来、智慧三法，是涅槃所具的三德，如伊字三点，比喻三德为不可分离的整体。想：五蕴（色、受、想、行、识）之一，即相、象，是接触事物现象心中出现的表象和概念。《俱舍论》："想蕴，谓能取象为体，即能执取青黄、长短、男女、怨亲、苦乐等相。"此谓以"三点成伊"这个表象或概念，言说入涅槃之理，乃是一种为便于众生认识佛理而借用的符号，并非佛理本身，且因有感性形象可想，难免系著。

⑤"幻"，述古堂本、元刊本作"妄"。○《大乘义章》："粗思名觉，细思名观。"《菩萨璎珞经》："观一切法，如空如幻。"《庄子·外物》："筌（捕鱼笼）者所以在鱼，得鱼而忘筌。蹄（捕兔网）者所以在兔，得兔而忘蹄。言者所以在意，得意而忘言。"成玄英疏："此合喻也。意，妙理也。夫得鱼兔本因筌蹄，而筌蹄实异鱼兔，亦犹玄理假于言说，言说实非玄理。鱼兔得而筌蹄忘，玄理明而名言绝。"此谓言为理筌，已得万法皆空之理自当忘言。

⑥文：尤指诗。天宝六载以前，王维在诗坛已享盛名。独树一帜的《辋川集》已流传于世，影响很大。"变当时体"，指此。

⑦间：音见。〔赵注〕《春秋演孔图》："正气为帝，间气为臣。"宋均注："间气则不包一行（不一贯包含五行中的某一行），各受一星以生，如萧何感昴星者也。"生按：照谶纬经学的说法，皇帝、大臣和其他杰出人才，都上应天星，秉赋五行的灵气。皇帝一姓，一贯秉赋某行之气，如秦秉赋水，汉秉赋土。而大臣和其他杰出人才，要间隔多年才出一个，本人秉赋某行之气，一般贯不下去，故称间气。此谓王维是一代英才，其诗文比梵字有用。

⑧"同"，全唐诗一作"知"。○罗汉：阿罗汉的简称，是小乘佛教修证的最高果位。《大智度论》："阿罗名'贼'，汉名'破'一切烦恼贼破，是名

'阿罗汉'。复次，阿罗汉一切漏（烦恼的异名）尽，故应得一切世间诸天人供养。复次，阿名'不'，罗汉名'生'，后世中更不生，是名阿罗汉。"名欲：色、声、香、味、触所感知的对象都立有名，这些名引起的欲念称为名欲。

⑨〔赵注〕《史记·冯唐传》："冯唐以孝著，为中郎署长，事文帝，拜为车骑都尉。景帝立，以唐为楚相，免。武帝求贤良，举冯唐，唐时年九十余，不能复为官，乃以唐子冯遂为郎。"生按：《玉篇》："《周礼》曰：'作六军之士执拔'。作，谓使之也。"

重酬苑郎中 时为库部员外

顷辄奉赠，忽枉见酬。序末云："且久未迁，因而嘲及。"诗落句云："应同罗汉无名欲，故作冯唐老岁年"，亦《解嘲》之类也①。

何幸含香奉至尊②，多惭未报主人恩③。草木岂能酬雨露④，荣枯安敢问乾坤⑤。仙郎有意怜同舍⑥，丞相无私断扫门⑦。杨子《解嘲》徒自遣⑧，冯唐已老复何论！

①诗题下活字本无原注。"类"，凌本作"意"。○《一切经音义》："顷，近也。"《助字辨略》："辄字，专辞，犹云独也，特也。"谓不久前特意赠诗。〔赵注〕《汉书·扬雄传》："哀帝时丁、傅、董贤用事，诸附离之者，或起家至二千石。时雄方草《太玄》，有以自守，泊如也。或嘲雄以玄尚白（玄，黑色，作《太玄》而不升官，依旧白色），而雄解之，号曰《解嘲》。"生按：解嘲，因被人嘲笑而自作解释。

②〔赵注〕沈括《梦溪笔谈》："鸡舌香治口气，所以三省故事，郎官口含鸡舌香，欲其奏事对答，其气芬芳。"生按：《开元礼·杂制》："至尊，臣下内外通称。"《荀子·正论》："天子者，势位至尊。"

③《尔雅·释诂》："主，君也。"

④"岂"，蜀刻本、纬本、凌本、活字本、全唐诗作"尽"。

⑤《虚字集释》："敢，犹能也。"《易·说卦》："乾，天也。坤，地也。"

⑥同舍：同为郎官者。王维自谓。见《同比部杨员外十五夜游》注⑮。

⑦丞相：指李林甫。〔赵注〕《史记·齐悼惠王世家》："魏勃少时，欲求见齐相曹参，家贫无以自通，乃常独早夜扫相舍人门外。相舍人怪之，以为物（鬼怪），而伺之，得勃。勃曰：'愿见相君，无因，故为子扫，欲以求见。'于是舍人见勃曹参，因以为舍人。"

⑧徒：但，只。遣：排除胸中郁闷。

评 笺

顾可久按：中间意绪转折太多，约略一篇文字数百言，尽于五十六字中，此等诗，最高品也。

生按：是自家要断，却说丞相要断，委婉中见志趣。

酬郭给事①

洞门高阁霭余晖②，桃李阴阴柳絮飞③。禁里疏钟官舍晚④，省中啼鸟吏人稀⑤。晨摇玉佩趋金殿⑥，夕奉天书拜琐闱⑦。强欲从君无那老⑧，将因卧病解朝衣⑨。

此诗作于天宝十四载春。

①《旧唐书·职官志》："门下省，给事中四员，正五品上。给事中掌陪侍左右，分判省事。"郭给事：《全唐诗人名考证》："郭纳。《姓纂》：颍川郭氏，'纳，给事中，陈留采访使。'《新唐书·玄宗纪》：'天宝十四载十二月，安禄山陷陈留郡，执太守郭纳。'《全唐文》萧颖士《蓬池禊饮序》：'天宝乙未（十四载）暮春三月，河南连帅、陈留守李公……'知郭

纳由给事中出守陈留不早于十四载夏。"生按：《旧唐书·李林甫传》："林甫自无学术，而郭慎微、苑咸，文士之阘茸者代为题尺。"或以郭给事是慎微，误。《宝刻丛编》卷八："《唐赠汝南太守郭慎微碑》，族弟沕撰，天宝中立。"则天宝中慎微已殁。本年，杜甫有《奉同郭给事汤东灵湫作》。

②洞：通。〔赵注〕《汉书·董贤传》："重殿洞门。"颜师古注："谓门门相对也。"生按：《集韵》："霭，云雾貌。"《韵会》："霭，氛也。"引申为笼罩。余晖：落日的余光。王粲《从军诗》："白日半西山，桑梓有余晖。"〔章注〕霭余晖，日将暮矣。

③〔王注〕阴阴，树叶浓密貌。〔章注〕柳絮飞，春将暮矣。生按：或释首句为皇恩普照，次句谓郭门生故吏甚多且飞扬显达。不当。

④"官"，凌本作"客"，误。"晚"，唐诗正声作"晓"。○《正字通》："天子所居曰禁。"《独断》："门户有禁，非侍御者不得入，故曰禁中。"官舍：官吏办事之所。《汉书·何竝传》："性清廉，妻子不至官舍。"疏钟：唐大明宫含元门内东侧有钟楼，按时敲钟报点。

⑤省：中央官署（称"省"始于魏明帝），此指门下省。《新唐书·百官志》："官司之别，曰省、曰台，如尚书、门下、中书、秘书、殿中、内侍六省是也。"

⑥"晨"，赵本一作"朝"。○玉佩，垂于腰带上的玉饰。见《扶南曲歌词五首》之四注④。趋：古礼，小步速行，表示恭敬。

⑦"奉"，赵本一作"捧"，通。"天"，凌本作"丹"。○天书：皇帝诏书。《后汉书·百官志》："给事黄门侍郎，掌侍从左右，给事中，关通中外。"刘昭注："《汉旧仪》曰：黄门郎属黄门令，日暮入对青琐门拜（拜接宫中当日颁发的诏书），名曰夕郎。《宫阁簿》曰：青琐门在南宫。"董巴注："禁门曰黄闼，以中人主之，故号曰黄门令。"《汉书·元后传》："赤墀青琐。"颜师古注："青琐者，刻为连环文，而青涂之也。"《尔雅·释宫》："宫中之门谓之闱。"生按：唐制，诏书由中书省起草，皇帝画可后，中书省送门下省审核，接诏承办者为给事中，如无缺失，退回中书再呈皇帝正式批准后，又由中书省送门下省，门下省将诏书正本存档，副本送尚书省执行。接办诏书不一定都在傍晚。

⑧"那"，赵本一作"奈"。○强欲：甚欲。从：伴随。那：音挪，"奈阿"的合音，能奈。

⑨卧病：此谓养病。《说文》："卧，伏也。"段玉裁注："引申为凡休息之称。"解朝衣：辞官。〔赵注〕张协《咏史》："抽簪解朝衣，散发归海隅。"

评 笺

《王摩诘诗评》："顾云：看渠结中下字，乃见盛唐温厚。右丞善作富丽语，自其胸怀本色，开口便是。结语深厚，作者不及。"

胡应麟《诗薮》："'汉主离宫'，'洞门高阁'，和平闲丽而斥两微劣。"

许学夷《诗源辩体》："摩诘七言律，如'洞门高阁'篇，淘洗澄净者也。○'禁里疏钟…拜琐闱'，浑圆活泼，而气象风格自在。"

唐汝询《唐诗解》："起语闲雅，三、四深秀，五、六峻整。"

叶羲昂《唐诗直解》："趣得闲适，中四语秀整有度。"

黄培芳《唐贤三昧集笺注》："起句不可太平熟，读此种可想。○清俊温雅。"

方东树《昭昧詹言》："给事是侍从官，起句先出官署，亦为题立案，寻主脉也。三、四所居之署，中有人在。五、六正写给事本人。收自己酬诗之意。"

朱宝莹《诗式》："凡赠诗须切是人地位。给事在殿中，故发句上句曰'洞门高阁'，起便壮丽；下句倍极风华。颔联写景，颈联写事，俱华贵。落句尤极蕴藉。题为《酬郭给事》，必须尊题。如李颀《宿莹公禅房闻梵》，落句云：'始觉浮生无住著，顿令心地欲皈依'，与此将毋同。○品：庄丽。"

金人瑞《圣叹外书》："写余晖却从洞口高阁着手，此即'反景入深林，复照青苔上'文法，言余晖从洞门穿入，倒照高阁也。再如桃李句，写余晖中一人闲坐。再如禁钟、省鸟，写此花阴柳絮中间闲坐之一人，方且与时俱逝，百事都指真，又分明如画也。"

李沂《唐诗援》："结语多少蕴藉，令人一唱三叹。岑嘉州《西掖省》诗后四与此略同，但结语太直（'官拙自悲头白尽，不如岩下掩荆扉'），为不及耳。"

周珽《唐诗选脉会通评林》："意深语厚，温雅之章。○陈继儒曰：韵致高迥，自动奇眼。"

王闿运批《唐诗选》："秀逸。"

高步瀛《唐宋诗举要》："（前四句）清腴有味。"

故人张谞，工诗，善易卜，兼能丹青草隶，
顷以诗见赠，聊获酬之①

　　不逐城东游侠儿②，隐囊纱帽坐弹棊③。蜀中夫子时开卦④，
洛下书生解咏诗⑤。药栏花径衡门里⑥，时复据梧聊隐几⑦。屏
风误点惑孙郎⑧，团扇草书轻内史⑨。故园高枕度三春⑩，永日
垂帷绝四邻⑪。自想蔡邕今已老⑫，更将书籍与何人！

　　①“酬”，唐诗正音作“答”。○张彦远《名画记》：“张谞官至刑部员
外郎，明易象，善草隶，工丹青，与王维、李顾等为诗酒丹青之友，尤善画
山水。”《升庵诗话》：“王右丞赠张谞诗云：‘屏风误点惑孙郎，团扇草书轻
内史。’李顾亦赠谞云：‘小王破体闲支策，落月梨花照空壁。诗堪记室炉风
流，画与将军作劲敌。’其为名流所重如此。记室，左思也。将军，顾恺之
也。谞之画有神鹰图，予犹及一见之于京肆，以索价太厚，未之购也。”参
见《戏赠张五弟谞三首》注①。易卜：用《易经》占卦。占卦之法：用四十
九根蓍草（或竹签）随意分为两份，从左份取出一根放置不用，然后按四根
一组数这两份，每份不足四根的余数都放在旁边（如无余数则两份都视为余
四），就完成一变。继而将两份蓍草合一（不包括放在旁边的余数），又随意
分为两份，不再取出一根，仍按上述办法数，剩余的根数仍放在旁边，就完
成二变。再照二变办法完成三变。最后以四十八减去三次余数之和，再以四
除，就卜得第一爻。如商七，为少阳，商九，为老阳，都在纸上画“—”。
如商六，为老阴，商八，为少阴，都在纸上画“——”。符号右边需注明所
商之数。如此反复六次，从下到上形成六爻一卦，就是“本卦”。然后求变
爻，用五十五（奇数偶数相加之合）减去此卦各爻商数之合，将相减后差
数，从初爻数到上爻，再由上爻数回初爻，来回数至所止之爻，如为六或
九，就将本爻由阴变阳或由阳变阴；如为七或八，本爻不变，变其余各爻。
变后所成，就是“之卦”。然后分别依据本卦、之卦产生变动的爻辞，断其

吉凶趋避。若六爻均变，则取两卦的卦辞为占；若六爻均为当变之"老阳"、"老阴"，则取乾、坤的"用九"、"用六"为占；若六爻均不变，则以本卦的卦辞为占。参阅高亨《周易古经今注》。丹青：丹砂和青雘，绘画所用颜料，借指绘画。隶书创于秦代，当时官司刑狱事务繁剧，而篆书难写，乃省易小篆用于徒隶之事，故称隶书。草书始于草隶。汉元帝时，史游解散隶体而留其波磔（书法，左撇曰波，右捺曰磔，）可用于章奏，称为章草。汉末张芝去章草的波磔，圆转用笔，遂成今草。聊获：且得。

②逐：追随。游侠：古代好交游且见义勇为的人。见《榆林郡歌》注③。

③隐：凭倚。隐囊：靠枕。《资治通鉴·隋纪》："陈后主倚隐囊。"胡三省注："隐囊者，为囊实以细软，置诸坐侧，坐倦则侧身曲肱以隐之。"纱帽：用精细生丝制成，南北朝时为君主及高官所戴，唐太宗允许百官士庶同用。〔赵注〕浓括《梦溪笔谈》："弹棋，今人罕为之，有谱一卷，盖唐人所为。棋局方二尺，中心高如覆盂，其巅为小壶，四角微隆起，今大名开元寺佛殿上有一石局，亦唐时物也。李商隐诗曰：'玉作弹棋局，中心最不平'，谓其中高也。白乐天诗曰：'弹棋局上事，最妙是长斜'，长斜谓抹角斜弹，一发过半局，今谱中具有此法。柳子厚《叙棋》用二十四棋者，即此戏也。《后汉书·梁统传》注云：'弹棋，两人对局，白黑棋各六枚，先列棋相当，更相弹也'，与子厚所记小异。"生按：弹棋，宋后已失传。

④开卦：卜卦。〔赵注〕《高士传》："严遵字君平，蜀人也。隐居不仕。尝卖卜于成都市，日得百钱以自给，卜讫则闭肆下簾，以著书为事。"鲍照《蜀四贤咏》："君平因世闲，得还守寂寞。闭簾注《道德》，（君平撰《道德指归论》六卷）开卦述天爵。"

⑤"书"，全唐诗一作"诸"。○〔赵注〕《晋书·谢安传》："谢安能为洛下书生咏，有鼻疾，故其音浊。名流爱其咏，而弗能及，或手掩鼻以效之。"生按：《语辞汇释》："解，犹会也。"

⑥药栏：花药之栏，花圃。许多花的根茎皮叶花都可入药，故古人种药看花。庾肩吾《和竹斋》："向岭分花径，随阶转药栏。"衡门：横木为门，喻简陋之屋。《诗·陈风·衡门》："衡门之下，可以栖迟。"

⑦〔赵注〕《庄子·德充符》："据槁梧而瞑。"郭象注："坐则据梧而睡。"成玄英疏："槁梧，夹膝几也。"《庄子·齐物论》："南郭子綦隐几而

坐。"释文:"隐,凭也。"生按:时复,时或。

⑧〔赵注〕《历代名画记》:"曹不兴,吴兴人也。孙权使画屏风,误落笔点素,因就成蝇状。权疑其真,以手弹之。"

⑨"轻",凌本作"惊"。○〔赵注〕《晋书·王羲之传》:"为右军将军,会稽内史。尝在蕺山,见一老姥,持六角竹扇卖之。羲之书其扇,各为五字。姥初有愠色。因谓姥曰:"但言是王右军书,以求百钱耶,'姥如其言,人竞买之。"生按:《白孔六帖》:"王右军草书于团扇。"羲之草书于团扇,当系同一故事而传闻异词。

⑩高枕:高枕而卧。三春:正月孟春,二月仲春,三月季春,合称三春。班固《终南山赋》:"三春之季,孟夏之初。"

⑪永日:终日。左思《吴都赋》:"昧旦永日。"吕向注:"自早日而至于暮,故云永日也。"垂帷:放下室内帷帐,借指专心读书,束皙《读书赋》:"垂帷以隐几,被纨素而读书。"

⑫"想"英华作"惜"。○《后汉书·蔡邕传》:"蔡邕字伯喈,陈留圉人也。少博学,师事太傅胡广。好辞章、数术、天文,妙操音律。建宁三年,辟司徒桥玄府。召拜郎中,校书东观。熹平四年,奏正定六经文字,灵帝许之。邕乃自书丹于碑,使工镌刻立于太学门外,后儒晚学,咸取正焉。六年七月,中常侍程璜使人飞章言邕,下狱,诏减死一等,徙五原安阳县。明年大赦,邕乃远迹吴会,积十二年。灵帝崩,董卓辟为侍中。初平元年,拜左中郎将。及卓被诛,邕在司徒王允坐,言之而叹。即收付廷尉治罪,遂死狱中。"〔赵注〕〔三国志·魏书·王粲传〕:"王粲徙长安,左中郎将蔡邕见而奇之。时邕才学显著,贵重朝廷,常车骑填巷,宾客盈座,闻粲在门,倒屣迎之。粲至,年既幼弱,容状短小,一座尽惊。邕曰:'此王公(汉灵帝司空王畅)孙也,有异才,吾不如也。吾家书籍文章,尽当与之。'"

评　笺

《王摩诘诗评》:"顾云:亹亹说故事,不觉重叠。"

刘克庄《后村诗话》:"蔡邕今已老,书籍与何人:警句。"

顾可久按:"每起二句,下使事承接。"

黄周星《唐诗快》:"韵人韵事,读之只觉清芬袭人。"

　　方东树《昭昧詹言》："前八句分叙四事，各有警句。故园二句，总束咏叹。末二句，结到自己作收。古人无不成章之什，学诗先宜知之"

酬严少尹徐舍人见过不遇①

　　公门暇日少②，穷巷故人稀。偶值乘篮舆③，非关避白衣④。不知炊黍否⑤？谁解扫荆扉⑥？君但倾茶椀⑦，无妨骑马归。

　　此诗作于乾元元年上半年。

　　①《旧唐书·严武传》："弱冠以门荫策名。陇右节度使哥舒翰奏充判官，迁侍御史。至德初，肃宗兴师靖难，武杖节赴行在。宰相房琯首荐才略可称，累迁给事中。既收长安，以武为京兆少尹兼御史中丞，时年三十二。"〔赵注〕《唐六典》："京兆尹一人，从三品；少尹二人，从四品下。"生按：徐舍人，即徐中书。见《赠徐中书望终南山歌》注①。见过：相访，敬词。

　　②公门：官府。《荀子·强国》："观其士大夫，出于其门，入于公门。"

　　③"舆"，全唐诗作"轝"，字同。○篮舆：以竹编成大篮，人坐其中，两人共抬，又称编舆、竹筱。〔赵注〕《晋书·陶潜传》："刺史王宏以元熙中临州，甚钦迟之。后自造焉，潜称疾不见。宏每令人候之，密知当往庐山，乃遣其故人庞通之等斋酒，先于半路邀之。潜既遇酒，便引酌野亭，欣然忘进。宏乃出与相闻，遂欣宴穷日。宏要之还州，问其所乘，答曰：'素有脚疾，向乘篮舆，亦足自反。'乃令一门生二儿共舆之至州。"生按：此谓碰巧乘舆外出。

　　④白衣：穿着白衣的僮仆。此用江州刺史王弘曾于重阳节派白衣给陶潜送酒事，谓并非有意避不见严、徐二人。称白衣而不直称严、徐，是敬语，此与称左右、执事略同。

　　⑤炊黍：做饭。黍：其粒较小米略大而黄，古称嘉谷，通称黄米。〔赵注〕《三国志》裴松之注："沐并，字德信，河间人。始为名吏，有志介。尝过姊，姊为杀鸡炊黍，而不留也。"

　　⑥解：会。荆扉：柴门。〔王注〕谓无人会想到要扫净柴门迎候宾客。

补"故人稀"意。

⑦但：只。倾：注入。杭：同碗。〔王注〕谓喝茶而未饮酒，无妨骑马而归。结语诙谐有趣。

酬慕容十一①

行行西陌返②，驻幰问车公③。挟毂双官骑④，应门五尺僮⑤。老年如塞北⑥，强起离墙东⑦。为报壶丘子⑧，来人道姓蒙⑨。

①"十一"，元刊本作"上"，误。○岑仲勉《唐人行第录》："维又有《慕容承携素馔见过》，比观两诗词意，余以为十一即承。"余未详。

②行行：行路不停貌。《古诗十九首》："行行重行行。"《广雅·释室》："陌，道也。"

③"幰"，蜀刻本作"憾"，述古堂本、元刊本、活字本、久本作"炉"；"问"，蜀刻本作"文"。皆误。○幰：通轩，车。《说文新附考》："《说文》轩训曲辀藩车，据此知古通作轩，或借作宪，后人加巾旁。"按：释幰为车幔，代指车，亦通。问：问候。《晋书·车胤传》："桓温在荆州，辟为从事，以辨识义理深重之。引为主簿，稍迁别驾、征西长史，遂显于朝廷。又善于赏会，当时有盛坐而胤不在，皆云：无车公不乐。"

④《六书故》："轮之正中为毂，空其中，轴所贯也，辐辏其外。"此借指车。《汉官仪》："驺骑，王家名官骑。"此指侍从之骑士。〔赵注〕《晋书·王祥传》："置官骑二十人。"

⑤《集韵》："应，答也。"叩门则应，故称照看门户者为应门。僮：同童。〔赵注〕《晋书·李密传》："内无应门五尺之童。"

⑥"老年"，蜀刻本作"若思"，误。○《尔雅·释诂》："如，往也。"塞：音赛，边境。塞北：泛指我国北边地区。《后汉书·袁安传》："北单于逃走乌孙，塞北地空。"

⑦强起：勉强出仕。《晋书·殷浩传》："深源（浩）不起，当如苍生

何!”离墙东：谓不再隐居。《后汉书·逸民列传》：“避世墙东王君公。”见《登楼歌》注⑫。按：中四句，慕容十一近期经历。

⑧〔赵注〕《高士传》：“壶丘子林者，郑人也。道德甚优，列御寇师事之。”

⑨《史记·庄子列传》：“庄子者，蒙人也，名周，尝为蒙漆园吏。”蒙，故城在今河南商丘东北。古人称庄子为蒙吏或蒙庄子。姓蒙，意谓宗师庄子。赵殿成谓“姓字疑是住字之讹”。未允。

酬张少府①

晚年惟好静②，万事不关心。自顾无长策③，空知返旧林④。松风吹解带，山月照弹琴⑤。君问穷通理⑥，渔歌入浦深⑦。

①少府：县尉。见《春夜竹亭赠钱少府归蓝田》注①。张少府：未详何人。或疑为张子容，不确。张任乐城尉约在开元十七年前。

②“年”，赵本一作“来”。○〔王注〕写晚年性格和兴趣变化，其中包括青壮年时屡受挫折的感叹。

③“长”，赵本一作“良”。○顾：念，考虑。长策：济世良策。《史记·平津侯主父列传》：“靡獘中国，快心匈奴，非长策也。”含良策不为世用之意。

④“知”，英华作“如”，误。○空知：徒知，只得。旧林：从前隐居的山林。陶潜《归田园居》：“羁鸟恋旧林，池鱼思故渊。”

⑤松风句：谓松间清风吹来，乘兴解开衣带消受。〔葛注〕松风、明月旧时是高洁的象征，解带、弹琴古代是闲适的表现。

⑥“君”，蜀刻本作“若”。○〔陈注〕命运穷塞与通显的道理。生按：《庄子·让王》：“古之得道者，穷亦乐，通亦乐，所乐非穷通也。”

⑦屈原《渔父》：“渔父莞尔而笑，鼓枻而去，歌曰：‘沧浪之水清兮，可以濯吾缨；沧浪之水浊兮，可以濯吾足。’”王逸注：“喻世昭明，可沐浴升朝廷也；世昏暗，宜隐遁也。”《广韵》：“大水有小口别通曰浦。”〔陈

注〕谓从悠扬的渔歌声中或可得到解答。〔王注〕以不答为答，与李白"问余何事栖碧山，笑而不答心自闲"相类。〔葛注〕暗示应如不计荣辱、自得其乐的渔人一样，对一切抱无所谓的潇洒心情。

评　笺

《唐诗归》："钟云：妙在酬答，只似一首闲居诗。"

许学夷《诗源辩体》："摩诘五言律，如'晚年惟好静'，闲远自在者也。"

胡应麟《诗薮》："'晚年惟好静'篇，幽闲古澹，储、孟同声者也。"

李沂《唐诗援》："意思闲畅，笔端高妙，此是右丞第一等诗，不当于一字一句求之。"

沈德潜《说诗晬语》："诗贵有禅理禅趣，不贵有禅语。王右丞诗：'行到水穷处，坐看云起时'；'松风吹解带，山月照弹琴'；俱入理趣。○收束或放开一步，或宕出远神，或本位收住。王右丞'君问穷道理，渔歌入浦深'，从解带、弹琴宕出远神也。张燕公'不作边城将，谁知恩遇深'！就夜饮收住也。杜工部'何当击凡鸟，毛血洒平芜！'就画鹰说到真鹰，放开一步也。皆就上文体势行之。"

沈德潜《唐诗别裁集》："结意以不答答之。"

朱庭珍《筱园诗话》："律诗炼句，以情景交融为上。情景交融者，景中有情，情中有景，打成一片，不可分拆。如右丞'松风吹解带，山月照弹琴'；'行到水穷处，坐看云起时'等句，皆是句中有人，情景兼到者也。"

宋宗元《网师园唐诗笺》："（松风句下）悠然神远"。

王寿昌《小清华园诗谈》："何谓高？近体则宋员外之《陆浑山庄》，王右丞之《酬张少府》，沈云卿之《古意》，崔司勋之《黄鹤楼》是也。"

张谦宜《绲斋诗谈》："《酬张少府》：'晚年'二句，含一篇之脉，此方是起法。三四虚承，五六实地，用笔浅深俱到，章法之妙也。○'松风吹解带'，是吹解下之带；'山月照弹琴'，是照正弹之琴。句中各分动静，不得作同例看。"生按："吹解下之带"，此解未允。

冒春荣《葚原诗说》："一诗之气力在首尾，而尾之气力视首更倍。唐之佳句，二联为多，起次之，结句又次之，可见结之难工也。王维'君问穷通理，渔歌入浦深'，从上句'解带'、'弹琴'宕出远神也。"

黄培芳《唐贤三昧集笺注》："顾云：末用《离骚·渔父》篇意，俊逸。"

俞陛云《诗境浅说》："五六句，松风、山月皆清幽之境，解带、弹琴皆适意之事。得松风吹带，山月照琴，随地随事，咸生乐趣，想见其潇洒之致。末二句酬张少府，言穷通之理，只能默喻，君欲究问，无以奉答，试听浦上渔歌，则乐天知命，会心不远矣。"

陈铁民说："（松风二句）既是景语，也是情语。"（《王维新论》）

周振甫说："渔歌入浦深这个结尾，避开了朋友的问话，另外描写一科景物，所以说是宕出远神。这种景物好像同朋友的问话无关，实际上是用不回答来回答，就是说我所关心的是入浦的渔歌，这个结尾是很含蓄的。"（《诗词例话》）

张志岳说："一、二两句，仅仅是作为现象提出来的。第三句紧接着说明了自己并不是对'万事不关心'，而是在关心现实、不满现实的情况下，感到'无长策'，于是转到第四句'返旧林'归隐。归隐可说是走向'万事不关心'的实际表现。'空知'，意味着明知归隐无补时艰，但为了不同流合污，只好如此。这两句把诗人从关心现实不得不走向'不关心'，不甘心归隐而又只好归隐的原因和心情，表达得曲折、明确，蕴含着仕途生活上的无限感触。五、六两句鲜明地描绘了山林生活的情趣，含有和仕途生活对照的作用，也是一种找寻自慰的表现。第七、八句想起了'濯缨'、'濯足'的渔歌，似乎为自己的只好如此找到了一种依据，从而获得启示和慰藉，同时也使三、四句的含义更为明确。"（《诗词论析》）

陈良运说："没有景物的渲染，也无感人之情的抒发，只是一种平静心境的描述。其中含有悟破人生命运穷通的意蕴，但又没有直接表述，只是以'渔歌入浦深'暗示之。"（《中国诗学体系论》）

吴功正说："禅的悟解方式是会心领略，不直接揭示出一个结论。这首诗的尾联，诗人没有明确的揭示，而是出现一个形象画面。从禅宗那里所获得的审美方式的启示，融入诗的审美创作中，便增添了诗的深长意味。"（《唐代美学史》）

周裕锴说："王维诗中和南宗更接近的是任运无心的自由境界。一任松风解带、山月弹琴，毕竟和《坛经》表述的'无是无非，无住无往'的无障无碍境界很接近了。这种思想出现在'晚年'，应当是他认识南宗神会以后受到的熏染。'君问穷通理，渔歌入浦深'，与禅宗的问答：'如何是佛法大意？''春来草自青'，完全如出一辙，这就是沈德潜所说以不答答之。"（《中国禅宗与诗歌》）

　　刘大杰说："王维能驾驭格律的拘束，运用自如，使他的律诗毫没有做作凑合的痕迹。《终南别业》《辋川闲居赠裴秀才迪》《归嵩山作》《酬张少府》这些诗，在他的五言律中自然是最好的作品，然按律诗的平仄，其中不合者颇多，他并不因一字一句的不协律，便损失他原有的意境，去改换他的字句。"（《中国文学发展史》）

喜祖三至留宿①

　　门前洛阳客，下马拂征衣②。不枉故人驾，平生多掩扉③。行人返深巷，积雪带余晖④。早岁同袍者⑤，高车何处归⑥？

　　此诗作于开元十七年冬。
　　①祖三：祖咏，洛阳人。见《赠祖三咏》注①。
　　②《尔雅·释言》："征，行也。"征衣：旅途所著之衣。
　　③驾：车乘。转为尊称对方的敬辞。〔陈注〕枉驾：谓屈尊见访。平生：平时。二句意谓平时不愿接待客人，以反衬留宿诚意，明交情不同一般。
　　④〔陈注〕夕阳余光。二句写日暮、人归。
　　⑤〔陈注〕《诗·秦风·无衣》："岂曰无衣，与子同袍。"军人称战友为同袍，亦可泛指朋友，此用后义。袍：长衣；行军者日以当衣，夜以当被，即今之披风，或称斗篷。祖咏是作者早年好友，故称为早岁同袍者。
　　⑥高车：大驾，借车代人，敬词。或解为高车驷马之意，不当。

评　笺
　　张谦宜《絸斋诗谈》："'行人返深巷，积雪带余晖'。互相照应法。"

　　冒春荣《葚原诗说》："诗以自然为上，工巧次之。工巧之至，始入自然；自然之妙，无须工巧。五言如王维《终南别业》《喜祖三至留宿》，皆不事工巧极自然者也。"

　　胡震亨《唐音癸签》："'早岁同袍者，高车何处归'？似乎言同袍者之薄，然亦借之以明祖之过我者为厚，其意未尝不婉。若使他人为之，则露矣，直矣。"生按：全诗无华词丽藻，而真挚之友情充溢字里行间。《癸签》之说似凿。

　　张晓明说："在王维看来，一门一户已足以将身心隔离，足以使心灵免受世尘污染，使精神享受充分自由。于是其诗便常常写到闭门掩扉。如'平生多掩扉'，'日暮掩柴扉'，'惆怅掩柴扉'，'寂寞掩柴扉'，'荆扉乘昼关'，'归来且闭关。'在这里，庄学的'心斋'被具体化个性化了。看起来关的是门掩的是扉，实际上关闭的是对外界的视听。通过闭门掩扉，王维进入了'无视无听，抱神以静'的人生境界。"（《试论王维山水诗的空灵之美》）

答王维留宿　　　　　　　　　　　（祖　咏）

　　四年不相见①，相见复何为②！握手言未毕，却令伤别离。升堂还驻马，酌醴便呼儿③。语默自相对，安用傍人知！

　　①"年"，活字本作"季"，误。○祖咏与王维曾于开元十三年会面于济州，至此已四年。

　　②何为：何如。《经传释词再补》："如之训为，犹为之训如也。"

　　③此联为倒装句。醴：音礼。酌醴：斟酒。《释名·释饮食》："醴，酿之一宿而成，有酒味而已。"《周礼·天官·酒正》："二曰醴齐。"郑注："醴，成而汁滓相将，如今甜酒矣。"儿：音倪。王维无儿，此指童仆，犹《后汉书·公孙穆传》"苍头儿客犯法"之"儿客"。

酬贺四赠葛巾之作①

　　野巾传惠好，兹贶重兼金②。嘉此幽栖物，能齐隐吏心③。
早朝方暂挂，晚沐复来簪④。坐觉嚣尘远⑤，思君共入林⑥。

　　①贺四：疑是贺遂陟，参见《春过贺遂员外药园》注①。葛巾：隐者
所戴以葛布制成的头巾。《宋书·陶潜传》："取头上葛巾漉酒。"
　　②野：田野，民间。兹：此。贶：音况。《说文新附》："贶，赐也。"
〔赵注〕《孟子·公孙丑》："王馈兼金一百。"赵歧注："兼金，好金也。其
价兼倍于常者，故谓之兼金。"江淹《杂体三十首·颜特进延之侍宴》：
"承荣重兼金。"
　　③"齐"，凌本作"高"。○幽栖物：隐居者使用之物。齐：同斋。《正字
通》："斋，洁也。"《列子·黄帝》："退而闲居大庭之馆，斋心服形。"斋心与
心斋义同。《庄子·人间世》："颜回曰：敢问心斋？仲尼曰：惟道集虚，虚者
心斋也。"此谓能使隐吏之心达于虚静纯明之境，即心斋之境。隐吏：维自指。
　　④"复"，凌本作"更"。○簪：音孜恩切。连冠或头巾于发上的条形
首饰。此作动名词。〔赵注〕沈约《酬谢宣城朓》："晨趋朝建礼，晚沐卧
郊园。"李善注："沐，休沐也。"
　　⑤《语辞汇释》："坐，犹遂也，顿也。"
　　⑥《世说新语·任诞》："陈留阮籍、谯国嵇康、河内山涛、沛国刘
伶、陈留阮咸、河内向秀、琅琊王戎，七人集于竹林之下，肆意酣畅，故
世谓竹林七贤。"又《赏誉》："谢公（安）道豫章（谢鲲）：若遇七贤，必
自把臂入林。"

答张五弟 杂言①

　　终南有茅屋，前对终南山②。终年无客长闭关③，终日无心

长自闲④。不妨饮酒复垂钓⑤，君但能来相往还⑥。

①诗题，全唐诗、品汇、活字本无"杂言"二字。○张五弟：张諲。
见《戏赠张五弟諲三首》注①。

②终南山：主峰在今长安县南五十里。见《赠徐中书望终南山歌》
注①。

③"长"，全唐诗作"常"○关：门栓。闭关：闭门谢客。江淹《恨
赋》："闭关却扫，塞门不仕。"李善注："《续汉书》曰：赵壹闭门却扫，
非德不交。"

④〔徐说〕随缘任运则无心，无心则无事，则身长闲。

⑤《语辞集释》："复，犹且。"

⑥"相"，久本作"且"。○《语辞集释》："蒋绍愚说："能，相当于
但或尽管。但能叠用，但能来即尽管来。"生按：谓饮酒钓鱼，非维所好，
而諲喜好，諲尽管来，不妨各适其趣。

评　笺

徐增《而庵说唐诗》："短诗要包含，长篇要无尽。吾说七言古多长
篇，而短者则惟摩诘《答张五弟》一首。摩诘道人也，一切才情学问洗涤
殆尽，造洁净清微之地，非上根器人不喜看，看亦不知其妙也。"

王尧衢《唐诗合解》："终年二句，言自己居终南之自得处。特重两终字
于两终南之下，又用两长字、两无字，双声叠韵，用急调于短章，奇绝之
作。○六句四韵中，包含无限静思。右丞是学道人，出语精微，俱耐人想。"

翁方纲《石洲诗话》："今之选右丞七古，则必取'终南有茅屋'一
篇，大约皆自李沧溟启之。此元遗山所谓'少陵自有连城璧，争奈微之识
碔砆'者也。"

李攀龙《唐诗训解》："四'终'字弄出真趣，然非安排可得。"

唐汝询《唐诗解》："略不构思，语极清迥，无《考槃》《衡门》心胸，
拈此不出。"

王夫之《唐诗评选》："末以乐府语人闲旷诗，奇绝。"

答 裴 迪①

淼淼寒流广②，苍苍秋雨晦③。君问终南山，心知白云外。

①《万首绝句》："题作《答裴迪忆终南山》，全唐诗题作《答裴迪辋口遇雨忆终南山之作》。○裴迪：王维好友。"见《青雀歌》："同咏"注①。

②淼淼：水大貌。《说文新附》："淼，大水也，或作渺。"沈约《法王寺碑》："淼淼洪波。"

③苍苍：雨大貌。《淮南子·俶真训》："浑浑苍苍，纯朴未散。"高诱注："混沌大貌。"《诗·郑风·风雨》："风雨如晦"。毛苌传："晦，昏也。"

评　笺

张谦宜《绲斋诗谈》："《答裴迪》，全从'晦'字生意。"

黄培芳《唐贤三昧集笺注》："顾云：高古。隐寓佛家'此心常净明圆觉'意。"

张文荪《唐贤清雅集》："不从题外求解，自有远神。长题五绝定式。"

杨逢春《唐诗偶评》："答裴迪之忆，即显己之忆，末句较裴意更进一层。"

辋口遇雨忆终南山，因献绝句①　　　　　（裴　迪）

积雨晦空曲②，平沙灭浮彩③。辋水去悠悠④，南山复何在？

①"绝句"，全唐诗作"王维"。○辋口：辋谷之口。见《辋川闲居赠裴秀才迪》注①。

②积雨：久雨。《汉书·严助传》："其不用天子之法度，非一日之积也。"颜师古注："积，久也。"空曲：空山曲丘。

③浮彩：太阳照在沙上产生的流光异彩。张协《七命》："流绮星连，浮彩艳发。"李周翰注："浮彩，谓色也。"

④《诗·鄘风·载驰》："驰马悠悠。"毛苌传："悠悠，远貌。"

评　笺

李慈铭《唐人万首绝句选》批："王、裴诸公作皆须合读，愈见其佳，分别选出便减神味。"

山水　游览

华 岳①

西岳出浮云，积翠在太清②。连天凝黛色③，百里遥青冥④。
白日为之寒⑤，森沉华阴城⑥。昔闻乾坤闭⑦，造化生巨灵⑧。
右足踏方止⑨，左手推削成⑩。天地忽开拆⑪，大河注东溟⑫。
遂为西峙岳⑬，雄雄镇秦京⑭。大君包覆载⑮，至德被群生⑯。
上帝伫昭告⑰，金天思奉迎⑱。人祇望幸久⑲，何独禅云亭⑳？

赵按："《旧唐书·玄宗纪》：'开元十八年，百僚及华州父老累表请封
西岳，不允。'右丞之作，当在是时。"

①〔赵注〕《水经注·禹贡山水泽地所在》："华山为西岳，在宏农华阴县
南。"《太平寰宇记》："太华山在华州华阴县南八里，远而望之，有若华状，故
名华山。"按：《名山记》云：华岳有三峰，直上数千仞，基广而峰峻，叠秀迄
于岭表，有如削成，今博山香炉形实象之。又按《华山记》云：顶有池，生千
叶莲花，服之羽化，因名华山。《白虎通》云："以西有少华，故曰太华。"生
按：岳，镇护地方之山。《周礼·夏官·职方氏》："豫州，其镇山曰华山。"

②"翠"，全唐诗作"雪"。○《鹖冠子·度万》："故其德上及太
清。"陆佃注："太清，天也。"

③"凝"，述古堂木、元刊本、活字本作"疑"。

④〔赵注〕屈原《九章·悲回风》："据青冥而撼虹兮，遂倏忽而扪
天。"生按：青冥本指天空。此谓远望华山，青霭冥濛。

⑤"之"，全唐诗一作"大"。

⑥森沉：阴暗貌。〔赵注〕鲍照《过铜山掘黄精》："铜溪昼森沉，乳
窦夜涓滴。"

⑦闭，英华、蜀刻本作"开"。○《易·说卦》："乾为天，坤为地。"
谓天地尚未开辟。

⑧"造"，英华、蜀刻本作"变"。○道家认为，万物皆道所创造化

育，故造化即道。《庄子·大宗师》："伟哉造化，又将奚以汝为，将奚以汝适？"〔赵注〕《水经注·河水》："华岳本一山当河，河水过而曲行。河神巨灵，手荡足踏，开而为两，今掌足之迹，仍存华岩。"《艺文类聚》："《述征记》曰：华山对河东首阳山，黄河流于二山之间，云本一山，巨灵所开，今睹手迹在华岳，而脚迹在首阳山下。"

⑨"止"，英华、蜀刻本、述古堂本作"山"。○方止：《说文》徐灏笺："止，正象足趾之形。"方止，即首阳山下的足迹。杨雄《河东赋》："河灵矍踢，掌华蹈襄。"襄山即首阳山，原名雷首山。《法苑珠林》谓巨灵"以左掌托太华，右足蹦中条"，中条山西起雷首，本一条山脉。作"方山"误，方山即河南伊阙镇西之陆浑山，古为外方，距华山远。

⑩〔赵注〕《山海经·西山经》："太华之山，削成而四方，其高千仞，其广十里。"生按：《华山记》："山之东北则为仙人掌，即所谓巨灵掌也。岩壁黑色，石膏自壁中流出，凝结成痕，黄白相间，远望之见其大者五歧如指，好奇者遂传为巨灵劈山之掌迹。"

⑪拆：音彻，通"坼"，裂开。《易·解》："雷雨作而百果草木皆甲拆。"

⑫〔赵注〕颜延之《车驾幸京口侍游蒜山作》："元天高北列，日观临东溟。"吕向注："东溟谓东海。"

⑬"峙岳"，英华作"岳峙"。○峙：音至，屹立。

⑭〔赵注〕关中本秦地，在汉为京师，故称秦京。陆机《齐讴行》："孟诸吞楚梦，百二伴秦京。"

⑮大君：天子。《易·师》："大君有命，以正功也。"包：犹兼。覆载：谓天覆地载。《管子·版法解》："凡人君，覆载万民，而兼有之。"

⑯《韵会》："被，覆也。"《玉篇》："被，及也。"群生：百姓，万物。《史记·孝文帝纪》："理育群生。"

⑰伫：盼望。昭告：明告。《左传·成公十三年》："昭告昊天上帝。"《汉书·武帝纪》："元封元年夏四月，登封泰山。"孟康注："王者功成治定，告成功于天。"谓上帝盼封禅。

⑱〔赵注〕杜佑《通典》："先天二年，封华岳神为金天王。"

⑲"人"，赵本一作"神"。○祇：音其，地神。《说文》："祇，地祇，提出万物者也。"幸：专用词，谓天子至。《汉书·司马相如传》："设坛场

望幸。"颜师古注:"临幸也。"《后汉书·光武帝纪》李贤注:"天子所至必有恩幸,故称幸。"

⑳《说文》段玉裁注:"古封禅字,盖只作墠。项威曰:除地为墠,后改日禅,神之矣。"生按:封禅为古代帝王祭天地的典礼。于泰山上筑土为坛祭天,称为封;在泰山东南云云山或亭亭山,或泰山下的梁父山辟场祭地,称为禅。《史记·封禅书》载,无怀氏、伏羲、神农、炎帝、颛顼、帝喾、尧、舜、汤,皆封泰山,禅云云;黄帝封泰山,禅亭亭。云云山在山东泰安县东南一百二十里,接蒙阴县界;亭亭山在泰安县南五十里。皆泰山支脉。

评 笺

陶文鹏说:"王维的山水诗描绘了缤纷多彩的大自然,具有丰富多样的意境和风格。他的一部分作品从大处落墨,写出了对自然山水的总体印象和感受,气魄宏大,笔力劲健,意境壮阔。代表作有《终南山》《华岳》《汉江临泛》《送邢桂州》《送梓州李使君》等。"(《唐代文学史》)

葛晓音说:"《华岳》诗运用大谢诗写景'堆金积粉'、沉厚深雄之理,以浓墨重彩染出华山堵塞天地的气势,构图铺天盖地,满纸苍翠,并将盘古开天辟地的气魄赋予巨灵的形象,展现华岳雄峙秦中的神威。全诗犹如一幅格调典雅、笔力沉雄的金碧山水画。要求封禅华山,也表达了要求圣恩均等地施予万民的愿望。"(《论山水田园诗派的艺术特征》)

蓝田山石门精舍①

落日山水好,漾舟信归风②。玩奇不觉远③,因以缘源穷④。遥爱云木秀,初疑路不同⑤。安知清流转,偶与前山通⑥。拾舟理轻策⑦,果然惬所适⑧。老僧四五人,逍遥荫松柏⑨。朝梵林未曙⑩,夜禅山更寂⑪。道心及牧童⑫,世事问樵客⑬。暝宿长林下⑭,焚香卧瑶席⑮。涧芳袭人衣⑯,山月映石壁。再寻畏迷误⑰，明发更登历⑱。笑谢桃源人⑲，花红复来觌⑳。

①诗题，品汇、唐诗解无"山"字。○〔高注〕《元和郡县志》："蓝田县：蓝田山一名玉山，一名覆车山，在县东二十八里。"生按：晋以后称佛寺为精舍。见《同比部杨员外十五夜游有怀静者季》注⑪。〔陈注〕石门：即石门泉，在陕西蓝田县西四十里。《图经》："唐初有异僧止于此，大雪，其地融雪不积。僧曰：'必温泉也。'掘之果有汤泉涌出，遂置舍两区，凡有病者，就浴多瘥。后立玉女堂于泉侧。明皇时赐名大兴汤院。"石门精舍或即指大兴汤院。生按：石门泉即今汤峪河。

②〔赵注〕谢惠连《西陵遇风献康乐》："成装候良辰，漾舟陶嘉月。"李周翰注："漾舟，泛舟也。"木华《海赋》："或乃萍流而浮转，或因归风以自返。"〔陈注〕信，任凭。生按：《广雅·释诂》："归，往也。"归风，此谓顺风。

③"玩"，全唐诗作"探"。○〔王解〕玩奇：游玩观赏奇妙的景色。

④"缘"，纪事作"寻"。○谢朓《游敬亭山》："缘源殊未极，归径窅如迷。"刘良注："缘，循也。"以：犹而。穷：寻根究源。谓因而沿溪流划行，寻其源头。

⑤"秀"，纪事作"翠"。"疑"，英华作"言"。○云木：云雾缭绕的树林。路不同：疑去云林是另一条路。

⑥"安"，英华作"谁"。○蒋绍愚说："偶：适，恰好。"

⑦英华分此句以下另为一首。○《广雅·释诂》："理，治也。"引申为操、持。策：杖。谓拄着轻便的手杖。〔赵注〕谢灵运《登永嘉绿嶂山诗》："裹粮杖轻策。"

⑧惬：音切，快意。适：到。谓所到之处果然惬意。

⑨《释氏要览》："僧，梵语云僧伽，唐言众，今略称僧。《南山钞》云，本四人以上称僧。"〔赵注〕屈原《九歌·山鬼》："饮石泉兮荫松柏。"生按：逍遥：闲放不拘、怡适自得貌。《庄子·让王》："逍遥于天地之间，而心意自得。"谓在松柏荫下逍遥闲散。

⑩"未"，纪事作"方"。○古印度文字称为梵字。朝梵：指和尚在凌晨仿效梵语音调咏歌佛经。见《苑舍人能书梵字》注①。

⑪"山"，全唐诗一作"心"。○禅：坐禅，佛教徒修行的一种主要方法，见《山中寄诸弟妹》注③。

⑫"及"，纪事作"友"。○道心：犹言菩提心，即对佛教真理的觉悟之心。《华严经》："普观众生发道心。"及：影响到。谓牧童也受到佛理的熏陶。

⑬"问"，英华作"闻"。○暗用《桃花源记》"问今是何世，乃不知有汉，无论魏晋"意，谓僧众几乎与世事隔绝，是净土桃花源，而维与樵客，是二是一。

⑭"林"，赵本一作"井"。○《玉篇》："暝，夜也。"长林：高大的树林。长林下：指其下的僧舍。

⑮瑶席：光洁清凉如玉的蒲草席。见《鱼山神女祠歌》注⑨。

⑯"芳袭"，蜀刻本一作"风吹"。○〔王注〕涧芳：山涧边花草的清香。袭：浸染。生按：屈原《九歌·少司命》："绿叶兮素枝，芳菲菲兮袭予。"

⑰用《桃花源记》武陵渔人欲再去桃源已迷失路径意。

⑱明发：黎明。《诗·小雅·小宛》："明发不寐。"朱熹传："明发，谓将旦而天明开发也。"〔陈注〕登历，登临游历。

⑲"谢"，赵本一作"问"。○《说文》："谢，辞去也。"

⑳觌：音笛。《尔雅·释诂》："觌，见也。"

评　笺

殷璠《河岳英灵集》："一字一句，皆出常境。至如'落日山水好，漾舟信归风'，又'涧芳袭人衣，山月映石壁'。"

《王摩诘诗评》："刘云：（'偶与前山通'四句）此景自常有之，其诗亦若无意，故是佳趣。"

《唐诗归》："钟云：山水真境，妙在说得变化，似有步骤，而无端倪。作记之法亦然。（'道心'句下）'及'字深妙难言。○谭云：游得心细。"

焦袁熹《此木轩论诗汇编》："起数语神化已极，前无曹、刘，后无李、杜。"

王寿昌《小清华园诗谈》："'落日山水好，漾舟信归风'，清丽恬适。"

徐增《而庵说唐诗》："看二解（五字八句）中，许多层数，许多曲折。作淡远一路诗，最要晓得这个道理。结四语，勿作认真会，虽是诗家后来之出路，然要晓得作者于此必要显石门之精妙。"

周珽《唐诗选脉会通评林》："从入蓝田水陆行径，叙到深憩精舍中情景，始以无心，终若有得。其间恍惚投足，幽寂悟机，一一从笔端倾出，毫不着相，手腕灵脱。"

黄培芳《唐贤三昧集笺注》："'漾舟'字奇。'安知'二句，柳子厚小记中'舟行若穷，忽又无际'，沈确士引以比拟，洵为佳境佳句。'涧芳'字亦奇。"

黄周星《唐诗快》："（'道心'句下）'及'字不但难言，亦且难想。一幅石门精舍图。读至'道心'二语，则又别有天地，非人间矣。"

张谦宜《䌷斋诗谈》："一气浑成中，极掩映合沓之妙。"

张惚《唐风怀》："摩诘诗中有画，如此篇佳境，恐画亦不易也。"

陆时雍《唐诗镜》："语语领趣。"

郭濬《增订评注唐诗正声》："游得幽远有趣，妙在以虚字斡旋。"

高步瀛《唐宋诗举要》："工律自然，几掩大谢。"

王闿运批《唐诗选》："黄花川、石门等作，亦能得山水理趣。"

钱锺钟书说："陆游《游山西村》：'山重水复疑无路，柳暗花明又一村'。这种景象前人也描摹过，例如王维《蓝田山石门精舍》：'遥爱云木秀，初疑路不同；安知清流转，偶与前山通'；柳宗元《袁家碣记》：'舟行若穷，忽又无际'；卢纶《送吉中孚归楚州》：'暗入无路山，心知有花处'；耿沣《仙山行》：'花落寻无径，鸡鸣觉有村'；王安石《江上》：青山缭绕疑无路，忽见千帆隐映来'；周晖《清波杂志》卷中载强彦文诗：'远山初见疑无路，曲径徐行渐有村'。不过要到陆游这一联才把它写得'题无剩义'。"（《宋诗选注》）

陈铁民说："此诗写傍晚乘舟畅游石门精舍的经过和所见景色，叙事详赡，绘景细致，有谢诗之风。清黄培芳评曰：'撷康乐之英'。"（《王维新论》）

葛晓音说："谢灵运的《石壁精舍还湖中作》，内容与此相似，基本上是平铺直叙。而此诗首先从章法上突出了这次游历的偶然性和传奇色彩，巧妙地创造出山回路转别有洞天的意境。在描绘这个与世隔绝的天地时，没有一字言及佛寺和温泉，有意隐去与世俗有关的事物，将老僧、牧童和樵客都置于林岩之中，构成了一个毫无烟火气的禅寂世界。诗人自己面对石壁月光，在山涧花气中焚香独坐的情景，又造成露宿于林中的错觉。这就充分渲染了石门精舍淳古朴野的静趣，以及人与自然的融合无间。"（《山水田园诗派研究》）

　　生按：此诗是初沏香茶，清新恬淡，韵味隽永。

青　溪

　　言入黄花川②，每逐青溪水③。随山将万转，趣途无百里④。声喧乱石中，色静深松里。漾漾汎菱荇⑤，澄澄映葭苇⑥。我心素已闲，清川澹如此⑦！请留盘石上⑧，垂钓将已矣⑨。

　　此诗约作于开元十九年。

　　①英华题为《过青溪水作》。○青溪：未详。王维有《自大散以往，深林密竹，蹬道盘曲四五十里，至黄牛岭见黄花川》诗，而此诗云"言入黄花川，每逐青溪水"，则青溪水当是大散岭或黄牛岭与黄花川之间的溪水。《方舆胜览》："大散水流入黄花川。"此水出陕西宝鸡市西南大散岭，青溪是否其支流，待考。或谓青溪在今陕西沔县之东，然距黄花川甚远，疑非。

　　②言：语首助词，无义。言入，犹一入。[赵注]《一统志》："黄花川在汉中府凤县东北六十里，唐黄花县以此名。"生按：即今黄花镇。

　　③每：常。逐：循。谓通常沿青溪水而行。

　　④趣：同趋。[陈注]趣途：前往的路程。生按：谢惠连《西陵遇风献康乐诗》："趣途远有斯"。李周翰注："趣，向也。"无百里：无，犹无虑，大约。

　　⑤"漾漾"，英华、述古堂本、元刊本作"演漾"。○漾漾：微波荡动貌。汎：浮。菱：一名芰，一年生水生植物，叶浮水面，夏日开白花，果实有硬壳，四角或两角，名菱角，荇：多年生水生植物，叶浮水面，夏日开淡黄花，白茎与嫩叶可作腌菜，名荇菜。

⑥澄澄：溪水平静清澈貌。葭：音加。《诗·幽风·七月》："八月萑苇。"孔颖达疏："初生为葭，长大为薍，成则名苇。"

⑦"川"，全唐诗一作"明"。○素：淡泊。以：犹且。澹：恬静。二句谓心境澹如清川。

⑧请：犹愿。盘：通磐。[赵注] 成公绥《啸赋》："生盘石，漱清泉。"李善注："《声类》曰：盘，大石也。"

⑨垂钓：喻隐居。《后汉书·严光传》："少有高名，与光武同游学。及光武即位，乃变名姓，隐身不见，披羊裘钓泽中。"《说文》段玉裁注："已者，言万物之已尽也。"已矣：谓终老。

评　笺

赵执信《声调谱》："（五言古诗）《青溪》。近体有用仄韵者。仄韵古诗，却自不同，只在粘联及上句落字中细玩之。"

《唐诗归》："钟云：（'随山'二句下）亦是真境。○谭云：（'声喧'二句下）'喧'、'静'俱极深妙。"

黄培芳《唐贤三昧集笺注》："诗亦太澹。"

黄周星《唐诗快》："右丞诗大抵无烟火气，故当于笔墨外求之。"

顾可久按："淡雅。"

钱锺钟书说："王维《过青溪水作》：'色静深松里'，把听觉上的'静'字来描写深净的松色。诗人对事物往往突破了一般经验的感觉，有深细的体会，因此推敲出新奇的词句。"（《七缀集》）

葛晓音说："黄花川中山转水绕的万般情趣都集中在青溪水的动态和声色之中，以便着力于意境的创造。诗人将色调的冷暖之感和声音的闹静之感沟通，以水声的喧闹，反衬出松林的冷色调，以静的听觉感受表现对松色的视觉印象，烘托出乱石中急流喧豗的飞动之感，便真切地概括了青溪幽清如画的环境和静中见闹的意趣。"（《山水田园诗派研究》）

张福庆说："这里的每一个画面，都是在一个新的视点上观察所得的结果，而全诗的景物描写，就是由这一连串画面衔接而成。诗的作者确乎是'在时间中徘徊移动，游目周览，集合数层与多方的视点'（《美学散步》），其受山水画的'散点透视'的影响，是显而易见的。"（《唐诗美学探索》）

周裕锴说："在王维的诗里，禅家的精神主要表现为一种冲淡美。'我心素已闲，清川淡如此'。有此恬淡的心境，出之以平淡的语言，就构成意境的冲淡。"（《中国禅宗与诗歌》）

许总说："王维《青溪》：'我心素已闲，清川淡如此。'孟浩然《万山潭作》：'垂钓坐磐石，水清心亦闲'，是心闲有待于水清。储光羲《献王威仪》：'肃肃长自闲，门静无人开'，是在静境中始能自闲。与王维相比，心境高下自见。"（《唐诗史》）

金性尧说："我心素已闲二句，是心境也是诗境。"（《唐诗三百首新注》）

生按："色静深松里"，此《庄子》所谓"听之于心"。

崔濮阳兄季重前山兴 山西去，亦对维门①

秋色有佳兴，况君池上闲。悠然西林下，自识门前山②。千里横黛色，数峰山云间。嵯峨对秦国③，合沓藏荆关④。残雨斜日照，夕岚飞鸟还⑤。故人今尚尔，叹息此颓颜⑥。

此诗作于天宝十三载秋。

①活字本、品汇无题下原注。○［赵注］苏源明《小洞庭五太守燕集序》："天宝十二载七月辛丑，东平太守扶风苏源明，觞濮阳太守清河崔公季重、鲁郡太守陇西李公兰、济南太守太原田公琦、济阳太守陇西李公俦于回源亭。"［高注］观原注，似此时季重已罢濮阳太守而居蓝田矣。生按：《新唐书·宰相世系表》："清河大房崔氏：孝童，监察御史，濮州刺史；嗣童，陵州刺史；惠童，驸马都尉。"则季重是孝童之讹。《旧唐书·地理志》："河南道，武德四年置濮州，天宝元年改为濮阳郡。"郡治在今山东鄄城北。兴：兴致。

②"悠然"，元刊本、赵本、活字本、全唐诗作"悠悠"，从蜀刻本、述古堂本。○悠然：闲适貌。陶潜《归田园居》："采菊东篱下，悠然见南

山。"二句自陶诗化出，意趣颇近。

③《史记·司马相如传》："崔巍嵯峨。"正义："嵯峨，峻貌。"秦国：借称唐京长安，今陕西为古秦国之地；国，谓天子所都。

④合沓：山峦重叠貌。谢朓《游敬亭山》："兹山互百里，合沓与云齐。"荆关：柴门。关，门闩，借指门。谢庄《山夜忧》："收棹掩荆关。"

⑤夕岚：暮霭。〔赵注〕《广韵》："岚，山气也。"

⑥谓季重犹存故人之心。《古诗十九首》："故人心尚尔。"李善注："尚，犹也。"《经传释词》："尔，犹如此。"颓颜：衰颜。〔赵注〕骆宾王《于紫云观赠道士》："祗应倾玉醴，时许寄颓颜。"

评 笺

《王摩诘诗评》："刘云：（'门前山'句下）又别又别，有道之言。○顾云：学陶。"

黄培芳《唐贤三昧集笺注》："起爽朗。此首略近青莲。（'千里'四句下）四语阔大。"

许学夷《诗源辩体》："摩诘诗如'残雨斜日照，夕岚飞鸟还'，诗中有画者也。"

赵执信《声调谱》："（五言古诗）《崔濮阳兄季重前山兴》，末二句入律，盛唐人时有之，亦粘拗律句调也。"

黄周星《唐诗快》："何其澹远"。

高步瀛《唐宋诗举要》："超逸"。

林庚说："'千里横黛色，数峰出云间'。气势何等高远雄伟。"（《唐诗综论》）

陈铁民说："王维在其诗中，十分注意语言尤其是表动态字的提炼。山峰本来是不会动的，用一'横'字、'出'字，却使它有了动态，皆千锤百炼而出以自然。"（《王维新论》）

尚定说："王诗十分注重对自然色感的刻画，力求从视觉上把握自然。诗人或运用两种色彩的反差形成醒目的视觉形象，如'千里横黛色，数峰出云间'。或采用三种或更多种色彩进行对比，展示自然界丰富的色感，如'清溪一道穿桃李，演漾绿蒲涵白芷'。"（《走向盛唐》）

章培恒说："王维善于表现景物的空间层次，每每通过一些点睛之笔写出错落有致的纵深感和立体感。如'千里'二句以群山连绵和数峰高耸构成横向与纵向的配合。"（《中国文学史》）

终南别业①

中岁颇好道②，晚家南山陲③。兴来每独往④，胜事空自知⑤。行到水穷处，坐看云起时。偶然值林叟⑥，谈笑无还期⑦。

此诗约作于开元二十九年。

①英灵、英华、文粹题作《入山寄城中故人》，国秀集题作《初至山中》○终南山：在今长安县南五十里。见《赠徐中书望终南山歌》注①。别业：别墅，营建于别处的宅第园林。石崇《思归引序》："遂肥遁于河阳别业。"

②〔赵注〕中岁，中年也。谢朓《赋贫民田》："中岁历三台，旬月典邦政。"生按：道，此指佛教的义理。

③晚：近。《史记·货殖列传》："辄近世。"索隐："辄音晚，古字通用。"

④谢灵运《入华子冈是麻源第三谷》："且申独往意。"李善注："独往，任自然，不复顾世也。"

⑤"空"，国秀集作"祇"。○〔陈注〕胜事：快意的事。生按：空，只；只同祇。《大日经疏》："如饮水者，冷热自知。"

⑥"值"，国秀集作"见"。"林"，全唐诗一作"邻"。○值：遇。《汉书·义纵传》："宁见乳虎，无值宁成之怒。"

⑦"无"，国秀集、律髓作"滞"。"还"，文粹作"回"。○〔沈笺〕无还期，谓不定还期也。

评 笺

《王摩诘诗评》："刘云：（'行到水穷处，坐看云起时'）无言之境，不可说之味，不知者以为淡易。（篇末）其质如此，故自难及。○顾云：自是唐人古诗，不可谓律。"

　　洪觉范《天厨禁脔》："此诗不直言其闲逸，而意中见其闲逸，谓之造意句法。"

　　胡仔《苕溪渔隐丛话》："《后湖集》云：此诗造意之妙，至与造物相表里，岂直诗中有画哉！观其诗，知其蝉蜕尘埃之中，蜉蝣万物之表者也。○山谷老人云：余顷年登山临水，未尝不读王摩诘诗，固知此老胸次定有泉石膏肓之疾。"

　　唐汝询《唐诗解》："此堪与'结庐在人境'竞爽。"

　　魏庆之《诗人玉屑》："清新：行到水穷处，坐看云起时。"

　　蔡正孙《诗林广记》："赵章泉《诗法》云：王摩诘有诗云：'行到水穷处，坐看云起时。'杜少陵有诗云：'水流心不竞，云在意俱迟。'知诗者，于此不可以无语。或以小诗复之曰：'水穷云起初无意，云在水流终有心。倘若不将无有别，浑然谁会伯牙琴！'此所谓可与言诗者矣。"

　　许学夷《诗源辩体》："摩诘诗，'行到水穷处，坐看云起时'，诗中有画者也。"

　　王夫之《唐诗评选》："清靡为时调之冠，亦令人欲割爱而不能。"

　　黄叔灿《唐诗笺注》："意趣闲适，诗亦天成，无斧凿痕。"

　　《瀛奎律髓》："方云：右丞此诗，有一唱三叹不可穷之妙。○纪云：此诗之妙，由绚烂之极归于平淡，然不可以躐等求也。学盛唐者当以此种为归墟，不得以此种为初步。尾句'滞'字，一作'无'。无字声律为谐，而下语太重；滞字文意活脱，而声律未谐。然唐人拗体，亦有末联入律者，似尚未妨。此种皆熔炼之至，渣滓俱融，涵养之熟，矜躁尽化，而后天机所到，自在流出，非可以摹拟而得者。无其熔炼涵养之功，而以貌袭之，即为寠臼之陈言，敷衍之空调，矫语盛唐者多犯是病。此亦如禅家者流，有真空顽空之别，论诗者不可不辨。○何云：水穷、云起，本自无心，值叟、谈笑，非有期必也。"

　　查慎行《初白庵诗评》："五、六自然，有无穷景味。"

　　周弼《碛砂唐诗》："盛传敏云：见功锻炼而天趣自发者，原不易得尔。"

　　沈德潜《唐诗别裁集》："行所无事，一片化机。"

沈德潜《息影斋诗抄序》："诗贵有禅理禅趣，不贵有禅语。王右丞诗：'行到水穷处，坐看云起时'，'松风吹解带，山月照弹琴'，皆能悟入上乘。"

《唐诗归》："钟云：此等作只似未有声诗之先，便有此一首诗，然读之如新出诸口及新入目者，不觉现成，其故难言。○谭云：只是作人，行径幽妙。"

周珽《唐诗选脉会通评林》："律含古意，趣非言尽，盖有一种悠然会心处，所见无非道也。"

徐增《而庵说唐诗》："行到水穷，去不得处，我亦便止。倘有云起，我即坐而看云之起。坐久当还，偶遇林叟，便与谈论山间水边之事，相与流连，则便不能以定还期矣。于佛法看来，总是个无我，行所无事。'行到'是大死，'坐看'是得活，'偶然'是任运。此真好道人行履，谓之'好道'，不虚也。"

张谦宜《絸斋诗谈》："《终南别业》，一气灌注中不动声色，所向惬然，最是难事。○古秀天然，杜不能尔。○'行到水穷处，坐看云起时。'或问：此果是禅否？答曰：详文义，只是无心得趣耳，不应开口便是说禅。且喜《易》，者不谈《易》，岂有此构泥诗人，死板禅客！问者大笑。"

黄生《唐诗摘抄》："玩'好道'二字，便知全篇不是徒然写景。意谓中岁虽颇参究此事，不免东投西奔，茫无着落，至晚年，方知有安身立命之处。得此把柄，则行止洒落，冷暖自知；水穷云起。尽是禅机，林叟闲谈，无非妙谛矣。以人我相忘作结，有悠悠自得之意。"

施补华《岘佣说诗》："五律有清空一气不可以炼句炼字求者，最为高格。如太白'牛渚西江夜'，'蜀僧抱绿绮'，襄阳'挂席几千里'，摩诘'中岁颇好道'，刘眘虚'道由白云尽'诸首，所谓'羚羊挂角，元迹可求。'○'行到水穷处，坐看云起时'，是自然语；'微云淡河汉，疏雨滴梧桐'，是清淡语；'星临万户动，月傍九霄多'，是华贵语；'星垂平野阔，月涌大江流'，是雄壮语；'生还今日事，间道暂时人'，是沉痛语；'山鬼迷春竹，湘娥倚暮花'，是恼怅语；'怪禽啼旷野，落日恐行人'，是奇警语。皆律诗中必有之境，姑举一端。"

何文焕《历代诗话》："常建'清晨入古寺'一章，王维'中岁颇好道'一章，每不过四十字耳，一尘不到，万虑消归，真与无始者往来，若看做章句文字，便非闻道之器。此真正一篇尽善者也，岂仅称警策而已哉！"

俞陛云《诗境浅说》："此诗见摩诘之天怀淡逸，无住无沾，超然物外。言壮岁即厌尘俗，老去始卜宅终南。无多同调，兴到惟有独游，选胜怡情随处若有所得，不求人知，心会而已。五六句即言心事自知。行至水穷，若已到尽头，而又看云起，见妙境之无穷。此二句有一片化机之妙，得纯任自然之乐。结句言心本悠然，偶值林叟，即流连忘返，如行云之在太虚，流水之无滞相也。"

高步瀛《唐宋诗举要》："赵注本入古诗，他本多入律诗。此等作律诗读则体格极高，若在古诗则非其至者。齐、梁人诗，皆可以此意求之。"

顾随说："读文学作品不能只是字句内有东西，须字句外有东西。'行到水穷处，坐看云起时'。有字外之意，有韵，韵即味。合尺寸板眼不见得就有味，味于尺寸板眼声之大小高低之外。无论意多高深亦有尽，不尽者乃韵味。""王维受禅家影响甚深，自《终南别业》一首可看出。放翁'山重水复疑无路，柳暗花明又一村'（《游山西村》）与王维之'行到水穷处，坐看云起时'颇相似，而那十四字真笨。王之二句是调和，随遇而安，自然而然，生活与大自然合而为一。陶之'采菊东篱下，悠然见南山'亦然。采菊偶然见到南山，自然而然，无所用心。王维偶然行到水穷亦非悲哀，坐看云起亦非快乐。"（《驼庵诗话》）

钱锺钟书说："道无在而无不在，王维则曰'行到水穷处，坐看云起时'，以见随遇皆道，触处可悟。"（《谈艺录》）

李泽厚说："'采菊东篱下，悠然见南山'（陶潜）是道而非禅，尽管似乎也有禅意。因为它即使描写的是空，指向的仍是实（人格的本体）。'行到水穷处，坐看云起时'（王维）是禅而非道，尽管它似乎很接近道。因为它尽管描写的是色（自然），指向的却是空（那虚无的本体）。"（《美的历程》）

宗白华说："中国人于有限中见到无限，又于无限中回归有限。他的意趣不是一往不返，而是回旋往复的。王维诗云：'行到水穷处，坐看云起时'；韦庄诗云：'去雁数行天际没，孤云一点净中生'；储光羲诗云：'落日登高屿，悠然望远山。溪流碧水去，云带清阴还'。杜甫诗云：'水流心不竞，云在意俱迟'。都是写出'目既往还，心亦吐纳'，'情往似赠，兴来如答'（刘勰语）的精神意趣。"（《艺境》）

陈贻掀说："在这首诗中，诗人宣告了他后期人生观的改变，恣意描写了他隐逸山林，独往独来，任兴所之，无忧无虑的乐趣。"（《山水诗人王维》）

陈铁民说："这首诗写得极平淡、自然，而景味却悠远无穷。它写景，只用了'云起时'三字，引而不发，能唤起读者的丰富联想；述情，则似信乎拈来，毫不著力，但诗中那种追赏自然风光的雅兴、悠闲自得的意趣和超然出尘的情致，读者却可言外得之。这样的诗，无疑是经过千锤百炼而返于平淡的。"（《王维新论》）

郝世峰说："王维的山水田园诗，普遍地写空、写静、写闲逸。这种意境特色，同他的禅宗信仰有密切关系。王维的时代，禅宗初盛，因此他人生哲学中的禅意，只表现为万有皆空的清净观念和随缘适意的生活态度。'兴来每独往'，是在一定情趣支配下的活动，他的意趣在于与无目的的自然交流。从这种交流中获得的愉悦，是他人无从领略的一种深远玄妙的审美体验。"（《隋唐五代文学史》）

周裕锴说："'行到水穷处，坐看云起时'，尽管常被南宗用来示法开悟，但我认为它更像是北宗渐悟的象征。长期艰苦的修行，穷极真理之源，而那智慧的云、觉悟的云慢慢在心中升起。这种解释也许不算太牵强附会。'坐看云起时'也体现了王维等人的观物方式。近禅的诗人常把自己的注意力放在空寂宁静的自然物境之中。于是，习禅的观照和审美的观照合而为一，禅意渗入山情水态之中。"（《中国禅宗与诗歌》）

袁行霈说："王维所求的不仅是泉石之美，他还悟出了禅理。'行到水穷处，坐看云起时'，仿佛透露了这样一点消息，告诉人一切都在生生灭灭，穷尽复通。"（《中国诗歌艺术研究》）

葛晓音说："'行到水穷处'二句所表现的任兴独往、顺其自然的意趣，也就是东晋诗人戴逵《闲游赞》所说的'奚往而不适'的理趣。"（《论山水田园诗派的艺术特征》）

荆立民说："日本学者井口孝和认为：王维讴歌自然的作品，'与其说是指向物象的焦点，不如说是从现实的世界飞出，指向彼岸的世界。'（《书评》）这是一个摆脱了笼絷和羁绊，可以自由呼吸的世界，要行即行，要止即止。"（《追求者的歌唱》）

萧弛说："（'行到'二句）这两句诗之所以耐人寻味，正因为它微妙地表达了这种将时间空间化的过程，和以空间吸收无限时间的深长意味。"
（《中国诗歌美学》）

葛兆光说："（'行到'二句）诗人静坐，伫望远处缓缓浮起的云，云
与恬静的心灵相映，诗人将自己的心境投射在白云之中，因而视境中的
'云'也变得宁静而闲逸。""云这一语词被中晚唐诗人们用在诗里的时候，
它已经是一种澹泊清静生活与闲散自由心境的象征了。"（《禅意的云》）

张晓明说："全诗几乎充满了偶然。但是所有的偶然中又都包含着任运
随缘的必然。正是由于'不知所求'、'不知所往'（《庄子·在宥》），抛
弃了世俗的功利目的，因而诗人才进入了纯粹的审美之中，而诗歌本身也
因此而成为'不求美则美矣'（《淮南子·说山训》）的上乘之作。"（《试
论王维山水诗的空灵之美》）

刘逸生说："偶然二字实在是贯穿上下。正因处处偶然，所以处处都是
'无心的遇合'，更显出心中的悠闲，如行云自由翱翔，如流水自由流淌，
形迹毫无拘束。它写出了诗人那种天性淡逸，超然物外的风采，对于我们
了解王维的思想是有认识意义的。"（《唐诗鉴赏辞典》）

崔康柱说："结句把前面的'独往'了悟颠覆了，边缘化了，人与人
之间的情感交流反而处于全诗中心地位。"（《超脱与救赎》）

叶维廉说："'行到水穷处，坐看云起时'的天趣，正是由于文字的转
折（或应说语法的转折）和自然的转折重叠，读者就越过文字而进入未沾
知性的自然本身。对读者而言，是一种空间的飞跃，从备受限制的文字，
跨入不受限制的自然的律动里。上例的文字好比琴拨，在适切的指法下，
引渡听者入弦外之境。"（《中国诗学》）

施蛰存说："这是一首古诗与律诗杂糅的诗体，也是从古诗发展到律诗
时期所特有的现象。"（《唐诗百话》）

李处士山居①

君子盈天阶②，小人甘自免③。方随炼金客④，林上家绝巘⑤。

背岭花未开⑥，入云树深浅。清画犹自眠⑦，山鸟时一啭⑧。

①"李"，二顾本，凌本、类苑作"石"。○《汉书·异姓诸侯王表》："处士横议。"颜师古注："谓不官于朝而居家者也。"李处士：未详何人。

②《诗·小雅·雨无正》："凡百君子。"郑玄笺："谓众在位者。"［赵注］潘尼《赠侍御史王元贶》："游鳞萃灵治，抚翼希天阶。"刘良注："灵治、天阶，喻左右省阁（三省官署）。"

③《论语·颜渊》："小人哉！樊须也。"王若虚《论语辨惑》："小人，此谓所见浅狭。"《礼记·乐记》："人情之所不能免也。"孔颖达疏："免，犹止退也。"甘自免：谓甘愿自行退出朝官行列。

④方：犹已。炼金客：炼丹道士。古代道士将丹砂等矿物密封炉中烧炼，谓炼出的丹药，吃了长生不老；将丹药同水银一起烧炼，谓可炼出黄金，供使用及施舍。见《幸玉真公主山庄》注⑫。

⑤"林"，元刊本作"城"，误。○嵫：音演。［陈注］绝嵫，高峻的山峰。

⑥"未"，述古堂本作"木"。○背：北面。

⑦清：明朗。《广韵》："昼，日中。"清昼：明朗的中午。

⑧啭：婉转的鸟鸣声。陆玑《毛诗草木鸟兽虫鱼疏》："莺以喜啭。"

评　笺

陶文鹏说："《终南山》《鸟鸣涧》《酬张少府》《李处士山居》等篇，置听觉形象于篇末，借音响使全诗宕出远神，产生了一种余音袅袅、不绝如缕的艺术效果。"（《传天籁清音绘有声图画》）

韦侍郎山居①

幸忝君子顾②，遂陪尘外踪③。闲花满岩谷，瀑水映杉松④。啼鸟忽临涧，归云时抱峰。良游盛簪绂⑤，继迹多夔龙⑥。讵枉青门道⑦，故闻长乐锺⑧。清晨去朝谒⑨，车马何从容⑩！

　　此诗作于开元二十五年。

　　①韦侍郎：韦济。《旧唐书·韦嗣立传》："（子）济，二十四年为尚书户部侍郎。"陶敏谓是韦陟《旧唐书·韦安石传》："张九龄为中书令，引陟为中书舍人。后为礼部侍郎（开元廿九年至天宝元年）、吏部侍郎（天宝二年至四载）。"存参。山居：即东山别业。见《同卢拾遗韦给事东山别业》注①。

　　②忝：辱；幸忝：承蒙，自谦之词。君子：对有才德者的尊称。《礼记·曲礼》："博闻强识而让，敦善行而不怠，谓之君子。"顾：照顾，关怀。《广韵》："顾，眷也。"

　　③尘外：世外。《晋书·谢安传》："文靖始居尘外，高谢人间。"踪：足迹。此谓陪韦侍郎作世外之游。

　　④"水"，凌本作"布"。

　　⑤［赵注］陆机《答贾谧》："念昔良游，兹焉永叹。"生按：簪，连冠于发的笄。绂：音弗，本指下垂至膝的韨（蔽膝），汉代借称系官印的绶带。唐代五品以上官员腰系双绶，已不佩印。簪绂：显宦服饰，借指贵官。

　　⑥继迹：足迹相接。夔、龙：帝舜的大臣。《史记·五帝本纪》："以夔为典乐，龙为纳言。"见《韦给事东山别业》注⑨。此喻后至的大臣。

　　⑦《广释词》："讵，犹不。"柱：犹枉自。青门：汉长安城东面南头城门，本名霸城门。见《早春行》注⑤。青门道：即青门外直通霸陵、新丰，东趋潼关的大道。唐长安城东面也有三座城门，从北而南名通化门、春明门、延兴门。此以青门道借指通化门外大道，唐时此大道直通霸桥、骊山、新丰，东趋潼关。

　　⑧"故"，蜀刻本、凌本、全唐诗作"胡"，一作"用"。○［赵注］《玉台新咏序》："厌长乐之疎锺，劳中宫之缓箭。"生按：《荀子·解蔽》："故为蔽？"俞樾曰："故犹胡也。"《虚字集释》："胡犹无也。"《雍录》："未央在汉城西隅，而长乐乃其东隅也。汉都长安，两宫初成，朝诸侯群臣乃于长乐不在未央也。"长乐宫前殿为汉初朝廷。宫内有锺室，百官闻报晓锺声上朝。青门在长乐宫东，距宫最近。此以长乐宫借指大明宫。二句谓

不枉走通化门大道去韦侍郎山居一游，已听不到上朝的钟声了。

⑨朝谒：上朝拜见皇帝，伏地自报姓名。

⑩"车"，元刊本、全唐诗一作"鞍"。"马"，蜀刻本作"骑"。
○《正韵》："从容，舒缓貌。"

评　笺

许学夷《诗源辩体》："摩诘诗：'啼鸟忽临涧，归云时抱峰'。诗中有画者也。"

葛晓音说："瀑水湍急，不可能映出杉松影子，这映字是指瀑流的飞泻和松色之静绿的对比映衬。"（《汉唐文学的嬗变》）

陶文鹏说："'闲花'以下四句，视觉形象和听觉形象交替呈现，仿佛是诗人以色彩的经线和音响的纬线交织而成的一幅幅织锦。这种声色穿插交织的表现方式，是王维经常采用的。音画并列，动静结合，相对独立地展现出一个美的境界。"（《传天籁清音绘有声图画》）

渭川田家①

斜光照墟落②，穷巷牛羊归③。野老念牧童④，倚杖候荆扉。
雉雊麦苗秀⑤，蚕眠桑叶稀⑥。田夫荷锄至⑦，相见语依依⑧。
即此羡闲逸⑨，怅然吟《式微》⑩。

①"川"，英华作"水"。○渭川：即渭水，源出甘肃渭源县西北鸟鼠山，东南流经陕西宝鸡、眉县、周至、咸阳、西安北、渭南，至华阴东北入黄河。

②"光"，英华、全唐诗作"阳"。○〔霍注〕斜光：夕阳的余晖。墟落：村庄。〔赵注〕王僧孺《秋闺怨》："斜光隐西壁，暮雀上南枝。"范云《赠张徐州谡》："轩盖照墟落，傅瑞生光辉。"

③"穷"，文粹作"深"。○穷巷：深僻的里巷。《墨子·号令》："穷

巷幽闲，无人之处。"《诗·王风·君子役役》："日之夕矣，牛羊下来。"

④"牧童"，品汇、唐诗解作"僮仆"。○《陔余丛考》："诗人多用'野老'字，不过谓田野老人耳。按《汉书·艺文志》，有《野老》十七篇，注云：'六国时人，在齐楚间。'应劭曰：'年老居田野，相民耕种，故号野老'。则二字所出最古矣。"

⑤"麦"，述古堂本作"荄"，误。○雉：音至，野鸡。雊：音够。《诗·小雅·小弁》："雉之朝雊。"郑玄笺："雊，雉鸣也。"《论语·子罕》："苗而不秀者。"朱熹传："谷之始生曰苗，吐花曰秀。"［赵注］潘岳《射雉赋》："麦渐渐以擢芒，雉鷕鷕而朝雊。"

⑥［赵注］蚕将蜕，辄卧不食，古人谓之俯。荀卿《蚕赋》所谓"三俯三起，事乃大已"是也。后人谓之眠。考庾信《归田诗》云："社鸡新欲伏，原蚕始更眠。"又《燕歌行》云："春分燕来能几日，二月蚕眠不复久。"则六朝时已有此称矣。三眠后则吐丝作茧。

⑦"至"，述古堂本、元刊本、唐诗解、赵本作"立"，从蜀刻本、英华、文粹。○荷：肩扛。［赵注］陶潜《归田园居》："晨兴理荒秽，戴月荷锄归。"

⑧依依：依恋不舍貌。《韩诗外传》："其民依依，其行迟迟。"语依依：亲切絮语，舍不得分手。

⑨"即此羡"，文粹作"羡此良"。○谓对此景物，不禁羡慕安闲自在的田园生活。

⑩"吟"，述古堂本、元刊本、赵本作"歌"，从蜀刻本、二顾本、全唐诗等。○《诗·邶风·式微》："式微式微，胡不归？"高亨注："式，发语词。微，天黑。微，借为霉。《广雅·释器》：'霉，黑也。'古语称日月无光为霉。"生按：吟式微，意在"胡不归"三字，此处截取其义，寄托归隐田园之想。

评　笺

沈德潜《唐诗别裁集》："吟《式微》，言欲归也，无感伤世衰意。"

王夫之《唐诗评选》："通篇用'即此'二字括收。前八句皆情语，非景语。属词命篇，总与建安以上合辙。"

《王摩诘诗评》："顾云：晚色好。"

陆时雍《唐诗镜》："景色依然。"

王尧衢《古唐诗合解》："田家诸作，佃、王并推，写境真率，中有静气。"

唐汝询《唐诗解》："右丞妙于田家，此是其得意作。"

高步瀛《唐宋诗举要》："天趣自然，踵武靖节。"

周珽《唐诗选脉会通评林》："王世贞曰：田家本色，无一字淆杂，陶诗后少见。"

张文荪《唐贤清雅集》："真实似靖节，风骨各别，以终带文士气。"

黄培芳《唐贤三昧集笺注》："此瓣香陶柴桑。（野老二句）纯挚朴茂，语臻自然。○顾云：'田夫'二句恬淡。'即此'二句冲古。"

宋宗元《网师园唐诗笺》："（野老句下）田家情事如绘。"

郑振铎说："《渭川田家》《山居秋暝》，最有画意者。"（《插图本中国文学史》）

钱锺钟书说："王右丞田园之作，如《渭川田家》《赠刘蓝田》《春中田园》，太风流华贵，持较渊明《西田获早稻》《下溪田舍获》《有会而作》等诗，似失之过绮。"（《谈艺录》）

刘大杰说："描写田园生活的极好作品，现出桃花源似的世界。"（《中国文学发展史》）

游国恩说："此诗所描绘的薄暮农村的景色气氛，以及那种游离于现实之外的悠闲情调，都使我们很自然地联想到王绩的《野望》。"（《中国文学史》）

林庚说："（王绩《野望》）抒写薄暮中原野的空阔和寂静，客观地反映出一种和平安定新局面下的生活气氛，在秋天的景色中带来了人间的温情。"（《中国文学简史》）生按：改'秋'为'春'，可作此诗评语。

赵昌平说："这诗用简淡自然的笔意，勾勒出一幅春末夏初傍晚农村的画面。城市的喧嚣，官场的纷扰，宦海浮沉的苦闷失意，使得作者在向往农村的同时，把农村生活理想化了。诗中所表现的宁静闲逸的意境，正反映出他内心的寂寞与怅惘。"（马茂元《唐诗选》）

张炯说："写出了田家淳朴的人情美，或多或少含有否定官场倾轧之意。"（《中华文学通史》）

章培恒说："这首诗用笔清淡自然，景物和人物笼罩在一片和谐、亲切的气氛中，引人神往。诗歌风格很近于陶渊明，但细读下来，却比陶诗来得精致。"（《中国文学史》）

葛晓音说："这首田园诗的典型意义，不仅在于它集中了雉鸣、麦秀、蚕眠等乡村暮春季节有代表性的时景，而且暗中化入了从《诗经》（《君子于役》：'日之夕矣，牛羊下来'）到陶诗（《归园田居》：'相见无杂言，但道桑麻长'）、江淹拟陶诗（《陶征君潜田居》：'归人望烟火，稚子候檐隙'）中表现村墟晚归情景的典故，但能和眼前景浑然一片，融合成淳朴安闲的牧歌情调。"（《山水田园诗派研究》）

张志岳说："画家善于把许多个别的迹象通过经营位置组合成一个整体，王维的诗就吸取了这种特色。《渭川田家》前八句中罗列了许多农村生活的个别迹象，第九句只用'闲逸'二字一点，就把那些个别迹象贯穿起来了，组成一幅十分和谐而又具体、生动的完整画面。"（《诗词论析》）

傅如一说："一幅怡然自乐的田家晚归图。诗的核心是一个'归'字。人皆有所归，惟独自己尚徬徨中路，怎能不既羡慕又怅惘。农夫并不闲逸，但比官场生活安然得多，故有闲逸之感。最后一句是全诗的灵魂。"（《唐诗鉴赏辞典》）

张应斌说："这首诗的结构是典型的田园景观加上田园情感的模式。在这类诗中都有一个静穆的观照者在，田园景观都从静观的诗人眼中写出。全诗的基本旋律是悠闲。'麦苗秀'是小农闲时节，'牛羊归'是一天中的闲暇时光，夕阳晚照是大自然的闲适漫步。王维的田园诗，具有比陶、孟的田园诗更高的审美价值，大概得益于他静观者的审美视角。"（《王维的田园诗》）

生按：杜甫《忆昔》云："忆昔开元全盛日，小邑犹藏万家室。稻米流脂粟米白，公私仓廪俱丰实。九州道路无豺虎，远行不劳吉日出。齐纨鲁缟车班班，男耕女桑不相失。"可见此诗所写盛唐时代的京郊农村生活，是真实可信的。

春中田园作①

屋上春鸠鸣，村边杏花白②。持斧伐远扬③，荷锄觇泉脉④。归燕识故巢⑤，旧人看新历⑥。临觞忽不御⑦，惆怅远行客⑧。

此诗开元十六年春在淇上作。

①"中"，凌本作"日"。"园"，品汇作"家"。蜀刻本题为《春中田园作二首》，以此为第一首，《淇上田园即事》为第二首。〇〔赵注〕《史记·秦始皇本纪》："时在春中。"正义："中音仲"。生按：即仲春，阴历二月。但诗中描写的景物，有的又像三月，因此也可解为"春日"。

②〔赵注〕曹植《赠徐干》："春鸠鸣飞栋"。生按：《吕氏春秋·仲春纪》："鹰化为鸠"。高诱注："鸠盖布谷鸟也。"布谷古名鸤鸠。又《季春纪》："鸣鸠拂其羽"。高诱注："鸣鸠，斑鸠也。"〔邓注〕《四民月令》："三月杏花盛，可蓻白沙轻土之田。"

③"扬"，蜀刻本、述古堂本、元刊本、品汇、活字本作"杨"，误。〇〔赵注〕《诗·豳风·七月》："蚕月（三月）条桑，取彼斧斯，以伐远扬。"孔颖达疏："远，谓长枝去人远也；扬，谓长条扬起者也。皆手所不及，故枝落之，而采取其叶。"

④觇：音占，视，察看。〔赵注〕谢朓《赋贫民田》："察埂见泉脉，觇星视农正。"〔赵注〕泉水伏行于地层中，如体内血脉，故称泉脉。

⑤"归"，述古堂本、品汇作"新"，元刊本一作"新"。"故"，蜀刻本、述古堂本、英华、品汇作"旧"，元刊本一作"旧"。

⑥"旧"，全唐诗一作"故"。

⑦临觞：举杯。御：饮用。《庄子·徐无鬼》："楚王觞之。"释文："觞音商，酒器之总名。《独断》："御者，进也。饮食入于口曰御。"〔赵注〕陆机《短歌行》："置酒高堂，悲歌临觞。"

⑧"远行"，英华作"思远"，全唐诗一作"送远"。〇自谓因眷恋故土而失意伤感。或释为想到在外的远行人不禁惆怅，存参。

评　笺

《王摩诘诗评》："刘云：《卷耳》之后，得此吟讽。（'旧人'句下）情致自然，掩抑有态。○顾云：点化好。"《唐诗归》："谭云：情诗、闲寂诗、田家诗，右丞一一能妙。如闲寂、田家诗不妙，情诗便是俗艳。"

陆时雍《唐诗镜》："野趣"。

延君寿《老生常谈》："此诗整而不板，旧而实新，学右丞此种为最。"

黄培芳《唐贤三昧集笺注》："神境高极。○顾云：上六句叙事，末一转结束之。此有所思而作者，别一格局，亦高古。"

陈贻焮说："这诗写春日田园的美景、农桑之事开始时的情况，和远行者对乡土的眷恋。"（《王维诗选》）

游国恩说："具有一定的活泼自然的生活气息。"（《中国文学史》）

葛晓音说："诗人敏锐地捕捉住田家在初春准备农桑之事的若干细节，以平淡的白描手法表现出来，既真切地描绘出杏花时节田园的美好春色，又表达了人们从旧年度入新春时常有的欣愉和感慨，其中似乎蕴含着新旧交替的哲理，又有一种对乡土的深切眷恋潜于笔底。"（《山水田园诗派研究》）

陶文鹏说："信笔点染出一幅春日田园风景，欣欣向荣，充溢着忙碌而欢乐的气氛。"（《唐代文学史》）

淇上即事田园①

屏居淇水上②，东野旷无山。日隐桑柘外③，河明闾井间④。牧童望村去⑤，猎犬随人还⑥。静者亦何事⑦，荆扉乘画关⑧。

①活字本、全唐诗题作《淇上田园即事》。蜀刻本题作《春中田园作二首》，此其二，"屋上春鸠鸣"篇办第一首。○淇上：淇水旁，指卫县，故治在今淇县卫贤镇。淇水源出河南林县东南大号山，曲折东南流，至淇

县东南，原在胙城东北淇口入黄河，东汉末曹操在淇口筑堰，遏淇水入卫河。上：边侧之意。葛晓音说：淇上属卫州，卫州是靠近东都的沃壤雄州，多王侯和衣冠人物，还有一些著名隐士如孙登、嵇康等的遗迹，这里是待时而隐的好场所（见《盛唐田园诗和文人的隐居方式》）。即事：以当前事物为题村的诗，多用为诗题。

②《汉书·窦婴传》："谢病屏居蓝田南山下"。颜师古注："屏，隐也。"生按：屏通偋。《广韵》："偋，隐僻也，无人处。"

③"日隐"，述古堂本作"白日"，元刊本一作"白日"。○《语辞例释》："隐：映，照。"柘，音蔗。《说文》："柘，柘桑也。"《本草·柘》集解："时珍曰：干疏而直，叶丰而厚，团而有尖，其叶饲蚕取丝，作琴瑟，清响异常。"

④[陈注] 间井：村庄。生按：《说文》："间，《周礼》：五家为比，五比为间。"又："井，八家一井。"

⑤[陈注] 望：往，向。

⑥"猎"，述古堂本、元刊本、瀛奎津髓作"田"。

⑦静者：乐清静无为之道的隐者。作者自谓。

⑧乘画：犹乘日，谓从早至晚。《庄子·徐无鬼》："若乘日之车以游。"郭象注："日出而游，日入而息。"释文："司马云：以日为车也。"或释"乘"为"加"，谓不但夜闲，加以画关。存参。

评 笺

《瀛奎律髓》："方云：右丞诗长于山林，'河明间井间'一联，诗人所未有也。'牧童'、'田犬'句，尤雅净。○纪云：三、四人画。此种诗不宜摘句。○许印芳云：右丞诗笔，无施不可，特以性耽丘壑，故闲适之诗独多。遂谓其长于山林，岂知右丞者哉"！

郑振铎说："（'牧童'二句）富于田园风趣。"（《插图本中国文学史》）

葛晓音说："河水反映出落日的余晖，构成远景。落日隐没在桑柘背后，构成中景。将背景处理成一片明朗的天光，使归来的猎犬、村童突出在逆光的树影之下，从而美妙地表现出乡村黄昏活跃而宁静的气氛'。"（《山水田园诗派研究》）

陶文鹏说："此诗展现出恬静而富有生活情趣的乡村黄昏景象。"(《唐代文学史》)

许总说："闭门意在避世，很难说这种避世不带有穷则独善其身的儒家思想观念。"(《唐诗史》)

山居秋暝①

空山新雨后②，天气晚来秋③。明月松间照，清泉石上流。竹喧归浣女④，莲动下渔舟⑤。随意春芳歇⑥，王孙自可留⑦。

①暝：日暮，傍晚。《古诗为焦仲卿妻作》："晻晻日欲暝。"

②空山：幽深宁静、人迹罕至的山。

③〔葛注〕秋字有双重意味：点明季节；表现晚来秋寒袭人之感。

④谓竹林喧声，是浣纱女结伴归来。倒装句"竹喧浣女归"，下句句型同。

⑤谓莲叶摇动，是渔船顺流而下。

⑥随意：任随，尽管。庾信《荡子赋》："游尘满床不用拂，细草横阶随意生。"《说文》："芳，香草。"《尔雅·释诂》："歇，竭也。"引申为凋谢，枯萎。谢朓《王孙游》："无论君不归，君归芳已歇。"〔马注〕随意，此处有听其自然之意。

⑦〔程注〕王孙：和公子同义，此为诗人自指。〔林注〕两句用《楚辞·招隐士》："王孙游兮不归，春草生兮萋萋"和"王孙兮归来，山中兮不可以久留"之意，说春草就随它凋去吧，秋色也并不差，王孙自可留居山中。生按：或说《招隐士》本谓春日山中"虎豹斗兮熊黑咆，禽兽骇兮亡其曹"，甚为险怖，故不可久留。按，用典须活，比反用其意，林说可以。

评　笺

《王摩诘诗评》："刘云：总无可点，自是好。"吴乔《围炉诗话》："盛

唐不巧，大历以后力量不及前人，欲避陈浊麻木之病，渐入于巧。右丞之
'明月松间照，清泉石上流'，极是天真大雅，后人学之，则为小儿语也。"

郭濬《增订评注唐诗正声》："色韵清绝。"

王夫之《唐诗评选》："凡使皆新，此右丞之似仙者。○颔联同用，力
求切押。"

唐汝询《唐诗解》："雅淡中有致趣。结用楚辞化。"

宋征璧《抱真堂诗话》："王摩诘'明月松间照，清泉石上流'，魏文
帝'俯视清水波，仰看明月光'，俱自然妙境。"（葛兆光说：但王维这两
句比曹丕的两句色彩层次更丰富。）

沈德潜《说诗晬语》："中二联不宜纯乎写景，如'明月松间照……莲
动下渔舟'，景象虽工，讵为楷模。"

黄培芳《唐贤三昧集笺注》："写景太多，非其至者。"

张谦宜《𫍲斋诗谈》："《山居秋暝》，写真境之神品。○'空山新雨
后，天气晚来秋'，起法高洁，带得通篇俱好。"

徐增《而庵说唐诗》："人皆知颔联之佳，而不知此承起二句来。"

叶矫然《龙性堂诗话》："《山居秋暝》诗，第七句颇费解。予揣诗意，
以众芳摇落之辰，悲感易生，自达人观之，春荣秋歇，乃天之道，随意处
之，则王孙无芳草之怨，而自可留，亦招隐之意也。盖此诗前六句信口不
假思索，到结故作蕴藉语，俾轻浅人不得效颦，此诗人身分处也。"

《唐诗归》："谭云：（'明月'二句下）说偈。○钟云：'竹喧'、'莲
动'，细极！静极！"

周珽《唐诗选脉会通评林》："月从松间照来，泉由石上流出，极清极
淡，非复俗指可梁者。'浣女'、'渔舟'，秋晚情景。'归'字'下'字，
句眼大妙，而'喧'、'动'二字属之'竹'、'莲'，更奇入神。"卢𪩘
《闻鹤轩初盛唐近体读本》："陈德公曰：三、四佳在景耳，景佳则语虽率
直，不伤于浅。然人人有此景，人人不能言之，以是知修辞之不可废也。
○梅坤承曰：语语作致，三、四是其自然本色。"

黄叔灿《唐诗笺注》："写山居之景，幽绝清绝。"

黄生《唐诗矩》："右丞本从工丽入，晚岁加以平淡，遂到天成。如'明月
松间照，清泉石上流'，此非复食烟火人能道者。今人不察其渐老渐熟乃造平

淡之故，一落笔便想作此等语，以为吾以王、孟为宗，其流獘可胜道哉！"

张文荪《唐贤清雅集》："语气若不经意，看其结体下字何等老洁，切勿顺口读过。"

章燮《唐诗三百首注疏》："此诗所谓不著一字尽得风流者，最为难学。后生不知其难，往往妄步，遂成浅俗。"

高步瀛《唐宋诗举要》："随意挥写，得大自在。"

王尧衢《古唐宋诗举要》："前解是山居秋暝景，后解人事言情，而不欲仕宦之意可见。"

杨荫深说：" '王孙自可留'，正是说他自己。"（《王维与孟浩然》）

游国恩说："王维观察自然的艺术本领很高，能够巧妙地捕捉适于表现他生活情调的种种形象，构成独到的意境。《山居秋暝》这首名作，把空山雨后的秋凉，松间明月的清光，石上清泉的声音，浣纱归来的女孩子们在竹林里的笑声，小渔船缓缓地穿过荷花的动态，和谐完美地融合在一起，给人一种丰富新鲜的感受。它好像一只恬静优美的抒情乐曲，又像一幅清新秀丽的山水画。"（《中国文学史》）

马茂元说："这诗写景不粘着于实相，而从光影、声响与作者的感觉印象着以淡墨，有画笔所不能到处，故境界空明澄澈，尤切秋晚空山新雨后景象。"（《唐诗三百首新编》）

傅如一诗："月下青松和石上清泉，是诗人高洁情怀的写照。翠竹青莲之中勤劳善良的人们，纯洁美好的生活图景，反映了诗人过安静纯朴生活的理想。此诗的艺术手法，是以自然美来表现诗人的人格美和一种理想中的社会之美。"（《唐诗鉴赏辞典》）

陶文鹏说："山村秋夜，清新明爽，洁静纯美，是被诗人当作心目中的人间桃源来描绘的。"（《唐代文学史》）

郝世峰说："静默的空山，着物皆清新、清明、清澈，是一个安静而一尘不染的洁净空间，这也正是诗人空静清明的心境。二者的界限已被泯却，后者完全融解在前者之中了。"（《隋唐五代文学史》）

尚定说："王诗的意象，力求表现自然的质感。刻画山中风光，具有典型意义的景物莫过于松、石、泉了。王诗选择了这些景物，构建出生机勃勃的质感自然。"（《走向盛唐》）

刘逸生说："王维在这里却把'空山'的秋暝写得如此热闹。从这些看来是喧闹的景物中，很自然地体味出一种和平恬静，体味出恬静中的一片生机。这和写幽静就必然寂寞凄清的诗人有截然不同的风格。"（《唐诗小札》）

袁行霈说："中间两联常常被人称道，体会他们的好处也在于简洁和鲜明。诗人从秋日傍晚山村的景物中，选取四个最富有特征的片断，用接近素描的手法勾画出来，细节留给读者自己去想象补充。这首诗很能说明王维的艺术特点。"（《中国诗歌艺术研究》）

张福庆说："三、四两句，写山中景物，一句写静，一句写动；一句有光，一句有声；一为所见，一为所闻。互相映衬而又自然地融合交织在一起，构成了极其生动的画面美。五、六句表现人的活动，但并无对人的直接描写，人物完全融化在山水景物之中。先写'竹喧'、'莲动'，突出了视觉、听觉上刹那间的鲜明感觉，语言显然更富于层次感和表现力。"（《唐诗美学探索》）

张志岳说："'明月松间照，青泉石上流'这两句的音节表现作用似乎也很突出。上句的音节是由敛到放，和月色照射的景况相切；下句的音节是由碎而圆，和泉流石上的景况相切。王维诗的音节优美，是带有全面性的，和他的音乐修养有着一定的关联。"（《诗词论析》）

孙昌武说："一幅清新生动的山中晚景，反映出一个'空'字，这是一种蝉蜕尘埃之外的禅悦境界。'空山'显然不是空无所有，而是心灵的感受，由这种感受显示出内心的空寂清净。"（《禅思与诗情》）

生按："明月"二句，幽静清新，觉晚来秋山，毫无纤尘，确是世外。"竹喧"二句，欢快优美，见农家生活，情趣盎然，又是人间。诗人心境与两者契合无间，活现出有出世精神又热爱生活的高人灵魂。

归嵩山作[①]

清川带长薄[②]，车马去闲闲[③]。流水如有意[④]，暮禽相与还[⑤]。荒城临古渡[⑥]，落日满秋山。迢递嵩高下[⑦]，归来且闭关[⑧]。

此诗作于开元二十二年秋。

①嵩山：即嵩高山。[赵注]《元和郡县志》："嵩高山在河南府登封县北八里，亦名外方山。东曰太室，西曰少室，嵩高总名，即中岳也。山高二十里，周回一百三十里。"《白虎通》："中央之岳，独加高字者何？居四方之中而高，故曰嵩高山。"

②"清"，英华作"晴"。○[赵注]陆机《君子有所思行》："曲池何湛湛，清川带华薄。"又《挽歌》："按辔遵华薄。"李周翰注："草木丛生曰薄。"生按：清川，当指伊水及其支流。带，映带，映照。或释为环绕，存参。[王解]"长林草木交杂而清川映带于其间也。"

③闲闲：从容不迫貌。《诗·魏风·十亩之间》："十亩之间，桑者闲闲兮。"[徐说]去闲闲，从归意上写来，见是山人之车马，非贵仕之车马也。

④[王解]水从嵩山流来，如有意相迎者。生按：或释为流水去而不返，犹如自己归隐之意坚决，似未安。

⑤"禽"英华作"云"。○陶潜《饮酒》："山气日夕佳，飞鸟相与还。"似直用陶句。又《归去来辞》："鸟倦飞而知还。"诗乃含此意。

⑥荒城：古老的城郭。《广雅·释诂》："荒，远也"，引申为"古"义。或解为废县，非。

⑦"高"，英华作"山"。○谢灵运《田南树园激流植援诗》："迢递瞰高峰。"张铣注："迢递，高远貌。"《字汇》："迢递，远也。"谓远道来至嵩山之下。或释为到了遥远的嵩山之下，存参。

⑧"闭"，全唐诗一作"掩"○《语辞汇释》："且，犹只也，但也。"关：门闩，借指门。闭关：谓闭门谢客。

评　笺

《王摩诘诗评》："刘云：造语已近自然。○顾云：选语。"

胡应麟《诗薮》："孟诗淡而不幽，时杂流丽；闲而匪远，颇觉轻扬。可取者，一味自然。王维'清川带长薄'，'中岁颇好道'，远矣。"

许学夷《诗源辩体》："摩诘五言律，如'清川带长薄'，闲远自在者也。"

《瀛奎律髓》："方云：闲适之趣，澹泊之味，不求工而未尝不工者，此诗是也。○纪云：非不求工，乃已雕已琢后还于朴，斧凿之痕俱化耳。学诗者当以此为进境，不当以此为始境，须从切实处入手，方不走入流易。○许印芳：此论甚当。诗俗求工，须从洗炼而出，又须从切实处下手，能切题则无陈言，有实境则非空腔，可谓诗中有人矣。○何云：三、四则见得鱼鸟自尔亲人，归时若还归故我。"

沈德潜《唐诗别裁集》："写人情物性，每在有意无意间。"

徐增《而庵说唐诗》："此诗写一路归嵩高之情景。诗做至此，工夫方满足，岂可尽人去做，信手涂来，辄矜敏捷也。读之，不免流汗。"

王寿昌《小清华园诗谈》："何谓超然？曰：近体则太白之《夜宿牛渚怀古》，右丞之《归嵩山作》，又《终南别业》，岑嘉州之《送杜佐下第归陆浑别业》等作是也。"

彭端淑《雪夜诗谈》："摩诘诗佳句甚夥，如'流水如有意，暮禽相与还'，欲投人处宿，隔水问樵夫'，皆超然绝俗，出人意表。"

顾安《唐律消夏录》："看右丞此诗，胸中并无一事一念，口头语，说出便佳；眼前景，指出便妙。情境双融，心神俱寂，三禅天人也。"

黄培芳《唐贤三昧集笺注》："顾云：冲古。此等诗当知其作法条理，前四句叙归途景色之趣，后四句叙嵩山景色闲旷、可以超遁之趣，景自分属不窒。"

杨士弘《批点唐音》："顾云：起是《选》语。"

《唐诗归》："钟云：（'流水'句下）如有意，深于无意。"宋宗元《网师园唐诗笺》："（'暮禽'句下）闲远。"黄生《唐诗矩》："全篇直叙格。'流不'二语虽是写景，却连自己归家之喜一并写出，看其笔墨烘染之妙，岂复后人所及。"

张文荪《唐贤清雅集》："苍凉在目，神韵要体味。"

王文濡《历代诗评注读本》："前六句一路写来，总为'迢递'二字作势，谓经多少夕阳古渡、衰草长堤，而嵩山尚远也。末句'且'字，乃深一层说，言明衰世乱，姑且闭门谢客耳。"

梁章钜《退庵随笔》："一、三、五不论，并不可施于古体，何况近体。其依附此说者，皆由不知有单拗双拗之法也。近体诗以本句平仄相救为单拗，出句如少陵之'清新庚开府'，对句如右丞之'暮禽相与还'是也。两句平仄相救为双拗，如许浑之'溪云初起日沉阁，山雨欲来风满楼'是也。"

蒋伯潜说："虽然不用一典，却是多么的恬淡自然，这全在乎他能自写胸臆。"（《诗》）

陈铁民说："'荒城'两句刻画荒城古渡、秋山落日的景象，造成一种肃索、苍凉的气氛。由这两句所写之景，不难想见诗人归隐后的落寞、悲凉心情。此景正因此情而现，此情又由此景而生，二者融为一体。"（《王维新论》）

吴在庆说："王维的消闲悠远风度在那些有我之境的诗中有着惟妙惟肖的表现。《归嵩山作》中的自然境界是美的，但并非带着欣欣向荣的明丽华润的美。那荒城古渡、落日暮禽，均显得那样的萧疏闲淡，甚至含有苍凉孤寂的况味。尽管诗中并未直接写出诗人的思想感情，但从所描绘渲染的境界，也让人能从中见到诗人消散悠远的神态风度。"（《试论王维的风度》）

许总说："赋予流水、暮禽人格化并与之忘机相待，这又显然表征着返朴归真的道家自然哲学。"（《唐诗史》）

吴小林说："整首诗写得很有层次。随着诗人的笔端，既可领略归山途中的景色移换，也可隐约触摸到作者感情的细微变化：由安详从容，到凄清悲苦，再到恬静澹泊。"（《唐诗鉴赏辞典》）

归辋川作①

谷口疏钟动②，渔樵稍欲稀③。悠然远山暮④，独向白云归⑤。菱蔓弱难定⑥，杨花轻易飞⑦。东皋春草色⑧，惆怅掩柴扉。

①辋川：王维有别墅在辋川。见《辋川闲居赠裴秀才迪》注①。

②谷口：辋川谷口，即骊山、蓝田山相接处。

③《韵会》："稍，渐也。"

④《广韵》："悠，远也。"［陈注］悠然：邈远貌。

⑤白云：指山中隐居处。陶弘景《答诏问》："山中何所有？岭上多

白云。"

⑥蔓：草本植物细长的茎。此谓菱蔓柔弱随波飘荡不定。

⑦杨：杨柳。杨花：指柳絮。柳花生于叶间，成穗状，鹅黄色。谢后结子，上生柔毛如絮，子既熟，因风飞散，俗呼柳絮。但古今吟咏，往往以絮为花。按：二句兴世间沉浮难安之叹。

⑧东皋：田野的泛称。阮籍《奏记诣蒋公》："方将耕于东皋之阳。"淮南小山《招隐士》："王孙游兮不归，春草生兮萋萋。"

评　笺

高步瀛《唐宋诗举要》："（'悠然'二句）吴云：兴象超妙处，矜平躁释。○（'菱蔓'二句）高云：义兼比兴。"

黄培芳《唐贤三昧集笺注》："一、二暝色如画，三、四承接，五、六人事之比。○顾云：冲古。仕而不得意之作，含蓄不露。"

张文荪《唐贤清雅集》："意致简远，点'归'字老甚。'归'字深一步结。"

萧弛说："读王维的山水诗（不包括那些早期作品），我们感到他是在人境之中追求着孤独与寂寞。自信一门一户就足以将自己和喧闹纷逐的人世隔绝，这是一种更为深刻的避世主义。它是从开元末年开始在世俗地主知识分子心灵中弥漫的深刻悲观主义思潮的反映。"（《中国诗歌美学》）

王明居说："'悠然远山暮，独向白云归'。既闲静淡远，又空灵幽深，它是蕴蓄着无限情思和丰富内容的。只空不灵，则乏神韵。"（《唐诗风格美新探》）

孙昌武说："充满古意，整个意境是浑朴的。其中写白云、远山、杨花、春草，都自由自在，各得其所，似乎在这里就体现了宇宙至理。至于'菱蔓弱难定，杨花轻易飞'，是摹写物态呢，还是对人生如幻的暗示呢？已不可区分。"（《佛教与中国文学》）

韦给事山居①

幽寻得此地②，讵有一人曾③。大壑随阶转，群山入户登④。

庖厨出深竹，印绶隔垂藤⑤。即事辞轩冕⑥，谁云病未能⑦？

此诗作于开元二十五年春。

①韦给事：韦恒。山居：即东山别业。见《同卢拾遗韦给事东山别业》注①。该诗序云："给事首春休沐，维已陪游"，即写此诗之时。

②"幽寻"，述古堂本、凌本作"寻幽"。○幽寻：寻幽探胜。

③《广释词》："讵犹无"。谓无有一人曾寻得此种幽居。

④别业的楼台亭阁，皆建于群山众壑之旁。二句谓：登临各处，似大壑随阶而转，群山入户可登。

⑤印：官印。绶：组绶，绶带。汉代贵官腰系绶带，带端垂系官印，故有印绶之称。唐代五品以上官员腰系双绶，已不佩印，此是用典，乃以显宦服饰借指贵官。

⑥即事：往就其事。轩：大夫以上所乘的车；冕：大夫以上所戴的冠。泛指官位爵禄。句谓就去办理辞官的事。

⑦病：顾虑。《论语·卫灵公》："君子病无能焉。"皇侃疏："病，犹患也。"

评　笺

《瀛奎律髓》："方云：此诗善用韵，曾、登二韵，险而无迹。'群山入户登'一句尤奇，比之王介甫'两山排闼送青来'尤简而有味。○纪云：'大壑'句亦雄阔。○冯舒云：幽奇深秀。"朱庭珍《筱园诗话》："律诗炼句，以情景交融为上。情景交融者，景中有情，情中有景，打成一片，不可分拆。如右丞'白云回望合，青霭入看无'；'松风吹解带，山月照弹琴'；'行到水穷处，坐看云起时'；'时倚檐前树，远看原上村'；'大壑随阶转，群山入户登'等句，皆是句中有人，情景兼到者也。"

黄周星《唐诗快》："不知山居若何，但觉幽碧深寒，苍翠满眼。"

宗白华说："谢灵运《山居赋》：'罗曾崖于户里，列镜澜于窗前。因丹霞以赪楣，附碧云以翠椽'。已写出网罗天地于门户，饮吸山川于胸怀的空间意识。中国诗人多爱从窗户、庭阶，词人尤爱从帘、屏、镜、栏杆，以吐纳世界景物。'大壑'二句这种移远就近，由近知远的空间意识，已经

成为我们'天地为庐'的宇宙观的特色。"（《艺境》）

王力说："在诗句里，有一些副词因为押韵的关系，放在句末，后面不能再有所修饰，如此诗的'曾'，大约因为它们所属的韵是窄韵或险韵的缘故。"（《汉语诗律学》）

山居即事①

寂寞掩柴扉②，苍茫对落晖③。鹤巢松树遍④，人访荜门稀⑤。绿竹含新粉⑥，红莲落故衣⑦。渡头烟火起⑧，处处采菱归。

①即事：用于诗题，谓以眼前事物为题材而写的诗。

②柴扉：柴门。《尔雅·释宫》："阖谓之扉"。邢昺疏："阖，门扇也。一名扉。"掩扉：意谓关起门户不与人交往。此处若直解，也是欲掩未掩时。

③"落"，品汇作"夕"。○苍茫：空阔迷茫貌。晖：日光。落晖：落日余晖。〔赵注〕庾信《拟咏怀》："日晚荒城上，苍茫余落晖。"

④"树"，凌本作"径"。○巢：筑巢，栖宿。谓"鹤遍巢松树"，下句句型同。

⑤荜：同筚。《集韵》："荜，荆也。"［赵注］《左传·襄公十年》："荜门圭窦之人。"杜预注："荜门，柴门也。"《礼记·儒行》："荜门圭窬。"郑玄注："荜门，荆竹织门也。"

⑥"绿"，述古堂本、元刊本、赵本作"嫩"，从蜀刻本、活字本、全唐诗、纬本。○《正韵》："含，包也。"反训为显现。新粉：成长的新竹，在笋壳脱落处有一层白粉。

⑦故衣：枯萎的花瓣。［赵注］庾信《入彭城馆》："槐庭垂绿穗，莲浦落红衣。"

⑧"烟"，赵本、唐诗笺注本作"灯"，从蜀刻本、述古堂本、元刊本等。

评　笺

《王摩诘诗评》："刘云：自是维诗。○顾云：决非俗物可及。"

许学夷《诗源辩体》："摩诘五言律，如'寂寞掩柴扉'，澄淡精致者也。"

胡应麟《诗薮》："'寂寞掩柴扉'篇，幽闲古淡，储孟同声者也。"

高士奇《唐三体诗》："何焯云：第三句反衬无人。五、六言不唯竟日，春秋代谢恒如是也。结句应'稀'字，归人渡喧，愈见荜门寂寂也。"

顾安《唐律消复录》："此诗首句既有'掩柴扉'三字，而下面七句皆是门外情景，如何说得去？不知古人用法最严，用意最活，下紧接'对落晖'句，便知'掩柴扉'三字是虚句也。"

王夫之《唐诗评选》："八句景语，自然含情，亦自齐梁来，居然风雅典则。○俗汉轻诋六代铅华，谈何容易。○'落'字重用。"生按：柴扉、荜门亦复。

陆时雍《唐诗镜》："三、四幽境自成，闲然清远。"

张谦宜《𫘧斋计谈》："'鹤巢松树遍，人访荜门稀'。寂寞中景色鲜活。"

《唐诗归》："钟云：（'鹤巢'句下）松老从'遍'字看得出。"

郝世峰说："王维的山水田园诗的基本特征是表现静美。静是空灵之静，不是索漠无生气的死寂。'嫩竹'二句，给人以万物生生不息之感。渡头灯光，采菱人归，又有了人间情调。静谧、自然、灵动，令人体味到诗人空静而愉悦的心境。"（《隋唐五代文学史》）

王明居说："王维的山水诗所描绘的'物'和'我'，都是现实生活中的一个组成部分。不能简单地责备诗人没有表现人间烟火味。如果一定要求王维表现那种浓厚的人间烟火味，恐怕他就会失去冲淡之美，而不能卓然成为大家，也不成其为王维。"（《唐诗风格美新探》）

李浩说："八句景语，自然含情。显示了王维山水田园诗'意微'——抒情含蓄潜在的特点。"（《王维与孟浩然诗之比较》）

吴功正说："'寂寞掩柴扉，苍茫对落晖'。这两句诗与其说是居住环境的描述，毋宁说是他面对大时局所表现出来的寂寞感和隐隐的忧虑。随着盛唐衰迹逐渐显露出来，敏感的士子感受出来了。因为他们本身就是清醒的用世者，于意气风发之外有忧患意识。"（《唐代美学史》）

余冠英说："'绿竹含新粉，红莲落故衣'。复杂的自然景物和它的细微的变化，在王维笔下显得清新、含蓄而饶有韵致，富于生气而绰约生姿。"（《中国文学史》）

终 南 山[①]

太乙近天都[②]，连山到海隅[③]。白云回望合，青霭入看无[④]。分野中峰变[⑤]，阴晴众壑殊[⑥]。欲投人处宿，隔水问樵夫[⑦]。

①英华、蜀刻本作《终南山行》。乐府诗集采此诗后四句，题作《陆州歌第一》〇〔霍注〕细玩诗意，是自长安南行，畅游终南。生按：终南山：秦岭主峰，在今长安县南五十里。见《赠徐中书望终南山歌》注①。终南也是秦岭的总名。

②"太乙"，又玄集、纪事作"太一"，可通用。〇〔赵注〕《新唐书·地理志》："武功县有太一山，高十八里。"《一统志》："太一山在终南山南二十里。"皆以太一、终南为二山。《汉书·地理志》："太一山，古文以为终南。"右丞此作，犹以太一为终南之别称。王琦曰：首句"天都"字，依《淮南子·泰族训》："登泰山，履石封，以望八荒，视天都若盖，江河若带。"右丞《韦氏逍遥谷燕集序》："天都近者，王官有之。"又以天都为帝都之别称。生按：此处宜从《淮南子》释为天帝之都，极言山的高峻。

③"山"，英华作"天"，误。"到"，纪事、全唐诗、作"接"。〇海隅：海边。〔赵注〕王琦曰：是言其与他山连接不断，直到海隅耳。〔陈注〕终南山脉本不到海，这是极言其长。生按：诗的语言，常可感知而不可以理论，"分野"句亦然。〔郁注〕一说，关中平原古称陆海，句谓终南山横亘于关中平原。存参。

④〔赵注〕江淹《秋夕纳凉》："虚室起青霭，崦嵫生暮霞。"生按：

霭，雾气。山行崎岖，回望来处，白云合围于后；青霭在前，进入其中，又渺无所见。二句互文见义，青霭白云是一是二，乃登山途中云雾飘渺变幻景象。或释"青霭"为与青天一色的高空游气，存参。或释"回望"为从山下环望山峰，为从山头环望四方，皆未允。

⑤分野：我国古代占星家为观测日、月、五星的运行，将天球黄赤道带自西向东分为十二部分，称为十二次（舍）。又将沿黄赤道带的一百八十三颗恒星划分为二十八个天区，称为二十八宿。并将十二次和二十八宿，分别与地上的国、州相对应，用以预测吉凶，称为分野。《周礼·春官·保章氏》："以星土辨九州之地，所封封域，皆有分星，以观妖祥。"郑玄注："大界则曰九州，州中诸国之封域，于星亦有分焉。其书亡矣。今其存可言者，十二次之分也：星纪（斗、牛），吴越也；玄枵（女、虚、危），齐也；娵訾（室、壁），卫也；降娄（奎、娄），鲁也；大梁（胃、昴、毕），赵也；实沉（觜、参），晋也；鹑首（井、鬼），秦也；鹑火（柳、星、张），周也；鹑尾（翼、轸），楚也；寿星（角、亢），郑也；大火（氐、房、心），宋也；析木（尾、箕），燕也。"此谓星的分野从中峰改变，两侧属于不同的分野。〔赵注〕王琦曰：分野句，是极言山之广大。'其盘据不止一州之地，则知天之分野，亦不专隶一舍（次）。或谓中峰之北为雍，为井、鬼；中峰之南为梁，为翼、轸者，是失之臆撰矣。

⑥壑：山谷。殊：异。谓同一时间之内，不同山谷之中，或晴或阴。此亦形容山的辽阔壮美。

⑦"人"，诗话总龟作"何"。"欲投入"，纪事作"故人投"，误。"水"，英华、乐府诗集作"浦"。〇人处：人家。二句见作者被终南山气势与景色所吸引，欲次日再游之意。

评　笺

王士禛《带经堂诗话》："唐乐府往往节取当时诗人之作，率缘情切事，可以意会理解。然亦有不可理解者，如《陆州歌》第一'分野中峰变'，乃节王右丞《终南山》诗后四句。"

《王摩诘诗评》："刘云：语不深僻，清夺众妙。〇顾云：末语流丽。"

王夫之《姜斋诗话》："'僧敲月下门'，只是妄想揣摩，如说他人梦，纵令形容酷似，何尝毫发关心？知然者，以其沉吟'推敲'二字，就他作想也，若即景会心，则或推或敲，必居其一，因景因情，自然灵妙，何劳拟议哉！'长河落日圆'，初无完景。'隔水问樵夫'，初非想得。则禅家所谓现量也。（生按：现量是指感觉器官对事物个性的直接反映）○身之所历，目之所见，是铁门限。即极写大景，如'阴晴众壑殊'，'乾坤日夜浮'，亦必不逾此限。○'欲投人处宿，隔水问樵夫'，则山之辽廓荒远可知，与上六句初无异致，且得宾主分明，非独头意识悬相描摩也。○有大景，有小景，有大景中小景。'柳叶开事时任好风'，'花覆千官淑景移'，及'风正一帆悬'，'青霭入看无'，皆以小景传大景之神。"王夫之《唐诗评选》："工苦安排备尽矣。人力参天，与天为一矣。○'连山到海隅'，非徒为穷大语，读《禹贡》自知之。结语亦以形其阔大，妙在脱卸，勿但作诗中画观也。此正是画中有诗。"

沈德潜《唐诗别裁集》："近天都言其高，到海隅言其远，（生按：《唐诗解》同此，又云'白云、青霭，若合若无，远近之观异也。'）分野二句言其大，四十字中无所不包，手笔不在杜陵下。○或谓末二句似与通体不配，今玩其语意，见山远而人居寡也，非寻常写景可比。"

黄培芳《唐贤三昧集笺注》："神境。四十字中无一字可易，昔人所谓四十位贤人。一结从小处见大，错综变化，最得消纳之妙。"

张谦宜《𦈡斋诗谈》："《终南山》，于此看积健为雄之妙。○'白云回望合，青霭入看无'，看山得三昧，尽此十字中。"

黄生《唐诗摘抄》："首言高，次言大，三、四承高说，五、六承大说。此立柱应法。回望处白云已合，入看时青霭却无，错综成句。此法与倒装异者，以押韵不动也。题中无'游'字，结处补其意，然三、四已暗藏针线矣。"朱之荆补："结见山远人稀。"

徐增《而庵说唐诗》："此总是见终南山之深大莫测。是诗如在开辟之初，笔有鸿濛之气，奇观大观也。"

邢昉《唐风定》："右丞不独幽闲，乃饶奇丽，但一出其口，自然清冷，非世中味耳。"

王尧衢《古唐诗合解》："通首总见终南山之高深，前写其大概，后写其幽胜。"

俞陛云《诗境浅说》："真能写出名山胜概。"

高步瀛《唐宋诗举要》："（'青霭'句后）吴云：壮阔之中而写景复极细腻。○（'分野'句后）吴云：接笔雄俊。"

宋宗元《网师园唐诗笺》："（'青霭'句下）得此形容，乃不同寻常登眺。"

延君寿《老生常谈》："《终南山》诗，结句稍弱，由于前半气盛。"

吴瑞荣《唐诗笺要》："结语宛有画。"

吴乔《围炉诗话》："《古今诗话》云：'王右丞《终南山》诗，讥刺时宰，其曰太乙近天都，连山到海隅，言势位盘据朝野也；白云回望合，青霭入看无，言徒有表而无里也；分野中峰变，阴晴众壑殊，言恩泽未遍及也；欲投人处宿，隔水问樵夫，言托足天地也（一作言畏祸深也）'。余谓看唐诗常须作此想，方有入处。而山谷又曰：'喜穿凿者弃其大旨，而于所遇林泉人物，以为皆有所托，如世间商度隐语，则诗委地矣'。山谷此论，又不可不知也。"

何文焕《历代诗话考索》："《终南山》诗，或谓维讥时，此等附会大可恨。"

孙琴安说："王维能写小景，尤善写大景。若'江流天地外，山色有无中'，'万壑树参天，千山响杜鹃'，'大漠孤烟直，长河落日圆'，及此篇诸句，在五律中另是一格，不必襄阳，即李、杜二大家，犹得避舍。"（《唐五律诗精品》）

马茂元说："这首诗从主峰太乙起笔，总揽全山，以下移步换形，从各个角度写出了终南山雄伟磅礴的气势。结隔水一问，化实为虚，便空阔寥远而不板滞。全诗深得画理。"（《唐诗三百首新编》）

宗白华说："《梦溪笔谈》：'大都山水之法，盖以大观小，如人观假山耳'。沈括以为画家画山水，并非如常人站在平地上在一个固定的地点，仰首看山；而是用心灵的眼笼罩全景，从全体来看部分，'以大观小，'把全部景界组织成一幅气韵生动、有节奏有和谐的艺术画面。画家的眼睛不是从固定角度集中于一个透视的焦点，而是流动着飘瞥上下四方，一目千里，把握全境的阴阳开阖、高下起伏的节奏"（《美学散步》）。生按：此诗所呈现的画境，已融'以大观小'之画法于其中。

张福庆说:"第一联写仰望高山,视点在山下;第二联写山间云雾,视点在山中;第三联写俯瞰群峰,视点在山巅;第四联写流连山水,欲投宿人家,从'隔水'二字,可知视点又移至山下。这种不断移动视点的构思方法,显然是受了山水画构图方法的影响。"(《唐诗美学探索》)

萧弛说:"王维有云:'山河天眼里'。天眼就是一种宇宙透视,它不但超越了个人视角的局限,而且超越了时间。《终南山》诗里,诗人时而俯仰千里,时而由远移近,时而由山外进入山中,时而由山阴又到山阳,此正是宗白华所谓'用心灵俯仰的眼睛来看空间万象'。(《中国诗画中所表现的空间意识》)"(《中国诗歌美学》)

叶维廉说:"诗中雕塑的意味,莫过王维《终南山》一诗。终南山的每一面,全在我们的视境及触觉以内。西洋画只是单面(只从一个角度)透视,中国画(中国诗亦然)顺自然的秩序顺理成章地达成全面视境及并发性。这是出乎自然返乎自然的视境。"(《中国诗学》)

霍松林说:"尾联或以为'与通体不配',其实不但很配,而且很精彩。'欲投人处宿'分明有个省略了的主语'我',有此一句,便见得我在游山,以我观物,即景抒情。而'隔水问樵夫',则我入山以来,始终未遇人处,已不言可知。而还要留宿山中,明日再游,则山景之赏心悦目与诗人之喜幽好静,也可于言外得之。'隔水问樵夫'的反应如何,没有写,然读此句,则樵夫口答手指,诗人侧首遥望的情景又不难想见。"(《唐诗精选》)

辋川闲居

一从归白社①,不复到青门②。时倚檐前树,远看原上村。青菰临水映③,白鸟向山翻。寂寞於陵子④,桔槔方灌园⑤。

此诗约作于天宝十载。

① [赵注]《太平寰宇记》:"白社里在洛阳故城建春门东,即董威辇(京)旧居之地。"生按:《晋书·董京传》:"京至洛阳,被发而行,逍遥

吟咏，常宿白社中，时乞于市。"后人因将归隐之处称为白社或洛阳社。此处借指辋川别墅。一从：自从。

②青门：长安城东面南头第一门。见《韦侍郎山居》注⑦。此处代指长安。

③"映"，蜀刻本作"披"，全唐诗作"拔"。○菰：音孤，俗称茭白。见《登楼歌》注⑤。《说文新附》："翻，飞也。"

④於：音乌。[赵注]《高士传》："陈仲子者，齐人也。其兄戴为齐卿，食禄万钟，仲子以为不义，将妻子适楚，居于陵，自谓于陵仲子。楚王闻其贤，欲以为相，遗使持金百镒，至于陵聘仲子。仲子出谢使者，逃去为人灌园。"生按：于陵故城，在今山东长山县西南二十里。城西三里有长白山，相传即仲子隐居处。此处作者自喻。

⑤桔槔：音结高。井旁汲水杠杆，以木为架，中悬一杆，杆头挂汲桶，杆尾系重石。《庄子·天地》："凿木为机，后重前轻，挈水若抽，数如溢汤，其名为槔。"成玄英疏："即今所用之桔槔也。"

评　笺

《瀛奎律髓》："方云：右丞《田园乐》'山下孤烟远村，天边绿树高原'，与此'时倚檐前树，远看原上村'，予独心醉不已。○纪云：青、白二字，究是重复，不可为训。诗则静气迎人，自然超妙，不能以小疵废之。三、四自然流出，兴象天然'。○何云：三、四闲趣。"

胡应麟《诗薮》："'一从归白社'，悠闲古淡，储、孟同声者也。"

沈德潜《唐诗别裁集》："三、四自然，青、白字复。"

王世懋《艺圃撷余》："诗有古人所不忌，而今人以为病者。摘瑕者因而酷病之，将并古人无所容，非也。然今古宽严不同，作诗者既知是瑕，不妨并去。有重字者，王摩诘尤多，若'暮云空碛'、'玉靶雕弓'，二'马'俱押在下；'一从归白社，不复到青门'，'青菰临水映，白鸟向山翻'，'青'、'白'重出。比皆是失检点处，必不可借以自文也。"

《唐诗归》："谭云：（'时倚'联下）偶然，妙！"

宋征璧《抱真堂诗话》："王摩诘云：'时倚檐前树，远看原上村。'李太白云：'倚树听流泉'，更复远淡。"

张谦宜《𬤇斋诗谈》："'时倚檐前树，远看原上村'，无景中有景。"

吴瑞荣《唐诗笺要》："颔联与'采菊东篱下，悠然见南山'同一意象，宜虚谷心醉此语。"

卢𫄷《闻鹤轩初盛唐近体读本》："王西宁曰：三、四语虽直置，却得自然，有元亮笔意。"

吴昌祺《删订唐诗解》："言菰、鸟各得其性，而我亦自适于灌园也。"

朱庭珍《筱园诗话》："律诗炼句，以情景交融为上。情景交融者，景中有情，情中有景，打成一片，不可分拆。如右丞'白云回望合，青霭入看无'；'松风吹解带，山月照弹琴'；'行到水穷处，坐看云起时'，'时倚檐前树，远看原上村'；'大壑随阶转，群峰入户登'等句，皆是句中有人，情景兼到者也。"

乔亿《剑溪说诗》："右丞诗，如《辋川闲居》二首，并体认'闲'字极细，句句与幽居有别。前首（指《辋川闲居赠裴秀才迪》）结处，合两事镕成一片以赠裴，妙有'闲'字余情。后首所云于陵灌园，是即目借以衬托，叹彼寂寞中尚不无所事，正见比倚树者真闲也。"

徐增《而庵说唐诗》："右丞作诗，意之所及，笔即随之，遑知'青'、'白'二字不可再用也。余读去，绝不觉其重复。古人要见本事，偏要弄出重复字来，今人却以此为病。大人不修边幅，此正见其大手笔处。灌园与菰之映水，鸟之向山，总只是一般，无二无别也。此诗其言甚淡，其意甚微。人性急，寻它头绪不出，把来放在一边，故是诗亦不免于寂寞也。"

王闿运批《唐诗选》："亦是'遥'字意。"

黄生《唐诗矩》："亦只写寂寞二字。《归嵩山作》用为冒则，从后读去，皆见寂寞之意。此篇用为结则，从前读来，皆见寂寞之意。章法两变，意味俱佳。"

张福庆说："王维更喜欢使用的表现颜色的词是'青'和'白'。据统计，山水诗中出现的'青'色共六十二次，'白'色共九十一次，且'青'与'白'在诗中常对举使用，如'白云回望合，青霭入看无'；'青菰临水映，白鸟向山翻'；'山临青塞断，江向白云平'；'日落江湖白，潮来天地青'；'九江枫树几回青，一片扬州五湖白'，等等。对这一现象，学者作出过很多解释，最根本的是两点：一是从诗歌美学的角度看，以青、白二色描写景物，更能体现王维对离形得似的境界和萧疏淡雅的风格之追求；二是从诗画关系的角度看，王维喜爱的破墨山水只讲水墨勾染，以墨气表现骨气，以墨彩暗示色彩。青白二色，恰是水墨画赖以写物表意的手段。这也从一个侧面反映出王维山水诗与山水画之间的内在关系。"（《唐诗美学探索》）

春园即事^①

宿雨乘轻屐^②，春寒着弊袍^③。开畦分白水^④，间柳发红桃^⑤。草际成棋局^⑥，林端举桔槔^⑦。还持鹿皮几^⑧，日暮隐蓬蒿^⑨

①即事：以眼前事物为题而写的诗。

② [赵注] 江总《诒孔中丞典》："初晴原野开，宿雨润条枝。"生按：宿雨，昨夜的雨。乘：登，穿上。屐，音迹。《急就篇》："屐者，以木为之，而施两齿，可以践泥。"

③《玉篇》："弊，坏也，败也。" [陈注] 破旧的绵袍。

④畦：音西，田园中的小区。此谓挖开田埂引水分流区间而灌溉之。

⑤间：去声，隔也。此谓桃花盛开于相间的绿柳之中。

⑥草际：草间。成：布列。棋局：棋枰。 [陈注] 谓在草地上下棋。

⑦林端：林上。桔槔：音结高，井旁汲水杠杆，见《辋川闲居》注⑤。举：指桔槔的一端翘起。

⑧鹿皮几：鹿皮制的小几，古人设几于座侧，供疲倦时倚靠。

⑨《说文》："蓬，蒿也。"《世说新语·栖逸》："张中蔚隐居平陵，蓬蒿满宅。"蓬蒿，犹蓬蒿居。陶潜《答庞参军》："朝为灌畦。夕偃蓬庐。"《庄子·齐物论》释文："隐，凭也。"谓黄昏时靠几静坐于草舍之中。

评　笺

《王右丞诗评》："（'草际'、'林端'二句）刘云：上句更好。"

《唐诗镜》："五、六语入绘笔。"

辋川别业

　　不到东山向一年①，归来才及种春田。雨中草色绿堪染②，水上桃花红欲燃③。优娄比邱经论学④，伛偻丈人乡里贤⑤。披衣倒屣且相见⑥，相欢语笑衡门前⑦。

　　此诗约作于天宝五载春。

　　①《晋书·谢安传》："累违朝旨，高卧东山。"生按：东山在浙江上虞县西南四十五里。此处借指王维隐居的辋川。《语词汇释》："向，约估数目之辞，与可字略同。"

　　②堪：能。谓雨中芳草像能染绿周围事物。

　　③"欲"，述古堂本、元刊本作"亦"。○［赵注］萧绎《宫殿名诗》："林间花欲然，竹径露初圆。"生按：水上，水旁。

　　④［赵注］佛之弟子，有优娄频螺迦叶。梵语"优娄频螺"，汉翻"木瓜瘿"，以胸前有瘿如木瓜故也。《释氏要览》："梵语比丘，秦言乞士，谓上于诸佛乞法，资益慧命；下于施主乞食，资益色身。"《华严经义疏》："世之乞人，但乞衣食，不乞于法，不名比丘。"释氏以佛所说者为经，菩萨所言者为律，声闻（高僧）所著者为论。生按：比丘：出家受具足戒（有二百五十戒）的男性僧人。学：学者。

　　⑤伛偻：音语吕，驼背。《通俗文》："曲脊谓之伛偻。"贤：贤人。［赵注］《庄子·达生》："仲尼适楚，出于林中，见痀偻（痀音拘，义同伛）者承蜩（以竿黏蝉），犹掇（拾取）之也。仲尼曰：'子巧乎！有道邪？'曰：'我有道也。吾处身也，若橛株枸（伐木留下的树桩）；吾执臂也，若槁木之枝；虽天地之大，万物之多，而惟蜩翼之知。吾不反不侧，不以万物易蜩之翼，何为而不得！'孔子谓弟子曰：'用志不分，乃凝于神，

其病偻丈人之谓乎'！"生按：优娄比丘、伛偻丈人，借指所交往之高僧、贤人。

⑥陶潜《移居》："相思则披衣，言笑无厌时。"《玉篇》："屣，履也。"古人脱鞋坐席上，倒屣，谓急起迎宾连鞋也穿倒。且：即，就。〔赵注〕《三国志·魏书·王粲传》："王粲徙长安，左中郎将蔡邕见而奇之。时邕才学显著，贵重朝廷，常车骑填巷，宾客盈座，闻粲在门，倒屣迎之。"

⑦《集韵》："衡门，横木为门也。"《诗·陈风·衡门》："衡门之下，可以栖迟。"朱熹传："言衡门虽浅陋，然亦可以游息。"

评　笺

陈铁民说："王维的所谓亦官亦隐，其实是做官的时候多而隐居的日子少，所以他一旦有时间回到辋川，就流露出对于那里的隐逸生活和山水风景的极为浓厚的兴趣和爱恋。"（《王维新论》）

章培恒说："王维还善于敷彩。这些色彩并非是单纯的消极的涂饰，而是活跃地晕染着整个画面，清新鲜润，给人以愉悦之感。如'雨中草色绿堪染，水上桃花红欲燃'，等等。"（《中国文学史》）

张志岳说："'绿堪染'和'红欲燃'六个字，描绘了色、态、光的融合。其中'色'最易见，体现在绿、红两个字上。'态'也可以隐约看到，体现在染、燃两个字上。'光'较难看出而又最关紧要，它体现在这六个字和'雨中'、'水上'四个字的组合关系上。只有看出了'光'，才能显出生趣盎然的'态'，而'色'也就更显得鲜明了。'光'是画家运用色彩的高度技巧表现，这两句诗正是吸收了绘画的特色。"（《诗词论析》）

许总说："（'雨中'二句）直接承袭虞世南'陇麦沾逾翠，山花湿更燃'（《发营逢雨应诏》）那样精巧修饰的诗句，又启发了杜甫'江碧鸟逾白，山青花欲燃'（《绝句二首》）的对比表现艺术。"（《唐诗史》）

早秋山中作①

无才不敢累明时②，思向东溪守故篱③。岂厌尚平婚嫁早④，却嫌陶令去官迟⑤。草间蛩响临秋急⑥，山里蝉声薄暮悲⑦。寂寞柴门人不到，空林独与白云期⑧。

此诗约作于开元二十九年秋。

①"中"，久本作"居"。

②明时：政治清明时代。曹植《求自试表》："志欲自效于明时，立功于圣世。"

③东溪：此处指王维终南山隐居处。王维少年时曾隐居终南，疑即此诗之东溪，其地与岑参天宝三载前隐居之东溪相近。岑参《还高冠潭口留别舍弟》："东溪忆汝处"之东溪，似指高冠谷水；而《太乙石鳖崖口潭旧庐招王学士》之东溪，似指高冠谷东之太乙谷（石鳖谷）水，疑王维即隐居于其附近。《关中胜迹图志》："紫阁峰在鄠县东南三十里。"张礼《游城南记》自注："紫阁峰东有高冠谷"。故蓠：旧时的家园。

④"岂"，述古堂本、元刊本、赵本作"不"，从蜀刻本、活字本、全唐诗。○［赵注］《高士传》："尚长字子平，河内朝歌人也。隐居不仕。建武中，男女嫁娶既毕，敕断家事勿相关，'当如我死也'！于是遂肆意与同好北海禽庆俱，游五岳名山，竟不知所终。"生按："尚"，《后汉书·逸民传》作"向"。

⑤《宋书·陶潜传》："为彭泽令。郡遣督邮至县，吏白：'应束带见之。'潜叹曰：'我不能为五斗米折腰向乡里小人。'即日解印绶去职，赋《归去来》。"生按：陶潜弃官归隐在晋义熙元年，时四十一岁。

⑥"间"，赵本作"堂"，从蜀刻本、述古堂本、元刊本。"蛩"，英华、品汇作"虫"。○蛩：音穷。《集韵》："蛬通作蛩"。《尔雅·释虫》："蟋蟀，蛬。"郭璞注："今促织也。"

⑦"声"，英华作"鸣"。○［陈注］薄暮：傍晚。薄：迫近。

⑧"林"，述古堂本、元刊本作"牀"，误。"期"，蜀刻本作"归"。○空林：渺无人迹的树林。［陈注］期：约会。

谓空林无人，独与白云作伴。葛兆光说：在禅僧诗客的心境与视境里，白云高洁无瑕，自由无羁，闲适自在。（《禅意的云》）

评 笺

朱宝莹《诗式》："超诣。"

　　管世铭《读雪山房唐诗序例》："凡律诗最重起结，七言尤然。起句之工于发端，如王维'无才不敢累明时，思向东溪守故篱。'皆足为一代楷式。"

　　金人瑞《圣叹外书》："（五、六两句）唐人每欲咨嗟迟暮，则必以岁已秋、日已暮为言，其法悉仿诸比。"

　　赵臣瑗《山满楼笺注唐诗七言律》："此等诗温厚和平，不失正始之遗，读之令人悠然自远。"

　　陈铁民说："（'草间'二句）纯用大自然的音响，渲染出早秋山中薄暮的萧瑟气氛和诗人的寂寞心情，使人读后如临其境，如闻其声。"（《王维新论》）

　　孙昌武说："王维笔下的白云，是他心中所映现的景物，其自由舒卷的形态也暗示着诗人的心态。所有用到'白云'意气处，很难说都是实际景物。如'独向白云归'，'白云留故山'，'空林独与白云期'，等等，诗的意蕴远超出物象之外，他是借'白云'来展示内心。"（《禅思与诗情》）

积雨辋川庄作①

　　积雨空林烟火迟②，蒸藜炊黍饷东菑③。漠漠水田飞白鹭，阴阴夏木啭黄鹂④。山中习静观朝槿⑤，松下清斋折露葵⑥。野老与人争席罢⑦，海鸥何处更相疑⑧！

　　①"积"，英华、蜀刻本、鼓吹作"秋"。"积雨"，众妙集作"秋归"。"庄"字后全唐诗注："一有上字"。○积雨：久雨。见《辋口遇雨忆终南山》注②。

　　②空林：人迹罕至的深林。〔马注〕久雨空气潮湿，炊烟缓缓上升，故曰迟。〔霍注〕因积雨，农夫下地较晚，做饭亦较晚。烟火迟三字兼有此义。

　　③〔赵注〕《尔雅翼》："《毛诗义疏》曰：莱，藜也，茎叶皆似绿王刍，今宛州蒸以为菇，谓之莱蒸。"［陈注］藜，一年生草，茎五六尺，叶卵形有锯齿，嫩时可吃；茎老时可为杖，谓之藜杖，轻而坚实。生按：黍，音署，通称黄米。《古今注》："稻之黏者为黍。"饷：音享，致送饮食。

蕾：音姿，《尔雅·释地》：“田一岁曰蕾。”郭璞注：“今江东呼初耕地反草为苗。”东蕾：泛指田亩，与东皋同义。饷东蕾：给田中耕作者送饭。

④“木”，蜀刻本作“日”，误。〇二句后三字皆倒装。

⑤习静：习养清静的心性。《易林·噬嗑之大过》：“皆静独处。”［赵注］朱超《对雨》：“当夏苦炎埃，习静对花台。”王僧孺《为何库部旧姬拟藤芜之句》：“妾意在寒松，君心逐朝槿。”《埤雅》：“木槿似李，五月始花，花如葵，朝生夕陨。”［马注］现，有观照、参悟之意。观朝槿，是说从槿花的开落，悟到世事无常。李颀《别梁锽》：“莫言富贵长可托，木槿朝开暮还落”，与此同意。

⑥“清”，英华作“行”。〇清斋：清洁的斋食，素食。佛教小乘戒律，本以过午不食为斋；大乘禁食肉，后遂以素食为斋。《楞严经》：“我时辞佛，晏晦清斋。”折：采摘。《本草》：“露葵，滑菜。时珍曰：古人采葵不待露解，故曰露葵。”生按：俗称冬寒菜。［马注］上句言心情闲旷，下句写饮食芳鲜。二句是融理入景的枢纽。

⑦［陈注］野老，村野老人，作者自谓。［赵注］《列子·黄帝》：“杨朱至梁而遇老子。曰：‘今夫子闲矣，请问其过。’老子曰：‘而（尔）睢睢，而盱盱（傲视貌），而谁与居？大白若辱（黑），盛德若不足。’杨朱蹴然变容曰：‘敬闻命矣。’其往也，舍者迎将家，公执席，妻执巾栉，舍者避席，炀者避灶。其返也，舍者与之争席矣。”张湛注：“自同于物，物所不恶也。”生按：《庄子·寓言》亦载此文，成玄英疏：“除其容饰，遣其矜夸，混迹同尘，和光顺俗，于是舍息之人，与争席而坐矣。”争席：争坐位，谓人我融洽无间，不拘礼节。罢：已然之意，谓争过席了。

⑧“处”，鼓吹、二顾本、凌本、活字本、全唐诗、赵本作“事”，从蜀刻本、述古堂本、元刊本。〇《列子·黄帝》：“海上之人有好鸥鸟者，每旦之海上从鸥鸟游，鸥鸟之往者百住而不止。其父曰：‘吾闻鸥鸟皆从汝游，汝取来，吾玩之。’明日至海上，鸥鸟舞而不下。”张湛注：“心动于内，形变于外，禽鸟犹觉人理，岂可诈哉。”［霍注］谓村民们自应不再视我为官场中人而心有疑惧。生按：此谓自己恬淡寡欲，毫无机心，物我俱忘，海鸥不需猜疑。海鸥喻村民也喻朝官。

评　笺

《王摩诘诗评》："刘云：（三、四两句）写景自然，造意又极辛苦。○顾云：结语用庄子忘机之事无迹。此诗首述田家时景，次述己志空泊，末写事实，又叹俗人之不知己也。东坡云摩诘'诗中有画，画中有诗'者，此耳。"

黄叔灿《唐诗笺注》："读此诗，摩诘心胸恬淡如见。"

许学夷《诗源辩体》："摩诘七言律，如'帝子远辞'、'洞门高阁'、'积雨空林'等篇，皆淘洗澄净者也。"

王寿昌《小清华园诗谈》："何谓瘦？曰：如刘随州之《逢郴州使因寄郑协律》，及右丞之《积雨辋川庄作》，少陵之《夜》是也。"

周珽《唐诗选脉会通评林》："周敬曰：清脱无尘，出世人语，往往多道气。"

方东树《昭昧詹言》："《积雨辋川庄作》，此题命脉在'积雨'二字。起句叙题。三四写景极活现，万古不磨之句。后四句，言己在庄上事与情如此。"

《唐诗归》："钟云：烟火迟又妙于烟火新，然非积雨说不出。"

周紫芝《竹坡诗话》："诗中用双叠字易得句。'漠漠水田飞白鹭'，阴阴夏木啭黄鹂'，摩诘四字下得最为稳切。"

王士祯《带经堂诗话》："七言律有以叠字盖见萧散者，如王摩诘'漠漠水田飞白鹭，阴阴夏木啭黄鹂。'张宗楠按：味漠漠阴阴四字，觉情景如画，下五字栩栩欲活，想见积雨辋川，此翁会心自别耳。"

李肇《国史补》："王维有诗名，然好窃取人文章佳句。'水田飞白鹭，夏木啭黄鹂。'李嘉佑诗也。"

晁公武《郡斋读书志》："李肇讥维'漠漠水田飞白鹭，阴阴夏木啭黄鹂'之句，以为窃李嘉佑，今嘉佑之集无之，岂肇之厚诬乎？"（高步瀛说："或谓李肇唐人，载唐事当不误。不知唐人记唐事往往道听途说，谬误者甚多，不知肇也。"）

叶少蕴《石林诗话》："诗下双字极难，须使七言五言之间除去五字三字外，精神兴致全见于两言，方为工妙。唐人记'水田飞白鹭，夏木啭黄鹏’为李嘉佑诗，王摩诘窃取之，非也。此两句好处正在添漠漠阴阴四字，此乃摩诘为嘉佑点化以自见其妙，如李光弼将郭子仪军，一号令之，精彩数倍。不然嘉佑本句但是咏景耳，人皆可到。”

屈复《唐诗成法》：“用成句亦不妨，然有右丞之炉锤则可，无，则抄写而已。”

沈德潜《唐诗别裁集》：“（漠漠句）状水田之广；（阴阴句）状夏木之深。俗说谓‘水田飞白鹭，夏木啭黄鹂’乃李嘉佑句，右丞袭用之。不知本句之妙，全在漠漠阴阴，去上二字，乃死句也。况王在李前，安得云王袭李耶！”

胡应麟《诗薮》：“李（攀龙）驳何（大复）云：‘七言律若可剪二字，言何必七也。’顾诗家肯綮，全不系此。作诗大法，惟在格律精严，词调稳惬。使句意高远，纵字字可剪，何害其工。如王维‘漠漠水田飞白鹭，阴阴夏木啭黄鹂’，李嘉佑剪为‘水田飞白鹭，夏木啭黄鹂’，何害王句之工。”

吴景旭《历代诗话》：“郭彦深曰：王维‘漠漠水田飞白鹭，阴阴夏木啭黄鹂’。此用叠字之法，不独摹景入神，而音调抑扬，气格整暇，悉在四字中。杜诗‘野日荒荒白，江流泯泯清’，亦是上二字扬，下二字抑，情景气格悉备。李嘉佑剪去漠漠阴阴，使索然少味矣。”

周弼《碛砂唐诗》：“敏曰：无此叠字，径直无情，加此叠字，情景活现，用叠字之法具在矣。况乎七言最忌五言句泛加二字，惟此真是七字句，并非五言泛加二字也。”

曾季狸《艇斋诗话》：“前人诗言立鹭者三：欧公‘稻田水浸立白鹭’，东坡‘颍水清浅可立鹭’，吕东莱‘稻水立白鹭’，皆本于王摩诘‘漠漠水田飞白鹭’。”

贺贻孙《诗筏》：“老杜‘杖藜还客拜’，‘旧犬喜我归’；王摩诘‘野老与人争席罢’；高达夫‘庭鸭喜多雨’；皆现成琐俗事无人道得，道得即成妙诗，何尝炼还字、喜字、罢字以为奇耶？诗家固不能废炼，但以炼骨炼气为上，炼句次之，炼字斯下矣。”

唐汝询《唐诗解》：“盖是时维已退隐，而当路者犹忌之，故托此以自解。”

高步瀛《唐宋诗举要》：“吴曰：此时当有嫉之者，故收句及之。”

赵殿成按：“诸家采选唐七言律者，必取一诗压卷。或推崔司勋之‘黄鹤楼'，或推沈詹事之'独不见'，或推杜工部之'玉树雕伤'、'昆明池水'、'老去悲秋'、'风急天高'等篇。吴江周篆之则谓：冠冕庄丽，无如嘉州《早朝》；淡雅幽寂，莫过右丞《积雨》。澹斋翁以二诗得廊庙、山林之神髓，取以压卷，真足空古准今。要之诸诗皆有妙处，譬如秋菊春松，各擅一时之秀，未易辨其优劣。或有扬此而抑彼，多由览者自生分别耳，质之舆论，未必金同也。"

赵昌平说："这诗描绘辋川景物，抒写静中情趣，意境极为淡雅幽寂。王维把辋川别业作为官场的退路。在这里，他可以暂时忘却宦海的风波险恶和城市的扰攘浮嚣，故诗中赞美山中民风的淳朴，流露出厌倦风尘之意。"（马茂元《唐诗选》）

葛晓音说："此诗不独摹景真切，而且神致全出。后人以其'澹雅幽寂'而推为描写山林田园的压卷之作，其实更难得的是清幽宁静之中勃发的生机。"（《盛唐田园诗和文人的隐居方式》）

霍松林说："'水田飞白鹭，夏木啭黄鹂'，碧、白、绿、黄映衬，声、色、动、静结合，构成有声画，已是佳句。更加双声词，'漠漠'、'阴阴'点染，既与'积雨'照应，又增强了画的迷蒙感与幽深感。前四句以我观物，别有会心。后四句转写自我，物我交融。山中已静，还要'习静'，静观槿花自开自落；松下已清，还要'清斋'，摘取带露的绿葵。写幽居之清静而兼寓禅悟。"（《唐诗精选》）

周振甫说："'水田飞白鹭，夏木啭黄鹂'，是好的写景句，不过它的境界还不够开阔。'漠漠'有广阔意，白鹭在广阔的水田上飞，境界要开阔多了。'阴阴'有一片浓阴意，黄鹂在一片浓阴的夏天的树林里叫，比起光说在夏天的树上叫，意境也不同。"（《诗词例话》）

林庚说："'水田飞白鹭，'与'夏木啭黄鹂'是平行地写了两个景致，各不相干，这里并没有飞跃的力量。多了'漠漠'和'阴阴'，就把它们连成了一片。阴阴让夏木有了一片浓阴之感，漠漠使水田蒙上了一片渺茫的色调，岸上的一片浓阴与水田的一片渺茫，起着画面上的烘托作用，这就是情景中水分的作用。从浓阴的深处到渺茫的水田，到鲜明的白鹭，越发衬托出白鹭之白与茫茫中飞动的形象，使得整个气氛鲜明活跃，潜在的感性因素如鱼得水地浮现出来，这才不是干巴巴的。"（《唐诗综论》）

袁行霈说："漠漠水田与阴阴夏木形成明暗的对比；白鹭与黄鹂形成色彩的对照；飞白鹭是写动态，啭黄鹂是写声音。这一切是那么鲜明，那么富有启发性，启发人产生艺术的联想。"（《中国诗歌艺术研究》）

顾随说："'水田飞白鹭，夏木啭黄鹂'，此十字多死，必加'漠漠'、'阴阴'。'漠漠水田飞白鹭'是一片，'阴阴夏木啭黄鹂'是一团，上句是大，下名是深，上句明明看见白鹭，下句可决没看见黄鹂。景语如此，已不多得。"（《驼庵诗话》）

张福庆说："在这两句诗里，'漠漠'是大片的，占据了主要的画面，而'阴阴'是一角，是画面的局部。这样，大片的明绿与局部的暗绿就形成了对比、呼应。夏木的存在，更衬托出水田的明媚；水田的明亮，也更衬托出夏木的深幽。这是漠漠、阴阴四字的作用。但在水田这一部分中，又有嫩绿秧苗与白鹭色彩对比；在夏木这个局部中，又有浓绿树阴与黄鹂的色彩对比。而就整个画面说，白鹭飞起的动态，与黄鹂鸣啭的声音，又形成了另外一种对比。这两句诗的审美内涵是十分丰富的。"（《唐诗美学探索》）

陶文鹏说："'漠漠'一联，比起单纯着色而不绘声的'雨中草色绿堪染，水上桃花红欲燃'来，给人的美感享受似更浓烈。"（《倚天籁清音绘有声图画》）

周裕锴说："（'山中习静'二句）这种禅观方式实际上是把北宗的'背境观心'改造为'对境观心'，从禅房静室中走出来，把自然物作为息心静虑的对象。于是，习禅的观照和审美的观照合而为一，禅意渗入山情水态之中。这样，我们在盛中唐山水诗中，常常看到的是迥异于时代的热情、闳放、自信的另一种空寂无人的境界。"（《中国禅宗与诗歌》）

田 家①

旧谷行将尽，良苗未可希②。老年方爱粥③，卒岁且无衣④。雀乳青苔井⑤，鸡鸣白板扉。柴车驾羸牸⑥，草屧牧豪豨⑦。多雨红榴折⑧，新秋绿笋肥。饷田桑下憩⑨，旁舍草中归⑩。住处名愚谷，何烦问是非⑪。

①"家"字下英华有"作"字。

②"苗"，蜀刻本、纬本、凌本作"田"。○希：指望。陶潜《有会而作》："旧谷既没，新谷未登。""登岁之功，既不可希。"

③"粥"，英华作"竹"，误。○方：正。

④〔陈注〕卒岁：年终。《语词汇释》："且，犹尚也。"〔赵注〕《诗·豳风·七月》："无衣无褐,. 何以卒岁!"郑玄笺："卒，终也。"

⑤〔陈注〕乳：鸟雀孵卵。〔赵注〕傅玄《杂诗》："鹊巢丘城侧，雀乳空井中。"

⑥"特"，述古堂本、活字本、全唐诗作"牸"，义词。○〔赵注〕《后汉书·赵壹传》："柴车草屏，露宿其旁。"李贤注："柴车，弊恶之车也。"《世说新语·轻诋》："负重致远，曾不若一羸特。"〔陈注〕羸特：音雷勃。羸，瘦弱；特，母牛。

⑦"豪"，述古堂本、元刊本注："杭本作膏"。○屝：音绝。〔赵注〕《汉书·卜式传》："卜式既为郎，布衣草屝而牧羊。"颜师古注："屝即草鞋也，南方谓之特。"《方言》："猪，南楚谓之豨。"生按：豨音希。豪豨，肥壮的猪。

⑧"多"，全唐诗作"夕"。"折"，述古堂本、元刊本、全唐诗作"拆"。

⑨饷田：给田中耕作者送饭。

⑩旁舍：旁通傍，傍近的房舍，指邻居。《史记·高祖本纪》："高祖适从旁舍来。"此谓邻居的农民从草径中返回家内。

⑪"何烦"，英华作"烦君"。○愚谷：愚公谷。刘向《说苑·政理篇》："齐桓公逐鹿而走入山谷之中，见一老翁而问之曰：'是为何谷'？对曰：'为愚公之谷'。桓公曰：'何故'？对曰：'臣故畜牸牛，生子而大，卖之而买驹。少年曰：牛不能生驹，遂持驹去。傍邻闻之，以臣为愚，故名此谷为愚公之谷。"〔陈注〕愚公谷，相传在今山东临缁县西。二句谓，这里是愚公居住的地方，不劳你来问人间的是非。生按：愚公谷，后世多

借指隐者所居之地，此指辋川。

评　笺

　　刘克庄《后村诗话》："王维五言云：'住处名愚谷，何烦问是非。'警句。"

　　顾可久按："不务雕琢，而一出自然。"

　　陶文鹏说："此诗接触到了农民缺衣少食的景况，但对当时农民的疾苦感受不深。"（《唐代文学史》）

　　刘文刚说："虽然诗的结尾还拖着一条隐逸的尾巴，但写的却是道地的农民田园生活。"（《王维田园诗浅论》）

　　葛晓音说："这首诗仅选取田园中从春到秋几个较典型的生活片断，联缀成田家四季生活的基本内容，同时穿插一些杂景闲趣，加上青、白、红、绿的色彩对比，便已将野老贫寒而平淡的生活写得极其风雅而又富于生活情趣。"（《山水田园诗派研究》）

皇甫岳云谿杂题五首①

鸟　鸣　硐②

人闲桂花落③，夜静春山空。月出惊山鸟，时鸣春涧中④。

　　①〔赵注〕《新唐书·宰相世系表》有皇甫岳，乃皇甫恂之子，宪宗宰相皇甫镈之堂兄，未知即此人否。〔陈注〕谿同溪。云谿，皇甫岳别墅所在地，或在长安近郊，未详。〔郁注〕王维漫游江南至越州为友人皇甫岳别墅题诗。云溪，即五云溪，亦即若耶溪，在分浙江绍兴南。生按：王维《皇甫岳写真赞》："有道者古，其神则清。烧丹药就，辟谷将成。"此人是好道术者。王昌龄有《至南陵答皇甫岳》，则天宝八载左右皇甫岳在宣城为官。

　　②硐：同涧，两山之间的溪谷。

③闲：闲适宁静。桂花：指春桂。《酉阳杂俎续集》："桂花三月开，黄而不白。"〔秦注〕桂花飘落无声无息，人却有感有知，是心境极静而环境也极幽的表现。〔葛注〕在闲适心境中，人对自然微细的变动既敏感又安详。人闲桂花落是人安闲静坐时体察到的花落。

④〔秦注〕时鸣：时或一鸣。

评　笺

《王摩诘诗评》："刘云：皆非着意。○顾云：此所谓情真者。何限清逸！"

沈德潜《唐诗别裁集》："诸咏声息臭味，迥出常格之外，任后人摹仿不到，其故难知。"

胡应麟《诗薮》："太白五言绝，自是天仙口语，右丞却入禅宗，如'人闲桂花落'，'木末芙蓉花'，读之身世两忘，万念皆寂，不谓声律之中，有此妙诠。"

徐增《而庵说唐诗》："心上无事人，浩然太虚，一切之物皆得自适其适，人自去闲，花自去落。人既闲，则城市亦空，何况春山。夜静，即是大雄氏入涅架之时；春山空，即是大雄氏成佛之境。鸟栖于树，树忘于鸟。忽焉月起，惊我山鸟，非嫌月出也，月岂不由他出哉！月既惊鸟，鸟亦惊涧，鸟鸣在树，声却在涧，纯是化工，非人为可及也。"

《唐诗归》："钟云：此'凉'字妙。幽寂。"

王士祯《唐人万首绝句选》："下二句只是写足'空'字意。"

李瑛《诗法易简录》："鸟鸣，动机也；涧，狭境也。而先着'夜静春山空'五字于其前，然后点出鸟鸣涧来，便觉有一种空旷寂静景象，因鸟鸣而愈显者。流露于笔墨之外，一片化机。"

黄生《唐诗摘抄》："朱之荆补：因鸟声而写夜静之景，遂以'鸟鸣'命题。鸟惊月出，甚言山中之空。"

俞陛云《诗境浅说》："山空月明，宿鸟误为曙光，时有鸣声出烟树间，山居静夜，偶一闻之，右丞能在静中领会。昔人谓'鸟鸣山更幽'句，静中之动，弥见其静，此诗亦然。"

周振甫说："诗人处在一种幽静的境界里，心情非常悠闲，他注意桂花的开落，注意山鸟的惊鸣。诗人捕捉了这种幽静的境界，用画意的笔写出来，传达出诗人悠闲的心情。这样的诗，是写得自然生动的。"(《诗词例话》)

李泽厚说："忠实、客观、简洁，如此天衣无缝而有哲理深意，如此幽静之极却又生趣盎然，写自然如此之美，在古今中外所有诗作中，恐怕也数一数二。它优美、明朗、健康、是典型的盛唐之音。"(《美的历程》)

张福庆说："这首诗写山水自然是如此优美、宁静、生趣盎然，而诗人自我，就融化、消失在这诗意的画面中。诗人在感受山水自然之美时，充分地自然化，心灵外物化；而大自然也充分地人化，外物心灵化。《鸟鸣涧》是诗人宁静澄澈的心灵的'物化'。"(《唐诗美学探索》)

赵昌平说："写一种极静极幽的境界，却采用以动形静、以有声形无声的辩证手法。这诗表现了佛教所说的'必求'静于诸动，故虽动而常静'(《物不迁论》)亦即万物本体归于空静的寂灭思想。"(马茂元《唐诗选》)

葛晓音说："人闲心定，竟能感知桂花飘落；山深人静，春山化为一片空虚，外界的空静正因心情之空寂悟得，有人认为，'桂花落'句暗用灵隐寺僧夜中坐禅，月出时听到桂子落在屋瓦上的故事，这并非没有可能。"(《山水田园诗派研究》)

袁行霈说："'月出'二句，本来也是表现空寂之境的，但它们又显示了诗人的细致的观察力，揭示了自然界的趣味。"(《中国诗歌艺术研究》)

叶维廉说："中国的山水诗要以自然自身呈现的方式呈现自然，首先必须以道家所谓'心斋'、'坐忘'和'丧我'来对物象作凝神的注视，不是从诗人的观点看，而是'以物观物'，不参与知性的侵扰。这种凝注即是出神状态。在这种状态中，诗人仿佛具有另一种听觉和视觉，听到他平常听不到的声音，看到他平常不觉察的活动。因而陆机说：'课虚无而责有，叩寂寞以求音'；司空图说：'素处以默，妙机其微'。""在这首诗中，景物自然发生与演出，作者毫不介入，既未用主观情绪去渲染事物，亦无知性的逻辑去扰乱景物内在生命的生长与变化的姿态。在这种观物的感应形态之下，景物与读者之间的距离缩短了，读者亦自然要参与美感经验直接地创造。"(《中国诗学》)

郝世峰说："诗中的这些声音、活动，既加深了静的氛围，又非于静中不可得。这是灵动的静氛，传出了不着一物的空静心境，是寂寞，也是愉

悦，无从分辨。"（《隋唐五代文学史》）

章培恒说："王维似乎常常凝神关注着大自然中万物的动、静、生、息，沉潜到自然的幽深之处，感悟到某种不可言喻的内在生命的存在。由此写出的诗篇，虽并不用说理的文字，却令人感到其中蕴涵着哲理，是一种很有特色的作品。这里，人闲、夜静、山空是从静态着手的，花落、月出、鸟鸣是从动态着手的，一个'惊'字唤醒了一个息息相通的世界。"（《中国文学史》）

孙昌武说："《鸟鸣涧》《鹿柴》《辛夷坞》这几首五言绝句，就广度说，虽然只写的是一机一境，但却给我们提供出一个完整的情景，人们得到的印象绝不限于所写的那一个片断；就深度讲，在这个境界中，除了可感知的风景描写之外，还引起人无限联想。这种意境的创造，实为盛唐诗的一大成绩。"（《佛教与中国文学》）

陈允吉说："《大般涅槃经》：'譬如山涧，因声有响，小儿闻之，谓是实声，有智之人，解无定实。'王维在这首诗中所写的山涧鸟鸣，从其形象中所显示的内在理念而论，同《涅槃经》中的思想实质是基本一致的，表明作者并没有把这种山涧响声视作实声，而是作为解无定实的幻觉，放在诗中从反面映衬出静的意境。"（《论王维山水诗中的禅宗思想》）

周裕锴说："禅宗坐禅是'心冥空无'，其观照是所谓'寂照'，就是用寂然之心去观照万物寂然的本质。不过，寂照并不是要把人的心灵引向死寂，因为在'空无'之中包含着生命无限的可能性。宗白华先生说：'禅是动中的极静，也是静中的极动，寂而常照，照而常寂，动静不二，直探生命的本原。静穆的观照和飞跃的生命构成艺术的两元，也是禅的心灵状态。"（《美学散步》）"《鸟鸣涧》动静相形，喧寂相衬，是诗人从禅宗那里借鉴来的艺术辩证法。澄净之心映照着大千世界的动静喧寂，这是盛中唐山水诗既宁静幽寂而又活泼有声的原因之一。"（《中国禅宗与诗歌》）

刘纲纪说："佛家的超越法看到了人世生活的有限性。一切都会成为过去，最后归于'空'、'寂灭'。这种思想可使人涵养一种超越有限的宽阔自由的心境。这种心境或审美的境界，在文艺上就是成功地呈现出一种绝言绝虑的空、静之境。《鸟鸣涧》真正达到空且静，使我们被诗的美丽境界所吸引，进入一种万念俱息的超越性感受。"（《略论唐代佛学与王维诗歌》）

王树海说："这是宇宙精神恒在状态的通然了悟，明月千古复万古，山

鸟'时鸣春涧中'，亘古与时下打成一片，令人深深地感觉到'见心'、'见性'、'我梵一如'的妙谛。"（《禅魄诗魂》）

莲　花　坞①

日日采莲去，洲长多暮归②。弄篙莫溅水③，畏湿红莲衣④。

①〔陈注〕坞：四面高中间凹下的地方。这里当指停船的船坞。
②洲：水中成片陆地。多：经常。
③〔陈注〕篙：用竹竿或杉条等作成的撑船器具。生按：弄篙，撑篙。《新方言》："作事，扬、越多言弄。"
④畏湿：谨防溅湿。〔陈注〕衣：指花瓣。

评　笺

张清华说："爱莲之情通过嘱语而衬托出来，对红莲的爱的倾吐又让人深切感受到他对采莲女的爱怜，一层更深一层。"（《王摩诘传》）

生按：清新明丽，淡淡有情，比南朝《采莲曲》更有远韵。

鸬　鹚　堰①

乍向红莲没，复出清浦飏②。独立何褵褷③，衔鱼古查上④。

①鸬鹚：水鸟名，俗称鱼老鸦。形似鸦而大，毛黑，颔下有小喉囊，嘴长，上嘴末端稍曲。栖息水滨，善潜水捕食鱼类。渔人常饲养之以捕鱼。堰：壅水土堤。
②"清"，久本作"晴"。"浦"，蜀刻本、万首绝句、全唐诗作"蒲"。〇浦：此指堰水。骆宾王《棹歌行》："莲疏浦易空。"飏：飞扬。
③褵褷：音离施。〔赵注〕木华《海赋》："兔雏褵褷。"李善注："毛羽始生之貌。"〔富注〕羽毛濡湿黏合之状。

④查同楂。古查：旧木筏。〔赵注〕《玉篇》："楂，水中浮木，一作查。"江总《山庭春日》："古查横近涧，危石筚前洲。"

评　笺

杨逢春《唐诗偶评》："只状鸬鹚之衔鱼耳，分作三层描写，由没而出，由出而立，且骤看讶其独立，谛见乃知其衔鱼，曲曲传神，真写生妙手。至红莲、青蒲、古楂等字，则又其着色处也。"

俞陛云《诗境浅说》："甫入芙蕖影里，旋出蒲藻丛中，善写其凫没鸢举之态。鸬鹚之飞翔食息，于四句中尽之，善于体物矣。"

《王摩诘诗评》："刘云：（清浦飐句下）可哂！"

黄培芳《唐贤三昧集笺注》："开后人咏物之门。"

富寿荪《千首唐人绝句》："非临水静观，手摹心追，不能写得如此神态毕露。"

上 平 田①

朝耕上平田，暮耕上平田。借问问津者，宁知沮溺贤②！

①上平田：皇甫岳隐居躬耕的田地名。

②"宁"，唐诗正音作"谁"。〇《广释词》："宁，犹何也，谁也。"《论语·微子》："长沮、桀溺耦而耕（二人协同耕作。皇侃谓二人并耜而耕为耦耕。郭沫若谓一人在前面用来起土，另一人在后面碎土为耦耕。此处可从郭说）。孔子过之使子路问津（渡口）焉。长沮曰：'夫执舆者为谁？'子路曰：'为孔丘。'曰：'是鲁孔丘与？'曰：'是也。'曰：'是知津矣。'问于桀溺，桀溺曰：'子为谁？'曰：'为仲由。'曰：'是鲁孔丘之徒与？'对曰：'然。'曰：'滔滔（纷乱如洪水）者，天下皆是也，而谁以易之？且尔与其从避人（无道之人）之士也，岂若从避世之士哉！'耰（击碎土块）而不辍。"生按：此以贤士、隐者誉皇甫岳，问奔波仕途者有谁知道避世躬耕的高尚情操。

评　笺

《王摩诘诗评》："刘云：语调并高。"

萍　池

春池深且广，会待轻舟回①。靡靡绿萍合②，垂杨扫复开③。

①《语辞汇释》："会，犹当也，应也，有时含有将然语气。"生按：此处作将解。

②靡。音迷。《诗·王风·黍离》："行迈靡靡，中心摇摇。"毛苌传："靡靡，犹迟迟也。"

③"开"，纬本、凌本作"归"。

评　笺

《王摩诘诗评》："刘云：每每静意，得之偶然。"

俞陛云《诗境浅说》："池水不波，轻舟未动，水面绿萍，平铺密合，偶为风中杨柳低拂而开，开而复合。深得临水静观之趣。此恒有之景，惟右丞能道出之。"

宋顾乐《唐人万首绝句选》："即景点染，恐人即目失之。"

富寿荪《千首唐人绝句》："写绿萍之屡开屡合，不特为春池点景，尤能为待舟者传悠然静竚之神，可谓诗中有画，画中有人。"

陈铁民说："以春池中绿萍几不可见的微细浮动，刻画出了环境的幽静。"（《王维新论》）

萧弛说："只有处于极度悠闲的心境中，才能默默地欣赏大自然中这些生机，并从中感到生活的情趣。"（《中国诗歌美学》）

胡遂说："王维的心境极为淡泊、虚静，经常处于一种禅观的状态，所以触处皆见性，触处皆是美。对于大自然的律动，他有一种会心的、灵敏度超过前代和同代诗人的感觉。"（《中国佛学与文学》）

　　生按："万物静观皆自得"，闲静如王维，才能观赏、领略到后两句的意趣。

辋 川 集 并序①

　　余别业在辋川山谷，其游止有孟城坳、华子冈、文杏馆、斤竹岭、鹿柴、木兰柴、茱萸沜、宫槐陌、临湖亭、南垞、欹湖、柳浪、栾家濑、金屑泉、白石滩、北垞、竹里馆、辛夷坞、漆园、椒园等，与裴迪闲暇各赋绝句云耳②。

　　此集诗歌作于天宝三载营辋川别业之初。

　　①〔赵注〕《新唐书》本传称，维尝聚其田园所为诗，号《辋川集》者，即此二十首，是盖当时自为一怏耳。

　　②元刊本漏列"木兰柴"，述古堂本"辛"误作"新"。○绝句：五言或七言四句短诗。胡应麟《诗薮·杂编》："宋刘昶入魏作断句，诗云：'白云满郫来，黄尘暗天起。关山四面绝，故乡几千里。'按此即今绝句也，绝句之名当始此。以仓猝信口而成，止于四句，而篇足意完，取断绝之义，因相沿为绝句耳。"沈祖棻说：绝句得名由于联句。晋代的联句是每人各做五言二句。东晋末年发展为每人各做五言四句，这种形式南北朝时已成为定型。与联句相对，当时出现了绝句这一名称（见《南史·文学传·檀超传》）。原来当时的诗人们认为：有两人以上同作一诗，一人先作四句，其他的人每人续作四句，如此蝉联而下成为一篇，就是连句或联句（见《宋书·谢晦传》）；如果一人先作四句，无人续作或续而不成，则仅有的四句，就被称为断句或绝句了（见《南史·宋文帝诸子列传·刘昶》）。梁简文帝有《咏灯笼绝句》，已作为一种诗体写入题中。齐梁以来，在律诗出现的同时，绝句也日趋律化，一般地也要遵守律诗的诸规律，以致元明人有误以为绝句是截律诗之半而成的，如徐师曾《文体明辨》等。（《唐人七绝诗浅释》）

孟城坳①

新家孟城口，古木馀衰柳②。来者复为谁？空悲昔人有③。

①坳：音熬。《正韵》："坳，室下地。"樊维岳说：孟城坳今名官上村，属南朝宋武帝北伐时所建"思乡城"旧址，这一带辋水最为宽阔。

②〔陈注〕谓只见衰柳而不见昔日植柳之人。

③来者：将来拥有这处别业者。空：徒然。

评　笺

《王摩诘诗评》："刘云：'复为'二语，如此俯仰旷达不可得。○顾云：王公辋川诸诗，近事浅语，发于天然，郊、岛辈十驾何用！"

《唐诗别裁集》："言后我来者不知何人，又何必悲昔人之所有也，达人每作是想。"

徐增《而庵说唐诗》："此达者之辞。我新移家于孟城坳，前乎我，已有家于此者矣，池亭台榭，必极一时之胜。今古木惟余衰柳几株，吾安得保我身后，衰柳尚有余焉者否也。后我来者，不知为谁；后之视今，亦犹吾之视昔，空悲昔人所有而已。"

高棅《唐诗正声》："吴云：寄慨来者，感兴自深，流利清婉。"

李瑛《诗法易简录》："四句中无限曲折，含蓄不尽。"

宋顾乐《唐人万首绝句选》："淡荡人作淡荡语，所以入妙。格调峻整，下二句一倒转，便不成语矣，所以诗贵调度得法。"

富寿荪《千首唐人绝句》："刘拜山云：新字、古字是全篇之脊，故下半转接不嫌突兀。"

陈允吉说："此诗究底包孕着的理旨，实际上就是佛教的'无常'、'无我'思想。从佛教缘起因果的观点看，现象界之一切尽处于迁流不居的变异之中，无有不变常住者，这是‘无常’。持‘无常’的观念去体察人生本相，人乃四大、五蕴诸元素的因缘假合，生命之存在只是上述元素刹那生灭的连续显现，人与一切有情众生，都没有一个常住不变、起着主宰作用的自我，故谓‘无我’。王维依其实际经遇，托兴咏怀，将自己信解的宗教义理，巧妙地灌输入这首小诗，达成了情、理与景物三者交叉互融的效果。”（《孟城坳》佛理发微）

葛晓音说：“用实写思来者、悲昔人，虚写悲今人，将古城衰柳勾起的感触，融入关于过去、现在、未来的哲理性思索中，启发人从眼前新与古的对比，想到新旧兴废的永恒循环，诗意比裴迪含蓄深永得多。”（《汉唐文学的嬗变》）

邱瑞祥说：“通过对历史人物、历史遗迹的咏叹，表露对‘无常’的深心体悟，以及所特有的冷静、客观而又平和的承认态度。”（《试论辋川集》中的佛家思想）

同　咏　　　　　　　　　　（裴　迪）

结庐古城下[①]，时登古城上。古城非畴昔[②]，今人自来往。

①结庐：构筑房屋。陶潜《饮酒》：“结庐在人境。”
②〔赵注〕《礼记·檀弓》：“予畴昔之夜，梦坐奠两楹之间。”郑玄注：“畴，发声也；昔，犹前也。”

评　笺

《王摩诘诗评》：“刘云：未为不佳，相去甚远。”

李攀龙《唐诗训解》：“语极古拙，寄慨非浅。”

杨士弘《批点唐音》：“此亦王维意，但语兴轻浅。”

李慈铭《万首唐人绝句选》批：“王裴二公诸作皆须合读，愈见其佳，分别选出，便减神味。”

华子冈①

　　飞鸟去不穷，连山复秋色②。上下华子冈，惆怅情何极③！

　　①王维《山中与裴秀才书》："夜登华子冈，辋水沦涟，与月上下；寒山远火，明灭林外；深巷寒犬，吠声如豹；村墟夜舂，复与疏钟相间。此时独坐，僮仆静默。多思曩昔，携手赋诗，步仄径，临清流也。"
　　②〔怀注〕连山：重叠的山峦。复：又。
　　③惆怅：因失望而伤感。陶潜《归去来辞》："既自以心为形役，奚惆怅而独悲！"何极：谓没有穷尽，无法排遣。宋玉《九辩》："私自怜兮何极！"

评　笺

　　《王摩诘诗评》："刘云：萧然更欲无言。〇顾云：调古兴高，幽深有味，无出此者。"
　　张谦宜《絸斋诗话》："《华子冈》，根在上截。"
　　富寿荪《千首唐人绝句》："刘云：'上下'字与'惆怅'字相应，如见其人徘徊于秋山暮色中也。"
　　陈铁民说："此诗上截写景，以大笔勾画出寥阔无尽的境界；下截写情，抒发由空间的无穷触发的无限惆怅之情，两者互相融合。"（《王维新论》）
　　葛晓音说："飞鸟远去似乎永远飞不到尽头，连山的秋色也同样杳无边际。这是以空间的无极烘托人在登临时的无限惆怅。由于诗人仅用虚线勾勒轮廓，因而使情与景都融合于无限开阔杳远的境界中。"（《汉唐文学的嬗变》）
　　陈允吉说："《华子冈》：'飞鸟去不穷，连山复秋色'，意在示现世界万类的瞬息迁灭。《华严经》说过'了知诸法寂灭，如鸟飞空无有迹'。此即对'无常'作出形象化的演绎。"（《孟城坳》佛理发微）
　　张节末说："飞鸟是许多佛经中均可见的一个譬喻。《增一阿含经》：'如鸟飞空，无有挂碍'。《涅槃经》："如鸟飞空，迹不可寻。"王维诗中的飞鸟是飞去无踪迹，刹那变迁，飞去不飞回的。飞鸟意象是超绝（'无迹'）的、寂灭的，它是自然之空性的直观。王维将佛教典故溶入所创造的艺术形象，几臻天衣无缝的境界。读者可以将'飞鸟无迹'与空观发生联想；若把飞鸟句读作一个直观意象，不会妨碍他欣赏诗的美感。"（《禅宗美学》）

同　咏　　　　　　　　　　　（裴　迪）

落日松风起，还家草露晞①。云光侵履迹②，山翠拂人衣③。

①"晞"，述古堂本、元刊本作"稀"。○《诗·秦风·蒹葭》："白露未晞。"毛苌传："晞，干也。"

②云光：霞光。鲍照《征兆世子诞育上表》："云光丽辉，岩泽昭采。"《语辞例释》："侵，映照。"履迹：足迹。

③山翠：翠绿的山色。庾肩吾《奉和春夜应令》："水光悬荡壁，山翠下添流。"

评　笺

贺贻孙《诗筏》："裴迪《谒操禅师》云：'有法知染，无言谁敢酬。鸟飞争向夕，蝉噪已先秋。'《游化感寺》云：'入门穿竹径，留客听山泉。鸟啭森林里，心闲落照前。'《华子冈》云云。此等语置之摩诘集中，殆不能复辨，岂独风气使然耶！"

黄培芳《唐贤三昧集笺注》："刘云：第三句费力。"

郁贤皓说："一幅有声有色、动静相宜的画面，笔墨疏淡，蕴涵丰富，字字入禅，句句神韵，比王维原作似还高出一筹。"（《唐诗经典》）

师长泰说："王诗触景生情，神与境合，而裴诗寓情于景，情景浑融，较之王诗，似更含蓄有味。"（《辋川集》王裴五绝诗比较）

陶文鹏说："写景绘声绘色，景中饱含诗人对华子冈眷恋不舍之情。但后二句意境不及'山路元无雨，空翠湿人衣'空灵高远。"（《唐代文学史》）

文 杏 馆

文杏裁为梁^①，香茅结为宇^②。不知栋里云^③，去作人间雨。

①文杏：银杏，白果树。〔赵注〕司马相如《长门赋》："刻木兰以为榱兮，饰文杏以为梁。"［富注］《西京杂记》："初修上林苑，远方各献名果异树，杏二：文杏、蓬莱杏。"生按：传为王维手植的一株银杏，至今依然生长在文杏馆旧址前，苍劲挺拔。经测定，树属雌性，高二十余米，直径一点八米。裁：截断制作。

②〔赵注〕《吴都赋》："食葛香茅。"生按：《本草纲目》："香茅一名菁茅，一句琼茅，生湖南及江淮间，叶有三脊，其气香芳。"《水经注·湘水》："泉陵县（今湖南零陵）有香茅，气甚芬芳，言贡之（楚贡周王）以缩（滤）酒也。"结：编扎。宇：屋面。《汉书·郊祀志》："五帝庙同宇。"颜师古注："谓屋之覆也。"

③〔赵注〕郭璞《游仙诗》："云生梁栋间，风出窗户里。"生按：不知，不意。作，为。

评　笺

张谦宜《絸斋诗话》："《文杏馆》，力注下截。"

黄培芳《唐贤三昧集笺注》："当是馆在空山中，景色虚旷可想。"

李瑛《诗法易简录》："玩诗意，馆应在山之最高处。首二句写题面，三、四句写出其地之高。山上之云自栋间出而降雨，人犹不知，则所居在山之绝顶可知。"

葛晓音说："栋里云飞到人间化而为雨的优美遐想，将本因高远而与山外阻隔的文杏馆与人间联系起来，令人联想到诗人洁身自好却又不愿高蹈出世的精神境界。"（《山水田园诗派研究》）

师长泰说："前二句从偏见全，突出文杏馆的精美芳洁，后二句则纯用虚笔，借助于云气出栋化为雨水降落人间的优美想象，不仅写出文杏馆处地高峻，而且为馆舍增添神秘飘逸气氛，从而虚实相生地表现了文杏馆幽

深清绝的境界。"(《〈辋川集〉王裴五绝诗比较》)

同　咏　　　　　　　　　　（裴　迪）

迢迢文杏馆，跻攀日已屡①。南岭与北湖，前看复回顾②。

①跻：音基。《说文》："跻，登也。"屡：多次。
②《广韵》："顾，回视也。"

评　笺
师长泰说："一路如实写来，读之诗味索然。"（同前诗）

斤 竹 岭①

檀栾映空曲②，青翠漾涟漪③。暗入商山路④，樵人不可知⑤。

①《集韵》："箮，竹名，通作斤。"《本草》集解："《竹谱》：箮竹，坚而促节，体圆质劲，皮白如霜，大者宜刺船，细者可为笛。"
②左思《吴都赋》："其竹檀栾婵娟。"吕向注："皆美貌。"颜延之《应诏观北湖田收》："金驾映松山。"李善注："映，犹蔽也。"空曲：空寂曲折的山阜。《梁书·陶弘景传》："句曲山中，周回一百五十里，空曲寥旷。"
③漾：摇动。涟漪：音连倚。左思《吴都赋》："濯明月于涟漪。"刘良注："风行水成文曰涟漪。《诗》曰：河水清且涟漪。"生按：观裴迪同咏诗，则岭侧有溪。或解为风摇起竹浪，存参。
④商山：在蓝田县东南的商县之东。《汉书·王贡传》："汉兴，有东园公、绮里季、夏黄公、冉里先生，此四人者，当秦之世避而入商雒深山。"〔霍注〕极状斤竹岭之幽僻。

评 笺

顾可久按："摹写竹深处，正不在雕琢。"

张谦宜《絸斋诗话》："《斤竹岭》呼吸甚紧。"

陶文鹏说："诗人深沉感慨这条通向商山的小路是樵夫不能知的，便使小路具有一种象征的含义，含蓄地抒写出诗人对隐居生活的神往和对世俗功利的厌倦。"（《唐代文学史》）

师长泰说："后二句由实入虚，想象斤竹林直向渺远的商山路延伸，展现出斤竹林勃发旺盛的生机和幽深莫测的景象。"（同前诗）

同 咏

（裴 迪）

明流纤且直①，绿筱密复深②。一径通山路，行歌望旧岑③。

①纤：音迁，曲。宋玉《高唐赋》："水澹澹而盘纡。"张铣注："水回屈缓流之貌。"《广释词》："且，犹复、又也。"

②筱：音小。〔赵注〕《说文》："筱，小竹也。"谢灵运《过始宁墅》："白云抱幽石，绿筱媚清涟。"

③行歌：边行走边歌唱。《后汉书·朱买臣传》："行歌道中"。岑：音辞恩切。《尔雅·释山》："山小而高，岑。"

评 笺

师长泰说："一径通山路"与"暗入商山路"，虚实有别，境界殊异。（同前诗）

鹿 柴①

空山不见人，但闻人语响。返景入深林②，复照青苔上③。

①〔赵注〕柴，音与砦同，一作寨，栅也。凡师行野次，立木为区落，谓之柴。别墅有篱落者，亦谓之柴。〔郁注〕鹿柴为形似鹿角的篱落，此指有篱落的村墅。生按：《广韵》："砦，羊栖宿处。"鹿柴似本为养鹿之处，此诗写其旁之山林景色。

②《说文》："景，日光。"《纂要》："日西落，光反照于东，谓之反景。"刘孝绰《侍宴集贤堂应令》："返景入池林，余光映泉石。"

③"苔"，赵注本一作"莓"。○〔徐说〕早间已斜照过一次，故云复照。

评　笺

《王摩诘诗评》："刘云：无言而有画意。○顾云：此篇写出幽深之景。"

唐汝询《唐诗解》："'不见人'，幽矣；'闻人语'，则非寂灭也。景照青苔，冷淡自在。摩诘出入渊明，独辋川诸作最近，探索其趣，不拟其词。如'结庐在人境，而无车马喧'，喧中之幽也；'空山不见人，但闻人语响'，幽中之喧也。如此变化，方入三昧法门。"

李东阳《怀麓堂诗话》："诗贵意，意贵远不贵近，贵淡不贵浓。浓而近者易识，淡而远者难知。王摩诘'返景入深林，复照青苔上'，淡而愈浓，近而愈远，可与知者道，难与俗人言。"

《唐诗归》："钟云：'复照'，妙甚。"

《唐诗别裁集》："佳处不在语言，与陶公'采菊东篱下，悠然见南山'同。"

施补华《岘佣说诗》："辋川诸五绝，清幽绝俗，其间'空山不见人'、'独坐幽篁里'、'木末芙蓉花'、'人闲桂花落'四首尤妙，学者可以细参。"

刘大勤《师友诗传续录》："问：右丞《鹿柴》《木兰柴》诸绝，自极淡远，不知移向他题，亦可用否？答：摩诘诗如参曹洞禅，不犯正位，须参活句，然钝根人学渠不得。"

吴瑞荣《唐诗笺要》："景到处有情，情到处生景。可思不可象，摩诘真五绝圣境。"

张谦宜《絸斋诗话》："《鹿柴》，悟通微妙，笔足以达之。'不见人'

之人，即主人也，故能见返照青苔。”

　　李攀龙《唐诗训解》：“不见人，幽矣。闻人语，则非寂灭也。景照青苔，冷淡自在。”

　　李瑛《诗法易简录》：“人语响，是有声也；返景照，是有色也。写空山不从无声无色处写，偏从有声有色处写，而愈见其空。严沧浪所谓‘玲珑剔透’者，应推此种。沈归愚谓其‘佳处不在语言’，然诗之神韵意象，虽超于字句之外，实不能不寓于字句之间，善学者须就其所已言者，而玩索其不言之蕴，以得于字句之外可也。”

　　黄叔灿《唐诗笺注》：“不见人，闻人语，以林深也。林深少日，易长青苔，而反景照入，空山阒寂，真麋鹿场也。”

　　徐增《而庵说唐诗》：“不见人，是非有；人语响，是非无。人语可闻，人定不远，而偏云不见人，非人不可得而见，而语可得而闻也，盖见落形质，闻如虚空，虚空则圆通无碍，此方以声音作佛事。”

　　杨逢春《唐诗偶评》：“通首只完得‘不见人’三字，偏写得寂中喧，无中有，解此语妙，方不落枯寂。语似逐句转，意却一气下，备禅家杀活纵夺之法。”

　　俞陛云《诗境浅说》：“前二句，已写出山居之幽景。后二句言，深林中苔翠阴阴，日光所不及，惟夕阳自林间斜射而入，照此苔痕，深碧浅红，相映成采。此景无人道及，惟妙心得之，诗笔复能写出。”

　　章燮《唐诗三百首注疏》：“首二句见辋川中林木幽深，静中寓动。后二句有一派天机，动中寓静。诗意深隽，非静观不能自得。”

　　富寿荪《千首唐人绝句》：“清迥幽渺，开前人未有之境界。”

　　刘铁冷《作诗百法》：“五绝宜用平韵，用仄韵则近五古矣。不知用平韵不如用仄韵之雅，用平韵不如用仄韵之朴。唐人故多有用之者，如王维之《鹿柴》，贾岛之《寻隐者不遇》真上乘也。”

　　朱光潜说：“这首诗俨然是画境，是从混整的悠久而流动的人生世相中摄取来的一刹那，一片段。本是一刹那，艺术灌注了生命给它，它便成为终古。诗人在一刹那中所心领神会的，便获得一种超时间性的生命，使天下后世人能不断地去心领神会。本是一片段，艺术予以完整的形相，它便成为一种独立自足的小天地，超出空间性而同时在无数心领神会者心中显现形相。”（《诗论》）

　　周振甫说："写空山、深林、日光返照青苔，还听到人语，作者的思想感情没有直接写出。但从这些景物中间，显出环境的幽静，作者心情的安闲，所以他才会注意到'返景入深林，复照青苔上'。这是从写的景物中透露心情，也就是用形象来表达情思的形象思维。"（《诗词例话》）

　　马茂元说："这诗容量极大。上二句以若隐若现的人语声反衬空山的幽静，以动显静；下二句以青苔上的一束反照，显示深林的空寥，以有衬无。连系二者的是对生命、时空的苦苦讨究。"（《唐诗三百首新编》）

　　葛晓音说："夕阳的暖色淡淡地罩在阴寒的青苔上，更衬出空山中的幽冷。山谷中传来人语的回响，愈显出深林里人迹罕至的寂静。画面色调的冷暖互衬，与画面内外的动静对比相互烘托，使有限的画面延伸到画外无限的空间，因而蕴含着可以想见的无穷意趣。"（《山水田园诗派研究》）

　　张福庆说："《辋川集》中，诗人着意追求和表现的，则是自我心灵与山水自然之间的互化。这里的'空'字，既是诗人对于山水自然的一种审美尺度，也是他自己心灵世界的一种向往和追求。当大自然中清幽寂静的山水恰恰可以成为他空寂心境的写照时，他便在自然境界中发现了自我。《鹿柴》所描写的清冷空寂的画面，可以做如是观。"（《唐诗美学探索》）

　　陶文鹏说："写空山不从无声无色处写，偏从有声有色处着笔。尤其后二句，妙笔绘出前人未曾表现之景，更比裴诗技高一筹。"（《唐代文学史》）

　　叶维廉说："不是所有具有山水描写的诗便是山水诗。称某一首诗为山水诗，是因为山水解脱其衬托的次要作用，而成为诗中美学的主位对象，本样自存。王维的诗（《鹿柴》《鸟鸣涧》《辛夷坞》），景物自然兴发与演出，作者不以主观的情绪或知性的逻辑介入，去扰乱眼前景物内在生命的生长与变化的姿态；景物直观者面前。（这是山水诗）"（《中国诗学》）

　　张节末说："王维长于以空的直观来感受这个世界（集中收古近体诗441首，共出现'空'字84次）。他诗里的'空山'有大、深、静、幽、净、虚诸义。此'空'字与般若空观有密切的联系。山之空是人对它静观的结果，而不止是视觉上的大或深。空山与人相关，是禅观自然。"（《禅宗美学》）

　　陈允吉说："作者一开始就着眼于描写'空山'的意境，正是为了以此说明自然界的空虚；在寂静的深林中添上一笔返照的回光，也是极力强调自然现象不过是瞬息即逝的幻觉。《金刚般若经》说：'凡所有相，皆是

虚妄',与这首诗所寄托的理念,是相通一致的。"(《论王维山水诗中的禅宗思想》)

袁行霈说:"远处的人语衬托着山的空寂,密林里漏下一线落日的返照。那微弱的光洒在碧绿的苔藓上,显得多么冷清;青苔对这阳光并不陌生,黎明、亭午都曾受过它的照射。现在到了黄昏,它又照来了。然而这次复照,它的亮度、热度和色调都发生了变化。这青苔返照如同一个象征,使人想到大千世界就这样不知不觉地生生灭灭,无有常住。禅宗重视'返照'的功夫,'返景入森林,复照青苔上'所用的字面也使人联想到禅宗的教义。而诗里所体现的清静虚空的心境,更是禅宗所提倡的。"(《中国诗歌艺术研究》)

周裕锴说:"王、孟诗派意境的深远不在于语义的复杂和结构的曲折,而在于语言指向的空虚悠远,在于意象传达出来的感受的微妙精深,在于不作言说留下的空白与回味。《鹿柴》诗中那复照青苔的林间阳光,不都是因既体现着诗人的心境又展示着宇宙的空无与永恒而令人回味无穷吗"?(《中国禅宗与诗歌》)

邱瑞祥说:"就诗的艺术表现而言,它描绘的是一幅优美宁静的夕阳晚照图。但当感受到那般幽深静谧之气时,更可以深层体悟到那无常、虚幻的情绪。人语是一种存在,人一旦离去,人语也就不再存在。夕阳非常驻之物,被它辉映的美丽景色也是短暂的。世间万物都是如此的存在而又不存在,如此的无常、虚幻。这是'五蕴皆空,六尘非有'的形象的表露。"(《辋川集中的佛家色彩》)

同　咏　　　　　　　　　　(裴　迪)

日夕见寒山,便为独往客①。不知松林事②,但有麏麚迹③。

①独往客:《文选·江淹杂体诗》李善注:"淮南王《庄子略要》曰:江海之士,山谷之人,轻天下,细万物,而独往者也。"
②"松",纪事、万首绝句、活字本、久本作"深"。
③麏麚:音君加。麏:同麋。《说文》:"麋,獐也。麚,牡鹿也。"

〔赵注〕刘绘《咏博山香炉》："蔑龘或腾倚，林薄杳芊眠。"

评　笺

吴昌祺《删订唐诗解》："与麋鹿为群，甚言山林之无事。"

王士禛《唐人万首绝句选》："李慈铭批：王诗清空，裴诗寒寂，各极其妙。"

葛晓音说："裴诗从山外往里写，既不知深林里更深一层的幽趣，人在山中的意兴又一览无余，所以写得虽空，反而使诗意过于坐实。"（《汉唐文学的嬗变》）

陶文鹏说："借一行獐鹿足迹，显示鹿柴的幽僻，构思甚妙。王诗比裴诗技高一筹。"（《唐代文学史》）

师长泰说："王诗于题外属辞，未点出鹿，诗境含蓄，裴诗就题命意，就鹿写实，诗境直露。"（同前诗）

木 兰 柴①

秋山敛余照②，飞鸟逐前侣。彩翠时分明③，夕岚无处所④。

①木兰：又名玉兰。落叶小乔木，与辛夷同类，大者可高至二三丈。叶卵形，经冬不凋，至开花前落尽。花大，有白色、浅红、淡黄，春分前后开放，花期约一周。

②敛：收。余照：落日的余晖。谢朓《和萧中庶直石头诗》："川霞旦上薄，山光晚余照。"

③"翠"，蜀刻本作"峰"，误。○彩翠：指秋山草木在夕照下所呈现的斑斓色彩。或释为鸟羽之色，不当。《送方尊师》'夕阳彩翠忽成岚'诗意相近。时：有时，时而。

④〔赵注〕宋玉《高唐赋》："风止雨霁，云无处所。"生按：岚：音兰，山中雾气。无处所：犹言无定处。二句写秋山在夕阳将落、余晖欲敛

时的刹那之景，此时橙黄色的阳光返照秋山，山头彩翠之色，随着雾气的飘荡变幻，而时隐时现。

评　笺

《王摩诘诗评》："刘云：犹是《鹿柴》之余。"

《唐诗归》："钟云：此首殊胜诸咏，物论恐不然。"

黄培芳《唐贤三昧集笺注》："顾云：是咏木兰柴一时景色逼人，造化尽在笔端矣。"

许学夷《诗源辩体》："摩诘诗：'彩翠时分明，夕岚无处所'，诗中有画者也。"

王士禛《带经堂诗话》："余两使秦、蜀，其间名山大川多矣，经其地始知古人措语之妙。如右丞'秋山敛余照'，二十字真为终南写照也。"

宋顾乐《唐人万首绝句选》："令人心目俱远。"

富寿荪《千首唐人绝句》："刘评：写霎时所见，备极变幻，所谓'状难写之景如在目前'。（《沧浪诗话》）"

马茂元说："这诗所写，即陶潜《饮酒》'山气日夕佳，飞鸟相与还'之意。但它却像一幅着色的小画，把这一瞬即逝的日落时山中的绚丽景色描绘出来了。"（《唐诗三百首新编》）

陈铁民说："一幅绚烂明丽的秋山夕照图：秋山上的夕阳逐渐收敛它的余光，归林的鸟儿联翩相逐而飞，满山秋叶在夕阳中时或显露其斑斓色彩，夕岚在山间流动，无有定处。秋色佳丽，美不胜收，诗人置身其中，心情是愉快的。"（《王维新论》）

葛晓音说："宋之问《见南山夕阳》：'夕阳黯晴碧，山翠互明灭'，这样明丽的色调，对王维《木兰柴》等诗的影响，是显而易见。"（《唐前期山水诗演进的两次复变》）

吴功正说："在诗的审美境界上，产生了闪动明灭、恍惚迷离之美。'彩翠'二句，景象的陆离状态正体现了它的不确定性，从而出现严羽《沧浪诗话》所说的'羚羊挂角、无迹可寻'的审美境界。"（《唐代美学史》）

霍有明说："夕阳西下，余晖在山。着一'敛'字，不仅再现出余晖的照射变幻不定，而且将秋山也变为人格化的主体，似乎它也无限珍惜这

转瞬将逝的霞光。"(《论唐诗繁荣与清诗演变》)

李泽厚说:"禅宗非常喜欢与大自然打交道,它所追求的那种淡远心境和瞬刻永恒,经常假借大自然来使人感受或领悟。""那永恒既凝冻在这变动不居的外在景象中,又超越了这外在的景物而成为某种奇妙感受,某种愉悦心情,某种人生境界。"(《美的历程》)

陈允吉说:"它用闪烁明灭的笔法,写到了夕阳的余光在秋山上收敛了,天空中竞相追逐着的飞鸟消逝了,一时看到彩翠分明的山色又模糊了,自然界所呈现的各种现象,都是随灭,仿佛只是在感觉上倏忽之间的一闪,如同海市蜃楼那样,不过是变幻莫测的假象。"(《论王维山水诗中的禅宗思想》)

胡遂说:"在他的不少山水诗中,就常常通过对自然景物的观照,表现出深邃精致的'色空一如'思想,如《木兰柴》正是通过夕照中的飞鸟、山岚与彩翠的明灭闪烁、瞬息变幻的奇妙景色,来表达出事物都是刹那生灭、无常无我、虚幻不实的深深禅意的。"(《中国佛学与文学》)

同　咏　　　　　　　　　　　(裴　迪)

苍苍落日时,鸟声乱溪水[①]。缘溪路转深,幽兴何时已[②]!

①《释名·释言语》:"乱,浑也。"《荀子·解蔽》:"学乱术"。杨倞注:"乱,杂也。"
②幽兴,深远高雅的兴趣。

评　笺

黄培芳《唐贤三昧集笺注》:"有幽深之情。"

宋顾乐《唐人万首绝句选》:"(前)十字画亦不到,如有清音到耳。"

管世铭《读雪山房唐诗钞》:"裴迪辋川唱和,不失为摩诘劲敌。"

陈铁民说:"写辋川的幽美景色和诗人流连山水的闲情逸致,都不事雕饰,清新自然,笔墨简淡而饶有情味。"(《王维新论》)

陶文鹏说:"虽稍逊王,却是别开生面的佳构。"(《唐代文学史》)

茱 萸 沜①

结实红且绿，复如花更开②。山中倘留客，置此茱萸杯③。

① 〔赵注〕《图经本草》："茱萸今处处有之，江淮蜀汉尤多。木高丈余，皮青绿色，叶似椿而阔厚，紫色。三月开红紫细花，七月八月结实，似椒子，嫩时微黄，至熟则深紫。"生按：《玉篇》："沜，泮古文。"《诗·卫风·氓》："隰则有泮。"释文："泮读为畔"。

②《集韵》："复，又也。"《正字通》："更，再也。"

③ "茱萸杯"，蜀刻本、纪事、活字本、凌本、纬本、全唐诗作"芙蓉杯"。○置：设。茱萸杯：指茱萸酒。晋代以来有采茱萸泡酒饮用（尤其是重阳）的风俗。《异苑》："宗协且服茱萸酒。"阎朝隐《奉和九日幸临渭亭登高》："愿因茱菊酒，相守百千年。"

评 笺

王摩诘诗评："刘云：自在。"

同 咏 （裴 迪）

飘香乱椒桂①，布叶间檀栾②。云日虽回照③，森沉犹自寒④。

①《释名·释言语》："乱，浑也。"谓香味犹如椒、桂。

②檀栾：竹美好貌，此代指竹。谓叶与竹叶相杂。

③云日：偏义复词，指日光。回照：返照。

④森沉：林木茂密幽深。谢灵运《山居赋》："灌木森沉以蒙茂。"

评 笺

黄培芳《唐贤三昧集笺注》："绿树重荫之状可想。"

宋顾乐《唐人万首绝句选》:"置身深林中,人人看得出,人人说不出。"

刘永济说:"裴迪《辋川》各诗,其佳者可与王维并美,《华子冈》《茱萸沜》是也。"(《唐人绝句精华》)

陶文鹏说:"以虚拟的椒桂形容茱萸飘香,借苍翠的修竹衬托茱萸的繁茂,最后牵一缕云里回照下来的日光,反衬茱萸沜的森沉幽冷,此首确胜于王诗。"(《唐代文学史》)

宫槐陌①

仄径荫宫槐②,幽阴多绿苔。应门但迎扫③,畏有山僧来④。

①《周礼·秋官·朝士》载,周代在朝廷前植三槐,后世皇宫中也多植槐,故称宫槐。萧绎《漏刻铭》:"宫槐晚合,月桂宵晖。"陌:道路。

②"仄",述古堂本、元刊本作"灰",误。○仄:古侧字,狭窄。荫:遮盖。

③"应",述古堂、元刊本作"膺",误。疑原作"鹰"。○应门:守候门户的人。李密《陈情表》:"内无应门五尺之童。"但:只管。

④畏:犹"恐怕",含有期待意。

评　笺

顾可久按:"衬出闲景闲情。"

萧弛说:"(仄径二句)色彩绿得发蓝,令人感到阴冷和空虚。"(《中国诗歌美学》)

同　咏　　　　　　　　　　　　　　　　(裴　迪)

门前宫槐陌①,是向欹湖道②。秋来山雨多③,落叶无人归。

① "前"，元刊本作"南"。

② 欹音崎。《广韵》："欹，不正也。"欹湖：或因岸势斜曲得名。

③ "山"，品汇作"风"。

评 笺

杨士弘《批点唐音》："顾云：此篇景兴造语皆清。"

吴昌祺《删订唐诗解》："不让右丞，即景而见境之幽也。"

黄培芳《唐贤三昧集笺注》："幽峭。"

宋顾乐《唐人万首绝句选》："徘徊欲绝。"

俞陛云《诗境浅说》："裴迪与右丞倡和，如《鹿柴》《茱萸沜》诸诗，皆质朴而少余味，其才力未能跨越右丞也。此作虽仅言秋来落叶，而写萧寥景色，有遁世无闷之意，与右丞'涧户寂无人，纷纷开且落'，诗意相似。"

陶文鹏说："写萧寥之景，也颇精彩。"

临 湖 亭

轻舸迎上客①，悠悠湖上来②。当轩对樽酒③，四面芙蓉开④。

① "上"，《全唐诗》一作"仙"。○舸：音个（上声）。〔赵注〕《方言》："南楚江湘，凡船大者谓之舸。"生按：《玉篇》："舸，船也。"轻舸当是小船。

② 《诗·小雅·车攻》："悠悠旆旌。"朱熹传："悠悠，闲暇之貌。"

③ 当：临。谢瞻《答灵运》："开轩灭华烛，月露浩已盈。"李善注："轩，窗也。"《玉篇》："樽，酒器。"

④ 《尔雅·释草》："荷，芙蕖。"郭璞注："别名芙蓉。"

评 笺

顾可久按："远景弥幽，近景乃即，澹适乃尔，意兴极玄。"

师长泰说:"从虚出实,不写亭子本身,而写轻舟迎客,临窗畅饮,以及湖面盛开的莲花,虚映出临湖亭美好动人的风姿。"(同前诗)

同　咏　　　　　　　　　　　(裴　迪)

当轩弥泯漾①,孤月正徘徊②。谷口猿声发,风传入户来。

①弥:满,遍。《集韵》:"泯,水深广貌。"《正字通》:"漾,水摇动貌。"曹植《节游赋》:"望洪池之泯漾。"弥泯漾:谓窗中望去,一派微波。

评　笺

唐汝询《唐诗解》:"亭宜玩月,地或闻猿,耳目之绝尘可想。"王尧衢《唐诗合解》:"水光映月,临湖玩之,徘徊其间而不能去,绝好清景。"

南　垞①

轻舟南垞去,北垞淼难即②。隔浦望人家③,遥遥不相识。

①垞:音茶。〔赵注〕《集韵》:"垞,小丘。"
②淼:音渺。《说文新附》:"淼,大水也。"淼难即:谓水势辽远,可望而不可接近。
③浦:此指湖水。张正见《泛舟横大江》:"舟移历浦月,棹举湿春衣。"

评　笺

俞陛云《诗境浅说》:"此诗纯咏水乡。舟行南垞,见北垞之三五人家,境映于波光林霭间,一水盈盈,可望而不可即。写水窗闲眺情景,如身在轻桡容与中也。"

　　徐用吾《精选唐诗分类评释绳尺》："独景远俗。"

　　黄培芳《唐贤三昧集笺注》："顾云：摹写玄妙，不容更添一物。"

　　宋顾乐《唐人万首绝句选》："写得渺漫，如在目前。"

　　葛晓音说："王维不写南垞之景而只写在此远眺的兴致，从遥望北岸反写南垞，以民歌般天真的语调和情韵，表现对隔岸人家生活的向往，不但湖上清波淼漫的风光和天边远村人家的轮廓依稀可见，而且觉得分外兴会深长。"（《汉唐文学的嬗变》）

　　师长泰说："题为《南垞》，却从对面落笔，写北垞之渺远，欹湖之浩淼，使人从虚实映照之中，去想像南垞的优美景色。"（同前诗）

同　咏　　　　　　　　　　（裴　迪）

　　孤舟信风泊[1]，南垞湖水岸。落日下崦嵫[2]，清波殊淼漫[3]。

　　[1]"风"，蜀刻本、纪事、纬本、活字本、全唐诗作"一"。○信：任随。《韵会》："泊，止也。附舟于岸曰泊。"

　　[2]崦嵫，音奄兹。〔赵注〕《山海经·西山经》："鸟鼠同穴之山，西南三百六十里曰崦嵫之山。"郭璞注："日没所入山也。"

　　[3]《助学辨略》："殊，极也。"江总《明庆寺》："名山极历览，胜地殊留连。"淼漫：水流广远貌。左思《吴都赋》："滇泗淼漫。"

欹　湖[1]

　　吹箫凌极浦[2]，日暮送夫君[3]。湖上一回首[4]，青山卷白云[5]。

　　[1]见《宫槐陌》裴迪同咏注[2]。

②《吕氏春秋·论威》:"虽有江河之险,则凌之。"高诱注:"凌,越也。"《九歌·湘君》:"望涔阳兮极浦。"王逸注:"极,远也;浦,水涯也。"谓箫声悠扬,传向遥远水滨。或释为作者一同乘船越湖送客。存参。

③夫君:对男子的敬称,此指友人。《九歌·湘君》:"望夫君兮未来,吹参差(箫)兮谁思!"孟浩然《游精思观回》:"衡门犹未掩,伫立待夫君。"

④"首",述古堂本、元刊本、活字本作"看"。○〔怀注〕从朋友的回望来表现离情,新颖而别致。

⑤"青山",述古堂本、元刊本、活字本、凌本作"山青"。

评　笺

顾可久按:"前《临湖亭》迎客,此送客,各具足一时之景,极闲澹会情。"

唐汝询《唐诗解》:"摩诘辋川诗,并偶然托兴,初不着题模拟。此盖送客欹湖,而吹箫以别。回首白云,有怅望意。"

吴修坞《唐诗续评》:"末句无限深隋,却于景中写出。"

潘德舆《养一斋诗话》:"右丞'相送临高台','吹箫凌极浦',皆天下之奇作。"

师长泰说:"并不着题模拟,而于题外属词,青山白云与湖光相辉映,欹湖之美,自在言外。"(同前)

邱瑞祥说:"离别的情绪完全融入于湖光山色之中,没有感慨,没有议论,更没有伤感,更难让人体会那份'自我'的情识。"(《试论〈辋川集〉中的佛家色彩》)

邓安生说:"以神话境界写欹湖,后二句与钱起《省试湘灵鼓瑟》'曲终人不见,江上数峰青'意境相近。"(《王维诗选读》)

陈贻焮说:"《欹湖》《椒园》《送别》'山中'首诸作,境界精美,且一往情深,颇有哀怨之思,所受《楚辞》(尤其是《九歌》)的影响,也莫不隐约可辨。"(《论王维的诗》)

同　咏　　　　　　　　　　　　(裴迪)

空阔湖水广,青荧天色同①。艤舟一长啸②,四面来清风。

①［赵注］杨雄《羽猎赋》："眩耀青荧"。颜师古注："青荧，言其色青而有光荧也。"

②［赵注］艤同檥。《史记·项羽本纪》："乌江亭长檥船待。"孟康注："檥音蚁，附也。附船著岸也。"生按：《诗·召南·江有汜》："其啸也歌。"郑玄笺："啸，蹙口而出声。"《封氏闻见记》："激于舌端而清，谓之啸。"成公绥《啸赋》："动唇有曲，发口成音。触类感物，因歌随吟。"啸是蹙口吹出悠长清越的音调或歌曲，是魏晋以来名士表达思想感情的方式。大致表示卓荦傲放的是长啸，表示恬淡安适的是吟啸，表示兴致愉悦的是歌啸，表示情绪忧伤的是清啸。类似吹口哨。

评 笺

胡应麟《诗薮》："裴迪'艤舟一长啸，四面来清风'，语亦俊爽。而会孟（刘辰翁）鄙为不佳，此语当领略。"

师长泰说："就诗而论，不失为佳作。然句句写实，终觉味短。"（同前诗）

柳 浪

分行接绮树①，倒影入清漪②。不学御沟上，春风伤别离③。

①"分行"，凌本、纬本作"行分"。○绮树：茂美的树，此指柳树，谓其行行相接。［赵注］江淹《四时赋》："忆上国之绮树，想金陵之蕙枝。"

②漪：音伊。《初学记》："水波如锦文曰漪。"

③御沟：流经宫苑的沟渠，此处当指由唐长安皇城东溯龙首渠水（御沟之一支）经崇仁、胜业、安兴、永嘉、兴宁等坊，过通化门北直达灞桥的一段。《三辅黄图》："长安御沟，谓之杨沟，谓植杨（柳）于其上也。"生按：柳谐"留"音，古人有折柳送别，折柳寄远风俗，皆含依依惜别之

意。王之涣《送别》:"杨柳东门树,青青夹御河。近来攀折苦,应为别离多。"可为后二句注脚。

评 笺

邱瑞祥说:"前两句,写柳树的繁茂而清雅,平和而幽静。后两句,着意抹去柳树人化的意味,回复其自然之体陛。"(同前诗)

同 咏 (裴 迪)

映池同一色,逐吹散如丝①。结阴既得地,何谢陶家时②。

①吹:读去声,代指风。李峤《淮口阻风》:"夕吹生寒浦,清淮上暝潮。"乔知之《从军行》:"玉霜冻珠履,金吹薄罗衣。"

②结阴:连成绿荫。[霍注]"谢,逊色。"陶潜《五柳先生传》:"先生不知何许人也。亦不详其姓字,宅边有五柳树,因以为号焉。"

栾 家 濑①

飒飒秋雨中②,浅浅石溜泻③。跳波自相溅④,白鹭惊复下。

①濑:音赖。屈原《九歌·湘君》:"石濑兮浅浅。"洪兴祖注:"石濑,水激石间而怒成湍。"[陈注]指浅水从沙石上急速流过之处。

②飒:音萨。[陈注]飒飒,风声或雨声。此指雨声。

③浅:音坚。《集韵》:"浅浅,水疾流貌。"左思《魏都赋》"林薮石溜而芜秽。"张铣注:"石间有水曰石溜。"[赵注]谢朓《和何仪曹郊游》:"霍靡青莎被,潺湲石溜泻。"

④[高注]司马相如《上林赋》:"驰波跳珠"。

评 笺

《王摩诘诗评》："顾云：此景常有，人多不观，惟幽人识得。"

顾可久按："闲景闲情，岂尘嚣者所能领会。只平平写，景自见。"

陆时雍《唐诗镜》："古趣"。

俞陛云《诗境浅说》："秋雨与石溜相杂而下，惊起濑边栖鹭，回翔少顷，旋复下集。惟临水静观者，能写出水禽之性也。"

葛晓音说："后二句，以一连串分解动作的特写，便使幽静清冷的栾家濑充满了活泼的生趣。"（《山水田园诗派研究》）

郝世峰说："完全不涉及人的活动，水自流，波自赋，白鹭自起自落，一切都是那么自在自足，它们无意识无目的，自身就是一切。"（《隋唐五代文学史》）

王明居说："以物寄我。画面上见到的是物，但这种物却是诗人趣的显现。王维虽未露面，却流露出他那欢快的明朗的情绪色彩。"（《唐诗风格美新探》）

同　咏　　　　　　　　　　　（裴　迪）

濑声喧极浦，沿涉向南津①。汎汎凫鸥渡②，时时欲近人。

①"涉"，二顾本、凌本、赵本作"步"，误。从蜀刻本、述古堂本等。○沿涉：顺流涉水而行。《广韵》："沿，从流而下也。涉，徒行渡水也。"津：渡口。

②《广雅·释训》："汎汎，浮也。"凫：音符。《广韵》："凫，野鸭。"

评 笺

唐汝询《唐诗解》："机心已息，非我狎鸥，鸥自狎我。"

金 屑 泉

日饮金屑泉，少当千余岁①。翠凤翙文螭②，羽节朝玉帝③。

①《抱朴子·金丹》："夫丹之为物，烧之愈久，变化愈妙。黄金入火，百炼不消，埋之毕天不朽。服此二物，炼人身体，故能令人不老不死。"少当：至少当活。

②"翙"，述古堂本、元刊本、赵本作"翔"，从蜀刻本、活字本、全唐诗等。○〔赵注〕《拾遗记》："西王母乘翠凤之辇而来。"生按：翙，通翼。《集韵》："翙，一曰辅也。"螭：音蚩。《说文》："（龙）无角曰螭。"文螭：有文采的龙。王鉴《七夕观织女诗》："六龙奋瑶辔，文螭负琼车。"

③〔赵注〕羽节：谓羽盖、旄节，并是仙人之仪卫。《桓真人升仙记》："五色霞内见霓旌羽节，仙童灵官百余人。"生按：玉帝，道教崇奉的天帝，全称"昊天金阙无上至尊自然妙有弥罗至真玉皇大帝"，简称玉皇、玉帝。

评 笺

顾可久按："极状泉有仙灵气，藻丽中复飘逸。"

同 咏　　　　　　　　　（裴　迪）

潆淳澹不流①，金碧如可拾。迎晨含素华②，独往事朝汲③。

①潆淳：音营亭。《集韵》："潆，水回貌。水止曰淳。"《广雅·释诂》："澹，静也。"

②迎晨：临晨，黎明。含：包含。素华：水的精华。《广雅·释诂》："素，本也。"〔赵注〕《本草》："井水新汲，疗病利人。平旦第一汲，为井华水，其功极广。"

③事：从事。汲：泛指提水。《玉篇》："汲，引水也。"

白 石 滩

清浅白石滩，绿蒲向堪把①。家住水东西②，浣纱明月下。

①"向"，纪事，品汇作"尚"。○蒲：又称香蒲，沼泽中多年生草本植物，叶细长而尖，可织席。地下嫩茎可食。花粉称蒲黄，供药用。《语辞集释》："蒋绍愚说：向，义同渐。"《说文》："把，握也。"向堪把：谓绿蒲已长到渐可用手握住那样粗。

②水东西：[余注] 谓浣纱女子家住水东水西。或释为住宅东西两旁都有流水。存参。

评 笺

黄培芳《唐贤三昧集笺注》："顾云：此使西施浣纱石事咏之。如此白石滩，安得不浣纱，有'清斯濯缨'之意。曰'明月下'景益清切。"

富寿荪《千首唐人绝句》："写白石滩浣纱女子，点缀以绿蒲明月，素雅绝尘。"

陈铁民说："诗人通过艺术想象，构造了一个春夜月下少女在滩边浣纱的场面，使明月、溪流、绿蒲、白石与浣纱的少女相映成趣，组成一幅色彩明丽、境界幽美、充满生意的图画。这首诗勾画的景象，更接近于理想的自然美。"（《王维新论》）

葛晓音说："整个情境在柔和明净的调子中沁透着青春的气息。如果没有景中人与人中景的浑融为一，没有诗人根据生活感受加以高度提炼的艺术想象，这处水景不过是平淡无奇的水泊罢了。"（《山水田园诗派研究》）

同 咏 （裴 迪）

跂石复临水①，弄波情未极②。日下川上寒，浮云淡无色③。

①跂：音企。《方言》：“跂，登也。”［赵注］庾信《咏画屏诗》：“下桥先劝酒，跂石始调琴。”

②《说文》：“弄，玩也。”弄波：玩赏波澜。

③“无”，元刊本作“秋”。“无色”，全唐诗一作“凝碧。”

评　笺

郭濬《增订评注唐诗正声》：“此独清峭，远胜他作。”

张文荪《唐贤清雅集》：“幽淡有情致。”

吴昌祺《删订唐诗解》：“下二句为难堪，然裴、王总无苦寂之意。”

俞陛云《诗境浅说》：“‘日下’二句，此五言高格也。”

陶文鹏说：“写寒淡之景，也颇精彩。”（《唐代文学史》）

北　垞

北垞湖水北，杂树映朱栏①。逶迤南川水②，明灭青林端③。

①“杂”，元刊本作“离”，误。○映：掩映。

②逶迤：蜿蜒曲折貌。《淮南子·泰族训》：“河以逶迤故能远。”

③明灭：忽明忽暗。沈约《奉和竟陵王药名诗》：“云华乍明灭。”

评　笺

许学夷《诗源辩体》：“摩诘诗：‘逶迤南川水，明灭青林端’，诗中有画者也。”

黄培芳《唐贤三昧集笺注》：“顾云：犹是南垞余景。‘逶迤’、‘明灭’字，曲尽丛林长流景色。”

富寿荪《千首唐人绝句》：“刘云：‘前半近景，后半远景，掩映生姿，可以入画。'"

宗白华说："在西洋画上有画大树参天者，则树外人家及远山流水必在地平线上缩短缩小，合乎透视法。而此处南川水却明灭于青林之端，不向下而向上，不向远而向近，和青林朱栏构成一片平面。中国山水画家却取此同样的看法写之于画面，使西人诧中国画家不视透视法。然而这种看法是中国诗中的通例。这不是西洋精神的追求无穷，而是饮吸无穷于自我之中。"（《中国诗画中所表现的空间意识》）

许总说："近景'杂树朱栏'历历在目，中景'青林'依稀可见，远景'南川水'则明灭幻忽，这就清晰地展现出随'人眼的远近距离所产生的差异'的透视作用下的空间层次。"（《唐诗史》）

吴功正说："王维在对对象的描述上至为精细，但在体验和传达时却空灵、缥缈。如《北垞》。"（《唐代美学史》）

同　咏　　　　　　　　　　（裴　迪）

南山北垞下，结宇临欹湖①。每欲采樵去，扁舟出菰蒲②。

①"山"，述古堂本、元刊本作"上"，误。○结宇：构筑房屋。《晋书·江逌传》："屏居临海，弃绝人事，剪茅结宇，耽玩载籍。"《楚辞·招魂》："高堂邃宇。"王逸注："宇，屋也。"

②《说文通训定声》："扁，假借为偏。"《广韵》："扁，小舟也。"《史记·货殖列传》："范蠡既雪会稽之耻，乃乘扁舟，浮于江湖。"菰：茭白。见《登楼歌》注⑮。蒲：香蒲。见《白石滩》注①。皆沼泽中植物。

竹里馆

独坐幽篁里①，弹琴复长啸②。深林人不知，明月来相照③。

①〔赵注〕屈原《九歌·山鬼》："余处幽篁兮终不见天。"吕向注："幽，深也；篁，竹丛也。"

②复：与。长啸：蹙口吹出悠长清越的音调或歌曲。见《欹湖》裴迪同咏注②。

③〔王解〕明月似解人意，偏来照独坐之人，与明月方才是两，故云相照。

评　笺

唐汝询《唐诗解》："林间之趣，人不易知。明月相照，似若会意。"

《王摩诘诗评》："顾云：一时清兴，适与景会。"

黄培芳《唐贤三昧集笺注》："幽迥之思，使人神气爽然。"

黄叔灿《唐诗笺注》："辋川诸诗，皆妙绝天成，不涉色相。只录二首（《鹿柴》及此诗），尤为色籁俱清，读之肺腑若洗。"屠隆《鸿苞论诗》："'独坐幽篁里'，'中岁颇好道，'冲玄清旷，爽气袭人。如寒泉漱齿，烦嚣顿除；神丹入口，凡骨立蜕。"

俞陛云《诗境浅说》："《辋川集》中，如《孟城坳》《栾家濑》诸作，皆闲静而有深湛之思。此诗言月下鸣琴，风篁成韵，虽亦一片静境，而以浑成出之。"

钱锺书《谈艺录》："澄而不浅，空而生明，谓之漏。如《竹里馆》。"

宋顾乐《唐人万首绝句选》："毋乃有傲意。"

黄生《唐诗摘抄》："人不知而月相照，正见独坐。"

杨逢春《唐诗偶评》："此写竹里馆之幽也。首便含第三句意，若无第二句，一直下耳，妙在第二偏说得音响激越，然后落到林深而人不知，则境之幽愈显矣。且三之应上，亦是口头语，妙又借明月烘托，则仍是人不知意，而幽趣倍添。来相照，照其弹琴，照其长啸也，说得何等有情，此皆是加一倍渲染之法。"

章燮《唐诗三百首注疏》："独字起下人不知，知音者惟林间明月耳。"

王文濡《唐诗评注读本》："相字与独字反对，但相照者明月，则愈形其独也，言外有无尽意味。"

刘永济《唐人绝句精华》："《鹿柴》《栾家濑》《竹里馆》《鸟鸣涧》，皆一时清景与诗人兴致相会合，故虽写景色，而诗人幽静恬淡之胸怀，亦缘而见。此文家所谓融情入景之作。"

游国恩说："《竹里馆》这样的诗，的确能给人一种无比清幽的美感，但是，把'空山不见人'等句联系起来，就不能不惊讶诗人感情的幽冷和孤独了。"（《中国文学史》）

张志岳说："诗中凡是明用孤独字样来表达生活动态时，多少总带有寂寞的味儿，偏于伤感，和欣赏的心情似乎较少联系。'啸'是一种比较激剧的抒发动作，'长啸'就更不平静了。'弹琴'可以和闲适的情趣有联系，但也常意味着寻觅知音而含有倾诉的作用。由寂寞而倾诉、而长啸，只能是一种伤感与愤慨的暗示，和悠然自得的情绪是很难结合得上的。这是一首对现实政治不满的作品，和他前期在政治上的积极态度，以及晚期不同流合污的思想，是有密切联系的。"（《诗词论析》）

陈铁民说："诗歌创造出了一个远离尘嚣、幽清寂静的境界，其中分明活动着一个高雅闲逸、离尘绝世、弹琴啸咏、怡然自得的诗人的形象。诗人以寂静为乐，内心是淡泊、平和、恬静的，就像一潭没有波澜的水。"（《王维新论》）

袁行霈说："诗人欣赏着环境的冷寞，体验着内心的孤独，沉浸在寂静的快乐之中。"（《中国诗歌艺术研究》）

周裕锴说："同样是无人之境，王维的'深林人不知，明月来相照'在宁静中透出幽雅；韦应物'野渡无人舟自横'（《滁州西涧》）却在宁静中透出寂寞；柳宗元的'千山鸟飞绝，万径人踪灭'（《江雪》）却在宁静中透出孤独与寒寂。"（《中国禅宗与诗歌》）

陶文鹏说："清幽寂静之极，从中可以感受到一种离尘绝世、超然物外的思想情绪。但是诗人是快乐的，他感到身上没有俗务拘牵，心中没有尘念萦绕，从而获得了寂静之乐。"（《唐代文学史》）

霍有明说："全然不以字句取胜，而从整体上见美，传达出一种高雅清绝之神韵。从意境上看，外景与内情结合无间、融为一体；从语言上看，则自空灵中蕴意味，由平淡中见高韵。"（《论唐诗繁荣与清诗演变》）

秦似说:"景极幽,境极静,心极宁,月与人无间相契。这里的月,带有与幽人情趣相通的色彩,是抒情性的形象。"(《唐诗新选》)

叶嘉莹说:"摩诘居士的寂寞,似乎该属于'求仁得仁,又何怨乎'的一类。居士奉佛,今即以佛理说之。佛家有'透网金鳞'之喻。居士惟恐触'网',故对所谓'网'者既不免深怀畏忌,而对其未曾触'网'亦不免深怀自喜。'独坐幽篁里'为人我隔绝,居士所证之果,似亦只是辟支小果,去《法华经》所云'利益天人,度脱一切'的大乘佛法似还大有一段距离在,惟其如此,故居士颇有'自了''自救'的自得之乐。居士是有心出世的,其寂寞心之因是'求仁得仁',故其寂寞中所感者亦少苦而多乐;自《竹里馆》诗观之,其由寂寞心所产生之果为修道者的自得。"(《从李义山〈嫦娥〉诗谈起》)

邱瑞祥说:"诗的前两句,是较为明显的'有我之境'。但在诗的末尾,诗人却又将强烈的主观情绪抹去。人与自然已经完全同化,人的主观情感已经同自然的律动完全合拍。社会的人、人的情感已经融入自然之中,那也就完全失去了'自我'的主宰,也就是一种完全的'无我'。"(同前诗)

同　咏　　　　　　　　　　　(裴　迪)

来过竹里馆,日与道相亲①。出入惟山鸟,幽深无世人②。

①道家所谓的"道",其本质就是自然。《老子》:"道法自然。"河上公注:"道性自然,无所法也。"与道相亲即与自然相亲。

②世人:世俗之人。

评　笺

葛晓音说:"裴迪不能将抒情主人公孤清的心境与竹林的幽寂融为一体,化荒僻为清雅,终逊王维一筹。"(《汉唐文学的嬗变》)

霍松林说:"后二句,与王维'深林人不知'同一境界。"(《万首唐人绝句校注集评》)

辛　夷　坞①

　　木末芙蓉花②，山中发红萼③。涧户寂无人④，纷纷开且落⑤。

　　①辛夷：落叶灌木，与木兰同类，花大，外层花瓣紫红色，里面白色，未开时像笔毫，故一名木笔。坞：泛指四面高中央低的处所，此指山坞。

　　②木末：树梢。芙蓉：莲花，此指花开似莲的辛夷花。［赵注］屈原《九歌·湘君》："搴芙蓉兮木末。"

　　③萼：花萼，花瓣外部的一圈绿色小片。代指花苞。

　　④涧户：涧旁住户。孔稚圭《北山移文》："涧户摧绝无与归，石径荒凉徒延伫。"卢照邻《羁卧山中》："涧户无人迹，山窗听鸟声。"或释为涧水两旁山岩相对如门户，疑非。

　　⑤"纷纷"，述古堂本、元刊本、久本作"丝丝"，误。○且：又。

评　笺

　　《王摩诘诗评》："刘云：其意亦欲不着一字，渐可语禅。"

　　黄培芳《唐贤三昧集笺注》："思致平淡闲雅，亦自可爱。"

　　胡应麟《诗薮》："'木末芙蓉花'，五言绝之入禅者。"

　　沈德潜《唐诗别裁集》："幽极。借用楚辞，因颜色相似也。"

　　李锳《诗法易简录》："幽淡已极，却饶远韵。"

　　邢孟贞《唐风定》："此诗每为禅宗所引，反令减价，只就本色观，自是绝顶。"

　　刘宏熙《唐诗真趣编》："摩诘深于禅，此是心无挂碍境界。"

　　宋顾乐《唐人万首绝句选》："刻意取远韵。"

　　俞陛云《诗境浅说》："兰生空谷，不以无人而不芳。东坡《罗汉赞》云：'空山无人，水流花开'，世称妙悟，亦即此诗之意境。后二句之意，更有花开固孤秀自馨，花落亦无人悼惜，山林枝菀，悉付诸冥漠之乡，泂超于象外矣。"

林庚说："《辛夷坞》即便在空寂之中，也流露着与宇宙息息相通的无限生意。"（《唐诗综论》）

许总说："空寂无人的环境中，深藏着一个喧闹勃郁、生机无限的自然世界。"（《唐诗史》）

陈伯海说："唐代在诗歌章法上，构造出一种'截取横断面'的表现方法，如王维的《鹿柴》《辛夷坞》等。它们着力抓住并突出整个过程中最富于诗意的瞬间和片段，将其余的情事隐没在诗歌画面的背后，艺术表现上达到了更为经济、浓烈、深沉也更具暗示性的境地。"（《唐诗学引论》）

吴战垒说："有时诗人即境见意，身与境化，物境犹如心境，产生一种妙悟式的感受，觉得直抒其情，有落言诠，且难得其妙，转不如化物境，借以观照心灵，让读者去意会。王维的一些山水小诗大多如此。如《辛夷坞》这种恬淡寂静、委运顺化的品性，不正是诗人的自我写照吗？"（《中国诗学》）

张福庆说："《辛夷坞》写山水自然是如此优美、宁静、生趣盎然，而诗人自我，就融化、消失在这诗意的画面中。诗人的美感意识，更多的是用自己的心灵去体验那终极的、本原的、弥漫于整个宇宙之间的生命感，从而使自己心灵的追寻达到最高的审美境界。《辛夷坞》是诗人孤寂清高的心灵的'物化'。"（《唐诗美学探索》）

叶维廉说："'意在言外'强调诗指向文字之外的东西（'意''诗境''世界'）是'美感主位对象'。文字可以如琴拨，在适切的指法下，引渡读者主动地作空间的飞跃，进入弦外之境。另外一种引渡来自传统的'天趣'的捕捉。所谓'天趣'的捕捉，是指一首诗任自然本身原样不加干预地演现出来，如《辛夷坞》，景物仿佛自动开向读者，花开、花落、涧、户、寂、无人，没有意义的束缚，直接以其姿势、状态和读者交通。文字如水银灯，把读者的眼引向一个空间，一个环境。""《辛夷坞》有'时间空间化'的现象，一个静静活动的瞬间（芙蓉开落）像一张静态的画那样被'凝止'在那里了。"（《中国诗学》）

陈铁民说："王维山水诗中的禅意，窃以为集中地表现为追求寂静清幽的境界。佛教是引人出世的，在这个境界中，我们即可以感受到一种离尘绝世、超然物外的思想情绪。辛夷花在绝无人迹的山涧旁自开自落，这里只有一片自然而然的静寂,一切似乎都与人世毫不相干。非常平淡,非常自然。没有目的,没有意识。没有生的喜悦,也没有死的悲哀。诗人的心境,也犹如这远离人世的辛夷花一般,他好像已忘掉自身的存在,而与那辛夷花融合为一了。"(《王维新论》)

李泽厚说:"王渔洋说王维的'辋川绝句',字字入禅。你看《辛夷坞》《鸟鸣磵》《鹿柴》,一切都是动的。非常平凡,非常写实,非常自然,但它所传达出来的意味,却是永恒的静,本体的静。在这里,动乃静,实却虚,色即空。而且,也无所谓动静、虚实、色空,本体是超越它们的。在本体中,它们都合为一体,而不可分割了。这便是在'动'中得到的'静',在实景中得到的虚境,在纷繁现象中获得的本体,在瞬刻的直感领域中获得的永恒。自然是多么美啊,它似乎与人世毫不相干,花开花落,鸟鸣春涧,然而就在这对自然的片刻顿悟中,你却感到了只有那超动静的本体才是不朽的。运动着的时空景象都是只是为了呈现那不朽者——凝冻着的永恒(生按:指常住不灭的本体佛性)。那不朽、那永恒似乎就在这自然风景之中,然而似乎又在这自然风景之外。而这,也就是'无心'、'无念'而与自然合一的'禅意'。如果剥去这'禅意'的宗教信仰因素。它实质上不正是非理知思辨非狂热信仰的审美观照,即我称之为'悦神'层次的美感愉快么?"(《华夏美学》)

陈允吉说:"这首诗并没有真正揭示出自然界运动变化而展现的蓬勃生机,它所写到的所谓'动',不过是诗人自然所说的那种'空虚'的聚散生灭。作者描写这种'动景'的目的,正是为了表示自己不受这种纷藉现象的尘染,借以烘托他所认识的自然界,它的真实面貌应该是'毕竟空寂'的。"(《论王维山水诗中的禅宗思想》)

陈仲奇说:"因为'对境无心',所以花开花落引不起诗人的任何哀乐之情;因为'不离幻相',所以他毕竟看到了花开花落的自然现象;因为'道无不在',所以他在花开花落之中,似乎看到无上的'妙谛'。在王维看来,整个世界正是像辛夷花那样,在刹那的生灭中因果相续、无始无终、自在自为地演化着。王维因花悟道,似乎真切地看到了'真如'的永恒存在,这'真如'就是万物皆有的'自然'本性。"(《因花悟道,物我两忘》)

周裕锴说:"这里要注意'涧户寂无人'的背景。佛教的基本宗旨是解脱人世间的烦恼，证悟所达到的最高境界（涅槃境界）是寂然界。坐禅都为了达到这一境界。禅宗证晤以心的寂静为旨归，一方面是'心与境寂'，躲进与世隔绝的深山，求得心灵的安静；一方面是'境因心寂'，心如止水，虽'结庐在人境'，却能做到'而无车马喧'。禅家坐禅是'心冥空无'，在瞬间领悟永恒的虚空，其观照是所谓'寂照'，就是用寂然之心去观照万物寂然的本质，这种观照是丝毫不带感情色彩的。由于受坐禅和寂照方式的影响，王维的诗特别醉心于表现自然界的静态美。在他心中，一切事物包括大自然的一切运动，都最终是导向静穆的，无不表现着一种闲静空寂而绝不激动的境界。"（《中国禅宗与诗歌》）

邱瑞祥说："此诗可视为诗人追求超尘脱俗之精神境界的象征。再作深层探究，芙蓉花的存在，完全依循自然的律动，该开则开，该落则落，不因人喜而开，不为人悲而落，自在自为，除自然本身，没有谁主宰于它，当然也可以视为'无我'理念的象征之物。"（《试论〈辋川集〉中的佛家色彩》）

周啸天说："《辛夷坞》其意蕴显然超乎诗中提供的形象本身，很容易使人联想到生命。生命也是自然的花朵，生与死，花开与花落，皆合自然之道。诗中'涧户寂无人'很有意味，自开自落，就是圆满。芸芸众生，往往不甘寂寞，是以无成。这类曾被简单指责为枯寂或消极的小诗，其实很有理趣。"（《绝句诗史》）

王友怀说："元稹名句'宫花寂寞红'（《行宫》）的写意造境，似乎借鉴了这首诗。"（《王维诗选注》）生按：岑参《山房春事》："庭树不知人去尽，春来还发旧时花"，与此诗后二句意境近似，但彼诗悲凉，此诗旷淡。

同　咏　　　　　　　　（裴　迪）

绿堤春草合[①]，王孙自留玩[②]。况有辛夷花，色与芙蓉乱[③]。

①《虚字集释》："合，犹足也。"蒋绍愚《唐诗词语札记》："合，形容词，遍。"

②淮南小山《招隐士》："王孙游兮不归。"王夫之通释："王孙，隐士也。秦汉以上，士皆王侯之裔，故称王孙。"生按：此指维与作者。

③《释名·释言语》：“乱，浑也。”《韩非子·喻老》：“乱之楮叶之中
而不可别也。”

漆　园①

古人非傲吏②，自阙经世务③。偶寄一微官④，婆娑数
株树⑤。

①〔赵注〕《史记·老庄列传》：“庄周尝为蒙漆园吏。”生按：漆园故
城在今山东曹县西北。此是辋川一景，种有漆树。

②古人：指庄周。《史记·老庄列传》：“楚威王闻庄周贤，使使厚币
迎之，许以为相。庄周笑谓楚使者曰：‘子亟去，无污我。我宁游戏污渎中
自快，无为有国者所羁。’”郭璞《游仙诗》：“漆园有傲吏。”

③经世：经邦济世。《抱朴子·审举》：“箕子有经世之器。”《广韵》：
“务，事务也；专力也。”引申为本事、才能。

④“偶”，纬本、凌本作“惟”。○《广雅·释诂》：“寄，依也。”谓
偶然依托一微官生活。

⑤“株”，述古堂本、元刊本、唐诗解作“枝”。○婆娑：闲适自得
貌。班彪《北征赋》：“登障隧而遥望兮，聊须臾以婆娑。”李善注：“婆
娑，容与之貌也。”此谓婆娑于数株树下。赵注引《晋书·殷仲文传》：
“此树婆娑，无复生意。”乃枝叶衰败貌，与庄周、王维皆似不合。

评　笺

《王摩诘诗评》：“刘云：使在谢东山辈，口语皆成高韵。”

郭濬《增订评注唐诗正声》：“淡语自适。”

高棅《唐诗品汇》：“朱子《语录》云：摩诘辋川此诗，余深爱之，每
以语人，辄无解余意者。”

宋顾乐《唐人万首绝句选》：“李慈铭批：起落自然，别成章法。”

顾可久按："引古自况。即此漆园不必有景色，自与古人高情会。"

吴修坞《唐诗续评》："郭璞诗：'漆园有傲吏'，此翻其意而用之，借蒙庄以自况。《诗·陈风·东门之枌》：'子仲之子，婆娑其下。'"

游国恩说："以自己亦官亦隐、无可无不可的萧散优游的自画像，来代替古人心目中的漆园傲吏的形象，思想是消极的。"（《中国文学史》）

萧弛说："王维选择了一条既不同于谢灵运也不同于陶潜的遗世道路。他是在官阶升迁的过程中避入山林和禅门的，已不带的谢客那种'才能宜参权要，既不见知'的愤愤，而代以'漆园非傲吏，自阙经世务'的失败主义。他与其说是人身的逃避，毋宁说是精神的逃避。他没有谢那般丰厚的家业而又不甘于陶的清贫，才杜撰了'长林丰草岂与官署有异'的哲学来。"（《中国诗歌美学》）

郝世峰说："栖止在这里，很是舒展自由。这已经不是牢骚，不是讽刺，是中年以后内心平静的悟道之言。无力在官场中保持理想人格的独立，当是王维隐居的一个重要原因。"（《隋唐五代文学史》）

刘德重说："用典自然贴切，与作者融为一体，以致分不清是咏古人还是写自己，深蕴哲理，耐人寻味。"（《唐诗鉴赏辞典》）

同　咏　　　　　　（裴　迪）

好闲早成性，果此谐宿诺①。今日漆园游，还同庄叟乐②。

①《玉篇》："谐，合也。"宿诺：早先的诺言。《论语·颜渊》："子路无宿诺。"何晏注："宿，犹预也。"

②《庄子·秋水》："庄子与惠子游于濠梁之上。庄子曰：'鲦鱼出游从容，是鱼之所也。'惠子曰：'子非鱼，安知鱼之乐？'庄子曰：'子非我，安知我不知鱼之乐？'"

评　笺

葛晓音说："将含义局限在'好闲'和隐居之乐上，失于语露意浅，不及王诗意味深长。"（《汉唐文学的嬗变》）

椒　园①

　　桂尊迎帝子②，杜若赠佳人③。椒浆奠瑶席④，欲下云中君⑤。

　　①［赵注］陆玑《诗疏》："椒树似茱萸，有刺针，叶坚而滑泽，蜀人作茶，吴人作茗，皆合煮其叶以为香。"生按：即花椒，椒子，味麻。
　　②《说文》："尊，酒器。"［赵注］《汉书·礼乐》："尊桂酒，宾八乡。"应劭注："桂酒，切桂置酒中也。"屈原《九歌·湘夫人》："帝子降兮北渚。"王逸注："帝子，谓尧女也。"生按：桂，此处指肉桂。
　　③［赵注］《九歌·湘君》："采芳洲兮杜若，将以遗兮下女。"《尔雅翼》："杜若，苗似山姜，花黄赤，子赤色，大如辣子，中似豆蔻，一名杜蘅。"
　　④［赵注］《九歌·东皇太一》："瑶席兮玉瑱，盍将把兮琼芳。蕙肴蒸兮兰藉，奠桂酒兮椒浆。"王逸注："椒浆，以椒置浆中也。"生按：《周礼·天官·酒正》："三曰浆。"贾公彦疏："浆亦是酒类。"正义："盖亦酿糟为之，但味微醋耳。"奠：祭献。瑶席：光洁如玉的席簟。见《鱼山神女祠歌·迎神曲》注⑨。
　　⑤"君"述古堂本、元刊本、久本作"身"。○《九歌·云中君》王逸注："云中君，云神丰隆也。"谓云中君也欲下降人间享受椒浆。

评　笺
　　《王摩诘诗评》："刘云：首首素净。"
　　师长泰说："把椒园同《楚辞》的香草花树、仙人美女融为一体，使之具有理想中的自然美，富于浪漫主义色彩。"（同前诗）

同　咏　　　　　　　　　　　　（裴　迪）

　　丹刺罥人衣①，芳香留过客。幸堪调鼎用②，愿君垂采摘③。

①罥：音绢。《玉篇》："罥，挂也。"

②调鼎：《说文》："调，和也。""鼎，三足两耳，和五味之宝器也。"《尚书·说命》："若作和羹，惟尔盐、梅。"本指做菜时以盐、梅调味，此谓花椒亦可调味。调鼎引申为治理国家。《韩诗外传》："伊尹负鼎操俎调五味，而立为相。"此处隐喻有从政之才。

③垂：敬辞，犹言俯赐。

评　笺

《王摩诘诗评》："刘云：坏尽一锅羹。"

《王摩诘诗评》："顾云：王公《辋川》诸诗，近事浅语，发于天然，郊、岛辈十驾何用？"

王鏊《震泽长语》："摩诘以淳古澹泊之音，写山林闲适之趣，如辋川诸诗，真一片水墨不着色画。"

唐汝询《唐诗解》："摩诘辋川诗并偶然托兴，初不着题模拟。"

胡应麟《诗薮》："右丞辋川诸作，却是自出机轴，名言两忘，色相俱泯。○'千山鸟飞绝'二十字，骨力豪上，句格天成。然律以辋川诸作，便觉太闹。"

焦袁熹《此木轩论诗汇编》："《辋川集》小画皆有远景。"

王士禛《唐人万首绝句选凡例》："盛唐王裴辋川唱和，王力悉敌，刘须溪有意抑裴，谬论也。"

王士禛《带经常诗话》："严沧浪以禅喻诗，余深契其说，而五言尤为近之。如王、裴辋川绝句，字字入禅。他如'雨中山果落，灯下草虫鸣'；'明月松间照，青泉石上流'；以及太白'却下水精帘，玲珑望秋月'；常建'松际露微月，清光犹为君'；浩然'樵子暗相失，草虫寒不闻'；刘昚虚'时有落花至，远随流水香'；妙谛微言，与世尊拈花，迦叶微笑，等无差别。通其解者，可语上乘。○唐人五言绝句，往往入禅，有得意忘言之妙，与净名默然，达磨得髓，同一关捩。观王、裴《辋川集》及祖咏《终南残雪》诗，虽钝根初机，亦能顿悟。"

施补华《岘佣说诗》："辋川诸五绝清幽绝俗，其间'空山不见人'、

'独坐幽篁里'、'木末芙蓉花'、'人闲桂花落'四首尤妙，学者可以细参。"

许学夷《诗源辩体》："摩诘五言绝，意趣幽玄，妙在文字之外。摩诘胸中滓秽净尽，而境与趣合，故其诗妙至此耳。"

沈德潜《唐诗别裁集》："裴较之王作，味差薄矣。然笔意古淡，自是辋川一派，宜其把臂入林也。"

管世铭《读雪山房唐诗抄序例》："裴迪辋川唱和，不失为摩诘劲敌。"

翁方纲《石洲诗话》："古人倡和，自生感激，率由兴象互相感发。至于裴蜀州之才诣，未遽齐武右丞，而辋川倡和之作，超诣不减于王，此亦可见。"

宋荦《漫堂说诗》："王维、裴迪辋川唱和，开后来门径不少。"

贺裳《载酒园诗话》："辋川倡和，裴迪尤多，其诗体反不甚与王近，较诸公骨格稍重。裴早友王维，晚交杜甫，篇什必多。今所存惟维集数篇，不胜遗珠之恨。"

潘德舆《养一斋诗话》："辋川唱和，须溪论王优于裴，渔洋论王裴劲敌，须溪之言为允。"

高棅《唐诗正声》："吴逸一云：迪诗佳者，独《辋川》诸作。然王诗多于题外属词，裴就题命意，伎俩自别。"

乔亿《剑溪说诗》："后人苦学王裴而不得其自在，所以去之迳远。"

陶文鹏说："《辋川集》扩大了五言绝句的题材范围和表现能力，是王维对传统组诗形式的继承和创新。"（《唐代文学史》）

张志岳说："《辋川集》总的结构是通过对山水景色的描绘来反映作者隐居生活中的思想感情。可以把这二十首诗分成三类：柳浪、漆园为一类，比较明显地表示了作者对奔竞、变幻的官场生活感到厌恶，说明作者隐居是植根于不满于现实的基础上的。文杏馆、斤竹岭、木兰柴、茱萸沜、临湖亭、南垞、欹湖、栾家濑、白石滩、北垞等为一类，基本上都是描绘优美景色的，生活气息比较健康。因为隐居有愉快的一面，同时王维是在唐王朝长期安定繁荣的局面下成长起来的人物，早期抱有积极的事业心，尽管晚期的现实黑暗使他失望，但还不可能完全摧毁他对生活的热情。孟城坳、华子冈、鹿柴、宫槐陌、金屑泉、竹里馆、辛夷坞、椒园等为一类，消极的色彩是很浓厚的，因为隐居也有心情苦闷的一面。但仍可窥见那不同流合污的心情的表白。"（《诗词论析》）

　　周裕锴说:"王、孟派的'入禅'之诗有两个特点:一,诗人视点的失落。在'入禅'的诗中,找不到诗人作为艺术主宰者和创作者的视点,他自身失落于艺术之中,提供的只是万人共感的视点中意象的自在性。如果说他有视点,那也是集合多方视点构成的自由视点,因为他是从内心和宇宙合一的立场来观照整个自然。二,诗人情感的消亡。禅家'对境无心',物与我之间并无生命的交感或情趣的回流,禅家的'无差别境界'不带任何感情色彩。如王维的'辛夷坞'和'鸟鸣涧',诗人的情志何处可寻呢?一切只是以自然自身呈露的方式呈露自然,没有赞美,没有憧憬,也没有同情和惆怅,甚至连恬淡的怡然自得之情也没有。《辋川集》里,到处都是这种'无我'、'无心'、甚至'无人'的境界。从诗人的艺术思维过程来看,其观照方式是'以物观物',没有主体的视点和情思;其表达方式是'即事而真',以个别事物(事)显现世界本体(真,即佛性)。"(《中国禅宗与诗歌》)

　　师长泰说:在王维之前,以谢灵运为代表的六朝山水诗人,侧重于实景的描绘,以形似而取胜,缺少神韵和气象。王维突破了六朝山水诗的旧格局。作为南宗山水画之祖,他开创了"意到便成"、"得之于象外"的写意派画风,强调"凡画山水,意在笔先"(《山水论》),体现了先神后形的法则。作为赤出的山水诗人,他在诗歌创作中,同样以追求神似为主,形神兼备,达到了形似与神似的统一。他的山水诗,"诗中有画",富于写意画的艺术效果。综观其《辋川集》二十首绝句,无一首是风景写生式的作品。诗人善于从景物与主观情感契合处立意构思,略去景物的次要部分,突出其主要特征和最动人之处,力求写出辋川山水的精神、气象及其丰富的个性色彩,表现自己的审美观念和生活情趣。与裴迪那些"就题命意"的写实之作相比,这些诗未必一一吻合景点形貌,但因其传达出了物象的内在意蕴,略其貌而取其神,所以更切合物象,达到了"不似之似"的妙境。在表现手法上,不排斥实写,但"多于题外属词",以虚写为主,从实出虚,以虚出实,虚中孕实,达到虚与实的有机结合,从而创造出了空灵隽永的艺术境界。(《辋川集》王、裴五绝诗比较)

　　陈允吉说:《斤竹岭》《鹿柴》《木兰柴》《欹湖》《北垞》等篇,均以塑造空灵微淡、闪烁明灭的境界为主,信如佛家所说的"真空妙有"、"甜彻中边",都贯串着般若中观派"不舍幻而过于色空有无之际"的观察世界方法。《茱萸沜》《竹里馆》《辛夷坞》之什,颇多以纷藉群动来衬托清净悦乐的诗人自我形象，在生灭不息的环境中追求一种超越，这多少受到些涅槃佛性说的影响。（王维《辋川集》之《孟城坳》佛理发微）

赵昌平说："《辋川集》的意义在于，它本身并非有意证道之作，而是一组游览诗，但它又是一组含蕴了诗人深刻的心理积淀、文化积淀，因而将业已转化为诗人才情的禅的讲究刹那体验的思维形态，融入了即时即地心境的游览诗。也就是说，在诗人心物相缘的创作过程中，禅的意识，已不再是诗歌的外围成分，而成为诗心的内含成分，并熔炼了诗人的种种艺术素质，随时随地的表现出来。这种表现又引起了对山水诗诗体形式的新要求，从而又促进了五绝体式的发展。"（《王维与山水诗由主玄向主禅趣的转化》）

田园乐七首 六言走笔立成①

出入千门万户②，经过北里南邻③。官府鸣珂有底④，崆峒散发何人⑤？

①述古堂本无"立"字。元刊本、赵本无"六言走笔立成"六字。《诗林广记》题作《辋川六言》。从蜀刻本。○走笔，即兴作诗，运笔疾书。

②"出入"，蜀刻本、纬本、凌本、活字本、全唐诗作"厌见"。○《史记·武帝本纪》："帝作建章宫，度为千门万户。"

③［赵注］左思《咏史》："济济京城内，赫赫王侯居。南邻击钟磬，北里吹笙竽。"

④"官府"，述古堂本、元刊本作"蹚蹀"，万首绝句、赵本作"蹀蹚"，从蜀刻本、纬本、全唐诗等。○鸣珂：马行时勒上玉珂撞击作响，借指骑马。见《从岐王过杨氏别业应教》注⑤。《经传释词》："有，犹为也。"《语辞汇释》："底，犹何也，甚也。""有底，犹云有甚也，为甚也。"意谓仕途奔忙为了什么？或释为宦海浮沉有何人久居其位？存参。

⑤散发：古人蓄发，平时将长发在头顶挽成髻，用簪别着，或连冠于髻上。散披头发，逍遥闲适貌，常指山林隐居者。《庄子·在宥》："黄帝

闻广成子在于空同之上，故往见之。"《读史方舆纪要》："崆峒山，平凉（在今甘肃）府西三十里，相传即广成子所居。"

评　笺

黄叔灿《唐诗笺注》："朝官贵客，那识田园乐趣。曰'有底'、曰'何人'，四字惺然动人。"

再见封侯万户，立谈赐璧一双①。讵胜耦耕南亩②，何如高卧东窗③！

①万户侯：食邑万户（以万户租税作为俸禄）的侯。《战国策·齐策》："有能得齐王头者，封万户侯。"璧：玉器，平圆形，中心有孔。《尔雅·释器》邢昺疏："边大倍于孔者，名璧。"古代贵族用璧作聘问礼器和佩带的饰品。[赵注] 杨雄《解嘲》："或立谈间而封侯。"《史记·范雎列传》："夫虞卿蹑屩担簦，一见赵（孝成）王，赐白璧一双，黄金百镒；再见，拜为上卿；三见，卒受相印，封万户侯。"生按：《史记·虞卿列传》未明确记载拜相封侯经过。

②讵：岂。耦耕：二人协力耕作。见《上平田》注②。《诗·豳风·七月》："馌彼南亩。"古代田土多顺地势向南开辟，因向阳利于农作物生长，故泛称农田为南亩。

③[陈注] 喻隐者的闲适生活。暗用陶渊明《与子俨等疏》"尝言五六月中北窗下卧，遇凉风暂至，自谓是羲皇上人"意。

评　笺

黄叔灿《唐诗笺注》："尝谓摩诘是靖节后身，淡荡高情，千古同调，诗格虽异而情致一也。山居景色，悠然入胜。"

采菱渡头风急①，策杖村西日斜。杏树坛边渔父③，桃花源里人家④。

①"急",述古堂本、元刊本一作"起"。

②"村",蜀刻本、纬本、活字本、全唐诗作"林"。〇《庄子·齐物论》:"师旷之枝策也。"释文:"策,杖也。"用作动名词,谓拄杖。曹植《苦思行》:"中有耆年一隐士,须发皆皓然,策杖从我游,教我要忘言。"

③[赵注]《庄子·渔父》:"孔子游于缁帷之林,休坐乎杏坛之上。弟子读书,孔子弦歌鼓琴。奏曲未半,有渔父者下船而来,须眉交白,披发揄袂,行原以上,拒陆而止,左手据膝,右手持颐(撑着下巴)以听。"生按:坛,筑土而成,用于祭祀、盟会、拜将、讲学的高台。句谓乡人不俗。

④桃花源:世外乐土。见《桃源行》注①。

评 笺

黄叔灿《唐诗笺注》:"如此悠闲野趣,想见辋川图画中人。"

唐汝询《唐诗解》:"采菱、杖策,纪所游也。风急、日斜,状其景也。身同渔樵,家为隐沦也。然乃杏坛之渔父,桃源之人家,稍与俗人异耳。"

萋萋芳草春绿①,落落长松夏寒②。牛羊自归村巷,童稚不识衣冠③。

①"芳草春绿",各本皆作"春草秋绿",凌本作"秋碧"。惟品汇作"芳草春绿",赵本从之。〇《诗·周南·葛覃》:"维叶萋萋"。毛苌传:"茂盛貌。"《楚辞·招隐士》:"春草生兮萋萋。"

②[赵注]孙绰《游天台山赋》:"藉萋萋之纤草,荫落落之长松。"吕延济注:"落落,松高貌。"王巾《头陀寺碑文》:"桂深冬燠,松疏夏寒。"

③"不",《万首绝句》作"未"。〇衣冠:士大夫之穿戴,借指为官者。《论语·尧曰》:"君子正其衣冠,尊其瞻视,俨然人望而畏之。"生按:不识,见村童天真,维已返朴。

评 笺

张谦宜《絸斋诗谈》:"《田园乐》:'萋萋春草秋绿'云云,比范石湖高数倍(范成大有《四时田园杂兴》诗),只从味敛味泄上分。宋人极力爽快处，正是格低。"

唐汝询《唐诗解》："卉木随时，民裕淳古，乐可知矣。"

李锳《诗法易简录》："三、四写出田园真朴景象。"

黄周星《唐诗快》："如此田园之乐乃真乐，世间安得此桃花源乎！"

邓安生说："表现了作者所欣赏的古朴淳厚的田园风情，给人以返朴归真之感。"（《王维诗选译》）

山下孤烟远村，天边独树高原①。一瓢颜回陋巷②，五柳先生对门③。

①［赵注］杨雄《羽猎赋》："相与列乎高原之上。"

②瓢：以老熟的葫芦对半剖开制成的舀水器。《论语·雍也》："子曰：贤哉，回（颜渊）也！一箪食，一瓢饮，在陋巷。人不堪其忧，回也不改其乐。"朱熹注："程子曰：颜子之乐，非乐箪瓢陋巷也，不以贫窭累其心而改其所乐也。"［陈注］陋巷：狭隘的住所。谓这里有像颜回那样安贫乐道的贤者。

③五柳先生：见《柳浪》同咏注②。［陈注］谓对门住着像五柳先生那样的高士。

评　笺

《瀛奎律髓》："方云：予于摩诘'山下孤烟远村，天边独树高原'，未尝不心醉也。"

董其昌《画禅室随笔》："'山下孤烟远村，天边独树高原'，非右丞工于画道，不能得此语。"

唐汝询《唐诗解》："'先生对门'非泛然语，岂裴迪辈欤！"

王明居说："前两句重在描绘冲淡的景物，后两句重在抒发冲淡的情感。全诗闲、静、淡、远，为冲淡之绝唱，是诗人冲淡心情的写照。"（《唐诗鉴赏辞典补编》）

桃红复含宿雨①，柳绿更带春烟②。花落家僮未扫，莺啼山客犹眠③。

①"宿"，蜀刻本作"秋"，《万首绝句》作"夜"。○复：犹更。《周礼·春官·肆师》："卜日，宿为期。"贾公彦疏："宿，是卜前之夕。"[陈注]宿雨：头晚的雨。

②"春"，品汇、全唐诗作"朝"。《语辞例释》："带，笼罩。"春烟：春天笼罩在草木上的轻淡雾气。

③"莺"，品汇、凌本作"鸟"。○[王注]山客：山居之客，此指隐士。生按：此首《全唐诗》重见于王维和皇甫冉集，冉集题作《闲居》。而各种王维集以及《万首唐人绝句》《苕溪渔隐丛话》《唐诗品汇》等均作王诗，当属王作。

评 笺

黄升《玉林诗话》："六言绝句，如王摩诘'桃红复含宿雨'，及王荆公'杨柳鸣蜩暗晴'，二诗最为警绝，后难继者。"

黄叔灿《唐诗笺注》："读罢不觉长歌《归去来辞》。"

潘德舆《养一斋诗话》："或问六言诗法，予曰：王右丞'花落家僮未扫，鸟啼山客犹眠'；康伯可'啼鸟一声春晓，落花满地人归'，此六言之式也。必如此自在谐协方妙，若稍有安排，只是减字七言绝耳，不如无作也。"

胡仔《苕溪渔隐丛话》："'桃红复含宿雨，云云'。每哦此句，令人坐想辋川春日之胜，此老傲睨闲适于其间也。"

李锳《诗法易简录》："写出田园闲适之乐。"

张谦宜《𬤲斋诗谈》："'桃红复含宿雨，云云'。何尝不风流，只是浑含。"

唐汝询《唐诗解》："上联状景之佳，下联写居之逸。"

周珽《唐诗选脉会通评林》："上联景媚句亦媚，下联居逸趣亦逸。"

蒋其共《续诗人玉屑》："《蔡氏杂抄》：六言诗要字字着实，声调铿锵，不可闲散字成句，虽平仄不整无碍。其不构平仄者，如王维'桃红复含宿雨'一首。大抵诗家杂体，失粘不妨，止要理透。"

周啸天说："与孟浩然五绝《春晓》相比，王诗是一幅工笔重彩画；孟诗则似不着色的写意画。王诗偏于境，让人从境中悟到意；孟诗偏于意，让人间接感到境。王诗属近体六言，对仗工致，音韵铿锵，看去一句一景，

彼此却又呼应联络，浑成一体；孟诗是古体五绝，格律自由，意脉一贯，有行云流水之妙。"（《唐诗鉴赏辞典》）

　　酌酒会临泉水①，抱琴好倚长松。南园露葵朝折②，东舍黄粱夜春③。

　　①酌酒：斟酒，指饮酒。《语词汇释》："会，犹当也；应也。"
　　②摘葵宜在有露时，故称露葵。见《积雨辋川庄作》注⑥。
　　③"东舍"，元刊本、全唐诗作"东谷"，凌本、品汇作"西舍"。○〔赵注〕《尔雅翼》："黄粱，穗大毛长，壳米俱粗于白粱，而收子少，不耐水旱，食之香味逾于诸粱，人号为竹根黄。"生按：黄粱即黍，通称黄米。

评　笺

　　顾可久按："有是情景，难得副是清闲淡适语。"
　　唐汝询《唐诗解》："'临泉而酌，倚松而琴，隐居之趣也。折葵而烹，春粮而食，田家之味也。"
　　《王摩诘诗评》："刘云：无一语可俗。○顾云：首首如画。"
　　黄生《唐诗摘抄》："第三首景之胜，第四首俗之朴，第五首地之幽，第六首身之闲，第七首供之淡，极尽田园之乐。"
　　李之仪《姑溪集》："鲁直以六言诗方得其法，乃真知摩诘者，惟其能知之，然后能发明其秘要。须咀嚼久，始信其难。"
　　赵翼《陔馀丛考》："六言，至王摩诘等又以之创为绝句小律，亦波峭可喜。"
　　谢榛《四溟诗话》："六言体起于谷永。陆机长篇一韵。逌张说：'刘长卿八句，王维、皇甫冉四句，长短不同，优劣自见。'"生按：谷永诗今不传。
　　吴瑞荣《唐诗笺要》："此体托始汉司农谷永，魏晋曹、刘间出，唐人自李景伯后，传者略少，惟摩诘最工，且亦转多云。"
　　董文焕《声调四谱图说》："六言诗自古无专作者，以其字数排构，古之则类于赋，近之则入于词。既乏五言之隽味，又无七言之远神。盖文字必奇偶相间，阴阳谐和而成，譬之琴然，初则五弦宫、商、角、徵、羽皆备，后加变宫、变徵为七弦，乐律从此大备，不能再为增减。故诗之为体主偶，而句法则以奇为用。六言则句联皆偶，体用一致，必不能尽神明变化之妙，此自来诗家所以不置意也。"

刘大杰说："在这些诗里，田园生活成了主体，山水风景作为衬体，而作者变成为一个旁边的欣赏者了。"（《中国文学发展史》）

余冠英说："由于王维思想深处浸染了佛教的清净的色彩，所以在他笔下的田园被描写成那么安谧、悠闲。这些诗也客观地反映了田园景色的美，但与封建社会真实的农村生活是有很大距离的。"（《中国文学史》）

陈铁民说："《田园乐七首》与其说是在写农民和农村生活，不如说是在写隐士和他们的隐逸生活。"（《王维新论》）

葛晓音说："集中描绘了古今隐士的种种赏心乐事，并将山林田园中最有诗意的生活片段加以剪辑，活画出士大夫兀立世外桃源的风神。王维对田园诗的贡献，主要在于他创造了士大夫理想之中最优雅高尚的田园意境。这类高雅脱俗的人物和环境，遂成为后世文人写意画表现隐士生活的范本。"（《山水田园诗派研究》）

陶文鹏说："从陶、谢起，田园诗和山水诗一直是平行发展的。直到孟浩然，才兼善田园诗和山水诗。而在王维的笔下，田园生活和自然山水更多也更加紧密地交融渗透，构成浑然一体的艺术意境。"（《唐代文学史》）

周啸天说："这组诗在艺术上有两个显著特点，'其一皆用四句整对之体，在形式上非常整伤。其二是更偏重于写景，意象密度较大，情语较少，给人的感觉是比较实。但通过写景，也流露出诗人的恬淡、消闲和欣悦之情。因而可以说，辋川六言为盛唐绝句添加了一个新的品种。"（《绝句诗史》）

张风波说："以六言诗舒缓平稳的语调，表现其恬淡闲逸的生活情趣，可谓内容与形式的完美统一。"（《王维诗百首》）

施蛰存说："从汉魏以来直到初唐，六言诗作者不多，所以我说这是诗史中的一股细流。不过从所有这些作品看来，六言诗仅用于乐府曲辞，而不是文人抒隋述志的诗体。王维的七首六言诗，这是诗了。平仄粘缀，词性对偶整齐，可以称为六言绝句了。但是音调平板，不适合于吟哦，只能供朗诵用。六言诗从古代乐府歌曲中解放出来，成为不合乐的诗的形式，为时不久，又被唐代新流行的歌曲吸收进去。韦应物有一首《三台》、一首

《古调笑》，都是六言句的曲词。"（《唐诗百话》）

顾随说："以王维之天才作六言也不成。如'桃红复含宿雨，柳绿更带朝烟'，此境界的确不错，很有诗意，可惜写得俗。若把'复'字'更'字去了，便好得多：'桃红含宿雨，柳绿带朝烟。花落家童扫，鸟鸣山客眠。'这好得多，何故？此盖中国诗不宜于六言。"（《驼庵诗话》）

生按：唐太宗时的《恩光曲》《三台》《倾杯乐》，中宗时的《回波词》，玄宗时的《舞马词》《破阵乐词》，都是六言歌词，代宗时刘长卿的六言诗"晴川落日初低"八句，《唐语林》载是可用《谪仙怨》曲歌唱的。王维此诗或亦可入乐。

戏题辋川别业

柳条拂地不须折，松树梢云从更长①。藤花欲暗藏猱子②，柏叶初齐养麝香③。

①"树"，凌本作"枝"。"梢"，活字本、二顾本、凌本、全唐诗作"披"。○梢：通捎。杨雄《羽猎赋》："曳捎星之旃。"李注："捎，拂也。"《语词汇释》："从，犹任也，听也。"

②《本草·紫藤》："藏器曰：四月生紫花，可爱，长安人亦种饰庭也。"《语辞例释》："欲，已。"暗：深，茂密。猱：音挠。［赵注］《尔雅·释兽》邢昺疏："猱，一名猿，善攀援树枝。"

③［赵注］《埤雅》："麝形似獐，今谓之香獐，常食柏叶。故《养生论》云：'麝食柏而香'也。"生按：初齐：谓新生柏叶布列枝头。《淮南子·原道训》高诱注："齐，列也。"《广雅·释诂》："列，布也。"宋玉《招魂》："绿蘋齐叶兮。"闻一多注："言蘋叶生而布列于水上。"汉唐均称麝为麝香。杜甫《山寺》："麝香眠石竹。"

评　笺

《王摩诘诗评》："刘云：实景。"

杨慎《升庵诗话》："绝句者，一句一绝。起于《四时泳》：'春水满四泽，夏云多奇峰。秋月扬明辉，冬岭秀孤松'是也。或以为陶渊明诗，非。（生按《诗纪》作顾恺之《神情诗》）杜诗：'两个黄鹂鸣翠柳'，实祖之。王维诗：'柳条拂地不忍折，云云'。皆此体也。"

张谦宜《𬭚斋诗谈》："《戏题辋川别业》，此截中四句法，比老杜好看，遂似胜之。"

郑振铎说："俊雅。"（《插图本中国文学史》）

王友怀说：每句的后三字和前四字相呼应，则境界为之一出，显得辋川别业的柳、松、藤、柏也有别样的物态与情致。（《王维诗选注》）

戏题盤石

可怜盤石临泉水[①]，复有垂杨拂酒杯[②]。若道春风不解意，何因吹送落花来[③]？

①"临"，纬本、凌本作"邻"。○《尔雅·释诂》："怜，爱也。"盤：通磐，大石。

②"拂"，全唐诗一作"梢"。

③"何因"，全唐诗一作"因何"。

评　笺

《王摩诘诗评》："刘云：迭荡，野兴甚浓。"

敖英《唐诗绝句类选》："景物会心处在乎无意相遭，类如此。"

王文濡《唐诗评注读本》："踞石酌酒，垂杨拂杯，如此佳趣，已觉可爱，而春风复解人意，吹送落花。'若道'、'何因'四虚字，咀嚼有味。"
生按：春风解意，落花有情，磐石之心此时动否？颇耐思量。

新晴野望①

新晴原野旷，极目无氛垢②。郭门临渡头③，村树连溪口。
白水明田外④，碧峰出山后。农月无闲人⑤，倾家事南亩⑥。

①"野"，述古堂本、元刊本、赵本作"晚"，从蜀刻本、活字本、全
唐诗等。

②"氛"，述古堂本作"纷"。误。○〔赵注〕谢灵运《登上戍石鼓山》：
"极目睐左阔，回顾眺右狭。"生按：极目，尽目力远望。氛：雾气；垢：尘埃。

③郭：外城。《孟子·滕文公》："三里之城，五里之郭。"

④白水：闪光的水。谢朓《还途临渚》："白水田外明，孤岭松上出。"

⑤农月：立夏以后农事繁忙之月。《三国志·吴书·华覈传》："加又
农月，时不可失。"

⑥倾：尽，全。事：从事，指耕种。南亩：泛指农田。见《田园乐》
之二注③。

评　笺

林庚说："('白水'二句）这两句中的山水之情写得那么层次分明，那
么耐人寻味，却又是那么地与日常生活打成了一片。"（《唐代四大诗人》）

陈贻焮说："写初夏新晴的乡村风景，层次分明，意境清丽，真像一幅
优美的风景画。最后两句虽未作具体描写，却令人仿佛感到田野很活跃，
劳动气氛很浓。"（《山水诗人王维》）

陈铁民说："纯乎写景，无一语言情，但从诗歌所勾画的那一幅农村风景
画中，我们却可以感受到诗人热爱自然、眷恋乡村的情怀。"（《王维新论》）

葛晓音说："这首诗中的景物按由近而远的顺序层层推出，造成了像绘画一样分明的层次。全诗只有青白两色，单纯鲜明。'明'字写江水因反光而变成一片明亮的银白色，正如画中的亮点，使整幅画的色调变得明快爽目，又使'白水'和'碧峰'的色彩对照更觉纯净。"（《山水田园诗派研究》）

向定说："在王维的诗中，自然景致的层次往往是由色彩的对比或反差形成的，层次与色彩交织在同一幅画面上，十分醒目。"（《走向盛唐》）

王友怀说："无氛垢三字把'新晴'的特色勾画出来了，增大了'望'中的清明度和深远度，景物尽收眼底。"（《王维诗选注》）

张应斌说："由于诗人是从旁静观田园风景，所以尽管在农忙季节，全诗仍呈现出一派闲适安逸的情调。"（《王维的田园诗》）

生按：王维对客观景物不全是旁观者。他是旁观者与分享者兼而有之，他的诗情与景是高度交融的，心与境是浑成无迹的。

又：王力《汉语诗律学·近体诗》："近体诗以平韵为正例。仄韵非常罕见。仄韵律诗很像古风。""是近体诗和古体诗的交界处。""仄韵律绝往往也可以认为入律的古风。"王维这类似律的古诗，可以看出他在由古变律过程中的贡献。

晦日游大理寺韦卿城南别业 四声依次用，各六韵①

与世澹无事，自然江海人②，侧闻尘外游③，解骖轭朱轮④。平野照暄景⑤，上天垂春云。张组竟北阜⑥，泛舟过东邻⑦。故乡信高会⑧，牢醴及家臣⑨。幸同击壤乐，心荷尧为君⑩。

此诗作于开元十一年春。

①诗题，赵本题下有"四首"二字，活字本无"寺"字及题下原注，述古堂本、元刊本、全唐诗无"寺"字，元刊本原注无"各六韵"三字。从蜀刻本。○［赵注］《新唐书·百官志》："大理寺，卿一人，从三品；少卿二人，从四品上。掌折狱详刑。凡罪抵流死，皆上刑部，覆于中书、门下。系者五日

一虑。"生按：晦音会，阴历每月末日。此处指正月晦日。唐俗，前期以正月晦日为节日，至德宗贞元五年，诏以二月一日为中和节，以代正月晦日。韦卿：开元、天宝年间，韦姓任大理卿的有三人，皆京兆万年人，在长安城南杜陵有世代聚居的庄园。一为韦抗。《旧唐书·韦安石传》："从父兄子抗，开元三年自左庶子出为益州长史。四年入为黄门侍郎。八年为御史大夫，寻出为安州都督，转蒲州刺史。十一年入为大理卿，其年代陆象先为刑部尚书，寻又分掌吏部选事。十四年卒。"二为韦虚心。《旧唐书·韦凑传》："从子虚心，后迁御史中丞，左、右丞，兵部侍郎，荆、潞、扬长史兼采访使，历工部尚书，东京留守。"未列大理卿。孙逖《东都留守韦虚心神道碑》有"命公作大理司直，大理丞，以至于卿"等记载，但并列各类官衔，皆无任期。据《唐刺史考》论证，虚心任荆州大都督府长史（从三品）在开元十三年；任扬州大都督府长史在开元二十一年，兼淮南采访使在二十二年二月；任太原尹（从三品）约在开元二十四年。则任大理卿（从三品），可在开元二十一年前，开元二十三年或二十五年春。后两个年份，王维虽是"微官"，但张九龄在朝，维不会产生"绌微官"的念头。三为韦虚舟。《韦凑传》："（虚心）季弟虚舟，历荆州长史，洪、魏州刺史兼采访使。入为刑部侍郎，终大理卿。"据《全唐诗人名考证》："韦虚心卒于开元二十九年。韦虚舟任刑部侍郎在天宝十二载，其为大理卿当在天宝末。"那时王维已做高官了。窃以为本诗之"韦卿"，当是韦抗，其堂弟韦陟、韦斌与王维关系密切，本人历职以清俭自守，朝野敬重。四声依次用：谓第一首用平声韵，二、三、四首用上去入声韵。

　　②《语辞例释》："自然，意即已然、已经。"江海人：放情江海、淡于名利之人。谢灵运《自叙》："本自江海人，忠义感君子。"

　　③侧闻：从旁闻知。司马迁《报任少卿书》："仆虽罢驽，亦尝侧闻长者之遗风矣。"李善注："侧闻，谦词也。"

　　④"骖"，英华、述古堂本、元刊本作"弁"。"轵"，述古堂本、元刊本作"讬"，误。○解骖：解脱驾车的马。古代贵官乘车用四马，中间二匹称服马，两旁二匹称骖马。轵，音尼。朱轮：借指贵官所乘车。《后汉书·舆服志》："公、列侯，安车，朱班轮。"［赵注］《玉篇》："轵，轼也。"今寻文义，当作止训，知轵是柅之讹字。《易·姤》："系于金柅。"孔颖达疏："柅者，在车之下，所以止轮，令不动者也。"

⑤"平"、"照",述古堂本、元刊本作"极"、"昭"。○《广韵》:"暄,温。"《说文》:"景,日光。"

⑥"竟北阜",述古堂本、元刊本作"共曲阜"。○组:系帷幕的丝绦,借指帷幕。竟:尽,遍。阜:土坡。[赵注]谢灵运《从游京口北固应诏》:"张组眺倒景。"又《田南树园激流植援》:"卜室倚北阜。"

⑦"泛舟",纬本、凌本作"泛泛",非。

⑧信:真,实。[赵注]《史记·项羽本纪》:"饮酒高会。"索隐:"高会,大会也。"

⑨"家臣",二顾本、凌本、活字本、全唐诗作"佳辰",蜀刻本注:一作家臣。○《国语·郑语》:"环山于有牢。"韦昭注:"牢,牛、羊、豕也。"《说文》:"醰,酒一宿熟也。"家臣:家内仆役。《书·费誓》:"臣妾逋逃。"孔安国传:"役人贱者,男曰臣,女曰妾。"

⑩"击",述古堂本作"繁",误。○皇甫谧《帝王世纪》:"帝尧之世,天下大和,百姓无事。有八九十老人,击壤于道。观者叹曰:大哉帝之德也!老人曰:吾日出而作,日入而息,凿井而饮,耕田而食,帝何力于我哉!"王应麟《困学纪闻·杂识》:"击壤,周处《风土记》云:壤,以木为之,前广后锐,长尺三寸,其形如履,古童儿所戏之器,非土壤也。先侧一壤于地,遥于三四十步,以手中壤击之,中者为上。"心荷:内心感戴。

郊居杜陵下①,永日同携手②。人里蔼川阳③,平原见峰首。园庐鸣春鸠,林薄媚新柳④。上卿始登席⑤,故老前为寿⑥。临当游南陂⑦,约略执盃酒⑧。归欤绁微官⑨,惆怅心自咎⑩。

①"郊",蜀刻本作"外",误。○[赵注]《太平寰宇记》:"杜陵,汉县,在今万年县东南十五里。《汉志》注云:古杜伯国也。汉宣帝以杜东原上为初陵,更名杜县为杜陵。"生按:在今西安市东南。

②永日:整天。《说文》:"永,长也。"刘桢《公宴》:"永日行游戏,欢乐犹未央。"

③"人",纬本、凌本、全唐诗作"仁"。"蔼",蜀刻本、活字本、全唐诗作"霭"。○人里:乡村。蔼通霭。《集韵》:"霭,云雾貌。"川阳:

水北，川指樊川。谓乡村在雾气迷蒙的樊川之北。《元和郡县志》："樊川，在万年县南三十五里。"

④林薄：草木丛生之地。《九章·涉江》："露申辛夷，死林薄兮。"王逸注："丛木曰林，草木交错曰薄。"《小尔雅·广诂》："媚，美。"

⑤上卿：官名。周代王及诸侯皆置卿，执掌国政，分上中下三级。此借指大理寺卿。[赵注]《左传·僖公十二年》："王以上卿之礼飨管仲。"

⑥故老：有名望多见识的老人。陶潜《咏二疏》："促席延故老。"《汉书·高帝纪》："庄入为寿。"颜师古注："凡言为寿，谓进爵于尊者，而献无疆之爵。"生按：谓敬酒并祝健康长寿。

⑦"游"，英华作"送"，非。○陂：音皮。《说文》："陂，一曰池也。"段玉裁注："陂得训池者，陂言其外之障、池言其中之水。"

⑧约略：略微。

⑨"归轪绌"，英华、述古堂本作"归辙继"，元刊本、久本作"车辙绌"。"绌"，元刊本作"诎"，全唐诗一作"继"。○绌：通黜，音出，退，辞。[赵注]欧阳建《临终诗》："抱责守微官。"生按：维诗自称"微官"的，一见于此诗，一见于《被出济州》，当非偶然。

⑩惆怅：因失意而懊悔。宋玉《九辩》："惆怅兮而私自怜。"自咎：意谓因尚未辞官归隐而心中懊悔自责。

评 笺

《王摩诘诗评》："刘云：胜《选》。"

葛晓音说："王维在吟咏别业山水的应酬诗中，常常有意识地效法大谢，以追求典雅端庄的风格。如《晦日游大理韦卿城南别业》其二、其四等，布景造句都与谢诗精致清雅的格调神似。"（《论山水田园诗派的艺术特征》）

冬中馀雪在①，墟上春流驶②。风日畅怀抱，山川好天气③。雕胡先晨炊④，庖胾亦后至⑤。高情浪海岳⑥，浮生寄天地。君子外簪缨，埃尘良不滓⑦。所乐衡门中⑧，陶然忘其贵⑨。

①"中"英华作"日"。○冬中：冬季。《后汉书·周举传》："士民每

冬中辄一月寒食。"

②墟上：村落之旁。《玉篇》："驶，急也。"〔赵注〕谢灵运《山居赋》："憩温泉于春流。"何逊《与沈助教同宿湓口夜别》："君随春水驶，鸡鸣亦动舟。"

③"畅"，蜀刻本作"扬"。"好天"，英华、全唐诗作"多秀"。○怀抱：胸襟，心意。王羲之《兰亭集序》："或取诸怀抱，晤言一室之内。"

④"先"活字本作"失"，误。"晨炊"，述古堂本、元刊本、赵本作"丰酌"，从蜀刻本、全唐诗、活字本等。○雕胡：菰米，村野所食。见《登楼歌》注⑮。句谓先以雕胡饭为早餐。

⑤"后"，述古堂本、元刊本、赵本、全唐诗作"云"，从蜀刻本、活字本、顾本等。○庖脍：音袍快，肉食，佳肴。《说文》："庖，厨也。脍，细切肉也。"

⑥浪：放浪。谓韦卿的高雅情趣，在于放浪山水之间。孙绰《游天台山赋》："释城中之常恋，畅超然之高情。"

⑦簪：冠簪；缨：系冠的绦。皆古代官吏冠上的饰物，借喻显贵。啻音翅。不啻：无异于。二句谓韦卿视簪缨为身外之物，实无异于尘埃。

⑧〔赵注〕《诗·陈风·衡门》："衡门之下，可以栖迟。"毛苌传："衡门，横木为门，言浅陋也。"

⑨陶然：喜悦貌。《广雅·释训》："陶，喜也。"陶潜《时运诗》："挥兹一觞，陶然自乐。"

高馆临澄陂①，旷然荡心目②。澹淡动云天③，玲珑映墟曲④。鹊巢结空林，雉雊响幽谷⑤。应接无闲暇⑥，徘徊以踯躅⑦。纤组上春隄⑧，侧弁倚乔木⑨。弦望忽已晦⑩，后期洲应绿⑪。

①"澄"，元刊本、活字本作"登"，误。○《论语·为政》："临之以庄，则敬。"皇侃疏："临，谓以高视下也。"澄陂：清澄的池塘。

②"然"，述古堂本、元刊本作"望"。从蜀刻本、全唐诗等。"荡心"，全唐诗一作"理心"。○旷然：开阔貌。王粲《从军诗》："旷然消人忧。"荡：放。《广雅疏证》："荡、逸、放、恣并同义。"

③"澹淡"，述古堂本、元刊本、赵本、活字本、全唐诗作"淡荡"，从蜀刻本。○淡：此处音沰。澹淡：水波动荡貌。宋玉《高唐赋》："徙靡

澹淡，随波闇蔼。"［赵注］谢灵运《泰山吟》："崔翠刺云天。"

④［赵注］谢灵运《于南山往北山经湖中瞻眺》："侧径既窈窕，环洲亦玲珑。"李周翰注："玲珑，明见貌。"陶潜《归田园居五首》之二："时复墟曲中，披衣共来往。"生按：墟曲：墟里，村落。此指池水澄静之时。

⑤"雊"，《英华》作"雉"，误。○雊：音够。《说文》："雊，雄雉鸣也。雷始动，雉乃鸣而勾其颈。"

⑥《广雅·释言》："应，受也。"［赵注］《世说新语·言语》："王子敬云：从山阴道上行，山川自相映发，使人应接不暇。"

⑦曹睿《乐府诗》："徘徊以彷徨。"《晋书·陆云传》："步彷徨以踟蹰。"徘徊、踟蹰：皆行不进貌。以：犹与。

⑧［赵注］谢朓《游敬亭山》："我行虽纡组，兼得穷幽蹊。"李善注："《说文》曰：纡，一曰萦也。组，绶也。"生按：张衡《东京赋》："纡皇组。"李善注："纡，垂也。"纡组：垂着绶带。参见《韦给事山居》注⑤。

⑨弁：音便。《诗·齐风·甫田》："突而弁兮。"毛苌传："弁，冠也。"孔颖达疏："《周礼》掌冠冕者，其职谓之弁师，则弁者冠之大号也。"《诗·小雅·宾之初筵》："侧弁之俄"。郑玄笺："侧，倾也。"侧弁：倾斜其冠，无拘束貌。《诗·小雅·伐木》："迁于乔木"。毛苌传："乔，高也。"

⑩［赵注］《释名·释天》："弦，月半之名也，其形一旁曲一旁直，若张弓弦也。望，月满之名也，月大十六日，月小十五日，日东月在西，遥相望也。晦，灰也，火死为灰，月光尽，似之也。"

⑪后期：后会于此之期。

评　笺

葛晓音说："王维往往有意识地效仿大谢，以追求典雅端庄的风格。此诗'人里蔼川阳'四句，'高馆临澄陂'四句，深得谢诗精致清雅的旨趣。"（《山水田园诗派研究》）

冬日游览

步出城东门，试骋千里目①。青山横苍林，赤日团平陆②。

渭北走邯郸③，关东出函谷④。秦地万方会⑤，来朝九州牧⑥。
鸡鸣咸阳中⑦，冠盖相追逐⑧。丞相过列侯⑨，群公饯光禄⑩。
相如方老病，独归茂陵宿⑪。

① [赵注] 孙楚《之冯翊祖道诗》："举翮抚三秦，抗我千里目。"生
按：《广释词》："试，犹聊也，暂也，且也。"句谓暂且纵目远望。

② [赵注] 何逊《学古三首》："阵云横塞起，赤日下城圆。"《尔雅·释
地》："大野曰平，高平曰陆。"谢瞻《王抚军庾西阳集别》："颓阳照通津，夕
阴暧平陆。"生按：《玉篇》："团，圆也。"句谓红日圆圆地悬于平原上空。

③邯郸：战国时赵国国都，故城在今河北邯郸县西南十里，俗呼赵王
城。[赵注]《汉书》："文帝指视慎夫人新丰道，曰：此走邯郸道也。"如
淳注："走音奏，趋也。"[陈注]谓越渭水而北，可达邯郸。

④ [赵注]《雍录》："秦函谷关在唐灵宝县南十里。路在谷中，深险
如函，故以为名。汉函谷关在唐新安县之东一里，以比秦旧，则移东三百
七十八里。杨仆者，宜阳县人，汉武帝时数立大功，耻其家不在关内，乞
移秦关而东之，武帝允焉，仆自以其家僮筑立关隘，是为汉世函关。"[陈
注]谓出函谷关即抵关东之地（今河南、山东一带）。

⑤今陕西为古秦国之地。此指长安。《广雅·释诂》："会，聚也。"谓
系四面八方人物聚集之处。

⑥古籍记载，我国古代分全国为九州，但《尔雅》《禹贡》《周礼》的
说法不一。见《奉和圣制暮春送朝集使归郡应制》注⑦。《礼·曲礼下》：
"九州之长，入天子之国曰牧。"此处借指唐代各地之长官，如都督、节度
使、都护、府尹、刺史（太守）等。

⑦"中"，唐诗正音作"市"。○ [赵注]《三辅黄图》："咸阳在九嵕
山渭水北，山水俱在南，故名咸阳。"生按：咸阳，秦国都城，在今咸阳市
东北二十二里聂家沟。此借指长安。

⑧冠盖：官员的官帽和车盖，借指达官贵人。班固《西都赋》："冠盖
如云，七相五公。"

⑨ [陈注] 过：过从，交往应酬之意。生按：《汉书·百官公卿表》：
"相国、丞相，皆秦官，金印紫绶，掌丞天子，助理万机。"蔡邕《独断》：

"皇子封为王者，称为诸侯王。群臣异姓有功封者，称为彻侯，避武帝讳改曰通侯，或曰列侯。"此指当时的宰相和有爵位的高官。

⑩《谷梁传·僖公五年》："晋人执虞公。"何休注："五等诸侯，民皆称公。"此指唐代有封爵者，由从一品至从五品，有国公、郡公、县公、县侯、县伯、县子、县男。《玉篇》："饯，送行设宴也。"光禄：官名。唐有光禄大夫、金紫光禄大夫、银青光禄大夫，是从二品至从三品的文散官，唐制，职官皆带散官品位。又有光禄寺卿、少卿，从三品与从四品上，掌朝廷膳馐。此处当指光禄大夫。

⑪"方"，全唐诗一作"今"。○《史记·司马相如传》："相如口吃而善著书。常有消渴疾（糖尿病）。其进仕宦，未尝肯与公卿国家之事，称病闲居，不慕官爵。相如既病免，家居茂陵。"茂陵：在今陕西兴平县东北，本名茂乡，武帝葬此，因置茂陵邑。

评　笺

《王摩诘诗评》："刘云：（团）下字佳。（'九州牧'下）平实悲壮，古意雅词，乐府所少。（诗末）更似不须语言。"

周珽《唐诗选脉会通评林》："吴山民曰：'青山'一联，景语，旷。'丞相'二句，意实有谓。结有翛然之思。○周敬曰：运得妙，不觉其填。"

陈贻焮说："这诗写冬日出游长安城东的所见所感。先写京都的繁华，末后慨叹寒士的孤寂。"（《王维诗选》）

葛晓音说："诗中的境界随着想象开扩到视野之外。纵横劲健的笔力，加上沿用汉《古诗》'步出城东门'的开头，使汉魏浑厚古朴的气象在山水诗中得到了再现。"（《山水田园诗派研究》）

张福庆说："德国美学家莱辛的《拉奥孔》说，绘画不宜处理事物的运动变化与情节，而宜描写静物；诗不宜充分逼真地描写静止的物体，而只宜叙述动作。但王维山水诗的突出特点，却恰恰在于打破了这种诗画界限，他的景物描写，有一些属于略去事物运动变化的过程，将一刹那间在空间中的真实结构、色彩和形状记录下来，形成一种相对静止的画面。如'清冬见远山，积雪凝苍翠'（《赠从弟司库员外绿》）、'青山横苍林，赤日团平陆'，等等。"（《唐诗美学探索》）

寒食城东即事①

　　清溪一道穿桃李，演漾绿蒲涵白芷②。溪上人家凡几家，落花半落东流水③。蹴鞠屡过飞鸟上④，秋千竞出垂杨里⑤。少年分日作遨游，不用清明兼上巳⑥。

　　①宗懔《荆楚岁时记》："去冬至节一百五日，即有疾风甚雨，谓之寒食。禁火三日，造饧，大麦粥。斗鸡、镂鸡子、打毬、秋韆、施钩之戏。按历，合在清明前二日。按《周礼·秋官·司烜氏》：'仲春以木铎修火禁于国中。'注云：'为季春将出火也。'今寒食准节气是仲春之末，清明是三月之初，然则禁火盖周之旧制。"生按：据此，知寒食为介之推禁火的传说，是后起的。

　　②［陈注］演漾：流动，荡漾。涵：浸。［赵注］《尔雅翼》："白芷出近道下湿地，处处有之，可作面脂，其叶名蒿麻，可用沐浴。"生按：蒲，香蒲。见《白石滩》注①。

　　③"半"，蜀刻本、述古堂本、元刊本作"共"。

　　④蹴：音促，踢；鞠：同鞠，毬。［赵注］《史记·卫将军骠骑列传》："穿域蹋鞠。"索隐："穿地为营域，有限域也。今之鞠戏，以皮为之，中实以毛，蹴蹋为戏。"生按：《文献通考·乐考》："蹴毬盖始于唐。其法：植两修竹，高数丈，络网于上，为门以度毬，毬工分左右朋，以角胜负。"据此，则唐代踢毬，与现代足球近似，但球门立于场中，左右相射。

　　⑤［赵注］刘孝孙《事源》："《古今艺术图》云：秋千，北方戎狄爱习轻趫之戏，每至寒食为之，中国女子学之，乃以绿绳悬树，立架为之。"生按：竞出，争相荡出。

　　⑥分日：此指春分，在阴历二月中。清明：在阴历三月初。皆节气名。巳：音似。上巳：节日名，古以阴历三月上旬巳日为上巳，官民皆到郊外水滨洗濯、饮宴，以祓除不祥，称为祓禊、修禊、禊饮。自魏以后，不再用上巳，定为三月三日。见《三月三日曲江侍宴应制》注⑤。［陈注］不用：用不着到清明和上巳，春分以来就在外面游玩。生按：唐制，官吏

"寒食、清明，四日为假"。(《唐会要》)

评　笺

　　《任摩诘诗评》："刘云：自是活动。○顾云：摩诘七言绝高，情景故实，随取随足。'溪上人家凡几家，落花半落东流水。'无紧慢说出。"吴幵《优古堂诗话》："晁无咎评乐章欧阳永叔《浣溪纱》云：'隄上游人逐画船，拍隄春水四垂天，绿杨楼外出秋千。要皆绝妙，然只一出字，自是后人道不到处。'予按唐王摩诘《寒食城东即事》云：'秋千竞出绿杨里'欧公用出字盖本此。"

　　胡应麟《诗薮》："李、杜外，短歌可法者：岑参《蜀葵花》《登邺城》，李颀《送刘昱古意》，王维《寒食》，崔颢《长安道》，贺兰进明《行路难》。语虽平易，而气象雍容。"

　　《唐诗归》："钟云：此便是绝妙《帝京篇》《长安古意》，岂得以其少而弃之！(首句下)'穿'字说出深曲。"

　　许学夷《诗源辩体》："'溪上人家凡几家，落花半落东流水'。诗中有画者也。"

　　吴乔《围炉诗话》："《寒食城东即事》，若将次联意作流水联，即是七律。"

　　林庚说："这少年们也就是那些'长安少年游侠客'，他们自豪的是'少年十五二十时，步行夺取胡马骑'，'赵魏燕韩多劲卒，关西侠少何咆勃'！唐人生活中的少年精神乃无往而不在地成为诗歌中最活跃的因素。"(《中国文学简史》)

　　郝世峰说："一切都荡漾着春日的欢乐，不仅反映出开、天盛世的繁华，而且从中透出清新灵动、生气焕发的青春活力。"(《隋唐五代文学史》)

　　葛晓音说："构图完整而又错落有致。在桃花流水的背景上缀几笔不时飞上天去的彩球和秋千，令人如闻少男少女们欢乐的笑声，使这幅优美的郊游图更添了荡漾的春意。"(《山水田园诗派研究》)

　　王力说："仄韵七律也可认为入律的七古。像这样全篇句句入律，总该认为律古之间的诗。"(《汉语诗律学》)

登辨觉寺①

竹径从初地②，莲峰出化城③。窗中三楚尽④，林上九江平⑤。软草承趺坐⑥，长松响梵声⑦。空居法云外⑧，观世得无生⑨。

此诗约作于开元二十九年春。

①"辨"，全唐诗、赵本一作"新"。

②"从"，英华、律髓作"连"。○〔赵注〕《涅槃经》："无量无边恒河沙等诸菩萨辈，得入初地。"生按：《语辞例释》："从，犹云向。"佛教说菩萨修行所达的境地，分为十个阶段，称为大乘菩萨十地，第一地即初地，名欢喜地。借指寺前台阶，谓经过竹径走向佛寺。

③〔赵注〕《法华经》："譬如五百由旬（印度一由旬约合中国三十里）险难恶道，若有多众欲过此道，至珍宝处（喻成佛）。众人中路懈退，不能复进。导师以方便力，于险道中，过三百由旬，化作一城。于是众人前入化城。既得止息，无复疲倦，导师既灭化城，语众人言：汝等去来，宝处在近，向者大城，我所化作，为止息耳。"生按：《法华经》将小乘之涅槃（义译为灭度、圆寂，谓灭去烦恼生死，进入清净无碍之境），譬作幻化而成的城郭，谓如来欲使众生到达大乘成佛宝所，恐众生中途畏难不进，故方便之，先说小乘涅槃，权供休息，然后发心精进以至宝所。此处借指寺中殿宇。莲峰：江西庐山莲花峰。出：现出。

④"尽"，英华作"静"。○〔赵注〕《史记·货殖列传》："自淮北沛、陈、汝南、南郡，此西楚也。彭城以东，东海、吴、广陵，此东楚也。衡山、九江、江南、豫章、长沙，是南楚也。"生按：尽，谓一览无余。

⑤"上"，凌本、律髓作"外"。○九江：江西九江市南，有九条水流入长江。见《同崔傅答贤弟》注④。

⑥"软"，英华、唐诗解作"嫩"，述古堂本、元刊本作"敷"。"承"，活字本作"乘"。○《说文》："承，受也。"《增韵》："承，下载上也。"趺：音夫，同跗。趺坐：又称结跏趺坐，是佛教徒参禅静坐的坐法。见《山中寄诸弟妹》注③。

⑦梵声：此指佛教徒模仿梵语音调吟咏经文和歌唱偈赞的声音。见

《梵舍人能书梵字兼达梵音》注①。

⑧《维摩诘经》：“诸法究竟无所有，是空义。”法（世间一切事物）即是空，则居处世间，乃是空居。《华严经》：“不坏法云，遍覆一切。”本喻佛法如云，涵盖一切。此谓自然之云。[赵注]《净住子》：“慧日已沉，法云遐布。”生按：《语辞例释》：“外，可以表示‘内中’义。”

⑨观世：观察世事。《仁王经》：“一切法性（事物本质）真实空，不来不去，无生无灭。”得无生：获得对无生的认识。佛教说，修得无生，即是涅槃。

评　笺

《瀛奎律髓》：“方云：此似是庐山僧寺。三、四形容广大，其语即无雕刻，而窗中林外四字，一了数千里，佳甚。○纪云：五、六句兴象深微，特为精妙。‘平’一作‘明’，明字较胜。○冯舒云：‘窗中’十字，足敌洞庭‘气蒸’、‘波动’之句。”

唐汝询《唐诗解》：“梵刹诗，此则景象弘远，声调超凡，登眺中绝唱。”

谢榛《四溟诗话》：“王右丞《登辨觉寺》：‘窗中三楚尽，林上九江平’，旷阔有气，但‘上’字声律未妥。”

王寿昌《小清华园诗谈》：“宜以诗生韵，不宜以韵生诗。意其间自然成韵者，上也；句到其间韵自来凑者，次也。韵之自然与句凑者，右丞之‘窗中三楚尽，林外九江平’；‘白云回望合，青霭入看无’之类是也。”

彭端淑《雪夜诗谈》：“摩诘诗佳句甚夥，如‘窗中三楚尽，林外九江平’；‘江流天地外，山色有无中。’”“皆超然绝俗，出人意表。”

黄培芳《唐贤三昧集笺注》：“雅正。”

赵殿成按：“琢崖尝说：‘此诗初地，即菩萨十地中之第一地，所谓欢喜地也，本是圣境中所造阶级之名，今借作寺外路径用。化城本是方便小乘止息之喻，今借作寺中殿宇用。工则工矣，然右丞是学佛者，奈犯绮语戒何！’语虽近释，实中理解。成观九经中语，为文人借用，失其本来面目，未易更仆数。即以右丞而论，如以傅母作乳媪用，膳夫作饔子用，兽人作猎夫用，司谏作言官用之类，皆与经义不合，虽于文无害，然不究其所原而仅袭其步，恐有邯郸匍匐之患耳。○三、四二句，佳处全在窗中、林上四字。或取‘尽’字‘平’字，以敌杜老《兜率寺》诗中之‘有’字‘自’字者，犹恐未的。”

陈铁民说:"'窗中'二句,上句写自庐山僧寺远眺,'一了数千里',三楚尽收眼底;下句写从庐山下望,近处是一片树林,林外有水阔波平的彭蠡(今鄱阳湖)和注入彭蠡的湖汉水(今赣江)及其八大支流,句中用一'上'字,表现出了景物的远近层次(画中可把远处的九江画在近处的树林上)。二句气象阔大,写出了庐山一带的地理特征。"(《王维新论》)

萧弛说:"王维'窗中三楚尽,林上九江平'。杜甫'窗含西岭千秋雪,门泊东吴万里船'。天然风景无限,诗人却把它纳入有限的尺幅虚牖之中,真乃'物小而蕴大,有须弥芥子之义'。(《闲情偶寄》)"(《中国诗歌美学》)

生按:窗中、林上二句,置大于小,小中见大之法。

春日上方即事①

好读高僧传②,时看辟谷方③。鸠形将刻杖④,龟壳用支床⑤。柳色春山映⑥,梨花夕鸟藏⑦。北窗桃李下,闲坐但焚香⑧。

①"方",英华作"房",误。此诗后四句,《乐府诗集》,收入近代曲辞,题为《一片子》,"春"作"青","夕"作"雪","北"作"绿","但焚香"作"叹春芳"。谓张说作。《万首唐人绝句》收入五言绝句,仍作维诗。任半塘《唐声诗》:"一片子,片乃遍之省,应为某大曲之一遍。"生按:说集无此诗。○上方:佛寺中住持、长老居住的内室。此诗即咏某长老在上方中的生活情景。

②高僧传:书名。梁僧惠皎作《高僧传》十四卷,所载僧人,自东汉永平十年至梁天监十八年,凡四百五十余人。唐僧道宣作《续高僧传》三十卷,所载僧人,自梁至唐初,凡四百余人。

③辟:音僻。《集韵》:"辟,除也。"辟谷方:不食五谷修道成仙的方书。《史记·留侯世家》:"(张良)乃学辟谷,导引轻身。"

④[赵注]《后汉书·礼仪志》:"仲秋之月,县道皆按户比民,年始七十者,授之以玉杖,铺之糜粥。八十、九十礼有加,赐玉杖长九尺,端以鸠鸟为饰。鸠者不噎之鸟也,欲老人不噎。"生按:《广释词》:"将,犹用。"谓"用鸠形刻

杖"，下句句型同。此诗并非自我写照，或据以推测王维活到七十余岁，欠妥。

⑤［赵注］《史记·龟策列传》："南方老人用龟支床足，行二十余岁，老人死，移床，龟尚生不死。龟能行气导引。"

⑥《语辞集释》："蒋绍愚说，映，义同掩，即遮掩或隐藏之意。"

⑦"梨花，"蜀刻本、律髓、活字本作"花明"。○谓"夕鸟藏于梨花"，句型与上句同。

⑧"坐"，律髓作"步"。

评 笺

《瀛奎律髓》："方云：三、四新异。○纪云：此非右丞佳处，况皆习用之典，不得以新异目之。后四句，柳、花、桃李，用字颇杂，明字不对色字。○冯班云：腹联明秀。"

《王摩诘诗评》："刘云：新异。"

乔亿《剑溪说诗》："《春日上方即事》，后半忽作绮语，亦反观法，玩'但焚香'三字可见。"

宋征璧《抱真堂诗话》："王摩诘'梨花夕鸟藏'，杜子美'山精白日藏'，一风华，一森峭。"

顾可久按："清俊恬淡"。

胡遂说："窗外窗内，相映成趣，在骀荡的春光中，生机与静谧得到了和谐统一。正是春意盎然，禅意也盎然。"（《中国佛学与文学》）

泛 前 陂①

秋空自明迥②，况复远人间③。畅以沙际鹤，兼之云外山④。
澄陂澹将夕⑤，清月皓方闲。此夜任孤棹⑥，夷犹殊未还⑦。

①陂音皮。《说文》："陂，一曰池也。"

②"自明",全唐诗、赵本一作"明月"。○《广释词》:"自犹最,有多义。"《增韵》:"迥,寥远也。"

③"间",英华作"寰"。○《语辞汇释》:"况犹恍也,言恍如远隔人间也。"《广释词》:"复,犹忽。"

④以:因。际:上。二句谓心情因沙际白鹤的闲静和云外青山的澹远而舒畅。

⑤"陂",各本作"波"。从蜀刻本。○将:犹方。

⑥《释名·释船》:"在旁拨水曰棹。"借指舟船。任孤棹:任随孤舟飘流池中。

⑦[赵注]屈原《九歌·湘君》:"君不行兮夷犹。"王逸注:"夷犹,犹豫也。"谢朓《新亭渚别范零陵》:"停骖我怅望,辍棹子夷犹。"生按:《义府》:"犹豫,犹容与也。容与者,闲适之貌。"殊:犹。谢灵运《南楼中望所迟客》:"圆景早已满,佳人殊(五臣注本作'犹')未适。"

评　笺

杨慎《升庵诗话》:"王右丞诗:'畅以沙际鹤,兼之云外山'。孟浩然诗:'重以观鱼乐。因之鼓枻歌。'虽用助语词,而无头巾气。宋人黄、陈辈效之,如'且然'聊尔耳,得也自知之';又如'命也岂终否,时乎不暂留';岂止学步邯郸,效颦西子已哉!"

胡震亨《唐音癸签》:"诗用语助字,非法也,惟排律长篇或间有之。如老杜'馀力浮于海,端忧问彼苍',尚不觉用语助字。至王、孟'畅以沙际鹤,兼之云外山';及'依止此山门,谁能效丘也'之类,则恶矣,岂可妄效。"

贺裳《载酒园诗话》:"'畅以沙际鹤,兼之云外山',右丞偶尔自佳,后人尊之为法,动用数虚字演句,便成馊酸馅矣。"

钱锺书书说:"诗用虚字,《文心雕龙·章句》结语已略论之。盖周秦之诗骚,汉魏以来之杂体歌行,或四言,或五言记事长篇,或七言,或长短句,皆往往使语助以添迤逦之概。唐则李、杜以前,陈子昂、张九龄使助词较夥,然亦人不数篇,篇不数句,多摇曳以添姿致,非顿勒以增气力。他如王维《赠张諲》:'宛是野人也,时从渔父渔';《青溪》:'请留盘石上,垂钓将已矣';《哭祖自虚》:'谬合同人旨,而将玉树连。为善吾无已，知音子绝焉'；《示外甥》：'老夫何所似，敝宅傥因之'；《泛前陂》：
'畅以沙际鹤，兼之云外山。'其例已多。"（《谈艺录》）

　　萧弛说："禅宗哲学是中国士大夫把握永恒、解脱时间苦痛的又一方式。
它以参破时间、方位、因果去破除我执，使主体进入无意识状态，像水流云浮
一样自在而无目的。禅宗的永恒就是无时间性。而且，禅宗又是在随缘自在、
率性疏野的日常生活与山水自然中参破、忘却时间的。耽于禅悦的诗人王维的
作品中，也终常会出现这种流连光景之际时间和自我意识的丧失。如'此夜任
孤棹，夷犹殊未还'；'欲知禅坐久，行路长春芳'。"（《中国诗歌美学》）

　　生按：写小湖泊，显大境界。恬淡，和谐，高洁，超脱，物我交融，
天人合一。张孝祥《念奴娇·过洞庭》意境与此相通，但此宁静，彼昂扬，
正所谓'悠然心会，妙处难与君说'也。

游李山人所居因题屋壁①

　　世上皆如梦②，狂来或自歌③。问年松树老，有地竹林多④。
药倩韩康卖⑤，门容向子过⑥。翻嫌枕席上，无那白云何⑦。

　　①山人：隐士。庾信《幽居值春》："山人久陆沉，幽径忽春临。"李
山人：未详何人。

　　②"世上"，全唐诗一作"世人"、"人事"。○《金刚经》："一切有
为法（凡世间事物），如梦幻泡影。"

　　③"狂"，英华作"往"。"或"，全唐诗作"止"。

　　④"林"，英华作"阴"。

　　⑤倩：借助，请讬。《后汉书·逸民传》："韩康字伯休，京兆霸陵人。
常采药名山，卖于长安市，口不二价，三十余年。"

　　⑥"向"，蜀刻本、全唐诗、高士传作"尚"。○向子：向长，隐士。
见《早秋山中作》注④。

　　⑦"席上"，元刊本、品汇作"上席"，误。"那"，全唐诗一作"奈"通。○

翻：同反。《日知录》："六朝人多书奈为那，唐人多以无奈为无那。"生按：山居深幽，白云时来枕席之上，隐者心情何等怡悦！此处不正写，正所谓嫌是不嫌。

登河北城楼①

　　井邑傅岩上②，客亭云雾间③。高城眺落日，极浦映苍山④。岸火孤舟宿，渔家夕鸟还。寂寥天地暮⑤，心与广川闲⑥。

　　此诗约作于开元十七年自淇上还洛阳时。

　　①［赵注］《新唐书·地理志》："陕州平陆县本河北县。天宝元年，太守李齐物开三门以利漕运，得古刃，有篆文曰平陆，因更名。"生按：今山西平陆县西南旧城。

　　②井邑：城镇。［赵注］《释名·释州国》："周制，九夫为井，其制似井字也。四井为邑，邑人聚会之称也。"陆云《答张士然》："修路无穷迹，井邑自相循。"《水经注·河水》："沙涧水北出虞山，东南迳傅岩，历傅说（音悦）隐室前，俗名之为圣人窟。"《元和郡县志》："傅岩在陕州平陆县北七里，即傅说版筑之处。"生按：《史记·殷本纪》："帝武丁夜梦得圣人，名曰说。以梦所见视群臣百吏，皆非也。于是乃使百工营求之野，得说于傅险中。是时说为胥靡（以锁链串联而服劳役的罪犯），筑于傅险。见于武丁，与之语，果圣人，举以为相，殷国大治。"

　　③客亭：《汉书·高帝纪》颜师古注："亭，谓停留行旅宿食之馆。"《说文》徐锴系传："古者十里一长亭，五里一短亭。"

　　④极浦：遥远的水滨。见《鱼山神女祠歌·迎神曲》注⑥。

　　⑤"暮"，凌本作"外"。○［赵注］王褒《四子讲德论》："纷纭天地，寂寥宇宙。"李善注："寂寥，旷远之貌也。"

　　⑥《语辞汇释》："与，犹如也。"广川：广阔的河流。此指黄河。《国语·周语》："高山广川大薮也，故能生是良材。"

评　笺

徐用吾《唐诗分类绳尺》："王公诗典丽，然骨格自存，不流于容冶。"

黄培芳《唐贤三昧集笺注》："顾云：冲雅，情景俱胜。"

葛晓音说："此诗展现了北方山水雄伟壮阔的姿貌。王维是在充分吸取南方山水诗表现艺术的基础上，开辟了北方山水田园诗的新境界，以雄浑壮丽与清新自然相结合的风格，实现了汉魏风骨与齐梁词彩相交融的艺术理想。"（《山水田园诗派研究》）

尚定说："王维的意象创造表现出很高的技巧，这在相当大程度上得力于王维对于那些具有并置意义的实体性名词（或动词）的选择。如'岸火孤舟宿，渔家夕鸟还'。岸火与孤舟、渔家与宿鸟虽两两并置，粗看各自独立，不相关联。但是'宿'与'还'含有的联想之意，使独立的实景构成一幅完整的、动静交错的画面。"（《走向盛唐》）

张节末说："王维诗中的'闲'更多地与寂静同义。从对自然的审美经验上看，'闲'的意义是把自然看空。此诗后二句描写登城楼远望所见，天地间暮色寂寥，而诗人的心与广川化为一体，其感受也是闲。"（《禅宗美学》）

登裴迪秀才小台作①

端居不出户②，满目望云山③。落日鸟边下，秋原人外闲④。
遥知远林际，不见此檐间⑤。好客多乘月⑥，应门莫上关⑦。

①诗题，蜀刻本、活字本作《登裴秀才迪小台》。〇秀才：见《辋川闲居赠裴秀才迪》注①。

②《语辞集释》："李崇兴说：'端居'，唐人习用语，意为闲居、安居。《梁书·傅昭传》：'终日端居，以书记为乐'。"

③"望"，全唐诗一作"空"。

④人外：世外。［赵注］沈约《齐武帝瑯瑘城讲武应诏》："秋原嘶代马，朱光浮楚练。"［陈注］二句写登台所见秋原落照的景致。

⑤知：犹想。檐：台榭的檐。［陈注］远林际，指作者住宅所在地。二句谓从远处我家所在树林那边，想是望不见这小台的。设想新奇。

⑥乘：趁。谓主人好客，多半要趁月光夜游。《晋书·袁宏传》："秋夜乘月，率尔与左右微服泛江。"或释为主人好客，不让早归，归来多半在月上之后，存参。

⑦［陈注］应门：指看门的人。关：门闩。上关：上闩。［赵注］刘桢《赠五官中郎将》："白露涂前庭，应门重其关。"庾肩吾《南苑看人还》："洛桥初度烛，青门欲上关。"

评 笺

《唐诗归》："钟云：（落日二句）晚景之妙，无如此语。（遥知二句）不说登处却说望处，笔端妙，妙！○谭云：是小台，移动不得。"

王夫之《唐诗评选》："自然清韵，较襄阳褊佻之音固别。○起句拙好。"

顾安《唐律消夏录》："本是日边鸟下，原外人闲，看他句法倒转，便觉深妙。"

赵执信《声调谱》："'落日'下三句皆拗。"

沈德潜《唐诗别裁集》："转从远林望小台，思路曲折。远林，己之家中也，故结言应门有待，莫便上关。"

黄培芳《唐贤三昧集笺注》："顾云：冲雅。第三句自然，三、四摹写如画。"

张谦宜《絸斋诗谈》："'落日'二句，写台却以人物衬出，宽远入妙，方是台上眼光。'遥知'二句，悬想题外，却是转入题中，此法又妙。"

黄叔灿《唐诗笺注》："首联言裴迪小台，不出户而可望云山。次联写登台所见，境极清丽。三、四联说远处未必得见此台，以其小也，从对面说起，亦是翻空。"

张文荪《唐贤清雅集》："意兴闲远，神味在字句之外，静玩愈永。"

金圣叹批《西厢记》第二本："斲山云：美人于镜中照影，虽云看自，实是看他。细思千载以来，只有离魂倩女一人，曾看自己。他日读杜子美诗，有句云：'遥怜小儿女，未解忆长安'，却将自己肠肚，置儿女分中，此真是自忆自。又他日读王摩诘诗，有句云：'遥知远林际，不见此檐端'，亦是将自己眼光，移置远林分中，此真是自望自。盖二先生皆用倩女离魂法作诗也。"

王闿运批《唐诗选》："亦用'遥'字，此更超远。"

高步瀛《唐宋诗举要》："（落日二句）妙绝言诠。"

朱光潜说："'落日鸟边下，秋原人外闲'为同物之境。同物之境起于移情作用。移情作用是凝神注视，物我两忘的结果，其实是无我之境（即忘我之境）。"（《诗论》）

萧弛说："中国诗学强调'以小景传大景之神'（王夫之《夕堂永日绪论》）。所谓小景，系指即目所见的空间实景；所谓大景，则指诗人的心灵的眼睛所想象之景。这样，在一句一联之间，我们看到的往往是诗人从一个特定角度观察到的景物。钱锺书所指出的'以小景物作大景物坐标'（《宋诗选注》）的现象，也恰由这种现象所致。像郎士元'河阳飞鸟外'，梅尧臣'夕阳鸟外落'，张耒'新月已生飞鸟外'，'飞鸟'在视野的清晰距离内，而'河阳'、'夕阳'、'新月'则在景深之外。这同样可以理解为小中见大，置大于小。"（《中国诗歌美学》）生按：维诗"落日鸟边下"亦其例，且梅诗显系维诗化出。

周裕锴说："王、孟派诗人作诗，往往用最直接的意象语言表达心中的直觉表象。如王维'落日鸟边下，秋原人外闲'。孟浩然'回瞻下山路，但见牛羊群'（《游精思观回王白云在后》）。何等直接鲜明，一切只是呈现，这里没有任何修辞技巧。这就是禅家破除'意障'、'理障'、'言语障'的'第一义之悟'，在诗家则称之为'直致所得'（司空图语）或'不隔'（王国维语），从美学角度说，就是指审美直觉的果实，就是清人王夫之所谓'现量'。在《相宗络索》中，王夫之解释'现量'说：'现者有现在义，有现成义，有显现真实义。现在不缘过去作影；现成一触即觉，不假思量计较；显现真实，乃彼之体性本自如此。'可见，'现量'强调知觉经验，反对妄想揣摩；强调对体性的一触即觉，反对思索计较，诉诸知性、逻辑。在王夫之看来，王维的诗句最能体现禅家'现量'的特点。"（《中国禅宗与诗歌》）

游化感寺[①]

翡翠香烟合[②]，琉璃宝地平[③]。龙宫连栋宇，虎穴傍檐楹[④]。

谷静惟松响，山深无鸟声。琼峰当户拆⑤，金涧透林明⑥。郢路
云端迥⑦，秦川雨外晴。雁王衔果献⑧，鹿女踏花行⑨。抖擞辞
贫里⑩，归依宿化城⑪。绕篱生野蕨⑫，空馆发山樱。香饭青菰
米⑬，嘉蔬绿芋羹⑭。誓陪清梵末⑮，端坐学无生⑯。

此诗约作于天宝三载。

①"化感"，述古堂本、元刊本、唐诗解、赵本作"感化"。《旧唐书
·神秀传》有"蓝田（山）化感寺"，英华、蜀刻本、活字本、全唐诗作
"化感"，当从。

②[赵注]萧纲《咏烟》："欲持翡翠色，时吐鲸鱼灯。"生按：翠鸟，
雄曰翡，羽赤；雌曰翠，羽青。此指烟色。

③"地"，凌本、品汇、唐诗正音作"殿"。○[赵注]《法华经》："地
平如掌，琉璃所成。"生按：《汉书·西域传》孟康注："琉璃，青色如玉。"

④[赵注]谢惠连《七月七日夜咏牛女》："落日隐檐楹，升月照房
栊。"生按：栋，屋的正梁；宇即檐。楹，堂前直柱。栋宇、檐楹，此处皆
指寺庙，龙宫、虎穴，指寺庙近傍的潭水和岩穴。

⑤当：犹对。拆：音彻，裂开。谓两峰之间有豁缝或壑谷。

⑥"明"，述古堂本、元刊本、唐诗解、赵本作"鸣"。从英华、蜀刻
本、全唐诗。[赵注]鲍照《从登香炉峰诗》："霜崖减土膏，金涧测泉脉。"

⑦《水经注·沔水》："江陵西北有纪南城，楚文王自丹阳徙此，平王
城之。班固言，楚之郢都也。"此指通楚（今湖北）之路。《语辞例释》：
"端，有'边'义。"

⑧"雁"，蜀刻本、活字本作"凤"，误。○[赵注]《佛报恩经》："有五
百群雁，飞空南过。中有雁王，堕猎网中。时有一雁悲鸣来投雁王，五百群雁
徘徊虚空不去。猎师念言：鸟兽尚能共相恋慕，不惜身命，我今当以何心而杀
雁王！开网放使令去。"《法苑珠林》："僧伽达多常在山中坐禅，日时将逼，念
欲受斋。乃有群鸟衔果，飞来授之。于是受进食之。"生按：此系合用二事。

⑨"踏"，英华作"蹈"。○[赵注]《佛报恩经》："有国号波罗奈，去城
不远有山名圣所游居。其山有一仙人住居南窟，复有一仙住居北窟。二山中间
有泉，水边有一平石。尔时南窟仙人在此石上浣衣洗足，去后未久，有一雌鹿

来饮泉水，因饮石上浣衣垢汁，寻便怀孕。月满产生一女，南窟仙人以草衣裹还，采众妙果将养，渐渐长大，至年十四。其父常使宿火，令不断绝。一日不慎火灭，父语其女，北窟有火，汝可往取。尔时鹿女即往北窟，步步举足，皆生莲花，随其踪迹，行伍次第，如似街陌。往至北窟，从彼仙人，乞火还归。"

⑩《法苑珠林》："西云'头陀'，此云抖擞。能行此法，即能抖擞烦恼，去离贪着。如衣抖擞，能去尘垢。"贫里：喻小乘。佛以大乘教化而先说小乘，是引导修持的一种方便。[赵注]《法华经》："譬若有人，年幼舍父逃逝，久住他国，加复贫困。游诸聚落，经历国邑。尔时穷子，遇到父舍，遥见其父，种种严饰。窃念或是王等，非我佣力得物之处，不如往至贫里，肆力有地，衣食易得。父知其子志意下劣，而设方便，雇以除粪。其父他日，脱璎珞细软之具，著粗弊垢腻之衣，执持除粪之器，得近其子。后复告言，汝常作时，无有欺怠、瞋恨、怨言诸恶，自今以后，如所生子。穷子虽欣自遇，犹于二十年中除粪，其所止犹在本处。父知子渐以通泰，临欲终时即自宣言：'此是我子，今我所有，皆是子有。'世尊！大富长者，则是如来，我等为子。我等迷惑无知，乐着小法，今日世尊令我等思维，蠲除诸法戏论之粪。我等得至涅槃，自以为足，于此大乘无有志求。今世尊于佛智慧无所吝惜，为我说大乘法，如佛子所应得者，皆已得之。"生按：王维自喻，游化感寺犹如穷子抖去烦恼贪着，离开贫里，前往珍宝处。

⑪归依：又作皈依。归是归投、归向，依是依伏、依止。佛教说，要解脱迷妄烦恼，回复灵明清净本性，须以佛、法、僧三宝，作为最后归宿。化城：由导师（佛）一时幻化而成的城郭。借指化感寺。见《登辨觉寺》注③。

⑫"篱"，唐诗解作"庐"。○[赵注]谢灵运《酬从弟惠连》："山桃发红萼，野蕨渐紫苞。"生按：蕨，羊齿类植物，春发嫩叶，卷曲如拳，可食，俗名足鸡苔。

⑬菰米：菱白所结子，即雕胡米。见《登楼歌》注⑮。

⑭"绿"，蜀刻本作"紫"。"芋"，英华、品汇、全唐诗作"笋"。"羹"，英华、全唐诗作"茎"。○[赵注]郭璞《江赋》："挺自然之嘉蔬。"沈约《行园》："紫茄纷烂熳，绿芋郁参差。"《汉书·翟方进传》："饭我豆食，羹芋魁。"颜师古注："以芋根为羹也。"

⑮[赵注]庾信《奉和阐弘二教应诏》："鱼山将鹤岭，清梵两边来。"生按：

清梵，清朗的咏经歌赞之声。见《苑舍人能书梵字》注①。末：僧众的末座。

　⑯学无生：学佛。见《登辨觉寺》注⑨。

评　笺

　　唐汝询《唐诗解》："首言山寺之华，次言其僻，次言其幽，次言山水之胜，次言眺望之迥，次言象教之神。我安得不抖擞以辞贫里而归于化城哉"！

　　葛晓音说："这首诗用大量佛家典故和语汇描绘化感寺建筑的富丽，环境的清幽，以及寺中的生活，堆垛密实。但诗人高明之处在于所有意象的选择都格调一致，色泽鲜明，富有宗教壁画的装饰趣味，从而构成了一幅金碧辉煌的梵天仙境图，生动地展现了佛经中描绘的极乐世界。"（《山水田园诗派研究》）

　　王树海说："诗中充斥着佛典佛语，给人一种佛经变文的感觉。"（《禅魄诗魂》）

游悟真寺①

　　闻道黄金地②，仍开白玉田③。掷山移巨石④，呪岭出飞泉⑤。猛虎同三迳⑥，愁猿学四禅。买香燃绿桂⑧，乞火踏红莲⑨。草色摇霞上，松声泛月边⑩。山河穷百二⑪，世界满三千⑫。梵宇聊凭视⑬，王城遂渺然⑭。灞陵才出树，渭水欲连天。远县分朱郭⑮，孤村起白烟⑯。望云思圣主⑰，披雾忆群贤⑱。薄宦惭尸素⑲，终身拟尚玄⑳。谁知草庵客㉑，曾和《柏梁》篇㉒。

　　①又玄集、纪事、品汇以此诗为王缙作。述古堂本收入此诗又于题下署"王缙"名，全唐诗收入此诗，注"一作王缙诗"。蜀刻本、元刊本、活字本、文苑英华等作王维诗。○［赵注］《长安志》："崇法寺即唐悟真寺，在蓝田县东南二十里王顺山。"生按：《一统志》："蓝溪水过悟真寺前"。悟真寺分上下两寺，相距三里。上寺在悟真峪内西边岩上，俗称竹林寺。

②［赵注］《法苑珠林》："须达长者请祇陀太子，欲买园造精舍。祇陀太子言：若能以黄金布地令间无空者，便当相与。须达便使人象负金出八十顷中，须臾欲满，残余少地。祇陀念言，佛必大德，乃使斯人轻宝乃尔。教齐且止，勿更出金，园地属卿，树木属我，我自上佛，共立精舍。"

③"开"，英华作"依"。○［赵注］《后汉书·郡国志》："蓝田出美玉。"生按：仍，乃。

④掷：投置。法显《佛国记》："阿育王语弟得罗汉道，常住耆阇崛山（灵鹫山），志乐闲静。王语弟言，但受我请，当为汝于城里作山。王乃具饮食，召鬼神而告之曰：'明日悉受我请，无坐席，各自贲来。'明日诸大鬼神各持大石来聚，方四五步，坐讫，即使鬼神累作大石山。"

⑤［赵注］《十六国春秋》："昙无谶随王（北凉王沮渠蒙逊）入山，王渴须水，不能即得。谶乃密呪石为出水。"

⑥三迳：庭园间小路。陶潜《归去来辞》："三迳就荒，松菊犹存。"谓猛虎向善，可以共处。

⑦［赵注］《涅槃经》："获得四禅，神通安乐。"《华严经》："是菩萨住此发光地时，即离欲恶不善法，有觉有观，离生喜乐，住初禅。灭觉观，内净一心，无觉无观，定生喜乐，住第二禅。离喜住，舍有念，正知身受乐；诸圣所说，能舍有念受乐，住第三禅。断乐先除苦，喜忧灭，不苦不乐，舍念清净，住第四禅。"生按：此是修习禅定的四种境界。

⑧［赵注］《拾遗记》："王母与昭王游于㟥林之下，取绿桂之膏，燃以照夜。"

⑨"踏"，全唐诗作"蹈"。"红"，纪事、凌本作"青"。○鹿女往北窟乞火，随其举足，步步生莲。见《游化感寺》注⑨。

⑩"上"，品汇作"起"。○《广雅·释诂》："摇，上也。"王念孙疏证："摇，亦跃也。"泛：弥漫。《正字通》："泛，任风波自纵也。"

⑪［赵注］《汉书·高帝纪》："秦，形胜之国也，带河阻山，悬隔千里，持戟百万，秦得百二焉。"苏林注："百二者，得百中之二，二万人也。秦地险固，二万人足当诸侯百万人也。"虞喜注："百二，言倍之也，盖言秦兵当二百万也。"生按：下文"齐得十二"，苏林解为二十，则"百二"似宜解为二百。

⑫"满"，全唐诗作"接"。○［赵注］《释氏要览》："三千大千世

界，即释迦牟尼佛所化境也。世界何义？《楞严经》云：世为迁流，界为方位。又云：东西南北，四维上下，名界；过去、未来、现在，名世。《长阿含经》并《起世因本经》云：四洲地心，即须弥山，梵音苏弥卢，此云妙高。此山有八山绕，外有大铁围山，周回围绕，并一日月，昼夜回转，照四天下，名一国土。积千国土，名小千世界；积一千小千界，名中千世界；积一千中千界，名大千世界。以三积千，故名三千大千世界。"

⑬"凭视"，英华作"平览"，纪事作"凭览"。○梵宇：佛寺。江总《摄山栖霞寺碑》："我开梵宇，面壑临丘。"聊：且。

⑭王城：指长安。[赵注]鲍照《代升天行》："家世宅关辅，胜带宜王城。"

⑮"朱"，述古堂本、元刊本、赵本、活字本、全唐诗作"诸"。从蜀刻本、英华等。

⑯"村"，英华作"城"。

⑰〔赵注〕《史记·五帝本纪》："帝尧者，就之如日，望之如云。"

⑱"雾"，蜀刻本作"露"，误。"忆"，全唐诗作"隐"。○〔赵注〕《晋书·乐广传》："尚书令卫瓘见乐广而奇之，命诸子造焉。曰：此人之（若）水镜，见之莹然，若披云雾而睹青天也。"生按：《广韵》："披，分也。"

⑲"素"，纪事作"禄"。○薄宜：卑微的官职。尸素：尸位素餐。《汉书·朱云传》："今朝廷大臣，上不能匡主，下无以益民，皆尸位素餐。"颜师古注："尸，主也；素，空也。尸位者，不举其位，但主其位而已；素餐者，德不称官，空当食禄。"

⑳尚玄：汉哀帝时，杨雄淡于名利，草《太玄》以自守。见《重酬苑郎中》注①。句谓终生效法杨雄安于澹泊。

㉑"知"，蜀刻本、纪事作"言"。○〔赵注〕《神仙传》："焦先居河之湄，结草为庵，独止其中。"生按：谁知，谁料想到。草庵客，借指悟真寺某高僧。

㉒《古文苑·柏梁诗序》："汉武帝元封三年，作柏梁台。诏群臣二千石，有能为七言诗，乃得上座。"按：此谓其曾与诸大臣在皇帝面前赓和诗篇。

评　笺

陶文鹏说："（'草色'二句）草色竟运动起来，摇漾到云霞之上，仿佛发出了声音；无形的松声却成了有形的浪潮，泛涌到月亮旁边，并被月光镀上银亮色。真是奇丽的夸张和想象。当如实地描摹自然音响已不足以传达自己某种独特、强烈的感受时，王维也运用大胆的变形和夸张手法，突出地渲染音响的效果。"（《传天籁清音绘有声图画》）

与苏卢二员外期游方丈寺，而苏不至，因有是作[①]

共仰头陀行[②]，能忘世谛情[③]！回看双凤阙[④]，相去一牛鸣[⑤]。法向空林说[⑥]，心随宝地平[⑦]。手巾花氍净[⑧]，香帔稻畦成[⑨]。闻道邀同舍[⑩]，相期宿化城[⑪]。安知不来往，翻得似无生[⑥]。

此诗约作于天宝八载。

①英华、品汇以此诗为王昌龄作。生按：昌龄未曾任过员外郎、郎中，其集中亦无此诗。○苏员外：维有《酬虞部苏员外过蓝田别业不见留之作》，当是此人。卢员外：卢象，时任膳部员外郎。期：邀约。方丈寺：在长安城内，未详。

②行：遵守戒律刻苦学佛的行为。头陀行：涤除衣食住三类贪著的修行法，有十二种。[赵注]《翻译名义》："《大品》云：说法者受持十二头陀：一衲衣，二但三大衣，三常乞食，四次第乞食，五一坐食，六中后不饮浆，七节量食，八作阿兰若，九冢间住，十树下住，十一露地住，十二常坐不卧。"

③能忘：反义词，未能忘。[赵注]《涅槃经》："出世人之所知者，名第一义谛。世人知者，名为世谛。有名无实者，即是世谛。有名有实者，是第一义谛。"昭明太子解二谛义云："真谛亦名第一义谛，俗谛亦名世谛。"《宗镜录》："世谛不无，执假为谛。真谛非有，证实为谛。"生按：谛，真理。佛说的真理是真谛，世间的真理是世谛。此谓未能忘却世俗情谊。

④"凤"，纬本作"树"误。○汉长安建章宫有双凤阙。见《燕支行》注④。

⑤相去：相距。[赵注]《大藏一览》："一牛鸣地，其声五里。"生按：

谓寺距皇宫不远。

⑥空林：佛教讲万法皆空，印度僧人又喜欢到森林（阿兰若）里去修行，因为那里人迹罕至，是空寂之地。后世将僧人修行的寺院、庵堂称为空林。

⑦［赵注］《楞严经》："持地菩萨言：毗舍如来摩顶谓我，当平心地，则世界地一切皆平。"生按：宝地，指佛寺。王融《出家顺善篇颂》："将安宝地，谁留化城。"参见《游悟真寺》注②。

⑧［赵注］《南史·夷貊传》："高昌国（今新疆吐鲁番一带）有草实如茧，茧中丝如细鲈，名曰白叠子，国人取之，织以为布，布甚软白。"生按：氍，叠通。白叠，棉花。花氍，花布。新疆地区在汉代已种植草棉。

⑨帔，音披。香帔：比指僧人披的袈裟。稻畦：指袈裟上的田字形图案。［赵注］《僧祇律》："佛见稻田畦畔分明，语阿难言：过去诸佛，衣相如是，从今依此作衣相。"

⑩"闻"，述古堂本、元刊本作"同"。同舍：同为朗官者。见《重酬苑郎中》注⑥。

⑪化城：佛经譬喻，大导师（佛）为引导众生去珍宝处，中途幻化一城，以供休息。见《游化感寺》注⑪。此处借指方丈寺。

⑫"得似"，述古堂本、元刊本、赵本作"以得"。从蜀刻本、全唐诗等。〇安知：焉知，反训为乃知。翻：反。无生：佛教说，一切事物本性是空，无生无灭。见《登辨觉寺》注⑨。《中论》："诸法不自生，亦不从他生，不共（生）、不无因（生），是故知无生。"二句谓，乃知互不来往，无世俗情谊，反而有似无生。

评　笺

钱锺钟书《谈艺录》："归愚（沈德潜）谓摩诘'不用禅语'，未确。如寄胡居士、《谒操禅师》《游方丈寺》诸诗，皆无当风雅。"

过访　行旅

过李揖宅①

闲门秋草色②，终日无车马。客来深巷中，犬吠寒林下③。散发时未簪④，道书行尚把⑤。与我同心人，乐道安贫者⑥。一罢宜城酌⑦，还归洛阳社⑧。

①李揖，见《雪中忆李揖》注①。

②"闲"，元刊本、纬本作"闭"。

③"林"，品汇作"篱"。○［王解］客即王摩诘。［赵注］陆机《叹逝赋》："步寒林以悽别。"

④散发：散披头发，隐居闲适貌。见《田园乐》第一首注⑤。［赵注］钟会《遗荣赋》："散发抽簪，永纵一壑。"

⑤［陈注］道书：道家的书。把：握。［赵注］江淹《自序传》："山中无事，与道书为偶。"

⑥"同心"，蜀刻本作"心同"。○［赵注］《后汉书·韦彪传》："安贫乐道，恬于进趣。"［怀注］道，指一定的思想信仰和人生观。［王注］《论语·雍也》："子曰：贤哉，回也！一箪食，一瓢饮，在陋巷。人不堪其忧，回也不改其乐。"

⑦［赵注］《方舆胜览》："金沙泉在（湖北）宜城县东一里，造酒极美，世谓之宜城春，又名竹叶酒。"曹植《酒赋》："其味有宜城浓醪，苍梧漂清。"生按：酌，饮酒。罢，饮毕。谓与李揖一同饮罢美酒。或疑李揖原在宜城一带为官，此以罢酌喻免去官职。存参。

⑧［赵注］《晋书·董京传》："董京字威辇，初与陇西计吏俱至洛阳，披发而行，逍遥吟咏，常宿白社中，时乞于市。"［徐说］白社在洛阳建春门外，维以威辇自况。［陈注］后人因此常将退隐之处称为白社和洛阳社。生按：社，古代祭祀土神的场所。有东、南、西、北、中央五方土神，据"五行"之说，西方属金，色白，祭祀西方土神的社是白社。若依上句或说，白社喻李揖住处。

评　笺

徐增《而庵说唐诗》："先将李揖所居之处写四句，后将李揖行径意趣写四句。人称摩诘诗天子，天子者，凭我指挥无不如意之谓也，此真有天子气。"

黄培芳《唐贤三昧集笺注》："'闲门秋草色'五字淡远。三、四自陶诗'犬吠深巷中，鸡鸣桑树巅'来。顾云：真率语，自是雅淡。"

周珽《唐诗选脉会通评林》："写景自真，叙情自旷。吴山民曰：冲雅绝伦，绝不艰涩。周明辅曰：闲甚。然寄傲亦在此。"

饭覆釜山僧①

晚知清净理②，日与人群疏。将候远山僧，先期扫敝庐③。果从云峰里④，顾我蓬蒿居⑤。藉草饭松屑⑥，焚香看道书⑦。燃灯昼欲尽，鸣磬夜方初⑧。已悟寂为乐⑨，此生闲有馀⑩。思归何必深，身世犹空虚⑪。

此诗约作于天宝八载分司东都时。

①《说文》："饭，食之也。"饭僧：诗僧人吃饭。[赵注] 山名覆釜者，不止一处，然右丞所指，疑在长安，未详所在。生按：诗有"思归"之句，则不在长安。《新唐书·地理志》："虢州，湖城，有覆釜山，一名荆山。"山在今河南灵宝县阌乡南。据《唐五代文学年史》，本年王维官库部郎中分司东都，则此山之僧可称为"远山僧"。僧：见《寄崇梵僧》注①。

②晚：晚年。清净理：清净即是空。《大智度论》："诸法实相（真如本体、佛性）常净。是清净有种种名字，或名法性实际，或名般若波罗蜜，或名道，或名无生无灭、空无相无作，或名毕竟空等。"《俱舍论》："身、语、意三种妙行，远离一切恶行烦恼垢故，名为清净。"

③敝：同獘，破旧。[赵注]《左传·昭公三年》："小人粪除先人之敝庐。"

④［赵注］江淹《杂体诗》："平明登云峰，杳与庐霍绝。"

⑤［赵注］赵岐《三辅决录》注："张仲蔚，扶风人也。少与同郡魏景卿隐身不仕，明天官，博物，好为诗赋，所居蓬蒿没人也。"

⑥孙绰《游天台山赋》："藉萋萋之纤草。"李善注："以草荐地而坐曰藉。"松屑：松花的粉屑。［赵注］江淹《报袁叔明书》："朝餐松屑，夜诵仙经。"

⑦道书：此指佛经。《大乘义章》："善恶两业，通因至果，名之为道。地狱等报，为道所诣，故名为道。"《法界次第》："道以能通为义。正道及助道，是二相扶，能通至涅槃，故名为道。"

⑧［赵注］《遗教经》："汝等比丘，昼则勤心修习善法，无令失时。初夜后夜，亦勿有废，中夜诵经，以自消息。"生按：初夜犹初更，晚上七至九时。

⑨"巳"，述古堂本、元刊本、全唐诗作"一"。○寂：佛教指身心念虑动作停息，烦恼迷执消失的清静境地，又称寂灭。《维摩诘经》："导人入寂。"净影疏："寂是涅槃，又是真谛。"《大般涅槃经》："生灭灭已，寂灭为乐。"

⑩"生"，全唐诗作"日"。

⑪《金刚般若波罗蜜经》："凡所有相，皆是虚妄。"《般若心经》："五蕴皆空。"

评 笺

荆立民说："王维通过驱消头脑中的尘俗欲念，确实从大自然中找到了一片'净土'，从而获得满足，享受到局外人难以理解的至乐。"（《追求者的歌唱》）

郝世峰说："禅定的最高境界是不苦不乐，可是他却'已悟寂为乐'，认为静观自然'是中有深趣'，非'天机清妙者'不能会悟（《山中与裴秀才迪书》）。所以，说王维的山水田园诗有一定的禅意是可以的，但把它完全等同于禅境是不准确的。二者的区别就在于一是审美的观照，一是宗教义理的迷误。"（《隋唐五代文学史》）

孙昌武说："这种诗，思想是消极的，但其中物境、心境的刻画却很有动人处。因为心灵的安闲也是人的精神需要的一个方面，静态美也是美感的一种形态。"（《佛教与中国文学》）

胡遂说："王维正是在'以寂为乐'的心态下，通过他山水诗静美意境的创造，才将对自然美的发掘推到了一个新的高度。"（《中国佛学与文学》）

谒璇上人 并序①

上人外人内天②，不定不乱③。舍法而渊泊④，无心而云动⑤。色空无得⑥，不物物也⑦。默语无际⑧，不言言也⑨，故吾徒得神交焉⑩。玄关大启⑪，德海群泳⑫。时雨既降⑬，春物俱美。序于诗者，人百其言⑭。

少年不足言，识道年已长。事往安可悔⑮，余生幸能养⑯。誓从断臂血⑰，不复婴世网⑱。浮名寄缨珮⑲，空性无羁鞅⑳。夙承大导师㉑，焚香此瞻仰。颓然居一室，覆载纷万象㉒。高柳早莺啼，长廊春雨响。床下阮家屐㉓，窗前筇竹杖㉔。方将见身云㉕，陋彼示天壤㉖。一心在法要㉗，愿以无生奖㉘。

此诗作于开元二十九年春。

①［赵注］《续高僧传》："释元崇以开元末年，从瓦官寺璿禅师咨受心要，日夜匪懈，无忘请益。璿公因授深法与崇。"《释氏要览》："《十诵律》云：人有四种：一粗人，二浊人，三中间人，四上人。瓶沙王呼佛弟子为上人。古师云：内有智德，外有胜行，在人之上，名上人。"生按：谒，请见。璿同璇。璿上人即道璇。杨曾文《唐五代禅宗史》："洛阳福先寺僧道璇（702—760）曾从定宾学律，从普寂学禅法和华严宗教义。开元二十三年，应日僧普照、荣睿之请东渡日本传律学、华严宗和北宗禅法。（日本师炼《元亨释书·道璇传》）"盖道璇回国后，住锡瓦官寺。此寺故址，在今南京西南隅。

②《庄子·秋水》："天在内，人在外。"成玄英疏："天然之性，韫之内心，人事所顺，涉乎外迹，皆非为也，任之自然。"生按：谓内心天然，表现于外的人事也顺乎自然。

③［赵注］《维摩诘经》："我观如来，不定不乱。"生按：修行者心不起念是定，心起妄念是乱。佛性清净，灵明不昧，故不定也不乱。

④法：泛指一切事物和现象。渊：深沉静默。谓舍弃虚幻的现象，渊静自若，淡泊无为。

⑤陶潜《归去来辞》："云无心以出岫。"谓举动如白云一般自然流行，无意无求。

⑥"得"，纬本、凌本、全唐诗作"碍"○ [赵注]《大般若经》："色不离空，空不离色；色即是空，空即是色。"生按：色，指一切有形色能变坏的事物。无得，谓不执取。佛教认为，一切事物皆因缘和合而成，空无自性，乃是幻有，因此对色与空都不应有所执取。

⑦《庄子·山木》："物物而不物于物，则胡可得而累邪！"生按：物物，役使物，主宰物。不物物，知物本质，任其自然。

⑧默语：不言语和言语。际：界限。禅宗强调，妙道精微，非言可喻，当心领神会。故言语和不言语，并无界限。《维摩诘经》："维摩诘默然无言。文殊叹曰：善哉！乃至无有文字语言，是真入不二法门。"

⑨《列子·说符》："夫知之谓者，不以言言也。"不言言，谓不用言语也能传达心意。在佛教，称为无言之教。《放光经》："所说教，但以世俗故，有是言教，非是最第一义无言之教。"

⑩ [赵注]《晋书·嵇康传》："康所与神交者，惟陈留阮籍，河内山涛。"生按：指志同道合的忘形之交，或早已敬仰其学识人格，此前尚未见面的交谊。

⑪玄关：入佛道之门。[赵注]《头陀寺碑文》："玄关幽键，感而遂通。"李善注："玄关幽键，喻法藏也。"

⑫ [赵注]《华严经》："为令一切菩萨，于佛功德海中，得安住故。"生按：泳，涵泳。谓念佛、诵经、布施等功德深广如海，众生（包括王维等在内）化育其中。

⑬时雨：适时的雨。《礼记·月令》："季春之月，时雨将降。"

⑭序于诗者：谓依次作诗者。言：一字也称为一言，谓每人作五言诗二十句。

⑮"悔"，纬本作"否"。

⑯《礼记·文王世子》："立太傅少傅以养之。"郑玄注："养，犹教也。言养者，积浸成长之。"

⑰"臂"，述古堂本、元刊本、久本、赵本作"荦"。从蜀刻本、活字本、全唐诗等。○《景德传灯录》："僧神光，闻达磨大士住止少林，乃往

彼晨夕参承。天大雨雪，光坚立不动，迟明积雪过膝。祖（达磨）曰：
'小德小智，欲冀真乘，徒劳勤苦。'光潜取利刀，自断左臂。祖遂因与易
名曰慧可。"从：追随、效法。谓效法慧可，发愿奉佛。

⑱［赵注］陆机《赴洛道中作》："借问子何之？世网婴我身。"张铣
注："婴，缠。"［陈注］有出世思想者，以为人在尘世中多羁绊牵累，不
得自由，故以罗网喻尘世，谓之世网或尘网。

⑲寄：寄放。缨：系冠的丝缘；珮：垂于腰带上的玉珮。［赵注］沈约
《直学省愁卧》："缨珮空为忝。"刘良注："缨珮，官服饰也。"生按：《庄
子·缮性》："轩冕在身，非性命也，物之傥来，寄者也。"此句意近。

⑳［赵注］《广韵》："羁，马绊也。鞅，牛羁也。"生按：空性，万法
空无自性这种本性。此谓体认万法本性究寂之理，自无名利羁绊。

㉑"承"，赵本作"从"。○［赵注］《华严经》："一切菩萨为大导
师，引诸众生，入佛法门。"生按：此处尊称道璿。夙，往昔；承，奉戴。
谓早已仰慕道璿。维母与道璿俱曾师事普寂，故云。

㉒颓然：和顺貌。《礼记·檀弓》："颓乎其顺也。"郑玄注："颓，顺
也。"《北史·庾信传》："容止颓然，有过人者。"《礼记·中庸》："天之所
覆，地之所载。"二句谓尽管天地间万象纷陈，而上人在一室中安详入定。

㉓"屐"，活字本作"屣"。○屐：音迹。《急就篇》颜师古注："屐
者，以木为之，而施两齿，可以践呢。"［赵注］《晋书·阮孚传》："性好
屐，或有诣阮，正见自蜡屐。"

㉔筇：音穷。［赵注］刘渊林《吴都赋》注："筇竹出兴古盘江以南，
竹中实而高节，可以作杖。"生按：任乃强先生说：筇竹杖是省藤所作杖。
省藤，热带常绿植物，属棕榈科。生时有刺，通体强韧，高节而实心。截为
杖，经刮制后，表皮如玉，耐磨不损。我国海南岛及云南南部亦有之。因自
筇国（今西昌一带）输入蜀巴，古人以其似竹，称为"筇竹杖"。唐宋以来，
传产于邛崃山，或以金竹、鹤膝竹、棕竹为筇竹，皆误。（《华阳国志校注》）

㉕［赵注］《华严经》："或见诸菩萨，入变化三昧，各于其身，一一毛孔
出一切变化身云。或见出天众身云，或见出龙众身云，或见出夜叉、阿修罗、
转轮圣王、大臣、长者居士身云，或见出声闻、缘觉、及诸菩萨、如来身云，
或见出一切众身云。"生按：见同现。谓上人修行已到即将现出身云的阶位。

㉖［赵注］《庄子·应帝王》："郑有神巫曰季咸，知人之死生存亡、祸福寿夭。列子与之（季咸）。见壶子。出而谓列子曰：嘻！子之先生死矣！吾见怪焉，见湿灰焉。列子入，涕泣以告壶子。壶子曰：向吾示之以地文，是殆见吾杜德机（杜塞生机）也。明日又与之见壶子。出曰：幸矣！子之先生有瘳矣！吾见其杜权（闭塞中有变动）矣。列子以告壶子。壶子曰：向吾示之以天壤（天地间生气），是殆见吾善者机（生机）也。"生按：谓壶子所示比如来、菩萨等所现身云狭隘。

㉗法要：佛法的要义。［赵注］《涅槃经》："如来为说种种法要。"

㉘奖：勉励。谓发愿以修得无生勉励自己。无生：见《登辨觉寺》注⑨。

评　笺

牟愿相《小澥草堂杂论诗》："王右丞诗：'识道年已长'，真过来人语。孙过庭《书谱》：'通会之际，人书俱老'，极可感慨！"

胡遂说："这段序言，王维指出璿上人具有'舍法'、'无心'的特点，从而不为物所拘，这便是不起心修禅，而自然以（惠能所说）'无住为本'了。陈允吉说，'舍法而渊泊，无心而云动'，显示出一种'随缘乘化'的人生态度，同当时有些南宗僧侣所说的'任运自在'的说法是很类似的。此诗序文中说，禅师对于世界事物的态度，能够做到'色空无碍，不物物也'，这种色空观念，主要来自《般若》经典，实际上也就是惠能'无住无相'的另一翻版。（见《唐音佛教辨思录》第62页）王维认为，只有学得璿上人'不定不乱'、'舍法'、'无心'的禅门心要，才不会为世俗尘网所缏绊，即使是'浮名寄缨珮'，实质上却已是'空性无羁鞅'了。因此，所谓解脱，并不在于形式上摆脱官场，而是身在官场而心不系于官场的一种'朝隐'态度。"（《中国佛学与文学》）

周裕锴说："以寂照的方式审视世界的结果，在禅家是达到'梵我合一'，在诗家则是达到'思与境偕'。青原惟信禅师说：'老僧三十年前未参禅时，见山是山，见水是水。及至后来，亲见知识，有个入处，见山不是山，见水不是水。而今得个休歇处，依前见山只是山，见水只是水。（《五灯会元》卷十七）'这段公案展示禅家证悟过程的三个阶段，也可以借来说明三种不同层次的观物方式：第一种是普通人的观物方式，第二种是近儒或道的诗人的观物方式，第三种是近禅的诗人的观物方式。也可以这样简单概括，第一种是'目与景接'，第二种是'神与物游'，第三种是'思与境偕'，因为它并不需要山水变形来达到物我同一（而是我与物统一于佛性）。'思与境偕'又涉及到另一个意义，即完全摒弃演绎性、分析性及说明性的语言，而采用直现物象的意象语言。在王、孟诗派中，正是这种意象语言，使得北宗的'对境无心'的观照方式和南宗的不作'知解宗徒'（不解析教义）的表达方式统一起来。这就是王维所说的'色空无碍，不物物也；默语无际，不言言也。'由于'对境无心'，所以不求物化而自然能与物同一；由于不作'知解宗徒'，所以不必解说佛教义理，义理自然存在于物象之中。"（《中国禅宗与诗歌》）

慕容承携素馔见过①

纱帽乌皮几②，闲居懒赋诗。门看五柳识③，年算六身知④。灵寿君王赐⑤，雕胡弟子炊⑥。空劳酒食馔，持底解人颐⑦？

①慕容承：即慕容十一，未详何人。馔：音传（主岸切），饭食。王维长期素食，不吃荤腥。过：访。见：敬辞。

②纱帽：见《故人张谓工诗》注③。乌皮几：古人设于座侧，供疲倦时倚靠的小几。[赵注]谢朓有《同咏座上玩器得乌皮隐几诗》。

③陶潜自号五柳先生。见《戏赠张五弟谓三首》之二注⑨。王维辋川别业门前亦有柳树。见《孟城坳》。

④[赵注]《左传·襄公三十年》："绛县人曰：臣小人也，不知纪年。臣生之岁，正月甲子朔，四百有四十五甲子矣，其季于今，三之一也。吏走问诸朝。师旷曰：七十三年矣。史赵曰：亥有二首六身，下二如身，是其日数也。士文伯曰：然则二万六千六百有六旬也。"生按：年，年龄。王国维《东山杂记》："盖古人亥字，其上为二，其身似三丁相并之形（今允儿钟之丁亥字犹稍似之）。杜注所云'如算之六者'，算（计算）乃筭（筭筹，音同）字之误。盖自春秋迄魏晋，布筭时皆二筭——一横在上，一纵

在下（丁），以表六之数，Ⅱ、Ⅲ、ⅢⅠ亦然，至变而为今之⊥、⊥、⊥者，则由算位之故，亦自古已然。"生按：此王维自喻生于亥年。

⑤ [赵注]《汉书·孔光传》："赐太师灵寿杖"。服虔注："灵寿，木名。"颜师古注："木似竹，有枝节，长不过八九尺，围三四寸，自然有合杖制，不须削治也。"

⑥雕胡：即雕胡米，芰白结的子。见《登楼歌》注⑮。弟子：此指僮仆。

⑦"持"，述古堂本、元刊本、活字本、赵本作"特"，从蜀刻本、全唐诗等。"颐"，蜀刻本作"归"。○空劳：独劳，偏劳。持底：拿什么。颜师古《匡谬正俗》："俗谓'何物'为'底'，'底'义何训？答曰：此本言'何等物'，其后遂省，但直云'等物'耳。"《读曲歌》："月没星不亮，持底明侬绪？"解：开。颐：下颔。[赵注]《汉书·匡衡传》："诸儒为之语曰：无说诗，匡鼎（匡衡小名）来。匡说诗，解人颐。"如淳注："解颐，使人笑不能止也。"

与卢象集朱家①

主人能爱客②，终日有逢迎③。贳得新丰酒④，复闻秦女筝⑤。柳条疏客舍，槐叶下秋城。语笑且为乐，吾将达此生⑥。

此诗作于天宝三载秋。
①卢象：见《青雀歌》卢象诗注。集：宴会。朱家：未详何家。
②"爱"，凌本作"对"。
③逢迎：同义复词，接待。《方言》："逢，迎也。自关而西或曰逢。"
④贳：音世。[赵注]《汉书·高帝纪》："常从王媪武负贳酒。"颜师古注："贳，赊也。"萧绎《登江州百花亭怀荆楚》："试酌新丰酒，遥劝阳台人。"生按：新丰酒，见《少年行》注②。
⑤筝，琴类拨弦乐器。《隋书·乐志》："筝，十三弦，所谓秦声，蒙恬所作者也。"曹植《箜篌引》："秦筝何慷慨，齐瑟和且柔。"张铣注："秦人善弹筝"。
⑥"达"，凌本作"适"。○《庄子·达生》："达生之情者，不务生之

所无以为。"生按：庄子谓通达生命真谛的，不追求生命所不必要的东西，如名利、地位。"达此生"即此意。

评　笺

　　许学夷《诗源辩体》："摩诘五言律，如'主人能爱客'，闲远自在者也。"

过福禅师兰若①

　　岩壑转微径②，云林隐法堂③。羽人飞奏乐④，天女跪焚香⑤。竹外峰偏曙，藤阴水更凉。欲知禅坐久⑥，行路长春芳⑦。

　　①《楞伽师资记》："崇高山普寂禅师，嵩山敬（一作景）贤禅师，长安南山义福禅师，蓝田玉山惠福禅师，遇大通和尚讳（神）秀，蒙受禅法，诸师等奉事大师十有余年。天下坐禅人叹四个法师曰：法山净，法海清，法镜朗，法灯明。宴坐名山，澄神邃谷。德冥性海，行茂禅林。清净无为，萧然独步。禅灯默照，学者皆证心也。"生按：或以福禅师为义福。据《大智禅师碑铭》等，义福于开元十年以前居终南山化感寺。十年，入住慈恩寺。十三年，随玄宗去东都，住福先寺。十五年，随驾回长安。二十一年，诏命住东都南龙兴寺。二十四年五月圆寂，年七十九，葬龙门。或疑是惠福，其事迹不详。若音葱。[赵注] 兰若即僧寺。《释氏要览》："梵云阿兰若。《四分律》云：空净处。《萨婆多论》云：闲静处。《智度论》云：远离处。"生按：本指森林。
　　②"转"，述古堂本、元刊本作"传"误。"转微"，英华作"带松"，全唐诗一作"带微"，赵注本一作"带茅"。"径"，元刊本作"远"，误。
　　③法堂：讲说佛法的殿堂。《大方等日藏经》："于当来世，是中皆应起立塔寺，造作法堂，安置舍利经法形象。"
　　④屈原《远游》："仍羽人于丹丘兮。"王逸注："人得道，身生毛羽也。"洪兴祖注："羽人，飞仙。"

⑤"天"，赵注本一作"仙"。"跪"，凌本作"跽"。○佛教将世界分为三界，一欲界，二色界，三无色界。欲界有六重天，此中的神女称为天女。《维摩诘经》："时维摩诘室有一天女，见诸天人闻所说法，便现其身，即以天花散诸菩萨大弟子上。"二句指殿堂中佛像上方雕塑或背后壁画。

⑥欲：犹已。禅坐：坐禅，见《山中寄诸弟妹》注③。佛教制度，除每夜坐禅外，每年十月十五至次年正月十五，九十天内，专修禅法，此制起于隋代智颛。"禅坐久"指此。

⑦行路：同义复词。行音杭。《尔雅·释宫》："行，道也。"春芳：春草。

评　笺

许学夷《诗源辩体》："摩诘五言律，如'岩壑转微径'，澄淡精致者也。"

黎拾遗昕裴秀才迪见过秋夜对雨之作①

促织鸣已急②，轻衣行向重③。寒灯坐高馆，秋雨闻疏钟。
白法调狂象④，玄言问老龙⑤。何人顾蓬径⑥？空愧求羊踪⑦。

此诗约作于开元二十九年秋。

①"裴秀才迪"，赵本作"裴迪"。从蜀刻本等。○黎昕：《姓纂》卷三："宋城黎氏：唐右拾遗黎昕。"李白《与韩荆州书》："而君侯（韩朝宗）亦一荐严协律，入为秘书郎；中间崔宗之、房习祖、黎昕、许莹之徒，或以才名见知，或以清白见赏。"按李书作于开元二十二年，此前黎已被荐入仕，则任右拾遗当在开元末。拾遗：官名，见《同卢拾遗韦给事东山别业二十韵》注①。裴迪：见《青雀歌》同咏注。

②［赵注］《尔雅·释虫》："蟋蟀，蛬。"郭璞注："今促织也。"《诗纬纪历枢》："立秋促织鸣，女工急促之候也。"

③"向"，述古堂本、元刊本、品汇作"尚"。○轻：单薄。《集韵》：

"重，复也。"谓行将增添衣服。

④［赵注］释氏以恶法为黑法，善法为白法。《华严经》："能普增长一切白法。"《涅槃经》："譬如醉象，狂駴暴恶，多欲杀害。有调象师，以大铁钩钩断其项，即时调顺，恶心都尽。一切众生，亦复如是，贪欲嗔恚，愚痴醉故，多欲造恶。诸菩萨等，以闻法钩断之令住，更不得起，造诸恶心。"生按：调，驯服。狂象，喻贪嗔痴妄之心。

⑤玄言：深微玄妙之理。［赵注］《晋书·王衍传》："妙善玄言，惟谈老庄为事。"《庄子·知北游》："婀荷甘与神农同学于老龙吉。"释文："李颐云：老龙吉，怀道人也。"

⑥顾：访问。蓬径：长了野草蓬蒿的小路。

⑦"求"，蜀刻本、活字本，作"牛"，误○［赵注］《群辅录》："求仲、羊仲，不知何许人，皆治车为业，挫廉逃名。蒋元卿（诩）之去兖州（王莽摄政，诩辞去兖州刺史），还杜陵，不出，荆棘塞门。舍中有三径，惟二人从之游，时人谓之二仲。"谢灵运《田南树园激流植援》："惟开蒋生径，永怀求羊踪。"生按：《语辞例释》："空：独，自。"《玉篇》："踪，踪迹。"此指黎、裴二人来访的行踪。

评　笺

张谦宜《纲斋诗谈》："'寒灯坐高馆，秋雨闻疏钟。'写意画令人想出妙景。"

陈铁民说："（'白法'二句）可见诗人是佛、道并修的。"（《王维新论》）

晚春严少尹与诸公见过①

松菊荒三径②，图书共五车③。烹葵邀上客④，看竹到贫家⑤。鹊乳先春草⑥，莺啼过落花。自怜黄发暮⑦，一倍惜年华⑧。

此诗作于乾元元年春末。

①［赵注］《梁元帝纂要》："三月季春，亦曰暮春、末春、晚春。"生按：严少尹，京兆少尹严武。见《酬严少尹徐舍人见过不遇》注①。

②［赵注］陶潜《归去来辞》："三径就荒，松菊犹存。"［陈注］三径：庭园间小路。生按：暗用蒋诩舍中三径事。见《黎拾遗昕裴迪见过》注⑥。

③《庄子·天下》："惠施多方，其书五车。"

④葵：冬寒菜，我国古代重要蔬菜品种。《齐民要术》有《种葵篇》。邀：约请，招待。［赵注］沈约《咏菰》："匹彼露葵羹，可以留上客。"

⑤《晋书·王徽之传》："时吴中一士大夫家有好竹，欲观之，便出坐舆造竹下，讽啸良久。主人洒扫请坐，徽之不顾；将出，主人乃闭门。徽之便以此赏之，尽欢而去。"

⑥"鹊"，品汇作"雀"。○《说文》："人及鸟生子曰乳。"［张注］指鸟鹊孵化。

⑦［赵注］《论衡·无形》："人少则发黑，老则发白，白久则黄。"

⑧"倍"，元刊本作"信"，误。○一倍：更加。〔陈注〕四句谓：春草未生之先，鹊已孵卵；花残春过之后，莺犹清啼。似鸟雀亦知惜春，欲借此以延长春日。人当暮年，更加感到光阴之可珍惜。

评　笺

刘克庄《后村诗话》："王维五言云：'烹葵邀上客，看竹到贫家。'警句。"

许学夷《诗源辩体》："摩诘五言律，如'松菊荒三径'，澄淡精致者也。"

《王摩诘诗评》："顾云：开口信意，无不精到。"

《瀛奎律髓》："方云：三、四唐人不曾犯重，极新。第六句尤妙。○纪云：句句清新，而气韵天成，不见刻画之迹。五、六句，赋中有比，末句从此过脉，浑化无痕。○陆贻典云：三、四用事，天然凑合。"

周珽《唐诗选脉会通评林》："刘辰翁曰：三、四有味外味。"

陆时雍《唐诗镜》："三、四精雅，五、六语韵恬适。"

《唐诗归》："钟云：'先'字、'过'字，幻妙之甚！○谭云：'过'字尤不可思议。"

查慎行《初白庵诗评》："'过'字千锤百炼，而出以自然。"

唐汝询《唐诗解》："四十字中草木居六，曾不厌重，何独《早朝》诗便多议论？"

黄生《唐诗摘抄》："尾联见意。上客因看竹到贫家，贫家惟烹葵邀上客，二句交互成对。过，谓历其时，非历其地也。五、六起下意，言鹊乳甫先春草，莺啼候过落花，此年华之所以可惜也。分明有'甫'、'候'二字在句内，名缩脉句。诸公诗中必有惜年华之语，故结处答其意，言惜年华之心比诸公更加一倍也。七、八两句，上仍有说话，谓之意在句先。"

贺贻孙《诗筏》："看盛唐诗，当从气格浑老神韵生动处赏之，字句之奇，特其余耳。如王维'鹊乳先春草，莺啼过落花'；孟浩然'石镜山精怯，禅枝怖鸽栖'；张谓'野猿偷纸笔，山鸟汗图书'；岑参'瓯香茶色嫩，窗冷竹声干'；此等语皆晚唐人所极意刻画者，然出王、孟、张、岑手，即是盛唐诗，若出晚唐人手，即是晚唐人诗。盖盛唐人一字一句之奇，皆从全首元气中苞孕而出，全首浑老生动，则句句浑老生动，故虽有奇句，不碍自然。若晚唐气卑格弱，神韵又促，即取盛唐人语入其集中，但见斧凿痕，无复前人浑老生动之妙矣。"

过感化寺昙兴上人山院①

暮持筇竹杖②，相待虎溪头③。催客闻山响④，归房逐水流。野花丛发好，谷鸟一声幽。夜坐空林寂，松风直似秋⑤。

①"感化"，英华作"化感"，蜀刻本、活字本作"感配。"○化感寺、感配寺均在蓝田县。据裴迪和诗"不远灞陵边，安居向十年"之句，感化寺当在距灞陵不远的龙首原上。上人：见《谒璿上人》注①。昙兴上人：未详。

②［张注］持：拄着。筇竹杖：见《谒璿上人》注［廿四］。

③［赵注］《莲社高贤传》："远法师居东林，其处流泉匝寺，下入于溪。师每送客过此，辄有虎号鸣，因名虎溪。后送客未尝过，独陶渊明、陆修静至，语道契合，不觉过溪，因相与大笑。"生按：远法师，东晋高僧惠远（334—416）。东林寺在庐山。《辍耕录》："修静元嘉末始来庐山，时

远公亡已三十余年，渊明亡亦二十余年，后世传讹，往往如此。"汤用彤《汉魏两晋南北朝佛教史》："陶靖节与慧远先后同时。但靖节诗有赠刘遗民、周续之篇什，而毫不及远公，即匡山诸寺及僧人亦不齿及，则其与远公过从，送出虎溪之故事，殊难信也。"

④〔陈注〕山响：指山头虎鸣声。〔邓注〕催客声引起山谷回音。生按：依陈解，催客是送客，后五句写景兴上人。依邓解，时已薄暮，催客是走在先头的人呼叫尚在中途的人，后五句是写自己。邓解合理。

⑤"林"，元刊本，久本作"村"，误。○空林：寺庙的代称，古印度僧人喜欢到空寂的森林中修行，故云。直：简直，竟然。

评　笺

《王摩诘诗评》："刘云：略不用意。"

《唐诗归》："钟云：'催客！'字妙。（谷鸟句下）了不相干，写我幽情。"

黄培芳《唐贤三昧集笺注》："待、催二字相应。○顾云：此景此意，只在目前。人不道着，幽邃可想。后半幽邃之景，宛然清雅。"

尚定说："'空林'这一意象的整体表征是空、寂，这正契合了'空林'作为原生自然的表征，但它比原生自然中的'空林'的内涵要丰富、深厚得多。诗中的'空林'，不仅是诗人对原生自然的直感，同时也包含着诗人对自然的理解。以空为基点的佛教世界观不但影响着王维的世界观，同时也浸渍着诗人的艺术思维。'空林'之空，不仅是自然的特征，同时也是诗人心灵的特征，使作为诗人所富有的艺术心灵与作为佛教徒所具有的宗教情怀得以契合，铸造了'空林'这一意象的内涵。诗人确信，正如禅宗认为'空'生一切，诗中的'空林'衍化着自然万物，体验'空'，也就能体味至高无上的艺术境界。"（《走向盛唐》）

同　咏　　　　　　　　　　（裴　迪）

不远灞陵边①，安居向十年②。入门穿竹径，留客听山泉③。鸟啭深林里，心闲落照前④。浮名竟何益⑤，从此愿栖禅⑥。

①［赵注］《长安志》：“灞陵故城在万年县东北二十五里，灞水之东。《郡国志》曰：秦襄王葬于其阪，谓之霸上，其城即秦穆公所筑。文帝后葬其地，谓之霸陵，因为县。”

②《语辞汇释》：“向，约估数目之辞，与可字略同。”

③“听”，蜀刻本、述古堂本、元刊本作“呋”。

④落照：落日的余晖。萧绎《和徐录事见内人作卧具诗》：“密房寒日晚，落照度窗边。”

⑤浮名：虚名。谢灵运《初去郡》：“伊余秉微尚，拙讷谢浮名。”

⑥栖禅：栖身禅林，谓学佛修行。

夏日过青龙寺谒操禅师①

龙钟一老翁②，徐步谒禅宫③。欲问义心义④，遥知空病空⑤。山河天眼里⑥，世界法身中⑦。莫怪销炎热，能生大地风⑧。

此诗约作于天宝末年。

①［赵注］《长安志》：“南门之东青龙寺，本隋灵感寺。至武德四年废。龙朔二年立为观音寺。景云二年改为青龙寺。”张礼《游城南记》：“乐游之南，曲江之北，新昌坊有青龙寺，北枕高原，前对南山，为登眺之绝胜。”生按：青龙寺故址在今西安南郊铁炉庙村北高地上，是唐代佛教密宗道场。日本僧人有六家在此学法，为日本真宗发祥地。谒：请见。修禅定的和尚称前人为禅师，自陈宣帝称南岳慧思和尚为大禅师，此后遂为和尚的尊称。操禅师，未详何人。禅，见《山中寄诸弟妹》注③。

②龙钟：衰老貌。《通雅·释诂》：“裴度曰：‘见我龙钟。’王褒《与周弘正书》：‘龙钟横集’。或言老，或言泪，总皆状其潦倒病累耳。”

③徐：缓。禅定是修行成佛的基本功夫，故称寺院为禅宫。

④义心：佛学术语，迷惑犹豫之心，有迷事之疑（暗于世俗之理），迷理之疑（暗于真理）二种。

⑤［赵注］《维摩诘经》："得是平等，无有余病。惟有空病，空病亦空。"生按：佛教说万法皆空，修行者既以"空"破诸烦恼，如不舍"空"，则"空"复为累，是谓空病。犹如以药治病，病已痊愈，如不舍药，则反为累。二句谓：欲知产生义心之理，须知一切法空，空病当空，则清净无累。

⑥［赵注］《法苑珠林》："昔佛在世时，诸弟子中阿那律天眼第一，能见三千大千世界，乃至微细，无幽不睹。"《翻译名义》："天眼有二种，一从报得，二从修得。"生按：山河在天眼里，天眼能看到人眼看不到处，巨细不遗，谓佛法无边。

⑦《大乘义章》："言法身者，解有二义：一，显法本性以成其身（即宇宙万物之本体，佛之金刚真身），名为法身；二，从一切诸功德法而成身（即修行至于功德圆满，成就常住不坏之身），名为法身。"生按：此处指前一义，谓世界一切事物现象都是法身的显现。

⑧意谓佛门清净，心净自然凉，犹如大地生风。

评 笺

钱锺钟书《谈艺录》："张说之'澄江明月内，应是色成空'；太白之'花将色不染，心与水俱闲'；常建之'山光悦鸟性．潭影空人心'：朱湾之'水将空合色，云与我无心'；皆有当于理趣之目。而王摩诘之'山河天眼里，世界法身中'；孟浩然之'会理知无我，观空厌有形'；则只是理语而已。"

王明居说："以玄理议论入诗，产生了艺术风格所要求的形象性同佛教教义力图削弱这种形象性之间的矛盾。"（《唐诗风格美新探》）

同 咏　　　　　　　　　　　　　（裴 迪）

安禅一室内①，左右竹亭幽。有法知不染②，无言谁敢酬③。鸟飞争向夕；蝉噪已先秋。烦暑自兹退④，清凉何所求！

①安禅：即坐禅，谓身心安然进入禅定境界。
［赵注］《佛报恩经》："山林树下，安禅静默。"
②［赵注］《华严经》："不染世间一切法，而不断世间一切所作。"生

按：染是染污、执著。对世间事物不起我痴、我慢、我爱、我见这四种烦恼，就是不染。

③无言：见《谒璿上人》注⑨。此指静默坐禅。敢：能。酬：对答。

④"退"，蜀刻本、久本作"适"。

评　笺

蔡启《蔡宽夫诗话》："《王摩诘集》载裴迪唱和诗，语皆清丽高胜，常恨不多见。如'安禅一室内'云云，其气格殆不减右丞。"

陶文鹏说："把寺中景色与诗情禅理融合起来，写景笔墨疏淡，出语天然，富有韵味。"（《唐代文学史》）

郑果州相过①

丽日照残春②，初晴草木新。床前磨镜客③，林里灌园人④。五马惊穷巷⑤，双童逐老身⑥。中厨办粗饭⑦，当恕阮家贫⑧。

此诗约作于上元元年春。

①"相"，凌本作"见"。○［赵注］《新唐书·地理志》："山南西道：果州南充郡。"生按：果州故治在今四川南充市北。郑果州，果州刺史郑某，未详何人。过，访。

②"丽"，述古堂本、元刊本作"斜"。

③"前"，纬本、凌本作"头"。○［赵注］《列仙传》："负局先生者，不知何许人也，语似燕、代间人。常负磨镜局，徇吴市中，炫磨镜一钱。磨之辄问主人：'得无有疾苦者'？辄出紫丸药以与之，得者莫不愈。如此数十年。后大疫病，家至户到，与药，活者万计，不取一钱，吴人乃知其真人也。"生按：唐人有寝床、坐床。此处指坐床，形似榻，上铺席或褥，跪式坐或盘足坐。

④"林里"，蜀刻本作"树里"，纬本、活字本、全唐诗作"树下"，

凌本作"花下"。○灌园人：指陈仲子。见《辋川闲居》注④。二句写下朝后的闲居生活，谓有如负局先生者相往来，并以陈仲子灌园自况。

⑤"惊"，《方与胜览》作"过"。○枚乘《日出东南隅行》："使君从南来，五马立踟蹰。"《汉官仪》："四马载车，此常礼也。惟太守出则增一马，故称五马。"《潘子真诗话》："《礼》：天子六马，左右骖；三公九卿四马，右骖。汉制：九卿则中一千石亦右骖。太守四马而已，其有加秩中二千石，乃右骖。故以五马为太守美称。"生按：汉郡太守与唐州刺史大体相当。

⑥"逐"，《方舆胜览》作"送"。○[赵注]庾信《奉和永丰殿下言志》："五马遥相问，双童来夹车。"[陈注]逐：相随。谓率二童子出门迎客。

⑦"中厨"，英华作"厨中"。○[赵注]古乐府《陇西行》："谈笑未及竟，左顾敕中厨。促令办粗饭，慎莫使稽留。"

⑧"当恕"，英华作"常恐"。○[赵注]《晋书·阮籍传》："阮咸与籍居道南，诸阮居道北，北阮富而南阮贫。"生按：《虚字集释》："当，犹必也。"

评 笺

吴功正说："李白提出的'清水出芙蓉，天然去雕饰'的审美思想，有着鲜明的盛唐时代色彩。清水芙蓉的天然之美，是一种本色、原色之美。对于主体自身，是心灵世界的自然表达，不加压抑，不作掩饰，天性如此。'丽日照残春，初晴草木新'这两句诗，可说是盛唐诗清水芙蓉美的一种感性体现。"（《唐代美学史》）

过香积寺①

不知香积寺②，数里入云峰。古木无人径，深山何处钟③？泉声咽危石，日色冷青松④。薄暮空潭曲⑤，安禅制毒龙⑥。

①《文苑英华》以此诗为王昌龄作。生按：王维集诸本皆载此诗，

《王昌龄集》并无此诗。○［赵注］《陕西通志》："香积寺在长安县神禾原上。"《雍录》："香积寺在子午谷正北微西，肃宗时郭子仪收长安，陈于寺北。"［王注］《长安志》："长安县，开利寺在县南三十里皇甫邨（今名香积村），唐香积寺也。永隆二年建，皇朝太平兴国三年改今名。"寺离终南山尚远，无云峰可言。诗人大约不知古寺所在而误入云峰，故别有洞天。生按：王注谓作者并未到香积寺，此说尚可商榷。香积寺是唐代净土宗道场，高宗、武后曾多次来此礼佛。寺有善导塔，传为唐代所建。

②［章注］不知，寓过字意。只闻其名，未游其境耳。

③"深"，英华作"空"。

④［赵注］孔稚圭《北山移文》："石泉咽而下怆。"生按：咽，声音梗塞。危石，高险的岩石。二句谓，泉水穿过危石其声幽咽，日光透过深松色带寒意。［余注］两句都是倒装句法。

⑤薄暮：傍晚。薄通迫，近。空潭：清澈的潭水。曲：边隅。

⑥安禅：身心安然进入禅定境界。参见《山中寄诸弟妹》注③。《法苑珠林》："西方山中有池，毒龙居之。昔五百商人止宿池侧，龙怒汜杀商人。槃陀王学婆罗门咒，就池咒龙。尤悔过向王，王乃舍之。"毒龙：喻妄心、欲念。句谓自己用禅定的慧力制服妄心，排除欲念。［徐说］寺有空潭，遂想着毒龙。或谓末二句是想象寺内僧人的禅修生活，存参。

评　笺

宋宗元《网师园唐诗笺》："炼字幽峭。"

周珽《唐诗选脉会通评林》："极状山寺深僻幽静，篇法、句法、字法入微入妙。"

高步瀛《唐宋诗举要》："吴曰：幽微复邈，最是王、孟得意神境。"

王夫之《唐诗评选》："三、四似流水，一似双立，安句自然，结亦不累。"

余成教《石园诗话》："古木无人径，深山何处钟，语语天成。"

吴瑞荣《唐诗笺要》："古木二句，似淡而浑，中、晚那有此格意。"

陆时雍《唐诗镜》："韵气冷甚。三、四偷律，病在不严。"

张谦宜《𫄸斋诗话》："'不知'二字领起全章脉。泉遇石而咽，松向日却冷，意自互用。"

沈德潜《唐诗别裁集》："咽与冷，见用字之妙。"

施补华《岘佣说诗》："五律须讲炼字法，荆公所谓诗眼也。'泉声咽危石，日色冷青松'，此炼实字。'古墙犹竹色，虚阁自松声'，此炼虚字。炼实字有力易，炼虚字有力难。"

张文荪《唐贤清雅集》："古木一联远写，泉声一联近写，总从'不知'生出。渐次行来，已至寺矣，故以'安禅'收住。〇构句炼局与《山居秋暝》略同，超旷稍异，乃相题写景法。"

黄生《唐诗摘抄》："尾联寓意。起用'不知'二字，便见往时未到，今日方过，幽赏胜情，得未曾有，俱寓此二字内。中二联写景，分途中、本寺二境。五、六是危石边泉声咽，青松上日色冷，成倒装句。幽处见奇，老中见秀，章法、句法、字法皆极浑浑。五律中无上神品。〇朱之荆补：通篇从'过'字着想。"

顾安《唐律消夏录》："若问香积寺此日究竟到否，便是痴汉。"

蒋其共《续诗人玉屑》："周弼曰：五律中四句，须前联情而虚，后联景而实。实则气势雄健，虚则态度谐婉，轻前重后，剂量适均。王维《过香积寺》诗，前联虚后联实也，宗唐诗者，多尚此体。若前重后轻，多流于弱，盖发兴尽，则难于继矣。"

赵殿成按："此篇起句极超忽，谓初不知山中有寺也，迨深入云峰，于古木森丛人迹罕到之区，忽闻钟声，而始知之。四句一气盘旋，灭尽针线之迹，非自盛唐高手，未易多觏。泉声二句，深山恒境，每每如此，下一咽字，则幽静之状恍然；着一冷字，则深僻之景若见，昔人所谓诗眼是矣。或谓上一句喻心境之空灵动荡，下一句喻心境之恬澹清凉，则未免求深反谬耳。毒龙宜作妄心譬喻，犹所谓心马情猴者，若会意作降龙实事用，失其解矣。"

俞陛云说："此诗写赴寺道中山景，在题前盘绕。三、四句有天际清都之想，与常建《破山寺后禅院》之'万籁此俱寂，惟闻钟磬音'同一静趣。五句言山泉遇危石阻之，乃吞吐盘薄而下，以'咽'字状之。六句言烈日当空，而万松浓荫，但觉清凉，以'冷'字状之。非特善写物状，兼写山中闻见，清绝尘寰。〇常建过破山寺，咏寺中静趣，此咏寺外幽景，皆不从本寺落笔。游山寺者，可知所着想矣。"（《诗境浅说》）

钱锺书说："诗中有画而又非画所能表达，中国古人常讲。张岱云：'王摩诘《山中》诗：蓝溪白石出，玉川红叶稀，尚可入画；山路元无雨，空翠湿人衣，则如何入画？又《香积寺》诗：泉声咽危石，日色冷青松，泉声、危石、日色、青松皆可描摹，而咽字、冷字，决难画出。故诗以空灵，才为妙诗，可以入画之诗，尚是眼中金屑也'（《琅嬛文集》卷三《与包严介》）。"

周振甫说："咽是吞咽，声音比较低沉，在热闹场合这种低沉的声音不容易引起注意，所以从咽里显出幽静来。冷指阳光的微弱，因为山的深僻，才显出日色的冷来。"（《诗词例话》）

向定说："赵殿成似乎忽略了'咽'、'冷'之后的'危'、'青'两词在意象构造上的作用。刻画泉声之咽，是通过与山石之危的对照来实现的。泉声出于诗人的听觉，石危则出自诗人的视觉与判断，咽、危二字确实包容了上述的诸种感受。后一句的日色之冷也是通过青松之青映衬出来的，将视觉转化为感受。因此，咽、冷二字之妙亦得力于'危'、'青'二字的运用。"（《走向盛唐》）

陶文鹏说："'日色冷青松'，借本来属于触觉的冷暖，表现对日色的视觉。这种'通感'表现手法，有助于更好地表达诗人对自然景物的独特、深刻感受。"（《唐代文学史》）

又说："'诗是心声'（《原诗》，下同）。诗人描绘自然景物，固然要从'目所见、耳所听、足所履而出'，但更要从自己的心中所感而出。这样，方能使心与外物，'默契神会'，既表现出'山水之性情气象'，又传写出自己的'性情'和'面目'。《过香积寺》所表现的景色和声音那么森冷幽寂，既是客观大自然的反映，又被诗人涂上了浓厚的禅学寂灭的主观感情色彩，是浸透了他的感情的心中之声。"（《传天籁清音绘有声图画》）

郝世峰说："不是只停留在色彩的表面，而是重在色彩引起的主体心理反应。青、绿偏冷、偏静，足以引起寒冷与沉静的感觉，而冷、静又与人心远离尘器（闲）相适应。"（《隋唐五代文学史》）

葛晓音说："这些以意境空静著称的代表作，往往是强调心性与空寂之境暗合的结果。末二句指禅性安定，能制妄心，正与空潭相印，亦即常建诗'潭影空人心'之意。"（《论山水田园诗派的艺术特征》）

张福庆说："在这首诗里，作者描写了两种声音：一是悠扬回荡的钟声，一是山溪流水的幽咽。但这并不是为了写山中的动，而是为了表现山中的静。

在王维诗中，以动或以声写静的诗句比比皆是，还有大量以空写静、以疏写静、以远写静、以暗写静、以闲写静、以冷写静、以深写静的诗句，都极其生动地表现了山水景物充满意趣和韵味的幽静之美。"（《唐诗美学探索》）

周裕锴说："近禅的诗人之所以偏爱钟声，至少还有以下诸因素：其一，钟声悠扬动听，能把宗教感情转化为一种审美感情，将禅意转化为诗情；其二，钟声余音袅袅不绝，最能体现超越于形象之外的悠远无穷的诗的韵味；其三，钟声的节奏是平缓的，疏钟与诗人淡泊闲静的心态恰巧为异质同构；其四，钟声打破宁静的虚空，象征着一次心灵的顿悟，即杜甫《游龙门奉先寺》所谓'欲觉闻晨钟，令人发深省'；其五，钟声是不可捉摸的东西，动亦静，实亦虚，色亦空，动静不二，象征着禅的本体和诗的本体；其六，钟声从静寂中响起，又在静寂中消失，传达出来的意味是永恒的静，本体的静，把人带入宇宙与心灵融合一体的那异常美妙神秘的精神世界。"（《中国禅宗与诗歌》）

张风波说："写寺不言寺，而寺在其中。妙在烘托得法，给读者展现了一片广阔的想象天地。"（《王维诗百首》）

过崔驸马山池①

画楼吹笛妓②，金椀酒家胡③。锦石称贞女④，青松学大夫⑤。脱貂贳桂醑⑥，射雁与山厨。闻道高阳会⑦，愚公谷正愚⑧。

此诗作于天宝初年。

①［赵注］按《新唐书·公主列传》，玄宗二十九女。驸马有崔惠童、崔嵩二人，未知孰是。生按：帝婿例加驸马都尉称号。见《奉和杨驸马六郎秋夜即事》注①。崔驸马，当是崔惠童。崔尚玄宗第十一女晋国公主，在长安城东有池亭，常于其地与贵官贤士宴饮，其兄孝童与王维为友。晋国公主开元二十五年九月及笄（十五岁），下嫁当在开元末期。

②"画"，蜀刻本作"书"。○［赵注］《晋书·王敦传》："王恺尝置

酒，导与敦俱在座，有女妓吹笛。”

③“椀”，纬本、凌本作“埦’。○［赵注］辛延年《羽林郎》：“依倚将军势，调笑酒家胡。”生按：椀同碗。此处指碗形大杯。

④［赵注］庾信《咏画屏风诗》：“锦石平砧面，莲房接杵腰。”《水经注·沔水》：“贞女峡西岸高岩名贞女山，山下际有石，如人形，高七尺，状如女子，故名贞女峡。古来相传，有数女取螺于此，遇风雨昼晦，忽化为石。”生按：谓山池中有关石如贞女。

⑤《汉官仪》：“秦始皇上封泰山，逢疾风暴雨，赖得松树，因覆其下，封为五大夫。”

⑥“醑”，述古堂本、元刊本、赵本作“酌”。从蜀刻本、纬本、凌本等。○脱貂：取下金貂。貂音习。《后汉书·舆服志》：“武冠，一名武弁、大冠，诸武官冠之。侍中、中常侍加黄金珰（金的冠饰），附蝉为文（金蝉附着冠前），貂尾为饰。”赍：音世，赊。醑：音许，美酒。桂醑：桂花酒。苏鹗《杜阳杂编》：“上每赐御馔，其酒有桂花醑。”［赵注］《晋书·阮孚传》：“迁黄门侍郎散骑常侍，尝以金貂换酒，为所司弹劾。”沈约《郊居赋》：“席布骐驹，堂流桂醑。”

⑦《晋书·山简传》：“永嘉三年，镇襄阳。诸习氏荆土豪族，有佳园池。简每出嬉游，多之池上，置酒辄醉，名之曰高阳池。”生按：汉初高阳（故地在今河南杞县西）儒生郦食其求见刘邦自称高阳酒徒，故山简名习家池为高阳池。此处则以崔驸马山池集为高阳会。

⑧愚公谷：某翁养母牛，生子，大而卖之，买驹。少年谓“牛不能生马”，竟牵驹而去。邻人以翁愚，称所居之谷为“愚公谷”。见《田家》注⑪。此处王维称其终南别业所在为愚公谷。正愚，谓正在别业过愚公式的隐居生活。

过始皇墓 时年十五①

古墓成苍岭，幽宫象紫台②。星辰七曜隔③，河汉九泉开④。有海人宁渡，无春雁不回⑤。更闻松韵切，疑是大夫哀⑥。

此诗作于开元元年。

（一）"始皇"，元刊本、赵本、全唐诗作"秦皇"，述古堂本作"秦始皇"。"十五"英华作"二十"。从蜀刻本。〇《史记·秦始皇本纪》："三十七年九月，葬始皇骊山。始皇初即位，穿治骊山。及并天下，天下徒送诣七十余万人。穿三泉，下铜，而致椁。宫观百官，奇器珍怪，徙藏满之。令匠作机弩矢，有穿近者，辄射之。以水银为百川江河大海，机相灌输。上具天文，下具地理。以人鱼膏为烛，度不灭者久之。"《长安志》："秦始皇陵在临潼县东十五里。"生按：据考古发掘，始皇陵园遗址南北长十五里，东西长十七里，周长六十四里。一九七四年再测，陵高二十二丈八尺，底部南北长一五四丈五尺，东西长一四五丈五尺。

②《小尔雅·广诂》："幽，冥。"帝王棺椁安置于昏暗不明的地下宫室中，故称幽宫。〔赵注〕江淹《恨赋》："紫台稍远。"吕延济注："紫台，紫宫，天子所居处。"生按：古代天文学家分天体恒星为三垣、二十八宿及其他星座。中垣有紫微十五星，称为紫微垣，为天帝所居，故称天子居处为紫台或紫宫。

③曜同耀。〔赵注〕《初学记》："日月五星，谓之七曜。"《水经注·渭水》："始皇营建冢圹，上画天文星宿之象，下以水银为四渎百川。"

④〔赵注〕木华《海赋》："吹炯九泉。"李善注："地有九重，故曰九泉。"生按：九泉，指人死后的葬处。阮瑀《七哀》："冥冥九泉室，漫漫长夜台。"河汉，借指河、汉、江、淮，即《水经注》所谓"四渎"。开，展布。

⑤《经传释词》："宁，犹岂也。"〔赵注〕《汉书》刘向传："谏曰：秦始皇帝葬于骊山之阿，水银为江海，黄金为凫雁。"

⑥松韵切：松风之声凄切。仲长统《昌言》佚句："古之葬，植松柏梧桐，以识其坟。"秦始皇上泰山，遇风雨，休于松树下，因封其树为五大夫。见《酬比部杨员外》注⑤。

评　笺

《龙性堂诗话》："同题始皇陵诗，王维'星辰七曜隔，河汉九泉开'；许浑'一种青山秋草里，路人惟拜孝文陵'；元好问'无端一片云亭山，杀尽苍生有底功'。侈语、冷语、谩骂语，各有其妙。"

顾可久按："讽其穷奢糜烂不露。"

过乘如禅师萧居士嵩丘兰若①

　　无着天亲弟与兄②，嵩丘兰若一峰晴③。食随鸣磬巢乌下④，行踏空林落叶声。迸水定侵香案湿⑤，雨花应共石床平⑥。深洞长松何所有？俨然天竺古先生⑦。

　　此诗作于天宝八载秋。

　　①《宋高僧传》："释乘如，未详氏族，精研律部，颇善宣讲。绳准缁徒，罔不循则。代宗朝翻经，如预其任。应左右街临坛度人，弟子千数。终西明（在延康坊）安国（在长乐坊）二寺上座。"陶敏说："乘如俗姓萧，人称萧和尚，广德初尚居东都敬爱寺，永泰元年已居长安大安国寺。其居嵩山当在早年。萧居士名越，皇甫冉有《和郑少尹祭中岳寺北访萧居士越上方》诗，天宝中作。"兰若：僧寺。见《过福禅师兰若》注①。［赵注］《艺文类聚·嵩高山》："潘安仁《怀旧赋》云：'前瞻太奎，傍眺嵩丘。'嵩丘、太室故是一山，何以言傍眺？傅亮曰：有嵩丘山，去太室七十里。"生按：代延之《西征记》："嵩高山，中岳也，东谓太室，西谓少室，相去七十里。"嵩丘即少室。

　　②［赵注］《翻译名义》："无着是初地菩萨天亲之兄，佛灭后千年，从弥沙塞部出家。"《通塞志》："天竺国无着出世阐教。其弟天亲造小乘论五百部，后因无着开悟，复造大乘论五百部，世称千部论师。"生按：无着，梵名阿僧伽，北印度健陀罗国人。初奉小乘，后归大乘，著有《瑜伽师地论》《摄大乘论》等。其弟天亲（又译世亲）后亦皈依大乘，著有《俱舍论》《唯识二十论》等。二人共创法相宗，被尊为菩萨。此以无着、天亲喻乘如、萧居士。

　　③［怀注］"晴"有双重义：一日光晴朗明丽；二是有乘如、萧居士在此，山峰也因之光明起来。

　　④鸣磬：寺院僧众清晨食粥，中午食斋饭，食前都要敲磬。［王解］

人、物浑忘，故巢鸟下食也。

⑤"迸"，蜀刻本作"陆"。〇迸音蹦。《正韵》："迸，涌也。"香案：放置香炉、烛台、供品等以供奉菩萨的案桌。

[赵注]《法苑珠林》："庐山西有龙泉精舍，慧远沙门之所立也。远始南度，爱其区丘，欲创寺宇，未知定方。遣诸弟子访履林涧，疲息此地，群僧并渴。率同立誓曰：'若使此处宜立精舍，当愿神力即出佳泉。'乃以杖掘地，清泉涌出，遂蓄为池，因构堂宇。"

⑥"床"，蜀刻本作"林"，误。〇[赵注]《法华经》："佛说此经已，结跏趺坐，入于无量义处三昧，身心不动。是时天雨曼陀罗花、摩诃曼陀罗花、曼殊沙花、摩诃曼殊沙花，而散佛上及诸大众。"

⑦俨然：庄严貌。《论语·子张》："望之俨然。"《西域记》："天竺，宜云印度。印度者，唐云'月'。"古先生：释迦牟尼佛。《魏略·西戎传》："盖以为老子西出关，过西域，之天竺，教胡。"道教《西升经》："老子西升，开导竺乾，号古先生。"《全唐文》卷一六五刘如璿《不毁化胡经议》："《后汉书》云：'老子入夷狄为浮屠之化'（见《襄楷传》）。《皇朝实录》云：'于阗国四五百城，有毗摩伽蓝，是老子化胡之所建。'知化胡是实，为经不虚，浮屠即佛陀也。"[金解]有则或有瞿昙（释迦牟尼）先生金像俨然，如是而已。[唐解]惟俨然之佛像在焉。生按：或解为乘如、萧居士二人宛若天竺的佛菩萨。存参。

评 笺

方东树《昭昧詹言》："《过乘如禅师萧居士嵩丘兰若》，起贴乘如、居士二人。次破兰若。三、四写上人居此，境味警策入妙。五、六人地合写。收作赞美叹羡。"

金人瑞《圣叹外书》："写二大士受食而巢乌亦下，此犹与有情平等。经行而落叶有声，此直与无情平等。然则为是二大士各有一晴峰，为是一晴峰双现二大士？吾欲与天下道人参之。庞居士常曰：'但愿空诸所有，慎勿实诸所无。'后四句正特表二大士已尽得空诸所有，而先生妙笔反戏写其实诸所无，以俟人之从空悬解。二十八字只为欲写'何所有'三字，却乃翻作如此异样笔墨，真诗林之罕事也。"

李攀龙《唐诗选》："王遮曰：中四句俱新巧。"

陆时雍《唐诗镜》：“三四清真，绝去色相。”

《唐诗归》：“钟云（首句下）朴。（行踏句下）踏声妙甚。谭云：禅机。”

周珽《唐诗选脉会通评林》：“布格整而意超，用事恰而调逸。〇周珽曰：灵机慧语，自是青莲社中人口眼。〇黄家鼎曰：起朴后静，中禅悟，未许躁人解参。”

黄生《唐诗摘抄》：“叙事处亦只是写景，章法之开合，笔墨之神化，皆登无上神品矣。”

春日与裴迪过新昌里访吕逸人不遇^①

桃源一向绝风尘^②，柳市南头访隐沦^③。到门不敢题凡鸟^④，看竹何须问主人^⑤。城外青山如屋里^⑥，东家流水入西邻。闭户著书多岁月^⑦，种松皆作老龙鳞^⑧。

此诗作于上元二年春。

①“昌”，鼓吹作“丰”，误。〇［高注］《长安志》：“朱雀街东第五街，从北第八为新昌坊，即新昌里。”生按：在唐长安城延兴门（东面南门）内，大雁塔东北五里。吕逸人，未详。［陈注］逸人，隐逸之士。

②“一向”，纬本、凌本作“四面”，正音、鼓吹、品汇作“面面”。“绝”，鼓吹作“少”。桃源：桃花源。见《桃源行》注①。借指吕逸人隐居处。（或解为作者隐居地，参裴迪同咏，未允。）绝风尘：与纷扰的尘世相隔绝。郭璞《游仙诗》：“高蹈风尘外，长揖谢夷齐。”

③［高注］《汉书·游侠传》：“万章在城西柳市。”此借柳市字。长安有东市、西市，朱雀街东第四坊为东市，距新昌坊不远，又在其北，故云柳市南头。生按：隐士沦没不见于世，故称隐沦。郭璞《江赋》：“纳隐沦之列真。”谢灵运《入华子冈是麻源第三谷》：“既枉隐沦客”。

④［赵注］《世说新语·简傲》：“嵇康与吕安善，每一相思，千里命驾。安

后来，值康不在，喜（嵇康之兄）出户延之。不入，题门工作凤字而去。喜不觉，犹以为欣。故作凤字，凡鸟也。"[陈注] 谓未遇逸人，并赞其家人不俗。

⑤[赵注]《晋书·王徽之传》："时吴中一士大夫家有好竹，欲观之，便出，坐舆造竹下，讽啸良久。主人洒扫请坐，徽之不顾。将出，主人乃闭门。徽之便以此赏之，尽欢而去。"

⑥"外"全唐诗作"上"。○《尔雅·释诂》："如，往也。"谓青山当户，光色入室。取境似"群山入户登。"

⑦"著"，英华作"看"。○《后汉书·王充传》："王充以为俗儒守文，多失其真，乃闭门潜思，绝庆吊之礼，户牖墙壁，各置刀笔，著《论衡》八十五篇，二十余万言。"

⑧"作老"，英华、纪事、赵本、全唐诗作"老作"。从蜀刻本、述古堂本、元刊本等。○[陈注] 老松的表皮呈鳞状，故以龙鳞形容之。生按：老松龙鳞，也隐喻吕逸人高洁坚贞的风韵。

评　笺

《王右丞诗评》："刘云：青山、流水，自在。○顾云：此篇似不经意，然结语奇突，不失盛唐。信手拈来，头头是道，不可因其真率，略其雅逸也。"

《唐诗归》："钟云：（三、四句下）非此妙笔，则此两事说不遇亦套矣。"陆时雍《唐诗镜》："'着竹何须问主人'，翛然雅意。五、六全入画意，正是于不遇时徘徊瞻顾景象。"

黄培芳《唐贤三昧集笺注》："一所清澈，便是绝妙好词。彼堆垛零星支架不起者，何止上下床之别。有志雅音，断宜去彼取此。○顾云：颔联使事切。"

胡以梅《唐诗贯珠》："凭空突兀，虚喝而出，自觉精神百倍。格调高超，绝异平庸之局。"

周珽《唐诗选脉会通评林》："此诗淡淡着烟，深深笼水，即离之间，俱有妙景。'到门'二语，更饶神韵。"

金人瑞《圣叹外书》："三，言逸人不在。四，言己与裴不能以逸人不在而遂去。最奇妙者，先荡出'桃源'七字，盖桃源面面总非人间，不遇逸人亦不为憾也。五，仰眺其墙外。六，俯玩其阶下。七、八，进窥其窗中，出抚其庭树，此写不遇逸人后一段徘徊闲畅神理也。"

　　吴修坞《唐诗续评》："将不遇意说在前，结处便有不尽之味。起语涵盖无发，并自己身分亦写得高。项联言不遇。中二语，据其地而写之，有天下一家、人我一致之意。结更点出逸人身分。三、四占地步。起，倒装联。"

　　方东树《昭昧詹言》："起先写新昌里，亦是定题法，然后过访乃有根。三、四写访字，警策入妙。五、六景。七、八人。此又一章法，杜公亦用之。后半气势愈盛。"

　　杨慎《升庵诗话》："王维诗'门外青山如屋里，东家流水入西邻'，谓之当句对。"

　　赵翼《瓯北诗话》："古人句法，有不宜袭用者。白香山'东涧水流西涧水，南山云过北山云'，盖脱胎于'东家流水入西邻'之句，然已逊其蕴藉。梅圣俞又仿之为'南岭禽过北岭叫，高田水入低田流'，则磨牛之踏陈迹矣。"

　　唐汝询《汇编唐诗十集》："请问七言律何者为深厚浑雅？岂'东家流水入西邻'反胜邪？此等几落晚唐人矣。"

　　王寿昌《小清华园诗话》："昔人谓'诗有别材'，而'别'实非诗之正体，但于庄雅严正之中偶杂一两篇，亦足豁人心目。如游名山大川者，忽逢断崖曲港，则耳目为之一新。如闻《咸》《英》《韶》《㺉》者，忽听移宫换羽，则神思为之一豁。是'别'亦诗中不可少之一境也。如杜甫《水槛遣心》，王维《春日与裴迪访吕逸人不遇》。"

　　毛奇龄《西河诗话》："或云原本是'皆老作龙鳞'，老在松，不在鳞。初亦信之。后观唐范传正试卷中有'种松鳞未老'，正同摩诘此句。然老在鳞，不在松，未尝不是也。"

　　高步瀛《唐宋诗举要》："吴曰：虽写景而以城、屋、东、西映带为奇。"

　　姜光斗说："贾岛《望山》诗有句云：'阴霾一以扫，浩翠泻国门。长安百万家，家家张屏新。'正是'城外青山如屋里'的极好注脚。而王安石的名句'两山排闼送青来'（《书湖阴先生壁》），正是受了这句诗的启发而写出来的。"（《王维孟浩然诗歌名篇欣赏》）

　　汤贵仁说："起句着一虚笔，次句跟一实笔，既写出吕逸人长期'绝风尘'的超俗气节，又显示了作者倾慕向往之思。领联，访人未遇，不免遗憾，反而借用典故来表示对吕逸人的敬仰，是虚写。颈联写吕逸人居所环境，是实写，一则照应开篇的'绝风尘'，二则抒写隐逸生活的情趣。最后

从正面写吕逸人是真隐士，手种松树已老，显示其隐居之志的坚贞。全诗结构严谨完整。"（《唐诗鉴赏辞典》）

赵昌平说："前半篇访隐不遇，'看竹'句一笔荡开，转入隐居景物的描写；结尾处却又拈出青松干老这一带有特征性的景物，仍然回到隐士。使读者想象高风遗韵，如见其人。诗境幽邃清深，气体宽闲舒缓，措注之妙，纯任自然，而波澜起伏，意态不穷。苏轼以'清且敦'评王维诗（见《王维吴道子画》），当于此等处领悟。"（马茂元《唐诗选》）

同 咏
（裴　迪）

恨不逢君出荷蓑①，青松白屋更无他②。陶令五男曾不有③。蒋生三径枉相过④。芙蓉曲沼春流满⑤，薜荔成帷晚霭多⑥。闻说桃源好迷客，不如高卧盼庭柯⑦。

①蓑：音梭，御雨的草衣或棕衣。出荷蓑：披蓑衣外出。[赵注]《诗·小雅·无羊》："尔牧来思，荷蓑荷笠。"

②《汉书·王莽传》："开门延士，下及白屋。"颜师古注："白屋，谓庶人以白茅覆屋者。"他：音拖。

③[赵注]陶潜《责子诗》："白发被两鬓，肌肤不复实。虽有五男儿，总不好纸笔。"生按：此谓无子守门。

④"枉"，述古堂本、元刊本、赵本作"任"。从蜀刻本、全唐诗。○蒋诩舍中有三径，惟求仲、羊仲从之游。见《黎拾遗昕裴秀才迪见过秋夜对雨之作》注⑥。

⑤《尔雅·释草》："荷，芙蕖。"郭璞注："芙蕖，别名芙蓉。"

⑥薜音必。[赵注]《九歌·湘夫人》："纲薜荔兮为帷。"王逸注："薜荔，香草也，缘木而生。"生按：又名木莲、木馒头，桑科，常绿藤本，幼时以不定根攀援于墙壁或树上。夏秋开花，雌雄同株，结倒卵形隐花果。

⑦"卧"，述古堂本、元刊本、赵本作"枕"。"盼"，述古堂本、元刊本、活字本、全唐诗作"眄"。从蜀刻本。○《广雅·释诂》："盼，视也。"《诗·小雅·湛露》："柯使低垂。"孔颖达疏："柯，枝也。"庭柯：庭院中

的树木。[赵注] 陶潜《归去来辞》："引壶觞而自酌，盼庭柯以怡颜。"

评　笺

金人瑞《圣叹外书》："五男不有、三径枉过者，言是日彼已不成延款，我亦无由留却，盖如此不遇，乃为不遇之至。此三承二、四承一法也。后四句言再访且恐并失其处，则不如便于芙蓉沼上、薜荔帏中竟托高卧，以俟其归也。"

投道一师兰若宿①

一公栖太白②，高顶出云烟③。梵流诸壑遍④，花雨一峰偏⑤。迹为无心隐⑥，名因立教传⑦。鸟来还语法⑧，客去更安禅⑨。昼涉松路尽⑩，暮投兰若边。洞房隐深竹⑪，清夜闻遥泉。向是云霞里⑫，今成枕席前。岂惟暂留宿，服事将穷年⑬。

此诗约作于开元十八年。

①全唐诗一作"宿道一上方院"，元刊本、述古堂本作"投□师兰若宿"，久本作"投福禅师兰若宿"。○ [赵注]《传灯录》："江西道一禅师，汉州什邡人也，姓马氏。(后世尊称为马祖) 幼岁依资州唐和尚 (处寂) 落发，受具 (足戒) 于渝州圆律师。唐开元中，习禅定于衡岳传法院，遇 (怀) 让和尚，同参九人，惟师密受心印。"生按：由于《宋高僧传》《景德传灯录》等书，均未载马祖道一曾居太白山，学者多疑此诗道一是另一人。然马祖至衡山奉侍怀让 (禅宗六祖慧能之弟子) 学禅在开元二十年，此前曾广为游学，据宗密《圆觉经疏抄》记载，曾到过乾州 (陕西乾县)。则此诗道一，可能是马祖。兰若：僧寺。见《过福禅师兰若》注①。

② [赵注]《水经注·渭水》："太一山，古文以为终南，亦曰太白山。在武功县南，去长安二百里。"生按：太白山是秦岭主峰。

③"云"，全唐诗作"风"。

④"壑"，全唐诗一作"洞"，赵本一作"洞"。○梵流：谓僧人模仿梵语音调咏歌佛经的声音，悠扬曲折如流水般传遍各个山谷。参见《苑舍人能书梵字兼达梵音》注①。

⑤花雨：佛说经毕，诸天为赞叹佛说法之功德而散花如雨。见《过乘如禅师萧居士嵩丘兰若》注④。一峰偏：谓花雨惟降于道一所居峰头，足见其功德高胜。生按：此处或指零星小雨。

⑥迹：形迹。为：因。无心：不起妄心。《传心法要》："如今但学无心，顿息诸缘，莫生妄想分别，无人无我，无贪嗔，无憎爱，无胜负。但除支如许多妄想，性自本来清净，即是修行菩提法佛等。"此指修行。

⑦佛经浩繁而多歧义，但都尊为佛说，由于解释不同，逐渐形成若干宗派。佛教大师对各类经典的意义及地位，能做出一种较为系统的解释，为徒众信奉，谓之立教。

⑧[赵注]《法苑珠林》："齐邺东大觉寺沙门僧范，晚年出家，经论谙委，言行相辅。尝有胶州刺史杜弼，于邺显义寺诗范冬讲，至《华严》六地，忽有一雁飞下，从浮图东顺行入堂，正对高座，伏地听法，讲散徐出，还顺塔西，乃尔翔逝。"生按：还，犹仍。

⑨安禅：身心安然进入禅定境界。参见《山中寄诸弟妹》注③。更：犹仍。

⑩"路"，二顾本、纬本、赵本作"露"。从蜀刻本、述古堂本、元刊本等。○涉：游历。陶潜《归去来兮辞》："园日涉以成趣。"

⑪洞房：幽深的内室。王延寿《鲁灵光殿赋》："洞房叫窱而幽邃。"此指禅房。

⑫向：通曩，从前。指太白山风物。

⑬"暂留"，赵本作"留暂"。从蜀刻本、述古堂本等。○穷年：终生。《庄子·齐物论》："和之以天倪，因之以曼衍，所以穷年也。"

济州过赵叟家宴 原注：公左降济州司仓参军时作①

虽与人境接，闭门成隐居。道言庄叟事②，儒行鲁人余③。

深巷斜晖静，闲门高柳疎。荷锄修药圃，散帙曝农书④。上客摇芳翰⑤，中厨馈野蔬⑥。夫君第高饮⑦，景晏出林闾⑧。

此诗作于开元十二年至十四年间。

①蜀刻本、元刊本、活字本、全唐诗无"原注"等十三字。○《旧唐书·地理志》："卢县，隋置济北郡。武德四年改济州，天宝元年改为济阳郡。十三载废济州。"按：故州治在今山东荏平县西南，已被黄河湮没。《史记·蔺相如传》："位廉颇之右"。索隐："职卑者，名录在下，于人为左，是以位下迁为左。"《旧唐书·职官志》："中州（户满二万户以上）：司功、司仓、司户、司兵、司法、司士六曹参军事各一人，并正八品下。司仓掌公廨、度量、庖厨、仓库、租赋、征收、田园、市肆之事。"

②道言：道家的玄言。《史记·太史公自序》："道家无为，又曰无不为，其实易行，其辞难知。其术以虚无为本，以因循为用。"《史记·老子韩非传》："庄子者，蒙人也，名周。尝为蒙漆园吏，与梁惠王、齐宣王同时。其学无所不窥，然其要归于老子之言。"[赵注]《南史·顾欢传》："佛言华而引，道言实而抑。"《北史·萧大圜传》："畜鸡种黍，应庄叟之言。"

③儒行：儒者的德行。《礼记·儒行》记鲁哀公差别儒行，孔子所答凡十七条。鲁：古国，辖今山东南部，国都曲阜。孔子鲁国人，其弟子亦多鲁人。余：传留的风尚。二句谓赵叟能谈玄，有儒行。

④帙音秩。《说文》："帙，书衣也。"段玉裁注："谓用裹书者，今人曰函。"[赵注]谢灵运《酬从弟惠连》："散帙问所知。"刘良注："散帙，谓开书帙也。"

⑤《正字通》："翰，鸟羽也。"杨雄《长杨赋》："藉翰林以为主人。"李善注："翰，笔也。"毛笔用鸟羽或兽毫制作。芳：敬词。摇芳翰：挥动妙笔题写诗文。

⑥《荀子·正论》："曼而馈"。杨倞注："馈，进食也。"

⑦夫君：对友朋的敬称。《正字通》："第，但也。"高饮：畅饮。《战国策·秦策》高诱注："高，大也。"

⑧[赵注]颜延之《赠王太常》："林间时晏开。"李善注："野外谓之林。"郑玄《周礼》注云："闾，里门也。"生按：《说文》："景，日光

也。"《小尔雅·广言》："晏，晚也。"出：离去。谓日暮时才离开赵庄。

评 笺

葛晓音说："工对中杂以散句，自然流畅。"（《论开元诗坛》）

过卢四员外宅看饭僧共题七韵①

三贤异七贤②，青眼慕青莲③。乞饭从香积④，裁衣学水田⑤。上人飞锡杖⑥，檀越施金钱⑦。跌坐檐前日⑧，焚香竹下烟。寒空法云地⑨，秋色净居天⑩。身逐因缘法⑪，心过次第禅⑫。不须愁日暮，自有一灯燃⑬。

①述古堂本、元刊本、活字本、赵本无"四"字，元刊本无"七韵"二字，从蜀刻本、全唐诗。○卢四员外，未详。无"四"字，当是卢象。象行八，崔颢有《赠卢八象》诗。唐尚书省所属六部，各有四司，每司皆有员外郎一至二员，协助郎中主持司务；官阶从六品上。饭僧：斋僧，邀集僧众布施饮食，通常是午饭。

②"七贤"，述古堂本、元刊本、赵本作"七圣"，从蜀刻本、活字本、全唐诗。○三贤：三种贤位，属于内凡。佛教的菩萨阶位，有五十一位。十信，是外凡；十住、十行、十回向，是内凡。十地、妙觉，是入圣。《仁王经》："三贤十圣住果报，惟佛一人居净土。"疏："十住、十行、十回向诸位菩萨，皆称贤者。盖诸位菩萨但断见思惑尽，尚有无名惑在，未入圣位，故名贤。"七贤：佛教称在家修行的居士。《仁王经》："复有十亿七贤居士，德行具足。"疏："一初发心人，二有相行人，三无相行人，四方便行人，五习种性人，六性种性人，七道种性人，俱在地前（尚未修成菩萨，处于欢喜地前）调心顺道，名为七贤。"生按：卢四员外属于七贤。

③［赵注］《晋书·阮籍传》："阮籍能为青白眼。见礼俗之士，以白

眼对之。嵇康齐酒挟琴造焉，籍大悦，乃见青眼。"《大般若经》："世尊眼相修广，譬如青莲花叶。"《维摩诘经》："目净修广如青莲。"僧肇注："天竺有青莲花，其叶修而广，青白分明，有大人（释迦牟尼佛）目相，故以为喻也。"生按：卢四员外是能为青白眼而仰慕如来佛的。

④维摩诘请化菩萨到众香佛国，求香积如来赐给香饭，供到会僧众食斋。见《胡居士卧病遗米因赠》注⑨。

⑤僧人所穿袈裟，本用长方形布块缀成，似水田界画，故称水田衣。（今袈裟多在整幅布上织印水田条纹）。见《与苏卢二员外期游方丈寺》注⑨。二句写卢员外斋僧、施衣。

⑥上人：见《谒璿上人》注①。[赵注] 孙绰《游天台山赋》："应真飞锡以蹑虚。"李周翰注："应真，得道之人。执锡杖而行于虚空，故云飞也。"

⑦[赵注]《翻译名义》："梵语陀那钵底，唐言施主。今称檀那，讹陀为檀，省钵底。又称檀越者，檀即施汉也，此人行施，越贫穷海。"《贤愚经》："波婆梨自竭所有，为设大会，一切都集。设人已讫，大施达傺（斋食之后施以财物），人得五百金钱。"

⑧跏坐：参禅坐法，盘腿而坐，两足背交置大腿上。见《登辨觉寺》注⑥。

⑨《华严经·十地品》说菩萨修行有五十二阶位，四十一至十五称为十地，其中五十地名法云地，此时菩萨修行完满，具无边功德，其慈悲与智慧如大云覆盖法界，能降甘露。

⑩佛教称凡人生死流转的世界为三界，即欲界（受食、淫、眠三种粗俗欲望支配者所居）、色界（已离粗俗欲望具清净妙色者所居）、无色界（既无欲望又无形色者所居）。欲界有六天，无色界有西天。色界有十八天，亦名禅天，又分为四级。修禅定者，得因成就之浅深，往生于各级禅天之中。第四级名四禅天，共有九天，后五天为无烦天、无热天、善见天、善现天、色究竟天，又统称净居天。《法苑珠林》："五净居天，惟是那含罗汉之所住也。"按：二句以佛教语言写秋日景色。

⑪逐：随。因缘法：《止观》："招果为因，缘名缘由。"佛教谓众生皆须经历无始无终的三世（过去、现在、未来）生死轮回，其间表现为十二种因果关系，名十二因缘法。众生皆受因缘法支配，而佛则以因缘法化众

生。因闻此法而修行得道者，成就辟支佛（缘觉）果。[赵注]《法华经》："大通智胜如来广说十二因缘法：无明缘行，行缘识，识缘名色，名色缘六入，六入缘触，触缘受，受缘爱，爱缘取，取缘有，有缘生，生缘老死忧苦悲恼。无明灭则行灭，行灭则识灭，识灭则名色灭，名色灭则六入灭，六入灭则触灭，触灭则受灭，受灭则爱灭，爱灭则取灭，取灭则有灭，有灭则生灭，生灭则老死忧苦悲恼灭。"

⑫修禅定者，其心识须由寂静不生妄念，进而照见本性进入涅槃。此一过程有由低至高的九种境界，即色界的四禅天（初禅、二禅、三禅、四禅），无色界的四处定（空无边处定、识无边处定、无所有处定、非想非非想处定）和圣者修习的止息一切心识的灭受想定。由初禅进入至极的灭受想定，是渐次达到的，故名九次第定（禅）。赵注引《涅槃经后分》，只提到"次第入第四禅"，义有未尽。

⑬灯喻月光，可照归路；又喻智慧之光，可破迷暗。《华严经》："譬如一灯入于暗室，百千年暗悉能破尽。"

青龙寺昙壁上人兄院集 并序①

吾兄大开荫中，明彻物外②。以定力胜敌③，以惠用解严④。深居僧坊⑤，傍俯人里。高原陆地，下映芙蓉之池⑥；竹林果园，中秀菩提之树⑦。八极氛雾⑧，万汇尘息⑨。太虚寥廓，南山为之端倪⑩；皇州苍茫，渭水贯于天地⑪。经行之后，趺坐而闲⑫。升堂梵筵，饵客香饭⑬。不起而游览，不风而清凉。得世界于莲花⑭，记文章于贝叶⑮。时江宁大兄⑯，持片石命维序之⑰。诗五韵，座上成。

高处敞招提⑱，虚空诇有倪⑲。坐看南陌骑，下听秦城鸡。渺渺孤烟起，芊芊远树齐⑳。青山万井外㉑，落日五陵西㉒。眼界今无染㉓，心空安可迷㉔！

　　此诗作天天宝三载。
　　①青龙寺：见《夏日过青龙寺谒操禅师》注①。昙壁上人：俗姓王，余未详。上人：对僧人的敬称，见《谒璿上人》注①。集：聚会。
　　②"明"，"物"，述古堂本作"朝"，"独"，误。○荫：通阴。佛教谓，色、受、想、行、识五种现象，能荫覆真性，称为五阴。见《胡居士卧病遗米因赠》注⑥。此谓昙壁上人能广泛揭示五阴的奥秘，透彻了解世外的真理。
　　③定力：禅定之力。敌：喻散乱的妄念。[赵注]《璎珞经》："所谓定力者，立根上位'菩萨摩诃萨'（通于声闻、缘觉、菩萨三乘，具大慈悲、大智慧的大菩萨如文殊、普贤、观世音、大势至），摄意去想，不怀狐疑，是谓定力。"
　　④惠通慧，即由禅定而起能观照诸法无自性空的智慧。《大乘义章》："于法观达，故称为慧。"《唯识论》："云何为慧？于所观境，简择为性，断疑为业。"慧用：慧力，通达事理、决断疑惑的作用、能力。严：本指军事戒备，借喻烦恼蔽障。此谓以智慧解脱烦恼。
　　⑤僧坊：僧众居住区。[赵注]《佛报恩经》："造立僧坊，供养僧众。"
　　⑥青龙寺北枕乐游原，南近曲江及芙蓉苑。
　　⑦[赵注]《大唐西域记》："菩提树者，即毕钵罗之树也。者佛在世，高数百尺，屡经残伐，犹高四五丈。佛坐其下，成等正觉，因而谓之菩提树焉（菩提是梵语的音译，指佛的无上智慧和觉悟）。茎干黄白，枝叶青翠，冬夏不凋，光鲜无变。"
　　⑧"氛"，述古堂本、元刊本作"气"、"霁"，赵注本一作"气"。○《淮南子·原道训》："廓四方，折八极。"高诱注："八极，八方之极也。"氛霁：雾散。《淮南子·本经》："氛雾霜雪不霁，而万物燋夭。"
　　⑨《集韵》："汇，一曰类也。"万汇：万物。《维摩经义记》："烦恼忿污，名之为尘。"尘息：宁静。
　　⑩[赵注]孙绰《游天台山赋》："太虚辽廓而无阂。"李善注："太虚，天也。"李周翰注："辽廓，广远也。"生按：南山，终南山，横亘陕西南部，主峰在西安南五十里。谢灵运《游赤石进帆海诗》："溟涨无端倪。"李周翰注："端倪，犹涯际也。"句谓南山成为天的边际。

⑪皇州：帝都。鲍照《代结客少年场行》："升高临四关，表里望皇州。"渭水：源出甘肃渭源县西北鸟鼠山，东南流入陕西省，横贯关中，东流至潼关入黄河。

⑫《十诵律》："经行法者，比丘应直经行，不迟不疾。若不能直，当画地作相，随相直行。"《释氏要览》："西域地湿，叠砖为道，于中往来，如布之经，故曰经行。有五处可经行：一闲处，二户前，三讲堂前，四塔下，五阁下。"跌坐：盘腿而坐，足背交置大腿上。见《登辨觉地》注⑥。

⑬[赵注]沈约《栖禅精舍铭》："往辞妙幄，今承梵筵。"生按：梵筵，佛寺的筵席。《广雅·释诂》："饵，食也。"香饭：见《过卢四员外宅看饭僧共题七韵》注④

⑭《华严经》说，释迦牟尼真身毗卢舍那佛所居的净土，最下为风轮，风轮之上有香水海，香水海中生大莲花，此莲花中包藏微尘数之世界，称为莲花藏世界。名谓昙璧上人已识得莲花藏世界的真谛。

⑮贝叶：印度佛教徒用以书写经文的多罗树叶。见《苑舍人能书梵字》注⑤。

⑯江宁大兄：江宁县尉（陶敏说：唐人林宽、罗隐诗皆谓其官县尉而非县丞）王昌龄。昌龄字少伯（698？—756），行大，京兆万年泸川乡（今西安市白鹿原）人。开元十一年前后，曾游历汴州、宋州、洛阳、并州、潞州。后数年间，又漫游西北边塞，至泾州、萧关、临洮、玉门关一带。开元十五年应进士试，释褐授秘书省校书郎。二十二年冬又登博学宏词科，改授汜水县尉。约在二十六年获罪被谪岭南某地。二十八年自贬所北归。天宝元年（一说二十九年）春命为江宁（今南京市）县尉，初夏始自东都赴任。天宝三载春因公暂至长安，旋返江宁。约天宝八载秋，又以"不矜细行，谤议沸腾"，贬为龙标（今湖南黔阳）县尉。十四载，安史乱起。至德元载秋，昌龄离龙标返江宁，在亳州（故治在今安徽亳县。《旧唐书》作豪州）被刺史闾丘晓所杀。昌龄工诗，绪密而思清，雅有风骨，撰《诗格》二卷，时称"诗家夫子王江宁"。七言绝最负盛名。《全唐诗》存诗四卷。

⑰片石：一片石头。《涅槃经》："如来常身，犹如画石。""譬如画石，其文常在。"《万善同归集》："无常迅速，念念迁移，石火风灯，逝波残照，露华电影，不足为喻。"片石可以悟到常与无常之理，用意与李颀《题

璇公山池》"片石孤峰窥色相"”同。

⑱［赵注］《增辉记》："梵云'拓门提奢'，唐言'四方僧物'。但传笔者讹'拓'为'招'，去门、奢留提，故称招提，即今十方住持寺院也。"

⑲讵：岂。倪：边际。

⑳芊芊：茂盛貌。谢朓《游东田》："远树暧阡阡。"阡与芊同。

㉑万井：犹言千家万户。见《和陈监四郎秋雨中思从弟据》注⑦。

㉒班固《西都赋》："南望杜霸，北眺五陵。"李善注："高祖葬长陵，惠帝葬安陵，景帝葬阳陵，武帝葬茂陵，昭帝葬平陵。"生按：五陵在渭水北岸今咸阳附近。

㉓染：即染污。《俱舍颂疏》："烦恼不净，名为污染。"

㉔《大集绎》："一切众生心性本净，烦恼诸结不能染著，犹如虚空，不可沾污。"

评　笺

《王摩诘诗评》："刘云：'青山万井外，落日五陵西。'甚壮，第非是招提本色。"

周裕锴说："王维也多少接受了一些南宗的观念，或者说诗中表现出来的某些禅意和南宗暗合。南宗以'无念为宗'，认为'心生则种种法生，心灭则种种法灭'（《坛经》），心空就一切皆空了。'眼界今元染，心空安可迷'，是这种枯燥说教。"（《中国禅宗与诗歌》）

葛晓音说："眼界二句，是直接将性空之理运用于山水观照。"（《论山水田园诗派的艺术特征》）

同　咏　　　　　　　　　　　　　（王昌龄）

本来清净所①，竹树引幽阴②。檐外含山翠，人间出世心③。圆通无有相，圣境不能侵④。真是吾兄法，何妨友弟深⑤。天香自然会⑥，灵异识钟音⑦。

①《俱舍论》："远离一切恶行、烦恼垢故，名为清净。"佛寺又名清净园或清净所。

②"引"，纬本作"隐"。

③出世心：即无漏心。漏，烦恼之异名。《唯识论》："本有无漏（无烦恼）种子，令渐增盛，展转乃至生出世心。"

④"相"，诸本皆作"象"，佛经概作"相"。○佛教徒修行的最高目的，是达到断绝烦恼、超脱生死的涅槃境界。圆通是涅槃的特征。圣境即涅槃境界。《三藏法数》："性体周遍曰圆，妙用无碍曰通，乃一切众生本有之心，诸佛菩萨所证之圣境也。"《涅槃经》："涅槃名为无相，无十相故。色相、声相、香相、味相、触相、生、住、坏相、男相、女相，是名十相。无如是相，故名无相。"

⑤法：教义。友弟：相友爱的弟兄，指昌龄、维、缙。深，以深心救法。

⑥[赵注]《涅槃经后分》："一切诸天，雨无数百千种种上妙天香天花，遍满三千大千世界。"庾信《奉和同泰寺浮图诗》："天香下桂殿，仙梵入伊笙。"生按：《广雅·释诂》："会，至。"

⑦《行事抄》："《增一阿含经》云：若打钟时，一切恶道诸苦，并得停息。"《大唐西域记》："迦腻色迦王由恶龙请，建伽蓝（寺院），打钟息其瞋心。"

评 笺

《唐诗归》："钟云：（檐外二句）对得磊落。○谭云：自是坐久老禅大慧眼。"

同　咏　　　　　　　（王　缙）

林中空寂舍①，阶下终南山。高卧一床上②，回看六合间③。浮云几处灭，飞鸟何时还④？问义天人接⑤，无心世界闲⑥。谁知大隐客⑦，兄弟自追攀。

①空寂舍：佛教寺院。[赵注]《维摩诘经》："毕竟空寂舍。"鸠摩罗

什注："障蔽风雨，莫过于舍。灭除众想，莫妙于空。亦能绝诸问难，降伏魔怨，犹密宇深重，寇患自消。"

②"上"，二顾本、活字本作"地"。

③《初学记》："天、地、四方，谓之六合。"

④《维摩诘经》："是身如浮云，须臾变灭。"《华严经》："了知诸法寂灭，如鸟飞空无有迹。"

⑤佛教认为，修行之有道者，心境光明、清净、自在、最胜，虽在人中，如生净天，堪称天人。此誉上人。接：接应对答。

⑤《传心法要》："如今但学无心，顿息诸缘，莫生妄想分别，无人无我，无贪瞋，无憎爱，无胜负，但除却如许多种妄想，性自本来清净，即是修行菩提法佛等。"《宗镜录》："如人在荆棘林，不动则刺不伤；妄心不起，恒处寂灭之乐。一念妄心才动，即被诸有刺伤。故经云：有心皆苦，无心即乐。"

⑥"客"，《全唐诗》作"者"。○大隐：身居朝市仍能保持清高澹泊的隐士。[赵注] 王康琚《反招隐诗》："小隐隐陵薮，大隐隐朝市。"此处借指昙璧上人。

同　咏　　　　　　　　　　（裴　迪）

　　灵境信为绝①，法堂出尘氛②。自然成高致，向下看浮云。逶迤峰岫列③，参差闾井分④。林端远堞见⑤，风末疏钟闻。吾师久禅寂⑥，在世超人群。

①灵境：神灵所在的胜境，佛寺。萧绎《神山寺碑》："鹫岳灵境。"信：确实。

②法堂：演说佛法的殿堂，亦称讲堂。一般位于佛殿之后。堂中设高台，上置座椅，名狮子座。座后设罘恩法被或挂狮子图，象征佛在说法。座前置讲台，供小佛坐像。下设香案，供奉香花。左钟右鼓，长老上堂说法时敲击之。

③"逶迤"，蜀刻本、活字本、《全唐诗》作"逦迤"。○逶迤：音委移。杨雄《甘泉赋》："蹑不周之逶迤。"吕向注："逶迤，长曲貌。"岫育袖。《尔雅·释山》："山有穴曰岫。"

④参音雌恩切，差音雌。不齐貌。闾井：指人户聚居的邑里、村落。《周礼·地官·大司徒》："令五家为比，使之相保；五比为闾，使之相受。"《周礼·地官·小司徒》："乃经土地而井牧其田野，九夫为井，四井为邑。"分：分布。

⑤"堞"，蜀刻本作"树"。○堞：城上齿形矮墙，中有射口。《释名·释宫室》："城上垣曰睥睨，亦曰陴。亦曰女墙，言其卑小，比于城，若女子之于丈夫也。"

⑥禅寂：参禅时定止一境，心体寂静，故称禅寂。见《山中寄诸弟妹》注③。

春过贺遂员外药园①

前年槿篱故②，新作药栏成③。香草为君子④，名花是长卿⑤。水穿盘石透，藤系古松生。画畏开厨走⑥，来蒙倒屣迎⑦。蔗浆菰米饭⑧，蒟酱露葵羹⑨。颇识灌园意，于陵不自轻⑩。

①［赵注］李华《贺遂员外药园小山池记》："贺遂公衣冠之鸿鹄，执笔起草，不尘其心，梦寐以青山白云为念。庭际有砥砺之材，础碛之璞，立而象之衡巫；堂下有舂锄之坳，圩螺之凹，陂而象之江湖。种竹艺药，以佐正性；华实相蔽，百有余品。凿井引汲，伏源出山；声闻池中，寻窦而发。泉跃波转而盈沼，支流脉散而满畦。一夫蹋轮，而三江逼户；十指攒石，而群山倚蹊。智与化侔，至人之用也。其间有书堂琴轩，置酒娱宾。卑埤而敞若云天，寻丈而豁如江汉。赋情遣辞，取兴兹境；当代文士，目为诗园。"生按：贺遂员外，户部员外郎贺遂陟。《全唐诗人名考证》："《郎官石柱题名新著录》户部员外郎第六行贺遂陟，班景倩前二人。班景倩开元元年尚为大理评事，贺遂陟为员外郎在开元中后期。"《旧唐书·职官志》："户部员外郎二员，从六品上。员外郎之职，掌分理户口井田之事。"药园：也是花圃，如牡丹、芍药、栀子这类，既供观赏又作药用。

②"槿篱故"，述古堂本作"槿篱外"，元刊本作"种篱外"。○［赵注］沈约《宿东园》："槿篱疏复密"。《通志略》："木槿，人多植庭院间，亦可作篱，故谓之槿篱。"'生按：前年，往年。《礼记·曲礼》郑玄注："故，谓灾患丧病。"此指槿篱凋零残破。

③"新"，述古堂本、元刊本、赵本作"今"。从蜀刻本、活字本等。○吴景旭《历代诗话》："庾肩吾诗：'向岭分花径，随阶转药栏'；杜甫诗：'药栏花径衡门里'；李商隐诗：'药栏日高红鬖鬖'；许浑诗：'竹院画看笋，药栏春卖花'；多作花药之栏解。"

④［赵注］王逸《楚辞章句》："《离骚》之文，依诗取兴，引类譬喻。故善鸟香草，以配忠贞；恶禽臭物，以比谗佞。"

⑤［赵注］谓司马长卿（相如）也；'喻风流艳丽之意。白乐天《东亭》诗云："绿树为闲客，红蕉当美人"，亦是此意。生按：《史记·司马相如列传》："相如之临邛，从车骑，雍容闲雅甚都。"郭璞注："都犹姣也。《诗》曰'恂美且都'。"

⑥"画"，蜀刻本、活字本作"书"。"走"，全唐诗一作"去"。○［赵注］《晋书·顾恺之传》："恺之尝以一厨画糊题其前，寄桓玄，皆其深所珍惜者。玄乃发其厨后窃取画，而缄闭如旧以还之，绐云未开。恺之见封题如初，但失其画，直云妙画通灵，变化而去，亦犹人之登仙，了无怪色。"《南史·徐广传》："时有高平郗绍，作晋中兴书，数以示何法盛。法盛有意图之，绍不与。至书成，在斋内厨中。法盛诣绍，绍不在，直入窃书。绍还，失之，无复兼本，于是遂行何书。"是书画二者，皆有开厨失去之事，愚意究以画字为是。生按：谓贺遂员外橱中藏有名家字画。

⑦"来蒙"，活字本作"□蒙"。"屣"，蜀刻本作"屐"。○屣：音徙，鞋。古人家居，脱鞋坐席上。倒屣：谓贵客至，急起迎接，竟将鞋子倒穿。参见《辋川别业》注⑤。

⑧芰白于秋天开花成穗，结实如米，名菰米。见《登楼歌》注⑮。

⑨［赵注］左思《蜀都赋》："其圃则有蒟、蒻、茱萸。"刘渊林注："蒟，蒟酱也。缘树而生，其子如桑椹，熟时正青，长二三寸，以蜜藏而食之，辛香温，调五脏。"《南方草木状》："蒟酱，生于蕃国者，大而紫，谓之荜茇。生于番禺者，小而青，谓之蒟焉。可以为食，故谓之酱焉。"生

按：蒟音矩，一作枸，胡椒科藤本植物。葵，冬寒菜，宜于露后采摘，故称露葵。见《积雨辋川庄作》注⑥。

⑩于音乌。齐陈仲子居于陵（故地在今山东邹平县东南），楚王闻其贤，遣使聘之，仲子逃去为人灌园。见《辋川闲居》注④。

河南严尹弟见宿敝庐访别人赋十韵①

上客能论道，吾生学养蒙②。贫交世情外，才子古人中③。冠上方安豸④，车边已画熊⑤。拂衣迎五马⑥，垂手凭双童⑦。花醥和松屑⑧，茶香透竹丛。薄霜澄夜月，残雪带春风。古壁苍苔黑，寒山远烧红⑨。眼看东候别⑩，心事北山同⑪。为学轻先辈⑫，何能访老翁！欲知今日后，不乐为车公⑫。

此诗作于上元二年春。

①严尹：严武。见《酬严少尹徐舍人见过不遇》注①。严任河南尹事，《唐书》本传失载。《资治通鉴》记乾元元年六月，严因房琯党贬为巴州刺史。《唐文拾遗》载严武《巴州古佛龛记》，记末署日期为"乾元三年（即上元元年）四月十三日。"则严改任河南尹约在上元二年春。岑参有《使君席夜送严河南赴长水》等诗，因当时史朝义尚据东都，河南府寄治长水（故城在今河南洛宁县西）。访别：造访告别。

②养蒙：养童蒙之德，与世无争，与人无忤。《易·蒙》："《象》曰：蒙以养正，圣功也。"孔颖达疏："蒙者微昧暗弱之名。能以蒙昧隐默，自养正道，乃成至圣之功。"又："六五，童蒙吉。"高亨注："蒙借作矇，以喻愚昧无知之人。年幼而无知者，谓之童蒙。人果能比德童蒙，于物无忤，则物不害之，故曰童蒙吉。"（《周易大传今注》）

③二句谓：与严武是贫贱之交（指官卑禄薄时），友谊超出世态人情（趋附势利）之外；严武是具有古人纯朴高雅风尚的才子之一。此年严武三十六岁，双方结交或在天宝初年。

④"安"，述古堂本、元刊本、活字本、全唐诗、赵本作"簪"，从英华、蜀刻本。"豸"，蜀刻本作"采"，误。○方：犹已。豸：音志。獬豸，一作解鹰。《汉官仪》："古有解鹰兽，触不直者，故执宪以其形用为冠，令触人也。"《旧唐书·舆服志》："法冠，一名獬豸冠，以铁为柱，其上施珠两枚，为獬豸之形，左右御史台流内九品以上服之。"此指严武兼御史中丞。《旧唐书·职官志》："御史台，大夫一员，正三品；中丞二员，正四品下。大夫、中丞之职，掌持邦国刑宪典章，以肃正朝廷，中丞为之贰。凡天下之人，有称冤而无告者，与三司讯之。"

⑤[赵注]刘昭《后汉书·舆服志》注："武帝天汉四年，令诸侯王大国朱轮，画特虎居前，左兕右麋；小国朱轮，画特熊居前，寝麋居左右，卿车者也。"生按：此以汉代与郡太守地位相当的小侯王喻严武。

⑥拂衣：一种表示喜悦的动作。《汉书·杨恽传》："拂衣而起。"《汉官仪》："四马载车，此常礼也，惟太守出则增一马，故称五马。"见《郑果州相过》注⑤。

⑦《史记·楚世家》："膺击韩魏，垂头中国。"索隐："垂头，犹伸头也。"此谓伸手凭倚于双童肩上。

⑧"醹"，述古堂本作"醴"。元刊本一作"醴"。"屑"，蜀刻本作"脊"，误。○醹音霜（上声）。[赵注]左思《蜀都赋》："觞以清醹。"李周翰注："醹，清酒。"生按：松屑，松花的粉屑，可掺入酒中或饭中。见《饭覆釜山僧》注⑥。

⑨烧音少（去声）。《韵会》："野火曰烧。"此当是烧山以草木灰作肥料，以备春耕。

⑩[赵注]候：谓封土为坛，以记里也。唐制，五里只候，十里双候。候、堠通。韩昌黎《路旁堠》诗："堆堆路旁堠，一双复一只"是也。生按：河南府在长安东，故称东候。

⑪"山"，英华、蜀刻本、活字本、全唐诗作"川"。○《诗·小雅》《北山》："王事靡盬（音古，闲）忧我父母。"《孟子·万章》："是诗也，劳于王事，而不得养父母也。"

⑫"为"，英华、蜀刻本作"若"。[赵注]先辈为先达之称。《三国志·吴书·阚泽传》："州里先辈，丹阳唐固，亦终身积学，称为儒者。"生按：《经传释词》："为，犹以也。"

⑬〔赵注〕《晋书·车胤传》："恭勤不倦，博学多通。又善于赏会，当时每有盛座而胤不在，皆云'无车公不乐'。谢安游集之日，辄开筵待之。"生按：蒋绍愚说，欲知，义同"料想"。

与卢员外象过崔处士兴宗林亭①

绿树重阴盖四邻②，青苔日厚自元尘。科头箕踞长松下③，白眼看他世上人④。

此诗作于天宝三载。

①卢象、崔兴宗，见《青雀歌》同咏注。处士：有才德而不做官的士人。

②"重"，全唐诗一作"垂"。○〔陈注〕重阴，浓荫。〔徐说〕树高大，枝有层数，则阴重，此是高；覆阴四邻，此又见树之多而古。

③"松"，英华作"林"。○〔赵注〕《后汉书·东夷传》："魁头露纷。"李贤注："魁头，犹科头也，谓以发萦绕成结也。"杨伯岩《臆乘》："俗谓不冠为科头。"《汉书·陆贾传》："尉佗魋结箕踞见陆贾。"颜师古注："箕踞，谓伸其两脚而坐。亦曰，箕踞其形似箕。"生按：魋，科，捆。《仪礼·大射仪》："取矢捆之。"郑玄注："古文捆为魋。"踞音据，坐。

④"看他世上人"，英华、纪事、蜀刻本作"看君是甚人"。○阮籍用白眼对待世俗礼法之士。见《赠韦穆十八》注②。

评 笺

沈德潜《说诗晬语》："诗有当时盛称而品不贵者。王维之'白眼看他世上人'，张谓之'世人结交须黄金'，曹松之'一将功成万骨枯'，章碣之'刘项原来不读书'，此粗派也。"

《王摩诘诗评》："刘云：白眼，亦如钟会与嵇康。"

王文濡说："处士之高傲如此，则惟己与象为其所契，独蒙青眼，可于言外见之。"（《唐诗评注读本》）

郝世峰说："居处的清净，寓示着主人的高洁，科头箕踞、傲世不群，表现了个性的自由纵放。"（《隋唐五代文学史》）

同　咏　　（卢　象）

映竹时闻转辘轳①，当窗只见网蜘蛛②。主人非病常高卧，环堵蒙笼一老儒③。

①映：遮掩。辘轳：汲取井水的绞车。井上立支架，上装可用手柄摇转的轴，轴上绕绳，绳端系桶。摇转手柄，使桶起落以汲水。

②"见"，纪事作"是"。

③环堵：矮小的房屋。［赵注］《礼记·儒行》："儒有一亩之宫，环堵之室。"孔颖达疏："环谓周围，东西南北皆一堵也。"《淮南子·原道训》："环堵之室，茨之以生茅。"高诱注："堵，长一丈，高一丈，面环一堵为方一丈，故曰环堵，言其小也。"生按：左思《蜀都赋》："蹴蹈蒙笼。"吕向注："蒙笼，草树茂盛貌。"

同　咏　　（王　缙）

身名不问十年余①，老大谁能更读书？林中独酌邻家酒，门外时闻长者车②。

①"身"，纪事作"声"。〇不问：不被世人问及。

②长者：对年高有德者的尊称。车，叶韵读居音。［赵注］《史记·陈丞相世家》："少时家贫，家乃负郭穷巷，以獘席为门，然门外多有长者车辙。"

评　笺

贺裳《载酒园诗话》："'绿树'云云，一高旷尽之。'声名不问'云云，更觉英英不群，有笼罩一世之概。视卢象之'环堵蒙笼一老儒'真孤凫介双鹄也。"

同　咏　　　　　　（裴　迪）

乔柯门里自成阴①，散发窗中曾不簪②。逍遥且喜从吾事③，
荣宠从来非我心④。

①［赵注］刘孝绰《酬陆长史倕》："乔柯贯檐上，垂条拂户阴。"生
按：乔，高；柯，枝。高大的树木。

②"窗中"，述古堂本、元刊本、久本作"空中"，品汇作"空窗"。

③《庄子·逍遥游》释文："逍遥游者篇名，义取闲放不拘，怡适自
得。"从：任随。

④荣宠：荣华富贵，尊宠恩遇。

酬王摩诘过林亭①　　　　　　（崔兴宗）

穷巷空林常闭关②，悠然独卧对前山③。今朝忽枉嵇生驾④，
倒屣开门遥解颜⑤。

①纪事作《喜群公访林亭》，全唐诗作《酬王维卢象见过林亭》。

②"空"，纪事作"深"。○闭关：闭门。关：门闩。

③"悠然"，述古堂本、元刊本、赵本作"悠悠"，"对"，述古堂本、
元刊本作"与"，从蜀刻本。○悠然：闲适貌。陶潜《饮酒》："采菊东篱
下，悠然见南山。"

④枉：屈，敬辞。［赵注］《世说新语·简傲》："嵇康与吕安善，每一
相思，千里命驾。"

⑤倒屣：急起迎客，竟将鞋子倒穿。见《春过贺遂员外药园》注⑦。
解：开。［赵注］《列子·黄帝》："五年之后，夫子始一解颜而笑。"

被出济州①

微官易得罪，谪去济川阴②。执政方持法③，明君无此心④。
闾阎河润上⑤，井邑海云深⑥。纵有归来日，多愁年鬓侵⑦。

此诗作于开元十一年。

①英华、全唐诗作《初出济州别城中故人》。○出：京官放出外地为官。唐俗重京官轻外官，故含贬官意。济州：见《济州过赵叟家宴》注①。

②"济川"，蜀刻本、述古堂本作"济州"。○《通俗文》："罚罪曰谪。"[陈注]济川阴：指济州。水南为阴，济州在济水之南。生按：王维在京任太乐丞（从八品下），因伶人舞黄狮子得罪，出为济州司仓参军（从八品下）。

③执政：执掌朝政者，指宰相。当时宰相为源乾曜（侍中）、张说（中书令）《左传·襄公卅一年》："郑人游于乡校，以论执政。"《语辞例释》："方，已。"持法：执行法律。[赵注]《汉书·翟方进传》："为相公洁，请托不行郡国，持法刻深。"

④"无"，全唐诗作"照"。○[陈注]说得很委婉，自认罪有应得。

⑤闾阎：泛指里巷。《汉书·异姓诸侯王表》："闾阎逼于戎狄。"颜师古注："闾，里门也；阎，里中门也。"[赵注]《庄子·列御寇》："河润九里。"生按：济州城西临黄河，是河水浸润之地。

⑥井邑：城镇。见《登河北城楼作》注②。

⑦"多"，述古堂本、元刊本、活字本、全唐诗作"各"。○《词诠》："多，与祇（只）同。"《说文》："侵，渐进也。"年鬓侵：年龄渐老，鬓发渐白。庾信《拟咏怀诗》："自怜才智尽，空伤年鬓秋。"

评　笺

沈德潜《唐诗别裁集》："（执政二句）亦周旋，亦感愤。"

《唐诗归》："（首句下）钟云：易字可怜。（执政句下）钟云：'持法'

二字，周旋感慨，立言甚妙。谭云：极忠厚，极不忠厚。（末句下）钟云：交情在'各'字，若单愁自己则浅矣。"

洪亮吉《北江诗话》："（执政二句）不特善则归君，亦可云婉而多风矣。"

周珽《唐诗选脉会通评林》："出调凄怆，寄情婉转，如此题必如此储备，方得'可以怨'之旨。"

黄生《唐诗摘抄》，"首句明非真有罪也，以官卑无援，故挤陷易及耳。三、四立言有体，而讽刺实深，谓大臣擅黜陟之柄，人主初不闻。世人只赏退之'臣罪当诛，天王圣明，却无人称此。此在近体中尤不易得耳。"

宿 郑 州①

朝与周人辞，暮投郑人宿②。他乡绝俦侣③，孤客亲僮仆。宛洛望不见④，秋霖晦平陆⑤。田父草际归，村童雨中牧。主人东皋上⑥，时稼绕茅屋⑦。虫思机杼悲⑧，雀喧禾黍熟⑨。明当渡京水⑩，昨晚犹金谷⑪。此去欲何言，穷边徇微禄⑫。

此诗作于开元十一年秋。

①《旧唐书·地理志》："武德四年，置郑州于武牢。七年，自武牢移郑州治所于管城（今郑州市）。"张清华说：汜水、荥阳都属郑州管辖，州治唐初曾设在汜水的武牢，沿用旧称宿武牢可说宿到郑州。（《王维年谱》）

②"郑人"，凌本作"郑地"。○［陈注］洛阳一带古属周地，故称周人。郑州古属郑国，故称郑人。

③俦侣：同伴。［赵注］张华《情诗》："未曾远别离，安知慕俦侣。"

④［赵注］谢朓《和徐都曹出新亭渚》："宛洛佳遨游，春色满皇州。"张铣注："宛，南阳。洛，洛阳。"生按：宛、洛是东汉时相邻的两大都会，古诗文常并称，此处可视为偏义复词，指洛阳。

⑤［赵注］《左传·隐公九年》："凡雨，自三日以往为霖。"宋玉《九辩》："皇天淫溢而秋霖兮。"〔马注〕谓秋雨连绵，原野昏暗。

⑥主人：所投宿的人户。潘岳《秋兴赋》："耕东皋之沃壤兮。"李善注："水田曰皋，东者取其春意。"［陈注］时稼：应时的庄稼。

⑦"绕"，述古堂本作"充"。

⑧"悲"，述古堂本、元刊本、久本、凌本、赵本作"鸣"。从蜀刻本、全唐诗、活字本等。此句英华作"虫鸣机杼休"。○张华思：秋虫悲鸣。生按：张华《励志诗》："吉士思秋。"李善注："思，悲。"杼：音柱，织布梭子。《说文》："杼，机之持纬者。"［马注］谓天气渐寒，农家都在从事纺织。

⑨禾：即粟，小米。黍：音暑，米粒比小米略大而黄，通称黄米。

⑩《语辞汇释》："明当，犹明日也。"［赵注］《太平寰宇记》："京水在郑州荥阳县东二十二里。"郑樵《通志》："黄水出京县，故亦谓之京水，东北流入于济。"生按：故京县在荥阳县东南，北齐废。京水北流经郑州西，入汴水。由荥阳向东，须渡京水。

⑪"晚"，英华作"夜"。○金谷：在今洛阳市西北。［赵注］《水经注·榖水》："榖水又东，左会金谷水。水出太白原，东南流，历金谷谓之金水。东南流经晋卫尉卿石崇之故居。"

⑫"言"，英华作"之"。"徇"，蜀刻本作"食"。○蒋绍愚《唐诗词语札记》："何言：何为。言，义同谓，谓通为。"穷边：偏僻边远之地。《史记·伯夷列传》："贪夫徇财。"正义："徇，求也。"瓒云：己身从物曰徇。"谢灵运《登池上楼》："徇禄及穷海。"

评　笺

《王摩诘诗评》："刘云：（末句下）蔼然恋阙之情。○顾云：（孤客句下）浅不近俗，当思其难处。"

杨慎《升庵诗话》："崔涂《旅中》诗：'渐与骨肉远，转于僮仆亲'，诗话亟称之。然王维《宿郑州》诗：'他乡绝俦侣，孤客亲僮仆'，已先道之矣。但王语浑含胜崔。"

王世贞《艺苑卮言》："昔人谓崔涂'渐与骨肉远，转于僮仆亲'，远不及王维'孤客亲僮仆'，固然。然王语虽极简切，入《选》尚未；崔语虽觉支离，近体差司。要在自得之。"

沈德潜《唐诗别裁集》："'孤客亲僮仆'，'雀喧禾黍熟'，此种句子，后人衍之，可成数言。"

施补华《岘佣说诗》："'孤客亲僮仆'，语极沉至。后人'渐与骨肉远，转于僮仆亲'衍作两句，便觉味浅。归愚尚书尝言之，'雀喧'一句亦简妙，可悟炼句法。"

黄喜芳《唐贤三昧集笺注》："为景入微。○顾可久云：真情真意，人所不道。"

周珽《唐诗选脉会通评林》："吴岷曰：起古，'宛洛'四句是一幅秋霖景。"

张文荪《唐贤清雅集》："前后回环映带，中间叙时景，章法秩然。朝、暮、明、晚等字都为题中'宿'字着意，不是漫用。去路结明本意。"

马茂元说："征途愁思中织入村野恬宁景物，立意略同于《渭川田家》，而组织则别出机杼。'秋霖晦平陆'，承上'望不见'，又启下村景描写，由情事入入景物。'虫思'、'黍熟'，见时令变换，启下更续征程，复由景物人情事。转接自然，略无痕迹。'田父'、'村童'一联，是画境。"（《唐诗三百首新编》）

葛晓音说："行役和田园题材的结合，是王维田园诗的一大创造。"（《山水田园诗派研究》）

漩国恩说："（宛洛以下四句）以素描见长。"（《中国文学史》）

史双元说："此诗最大特色是诗情和画境互相渗透、统一。读中八句所描写的景物，应当是'在一个时间的片刻里从空间上去理解作品，而不是把它看成一系列'。"（《唐诗鉴赏辞典补编》）

早入荥阳界^①

泛舟入荥泽^②，兹邑乃雄藩^③。河曲间阎隘^④，川中烟火繁。因人见风俗，入境闻方言。秋野田畴盛^⑤，朝光市井喧^⑥。渔商波上客^⑦，鸡犬岸旁村。前路白云外，孤帆安可论^⑧。

此诗作于开元十一年秋。

①［赵注］《新唐书·地理志》："河南道郑州荥阳县。"生按：故治在今县。

②［赵注］《史记正义》："荥泽在郑州荥泽县西北四里，今无水，成平地。"是荥泽在唐时已成平陆，岂能泛舟。盖谓泛舟大河以入荥阳之界耳。荥阳、荥泽，地本相连，取古文之名，以为今地之称，诗家盖多有之。张清华说："此谓由汜水乘船经荥阳东北敖仓口入荥泽。"（《王维年谱》）

③雄藩：重镇。《诗·大雅·板》："价人维藩。"毛苌传："藩，屏也。"［王注］谓荥阳是藩卫东都洛阳的重镇。

④河曲：黄河曲折之处。闾阎：泛称里巷。见《被出济州》注④。隘：狭窄。

⑤"野田"，述古堂本、元刊本、活字本作"田晚"，赵本作"晚田"，从英华、蜀刻本、全唐诗。○［赵注］《国语·周语》："田畴荒芜。"韦昭注："谷地为田，麻地为畴。"《左传·襄公三十年》："取我田畴而伍之。"杜预注："并畔为畴。"［陈注］泛指田野。

⑥朝光：天明。市井：即市。《诗·陈风·东门之枌序》："歌舞于市井。"孔颖达疏："此实歌舞于市，而谓之市井者，《白虎通》云：'因井为市，故曰市井。'《风俗通》云：'本井田中交易为市，故国都之市，亦因名市井'。"生按：《孟子·公孙丑》："古之为市也，以其所有易其所无者，有司者治之耳。有贱丈夫焉，必求垄断而登之，以左右望而罔市利，人皆以为贱，故从而征之（征税）。"可见初期的集市是在田野中。

⑦［赵注］郭璞《江赋》："沂洄沿流，或渔或商。"

⑧［赵注］前路：双关语，前往的路程，自己的前途。［陈注］兴孤帆何往、前途渺茫之叹。生按：《淮南子·说山训》："以近论远。"高诱注："论，知也。"谓不可预料。

诗押"元"韵。依现代语音，村、论二字与藩、繁、言、喧不叶。在宋词中，村、论等字已与真韵、文韵通用。

评　笺

唐汝询《汇编唐诗十集》："章法秀整，是右丞本色。"

《唐诗归》："钟云：（'河曲'句下）此句非亲历水害不知。'安可论，三字，说孤帆便幻。"

葛晓音说："像这样称道北方雄藩大郡水土风俗之美的诗篇，在王维之前至为罕见。"（《山水田园诗派研究》）

许总说："末联略带伤感情调，但'前路白云外'同时也隐含着对迷茫前路中另一番新奇天地的期待。"（《唐诗史》）

渡河到清河作①

泛舟大河里②，积水穷天涯③。天波忽开拆，郡邑千万家④。
行复见城市，宛然有桑麻⑤。回瞻旧乡国⑥，森漫连云霞⑦。

此诗作于任官济州期间。

① ［赵注］《新唐书·地理志》："河北道贝州清河郡有清河县。"生按：县即郡治，故地在今河北清河县西北。唐代由济州去清河的水路是，溯黄河至少沙镇附近，沿鲁运河北上，经武城入永济渠至清河。

②汎：浮。汎舟：行船。大河：黄河。《国语·晋语》："沉舟于河"。陆机《赠冯文罴》："驱马大河阴。"

③积：聚。［陈注］大河积聚众水，故谓积水。穷：穷尽。谓河水远接天际。

④拆音彻，裂开。［邓注］句谓水天一色，初无所见，远处忽现城市轮廓，仿佛水天相接处裂开一个口子。［陈注］郡邑：郡治所在的县城。生按：此郡邑当是与济州隔河相望的博州治所聊城。

⑤曹丕《与吴质书》："别来行复四年。"李善注："行，且也。"《词诠》："复，又也。"［陈注］宛然：依稀隐约貌。

⑥瞻：看。旧乡国：原先居住的城市。《说文》："乡，国离邑也。"王筠句读："古国亦谓之邑，此则离于国之邑也。"可见乡是地方行政区域，不单指乡村。《国语·周语》："国有班事。"韦昭注："国，城邑。"《颜氏

家训·勉学》："乡国不可常保。"

⑦《说文新附》："森，大水。或作渺。"左思《吴都赋》："滇渺森漫"。吕向注："并水流广大貌。"

评　笺

许总说："此诗与《南坨》相较，其中景物的动态与感觉的过程，以及在两个地域的展现与隐失之中造成一种朦胧性感受的特点，显然十分相似。"（《唐诗史》）

千塔主人①

逆旅逢佳节②，征帆未可前③。窗临汴河水④，门渡楚人船⑤。鸡犬散墟落⑥，桑榆荫远田。所居人不见，枕席生云烟⑦。

①千塔：汴河旁地名，未详所在。主人：所访问的主人。［王注］疑是僧人，所居是僧舍。

②［陈注］逆：迎。逆旅：迎接旅客之所。生按：《左传·僖公二年》："保于逆旅。"杜预注："逆旅，客舍也。"

③征：行。征帆：远行的船只。

④汴水一水多名。自河南汜水县受黄河水为古荥渎，经荥阳名莨荡渠，东流名官渡水，至开封北名阴沟，东南流过虞城、砀山至徐州入泗水，通称古汴水。隋炀帝开通济渠，东段初循古汴水，至开封别古汴水南流，经杞县、商丘、夏邑、宿县至泗县入淮水，此通济渠下段也称汴水。金、元以后，汴水为黄河所夺，水名遂废。

⑤［陈注］汴河入淮，淮南皆旧楚地，故河中多楚人船只。

⑥墟落：村庄。《汉张平子碑》："蔚其墟落"。

⑦二句谓所访问的主人不在，屋中枕席似有云烟升起，盛赞居处幽雅

绝尘，超然物外。

评　笺

　　生按：末二句与《游李山人所居因题屋壁》："翻嫌枕席上，无那白云何！"《投道一师兰若宿》："向是云霞里，今成枕席前"，是同一机杼。

汉江临泛[①]

　　楚塞三湘接[②]，荆门九派通[③]。江流天地外，山色有无中[④]。郡邑浮前浦，波澜动远空[⑤]。襄阳好风日[⑥]，留醉与山翁[⑦]。

　　此诗作于开元二十八年。

　　①"泛"，瀛奎律髓作"眺"。程千帆说："诗中不见泛舟之意，以作'临眺'为是。"存参。○［赵注］《一统志》："汉江源出陇西蟠冢山，由汉中流经郧县、均州、光化，至襄阳府城北，又东南经宜城抵安陆，至大别山入于江。其水因地而名，曰漾、曰沔、曰汉、曰沧浪，盖总名为汉，别言之则有四耳。"生按：临，来到。泛，浮。［余注］临泛：临流（汉江）泛舟。

　　②"湘"，律髓作"江"。○［赵注］江淹《望荆山》："奉义至江汉，始知楚塞长。"生按：楚塞，楚国边塞，指汉水中下游一带。春秋战国时期，今湖北属楚。三湘，泛指湘江流域一带。《湖南通志·长沙府》："湘江在县西，环城而下。湘犹相也，言有所合。至永州与潇水合曰潇湘，至衡阳与蒸水合曰蒸湘，至沅江与沅水合曰沅湘，合众流以达洞庭。""三湘接"即"接三湘"，宾语前置，下句句型同。

　　③《一统志》："荆门山在宜都县西北五十里。"《水经注·江水》："江水又东历荆门、虎牙之间，此二山，楚之西塞也。"郭璞《江赋》："流九派乎浔阳。"李善注："水别流（支流）为派。"《尚书·禹贡》："九江孔殷。"孔颖达疏："郑云：'九江在今庐江浔阳县（汉、晋故治在湖北黄梅县西南）

南，皆东合为大江。'《浔阳记》有九江之名，一曰乌江，二曰蚌江，三曰乌白江，四曰嘉靡江，五曰畎江，六曰源江，七曰廪江，八曰提江，九曰菌江，虽名起近代，义或当然。"施蛰存说：楚古称荆，楚国边塞、荆国门户是同义词，指的是同一地区。沈祖棻说：二句形容汉江水势浩大，流域广阔。就南北而言，则三湘与楚塞相接；从东西来看，则九派与荆门相通。生按：据《水经注》，汉水原流经当阳县东南的中夏口，行人可由中夏口经赤湖至江陵，春夏水盛，则南通长江。写汉水而称九派，非虚廓语。

④［马注］江流望不到尽头，故曰天地外；山色若隐若现，故曰有无中。袁行霈说：写山色，却说若有若无，表现了南国水乡空气的湿润和光线的柔和。

⑤郡邑：郡城。襄阳在汉、隋两代设郡，唐开元时期设州。浦：水滨。动远空：谓波涛起伏，远空似乎随之动荡。

⑥"日"，英华、蜀刻本、活字本作"月"。"好风日"，全唐诗一作"风日好"。○好风日：风和日丽的好天气。［赵注］庾肩吾《侍宴饯湘州刺史张续》："何当好风日，极望长沙垂。"

⑦"翁"，英华、律髓作"公"。○［赵注］《晋书·山涛传》："山简字季伦。性温雅，有父（涛）风。永嘉三年出为征南将军，都督荆、湘、交、广四州诸军事。假节镇襄阳，优游卒岁，惟酒是耽。诸习氏，荆土豪族，有佳园池。简每出游嬉，多之池上，置酒辄醉，名之曰高阳池。"生按：《语辞汇释》："与，犹共也。"山翁，此处借指当时的襄州刺史。

评　笺

《瀛奎律髓》："方云：右丞此诗中两联皆言景，而前联尤壮，足敌孟、杜岳阳之作。○冯舒云：澄之使清矣，'壮'字不足以尽之。○纪云：三、四好，五、六撑不起，六句尤少味，复衍三句故也。○某云：'壮句仍冲雅，见右丞本色。'"生按：孟浩然《临洞庭湖》："气蒸云梦泽，波撼岳阳楼。"杜甫《登岳阳楼》："吴楚东南坼，乾坤日夜浮。"

陆游《老学庵笔记》："权德舆《晚渡扬子江》诗云：'远岫有无中，片帆烟水上。'已是用维语。欧阳公长短句云：'平山栏槛倚晴空，山色有无中。'诗人至是，盖三用矣。"

陈岩肖《庚溪诗话》："六一居士《平山堂》长短句云：'平山栏槛倚晴空，山色有无中。'岂用摩诘语耶？然诗人意象到时，语偶相同亦多矣。其后东坡作长短句曰：'记取醉翁语，山色有无中。'则专以为六一语也。

《王摩诘诗评》："顾云：'江流天地外，山色有无中。'此等处本浑成，但难拟作，恐近浅率。"

《唐诗归》："钟云：（江流句下）真境说不得。"

王世贞《弇州山人四部稿》："'江流天地外，山色有无中。'是诗家极俊语，却入画家三昧。"

胡本渊《唐诗近体》："三句雄阔，四句缥缈，此换笔之妙。"

王夫之《薑斋诗话》："有大景，有小景，有大景中小景。'柳叶开时任好风'，'花覆千官淑景移'，及'风正一帆悬'，'青霭入看无'，皆以小景传大景之神。若'江流天地外，山色有无中'；'江山如有待，花柳更无私'，张皇使大，反令落拓不亲。宋人所喜，偏在此而不在彼。"

李维桢《唐诗隽》："有无中，尤在虚字传神。"

陆时雍《唐诗镜》："'山色有无中'，此语亦落小乘。"

张谦宜《絸斋诗谈》："'江流天地外，山色有无中。'学其气象之大。"

黄培芳《唐贤三昧集笺注》："三、四气格雄浑，盛唐本色。五、六即第三句之半。"

胡应麟《诗薮》："'楚塞三湘'篇，绮丽精工，沈、宋合调者也。"

许学夷《诗源辩体》："摩诘五言律，风体不一。如'楚塞三湘接'既甚雄浑，'新妆可怜色'则又娇嫩。"

管世铭《读雪山房唐诗序例》："太白'山随平野尽，江入大荒流'；摩诘'江流天地外，山色有无中'；少陵'星垂平野阔，月涌大江流'。意境同一高旷，而三人气韵各别。识曲听其真，可以窥前贤家数矣。"

叶羲《唐诗意》："胸中有一段浩然广大之致，适于泛江写出，可风亦可雅。"

潘德舆《养一斋诗话》："'外'字人不敢下。'有无'对'天地'，亦微魄力。"

吴昌祺《删订唐诗解》："以'有无'对'天地'，甚妙。"

蒋其共《续诗人玉屑》："诗有句中自对者，谓之就对。如'江流天地外，山色有无中'，此天自对地，有自对无。"

范大士《历代诗发》："山色有无中，正见汉江浩荡，波光动摇，非写山也。"

王寿昌《小清华园诗谈》："近体何以无字？曰'江流天地外，山色有无中'，较诸'树点千家小，天围万岭低'（岑参《西亭观眺》），奚啻天道人道之殊哉！"

朱之荆《唐诗续评》："首联汉江说起，中二联接写汉江，一虚写，一实写。末联结出'泛'字。"

高步瀛《唐宋诗举要》："吴曰：（首二句）一起阔大。（三、四句）雄警。（郡邑句）再接再厉。〇雄伟有气力，学者宜从此等人手。"

查慎行《初白庵诗评》："第一、第三句中两用'江'字。不但此也，三江、九派、前浦、波澜，篇中说水处太多，终是诗病。"

葛晓音说："此诗最能体现盛唐山水诗不受视野局限的特色。"（《山水田园诗派研究》）

马茂元说：陈子昂《渡荆门望楚》云：'巴国山川尽，荆门烟雾开。'李白《渡荆门送别》云：'山随平野阔，江入大荒流。'此诗云：'江流天地外，山色有无中。'三诗皆写荆门山水宏阔景象，而陈诗宏阔中见雄劲，李诗宏阔中见豪逸，王诗宏阔中见淡远。风格即人，可见一斑。"（《唐诗三百首新编》）

葛兆光："'江流天地外，山色有无中'，十个字勾勒了一幅广阔而渺茫的山水，气势浩大。王夫之指摘为'张皇使大'，未免牵强。盛唐人胸襟宏放，想像力丰富，都不拘泥于眼中所见，何必像晚唐诗人那样斤斤于细水小涧孤峰片石之间。实则两句诗简淡渺远，极富神韵，深得水墨丹青的真髓。"（中国古典诗歌基础文库·唐诗卷）

章培恒说："这是在另一种角度上驰骋想象之作。首二句在远望和遥想的结合中，把三湘九派连成一气；颔联又把所见江山的空间跨度扩展至无限，由实景化入虚白；颈联再以郡邑浮沉、天空摇曳的幻觉，极写水势的浩渺潆荡。如此空阔广大的境界，如此撼人耳目的动感和气势，是充分发挥诗歌艺术之特长，使虚实相生、'目击'和'神游'相融才能创造出的境界。"（《中国文学史》）

张福庆说："王维山水诗中的景物描写，很多都是从自己独特的审美视觉出发，从总体上去认识和把握山水景物的特征，写出自己独特的感受，带有鲜明的主观感情色彩。这首诗的开头，写汉江雄浑浩瀚的气势，并非实景，而是客观事物在自己心中留下的深刻印象，是强烈的主观感受。接下来的描写，固然以客观的真实为基础，但又不受客观真实的限制，突出了主观感受，甚至是在写自己的错觉。在这种景物描写中，情和景早已融成一片，这是作者带着无限热爱和赞叹之情写出汉江之景。"（《唐诗美学探索》）

童庆炳说："诗的味外之旨往往是在'反常合道'中产生的，江流怎么会流到天地之外去，山色如何会在有无之中？这是'反常'的'悖论情景'。可仔细一体味，人们就会发现诗人用一种独特的惊奇感去观照江流浩渺、山色朦胧的常见场景，使平常之景显得不平常，道出了一种人人心中所有而笔下所无的感受，让人玩味不尽。"（《古代心理诗学》）

李泽厚说："如以大体相近的客观景物为例，'星垂平野阔，月涌大江流'（杜甫），'山随平野尽，江入大荒流'（李白），'江流天地外，山色有无中'（王维），便也略可见出儒、道、禅的不同风味：儒的入世积极，道的洒脱阔大，禅的妙悟自得。"（《美的历程》）

高友工说："'江流天地外，山色有无中。'在这一画面中，不只是诗人退居了幕后，甚至江流和山色也处于感觉场的最边缘。这一世界肯定是空的。但这一世界之外的世界或那个'超自然的世界'，尽管不可捉摸，仍然可以想见。恰当地理解它与佛教的许多关联后，可以发掘出象征结构的诸多层面：在时间运动的江流消失在另一世界之中，表面上静止不动的山色在空间维度里延伸，最终走向无限与空无。"（《律诗美学》）

陈贻焮说："这首诗形象地概括地画出了南方半壁江山雄伟壮丽的鸟瞰图。颔联表现出诗人开阔的胸襟，还能使实景与想象相结合，让读者的想象随着'天地外'的江流，凭藉着'有无中'的山色而进入更广阔的艺术境界。"（《山水诗人王维》）

施蛰存说："晚唐人作律诗，最忌颔联与颈联平列。他们主张一联写景，一联抒情。这个窍门，盛唐诗人还没有意识到，所以王维这两联都是写景。这首诗都是正面描写，在诗的创作方法中，纯然是赋。正和他的画一样，用的是白描手法。"（《唐诗百话》）

晓行巴峡①

际晓投巴峡，余春忆帝京②。晴江一女浣，朝日众鸡鸣③。
水国舟中市④，山桥树杪行⑤。登高万井出⑥，眺迥二流明⑦。
人作殊方语⑧，莺为旧国声⑨。赖谙山水趣，稍解别离情⑩。

此诗约作于开元二十年游蜀时。

①秦巴郡治江州，即今重庆。巴峡是重庆附近的峡。《华阳国志·巴志》："巴亦有三峡。"《水经注·江水》："江水又东北至巴郡江州县。又东，右迳黄葛峡（铜锣峡），又左迳明月峡，历鸡鸣峡（黄草峡）。江之南岸，有枳县治（故治在今四川涪陵县东北）。"杜甫《闻官军收河南河北》："即从巴峡穿巫峡。"或谓巴峡在巴东，不确。

②际晓：天刚亮时。投：到。余春：暮春。［赵注］萧绎《晚春赋》："待余春于北阁。"

③"鸡"，蜀刻本一作"禽"，品汇、唐诗解作"禽"。

④水国：水乡。颜延之《登巴陵城楼作》："水国周地险。"［陈注］谓水上人家在船上做买卖。

⑤"杪"，凌本作"上"。○杪：音秒。树梢。［王解］山桥即栈道（生按：此据唐解），空中架木而行者。

⑥万井：犹言万户。见《和陈监四郎》注⑦。［徐说］"出"字妙；我无意于见，一似万井要与我见者。

⑦［陈注］眺：望。迥：远。二流：其一为长江，其二当是巴峡附近入江的小水。

⑧殊方语：异地语言，蜀方言。班固《西都赋》："殊方异类，至于三万里。"

⑨"旧"，正音、全唐诗作"故"。○旧国：故乡。

⑩"谙"，英华、述古堂本、品汇、全唐诗作"多"。○赖：幸亏。谙：深知。解：排解，排遣。

评 笺

《王摩诘诗评》："刘云：自然好。○顾云：不为其巧。近拙。"郭濬《唐诗正声》："真好巴峡诗，惜晓行意未畅。"黄培芳《唐贤三昧集笺注》："顾云：清雅。人语已殊，只有莺声同于故国耳。顺叠收。"

周珽《唐诗选脉会通评林》："周敬曰：秀拔匀称。○吴山民曰：'晴江'二语如画。'人作'一联似拙。"

卢麰《闻鹤轩初盛唐近体读本》："'晴江'下三韵皆写叙眼前景物，语语作致，声调高卓，是最能手。○陈德公云：笔笔生，作结稍松耳。'际晓'、'余春'字皆生着，有情致。"

吴智临《唐诗增评》"'水国'一联，写得峡江栈道景物如睹。"

葛晓音说："描绘巴峡暮春早晨明丽清新的风光，在'山水趣,中包含的风土人情之美，使这首行役诗自有一种宏丽气象。"(《山水田园诗派研究》)

自大散以往，深林密竹，蹬道盘曲四五十里，至黄牛岭见黄花川①

危径几万转，数里将三休②。回环见徒侣，隐映隔林丘③。飒飒松上雨，潺潺石中流④。静言深溪里，长啸高山头⑤。望见南山阳，白日霭悠悠⑥。青皋丽已净⑦，绿树郁如浮。曾是厌蒙密⑧，旷然消人忧⑨。

此诗约作于开元十九年入蜀途中。

①［陈注］《一统志》："大散关在宝鸡县南五十二里（大散岭上），通褒斜大路。"生按：黄牛岭、黄花川皆在陕西凤县东北。蹬同磴，石级。蹬道，登山的石路。

②危径：陡峭的山路。几：几乎。将：将近。三休：多次休息。［赵

注] 贾谊《新书》：“楚王夸使者以章华之台，台甚高，三休乃至。”

③回环：指迂回盘环的山路。徒侣：同伴。刘琨《扶风歌》：“揽辔命徒侣，吟啸绝岩中。”隐映：急隐忽现。

④飒：音萨。《集韵》：“飒飒，风声。”此用为雨声。潺：音缠。潺潺，水声。曹丕《丹霞蔽日行》：“谷水潺潺，木落翩翩。”

⑤“溪”，英华作“林”。○[赵注]陆机《猛虎行》：“静言幽谷底，长啸高山岑。”生按：静言，静默无言。长啸：撮口吹出悠长清越的声音。见《欹湖》裴迪同咏注②。

⑥“南山阳”，蜀刻本一作“南阳川”。“日”，蜀刻本、纬本、凌本、活字本作“露”。○南山阳：终南山的南坡，山南为阳。陕西境内的秦岭，古称终南，大散岭是支脉之一。《韵会》：“霭，云集貌。”[赵注]屈原《九章·思美人》：“开春发岁兮，白日出之悠悠。”生按：悠悠，闲暇貌。

⑦青皋：青葱的原野。《说文通训定声》：“皋，此字当训泽边地也。白者，日未出时初生微光也。旷野得日光最早，故从白。”[赵注]谢朓《和王长史卧病》：“青皋向还色，春润视生波。”生按：《助字辨略》：“已，犹又也。”

⑧曾音增。曾是：已是。《玉篇》：“曾，则也。”《经词衍释》：“则，犹已也。”厌：通餍。《集韵》：“厌，足也。”蒙密：树木茂密貌。[赵注]范晔《乐游应诏诗》：“遵渚攀蒙密，随山上岖嵚。”生按：谓已经饱尝林木茂密的幽趣。

⑨旷然：心胸开阔貌。《淮南子·泰族训》：“旷然而乐。”王粲《从军诗》：“朝入谯郡界，旷然消人忧。”

评　笺

王夫之《唐诗评选》：“匀浃。○右丞于五言，自其胜场，乃律已臻化而古体轻忽，追将与孟为俦。佳处迎目，亦令人欲置不得，乃所以可爱存者，亦止此而已。其他褊促浮露与孟同调者，虽小藻足娱人，要为吟坛之衙官，不足采也。右丞与储唱和，而于古体声价顿绝，趋时喜新，其敝遂至于此。王、孟于五言古体为变法之始，顾其推送，虽以褶纹见凝滞，而气致顺适亦不异人人意。若王昌龄、常建、刘眘虚一流人，既笔墨浓败，一转一合，如蹇驴之曳柴车，行数步即踬；不得已，而以溪刻危苦之语，文其拙钝，则其杂冗，尤令人闷烦不堪。历下（李攀龙）开口一喝，说‘唐无五言古诗’，自当为此诸公而设。若李、杜、储、韦，则夜床袜线，固非历下所知。"

顾可久按："直直写去，景象宛然，中更条理井井有作法，自是高古。"

彭端淑《雪夜诗谈》："摩诘诗佳句甚夥，如'青皋丽已净，绿树郁如浮'，皆超然绝俗，出人意表。"

王闿远《湘绮楼论唐诗》："'黄花川'、'石门'等作，能得山水理趣。"

蒋伯潜说："山水之景，一种以恬淡为主，另一种却写其奇丽。前者如王维'言入黄花川'篇，后者如谢灵运'猿鸣诚知曙'篇。"（《诗》）

使至塞上①

单车欲问边②，属国过居延③。征蓬出汉塞④，归雁入胡天⑤。大漠孤烟直⑥，长河落日圆⑦。萧关逢候骑⑧，都护在燕然⑨。

此诗作于开元二十五年夏出塞途中。

①塞：边塞，谓边界险要之地。开元二十五年三月，河西节度副大使崔希逸袭破吐蕃于青海湖西郎佐素文子觜，王维时任监察御史，奉命出塞慰问将士。

②"问"，赵本一作"向"。○单车：驾一辆车，意谓轻车简从。李陵《答苏武书》："足下昔以单车之使，适万乘之虏。"《助字辨略》："欲，犹将也。"［霍注］问边：慰问边疆将士。生按：《广雅·释诂》："问，遗也。"遗音位，馈赠。慰问将士，例有赏赐。

③起二句，英华作"衔命辞天阙，单车欲问边。"高步瀛说：合下二句音律为协，特语稍平易，疑后人所改。［赵注］《汉书·卫青传》："乃分处（匈奴）降者于边五郡故塞外，因其故俗为属国。"颜师古注："不改其本国之俗，存其国号而属汉朝，故曰属国。"《汉书·武帝纪》："将军去病、公孙敖出北地二千余里，过居延，斩首虏三千余级。"颜师古注："居延，匈奴中地名。张掖所置居延县者，以安处所获居延人，而置此县。（治今内蒙古额济纳旗东南哈拉和图）"《后汉书·郡国治》："凉州刺史部张掖郡"，有"张掖属国（在郡治西，约在今天城至鼎新一带），张掖居延属国。"（在郡治西北，约在今鼎新以

北至哈拉和图)《元和郡县志》:"居延海在甘州张掖县东北一千六十里,即居延泽。"〔在额济纳旗北境,为黑水(弱水)汇聚之所,原为一湖,后逐步淤塞,现已成为东西二海〕[唐解]我为属国而过居延。[余注]属国:典属国(秦汉官名)简称,唐代人有时以属国代指使臣,如杜甫《秦州杂诗》"属国归何晚"句,九家注引《汉书》苏武归汉任典属国事。此处属国是王维自称。[林注]此句是说边塞的辽阔,附属国直到居延以外。[陈注]此谓经过居延属国。生按:属国一词宜从唐解、余注。过,前往。居延,借指凉州。唐河西节度使驻凉州(今甘肃武威),所统八军、三守捉,驻防区域包括凉州、甘州(治张掖)、肃州(治酒泉)、瓜州(治晋昌,今安西县东南锁阳城)、沙州(治敦煌),居延在其管辖区内。而在汉代,居延为张掖郡都尉治所,居延泽旁有遮虏障以阻断匈奴由此侵入河西,乃一军事重镇。

④"蓬",英华作"鸿"。〇征:远行。《史记·老子列传》:"蓬累而行。"正义:"蓬,其状若蟠蒿,细叶,蔓生于沙漠中,风吹则根断,随风转移也。"征蓬:远飞的蓬,喻行旅漂泊。[赵注]吴筠《闺怨》:"胡笳累凄断,征蓬未肯还。"《史记·匈奴传》:"单于既入汉塞。"

⑤胡:战国至唐对北方和西域少数民族的泛称。[赵注]萧纲《阻归赋》:"陇树饶风,胡天少色。"生按:雁是候鸟,每年春分后飞往北方,秋分后飞回南方。雁入胡天,已是初夏。

⑥大漠:指甘肃景泰以西、武威以东的腾格里沙漠南部。据鲜肖威先生研究,唐代由长安前往凉州有两条路线。一条是,由长安经泾阳、云阳(或礼泉、乾县、永寿)、邠州(今陕西彬县)、泾州(今甘肃泾川)、平凉,由六盘山下北行,过木峡关,经原州(今甘肃固原),至会州(今甘肃靖远)会宁关渡黄河,过乌兰关(今甘肃景泰五佛寺),经景泰至凉州。另一条是,由长安经咸阳、扶风、岐州(凤翔,今陕西宝鸡)至陇州(今甘肃陇县)过大震关,经秦安、秦州(今甘肃天水)、渭州(今甘肃陇西)、临洮、兰州,至凉州。前一条路线最直最便捷(见《甘肃境内的丝绸之路》等文)。据此以印证本诗,知王维去凉州是走的前一条路线。[赵注]班固《燕然山铭》:"经碛卤,绝大漠。"李周翰注:"大漠,沙漠。"庾信《至老子庙应诏》:"野戍孤烟起"。《伤王司徒褒》:"闲烽直起烟。"《埤雅》:"古之烽火,用狼粪,取其烟直而聚,虽风吹之不斜。"或谓边外多回风,其风迅急,象烟沙而直上,亲见其景者,始知直字之

佳。[余注] 孤烟指烽火与燧烟，古时边塞告警或报平安的信号。[马注] 内蒙接近河套一带，秋季与春末，经常为高气压中心盘踞之地，晴朗无风，日光较强。近地面处温度较高，向上则急剧下降。烟在由高温至低温的空气中，愈飘愈轻，又无风力搅乱，故凝聚不散，直上如缕。

　　⑦长河：黄河，指从甘肃靖远以北至景泰五佛寺东北的一段黄河。一些学人因不了解唐代长安至凉州的前一条路线，谓武威境内无黄河，而以武威之西的弱水（黑河）当之。羊春秋说：何逊《学古诗三首》："阵云横塞起，赤日下城圆。"维句当脱胎于此。（《唐诗精华评译》）

　　⑧"骑"，蜀刻本、述古堂本、元刊本、久本、活字本、品汇、全唐诗作"吏"。○[赵注]《元和郡县志》："萧关故城，在原州平高县（今宁夏固原）东南三十里。"何逊《见征人分别》："候骑出萧关，追兵赴马邑。"生按：唐时，故萧关的地位已被木硖关（在今固原县西南四十里）代替，赴凉州更不经萧关县（在今同心县南），此处借指会宁关（在今靖远县西北一百四十里黄河南岸），附近驻有河西节度使所属新泉军，管兵千人。[霍注] 候骑：侦察骑兵。骑音寄。

　　⑨《旧唐书·地理志》有安东、安西、安南、安北、单于、北庭六都护府。《职官志》："都护之职，掌抚慰诸蕃，辑宁外寇，觇候奸谲，征讨携贰。"[赵注]《后汉书·窦融传》："（窦宪、窦鸿、南单于）与北匈奴战于稽落山，大破之，追至和渠北鞮海。窦宪遂登燕然山，刻石勒功而还。"《太平寰宇记》："燕然山在金河县（今内蒙古和林格尔县西北土城子），北近碛。"生按：燕然山即今外蒙古赛音诺颜部境内杭爱山，唐时属单于都护府。此处借用，谓在会宁关得到消息，河西节度使率唐军战胜吐蕃军，尚在青海湖西前线。

评　笺

　　《王摩诘诗评》："刘云：亦是不用一辞。"王夫之《唐诗评选》："右丞每于后四句入妙，前以平语养之，遂成完作。○一结平好、蕴藉，遂已迥异。盖用景写意，景显意微，作者之极致也。"

　　唐汝询《唐诗解》："李于鳞选律，多取边塞，为其尚气格也。此篇与《送平澹然》《送刘司直》三诗，才情虽乏，神韵有余，终是风雅正调。蒋仲舒云：'孤烟如何直，须要理会。'夫理会何难，骨力罕敌。"

王夫之《薑斋诗话》："'僧敲月下门'，只是妄想揣摩，如说他人梦，纵令形容酷似，何尝毫发关心。知然者，以其沉吟'推敲'二字，就他作想也。若即景会心，则或推或敲，必居其一，因景因情，自然灵妙，何劳拟议哉！'长河落日圆'，初无定景；'隔水问樵夫'，初非想得，则禅家所谓现量也。"

周珽《唐诗选脉会通评林》："宗臣曰：阔大悲状。○黄家鼎曰：别调。"

潘德舆《养一斋诗话》："直字、圆字，炼到无痕迹处，可以为妙悟也。"

张文荪《唐贤清雅集》："直字、圆字，十二分力量。"

陆时雍《唐诗镜》："五、六得景在'日圆'二字，是为不琢而佳，得意象故。"

范大士《历代诗发》："独造之句，得未曾有。"

张谦宜《絸斋诗话》："'大漠孤烟直，长河落日圆。'边景如画，工力悉敌。"

徐增《而庵说唐诗》："大漠、长河一联，独绝千古。"

高步瀛《唐宋诗举要》："（大漠二句）塞外景象，如在目前。"

黄培芳《唐贤三昧集笺注》："直、圆二字极锤炼，亦极自然。后人全讲炼字之法，非也；不讲炼字之法，亦非也。○顾云：雄浑高古。"

曹雪芹《红楼梦》四十八回："诗的好处，有口里说不出来的意思，想去却是逼真的。有似乎无理的，想去竟是有理有情的。我看他《塞上》一首，那一联云：'大漠孤烟直，长河落日圆。'想来烟如何直？日自然是圆的。这直字似无理，圆字似太俗。合上书一想，倒像是见了这景的。若说再找两个字换这两个，竟再找不出两个字来。"

卢𪻐《闻鹤轩初盛唐近体读本》："五、六写景如生，是其自然本色中最警亮者。"

王国维《人间词话》："'明月照积雪'，'大江流日夜'，'中天悬明月'，'长河落日圆'，此种境界，可谓千古壮观。"

胡震亨《唐音癸签》："'前逢锦车使，都护在楼兰'，虞世南用为起句，殊未妥。不若王摩诘'萧关逢候骑，都护在燕然'，改作结句较妥也。"

屈复《唐诗成法》："前四句写其荒远，故用过字、出、入字。五、六写其无人，故用孤烟、落日、直字、圆字，又加一倍惊恐，方转出七、八，乃为有力。"

陈贻焮说："历来盛赞'大漠'一联，决非偶然。这几笔雄健粗放的线条，不仅勾勒出沙漠上无边的壮丽景色，也有力地表现了诗人对这壮丽景色的强烈赞叹，以及因它而变得无限开阔的胸襟。在这里，诗人政治上、心灵上的阴影，全部为雄伟粗犷的大自然，为激昂的爱国热忱一扫而光，他的青春再一度闪耀着光彩，显示出他性格中积极活跃的一面。"（《山水诗人王维》）

金开诚说："这个'直'字，用它写烟的确很不形似。倘若为了局部的形似而把烟写成依依之态，那就不能与整个一幅壮阔的画面协调，有损于整个画面所综合呈现的苍茫辽阔的形象特征。诗人不求形似而写烟为直，既突出了烟的孤特态势，其语感的朴质也与圆字相应，这就有力地刻画了塞上景物的壮观，使整个画面入神。在某种情况下，正确运用似与不似之间的形式，会有利于突出事物的主要特征，达到神似的境界。"（《论事物特征的艺术表现》）

霍松林说："第三联乃千古名句。极目大漠，不见村落，只见一线孤烟，冲霄上腾，与天相接，显得格外笔直；遥望长河，不见树木，只见一轮落日在河面浮动，显得格外浑圆。点、线、面的巧妙配合，构成苍莽辽阔的画面，表现出塞上黄昏之时特有的奇景和诗人由此触发的悲壮情怀，为尾联蓄势。不写继续前进，而以路遇候骑、喜闻捷报收尾，化苍凉为豪放，把落日的光芒扩展开来，照亮了整个大漠，那直上的孤烟，也不再报警而是报告平安。构思之奇，谋篇之巧，匪夷所思！"（《唐诗精选》）

朱自清说："'大漠孤烟直，长河落日圆'十字，是一幅好画，但比画表现得多，因为这两句诗中'直'、'圆'是动的过程，画是无法表现的。"（《诗的语言》）

林庚说："没有盛唐就没有边塞诗。没有生活中的无往不在的蓬勃朝气，所谓边塞风光也就早被那荒凉单调的风沙所淹没，也就不会有'大漠孤烟直，长落日圆'那样的边塞诗。"（《略谈唐诗高潮中的一些标志》）

袁行霈说："'大漠'二句的好处也在于景物的布局上。大漠向无尽的远方伸展，视角广，景深长，给人以开阔、广袤、深邃的感觉。但这仅仅是平面的构图，必须接以'孤烟直'三字，才有了立体感。'孤'字显出人烟稀少，'直'字表现初到边塞对塞上景色的惊异，都恰到好处。'长河'的形象横亘在画面之中，把画面分割为两段，又增加了构图的活泼感。而'落日圆'则为被分割的画面涂上统一的色调，显出浑然一体的气势。"（《王维诗歌的禅意与画意》）

郝世峰说："王维善于以线条的组合表现景物之美。大漠无垠，远望尽头，可以看到横向的直线—地平线，其上的孤烟，是一竖线；长河又是一横线，其上方的圆形落日则是曲线。这一组线条构成的图景，既单调，又丰富；既简练，又粗犷，很鲜明的再现了大沙碛的荒漠、辽阔和雄伟。"（《隋唐五代文学史》）

叶维廉说："'大漠孤烟直'，虽然只是一个景物的描摹，但它伸入烟以外的事物和历史的联想里。漠大，但是空的，而烟因'直'字而具躯体之实。孤不只是独一，因为连风都停止了，所以又是孤寂与死寂。在孤寂、死寂中，烟把我们引向看不见、听不到但却感觉得到的眼前景物之外的活动：边地的战伐，戍卒的怨声，风沙的翻腾。而且眼前的烟不一定（不可能）是炊烟，而是狼粪烟（暗示着边人的凄苦），或是迁戍所遗下的烟。文字的凝缩和简略，使读者突感景外之景。这种空间的外延作用，可称为弦外的表现。"（《中国诗学》）

施蛰存说："首二句只是一个概念，犯'合掌'之病。杜甫诗：'今欲东入海，即将西去秦'；白居易诗：'远芳侵古道，晴翠接荒城'；都是合掌之例。唐人不讲究，宋以后却非常注意。'出汉塞'和'入胡天'，也犯合掌，是死对。"（《唐诗百话》）生按：一联的上下句，字面异而意义同，犹如两掌相合，谓之合掌。但维非"归雁"，施说可商。

程千帆说："汉唐两朝有许多可以类比的地方，因而以汉朝明喻或暗喻本朝，就成为唐代诗人的一种传统的表现手法。当诗人们写边塞诗的时候，诗中或全以汉事写唐事，专用汉代原有地名；或正面写唐事，但仍以汉事作比，杂用古今地名。由于是用典，所以对古地彼此之间，乃至今地与古地之间的方位、距离不符实际的情况，也就往往置之不顾了。"（《古诗考索》）生按：此诗以'居延'代指凉州，以'燕然'代替青海湖西前线，皆同此理。

凉州郊外游望①

野老才三户②，边村少四邻③。婆娑依里社④，箫鼓赛田神⑤。洒酒浇刍狗⑥，焚香拜木人⑦。女巫纷屡舞⑧，罗袜自生尘⑨。

此诗作于开元二十五年秋。

①诗题后，全唐诗有原注"时为节度判官，在凉州作"。○［赵注］《新唐书·地理志》："陇右道：凉州武威郡。"

②野老：田野老人。三户：谓户数不多。《后汉书·袁绍传》李贤注："三者，数之小终。"

③"边村"，纬本、凌本作"村边"，误。○边村：边地村庄。

④［赵注］《尔雅·释训》："婆娑，舞也。"邢昺疏："舞者之状貌也。"［陈注］里社：乡里中的土地祠。生按：依，倚傍。《周礼·地官·遂人》："五家为邻，五邻为里。"《五经异义》："社为土神。"《左传·昭公二十九年》："后土为社。"《礼记·郊特牲》："天子大社。"孔颖达疏："周之政法、百家以上得立社。其秦汉以来，虽非大夫，民二十五家以上则得立社，故云今之里社。"

⑤［陈注］用祭祀来报答神明所降的福泽叫赛神。赛田神当在收获之后。生按：《字义通释》："古作塞，是用相当的价值填偿之意。填偿须用资财，故改从贝。"田神，即田祖神农。一说是土地神后土和五谷神后稷。

⑥刍：音除。［陈注］干草。《小尔雅·广物》："秆谓之刍。"［赵注］《淮南子·说山训》："譬如刍狗。"高诱注："束刍为狗，以谢过求福。"生按：《三国志·魏书·周宣传》："刍狗者，祭神之物。祭祀既讫，则刍狗为车所轹（碾轧）。既车轹之后必载以为樵。"

⑦［陈注］木人，木偶，木刻的神像。生按：《战国策·燕策》："宋王无道，为木人以写寡人，射其面。"

⑧《说文》："巫，祝也，女能事无形以降神者也。"［陈注］纷：形容舞蹈人数之多；屡：形容舞蹈次数之多。

⑨［赵注］曹植《洛神赋》："凌波微步，罗袜生尘。"生按：《中华古今注》："三代及周著角袜（皮制），以带系于踝。至魏文帝吴妃，乃改样以罗为之。"罗，二（或三、四）经一纬的丝织品。生尘，沾上灰尘。巫舞礼神，看来是穿袜不穿鞋的。

评 笺

张应斌说："恰如一幅乡村风俗图，展示出一千多年前边塞农村人文景观，具有浓厚的民俗文化情调。"（《王维的田园诗》）

观　猎①

风劲角弓鸣②，将军猎渭城③。草枯鹰眼疾，雪尽马蹄轻④。忽过新丰市⑤，还归细柳营⑥。回看射雕处⑦，千里暮云平⑧。

①纪事题作《猎骑》。述古堂本作《观猎诗》。《乐府诗集·近代曲辞》截此诗前四句题作《戎浑》，入乐。任半塘《唐声诗》："调始见于穆宗长庆间，'戎浑'之义未详，应是军中曲名。"

②"劲"，全唐诗一作"动"。〇［赵注］《诗·小雅·角弓》："骍骍角弓"。生按：角弓，以兽角装饰两端的硬弓。鸣：箭在劲风中射出时，弦和箭发出强烈的响声。

③［赵注］《太平寰宇记》："故渭城在今咸阳县东北二十二里，渭水北。其城周八里，秦自孝公至始皇，皆都于此城，名咸阳。武帝元鼎三年更名渭城，后汉省，并地入长安。"

④［林注］鹰：猎鹰。疾：锐利。［余注］由于草枯，雉兔之类无处藏躲，便觉得鹰眼更为锐利；由于雪尽，马奔驰时便少沾滞，更觉轻快。

⑤"市"，云溪友议作"戍"。〇《广雅·释诂》："忽，疾也。"新丰：在陕西临潼东北，产美酒。见《少年行》注②。［施说］含有在此饮酒之意。

⑥［秦注］还：通旋。很快地、轻捷地。［赵注］《汉书·周亚夫传》："文帝后六年，匈奴大入边，以河内守亚夫为将军，军细柳，以备胡。"生按：细柳营故址，在今陕西咸阳市西南二十里细柳镇。此处借指将军军营，喻其有名将周亚夫风度。

⑦"射雕"，云溪友议作"落雁"，全唐诗一作"失雁"。〇雕：一名鹫，猛禽，飞极高速，不易射中。［赵注］《北史·斛律光传》："尝从文襄于洹桥校猎，云表见一大鸟，射之正中其颈，形如车轮，旋转而下，乃雕也。丞相属邢子高叹曰：此射雕手也。"生按：射雕处即射雕处，此句含有对将军勇武善射的赞美。

⑧《说文》段注:"平,引为凡安舒之称。"《鬼谷子·摩篇》:"平者静也。"谓暮云千里,苍茫而宁静。或释为暮云平铺,一望无际。

评 笺

王士祯《带经堂诗话》:"唐人所歌乐府词曲,率是绝句。然又多剪截律诗,别立名字,殊不可晓。如王右丞'风劲角弓鸣'一首,截取前四句名《戎浑》。"

《王摩诘诗评》:"刘云:气概。〇极是画意。"

杨士弘《批点唐音》:"格高,语健,老手。"

唐汝询《唐诗解》:"此美将军之猎以时也。岂开元全盛之时乎"?

王寿昌《小清华园诗谈》:"何谓俊爽?曰:如王右丞之《观猎》是也。"

胡应麟《诗薮》:"右丞五言,工澹闲丽,自有二派:'楚塞三湘接'、'风劲角弓鸣'、'杨子谈经处'等篇,绮丽精工,沈、宋合调者也;'寒山转苍翠'、'寂寞掩柴扉'、'晚年惟好静'等篇,幽闲古澹,储、孟同声者也。〇此盛唐绝作。"

沈德潜《说诗晬语》:"王右丞'风劲角弓鸣'一篇,神完气足,章法、句法、字法俱臻绝顶,此律诗正体。"《唐诗别裁集》:"章法、句法、字法俱臻绝顶,盛唐诗中亦不多见。"

施补华《岘佣说诗》:"五律起处须有峻增之势,收处须有完固之力,则中二联愈形警策。如摩诘'风劲角弓鸣,将军猎渭城',倒戟而入,笔势轩昂。'草枯'一联,正写猎字,愈有精神。'忽过'二句,写猎后光景,题分已足。收处作回顾之笔,兜裹全篇,恰与起笔倒入者相照应,最为整密可法。"

张谦宜《绸斋诗谈》:"《观猎》,'风劲角弓鸣,将军猎渭城',一句空摹声势,一句实出正面,所谓起也。'草枯'二句,乃猎之排场闹热处,所谓承也。'忽过'二句,乃猎毕收科,所谓转也。'回看'二句,是勒回追想,所谓合也。不动声色,表里俱彻,此盛唐人气象。〇此如'永'字八法,遂为五律准绳。"

黄生《唐诗摘抄》:"全篇直叙。起法雄警峭拔,三、四音复壮激,故五、六以悠扬之调作转,至七、八再应转去,却似雕尾一折,起数丈矣。"

卢麰《闻鹤轩初盛唐近体读本》："前半极琢造，然亦全见生气。后半一气莽朴，浑浑落落，不在句字为佳。"

俞陛云《诗境浅说》："'草枯'二句，上句言草枯则狐兔难藏，故鹰眼俯瞰，霍如掣电，用一疾字，有挐云下攫之势；下句言雪消纵辔，所向无前，与'风入四蹄轻'句，皆用轻字以状马之神骏。前二句用反装法，便突兀有势。结句之句法，亦如猎者之反射尚有余劲也。"

杨慎《升庵诗话》："五言律起句最难。唐人多以对偶起，虽森严，而乏高古。唐苏颋'北风吹早雁，日日渡河飞'；王维'风劲角弓鸣，将军猎渭城'；孟浩然'八月湖水平，涵虚混太清'；虽律也而含古意，皆起句之妙，可以为法。"

刘大勤《诗友诗传续录》："问：律中起句，易涉于平，宜用何法？（王士禛）答：古人谓玄晖（谢朓）工于发端，如《宣城集》中'大江流日夜，客心悲未央'，是何等气魄！唐人起句，尤多警策，如王摩诘'风劲角弓鸣，将军猎渭城'之类，未易枚举。杜子美尤多。"

方东树《昭昧詹言》："起手贵突兀。王右丞'风劲角弓鸣'，杜工部'莽莽万重山'，'带甲满天地'，岑嘉州'送客飞鸟外'等篇，直如高山坠石，不知其来，令人惊绝。"

屠隆《鸿苞论诗》："（前四句）述边塞征戍，慷慨悲壮，使人叹髀肉复生，唾壶欲裂。"

《唐诗归》："钟云：'草枯鹰眼疾，雪尽马蹄轻'，同是奇语，上句险，下句秀。"

黄培芳《唐贤三昧集笺注》："顾云：三、四有是景，人所不及道。"

贺贻孙《诗筏》："王右丞诗境虽极幽静，而气象每自雄伟。如'草枯鹰眼疾，雪尽马蹄轻'等语，其气象似在'九天阊阖开宫殿，万国衣冠拜冕旒'之上。"

沈德潜《唐诗别裁集》："起二句若倒转，便是凡笔，胜人处全在突兀也。结亦有回身射雕手段。"

陆时雍《唐诗镜》："会境入神。三、四体物微渺，结语入画。"

许学夷《诗源辩体》："（中四句）浑圆活泼，而气象风格自在。"

王夫之《唐诗评选》："后四语奇笔写生，毫端有风雨声。○左丞于五言近体，有与储合者，有与孟合者，有深远鸿丽轶储孟而自为体者，乃右丞独开手眼处，则与工部天宝中诗相为伯仲。颜、谢、鲍、庾之风又一变矣。工部之工，在即物深致，无细不章。右丞之妙，在广摄四旁，圜中自显。如终南之阔大，则以'欲投人处宿，隔水问樵夫'显之；猎骑之轻速，则以'忽过'、'还归'、'回看'、'暮云'显之；皆所谓离钩三寸，鲅鲅金鳞，少陵未尝问津及此也。然五言之变至此已极，右丞妙手能使在远者近，传虚作实，则心自旁灵，形自当位。苟非其人，荒远幻诞，将有如'一一鹤声飞上天'，而自诧为灵通者，风雅扫地矣。是取径盛唐者，节宣之度，不可不知也。"

赵殿成按："邵古庵谓细柳、渭城皆在陕西长安县，新丰在临潼县，相去七十里，曰'忽过'、曰'还归'，正见其往返之易。成按：《汉书》内地名，诗人多袭用之，盖取其典而不俚也。兴会所至，一时汇集，又何尝拘拘于道里之远近而后琢句者哉！"

顾安《唐律消夏录》："全是形容一快字。耳后风生，鼻端火出，鹰飞兔走，蹄响弓鸣，真有瞬息千里之势。"

高步瀛《唐宋诗举要》："吴曰：逆起得势。（草枯二句）刻画精细。（回看二句）收亦不弱。○高曰：（忽过二句）用流动之笔，与前浓淡相剂。"

宋征璧《抱真堂诗话》："王摩诘有'忽过新丰市'及'疏雨过春城'，'过'字妙。"

周珽《唐诗选脉会通评林》："李梦阳云：通篇妙，结句特出一意更妙。"

王士祯《然镫记闻》："为诗结处总要健举。如王摩诘'回首射雕处，千里暮云平'，何等气概！"

李因培《唐诗观澜集》："返虚积健，气象万千，与老杜《房兵曹马诗》足称匹敌。"

范摅《云溪友议》："白公（居易）曰：张三（祜）作《猎》诗，以较王右丞，予则未敢优劣也。诗曰：晓出禁城东，分围浅草中。红旆开向日，白马骤迎风。背手抽金镞，翻身控角弓。万人齐指处，一雁落寒空。"生按：白公并非笃论，以精神气象言之，王诗远胜张作，岂止字句。

施蛰存说："《观猎》是完美无疵的好诗。"（《唐诗百话》）

林庚说："王维在律诗方面同样有高出一时的成就。《观猎》正是突破律诗的局限，完成了最飞动的表现。这也都是环绕着边塞诗为中心的歌

唱。"（《中国文学简史》）

陈铁民说："通过日常的狩猎活动，展现了将军意气风发的精神面貌，也是同卫国安边有关的歌唱。"（《王维新论》）

刘大杰说："《观猎》《使至塞上》二律，表现出作者的积极精神，形象鲜明，气势雄伟，是很优秀的作品。"（《中国文学发展史》）

吴功正说："诗人虽落笔在狩猎者身上，却处处在对象身上透进了自身的意气、豪情。"（《唐代美学史》）

马茂元说："这诗笔势矫健，得控纵张弛之理。以'风劲角弓鸣'起，再反插点明出猎作一控勒，非但使发端陡拔，且由一勒蓄势，再写逐猎事，便有奔踔飞动之态。'回看'句是勒马，亦是勒住诗势，作一顿，再放眼大野，千里云平，其宏阔旷远之景，正为将军的心胸气概写照。"（《唐诗三百首新编》）

周振甫说："诗歌的开头，结合内容来看，有刻画气氛，用作烘托的。如王维《观猎》：'风劲角弓鸣，将军猎渭城。'诗人要写出将军的英姿，用'风劲角弓鸣'来做烘托，这就给全诗刻画出气氛，刚劲有力。"（《诗词例话》）

张志岳说："一个'劲'字和一个'鸣'字扣得多么紧，既出弓鸣显出风劲，又从风劲显出弓力，从而体现出会猎的声势，然后在第二句中点出'将军'来，真可说是先声夺人，一开始就把读者吸引得好像身临其境了。"（《诗词论析》）

陈贻焮说："'草枯鹰眼疾，雪尽马蹄轻'一联，可与前代诗人鲍照的名句'兽肥春草短，飞鞚越平陆'相媲美，既生动地描写了骑猎情景，也真切地表现出猎者当时的轻快感觉和喜悦心情。"（《山水诗人王维》）

葛杰说："这位将军出猎渭水河畔，不外乎卫戍京都长安活动的一部分。诗用周亚夫细柳营保卫汉京一事，就暗示这一点。"（《王维孟浩然诗选注》）

周啸天说："起初是风起云涌，与出猎紧张气氛相应；此时是风定云平，与猎归后踌躇容与的心境相称。于景的变化中见情的消长，堪称妙笔。"（《唐诗鉴赏辞典》）

顾随说："王维的《观猎》像老杜，是向外的（放射，动），好。岂止不弱，壮极了。天日晴和打猎没劲，看花游山倒好。鹰马弓箭，有风才好。此诗'横'的像老杜，但老杜的音节不能像摩诘这么调和，老杜有时生硬。老杜写得了这么'横'，没这么调和；别人能写得调和，写不了这么

'横'。""应提倡韵的文学。才人是天生，王摩诘真有时露才气，如《观猎》一首，真见才，气概好，伟大雄壮。然写此必有此才，否则不能有此句。韵最玄妙，而最能用功。韵可用功得之，可自后天修养得之。""王绩《野望》：'牧童驱犊返，猎马带禽归'是生（生命、生活）的色彩。王维《观猎》'风劲角弓鸣'四句，不能将心物融合，故生的色彩表现不浓厚。王维四句不如王绩'猎马带禽归'一句。"（《驼庵诗话》）

出塞作 时为御史，监察塞上作①

居延城外猎天骄②，白草连天野火烧③。暮云空碛时驱马④，秋日平原好射雕⑤，护羌校尉朝乘障⑥。破虏将军夜渡辽⑦。玉靶角弓珠勒马⑧，汉家将赐霍嫖姚⑨。

此诗作于开元二十五年秋。

①乐府、全唐诗题作《出塞》。蜀刻本、述古堂本、元刊本原注无"御史"二字。活字本、品汇无原注。○《唐六典》："御史台，监察御史十人，正八品上。掌分察百僚，巡按郡县，纠视刑狱，肃整朝仪。凡将帅战伐大克杀获，数其俘馘，审其功赏，辨其真伪，若诸道屯田及铸钱，其审功纠过亦如之。"《旧唐书·职官志》："掌岭南选补，知太府司农出纳。监祭祀则阅牲牢，省器服，不敬则劾祭官。尚书省有会议，亦监其过谬。凡百官宴会、习射，亦如之。"

②"城"，英华作"门"。○［赵注］《汉书·地理志》："张掖郡居延县。"颜师古注："武帝使伏波将军路博德遮虏障于居延城。"生按：居延，见《使至塞上》注③，借指凉州。城外，泛指边境地带。开元、天宝时期，凉州北境与突厥接壤。天骄：匈奴自称。《汉书·匈奴传》："胡者，天之骄子也。"猎天骄，天骄猎，倒装句。此处以天骄喻突厥。余冠英《唐诗选》以天骄喻吐蕃，谓："当时唐朝与吐蕃作战小胜，斗争并未结束，王维此诗有勖勉边将警惕敌

人的意思。"仍可备一说，则"居延"是借指张掖或其南的西安城。

③"天"，英华、全唐诗作"山"。○《汉书·西域传》："鄯善国，本名楼兰。国出玉，多葭苇、柽柳、胡桐、白草。"颜师古注："白草似莠而细，无芒，其干熟时正白色，牛马所嗜也。"野火烧：打猎时烧野草以驱赶野兽。在古代，狩猎也是一种演武备战活动，利用狩猎挑起战争是常有的事，故野火烧可隐喻战火将起，而谓突厥意欲犯边。

④"驱"，英华作"驻"。从"驱"字至"渡"字，述古堂本、元刊本均漏二十一字。○空碛：空旷的沙漠。《诗·小雅·白驹》："在彼空谷"。毛传："空，大也。"〔赵注〕《北边备对》："漠，汉以后史家变称为碛，碛者沙积也。"

⑤《史记·李将军列传》："匈奴大入上郡，天子使中贵人从广勒习兵击匈奴。中贵人将骑数十纵，见匈奴三人，与战。三人还射，伤中贵人，杀其骑且尽。中贵人走广。广曰：是必射雕者也。"〔陈注〕匈奴中以射雕为能事，故称善射的人为射雕者。

⑥《后汉书·西羌传》："（武帝元鼎六年）先零羌与匈奴通，合兵十余万，遂围枹罕（今甘肃临夏）。汉遣将军李息、郎中令徐自为将兵十万人平击之。始置护羌校尉，持节统领焉。"〔赵注〕《汉书·张汤传》："（武帝）乃遣狄山乘障。"颜师古注："乘，登也，登而守之。障，谓塞上险要之处，别筑为城，因置吏士，而为障蔽以捍寇也。"生按：障，堡垒。

⑦"渡"，唐诗解作"度"，通。○〔赵注〕《三国志·吴书·孙坚传》："袁术表孙坚行破虏将军。"《汉书·昭帝纪》："辽东乌桓反，以中郎将范明友为度辽将军，将北边七郡郡千骑击之。"应劭注："当度辽水往击之，故以度辽为官号。"《水经注·大辽水》："大辽水出塞外卫白平山，东南入塞，过辽东襄平县西，又东过房县西，又东过海市县西，南入于海。"〔陈注〕渡辽：泛指渡水袭敌。二句写唐军防守阵地及反击敌人。

⑧靶：通把，镶玉的剑柄，代指剑。或解为辔，则与勒重复。角弓：见《观猎》注②。勒：辔，马络头。珠勒马：络头上镶有珠宝的骏马。

⑨〔赵注〕《汉书·霍去病传》："年十八，为侍中。善骑射，再从大将军，受诏予壮士，为票姚校尉，与轻勇骑八百，直弃大军数百里赴利，斩捕首虏过当。"颜师古注："票姚，劲疾之貌。去病后为票骑将军，尚取票姚之字耳。"〔陈注〕此处借指河西节度副大使崔希逸。

评　笺

姚鼐《今体诗抄》："右丞尝为御史使塞上，正其中年才气极盛之时，此作声出金石，有麾斥八极之概矣。"

许学夷《诗源辩体》："摩诘七言律，如'居延城外'，宏赡雄丽者也。"

胡应麟《诗薮》："'居延城外'甚有古意，与'卢家少妇'同，而音节太促，语句伤直，非沈比也。"

王世贞《艺苑卮言》："'居延城外猎天骄'一首，佳甚，非两'马'字犯，当足压卷。然两字俱贵难易，或稍可改者'暮云'句'马'字耳。"

王夫之《唐诗评选》："自然缜密之作，含意无尽，端自《三百篇》来，次亦不失十九首，不可以两押'马'字病之。〇意写张皇边事，吟之不觉。"

沈德潜《唐诗别裁集》："上言疆场有警，下言命将出师，一结得'彤弓弨兮，受言藏之'意。"

沈德潜《说诗晬语》："字面亦须避忌，字同义异者，或偶见之，若字义俱同，必从更易。如'暮云空碛时驱马'，'玉靶角弓珠勒马'，终是右丞之累。"

唐汝询《汇编唐诗十集》："王元美欲取此为盛唐第一，恨其叠二'马'字。余复恨其连连失粘。然骨力雄浑，不失为开、天名作。"

赵殿成按："王弇州甚佳此作，谓非两犯马字，足当压卷。谢廷瓒《维园铅摘》，以为'驱马'当作'驱雁'，引鲍照诗'秋霜晓驱雁'，杨衒之《洛阳伽蓝记》'北风驱雁，千里飞雪'为证。予谓驱马射雁，皆塞外射猎之事，若作驱雁，则与上下句全不贯串。诗中复字，初盛名手往往不忌，以此摘为疮痏，未免深文。至欲改易一字以为全璧，亦如无意味画工割蕉加梅，是则是矣，岂妙手所谓冬景哉！或谓刘梦得一诗用两'高'字，苏东坡一诗用两'耳'字，皆以解义不同，不作重复论。然观杜工部《崔评事弟许相迎不到》一诗，既云'江阁要宾许马迎'，又云'醉于马上往来轻'，两马字全无分别。古今诗律之细必推老杜，杜亦不以此为忌，何必鳃鳃于是乎"！

毛奇龄《西河诗话》："王维《出塞作》，直是八句现成好词，虽千锤百炼，然实无斧煅之迹。"

金人瑞《圣叹外书》："前解（前四句）写天骄是真天骄，不写得如此，便不足以发我之怒；后解（后四句）写边镇是真边镇，不写得如此，不足以制彼之骄。"

陆时雍《唐诗镜》："三、四妙得景色，极其雄浑，而不见雄浑之迹。诗至雄浑而不肥，消瘦而不削，斯为至矣。"

周珽《唐诗选脉会通评林》："周敬曰：起劲而浑，次平而壮，三典而工，结讽而厚。"

邢昉《唐风定》："唐人关塞、宫词，罕有入七言律者。右丞此篇，千秋绝调，文房《上阳》次之。"

黄培芳《唐贤三昧集笺注》："气体甚好，然却不是声从屋瓦上震者，此雅笔俗笔之分，精气粗气之别，辨之。虚字多用固不可，亦不能全不用，斟酌得宜，是在善学。唐人以音节为主，故不拘平仄。第七句用三叠名法，倍见挥斥，此秘旨也。"

卢麰《闻鹤轩初盛唐近体读本》："三、四峭健，纯用生笔，作使警动。结亦作意，错落矫秀。"

方东树《昭昧詹言》："《出塞作》，此是古今第一绝唱，只是声调响入云霄。前四句目验天骄之盛，后四句侈陈中国之武，写得兴高采烈，如火如锦，乃称题。收赐有功得体。浑浩流转，一气喷薄，而自然有首尾起结章法。其气若江海水之浮天，惟杜公有之。"

赵臣瑗《七言律诗笺注》："《出塞作》，先生诗温厚和平之气，溢于言表，而其神俊逸，其势矫健，少陵而外，罕有为之匹者。驱马于暮云之空碛，加一'时'字，见其出没无常。射雕于秋日之平原，加一'好'字，见其弓强马壮。此半首写天骄之骄如此。"

吴修坞《唐诗续评》："以'居延城外'字点破出塞。用一'猎'字，下三句皆猎也，然只是写猎之事，未见有猎之人，故五、六喝破将军校尉等。'朝乘障'、'夜度辽'，皆言其勇于赴敌也，朝廷赏赉其可已乎？结言其所将赐者如此，以歆动之，又硬押'霍嫖姚'三字，见必待有功，非同滥予。○愚意，居延城外，本是天骄接壤，今于此地射猎习武，将来可以直冲其巢穴，而成功无难，似是一气说下。"

张步云说："学者均认为前写敌方，后写唐军。但胡以梅另有见解。他说：'以通篇之意读之，猎字是巡缉蕃人，捉生口之谓。''皆耀武之事，上下一气者也。'此说似合乎诗意。"（《唐代诗歌》）

吴小林说："颈联对仗精工，很有气势。前句说防御，后句说出击。朝、夜二字，突出军情紧迫，进军神速。此联对军事行动未作具体描写，只选取具有典型意义的事物，作概括而形象的叙说，写出唐军紧张调动、英勇作战并取得胜利的情景，收到了词约义丰的艺术效果。"（《唐诗鉴赏辞典》）

陈铁民说："全诗通过敌我双方的对比描写，鲜明地表现出了唐军将士不畏强敌的英雄气概和昂扬斗志。"（《王维新论》）

林庚说："唐代的边塞诗，是在广泛的时间、空间上把边塞作为一个整体来歌唱。这样，边塞诗的引人入胜之处就并不在于哪个战场，哪个战役；而主要的是一种悲壮的豪情，异域的情调，辽阔的视野，边防的信心。"（《略谈唐诗高潮中的一些标志》）

寒食汜上作[①]

广武城边逢暮春[②]，汶阳归客泪沾巾[③]。落花寂寂啼山鸟，杨柳青青渡水人。

此诗作于开元十四年春。

①国秀集题作《途中口号》，英华题作《寒食汜水山中作》。"上"，述古堂本作"中"。○《荆楚岁时记》："去冬至节一百五日，即有疾风甚雨，谓之寒食，禁火三日。"见《寒食城东即事》注①。汜：音四。汜上：汜水之旁。[赵注]《元和郡县志》："汜水出（汜水）县东南三十二里浮戏山，经虎牢城东。"生按：汜水县故治，开元二十八年以前在虎牢城，二十九年移于今荥阳县西北汜水镇。汜水经虎牢城东、汜水镇西，北流过广武山西，入黄河。此指广武山西的一段汜水。

②《元和郡县志》："荥泽县（今郑州西北古荥镇），广武山在县西二十里。东、西广武城各在一山头，相去二百余步。"《一统志》："广武山东连荥泽，西连汜水。"此指西广武城。

③"阳"，类苑作"上"。○济州在汶水之北，水北为阳，故自称汶阳归客。[赵注]《元和郡县志》："兖州，故汶阳城在龚邱县（今山东宁阳）东北五十四里，其城侧土田沃壤，故鲁号汶阳之田。"

评　笺

谢榛《四溟诗话》："孔文谷曰：绝句如王摩诘'广武城边逢暮春'与'渭城朝雨浥清尘'一篇，皆风人之绝响也。"

唐汝询《唐诗解》："景亦佳。通篇细读必有不堪者。"

屠隆《鸿苞论诗》："描写至情，历历如诉，一字一句，动魄惊魂。"

《唐诗归》："（末句下）钟云：画。○谭云：更胜上句。"

黄叔灿《唐诗笺注》："此春暮归途感时之作。落花寂寂，杨柳青青，伤春事之已阑，而归人之尚滞，末二句神致黯然。"

宋顾乐《唐人万首绝句选》："上二句写完意思，下只闲闲缀景，意在言外。"

《王摩诘诗评》："顾云：此对结体也，最要意尽，否则半截诗矣。"

富寿荪《千首唐人绝句》："刘拜山云：三句承首句，四句承次句，于写景中寓归思。"

陈贻焮说："写得旅情摇曳，境地孤清，却也春意盎然。"（《盛唐七绝刍议》）

凉州赛神　时为节度判官在凉州作①

凉州城外少行人，百尺烽头望虏尘②。健儿击鼓吹羌笛③，共赛城东越骑神④。

此诗作于开元二十五年秋。

①蜀刻本、述古堂本、元刊本、活字本无题下原注。○［赵注］《史记·封禅书》："冬赛祷祠。"索隐："赛，谓报神福也。"生按：见《郊州郊外游望》注⑤。

②"烽"，述古堂本、元刊本、赵本、活字本、全唐诗作"峰"，误。从蜀刻本。○百尺烽：边防报警的烽燧台。一说：烽是"燧之候表"（候望信号），燧是"塞上亭，守烽者"。见《陇西行》注⑤。生按：此句与王昌龄《从军行》"烽火城西百尺楼"意近。尘：驰马扬起的灰尘。望虏尘：瞭望敌方兵马动静。

③［赵注］《唐六典》："天下诸军皆有健儿。"成按：称军士为健儿，盖本于三国时。《吴书·甘宁传》："能厚养健儿，健儿亦乐为用命。"《说文》)："笛，七孔筩也。羌笛三孔。"马融《笛赋》曰："近世双笛从羌起，羌人伐竹未及已，龙鸣水中不见己，裁竹吹之声相似。剜其上孔通洞之，裁以当挝便易持。易京君明识音律，故本四孔加以一。君明所加孔后出，是为商声五音毕。"然则羌笛本三孔，后人加一孔，京房又加一孔，与今之六孔者不同也。生按：今羌族人所吹羌笛为双管，每管六孔，竖吹，有哨。

④《旧唐书·职官志》："诸府，折冲都尉掌领五校之属，以备宿卫，以从师役。凡卫士，三百人为一团，以校尉领之，以便习骑射者为越骑，余为步兵。"越骑神：唐军所祀主骑射之神。或释为当地少数民族所祀之神，误。

王维诗集笺注　卷五

饯送　留别

送魏郡李太守赴任①

与君伯氏别，又欲与君离②。君行无几日，当复隔山陂③。苍茫秦川尽④，日落桃林塞⑤。独树临关门⑥，黄河向天外。前经洛阳陌，宛洛故人稀⑦。故人离别尽，淇上转骖騑⑧。企予悲送远⑨，惆怅睢阳路⑩。古木官渡平⑪，秋城邺宫故⑫。想君行县日⑬，其出从如云⑭。遥思魏公子⑮，复忆李将军⑯。

此诗作于天宝十二载秋。

①《旧唐书·地理志》："河北道魏州，天宝元年改为魏郡。"州治贵乡在今河北大名县北。《旧唐书·李峘传》："杨国忠秉政，郎官不附己者悉出于外，峘自考功郎中出为睢阳太守。寻而弟岘出为魏郡太守，兄弟夹河典郡，皆以治行称。"据《旧唐书·李岘传》及《资治通鉴》，岘乐善下士，少有吏干。累迁高陵令、万年令、河南少尹、魏郡太守。入为金吾将军，迁将作监，改京兆府尹。十三载九月，出为长沙郡太守。至德初召至行在，拜扶风太守、兼御史大夫。二载，迁礼部尚书，兼京兆尹。十一月，与崔器、吕谭共按受伪官陈希烈等三百余人。岘以为："事有首从，情有轻重，若一概处死，恐乖仁恕之旨。况河北残寇未平，官吏多陷，苟容漏网，适开自新之路；若尽行诛，是坚叛逆之党。"廷议数日，方从岘奏，全活甚众。乾元二年三月，授吏部尚书、同中书门下平章事。五月，贬为蜀州刺史。代宗广德元年，入为礼部尚书兼宗正卿。十二月，为黄门侍郎同平章事。二年正月，为中官所挤，罢知政事。寻迁礼部尚书。永泰元年改检校兵部尚书，兼衢州刺史。二年七月卒，年五十八。生按：唐太宗第三子吴王恪生仁、玮、琨、璄。琨生信安王祎，为朔方节度大使。祎生峘、峰、岘。

②"氏"，英华作"兄"。○伯氏：长兄，指李峘。《诗·小雅·何人斯》："伯氏吹壎，仲氏吹篪。"《助字辨略》："欲犹将也。"

③当复：将又。陶潜《游斜川》："未知从今去，当复如此不？"山陂：

山河。《汉书·司马相如传》："衍溢陂池。"郭璞注："陂池，江旁小水。"
〔赵注〕傅毅《古诗一首》："千里远结婚，悠悠隔山陂。"

④陕西渭河两岸，八百里平原，为秦国故土，古称秦川。〔赵注〕《长安志》："周武王克商，都丰、镐，则雍州为王畿。及秦孝公作为咸阳，筑冀阙，徙都之，故谓之秦川。"

⑤〔赵注〕《左传·文公十三年》："晋侯使詹嘉处瑕，以守桃林之塞。"杜预注："桃林在宏农华阴县东潼关。"《晋地道记》："汉宏农函谷关，有桃林。"《太平寰宇记》："自陕州灵宝县以西至潼关，皆桃林也。"

⑥"树"，"关"，述古堂本作"卧"、"郊"。○关：潼关。

⑦"洛"，述古堂本、元刊本、赵本作"路"，从蜀刻本、活字本、全唐诗等。○陌：道路。宛：今河南南阳。赴魏郡不经南阳，此处宛洛指洛阳一带。见《宿郑州》注④。

⑧"离别尽"英华作"尽离别"。○淇上：淇水之旁。转：转向。魏郡在淇水以北，车马应由东行转向北行。〔赵注〕郑樵《通志》："淇水即降水，出卫州共城县（今河南辉县）北山，东至汤阴，又东至黎阳入河。"孔颖达《礼记》疏云："车有一辕，而四马驾之，中央两马夹辕者名服马，两边名骖马，亦曰骖马。"蔡邕《协和婚赋》："车服在路，骖骈如舞。"

⑨企：踮起足跟。《广释词》："予，犹而也。"《诗·卫风·河广》："企予望之。"郑玄笺："跂足则可望见之。企与跂同。"

⑩〔赵注〕《新唐书·地理志》：河南道宋州，睢阳郡。生按：睢音虽。睢阳故城在今河南商丘县南。时李峘已出任睢阳太守。此谓举踵望岘远去，想到睢阳李峘，不免伤感。

⑪〔赵注〕《水经注·渠水》："渠水又左迳阳武县（今河南原阳）故城南，东为官渡水。"生按：官渡在今河南中牟东北。平：齐。陈子昂《晚次乐乡县》："深山古木平。"谓一片古树，难辨高低。

⑫"宫"，英华作"都"。"故"，品汇作"暮"。○〔赵注〕《太平寰宇记》："相州安阳县有邺宫。"成按："自曹魏建国于邺，其后后赵、前燕、东魏、北齐相继都之，则宫室之盛可知。"生按：邺城故址在今河北临漳西南邺镇一带。曹魏宫殿在邺城北部，东魏新宫在邺城南部。杨坚平定尉迟迥乱，撤除焚毁全部宫殿，并将居民南迁安阳。邺宫故：谓邺宫已成陈迹。

⑬行县：巡视管辖的县。《后汉书·百官志》："凡郡国，皆掌治民，进贤劝功，决讼检奸。常以春行所主县，劝民农桑，振救乏绝。"魏郡辖魏、昌乐、临黄、朝城、冠氏、馆陶等九县。

⑭从：随从人员。〔赵注〕《诗·齐风·敝笱》："其从如云。"毛苌传："如云，言盛也。"

⑮〔赵注〕曹植《公宴诗》："公子敬爱客，终宴不知疲。"刘良注："时魏武帝（曹操）在，故称（曹）丕为公子。"

⑯〔赵注〕《三国志·魏书·李典传》："从围邺，邺定。与乐进围高干于壶关，击管承于长广，皆破之。迁捕虏将军。典宗族部曲三千余家，居乘氏，自请愿徙诣魏郡。太祖笑曰：'卿欲慕耿纯耶？'典谢曰：'典驽怯功微，而爵宠过厚，诚宜举宗陈力；加以征伐未息，宜实郊遂之内，以制四方。非慕纯也。'遂徙部曲宗族万三千余口居邺。太祖嘉之，迁破虏将军。"成按：末一联是谓其行县之时，或思魏公子之风流，或忆李将军之功烈，盖览故迹遗墟而感怀凭吊之意，皆用魏郡事实也。诗人用事，固不拘拘于地理之经界，而判然两境者，岂容援引而及之。〔王注〕二句赞美李岘尚友古人。生按：赵氏据此诗所云官渡、邺宫及魏公子、李将军，认为此诗魏郡系指隋之魏郡即唐之相州，而非巍州，言之成理，但与史书记载不合。

评 笺

黄培芳《唐贤三昧集笺注》："右丞此派，实继《三百篇》而别成一格，与汉魏又自不同。（君行二句）语浅味深。"

送康太守①

城下沧江水②，江边黄鹤楼③。朱栏将粉堞④，江水映悠悠。铙吹发夏口⑤，使君居上头⑥。郭门隐枫岸，候吏趋芦洲⑦。何异临川郡，还来康乐侯⑧。

①康太守：参诗意，是天宝年间由江夏郡太守调任长江中游某郡太守者。《全唐诗》有明皇《送忠州太守康昭远等》，或谓即是此人。按郁贤皓《唐刺史考》："《复斋碑录》：〈唐御制御书诗刻石记〉，唐南宾（郡，即忠州）太守康昭远谨述，天宝十三年甲午二月七日癸酉建。"并非此人。

②〔赵注〕任昉《赠郭桐庐出溪口见候》："沧江路穷此，湍险方自兹。"生按：江水青苍，故泛称沧江。

③黄鹤楼：原在湖北武昌蛇山黄鹤矶上，相传建于三国时吴黄武二年，历代均曾改建，清光绪十年被焚。公元 1985 年重建，楼高五层，辉煌壮丽。〔赵注〕《方舆胜览》："《南齐志》：'仙人子安，乘黄鹤过此。'《图经》：'费文祎登仙，尝驾黄鹤返憩于此，遂以名楼。'"张敬夫云："黄鹤楼以山得名也。或者又引梁任昉记所谓'驾鹤之宾'，乃荀叔伟，非费文祎也。此皆因黄鹤之名，而世之好事者妄为之说。"

④将：犹与。粉堞：城上白色女墙。〔赵注〕萧纲《雍州曲》："岸阴垂柳叶，平江含粉堞。"

⑤〔赵注〕《新唐书·仪卫志》："凡鼓吹五部：一鼓吹，二羽葆，三铙吹，四大横吹，五小横吹。铙吹部七曲：一破阵乐，二上车，三行车，四向城，五平安，六欢乐，七太平。"生按：铙吹即短箫铙歌，又称为骑吹。本汉代军乐，行军时在马上吹奏。天子以铙歌赐有功诸侯，用作仪仗，在路途吹奏。所用乐器，有笛、篳篥、箫、铙、鼓等。汉水自沔阳以下，又称为夏水。夏口本指江北夏水入江之口，三国吴黄武二年，在江夏（今湖北武昌）蛇山筑夏口城，此后，隋唐皆称鄂州为夏口，而江北夏口之名遂晦。

⑥上头：前列先头。〔赵注〕《乐府·陌上桑》："东方千余骑，夫婿居上头。"

⑦候吏：《韩非子·外储说左下》："一人为候吏。"解诂："掌迎送宾客者。"〔赵注〕庾仲雍《江图》："芦州至樊口二十里，伍子胥所渡处也。"《水经注·江水》："邾县（今湖北黄冈县西北）故城，南对芦洲，旧吴时客舍于洲上。"生按：候吏迎至芦洲，可能赴任蕲州（今湖北蕲春）。

⑧"来"，蜀刻本、活字本、全唐书作"劳"。从述古堂本、元刊本、赵本等。○《宋书·谢灵运传》："灵运袭封康乐公。高祖受命，降公爵为侯。少帝即位，出为永嘉太守。郡有名山水，遂肆意游遨，所至辄为诗咏，

以致其意焉。太祖以为临川内史，在郡游放，不异永嘉。"生按：临川郡故治在今江西临川县西。

送陆员外①

郎署有伊人②，居然古人风。天子顾河北③，诏书隶征东④。拜手辞上官⑤，缓步出南宫⑥。九河平原外⑦，七国蓟门中⑧。阴风悲枯桑，古塞多飞蓬⑨。万里不见虏，萧条胡地空⑩。无为费中国，更欲邀奇功⑪！迟迟前相送⑫，握手嗟异同⑬。行当封侯归，肯访南山翁⑭？

此诗作于天宝十载秋。

①陆员外：未详，疑是兵部员外郎。

②尚书省六部，皆有侍郎。部有四司，司皆有郎中，并设员外郎为副职。故称尚书省为郎署。〔赵注〕《诗·秦风·蒹葭》："所谓伊人。"郑玄笺："伊当作繄，繄犹是（此）也。"

③顾：顾念。〔赵注〕《唐六典》："河北道，古幽、冀二州之境。今怀、卫、相、洛、邢、赵、恒、定、易、幽、莫、瀛、深、冀、贝、魏、博、德、沧、棣、妫、澶、营、平、安东，凡二十有五焉。东并于海，南迫于河，西距太行山，北通榆关蓟门。"

④"隶"，蜀刻本、纬本、凌本、活字本、全唐诗作"除"。○《史记·秦始皇本纪》："令为招。"隶：隶属。隶征东：谓以京官充任节度使府属官，参与征东。《资治通鉴·唐纪》："天宝九载八月，以安禄山兼河北道采访处置使。十载二月，安禄山兼云中太守、河东节度使。八月，安禄山将三道（幽州、平卢、河东）兵六万，以讨契丹，以奚骑二千为向导。"征东，指此战役。

⑤〔赵注〕《尚书·太甲》："伊尹拜手稽首。"孔颖达疏："郑玄云：稽首拜，头至地也；顿首拜，头叩地也；空首拜，头至手，所谓拜手也。"

《后汉书·任延传》："善事上官。"

⑥〔赵注〕后汉时陈忠为尚书令，前后所奏，悉条于南宫阁上，以为故事；郑宏为尚书令，前后所陈，有补益王政者，皆著之南宫，以为故事。见《后汉书》及杜氏《通典》。谓尚书省为南宫，当本此。生按：汉代，洛阳初有南宫，光武帝建北宫以居皇室，常朝、三公及尚书台仍在南宫。唐代，因尚书省在大明宫之南，故称南宫或省南。或谓汉之尚书台象列宿之南宫，因而得名。按《史记·天官书》："南宫朱鸟，权、衡。衡，太微，三光之廷。匡卫十二星，藩臣：西，将；东，相；南四星，执法。门内六星，诸侯。权，轩辕。"南宫列宿，不止尚书。

⑦〔赵注〕《尚书·禹贡》："九河既道"。孔安国传："河水分为九道，在兖州界平原以北是也。"孔颖达疏："《释水》载九河之名云：徒骇、太史、马颊、覆釜、胡苏、简、絜、钩盘、鬲津。"生按：蒋廷锡《尚书地理今释》："河间府沧州之西，交河县之东北六十里，有徒骇河，《汉书地理志》所谓滹沱河或曰徒骇河是也。山东济南府平原县北，有笃马河，相传即马颊河。德州有覆鬴河。河间府东光县东南有胡苏河。南皮县城外有简河、洁河。济南府乐陵县东南有钩盘河。德州西南有鬲津河。据《齐乘》太史河在清、沧二州之间，明《一统志》亦云在南皮县北。盖九河故道，自春秋时已湮废迁徙。""汉唐以来，诸儒访求古迹，就所见之断港绝潢，指为某河某河，似乎是非不可知。然河自大陆以北，顺势下趋，禹时九河，自当在德州以上，河间数百里之地。"《语辞例释》："外，为'上'字义。"

⑧〔赵注〕《晋书·地理志》："幽州统郡国七：范阳国、燕国、北平郡、上谷郡、广宁郡、代郡、辽西郡。"《一统志》："蓟丘在旧燕城西北隅，即古蓟门也。旧有楼观并废，但门存二土阜，旁多林木，蓊郁苍翠。"生按：蓟门故址在北京德胜门外西北，又名土城关，是幽州治所。此处借指幽州。

⑨《古诗十九首》："枯桑知天风。"飞蓬：见《使至塞上》注④。

⑩房：对敌人的蔑称。胡：泛指北方少数民族，此指契丹。〔赵注〕《后汉书·窦宪传》："萧条万里，野无遗寇。"

⑪无为：无谓，无意义。费：耗费。邀：通徼。求。〔赵注〕《汉书·段会宗传》："阳朔中，复为都护。谷永悯其老复远出，予书戒曰：若子之才，可优游都城而取卿相，何必勒功昆山之侧，总领百蛮，怀柔殊俗！方

今汉德隆盛，远人宾服，傅（介子）、郑（吉）、甘（延寿）、陈（汤）之功，没齿不可复见，愿吾子因循旧惯，毋求奇功。”

⑫〔赵注〕《诗·邶风·谷风》："行道迟迟。"毛苌传："迟迟，徐行貌。"

⑬"嗟"，蜀刻本作"诘"。○异同：谓朝臣对讨伐契丹意见不一致。诸葛亮《出师表》："陟罚臧否，不宜异同。"

⑭"南"，蜀刻本、活字本、全唐诗作"商"。○行当：将要。肯：反诘词，问陆郎中还肯一访屏居南山之我否？时王维去职在蓝田山辋川守母丧。唐人视蓝田山为终南山余脉，故蓝田山可称为终南山，蓝田山悟真寺可称为终南山悟真寺。又按：据《通鉴》，禄山率兵"至契丹牙帐，奚复叛，与契丹合，夹击唐兵，杀伤殆尽"，失败而归。

评　笺

陶文鹏说："对玄宗晚年的好大喜功，以及边将穷兵黩武以邀功请赏的祸国殃民行为，表示了不满。"（《唐代文学史》）

送宇文太守赴宣城①

寥落云外山②，迢遥舟中赏③。铙吹发西江④，秋空多清响。地迥古城芜，月明寒潮广。时赛敬亭神⑤，复解罟师网⑥。何处寄相思？南风吹五两⑦。

此诗作于天宝十二载。

①宇文太守：郁贤皓《唐刺史考》："宇文某，李白于天宝十二载由幽州归梁苑来宣城，有《赠宣城宇文太守兼呈崔侍御》诗：'君从九卿来'。"安旗《李白全集编年注释》："宇文太守，或为宇文融之子审。《新唐书·宇文融传》：'审，擢进士第，累迁大理评事。为岭南监决置使，活者甚众。后终永、和二州刺史。'"〔赵注〕《新唐书·地理志》，江南西道有宣

州宣城郡。生按：郡治即今安徽省宣城县。

②"寥"，蜀刻本作"辽"。○寥落：稀疏貌。王延寿《王孙赋》："时辽落以萧索。"注："辽，一作寥。"

③"遥"，活字本、全唐诗作"递"。○迢遥：远貌。江淹《横吹赋》："迢遥冲山，崎曲抱津。"〔陈注〕二句谓于舟中远观山景。

④铙吹：本汉代军乐，后世亦用于大臣仪仗队中。见《送康太守》注⑤。生按：唐人大致称长江中下游岳阳至南京之间的一段为西江。元稹《相忆泪》："西江流水到江州。"

⑤赛神：祭祀报答神福。见《凉州赛神》注①。〔赵注〕谢朓有《赛敬亭山庙喜雨诗》。《宣城郡图经》："敬亭山在宣城县北十里。"《太平寰宇记》："敬亭山有神祠，即谢朓赋诗之所，其神曰梓华府君。"

⑥罟：音古。《易·系辞》："作结绳而为网罟。"释文："取兽曰网，取鱼曰罟。"罟师：渔夫。解网：解开渔网放生。〔陈注〕二句述宣城民俗。

⑦"吹"，蜀刻本、纬本、凌本作"摇"。○〔赵注〕郭璞《江赋》："觇五两之动静。"李善注："许慎《淮南子》注曰：绽，候风也，楚人谓之五两也。绽音桓。"〔陈注〕五两：觇测风力之物，用鸡毛作成，重五两，系于樯尾以候风。吹五两：谓风力足以悬帆。二句意谓，风大船速，相去日远，无处可寄相思之情。

评　笺

王闿运批《唐诗选》："悠然无尽。明七子、王渔洋好处皆不能过此。"

黄培芳《唐贤三昧集笺注》："'清响'字甚灵。'地迥'十字最妙绝。"

张文荪《唐贤清雅集》："兴比清旷，字字响。"

张风波说："'秋空''月明'二句，很得物理奥秘，表现了作者观察自然的能力。"

送綦毋潜落第还乡①

圣代无隐者，英灵尽来归②。遂令东山客③，不得顾采薇④。

既至君门远⑤，孰云吾道非⑥？江淮度寒食⑦，京洛缝春衣⑧。
置酒临长道⑨，同心与我违⑩。行当浮桂棹⑪，未几拂荆扉⑫。
远树带行客⑬，孤城当落晖⑭。吾谋适不用⑮，勿谓知音稀⑯！

　　此诗作于开元九年春。

　　①蜀刻本、述古堂本、元刊本、类苑题作《送别》。○綦毋潜，字孝
通，虔州（今江西赣县）人。开元十四年严迪榜进士，授秘书省校书郎，
已年过三十。开元十六年弃官还江东，过洪州，张九龄曾与潜唱酬。（张有
《在洪州答綦毋学士诗》等，《梦溪笔谈》："《集贤院记》：开元故事，校书
官许称学士。"）其后曾寄居洛阳。天宝五载至长安调给事中房琯，被荐为
某县尉。约九载秋授宜寿（今陕西周至）尉。十一载秋迁右拾遗。未几，
入集贤院待制（职事同于待诏）。十三载五月迁广文博士。次年任著作郎。
于安史乱起之前辞官，寄居淮阴，旋卒。《河岳英灵集》称其诗"屹岏峭
蒨足佳句，善写方外之情"。《全唐诗》存诗一卷。第：唐代科举考试后张
榜，名次分甲、乙第（等），故被录取称为及第；不中，称为落第。

　　②圣代：政治开明的时代。隐者：隐居不仕的人，这历来是少数。唐
代文士，大多为等待时机出仕而隐居，经过科举取士或征辟贤士的途径入
仕。英灵：才智杰出为天地英华灵秀之气所钟的人。《隋书·文学传》：
"江汉英灵，燕赵奇俊。"归：归附朝廷。

　　③东山客：喻隐居山林的贤者。《晋书·谢安传》："桓温请为司马，
朝士咸送。中丞高崧戏之曰：卿累违朝旨，高卧东山。"按：谢安所隐东
山，在今浙江上虞县西南四十五里。

　　④《史记·伯夷列传》："伯夷、叔齐，孤竹君之二子也。武王已平殷
乱，天下宗周，而伯夷、叔齐耻之，义不食周粟，隐于首阳山，采薇而食
之，遂饿死于首阳山。"正义："《毛诗草木疏》云：薇，山菜也，茎叶皆
似小豆，蔓生，其味亦如小豆，藿（嫩叶）可作羹，亦可生食。"《本草纲
目》："薇，即今野豌豆。"而朱熹《诗集传》谓"薇似蕨而差大，有芒而
味苦，山间人食之，谓之迷蕨。"丁惟汾《俚语证古》亦谓："薇为蕨之
名，《诗·召南·草虫》云'言采其蕨'，又云'言采其薇'。"

　　⑤"君"，蜀刻本、二顾本、凌本、类苑作"金"。○既：通暨，及。

君门远：谓应试落第，不得入朝为官。宋玉《九辩》："君之门以九重。"《通典·选举》："开元以后，四海晏清。士无贤不肖，耻不以文章达。其应诏而举者，多则二千人，少犹不减千人，所收百才有一。"《文献通考·选举考》；《唐登科记总目》："开元九年，（登第）进士三十八人。"

⑥道：道理，主张。〔赵注〕《史记·孔子世家》："孔子在陈、蔡之间，楚使人聘孔子。陈、蔡大夫乃相与发徒役围孔子于野。孔子乃召子路而问曰：《诗》云：'匪兕匪虎，率彼旷野'。吾道非耶？吾何为至此！"

⑦寒食：节日名，在清明前二日。见《寒食城东即事》注①。

⑧"洛"，英灵集、唐文粹作"兆"。○《论语·先进》："暮春者，春服既成。"〔赵注〕陆机《为顾彦先赠妇》："京洛多风尘，素衣化为缁。"谓东京洛阳之地。〔郁注〕度江淮时约当寒食节，所以在京洛缝制春衣。生按：程千帆《古诗考索》："度寒食与缝春衣，皆言暮春也。荆南之距长安或洛阳，又逾千里。则二句无缘为同年事。是潜于前一年春末至长安，及举而不第，复以春末返荆南也。"

⑨"临长道"，唐文粹作"长亭送"；二顾本、凌本、类苑作"长安道"。○置酒：设饯行酒宴。

⑩同心：知己。违：分离。《古诗十九首》："同心而离居，忧伤以终老。""锦衾遗洛浦，同袍与我违。"

⑪"浮"，三昧集作"逢"。○行当：将要。浮：泛。〔赵注〕屈原《九歌·湘君》："桂棹兮兰枻。"王逸注："棹，楫也。"生按：楫，船桨，借指船。

⑫张衡《东京赋》："云旗拂霓。"薛综注："拂，至也。"

⑬带：映带，映照。

⑭"城"，英灵、文粹、全唐诗作"村"。○《古书虚字集释》："当，犹对也。"

⑮〔赵注〕《左传·文公十三年》："士会乃行。绕朝赠之以策（马鞭）曰：子无谓秦无人，吾谋适不用也。"生按：谋，谋略，借指答卷内容。唐代进士科，先后考试诗、赋、帖经、时务策。此谓綦毋潜的答卷恰巧不合考官心意。

⑯〔赵注〕《古诗十九首》："不惜歌者苦，但伤知音稀。"生按：曹丕《与吴质书》："昔伯牙绝弦于钟期。"吕向注："伯牙善鼓琴，而钟子期妙知伯牙琴音。故钟子期死而伯牙不复鼓琴，痛知音之难遇也。"知音：喻了解和赏识自己的志趣、才能的知己。

评　笺

《王摩诘诗评》："刘云：'带'字画意，'当'字天然。○顾云：用意厚。"

高步瀛《唐宋诗举要》："《青轩诗缉》：带字、当字极佳，非得画中三昧者，不能下此二字。"

《唐诗归》："钟云：（首二句下）落第语说得气象。"

沈德潜《唐诗别裁集》："（远树二句）如画。○反复曲折，使落第人绝无怨尤。"

黄培芳《唐贤三昧集笺注》："一幅暮村送别图。○顾云：婉曲雅正。"

贺裳《载酒园诗话》："《郑霍二山人咏》曰：'吾贱不及议，斯人竟谁论！'《送綦毋潜》曰：'吾谋适不用，勿谓知音稀。'《送丘为》曰：'知祢不能荐，羞为献纳臣。'皆不胜扼腕踯躅之态。"生按：此解吾谋为王维之谋，未当。

宋宗元《网师园唐诗笺》："（首句下）识宏论卓。（既至句下）周旋好。（远树句下）行色如绘。（吾谋句下）足俾怨尤俱化。"

王寿昌《小清华园诗谈》："太白之'秋色无远近，出门尽寒山。'摩诘之'远树带行客，孤城当落晖。'岑嘉州之'秋色从西来，苍然满关中。五陵北原上，万古青濛濛。'皆切实缔当之至者。"

董文焕《声调四谱图说》："无一复调，凡古今体平仄韵正拗各格起承粘对之法，转换变化之妙，俱尽于取。"

袁行霈说："绘画的技巧，王维运用到诗歌中来，特别注意所描绘的景物之间的关联，善于处理画面虚实的布置。如'远树'二句，行客渐行渐远，融入远树，为远树映带着。孤城承受着落日的余晖，更渲染了别后的惆怅。这'带'字'当'字，巧妙地交代了景物间的关系。"（《王维诗歌的禅意与画意》）

许总说："开天诗人积极的功业追求与通达的处世原则的结合，造成一种超脱的人生态度与宽容的心理涵量。此诗在对天子圣明、英才尽归的时代气象的展示中，着重以乐观开朗的信念，表达临歧劝慰之情。"（《唐诗史》）

送綦毋校书弃官还江东①

明时久不达②，弃置与君同③。天命无怨色，人生有素风④。
念君拂衣去⑤，四海将安穷⑥。秋天万里净⑦，日暮澄江空⑧。
清夜何悠悠⑨，扣舷明月中⑩。和光鱼鸟际⑪，澹尔兼葭丛⑫。
无庸客昭世⑬，衰鬓日如蓬⑭。顽疏暗人事⑮，僻陋远天聪⑯。
微物纵可采，其谁为至公⑰？余亦从此去⑱，归耕为老农。

此诗作于开元十六年秋。

①"毋"，蜀刻本作"累"，误。"校"，蜀刻本、活字本、全唐诗作
"秘"。○綦毋校书，即綦毋潜。见前诗注①。《新唐书·百官志》："秘书
省，校书郎十人，正九品上。掌雠校典籍，刊正文章。"唐代称长江下游南
岸地区为江东。此指虔州（今江西赣县）。

②〔陈注〕明时：政治开明的时代。生按：曹植《求自试表》："志欲
自效于明时，立功于圣世。"达：显贵。《孟子·尽心》："达则兼善天下。"

③弃置：抛弃搁置，此谓不受重用或不被任用。

④素风：清高的风尚。〔赵注〕袁宏《三国名臣赞》："操不激切，素
风愈鲜。"

⑤拂衣：振衣，表示决绝之意，借指辞官归隐。《晋书·郗超传》：
"性好闻人栖遁，有能辞荣拂衣者，超为之起屋宇，作器服。"《后汉书·
杨震传》："孔融鲁国男子，明日便当拂衣而去，不复朝矣。"

⑥谓将以四海为家，安于穷困。

⑦"净"，述古堂本、元刊本、品汇作"静"。

⑧"澄"，纬本、凌本作"九"。

⑨《诗·小雅·车攻》："悠悠旆旌。"朱熹传："悠悠，闲暇之貌。"

⑩〔赵注〕舷，船边也。扣舷为声以节歌。郭璞《江赋》："咏采菱以
扣舷。"

⑪"鱼"，元刊本作"渔"，误。○〔赵注〕《老子》："和其光，同其尘。"生按：和，犹合。《说文通训定声》："合，假借为含。"光，喻才华，谓含敛光耀，不露锋芒，物我相得。

⑫澹尔：犹澹然。《庄子·逍遥游》释文："澹然，恬静也。"《说文》："蒹，荻之未秀者。葭，苇之未秀者。"〔陈注〕二句谓隐居山水之间，与鱼鸟为友，和光随俗，过澹泊无为生活。

⑬〔赵注〕鲍照《拟青青陵上柏》："浮生旅昭世，空事叹华年。"生按：无庸，不用。客，寄旅，客居，借指在外做官。昭世，明时。《字汇》："当世为当时。"

⑭"日"，蜀刻本、纬本、凌本、类苑作"白"。○谓鬓发日益衰颓，散乱犹如蓬草。《诗·卫风·伯兮》："首如飞蓬。"

⑮〔陈注〕谓性情顽愚疏懒，不懂得人世应酬的事。〔赵注〕嵇康《幽愤诗》："匪降自天，实由顽疏。"

⑯〔陈注〕天聪：臣子颂扬皇帝圣明之辞。谓远方僻陋之处，不为皇帝所知。生按：谓性情孤僻，见识浅陋，不被皇帝赏识。〔赵注〕曹植《求通亲亲表》："冀陛下倘发天聪，而垂神听也。"

⑰微物：小人物，自谦之辞。颜延之《应诏宴曲水作诗》："仰阅丰施，降惟微物。"可采：有可取的才德。〔陈注〕慨叹没有人能公正地举荐贤能。

⑱"余"，述古堂本、元刊本、品汇作"今"，误。

评　笺

张风波说："愤懑之情，溢于纸上，何来乐天知命"？（《王维诗百首》）

史双元说："（'秋天'以下六句）富于清淡之味，隽永之趣，清空闲远，神韵超然。'净、澄、清、明、淡'等语言上的冷色调合成了一种'单纯的静穆'，突出了自然界的清幽、静谧。"（《唐诗鉴赏辞典补编》）

送六舅归陆浑①

伯舅吏淮泗②，卓鲁方喟然③。悠哉自不竞④，退耕东皋田⑤。条桑腊月下⑥，种杏春风前。酌醴赋《归去》⑦，共知陶令贤。

①蜀刻本、活字本、全唐诗题作"奉送六舅归陆浑。"○〔赵注〕《新唐书·地理志》：河南府有陆浑县。生按：陆浑故城在河南嵩县东北伏流城之北三十余里。

②伯舅：《左传·襄公十四年》："昔伯舅太公右我先王。"周天子称异姓大邦诸侯为伯舅。后世称母之兄。吏：为官。淮泗：指淮水、泗水之间某地。淮水源出河南桐柏山，东经安徽、江苏入洪泽湖，北宋以前，其下游流经淮阴、涟水入海。泗水源出山东泗水县陪尾山，流经曲阜、徐州、泗阳，至淮阴附近入淮河。

③〔赵注〕《后汉书·卓茂传》："迁密令，劳心谆谆，视人如子，举善而教，口无恶言。"《后汉书·鲁恭传》："拜中牟令，专以德化为理，不任刑罚。"孔稚圭《北山移文》："笼张赵于往图，架卓鲁于前箓。"生按：《说文通训定声》："方，假借为当。"喟：音愧，喟然，感叹貌。《论语·先进》："夫子喟然叹曰：吾与点也！"彼谓孔子称许曾点的志趣，此谓卓、鲁赤当称许伯舅的吏治。

④悠哉：悠然，安闲自得貌。竞：争，谓伯舅不争名逐利。《诗·商颂·长发》："不竞不绌。"

⑤皋：泽边高地。阮籍《奏记诣蒋公》："方将耕于东皋之阳，输泰稷之税，以避当途者之路。"谓退隐躬耕陆浑田园。

⑥〔赵注〕《诗·豳风·七月》："蚕月（农历三月）条桑。"郑玄笺："条桑，枝落采其叶也。"《汉书·陈胜传》："腊月，胜之汝阴。"臣瓒注："腊月，建丑之月。"此借用为腊月事，盖谓落其繁枝枯茎而已，与《诗》义稍异。生按：《毛诗传笺通释》："条乃挑之假借。"《一切经音义》："挑，取也。"《史记·秦本纪》："襄文君十二年，初腊。"正义："腊，十二月腊日也。腊，猎禽兽，以岁终祭先祖，因立此日也。"《说文》："腊，冬至后三戌。"

⑦酌醴：斟酒。见《答王维留宿》注②。〔赵注〕刘向《九叹》："欲酌醴以娱意兮。"《宋书·陶潜传》："为彭泽令。郡遣督邮至县，吏曰：'应束带见之。'潜叹曰：'我不能为五斗米折腰向乡里小人！'即日解印绶

去职，赋《归去来》。"

送　别

　　下马饮君酒[①]，问君何所之？君言不得意，归卧南山陲[②]。但去莫复问[③]，白云无尽时[④]！

　　①饮君酒：请君饮酒。饮，去声，使动词。《周礼·酒人》："饮酒而奉之。"郑玄注："饮酒，食之以酒。"〔章注〕下马，即杜甫所谓"留君下马复同倾"也。

　　②卧：谓隐居。《晋书·谢安传》："卿累违朝旨，高卧东山。"南山：终南山。见《赠徐中书望终南山歌》注①。陲：边。

　　③"问"，述古堂本、元刊本作"闻"，误。○但：只管。《字汇》："但，任从也。"莫复问：不要再说什么了。此王维劝慰对方语，盖饮酒之间彼此言谈甚多。《易·益》："勿问之矣。"崔注："问犹言也"。

　　④陶宏景《诏问'山中何所有'，赋诗以答》："山中何所有？岭上多白云。只可自怡悦，不堪持赠君。"此用其意。

评　笺

　　《王摩诘诗评》："刘云：古今断肠，理不在多。"
　　《唐诗归》："钟云：（末二句）感慨寄托，尽此十字，蕴藉不觉，深味之自见，知右丞非一意清寂，无心用世之人。"
　　李攀龙《唐诗广选》："蒋仲舒曰：第五句一拨便转，不知言外多少委婉。"
　　沈德潜《唐诗别裁集》："白云无尽，足以自乐，勿言不得意也。"
　　李沂《唐诗援》："语似平淡，却有无限感慨，藏而不露。"
　　黄培芳《唐贤三昧集笺注》："此种断以不说尽为妙，结得有多少妙味！○顾云：极婉转、含蓄、高古。"

王尧衢《唐诗合解》:"其用意在结句,盖白云无尽,山中之乐亦自无尽,以视世之富贵功名,希宠怙势,何者不有尽期! 知得此意,则归卧南山,可以萧然于世味矣。○此与太白七绝《山中问答》意调仿佛。"

俞陛云《诗境浅说》:"摩诘诗:'但去莫复问,白云无尽时'! 李颀诗:'万物我何有,白云空自幽。'意皆相似。"

王寿昌《小清华园诗谈》:"何谓超然? 曰:渊明之'结庐在人境,一篇是也。其次则王右丞之'下马饮君酒'一篇,亦庶几焉。"

张文荪《唐贤清雅集》:"五古短调要浑括有余味,此篇是定式。略作问答,词意隐现,兴味悠然不尽。"

高步瀛《唐宋诗举要》:"妙远。"

翁方纲《石洲诗话》:"今之选右丞五古者,必取'下马饮君酒'一篇,大约皆由李沧溟启之,此元遗山所谓'少陵自有连城璧,争奈微之识碔砆者也。"

章燮《唐诗三百首注疏》:"以问答法咏赠别。此疑送孟浩然归南山(襄阳南岘山)作。"

陈铁民说:"此诗用问答体,更加口语化,但却有语浅意深、余味不尽之妙。"(《王维新论》)

林庚说:"写得那么洒脱,好像仕途的失意不过是生活中难免的事情,因而也就淡然处之。然而那不平的感情又是尽在不言中了。"(《唐诗综论》)

刘大杰说:"所表现的一样是淡漠与恬静的情绪,作者对于人生似过于冷静。"(《中国文学发展史》)

吴小林说:"末二句,既有对友人的安慰,又有自己对隐居的欣羡;既有对人世荣华富贵的否定,又似乎带有一种无可奈何的情绪,并蕴含着诗人自己对现实的愤激之情。"(《唐诗鉴赏辞典》)

孙昌武说:"诗中对令人不得意的现实流露出不满,表现出那种超离世事的隐逸生活的向往。结句中舒卷自由的白云,正是随遇而安、自由自在的生活的象征,也是'禅心'的流露。"(《佛教与中国文学》)

周裕锴说:"一切'不得意'、'归去来'的感受,都消解于无尽的白云之中。'白云无尽',其中包含的意味也同样是无尽的。那意象生成的空间里蕴藏着的各种体验、感受、领悟、情思,怎能从语言的轨迹上(词的多义性上)寻绎呢?""'云'作为心旷神怡、闲适悠远的象征,在王维诗中早就大量出现，光是'白云'一词就有二十五例，但这些'白云'大多是和隐逸相关的，涉及佛寺禅僧的仅三例。"（《中国禅宗与诗歌》）

送张五归山①

送君尽惆怅，复送何人归？几日同携手，一朝先拂衣②。东山有茅屋，幸为扫荆扉③。当亦谢官去④，岂令心事违！

①张五：即张諲。见《戏赠张五弟諲三首》注①。《唐才子传》："諲天宝中谢官，归故山偃仰。不复来人间矣。"陶《史》："天宝中，李颀在洛阳，有《同张员外諲酬答之作》，顾呼之为员外。顾天宝十一载卒，故张諲罢员外闲居洛阳，当在十一载前。"生按：归山，指张諲隐嵩山少室时的旧居。王维于天宝八载分司东都，九、十载守母丧未居官，此诗当作于七载左右。

②拂衣：谓辞官归隐。见《送綦毋校书弃官还江东》注⑤。

③谢安曾隐居浙江上虞东山，见《送綦毋潜落第还乡》注③，此处借指王维与张諲一同隐居过的嵩山。幸为：希望为我。荆扉：柴门，喻隐者清贫的门户。

④《经传释词》："当，犹将也。"《说文》："谢，辞去。"

送缙云苗太守①

手疏谢明王②，腰章为长吏③。方从会稽邸④，更发汝南骑⑤。按节下松阳⑥，清江响铙吹⑦。露冕见三吴⑧，方知百城贵⑨。

①〔赵注〕《新唐书·地理志》："江南道，处州缙云郡，本括州永嘉郡，天宝元年更名。"生按：故治在今浙江丽水县东南七里。《旧唐书·玄宗纪》："天宝元年二月，改州为郡，刺史为太守。"据郁贤皓《唐刺史考》，苗奉倩任缙云太守在天宝五载秋至十二载之间，余未详。

②"王"，凌本、纬本、活字本、全唐诗作"主"。○《文体明辨》："奏疏者，群臣论谏之总名。"手疏：亲手书写奏章。谢：辞别。

③辛：印。腰章：腰佩官印。《汉官仪》："吏秩比二千石以上，银印龟纽，其文曰章。"生按：唐官已不佩印，此是用典。参见《送友人归山歌》之一注⑫。《汉书·百官公卿表》："郡守，秦官，掌治其郡，秩二千石。景帝中二年，更名太守。"《汉书·景帝纪》："吏六百石以上，皆长吏也，亡度者或不吏服，出入闾里，与民无异。令长吏二千石车朱两幡。"张晏注："长，大也。"

④"邸"，蜀刻本、活字本、类苑作"郊"，误。○《汉书·朱买臣传》："初，买臣免，待诏，常从会稽守邸者寄居饭食。拜为太守，买臣衣故衣，怀其印绶，步归郡邸。守邸与共食，少现其绶，怪之，前引其绶，视其印，会稽太守章也。有顷，长安厩吏乘驷马车来迎，买臣遂乘传（车）去。"生按：《语辞例释》："方：已。从：向。"已到过郡邸，谓已拜太守。邸，诸王和郡守为朝见住宿而在京设立的馆舍，类似现在的驻京办事机构。

⑤汝南：郡名，汉高祖四年置，治所在今河南上蔡县西南，东汉时移治今河南平舆县北。汝南骑：指朝廷所赐车骑。谢承《后汉书·韩崇传》："崇迁汝南太守，诏引见，赐车马及剑、革带。"唐制，上州刺史朝廷给马五匹；给传乘者，八匹。此谓又乘朝廷所给车骑赴任。

⑥按节：骑乘徐行貌，谓引控缰绳调节马的步度。〔赵注〕司马相如《子虚赋》："按节未舒。"司马彪注："按辔而行得节。"《新唐书·地理志》：缙云郡有松阳县。生按：故治在今浙江松阳县西二十里。

⑦铙吹：本汉代军乐，行军时于马上吹奏之，后世亦用于大臣仪仗队中。见《送康太守》注⑤。

⑧露冕：露出冠冕，显示身份尊荣。〔赵注〕《益部耆旧传》："郭贺拜荆州刺史，有殊政，百姓便之。明帝巡狩，到南阳，特见嗟叹。赐以三公之服，黼黻疏冕，勒行部去襜（车帷）露冕，使百姓见其容服，以彰有德。"《水经注·浙江水》："吴后分为三，世号三吴，吴兴、吴郡、会稽也。"

⑨〔赵注〕《后汉书·贾琮传》："（灵帝）以琮为冀州刺史。旧典，传车骖驾，垂赤帷裳，迎于州界。及琮之部，升车言曰：'刺史当远视广听，纠察美恶，何有反垂帷裳以自掩塞乎？'乃命御者褰之。百城闻风，自然竦震。其诸臧过者，望风解印绶去。"生按：百城，此处借指太守。

送从弟蕃游淮南①

读书复骑射②，带剑游淮阴③。淮阴少年辈，千里远相寻。高义难自隐④，明时宁陆沉⑤！岛夷九州外⑥，泉馆三山深⑦。席帆聊问罪⑧，卉服尽成擒⑨。归来见天子，拜爵赐黄金⑩。忽思鲈鱼脍⑪，复有沧洲心⑫。天寒蒹葭渚⑬，日落云梦林⑭。江城下枫叶，淮上闻秋砧⑮。送归青门外⑯，车马去骎骎⑰。惆怅新丰树⑱，空馀天际禽。

此诗约作于开元二十一年。

①英华题作《送从叔游淮南座上成》。〇从弟：堂弟。《集韵》："从，同宗也。"王蕃：未详。淮南：道名，唐贞观初置，领扬、楚、滁、和、庐、寿、舒、安、黄、申、光、蕲十二州，即今湖北、安徽、江苏三省境内汉水以东、长江以北、淮水以南地区，治扬州，即今扬州市。

②骑射：谓习武。《三国志·魏书·文帝纪》裴松之注："帝自叙曰：余时年五岁，上以世方扰乱，教余学射，六岁而知射。又教余骑马，八岁而知骑射矣。"

③淮阴：淮水以南一带。《说文》："阴，水之南、山之北也。"此处指淮南。

④"自"英华作"为"。〇高义：行为高尚正义。《史记·信陵君传》："以公子之高义，为能急人之困。"自隐：自行隐退。《庄子·缮性》："隐，故不自隐。"

⑤宁：岂肯。陆沉：沦落，埋没。〔赵注〕《庄子·则阳》："自埋于

民，自藏于畔。方且与世违，而心不屑与之俱，是陆沉者也。"郭象注：
"陆沉，人中隐者，譬无水而沉也。"

⑥〔赵注〕《尚书·禹贡》："淮海惟扬州，岛夷卉服。"孔颖达疏："岛夷，
南海岛上之夷。"生按：九州，泛指中国。见《奉和圣制暮春送朝集使》注⑦。

⑦《述异记》："南海中有鲛人之室，水居如鱼，不废机织，其眼能泣
则出珠。"又："鲛人又名泉客。"〔赵注〕泉馆：谓泉客所馆，即鲛人之
室。《史记·封禅书》："蓬莱、方丈、瀛洲，此三神山者，传在渤海中，
去人不远；患且至，则船风引而去。盖尝有至者，诸仙人及不死之药皆在
焉。其物禽兽尽白，而黄金银为宫阙。"

⑧聊：且。〔赵注〕木华《海赋》："维长绡，挂帆席。"李善注："随
风张慢曰帆，或以席为之。"

⑨"卉"，述古堂本、元刊本作"丹"，误。○卉服：借指岛上穿着葛
布的居民。《尚书·禹贡》："岛夷卉服。"孔颖达疏："《释草》云：'卉，
草。'卉服，草服，葛越也。葛越，南方布名，用葛为之。"生按：葛，豆
科植物，多年生蔓草，其茎的纤维可织布。

⑩拜爵：授勋。爵：勋阶。〔赵注〕按《旧唐书·玄宗纪》："开元二
十年九月，渤海靺鞨（以靺鞨粟末部为主，在第二松花江流域建立的地方
政权，睿宗先天二年，封其创立者大祚荣为渤海郡王。靺鞨，宋代称为女
真）寇登州（今山东蓬莱），杀刺史韦俊，命左领军将军盖福顺发兵讨
之。"《旧唐书·北狄传》："（开元二十年，渤海靺鞨）大武艺，遣其将张
文休率海贼攻登州刺史韦俊。诏遣门艺（武艺之弟，已奔唐）往幽州征兵
以讨之。仍令太仆员外卿金思兰往新罗（平壤以南的朝鲜半岛）发兵以攻
其南境。属山阻寒冻，雪深丈余，兵士死者过半，竟无功而还。"诗中所云
"岛夷"、"泉馆"、"席帆问罪"，疑蕃于是时从诸将泛海往攻者也。所谓拜
爵，即唐制之勋官也。勋官凡十二等，有柱国、大将军、轻车都尉、骑都
尉、骁骑尉、飞骑尉、云骑尉、武骑尉诸名，征战勤劳则授之，初无职任。
所谓赐金，乃军旋劳赏之事。生按：勋官，在隋代犹不失其贵，至唐则无
实职而徒有虚名。杜佑《裁官议》："暨乎国家，回作勋级，惟得三十顷地
耳。"《旧唐书·职官志》："永徽以后，战士授勋者，动盈万计。每年纳
课，亦分番于兵部及本郡当上省司，又分支诸曹，身应役使，有类僮仆。

据令乃与公卿齐班，论实在于胥吏之下。盖以其猥多，又出自兵卒，所以然也。"据此，"拜爵"及此下二句，乃诗人溢美之词。

⑪〔赵注〕《晋书·张翰传》："张翰（在洛阳为官）因见秋风起，乃思吴中菰菜、莼羹、鲈鱼脍，曰：'人生贵得适志，何能羁宦数千里，以要名爵乎！'遂命驾而归。"

⑫沧洲：滨水之地，指隐者所居之处。沧洲心：归隐之心。谢朓《之宣城出新林浦向板桥诗》："既欢怀禄情，复协沧洲趣。"

⑬蒹葭：尚未抽穗的芦苇。渚：小洲。《诗·秦风·蒹葭》："蒹葭苍苍，白露为霜。"

⑭《周礼·夏官·职方氏》："荆州，其泽薮曰云梦。"《水经·禹贡山水泽地所在》："云梦泽在南郡华容县（今湖北潜江县西南）之东。"《史记·货殖列传》："江陵，故郢都，东有云梦之饶。"《水经注·夏水》："夏水又东，迳监利县南。县土卑下，泽多陂池，西南自州陵东界，迳于云杜沌阳，为云梦之薮矣。盖跨川互隰，兼包势广矣。"生按：谭其骧先生说："云梦是春秋战国时期楚王狩猎区的泛称。云梦泽是其中江汉平原上以湖沼为主的一部分，即今应城、天门、潜江以东，石首、监利以北，汉川、洪湖以西地区。"依谭说，则淮南道安州之中南部在云梦境内，故诗及之。颜延之《登巴陵城楼作》："却倚云梦林，前瞻荆台圃。"

⑮淮上：淮水之旁。砧：音珍，捣衣石。秋砧：秋季捣衣声。古人常于秋季为游子、戍卒及家人缝制过冬寒衣。衣用白布缝成，以蓝靛（或其他木皮草叶）及草木灰煮染后，在流水中漂洗，然后在砧石上舂捣，以清除所含重碱，谓之捣衣。杨慎《升庵诗话》："《字林》云：'直舂曰捣'。古人捣衣，两女子对立，执一杵，如舂米然。"

⑯青门：汉长安城东南头第一门。见《早春行》注⑤。

⑰骎：音侵，马行疾貌。阮籍《咏怀诗》："皋兰被径路，青骊逝骎骎。"

⑱〔赵注〕《雍录》："唐新丰县在府（长安）东五十里，凡自长安东出而趋潼关，路必由此。"庾肩吾《赋得横吹曲长安道》："远听平陵钟，遥识新丰树。"

评 笺

陈铁民说："末尾二句之中，景、情是真切而浑成的。"（《王维新论》）

送 权 二①

　　高人不可友②，清论复何深③。一见如旧识，一言知道心④。明时当薄宦⑤，解薜去中林⑥。芳草空隐处，白云馀故岑⑦。韩侯久携手⑧，河岳共幽寻⑨。怅别千余里，临堂鸣素琴⑩。

　　①《全唐诗人名考证》："权二，权自挹。《英华》作权三。权德舆《故朝议郎行尚书省仓部员外郎集贤院待制权府君（自挹）墓志铭》：'公年十四，太学明经上第。养蒙于终南紫阁之下，穷览载籍，号为醇儒。历南和、宝鼎二县尉。天宝中，联辟从事。二京克复之岁，授醴泉县尉。寻摄监察御史充河西陇右宣慰使判官。迁大理寺丞，仓部员外郎。大历五年十二月终，享年七十。与故王右丞维为文雅道素之友。'其隐居终南山在开元中。"生按：《唐人行第录》："《极玄集》下皇甫冉有《途中送权曙二兄》，是否应解作权二曙，待考。"

　　②"友"，蜀刻本、述古堂本、元刊本、品汇、全唐诗作"有"。○高人：志行高尚之士。《后汉书·逸民列传》："王霸，少有清节。建武中，征到尚书，拜称名，不称臣。曰：天子有所不臣，诸侯有所不友。"不可友：不肯轻易与人交友。

　　③清论：高雅的谈论。谢灵运《拟魏太子邺中集诗》："清论事究万，美话信非一。"

　　④道心：悟道之心。道：宇宙万物的本原、本体及其变化规律，或阐明其性质的义理。

　　⑤当：担任。薄宦：俸禄少的小官。〔赵注〕何逊《登石头城》："薄宦恧师表，属辞惭愈疾。"

　　⑥薜音壁。《尔雅·释草》："薜，山麻。"郭璞注："似人家麻，生山中。"《山堂肆考》："入仕曰解薜。"谓脱去布衣。张九龄《商洛山行怀古》：

"避世辞轩冕，逢时解薜萝。"去：离开。中林：指隐者所居之地。〔赵注〕《诗·周南·兔罝》："肃肃兔罝，施于中林。"毛苌传："中林，林中。"

⑦空：只。余：留。故岑：旧山。《说文》："岑，山小而高。"二句谓：隐处只芳草，故岑留白云。

⑧韩侯：侯，对有官爵者的敬称。《后汉书·逸民列传》："韩康字伯休，京兆霸陵人。常采药名山，卖于长安市，口不二价，三十余年。博士公车连征不至。桓帝乃备玄纁之礼，以安车聘之。康不得已，乃许诺。辞安车，自乘柴车，冒晨先使者发，因中道逃遁。"此以韩康喻权二。

⑨幽寻：探寻幽美的胜景。

⑩素琴：无文饰的琴。嵇康《赠秀才从军诗》："习习谷风，吹我素琴。"

送高道弟耽归临淮作 座上成①

少年客淮泗②，落魄居下邳③。遨游向燕赵④，结客过临淄⑤。山东诸侯国⑥，迎送纷交驰。自尔厌游侠⑦，闭户方垂帷⑧。深明代家礼⑨，颇学毛公诗⑩。备知经济道⑪，高卧陶唐时⑫。圣主诏天下，贤人不得遗。公吏奉纁组⑬，安车去茅茨⑭。君王苍龙阙⑮，九门十二逵⑯。群公朝谒罢，冠剑下丹墀⑰。野鹤终踉跄⑱，威凤徒参差⑲。或问理人术，但致还山词。天书降北阙⑳，赐帛归东菑㉑。都门谢亲故，行路日逶迟㉒。孤帆万里外，淼漫将何之㉓江天海陵郡㉔，云日淮南祠㉕。杳冥沧洲上㉖，荡潏无人知㉗。纬萧或卖药㉘，出处安能期㉙！

此诗作于天宝四载。

①"道"，纬本、凌本、全唐诗作"适"。活字本无"座上成"三字。○高道、高耽：皆未详何人。《全唐诗人名考证》："《册府元龟》卷九八：'天宝四载五月，引诸州高蹈不仕举人见。'此次仅马曾等三人授官，崔从

一等五人年老给公乘还郡。据诗，高耽当是应此次高蹈举，既未授官而又春秋尚富者。"〔赵注〕《新唐书·地理志》："泗州，治宿迁。开元二十三年徙治临淮，天宝元年更郡名。"生按：临淮郡治临淮县，在今江苏盱眙县西北淮水西岸。

②淮水源出河南桐柏山，东流经息县、淮滨，安徽寿县、凤阳、五河、江苏盱眙、淮阴，在涟水以东入海。泗水源出山东泗水县陪尾山，南流经曲阜、徐州、古邳镇、宿迁、泗阳，至淮阴附近入淮。淮、泗二水皆流经临淮郡。

③"魄"，述古堂本、元刊本作"拓"。○〔赵注〕《汉书·郦食其传》："好读书，家贫落魄，无衣食业。"颜师古注："落魄，失业无次也。"生按：魄通拓，落拓，放浪不羁。《隋书·杨素传》："素少落拓，有大志，不拘小节。"《元和郡县志》："下邳县本夏时邳国，至秦曰下邳县。"故治在今江苏邳县南古邳镇东。

④《玉篇》："遨，游也。"同义复词。战国燕国，当今河北北部及辽宁一带。战国赵国，当今河北南部及山西北部。

⑤"过"，述古堂本作"向"。○结客：结交任侠的人。曹植《结客篇》："结客少年场，报怨洛北邙。"〔赵注〕《元和郡县志》："临淄县，古营邱之地，吕望所封齐之都也。城临淄水，故名。"生按：故城即今山东淄博市东北旧临淄。

⑥此以汉喻唐，指华山（今陕西华阴县南）或崤山（今河南陕县东南）以东诸州郡。汉初诸侯的封地，大致与唐代州郡相当。

⑦自尔：自从。游侠：好交游，重然诺，仗义轻生，勇于救人之急难者。见《榆林郡歌》注③。

⑧〔赵注〕《后汉书·鲁恭传》："居太学，习鲁《诗》，闭户讲诵，绝人间事。"《汉书·董仲舒传》："少治春秋，孝景时为博士，下帷讲诵，弟子或莫见其面。"

⑨〔赵注〕《后汉书·儒林传》："鲁高堂生，汉兴传《礼》十七篇。后瑕丘萧奋以授同郡后苍，苍授梁人代德及德兄子圣，于是德为《大代礼》，圣为《小代礼》。"生按：郑玄《六艺论》："代德传《记》八十五篇，则《大代礼》是也。代圣传《礼》四十九篇，《礼记》是也。"

⑩〔赵注〕《汉书·儒林传》："毛公，赵人也，治《诗》，为河间献王

博士。"《隋书·经籍志》："赵人毛苌，善诗，自云子夏所传，作《训诂传》，是为毛诗古学。"生按：即今本《诗经》及毛传。

⑪经济：经邦济世之道，即治国安民之理。《文中子·礼乐》："皆有经济之道。"

⑫高卧：高枕而卧，喻安闲的隐居生活。《尚书·五子之歌》："惟彼陶唐，有此冀方。"蔡沈传："尧初为唐侯，后为天子都陶，故曰陶唐。"生按：儒家称尧舜时代为大同之世，后人以"尧天"、"尧年"喻太平盛世。此借喻当世。

⑬〔赵注〕《尔雅·释器》："一染谓之縓，二染谓之赪，三染谓之纁。"郭璞注："縓，红；赪，浅赤；纁，绛。"《说文》："组，绶属。"生按：此谓朝廷官员捧绛色的帛和佩玉的丝带作为征聘的礼物。

⑭安车：坐乘的小车。皇帝征召有重望的人，常赐乘安车。〔赵注〕《后汉书·严光传》："严光少有高名，与光武同游学。及光武即位，光乃变姓名隐身不见。帝思其贤，乃令以物色访之。后齐国上言，有一男子，披羊裘，钓泽中。帝疑其光，乃备安车玄纁，遣使聘之，三返而后至。"生按：茅茨，茅草屋顶。《韩非子·五蠹》："尧之王天下也，茅茨不剪，采椽不斫。"此指茅屋。

⑮〔赵注〕《三辅旧事》："未央宫，东有苍龙阙，北有玄武阙。"

⑯〔赵注〕《礼记·月令》："毋出九门。"郑玄注："天子九门者，路门也，应门也，雉门也，库门也，皋门也，城门也，近郊门也，远郊门也，关门也。"《尔雅·释宫》："九达谓之逵。"郭璞注："四达交出，复有旁道也。后人凡通衢大道，皆谓之逵。"

⑰冠剑：戴冠佩剑的文臣武将。〔赵注〕张衡《西京赋》："青琐丹墀。"吕向注："丹墀，阶以丹漆涂之。"

⑱野鹤：古人认为鹤性孤高，喜居林野，有如隐士之超然尘外，故以喻隐士。终：终究，毕竟。〔赵注〕《晋书·嵇绍传》："或谓王戎曰：昨于稠人中始见嵇绍，昂昂然如野鹤之在鸡群。"潘岳《射雉赋》："已跟蹻而徐来。"徐爱注："跟蹻，乍行乍止，不迅疾之貌。"跟蹻、跟跒义同。生按：此谓隐士情操终究不乐仕进。

⑲《关尹子·九药》："威凤以难见为神。"凤有威仪，世所希有，故以威凤喻难得的贤才。《一切经音义》："徒，犹独也。"《汉书·扬雄传》：

"参差不齐。"颜师古注："言志业不同也。"此谓高人志趣独与众人不同。

⑳天书：天子的诏书。〔赵注〕《汉书·高帝纪》："萧何治未央宫，立东阙、北阙。"颜师古注："未央殿虽南向，而上书奏事谒见之徒，皆诣北阙。"

㉑〔赵注〕《高士传》："韩福者，涿人也，以行义修洁著名。昭帝时，表显义士，郡国条奏行状。以德行征至京兆，病不得进。元凤元年，诏赐帛（纯丝织品）五十匹遣归。"《尔雅·释地》："田一岁曰菑。"郭璞注："今江东呼初耕地反草为菑。"谢朓《东郡卧病呈沈尚书》："连阴盛农节，笒笠聚东菑。"生按：东菑，泛指田土，借称乡里。

㉒"迟"，纬本作"迤"，通。○谢：辞别。江淹《别赋》："车逶迟于山侧。"李善注："《诗》曰：'周道逶迟。'毛苌曰：逶迟，历远之貌。"生按：迟音移，逶迟、逶迤义同，曲折行进貌。

㉓淼音渺。〔赵注〕左思《吴都赋》："滇淼森漫。"吕向注："并水流广大貌。"

㉔〔赵注〕《太平寰宇记》："海陵县，汉属临淮郡。晋立为海陵郡。唐武德三年，改为吴州，置吴陵县。七年，州废，复为海陵县，隶扬州。"生按：即今江苏泰州。故海陵郡在临淮郡东南。

㉕"南"，蜀刻本、二顾本、凌本、类苑作"阴"。○〔赵注〕《太平寰宇记》："泗州临淮县，有淮渎祠，有淮南岸斗山下。"

㉖张衡《西京赋》："云雾杳冥。"吕延济注："杳冥，阴昏貌。"沧洲：滨水之地，指隐者所居之处。

㉗荡潆：水广大貌。《玉篇》："荡，广貌。"《集韵》："潆，水大貌。"

㉘《庄子·列御寇》："河上有家贫恃纬萧而食者。"释文："纬，织也；萧，荻蒿也。织萧以为畚而卖之。"郭庆藩案："《太平御览》七百引司马云：萧，蒿也。织蒿为薄帘也。"《高士传》："韩康字伯休，京兆霸陵人。常游名山采药，卖于长安市中，口不二价。"

㉙出：外出；出仕。处（上声）：居处；隐退。《易·系辞上》："君子之道，或出或处。"期：预料。

送张舍人佐江州同薛据十韵 走笔成①

束带趋承明②，守官惟谒者③。清晨听银蚪④，薄暮辞金马⑤。受辞未尝易，当御方知寡⑥。清范何风流⑦，高文有风雅⑧。忽佐江上州，当自浔阳下⑨。逆旅到三湘⑩，长途应百舍⑪。香炉远峰出⑫，石镜澄湖泻⑬。董奉杏成林⑭，陶潜菊盈把⑮。彭蠡常好之⑯，庐山我心也⑰。送君思远道⑱，欲以数行洒⑲。

①述古堂本无"十韵"二字。元刊本无"十韵走笔成"五字，活字本无"走笔成"三字。○〔赵注〕《唐六典》："通事舍人十六人，从六品上，掌朝见引纳及辞谢者，于殿廷通奏。凡近臣入侍，文武就列，则引以进退，而告其拜起出入之节。凡四方通表，华夷纳贡，皆受而进之。"李林甫注："通事舍人即秦之谒者。"《汉书·百官表》：'谒者掌宾赞受事。'皇朝改谒者为通事舍人。"《新唐书·地理志》："江南道有江州浔阳郡。"生按：张舍人，未详何人。江州故治在今江西九江县。《集韵》："佐，辅也，贰也。"谓任副职。唐代于州设刺史，其下设别驾、长史、司马各一人以佐之。薛据：见《座上走笔赠薛据慕容损》注①。

②古代官员着礼服，皆束带于腰。《论语·公冶长》："束带立于朝。"代震《四书典故考辨》："凡冕服皆素带，而爵弁、皮弁、朝服、玄端皆缁带。"〔赵注〕《三辅黄图》："未央宫有承明殿，著述之所也。"生按：汉承明殿旁，有侍臣值宿所居之屋，称承明庐，群臣上朝，先到此庐休息待命。

③守官：居官守职。〔赵注〕谢瞻《王抚军庾西阳集别》："祗召旋北京，守官反南服。"

④〔赵注〕李兰《漏刻法》："以器贮水，引器中水于银龙口中，吐入权器。漏水一升，秤重一斤，时经一刻。"生按：蚪音求，龙。此谓听铜壶滴漏之声。参见《奉和圣制十五夜燃灯继以酺宴应制》注③。

⑤金马门：宦者署，侍臣待诏之处。见《燕支行》注⑥。此处代指通

事舍人署。

⑥"御",蜀刻本、纬本、凌本、活字本、全唐诗作"是",误。○受辞:接受皇帝或中书令事先拟定的接待四方使者、慰问出征将士等的辞令。《公羊传·庄公十九年》:"聘礼,大夫受命,不受辞。"易:指改变原意。当御:值班。〔赵注〕《国语·晋语》:"秦景公使其弟鍼来求成,叔向命召行人子员。行人子朱曰:'朱也当御。'叔向曰:'肸也欲子员之对客也。'子朱怒,抚剑就之。叔向曰:'夫子员道宾主之言无私,子常易之。'"韦昭注:"当,值也;御,进也。"生按:谓通过当值才知道张舍人这类人才不多。

⑦清范:高雅典范的举止。风流:风度潇洒。

⑧谓文辞高尚,合于教化。

⑨《经传释词》:"当,犹将也。"汉浔阳县在湖北黄梅县界。晋移浔阳郡治于柴桑。隋置浔阳县于湓口城,即今九江,唐因之。则浔阳江当指流经黄梅至九江的一段长江。

⑩逆旅:此指迎客者,即江州派来迎张舍人者。《尸子·劝学》:"是故监门、逆旅、农夫、陶人,皆得与焉。"〔赵注〕《元和郡县志》:"侯景浦在巴陵县(今湖南岳阳)东北十二里,本名三湘浦。"生按:由长安去江州,可经汉水至长江,亦可经复州(今湖北沔阳)至巴陵入长江。

⑪《左传·庄公三年》:"一宿为舍。"〔赵注〕《庄子·天道》:"百合重跰,而不敢息。"释文:"百合,百日止宿也。"

⑫〔赵注〕《太平寰宇记》:"香炉峰,在庐山西北,其峰尖圆,烟云聚散,如博山香炉之状。"

⑬〔赵注〕《幽明录》:"宫亭湖(鄱阳湖的南端)边,旁山间有石数枚,形圆若镜,明可鉴人,谓之石镜。"《太平寰宇记》:"石镜在庐山东山悬崖之上,其状团圆,近之则照见形影。"生按:谓石镜之光倾泻于清澄的湖水中。

⑭"董",元刊本作"熏","奉",述古堂本作"凤",误。○董奉居庐山,为人治病,病愈者使栽杏,数年郁然成林。见《送友人归山歌》之一注⑨。

⑮"盈",蜀刻本作"谁"。○陶潜:浔阳柴桑(今九江县西南)人。〔赵注〕《续晋阳秋》:"陶潜尝九月九日无酒,宅边菊丛中摘菊盈把,坐其侧久。望见白衣人至,乃王宏送酒也,即便就酌,醉而后归。"

⑯"彭"，蜀刻本、述古堂本、元刊本、二顾本、凌本作"范"，误。○〔赵注〕杜佑《通典》："彭蠡湖在浔阳郡之东南五十二里。"生按：蠡音离。彭蠡即鄱阳湖。

⑰〔赵注〕慧远《庐山记》："山在江州浔阳郡，左挟彭泽，右旁通川。有匡俗先生者，出自殷周之际，遁世隐时，潜居其下。或云：匡俗受道于仙人，而共游其岭，遂托室崖岫，即崖成馆，故时人谓所止为仙人之庐而命焉。"

⑱〔赵注〕《乐府古辞·饮马长城窟行》："青青河边草，绵绵思远道。"

⑲数行：指泪。《汉书·苏武传》："陵泣下数行"。

送韦大夫东京留守①

人外遗世虑②，空端结遐心③。曾是巢许浅④，始知尧舜深⑤。苍生讵有物⑥，黄屋如乔林⑦。上德抚神运⑧，冲和穆宸襟⑨。云雷康屯难⑩。江海遂飞沉⑪。天工寄人英⑫，龙衮瞻君临⑬。名器苟不假⑭，保釐固其任⑮。素质贯方领⑯，清景照华簪⑰。慷慨念王室，从容献官箴⑱。云旗蔽三川⑲，画角发龙吟⑳。晨扬天汉声㉑，夕卷大河阴㉒。穷人业已宁㉓，逆虏遗之擒㉔。然后解金组㉕，拂衣东山岑㉖。给事黄门省，秋光正沉沉㉗。壮心与身退㉘，老病随年侵㉙。君子从相访㉚，重玄其可寻㉛。

此诗作于乾元二年七月。

①韦大夫：韦陟。至德二载，任御史大夫。乾元二年七月，任礼部尚书、东京留守。九月，史思明复陷东京，韦陟领兵居陕州、虢州，任留守如故。参见《奉寄韦太守陟》注①。《旧唐书·地理志》："（洛阳）显庆二年置东都，天宝元年改为东京。"《新唐书·百官志》："车驾不在京都，则置留守。开元元年，改京兆、河南府长史为尹。十一年，太原府亦置尹及少尹。以尹为留守，少尹为副留守，谓之三都留守。"

②人外：人世之外。遗：留。世虑：对世事的思虑。〔赵注〕《后汉书·陈宠传》："南阳尹勤，笃性好学，屏居人外，荆棘生门。"

③端：与外互文，反训为内。空端，谓空门之内。佛教讲万法皆空，觉悟我空、法空，是入涅槃之门，故称佛门为空门。结：联结。《诗·小雅·白驹》："毋金玉尔音，而有遐心。"郑玄笺："毋爱汝声音，而有远我之心。"此谓虽虔诚奉佛但心与韦陟相连。

④曾音增。《经传释词》："曾是，乃是。"《唐诗词语札记》："曾是，正是。"《高士传》："巢父，尧时隐人也。年老，以树为巢而隐其上。许由字武仲，尧闻致天下而让焉，乃退而遁于颍水之阳，箕山之下隐。尧又欲召为九州长，由不欲闻之，洗耳于颍水之滨。时有巢父牵犊欲饮之，问其故。对曰：'尧欲召我为九州长，恶闻其声，是故洗耳。'巢父曰：'子若处高岸深谷，人道不通，谁能见之？子故浮游欲闻；求其名誉；污吾犊口。'牵犊上流饮之。"浅：薄。此谓巢、许洁身遁世，于民少恩。

⑤《墨子·节用》："古者尧治天下，南抚交趾，北降幽都，东西至日所出入，莫不宾服。逮至其厚爱，黍稷不二，羹胾不重，饭于土塯，啜于土型。"《史记·秦始皇本纪》："韩子曰：尧舜采椽不刮，茅茨不剪，饭土塯，啜土型。"此谓尧舜劳身济世，于民恩深。

⑥苍生：百姓。讵：犹若。《周礼·地官·小司徒》："辨其物。"郑玄注："物，家中之财。"

⑦黄屋：天子车以黄缯做车盖里子，称为黄屋。借指皇帝。乔林：高大的树林。〔赵注〕《汉书·高帝纪》："纪信乃乘王车，黄屋左纛。"谢朓《郡内高斋闲坐》："窗中列远岫，庭际俯乔林。"生按：谓皇帝犹如乔林，庇荫百姓家业。

⑧〔赵注〕《老子》："上德不德，是以有德。"河上公注："上德谓上古无名号之君，德大无上，故言上德。"生按：《说文》："抚，循也。"《尔雅·释天》："天之为言，神也。"《正字通》："运，五运，五行气化流转之名。"神运即天运、天命。战国时齐国邹衍倡"五德终始"的运命说，谓王朝必依照它所秉赋的五行之德，按"五行相胜"（土、木、金、火、水）的顺序兴废更迭。夏为木德，殷为金德，周为火德，秦为水德，汉为土德。而西汉刘向倡"五行相生"（木、火、土、金、水）之说，谓周为木德，秦为闰位，汉为火德承周木。汉、魏以来，都主刘说，故隋为火德，唐为

土德。此谓上德之君顺应天命治理天下。

⑨ "宸",述古堂本、元刊本作"衣"。○〔赵注〕何逊《九日侍宴乐游苑诗》:"宸襟动时豫,岁序属凉氛。"生按:《一切经音义》:"冲,虚也。"《广韵》:"穆,厚也。"虞德升《谐声品字笺》:"帝居曰宸,取北辰之义:加宀,像宫室也。又宸听、宸衷、宸翰、宸游等,不敢直指至尊,称其居也。"此谓冲虚和平之气充盈于天子的襟怀。

⑩〔赵注〕谢灵运《述祖德诗》:"屯难既云康,尊主隆斯民。"生按:《易·屯》:"(☳震下坎上)《彖》曰:屯,刚柔始交而难生,动乎险中大亨贞。《象》曰:云(坎为水、为云)雷(震为雷),屯,君子以经纶。"孔颖达疏:"屯,难也。坎为险,震为动。初动险中,故屯难。动而不已,将出于险,故得大亨贞也。言君子法此屯象,有为之时,以经纶天下。"《尔雅·释诂》:"康,安也。"云雷喻恩泽和兵刑。屯难喻事物发展中的困难和危险。此谓肃宗用兵威和恩惠,平定安禄山叛乱,安抚百姓。按:至德二载正月,安庆绪杀禄山。十月,广平王收复东京。乾元二年三月,史思明杀安庆绪,称帝。

⑪ "遂",纬本、凌本作"逐",误。○遂:顺,如意。飞:指鸟;沉:指鱼。陆云《为顾彦先赠妇往返诗》:"山海一何旷,譬彼飞与沉。"此谓海阔天空,鸟飞鱼游,自在安宁

⑫ "天",蜀刻本作"人",误。○《尚书·皋陶谟》:"天工,人其代之。"《汉书·律历志》作"天功"。谓上天命定的国家大事。寄:托付。〔赵注〕《淮南子·泰族训》:"明于天道,察于地理,通于人情。大足以容众,德足以怀远,信足以一异,知足以知变者,人之英也。"生按:人英,人中英杰。

⑬ "瞻",述古堂本、元刊本、久本作"澹"。○〔赵注〕《礼记·礼器》:"天子龙衮。"生按:《诗·豳风·九罭》:"衮衣绣裳。"毛苌传:"衮衣,卷龙衣也。"释文:"天子画升龙于衣上,公但画降龙。"则天子、公侯都着龙衮,此处当指韦陟。瞻,仰视。临,俯视,引申为治理。君临,谓居人君之位统治其民。《左传·襄公十三年》:"赫赫楚国,而君临之。"此处指天子。谓公卿遵皇帝旨意办事。

⑭〔赵注〕《左传·成公二年》:"惟器与名,不可以假人,君之所司也。"杜预注:"器,车服也;名,爵号也。"生按:"苟"与下句"固"互

文，犹固。假，借；不假，不妄许。

⑮釐：音离。《尚书·毕命》："命毕公保釐东郊。"蔡沈传："保，安；釐，理也。"《庄子·秋水》："任士之所劳。"释文："任，能也。"二句谓韦陟的官爵实非妄许，安治东京确有才能。

⑯"质"，述古堂本、元刊本、久本、赵本作"资"。从蜀刻本、活字本、全唐诗等。○素质：纯洁清高的品质。贯：穿着。《汉纪·武帝纪》："身贯戎服。"〔赵注〕《后汉书·马援传》："朱勃年十二，衣方领，能矩步。"李善注："颈下施衿，领正方，学者之服也。"

⑰《说文》："景，光也。"清景：清丽的光辉，此处指晨光。华簪：华贵的冠簪，贵官所用。〔赵注〕陶潜《和郭主簿》："此事真复乐，聊用忘华簪。"

⑱箴音针。《广韵》："箴，规也。"《书·盘庚上》马融注："箴，谏也。"〔赵注〕《左传·襄公四年》："昔周辛甲之为太史也，命百官官箴王缺。"杜预注："使百官各为箴词，戒王过。"

⑲"蔽"，述古堂本作"敝"，误。○张衡《东京赋》："龙辂充庭，云旗拂霓。"薛综注："旗谓（画）龙虎为旗，为高至云，故曰云旗。"《史记·秦本纪》："初置三川郡。"索隐："三川今洛阳也，地有伊、洛、河，故曰三川。"

⑳〔赵注〕《晋书·乐志下》："蚩尤氏率魑魅与黄帝战于涿鹿，帝乃命始吹角，为龙鸣以御之。"萧纲《折杨柳》："城高短箫发，林空画角悲。"生按：角，军中乐器，画有五彩蛟龙，故称画角。军中用之以警昏晓。

㉑《增韵》："扬，显也。"《广雅·释诂》："天，大也。"天汉声，以汉喻唐，大唐的声威。

㉒卷：收。〔赵注〕陆机《赠冯文罴》："发轸清洛汭，驱马大河阴。"李善注："水南曰阴。"李周翰注："大河，黄河。"生按：当时黄河之南的滑州、汴州、郑州，是叛军反复剽掠的地区。

㉓"人"，纬本、凌本、活字本作"久"，误。○《汉书·萧望之传》："家世以田为业。"颜师古注："产业也。"

㉔逆房：指史思明等。遗：音未。《广雅·释诂》："遗，予也。"〔赵注〕《左传·昭公五年》："使群臣往遗之擒，以逞君心。"

㉕颜延之《赭白马赋》："具服金组。"李善注："金、组二甲也。"生

按：金甲，金属铠甲；组甲，以丝带连缀皮革而成的甲。解金组，脱去戎装。

㉖拂衣：谓归隐。东山：借指隐居处，见《戏赠张五弟諲三首》之一注⑤。岑：山峰。

㉗〔赵注〕《汉书·扬雄传》："除为郎，给事黄门。"《新唐书·百官志》："开元元年，改门下省为黄门省，五年复黄门省为门下省。"生按：《淮南子·俶真训》："茫茫沉沉。"高诱注："盛貌。"本年王维仍官给事中。

㉘"壮心"，述古堂本、元刊本、活字本、赵本作"功名"。从蜀刻本、全唐诗。

㉙《说文》："侵，渐进。"〔赵注〕陆机《豫章行》："前路既已多，后途随年侵。"

㉚从：前来。《语辞集释》："蒋绍愚说：从，有'至'的意义。"

㉛重玄：语本《老子》一章："玄之又玄，众妙之门。"《晋书·隐逸传》："味无味于恍惚之际，兼重玄于众妙之门。"此谓一同探求深奥微妙的佛道哲理。

评 笺

王世懋《艺圃撷余》："唐人无五言古，就中有酷似乐府语而不伤气骨者。得杜工部四语曰：'兔丝附蓬麻，引蔓故不长。嫁女与征夫，不如弃路旁。'不必其调云何，而直是见道者；得王右丞四语曰：'曾是巢许浅，始知尧舜深。苍生讵有物，黄屋如乔林。'"生按：王维在这首诗里所表现的以出世精神做入世事业的观点，是古代中国一部分志行高尚的士人所共同奉行的。这种积极用世的观点，自魏晋以来，儒道相通，已开风气；在盛唐时期，儒佛相容，渐成时尚。所以王维一生，奉儒、崇道、信佛，亦官亦隐，并行不悖。政治清明时，他倡言"济人然后拂衣去，肯作徒尔一男儿！"政治黑暗时，他表示"无才不敢累明时，思向东溪守故篱。"国家危难时，他宣称"曾是巢许浅，始知尧舜深。"积极用世和消极避世，是相反相成的两个方面，前者是主导。把后者看得过重，认为王维几度隐居，要隐不隐，是软弱妥协、苟且世故的表现，并不恰当，也犯了视古人为今人的毛病。《与魏居士书》说："孔宣父云：'我则异于是，无可无不可。'可者适意，不可者不适意也。君子以布仁施义、活国济人为适意，纵其道不行，亦无意为不适意也。苟身心相离，理事俱如，则何往而不适？此近于不易。"这段话可以说是王维晚年对一生志行的总结。

资圣寺送甘二①

浮生信如寄②，薄宦夫何有③？来往本无归④，别离方此受⑤。柳色蔼春余，槐阴清夏首⑥。不学御沟上⑦，衔悲执杯酒。

①〔赵注〕《长安志》："崇仁坊东南隅资圣寺，本太尉赵国公长孙无忌宅。龙朔三年，为文德皇后追福，立为尼寺。咸亨四年，改为僧寺。长安三年七月，火焚之，灰中得经数部，不损一字。百姓施舍，数日之间所获钜万，遂营造如故。"生按：甘二，未详何人。

②《庄子·刻意》："其生若浮，其死若休。"《尸子》："人生于天地之间，寄也。"《增韵》："寄，寓也。"《一切经音义》："寄，客也。"《古诗十九首》："人生忽如寄。"

③薄宦：俸禄少的小官。《广释词》："夫即复，又也。何有，犹何如。"谓薄宦又怎么样？表示不在乎。

④来往：生死。归：归宿。六道轮回本无休止。

⑤"此"，英华作"正"。〇受：佛教语，五蕴（色、受、想、行、识）之一，指对所接触事物的感受，有身受、心受二类。此谓别离之感，正是受蕴；五蕴皆空，不须烦恼。

⑥"色"，元刊本作"也"，误。〇蔼：郁润貌。春余：春末。王僧孺《侍宴诗》："丽景属春余，清阴澄夏首。"

⑦"学"，述古堂本、元刊本、活字本、全唐诗作"觉"。〇御沟：流经宫苑的溪沟。崇仁坊西临皇城，城旁有御沟。见《柳浪》注③。

评 笺

碧琳琅馆重刊本（光绪六年）《王摩诘诗集》注："此侧体，旧本却以入律。"

送崔五太守①

长安厩吏来到门②，朱文络网动行轩③。黄花县西九折坂④，玉树宫南五丈原⑤。褒斜谷中不容幰⑥惟有白云当露冕⑦。子午山里杜鹃啼⑧，嘉陵水头行客饭⑨。剑门忽断蜀川开⑩，万井双流满眼来⑪。雾中远树刀州出⑫，天际澄江巴字回⑬。使君年几三十余⑭，少年白皙专城居⑮。欲持画省郎官笔⑯，回与临邛父老书⑰。

此诗作于天宝十二载春。

①〔闻笺〕《旧唐书·崔涣传》："少以士行闻。累迁尚书司门员外郎。天宝末，杨国忠出不附己者，涣出为剑州（普安郡）刺史。"生按：《新唐书》本传云："杨国忠恶不附己，出为巴西（绵州，治今四川绵阳县）太守。"穆员《相国崔公（涣）墓志铭》："天宝中历屯田、左司二员外郎，出为歙（疑为剑字之误）州刺史，换绵州。大驾南巡，擢拜门下侍郎平章事。灵武接位，与上宰房公琯奉册书国玺，惟新景命。"岑参《送颜平原并序》："十二年春，有诏补尚书十数公为郡守。"崔涣出为郡守应在同年，其转巴西太守至迟在天宝十四载。

②厩：音就，马舍。厩吏：长安驿站掌饲养马匹的小吏。〔赵注〕《汉书·朱买臣传》："拜会稽太守，长安厩吏乘驷马车来迎，买臣遂乘传（车）去。"张晏注："故事，大夫乘官车驾驷，如今州牧刺史矣。"参见《送缙云苗太守》注⑤。

③"朱文"，蜀刻本作"未央"，误。"络"，诸本作"露"，据《旧唐书·舆服志》改。○〔赵注〕《后汉书·王龚传》："柱下无朱文之轸也。"李贤注："朱文，画车为文也。"生按：络网，垂于车帷上的网状饰物。

《后汉书·刘盆子传》："乘轩车大马，赤屏泥，绛襜络。"李贤注："车上施帷以屏蔽者，交络之以为饰。"《旧唐书·舆服志》："朱丝络网。"《白虎通》："大夫轩车。"《说文》段玉裁注："轩，曲辀而有藩蔽之车。"

④〔赵注〕《太平寰宇记》："废黄花县在凤州北六十里，东有黄花川，因名之。"《汉书·王尊传》："琅邪王阳为益州刺史，行部至邛崃九折坂，叹曰：奉先人遗体，奈何数乘此险？"应劭注："九折坂在蜀郡严道县。"生按：故黄花县即今陕西凤县北黄花镇。故严道县即今四川荥经县，九折坂在县西大相岭山上，不在入蜀途中，此处当是借指另一回曲险峻山路。

⑤"宫南"，蜀刻本作"南宫"，误。○〔赵注〕《三辅黄图》："甘泉宫北岸有槐树，今谓玉树，根干盘峙，三二百年木也。"《元和郡县志》："五丈原在凤翔府郿县西南十五里。"生按：甘泉宫故址在陕西淳化县西北甘泉山上。

⑥〔赵注〕《括地志》："褒、斜二谷名，在汉中郡褒城县北五十里，南谷曰褒，北谷曰斜，长四百七十里，同为一谷。"庾肩吾《长安有狭斜行》："长安有曲陌，曲陌不容轞。"生按：褒斜谷因取道褒水、斜水二河谷得名。二水同出太白山，褒水南注汉水，谷口在今勉县褒城镇北；斜水北注渭水，谷口在今眉县西南。褒斜道是由长安正西门（金光门）经户县、周至、眉县通向汉中、四川的古道。轞：车。《说文新附考》："轞，古通作轩。"不容轞：谓谷道狭窄，车辆难通。

⑦当：对。露冕：露出冠冕，显示身份尊荣。见《送缙云苗太守》注⑧。

⑧子午山：指子午谷所经之秦岭。〔赵注〕《汉书·王莽传》："子午道从杜陵直绝南山径汉中。"颜师古注："子，北方也；午，南方也。今京城直南山有谷，通梁、汉道，名子午谷。"《埤雅》："杜鹃，一名子规，苦啼，啼血不止。《说文》所谓蜀主望帝化为子规也。"生按：子午道是出长安正南门（明德门）经子午谷通向汉中的驿路。

⑨〔赵注〕《一统志》："嘉陵江在汉中府略阳县治西南，源出凤县东大散关，历两当、略阳，会东谷等水，流经四川利、阆、合州，至重庆府入大江。"

⑩大剑山连山绝险，至四川剑阁县北境，峭壁陡然中断，两岸相对如门，称剑门关。〔赵往〕《通典·地志》："今蜀郡、濛阳（治彭县）、唐安（治崇庆）、临邛（治邛崃）、芦山（治雅安）等郡，亦曰蜀川。"开：豁然开朗。

⑪〔赵注〕《汉书·刑法志》："地方一里为井。一同百里，提封万井。"《水经注·江水》："成都县有二江，双流其下，故杨子云《蜀都赋》云'两江珥其前'者也。"生按：万井，谓千家万户。二江双流，本指流经成都城南的郫江（内江，唐乾符三年，节度使高骈将郫江改为环绕城北城东）、流江（外江、锦江）。此处借指眼前的大小河流。

⑫"雾"，蜀刻本作"露"，误。○〔赵注〕《晋书·王濬传》："王濬夜梦悬三刀于卧屋梁上，须臾又益一刀。濬惊觉，意甚恶之。主簿李毅再拜贺曰：'三刀为州字，又益一者，明府其临益州乎？'果迁益州刺史。"唐人称蜀地为刀州，本此。

⑬〔赵注〕《三巴记》："阆（嘉陵江流经阆中的一段）、白（注入嘉陵江的白水江）二水东南流，曲折三回如（篆文）巴字。"

⑭"几"，唐诗正音、全唐诗作"纪"。○使君：州刺史。《乐府·陌上桑》："使君从南来，五马立踟蹰。"

⑮〔赵注〕《陌上桑》："三十侍中郎，四十专城居，为人洁白皙，鬑鬑颇有须。"潘岳《马汧督诔》："剖符专城。"张铣注："专，擅也。谓擅一城也，守宰之属。"生按：皙，白净。

⑯"笔"，蜀刻本、述古堂本、元刊本、活字本作"草"。○〔赵注〕《通典》："尚书郎奏事明光殿省，省中皆以胡粉涂壁，画古贤、列女。"《宋书·百官志》："《汉官》云：尚书丞、郎，月赐赤管大笔一双，隃麋墨一九。"生按：少府属官，西汉有尚书四人；东汉有尚书令、仆射各一人，尚书六人，左右丞各一人，侍郎三十六人。侍郎主作文书起草，初上台称守尚书郎，中岁满称尚书郎，三年称侍郎，统称郎官。画省，借指尚书省。王维本年仍任吏部郎中，故自称画省郎官。

⑰〔赵注〕《汉书·司马相如传》："是时邛（今四川越西）、筰（今四川汉源）之君长闻南夷与汉通，得赏赐多，多欲愿为内臣妾。上以为然，乃拜相如为中郎将，建节往使。相如使时，蜀长老多言通西南夷之不为用。相如乃著书，藉蜀父老为辞，而己诘难之，因宣其使旨，令百姓皆知天子意。"生按：谓送别回家之后，欲致书剑州父老，宣天子意，并推许崔涣。

评 笺

《王摩诘诗评》："顾云：不见斧痕。"

方东树《昭昧詹言》："转韵。黄花县西以下，叙一路所经由之地，学其对仗警拔。"生按：不都是经由之地，比如经褒斜道即不经子午道，也不过黄花县，毕竟诗非游记。

钱锺钟书《谈艺录》："李特《诗态》曰：'善用前代人名、外国地名，使读者悠然生怀古之幽情，思远之逸致。'吾国古人作诗，早窥厥旨。宋长白《柳亭诗话》卷十三《地理》条云：'金长真曰：诗句连地理者，气象多高壮。'因举庾开府、江令、杜工部、储太祝五言联为例，谓'皆气象万千，意与山川同廓矣。'右丞诗如《送崔五太守》七古，十六句中用地名十二。"

顾可久按："叙景中有变换，便不堆垛。"

葛晓音说："利用七言歌行大幅度跳跃的长处，串连起一系列地名，展示出沿途景色，句调活泼自由。但这种写法后来被大历十才子大量运用到五律体诗中去，山水描写都是悬想，便成了应景的一种程式。"（《山水田园诗派研究》）

送李睢阳[①]

将置酒，思悲翁[②]。使君去，出城东。麦渐渐，雉子班[③]。槐阴阴，到潼关[④]。骑连连，车迟迟[⑤]，心中悲。宋又远，周间之[⑥]。南淮夷[⑦]，东齐儿[⑧]。碎碎织练与素丝[⑨]，游人贾客信难持[⑩]。五谷前熟方可为[⑪]，下车闭阁君当思[⑫]。天子当殿俨衣裳[⑬]，太官尚食陈羽觞[⑭]，彤庭散绶垂鸣珰[⑮]。黄纸诏书出东厢[⑯]，轻纨叠绮烂生光[⑰]。宗室子弟君最贤[⑱]，分忧当为百辟先[⑲]。布衣一言相为死[⑳]，何况圣主恩如天！鸾声哕哕鲁侯旐[㉑]，明年上计朝京师[㉒]。须忆今日斗酒别，慎勿富贵忘我为[㉓]！

此诗作于天宝十二载春。

①〔赵注〕《新唐书·李峘传》："峘性质厚，历宦有关名。以王孙封

赵国公。杨国忠乱政，悉斥不附己者，峘由考功郎中拜睢阳太守。"生按：
太宗第三子吴王恪生琨，琨生信安王祎，祎生峘、峰、岘。宋州睢阳郡治
宋城，故城在今河南商丘县南。

②〔赵注〕《宋书·乐志》，汉鼓吹铙歌十八曲，有《思悲翁》曲，
《将进酒》曲。生按：《将进酒》其辞有"将进酒，乘大白。辨加哉，诗审
搏。"《思悲翁》其辞有"思悲翁，唐思，夺我美人侵以遇。悲翁也，但我
思。"《沧浪诗话》："铙歌之《将进酒》《芳树》《石流》等篇，使人读之
茫然。若《朱鹭》《雉子班》《思悲翁》等，只二三句可解。"这是因为汉
时乐章，声调歌辞本不相混。后人恐失其声，便声辞合写，相传既久，遂
至部分文字不可索解。此处是借用乐府古题的字面意义，以增古雅之气，
谓将设宴饯别，不禁为李峘伤悲。《尔雅·释诂》："伤、忧，思也。"

③〔赵注〕潘岳《射雉赋》："麦渐渐以擢芒，雉鷕鷕而朝雊。"徐爰
注："渐渐，含秀（抽穗）之貌也。"《宋书·乐志》，汉鼓吹铙歌十八曲，
有《雉子班》。其辞有"雉子，班如此，之于雉梁，无以吾翁孺雉子"。此
借用其字。生按：《易·屯》："乘马班如"。孔颖达疏："班，班旋不进
也。"班通般、盘、斑。《史记·卫世家》"般师"作"斑师"。

④《元和郡县志》："华阴县，潼关在县东北三十九里，古桃林塞也。
关西一里有潼水，因以名关。"

⑤"迟迟"，纬本作"遥遥"，蜀刻本作"连连"。

⑥宋：指睢阳，为春秋时宋国地。周：指洛阳，为东周王都。间：隔。
〔赵注〕睢阳去东京七百八十里。

⑦淮夷：古族名。夏至周分布于今淮河下游一带，在睢阳东南。《书·
费誓》："徂兹淮夷，徐戎并兴。"

⑧睢阳之东，今山东省，南部为春秋鲁国地，泰山以北为齐国地，此
诗大概言之。儿音倪。〔赵注〕《汉书·朱博传》："观齐儿欲以此为俗耶？"

⑨"素"，述古堂本一作"繰"。○碎碎：细细。陆机《为周夫人赠车
骑》："碎碎织细练。"练：白色熟绢。素：白色生绢。据《唐六典·户部
·贡赋》载，宋州及其南方陈州（淮阳郡）、东北曹州（济阴郡）皆贡绢，
其东方徐州（彭城郡）贡绢、绸纯，可见当时丝织业兴盛。

⑩"持"，蜀刻本作"时"，误。○贾音古。《周礼·天官·大宰》："六曰商

贾，阜通货贿。"郑玄注："行曰商，坐曰贾。"《广韵》："持，执持。"引申为得。

⑪《孟子·滕文公》："后稷教民稼穑，树艺五谷。"赵歧注："五谷，谓稻、黍、稷、麦、菽也。"生按：黍音暑，其粒较小米略大而黄，有黏性。通称黄米。稷音济，小米，又称谷子。菽音叔，豆类的总名。前：先。《广韵》："熟，成也。"此谓五谷丰收之后，才可有所作为。

⑫下车：犹言到任。〔赵注〕《汉书·叙传》："班伯为定襄太守，定襄闻伯素贵，年少，自请治剧，畏其下车作威，吏民竦息。"《汉书·韩延寿传》："为左冯翊，行县至高陵，民有昆弟相与讼田。延寿伤之曰：'幸得备位，为郡表率，不能宣明教化，至令民有骨肉争讼，咎在冯翊。'因入卧传舍，闭阁思过。于是此两昆弟深自悔，皆自髡，肉袒谢，终死不敢复争。"右丞作《苗公德政碑》云："或闭阁思政，或下车作威。"正用其事。生按：《六书故》："小室为阁。"亦释为小门。

⑬《礼记·曲礼》："俨若思。"郑玄注："俨，矜庄貌。"《易·系辞》："黄帝、尧、舜，垂衣裳而天下治。"《管子·形势》："言辞信，动作庄，衣冠正，则臣下肃。"此谓天子临朝，威严庄重。

⑭〔赵注〕《唐六典》："太官署令二人，从七品下。丞四人，从八品下。监膳十人，从九品下。监膳史十五人，供膳二千四百人。太官令掌供膳之事，丞为之贰。凡朝会燕飨，九品以上，并供其膳食。"又："尚食局奉御二人，正五品下。直长五人，正七品上。掌供天子之常膳。当进食，必先尝。凡元正冬至，大朝会，飨百官，与光禄共其品秩，分其等差而供焉。其赐王公以下，及外方宾客，亦如之。"《汉书·班婕妤传》："酌羽觞分销忧。"孟康注："羽觞，爵也。作生雀形，有头尾羽翼。"生按：觞，酒器。《西清续鉴·羽觞》："此器长圆，左右如傅翼，盖取飞觞之义。"句谓行前赐宴。

⑮彤庭：用红漆涂饰的殿庭。班固《西都赋》："玉阶彤庭。"散绶：分赐绶带。《尔雅·释器》："緌，绶也。"郭璞注："即佩玉之组，所以连系瑞玉者。"唐制，五品以上官员，腰下垂佩玉，行走时撞击有声，故称鸣玉或鸣踏。《旧唐书·舆服志》："诸佩绶者，皆双绶，亲王纁朱绶，一品绿綟绶，二三品紫绶，四品青绶，五品黑绶。诸佩，一品佩山玄玉，二品以下、五品以上佩水苍玉。"

⑯〔赵注〕《三国志·魏书·刘放传》："即以黄纸授放作诏。"《世

说》："明帝还内，作手诏，满一黄纸。"则魏晋时已用黄纸。及考《春明退朝录》："贞观十年十月，诏始用黄麻纸写勅。上元三年闰三月戊子敕：制敕施行，既为永式，比用白纸，多有虫蠹，自今以后，尚书省颁下诸司及州下县，并用黄纸。"则是贞观前久用黄纸写诏，但尚书所颁及州府所用尚是白纸，后乃改用黄耳。《汉书·周昌传》："吕后侧耳于东厢听。"颜师古注："正寝之东西室皆曰厢。"《雍录》："正殿两旁有室，即厢也。"

⑰《说文通训定声》："纨，谓白致缯，今之细生绢也。"《说文》："绮，文缯也。"叠绮致密的细绫。轻纨叠绮：指李峘辞朝时皇帝所赐丝绸。烂：灿烂。

⑱宗室：为维护贵族世袭制度，周代王室制定比商代更加系统的宗法制度。天子分封诸侯，诸侯分封卿大夫，原则上都以嫡长子递承而下的系统为大宗，其余诸子为小宗。周天子是大宗，同姓诸侯是小宗；但诸侯在其国内又是大宗。秦汉以来，因称与皇帝同宗族的人为宗室。

⑲〔赵注〕《晋书·宣帝纪》："天子南巡，观兵吴疆，帝留镇许昌，改封向亭侯，转抚军假节，领兵五千，加给事中录尚书事。帝固辞。天子曰：此非以为荣，乃分忧耳。"《诗·大雅·假乐》："百辟卿士，媚于天子。"生按：王先谦《尚书孔传参正》："《尔雅·释诂》：'辟，君也。'诸侯各君其国，故云百辟。"此借指各州刺史、大都督、节度使等。

⑳布衣：一般为平民所服，借指平民。桓宽《盐铁论》："古者庶人耋老而后衣丝，其余则麻枲而已，故命曰布衣。"此处指布衣游侠之徒。《史记·季布列传》："楚人谚曰：得黄金百斤，不如季布一诺。"魏征《出关》："季布无二诺，侯嬴重一言。"

㉑"旂"，述古堂本、元刊本作"旗"，可通，但此处当作"旂"。○〔赵注〕《诗·鲁颂·泮水》："鲁侯戾止，言观其旂。其旂筏筏，鸾声哕哕。"生按：《周礼·春官·司常》："诸侯建旂。"《尔雅·释天》："有铃曰旂。"鸾通銮。《说文》段玉裁注："为铃系于马衔之两边，声中五音似鸾鸟，故曰銮。"哕音秒。《集韵》："哕，声徐有节也。"

㉒〔赵注〕贾公彦《周礼》疏："汉之朝集使，谓之上计吏。谓上一年计会文书及功状也。"生按：计，计簿。唐时，每年十一月一日，都督、刺史（或上佐）作为朝集使至京进计簿，将当地本年人口、钱粮数目，盗贼、狱讼等事，具报朝廷，谓之上计。据《旧唐书》，峘于天宝十四载入计

京师，此是王维预期之词。

㉓〔赵注〕《乐府诗集·琴歌》："今日富贵忘我为！"生按：斗，泛称饮酒器。见《少年行》之一注②。为，语末助词，表感叹或疑问。

评　笺

《唐诗归》："钟云：字字是乐府妙语，又不当作歌行体看之。"

王闿运批《唐诗选》："学乐府，亦翻新之法。"

送李判官赴江东①

闻道皇华使②，方随皂盖臣③。封章通左语④，冠冕化文身⑤。
树色分扬子⑥，潮声满富春⑦。遥知辨璧吏⑧，恩到泣珠人⑨。

①"江东"，活字本、全唐诗作"东江"。○李判官：未详何人。〔赵注〕按《新唐书·百官志》，节度、观察、团练、防御诸使，各有判官一人。杜佑《通典》："判官分判仓、兵、骑、胄四曹事，副使及行军司马通署。"生按：此诗之江东，从诗意推测，当指浙江东道，节度使治越州（故治在今浙江绍兴），管越、明（今宁波南）、台（今临海）、温（今温州）、婺（今金华）、衢（衢县）六州，前四州皆近海。若是"东江"则属岭南道，赴任不经"扬子"、"富春"。

②《诗·小雅·皇皇者华》序："皇皇者华，君遣使臣也。送之以礼乐，言远而有光华也。"毛苌传："皇皇，犹煌煌。"此指李判官。

③〔赵注〕《后汉书·舆服志》："中二千石、二千石，（车）皆皂盖，朱两幡。"生按：方，将。皂盖，黑色车盖。汉制，郡太守禄秩二千石，唐刺史（太守）地位相当。至德以后，中原用兵，要冲大州刺史亦受节度使之号。此处指节度使等长官。

④封章：囊封的奏章，即封事。《汉官仪》："密奏以皂囊封之，不使

人知，故曰封事。"杨雄《赵充国颂》："屡奏封章。"左语：指异族（异于华夏）语言。〔赵注〕杨雄《蜀本纪》："蜀之先代人民，椎结左语，不晓文字。"生按：谓李判官通晓江东异族语言，能在奏章中真实陈述民情。

⑤〔赵注〕《淮南子·原道训》："九疑之南，陆事寡而水事众，于是民人披发文身，以像鳞虫。"高诱注："文身，刻画其体肉，墨其中为蛟龙之状，以入水，蛟龙不害也。"生按：冠冕，喻中原的文明。化，教化。文身是氏族社会图腾（印第安语，意为亲族）崇拜的遗俗。图腾是该氏族的保护者与象征。古代越族以龙为图腾，他们相信，刻画体上，非但避害，且得保护。

⑥〔赵注〕《方舆胜览》："扬子江在真州（今江苏仪征县）扬子县（今扬州市南）南，与镇江分界。"生按：唐代称仪征至镇江一段长江为扬子江。分，假借为敷，遍布之意。

⑦〔赵注〕《一统志》："富春江在杭州富阳县南，即浙江之上游。"生按：浙江即钱塘江，江口在杭州湾，呈喇叭状，因海潮倒灌，形成著名的浙江潮。

⑧〔王注〕辨璧吏：能分辨冤狱的官吏。《史记·张仪传》："尝从楚相饮，已而楚相亡璧。门下意张仪，掠笞数百，不服，释之。"骆宾王《狱中书情》："绝缣非易辨，疑璧果难裁。"生按：《续汉书·钟离意传》："意为鲁相，省视孔子教堂。男子张伯，划草阶下，土中得璧七枚，怀藏其一，以六白意。意曰：'瓮中素文曰：后世修吾书，董仲舒；璧有七，张伯取其一。'意召问之，伯叩头出之。"

⑨〔赵注〕《搜神记》："南海之外有鲛人，水居如鱼，不废机织，其眼泣则能出珠。"生按：鲛人当是东南沿海以捕鱼采珠为业的土著居民。王维盖知泣珠传说，乃官吏迫使其献出珍珠时不禁哭泣的惨痛情景，故勉励李判官施恩也。

评　笺

姚鼐《今体诗抄》："唐时江南东路自建业南至杭州，'树色'一联，恰尽其界内，然兴象甚妙，非徒切也。"

生按：通篇对仗，却不费力。

送封太守^①

忽解羊头削^②，聊驰熊轼幡^③。杨舲发夏口^④，按节向吴门^⑤。
帆映丹阳郭^⑥，枫攒赤岸村^⑦。百城多候吏^⑧，露冕一何尊^⑨！

此诗约作于天宝四载。

①封太守：未详何人。

②解：脱卸。削通销。羊头削：一种佩刀。〔赵注〕《淮南子·脩务训》："苗山之铤，羊头之销。"高诱注："羊头之销，白羊子刀也。"生按：《书·顾命》孔传："赤刀，削。"孔颖达疏："刀一名削。"于省吾说："近世发现之商周古刀，有小而稍曲者，似货刀，秉末有作羊头形者，即所谓羊头之销也。"可见封太守原是武将。

③"轼"，蜀刻本、纬本、凌本、活字本、全唐诗作"首"。○〔赵注〕《后汉书·舆服志》："公、列侯，安车，朱斑轮，倚鹿较，伏熊轼，皂缯盖，黑幡，右骖。"颜师古《汉书》注："伏熊轼者，车前横轼，为伏熊之形也。"《广韵》："幡，车大箱也。"生按：聊，且。熊轼幡，代指郡守车。此以郡守比汉列侯。

④〔赵注〕谢朓《和何仪曹郊游》："扬舲浮大川。"《韵会》："舲，舟也。一曰舟有窗者。"生按：舲音灵。《说文通训定声》："扬，假借为荡。"扬舲，行船，开船。夏口，唐江夏郡治，即今武昌。

⑤按节：骑马徐行貌。见《送缙云苗太守》注⑥。吴门：指苏州，春秋时为吴国故地。

⑥〔赵注〕《元和郡县志》："丹阳县，西北至州（润州，治今镇江）六十四里，本旧云阳县地，天宝元年改为丹阳县。"

⑦"攒"，蜀刻本、活字本作"藏"。○攒：音"粗岸切"（阳平），聚。〔赵注〕《太平寰宇记》："扬州六合县有赤岸山。《南兖州记》云：瓜步山东五里有赤岸，南临江中。"《方舆胜览》："真州（今江苏仪征县）有赤岸山，其山岩与江岸，数里土色皆赤。"

⑧百城：借指郡太守所辖县城。见《送缙云苗太守》注⑨。候吏：负责迎送宾客的官吏。见《送康太守》注⑦。

⑨露冕：露出冠冕，显示身份尊荣。见《送缙云苗太守》注⑧。

送严秀才还蜀①

　　宁亲为令子②，似舅即贤甥③。别路经花县④，还乡入锦城⑤。山临青塞断⑥，江向白云平。献赋何时至？明君忆长卿⑦。

　　此诗疑作于开元十五年官淇上时。

　　①严秀才：未详何人。秦、汉蜀郡，有今四川中西部地区，治成都。《陔余丛考》："唐高宗永徽二年，停秀才科。开元十四年以后复有此举，主司以其科废久，不欲奖拔，多黜落之，其科遂废。《封氏闻见记》：'唐初秀才试方略策三道，其后举人惮于方略之科，为秀才者殆绝，而多趋明经、进士。'然唐时凡举子皆称秀才。见李肇《国史补》。"

　　②"为"，英华作"真"。○《说文》："宁，安也。"《尔雅·释诂》："令，善也。"〔赵注〕《法言》："孝莫大于宁亲。"《南史·任昉传》："昉幼而聪敏，早称神悟。褚彦回尝谓任遥（昉父）曰：闻卿有令子，相为喜之。"

　　③《晋书·何无忌传》："少有大志，忠亮任气。镇北将军刘牢之镇京口，每有大事，常与参议之。及（桓）玄篡位，闻（刘）裕等及无忌之起兵也，甚惧。曰：何无忌，刘牢之之甥，酷似其舅。共举大事，何谓无成？"

　　④〔赵注〕《白氏六帖》"潘岳为河阳令，植桃李花，人号曰河阳一县花。"生按：唐河阳县故城，即今河南孟县南十五里下孟州。还蜀而经河阳，疑严秀才其时旅居卫州一带。

　　⑤〔赵注〕《益州记》："锦城在州南笮桥东，流江（即锦江）南岸，昔蜀时故锦官处也，号锦里，城墉犹在。"生按：锦官是汉代主管织锦的官署，作坊也在锦官城内。后世用作成都的别称。

　　⑥塞：边境险要之地。川西邛崃山脉，在唐代是防御吐蕃的边塞，而

成都平原土地肥沃，常年青翠，故称青塞。

　　⑦唐制：上书献赋以求仕者，有诏试文章后授官之例。〔赵注〕《史记·司马相如传》："司马相如者，蜀郡成都人也，字长卿。客游梁，著《子虚》之赋。久之，蜀人杨得意为狗监，侍上。上读《子虚赋》而善之，曰：'朕独不得与此人同时哉！'得意曰：'臣邑人司马相如自言为此赋。'上惊，乃召问相如。相如请为天子游猎赋，赋成奏之，天子以为郎。"

评　笺

　　唐汝询《唐诗解》："'经花县'，将谒舅也。'入锦城'，归省亲也。"

　　吴修坞《唐诗续评》："送人诗，多于结处拖出后日期望之意。"

送张判官赴河西①

　　单车曾出塞②，报国敢邀勋③？见逐张征虏④，今患霍冠军⑤。沙平连白雪，蓬卷入黄云。'慷慨倚长剑⑥，高歌一送君。

　　①判官：《送李判官赴江东》注①。张判官，未详何人。〔赵注〕《旧唐书·地理志》："河西节度使，断隔羌胡。统赤水、大斗、建康、宁寇、玉门、墨离、豆卢、新泉等八军，张掖、交城、白亭三守捉，治在凉州（今甘肃武威），管兵七万三千人。"

　　②单车：一人出使，轻车简从。见《使至塞上》注②。

　　③敢：岂敢。邀：希求。《周礼·夏官·司勋》："王功曰勋，国功曰功。"

　　④见：闻。逐：从。谓曾经追随。〔赵注〕《三国志·蜀书·张飞传》："先主既定江南，以张飞为宜都太守征虏将军。"

　　⑤《史记·霍去病传》："（元朔六年）霍去病再从大将军（卫青），受诏与壮士，为剽姚校尉，与轻勇骑八百，直弃大军数百里，斩捕首虏过当

（超过我方将士之数）。于是天子似千六百户封去病为冠军侯。"思：慕。

⑥慷慨：情绪激昂。〔赵注〕江淹《杂体诗·鲍参军照戎行》："倚剑临八荒。"李周翰注："倚，佩也。"

⑦《经传释词》："一，语助也。"〔怀注〕一送君：如说"而送君"。

评　笺

许学夷《诗源辩体》："摩诘五言律，如'单车曾出塞'，整栗雄厚者也。"

顾可久按："雄浑。"

倪木兴说："把人物放在荒漠广阔的背景中，形象突出，格调高昂。"（《王维诗选》）

送岐州源长史归 源与余同在崔常侍幕中，时常侍已殁①

握手一相送，心悲安可论！秋风正萧索，客散孟尝门②。故驿通槐里③，长亭下槿原④。征西旧旌节⑤，从此向河源⑥。

此诗作于开元二十六年秋。

①活字本无诗题后原注。蜀刻本、述古堂本、元刊本、全唐诗原注无"源与余"三字。述古堂本、元刊本中无"中"字，后句"常侍"前有"崔"字。○〔赵注〕《新唐书·地理志》："关内道，凤翔府扶风郡，本岐州。"《旧唐书·职官志》："上州，长史一人，从五品上；中州，长史一人，正六品上。别驾、长史、司马，掌贰府州之事，以纲纪众务，通判列曹，岁终则更入奏记。"生按：岐州故治在今陕西凤翔县南。源长史：未详何人。崔常侍：左散骑常侍河西节度副大使崔希逸。开元二十四年秋，崔希逸与吐蕃大将乞力徐杀白狗为盟，各去边界守备，以利耕牧。二十五年三月，内侍赵惠琮传玄宗诏，令崔乘吐蕃无备袭之。崔不得已，率军南下，

大破吐蕃军于青海湖西。夏初，王维奉使至凉州劳军，留崔幕中。二十六年三月，崔又破吐蕃军于河西。五月，以崔希逸为河南尹。希逸自念失信于吐蕃，内怀愧恨，未几而卒。此时王维已回长安任职。《旧唐书·职官志》："门下省，左散骑常侍二人，从三品。掌侍奉规讽，备顾问应对。""中书省，右散骑常侍二人，从三品。掌事同左省。"生按：散骑常侍多系加官，任实职者较少。

②〔赵注〕《史记·孟尝君列传》："孟尝君名文。父曰靖郭君田婴，齐威王少子而齐宣王庶弟也，相齐十一年，封于薛。婴卒，文代立于薛，是为孟尝君。在薛招致诸侯宾客，及亡人有罪者，舍业厚遇之，以故倾天下之士，食客数千人。"

③〔赵注〕《括地志》："犬邱故城，一名槐里，亦曰废邱，在雍州始平县南十里。"生按：槐里故城在今陕西兴平县东南，东距咸阳四十余里。驿：朝廷所设交通机构，是传递公文的使者和来往官员，换乘驿马（车、船）和休息食宿之所。唐代三十里置驿，共一千六百四十三驿，由长安直达全国各地。

④"槿"，蜀刻本、述古堂本、元刊本作"堇"，赵本一作"柏"。○〔赵注〕槿原，秦中地名，未详所在。宋之问《鲁忠王挽词》："人悲槐里月，马踏槿原霜。"生按：古代于路旁置亭，供行人休息。十里之亭为长亭，五里之亭为短亭。槿原当是槐里以西驿名。

⑤"征西"，活字本作"西征"。○〔赵注〕《新唐书·百官志》："节度使辞日，赐双旌双节。"生按：《新唐书·车服志》："大将出，赐旌以专赏，赐节以专杀。旌以绛帛五丈，粉画虎，铜龙一首缠绯幡。"节，见《陇头吟》注⑪。旧旌节：往昔的旌节，指已故的崔希逸。

⑥〔赵注〕江淹《杂体诗·左记室思咏史》："当学卫霍将，建功在河派。"李善注："河源，匈奴之境。《山海经》曰：昆仑之东北隅，实维河源也。"刘良注："河源即西域。"生按：黄河发源于青海省巴颜喀拉山北麓约古宗列盆地玛曲。唐人对河源的了解，积石山以上多来自传闻，因当时地属吐蕃。此处借指凉州。

评　笺

《王摩诘诗评》："顾云：老辣。"

《唐诗归》："钟云：自然可叹。"

吴乔《围炉诗话》："'秋风正萧索，客散孟尝门'，十字抵一篇《别赋》。此是送别。然移作哀挽尤妙。"

周珽《唐诗选脉会通评林》："曲尽别时悲恍之情。"

黄培芳《唐贤三昧集笺注》："意在笔先，起便情深。"

陈铁民说："握手以下四句直抒心声，蕴含的感情是深厚和复杂的，其中既有别离的感伤，也有对崔的哀挽及崔卒后作者的失落感。"（《王维新论》）

王力说："律诗虽规定用对仗，还有些人稍存古法，偶然在颔联里免用。这在盛唐五律中颇为常见，如王维此诗及《送衡岳瑗公南归》《送贺遂员外外甥》。"（《汉语诗律学》）

送张道士归山①

先生何处去②？王屋访毛君③。别妇留丹诀④，驱鸡入白云⑤。人间若剩住⑥，天上复离群⑦。当作辽城鹤，仙歌使尔闻⑧。

此诗约作于开元二十二年。

①道士：信奉道教，修神仙炼方术之士。张道士：疑是张果。《新唐书·方技传》："张果者，晦乡里世系以自神，隐中条山，往来汾、晋间，世传数百岁人。武后时，遣使召之，即死，后人复见居恒州（州治在今河北正定）山中。开元二十一年，刺史韦济以闻。（二十二年）帝更遣中书舍人徐峤赍玺书邀礼，乃至东都。帝亲问治世神仙事，语秘不传。其貌实年六七十。后恳辞还山，诏可。擢银青光禄大夫，号通玄先生。至恒山蒲吾县（今河北平山），未几卒，或言尸解。"

②《韩诗外传》："古谓知道者曰先生。"

③"毛"，蜀刻本、述古堂本、元刊本、活字本、全唐诗、久本作"茅"。○〔赵注〕《元和郡县志》"王屋山在河南府王屋县（今济源县西）北十五里。"《真诰》："昔毛伯道、刘道恭、谢稚坚、张兆期，皆后汉人

也。学道在王屋山中，积四十余年。共合神丹，伯道、道恭服之而死。谢、张不敢服，并捐山而归去。后见伯道、道恭在山上，二人悲愕，遂就请道。与之茯苓持行方，服之皆数百岁。"生按：借谓归山。

④"诀"，述古堂本、元刊本作"耿"，误。○〔赵注〕《晋书·许迈传》："父母既终，乃遣妇孙氏还家。初采药于桐庐县之桓山。永和二年，移入临安西山。登岩茹芝，眇尔自得，有终焉之志。乃改名玄，字远游。与妇书告别，又著诗十二首，论神仙之事焉。自后莫测所终。"生按：丹诀：道家炼丹的秘诀。《新唐书·艺文志》载，张果著有《丹砂诀》一卷等。

⑤驱鸡：祝鸡翁养鸡百余年。见《送友人归山歌二首》之一注④。

⑥"若剩住"，英华作"数剩住"，活字本作"苦难住"，纬本、凌本作"苦难剩"。○《广韵》："剩，长也。"《语词汇释》："剩，甚辞，多也。此犹云多住。"

⑦〔赵注〕《礼记·檀弓》："吾离群而索居。"郑玄注："群，谓同门朋友。"

⑧〔赵注〕《搜神后记》："丁令威，本辽东人，学道于灵虚山。后化鹤归辽，集城门华表柱。时有少年举弓欲射之，鹤乃飞，徘徊空中而言曰：'有鸟有鸟丁令威，去家千年今始归，城郭如故人民非，何不学仙冢累累！'遂高上冲天。"

评　笺

《王摩诘诗评》："刘云：(别妇二句) 两语皆到。(人间二句) 新意。"

送衡岳瑷公南归①

衡岳瑷上人者②，常学道于五峰③，荫松栖云，与虎狼杂处，得无所得矣④。天宝癸巳岁⑤，始游于长安。手提瓶笠⑥，至自万里；宴居吐论⑦，缁属高之⑧。初，给事中房公谪居宜春⑨，与上人风土相接，因为道友，伏腊往来⑩。房公既海内盛名，上人亦以此增价。秋九月，杖锡南返⑪，扣门来别。秦地草木，槭然已黄⑫；苍梧白云⑬，不日而见。滇阳有曹溪学者，为我谢之⑭。

言从石菌阁⑮，新下穆陵关⑯。独向池阳去⑰，白云留故山。绽衣秋日里⑱，洗钵古松间⑲。一施传心法⑳，惟将戒定还㉑。

此诗作于天宝十二载九月。

①诗题，蜀刻本、述古堂本、元刊本作《同崔兴宗送瑗公》，全唐诗作《同崔兴宗送衡岳瑗公南归》。王维有《送衡岳瑗公南归诗序》，据改，并载诗序。○岳：镇护一方的名山。《周礼·春官·大宗伯》："以血祭祭五岳。"郑玄注："东曰岱宗（泰山），南曰衡山，西曰华山，北曰恒山，中曰嵩高山。"生按：衡山在今湖南衡山县西。瑗公：禅宗南宗僧人，未详。

②上人：对和尚的尊称。见《调璩上人》注①。

③"常"，全唐诗作"尝"。○〔赵注〕《方舆胜览》："衡山七十二峰，最大者五：祝融、紫盖、云密、石廪、天柱，而祝融为最高。"

④〔赵注〕《涅槃经》："如来之心，亦无得想。何以故？无所得故。若是有者，可名为得；实无所有，云何名得。若使如来，计有得想，是则诸佛，不得涅槃。以无得故，名得涅槃。"《华严经》："于一切法，得无所得。"生按：《涅槃经》："无所得者，则名为慧。"谓得到觉悟空理的智慧。万法皆空，应无所迷妄，无所执著。

⑤天宝癸巳岁，天宝十二载。

⑥〔赵注〕《释氏要览》："净瓶，梵语军持，常贮水，随手用以净手。盖，有二种，一竹盖，二叶盖，今僧戴竹笠、棕笠，乃其遗制。"

⑦宴通燕。《正字通》："宴，闲也。"

⑧缁音咨。缁属：佛教徒。僧著缁衣，故称。《僧史略》："问：缁衣者何状貌？答：紫而浅黑，非正色也。"

⑨〔赵注〕《旧唐书·房琯传》："天宝五载，擢试给事中，赐爵漳南县男。（天宝六载正月）坐与李适之、韦坚等善，贬宜春太守。"《新唐书·地理志》：江南西道有袁州宜春郡。生按：故治即今江西宜春县，西距衡

山三百余里。

⑩〔赵注〕《史记·秦本纪》："德公二年，初伏。"正义："六月三伏之节，起秦德公为之，故云初伏。《历忌释》云：伏者何也？金气伏藏之日也。立秋，以金代火，火畏于金，故至庚日必伏，庚者金故也。"蔡邕《独断》："腊者，岁终大祭。"应劭《风俗通》："腊者猎也，田猎取兽，祭先祖也。"生按：夏至后第三庚日为初伏，第四庚日为中伏，立秋后初庚日为末伏。《四民月令》："初伏荐麦瓜于祖祢"，称为伏祠。汉制，冬至后第三戌日（在十二月），祭百神、先祖，称为腊祭。唐代改用第三辰日（唐为土德）。

⑪杖锡：手持锡杖。锡杖高与眉齐，木制，杖头安圆顶铁箍，周围挂小环六个，杖下安铁纂，摇动作响以乞食或驱牛犬毒虫。《翻译名义集》："锡杖，由振时作锡锡声也，亦名声杖。"

⑫槭音瑟。〔赵注〕潘岳《秋兴赋》："庭树槭以洒落兮。"李善注："槭，枝空之貌。"吕延济注："槭，叶落貌。"

⑬苍梧：山名，即九疑山，在今湖南宁远县南。《水经注·湘水》："九疑山盘基苍梧之野，峰秀数郡之间，罗岩九峰，各导一溪，岫壑负阻，异岭同势，游者疑焉，故曰九疑山。山南有舜庙。"生按：衡山南距九疑约五百里，此借指南岳风物。〔赵注〕《艺文类聚·云》："《归藏》曰：有白云出自苍梧。"

⑭浈阳：浈音真，通浈。汉浈阳县故治在今广东英德县。曹溪在广东曲江县东五十里，浈阳之北。谢：问候。〔赵注〕禅宗六祖惠能，驻锡曹溪，说法利人，学徒甚众，所谓曹溪学者，是其门人也。生按：孙昌武说："曹溪学者实指崔兴宗诗之长老，此长老应即神会。据宗密《圆觉经大疏抄》，神会于'天宝十二载，被谮聚众，敕黜弋阳郡，又移武当郡。'弋阳是汉县，唐为定城县，属光州，在蔡州节度使管下；又汉有'慎阳县'唐为真阳县，属蔡州。序中'浈阳'为慎阳之讹。瑗公南行顺访的正是神会。"（《禅思与诗情》）此说存参。

⑮胡适《诗经言字解》："言字作乃字解"。《广雅·释诂》："自，言，从也。"言从，同义复词，犹来自。石菌阁：借指瑗公在衡山的住处。《初学记·衡山》："山有三峰：一峰名石菌，下有石室，中常闻讽诵声。"（另二峰为紫盖、芙蓉。）

⑯〔赵注〕《史记·齐世家》："南至穆陵。"索隐："今淮南有故穆陵
关，是楚之境。"生按：关在今湖北麻城县西北百里鄂豫交界的穆陵山上。

⑰《元和郡县志》："泾阳县，汉池阳县。汉池阳宫在县西北八里。"
属京兆府，借指长安。

⑱"秋日"，蜀刻本作"□□"。○《正字通》："缝补其裂，亦曰绽。"
《古乐府·艳歌行》："故衣谁当补，新衣谁当绽。"

⑲《正字通》："钵，食器。梵语钵多罗，此云应量器。体用铁、瓦
（陶）二物，色以药烟熏治，量则分上中下，形圆，上有盖。"

⑳施：行。传心法：禅宗奉行的以心传心的教法。宗密《禅源诸诠集
都序》："（达摩）欲令知月不在指，法是我心，故但以心传心，不立文
字。"净觉《楞伽师资记》："故知圣道幽通，言诠之所不逮；法身空寂，
见闻之所不及，即文字语言徒劳设施也。"禅宗认为，心即是佛，众生的真
心自性与真如佛性并无差别，因被妄念掩盖，自性不能明；通过般若智慧
观照，一旦开悟，刹那间妄念俱灭，内外明彻，就能明心见性，自成佛道。
所以学佛不须外修觅佛，而应修心内求，这就要用以心传心的方法。传授
者以默示或密语开悟，学佛者通过内在直观，从内心顿悟觉解。领会佛理
不当拘于文字，修习禅定也不能拘于形式。

㉑"定"，述古堂本、元刊本作"足"，误。○《荀子·成相》注：
"将，持也。"戒：佛教戒律。小乘有五戒（杀生、偷盗、邪淫、妄语、饮
酒）、八戒（加坐高大床、歌舞观听、非时食），十戒（加涂饰香鬘、蓄金
银财宝），具足戒（僧250戒，尼348戒）四个阶位，可因在家、出家、
男、女而异。大乘有十重戒（杀、盗、淫、妄语、饮酒、说过罪，自赞毁
他、悭、嗔、谤三宝），四十八轻戒，尤重菩萨戒，即三聚净戒（摄律仪戒
——止恶，摄善法戒——修善，摄众生戒——利他）。定：即禅定，是修习
佛法的重要内容。《三藏法数》："如来立教，其法有三：一曰戒律，二曰
禅定，三曰智慧。然非戒无以生定，非定无以生慧，三法相资不可缺。"这
里只提到戒律和禅定，是因为禅定的本来意义就包含定和慧两个方面。在
修习禅定的实践中，北宗讲戒不离心，戒禅并行。神秀《大乘五方便》：
"菩萨戒是持心戒，以佛性为戒性。心瞥起，即违佛性，是破菩萨戒；护持
心不起，即顺佛性，是持菩萨戒。"李邕《大照禅师塔铭》："（普寂）诲门

人曰：吾受讫先师，传兹密印。尸波罗密（戒行）是汝之师，奢摩他门（禅定）是汝依处。当真说实行，自证潜通，不染为解脱之因，无取为涅槃之会。"南宗讲定慧等学，强调直了本心，"一念若悟，即众生是佛"，实际上是以慧摄定，甚至以慧代定。慧能《六祖坛经》："得悟自性，亦不立戒定慧"；"何谓坐禅？外于一切境界上念不起为坐，见本性不乱为禅。何谓禅定？外离相曰禅，内不乱为定。""道由心悟，岂在坐也。"认为禅定并不限于打坐，只要明心见性，行住坐卧、担水打柴都是禅定，这就把禅定的形式和内容都改造了。

评　笺

许学夷《诗源辩体》："摩诘五言律，如'言从石菌阁'，澄淡精致者也。"

冒春荣《葚原诗说》："律诗以对仗工稳为正格。有前二联不相属对者，有起联对而次联用流水句者。如王维'言从石菌阁，新下穆陵关。独向池阳去，白云留故山'。杜甫'无家对寒食，有泪如金波。斫却月中桂，清光应更多'。此换柱对格也。"

同　咏　　　　　　　　　　（崔兴宗）

行苦神亦秀[①]，泠然溪上松[②]。铜瓶与竹杖，来自祝融峰。常愿入灵岳[③]，藏经访遗踪[④]。南归见长老[⑤]，且为说心胸[⑥]。

①行：戒行。僧人按照佛教的戒法诚心修道，坚持过清苦的生活，谓之行苦或苦行。《洛阳伽蓝记》："戒行真苦，莫可揄扬。"《释氏西域记》："尼连水南注恒水，水西有佛树，佛于此苦行，日食麋六年。"

②泠音伶。泠然：清凉貌。《韩诗外传》："前有高岸，后有深谷，泠泠然如此，既立而已矣。"

③《广韵》："灵，神也。"古人以为五岳皆有镇护之神，故称灵岳。

④藏：音脏，佛教经典的总称。《大藏法数》："藏即含藏之义，谓经（释迦牟尼所讲佛理）、律（佛教修行的规则）、论（大德高僧对经义的阐释）等，皆能含藏无量法义故也。"生按：唐高宗以前传入的佛典，保存于

长安西明寺的，释道宣《大唐内典录》卷八已有著录。开元十八年释智昇撰《开元释教录》，又将传入的大、小乘经律论目录，分别载入十九、二十卷中，共一千零七十六部。访藏经遗踪，是访已传入寺院尚未流行于世的佛典。

⑤《金刚经纂要》："长老者，德长年老。"《十诵律》："佛言：从今下座比丘唤上座曰长老。"

⑥心胸：心愿、胸怀。谢灵运《酬从弟惠连诗》："心胸既云披，意得咸在斯。"

送钱少府还蓝田①

草色日向好，桃源人去稀②。手持平子赋③，目送老莱衣④。
每候山樱发，时同海燕归⑤。今年寒食酒⑥，应得返柴扉⑦。

此诗约作于上元元年春。

①钱少府，即钱起。见《春夜竹亭赠钱少府归蓝田》注①。

②向：渐。桃源，即桃花源。见《桃源行》注①。此处借指蓝田。

③《后汉书·张衡传》："张衡字平子，南阳西鄂人也。永元中，天下承平日久，自王侯以下，莫不踰侈，衡乃作《二京赋》，因以讽谏。衡善机巧，尤致思于天文、阴阳、历算。安帝特征拜郎中，再迁为太史令。作浑天仪，著《灵宪》《算罔论》。顺帝阳嘉元年，复造候风地动仪。后迁侍中。永和初出为河间相，视事三年，征拜尚书。年六十二，永和四年卒。"〔赵注〕《文选》有平子《归田赋》。〔陈注〕作者有归田之意。

④〔赵注〕《艺文类聚》："《列士传》曰：老莱子孝养二亲。行年七十，婴儿自娱，著五色彩衣。尝取浆上堂，跌仆，因卧地为小儿啼。或弄乌鸟于亲侧。"〔陈注〕借用老莱子以称誉钱起孝道。

⑤〔赵注〕沈约《早发定山》："山樱发欲燃。"〔陈注〕燕子每年春天从南方越海飞来，故谓之海燕。二句谓，每年当樱桃花开、燕子来时，

钱起都回家一次。

⑥寒食：节日名，见《寒食汜上作》注①。唐制，寒食、清明共休假四日（事假在外）。

⑦"得"，蜀刻本、活字本、全唐诗作"是"。

留　别①

（钱　起）

卑栖却得性②，每与白云归。徇禄仍怀橘③，看山免采薇④。
暮禽先去马⑤，新月待开扉。霄汉时回首⑥，知音青琐闱⑦。

①此诗，旧本多题作《留别钱起》。赵秉忞按："钱起集亦载此诗，题作《晚归蓝田酬王维给事赠别》。《文苑英华》谓是起诗，题作《晚归蓝田酬中书常舍人赠别》。《唐诗纪事》云：'起还蓝田，王维赠别云：草色日向好，桃源人去稀云云；起答诗云：卑栖却得性，每与白云归云云'。是以二诗为互相酬答之作也。细玩'知音青琐'之句，是钱作无疑。盖'留别'是题，'钱起'是作者姓名，本以同咏附载集中，或因联书不断，误谓四字俱是诗题，遂作右丞之诗耳。"留别：留诗告别。

②"卑"，蜀刻本作"早"，误。○卑栖：处于低下的职位。得性：适合天性。《诗·小雅·鱼藻》："鱼在在藻。"毛苌传："鱼以依蒲藻为得其性。"

③"仍"，凌本作"犹"。○〔赵注〕谢灵运《登池上楼》："徇禄反穷海，卧痾对空林。"张铣注："徇，求也。"《三国志·吴书·陆绩传》："年六岁，于九江见袁术。术出橘，绩怀三枚去，拜辞堕地。术谓曰：'陆郎作宾客而怀橘乎？'绩跪答曰：'欲归遗母。'术大奇之。"

④"山"，凌本作"花"。前四句，《钱起集》一作："别山如昨日，春露已沾衣。采薇（纪事作'蕨'）频盈手（纪事作'梦'），看花空厌归。"○谓山居有风景可看，无需采薇而食。周初，伯夷、叔齐隐居首阳山，采薇而食。薇：野豌豆苗，借指野菜。见《送綦毋潜落第还乡》注④。

⑤暮禽归飞，先于钱起离去所乘的马。

⑥霄汉：天上银河，喻朝廷，百官犹如银河中众星。

⑦〔赵注〕《汉书·元后传》："赤墀青琐。"孟康注："以青画户边镂

中，天子门制也。"颜师古注："青琐者，刻为连琐文，而以青涂之也。"
《尔雅》："宫中之门谓之闱。"

送丘为落第归江东①

　　怜君不得意②，况复柳条春。为客黄金尽③，还家白发新④。
五湖三亩宅⑤，万里一归人⑥。知祢不能荐⑦，羞为献纳臣⑧。

　　此诗约作于天宝元年春。
　　①极玄集题作"送丘为"。〇丘为（703？—798？）嘉兴人。初累举不第，归山读书数年。《唐才子传》记为"天宝二年刘单榜进士"，而收诗止于天宝三载之《国秀集》题作"进士丘为"，则此年并未释褐。王维甚称许之，尝与唱和。历仕主客郎中，司勋郎中，迁太子右庶子。以左散骑常侍致仕，时年八十余，特给俸禄之半。卒年九十六。为诗清和淡荡，《全唐诗》存诗十三首。落第：未考中进士。见《送綦毋潜落第还乡》注①。江东：长江经芜湖至南京，流向是西南向东北，唐以前称这段江的东部地区为江东。
　　②〔高注〕《史记·虞卿传》："虞卿不得意，乃著书。"
　　③〔高注〕《战国策·秦策》："苏秦说秦王，书十上而说不行，黑貂之裘敝，黄金百斤尽。"生按：为客，指为应试客居长安。金银铜铁，古代通称为金。黄金即铜、铜钱。赵匡《举选议》："羁旅往来，靡费实甚。非惟妨缺正业，盖亦隳其旧产。未及数举，索然已空。"
　　④新添白发，谓年将老。此年丘为约四十岁。
　　⑤"宅"，英华作"地"。〇五湖：太湖。三亩宅：狭小的家园。〔赵注〕《淮南子·原道训》："任一人之能，不足以治三亩之宅也。"
　　⑥"归"，英华作"行"。
　　⑦"祢"，极玄集、蜀刻本、纬本、凌本、活字本、品汇、全唐诗作"尔"，述古堂本作"你"。〇〔赵注〕《后汉书·祢衡传》："祢衡字正平。

善鲁国孔融及弘农杨修。融亦深爱其才。衡始弱冠，而融年四十，遂与为交友，上疏荐之。"

⑧"为"，极玄集、纪事、纬本、凌本、品汇、全唐诗作"称"，英华作"看"。○〔陈注〕献纳：将意见或人才献给皇帝以备采纳。〔赵注〕班固《两都赋序》："言语侍从之臣，朝夕论思，日月献纳。"生按：《旧唐书·职官志》："补阙、拾遗之职，掌供奉讽谏，扈从乘舆。若贤良之遗滞于下，忠孝之不闻于上，则条其事状而荐言之。"时王维任左补阙，有荐贤之责。

评　笺

许学夷《诗源辩体》："摩诘五言律，如'冷君不得意'，一气浑成者也。○'为客黄金尽，还家白发新。五湖三亩宅，万里一归人。'浑圆活泼，而气象风格自在。"

《王摩诘诗评》："顾云：起缓语妙。"

周珽《唐诗选脉会通评林》："陈继儒曰：神完气足，即盛唐亦不多得。○徐充曰：八句皆佳。○魏庆之曰：五、六，连珠句法。"

黄生《唐诗矩》："尾联转换格。三怜其困，四怜其老，五怜其穷，六怜其贱。如此写不得意，尽情尽状。"

谢榛《四溟诗话》："两联皆用数目字，不可为法。'五湖三亩宅，万里一归人'，此联叠用数目字，不可为病。"

毛先舒《诗辩坻》："'五湖三亩宅，万里一归人'。句法孤露，意兴欲尽，尤易为浅学效響，作者不欲数见也。"

《唐诗归》："钟云：（万里句下）似刘长卿句。"

张谦宜《絸斋诗谈》："'五湖'宽说具区，'三亩'方切本家，'万里'约举往返，'一归人'紧贴本身，并非堆垛死胚。毛稚黄以为病，何也？"

陆时雍《唐诗镜》："稍近销削，开中唐之渐。"

吴玕《优古堂诗话》："韩子苍《送王梲》诗末章云：'虚作西清老从臣，知祢才华不能举。'王摩诘《送丘为》诗云：'知祢不能荐，羞为献纳臣。'"

潘德舆《养一斋诗话》："无字不悲，收亦厚极，不愧古人。"

高步瀛《唐宋诗举要》："吴云：（柳条春句）句中转折。（白发新二句）悽惋。"

倪木兴说："此诗以'怜'起始，以'羞'作结，感情真切深沉，抒写直率而自然。中间两联以财尽发白、归途遥远衬托人物落第后的凄怆、孤寂。对仗工整，词精意浓。"（《王维诗选》）

送丘为往唐州^①

宛洛有风尘^②，君行多苦辛。四愁连汉水^③，百口寄随人^④。槐色阴清昼，杨花惹暮春。朝端肯相送，天子绣衣臣^⑤。

此诗约作于开元二十八年。

①丘为：见前诗注①。《旧唐书·地理志》："唐州，天宝元年改为淮安郡。比阳，州所治。"生按：比阳，故治在今河南泌阳县。

②宛：故治在今河南南阳市。洛：故治在今河南洛阳市。陆机《为顾彦先赠妇》："京洛多风尘，素衣化为缁。"

③〔赵注〕张衡《四愁诗》序："张衡不乐久处机密，阳嘉中出为河间相。时天下渐弊，郁郁不得志，为《四愁诗》。"〔陈注〕唐州距汉水不远，故作者活用《四愁诗》"我所思兮在汉阳，欲往从之陇阪长"意，谓别后思念丘为之情，将常与汉水相连。

④〔赵注〕《晋书·孙盛传》："请为百口切计。"《元和郡县志》："隋州本春秋时随国。西至唐州三百六十里。"〔陈注〕百口：谓全家，极言人口之多。寄：寄寓。隋人：谓隋人之国。隋州与唐州接界，故借指唐州。

⑤《语辞例释》："朝端，朝中。"孟浩然《田园作》："乡曲无知己，朝端乏亲故。"〔赵注〕《汉书·百官公卿表》："侍御史有绣衣直指，出讨奸猾，治大狱。"颜师古注："衣以绣者，尊宠之也。"生按：时王维任殿中侍御史。或谓"绣衣臣"指丘为，然此年丘为尚未入仕，且丘为《留别》诗无任官出使意。

评　笺

　　杨慎《升庵诗话》："王右丞诗：'杨花惹暮春。'李长吉诗：'古竹老梢惹碧云。'温庭筠：'暖香惹梦鸳鸯锦。'孙光宪：'六宫眉黛惹春愁。'用惹字凡四，皆绝妙。"

留　别^①　　　　　　　（丘　为）

　　归鞍白云外，缭绕出前山^②。今日又明日，自知心不闲。亲劳簪组送^③，欲趁莺花还^④。一步一回首，迟迟向近关^⑤。

　　①蜀刻本、活字本编此诗在《送丘为往唐州》之后，题作《留别丘为》。原题当是《留别》，丘为作，本以同咏附载集中，因联书不断，误认四字俱是诗题，遂作维诗。《全唐诗》作丘为诗，题为《留别王维》。
　　②缭绕：道路宛延盘曲貌。潘岳《射雉赋》："周环回复，缭绕盘辟。"
　　③簪：冠簪；组：本指佩官印于腰的绶带。参见《送友人归山歌》之一注⑫。簪组：借指官宦，此指王维。
　　④〔赵注〕《广韵》："趁，逐。"生按：趁，乘。莺花，莺啼花开，泛指春日景物。
　　⑤〔赵注〕《左传·襄公十四年》："（蘧伯玉）遂行，从近关出。"孔颖达疏："关，（边）界上之门也。"生按：《左传》指近的边关，此指上路的第一道关。

评　笺

　　张谦宜《絸斋诗谈》："丘为《留别》，只似白话，实经百炼。"

送元中丞转运江淮^①

　　薄税归天府，轻徭赖使臣^②。欢沾赐帛老^③，恩及卷绡人^④。

去问珠官俗⑤，来经石劫春⑥。东南御亭上⑦，莫使有风尘⑧。

此诗作于乾元二年。

①《钱起集》亦载此诗。生按：《旧唐书·元载传》："两京平（在至德二载十月），入为度支郎中。载智性敏悟，善奏对，肃宗嘉之，委以国计，俾充使江淮，都领漕輓之任。寻加御史中丞。数月征入，迁户部侍郎、度支使并诸道转运使。"无名氏《大唐传载》："乾元二年，御史中丞元载为江淮五道租庸使，高户定数征钱，谓之白著榷酤。"《资治通鉴·肃宗纪》："上元二年建子月（十一月）丁亥，贬刘晏通州刺史。戊子，御史中丞元载为户部侍郎，代刘晏专管财利。"元载出任江淮转运使，依《传载》在乾元二年。《通鉴》谓上元二年十一月元载代刘晏"专管财利"，则早已在朝。乾元元年以后，钱起尚任县尉，此诗当属维作。转运：将征收的钱粮财物经水路或陆路运到长安。

②"税"，蜀刻本、活字本、全唐诗作"赋"。○〔赵注〕《汉书·昭帝纪》："轻徭薄赋。"生按：税，指唐朝前期实行的以"人丁为本"的赋税制度，即租、庸、调。徭（音摇），民众为朝廷或地方官府服劳役，指役、杂徭。《旧唐书·职官志》："凡赋役之制有四：一曰租，二曰调，三曰役，四曰杂徭。课户每丁租粟二石。其调，随乡土所产绫、绢、纯（音施，粗绸）各二丈，布加五分之一。输绫、绢、绝者，绵三两；输布者，麻三斤。凡丁，岁役二旬。无事则收其庸（替代物），每日三尺。有事而加役者，旬有五日免调，三旬则租调俱免。"杂徭，亦称色役，名目颇多。如，为州县官署服役者，称为"白值"。《唐会要》载，天宝五载，郡县官署白值约十万人以上。这是承平时期民众的正常负担。而至德以来，战乱方急，军需官用，征发过多，薄税、轻徭，显系空言。天府：朝廷的仓库。《集韵》："藏财货曰府。"

③"沾"，蜀刻本、全唐诗作"霑"，通。○〔赵注〕《汉书·文帝纪》："有司请令县道，其九十已上，又赐帛人二疋，絮三斤。"

④《广韵》："绡，生丝缯也。"卷绡人：鲛人。见《送李判官赴江东》注⑨。〔赵注〕左思《吴都赋》："泉室潜织而卷绡。"刘渊林注："俗谓鲛人从水中出，曾寄寓人家，积日卖绡。"

⑤"珠"，钱起集作"珠"，非。○〔赵注〕《三国志·吴书·吴主传》："黄武七年，改合浦为珠官郡。"生按：珠官郡治在今广西合浦县东北旧州，因近海产珠，曾设管理采珠之官，故名。江浙海域亦产珠，此借用其事。

⑥"经"、"春"，凌本作"看"、"城"。"石劫"，钱起集作"几却"，误。○劫又作蚗。〔赵注〕郭璞《江赋》："石蚗应节而扬葩。"李善注："《南越志》曰：石蚗形如龟脚，得春雨则生花，花似草花。"江淹《石劫赋》序："海人有食石劫，一名紫䘆，蚌蛤类也，春而发花，有足异者。"生按：石劫，介壳类动物，壳黄褐色，生东南海中，春季盛生，一端有柄，附著岩隙间，胸部有细脚六对，趾端弯曲，常伸细脚攫取食物，古人误以为花。

⑦"御"，蜀刻本、述古堂本、元刊本、久本、活字本作"高"。三昧集钱起集作"卸"，误。○〔赵注〕（太平寰宇记）："御亭驿在常州东南一百三十八里。《舆地志》云：'御亭在吴县西六十里，吴大帝所立。梁庾肩吾诗云：御亭一回望，风尘千里昏，即此也。'开皇九年，置为驿。"

⑧"使"，钱起集作"问"。○风尘：喻战乱。《汉书·终军传》："边境时有风尘之警。"生按：结尾回应薄税二句，其时江淮犹富裕安定，嘱勿导致民变。然据《资治通鉴·肃宗纪》，上元元年十一月，都统淮南、江南、江西三道节度使刘展反。二年正月，被田神功所领平卢军讨平。"平卢军大掠十余日。安史之乱，乱兵不及江淮，至是，其民始罹荼毒矣。"

送崔九兴宗游蜀①

送君从此去，转觉故人稀。徒御犹回首②，田园方掩扉。出门当旅食③，中路授寒衣④。江汉风流地⑤，游人何岁归⑥？

①崔兴宗：王维内弟。见《青雀歌》同咏注。
②〔赵注〕徒：徒行者。御：御表者。《诗·大雅·崧高》："徒御啴啴。"
③旅食：出外作客而寄食他乡。〔赵注〕曹丕《与吴质书》："驰骋北

场，旅食南馆。"

④〔赵注〕《诗·豳风·七月》："九月授衣。"毛苌传："九月霜始降，妇功成，可以授寒衣矣。"生按：授，予，引申为穿着。

⑤杜甫《枯棕》："嗟我江汉人，生成复何有！"仇兆鳌注："江汉指巴蜀。"按嘉陵江一名西汉水。风流：风化流行。风：教。《汉书·叙传》："风流民化。"颜师古注："言上风既流，下人则化。"

⑥"岁"，元刊本、类苑、赵本作"处"。从蜀刻本、述古堂本、纪事。

送崔兴宗

已恨亲皆远，谁怜友复稀！君王未西顾①，游宦尽东归②。塞迥山河净③，天长云树微。方同菊花节④，相待洛阳扉。

此诗作于开元二十二年。

①据《旧唐书·玄宗纪》，玄宗于开元二十二年正月至东都洛阳，二十四年十月始回长安。未西顾：未回长安。

②离乡异地为官或求官，经常迁转，故称游宦。陆机《为顾彦先赠妇》："游宦久不归，山川修且阔。"

③"迥"，述古堂本、元刊本、久本、赵本作"阔"。从蜀刻本、纬本、凌本等。"山"，凌本作"江"。○塞：险阻之地。《史记·苏秦列传》："秦，四塞之国，被山带渭，东有关河，西有汉中，南有巴蜀，北有代马，此天府也。"此指关中地区。

④《说文通训定声》："方，假借为将。"菊花节：阴历九月九日重阳节。《荆楚岁时记》："九月九日，四民并藉野饮宴。佩茱萸，食饵，饮菊花酒，云令人长寿。"

评　笺

许总说："在广阔的视野中，将远方云树着一'微'字，便使景物的

空间深度推展开来。"（《唐诗史》）

送平淡然判官①

不识阳关路②，新从定远侯③。黄云断春色，画角起边愁④。
瀚海经年到⑤，交河出塞流⑥。须令外国使，知饮月支头⑦。

　　①"淡"，蜀刻本、全唐诗作"澹"。通。○平淡然：未详。判官：见
《送李判官赴江东》注①。
　　②〔赵注〕《元和郡县志》："阳关在沙州寿昌县西六里，以居玉门关
之南，故曰阳关。本汉置也，谓之南道，西趋鄯善、莎车。"生按：据向达
《两关杂考》，阳关故城即今甘肃敦煌西南一百四十里古董滩之西寿昌城。
　　③《后汉书·班超传》："（永平）十六年，奉车都尉窦固出击匈奴，
以超为假司马，使西域。超到鄯善（在今新疆若羌县东米兰），王广纳子为
质。帝以超为军司马，复受使。先至于阗（在今新疆和田县境），王广德
降；因镇抚焉。至疏勒（在今新疆喀什市），立其故王兄子忠为王。击莎车
（今新疆莎车县），莎车降。月氏（今阿富汗东北昆郡士）副王谢将兵攻
超，超伏兵遮击，持其使首以示谢，月氏由是岁奉贡献。龟兹（今新疆库
车县）、姑墨（今新疆阿克苏县）、温宿（今新疆乌什县）皆降。超为都
护，遂发兵讨焉耆（今新疆焉耆县西南），更立焉耆王。于是西域五十余国
悉皆纳质内属焉。（建初后七年）诏封超为定远侯，邑千户。"生按：借指
北庭节度使。《旧唐书·地理志》："北庭节度使，管瀚海、天山、伊吾三
军，管兵二万人，马五千疋。"
　　④"起"，述古堂本、元刊本、唐诗正音作"赴"，品汇一作"越"。
○角：军用管乐器。见《送韦大夫东京留守》注⑳。
　　⑤"到"，述古堂本、元刊本、唐诗解、久本、活字本、越本作
"别"。从英华、蜀刻本、全唐诗、纬本、凌本。○瀚海：戈壁大沙漠。见
《燕支行》注⑯。此指北庭节度使治所及瀚海军驻地金满县（今新疆吉木

萨尔县北破城子），北境即沙漠。

⑥〔赵注〕《汉书·西域传》："车师前王国治交河城。河水分流绕城下，故号交河。"《元和郡县志》："交河出县北天山。"生按：交河故城在今新疆吐鲁番县西北雅尔湖河崖上。

⑦"须"，英华作"预"，"知"，全唐诗一作"只"，误。〇月支：即月氏，古西域国名。《汉书·西域传》："大月氏国本居敦煌、祁连间，冒顿单于破月氏，而老上单于杀月氏王，以头为饮器，月氏乃远去，过大宛（在今俄国费尔干纳盆地）西，击大夏（在今阿富汗北部）而臣之，都妫水北，为王庭也。"生按：妫水在今中亚细亚，即乌浒河，今称阿姆河，其上流大致为塔吉克、乌兹别克与阿富汗的界河。

评　笺

许学夷《诗源辩体》："摩诘五言律，如'不识阳关路'，整栗雄浑者也。"

王夫之《唐诗评选》："匀"。

姚鼐《今体诗抄》："此首气不逮'绝域'（《送刘司直赴安西》）一首，而工与相埒。"

陆时雍《唐诗镜》："三、四意象深露，自然入妙，所以为佳。"

潘德舆《养一斋诗话》："文章各有境界，宜繁而繁，宜简而简，乃各得之。推简者为工，则减字法成不刊典，而文章之妙晦而不出矣。王右丞'黄云断春色'；郎士元'春色临关尽，黄云出塞多'，一语化作两语，何害为佳。必谓王系盛唐，能以简胜，此矮人之观也。"

彭端淑《雪夜诗谈》："摩诘诗佳句甚夥，如'黄云断春色，画角起边愁'，皆超然绝俗，出人意表。"

周珽《唐诗选脉会通评林》："三、四'断'字'起'字，工甚。"

周培芳《唐贤三昧集笺注》："收亦最重，此极神旺。"

卢麰《闻鹤轩初盛唐近体读本》："酬应正声，见公苍浑一斑矣。"

高步瀛《唐宋诗举要》："雄壮。"

林庚说："（黄云四句）边塞是艰苦的。那大漠的景色，是令人过目难忘的。"

王达津说："此诗描写边塞景色，气氛苍凉，音节铿锵。"

送孙秀才①

帝城风日好②，况复建平家③。玉枕双文簟④，金盘五色瓜⑤。
山中无鲁酒⑥，松下饭胡麻⑦。莫厌田家苦⑧，归期远复赊⑨。

①又玄集、纪事以此诗为王缙作。英华、蜀刻本、述古堂本、元刊本
作王维诗。佟培基《全唐诗重出误收考》说："维另有《送孙二》诗，疑
与此为同送之一人，则此诗当为缙作。"此说无据。〇孙秀才：未详。开元
以来举子通称秀才。见《辋川闲居赠裴秀才迪》注①。

②"风"，英华作"春"。"日"，又玄集、品汇作"月"。〇帝城：皇
都，京城。风日：景物。

③〔赵注〕《宋书·刘宏传》："建平王景，素好文章书籍，召集才义
之士，倾身礼接，以收名誉。"

④"枕"，述古堂本作"梡"。"文"，英华、纪事、全唐诗作"纹"，
同。〇簟：音店，竹席。〔赵注〕《东宫旧事》："有赤花双文簟。"

⑤〔赵注〕阮籍《咏怀》："昔闻东陵瓜，近在青门外。连畛距阡陌，
子母相钩带。五色耀朝日，嘉宾四面会。"《述异记》："今吴中有五色瓜，
岁时充贡赋献。"

⑥"无"，英华、纪事作"沽"。〇鲁酒：薄酒。《庄子·胠箧》："鲁
酒薄。"成玄英疏："昔楚宣王朝会诸侯，鲁恭公后至而酒薄。宣王怒，将
辱之。恭公曰：'我周公之胤，行天子礼乐，勋在周室，今送酒已失礼，方
责其薄，无乃太甚乎！'遂不辞而还。宣王怒，兴兵伐鲁。"

⑦"饭"，纪事作"饮"，误。〇胡麻：芝麻。《本草纲目》："沈存中
《笔谈》云：胡麻即今油麻。汉使张骞始自大宛得油麻种来，故名胡麻。"
《续齐谐记》："永平中，刘晨、阮肇入天台山采药，见二女，颜容绝妙，
便唤刘、阮姓名，因邀至家，设胡麻饭与食之。"

⑧"厌",英华作"怨"。

⑨〔赵注〕《说文》:"赊,一日远也。"徐锴曰:"又谓迟缓为赊。"生按:归期,归山之期。

评 笺

赵殿成按:"孙秀才盖客于京师,遨游诸王之门,不得意而归者。故首美帝城风日,并引建平家以为拟喻。承以玉枕金盘一联,则客游之适意可知。今舍之而归去,所饮者若彼,所饭者若此,田家淡薄,大异畴昔,几何不生厌苦。然而莫厌也,视予之归期尚远,而迟缓不可必者,不犹愈乎?其慰藉之意深矣。"

送刘司直赴安西①

绝域阳关道②,胡沙与塞尘③。三春时有雁④,万里少行人。苜蓿随天马,蒲桃逐汉臣⑤。当令外国惧,不敢觅和亲⑥。

①刘司直:未详何人。〔赵注〕《新唐书·百官志》:"大理寺,司直六人,从六品上,掌出使推覆。"生按:《读史方舆纪要》:"安西都护府,属陇右道。贞观中,平高昌(今新疆吐鲁番县东南),即置安西都护府于交河城(今吐鲁番县西北)。显庆三年,龟兹国(今新疆库车县南)乱,杨胄讨平之,置龟兹都督府,移安西都护治焉。统龟兹、焉耆、于阗(今新疆和田县)、疏勒(今新疆喀什市)四镇,及西域月氏等府州九十有六。"

②〔陈注〕绝域:极远的地域。生按:阳关,见《送平淡然判官》注②。阳关道,宋代以前经甘肃敦煌去西域的南道。

③"沙",元刊本、赵本作"烟",从蜀刻本、英华、述古堂本等。

④正月孟春,二月仲春,三月季春,谓之三春。时:时或,偶尔。雁在春分前后飞往北方。

⑤ "汉"，凌本作"使"。○〔赵注〕《史记·大宛列传》："初，天子（汉武帝）发书《易》，云'神马当从西北来'。得乌孙（汉西域国名，居天山北麓伊犁河上游、伊塞克湖畔及纳林河流域）马好，名曰'天马'。及得大宛（汉西域国名，居费尔干纳盆地）汗血马，益壮，更名乌孙马曰'西极'，名大宛马曰'天马'云。宛左右以蒲桃为酒。俗嗜酒，马嗜苜蓿。汉使取其实来，于是天子始种苜蓿、蒲桃肥饶地。"生按：苜蓿，豆科植物，二月生苗，一棵数十茎，一枝三叶，夏秋开细黄花，结小荚，可作蔬菜、饲料、绿肥。蒲桃即葡萄。逐，随。

⑥ "令"，述古堂本、元刊本作"今"，误。○和亲：汉、唐时代，为增进民族和睦，朝廷与少数民族统治者之间进行的政治联姻（隋、宋也有）。这种政策，对巩固双方统治，促进经济文化交流有一定作用。《史记·匈奴列传》："匈奴冒顿常往来欺盗代地。高帝乃使刘敬奉宗室女公主为单于阏氏（王妃），岁奉絮缯酒米食物各有数，冒顿乃少止。"《汉书·西域传》："乌孙使使献马，愿得尚汉公主，为昆弟。汉元封中，遣江都王建女细君为公主，以妻焉。乌孙昆莫以为右夫人。昆莫死，岑陬代立，汉复以楚王戊之孙解忧为公主，妻岑陬。"《汉书·匈奴传》："竟宁元年，呼韩邪单于复入朝，自言愿婿汉氏以自亲。元帝以后宫良家子王嫱字昭君赐单于，昭君号宁胡阏氏。"《旧唐书·太宗纪》："贞观十四年二月，淮阳王道明送弘化公主归于吐谷浑。十五年正月，江夏王道宗送文成公主归吐蕃。"《旧唐书·中宗纪》："神龙三年四月，以嗣雍王守礼女为金城公主出降吐蕃赞普。"《旧唐书·玄宗纪》："开元五年三月，以辛景初女（从外甥）为固安县主，妻于奚首领饶乐郡王李大酺。十一月，契丹首领松漠郡主李失活来朝，以宗女为永乐公主以妻之。十年六月，以余姚县主女慕容氏为燕郡公主，出降奚首领饶乐郡王李鲁苏。十四年正月，改封契丹松漠郡王李召固为广化王，奚饶乐郡王李鲁苏为奉诚王，封宗室外甥女二人为公主，各以妻之。三月，以国甥东华公主降于契丹李召固。天宝四载三月，封外孙独孤氏女为静乐公主，出降契丹松漠都督李怀节；封外孙杨氏女为宜芳公主，出降奚饶乐都督李延宠。"《唐会要·和蕃公主》："和义公主，宗室女，天宝三载十二月，出降宁国奉化王。"

评　笺

《王摩诘诗评》："刘云：无意之意。"

许学夷《诗源辩体》："摩诘五言律，如'绝域阳关道'，一气浑成者也。○'三春时有雁，万里少行人。苜蓿随天马，蒲桃逐汉臣。'浑圆活泼，而气象风格自在。"

黄培芳《唐贤三昧集笺注》："一气。此是雄浑一派，所谓五言长城也。"

沈德潜《唐诗别裁集》："一气浑沦，神勇之技。"

姚鼐《今体诗抄》："雄浑。"

高步瀛《唐宋诗举要》："吴曰：此首有雄直之气。"

陆时雍《唐诗镜》："三四清警自在。"

周珽《唐诗选脉会通评林》："周敬曰：结语壮，与《送平淡然》诗同调。"

贺贻孙《诗筏》："王右丞诗境虽极幽静，而气象每自雄伟。如'苜蓿随天马，葡萄逐汉臣；''日落江湖白，潮来天地青；''云里帝城双凤阙，雨中春树万人家'等语，其气象似在'九天阊阖开宫殿，万国衣冠拜冕旒'之上。如但以气象语求之，便失右丞远矣。"

吴修坞《唐诗续评》："五、六实写'赴'字。借古为喻。"

王寿昌《小清华园诗谈》："炼字不如炼句，炼句不如炼意，炼意不如炼格。何谓格炼？右丞之《送刘司直赴安西》、少陵之《野人送朱樱》等作，皆格之最整炼者也。"

陈志明说："'苜蓿'一联如同翻开历史上光荣的一页，沟通了历史与现实，使作品获得一种深沉的历史感。然后又以历史映照现实，得出尾联的结论。"（《唐诗鉴赏辞典补编》）

送赵都督赴代州得青字①

天官动将星②，汉地柳条青③。万里鸣刁斗④，三军出井陉⑤。忘身辞凤阙⑥，报国取龙庭⑦。岂学书生辈，窗间老一经⑧。

①诗题，活字本、类苑无"得青字"。○〔赵注〕《新唐书·百官志》："大都督府，都督一人，从二品。中都督府，都督一人，正三品。下都督府，都督一人，从三品。都督掌督诸州兵马、甲械、城隍、镇戍、粮廪，总判府事。"《旧唐书·地理志》曰："代州中都督府，督代、忻、蔚、朔、灵五州。天宝元年改为雁门郡，依旧为都督府。"〔陈注〕得青字，谓与人分韵作诗，拈得"青"字韵。生按：赵都督，未详。秦似《唐诗新选》据《旧唐书·玄宗本纪》："开元十八年五月，契丹牙官可突干杀其主李召固，率部落降于突厥，奚部落亦随西叛。制幽州长史赵含章率兵讨之。"以为赵都督即赵含章。寻诗意，是于长安送代州新都督赴任。秦说疑非。代州，故治在今山西代县。

②〔赵注〕《史记·天官书》索隐："按天文有五官，官者星官也。星座有尊卑，若人之官曹列位，故曰天官。"《隋书·天文志》："天将军十二星，在娄北，主武兵。中央大星，天之大将也；外小星，吏士也。大将星摇，兵起，大将出。"〔陈注〕此句借将星出动喻赵都督赴代州。

③"地"，纬本、凌本、活字本、全唐诗作"上"，蜀刻本作"沚"。

④〔赵注〕《史记·李将军列传》曰："不击刁斗以自卫。"孟康注："刁斗，以铜作鐎器，受一斗，昼炊饭食，夜击持行，名曰刁斗。"《埤苍》："鐎斗，温器，有柄，似铫（带柄有咀小锅）无缘。"

⑤《左传·襄公十四年》："周为六军，诸侯之大者，三军可也。"后世以三军为军队的通称。陉：音形，山峦中断之处。〔赵注〕《元和郡县志》："井陉口今名土门口，在获鹿县西南十里，即太行八陉之第五径。四面高，中央下，似井，故名之。"〔陈注〕在今河北井陉县东北井陉山上。

⑥忘身：不考虑自身安危。〔赵注〕《三辅黄图》："武帝营建章宫，起凤阙，高二十五丈。"《三辅故事》："上有铜凤凰，故曰凤阙。"〔王注〕杨炯《从军行》："牙璋辞凤阙，铁骑绕龙城。"凤阙，指朝廷。

⑦《后汉书·窦宪传》："焚老上之龙庭。"李贤注："匈奴五月大会龙庭，祭其先、天地、鬼神。"生按：取，夺得。龙庭故址在今外蒙古鄂尔浑河西侧和硕柴达木湖附近。

⑧"间"，英华、蜀刻本作"中"。"老"，述古堂本、品汇作"著"。○唐代科举，重明经、进士两科，考试科目，明经科为贴经、经义、时务策，进士科为贴经、诗赋、时务策，皆需贴一大经（礼记或左传）。贴经，

即将一句经文的两头掩住，将中间剩下的文字再贴三个字，由考生将这句经文完整地回答出来，因此必须熟读死记。老：终老。谓为了应试，把一生时间耗费在一部经书上。

评 笺

许学夷《诗源辩体》："摩诘五言律，如'天官动将星'，整栗雄厚者也。"

李庆甲《瀛奎律髓汇评》："许印芳按：前四句笔力雄大，右丞五律每有此等。"

施补华《岘佣说诗》："起处须有峻增之势。如'万壑树参天，千山响杜鹃'；'天官动将星，汉地柳条青'；皆起势之峻增者。"

王寿昌《小清华园诗谈》："'天官动将星，汉地柳条青'。沉毅。"

宋宗元《网师园唐诗笺》："（忘身句下）一鼓作气，雄劲无前。"

沈德潜《唐诗别裁集》："右丞五言律有二种：一种以清远胜，如'行到水穷处，坐看云起时'是也；一种以雄浑胜，如'天官动将星，汉地柳条青'是也。"

林庚说："（天官动将星四句）具有何等刚劲的气势！这边塞的豪情，是令人过目难忘的。"（《中国文学简史》）

余冠英说："盛唐诗歌的一个重要主题，是强烈地追求'济苍生'、'安社稷'的理想，热情地向往建功立业的不平凡的生活。杨炯说：'宁为百夫长，胜长一书生'（《从军行》），王维也说：'忘身辞凤阙，报国取龙庭。岂学书生辈，窗间老一经'。这两位并不以政治抱负见称于世的诗人，也都表示出从军报国的热情。"（《唐诗选》）"此诗歌唱了开元天宝时期蓬勃向上的进取精神。"（《中国文学史》）

陈伯海说："唐代文人又有一种特异的倾向，便是轻视书生。这意味着唐人所信奉的儒学，是一种与实际事功紧密联系的儒学，即所谓'王霸之略'，其中带有鲜明的侠的色彩。"（《唐诗学引论》）

许总说："（岂学二句）其中透现着一代士人由科场向战场的人生价值取向转换的重要信息。"（《唐诗史》）

张福庆说："在时代精神的感召鼓舞之下，盛唐很多著名诗人都曾亲往

边疆，身事戎旅。由于他们对军旅生活和边塞风光了解较深，因而反映到诗中，也就比较真切。"（《唐诗美学探索》）

送方城韦明府①

遥思葭菼际②，寥落楚人行③。高鸟长淮水④，平芜故郢城⑤。使车听雉乳⑥，县鼓应鸡鸣⑦。若见州从事⑧，无嫌手板迎⑨。

①《元和郡县志》："唐州方城县本汉堵阳地也。隋改置方诚县，取方城山为名也，山在县东北五十里。"《后汉书·吴祐传》："明府虽加哀矜，恩无所施。"集解："沈钦韩曰：称县令为明府，始见于此。"生按：方城县故治在今河南方城县。韦明府：未详。

②"思"，述古堂本作"想"。○〔赵注〕《诗·卫风·硕人》："葭菼揭揭。"生按：葭，音假，初生芦苇；菼，音坦，初生之荻。荻与芦苇同科异种，叶较芦苇略阔而韧。

③"寥"，蜀刻本作"辽"。○寥落：寂寞冷清。楚人：犹楚地，此与《宿郑州》"周人"、"郑人"一例。方城古属楚国。

④〔赵注〕《唐六典》："淮水出唐州，历豫、颍、亳、泗四州之南境。"生按：陶潜《始作镇军参军经曲阿》："望云惭高鸟，临水愧游鱼。"

⑤平芜：杂草繁茂的原野。〔赵注〕《旧唐书·地理志》："荆州江陵，汉县，南郡治所也。故楚都之郢城，今县北十里纪南城是也。〔赵注〕故郢城犹言旧时楚国之城，变楚言郢，以避上'楚人'字耳。赵注非是。"

⑥〔赵注〕《后汉书·鲁恭传》："拜中牟令。郡国螟伤稼，犬牙缘界，独不入中牟。河南尹袁安闻之，疑其不实，使仁恕掾（职掌司法的属官）肥亲往廉（访察）之。恭随行阡陌，俱坐桑下。有雉过止其旁，旁有小儿童，亲曰：'儿何不捕之？'儿言：'雉方将雏。'亲曰：'所以来者，欲察君之政绩耳。今虫不犯禁，化及鸟兽，竖子有仁心，此三异也。'"生按：鸟生蛋曰乳。

　　⑦〔高注〕《晋书·良吏传》："邓攸，字伯道，吴郡缺守，帝以授攸。攸刑政清明，百姓欢悦。后去职，百姓数千人留牵攸船不得进，攸乃小停，夜中发去。吴人歌之曰：统如打五鼓，鸡鸣天欲曙。邓侯挽不留，谢令推不去。"

　　⑧〔赵注〕《续汉书·百官志》："每州刺史一人，皆有从事史假佐。"生按：后世通称州刺史之佐僚，如别驾、长史、司马等为州从事。

　　⑨〔赵注〕《隋书·礼仪志》："笏，晋宋以来，谓之手板。"生按：《唐会要》："五品以上执象笏，以下执竹木笏，一例上圆下方。"《释名·释书契》："笏，忽也，君有教命及所启白，则书其上，备忽忘也。"

评　笺

　　《王右丞诗评》："刘云：平平写到尽。"

　　沈德潜《唐诗别裁集》："（高鸟二句）远景在目。"

　　高步瀛《唐宋诗举要》："吴曰：（高鸟二句）无限感慨，而笔空灵。（结句）诙谐有趣。通体奇逸，以起处'遥思'二字得势，东坡七律往往学之。"

　　王力说："'高鸟'二句可译为'高鸟百寻，群度长淮之水；平芜数里，环攒故郓之城。'这并不一定是省去谓语，译文未必就很确切。但至少也该认为句子的某一重要部分已被省略了。这在诗句里是被容许的，甚至显得是特殊格调。"（《汉语诗律学》）

送李员外贤郎①

　　少年何处去？负米上铜梁②。借问阿戎父③，知为童子郎④。鱼笺请诗赋⑤。橦布作衣裳⑥。薏苡扶衰病⑦，归来幸可将⑧。

　　①据《旧唐书·职官志》，唐代尚书省六部所属二十四司，都有员外郎一至二名，从六品上。李员外及其子，均未详何人。

②"何"，蜀刻本作"无"，误。○〔赵注〕《孔子家语》："子路见于孔子曰：昔者由也事二亲之时，常食藜藿之食，为亲负米百里之外。"《太平寰宇记》："唐长安四年，刺史陈靖意以大足川侨户辐凑，置铜梁县，以铜梁山为名。"生按：故治在今四川铜梁县西北。负米喻省亲，此指李郎母。

③〔赵注〕刘孝标《世说新语》注："《竹林七贤论》曰：'初，阮籍与王戎父浑俱为尚书郎，每造浑，坐未安，辄曰：与卿语，不如与何戎语。造戎，必日夕而返。"

④〔赵注〕《后汉书·臧洪传》："洪年十五，以功拜童子郎。"李贤注："汉法，孝廉试经者拜为郎。洪以年幼才俊，故拜童子郎也。"生按：《新唐书·选举志》："凡童子科，十岁以下能通一经及孝经、论语，卷诵文十，通者予官；通七，予出身。"

⑤〔赵注〕王勃《七夕赋》："握犀管，展鱼笺。"生按：《墨薮》："纸取东阳鱼卵，虚柔滑净。"《读史方舆纪要》："萧齐置东阳郡，治巴阳县（今四川巴县西）。"羊士谔《寄江陵韩少尹》："蜀国鱼笺数行字。"可见鱼笺是用巴蜀所产鱼卵纸制成的小笺。请犹"承"。《增韵》："承，下载上也。"可引申为写。请通"倩"。《正字通》："凡假代及暂雇使令，亦曰倩。"则请诗赋即写诗赋或请人写作诗赋。

⑥〔赵注〕左思《蜀都赋》："布有橦华"。刘渊林注："橦华者，树名橦，其花柔毳，可绩为布也。出永昌（今云南保山县）。"生按：橦即攀枝花，是育成树棉的原种。橦布疑即棉布。《后汉书·西南夷传》："有梧桐木华，绩以为布，幅广五尺，洁白不受垢污。"梧桐木华指叶似梧桐的树棉。西汉时哀牢国（今云南澜沧江流域）已栽培树棉织布，传入蜀地后称为橦布。而任乃强先生谓橦布即賨布，是巴地賨人最先育成之苎麻所织之布。（《华阳国志校补图注》）

⑦"病"，蜀刻本、活字本作"疾"。○〔赵注〕《神农本草经》："薏苡味甘微寒，主风湿痹下气，除筋骨邪气，久服轻身益气。"生按：四川产薏苡仁，据《本草纲目》，又名"西番蜀秫。"

⑧《语辞汇释》："幸，犹正。"将：持，携带。

送梓州李使君①

　　万壑树参天②，千山响杜鹃③。山中一夜雨，树杪百重泉④。汉女输橦布⑤，巴人讼芋田⑥。文翁翻教授⑦，不敢倚先贤⑧。

　　①"梓州"，唐诗正音、三体唐诗作"东川"。○〔赵注〕《新唐书·地理志》："剑南道，梓州梓潼郡。"生按：州治即今四川三台县。《唐刺史考》："《新唐书·李璟传》：'二子：谦为郧国公、梓州刺史。'按李璟天宝九载卒。疑谦仕至肃宗时。王维诗《送梓州李使君》，未知其人否。"或以为是李叔明，误。叔明任东川节度使，从治梓州，在大历十四年后。汉代称刺史为使君。《乐府古辞·陌上桑》："使君从南来，五马立踟蹰。"

　　②壑：山谷。《庄子·大宗师》释文："参，高也。"参天：高入天空。

　　③"千山响"，英华作"乡音听"。○《本草纲目》："杜鹃〈释名〉：'子规、鶗鴂、催归、阳雀。'时珍曰：杜鹃出蜀中，今南方亦有之。状如雀鹞，而色黑赤口，有小冠，暮春即鸣，夜啼达旦，鸣必向北，至夏尤甚，昼夜不止，其声哀切，田家候之，以兴农事。惟食虫蠹，不能为巢，居他巢生子，冬月则藏蛰。"《华阳国志·蜀志》："后有王曰杜宇，教民务农。会有水灾，其相开明决玉垒山以除水害。帝遂禅位于开明帝，升西山隐焉。时适二月，子鹃鸟鸣，蜀人悲之，故闻子鹃之鸣，即曰望帝也。"《十三州志》："望帝使鳖令（开明）治水而淫其妻，令还，帝惭，遂化为子规。"

　　④"夜"，英华、蜀刻本、述古堂本、元刊本、赵本作"半"。二顾本、凌本、活字本、品汇、全唐诗作"夜"。○〔程注〕树杪：杪音秒，树梢。百重：犹言百道。〔赵注〕钱牧斋云："《文苑英华》载王右丞诗多与今行椠本小异。如'山中一夜雨'作'山中一半雨'，尤佳。盖送行之诗，言其风土，深山冥晦，晴雨相半，故曰一半雨。"生按：钱说可商。一半雨与百重泉意欠连贯。四川盆地多夜雨，次日雨歇，数百道飞泉自山头乱泻，远远望去，似都悬于树梢之上。二句描写巴蜀景色，真情实境，自然贴切。

　　⑤"橦"，瀛奎律髓、唐诗正音作，"賨"。○〔陈注〕汉女：指嘉陵

江边少数民族女子。嘉陵江古称西汉水。生按：嘉陵江源出陕西凤县嘉陵谷，西南流至略阳，与由天水流来的西汉水会合，南流经四川广元、南充、合川，至重庆入长江。左思《蜀都赋》："巴姬弹弦，汉女击节。"李周翰注："巴姬汉女，蜀之美女也。"泛称蜀女。〔赵注〕《晋书·食货志》："夷人输賨布，户一匹，远者或一丈。"生按：输，向官府缴纳赋税。橦布，疑即棉布，见《送李员外贤郎》注⑥。

⑥巴：古族名。周以前居武落钟离山（今湖北长阳西北）一带，后向今川东扩展。武王克殷，封为子国，称巴子国。春秋时与楚、邓等国交往频繁。周慎靓王五年（前316年）并于秦，以其地为巴郡，治江州，即今四川江北县，辖有今旺苍、阆中、西充、永川、綦江以东地区。此处泛指巴蜀人民。讼芋田：为争芋田产权而诉讼。〔赵注〕左思《蜀都赋》："瓜畴芋区。"《图经本草》："芋今处处有之。蜀川出者形圆而大，状若蹲鸱，谓之芋魁。彼人种以当粮食，而度饥年。"

⑦〔赵注〕《汉书·循吏传》："文翁，庐江舒人也。景帝末，为蜀郡守，仁爱好教化。见蜀地僻陋，有蛮夷风，文翁欲诱进之，乃选郡县小吏开敏有材者十余人，遣诣京师，受业博士，或学律令。数岁，蜀生皆成就还归。又修起学官于成都市中，招下县子弟以为学官弟子，为除更徭，高者以补郡县吏，次为孝第力田。由是大化，蜀地学于京师者，比齐鲁焉。至武帝时，乃令天下郡国皆立学官，自文翁为之始云。"生按：翻，反。教授，教育。谓文翁一反过去郡守所为，注重教化。

⑧〔赵注〕"不敢"当是"敢不"之讹。生按：敢，犹能。马援《武溪深行》："鸟飞不度，兽不敢临。""敢"《古今注》引作"能"。倚，倚傍，依赖。先贤，先代有才德的人，指文翁。谓不能依赖文翁教化的遗泽而有所懈怠，此勉励之意。赵说存参。

评 笺

王夫之《唐诗评选》："明明两截，幸其不作折合，五、六一似景语故也。○意至则事自恰合，与求事切题者，雅俗水炭。右丞工于用意，尤工于达意。景亦意，事亦意，前无古人，后无嗣者，文外独绝，不许有两。"

查慎行《初白庵诗评》："字字挑选"。

王闿运批《唐诗选》："极选言之能事，不必有意。"

《瀛奎律髓》："方云：风土诗多因送人之官及远行，指言其方所习俗之异，清新隽永。唐人如此者极多，如许棠云'王租只贡金'，如周繇云'官俸请丹砂'，皆是。〇纪云：此论五、六句，然此诗佳处不在五、六。起四句，高调摩云。结二句不可解。〇冯班云：寻常景，写不出。"

王士禛《渔洋诗话》："或问，诗工于发端，如何？应之曰：如谢宣城'大江流日夜，客心悲未央'；杜工部'带甲满天地，胡为君远行'；王右丞'风劲角弓鸣，将君猎渭城'；'万壑树参天，千山响杜鹃'；高常侍'将军族贵兵且强，汉家已是浑邪王'；老杜'将军魏武之子孙，于今为庶为清门'；是也。"

张谦宜《絸斋诗谈》："参天树中即杜鹃叫处，倒出便有势，若倒过味索然矣。"

王寿昌《小清华园诗谈》："'万壑树参天，千山响杜鹃'。浏亮。"

朱庭珍《筱园诗话》："王右丞之'太乙近天都，连山到海隅'；'万壑树参天，千山响杜鹃'，皆高格响调，起句之极有力，最得势者，可为后学法式。"

《王摩诘诗评》："顾云：响字奇。"

黄培芳《唐贤三昧集笺注》："好气势，前半如画。五、六风俗俭薄处，亦见事简。"

周振甫《诗词例话》："'万壑树参天，千山响杜鹃'。有画意而境界开阔。"

高步瀛《唐宋诗举要》："吴曰：逆起，神韵俊迈。（山中二句）撰出奇语。"

王士禛《带经堂诗话》："律诗贵工于发端，承接二句尤贵得势，如懒残履衡岳之石，旋转而下，此非有伯昏无人之气者不能也。如'万壑树参天，千山响杜鹃'，下即云'山中一夜雨，树杪百重泉'。此皆转转石万仞手也。"

沈德潜《说诗晬语》："'山中一夜雨，树杪百重泉'。分项上二语，而一气赴之，尤为龙跳虎卧之笔。此皆天然入妙，未易追攀。"

沈德潜《唐诗别裁集》："（起句）斗绝。（山中二句）从上蝉联而下，而本句中复用流水对，古人中亦偶见。"

　　许学夷《诗源辩体》："摩诘诗：'山中一夜雨，树杪百重泉'。诗中有画者也。"

　　俞陛云《诗境浅说》："律诗中之联语，用流水句者甚多。此诗非特句法活泼，且事本相因。惟盛雨竟夕，故山泉百道争飞；言树杪，见雨之盛山之高也。与刘眘虚之'时有落花至，远随流水香'句，皆一事融合而分二句，妙语天成，流水句法之正则也。"

　　王士禛《带经堂诗话》："右丞诗：'万壑树参天，千山响杜鹃。山中一夜雨，树杪百重泉。'兴来神来，天然入妙，不可凑泊。而《诗林振秀》改为'山中一丈雨'；《潼川志》作'春声响杜鹃'；《方舆胜览》作'乡音响杜鹃'；此何异点金成铁！故古人诗一字不可妄改。"

　　袁枚《随园诗话》："荆公（王安石）改王摩诘'山中一夜雨'为'一半雨'，是点金成铁手段。"

　　叶矫然《龙性堂诗话》："'山中一夜雨'，有别本夜作半，予却以为不然。'一夜雨'者，言夜雨滂沱，悬瀑万壑，一夜、百重，自为呼应之语。"

　　高步瀛《唐宋诗举要》："'一半雨'著力，且不佳，盖后人妄改，钱说断不可从。"

　　徐世溥《榆溪诗话》："右丞'万壑树参天，千山响杜鹃。山中一夜雨，树杪百重泉。'轻妙浑然，乍读之初不觉连用山、树字也。于参天之杪想百重泉，于百重泉知一夜雨，则所谓千山杜鹃者，正响于夜雨之后百重泉之间耳，妙处岂复画师之所能到，前身画师故是。"

　　李瑛《诗法易简录》："三句承次句山字，四句承首句树字，一气相生相促，洵杰作也。"

　　吴乔《围炉诗话》："读王右丞诗，使人客气尘心都尽。《送梓州李使君》诗，'万壑'四句，竟是山林隐逸诗。欲避近熟，故于梓州山境说起。下文'汉女'四句，方说李使君。盛唐人避近熟，明之为盛唐者专取近熟以图热闹。"

　　周珽《唐诗选脉会通评林》："前四句通即送李之时景而成咏，音调高朗，绰有逸趣。汉女、巴人二语，以梓州风土言。○徐充云：三、四句对而意连，极佳。陆放翁'小楼一夜听春雨，深巷明朝卖杏花'用此体。"

　　黄叔灿《唐诗笺注》："上四句写梓州山壑之奇，汉女一联写梓州风物之异。"

潘德舆《养一斋诗话》："起四句写景之工，人人知之，须知是写其幽险，为下四句起案也。不然，八句真是两截，不成诗矣。"

陆时雍《唐诗镜》："三、四是山中人得景深后语。"

张文荪《唐贤清雅集》："落笔神妙，炼意工夫最深，似为容易，不知其意匠经营惨淡也。"

何焯《唐三体诗评》："落句以刺时也。五、六言今日治梓州者惟由此。然吾所闻文翁之治理，何以翻事此而不彼之急耶？"

沈德潜《唐诗别裁集》："结意言时之所急在征戍，而文翁治蜀，翻在教授，准之当今，恐不敢倚先贤也。然此亦须活看。"

姚鼐《今体诗抄》："李盖谪降官，故诗言汉女巴人陋俗，若不足道也，然则教授之，不以先贤居下州为恨。"

霍有明说："由于王维在音乐上有极深造诣，因而他比一般诗人更能精确地感受和把握自然界的音响。在他的诗中，既有动人心魄的森林交响乐：'万壑树参天，千山响杜鹃'；也有如泣如诉的小夜曲：'雨中山果落，灯下草虫鸣'。这种对大自然声响的准确捕捉和精妙描写，使他的诗歌极富魅力。""王维以音乐家气质入诗，最主要的，是指通过描绘自然界的音响来传达诗人自身的主观情志。作为一位著名音乐家，他却没有一首诗歌直接描写音乐；他所弹奏的乐曲，完全是大自然的音响在他心弦上的鸣奏。"（《论唐诗繁荣与清诗演变》）

沈祖棻说："这首诗之所以被人称为杰作，是因为前四句的景物描写是不可重复的，特别出色的。"

周振甫说："（'万壑'二句）有画意而境界开阔。"（《诗词例话》）

袁行霈说："'一夜雨'不可见，'一丈雨'太夸张，都不如，'一半雨'，钱牧斋讲得很好。'山中一半雨'也就是'阴晴众壑殊'，是山行常有的体验。（注：吴小如先生来信另有胜解。他说：'夜字未尝不佳，钱牧斋之言只可备一说。盖一夜雨足，故次日于树杪亦得见百重之泉，正如观大龙湫瀑布，必雨后始有奇观。三句乃追叙之词，非眼前之景也。又，即用一半雨，亦言雨足。虽一半雨已足够百重泉之需，况全部之雨耶？非阴晴众壑殊意。'录以备考。）"

许总说："'树杪百重泉'，使高远之处的岩巅悬瀑与低近之处的密林茂

树在人的视线中叠合起来，成为压缩了三度空间的整体结构。"（《唐诗史》）

刘德重说："此诗立意不在惜别，而在勉励。开头两句互文见义，写得极有气势，既有视觉形象，又有听觉感受，读来使人恍如置身其间，大有耳目应接不暇之感。""诗写得很有特色。前半首悬想梓州山林奇胜，是切地；颈联叙写蜀中民风是切事；尾联用典，以文翁拟李使君，官同事同，是切人。写来神完气足，精当不移。诗中所表现的情绪积极开朗，格调高远，是唐代送别佳篇。"（《唐诗鉴赏辞典》）

王友怀说："汉女两句，有极强的概括力，不仅切中蜀地民风，也切中李使君到职以后的职事所及，这就和尾联的意思构成逻辑联系。"（《王维诗选注》）

生按：首二句十字，连用万、参、天、千、山、鹃这六个叠韵字，声如贯珠，圆转流美。次句写群山万壑之中，一鸟悲鸣，众山响应，千、山、鹃三字，犹如处处回声，由近而远，由急而缓。这种句法，单以声调而论，就是王维音乐才能在诗中的完美体现。

送张五谞归宣城①

五湖千万里，况复五湖西②。渔浦南陵郭③，人家春谷溪④。
欲归江淼淼⑤，未到草萋萋⑥。忆想兰陵镇⑦，可宜猿更啼⑧！

①诗题，蜀刻本、活字本无"五"字。〇张谞：见《戏赠张五弟谞三首》注①。宣城：即今安徽宣城县，是宣城郡治。

②五湖：太湖。宣城在太湖西三百里。

③渔浦：江河边打鱼的出入口处。〔赵注〕《元和郡县志》："南陵县东至宣州一百里，本汉春谷县地，汉于此置南陵县。"即今南陵县。

④〔赵注〕谢朓《宣城郡内登望》："山积陵阳阻，溪流春谷泉。"李善注："《水经注》曰：江连春谷县，北又合春谷水。"生按：汉春谷县在今安徽繁昌县西北，近长江，春谷水在境内。

⑤江：长江。《说文新附》："淼，大水也。或作渺。"淼淼：犹渺茫，

水流阔大貌。

⑥"萋萋"，述古堂本、元刊本、赵本作"凄凄"。从蜀刻本、活字本、全唐诗。○萋萋：草盛貌。〔陈注〕此用《楚辞·招隐士》："王孙游兮不归，春草生兮萋萋"之意，谓春天比张五到得还早。

⑦"兰"，述古堂本、元刊本作"南"。○忆想：意料。忆与亿、意通。安徽境内，《汉书·地理志》有兰阳县，而《汉书·王子侯表》作兰陵县。《魏书·地形志》高塘郡（故治即今宿松）有平阿、盘塘、石城（故治在今安庆正南，长江南岸）、兰陵。则兰陵镇在此一带。

⑧"更"，三昧集作、全唐诗一作"夜"。○可宜：岂宜，那堪。猿鸣声哀，故称猿啼。萧纲《蜀道难》："笛声下复高，猿啼断复续。"

评 笺

卢麰《闻鹤轩初盛唐近体读本》："王源涤曰：起二作两层人，三、四即承'五湖西'申说宣城境地。后半方说送归，结更委婉不尽。"

黄培芳《唐贤三昧集笺注》："句法，第三字用实字最有力，下用叠字更动荡，施于五、六尤得解。"

《王摩诘诗评》："刘云：（欲归二句）最是自得。"

王闿运批《唐诗选》："一字一珠。"

黄生《唐诗摘抄》："一、二送，三、四宣城，五、六归途，七、八归况。四用地名点缀。"

送友人南归①

万里春应尽，三江雁亦稀②。连天汉水广③，孤客郢城归④。
郧国稻苗秀⑤，楚人菰菜肥⑥。悬知倚门望，遥识老莱衣⑦。

①诗题，三昧集无"友"字。○《全唐诗》又作张祜诗，题作《思归

乐二首》之二。佟培基说："张祜集中此二首，第一乃韩偓诗，第二即此重出，显截为绝句。"

②"亦稀"，英华作"欲飞"。○《元和郡县志》："巴陵（今湖南岳阳）城对三江口，岷江（长江）为西江，澧江为中江，湘江为南江。"

③〔赵注〕《诗·周南·汉广》："汉之广矣，不可泳思。"生按：汉水源出陕西宁强县北嶓冢山，初出山名漾水，东流经沔县南称沔水，经汉中纳褒水始称汉水。入湖北境，东南流经襄阳、锺祥、潜江，折而东，至汉阳入长江。

④郧城：见《送方城韦明府》注⑤。

⑤"郧"，述古堂本、元刊本、久本、唐诗正音作"郎"，误。○郧：音云，亦作邧。春秋时郧子国，灭于楚。其故地有二说：《左传·桓公十一年》杜预注："郧国在江夏云杜县东南，有郧城。"云杜故城在今湖北沔阳县西北。《括地志》："安州安陆县城，本春秋郧国城。"即今湖北安陆县。

⑥"菰"，英华作"叶"，述古堂本、元刊本、全唐诗、赵本作"米"。从蜀刻本、活字本。○楚：春秋时古国，都郢。当时疆域，西北至武关（今陕西商南西北），东南至昭关（今安徽含山北），北至南阳，南至洞庭湖以南。〔赵注〕《本草》："菰。苏颂曰：菰生水中，叶如蒲苇。其苗有茎梗者，谓之菰蒋草。至秋结实，乃雕胡米也，古人以为美馔，今饥岁，人犹采以当粮。"生按：湖北多沼泽，盛产菰。菰菜：菰的嫩茎，即茭白，俗称菰笋、茭笋。

⑦悬知：料想。庾信《山斋》："遥想山中店，悬知春酒浓。"〔赵注〕《战国策·齐策》："王孙贾年十五，事闵王。其母曰：汝朝出而晚来，则吾倚门而望。"老莱衣：见《送钱少府还蓝田》注④。

评　笺

《王摩诘诗评》："刘云：（孤客句）尽谢点染，情思萧然。"

送贺遂员外外甥①

南国有归舟②，荆门泝上流③。苍茫葭菼外④，云水与昭邱⑤。樯带城乌去⑥，江连暮雨愁。猿声不可听，莫待楚山秋⑦。

①员外：见《送李员外贤郎》注①。贺遂员外：户部员外郎贺遂陟，见《春过贺遂员外药园》注①。《韵会》："姊妹之子曰甥。"

②〔赵注〕《国语·周语》："南国之师。"韦昭注："南国，江汉之间也。"《诗》曰："滔滔江汉，南国之纪。"

③唐人多称荆州（故治在今湖北江陵）为荆门。〔赵注〕《玉篇》："沂，苏故切，逆流而上也。"臧荣绪《晋书》："荆州势据上流。"

④葭萩：见《送方城韦明府》注②。

⑤"与"，全唐诗一作"同"。○〔赵注〕《水经注·沮水》："沮水又南巡楚昭王墓，东对麦城（故城在今湖北当阳县东南），故王仲宣之赋登楼云：'西接昭邱'，是也。"

⑥"樯"，蜀刻本作"墙"，误。○〔赵注〕《玉篇》："樯，帆柱。"萧绎《和刘尚书侍讲》："城乌侵曙鸣。"

⑦猿鸣声哀。见《送张五諲归宣城》注⑧。

评 笺

黄培芳《唐贤三昧集笺注》："大气霾霈，一滚而出，要知是高贵，若落粗豪便失之。"

送杨长史赴果州①

褒斜不容幰②，之子去何之③？鸟道一千里④，猿啼十二时⑤。官桥祭酒客⑥，山木女郎祠⑦。别后同明月⑧，君应听子规⑨。

①诗题"长史"后《瀛奎律髓》多一"济"字。○〔陈注〕《旧唐书·吐蕃传》："永泰二年二月，命大理少卿兼御史中丞杨济，修好于吐蕃。"

或即此人。生按：《旧唐书·职官志》："上州，长史一人，从五品上；中州，长史一人，正六品上。别驾、长史、司马掌贰府州之事，以纲纪众务，通判列曹。"《旧唐书·地理志》："果州，中，天宝元年为南充郡。乾元元年复为果州。"故治在今四川南充县北。

②褒斜：陕西终南山谷道名。憕：通轩，车。并见《送崔五太守》注⑥。

③"去"《方舆胜览》作"欲"。○〔赵注〕《尔雅·释训》："之子者，是子也。"生按：子，男子的美称。

④鸟道：喻险峻的山路。《华阳国志》："鸟道四百里，以其险绝，兽犹无蹊，特上有飞鸟之道耳。"

⑤"啼"，律髓、唐诗正音、品汇、活字本、全唐诗作"声"。○猿啼：见《送张五谭归宣城》注⑧。古人将一日一夜分为十二时，以十二地支分配，夜晚十一时至次日一时为子时，一至三时为丑时，以此类推。此谓猿啼之声，昼夜不息。

⑥官桥：大道上官府修造的桥梁。〔高注〕《后汉书·刘焉传》："张鲁祖父陵，学道鹤鸣山（在今四川大邑县）中，造作符书，以惑百姓，受其道者辄出米五斗。陵传子衡，衡传于鲁。鲁遂自号师君，其来学者初名为鬼卒，后号祭酒，各领部众。诸祭酒各起义舍于路，同今之亭传（旅舍），悬置米肉以给行旅。"〔赵注〕王琦谓古者出行，必有祖道之祭，封土为山象，以菩刍棘柏为神主，酒脯祈告，既祭，以车轹之而去。事见《毛诗正义》。李长吉《别友》诗，亦有"今将下东道，祭酒而别秦"之句，与此甚合。然不切蜀事，恐亦未的。〔陈注〕谓祭路登程的旅客。生按：此诗正用张鲁事，谓官桥旁旅舍中有道士之流为旅人驱邪祈福。客，指从事某种活动者，如剑客、樵客，祭酒客之客即此义。

⑦〔赵注〕《水经注·沔水》："汉水之东，黄沙水注之。水南有女郎山，山上有女郎塚。远望山坟，嵬嵬状高，及即其所，才有坟形。山下直路下出，不生草木，世人谓之女郎道，下有女郎庙及捣衣石。言张鲁女也。"生按：女郎山在陕西襄城西南。山木，此谓山林之中。

⑧〔赵注〕谢庄《月赋》："美人迈兮音尘绝，隔千里兮共明月。"

⑨《本草纲目》："杜鹃，子规。时珍曰：其鸣如曰'不如归去。'"见本卷《送梓州李使君》注③。此都愿杨济听到子规催归声后，能早日返回长安。

评 笺

《瀛奎律髓》："方云：右丞诗，入宋惟梅圣俞能及之，可互看。○纪云：一片神骨，不比凡马空多肉。○冯班云：起句得宋人体。澄景隆而清之矣，却浑秀无圭角。"

《唐诗归》："钟云：此等绝似太白。○谭云：（末句下）君应二字，吞吐难言。"

高步瀛《唐宋诗举要》："吴云：高华俊爽。"

王寿昌《小清华园诗谈》："何谓逸？近体如刘眘虚之《阙题》，李太白之《秋思》，王右丞之《送杨长史赴果州》，储太祝之《张谷田舍》，少陵之《江上》是也。"

黄星周《唐诗快》："（鸟道二句）此亦摹拟语耳。至今遂令读者眼中如有鸟道，耳畔如有猿声，诗之移人如此。"

屠隆《鸿苞论诗》："（中四句）登临山水，览结胜概，每一披诵，足当澄怀卧游。"

黄生《唐诗摘抄》："（别后二句）说两地别情，凄楚已极，却只以景语出之，寓意俱在言外，笔意高人十倍。"

黄培芳《唐贤三昧集笺注》："收忌太平熟，此惟得之。○顾云：荒落之景，凄楚之情，可想。清古。"

周珽《唐诗选脉会通评林》："徐充云：三、四清绝。末二句言见月则同，听子规则异，意妙。"

毛先舒《诗辩坻》："（鸟道二句）句法孤露，意兴欲尽，尤易为浅学效颦，作者不欲数见者也。"

张谦宜《𬳶斋诗谈》："'鸟道一千里，猿啼十二时。'一直说出，险怪凄凉，味在言外。毛稚黄以为'意兴欲尽'，非也。"

姚鼐《今体诗抄》："已似大历间人。诗用'祭酒'、'女郎'，皆言异俗荒陋之义。"

胡震亨《唐音癸签》："'官桥祭酒客，山木女郎祠'。蜀道艰险，行必有祷祈。女郎，其丛祠之神；客，即祷神之行客也。合两句读之，生无限远宦跋涉之感。"

王达津说:"淡淡写来,将离情别绪寓于对蜀道险美、异乡风俗的轻轻点染之中。"(《王维诗选》)

邓安生说:"兴韵寄于风土,具有超俗的画意和诗情。首尾两联写尽了关切和相思,浑然神秀,无迹可求。"(《王维诗选译》)

陈铁民说:"'鸟道'二句,既是景语也是情语,道上的荒落之景与行者的凄楚之情融合为一。"(《王维新论》)

送邢桂州①

铙吹喧京口②,风波下洞庭③。赭圻将赤岸④,击汰复扬舲⑤。日落江湖白,潮来天地青。明珠归合浦⑥,应逐使臣星⑦。

此诗约作于开元二十年。

①"邢",述古堂本作"刑"。〇《旧唐书·地理志》:"桂州下都督府,天宝元年改为始安郡,乾元元年复为桂州。"〔赵注〕《旧唐书·睿宗诸子传》:"上元二年,金吾将军邢济兼桂州都督。"生按:《资治通鉴·肃宗纪》:"上元元年六月甲子,桂州经略使邢济奏:破西原蛮二十万众,斩其帅黄乾曜等。"则上元元年上半年邢在桂州,二年又去桂州。谭优学说:"天宝乱后,王维从未离开长安。所送并非邢济,而是另一邢某由京口出发往刺桂州,时王维也在京口。"(《王维生平事迹再探》)谭说是。或引皎然《因游支硎寺寄邢端公诗》,谓邢桂州即此曾任侍御史(尊称端公)的邢某。查皎然诗自注,邢某"始佐延州,俄典兹郡";"自桂州除侍御史";"左迁温州治中,量移润州长史"。此是长期担任州佐的另一邢某,亦非。桂州:治临桂,故治在今广西桂林市西。

②铙吹:即铙歌,有功大臣用于仪仗队中。见《送康太守》注⑤。〔赵注〕京口即今镇江。自宋至陈,常为重镇,在唐时丹阳郡之丹徒县。其城因山为垒,缘江为境。《尔雅》:"丘绝高曰京"。故名。

③〔赵注〕洞庭湖在岳州巴陵(今湖南岳阳)西南一里,南与青草湖

连。《舆地广记》："洞庭湖圆广五百余里，日月若出没于其中。"

④赭圻：音者祈。〔赵注〕《元和郡县志》："赭圻故城在宣州南陵县西北一百三十里，西临大江。"生按：在今安徽繁昌县西三十里。将：犹与。赤岸：见《送封太守》注⑦。此处泛指江苏六合至仪征一带赤色江岸。

⑤〔赵注〕屈原《九章·涉江》："乘舲船余上沅兮，齐吴榜以击汰。"〔陈注〕汰音代，水波；击汰，用桨划水。生按：扬舲，行船。见《送封太守》注④。《语辞汇释》："将字复字互文，复亦犹与也。"

⑥〔赵注〕《后汉书·孟尝传》："迁合浦太守。郡不产谷食，而海出珠宝。与交趾比境。先时宰守并多贪秽，诡人采求，不知纪极，珠遂渐徙于交趾郡（今越南河内西北）界。于是行旅不至，人物无资，贫者饿死于道。尝到官，革易前弊，求民利病，曾未踰岁，去珠复还，百姓皆返其业，商贾流通。"生按：合浦郡故治在今广西合浦县东北。

⑦逐：追随。〔赵注〕《后汉书·李郃传》："李郃，南郑人。善《河洛》风星，人莫之识。县召署幕门候吏。和帝即位，分遣使者，皆微服单行，各至州县，观采风谣。使者二人当到益部（益州刺史部，治绵竹），投李郃候舍（迎宾馆）。时夏夕露坐，郃因仰观，问曰：二君发京师时，宁知朝廷遣二使耶？二人默然。问何以知之？郃指星示云：有二使星向益州分野，故知之耳。"〔陈注〕二句谓明珠将随邢刺史到来而重归合浦。

评　笺

冒春荣《葚原诗说》："写景之句，以工致为妙品，真境为神品，淡远为逸品。如王维'日落江湖白，潮来天地青'，神品也。"

彭端淑《雪夜诗谈》："摩诘诗，佳句甚伙，如'日落江湖白，潮来天地青'；'大漠孤烟直，长河落日圆'，皆超然绝俗，出人意表。"

贺贻孙《诗筏》："王右丞诗虽极幽静，而气象每自雄伟。如'日落江湖白，潮来天地青'；'云里帝城双凤阙，雨中春树万人家'等语，其气象似在'九天阊阖开宫殿，万国衣冠拜冕旒'之上。如但以气象语求之，便失右丞远矣。○落韵自然，莫如摩诘。如'潮来天地青'，'行踏空庭落叶声'，'青'字'声'字偶然而落，妙处岂复有痕迹可寻？总之本领人下语下字，自与凡人不同，虽未尝不炼，然指他炼处，却无炉火之迹。若不求其本领，专学他一二字为炼法，是药汞银，非真丹也。"

《唐诗归》："谭云：爽甚。钟云：（五、六句下）奇语。"

高步瀛《唐宋诗举要》："（五、六句下）气象雄阔，涵盖一切。"

张文荪《唐贤清雅集》："雄阔，虽少陵无以过，神气各别。"

张谦宜《絸斋诗话》："'赭圻将赤岸，击汰复扬舲'，此当句对法。赭圻城在宣州，赤岸楚地，言自吴过楚一路所经之地也。击汰，棹搅水波；舲，船之有窗者，言舟楫之险也。"

沈德潜《说诗晬语》："对仗固须工整，而亦有一联中本句自为对偶者。五言如王摩诘'赭圻将赤岸，击汰复扬舲'，七言如杜子美'桃花细逐扬花落，黄鸟时兼白鸟飞'之类，方板中求活时或用之。"

沈德潜《唐诗别裁集》："三、四当句对，复用活对。'潮来'句奇警。末讽以不贪也，古人运意，曲折微婉。"

曹雪芹《红楼梦》四十八回："'日落江湖白，潮来天地青'。这白、青两个字也似无理。想来，必得这两个字才形容得尽，念在嘴里倒像有几千斤重的一个橄榄。"

屈复《唐诗成法》："一、二自京口往洞庭。三、四一路扬帆而去。五、六水行之景，雄俊阔大。七桂州。八人。不用虚字照应，以意贯串，此法最难。"

黄生《唐诗摘抄》："从京口达桂州，许多路程，叙得不板。赭圻、赤岸、击汰、扬舲，句中各自为对，名'就句对'。三、四对法，不衫不履，故五、六狠作一联，此补救之妙。江湖白，形容日之昏也；天地青，形容潮之白也，用意精绝。尾联寓意。下一'应'字，乃意中悬度之词。还珠与使臣星两事撮合作一处用，名'撮用古事'。"

王寿昌《小清华园诗谈》："讽谏诗，近体则当如太白之'宫中谁第一？飞燕在昭阳'；右丞之'明珠归合浦，应逐使臣星'；及张正言（谓）之《杜侍御送贡物戏赠》，皆能寓严厉于和平，乃所谓婉而多风者。"

顾随说："'诗中有画'，'画中有诗'。此二语不能骤然便肯，半肯半不肯。诗中有画，而绝非画可表现，仍是诗而非画；画中有诗，而绝非诗可能写，仍是画而非诗。摩诘诗：'日落江湖白，潮来天地青'。此摩诘了不起处，二句所画绝非画可表现，日、潮能画，其落、其来如何画？画中诗亦然，仍是画而非诗。"（《驼庵诗话》）

张志岳说："'日落'两句描写了色、光、态的融合。这里所表现的'光'是和作者对事物观察的细致分不开的。当太阳光照到江湖上时，不能显出江湖的本色来，只有在日落（而又没有风浪）时，才显得比任何时候都白。潮水来时，像排山倒海似的，在大起伏的潮面上，太阳光的色素大大减小了照映作用，于是只感到潮水的一片青光笼罩了天地似的。明确了这两句对光的描写，那江湖平静开阔的'态'，和那潮水汹涌澎湃、放出青光笼罩天地的'态'也就显出来了。像这样对'光'的变化的敏感和观察的细致，不是具有画家素养的诗人，是很难办到的。"（《诗词论析》）

葛晓音说："白、青二字，并不是落照和潮水的固有色，而是综合了环境、气氛等多种因素而构成的艺术意境中的色调。顾恺之《云台山记》说：'清天中，凡天及水尽用空青，竞素上下以映日'。可以看做是王维用白、青二字的美学依据。"（《山水田园诗派研究》）

尚定说："诗人在多数场合都以'白色'为底色，辅之以'青'。也许，白色、青色在诗人看来最能代表自然乃至宇宙的主色调。这与中国古典绘画的色彩运用有相通之处。"（《走向盛唐》）

送宇文三赴河西充行军司马①

横吹杂繁笳②，边风卷塞沙。还闻田司马③，更逐李轻车④。
蒲类成秦地⑤，莎车属汉家⑥。当令犬戎国⑦，朝聘学昆邪⑧。

①宇文三：未详何人。河西节度使治所在凉州。见《送张判官赴河西》注①。〔赵注〕《新唐书·百官志》：节度使有"行军司马一人，掌弼戎政。居则习蒐狩，有役则申战守之法。器械粮糒，军籍赐予，皆专焉。"

②"吹"，英华作"笛"。"笳"，述古堂本作"葭"，误。○〔赵注〕《古今注》："横吹，胡乐也。张搏望入西域，传其法于西京，惟得摩诃、兜勒二曲，李延年因胡曲更造新声二十八解。乘舆以为武乐。后汉以给边将军。"生按：《文献通考·乐考》："大横吹、小横吹，并以竹为之，笛之

类也。"繁筎:繁密的筎声。参见《双黄鹄歌》注⑦。

③〔赵注〕《汉书·田广明传》:"以郎为天水司马。"生按:借指宇文三。

④逐:追随。〔赵注〕《汉书·李广传》:"从弟李蔡,武帝元朔中为轻车将军,从大将军(卫青)击右贤王,有功中率,封为乐安侯。"鲍照《代东武吟》:"后逐李轻车,追虏穷塞垣。"生按:借河西节度使。

⑤"类",蜀刻本、元刊本、久本、活字本作"垒"。○〔赵注〕《汉书·西域传》:"蒲类国王治天山西疏榆谷。"《后汉书·班超传》:"战于蒲类海。"李贤注:"蒲类,匈奴中海名,在敦煌北。"生按:蒲类在今新疆巴里坤县境,海即巴里坤湖。蒲类原属匈奴,后属车师,汉宣帝神爵二年内附于汉。秦统一中国,汉代西域各国犹相沿称中国为秦。《汉书·西域传》:"秦人,我匄若马。"颜师古注:"谓中国人为秦人,习故言也。"

⑥"车",蜀刻本作"丘",误。述古堂本、元刊本、久本作"居"误。○莎音沙,车音耻遏切,不读居音。〔赵注〕《汉书·西域传》:"莎车国王治莎车城。"生按:莎车国在今新疆叶尔羌、莎车、叶城一带,莎车城在今莎车县境内。莎车约在汉武帝太初四年伐大宛后内属于汉。《后汉书·西域传》:"匈奴单于因王莽之乱,略有西域,惟莎车王延最强,不肯附属。常勅诸子,当世奉汉家,不可负也。"二句借秦、汉喻唐。

⑦犬戎:古戎人的一支。王国维《鬼方昆夷猃狁考》,谓犬戎随世易名,因地殊号。其见于商周间者曰鬼方,曰混夷,曰獯鬻;周季曰猃狁;春秋谓之戎,谓之狄;战国时始称匈奴,又称曰胡。此处借指吐蕃和西域少数民族王国。

⑧昆邪,音混牙。〔赵注〕《汉书·匈奴传》:"单于怒昆邪王、休屠王居西方为汉所杀虏数万人,欲召诛之。昆邪、休屠王恐,谋降汉。汉使骠骑将军迎之。昆邪王杀休屠王,并将其众降汉。于是陇西、北地、河西益少胡寇。"生按:《礼记·王制》:"诸侯之于天子也,比(每)年一小聘(使大夫问候),三年一大聘(使卿问候),五年一朝(亲自朝见)。"

评 笺

许学夷《诗源辩体》:"摩诘五言律,如'横吹杂繁筎',整栗雄厚者也。"

送 孙 二①

郊外谁相送②？夫君道术亲③。书生邹鲁客④，才子洛阳人⑤。祖席依寒草⑥，行车起暮尘⑦。山川何寂寞⑧，长望泪沾巾⑨。

①孙二：未详何人。或疑即孙秀才，然此是"与道术亲"者，彼是游于"建平家"者，不合。

②"郊"、"相"，英华作"郭"、"将"。

③夫君：对友人的敬称。《史记·日者列传》："先王圣人之道术"。道术亲：与道德学术相亲。

④孔子鲁人（今山东曲阜），孟子邹人（今山东邹县）。邹鲁客：孔孟门徒。《庄子·天下》："其在于诗书礼乐者，邹鲁之士、搢绅先生多能明之。""书生"后省判断词"是"，下句句型同。

⑤潘岳《西征赋》："贾生洛阳之才子。"《史记·贾生列传》："贾生名谊，洛阳人也。年十八，以能诵诗属书闻于郡中。文帝召以为博士。每诏令议下，诸老先生不能言，贾生尽为之对。超迁，一岁中至太中大夫。"

⑥祖席：饯别的宴席。见《淇上送赵仙舟》注②。

⑦"起"，英华作"薄"。

⑧"何"，英华作"向"，误。

⑨〔赵注〕张衡《四愁诗》："侧身北望涕沾巾。"

送崔三往密州觐省①

南陌去悠悠②，东郊不少留。同怀扇枕恋③，独念倚门愁④。路绕天山雪⑤，家临海树秋⑥。鲁连功未报，且莫蹈沧洲⑦。

此诗作于开元二十五年秋凉州幕中。

①崔三：未详何人。〔赵注〕《新唐书·地理志》："河南道：密州高密郡。"生按：密州故治在今山东诸城县。觐，进见；省，音醒，问安。觐省，探望父母。

②陌：道路。悠悠：遥远貌。《诗·鄘风·载驰》："驱马悠悠。"

③〔赵注〕《东观汉记》："黄香父为郡五官掾，贫无奴仆。香躬执勤苦，尽心供养。冬无被裤，而亲极滋味，暑即扇床枕，寒则身温席。"生按：指对亲情的思念。

④"念"，英华作"解"。○倚门：谓父母倚门望子归来。见《送友人南归》注⑥。此谓崔三去后惟独自己有念母倚门之愁。

⑤〔赵注〕《元和郡县志》："天山一名白山，一名折罗漫山，在伊州（今新疆哈密）北一百二十里，冬夏有雪，出好木及金铁，匈奴谓之天山，过之皆下马拜。"

⑥〔赵注〕《元和郡县志》："密州东至大海一百六十里。"

⑦〔赵注〕《史记·鲁仲连传》："鲁仲连者，齐人也。好奇伟俶傥之画策，而不肯仕宦任职，好持高节。齐田单攻聊城岁余，不下。鲁连乃为书，遗燕将。燕将欲归，恐诛；欲降，恐见辱，乃自杀。田单遂屠聊城。归而欲爵之，鲁连逃隐于海上，曰：吾与富贵而诎于人，宁贫贱而轻世肆志焉。"报：酬。蹈：赴。沧洲：滨水之地，指隐士居处。

送方尊师归嵩山①

仙官欲往九龙潭②，旌节朱旛倚石龛③。山压天中半天上④，洞穿江底出江南⑤。瀑布杉松常带雨，夕阳彩翠忽成岚⑥。借问迎来双白鹤，已曾衡岳送苏耽⑦。

①方尊师：未详何人。〔陈注〕尊师：道士的尊称。

②"往"，英华、蜀刻本作"住"。○〔陈注〕仙官，有爵位的神仙。此处尊称方道士。〔赵注〕葛洪《神仙传》："欲举形登天，上补仙官，常用金丹。"《一统志》："龙潭在登封县东二十五里嵩顶之东。"《登封县志》："九龙潭在太室东岩之半山巅，众水咸归于此，盖一大峡也。峡作九叠，每叠结为一潭，递相灌输，水色洞黑，其深无际。有石记，戒人游龙潭者，勿语笑以黩神龙，龙怒则有雷恐。"

③"旌"，蜀刻本、纬本、凌本、活字本作"毛"，通。○〔赵注〕《真诰》："老君佩神虎之符，带流金之铃，执紫毛之节，巾金精之巾。"刘孝绰《酬陆长史偋》："月殿曜朱旛，风轮和宝铎。"生按：旌节：此指道士所持节杖。参见《陇头吟》注⑪。旛：同幡。长幅下垂的旗。〔陈注〕石龛：供奉神像的小石阁。这句写方道士归嵩山时仙家仪仗之盛。

④压：坐镇。《白虎通》："中央之岳，居四方之中而高，故曰嵩高山。"〔陈注〕写嵩山的雄伟高峻。谓嵩山居天下之中央，高达半天之上。

⑤《幽明录》："嵩高山北有大穴，晋时有人误堕穴中。见二人围棋，局下有一杯白饮。堕者饮之，气力十倍。棋者曰：从此西行有大井，但投身入井自出也。堕者如言，可半年乃出于蜀中。"《风土记》："太湖中山有洞穴，傍行地中，无所不通，谓之洞庭。"〔陈注〕写九龙潭的深邃奇诡。生按：嵩山洞穴可通江南之说，或系糅合上述传说而成。

⑥"彩"，全唐诗作"苍"。○彩翠：指青翠的山峦在夕阳辉映下呈现出的斑斓色彩。岚：音兰，山林中的雾气。

⑦《郴江集》："郴（今湖南郴县）人苏耽一日白母曰：'耽当为神仙，不得终养。'因留柜曰：'有所乏可叩之。'母有乏叩柜，其物立致。后三年，母疑，开铃视之，双鹤飞去，叩之无复应。"葛洪《神仙传·苏仙公》："先生洒扫门庭，修饰墙宇。友人曰：'有何邀迎？'答曰：'仙侣当降。'俄顷之间，乃见天西北隅，紫云氤氲，有数十白鹤飞翔其中，翩翩然降于苏氏之门，皆化为少年。先生敛容逢迎，乃跪白母曰：'某受命当仙，仪卫已至，当违色养。'即便拜辞。"双鹤送苏耽赴南岳衡山之事，系糅合上述故事而成。〔陈注〕衡山距郴县不远，借指苏耽仙居所在。二句谓：询问迎面飞来的一双白鹤，得知已将苏耽送至衡岳，衡岳喻嵩山，苏耽喻方道士。

评　笺

许学夷《诗源辩体》："'瀑布杉松常带雨，夕阳彩翠忽成岚。'诗中有画者也。"

沈德潜《唐诗别裁集》："（山压二句）奇境，非此奇句，不能写出。"

王闿运批《唐诗选》："山林诗有富贵气。"

方东树《昭昧詹言》："《送方尊师归嵩山》。起，破题明切。中四分写嵩山远近大小景，奇警入妙。收亦奇气喷溢，笔势宏放，响入云霄。"

王寿昌《小清华园诗谈》："何谓奇？曰：语之奇者，如右丞之《送方尊师归嵩山》；意之奇者，如元微之之《放言》；格之奇者，如少陵之《白帝城最高楼》是也。然奚必尔哉！但如右丞之'日落江湖白，潮来天地青'，少陵之'路危行木杪，身远宿云端'，可矣。"

钱锺钟书《谈艺录》："《瓯北诗话》：卷十二论香山《寄韬光禅师》诗：'东涧水流西涧水，南山云起北山云'，以为此种句法脱胎右丞之'城外青山如屋里，东家流水入西邻。'按摩诘《送方尊师归嵩山》云：'山压天中半天上，洞穿江底出江南'，较瓯北所引摩诘一联更切。"

陈贻焮说："诗中将道士当作神仙来描写。先写仙家送行情景，并点明所归之地；中写嵩山景物的神奇美丽；末写仙驾往返之速。"（《王维诗选》）

林庚说："瀑布杉松常带雨，夕阳彩翠忽成岚。''门外青山如屋里，东家流水入西邻'。又是何等自然飞动！这里正是通过大自然的各个方面，表现出时代生命的脉搏。因此，他的山水诗具有着广阔的天地，而并非局于幽寂的一隅，它们活泼的生机，新鲜的气息，与整个时代的脉搏是和谐一致的，因而也就汇入了时代的合唱之中。"（《唐代四大诗人》）

萧弛说："（'瀑布'二句）这是更动情的色彩，也是更自然的色彩。即'若有物色，无意兴，虽巧亦无处用之'，然'假物不如真象，假色不如天然'。（《文境秘府论》）在山水诗的色彩学中，我们也能看到再现与表现的一致关系。"（《中国诗歌美学》）

生按：送别方尊师，却从方尊师回到嵩山后的情景设想，意奇，境奇，诗奇。

送杨少府贬郴州①

明到衡山与洞庭②，若为秋月听猿声③！愁看北渚三湘近④，恶说南风五两轻⑤。青草瘴时过夏口⑥，白头浪里出滠城⑦。长沙不久留才子，贾谊何须吊屈平⑧！

①"郴"，唐诗鼓吹作"柳"。○杨少府：未详何人。唐人称县尉为少府。郴：音痴恩切。《新唐书·地理志》："江南西道：郴州桂阳郡。"州治在今湖南郴县。

②明：明日，泛指未来某日。衡山：在今湖南衡山县西北三十里。洞庭湖：在今湖南岳阳市西南一里。

③《语辞汇释》："若，犹恁也，那也。有'若为'二字联属为一辞者。此言恁堪于秋月之下听猿声，触起贬谪之悲也。"

④"看"，述古堂本作"君"。"近"，蜀刻本、述古堂本、元刊本、久本、活字本、鼓吹作"客"。唐诗正音、品汇、全唐诗作"远"。○〔赵注〕《水经注·湘水》："冯水出临贺郡冯乘县（今湖南江华县）东北冯冈。冯水带约众流，浑成一川，谓之北渚。"生按：屈原《九歌·湘夫人》："帝子降兮北渚。"王逸注："尧二女娥皇、女英，随舜不返，没于湘水之渚。"则北渚是湘水北面一小洲。《湖南通志·长沙府》："湘犹相也，言有所合。至永州与潇水合曰潇湘，至衡阳与蒸水合曰蒸湘，至沅江与沅水合曰沅湘，合众流以达洞庭。"

⑤五两：觇测风向风力之物，鸡毛做成，重五两。郭璞《江赋》："觇五两之动静。"李善注："许慎《淮南子》注曰：'统，候风也，楚人谓之五两也。'"〔陈注〕五两轻：谓风大。南风大则北上之船行速，杨今南贬，不能北归，故厌听南风大之说。

⑥〔赵注〕《广州记》："地多瘴气。夏为青草瘴，秋为黄茅瘴。"生按：瘴气，南方山林间湿热蒸郁致人疾病之气。《水经注·江水》："夏口城，魏黄初二年，孙权所筑也。"故址在湖北武昌西黄鹄山上。

⑦"出"，唐诗正音作"见"。○〔赵注〕《元和郡县志》："隋文帝平陈，置江州总管，移治溢城。"《一统志》："溢城即今九江府治。"生按：去郴州不经溢城。陈贻焮释为"预计明年春天瘴起，水涨之时，即可自湘乘船过夏口，经溢城而归"，此说是。

⑧〔赵注〕《汉书·贾谊传》："天子议以贾谊任公卿之位。绛、灌、东阳侯、冯敬之属尽害之，乃毁谊曰：'年少初学，专欲擅权，纷乱诸事。'于是天子后亦疏之，不用其议，以谊为长沙王太傅。谊既以谪去，意不自得，及度湘水，为赋以吊屈原。屈原，楚贤臣也，被谗放逐，作《离骚》赋。谊追伤之，因以自喻。"《史记·屈原列传》："屈原者，名平，楚之同姓也。"〔陈注〕意谓在湘不久，定能承恩复用，不必过于自伤。

评　笺

许学夷《诗源辩体》："摩诘七言律，如'渭水自萦'、'汉主离宫'、'明到衡山'等篇，皆华丽秀雅者也。"

桂天祥《批点唐诗正声》："维诗调清气逸，诸律中之佳者。"

王世懋《艺圃撷余》："唐律由初而盛，由盛而中，由中而晚，时代声调，故自必不可同。然亦有初而逗盛，盛而逗中，中而逗晚者，何也？逗者变之渐，非逗故无由变也。故诗之有变风变雅，便是《离骚》远祖。子美七言律之有拗体，其犹变风变雅乎？唐律之由盛而中，极是盛衰之介。然王维、钱起，实相唱酬，子美全集，半是大历以后，其间逗漏，实有可言。聊指一二，如右丞'明到衡山'篇，嘉州'函谷''磻溪'句，隐隐钱、刘、卢、李间矣。至于大历十才子，其间岂无盛唐之句？盖声气犹未相隔也。"

谢榛《四溟诗话》："杜牧之《开元寺水阁》诗云：'六朝文物草连空，天淡云闲今古同。鸟去鸟来山色里，人歌人哭水声中。深秋帘幕千家雨，落日楼台一笛风。惆怅无因见范蠡，参差烟树五湖东。'此上三句落脚字，皆自吞其声，韵短调促，而无抑扬之妙。王摩诘《送杨少府贬郴州》亦同前病，岂声调不拘邪！"

方东树《昭昧詹言》："《送杨少府贬郴州》，直从杨贬起，留'送'字。三、四句正入己之送。五、六切郴州。收句应有之义，亲切入妙，又切地切贬。重复七地名不忌。"

管世铭《读雪山房唐诗序例》："领颈两联，如二句一意，无异车前骖仗，有何生气？唐贤之可法者，如王维'愁看北渚'二句，皆神韵天成，变化不测。宋、元以后，此法不讲，故曰近凡庸。"

沈德潜《唐诗别裁集》："不能北归，反恶南风，语妙意曲。"

王寿昌《小清华园诗谈》："何谓曲？曰：高常侍之《送侍御谪闽中》暨王右丞之《送杨少府贬郴州》，如此深婉，乃为真曲耳。"

王闿运批《唐诗选》："起不作势，却扫除门面语。"

谭宗《近体阳秋》："悲者语多婉，愤者气多直。二句直起，既浩而愤，复险而悲。"

《王摩诘诗评》："顾云：此篇述迁谪之时，觉道路益远所遇景物皆成愁寂，已善赋矣。临结又用一故实翻缴公案，用意忠厚，其味深长，他作所无。"

黄培芳《唐贤三昧集笺注》："顾云：清响。〇（恶说二字）此是字法，极有关键，不同挑弄之虚字也。通体音节甚高，筋节亦动荡。"

唐汝询《唐诗解》："三'四弱在'愁看'、'恶说'四字，五、六滥觞晚唐。"

金人瑞《圣叹外书》："此前解，手法最奇。看他一二，公然便向并未曾别之人，首先用勾魂摄魄之笔深探入去，逆料其到衡山到洞庭，必不能对秋月而听猿声者。于是三、四方更抽笔出来，重写'愁看北渚'、'恶说南风'，目前一段惜别光景。此皆是先生一生学佛，深入旋陀罗尼法门（圆满具足、出没无碍的法门），故能有如此精深曲畅之文也。"

赵殿成按："送人迁谪，用贾谊事者多矣，然俱代为悲忿之词。惟李供奉《巴陵赠贾舍人》诗云：'圣主恩深汉文帝，怜君不遣到长沙'，与右丞此篇结句，俱得忠厚和平之旨，可为用事翻案法。"

生按：此诗时地交错，似断还续，前四句写今年，后四句写明年，与《出塞作》前四句写敌方、后四句写我方同例，须细参。又，此诗三、五、七句句脚声调相同，唐诗中不多见，后人亦称"上尾"，应当避免。

送秘书晁监还日本国 并序①

舜觐群后，有苗不服②。禹会诸侯，防风后至③。动干戚之舞④，兴斧钺之

诛⑤。乃贡九牧之金⑥，始颁五瑞之玉⑦。我开元天地大宝圣文神武应道皇
帝⑧，大道之行，先天布化⑨；乾元广运，涵育无垠⑩。若华为东道之标⑪，戴
胜为西门之候⑫。岂甘心于邛杖⑬，非征贡于苞茅⑭。亦由呼韩来朝，舍于蒲陶
之馆⑮；卑弥遣使，报以蛟龙之锦⑯。牺牲玉帛，以将厚意⑰；服食器用，不宝
远物⑱。百神受职，五老告期⑲，况乎戴发含齿，得不稽颡屈膝⑳？海东国日本
为大，服圣人之训，有君子之风㉑。正朔本乎夏时㉒，衣裳同乎汉制。历岁方
达，继旧好于行人㉓；滔天无涯，贡方物于天子㉔。司仪加等，位在王侯之
先㉕；掌次改观，不居蛮夷之邸㉖。我无尔诈，尔无我虞㉗。彼以好来，废关弛
禁㉘；上敷文教，虚至实归。故人民杂居，往来如市。晁司马结发游圣，负
笈辞亲㉙，问礼于老聃，学《诗》于子夏㉚。鲁借车马，孔丘遂适于宗周㉛；
郑献缟衣，季札始通于上国㉜。名成太学，官至客卿㉝。必齐之姜，不归娶于
高、国㉞；在楚犹晋，亦何独于由余㉟。游宦三年，愿以君羹遗母㊱；不居一
国，欲其昼锦还乡㊲。庄舄既显而思归，关羽报恩而终去㊳。于是驰首北阙，
裹足东辕㊴。箧命赐之衣，怀敬问之诏㊵。金简玉字，传道经于绝域之人㊶；方
鼎彝樽，致分器于异姓之国㊷。琅邪台上，回望龙门㊸；碣石馆前，窅然鸟
逝㊹。鲸鱼喷浪，则万里倒回㊺；鹢首乘云，则八风却走㊻。扶桑若荠㊼，郁岛
如萍㊽。沃白日而簸三山，浮苍天而吞九域㊾。黄雀之风动地㊿，黑蜃之气成
云[51]。淼不知其所之[52]，何相思之可寄？嘻！去帝乡之故旧，谒本朝之君臣。
咏七子之诗[53]，佩两国之印。恢我王度，谕彼蕃臣[54]。三寸犹在，乐毅辞燕而
未老[55]；十年在外，信陵归魏而逾尊[56]。子其行乎! 余赠言者。

积水不可极，安知沧海东[57]？九州何处远，万里若乘空[58]。
向国惟看日，归帆但信风[59]。鳌身映天黑[60]，鱼眼射波红[61]。乡
树扶桑外，主人孤岛中[62]。别离方异域，音信若为通[63]!

此诗作于天宝十二载。
①"送"，品汇作"奉"，误。极玄集无"秘书"二字。"还"，极玄集、
英华、正音作"归"。极玄集、品汇无"国"字。各本惟全唐诗、赵本载序。
○《旧唐书·职官志》："秘书监一员，从三品；少监二员，从四品上。秘书
监之职，掌邦国经籍图书之事。少监为之贰。晁衡（公元698—770），日本

人，原名阿倍仲麻吕。开元五年三月，参加元正天皇所派第七次入唐使团来唐留学，天皇赐名朝臣仲麻吕，同行有僧玄昉、吉备真备、太和长冈等人。九月至长安，旋入太学。后应举入仕，改名朝（晁）衡。历任太子左春坊司经局校书、左拾遗、左补阙、仪王友、司马、秘书监兼卫尉卿。天宝十一载，孝谦天皇派入唐大使藤原清河至长安，次年秋返日本。晁衡欲同归，玄宗命衡以唐使身份随清河回国。过扬州，访鉴真。经苏州，渡东海。十二月六日至琉球，遇暴风，衡与清河所乘船漂流至安南骧州。十四载六月，二人重返长安。上元中，擢衡为左散骑常侍、镇南都护。大历五年正月卒。"〔赵注〕《新唐书·东夷传》："日本，古倭奴也。在海中，岛而居。国无城郭，联木为栅落，以草茨屋。左右小岛五十余，皆自名国，而臣附之。后稍习夏音，更号日本。使者自言，国近日所出，以为名。"

②"服"，蜀刻本、全唐诗作"格"。○觐：会见。后：君；群后，诸侯。《史记·五帝本纪》："帝尧老，命舜摄行天子之政。五岁一巡狩，群后四朝。摄政八年而尧崩。天下归舜。"有苗：即三苗、三毛、蛮。《战国策·魏策》："三苗之居，左有彭蠡（鄱阳湖）之波，右有洞庭之水，文山在其南而衡山（安徽霍山）在其北。"〔赵注〕《韩非子·五蠹》："当舜之时，有苗不服，禹将伐之，舜曰'不可。上德不厚而行武，非道也。'乃修教三年，执干戚舞。有苗乃服。"

③《史记·夏本纪》："舜命禹平水土，众民乃定，万国为治。舜荐禹于天，为嗣。十七年而帝舜崩，禹于是遂即天子位。十年，帝禹东巡狩，至于会稽而崩。"《国语·鲁语》："昔禹致群神于会稽之山，防风氏后至，禹杀而戮之。"

④《礼记·乐记》："干戚之舞。"郑玄注："干，盾也；戚，斧也。武舞所执也。"

⑤戚：音越。《书·顾命》："执戚。"郑玄注："戚，大斧。"《国语·鲁语》："大刑用甲兵，其次用斧戚。"诛：杀。

⑥《礼记·曲礼》："九州之长，入天子之国曰牧。"〔赵注〕《左传·宣公三年》："昔夏之方有德也，远方图物，贡金九牧，铸鼎象物。"九州：指中国古代各行政区。见《奉和圣制暮春送朝集使》注⑦。

⑦〔赵注〕《书·舜典》："揖五瑞，既月乃日，觐四岳群牧，颁瑞于群后。"孔颖达疏："辑是敛聚，颁为散布。《周礼·典瑞》云：'公执桓

圭，侯执信圭，伯执躬圭，子执谷璧，男执蒲璧。'是圭璧为五等之瑞，诸侯执之以为王者瑞信，故称瑞也。复还五瑞于诸侯者，此瑞本受于尧，敛而又还之，若言舜新付之，改为舜臣，与之正新君之始也。"

⑧〔赵注〕《旧唐书·玄宗本纪》："天宝八载闰六月丙寅，群臣上皇帝尊号，为开元天地大宝圣文神武应道皇帝。"

⑨〔赵注〕《易·乾》："夫大人者，先天而天弗违。"孔颖达疏："若在天时之先行事，天乃在后不违，是天合大人也。"生按：谓履行最高的治世原则，都在事先施行教化。

⑩《易·乾》："大哉乾元，万物资始，乃统天。"《春秋繁露·重政》："元者，为万物之本。"乾元：乾之元，指天道、君德。〔赵注〕《书·大禹谟》："帝德广运。"孔安国传："广谓所覆者大，运谓所及者远。"《宋书·顾恺之传》："大圣人虚怀以涵育（教育化育），凝明以洞照。"屈原《九章》："穆渺渺之无垠。"王逸注："垠，岸涯也。"生按：谓教化所及广大无边。

⑪"若华"，赵注本作"苦垂"，误。○屈原《天问》："羲和之未扬，若华何光？"王逸注："言日未出之时，若木何能有明赤之光华。羲和，日御也。《淮南子》曰：若木在建木西，末有十日，其华照下地。"《说文》："叒，日初出东方汤谷，所登扶桑，叒木也。"叒为若的初文。句谓若木是东行道路的标志。

⑫〔赵注〕《山海经·西山经》："玉山是西王母所居也。西王母，其状如人，豹尾虎齿而善啸，蓬发戴胜，是司天之厉及五残。"郭璞注："胜，玉胜也。"《三辅黄图》："汉城门皆有候，门候，主候时，谨启闭也。"生按：胜，花形首饰。戴胜，此处借指西王母。候，守望国门者。

⑬邛杖：筇竹仗。见《谒璿上人》注〔廿四〕。《史记·大宛列传》："（张）骞曰：'臣在大夏（故地在今阿富汗北部）时，见邛竹杖、蜀布。大夏国人曰：吾贾人往市之身毒（印度）。今身毒国有蜀物，此其去蜀不远矣。今使大夏，从蜀宜径，又无寇。'天子既闻大宛（故地在今俄国费尔干纳盆地）及大夏、安息（故地在今伊朗呼罗珊地区）之属皆大国，多奇物，贵汉财物；且诚得而以义属之，则广地万里，威德遍于四海。天子欣然，以骞言为然。"

⑭〔赵注〕《左传·僖公四年》："齐侯以诸侯之师伐楚。楚子使与师言。管仲对曰：尔贡包茅不入，王祭不供，无以缩酒，寡人是征。"杜预

注："包，裹束。茅，菁茅。束茅而灌之以酒，为缩酒。"生按：杨伯峻注：
"征，责问也。"古代祭祀时，用菁茅滤酒去滓，谓之缩酒。

⑮《经词衍释》："由，同犹，若也。"据《汉书·匈奴传》：汉宣帝甘露元
年，呼韩邪单于被其兄郅支单于打败，遂南迁归附汉朝。其后呼韩邪北归匈奴王
庭，郅支引兵而西。汉元帝建昭三年，西域都护发兵至康居（故地在今俄国哈萨
克斯坦南部及锡尔河中下游）诛郅支。竟宁元年，呼韩邪复入朝，自言愿为汉婿。
元帝以后宫良家子王嫱字昭君赐单于。汉哀帝元寿二年，呼韩邪子乌珠留若鞮单
于来朝，舍于上林苑蒲陶宫。自宣帝至哀帝前后六十余年，北边安宁。〔高注〕古
人往往两事合用，赵注以此非呼韩邪，盖误用，殆亦未知此例耳。

⑯〔赵注〕《三国志·魏书·东夷传》："（魏明帝）景初二年十二月，
诏书报倭女王曰：'制诏亲魏倭王卑弥呼：带方（故治在今朝鲜凤山郡境）
太守刘夏，遣使送汝大夫难升米、次使都市牛利奉汝所献男生口四人，女
生口六人，班布二匹二丈，已到。汝所在踰远，乃遣使贡献，是汝之忠孝。
今以绛地交龙锦五匹，绛地绉粟罽十张，茜绛五十匹，绀青五十匹，答汝
所献贡直。悉可以示汝国中人，使知国家哀汝，故郑重赐汝好物。'"

⑰牺牲：古代祭祀时宰杀的纯毛全牛（或羊、豕）。《书·微子》："神
祇之牺栓牲。"孔安国传："色纯曰牺，体完曰栓，牛羊豕曰牲。"玉帛：
古代诸侯祭祀、会盟、朝聘时所执的圭璧和束帛。《书·舜典》："五玉、
三帛。"孔安国传："修吉、凶、军、宾、嘉之礼，五等诸侯执其玉。三帛，
诸侯世子执纁，公之孤执玄，附庸之君执黄。"郑玄注："执之曰瑞，陈列
曰玉，三帛所以荐玉也。"将：致，表达。此谓玄宗事神虔诚。

⑱〔赵注〕《书·旅獒》："不宝远物，则远人格（至）。"此谓玄宗生
活中不追求边远异物。

⑲〔赵注〕《礼记·礼运》："故礼行于郊，而百神受职焉。"孔颖达疏：
"百神，天之群神。王郊天备礼，则星辰不忒（差错），故云受职。"《宋书·
符瑞志》："尧率舜等升首山，遵河渚。有五老游焉，盖五星之精也。相谓
曰：河图将来（伏羲时，有龙马负图出黄河中），告帝以期。"生按：《白虎
通》："天下太平，阴阳和，万物序，故符瑞应德而至。德至渊泉，即河出龙
图，洛出龟书。"此谓百神各司其职，星精告以祥瑞将至之期。

⑳〔赵注〕《列子·黄帝》："有七尺之骸，手足之异，戴发含齿，倚

而趋者，谓之人。"生按：得，能。稽音起，留；颡音嗓，额。下跪叩头时，俯额近地，留止片刻，称为稽首，即此稽颡。

㉑服：奉行。圣人：指孔子。君子：才德出众的人。风：风度。

㉒《礼记·大传》："改正朔。"孔颖达疏："改正朔者，正谓年始，朔谓月初。言王者得政，示从我始，改故用新。周子，殷丑，夏寅，是改正也；周夜半，殷鸡鸣，夏平旦，是易朔也。"生按：正朔，指皇帝新颁的历法。自汉武帝太初元年至清末，我国皆用夏历，以建寅之月为正月，俗称阴历（其实是阴阳合历）。

㉓《左传·襄公四年》："使行人子员问之。"杜预注："行人，通使之官。"此谓日本要经过多年，才派使者至唐，延续双方已建立的友好关系。生按：玄宗时日本曾三次（开元五年、二十二年，天宝十一载）派'遣唐使'至唐。

㉔滔天：漫天，形容大水，此指海水。《书·尧典》："浩浩滔天。"方物：地方土特产品。《汉书·五行志》："昔武王克商，通道百蛮，使各以方物来贡。"

㉕司仪：礼宾之官，唐为典客令。《周礼·秋官·司仪》："掌九仪之宾客傧相之礼。"《旧唐书·职官志》："鸿胪寺：典客署，令一人，从七品下。掌二王后之版籍及四夷归化在蕃者之名数。凡朝贡、宴享、送迎，皆预焉。辨其等位，供其职事。"加等：提高接待等级。〔赵注〕《汉书·匈奴传》："呼韩邪单于朝天子于甘泉宫，汉宠以殊礼，位在诸侯王上，赞谒称臣而不名。"

㉖掌次：职掌安置休息处所的官。〔赵注〕《周礼·天官·掌次》："掌王次之法，以待张事（张施帷幕之事）。诸侯朝觐会同，则张大次小次。"郑玄注："次，幄也。"《后汉书·西域传》："传送京师，悬蛮夷邸。"李贤注："蛮夷皆置邸以居之，若今鸿胪寺也。"《三辅黄图》："蛮夷邸在长安城内藁街。"生按：改观，另眼看待。邸，客馆。以上四句指对日本使臣在礼仪上的特殊待遇。

㉗〔赵注〕《左传·宣公十五年》："宋及楚平。华元为质。盟曰：我无尔诈，尔无我虞。"生按：虞，欺。

㉘废关：停止关门检查；弛禁：解除禁令。

㉙"上"，纬本作"止"，误。○〔赵注〕《书·禹贡》："三百里揆文

教，二百里奋武卫。"生按：上，皇上。敷，布，施。文教，文章教化、礼乐制度。虞实至归，谓归国时德业充实。

㉚按《旧唐书·职官志》，亲王府属官，有司马"统领府僚，纪纲职务。"都督府、州郡属官，皆有司马，"掌贰府州之事，以纲纪众务。"据此文知晁衡曾任司马（疑为王府司马）。结发：束发挽髻于顶。《大代礼记·保傅》）："束发而就大学。"卢辩注："束发谓成童。《白虎通》云：'十五入大学'，此太子之礼。《尚书大传》云：'二十八大学'，此世子（卿大夫元士嫡子）入学之期。"游圣：游于圣人之门，指来唐求学。笈：书箱。

㉛〔赵注〕《孔子家语》："孔子问礼于老聃。"又："卜商，卫人，字子夏，习于诗，能通其义，以文学著名。"生按：聃音丹。《史记·老子列传》："老子者，楚苦县（故治在今河南鹿邑东）厉乡曲仁里人也，姓李氏，名耳，字聃，周守藏室之史也。"借指从名师学习六经。

㉜〔赵注〕《孔子家语》："南宫敬叔言于鲁君曰：'孔子将适周（东周王都洛邑），观先王之遗制，考礼乐之所极，斯大业也，君盍以乘资之，臣请与往。'公曰'诺'。与孔子车一乘，马二匹，竖子侍御，敬叔与俱至周。"生按：宗周，周王都。见《奉和圣制暮春送朝集使》注②。

㉝〔赵注〕《左传·襄公二十九年》："吴公子札聘于郑，见子产，如旧相识。与之缟带，子产献纻衣焉。""缟衣"字疑误。生按：春秋时郑国，辖今河南中部，都新郑。子产，郑大夫，后为执政。季札，春秋时吴（辖今江苏中南部及皖东、浙北之一部分，都吴，今苏州）王寿梦之季子，名札，于鲁襄公二十九年聘问鲁、齐、郑、卫、晋等国。因中原诸国在吴国上流，故称上国。此谓晁衡入朝受到大臣接待。

㉞唐国子监有国子学、太学、四门学、律学、书学、算学。《旧唐书·职官志》："太学博士掌教文武五品以上及郡县公子孙，从三品曾孙之为生者。学生五百人。"生按：日本留学生入大学，晁衡毕业于太学。客卿：秦官。他国人来秦国做官，其位为卿，而以客礼待之，故称。晁衡日本人，官至从三品秘书监兼卫尉卿，职位与卿相当。

㉟〔赵注〕《诗·陈风·衡门》："岂其娶妻，必齐之姜。"郑玄笺："姜，齐姓。"《左传·定公九年》："齐侯伐晋夷仪。敝无存曰：此役也不死，返必娶于高、国。"杜预注："高氏、国氏，齐贵族也。无存欲必有功，

还娶卿相之女。"生按：此谓晁衡使唐有功，归国当与贵族联姻，然已长期留华，无须归娶。此年晁衡已五十五岁，大约已与长安名门之女婚配。

㊱〔赵注〕《左传·昭公三年》："苟有寡君，在楚犹在晋也。"《史记·秦本纪》："戎王闻穆公贤，故使由余观秦。秦穆公示以宫室、积聚。由余曰：'使鬼为之，则劳神矣；使人为之，亦苦民矣。'穆公退而问内史疗曰：'孤闻邻国有圣人，敌国之忧也。今由余贤，将奈之何？'内史疗曰：'君臣有间，乃可虏也。且戎王好乐，必怠于政。'穆公因与由余曲席而坐，传器而食，问其地形与其兵势，尽察，而后令内史疗以女乐二人遗戎王。戎王受而悦之，终年不还。于是秦乃归由余。由余数谏不听，穆公又数使人间要由余，由余遂去降秦。"生按："亦何独"句，像由余这样的人又何止一个。独，惟一的。于是，助词。

㊲《左传·宣公二年》："（赵）宣子田于首山，舍于翳桑，见灵辄饿。食之，舍其半。问之。曰：'宦三年矣，未知母之存否，今近焉，请以遗之。'"〔赵注〕《左传·隐公元年》："颍考叔为颍谷封人。有献于公。公赐之食。食舍肉。公问之，对曰：小人有母，皆尝小人之食矣，未尝君之羹，请以遗之。"

㊳〔赵注〕《汉书·李广传》："贤者不独居一国，范蠡遍游天下，由余去戎入秦。"《前汉纪》："朱买臣拜会稽太守。上谓之曰：富贵不归故乡，如衣锦夜行。"生按：《三国志·魏书·张既传》："魏国既建，为尚书，出为雍州刺史。太祖谓既曰：还君本州，可谓衣锦昼行矣。"

㊴舄：音夕。〔赵注〕《史记·陈轸传》："越人庄舄仕楚执珪，有顷而病。楚王曰：'亦思越不？'对曰：'凡人之思故，在其病也，彼思越则越声，不思越则楚声。'使人往听之，犹尚越声也。"

㊵〔赵注〕《三国志·蜀书·关羽传》："建安五年，曹公东征，先主奔袁绍。曹公擒羽以归，拜为偏将军，礼之甚厚，而察其心神，无久留之意。谓张辽曰：'卿试以情问之。'既而辽以问羽。羽叹曰：'吾极知曹公待我厚，然吾受刘将军厚恩，誓以共死，不可背之。吾终不留，吾要当立效以报曹公乃去。'及羽杀颜良，曹公知其必去，重加赏赐。羽尽封其所赐，拜书告辞，而奔先主于袁军。"

㊶"驰"，蜀刻本、述古堂本作"地"，误。全唐诗作"稽"。○驰通施，延也。驰首：伸首、翘首。北阙：指朝廷。《汉书·高帝纪》："肖何治未央宫，立东阙、北阙。"颜师古注："未央殿虽南向，而上书奏事谒见

之徒，皆诣北阙，是以北阙为正门。"〔赵注〕《后汉书·郅恽传》："俯首
裹足而去。"生按：辕，大车的左右车杠，代指车。东辕，东行的车。翘首
北阙，谓留恋不舍，缠裹其足，谓起步前行。或释裹足为束缚其足止步不
前，是反训义，虽亦可通，但与前后文意不合。

　　㊷筐：音切，藏物小箱。用作动名词，谓放置筐中。命赐之衣：即命
服，天子按官爵等级所赐的官服。官爵等级，周代称为命，自士至上公凡
九等，九命最高；魏晋以后称为品，正一品最高。〔赵注〕《汉书·匈奴
传》："孝文前六年，遗匈奴书曰：皇帝敬问匈奴大单于无恙。"生按：此
指玄宗问候日本天皇的诏书。

　　㊸《吴越春秋·越王无余外传》："其书金简，青玉为字，编以白银。"
《荀子·解蔽》："故道经曰：人心之危，道心之危。"杨倞注："今《虞书》
有此语，而云道经，盖有道之经也。"生按：此谓晁衡带回珍贵的图书。

　　㊹〔赵注〕《左传·昭公七年》："晋侯赐子产莒之二方鼎。"孔颖达
疏："鼎三足则圆，四足则方。"《书·序》："武王既胜殷，邦诸侯，班宗
彝，作分器。"孔安国传："赋宗庙彝器酒樽赐诸侯，言诸侯尊卑，各有分
也。"孔颖达疏："郑玄云：'彝亦尊也，郁邑（用郁金草酿黑黍而成的酒）
曰彝。'然则盛邑者为彝，盛酒者为尊，皆祭宗庙之酒器也。"生按：异姓
之国，指日本。分器，天子分赐诸侯世守之器。

　　㊺〔赵注〕《舆地广记》："越王勾践欲霸中国，徙都琅琊（故地在今山东
胶南县西南夏河城），起观台于山，周七里，以望东海。"《水经注·潍水》：
"琅琊，秦始皇二十六年灭齐，以为郡。遂登琅琊山，作层台于其上谓之琅琊
台。台在城东南十里，孤立特显，出于众山，上下周二十里余，傍滨巨海。秦
王乐之，因留三月。"《太平寰宇记》："龙门山在同州韩城县北五十里。《三秦
记》云：河津一名龙门，外悬泉而两旁有山，川陆不通，鱼鳖莫上。"

　　㊻〔赵注〕《水经注·濡水》："濡水又东南至絫县（今河北昌黎县）
碣石山。"王应麟《通鉴地理通释》："碣石在汉右北平郡骊城县（今河北
乐亭县），碣然而立在海旁。其山昔在河口海滨，历世既久，为水所渐，沦
入于海。"生按：昌黎县北碣石山，是秦皇、汉武、魏武登碣石观海处。乐
亭县东北海旁碣石、学者研究，可能是今海上祥云、李家、桑坨等岛。碣
石馆：指海边馆驿。夐：同迥、回，远也。木华《海赋》："望涛远决，回

然鸟逝。”谓船行海上，如飞鸟很快消失于远方。

㊼〔赵注〕《古今注》：“鲸鱼者，海鱼也，小者长数十丈。常以五月六月就岸边生子，至七八月，导从其子还大海中。鼓浪成雷，喷沫为雨，水族惊畏，皆逃匿莫敢当者。”

㊽〔赵注〕《淮南子·本经训》：“龙舟鹢首，浮吹以娱。”高诱注：“鹢，大鸟也，画其像著船头，故曰鹢首。”《淮南子·坠形训》：“何谓八风？东北曰炎风，东方曰条风，东南曰景风，南方曰巨风，西南曰凉风，西方曰飚风，西北方曰丽风，北方曰寒风。”生按：鹢首，借指船。却走，退走。谓船行飞快。

㊾〔赵注〕《山海经·海外东经》：“汤（又作‘旸’）谷上有扶桑，十日所浴，在黑齿北。居水中，有大木，九日居下枝，一日居上枝。”郭璞注：‘扶桑，扶木也。’《海内十洲记·带洲》：“扶桑在碧海之中，地方万里。多生林木，叶如桑，又有椹，树长者二千丈，大二千余围。树两两同根偶生，更相依倚，是以名为扶桑也。”《梁书·东夷传》：“扶桑国在大汉国东二万余里，其土多扶桑木，故以为名。大汉国在文身国东五千余里。文身国在倭国东北七千余里。”生按：扶桑之名，最早见于《楚辞·离骚》：“饮余马于咸池兮，总余辔乎扶桑。”《九歌·东君》：“暾将出兮东方，照吾槛兮扶桑。”任乃强先生说：司马迁所见的《山海经》是汉武帝初年方士所辑。又，《淮南子·天文训》：“日出于旸谷，浴于咸池，拂于扶桑，是谓晨明。”《说文》：“扶桑，神木，日所出。”总之，是西汉以前神话传说中的日出之所。而《吕氏春秋·为欲》以扶木为东方地名，《梁书》始以扶桑为东方国名，地在倭国（即日本）之东。据王元化先生研究，《日本历史大辞典》载：“扶桑一语，日本最早见于记元庆年间（877—884，相当唐僖宗时）历史的《日本书记》《三代实录》。中国书中释为东方日出处的扶桑一词，被古代日本人解释为意指日本。洎至白马库吉始论定扶桑国乃是中国东方的幻想国度之名，此说遂被普遍认同。”日本某些人以扶桑指日本，实乃以日出处自况，含有自大之意。见《思辨随笔》。扶桑这种树木，据周策纵先生研究，就是榕树。榕树属桑科，根是气根、柱根，枝垂入地，有根复出为木，更相依倚。其小圆红果附着枝上，正可引起树上有十个太阳的想象。见《弃园文粹》。〔赵注〕《颜氏家训》：“《罗浮山记》云：望平地树如荠。故代嵩诗云：今上关山望，长安树如荠。”生按：荠，草名，即蒺藜。

(50)“萍”，赵本一作“浮”。○〔赵注〕《水经注·淮水》：“朐县故城（今江苏连云港西南海州镇）东北海中有大洲，《山海经》所谓郁山在海中者也。”生按：即今连云港东云台山一带，古时在海中，清初始与大陆相连。

(51)沃：浸洗。簸：摇动。三山：指日本。《史记·封禅书》：“使人入海，求蓬莱、方丈、瀛洲，此三神山者，其传在渤海中。”九域：九州，此指大九州。《史记·驺衍传》：“儒者所谓中国者，于天下乃八十一分居其一分耳。中国名赤县神州，赤神州内自有九州，禹之序九州《禹贡》所列者是也，不得为州数。中国外，如赤县神州者九，乃所谓九州（后人称为大九州）也。”

(52)〔赵注〕周处《风土记》：“南中六月，则有东南长风，俗名黄雀长风，时海鱼变为黄雀，因为名也。”生按：动地，震撼大地。

(53)〔赵注〕《埤雅》：“蜃形似蛇而大，一曰状似螭龙，嘘气成楼台，望之丹碧隐然，如在烟雾，今俗谓之蜃楼，将雨即见。”生按：海市蜃楼是日光经过密度不同的空气层，发生显著折射时，将远处景物显示于空中或地面的奇异幻景，常出现于海边及沙漠地区，古人误以为黑蜃嘘气而成。

(54)淼：通渺。谓东海水势浩渺，不知流向何处。

(55)〔赵注〕曹丕《典论》：“今之文人，鲁国孔融，广陵陈琳，山阳王粲，北海徐干，陈留阮瑀，汝南应玚，东平刘桢，斯七子者，于学无所遗，于辞无所假，咸自以骋骐骥于千里，仰齐足而并驰。”生按：高步瀛说，此用《左传》襄公二十七年郑国七子饯晋国赵武事。此说存参。印，官印。《说文通训定声》：“秦以来，列侯二千石曰章，千石至四百石曰印。”唐代已不佩印，此是用典。参见《送友人归山歌》之一注⑩。

(56)〔赵注〕《左传·昭公十二年》：“思我王度，式如玉，式如金。”生按：恢，发扬光大。王度，帝五的德行法度。自上告下叫谕。蕃臣，当时唐朝视日本为藩国。此谓向日本君臣宣谕和平友好的旨意。

(57)《史记·留侯世家》：“今以三寸舌，为帝者师，封万户，位列侯，此布衣之极，于良足矣。”〔赵注〕《战国策·燕策》：“昌国君乐毅为燕昭王合五国之兵而攻齐，下七十余城，尽郡县之以属燕。昭王死，惠王即位，用齐人反间，疑乐毅。乐毅奔赵，赵封以为望诸君。”

(58)〔赵注〕《史记·信陵君列传》：“公子留赵，十年不归。秦闻公子在赵，日夜出兵东伐魏。魏王患之，使使往请公子。公子归，魏王以上将军印授公子。公子遂将，率五国之兵破秦军于河外，遂乘胜逐秦军至函谷关，威震天下。"

⑤⑨〔赵注〕《荀子·儒效》："积土而为山，积水而为海。"生按：极，尽。不可极，谓海水广邈，不可穷尽。沧通苍。《初学记·海》："东海又通谓之沧海。"谢灵运《行田登海口盘屿山诗》："莫辨洪波极，谁知大壑东。"

⑥⓪"远"，极玄集、英华作"所"。"处远"，纪事作"重去"。○此问日本远在（大）九州何处？或释为（小）九州以外哪里最远，意谓日本离中国最近。存参。乘空：升空，腾空。《升庵诗话》："郦道元《水经注》：'绿水平潭，清洁澄深，俯视游鱼，类若乘空。'〔倪注〕万里海水，辽阔长空，天水一色，船驶海上，犹如在空中航行。"

⑥①"帆"，全唐诗一作"途"。○向：前往。看日：《新唐书·东夷传》："日本使自言国近日所出"，故云。但：只。信：任随。时当秋季，谓只需任凭西风将航船吹向东方。

⑥②"天"，蜀刻本作"晚"。"鱼"，全唐诗一作"蜃"。○《一切经音义》："鳌，海中大龟。"鱼：指鲸鱼。谓巨鳌浮出海面将天空映黑，鲸鱼眼中射出光芒将海水照红。二句是得自传闻的海上奇观，含有对晁衡安危的担心。

⑥③乡树：代指家国。《语辞例释》："外，方位词，在诗词中运用极为灵活，可以表示内中、边畔、上、下等方位。"此诗外、中互文，扶桑外即扶桑之内。

⑥④主人：此指日本君主。或释为晁衡的父兄，或释为晁衡本人。存参。

⑥⑤方：将。若为通：如何通。《语辞汇释》："言异域音信，怎样通法，此为商量口气。若作怎样解，则直是不能通音信矣。"生按：吴智临《唐诗增评》："犹言谁为。"存参。

评 笺

《王摩诘诗评》："刘云：九州用骀忌语。○顾云：送日本，无过之者。"

《唐诗归》："谭云：韵诗难得如此浑成，常宜诵之。○钟云：亦复壮幻。"

沈德潜《唐诗别裁集》："姚合《极玄集》以此诗压卷。"

吴瑞荣《唐诗笺要》：“展转不穷，忘其骈俪。”

胡应麟《诗薮》：“排律，摩诘《玉宵公主山庄》《送晁监》《感化寺》《悟真寺》，皆一代大手笔，正法眼，学者朝夕把玩可也。”

黄培芳《唐贤三昧集笺注》：“顾云：正大雄浑。”

胡震亨《唐音癸签》：“皇甫子循云：‘积水不可极，安知沧海东’，亦可谓工于发端矣。谢灵运《登海口盘屿山》诗：‘莫辨洪波极，谁知大壑东’，良自有本。”

施补华《岘佣说诗》：“五排篇幅短者，起笔可以突兀；篇幅长者，必将全篇通括总揽，以完整之笔出之。王维‘积水不可极，安知沧海东’，起笔之突兀者也，要是篇幅短故耳，长者嫌头小矣。”

徐增《而庵说唐诗》：“总写不忍相别之情，可谓淋漓尽致矣。”

王寿昌《小清华园诗谈》：“王右丞之‘鳌身映天黑，鱼眼射波红’，一韵之响，遂能振起百倍精神，此又不可不知者。”

卢麰《闻鹤轩初盛唐近体读本》：“鳌身二句奇横，不堕险怪，作俑长吉，故为盛音。”

姚鼐《今体诗抄》：“奇警称题。”

陈继儒《唐诗选注》：“神境具到，送日本诗无有过之者。”

张志岳说：“作者并没有海上生活的体验，但他却能就已知的关于海的知识，结合传说来想象，写出一种和豪迈的海上旅行相适应的景色事物来，恢奇光怪，富有绘画的色彩。”（《诗词论析》）

倪木兴说：“此诗情深而思远，境奇而意浓。用神话中的幻景和现实中的实景交织成诗的境界。构思新颖，想象丰富，是出色的送行诗。”（《王维诗选》）

邓安生说：“唐人姚合《极玄集》选唐诗百首，称作者们为‘诗家射雕手’，就是以王维这首诗压卷，足见对其推崇。”（《王维诗选译》）

文达三说：“借以表达对航海者的忧虑和悬念，王维采用了别开生面的手法：避实就虚，从有限中求无限。‘惟看日’，‘但信风’，不是艰险已极吗？‘鳌身’两句，诗人没有实写海上景象，而虚构了两种怪异景物，同时展现出四种色彩：黑、红、蓝（天）、碧（波），构成了一幅光怪陆离、恢宏阔大的动的图画，使人产生一种神秘、奇诡、恐怖的感觉。诗人借怪异的景物形象和交织变幻的色彩，把海上航行的艰险和对友人安危的忧虑，直接传达给了读者。王维的'诗中画'大多是绘画所描绘不出的画境。他笔下的色彩不是客观对象的一种消极的附属物，而是创造环境氛围、表现主观情感的积极手段。这两句诗利用色彩本身的审美特性来表情达意，很富创造性，有很高的借鉴价值。"（《唐诗鉴赏辞典》）

送徐郎中[①]

　　东郊春草色[②]，驱马去悠悠。况复乡山外，猿啼湘水流[③]。岛夷传露版[④]，江馆候鸣驺[⑤]。卉服为诸吏[⑥]，珠官拜本州[⑦]。孤莺吟远墅，野杏发山邮[⑧]。早晚方归奏，南中绝忌秋[⑨]。

　　此诗约作于天宝十二载春。

　　①"徐"，蜀刻本、纬本、凌本、活字本、全唐诗作"祢"。○《全唐诗人名考证》："徐郎中，徐浩。张式《徐浩神道碑》：'迁金部员外郎，都官郎中，充岭南选补使。五岭百越，颂声四起，请建旌德碑，都督张九皋为之飞章。'《唐刺史考》广州南海郡，列张九皋天宝十载至十二载。《多宝塔感应碑》，都官郎中徐浩题额，天宝十一载四月建。"生按：据此诗，徐浩任岭南选补使赴桂州在十二载春，而按规定应在上年十月底到选所，当属例外。广州都督统摄广、桂、容、邕四州和安南府，名岭南五管，故张九皋得飞章表扬。《旧唐书·职官志》："刑部都官郎中一员，从五品上。掌配役隶，簿录俘囚，以给衣粮药疗，以理诉竞雪冤。"

　　②"草色"，纬本作"色早"。

　　③乡山外：徐浩系越州（故治在今绍兴）人，桂州远在越州之外。〔赵注〕《通鉴地理通释》："湘水出全州清湘县（故治在今广西全州）阳朔山，东入洞庭，北至衡州衡阳县入江。"

　　④岛夷：居于东南海岛上的少数民族。见《送从弟蕃游淮南》注⑥。

露版：不缄封的文书。传露版：传达选补使将到的消息。

　　⑤江馆：设于江旁接待过往官吏的馆驿。《汉书·惠帝纪》：“武士驺。”颜师古注：“驺，本厩之御者，后又令为骑，因谓驺骑。”鸣驺：指显贵出行时前导的骑士吆喝开道。见《瓜园诗》注②。此处借指徐郎中的车马。

　　⑥卉服：借指穿着葛布的岛上居民。见《送从弟蕃游淮南》注⑨。《新唐书·选举志》：“高宗上元二年，以岭南五管、黔中都督府得即任土人，而官或非其才，乃遣郎官、御史为选补使，谓之‘南选’。”此谓在土著居民中铨选官吏（五品以上须奏朝廷任命）。

　　⑦珠官：见《送元中丞转运江淮》注⑤。拜：拜官。此谓珠官在本州土著居民中选任。

　　⑧《广韵》：“墅，田庐。”山邮：山路上的驿站。邮原是古代边境地区传送公文的机构，汉以来与驿合而为一。《汉旧仪》：“五里一邮，邮人居间，相去二里半。”《广雅·释诂》：“邮，驿也。”见《送岐州源长史归》注③。

　　⑨“绝”，蜀刻本、纬本、凌本、活字本、全唐诗作“才”。○〔赵注〕《华阳国志》：“南中在昔，盖夷越之地。”生按：泛指岭南一带。《玉篇》：“绝，最也。”《说文》：“忌，憎恶也。”南方炎热，居民易患恶疟蛊瘴，古人以为是喜夏恨秋的瘴母鬼蜮作祟。此谓徐郎中不久就将平安回朝复命。

评　笺

　　陶文鹏说：“‘孤莺’二句，‘寓声于景’。由于诗人生动地刻画了发声的景物形象，逼真地渲染了特定的环境气氛，加上各种表示有声的词语的暗示和启发，读者完全可以想象出声音的情状，以及它们所表现的感情色彩。”（《传天籁清音绘有声图画》）

送熊九赴任安阳①

　　魏国应刘后②，寂寥文雅空。漳河如旧日，之子继清风③。阡陌铜台下④，闾阎金虎中⑤。送车盈灞上，轻骑出关东⑥。相去千余里，西园明月同⑦。

①"安"，元刊本、久本作"洛"，误。〇熊九：未详何人。〔赵注〕《新唐书·地理志》，相州邺郡，有安阳县。生按：故治即今河南安阳市，为相州治所。

②"后"，元刊本作"氏"，误。〇〔赵注〕《三国志·魏书·王粲传》："始文帝（曹丕）为五官将，及平原侯植皆好文学。粲与北海徐干、广陵陈琳、陈留阮瑀、汝南应场、东平刘桢，并见友善。场、桢各被太祖（曹操）辟为丞相掾属，咸著文赋数十篇。诸子但为未及古人，自一时之俊也。"

③〔赵注〕《元和郡县志》："浊漳水在相州邺县北五里。"生按：之子：此子，指熊九。清风：建安七子清高文雅的流风遗韵。

④〔赵注〕《水经注·浊漳水》："邺城之西北有三台，皆因城为基，巍然崇举，其高若山，建安十五年，魏武所起。其中曰铜雀台，高十丈，有屋百余间。"《一统志》："铜雀台，铸大铜雀，高一丈五尺，置之楼顶。"生按：阡陌，纵横的道路。《说文新附》："路东西为陌，南北为阡。"

⑤间阎：里巷民居。《汉书·循吏传序》："兴于间阎。"颜师古注："间，里门；阎，里中门。"〔赵注〕《三国志·魏书·武帝纪》："建安十八年九月，作金虎台。"《一统志》："金虎台在临漳县治西南邺镇。曹操于台下凿渠，引漳水入白沟。遗址尚存。""铜雀、金虎、水井三台，相去各六十步。其上复道楼阁相通。"

⑥〔赵注〕《元和郡县志》："白鹿原在万年县东二十里，亦谓之灞上。汉文帝葬其上，谓之灞陵。"《史记·刘敬传》："轻骑一日一夜，可以至秦中。"生按：灞陵是从长安东去的必经之地，汉唐人多于此处送行。关东，泛指河南灵宝县函谷关以东或陕西潼关以东。

⑦〔赵注〕曹植《公宴诗》："清夜游西园，飞盖相追随。明月澄清景，列宿正参差。"沈约《应王中丞思远咏月》："西园游上才。"吕向注："西园，谓魏氏邺都之西园也。文帝每以月夜，集文人才子，共游于西园。"

送李太守赴上洛①

商山包楚邓②，积翠蔼沉沉。驿路飞泉洒③，关门落照深④。

野花开古戍⑤，行客响空林。板屋春多雨⑥，山城昼欲阴。丹泉通虢略⑦，白羽抵荆岑⑧。若见西山爽⑨，应知黄绮心⑩。

①李太守：未详何人。据郁贤皓《唐刺史考》，当是天宝六载以后任上洛郡太守者。〔赵注〕《新唐书·地理志》，山南东道有商州上洛郡。生按：故治在今陕西商县。

②〔赵注〕《太平寰宇记》："商州东至邓州七百里。"生按：包，环绕。商山一名商洛山、地肺山，在今陕西商县东南。楚邓，唐邓州，故治在今河南邓县，春秋时属楚。

③驿路：唐代以长安为中心通向全国各州的大路，每三十里置驿，故名。见《送岐州源长史归》注⑧。

④关门：此处当指蓝田关，故地在今蓝田县东南九十里今牧护关处，是唐代六上关之一，由长安至商州必经此关。深：谓色彩浓。

⑤戍：守。古戍：古代驻兵守卫的营垒。

⑥《诗·秦风·小戎》："在其板屋，乱我心曲。"孔颖达疏："山多林木，民以板为屋。"

⑦丹泉：丹水。〔赵注〕《水经注·丹水》："丹水出上洛县（即商县）西北冢岭山，东南过其县南，又东南至于丹水县。"《左传·僖公十五年》："东尽虢略。"孔颖达疏："虢略，虢之境界也。"生按：春秋北虢国，都城在今河南三门峡市东南。虢略，在今河南嵩县西北，是北虢的东南境界。《水经注·洛水》："洛水出上洛县谨举山。《山海经》曰：'谨举之山，洛水出焉，东与丹水合，水出西北竹山，东南流注于洛'。洛水又东，迳卢氏县故城南。"卢氏属北虢南境界，丹水通洛，洛迳卢氏，是丹水可通虢略。

⑧〔赵注〕《水经注·丹水》："析水又东，迳析县（今河南西峡）故城北，盖春秋之白羽也。"王粲《登楼赋》："蔽荆山之高岑。"李善注："临沮县（今湖北远安），荆山在东北。"生按：岑，小而高的山。

⑨〔赵注〕《世说新语·简傲》："王子猷（徽之）作桓车骑（冲）参军。桓谓王曰：'卿在府久，比当相料理。'初不答，直高视，以手板拄颊云：'西山朝来，致有爽气'。"

⑩黄绮：指隐于商山、须眉皓白的四位老人，即商山四皓。〔赵注〕

《高士传》：“四皓者，皆河内轵（今河南济源县南）人也，或在汲（今河南汲县西南）。一曰东园公，二曰角（音鹿）里先生，三曰绮里季，四曰夏黄公。皆修道洁己，非义不动。秦始皇时，见秦政虐，乃共入商洛，隐地肺山，以待天下定。及秦败，汉高闻而征之，不至，深自匿终南山，不能屈己。”陶潜《饮酒》：“咄咄俗中恶，且当从黄绮。”

评　笺

王夫之《唐诗评选》：“点染亦富，而终不杂。‘驿路’二字便是入题，藏于排偶中，不复有痕。‘关门落照深’，灵心警笔。山字三用。”

卢綋《闻鹤轩初盛唐读本》：“陈德公曰：秀琢之章，王、岑正响。三句‘洒’字是大家字法。‘行客’句自然隽雅。起二亦极作异。‘商山’‘西山’首尾映发，是绾合处，不得以重犯为嫌。”

张文荪《唐贤清雅集》：“气局浑成，魄力自大。应转‘商山’，回环成章。”

李攀龙《唐诗选》：“王遮曰：排律须庄次雄浑，警句亦不可少。如摩诘‘野花开古戍，行客响空林’，语殊胜人。”

周珽《唐诗选脉会通评林》：“吴登之曰：情景相适。○周启琦曰：‘板屋’二语，深山景象画出。”

唐汝询《唐诗解》：“通篇幽胜，几失太守。今人作此，安免行者之患。”

沈德潜《唐诗别裁集》：“（末句下）似欲讽其归意。”

毛先舒《诗辩坻》：“王维‘商山包楚邓’篇十二句，凡十二见地形，虽全叙行色，而写送流利，不觉烦；然终是诗律未细处。”

赵殿成按：“诗中复二泉字，三山字，凡十二见地形，竟无太守意，古人不以为病。李于麟选唐诗，去取极刻，亦登此首，则诗之所尚，概可知矣。彼吹毛索垢者，必执一例以绳古人之诗，又安能得佳构于牝牡骊黄之外哉！”

临高台送黎拾遗①

相送临高台，川原杳何极②。日暮飞鸟还，行人去不息。

①万首绝句无"临高台"三字。〇《乐府诗集》："《乐府解题》曰：'古辞言：临高台，下见清水，中有黄鹄飞翻，关弓射之，令我主万年。'若齐谢朓'千里常思归'，但言临望伤情而已。"此诗意同谢诗。黎拾遗：黎昕。见《黎拾遗昕裴秀才迪见过秋夜对雨之作》。拾遗：官名。见《同卢拾遗韦给事东山别业二十韵》注①。

②杳：音渺。《玉篇》："杳，深广宽貌。"何极：谓无边际。

评 笺

唐汝询《唐诗解》："摹写居人之思，不露情态，是五绝最佳处。"

沈德潜《唐诗别裁集》："写离情能不露情态，最高。"

施补华《岘佣说诗》："所谓语短意长而声不促也，可以为法。"

黄培芳《唐贤三昧集笺注》："顾云：景中寓情不尽。古淡，极沉着。"

蒋一葵《唐诗选汇解》："飞鸟还，有一段想望在内。"

徐增《而庵说唐诗》："此纯写'临高台'之意。飞鸟还，则行人可息矣，而犹去不息，日暮途远，在行人恨不得即到，而送者则愿其早歇，念之深，爱之至也。"

吴修坞《唐诗续评》："只写其所见之景，而送客之怀，居人之思，俱在不言之表，高甚！"

吴瑞荣《唐诗笺要》："'去'字偏赘在'飞鸟还'下，便有浓味。"

潘德舆《养一斋诗话》："右丞'相送临高台'，'吹箫凌极浦'，皆天下之奇作。"

碛允明《笺注唐诗选》："全首据（王粲）《登楼赋》布置，二十字而其意兴都尽，五绝妙境。赋曰：'登兹楼以四望兮'，云云；'平原远而极目兮'，云云；'白日忽其收敛'，云云；'征夫行而未息'，云云。乃知古人能熟古赋也。"

刘永济说："二十字不明言别情，而鸟还人去，自然缱绻。"（《唐人绝句精华》）

刘拜山说："此诗以倦鸟飞还，反衬行人远去，而川原无极之状，亦已宛然在目。"（《千首唐人绝句》）

陈良运说："由放眼川原无极想到人生长途漫漫，飞鸟尚知倦飞而还，人为了生存与事业却永远跋涉不息。这就是一种人生意境，诗人很冷静却又不无悲壮地表现它，令读者寻味不尽。"（《中国诗学体系论》）

山中送别①

山中相送罢，日暮掩柴扉。春草明年绿，王孙归不归②？

①元刊本、唐诗解、全唐诗、赵本无"山中"二字，述古堂本作"送别一首"，名贤诗作"送友"。从蜀刻本、万首绝句等。

②"明年"，二顾本、凌本、品汇、唐诗解、类苑作"年年"。〇淮南小山《招隐士》："王孙游兮不归，春草生兮萋萋！"《史记·淮阴侯传》："吾哀王孙而进之。"索隐："秦末多失国，言王孙、公子，尊之也。"庾肩吾《游甑山诗》："何必游春草，王孙自不归。"〔章注〕作所别之人解。

评　笺

《王摩诘诗评》："刘云：古今断肠，理不在多。〇顾云：古语翻案。"

胡仔《苕溪渔隐丛话》："盖用《楚辞》'王孙游兮不归，春草生兮萋萋。'此善用事也。"

黄培芳《唐贤三昧集笺注》："此种断以不说尽为妙，结得有多少妙昧。"

唐汝询《唐诗解》："扉掩于暮，居人之离思方深；草绿有时，行子之归期难必。"

《唐诗归》:"钟云:慷慨寄托,尽末十字,蕴藉不觉,深味之,知右丞非一意清寂、无心用世之人。"

宋顾乐《唐人万首绝句选》:"翻弄《骚》语,刻意扣题。"

黄周星《唐诗快》:"此诗儿童皆能诵之,然何尝不妙。"

吴烶《唐诗直解》:"试看草遇春而绿,而人每不遇春而归,不得不对草色而怨王孙之不归耳。"

《诗境浅说》:"以山人送别,则所送者当是驰骛功名之士,而非栖迟泉石之人。结句言归不归者,明知其迷阳忘返,故作疑问之辞也。《庄子》云:'送君者自崖而返,而君自远矣!'此语殊有余味。"

马茂元说:"这首小诗含思婉转而韵致清远。送罢掩扉,送别之事已结束,然而神思不驻,犹随行人。春草二句,结以问归,不言惜别,而惜别之情正自'罢'不去而'掩'不住。○《山居秋暝》诗结末云:'随意春芳歇,王孙自可留',是正说挽留友人;这里则是用反问表示对友人的盼望,二者各极其致。"(《唐诗三百首新编》)

刘拜山说:"以送罢始,以盼归终,抒写别后相思之意,弥见当前惜别之情。"(《千首唐人绝句》)

陈铁民说:"明白如话而余味悠长。"(《王维新论》)

林庚说:"这里不也正透露出一丝春的气息吗!"又说:"这首诗短短四句,上半是在暮色中,下半又豁然开朗,所以是截然两段景色。日暮而柴扉既掩了,但诗人的心却在门外。暮是一切的归宿,春又是一切的开始,而门呢?它是开始也是归宿。这二重的情景所以便在那掩门的刹那间产生。这四句,前半是陪衬,而后半才是表现的主体。山中是使人留连不舍的,这不舍之情全得力于一个'明'字。'明年',明明是来年,而无意间有了明亮的感觉照眼而过,这便是诗中的不可尽说之处。'年年'二字它原是一个流水的感觉,它是说明时间的,岁月原如流水,而'明'字却让它出现在一个照眼的感觉上。这便是诗歌语言的魅力,仿佛那春草就将绿得透明了,那么,王孙该怎么办呢?春天的光辉与那勃勃的生气,它乃是一切开始之开始。而且世界上一切的消息原都不甘于寂寞,于是遂非柴扉所能掩了。"(《唐诗综论》)

羊春秋说:"以'掩扉'这一寻常的举动,把送者的怅惘心情,寂寞神态,婉转地表现了出来;而'归不归'这一寻常的发问,又把送者的留

恋之意，盼望之情，深刻而细腻地表达在语言之外。"（《唐诗精华评译》）

送王尊师归蜀中拜扫①

大罗天上神仙客②，濯锦江头花柳春③。不为碧鸡称使者④，惟令白鹤报乡人⑤。

①久本、纬本、活字本无"拜扫"二字。〇尊师：道士的尊称。王尊师：未详何人。拜扫：扫墓。《南史·梁纪·武帝》："拜扫山陵，涕泪如洒，松草变色。"

②〔赵注〕《云笈七签》："最上一天名曰大罗，在玄都玉京之上。紫微金阙，七宝骞树，麒麟狮子，化生其中。三世天尊，治在其内。"生按：道教称神仙所居的天界有三十六重，最上一重天是大罗天。

③濯锦江：今称锦江，在成都城南。左思《蜀都赋》："贝锦斐成，濯色江波。"刘逵注："谯周《益州志》云：成都织锦既成，濯于江水，其文分明，胜于初成，他水濯之不如江水也。"

④〔赵注〕《汉书·郊祀志》："（宣帝十三年）或言益州（益州刺史部益州郡治，在今云南晋宁东北）有金马碧鸡之神，可醮祭而至，于是遣谏大夫王褒，使持节而求之。"如淳注："金形似马，碧形似鸡。"生按：《后汉书·郡国志》："越嶲郡（故治在今四川西昌东南）十四城，青蛉（故地即今云南大姚县）有禺同山，俗谓有金马碧鸡。"又《读史方舆纪要》谓昆明滇池东有金马山，西有碧鸡山。句谓尊师归蜀不是做求碧鸡的使者。

⑤〔赵注〕《搜神后记》："丁令威，本辽东人，学道于灵虚山。后化鹤归辽，集城门华表柱。时有少年举弓欲射之，鹤乃飞，徘徊空中而言曰：'有鸟有鸟丁令威，去家千年今来归，城郭如故人民非，何不学仙冢累累！'遂高上冲天。"生按：惟，只。谓报乡人知己，已得道。

送元二使安西①

渭城朝雨浥轻尘②，客舍青青柳色新③。劝君更尽一杯酒，西出阳关无故人④。

①乐府、全唐诗题作"渭城曲"，诗人玉屑题作"赠别"。○《乐府诗集·近代曲辞》："渭城，一曰阳关，王维之所作也。本送人使安西诗，后遂被于歌。刘禹锡《与歌者》诗云：'旧人惟有何戡在，更与殷勤唱渭城'。白居易《对酒》诗云：'相逢且莫推辞醉，听唱阳关第四声'，即劝君更尽一杯酒，西出阳关无故人也。渭城、阳关之名，盖因辞云。"元二：未详何人。杜甫有《送元二适江东》，原注云："元尝应孙吴科举。"浦起龙《读杜心解》："元二必负气好谈兵，游诸侯间者。"不知是此人否？安西：指安西都护府。见《送刘司直赴安西》注①。

②《演繁露》："渭城在渭北，盖汉以秦咸阳置县，名渭城也。"生按：改名在汉武帝元鼎三年，故治在今咸阳市东北二十二里聂家沟。浥，湿润。

③"青青"，才调集作"依依"。"柳色新"，才调集、全唐诗作"杨柳春"，蜀刻本、述古堂本、元刊本、乐府、万首绝句、活字本作"柳色春"。○客舍：旅馆，迎送过往官吏的馆驿。〔马注〕柳色新：含《诗·采薇》"昔我往矣，杨柳依依"之意。

④《雍录》："唐世多事西域，故行役之极乎西境者，以出阳关为言也。盖既度渭以及渭城，则西北向而趋玉门、阳关，皆由此始。"阳关：故城在今甘肃敦煌西南古董滩附近。见《送平淡然判官》注②。

评　笺

《王摩诘诗评》："刘云：更万首绝句，亦无复近，古今第一矣。○顾云：后人所谓阳关三叠，名下不虚。"

严羽《沧浪诗话》："诗体：折腰体，谓中失粘而意不断。王维《送元二使安西》。"

　　范温《潜溪诗眼》："唐人尤用意小诗，其命意与所叙述，初不减长篇，而促为四句，意正理尽，高简顿挫，所以难耳，故必有可书之事，如王摩诘云：'西出阳关无故人'，故行者为可悲，而劝酒不得不饮，阳关之词不可不作。"

　　李东阳《怀麓堂诗话》："作诗不可以意徇辞，而须以辞达意。辞能达意，可歌可咏，则可以传。王摩诘'阳关无故人'之句，盛唐以前所未道。此辞一出，一时传诵不足，至为三叠歌之。后之咏别者，千言万语，殆不能出其意之外。必如是，方可谓之达耳。"

　　胡应麟《诗薮》："郑谷'数声风笛离亭晚，君向潇湘我向秦'；许浑'日暮酒醒人已远，满天风雨下西楼'，岂不一唱三叹，而气韵衰飒殊甚。'渭城朝雨'，自是口语，而千载如新。此论盛唐、晚唐三昧。○盛唐绝，'渭城朝雨'为冠。"

　　王士祯《带经堂诗话》："开元、天宝以来，宫掖所传，梨园弟子所歌，旗亭所唱，边将所进，率当时名士所为绝句耳。故王之涣'黄河远上'，王昌龄'昭阳日影'之句，至今艳称之。而右丞'渭城朝雨'，流传尤众，好事者至谱为《阳关三叠》。他如刘禹锡、张祜诸篇，尤难指数。由是言之，唐三百年以绝句擅场，即唐三百年之乐府也。"

　　沈德潜《说诗晬语》："七言绝句，李沧溟推王昌龄'秦时明月'为压卷，王凤洲推王翰'葡萄美酒'为压卷。本朝王阮亭则云：必求压卷，王维之'渭城'，李白之'白帝'，王昌龄之'奉帚平明'，王之涣之'黄河远上'，其庶几乎？而终唐之世，亦无出四章之右者矣。沧溟、凤洲主气，阮亭主神，各自有见。"

　　赵翼《瓯北诗话》："'年年岁岁花相似，岁岁年年人不同'，此刘希夷诗，无甚奇警，乃宋之问乞之不得，至以计杀之，何也？盖此等句，人人意中所有，却未有人道过，一经说出，便人人如其意之所欲出，而易于流播，遂足传当时而名后世。如李太白'今人不见古时月，今月曾经照古人'；王摩诘'劝君更尽一杯酒，西出阳关无故人'，至今犹脍炙人口，皆是先得人心之所同然也。"

　　高棅《唐诗正声》："吴逸一云：语由信笔，千古擅长，既谢光芒，兼空追琢，太白、少伯，何遽胜之！"

唐汝询《唐诗解》："唐人饯别之诗以亿计，独'阳关'擅名，非为其有切有情乎？凿混沌者皆下风也。"

高士奇《三体唐诗》："何焯云：首句藏行尘，次句藏折柳，两面皆画出，妙不露骨。后半从沈休文（沈约《别范安成》）'莫言一杯酒，明日难重持'变来。"

沈德潜《唐诗别裁集》："阳关在中国（中原）外，安西更在阳关外，言阳关已无故人矣，况安西乎！此意须微参。"

黄生《唐诗摘抄》："先点别景，次写别情，唐人绝句多如此，毕竟以此首为第一。惟其气度从容，风味隽永，诸作无出其右故也。失粘，须将一二倒过，然毕竟移动不得，由作者一时天机凑泊，宁可失粘，而语势不可倒转，此古人神境，未易到也。"

敖英《唐诗绝句类选》："唐人别诗，此为绝唱。"

桂天祥《批点唐诗正声》："《阳关三叠》，唐人以为送行之曲，虽歌调已亡，而音节自尔悲畅。"

胡仔《苕溪渔隐诗话》："右丞此绝句，近世又歌入《小秦王》，更名《阳关》，用诗中语也。"

黄培芳《唐贤三昧集笺注》："惜别意悠长不露。《阳关三叠》艳称今古，音节最高者，相传倚笛亦为之裂。"

张炎《词源》："离情当如此作，全在情景交练，得言外意，有如'劝君更尽一杯酒，西出阳关无故人'，乃为绝唱。"

吴瑞荣《唐诗笺要》："不作深语，声情沁骨。"

徐增《而庵说唐诗》："人皆知此诗后二句妙，而不知亏煞前二句提顿得好。此诗之妙只是一个真，真则能动人。"

王尧衢《唐诗合解》："情真语切，所以遂成千古绝调。"

张谦宜《绢斋诗谈》："'劝君更尽一杯酒，西出阳关无故人。'凡情真，以不说破为佳。"

宋顾乐《唐人万首绝句选》："送别诗要情味俱深，意境两尽，如此篇真绝作也。"

胡仔《苕溪渔隐丛话》："东坡云：旧传阳关三叠，然今世歌者，每句再叠而已，若通一首言之，是四叠，皆非是。或每句三唱，以应三叠之说，则丛然无复节奏。余在密州，有文勋长官以事至密，自云得古本阳关，其声婉转凄断，不类向之所闻，每句皆再唱，而第一句不叠，乃知唐本三叠盖如此。及至黄州，偶读乐天《对酒》诗云：'相逢且莫推辞醉，听唱阳关第四声。'注云：'第四声，劝君更尽一杯酒是也。'以此验之，若第一句再叠，则此句为第五声；今为第四声，则第一句不叠，审矣。"生按：李冶《敬斋古今注》再谱的《阳关三叠》，认为"叠者，乃重其全句而歌之"，定为第一声为第一句，不重；第二、三声为重第二句；第四、五声为重第三句；第六、七声为重第四句。"止为七句，然后声谐意圆，所谓'三叠'者，与乐天之注合矣。"见解与苏轼相近。但《白氏长庆集》传本《对酒》五首之四，原注为："第四声，'劝君更尽一杯酒，西出阳关无故人'。"与苏轼引注不同。田艺蘅《阳关三叠图谱》据传本原注，订为：一叠，第一句重唱，二、三、四句不重唱；二叠，第二句重唱，一、三、四句不重唱；三叠，第三句重唱，一、二、四句不重唱。谓"唐人三叠之法，必如此然后得其正"。苏、田两说，皆可参考。又饶宗颐《澄心论萃·阳关三叠》一文，说："敦煌本《下部赞》汉译本，其偈有二叠、三叠之别，疑指音乐之重复回咏，故有是称，如《阳关三叠》之例。一叠乃一遍。译者既称其遍数为叠，岂指每段重唱三遍则谓之三叠耶？"〔余注〕把末句"西出阳关无故人"反复重叠歌唱，称《阳关三叠》。按：以为全首或末句重唱三遍，均与白诗原注不合。

马茂元说："浥轻尘，柳色新，以明丽之景，反衬下面的离别之恨，即《诗·采薇》'昔我往矣，杨柳依依'之意。"（《唐诗三百首新编》）

沈祖棻说："朝雨画出凄清之景，新柳勾起离别之情。只写景物，而别情已有丰富的暗示，用一'更'字，则此前之殷勤劝酒，此刻之留恋不舍，此后之关切怀念，都体现出来。"（《唐人七绝诗浅释》）

顾随说："以纯诗而论，以为艺术而艺术而论，前两句真是唐诗中最高境界。而人易受感动的是后两句，西出阳关，荒草白沙，漠无人迹，其能动人即因其伤感性打动今人的心弦。"（《驼庵诗话》）

郝世峰说："是富有想象的真情惜别，有几分惆怅，但也像清新适意的雨后清晨一样，是一种清新可意的抚慰。具有这种精神风貌的送别诗只有盛唐人才写得出。"（《隋唐五代文学史》）

霍松林说："盛唐人远赴边塞，一般是为了实现建功立业的理想。诗人把送别的场景写得如此明丽，蕴含着安慰、鼓励和祝愿的深情。有人认为这是'以乐景写哀'，可谓失之毫厘，谬以千里。"（《唐诗精选》）

林庚说："《渭城曲》乃至于一唱三叹成为《阳关三叠》，也正与边塞的气氛息息相通。边塞的感受在王维诗中乃是从多方面都得到了反映。""世界是绿色的，可是诗人却爱说'青青河畔草'（《古诗十九首》），'青青夹御河'（王之涣《送别》），'客舍青青柳色新'。'柳色新'自然是嫩绿色，可是却非说'青青'不可。大概绿指的是具体的现实的世界，而青则仿佛带有某种概括性的深远意义，更为单纯、凝静、清醒、永久。""青的永恒与凝静，使得一切流动的变化都获得停留与凭借。在一切美好的事物上，我们借着那刹那以会永久。""颜色的暗示性在文艺上最富于感染性。这首诗一方面是'客舍青青柳色新'，一方面乃是'咸阳古道音尘绝'，这古与新的浑然交织，如何不令人一唱三叹呢？《渭城曲》的可喜处不在于它的离情，而正在于离情中所给我们的更深的生之感情。"（《唐诗综论》）

朱自清说："论七绝的称含蓄为'风调'。风飘摇而有远情，调悠扬而有远韵，总之是余味深长。这也配合着七绝曼长的声调而言。风调也有变化，最显著的是强弱的差别，就是口气否定、肯定的差别。'劝君'二语用否定语作骨子，所以都比较明快些。这些诗也有所含蓄，可是调强。"（《唐诗三百首指导大概》）

葛晓音说："盛唐文人还使乐府民歌的语调声情，广泛地渗透到绝句中去。最典型的如王维《送元二使安西》《送沈子福归江东》《寄河上段十六》《相思》《杂诗三首》，均如对面交心般与友人倾诉离情，或问或劝，使人千载之下读其诗如晤其面。这种口语式的问答和发自内心的自然音调，正是乐府民歌的基本特点。"（《初盛唐绝句的发展》）

许总说："此诗以有无故人为标志划分为两个不同的世界，这就以预设之想的方式浓化了现实之情。王勃《秋江送别》之二，'谁谓波澜才一水，已觉山川是两乡'，得到'一水'已分为两个不同世界的感受。王维沿用了王勃诗的构思方式。"（《唐诗史》）

任半塘说："王维当时乃作徒诗，非作歌辞；始入歌辞，名《渭城曲》，出于何人，无考。后来作家依其平仄，填为四句者，今知尚有宋苏轼三首，于第三句悉用王诗平仄（仄平仄仄仄平仄）无改，此项平仄遂成本调特征。宋人因其唱法有三叠句，乃改称《阳关曲》或《阳关三叠》，并

与《小秦王》调相混。"(《唐声诗》)

　　生按：刘禹锡《与歌者何戡》："旧人惟有何戡在，更与殷勤唱渭城"；白居易《晚春欲携酒寻沈四著作》："最忆阳关唱，珍珠一串歌"；李商隐《赠歌妓》："红绽樱桃含白雪，断肠声里唱阳关。"可见此曲中晚唐传唱不衰。《绝句诗史》载，明代朝鲜人郑之升诗："无人为唱阳关曲，惟有青山送我行。"其影响及于使用汉字国家。

送　别①

　　送君南浦泪如丝②，君向东州使我悲③。为报故人憔悴尽④，如今不似洛阳时！

　　此诗作于开元十三年冬。

　　①万首绝句、全唐诗题作《齐州送祖三》，'齐'当作'济'。《全唐文》载王维《裴仆射济州遗爱碑》，孙逖《唐齐州刺史裴公德政碑》，'齐'皆'济'之误，与此同例。

　　②〔赵注〕江淹《别赋》："送君南浦，伤如之何！"萧衍《代苏属国妇》："脸下泪如丝"。生按：南浦，南面江河边，泛指送别地。袁行霈说：屈原《九歌·河伯》："子交手兮东行，送美人兮南浦"，经他用后，南浦便染上了离愁别绪，有了更丰富的情韵。

　　③"州"，纬本、凌本作"周"。○东州：济州之东有齐、淄、青州，不能确指。或改从"东周"，则借指洛阳，因东周王都在此。

　　④意谓替我告诉老友，我的容貌已十分衰瘦。

送韦评事①

　　欲逐将军取右贤②，沙场走马向居延③。遥知汉使萧关外，愁见孤城落日边④。

①韦评事：未详何人。《旧唐书·职官志》："大理寺，评事十二人，从八品下。掌出使推鞫。"

②欲：将要。逐：追随。取：征服。右贤：匈奴有左、右贤王，是单于之下最大的王，由子弟充任，分管匈奴的东（左）西（右）部地区。这里借指西突厥或吐蕃。〔赵注〕《史记·卫将军传》："元朔五年春，汉令车骑将军卫青，将三万骑出高阙（在今内蒙古乌拉特中旗西南）。匈奴右贤王当卫青等兵，以为汉兵不能至此，饮醉。汉兵夜至，围右贤王。王惊，夜逃，独与其爱妾一人、壮骑数百驰，溃围北去。汉轻骑校尉郭成等逐数百里不及，得右贤裨王十余人。"

③沙场：广阔的沙地，多指战场。走马：驰马。居延：汉县，故治在今内蒙古额济纳旗东南哈拉和图。参见《使至塞上》注③。

④《语辞集释》："蒋绍愚说：知，有推测、料想之义。"萧关：故址在今宁夏固原县东南。参见《使至塞上》注⑧。〔富注〕对孤城落日，不免触动离情。

评　笺

李攀龙《唐诗直解》："两种情思，结作一堆。"

陆时雍《唐诗镜》："意外含情。"

周珽《唐诗选脉会通评林》："以第三句想出远道情景，亦唐诗一体。"

范大士《历代诗发》："右丞善用'遥'字，俱是代人设想，莫不佳绝。"

黄培芳《唐贤三昧集笺注》："深远雅正。"

沈祖棻说："用虚拟的办法抒写心情，是诗人常用艺术手段之一。它借助想象，扩大意境，深化主题。如《送韦评事》三、四两句，虚拟韦某出萧关后情景，既显示了朋友心中立功与怀乡的矛盾，又表达了作者对朋友的关切。"（《唐人七绝诗浅释》）

富寿荪说："'孤城落日边'与'长河落日圆'，'同写边塞落日，自有萧条、雄浑之别。'"（《千首唐人绝句》）

灵云池送从弟^①

　　金杯缓酌清歌转^②，画舸轻移艳舞回^③。自叹鹡鸰临水别^④，不同鸿雁向池来^⑤！

　　此诗作于开元二十六年春凉州幕中。

　　①〔赵注〕高适集有《陪窦侍御泛灵云池》，《陪窦侍御灵云南亭宴诗》二首并序云：“凉州近胡，高下其池亭，盖以耀蕃落也。”生按：池在凉州治所，即今甘肃武威。从弟：堂弟，未详何人。

　　②曹植《洛神赋》：“冯夷鸣鼓，女娲清歌。”清歌：清亮的歌声。转：婉转。

　　③舸：音葛（上声），大船。画舸：装饰华丽的游船。萧绎《赴荆州泊三江口》：“画舸覆缇油。”回：旋转。张衡《舞赋》：“裾似飞燕，袖如回雪。”

　　④〔赵注〕张华《禽经》注：“《诗·小雅·常棣》：‘鹡鸰在原，兄弟急难。’鹡鸰，水鸟也，大如雀，高足长尾，尖喙颈黑，青灰色，腹下正白，飞则鸣，行则摇。鹡鸰共母者，飞吟不相离，诗人取以喻兄弟相友之道也。”生按：《诗》本作脊令。

　　⑤《诗·小雅·鸿雁》：“鸿雁于飞。”毛苌传：“‘大曰鸿，小曰雁。”《礼记·王制》：“兄之齿雁行。”雁结队飞行，先后有序，喻兄弟。是候鸟，春季北飞。谓不像鸿雁一样结伴飞来池中。

评　笺

　　王闿运批《唐诗选》：“以对为工。”

送沈子福归江东①

杨柳渡头行客稀，罟师荡桨向临圻②，惟有相思似春色，江南江北送君归③。

此诗约作于开元二十九年春。

①蜀刻本、纬本、久本、活字本、全唐诗无"福"字。述古堂本、元刊本无"归"字。"归"，万首绝句、品汇作"之"。○沈子福：未详何人。江东：见《送丘为落第归江东》注①。

②"圻"，万首绝句作"沂"。○圻音其。〔赵注〕谢灵运《富春渚》："溯流触惊急，临圻阻参错。"李善注："《埤苍》曰：碕，曲岸头也。碕与圻同。"〔陈注〕临圻：指江东近岸之地。圻，弯曲的河岸。〔高注〕此诗临圻，当是地名，故云向。沈祖棻说：据诗意，当是地名，可能是临沂之误。临沂，晋侨置县，在今江苏江宁县东北三十里，与题归江东合。生按：罟，鱼网；罟师，渔夫，此处借指船夫。临圻，宜从沈说作临沂。

③"江北"，蜀刻本作"北去"，误。

评 笺

李攀龙《唐诗直解》："相送之情，随春色所至，何其浓至！末两语情中生景，幻甚。"

唐汝询《唐诗解》："盖相思无不通之地，春色无不到之乡，想象及此，语亦神矣。"

沈德潜《唐诗别裁集》："春光无处不到，送人之心犹春光也。"

王尧衢《唐诗合解》："春色不限江南北，相思亦不限江南北，当随君所往而相送之，不令君叹愁寂也。送别乃有此情深之语。"

宋宗元《网师园唐诗笺》："（后二句下）援拟入情，乐府神髓。"

马位《秋窗随笔》："最爱王摩诘'惟有相思似春色，江南江北送君归’之句，一往情深。高季迪‘愿得身如芳草多，相随千里车前绿’，脱化王意，亦复佳。”

顾可久按：“（首二句）别景寥落，情殊怅然。（末二句）何其浓至清新。”

沈祖棻说：“‘杨柳’点明节候，暗示别情，并关合下文‘春色’。三、四句写沈子福已走之后，自己临流极目，惟见一片春色，遍于江南江北，遂觉心中相思的无穷无尽，恰似眼前春色之无际无边。自己虽然无从和他同去，但此相思之意，始终相随，一如春色之无所不在。诗人奇妙的联想，即景寓情，妙造自然，毫无刻画痕迹，不但写出深厚友谊，而且将惜别时微妙的、难以捕捉的抽象感情，极其生动地表达出来，成为可见可触的形象，遂使人真觉相思之情充塞天地，可谓工于用喻，善于言情。”（《唐人七绝诗浅释》）

程千帆说：“王维《送沈子福归江东》云：‘惟有相思似春色，江南江北送君归。’鱼玄机《江陵愁望有寄》云：‘忆君心似西江水，日夜东流无尽时。’两诗一写送别，一写怀人，异。而俱属离情别绪，则异中见同。前者以相思比作遍于江南江北之春色，乃自空间极言其广，后者以相忆比作长流不停的江水，乃自空间极言其长，又于同中见异。总之是情同景异。”（《古诗考索》）

陈贻焮说：“牛希济《生查子》：‘记得绿罗裙，处处怜芳草’，与此诗后二句手法相同，思路相近，但感情一奔放一低徊，风格一浑成一婉约，各具姿态，而又同样具有动人的艺术魅力。”（《唐诗鉴赏辞典》）

刘大杰说：“在这些诗里，作者善于用浅显的诗歌语言，表达深厚的感情，言有尽而意无穷，给人一种抒情诗中独有的美感。”（《中国文学发展史》）

游国恩说：“想象非常新鲜，思想感情也是健康自然的。”（《中国文学史》）

林庚说：“这样充满了乐观与青春情调的送别诗，乃是盛唐时代所独有的。”（《中国文学简史》）

又说：“到处都是一片富于生机的春色，到处都有新鲜的绿意，这绿意变成空气，化为细雨，构成了王维诗歌的总体气氛。”（《唐诗综论》）

刘拜山说：“行客、罟师本属句外，却被牵入局中，借彼之漠不关心，形己之深情独往。烘染无痕，妙不着力。”（《千首唐人绝句》）

陈铁民说："非但情深，还具有词旨清新的特色。虽写别友情怀，却并不低徊、伤感，而具有一种与盛唐的时代气氛息息相通的爽朗明快的基调。"（《王维新论》）

赵昌平说："乐府古辞《饮马长城窟行》：'青青河畔草，绵绵思远道。'此祖其意而不袭其辞。前二句景中见情，后二句情中生景，中间用'惟有'二字连接，使情景融成一片，烘染无痕，尤见谋篇之妙。韦庄《古离别》，以'断肠春色在江南'，抒酒后离情，就是从这诗脱化出来的。"（《唐诗选》）

葛晓音说："由汉魏古绝句确立的比兴传统，在盛唐绝句中与眼前景口头语浑然一体，随处生发。'惟有相思似春色，江南江北送君归'。比象和兴象是景也是情，了无传统比兴方式切类喻义的思理痕迹。"（《初盛唐绝句的发展》）

留别山中温古上人兄并示舍弟缙[①]

解薜登天朝[②]，去师偶时哲[③]。岂惟山中人，兼负松上月。宿昔同游止[④]，致身云霞末[⑤]。开轩临颍阳[⑥]，卧视飞鸟没。好依盘石饭，屡对瀑泉歇[⑦]。理齐狎小隐[⑧]，道胜宁外物[⑨]。舍弟官崇高[⑩]，宗兄此削发[⑪]。荆扉但洒扫[⑫]，乘闲当过拂[⑬]。

此诗作于开元二十三年。

①英华无"山中"和"舍"字。○留别：留诗告别。僧温古，俗姓王，居嵩山嵩阳寺。开元十一年，南印度密教大师金刚智在长安译《金刚顶瑜珈中略出念诵法》，是由温古笔受。十二年，中印度密教大师善无畏在长安译《大日经》，僧一行其后作《大日经义释》，温古曾为《义释》作序。上人：对僧人的敬称。见《谒璿上人》注①。

②薜音避。《尔雅·释草》："薜，山麻。"郭璞注："似人家麻，生山中。"解薜：脱去布衣。《山堂仕考》："入仕曰解薜。"

③ "时"，全唐诗一作"将"。〇《正字通》："侪辈亦曰偶。"谓与当代贤智之人为伍。〔赵注〕谢灵运《九日从宋公戏马台集送孔令》："鸣葭戾朱宫，兰厄献时哲。"

④ "宿昔"，述古堂本作"夙昔"。〇〔赵注〕阮籍《咏怀》："携手等欢爱，宿昔同衣裳。"生按：宿昔，同义复词，往日。

⑤ 致身：托身。《论语·学而》："事君能致其身。"朱熹注："致，犹委。"末：本义为（木）上，反训为下。《后汉书·马援传》："岂其甘心末规哉！"李贤注："末规，犹下计也。"云霞之下，指隐者所居的山林。

⑥ 轩：窗。临：居上视下。〔赵注〕《吕氏春秋·慎人》："许由虞乎颍阳。"高诱注："颍水之北曰颍阳。"生按：嵩山在颍水之阳。

⑦ "歇"，蜀刻本、纬本、凌本、活字本、全唐诗作"渴"。〇盘通磐。盘石：大石。徐陵《双林寺傅大士碑》："居荫高松，卧依盘石。"

⑧ "狃小"，蜀刻本、活字本、全唐诗作"小狃"，述古堂本、元刊本、赵本作"少狃"。此从纬本。〇理齐：道理相同。儒家主张"有道则见，无道则隐"，当仕则仕，当隐则隐，是谓理齐。佛教说众生皆有佛性，但为尘障染蔽，解除尘障则本性不殊，等同一体，是谓理齐。道家说万物由道化生，皆禀自然之性，人们因其表象不同，致生各种分别，泯去分别则物我齐一，是谓理齐。《左传·昭公二十三年》："民狃其野。"杜预注："狃，安习。"王康琚《反招隐诗》："小隐隐陵薮，大隐隐朝市。"此谓小隐大隐，道理相同，各适其性而已，安于小隐，无可非议。

⑨ 〔赵注〕《淮南子·精神训》："子夏见曾子，一臞一肥。曾子问其故。曰：出见富贵之乐而欲之，入见先王之道又悦之，两者心战，故臞；先王之道胜，故肥。"生按：道，子夏所谓乃儒家仁义之道，此兼佛、道义理。佛教讲五蕴皆空，六根清净。道家讲顺应自然，无欲无为。宁，宁静。外物，身外之物，指名利食色。奉特此道，战胜人欲，则内心宁静，不受外物困扰。

⑩《元和郡县志》："（河南）登封县，本汉崇高县。"王缙《东京大敬爱寺大证禅师碑》："缙尝官登封，因学于大照（普寂禅师）。"

⑪ "此"，蜀刻本、活字本作"比"；"削"，赵本一作"祝"。〇《隋书·经籍志》："魏黄初中（220—226），中国人始依佛戒，剃发为僧。"

⑫ 但：只管，尽管。《汉书·原涉传》："但洁扫除沐浴，待涉。"

⑬"拂",蜀刻本、纬本、凌本、活字本、全唐诗作"歇"。〇乘:趁。过拂:同义复词。《淮南子·天文训》:"拂于扶桑。"高诱注:"拂,犹过;一曰至。"生按:末二句嘱缙随时准备接待温古上人。

评 笺

葛晓音说:"由于张九龄执政,秉持公道,'理齐'、'道胜',王维才决定'解薜登天朝'。可见他此时所持仕隐出处的原则,与陈子昂、张九龄《感遇》的主旨完全一致。"(《山水田园诗派研究》)

淇上别赵仙舟①

相逢方一笑,相送还成泣。祖帐已伤离②,荒城复愁人③。天寒远山净④,日暮长河急⑤。解缆君已遥⑥,望君犹伫立⑦。

此诗作于开元十五年。

①诗题,国秀集作《河上送赵仙舟》,蜀刻本、述古堂本、元刊本、全唐诗、赵本作《齐州送祖三》,从英灵、英华、文粹、纪事。〇淇上:淇水之旁。见《淇上即事田园》注①。赵仙舟:未详。岑参有《临洮泛舟赵仙舟自北庭罢使还京》诗,陈铁民《岑参集校注》定为天宝十三载作。

②"帐",英灵、国秀集、纪事作"席"。"已",纪事作"忽"。〇〔赵注〕祖帐:祖席所设之帐。生按:《风俗通·祀典》:"共工之子曰脩,好远游,舟车所至,足迹所达,靡不穷览,故祀以为祖神。祖者,徂也。"古人送行,送者在道旁设帐幕,先祭道路之神,称为祖;既祭而在帐中宴饮饯别,称为祖宴、祖席。

③荒城:古老的城郭。《广雅·释诂》:"荒,远也。"引申为"古老"义。

④"净",国秀集、纪事作"静"。

⑤长河:指卫河,在卫县东南。

⑥解缆：解开缆绳行船。〔赵注〕谢灵运《邻里相送至方山》："解缆及流潮，怀旧不能发。"李善注："缆，维船索也。"

⑦"犹"，国秀集、英华、文粹作"空"。○《诗·邶风·燕燕》："瞻望弗及，伫立以泣。"毛苌传："伫立，久立也。"

评　笺

《王摩诘诗评》："刘云：前四句，只是眼前道不到（一作'尽'）者。末句短嫩意伤。○顾云：清思甚多。"

《唐诗归》："钟云：（天寒二句）幽景入送别中，妙。谭云：（末二句）送行图。"

陈应行《历代吟谱》："王维诗曰：天寒远山净，日暮长河急。"

杨士弘《批点唐音》："顾云：'日暮长河急'句特异。"

沈德潜《唐诗别裁集》："（天寒二句）着此二语，下'望君'句愈觉黯然。"

唐汝询《汇编唐诗十集》："此篇是景体律诗，妙在结句。"

施补华《岘佣说诗》："此四韵短古也。三联'天寒远山净，日暮长河急'用写景之笔宕开，而情在景中，篇幅遂短而不促，此法宜学。"

朱宗元《网师园唐诗笺》："（天寒句下）黯然入画。"

贺裳《载酒园诗话》："'相逢方一笑，相送还成泣。''解缆君已遥，望君犹伫立。'写得交谊蔼然，千载之下，犹难为怀。"

周珽《唐诗选脉会通评林》："诗神全在数虚字上。"

王寿昌《小清华园诗谈》："结句贵有味外之味，弦外之音。言情则包融之'春梦随我心，悠扬逐君去。'王右丞之'解缆君已遥，望君犹伫立。'"

李攀龙《唐诗广选》："起结凄断，令人不能已已。如此起句最老，而不易工。"

徐增《而庵说唐诗》："摩诘诗，妙在不设色而意自远，画中之白描高手。"

黄培芳《唐贤三昧集笺注》："顾云：情至，宛曲不尽。"

谭宗《近体秋阳》："劲直澹怆，此近体中古作也。摩诘诗本由古得，兹且化古于律。然其在古体乃转有寝谣于近制者，端不如收此拗律之为愈矣。"

钱锺钟书说："《诗·邶风·燕燕》：'瞻望勿及，伫立以泣。'梁朱超道《别席中兵》：'扁舟已入浪，孤帆渐逼天。停车对空渚，长望转依然'。唐王维《齐州送祖三》：'解缆君已遥，望君犹伫立。'又《观别者》：'车徒望不见，时见起行尘。'宋王操《送人南归》：'去帆看已远，临水立多时'。明何景明《河水曲》：'君随河水去，我独立江干。'亦皆远绍《燕燕》者。"（《管锥篇》）

游国恩说："（'天寒'二句）以刻画见工。"

葛晓音说："将送别背景简化到最为空廓荒凉的程度。置身于如此萧瑟空净的背景之中，诗人的心头也像这廓落的寒天一样空寂而凄清。"（《山水田园诗派研究》）

陶文鹏说："'日暮长河急'，著一'急'字，不但描状，而且传声。这是藏声于物象的动态之中。"（《传天籁清音绘有声图画》）

汤华泉说："'天寒远山净，日暮长河急'；'秋天万里净，日暮澄江空'（《送綦毋校书弃官还江东》）；'塞阔山河净，天长云树微'（《送崔兴宗》）。这些景句的表意作用不无细微差别，但共同之处当是表现出友人离去造成自己的空虚感、落寞感，而'日暮长河急'，更加剧了心绪的缭乱。"（《唐诗鉴赏辞典补编》）

生按：赵本以此诗为古体，而《近体秋阳》以此诗为近体拗律。《渭川田家》的体制同样如此。可见王维在唐诗由古人律的发展过程中，确曾做过多种探索。

观 别 者

青青杨柳陌，陌上别离人。爱子游燕赵[①]，高堂有老亲。不行无可养，行去百忧新[②]。切切委兄弟[③]，依依向四邻。都门帐饮毕[④]，从此谢亲宾[⑤]。挥泪逐前侣[⑥]，含悽动征轮[⑦]。车徒望不见⑧，时见起行尘⑨。余亦辞家久⑩，看之泪满巾。

①〔陈注〕燕、赵：战国时二国名，此指燕、赵之地。燕国领地相当于今河北、辽宁、朝鲜北部一带；赵国领地相当于河北南部、山西北部一带。

②养：供养父母妻子。〔赵注〕《诗·王风·兔爰》：“我生之后，逢此百忧。”生按：谓产生新的各种忧虑。

③切切：再三嘱咐之意。委：嘱托。

④“帐”，久本、凌本、品汇作“帐”，蜀刻本作“障”，皆误。“毕”，凌本作“别”。○〔赵注〕《汉书·疏广传》：“设祖道，供帐东都门外。”苏林注：“长安东郭门也。”江淹《别赋》：“帐饮东都，送客金谷。”〔陈注〕都门：京都中里巷之门。生按：陈说见《世说新语·规箴》：“元皇帝时，廷尉张闿在小市居，私作都门，早闭晚开。”此说疑非。宜解为泛指京都城门。帐饮，送别者在城外路旁设帐幕酒食饯行。见《淇上别赵仙舟》注②。

⑤“亲宾”，元刊本、赵本作“宾亲”。从蜀刻本、述古堂本、久本等。○谢：辞去。

⑥“泪”，活字本、全唐诗作“涕”；“前”，品汇作“行”。○〔赵注〕陆机《赴洛二首》：“亲友赠予迈，挥泪广川阴。”李周翰注：“挥，拭也。”

⑦〔赵注〕谢灵运《庐陵王墓下作》：“含悽泛广川，洒泪眺连冈。”吕延济注：“悽，悲也。”生按：征轮：远行的车。《尔雅·释言》：“征，行也。”

⑧“徒”，述古堂本、元刊本、赵本作“从”。从蜀刻本、活字本、凌本等。○车徒：车马与同行者。《集韵》：“徒，众也。”

⑨“时见”，述古堂本、元刊本、赵本作“时时”。从蜀刻本、活字本、全唐诗等。○江淹《别赋》：“驱征马而不顾，见行尘之时起。”〔陈注〕行尘：行人、车马扬起的路尘。

⑩“余”，蜀刻本、活字本、全唐诗作“吾”；“久”，凌本、品汇作“者”。

评　笺

《王右丞诗评》：“刘云：（切切二句）两语已绝，写得此意出。○顾云：情尽。"

陈岩肖《庚溪诗话》："昔人临歧执别，回首引望，恋恋不忍遽去，而形于诗者，如王摩诘云：'车徒望不见，时见起行尘'；欧阳詹云：'高城已不见，况复城中人'；东坡与其弟子由云：'登车回首坡陇隔，时见乌帽出复没。'咸记行人已远，而故人不复可见。语虽不同，其惜别之意则同也。"

沈德潜《唐诗别裁集》："只写别者之情，'观'字只末二句一点自足。"

吴乔《围炉诗话》："王右丞五古，尽善尽美矣。《观别者》云：'不行无可养，行去百忧新。切切委兄弟，依依向四邻。'当置《三百篇》中与《蓼莪》比美。"

余成教《石园诗话》："（'不行'四句）实能道出贫士临行恋母情状。"

《唐诗归》："钟云：观别者与自家送别，益觉难堪，非深情人不暇命如此题。（'不行'二句下）情真事真，游人下泪，不须读下二句矣。（'切切'句下）贫士老于客游，方知此境。"唐汝询《汇编唐诗十集》："浅浅说，曲尽别思，觉雕琢者徒苦。说他人，其切乃尔，己怀可知，《阳关》所以绝句。"

周振甫说："诗人往往通过具体景物来抒写感情，这又是一种描状手法。'时见起行尘'比'瞻望弗及，泣涕如雨'（《诗·邶风·燕燕》）要具体些。"（《诗词例话》）

别弟缙后登青龙寺望蓝田山①

陌上新别离②，苍茫四郊晦③。登高不见君，故山复云外④。
远树蔽行人⑤，长天隐秋塞⑥。心悲宦游子⑦，何处飞征盖⑧？

此诗作于上元元年秋王缙出任蜀州刺史时。

①青龙寺：见《夏日过青龙寺谒操禅师》注①。蓝田山：见《蓝田山石门精舍》注①。

②"别离"，全唐诗作"离别"。○《广雅·释室》："陌，道也。"

③苍茫：旷远迷茫貌。晦：昏暗。《楚辞·九歌·山鬼》："云容容兮而在下，杳冥冥兮羌书晦。"王逸注："晦，暗也。"

④"山"，英华作"人"，非。○故山：指过去隐居地蓝田县辋川。

⑤"树"，蜀刻本、活字本作"木"。

⑥隐：隐没。塞：关塞。〔赵注〕沈约《梁甫吟》："寒光稍眇眇，秋塞日沉沉。"

⑦"宦游"，凌本、品汇作"游宦"。○宦游子：在外地为官者，指王缙。〔赵注〕陆机《赠从兄车骑》："翩翩游宦子，辛苦谁为心。"

⑧飞：奔驰。征：远行。盖：车上的伞盖，借指车。〔赵注〕刘桢《公宴诗》："辇车飞素盖，从者盈路旁。"

评 笺

王寿昌《小清华园诗谈》："宜以诗生韵，不宜以韵生诗。意到其间自然成韵者，上也。如右丞'远树蔽行人，长天隐秋塞'；'五湖三亩宅，万里一归人'之类是也。"

黄培芳《唐贤三昧集笺注》："有情有色。"

张文荪《唐贤清雅集》："情景真切。'远树'二句，就阔远处极力写去，收合来气局自大。"

郭濬《增订评注唐诗正声》："渺渺新别之情，与云山俱远。"

别綦毋潜①

端笏明光宫②，历稔朝云陛③。诏看延阁书④，高议平津邸⑤。适意轻偶人⑥，虚心削繁礼⑦。盛得江左风⑧，弥工建安体⑨。高张多绝弦⑩，截河有清济⑪。严冬爽群木⑫，伊洛方清泚⑬。渭水冰下流，潼关雪中启⑭。荷蓧几时还⑮？尘缨待君洗⑯。

此诗作于天宝十四载十月。

①綦毋潜，见《送綦毋潜落第还乡》注①。

②"宫"，英华作"殿"。○端笏：正身捧笏。《广雅·释诂》："端，正也。"笏：音户。《广韵》："笏，一名手板，品官所执。"《释名·释书契》："笏，忽也，君有教命，及所启白，则书其上，备忽忘也。"《唐会要·舆服下》："五品以上执象笏，以下执竹木笏。"端笏犹端简。或释"端"为"端茶"之"端"，乃后起义。〔赵注〕江淹《从建平王游纪南城》："敛衽衣光采，端笏奉仁明。"生按：明光宫，见《燕支行》注③。

③稔音忍。历稔：历年。《说文》："稔，谷熟也。"《正字通》："古人谓一年为一稔，取谷一熟也。"陛：天子殿前的台阶。云陛：形容其高，借指天子。〔赵注〕何逊《临行与故游夜别》："历稔共追随，一旦辞群匹。"谢朓《始出尚书省诗》："惟昔逢休明，十载朝云陛。"

④"看"，蜀刻本、纬本、凌本、活字本、全唐诗作"刊"。○延阁：借指秘书省藏书库，潜曾任校书郎。〔赵注〕刘歆《七略》："孝武皇帝勅丞相公孙弘广开献书之路，百年之间，书籍如丘山。故外则有太常、太史、博士之藏，内则有延阁、广内、秘书之府。"

⑤〔赵注〕《汉书·公孙弘传》："为丞相，封平津侯，于是启客馆，开东阁，以延贤人，与参谋议。"陆厥《奉答内兄希叔》："出入平津邸。"张铣注："邸，国舍也。"借指宰相官邸。

⑥"轻偶人"，述古堂本作"轻微人"，全唐诗、赵本作"偶轻人"，英华作"轻微禄"。从蜀刻本、元刊本。○轻：不屑于；偶人：迎合他人。作"偶轻人"亦可通。《正字通》："侪辈亦曰偶。"《韩非子·喻老》："无势之谓轻。"是说与地位卑下之人为伍。但从下面"高张"二句考虑，作"轻偶人"较好。

⑦"虚心"，英华作"遇人"。"繁"，述古堂本、元刊本作"烦"。○《广雅·释诂》："削，减也。"〔赵注〕《史记·礼书》："孝文好道家之学，以为繁礼饰貌，无益于治。"

⑧江左：长江下游江东地区。魏禧《日录·杂说》："自江北视之，江东在左，江西在右。"盛：多。〔赵注〕宋、齐、梁、陈四朝，并建都江左，其时诗篇多尚绮丽。《宋书·谢灵运传》："文章之美，江左莫逮。"

⑨弥：益，更加。〔赵注〕建安，汉末献帝年号。时曹氏父子及邺中七子

俱善篇章，后人谓之建安体。钟嵘《诗品》："降及建安，曹公父子（操、丕、植），笃好斯文。平原兄弟（陆机、陆云），郁为文栋。刘桢、王粲，为其羽翼。次有攀龙附凤，自致于属车者，盖将百计，彬彬之盛，大备于时矣。"生按：《隋书·文苑传序》："江左宫商发越，贵乎清绮；河朔（指汉魏、建安）词义贞刚，贵乎气质。"江左风，指重视声律和辞章的齐梁新声；建安体，指重视风骨与兴寄的汉魏古调。这两句诗说明，王维所主张的，是融合建安、江左二者之长，在形式上具有清新流美的辞采，在内容上具有刚健明朗的风格，"文质半取，风骚两挟"（殷璠语）的诗学标准，这正是盛唐诗的基本特征。

⑩〔赵注〕杨泉《物理论》："琴欲高张，瑟欲下声。"颜延年《秋胡诗》："高张生绝弦，声急由调起。"李周翰注："高张必致绝弦。"生按：张，引弦。高张绝弦，绷紧琴弦，声调高，弦易断，有曲高和寡之意，喻綦毋潜性格孤高。或释为独特的弦，此处似不宜。

⑪〔赵注〕《尚书·禹贡》："导沇水，乐流为济，入于河，溢为荥。"孔安国传："济水入河，并流十数里，而南截河。"（横流过黄河）孔颖达疏："济水既入于河，与河相乱，而知截河过者，以河浊济清，南出还清，故可知也。"生按：截河清济，有同流而不合污之意，谓綦毋潜居官清廉正直。

⑫《说文》："爽，明也。"

⑬泚音此。〔赵注〕《括地志》："伊水出虢州卢氏县东峦山，东北流入洛。洛水出商州洛南县冢岭山，东流经洛州郭内，又东合伊水，入河。"谢朓《始出尚书省》："寒流自清泚。"《说文》："泚，清也。"生按：方，已。清泚，清澈。

⑭"关"。述古堂本作"门"，误。○"启"，英华作"闭"。○〔赵注〕杜佑《通典》："华州华阴县有潼关，左传所谓桃林塞也，本名冲关，河自龙门南流冲激华山东，故以为名。"《元和郡县志》："潼关在华州华阴县东北三十九里。关西一里有潼水，因以各关。"生按：在今陕西潼关县北。

⑮荷：肩扛。蓧：音吊，除田中草用的竹器。《论语·微子》："子路从而后，遇丈人，以杖荷蓧。子路问曰：'子见夫子乎？'丈人曰：'四体不勤，五谷不分。孰为夫子？植其杖而芸。子路拱而立。止子路宿，杀鸡为黍而食之，见其二子焉。明日，子路行。以告子曰：'隐者也。'"何晏注："蓧，竹器。"邢昺疏："蓧，耘田器也。"生按：荷蓧，借指潜。还，

还乡。

⑯"待"元刊本作"侍",误。○〔赵注〕沈约《新安江至清,浅深见底,贻京邑游好》:"愿以漇溉水,沾君缨上尘。"李善注:"《楚辞·渔父》:沧浪之水清兮,可以濯我缨。"生按:《说文》:"缨,冠系也。"段玉裁注:"可以系冠者也。以二组系于冠,卷结颐下,是谓缨。"尘缨,已被尘污的冠缨。

别辋川别业①

依迟动车马②,惆怅出松萝③。忍别青山去,其如绿水何④!

此诗约作于天宝十一载春。

①品汇无"别业"二字。○辋川别业:见《辋川闲居赠裴秀才迪》注①。

②〔陈注〕依迟:依依不舍貌。〔赵注〕王融《和南海王殿下咏秋胡妻》:"参差兴别绪,依迟起离慕。"

③惆怅:因失望而懊丧貌。〔赵注〕《诗·小雅·頍弁》:"茑与女萝,施于松柏。"毛苌传:"女萝,菟丝,松萝也。"释文:"在田曰菟丝,在木曰松萝。"陆玑疏:"菟丝蔓连草上生,黄赤如金,非松萝。"生按:松萝,地衣类植物,丝状,蔓生,灰绿色或灰白色,常附着于松树或其它树上。此处借指山林。

④其如:怎奈。何:语尾叹词。谓怎奈绿水也使我不忍离去!

评　笺

黄生《唐诗摘抄》:"忍别青山去,其如青山之难为别何!忍别绿水去,其如绿水之难为别何!此交互对法。"

顾可久按:"青山绿水谁是可别去者!浅语情深。"

同　咏　　　　　　　　　（王　缙）

山月晓仍在，林风凉不绝，殷勤如有情①，惆怅令人别。

①殷勤：情意深厚诚恳。《史记·邹阳传》："慈仁殷勤，诚加于心，不可以虚辞借也。"

评　笺

高棅《唐诗品汇》："刘须溪云：清洒顿挫，略不动容。"

胡仔《苕溪渔隐丛话》："亦有佳思（一作'佳致'）。"

郭濬《增订评注唐诗正声》："句句有不尽情思。"

王士祯《唐人万首绝句选》："语语含蓄，清远不让乃兄。"

胡应麟《诗薮》："顾华玉（璘）云：'五言绝以调古为上乘，以情真为得体。打起黄莺儿……调之古者也；山月晓仍在……此所谓情真者。'调古则韵高，情真则意远，华玉标此二者，则雄奇俊亮，皆不贵，论虽稍偏，自是五言绝第一义。若太白之逸，摩诘之玄，神化幽微，品格无上，又不可以是泥也。"

黄生《唐诗摘抄》："仍在、不绝，正殷勤也。彼愈殷勤，我愈惆怅，故曰'令人'。承上启下在第三句。末句言令人别时增惆怅也，倒装句。"

王尧衢《唐诗合解》："'仍'字妙，月至晓而仍在，似欲送人，不因人去而异也。林际风飘，其凉不绝，如欲以待客者，不因人欲去而遽绝也。"

俞陛云《诗境浅说》："人当风景绝佳处，每低回不去。宋人诗：'聊为一驻足，且胜百回头'，与作者有同怀也。山月林风，焉知惜别，而殷勤向客者，正见己之心爱辋川，随处皆堪留恋，觉无情之物，都若有情矣。"

崔九弟欲往南山马上口号与别①

城隅一分手，几日还相见？山中有桂花，莫待花如霰②。

①唐文粹无"马上口号与别"六字。万首绝句作"别崔九弟"。〇崔九：崔兴宗。见《青雀歌》同咏注。口号：诗题用语，表示随口吟成。义同"口占"。

②桂花：此指春桂。霰音现。《说文》："霰，稷雪也。"段玉裁注："谓雪之如稷者，俗谓米雪，或谓粒雪。"如霰：谓花落地上犹如雪粒。〔赵注〕萧绎《春别应令》："上林朝花色如霰。"柳恽《独不见》："春花落如霰。"

评 笺

黄生《唐诗摘抄》："恐不能即会，故以落花促其归也。"

黄培芳《唐贤三昧集笺注》："古甚，亦极有味，耐人领略。言外意不尽，冲淡自然。"

潘德舆《唐贤三昧集评》："右丞五绝全用天机，故尝独步一时。"

同 咏 　　　　　　　（裴 迪）

归山深浅去①，须尽丘壑美。莫学武陵人，暂游桃源里②。

①《诗·邶风·匏有苦叶》："深则厉，浅则揭。"陈奂疏："水在膝以下，可褰裳而过，谓之揭；水至膝以上，则必濡裤而过，是谓之涉。厉，《尔雅》作沥，厉即涉也。"生按：此句或释为归山时跋涉高低不平的山路，或释为不论深处（深山幽谷）浅处（附近村落）都去。存参。

②"武陵"二句，见《桃源行》注①。

评 笺

顾璘《批点唐音》："比兴自高，人道不得。"

俞陛云《诗境浅说》："临别赠言，令人增朋友之重。此诗送人归隐，则云'莫学武陵人'，良以言行相顾，事贵实践，若高谈肥遁，恐在山泉水瞬为出岫行云矣。应知巢、由高躅，非一蹴可几也。"

刘逸生说："寻味这四句诗，觉得他还含有一种做人处世的道理。一个人要在一生中干点事业，就得下定一干到底的决心，不能浅尝辄止，或半途而废。诗人虽然不是意在宣扬哲理，我们又何妨汲取其中的哲理成分。"（《唐诗小札》）

留　别^①　　　　　　　（崔兴宗）

驻马欲分襟^②，清寒御沟上^③。前山景气佳，独往还惆怅^④。

①蜀刻本、唐文粹、纪事作崔兴宗诗。万首绝句第四卷作王维诗，题为《留别崔兴宗》，第十六卷重出作崔兴宗诗，题为《留别王维》。元刊本、品汇作王维诗。据纪事同载王维、裴迪诗及此诗于一条，无疑为崔作。

②分襟：犹离别，分袂（袖），分袂（袖口）。王勃《春夜桑泉别王少府序》："异县分襟，竟切悽怆之路。"

③清寒：犹轻寒；清，凉也。御沟：见《柳浪》注③。

④《广释词》："还，犹终，谓终惆怅。"

评　笺

吴修坞《唐诗续评》："别离故堪惆怅，然妙在用'景气佳'三字，更深一层。独字见情。"

张文荪《唐贤清雅集》："爱山景，恋友朋，两意合写，十分浓至。"

哀伤　杂题

哭殷遥①

人生能几何②，毕竟归无形③。念君等为死④，万事伤人情。慈母未及葬，一女才十龄。泱漭寒郊外⑤，萧条闻哭声。浮云为苍茫⑥，飞鸟不能鸣。行人何寂寞⑦，白日自凄清⑧。忆昔君在时，问我学无生⑨。劝君苦不早，令君无所成⑩。故人各有赠，又不及生平⑪。负尔非一途，恸哭返柴荆⑫。

此诗作于天宝元年或二年冬。

①殷遥（《吟窗杂录》作"瑶"，或疑瑶、璠为从兄弟，尚无他证），句容（今江苏句容县）人。家贫，卜居许州（今河南许昌）西。开元十五年以后，任忠王府仓曹参军，二十一年已任校书郎。与王维、储光羲结交，同慕禅寂，志趣高疏，多云岫之想。工诗，殷璠于开元末汇次殷遥等十八人诗为《丹阳集》（南宋后已佚），谓"瑶诗闲雅，善用声"（《吟窗杂录》引）。约天宝初年卒。

②曹操《短歌行》："对酒当歌，人生几何！"陆机《拟今日良宴会》："人生无几何，为乐常苦晏。"

③无形：谓死。《庄子·至乐》："察其始而本无生，非徒无生也而本无形，非徒无形也而本无气。杂乎芒芴之间，变而有气，气变而有形，形变而有生，今又变而之死，是相与为春秋冬夏四时行也。"《语辞汇释》："毕竟，究竟。"

④《语辞汇释》："等，犹底也。等为死，犹云何为死，意即何可死也。慈母两句即申说其不可死之理由。"

⑤"泱漭"，英华作"诀别"。"寒"，宋本文镜秘府论作"汉"。○泱漭：音央莽。[赵注] 张衡《西京赋》："泱漭无疆。"薛综注："泱漭，无限域之貌。"

⑥"浮"，宋本文镜秘府论作"愁"。"茫"，英华作"莽"。

⑦ "何"，纪事作"同"。

⑧ "白日"，全唐诗一作"日色"。〇《广释词》："殷仲文《南州桓公九井作》：'景气多明远，风物自凄紧'。'自'有'多'义。"

⑨《语辞汇释》："问，犹向也。"学无生：谓学佛。见《登辨觉寺》注⑨。

⑩ 无所成：盖学佛心灵清净，既可养生，且有望成佛。

⑪ "生平"，蜀刻本、述古堂本、元刊本、二顾本、凌本、活字本、品汇作"平生"。从英华、纪事、赵本、全唐诗。〇生平：在生之时。

⑫ "恸"，元刊本、赵本作"痛"。从英华、蜀刻本、述古堂本。〇恸音动。《广韵》："恸哭，哀过也。"《论衡·问孔》："夫恸，哀之至也。"

［赵注］谢灵运《初去郡》："促装返柴荆。"刘良注："谓柴门荆扉也。"生按：此指终南别业。

评　笺

王闿运《湘绮楼论唐诗》："右丞诸作，惟《哭殷遥》诗，为特沉痛。"《唐诗归》："谭云：（末句下）似有声出余纸外。"

其　二①

送君返葬石楼山②，松柏苍苍宾驭还③。埋骨白云长已矣，空余流水向人间！

① 国秀集、纪事、全唐诗作《送殷四葬》。

② ［赵注］《元和郡县志》："京兆府渭南县西南有石楼山"，《太平寰宇记》："隰州石楼县有石楼山。"《新唐书·地理志》："汝州梁县有石楼山。"《一统志》："西安府周至县有石楼山"，"凤翔府宝鸡县有石楼山"。未知孰是。生按：指梁县（今河南临汝）石楼山，在许西。

③ 松柏：仲长统《昌言》："古之葬，植松柏梧桐以识其坟。"宾驭：宾客和驾车者。鲍照《咏史诗》："宾驭纷飒沓，鞍马光照地。"

评　笺

王闿运批《唐诗选》："真至。"

同王十三维哭殷遥

（储光羲）①

生理无不尽②，念君在中年③。游道虽未深④，举世莫能贤。
筮仕苦贫贱⑤，为客少田园。膏腴不可求⑥，乃在许西偏⑦。四
邻尽桑柘⑧，咫步开墙垣⑨。内艰未及虞⑩，形影随化迁⑪。茅
茨俯苫盖⑫，双殡两楹间[一三]。时闻孤女号，迥出陌与阡⑭。慈
乌乱飞鸣，猛兽亦以踆⑮。故人王夫子，静念无生篇⑯。哀乐久
已绝，闻之将泫然⑰。太阳蔽空虚，雨雪浮苍山。迢递亲灵榇⑱，
顾予悲绝弦⑲。处顺与安时⑳，及此乃空言。

①储光羲（约707—760）润州延陵（故地在今江苏丹阳县南延陵镇）
人。开元十四年严迪榜进士。授汜水尉。约于开元二十一年去官返江东。
天宝初，曾隐居终南。起为安宜尉。十载，转下邽尉。十二载，官太祝。
未几，任监察御史。十五载六月，安禄山陷长安，光羲受伪署。九月，自
逃归，南走江汉。至德二载秋初回长安，下狱。乾元元年，贬赴南方某地。
上元元年遇赦，旋卒。《河岳英灵集》评其诗："格高调逸，趣远情深，削
尽常言，挟风雅之迹，浩然之气。"《全唐诗》存诗四卷。

②生理：犹生命。《庄子·天地》："留动而生物，物成生理谓之形。"
成疏："留，静也。阳动阴静，化生万物，生理具足，谓之形也。"

③［赵注］潘岳《夏侯常侍诔》："曾未知命，中年陨卒。"生按：《语
辞汇释》："念，犹怜也。言人生原无不死，惟怜君死在中年耳。"

④《方言》："潜，又游也。"游道：潜心学道，《汉书·杨恽传》："君
子游道，乐以忘忧。"

⑤筮：音试。古人用蓍草占卦以问吉凶或决疑难。占筮之法，见《故
人张谭工诗，善易卜》注①。筮仕：卜问做官的命运。［赵注］《左传·闵

公元年》：“初，毕万筮仕于晋，遇屯之比。”

⑥左思《吴都赋》：“畛畷无数，膏腴兼倍。”吕延济注：“膏腴，谓良沃地也。”

⑦［赵注］《左传·隐公十一年》：“乃使公孙获处许西偏。”生按：许西偏，许国都城西部。许都故地在今河南许昌市东。

⑧柘：音蔗。《说文》：“柘，桑也。”生按：柘，桑科，落叶灌木，干直，叶卵形，可喂蚕。木汁可染赤黄色。

⑨咫步：八寸为咫，六尺为步。谓距离很近。卢谌《赠刘琨诗》：“曷云途辽，曾不咫步。”开：辟。此谓院落狭窄，咫步之间，已建墙垣。

⑩艰：指父母之丧。内艰：母丧。［赵注］《仪礼·士虞礼》贾公彦疏：“郑玄云：虞，安也。士既葬其父母，迎精而返，日中而祭之于殡宫以安之。”生按：未及虞，即维诗“慈母未及葬”。

⑪化：造化，生长，化育，自然界生成万物的功能。《韵会》：“天地阴阳运行，自无而有，自有而无，万物生息，则为化。”按：析言之，自无而有是化，自有而无是变，亦即化迁。随化迁，意谓殷遥死去。

⑫《汉书·司马迁传》：“墨者亦上尧舜，茅茨不剪。”颜师古注：“屋盖曰茨，茅茨，以茅覆屋也。”代指茅屋。荀子《赋》：“三俯三起。”杨倞注：“俯，谓卧而不食。”苫，音山。［赵注］《左传·襄公十四年》：“乃祖吾离，被苫盖，蒙荆棘。”杜预注：“盖，苫之别名。”《尔雅·释草》：“白盖谓之苫。”郭璞注：“白茅苫，今江东呼为盖。”生按：《墨子·节葬》：“处倚庐，寝苫枕块。”孙诒让诂：“苫，编薞。”指古人居丧时睡卧的草垫。

⑬［赵注］《礼记·檀弓》：“殷人殡于两楹之间。”生按：殡，屍已入棺，停放未葬。楹，柱。两楹间，堂上东西两根柱头之间。

⑭迥：远。［赵注］《汉书·成帝纪》：“出入阡陌。”颜师古注：“阡陌，田间道也。南北曰阡，东西曰陌。”

⑮［赵注］《韵会》：“跧，伏也。”生按：“以”与“已”同。

⑯［赵注］孙绰《游天台山赋》：“畅以无生之篇。”李善注：“无生篇，谓释典也。维摩诘曰：是天女所愿具足，得无生忍。”生按：无生，见《登辨觉寺》注⑨。

⑰泫然，流泪貌。《礼记·檀弓》：“孔子泫然流涕。”

⑱[赵注]潘岳《悲邢生词》:"停予车而在郊,抚灵榇以增悲。"《说文》:"榇,棺也。"生按:《字汇》:"迢递,远也。"此谓从远地来亲近灵柩。长安(或终南山)到临汝九百八十里。

⑲绝弦:断弦,喻失去知音。[赵注]《淮南子·本味》:"锺子期死,而伯牙绝弦破琴,知世莫能赏也。"

⑳[赵注]《庄子·养生主》:"适来,夫子时也;适去,夫子顺也。安时而处顺,乐哀不能入也。"生按:适,恰当其时;来、去,喻生、死。安于应时而生又处于顺时而死,则哀乐不能进入心胸。

故太子太师徐公挽歌四首①

功德冠群英,弥纶有大名②。轩皇用风后③,傅说是星精④。就第优遗老⑤,来朝诏不名⑥。留侯常辟谷,何苦不长生⑦?

此诗作于天宝八载秋。

①《旧唐书·萧嵩传》:"萧嵩,宋国公瑀之曾侄孙。景云元年为醴泉尉。陆象先引为监察御史,迁殿中侍御史。开元初为中书舍人。历宋州刺史,三迁为尚书左丞、兵部侍郎。十五年,玄宗择堪边任者,乃以嵩为兵部尚书、河西节度使,判凉州事。明年,加嵩同中书门下三品。十七年,兼中书令。寻又进封徐国公。二十一年,授尚书右丞相。二十四年,拜太子太师。坐略中官牛仙童,贬青州刺史。寻追拜太子太师,嵩又请老。嵩性好服饵,及罢相,于林园植药,合炼自适。天宝八载薨,年八十余。"《旧唐书·职官志》:"东宫官属,太子太师一员,从一品。"[赵注]杜佑《通典》:"汉高帝时,齐王田横自杀,其故吏不敢哭泣,但随柩叙哀,而后代相承,以为挽歌。"李周翰《文选》注:"使挽柩者歌之,因呼为挽歌也。"

②弥:遍;纶:治理。弥纶:此谓综理朝政。李康《运命论》:"行足以应神明而不能弥纶于俗。"吕延济注:"言时君不能用之使广理于俗也。"

③轩皇:黄帝轩辕氏。[赵注]《帝王世纪》:"黄帝梦大风吹天下之尘

垢皆去，于是依占而求之，得风后于海隅，登以为相。"

④［赵注］《庄子·大宗师》："夫道，傅说得之，以相武丁，奄有天下。(傅说死) 乘东维，骑箕尾，而比于列星。"生按：武丁，第二十三世殷王。《星经》："傅说一星，在尾第二星东二寸，小者是。其星明，则辅臣忠政；暗，则陪臣乱国。"二句以风后、傅说喻萧嵩。

⑤"第"，蜀刻本作"地"，误。○《正字通》："第，宅。有甲乙次第，故曰第。"就第：免官而退居私第。［赵注］《汉书·张禹传》："张禹以老病乞骸骨，上加优再三乃听许，赐安车驷马，黄金百斤，罢就第，以列侯朝朔望。"

⑥诏：皇帝的命令。不名：对大臣的一种优礼。《唐六典》："凡六品以上官人奏事，皆当自称官号，臣姓名，然后陈事。"［赵注］《汉书·王莽传》："高皇帝褒赏元功，相国萧何邑户既倍，又蒙殊礼，奏事不名，入殿不趋。"

⑦"常"，蜀刻本作"尝"。○［赵注］《史记·留侯世家》："留侯(张良) 曰：'愿弃人间事，欲从赤松子游耳'。乃学辟谷导引轻身。"生按：辟音避，除也。辟谷：方士奉行的一种道术，服不食五谷的药饵，静居练气，以求长生。萧嵩也性好服饵。何苦：何故。刘向《九叹·远游》："何骚骚而自故！"王逸注："故一作苦。"

谋猷为相国①，翊赞奉乘舆②。剑履升前殿③，貂蝉讬后车④。齐侯疏土宇⑤，汉室赖图书⑥。僻处留田宅⑦，仍才十顷余⑧。

①［赵注］《书·君陈》："尔有嘉谋嘉猷，则入告尔后于内。"蔡沈传："言切于事谓之谋，言合于道谓之猷。"生按：谋猷，谋虑策划。相国，秦官，位尊于丞相，汉因之。惠帝以后只置丞相，相国成为丞相的尊称。

②"赞"，全唐诗作"戴"。"乘"，英华、全唐诗作"宸"。○翊音翼。翊赞：辅佐。［赵注］贾谊《新书》："天子车曰乘舆。"生按：代指天子。《开元礼·杂志》："乘舆，服御所称。车驾，行幸所称。"

③剑履上殿，是对大臣的一种优礼，谓上殿时可不去剑、不脱履。［赵注］《史记·萧相国世家》："于是乃令萧何赐带剑履上殿，入朝不趋。"

《隋书·礼仪志》："大臣优礼，皆剑履上殿。"

④貂蝉：貂尾和金蝉，冠上饰物。[赵注]《后汉书·舆服志》："武弁大冠，侍中、中常侍加黄金珰（冠饰），附蝉为文，貂尾为饰。"《唐六典》注："金蝉珥（插）貂，左散骑与侍中左貂，右散骑与中书令右貂。"生按：《后汉书·朱穆传》："假貂珰之饰。"李贤注："珰以金为之，当冠前，附以金蝉也。"曹丕《与吴质书》："文学讬乘于后车。"刘良注："讬，附也。"后车，副车，随从者之车。

⑤齐侯：齐桓公。疏：分。土宇：土地，上下四方谓之宇。《左传·庄公卅二年》："春，城小穀（今东阿），为管仲也。"《晏子春秋》外篇上第二十四："景公谓晏子曰：昔吾先君桓公，予管仲狐与穀，其县十七，著之于帛，申之以策，通之诸侯，以为其子孙赏邑。"生按：唐代王公食邑，只收租调，并无封土。此以齐封管仲喻唐封萧嵩为徐国公。

⑥[赵注]《汉书·萧何传》："沛公至咸阳，诸将皆争走金帛财物之府分之，萧何独先入收秦丞相御史律令图书藏之。沛公具知天下阨塞、户口多少、强弱处、民所疾苦者，以何得秦图书也。"生按：图书，文书档案。此指中书省审议章奏、草拟诏令、管理档案、监修国史等职能。

⑦"顷"，英华作"亩"。○[赵注]《汉书·萧何传》："萧何买田宅，必居穷僻处，为家不治垣屋。曰：令后世贤，师吾俭；不贤，毋为势家所夺。"生按：史称萧嵩家财丰赡。

旧里趋庭日[①]，新年置酒辰[②]。闻诗鸾渚客[③]，献赋凤楼人[④]。北首辞明主[⑤]，东堂哭大臣[⑥]。犹思御朱辂[⑦]，不惜污车茵[⑧]。

[①]趋庭：谓子承父教。《论语·季氏》："（孔子）尝独立，鲤（孔子之子）趋而过庭。曰：'学诗乎?'对曰：'未也。''不学诗，无以言。'鲤退而学诗。他日，又独立，鲤趋而过庭。曰：'学礼乎?'对曰：'未也。''不学礼，无以立。'鲤退而学礼。"

[②]"辰"，述古堂本、元刊本作"晨"，误。○辰：时。《周礼·秋官·哲蔟氏》："十有二辰之号。"郑玄注："辰谓从子至亥。"生按：二句谓教子有方。

③《旧唐书·职官志》："门下省，光宅改为鸾台。"李峤《让侍郎表》："下神畿而入仙禁，自鸾渚（门下省）而游凤池（中书省）。"《旧唐书·萧嵩传》："嵩子华，为给事中。"按：给事中为门下省属官。句谓"鸾渚客闻诗"，下句句型同。

④［赵注］《列仙传》："萧史者，秦穆公时人也，善吹箫，能致孔雀白鹤于庭。穆公有女字弄玉好之，公遂以女妻焉。日教弄玉作凤鸣，居数年，吹似凤声，凤凰来止其屋。公为作凤台，夫妇止其上。"《新唐书·公主传》："玄宗女新昌公主，下嫁萧衡。"生按：凤楼人指衡，萧嵩次子。

⑤"首"，纬本、凌本、赵本作"阙"。从蜀刻本、述古堂本、元刊本等。○［赵注］《礼记·礼运》："死者北首，生者南向。"孔颖达疏："体魄降（葬）入于地为阴，故死者北首，归阴之义。"

⑥［赵注］《北史·广川王略传》："魏晋以来，亲临多缺。至于咸臣，必于东堂哭之。"生按：东堂，正殿东边厢房的堂屋。萧嵩是咸臣，故在东堂发哀，玄宗亲临吊祭。

⑦御：驾车。辂：音路，皇帝及王公重臣所乘大车。《旧唐书·舆服志》："诸辂，皆朱质朱盖，朱旂旟。"

⑧"污"，述古堂本、元刊本作"汙"，误。○茵：车内席垫。［赵注］《汉书·丙吉传》："丙吉为丞相，驭吏嗜酒，数逋荡，尝从吉出，醉呕丞相车上。西曹主吏白欲斥之。吉曰：以醉饱之失去士，使此人将复何所容？西曹但忍之，此不过污丞相车茵耳。"生按：二句谓驭者犹念萧嵩生前恩惠。

久践中台座①，终登上将坛②。谁言断车骑③，空忆盛衣冠④。风日咸阳惨，笳箫渭水寒⑤。无人当便缺，应罢太师官⑥。

①践：升，登。［赵注］《晋书·天文志》："三台六星，两两而居。在人曰三公，在天曰三台。西近文昌二星曰上台，为司命，主寿；次二星曰中台，为司中，主宗室；东二星曰下台，为司禄，主兵。"生按：萧嵩为太子太师，又是国戚，故称中台。

②终：犹久。坛：筑土而成，用于拜将的高台。［赵注］《旧唐书·萧

嵩传》："（开元）十五年，以嵩为兵部尚书、河西节度使，判凉州事。嵩又请以张守珪为瓜州刺史，修筑州城，招辑百姓，令其复业。明年秋，吐蕃攻瓜州，守珪出兵击走之。八月，嵩又遣副将杜宾客率弩手四千人，与吐蕃战于祁连城下，贼徒大溃，临阵斩其副将一人。露布至，玄宗大悦，乃加嵩同中书门下三品。十七年，兼中书令。常带河西节度，遥领之。"

③"谁言"，述古堂本、元刊本作"□□"。"言"，英华作"将"。○《后汉书·窦宪传》："和帝即位，会南单于请兵北伐，乃拜宪车骑将军，以执金吾耿秉为副，发北军五校、黎阳、雍营、缘边十二郡骑士，及羌胡兵出塞。明年，宪分遣精骑万余，与北单于战于稽落山，大破之，斩名王以下万三千级，获生口马牛羊橐驼百余万头。于是温犊须、日逐、温吾、夫渠王柳鞮等八十一部率众降者，前后二十余万人。宪、秉遂登燕然山，去塞三千余里，刻石勒功，纪汉威德。"谁言：谁知。断车骑：借谓萧嵩安边的功业中断。

④衣冠：士大夫的穿戴。盛衣冠：衣冠盛事。唐代将相后裔，能以功勋继其家声的，号称衣冠盛事。萧嵩功业能继萧瑀，哀嵩已逝，故曰空忆。空：徒。

⑤笳箫：指送葬的鼓乐声。[赵注]曹植《与吴质书》："觞酌陵波于前，笳箫发音于后。"

⑥《淮南子·时则训》："罢官之无事。"高诱注："罢，省。"[赵注]《唐六典》："太师、太傅、太保，非道德崇重，则不居其位；无其人，则缺之。"

评 笺

《日知录》："王摩诘《故太子太师徐公挽歌》，重用二'名'字，施之律诗，则为非体。"

故西河郡杜太守挽歌三首①

天上去西征，云中护北平②。生擒白马将③，连破黑雕城④。

忽见刍灵苦⑤，徒闻竹使荣⑥。空留左氏传；谁继卜商名⑦。

此诗作于天宝五载秋。

①《旧唐书·地理志》："汾州，天宝元年改为西河郡。"郡治在今山西汾阳县。杜太守：杜希望。权德舆《杜佑淮南遗爱碑》："烈考讳希望，历鸿胪卿、御史中丞，再为恒州刺史，代、鄯二州都督，西河郡太守。"《金石录》卷七："《唐西河太守杜公遗爱碑》，书撰人姓名残缺。天宝五载。"

②天上：喻中国。云中故城在今内蒙古托克托县东北。汉右北平郡辖今河北东北部，故治在今河北平泉县。《史记·李将军列传》："广尝为陇西、北地、雁门、代郡、云中太守，皆以力战为名。广居右北平，匈奴闻之，号曰'汉之飞将军'，避之数岁，不敢入右北平。"

③[赵注]《史记·李将军列传》："胡骑不敢击。有白马将出护其兵，李广上马，与十余骑奔射杀胡白马将，而复还至其骑中。"

④鹯：猛禽，似鹰而大，一名鹫。《异类传》："汉武帝时，西域献黑鹰，得鹯雏，东方朔识之。"《新唐书·杜佑传》："父希望，，开元中（二十六年）右相李林甫方领陇西节度，故拜希望鄯州（治所即今青海乐都）都督，知留后。驰传度陇，破乌莽众，斩千余级，进拔新城（今青海门源县），振旅而还。"此以黑鹯城借指新城。

⑤"苦"，英华、述古堂本、元刊本、久本作"善"。○[赵注]《礼记·檀弓》："涂车刍灵，自古有之，明器（神明之器）之道也。"郑玄注："刍灵，束茅为人马，谓之灵者，神之类。"生按：刍灵，用竹木、茅草、泥土为材料，专为丧礼制作的人、马和车（涂车），或随葬，或葬后于墓前焚化。宋以后渐用纸扎。

⑥[赵注]《汉书·文帝纪》："初与郡守为铜虎符、竹使符。"颜师古注："与郡守为符者，谓各分其半，右留京师，左以与之。"《汉旧仪》："铜虎符发兵，长六寸。竹使符出入征发。"生按：《词诠》："徒，空也。"哀杜已亡。

⑦"左"，元刊本误作"尤"。○[赵注]《晋书·杜预传》："立功之后，从容无事，乃耽思经籍，为《春秋左氏经传集解》，备成一家之学，比老乃成。"《史记·仲尼弟子传》："卜商字子夏，少孔子四十四岁。孔子既

没，子夏居西河教授，为魏文侯师。"《元和郡县志》："汾州西河郡，春秋时为晋地，后属魏，谓之西河。"生按：空留，惟留。

返葬金符守^①，同归石窌妻^②。卷衣悲画翟^③，持翣待鸣鸡^④。容卫都人惨^⑤，山川驷马嘶。犹闻陇上客，相对哭征西^⑥。

①"守"，元刊本、久本作"宇"，误。○［赵注］谢朓《思归赋》："剖金符之陆离。"金符即铜虎符也。生按：郡守有铜虎符，古称铜为赤金。

②"妻"，元刊本、类苑、赵本作"栖"，从蜀刻本、述古堂本、全唐诗等。○窌音留。［赵注］《左传·成公二年》："齐侯见保者曰：'勉之，齐师败矣。'辟女子。女子曰：'君免乎？'曰：'免矣。'曰：'锐师徒免乎？'曰：'免矣。'曰：'苟君与吾父免矣，可若何！'乃奔。齐侯以为有礼。既而问之，辟司徒之妻也，予之石窌。"生按：石窌故城在今山东长清县东南。《列子·天瑞》："死人为归人。"此谓夫人与太守同时入葬。岑参《西河郡太守张夫人挽歌》："龙是双归日，鸾非独舞年。"夫人疑先去世。

③［赵注］衣：谓殡宫前所陈设之灵衣，殡将出，故卷而藏之，即谢朓《齐敬皇后哀策文》所云："俎彻三献，筵卷六衣"之义。《礼记·玉藻》："夫人揄狄。"孔颖达疏："揄读如摇，狄读如翟。画摇翟（一种青质五彩的野鸡）之文于衣，谓三公夫人及侯伯夫人也。"生按：悲画翟，悲夫人已逝。

④翣音霎。［赵注］《礼记·丧大记》："黼翣二，黻翣二，画翣二。"孔颖达疏："翣形似扇，以木为之，在路则障车，入椁则障柩，凡有六枚，二画为黼，二画为黻，二画为云气。《礼器》云：天子八翣，诸侯六，大夫四。"潘岳《哀永逝文》："闻鸡鸣兮戒朝，咸惊号兮抚膺。"生按：鸡鸣后出殡。

⑤容卫：仪卫。见《三月三日曲江侍宴应制》注⑥。［赵注］卢思道《彭城王挽歌》："容卫俨未归，空山照秋月。"

⑥陇上：陇山旁近之地。陇山客：指寄居陇右节度使辖区的将士。《资治通鉴·唐纪》："开元二十六年三月，鄯州都督、知陇右留后杜希望攻吐蕃新城，拔之。六月，希望为陇右节度使。"［赵注］《后汉书·耿秉传》：

"肃宗拜秉征西将军，遣案行凉州边境，劳赐保塞羌胡。永元三年卒。匈奴闻秉卒，举国号哭，或至梨（通剺，割）面流血。"

涂刍去国门，秘器出东园①。太守留金印②，夫人罢锦轩③。旌旐转衰木④，箫鼓上寒原。坟树应西靡⑤，长思魏阙恩⑥。

①秘器：棺材。［赵注］《汉书·孔光传》："（父）霸薨，上素服临吊者再，至赐东园秘器。"《后汉书·和熹邓皇后纪》李善注："东园，署名，属少府，主作凶器，故言秘也。"生按：谓玄宗曾赐棺材。此诗首二句亦用对仗。

②《宋书·礼志》："州刺史，铜印墨绶。"生按：古称铜为赤金。

③［赵注］《汉书·西域传》："冯夫人锦车持节。"服虔注："锦车，以锦衣车也。"生按：罢，停止。轩，车的通称。谓夫人已逝，锦车不再使用。

④"旐"，全唐诗作"旗"。"木"，蜀刻本作"水"，误。○旌旐：用彩色鸟羽和旄牛尾系于竿首的一种旗帜。此指旌铭，即灵柩前的引魂幡，上写死者姓名、官衔、籍贯。《后汉书·赵咨传》："表以旌铭之仪。"李善注："《礼记》曰：铭，明旌也。以死者为不可别，故以其旗识之。"衰木：衰林。梁元帝《纂要》："秋木曰衰林。"

⑤靡：倾斜。［赵注］《圣贤冢墓记》："东平思王（刘宇，汉宣帝子）归国，思京师。后薨，葬东平，其冢上松柏皆西靡。"

⑥［赵注］《淮南子·俶真训》："神游魏阙之下。"高诱注："王者门外阙也。巍巍高大，故曰魏阙。"生按：古代皇宫门外，左右建两座高大楼观，其上悬教民守法的图像，故称象魏；因观在两旁，中间阙然为道，又称魏阙。魏阙恩。天子之恩。

故南阳夫人樊氏挽歌二首①

锦衣馀翟茀②，绣毂罢鱼轩③。淑女诗长在④，夫人法尚存⑤。

凝箛随晓斾⑥，行哭向秋原⑦。归去将何见，谁能返戟门⑧！

此诗作于开元十四年秋。

①陶敏《全唐诗人名考证》："孙逖有《故程将军妻南阳郡夫人樊氏挽歌》。《旧唐书·程知节传》：'少子处弼，右金吾大将军。处弼子伯献，开元中左金吾大将军。'《唐会要》：'开元二十一年，韩休进谏曰：臣窃见金吾大将军程伯献，恃怙恩宠，所在贪冒。'《唐五代文学编年史》："《唐代墓志汇编·程伯献墓志》：'夫人南阳樊氏讳周字大雅，年五十四先公而薨，窆于偃师县首山之阳。'"生按：《旧唐书·职官志》："左右金吾卫，大将军各一员，正三品。掌宫中及京城昼夜巡警之法，以执御非违。"又："一品及国公母、妻为国夫人。三品已上母、妻为郡夫人。"南阳郡，即邓州，故治在今河南邓县。

②"斾"，述古堂本、元刊本作"斿"，通斿，字当作斾。〇［赵注］《诗·卫风·硕人》："翟茀以朝。"孔颖达疏："茀，车蔽也。妇人乘车，不露见，车之前后，设障以自隐蔽，谓之茀，因以翟羽为之。"生按：锦衣，锦制车幔。见《故西河郡杜太守挽歌》之三注③。翟音狄，长尾雉。谓夫人已逝，惟余锦幔翟幨。

③［赵注］《左传·闵公二年》："归夫人鱼轩。"杜预注："鱼轩，夫人车以鱼皮为饰。"生按：毂音谷，借指车。《六书故》："轮之正中为毂，空其中，轴所贯也，辐凑其外。"绣毂，装饰华丽的车。谓绣毂鱼轩已停止乘坐。

④《诗·周南·关雎》："窈窕淑女，君子好逑。"毛苌传："幽闲贞专之善女，宜为君子之好匹也。"此谓夫人是一淑女。

⑤［赵注］《世说新语·贤媛》："王汝南（湛）少无婚，自求郝普女。司空（其父王昶）以其痴，会无婚处，任其意，便许之。既婚，果有令姿淑德。生东海（王承，东海太守），遂为王氏母仪。王司徒（浑，湛之兄）妇，钟氏女，太傅（钟繇）曾孙，亦有俊才女德。钟、郝为娣姒，雅相亲重。东海家内，则郝夫人之法；京陵（王昶封京陵侯，王浑袭爵）家内，范钟夫人之礼。"

⑥［赵注］谢朓《入朝曲》："凝笳翼高盖"。李善注："徐引声谓之

凝。"张铣注:"凝笳,其声凝咽也。"生按:旆音沛,旗的通称,此指送葬仪仗队中的旗帜。

⑦行哭:且行且哭。沈约《齐故安陆昭王碑文》:"齐陨晏平,行哭致礼。"

⑧[赵注]《周礼·天官·掌舍》郑玄注:"棘门,以戟为门。"生按:《资治通鉴·唐纪·僖宗光启三年》:"斩于戟门之外。"胡三省注:"唐设戟之制:庙社宫殿之门二十有四,东宫之门一十有八,一品之门十六,二品之门十四,三品及上都督、中都督、上都护、上州之门十二,下都督、下都护、中州、下州之门各十。设戟于门,故谓之戟门。"

　　石崿恩荣重①,金吾车骑盛②。将朝每赠言③,入室还相敬④。叠鼓秋城动⑤,悬旌寒日映⑥。不言长不归⑦,环珮犹将听⑧!

①石崿:见《杜太守挽歌》之二注②。

②《汉书·百官公卿表》:"中尉,秦官,掌徼循京师,有两丞、侯、司马、千人。武帝太初元年更名'执金吾'。"应劭注:"吾者,御也,掌执金革以御非常。"颜师古注:"金吾,鸟名也,主辟不详。天子出行,职主先导以御非常,故执此鸟之象(上端呈鸟形的铜棒),因以名官。"崔豹《古今注》:"金吾亦棒也,以铜为之,黄金涂两末。"[赵注]《后汉书·阴皇后纪》:"(光武)至长安,见执金吾车骑甚盛,因叹曰:仕宦当作执金吾。"

③[赵注]《左传·成公十五年》:"伯宗每朝,其妻必戒之曰:盗憎主人,民恶其上。子好直言,必及于难。"

④[赵注]《后汉书·庞公传》:"庞公者,南郡襄阳人也,居岘山之南,未尝入城府,夫妻相敬如宾。"

⑤"叠",蜀刻本作"累",误。○谢朓《入朝曲》:"叠鼓送华辀。"李善注:"小击鼓谓之叠。"此指送葬仪仗队的鼓乐。

⑥旌:旌铭。见《杜太守挽歌》之三注④。[赵注]陆机《辨亡论》:"悬旌江介,筑垒遵渚。"

⑦不言:不意,不料。陶弘景《题所居壁》:"不言昭阳殿,化作单于宫。"

⑧《礼记·经解》：“行步则有环佩之声。”郑玄注：“环佩，佩环，佩玉也。”此指妇女所佩玉饰，行时撞击有声。犹将听：尚且听，谓佩声犹在耳。

达奚侍郎夫人寇氏挽歌二首①

束带将朝日②，鸣环映牖辰③。能令谏明主④，相劝识贤人⑤。遗挂空留壁⑥，回文日覆尘⑦。金蚕将画柳⑧，何处更知春。

此诗作于天宝八载秋。

①蜀刻本无此二首。题首，英华多“吏部”二字。“达”，元刊本、久本作“送”，误。“挽歌”全唐诗作“挽词”。○达奚侍郎：即达奚珣，开元五年应文史兼优科举登第，授郑县尉。九年十一月已任富平县尉（见辛德勇《东渭桥记碑读后》）。历侍御史，职方郎中兼试知制诰，中书舍人。二十四年以后，曾以中书舍人主司科举，天宝元年迁礼部侍郎，主二、三、四、五载科举，曾致杨国忠暄于高第。六载已在吏部侍郎任。十四载任河南尹。安禄山陷洛阳，署伪大燕国侍中。至德二载十月收复洛阳，珣入狱，十二月，斩于长安。《旧唐书·职官志》：“吏部尚书一员，正三品。侍郎二员，正四品上。掌天下官吏选授、勋封、考课之政令。”

②《论语·公冶长》：“束带立于朝。”生按：据《旧唐书·舆服志》，唐代官员著朝服，须束革带，带上镶嵌饰品，三品以上金玉带，四、五品金带，六、七品银带，八、九品铜带。此句指侍郎。

③鸣环：佩环行时撞击有声，故称。牖音有，窗。映牖：隐于窗内。辰：时。此句指夫人。[赵注] 刘孝绰《遥见邻舟主人投一物众姬争之》：“曳绪争掩縠，摇佩奋鸣环。”

④“谏明”，元刊本、活字本作“明谏”。“明”，全唐诗一作“皇”。

⑤“劝”，英华作“助”。

⑥[赵注] 潘岳《悼亡诗》：“流芳未及歇，遗挂犹在壁。”吕延济注：

"遗挂，谓平生玩用之物，尚挂于壁。"［余注］遗挂，言笔墨遗迹，挂在墙上。

⑦［赵注］《晋书·列女传》："窦滔妻苏氏，始平人也，名蕙字若兰，善属文。滔，苻坚时为秦州刺史，被徙流沙。苏氏思之，织锦为回文旋图诗以赠。滔宛转循环以读之，辞甚凄惋，凡八百四十字。"

⑧［赵注］《南史·始兴简王传》："于益州园地得古冢，无复棺，但有石椁，铜器十余种，并古形玉璧三枚，珍宝甚多，不可皆识，金银为蚕蛇形者数斗。"《释名·释丧制》："舆棺之车曰辒，其盖曰柳。柳，聚也，众饰所聚。"生按：金蚕，泛指棺内陪葬物。画柳，彩绘棺窜，泛指棺外装饰品。将，与。

女史悲彤管①，夫人罢锦轩②。卜茔占二室③，行哭度千门。秋日光能澹，寒川波自翻④。一朝成万古，松柏暗平原⑤。

①《后汉书·皇后纪》："女史彤管，记功书过。"李贤注："彤管，赤管笔也。"张华《女史箴》刘良注："女史，女人之官，执彤管书后妃之事。"生按：唐代，女史不但记宫内后妃起居，亦记五品以上夫人之迁拜旌赏。此谓女史含悲记载夫人之死。

②锦轩：锦车。见《故西河郡杜太守挽歌》之三注③。

③"占"，英华作"瞻"。○茔：音营，墓地。卜茔：占卦以择墓地。二室：嵩山二峰，东称太室，西称少室，相距十七里。见《戏赠张五弟諲三首》之二注④。

④"波"，英华作"浪"。○《语辞汇释》："能，甚辞。犹云光何澹或光甚澹。"《广释词》："自犹'最'，有'多'义"。

⑤仲长统《昌言》："古之葬，植松柏梧桐，以识其坟。"

恭懿太子挽歌五首①

何悟藏环早②，才知拜璧年③。冲天王子去④，对日圣君怜⑤。

树转宫犹出[6]，笳悲马不前。虽蒙绝驰道[7]，京兆别开阡[8]。

此诗作于上元元年十一月。

①蜀刻本无此五首。〇［赵注］《旧唐书·肃宗诸子传》："恭懿太子佋，肃宗第十二子。至德二载封兴王，上元元年六月薨。佋，皇后张氏所生，上尤钟爱。后屡危太子，欲以兴王为储贰，会薨而止。七月丁亥，诏赠太子，谥曰恭懿。十一月葬于高阳原。佋薨时年八岁。"生按：原在长安西南二十里。

②［赵注］《晋书·羊祜传》："羊祜年五岁时，令乳母取所弄金环。乳母曰：'汝先无此物'。祜即诣邻人李氏东垣桑树中探得之。主人惊曰：'此吾亡儿所失物也，云何持去?'乳母具言之，李氏悲惋。时人异之，谓李氏子则祜之前身也。"生按：此谓天赋早慧。

③［赵注］《左传·昭公十三年》："楚共王有宠子五人，无嫡立焉。乃遍以璧见于群望，（名山大川）曰：'当璧而拜者，神所立也。'既，乃与巴姬密埋璧于大室（祖庙）之庭，使五人斋，而长入拜。康王跨之；灵王肘加焉；子干、子皙皆远之；平王弱，抱而入，再拜皆压纽。"

④［赵注］用周灵王太子晋事。孙绰《游天台山赋》："王乔控鹤以冲天。"生按：见《奉和圣制幸玉真公主山庄》注⑨。

⑤［赵注］《晋书·明帝纪》："明帝幼而聪哲，为元帝所宠异。年数岁，尝坐膝前，属长安使来，帝因问曰：汝谓日与长安孰近?对曰：长安近。明日宴群僚，又问之，对曰日近。元帝失色曰：何乃异间者之言乎?对曰：举头见日，不见长安。由是益奇之。"

⑥《语辞例释》："犹：已，已经。"

⑦［赵注］《汉书·成帝纪》："上（元帝）尝急召，太子（成帝）出龙楼门，不敢绝驰道，西至直城门，得绝乃度。上迟之，问其故，以状对。上大悦，乃著令，令太子得绝驰道。"应劭注："驰道，天子所行道也，若今之中道。"颜师古注："绝，横度。"生按：谓虽蒙册赠太子。

⑧"开"，述古堂本作"门"。误。〇《增韵》："阡，墓道。"《读史方舆纪要》："陕西西安府，武帝太初元年改京兆尹，唐初复曰雍州，开元三年改曰京兆府。"生按：此处是京兆尹的省称。据《肃宗诸子传》，恭懿

太子葬礼，诏令京兆尹刘晏充监护使。特开墓道，谓将安葬。

兰殿新恩切①，椒宫夕临幽②。白云随凤管③，明月在龙
楼④。人向青山哭，天临渭水愁。鸡鸣常问膳⑤，今恨玉京留⑥。

①"恩"，述古堂本一作"哀"。○[赵注]颜延年《元皇后哀策
文》："兰殿常阴。"李善注："《汉武故事》曰：帝以七月七日旦生于猗兰
殿。"生按：切，重。指追封为太子，庙号恭懿。

②[赵注]《汉官仪》："皇后称椒房，以椒涂室，亦取温暖除恶气
也。"生按：临，哭吊，幽，哀深。

③凤管：笙的别称。《说文》："笙，十三簧，像凤之身。"杨师道《咏
笙诗》："短长插凤翼，洪细摹鸾音。"此仍用太子晋成仙事。

④《汉书·成帝纪》："上尝急召太子出龙楼门。"张晏注："门楼上有
铜龙。"王融《三月三日曲水诗序》："出龙楼而问竖。"李周翰注："龙楼，
汉太子门也。"

⑤[赵注]《礼记·文王世子》："文王之为世子，朝于王季日三。鸡
初鸣而衣服，至于寝门外，问今日安否？内竖（宫内小臣，类似宦官）曰
安，文王乃喜。食上，必在（察）视寒暖之节。食下，问所膳，然后退。"

⑥葛洪《枕中记》："玄都玉京，七宝山周围九万里，在大罗天之上。"
生按：道教称天帝之都为玉京。谓太子升天留居玉京。

骑吹凌霜发①，旌旗夹路陈。礼容金节护②，册命玉符新③。
傅母悲香褥④，君家拥画轮⑤。射熊今梦帝⑥，秤象问何人⑦？

①骑吹：在马上吹奏的乐队。凌霜：冒霜，拂晓。[赵注]《海录碎
事》："列于殿庭者为鼓吹，今之从行鼓吹为骑吹。"

②"礼"，蜀刻本、全唐诗、赵本作"恺"，从述古堂本、元刊本、活
字本。○礼容：礼仪程式。《史记·孔子世家》："孔子为儿嬉戏，常陈俎
豆，设礼容。"金节：借指都督、府尹、刺史（太守）。见《奉和圣制暮春
送朝集使归郡》注①。此谓葬礼由京兆尹监护。

③皇帝封太子、皇后、宰相等的诏书，刻写于简上，称为册命。［赵注］《唐六典》："随身鱼符之制，左二右一，太子以玉，亲王以金，庶官以铜，佩以为饰。"

④傅母：保育辅导皇室子女的老年男女。《公羊传·襄公三十年》："不见傅母不下堂。"何休注："礼，后夫人必有傅母。选老大夫为傅，老大夫妻为母。"《三礼图》："古者傅母，选无夫与子而老贱晓习妇道者。"以傅母连称为一人，乃以傅母为保姆。此处宜从何注。《说文》："褓，小儿衣。"

⑤［赵注］《晋书·舆服志》："画轮车，驾牛，以彩漆画轮毂，故名曰画轮车。上起四夹杖，左右开四望，绿油幢，朱丝络，青交路，其上形制事事如辇，其下犹如揍车。自灵、献以来，天子至士遂以为常乘，至尊出朝堂举哀乘之。"生按：君家，皇上。《独断》："天子无外，以天下为家，故称天家。"拥，乘坐。

⑥"今"，纬本作"非"。○《史记·赵世家》："赵简子疾，五日不知人。寤而语大夫曰：我之帝所甚乐。有一熊欲来援我，帝命我射之，中熊，熊死。吾见儿在帝侧。"据《肃宗诸子传》："既薨之夕，肃宗张后俱梦侣，有如平昔，拜辞流涕而去。帝方寝疾，追念过深，故特以仙闱之赠宠之。"此谓恭懿太子今在天帝之侧。

⑦［赵注］《三国志·魏书·邓哀王冲传》："少聪察歧嶷，生五六岁，智意所及，有若成人之智。时孙权曾致巨象，太祖欲知其斤重，访之群下，咸莫能出其理。（曹）冲曰：'致象大船之上，而刻其水痕所至，称物以载之，则校可知矣。'太祖大悦，即施行焉。"生按：何焯说曹冲死于建安十三年前，此事为妄饰。陈寅恪说，同样的称象故事，见于《杂宝藏经·弃老前缘》，是由印度辗转流传到中国的佛经故事。见《寒柳堂集》。

　　苍舒留帝宠①，子晋有仙才。五岁过人智，三天使鹤催②。心悲阳禄馆③，目断望思台④。若道长安近⑤，何为更不来？

　　①［赵注］《三国志·魏书·邓哀王冲传》："冲字苍舒。太祖数对群臣称述，有欲传后意。年十三，建安十三年疾病，太祖亲为请命。及亡，哀甚。文帝宽喻太祖，太祖曰：此我之不幸，而汝曹之幸也。"生按：留帝

宠，谓佋虽死而肃宗之宠爱犹存。

②〔赵注〕《云笈七签》："三天者，天宝君治在玉清境，即清微天也；灵宝君治在上清境，即禹余天也；神宝君治在太清境，即大赤天也。"生按：古人以鹤为仙禽，供仙人乘坐，称鹤驾；作仙人信使，称鹤使。此仍用王子晋升天乘鹤事。见本诗第一首注④。

③"阳"，述古堂本、元刊本、活字本作"四"，非。○〔赵注〕班婕妤《伤悼赋》："痛阳禄与柘馆兮，仍襁褓而离灾。"服虔注："二馆名也，生子此馆，皆失之也。"颜师古注："二馆并在上林中。"

④〔赵注〕《汉书·戾太子传》："上（武帝）怜太子无辜，乃作思子宫，为归来望思之台于湖。"颜师古注："言己望而思之，庶太子之魂归来也。其台在今湖城县之西，阌乡之东，基址犹存。"

⑤长安近：见本诗第一首注⑤。

　　西望昆池阔①，东瞻下杜平②。山朝豫章馆③，树转凤凰城④。五校连旗色⑤，千门叠鼓声⑥。金环如有验⑦，还向画堂生⑧。

①〔赵注〕沈约《游钟山诗五章》之三："南瞻储胥观，西望昆明池。"《三辅黄图》："汉昆明池，武帝元狩四年穿，在长安西南，周围十里。《西南夷传》曰，天子遣使求身毒（印度）国，而为昆明所闭，天子欲伐之。越巂昆明国有滇池，方三百里。故作昆明池以象之，以习水战。"《长安志》："昆明池在长安县西二十里，今为民田。"

②〔赵注〕《长安志》："下杜城在长安县南十五里。"《雍录》："秦武公灭杜，以杜国为杜县。县之东有东原，宣帝以为己陵，故东原之地遂为杜陵县。既有杜陵县，遂改杜县为下杜以别之。"生按：二句写墓地位置。

③〔赵注〕《三辅黄图》："豫章观，武帝造，在昆明池中。"张衡《西京赋》："豫章珍馆。"薛综注："以豫章木为台馆也。"生按：山，山陵，坟墓。朝，向，面对。《史记·司马相如传》："楩楠豫章。"正义："豫，今之枕木；'章，今之樟木。二木生至七年，枕、樟乃可分别。"

④赵次公杜甫《夜》诗注："秦穆公女吹箫，凤降其城，因号丹凤城。其后言京都之城曰凤城。"按：转，转向，谓陵园树木朝京城方向生长。二

句意谓太子魂灵犹恋双亲。

⑤〔赵注〕《汉书·霍光传》："发材官、轻车、北军五校士军阵至茂陵，以送其葬。"按《后汉书·百官志》，有屯骑校尉、越骑校尉、步兵校尉、长水校尉、射声校尉，皆属北军中候，所谓五校也。

⑥叠鼓，见《故南阳夫人樊氏鞔歌》之二注⑤。

⑦金环：见本诗第一首注②。谓转世之事如有信验。

⑧〔赵注〕《三辅黄图》："太子宫有甲观画堂"。生按：《汉书·成帝纪》："元帝在太子宫，生（成帝）甲观画堂。"颜师古注："甲者，甲乙之次；画堂，宫中有彩画之堂室。"赵殿成按：五诗中，羊祜事凡二用，晋明帝事凡二用，王子晋事凡三用，魏邓哀王事凡二用，右丞全不以此为诗病，若使今人下笔尔尔，有不訾其俭于书卷者乎！

生按：实无可写，不得不写，翻来覆去，写得很累！

哭褚司马①

　　妄识皆心累②，浮生定死媒③。谁言老龙吉④，未免伯牛灾⑤。故有求仙药，仍馀遁俗杯⑥。山川秋树苦，窗户夜泉哀。尚忆青骡去⑦，宁知白马来⑧？汉臣修史记，莫蔽褚生才⑨。

①褚司马：未详何人。按《旧唐书·职官志》，大中下都督府、上中下州，均有司马，从四品下至从六品下。"掌贰府州之事，以纲纪众务，通判列曹。"

②《俱舍论》："了别为识"。《起信论》："一切众生，以有妄心，念念分别。"累：系累，负担。此谓对现象产生虚妄的认识，皆因心有杂念。

③《庄子·刻意》："其生若浮。"《楞严经》："生死、死生，生生死死，如旋火轮。"媒：媒介，引申为缘由。此谓生定是导致死的缘由。诗押"灰"韵，叶韵读埋音。

④〔赵注〕《庄子·知北游》："妸荷甘与神农同学于老龙吉。神农隐

几昼瞑，妸荷甘入日：老龙死矣！神农授杖而笑曰：夫子无所发（启发）予之狂言（至言），而死矣乎！"生按：言，料。

⑤〔赵注〕《史记·仲尼弟子传》："冉耕字伯牛，孔子以为有德行。伯牛有恶疾，孔子往问之，日：斯人也而有斯疾，命也乎！"

⑥《语辞汇释》："故，犹仍也，尚也，还也。"王粲《七释》："潜虚丈人，违世遁俗。"遁俗：逃避俗世；杯：酒杯。馀：谓死后遗留。诗押"灰"韵，叶韵读踯音。

⑦〔赵注〕《鲁女生别传》："李少君死后百余日，人见其在河东蒲坂，乘青骡。（汉武）帝闻之，发棺，无所见。"生按：此活用少君事，谓尚忆褚司马离去时情景。

⑧〔赵注〕《后汉书·独行传》："范式少游太学为诸生，与汝南张劭为友，劭字元伯。二人并告归乡里。式仕为郡功曹，忽梦见元伯呼曰：'巨卿，吾以某日死，当以尔时葬，子未我忘，岂能相及？'式恍然觉寤，悲叹泣下，便驰往赴之。式未及到，而丧已发引，既至圹，将窆而柩不肯进。其母抚之日：'元伯岂有望邪？'遂停柩。移时，乃见有素车白马，号哭而来。其母望之日：'是必范巨卿也。'"生按：宁知，岂料。白马来，谓前来送葬。

⑨〔赵注〕《史记·武帝本纪》索隐："韦稜云：《褚颉家传》：褚少孙，梁相褚大弟之孙。宣帝时为博士。寓居沛，事大儒王式，故号先生。续《太史公书》。"生按：《汉书·司马迁传》："为《太史公书》，而十篇缺，有录无书。"张晏注："元、成之间，褚先生补缺，作武帝纪、三王世家、龟策、日者列传。"

过沈居士山居哭之①

杨朱来此哭②，桑户返于真③。独自成千古，依然旧四邻。闲檐喧鸟雀，故榻满埃尘。曙月孤莺啭，空山五柳春。野花愁对客，泉水咽迎人。善卷明时隐④，黔娄在日贫⑤。逝川嗟尔命⑥，丘井叹吾身⑦。前后徒言隔，相悲讵几晨⑧！

①诗题，蜀刻本作"过沈居士哭沈居士"，述古堂本、品汇作"过沈居士山居哭沈居士"。○沈居士：未详何人。居士：在家修行的佛教徒。见《胡居士卧病》注①。

②[赵注]《列子·仲尼》："随梧之死，杨朱抚其尸而哭。"

③[赵注]《庄子·大宗师》："子桑户、孟子反、子琴张三人相与为友。子桑户死，未葬，孔子闻之，使子贡往待事焉。或编曲，或鼓琴，相和而歌曰嗟来桑户乎！尔已返其真，而我犹为人猗！"生按：真，自然。

④[赵注]《高士传》："善卷者，古之贤人也。尧闻得道，乃北面师之。及尧受终之后，舜又以天下让卷。卷曰：'日出而作，日入而息，逍遥于天地之间，而心意自得，吾何以天下为哉！'去入深山，莫知其终。"

⑤[赵注]《列女传》："鲁黔娄先生死，曾子与门人往弔之。其妻以'康'为谥。曾子曰：'先生在时，食不充口，衣不盖形，死则手足不敛，旁无酒肉，何乐于此而谥为康乎'？其妻曰：'先生甘天下之淡味，安天下之卑位，不戚戚于贫贱，不忻忻于富贵，求仁而得仁，求义而得义，其谥为康，不亦宜乎'？"

⑥[赵注]鲍照《松柏篇》："东海迸逝川，西山导落晖。"生按：《论语·子罕》："子在川上曰：逝者如斯夫！不舍昼夜。"

⑦[赵注]《维摩诘经》："是身如丘井，为老所逼。"鸠摩罗什曰："丘井，丘墟枯井也。"

⑧"几"，凌本、品汇作"岁"，误。○前后：先死者与后死者，指沈居士和自己。徒言隔：空说死生隔绝。讵：岂。晨：通辰，时。

评　笺

王夫之《唐诗评选》："挽诗得此，神理不减。○起结各用一意四句，长篇不如是则冗。沈云卿《玩月》，李白《送储邕》，通用此局阵，其源办自康乐、玄晖来。"

周珽《唐诗选脉会通评林》："'曙月'二句悲意在言外，'野花'二句悲意在景中。○吴山民曰：通篇清婉凄切。'成千古'二语，发出几许辛酸!'善卷'、'黔娄'引喻居士，佳。"

哭祖六自虚 时年十八①

　　否极常闻泰②，嗟君独不然。悯凶才稚齿③，赢疾至中年④。余力文章秀⑤，生知礼乐全⑥。翰留天帐览⑦，词入帝宫传。国讶终军少⑧，人知贾谊贤⑨。公卿尽虚左⑩，朋识共推先。不恨依穷辙⑪，终期济巨川⑫。才雄望羔雁⑬，寿促背貂蝉⑭。福善闻前录⑮，歼良昧上玄⑯。何辜铩鸾翮⑰，何事与龙泉⑱？鹏起长沙赋⑲，麟终曲阜编⑳。城中君道广，海内我情偏㉑。乍失疑犹见㉒，沉思悟绝缘。生前不忍别，死后向谁宣？为此情难尽，弥令忆更缠。本家清渭曲，归葬旧茔边。永去长安道，徒闻京兆阡㉓。旌车出郊甸㉔，乡国隐云天㉕。定作无期别，宁同旧日旋㉖？候门家属苦，行路国人怜㉗。送客哀终尽㉘，征途泥复前㉙。赠言为挽曲㉚，奠席是离筵。念昔同携手，风期不暂捐㉛。南山俱隐逸，东洛类神仙㉜。未省音容间㉝，那堪生死迁！花时金谷饮㉞，月夜竹林眠㉟。满地传都赋㊱，倾朝看药船㊲。群公咸属目，微物敢齐肩㊳？谬合同人旨㊴，而将玉树连㊵。不期先挂剑㊶，长恐后施鞭㊷。为善吾无矣㊸，知音子绝焉㊹。琴声纵不没，终亦断悲弦㊺！

　　此诗作于开元四年。

　　①活字本无"时年十八"四字。○祖自虚：生平未详。

　　②"常"，元刊本、活字本、全唐诗作"尝"，赵本作"当"，从蜀刻本、述古堂本。○否音鄙。《易·否》："《象》曰：天地不交而万物不通也。"《易·泰》："《象》曰：天地交而万物通也。"生按：否，闭塞；泰，通达，借指命运

的好坏，处境的顺逆。[赵注]《抱朴子》："寒暑代谢，否终则泰。"

③"齿"，凌本作"子"，误。○悯凶：忧患，指父亲早丧。稚齿：幼年。[赵注]《左传·宣公十二年》："寡君少遭悯凶。"杜预注："悯，忧也。"《后汉书·郎颛传》："子奇稚齿，化阿有声。"

④"至"，活字本、全唐诗作"主"，误。○羸音雷，瘦弱多病。中年：四十岁左右。[赵注]《晋书·陶潜传》："躬耕自资，遂抱羸疾。"

⑤余力：余裕之力。《论语·学而》："行有余力，则以学文。"朱熹注："尹氏曰：德行，本也；文艺，末也。"

⑥《广韵》："生，生长。"《汉书·礼乐志》："孔子曰：安上治民，莫善于礼；移风易俗，莫善于乐。"生按：开元时期以礼乐为主的儒学得到复兴，通晓礼乐是有才能的表现。

⑦翰：笔，此指书法。天：借指帝王。[赵注]《书断》："梁鹄字孟皇，安定乌氏人。少好书，受法于师宜官，以善八分书（八分似篆，二分似隶）知名。举孝廉为郎。灵帝重之，迁幽州刺史。魏武甚爱其书，常悬帐中，又以钉壁。"

⑧[赵注]《汉书·终军传》："终军字子云，济南人也。少好学，以辩博能属文闻于郡中。年十八，选为博士弟子，至府受遣，太守闻其有异才，召见军，甚奇之。"

⑨[赵注]《汉书·贾谊传》："贾谊，洛阳人也。年十八，以能诵诗书属文称于郡中。"

⑩古时座位以左位为尊，虚左，谓空尊位以待贤者。魏公子无忌驾车虚左迎接侯嬴，见《夷门歌》注①。

⑪[赵注]《晋书·阮籍传》："博览群籍，尤好庄老，不拘礼教。时率意独驾，不由径路，车迹所穷，辄恸哭而返。"生按：依，托身。辙，车轮辗出的迹印。依穷辙：谓处于仕途不通的困境。

⑫"巨"，元刊本作"大"。○[赵注]《尚书·说命》："爰立（傅说）作相，王（武丁）置诸其左右。命之曰：若济巨川，用汝作舟楫。"生按：谓终究希望能辅佐皇帝。

⑬[赵注]《说苑》："羔者羊也。羊群而不党，故卿以为赘（初次见面所执的礼物）。雁者行列有长幼之礼，故大夫以为赘。"生按：此谓其才

可望朝廷或官府征召。

⑭《后汉书·舆服志》："侍中、中常侍，冠武弁大冠，加黄金珰，附蝉为文，貂尾为饰。"生按：背，弁。此谓因寿短而失去做高官的机会。

⑮［赵注］《尚书·汤诰》："天道福善祸淫。"生按：闻前录，谓见于古代典籍。

⑯［赵注］《诗·秦风·黄鸟》："歼我良人。"孔绍安《伤顾学士》："与善成空说，歼良信在兹。"杨雄《甘泉赋》："将郊上玄。"李善注："上玄，天也。"生按：《荀子·大略》："蔽公者，谓之昧。"此谓天道不公，丧此良人。

⑰"翮"，蜀刻本作"凤"。○翮：音褐，羽茎，引申为翅。铩：音杀，折损，伤残。《广雅·释鸟》："鸢鸟，凤凰属也。"［赵注］颜延年《五君咏·嵇中散》："鸾翮有时铩。"李善注："铩，残羽也。"

⑱"何"，英华、全唐诗作"底"。"与"，英华、全唐诗作"碎"，蜀刻本作"至"，全唐诗一作"副"，一作"失"。○何事：为何。《广雅·释言》："与，如也。"王念孙疏："皆一声之转也。"《晋书·张华传》："初，斗牛之间常有紫气。华闻豫章人雷焕妙达纬象，乃要焕登楼仰观。焕曰：'宝剑之精上彻于天耳，在豫章丰城。'华大喜，即补焕为丰城令。焕到县，掘狱屋基，入地四丈余，得一石函，中有双剑，并刻题，一曰龙泉，一曰太阿。其夕，斗牛间气不复见焉。焕遣使送一剑与华，留一自佩。华诛，失剑所在。焕卒，子为州从事，持剑行经延平津，剑忽于腰间跃出坠水。使人没水取之，不见剑，但见双龙各长数丈。"此谓为何如龙泉剑一般从世间消失。

⑲［赵注］《汉书·贾谊传》："谊为长沙王太傅三年，有鹏（猫头鹰一类的鸟）飞入谊舍，止于坐隅。鹏似鸦，不祥鸟也。谊既谪居长沙，长沙卑湿，谊自伤悼，以为寿不得长，乃为赋以自广。"生按：此喻自虚有才而寿短。

⑳"编"，元刊本、活字本作"篇"。○《春秋·哀公十四年》："春，西狩获麟。"杜预注："仲尼因鲁《春秋》而修中兴之教，绝笔于'获麟'一句。"生按：曲阜，春秋鲁国都。曲阜编，指孔子所修鲁史《春秋》。比喻自虚搁笔。

㉑"城"，全唐诗作"域"。○道：道义，德行。《孟子·公孙丑》："得道者多助。"《语辞例释》："偏，深。"

㉒"见"，英华作"在"。

㉓"永"，述古堂本、元刊本作"求"，误。"闻"，英华、蜀刻本、述古堂本、元刊本、活字本作"开"，○［赵注］《汉书·游侠传》："初，武帝时，京兆尹曹氏葬茂陵，民谓其道为京兆阡。原涉慕之，乃买地开道，立表署曰南阳阡。"生按：去，离开。阡，墓道。此谓自虚穷困，只能归葬旧茔，空闻富豪人家在京兆（长安）买地开阡。

㉔［赵注］潘岳《在怀县作》："登城望郊甸。"生按：旐车，悬挂旐铭（引魂幡）的灵车。《左传·昭公九年》："入我郊甸。"杜预注："邑外为郊，郊外为甸。"

㉕"天"，凌本作"间"。

㉖"旧"，凌本作"昔"。○宁：岂。旋：回还。

㉗"属"，凌本作"族"。○国人：国都的人。

㉘"终"，全唐诗作"难"。

㉙"泥"，英华、述古堂本、元刊本、久本作"哭"。

㉚挽通辁。挽曲：辁歌。

㉛风期：犹友谊。捐：弃。［赵注］庾信《将命至邺》："眷然惟此别，风期幸共存。"

㉜王维与祖自虚于开元三年隐终南山，间至洛阳。［赵注］《后汉书·郭林宗传》："林宗游于洛阳，始见河南尹李膺。膺大奇之，遂相友善，于是名振京师。后归乡里，衣冠诸儒送至河上，车数千辆。林宗唯与李膺同舟而济，众宾望之以为神仙焉。

㉝省：音醒。《字义通释》："未省：未曾，没有。《维摩诘经讲经文》：'剜眼截头之苦行，未省施为；舍身舍命之殊因，何曾暂作？'未省与何曾相对，意思一样。"间：读去声，间隔。

㉞［赵注］石崇《金谷诗叙》："余有别庐在河南县界金谷涧中，去城十里。或高或下，有清泉茂林，众果竹柏药草之属，莫不毕备，又有水碓、鱼池、土窟，其为娱目欢心之物备矣。"生按：金谷园在今洛阳市西北十三里。

㉟［赵注］《魏氏春秋》："嵇康寓居河内之山阳县（今河南焦作市东），与之游者未尝见其喜愠之色。与陈留阮籍、河内山涛、河南向秀、籍兄子咸、琅琊王戎、沛人刘伶，相与友善。游于竹林，号为七贤。"生按：

此以"竹林"借喻游宴之地。

㊱［赵注］《世说新语·文学》："庾仲初（阐）作《杨都赋》成，以呈庾亮。亮以亲族之怀，大为其名价，云可三《二京》，四《三都》（与《二京赋》鼎足而三，与《三都赋》并列为四）。于是人人竞写，都下纸为之贵。"

㊲［赵注］《晋书·夏统传》："会三月巳，洛中王公以下，并至浮桥。统时在船中曝所市药。诸贵人车乘来者如云，统并不之顾。"

㊳"公"，全唐诗一作"英"。〇属：通注。《老子》四十九章："百姓皆注其耳目。"汉帛书甲本"注"作"属"。微物：自称之谦词。

㊴《易·同人》孔颖达疏："同人，与人和同也。"《系辞传》："子曰：君子之道，或出或处，或默或语。二人同心，其利断金。同心之言，其臭如兰。"

㊵［赵注］《世说新语·容止》："魏明帝使后弟毛曾与夏侯玄共坐，时人谓蒹葭倚玉树。"生按：将，与。玉树，喻自虚。

㊶［赵注］《史记·吴太伯世家》："季札之初使，北过徐君。徐君好季札剑，口勿敢言。季札心知之，为使上国未献。还至徐，徐君已死，于是乃解其宝剑，系之徐君冢树而去。"生按：先于挂剑，喻死。

㊷施鞭：著鞭，挥鞭策马。后施鞭：喻落后于对方。《晋书·刘琨传》："琨少负志气，有纵横之才，与范阳祖逖为友。闻逖被用，与亲故书曰：'吾枕戈待旦，志枭逆虏，常恐祖生先吾著鞭。'其意气相期如此。"

㊸"矣"，元刊本作"已"。〇［赵注］《左传·昭公十三年》："子产闻子皮卒，哭，且曰：吾已，无为为善矣！惟夫子知我。"生按：沈彤疏："言无人助我为善矣。"

㊹东方朔《七谏·谬谏》："伯牙之绝弦兮，无钟子期而听之。"王逸注："钟子期死，伯牙破琴绝弦，不肯复鼓，以世无知音也。"

㊺"断"，全唐诗作"继"。

评　笺

　　钱锺钟书说："陆士衡、谢惠连、陆倕等以'矣'对'哉'诸联，搜逑索偶，平仄俱调，已开近体诗对仗之用语助。唐人如王摩诘《哭祖六自虚》：'谬合同人旨，而将玉树连。为善吾无矣，知音子绝焉。'《示外甥》：
'老夫何所似，敝宅倘因之'。《泛前陂》：'畅以沙际鹤，兼之云外山。'"
（《谈艺录》）

　　张步云说："情厚哀婉，悲切动人。"（《唐代诗歌》）

哭孟浩然 时为殿中侍御史，知南选，至襄阳有作①

　　故人不可见②，汉水日东流③。借问襄阳老，江山空蔡洲④！

　　此诗作于开元二十八年。

　　①诗题，蜀刻本孟浩然集作"忆孟六"，纪事作"忆孟诗"，万首绝句
作"哭孟襄阳"。活字本无题下原注，元刊本、赵本注下无"有"字，从
蜀刻本、述古堂本等。○孟浩然（公元689—740）襄阳人，家住南郭外七
里岘山附近冶城南园。少好节义，喜振人患难。尝游江汉湖湘，隐鹿门山。
开元十二年旅居洛阳。十四年秋，自洛远游越中二年余。十六年冬，赴京，
应进士不第。尝于太学赋诗，一座嗟伏。与王维、王昌龄为友。约十九年
夏返襄阳。二十一年，偕襄州刺史山南东道采访使韩朝宗赴京，约日引谒，
及期，会故人至，剧饮不赴。二十五年夏，张九龄为荆州长史，署为从事，
二十七年初辞归。二十八年，王昌龄自岭南北归，过襄阳，时浩然病疽背，
相见欢甚，食鲜疾动。卒于南园，年五十二。浩然工五言诗，半遵雅调，
全削凡体，冲澹中有壮逸之气，为盛唐田园山水诗大家。《旧唐书·职官
志》："御史台，殿中侍御史六人，从七品下。掌殿廷供奉之仪式。两京城
内，则分知左右巡，察其不法之事。""监察御史十员，正八品上，掌分察
巡按郡县、屯田、铸钱，岭南选补，知太府、司农出纳，监决囚徒。"《新
唐书·选举志》："高宗上元二年，以岭南五管、（广、桂、容、邕四州和
安南府）黔中都督府得即任土人（当地土著人员），而官或非其才，乃遣
郎官、御史为选补使，谓之南选。"《通典》："黔中、岭南、闽中，郡县之
官，不由吏部，以京官五品以上一人充使就补，御史一人监之，四岁一往，

谓之南选。"《唐会要》:"岭南及黔中选使及选人,限十月二十日到选所,正月三十日内铨(考察衡量资历政绩)注(拟定准备授予之官)使毕。岭南选补使,仍移桂州安置。"生按:知南选,主持岭南、黔中六品以下官员的考察选授。桂州,故治在今广西临桂县(今桂林之西)。

②"不可",蜀刻本孟浩然集作"今不"。

③"日",类苑作"自"。"汉水日东",蜀刻本孟浩然集作"日夕汉江"。

④句谓请问襄阳故老浩然今在何处?或释"襄阳老"为浩然,不当。"洲",各本作"州";纬本作"洲",赵本据改,可从。○[赵注]《水经注·沔水》:"沔水又东南径蔡洲。汉长水校尉蔡瑁居之,故名蔡洲。"《荆州图经》:"襄阳岘山东南一里江中有蔡洲。"生按:蔡洲,借指浩然生前居留游赏之地。句谓斯人已去,文雅难继,空余蔡洲。这是襄阳故老也是王维对浩然的悼念和评价。

评　笺

黄培芳《唐贤三昧集笺注》:"老成凋谢,空余蔡洲之江山耳。王、孟交情无间,而哭襄阳之诗只二十字,而感旧推崇之意已至。盛唐人作,近古如此,后人则尚敷衍。"

富寿荪说:"汉水东流,故人不见,江山寂寞,风流顿歇,殊见悼惜之深。"(《千首唐人绝句》)

王达津说:"寻访襄阳耆旧,得到的也只是浩然在岘山、蔡洲一带留下的游踪,大有'黄鹤一去不复返','此地空余黄鹤楼'的感慨。"(《王维诗选》)

苦　热①

赤日满天地,火云成山岳②。草木尽焦卷③,川泽皆竭涸。轻纨觉衣重④,密树苦阴薄⑤。莞簟不可近⑥,絺绤再三濯⑦。思出宇宙外,旷然在寥廓⑧。长风万里来⑨,江海荡烦浊。却顾身为患⑩，始知心未觉⑪。忽入甘露门，宛然清凉药⑫。

①《乐府诗集·杂曲歌辞》作《苦热行》。《乐府解题》曰："备言流金烁石火山炎海之艰难也。"

②［赵注］卢思道《纳凉赋》："火云赫而四举"。

③［赵注］应休琏《与岑文瑜书》："沙砾销铄，草木焦卷。"

④纨：音九。《说文通训定声》："纨，谓白致缯，今之细生绢也。"

⑤"密树"，元刊本、纬本作"树密"。

⑥莞簟：音官店。《诗·小雅·斯干》："下莞上簟"。郑玄笺："莞，小蒲之席。"《说文》："簟，竹席。"

⑦绤绤：音蚩夕。［赵注］《小尔雅》："葛之精者曰绤，粗者曰绤。"生按：谓葛布夏衣。

⑧寥廓：深远空阔貌。［赵注］《屈原·远游》："上寥廓而无天。"《汉书·司马相如传》："犹焦鹏已翔乎寥廓。"颜师古注："寥廓，天上宽广之处。"

⑨［赵注］左思《吴都赋》："习御长风"。刘良注："长风，远风也。"陆机《前缓声歌》："长风万里举"。

⑩《语辞汇释》："却犹退也，回也。此由退却之本义引申而来。"《老子》："吾所以有大患者，为吾有身；及吾无身，吾有何患?"

⑪［赵注］鸠摩罗什《维摩诘经》注："凡得道名为觉。觉有二种，一于四谛中觉，二于一切法中觉。"生按：觉，觉悟。四谛即苦（三界六趣之苦报）、集（一切善恶之业）、灭（灭生死苦果而得涅槃）、道（正见正思惟等八正道），四者为圣者所见之真谛。一切法即有为法（由因缘和合而成之物）、无为法（非因缘和合而成、无生灭变化之真如）、不可说法（佛理深妙，可以证知而不可以语言文字得其究竟）。

⑫"药"，述古堂本、元刊本、活字本、赵本、全唐诗作"乐"，从蜀刻本。○［赵注］《法华经》："普智天人尊，哀悯群萌类，能开甘露门，广度于一切。"生按：佛教以如来之教法为救苦难的甘露，入涅槃的门户。此谓忽悟清净觉解之佛理，犹如饮下清凉药物，不再烦热。

纳　凉

　　乔木万余株，清流贯其中。前临大川口，豁达来长风①。涟漪涵白沙②，素鲔如游空③。偃卧盘石上，翻涛沃微躬④。漱流复濯足⑤，前对钓鱼翁。贪饵凡几许⑥？徒思莲叶东⑦。

　　①豁达：通敞貌。长风：远风。[赵注] 刘桢《公宴诗》："华馆寄流波，豁达来风凉。"

　　②"涵"，元刊本、久本、品汇作"含"。○ [赵注] 左思《吴都赋》："濯明月於涟漪。"刘良注："风行水成文曰涟漪。"吕延济注："涟漪，细波文。"

　　③鲔：音委，白鲟的古称，梭形无鳞，口在颔下，长鼻软骨，青背白腹。

　　④沃：浸湿。躬：身体。[赵注] 沈约《游沈道士馆》："遇可淹留处，便欲息微躬。"

　　⑤[赵注]《晋书·隐逸传》："漱流而激其清，寝巢而韬其耀。"生按：左思《咏史诗》："振衣千仞冈，濯足万里流。"

　　⑥饵：钓鱼所用鱼食。[赵注] 庄忌《哀时命》："知贪饵而近死兮。"生按：意谓贪饵者少。

　　⑦[赵注]《乐府诗集·相和歌辞·江南》："江南好采莲，莲叶何田田，鱼戏莲叶间。鱼戏莲叶东，鱼戏莲叶西，鱼戏莲叶南，鱼戏莲叶北。"生按：徒，但也。

评　笺

　　何良俊《四友斋丛说》："王右丞五言有绝佳者，如《纳凉》篇，格调既高，而兴寄复远，即古人诗中亦不能多见者。"

　　张谦宜《絸斋诗谈》："《纳凉》，自在却不放。'乔木万余株，清流贯其中'，开口如画，已有凉意。"

济上四贤咏三首①

崔 录 事②

解印归田里③，贤哉此丈夫④！少年曾任侠⑤，晚节更为儒⑥。遁世东山下⑦，因家沧海隅⑧。已闻能狎鸟⑨，余欲共乘桴⑩。

此诗作于开元十二年至十三年间。

①诗题，元刊本无"三首"二字。活字本无此总题，分别以《崔录事》《成文学》《郑霍二山人》为题。全唐诗题下有"济州官舍作"五字。○济上：济水旁，此指济州。咏：古诗的一种名称。元稹《乐府古题序》谓"诗之流为二十四名"，其中有"咏"。胡震亨《唐音癸签》："咏以永其言。"郎廷槐《师友诗传录》："长吟密咏，以寄其志，谓之咏。"

②[赵注]按《通典》大唐官品，有门下省录事，从七品；詹事府录事，正九品；京兆、河南、太原府、九寺、国子监、少府监、将作监、都水监、亲王府、公主邑司、都督、都护府、上、中、下州、京县录事，俱从九品。又有诸卫、亲勋翊府、羽林军、龙武军、诸折冲府录事，俱从九品。生按：崔录事：生平及所属官府均未详。

③解印：解除官印，谓辞官。唐代，长官有印，一般官员并无印。这是用典。田里：指乡间，故乡。《史记·汲郑传》："黯耻为令，病归田里。"

④[赵注]张协《咏史》："抽簪解朝衣，散发归海隅。行人为陨涕，贤哉此丈夫！"生按：丈夫，成年男子的通称，此处是对德才过人者的尊称。

⑤[赵注]《史记·季布列传》："为气任侠，有名于楚。"如淳注："相与信为任，同是非为侠。"生按：《墨子·经说上》："任，为身之所恶，以成人之所急。"任、侠二字义近，旧指言出必信，仗义轻生，勇于救人急难的人。

⑥晚节：晚年。儒，战国以来，指信仰孔子学说的知识分子。《汉书·艺

文志》:"儒家者流,盖出于司徒之官,助人君顺阴阳明教化者也。游文于六经之中,留意于仁义之际,祖述尧舜,宪章文武,宗师仲尼,以重其言,于道最为高。"徐中舒师说:儒家起源决不如班固所说。甲骨文有需字,像沐浴濡身之形,此字应即儒字。古代的儒,为人相礼、祭祖、事神、办理丧事,都必须斋戒沐浴,以致其诚敬,是最早的儒家。(见《论甲骨文中所见的儒》)

⑦"世",英华、全唐诗作"迹"。〇遁世:避开尘世。《说文》:"遁,逃也。"东山:借指隐居地。见《戏赠张五弟諲三首》之一注②。

⑧因:遂,于是。家:动名词,安家。[陈注]沧:同苍,深青色。海水色苍,故称沧海。隅:边侧之地。

⑨狎:音匣,亲近。[赵注]《列子·黄帝》:"海上之人有好鸥鸟者,每旦之海上从鸥鸟群,鸥鸟之至者百数而不止。"江淹《孙廷尉绰杂述》:"物我俱忘怀,可以狎鸥鸟。"[陈注]这里用来称赞崔录事毫无机心俗念。

⑩《论语·公冶长》:"子曰:道不行,乘桴浮于海。"集解:"桴,编竹木也,大者曰筏,小者曰桴。"后因以乘桴喻避世隐居。

成 文 学①

宝剑千金装②登君白玉堂③。身为平原客④,家有邯郸娟⑤。使气公卿座⑥,论心游侠场⑦。中年不得志⑧,谢病客游梁⑨。

① [赵注]《新唐书·百官志》:"东宫官,司经局文学三人,正六品下。分知经籍,侍奉文章。王府官、文学一人,从六品上。掌校典籍,侍从文章。"玩谢病游梁之句,当是为诸王文学者。未详何人。

② [陈注] 千金装:即行装携有千金之意。

③《仪礼·丧服》:"君至尊也。"郑玄注:"天子、诸侯及卿大夫有地者,皆曰君。"[赵注]《乐府古辞·相逢行》:"黄金为君门,白玉为君堂。"[陈注] 二句谓成文学曾有仗剑携金、去国远游、干谒诸侯之事。

④战国赵武灵王之子,惠文王之弟赵胜,封于平原邑(故治在今山东平原县南),号平原君。[赵注]《史记·平原君列传》:"胜最贤,喜宾客,宾客盖至者数千人。"

⑤邯郸：战国时赵国都城，故治在今河北邯郸西南。娼：女乐。赵女以善吹弹歌舞著称，邯郸出女乐，故曰邯郸娼。[赵注]《乐府古辞》："上有双尊酒，作使邯郸娼。"

⑥使气：任意发泄脾气。公卿：泛指三公九卿一类高官显宦。座：座席。[赵注]《南史·傅缚传》："负才使气，凌侮人物。"

⑦"心"，英华作"交"。○《广韵》："论，说也。"论心：谈心。[陈注]游侠场，游侠之士聚集的场所。

⑧"志"，国秀、英华、全唐诗作"意"。

⑨[赵注]《史记·司马相如列传》："事孝景帝为武骑常侍，非其好也。会景帝不好辞赋，是时梁孝王来朝，从游之士齐人邹阳、淮阴枚乘、吴庄忌夫子之徒，相如见而悦之。因病免，客游梁，梁孝王令与诸生同舍。"生按：《说文》："谢，辞去也。"谢病，因病辞官，而病乃托词。客游梁，借指客游济州。

郑霍二山人①

翩翩繁华子②，多出金张门③。幸有先人业④，早蒙明主恩⑤。童年且未学，肉食骛华轩⑥。岂乏中林士⑦，无人荐至尊⑧。郑公老泉石⑨，霍子安邱樊⑩。卖药不二价⑪，著书盈万言⑫。息阴无恶木，饮水必清源⑬。吾贱不及议，斯人竟谁论⑭！

①英华、英灵题作《寄崔郑二山人》。○山人：隐居山林的人。郑、霍俱未详。

②"繁"，英华作"京"。翩翩：风流貌。《史记·平原君列传》："平原君翩翩，浊世之佳公子也。繁华子：纨袴子，花花公子。[赵注]阮籍《咏怀》："昔日繁华子，安陵与龙阳。"吕延济注："繁华，喻人美盛，如春花之繁。"

③"出"，英华作"事"。○汉武帝时，匈奴休屠王太子金日䃅。（音密低）为侍中，遗诏与大将军霍光辅佐昭帝。张汤为御史大夫，昭帝时，汤子安世为车骑将军，帝薨，与霍光共立宣帝。金、张子孙多显宦，后遂以借指

权贵。左思《咏史诗》："金张藉旧业，七叶珥汉貂。"李善注："《金日磾传》赞曰：'夷狄亡国，羁虏汉庭。七叶内侍，何其盛也！'七叶，自武至平也。又《张汤传》赞曰：'张氏之子孙，相继自宣、元以来，为侍中、中常侍者凡十余人。功臣之后，惟有金氏、张氏亲近贵宠，比于外戚。"

④《易·乾·文言》："君子进德修业。"孔颖达疏："业，谓功业。"[赵注]《国语·鲁语下》："朝夕处世，犹恐忘先人之业。"

⑤"早蒙"，英灵作"思逢"，英华作"早逢"。○蒙：受。唐代对一品至从五品官，实行"用荫"制，赏给一个儿子正七品至从八品下的官爵，三品以上世袭到曾孙，五品以上世袭到孙。参见《唐会要》。

⑥《左传·庄公十年》："肉食者谋之。"杜预注："肉食，在位者。"孔颖达疏："孟子论庶人云：'七十者可以食肉'，是贱人不得食肉。"《广韵》："骛，驰也，驱也。"[赵注]华轩，车之美者。江淹《杂体三十首·左记室思咏史》："金张服貂冕，许史乘华轩。"

⑦"乏"，英灵作"知"。○中林：林中。[陈注]中林士：山林隐逸之士。[赵注]王康琚《反招隐诗》："今虽盛明世，能无中林士？"

⑧"荐"，述古堂本、元刊本、赵本、久本作"献"，从英灵、蜀刻本等。○[赵注]《唐六典》："凡夷夏之通称天子曰皇帝，臣下内外兼称曰至尊。"

⑨"公"，英灵、英华作"生"。○泉石：山水，借指山林隐居之处。沈约《齐太尉徐公墓志》："爱重琴碁，流连泉石。"

⑩"霍"，英华、英灵作"崔"。○子：对男子的尊称。邱樊：田园。《周礼·地官·小司徒》："四井为邑，四邑为丘。"郑玄注："丘方四里"。樊，通藩，篱落。借指隐居地。见《同卢拾遗韦给事东山别业》注⑯。

⑪[赵注]《后汉书·韩康传》："韩康字伯休，京兆霸陵人。常采药名山，卖于长安市，口不二价，三十余年。时有女子从康买药，康守价不移。女子怒曰：'公是韩伯休耶，乃不二价乎？'康叹曰：'我本欲避名，今小女子皆知有我焉，何用药为！乃遁入霸陵山中。"

⑫"盈"，英华作"仍"。

⑬[赵注]陆机《猛虎行》："渴不饮盗泉水，热不息恶木阴。"李善注："《尸子》曰：孔子过于盗泉，渴唉而不饮，恶其名也。"《管子》曰：夫士怀耿介之心，不荫恶木之枝。"[陈注]阴：树阴。

⑭"吾"，英灵作"余"。〇议、论：皆谓举荐人才。唐代士人为官的途径，除科举外，有由朝官论荐的，节度使辟举的，王维其时官卑职小，无从参与论荐，故曰"吾贱不及议。"此诗押"元韵"，依今音读，轩、樊、言、源四字已不协韵，可变读也可不变读。

评　笺

何良俊《四友斋丛说》："王右丞五言有绝佳者，如《济上四贤咏》诸篇，格调既高，而寄兴复远，即古人诗中亦不能多见者。"

范晞文《对床夜语》："王维《寄崔郑二山人》云：'予贱不及议，斯人竟谁论。'是时维官必未显也。"

陈贻焮说："王维的诗歌，有不少思想性较强、倾向性较鲜明的作品，如《济上四贤咏》《偶然作》中的'赵女'首、《西施咏》《寓言》《夷门歌》《陇头吟》《老将行》《洛阳女儿行》、《不遇咏》等都是。只是由于人们历来都极力强调他在山水诗创作上的艺术成就，对之注意不够。"（《论王维的诗》）

陈铁民说："儒家的积极用世精神，在王维早期的思想之中，是一直起着重要作用的。用儒家的'举贤才'思想来审视现实，诗人发现了许多不合理现象。在《济上四贤咏·郑霍二山人》《偶然作》其五、《寓言二首》其一等诗中，诗人能够予以揭露，说明他当时对现实是关心的。"（《王维新论》）

林庚说："在政治诗上，王维则反映着一般与权贵对立的开明政治的要求。如《济上四贤咏》其三。"（《唐代四大诗人》）

游国恩说："有意识地把他们正直高尚的形象和那些'幸有先人业，早蒙明主恩'的'翩翩繁华子'作对比，指责了当时社会的不合理的一面。"（《中国文学史》）

袁行霈说："王维前规的诗歌，如《济上四贤咏》，深沉蕴藉，婉而多兴，很接近陈子昂的《感遇》。"（《王维诗歌的禅意与画意》）

郝世峰说："（《成文学》前六句）这种豪纵的精神风貌，反映着个性自由的宣泄，有鲜明的时代色彩。"（《隋唐五代文学史）》

葛晓音说："开元风骨的另一个重要特色，是在出处行藏的选择中，大

力标举直道和高节。'息阴无恶木，饮水必清源'。"（《论开元诗坛》）

偶然作六首

　　楚国有狂夫①，茫然无心想②。散发不冠带③，行歌南陌上④。孔丘与之言，仁义莫能奖⑤。未尝肯问天⑥，何事须击壤⑦？复笑采薇人⑧，胡为乃长往⑨！

　　此六首非一时一地之作。"日夕见太行"一首，作于淇上，当在开元十五六年间。"老来懒赋诗"一首，系晚年所作，元刊刘须溪评本题作《又》，不与前五首相连。其余四首，可能作于天宝一二年间，其时储光羲隐居终南，王维有终南别业，亦官亦隐。

　　①［赵注］《高士传》："陆通字接舆，楚人也。好养性，躬耕以为食。楚昭王时，通见楚政无常，乃佯狂不仕，故时人谓之楚狂。"生按：《论语·微子》："楚狂接舆歌而过孔子，曰：'凤兮凤兮，何德之衰！往者不可谏，来者犹可追。已而已而，今之从政者殆而！'孔子下，欲与之言。趋而避之，不得与之言。"

　　②［陈注］茫然：无知无识貌。生按：心想，思虑。

　　③散发：披发。古代成年男子，都将长发束于头顶，插簪，着冠。披发不冠，腰不系带，是放浪不拘的一种表现。

　　④行歌：且行且歌。《列子·天瑞》："行歌拾穗。"《广雅·释室》："陌，道也。"

　　⑤仁义：孔子、孟子学说的核心，含义甚广。如《论语·颜渊》："樊迟问仁，子曰：爱人。""颜渊问仁，子曰：克己复礼为仁。""仲弓问仁子曰：己所不欲，勿施于人。"《论语·雍也》："夫仁者，己欲立而立人，己欲达而达人。"《礼记·中庸》："义者，宜也。""信近于义。"《孟子·告子》："义，人路也。""羞恶之心，义也。""生亦我所欲也，义亦我所欲也，二者不可得

兼，舍生而取义者也。"《孟子·梁惠王》："王何必曰利，亦有仁义而已矣。"《方言》："秦晋之间，相劝曰奖。"此谓不能劝勉其接受仁义之道。

⑥ "尝肯"，蜀刻本、活字本作"能皆"。○《唐诗别裁集》沈德潜注："不怨天"。[陈注] 意谓陆通从来不肯干预世事，故无须如屈原之作《天问》以舒愤写忧。《楚辞·天问》王逸注："何不言问天？天尊不可问，故曰天问也。"

⑦ 《唐诗别裁集》沈德潜注："不颂君"。何事：何故。《帝王世纪》："帝尧之世，天下大和，百姓无事，有五十老人击壤而歌。观者曰：'大哉，尧德乎！'击壤者曰：'吾日出而作，日入而息，凿井而饮，耕田而食，帝何力于我哉'！"周处《风土记》："击壤者，以木为之，前广后锐，长尺三寸，其形如履。先侧一壤于地，遥于三四十步以手中壤击之，中者为上。"

⑧ 周初，伯夷、叔齐隐于首阳山，采薇而食，遂饿死。薇：即今野豌豆。见《送綦毋潜落第还乡》注④。

⑨ 胡为：为何。长往：一去不返，指死去。孔稚圭《北山移文》："或叹幽人长往，或怨王孙不游。"

评 笺

《唐诗归》："钟云：读此知狂不易言。孔子思狂，正是此一流人。"

沈德潜《唐诗别裁集》："（'散发'以下四句）只写狂士行径，然倾倒至矣。"

黄周星《唐诗快》："既薄孔、孟，复笑夷、齐，又不肯为屈原，此狂夫煞是作怪。"

王闿运批《唐诗选》："狂夫则不知商粟周粟之别。"

田舍有老翁，垂白衡门里①。有时农事闲，斗酒呼邻里。喧聒茅檐下②，或坐或复起。短褐不为薄③，园葵固足美④。动则长子孙⑤，不曾向城市。五帝与三王，古来称天子⑥。干戈将揖让⑦，毕竟何者是？得意苟为乐，野田安足鄙！且当放怀去⑧，行行没余齿⑨。

①［赵注］《汉书·杜钦传》："诚哀老姐垂白。"颜师古注："言白发下垂也。"生按：《诗·陈风·衡门》："衡门之下，可以栖迟。"毛苌传："衡门，横木为门，言浅陋也。"陶潜《与从弟敬远诗》："寝迹衡门下，邈与世相绝。"

②聒：音刮。《广韵》："聒，声扰也。"喧聒，语声杂闹。郭璞《江赋》："千类万声，自相喧聒。"

③短褐：粗布短衣。［赵注］《史记·秦始皇本纪》："寒者利短褐"。集解："徐广曰：短，一作裋，小襦也，音竖。"索隐："谓褐布竖裁，为劳役之衣，短而且狭，故谓之短褐。"《淮南子·齐俗训》："裋褐不完。"高诱注："楚人谓袍为裋；褐，大布。"《汉书·贡禹传》："裋褐不完"。颜师古注："裋者，谓僮竖所着布长襦也；毛布之衣也。"成按：短褐、裋褐，书传两见。考岑参诗"野花迎短褐，河柳拂长鞭"，明作短字用。

④葵：今名冬寒菜。［赵注］陶潜《止酒》："好味止园葵，大欢止稚子。"

⑤《广韵》："动，出也。"《经传释词》："则，犹乃也。"谓外出办事的是长子长孙。

⑥"天"，蜀刻本、活字本作"君"。〇相传上古有五帝，其说不一。《史记·五帝本纪》谓黄帝、颛顼、帝喾、尧、舜，《易·系辞》谓伏羲、神农、黄帝、尧、舜，《帝王世纪》谓少昊、颛顼、帝喾、尧、舜。三王，夏禹、商汤、周文王。生按：自此句以下，述古堂本、元刊本、顾可久本提行另作一首，误。

⑦干：盾。戈：似戟而横刃。皆古兵器。《语辞汇释》："将，犹与也。"干戈：指夏商以后用战争夺取帝位。揖让：拱手作揖让位贤者。相传上古尧让帝位给舜，舜让帝位给禹。

⑧"放"，蜀刻本、活字本作"忘"。"怀"，全唐诗一作"志"。〇放怀：放任情志，无拘无束。

⑨行行：渐渐。陶潜《饮酒》："行行向不惑，淹留遂无成。"没余齿：谓老死。［赵注］《晋书·隐逸传》："乞还余齿，归死岱宗。"

评　笺

《唐诗归》："谭云：'五帝'二语，似《水浒传》不读书人语。〇钟云：'干戈'二句，庄、列之语，说得儒者败兴。"

沈德潜《唐诗别裁集》："（干戈二句）田野口角如生。"宋育仁《三唐诗品》："'田舍'诸篇，《闲居》之亚也。"

顾可久按："类陶真率。"

葛晓音说："以野田来否定古来称贤的五帝三王和治乱变易的是非，这类怀疑和思考，在阮籍和陶渊明诗里是常见的。"（《盛唐田园诗和文人的隐居方式》）

日夕见太行①，沉吟未能去②。问君何以然？世网婴我故③。小妹日成长，兄弟未有娶。家贫禄既薄，储蓄非有素④。几回欲奋飞⑤，踟蹰复相顾⑥。孙登长啸台⑦，松竹有遗处。相去讵几许⑧？故人在中路⑨。爱染日已薄⑩，禅寂日已固⑪。忽乎吾将行，宁俟岁云暮⑫！

①日夕：早晚，引申为每天。太行山脉，北起河北省西部，纵贯于晋冀之间，南至河南省黄河沿岸，主峰在山西省晋城县南。作此诗时，王维转官卫州（故治在今河南汲县）共城县（今辉县），县西北一带，有太行山支脉可见。

②沉吟：迟疑，犹豫。曹操《秋胡行》："沉吟不决，遂上升天。"去：离开。

③［陈注］有出世思想的人认为，人在尘世中多羁绊牵累，不得自由，故以罗网喻尘世，谓之世网或尘网。生按：陆机《赴洛道中作诗》："借问子何之？世网婴吾身。"李善注："婴，绕也。"张铣注："婴，缠也。"

④禄：官吏的禄米和俸钱。王维在济州任司仓参军是从八品下。疑在共城县任县丞一类官职，仍从八品下。《唐会要》："内外官禄，正八品，六十石，每年给。""内外官料钱，随月给付。八品，二千四百七十五文。"《小尔雅·广言》："素，故也。"《字林》："素，昔也。"非有素：谓原本并无储蓄。

⑤［赵注］《诗·邶风·柏舟》："静言思之，不能奋飞。"毛苌传："知鸟奋翼而飞去。"［陈注］此喻弃世归隐。

⑥〔陈注〕踟蹰，心中犹豫，欲行不行貌。生按：复相顾：思去未能，复与家人互相眷顾。

⑦〔赵注〕《晋书·阮籍传》："尝于苏门山遇孙登，与商略终古，及栖神导气之术，登皆不应，籍因长啸而退。至半岭，闻有声若鸾凤之音，响乎山谷，乃登之啸也。"《一统志》："苏门山在辉县西北七里，一名百门山。啸台在百门山上，即孙登隐居长啸之所。"生按：啸，见《欹湖》裴迪同咏注②。

⑧讵：犹不。几许：多远。此谓相距不远。《古诗十九首》："河汉清且浅，相去复几许？"

⑨〔陈注〕在中路：谓在去隐居处的途中。

⑩爱染：指对于色、声、香、味、触、法等六尘之贪爱染著。〔赵注〕《大般若经》："於妙欲境，心不爱染。"

⑪"寂"，赵本一作"习"。○〔赵注〕《维摩诘经》："一心禅寂，摄诸乱意。"生按：禅，坐禅。见《山中寄诸弟妹》注③。坐禅时，静思息虑，妄念寂灭，故称禅寂。〔陈注〕此谓对佛的信念日益坚定。

⑫"乎"，蜀刻本、述古堂本、凌本作"呼"，非。○忽：疾速貌。俟：音四，宁俟，岂待。云：犹已。〔赵注〕屈原《涉江》："怀信侘傺，忽乎吾将行兮。"《古诗十九首》："凛凛岁云暮，蝼蛄夕鸣悲。"

评　笺

陈沆《诗比兴笺》："见朝政之日非，思归而未能也。"生按：陈沆未明此诗写作年代，说误。

严国荣说："（爱染二句）王维已由青少年时期的儒佛互补、以儒为主的人生观，转向对佛教的坚定信仰。"（《王维文化心态的动态分析》）

陶潜任天真，其性颇耽酒①。自从弃官来，家贫不能有。九月九日时，菊花空满手②。中心窃自思，傥有人送否③？白衣携壶觞，果来遗老叟④。且喜得斟酌⑤，安问升与斗⑥。奋衣野田中⑦，今日嗟无负⑧。兀傲迷东西⑨，襄笠不能守。倾倒强行行⑩，酣歌归五柳⑪。生事不曾问，肯愧家中妇⑫。

①"颇耽"，英灵作"耽嗜"。○［赵注］《宋书·陶潜传》："性嗜酒，家贫不能恒得。亲旧知其如此，或置酒招之。造饮辄尽，期在必醉。为彭泽令，郡遣督邮至，县吏白，应束带见之。潜叹曰：'我不能为五斗米折腰（南朝刘宋时一升，约合今二百零三毫升，五斗折合今二十斤三两，当是县令一日禄米，年俸职田、绢绵、杂供给在外），向乡里小人。'即日解印绶去职。"生按：任，放任，任纵。天真，不受礼法拘束的天性。《庄子·渔父》："礼者，世俗之所为也。真者，所以受于天也，自然不可易也。故圣人法天贵真，不拘于俗。"耽音丹。《一切经音义》："耽，嗜也。"

②《荆楚岁时记》："九月九日，四民并藉野饮宴。按杜公瞻云：九月九日宴会，未知起于何代，然自汉至宋未改。今北人亦重此节，佩茱萸，食饵，饮菊花酒，云令人长寿。"

③"中心"，英灵集作"心中"。"窃"，蜀刻本作"切"，非。○窃：私下。傥：或许。

④"壶觞"、"来遗"，英灵作"觞来"、"不违"。○《续晋阳秋》："陶潜尝九月九日无酒，出宅边菊丛中摘菊盈把，坐其侧久。望见白衣人至，乃（江州刺史）王宏送酒也。即便就酌，醉而后归。"《汉书·龚胜传》："闻之白衣。"颜师古注："白衣，给官府趋走贱人。"觞：音伤，酒盂之总名。遗：音位。《集韵》："遗，赠也。"

⑤斟酌：同义复词，筛酒。《说文》："斟，勺也。"段玉裁注："勺，《玉篇》《广韵》作酌。"［赵注］陶潜《移居》："过门更相呼，有酒斟酌之。"

⑥安：何。《墨子·号令》："赐酒日二升。"《说文》："斗，十升也。"《日知录》卷十一原注："谢肇淛谓：古者爵（古代酒器，像雀形）容一升，十爵为斗，百爵为石。"

⑦［赵注］《世说新语·规箴》："郭林宗奋衣而去。"生按：《世说新语》奋衣，谓拂袖，气愤貌。此谓挥舞衣袖，情绪激动貌。

⑧"负"，蜀刻本、纬本、凌本作"有"。○无负：谓无负于重阳佳节。负音房九切，有韵。

⑨兀音勿。《说文》："兀，高而上平也。"段玉裁注："凡从兀声之字，多取孤高之意。"兀傲：酒后颓然而自得之貌。［赵注］陶潜《饮酒》："规

规一何愚，兀傲差若颖。"

⑩倾倒：倾斜跌倒。此谓酒醉踉跄而行。

⑪《书·伊训》："酣歌于室。"孔安国传："乐酒曰酣。"五柳：指家宅所在。陶潜《五柳先生传》："宅边有五柳树，因以为号焉。"

⑫"妇"，纬本、凌本、类苑作"帚"。○生事：生计之事。肯：甘愿。言不问生事，甘愿愧对妻子。妇育房九切，有韵。[赵注]考《南史·陶潜传》，其妻翟氏，志趣亦同，能安苦节，夫耕于前，妻锄于后，贤妇也。

评　笺

《王摩诘诗评》："刘云：'安问升与斗'，但可从此止。"

葛晓音说："这首诗将陶潜的天真兀傲和耽酒任性，写得十分生动，可见王维与陶潜的相合之处，主要在安贫乐道这一点。"（《山水田园诗派研究》）

　　赵女弹箜篌①，复能邯郸舞②。夫婿轻薄儿③，斗鸡事齐主④。黄金买歌笑，用钱不复数。许史相经过⑤，高门盈四牡⑥。客舍有儒生，昂藏出邹鲁⑦。读书三十年，腰下无尺组⑧。被服圣人教⑨，一生自穷苦。

①《旧唐书·音乐志》："（卧）箜篌，汉武帝使乐人侯调所作，其形似瑟而小，七弦，用拨弹之。竖箜篌，胡乐也。体曲而长，二十有三弦，竖抱于怀，用两手齐奏。"赵女：战国时赵都邯郸之妇女，以擅长吹弹歌舞驰名。

②[赵注]刘劭《赵都赋》："邯郸才舞。"[王注]陆厥《邯郸行》："赵女挽鸣琴，邯郸纷蹁步，长袖曳三街，兼金轻一顾。"可知与长袖舞类似。

③[赵注]沈约《三月三日率尔成章》："洛阳繁华子，长安轻薄儿。"[王注]轻薄儿：不务正业者，犹今所谓浪荡子。

④[赵注]《庄子·达生》："纪渻子为（齐）王养斗鸡。"生按：《战国策·齐策》："临淄甚富而实，其民无不吹竽鼓瑟，击筑弹琴，斗鸡走犬，

六博蹋鞠者。"《旧唐书·王锳传》："锳子准，卫尉少卿，亦斗鸡供奉。"
陈鸿《东城老父传》："玄宗在藩邸时，乐民间清明斗鸡戏。及即位，治鸡
坊于两宫间。索长安雄鸡、金毫、铁距、高冠、昂尾千数，养于鸡坊。选
六军小儿五百人，使驯扰教饲。上之好之，民风尤甚。"事：侍奉。齐主：
借指玄宗。

　　⑤［赵注］《汉书·盖宽饶传》："上无许、史之属"。应劭注："许伯，
宣帝皇后父。史高，宣帝外家也。"［陈注］谓与权门贵戚相交往。

　　⑥［赵注］《诗·秦风·小戎》："四牡孔阜。"［陈注］"盈：充满。
四牡：四匹雄马所驾的车。"

　　⑦昂藏：气度不凡，仪表出众。［赵注］陆机《孝侯周处碑》："汪洋
延阙之旁，昂藏察寀之上。"《史记·货殖列传》："邹鲁滨洙泗，犹有周公
遗风，欲好儒，备于礼。"生按：春秋鲁国，都于曲阜，孔子曲阜陬邑人。
邹，即春秋邾国，鲁穆公改为邹，孟子邹人。

　　⑧"下"，蜀刻本、全唐诗作"间"。○组：组绶，束于腰间的丝织大
带，用以连系玉珮，其打结后下垂部分可至三尺。唐代五品以上官始得佩
玉。无尺组，谓无官职。

　　⑨被服：指衣被等服用之物，引申为蒙受、信奉。《汉书·礼乐志》：
"遍知上德，被服其风。"颜师古注："言蒙其风化，若被而服之。"圣人：
指孔子。《史记·孔子世家》："孔子布衣，传十余世，学者宗之。自天子
王侯，中国言六艺者折中（判断中正）于夫子，可谓至圣矣。"

评　笺

　　陈沆《诗比兴笺》："刺鸡神童之宠幸，而贤材遗弃，与太白诗（《古
风》'大车扬灰尘'篇）同旨。"

　　《唐诗归》："钟云：读王、储《偶然作》，见清士高人胸中，皆似有一
段垒块不平处，特其寄诧高远．意思深厚，人不能觉。然储作气和，右丞
胸中有激烈悲愤处。"

　　老来懒赋诗，惟有老相随。宿世谬词客①，前身应画师②。
不能舍余习③，偶被世人知④。名字本皆是，此心还不知⑤。

①"宿世"，纪事作"当代"，唐朝名画录、历代名画记作"当世"。〇宿通夙。宿世：前世。《法华经·授记品》："宿世因缘，吾今当说。"[陈注]谬，误。谓前世误为诗人。

②《语辞汇释》："应，犹是也。遇叙述当前及指示事实时，不以推度义解。"

③余习：前世遗留的习染。佛教徒能断烦恼，但不易断余习，惟佛能断。[赵注]《维摩诘经》："深入缘起，断诸邪见。有无二边，无复余习。"

④"世"，纪事、万首绝句作"时"。

⑤"皆是"，述古堂本作"习离。""此心"，蜀刻本、述古堂本作"此知"。〇名维字摩诘。谓本以在家修行之维摩诘居士自命，而此心尚无维摩诘之觉悟、智慧。

赵殿成按：《万首唐人绝句》采"宿世谬词客"四句作一绝，题曰《题辋川图》。

评　笺

顾可久按："首首冲淡复老劲。"

余成教《石园诗话》："《偶然作》'宿世'四句，善于自写。"封演《封氏闻见记》："玄宗时，王维特妙山水，幽深之致，近古未有。"

朱景玄《唐朝名画录》："维复画《辋川图》，山谷郁盛，云飞水动，意出尘外，怪生笔端，尝自题诗云：'当世谬词客，前身应画师。'其自负也如此。"

葛立方《韵语阳秋》："王摩诘自谓'宿世谬词客，前身真画师'。故窦蒙所著《画拾遗》称之云：'诗合国风，画关山水，子华之圣。加以心融物外，道契玄微，则其用笔清润秀整，岂他人之可并哉！'"

阮阅《诗话总龟》："《古今诗话》：王摩诘酷好画山水。其画山峦谷邃，云浮水飞，意出尘外。尝自题云：'宿世谬词客，前身应画师'。李璟定为妙品上上。"

董其昌《画禅室随笔》："王右丞诗云：'宿世谬词客，前身应画师'。余谓右丞云峰石迹，迥合天机，笔思纵横，参乎造化，以前安得有此画师也。"

又：《画旨》："右丞以前作者，无所不工，独山水神情传写，犹隔一尘。自右丞始用皴法，用渲染法，若右军一变锺体，凤翥鸾翔，似奇反正。"

王世贞《弇州山人稿》："公绘事既妙绝，而奉佛尤笃。所画罗汉，于端严静雅外，别具一种慈悲意。此君当云：'夙世自禅伯，前身应画师'，乃称耳。"

史双元说："宿世、前身，是以禅语入诗；不能、偶被，是以禅理入诗；名字、此心，是以禅趣入诗。表现出一种对人生真谛的感悟。"（《唐诗鉴赏辞典补编》）

同王十三维《偶然作》十首 （储光羲）①

仲夏日中时，草木看欲焦。田家惜功力②，把锄来东皋③。顾望浮云阴，往往误伤苗。归来悲困极，兄嫂共相诮④。无钱可沽酒⑤，何以解劬劳⑥！夜深星汉明⑦，庭宇虚寥寥⑧。高柳三五株，可以独逍遥⑨。

此诗作于天宝初年。

①储光羲（706？—763？）润州延陵人（今江苏丹阳县南延陵镇），祖籍兖州（谭优学说，顾况称为"鲁国储公"，当系少年时随父官游兖州，由兖州贡入长安，故称。此说存参。）开元十二年举进士不第，为太学诸生。十四年登进士第，又召中书试文章，授冯翊县佐使。约十七年转安宜尉，十九年为下邽尉，二十年为汜水尉。二十一年去官返江东。约二十三年至洛阳闲居，二十八年至长安，后即隐居终南。约天宝六至八载间官太祝。九载任监察御史，曾使范阳。十五载六月，安禄山军陷长安，光羲迫受伪署。九月，自归，南走江汉。至德二载初至行在，后下狱，十二月贬赴南方某地。宝应元年四月遇赦，未几卒。光羲为盛唐山水田园诗派重要作家，殷璠称其诗"格高调逸，趣远情深，削尽常言"。《四库全书总目提要》谓"源出陶潜，质朴之中有古雅之味"。《全唐诗》存诗四卷。

②"功"，全唐诗一作"工"。○惜功力：爱惜已耗费于农事的时间和劳力。

③东皋：田野。见《送友人归山歌》之二注⑦。

④"诡"，全唐诗一作"饶"，非。○诡：音挠。《广韵》："诡，争也。"谓争吵责骂。

⑤《论语·乡党》："沽酒布脯。"释文："沽，买也。"

⑥劬：音渠。《诗·小雅·鸿雁》："之子于征，劬劳在野。"《说文新附》："劬，劳也。"谓劳苦，同义复词。何以：用什么。

⑦星汉：银河。曹丕《燕歌行》："明月皎皎照我床，星汉西流夜未央。"

⑧庭宇：庭院屋宇。寥寥：空寂貌。

⑨《庄子·逍遥游》释文："义取闲放不拘，怡然自得。"屈原《离骚》："聊逍遥以相羊"。王逸注："逍遥、相羊皆游也。"洪兴祖注："逍遥犹翱翔也，相羊犹徘徊也。"

评　笺

《唐诗归》："惜功力三字，非老农不知。（顾望二句下）读此觉老杜'仰面贪看鸟，回头错应人'语轻些。"

唐汝询《唐诗解》："全篇合作，末二句更有风韵。"

钱锺钟书说："储太祝诗多整密，惟《同王十三偶然作》第一首、第三首，《田家杂兴》，淳朴能作本色农夫语，异于右丞之以劳农力田为逸农行田者。"（《谈艺录》）

葛晓音说："写田家锄地因时时看天盼雨而误伤禾苗，也都以善写劳动生活的细节见长。"（《盛唐田园诗和文人的隐居方式》）

陶文鹏说："'顾望'二句，能表现出本色农夫的生活体验和感受。"（《唐代文学史》）

张应斌说："（前六句）这些诗在农业文学中是新颖的，在中唐'锄禾日当午'及宋代'赤日炎炎似火烧'等诗中，还可以看到它的影响。"（《王维的田园诗及盛唐田园诗派》）

余冠英说："此诗前面勾画农家渴望天雨的急切心情，还是生动感人

的。然而忽然插入与前面气氛不协调的描写，所以令人感到不完整，不谐和。"（《中国文学史》）

北山种松柏，南山种蒺藜①。出入虽同趣②，所向各有宜③。孔丘贵仁义，老氏好无为④。我心若虚空，此道将安施⑤？暂过伊阙间⑥，晼晚三伏时⑦。高阁入云中，芙蓉满清池⑧。要自非我室⑨，还望南山陲。

①［赵注］郭璞《尔雅》注："蒺藜布地蔓生，细叶，子有三角，刺人。"

②《左传・昭公元年》："若君身，则亦出入、饮食、哀乐之事也。"孔颖达疏："出入，即劳逸也。"同趣：同一旨趣，都是为了生活。

③"向"，全唐诗一作"尚"。○向：志向。

④无为：顺其自然，无所为而为。《老子》："是以圣人处无为之事，行不言之教。""我无为而民自化，我好静而民自正，我无事而民自富，我无欲而民自朴。"

⑤此道：指孔、老之道。施：实行。

⑥［赵注］《水经注・伊水》："昔大禹疏以通水，两山相对，望之若阙，伊水历其间北流，故谓之伊阙矣。"生按：伊阙在今河南洛阳市南。

⑦晼：音晚。［赵注］《楚辞・九辩》："白日晼晚其将入兮。"朱熹注："晼晚，景映（日偏西）也。"潘岳《怀旧赋》："日晼晚而将暮。"李周翰注："晼晚，日落貌。"《初学记》："《阴阳书》曰：从夏至后第三庚为初伏，第四庚为中伏，立秋后初庚为终伏。谓之三伏。"

⑧《尔雅・释草》："荷，芙蕖。"郭璞注："芙蕖，别名芙蓉。"邢昺疏："江东人呼荷花为芙蓉"。

⑨《语辞例释》："要自，相当于'却'、'可是'。"

野老本贫贱，冒暑锄瓜田①。一畦未及终②，树下高枕眠。荷篠者谁子③？皤皤来息肩④。不复问乡墟，相见但依然⑤。腹中无一物⑥，高话羲皇年⑦。落日临层隅⑧，逍遥望晴川⑨。使妇提蚕筐，呼儿傍渔船⑩。悠悠泛绿水，去摘浦中莲⑪。莲花艳且美⑫，使我不能还。

①"暑"，全唐诗一作"雨"。

②畦音西。一畦：田地一区。《汉书·食货志》："菜茹有畦。"［濡注］"一畦未终即思高卧，是志不在锄田矣。"

③荷：肩扛。蓧：音吊，除田中草用的竹器。见《别綦毋潜》注⑮。子：古代对男子的尊称。

④皤音婆。《后汉书·樊弘传》："故朝多皤皤之良。"李贤注："皤皤，白首貌也。"息肩：卸去负担，引申为休息。《史记·律书》："得息肩于田亩。"

⑤乡墟：乡里，村庄。依然：依恋貌。江淹《别赋》："谢主人兮依然。"

⑥《礼记·文王世子》："行一物而三善皆得者，惟世子而已。"郑注："物犹事也。"

⑦羲皇：即庖牺、伏牺，传说为上古皇王。曹植《汉二主优劣论》："高尚纯朴，有羲皇之素。"《三皇本纪》："太皥庖牺氏，风姓，代燧人氏继天而王。母曰华胥，履大人迹于雷泽，而生庖牺于成纪。蛇身人首，有圣德。画八卦，以类万物之情。造书契，以代结绳之政，始制嫁娶，以俪皮为礼。结网罟以教田渔，故曰伏牺。养牺牲以充庖厨，故曰庖牺。都于陈，立一百一十一年崩。"

⑧"层隅"，正音作"曾城"。○层隅：高耸的楼角。江淹《苦雨诗》："水鹳巢层甍。"张铣注："层，高也。"［赵注］鲍照《凌烟楼铭》："岸岸崇楼，蔼蔼层隅。"

⑨"晴"，正音作"秦"。○逍遥：心情闲适貌，犹悠然。

⑩傍：通榜，船桨。借指划船。《切韵》："榜，进船也。"

⑪《诗·小雅·黍苗》："悠悠南行。"毛苌传："悠悠，行貌。"［濡注］宽行不急貌。蒲：池塘。骆宾王《棹歌行》："叶密舟难荡，莲疏浦易空。"

⑫"美"，全唐诗一作"妍"。

评　笺

《唐诗归》："（腹中句下）谭云：此一语最难，无此不能高话羲皇。"
陆时雍《唐诗镜》："无此结语，要知其意趣何在？"

高棅《高诗品汇》："刘辰翁云：末入别调，转觉悠远，何也？"

王夫之《唐诗评选》："得转皆无预设，此乃似陶，亦似江文通之
拟陶。"

葛晓音说："化用《论语》中'丈人以杖荷蓧'的意思，以表现一种高
古的情调，却也是取之于劳动间歇的真实情景。"（《山水田园诗派研究》）

浮云在虚空，随风复卷舒。我心方处顺①，动作何忧虞②。
但言婴世网③，不复得闲居。迢递别东国④，超遥来西都⑤。见
人但恭敬，曾不问贤愚。虽若不能言，中心亦难诬⑥。故乡满亲
戚，道远情日疏。偶欲陈此意，复无南飞凫⑦。

①处顺：处于顺应自然之境。《庄子·养生主》："安时而处顺，哀乐
不能入也。"

②《虚字集释》："何犹无也。《孟子·梁惠王》：'畜君何尤'。赵歧
注：'何尤者，无过也'。"忧虞：同义复词。《经义述闻》："虞，忧也。"

③《广雅·释诂》："自，言，从也。"但通诞，语首助词无义。但言：
自从。

④《说文新附》："迢，递也。"迢递：同义复词，遥远貌。谢灵运
《从斤竹涧越岭溪行》："逶迤傍隈隩，迢递陟陉岘。"东国：指洛阳。《广
雅·释言》："国，都也。"

⑤《方言》："超，远也。"阮籍《清思赋》："超遥茫渺"。西都：长安。

⑥《广雅·释诂》："诬，欺也。"

⑦"复无"，全唐诗一作"无复"。○《后汉书·方术传》："王乔者，
河东人也。显宗世，为叶令。乔有神术，每月期望，常自县诣台朝。帝怪
其来数而不见车骑，密令太史伺望之。言其临至。有双凫从东南飞来。于
是候凫至，举罗张之，但得一双舄（音夕，履有木底者）焉。"［赵注］沈

约《少年新婚为之咏》："无因达往意，欲寄双飞凫。"生按：凫，野鸭。

　　草木花叶生，相与命为春①。当非草木意，信是故时人②。
静念恻群物，何由知至真③。狂歌问夫子，夫子莫能陈④。凤凰
飞且鸣，容裔下天津⑤。清净无言语⑥，兹焉庶可亲⑦。

　　①《广雅·释诂》："命，名也。"
　　②谓实是古人共同命名。
　　③至真：妙道，真理。《老子》："道之为物，惟恍惟惚。惚兮恍兮，
其中有象。恍兮惚兮，其中有物。窈兮冥兮，其中有精。其精甚真，其中
有信。"《淮南子·本经》："神明藏于无形，精神（一作气）反于至真。"
　　④狂歌问夫子，事见《论语·微子》。见《偶然作六首》"楚国有狂
夫"篇注①。
　　⑤容裔：即容与，逍遥自得貌。［赵注］江淹《杂体诗·谢光禄庄郊
游》："行光自容裔"。张铣注："容裔，自在貌。"生按：屈原《离骚》：
"朝发轫于天津兮。"《尔雅·释天》："析木谓之津，箕、斗之间，汉津
也。"邢昺疏："天河在箕、斗二星之间，隔河须津梁以渡，故谓此次为析
木之津。"我国古代天文家分黄道周天三百六十度为十二段，称为十二宫或
十二星次。箕、斗之间的银河称为汉津、天津。
　　⑥清净：亦作清静。《老子》四十五章："清静为天下正。"《淮南子·
原道训》："是故达于道者，反于清净。"高诱注："天本授人清净之性，故
曰反也。"《列子·仲尼》："口无言，心无知。"
　　⑦兹：此，指前句道理。焉：语尾助词。庶：幸而。亲：近，引申
为行。

评　笺

　　葛晓音说："对先贤所指出的各种人生道路，重新思索，寻找'何由知
至真'的道径，这正是陶渊明诗的主旨所在。"（《山水田园诗派研究》）

　　黄河流向东①，弱水流向西⑦。趋舍各有异③，造化安能

齐④？妾本邯郸女，生长在丛台⑤。既闻容见宠，复想玄为妻⑥。刻划尚风流⑦，幸遇君招携。逶迤歌舞座⑧，婉娈芙蓉闺⑨。日月方向除⑩，恩爱忽焉暌⑪。弃置谁复道⑫，但悲生不谐⑬。羡彼匹妇意⑭，偕老常同栖。

①"流向东"，纬本作"向东流。"

②《书·禹贡》："弱水既西。""导弱水至于合黎（山），余波入于流沙。"弱水，指河西走廊的黑河。上源是甘肃甘州河及山丹河，在张掖附近合流后称为黑河。西北流至内蒙古境内又分为两支，东河入苏克诺尔湖，西河入嘎顺诺尔湖，两湖原为一湖，古称居延泽（海）。

③趋舍：取舍，进退。司马迁《报任少卿书》："趋舍异路。"

④造化：创造化育万物者，指道或大自然。《淮南子·览冥训》："怀万物而友造化。"高诱注："造化，阴阳也。"又《本经训》："与造化者相雌雄。"注："造化，天地也。"

⑤［赵注］《汉书·高后纪》："赵王宫丛台灾。"颜师古注："连聚非一，故名丛台，本六国时赵（武灵）王故台。"《元和郡县志》："丛台在邯郸县内东北隅。"

⑥《语辞汇释》："闻，犹趁也；乘也。与听闻之本义异。"《语辞例释》："想，象也。"［赵注］《左传·昭公廿八年》："昔有仍氏生女，鬒黑而甚美，光可以鉴，名曰玄妻。"

⑦刻划：妆饰精细。《急就篇》："襐（装）饰刻划无等双。"颜师古注："刻划，裁制奇巧也。"

⑧逶迤：舒展自如貌，此谓舞姿柔美。《后汉书·边让传》："振华袂以逶迤，若游龙之登云。"座：指座席之间。

⑨《诗·齐风·甫田》："婉兮娈兮。"毛苌传："婉娈，少好貌。"闺：妇女所居内室。

⑩［赵注］《诗·小雅·小明》："昔我往矣，日月方除。"毛苌传："除，除陈生新也。"颜延之《秋胡诗》："良时为此别，日月方向除。"生按：《广韵》："除，谓岁将除也。"《尔雅·释天》："十二月为除"。方，正在。向，逐渐。谓时光流逝，正渐至年终。

⑪睽：音奎，分离。《玉篇》：“睽，违也。”

⑫弃置：抛弃。丘迟《为人赠妇诗》：“糟糠且弃置”。

⑬［赵注］《后汉书·周泽传》：“周泽为太常，尝卧病斋宫。其妻窥问所苦，泽大怒，以妻干犯斋禁，遂收送诏狱谢罪。时人为之语曰：生世不谐，作太常妻。”生按：《广雅·释诂》：“谐，偶也。”谓命不好。

⑭匹妇：平民之妻。《论语·宪问》：“岂若匹夫匹妇之为谅也。”邢昺疏：“匹夫匹妇，谓庶人也，无别妾媵，惟夫妇相匹而已。”

古体诗押韵较宽，邻韵可以相通。此诗西、齐、妻、栖、携、闺、睽，属“八齐”韵，谐，“九佳”韵，“齐”、“佳”邻韵相通。台，“十灰”韵，“佳”、“灰”又邻韵相通。

日暮登春山，山鲜云复轻。远近看春色，踟蹰新月明①。仙人浮丘公，对月时吹笙②。丹鸟飞熠熠③，苍蝇乱营营④。群动泪吾真⑤，讹言伤我情⑥。安得如子晋，与之游太清⑦。

①曹植《洛神赋》：“步踟蹰于山隅。”张铣注：“踟蹰，徘徊貌。”

②［赵注］《列仙传》：“王子乔者，周灵王太子晋也。好吹笙，作凤凰鸣。游伊洛之间，道士浮丘公接以上嵩高山。三十余年后，求之于山上。见桓良曰：‘告我家，七月七日待我于缑氏山巅。’至时果乘白鹤驻山头，望之不得到。举手谢时人，数日而去。”

③［赵注］《古今注》：“萤火，一名晖夜，一名丹鸟。腐草为之，食蚊蚋。”生按：熠音亦。《正字通》：“熠，闪烁貌。”傅咸《萤火赋》：“不以姿质之鄙薄兮，欲增辉乎泰清。进不竞乎天光兮，退隐晦而能明。谅有似于贤臣兮，于疏外而尽诚。”

④［赵注］《诗·小雅·青蝇》：“营营青蝇，止于樊。恺悌君子，无信谗言。”毛苌传：“营营，往来貌。”生按：朱熹集传：“营营，往来飞声，乱人听也。”二说皆通，朱传尤切。

⑤群动：万物。泪音谷。《小尔雅·广言》：“泪，乱也。”真：天然，本性。《庄子·秋水》：“牛马四足，是谓天。络马首，穿牛鼻，是谓人。故曰：无以人灭天，无以故灭命，无以得殉名，谨守而勿失，是谓反其真。”

⑥《诗·小雅·沔水》："民之讹言，宁莫之惩。"毛苌传："讹，伪也。"屈原《九章·惜诵》："恐情质之不信兮。"王逸注："情，志也。"

⑦太清：天。刘向《九叹·远游》："譬若王乔之乘云兮，载赤霄而凌太清。"王逸注："上凌太清，游天庭也。"

评　笺

王士禛《带经堂诗话》："储光羲诗，多龙虎铅汞之气。"

　　耽耽铜鞮宫①，遥望长数里。宾客无多少，出入皆珠履②。朴儒亦何为③，辛苦读旧史。不道无家舍，效他养妻子。冽冽玄冬暮④，衣裳无准拟⑤。偶然著道书，神人养生理。公卿时见赏，赐赉难具纪⑥。莫问身后事，且论朝夕是。

①耽音担。鞮音提。[赵注]张衡《西京赋》："大厦耽耽。"薛综注："耽耽，深邃之貌。"《左传·襄公卅一年》："今铜鞮之宫数里。"杜预注："铜鞮，晋离宫。"生按：铜鞮故城，在今山西省沁县南十里，中有宫阙台基，即春秋时晋国别宫。

②[赵注]《史记·春申君列传》："客三千余人，其上客皆蹑珠履。"

③[赵注]陆机《长安有狭邪行》："鸣玉岂朴儒，凭轼皆俊民。"

④[赵注]陶潜《岁暮和张常侍》："冽冽气遂严。"《玉篇》："冽，寒气也。"扬雄《羽猎赋》："玄冬季月，天地隆烈。"颜师古注："北方色黑，故曰玄冬。"生按：《尸子》："东方为春，南方为夏，西方为秋，北方为冬。"《论语·阳货》皇侃疏："青（东方）、赤（南方）、黄（中央）、白（西方）、黑（即玄，北方），五方正色。"

⑤准拟：准备。《旧唐书·刘仁轨传》："见在兵募，衣裳单露，不堪度冬。来年秋后，更无准拟。"

⑥赉音来。《说文》："赉，赐也。"赐赉：同义复词。具纪：详记。

　　空山暮雨来，众鸟竟栖息。斯须照夕阳①，双双复抚翼②。

我念天时好，东田有稼穑。浮云蔽川原，新流集沟洫③。徘徊顾衡宇④，僮仆邀我食。卧拥床头书⑤，睡看机中织。想见明膏煎⑥，中夜起唧唧⑦。

①斯须：片刻。《礼记·祭义》："礼乐不可斯须去身。"郑玄注："斯须，犹须臾也。"

②抚翼：拍打翅膀，喻飞翔。傅玄《斗鸡赋》："或抚翼未举。"

③洫：音蓄。田间水道。《周礼·考工记·匠人》："九夫为井，井间广四尺深四尺谓之沟。方十里为成，成间广八尺深八尺谓之洫。"

④〔赵注〕陶潜《归去来辞》："乃瞻衡宇。"刘良注："谓其所居衡门屋宇也。"生按：衡宇，以横木为门的简陋房屋。

⑤"拥"，全唐诗一作"览"。

⑥膏：灯烛的油。明膏煎：谓点灯或燃烛。《庄子·人间世》："膏火自煎也。"成玄英疏："膏能明照，以充灯炬，为其有用，故被煎烧。"

⑦《木兰诗》："唧唧复唧唧，木兰当户织。"旧解"唧唧"为机杼声。白居易《琵琶行》："我闻琵琶已叹息，又闻此语重唧唧。"叹息与唧唧互文，则唧唧乃叹息声。

评　笺

《唐诗评选》："起四句体物见意，微妙玄通。兴赋清顺。"

　　四邻竞丰屋，我独存卑室①。窈窕高台中②，时闻抚清瑟③。狂飙动地起④，拔木乃非一。相顾始知悲，中心忧且憭⑤。蚩蚩命子弟⑥，恨不居高秩⑦。日入宾从归，清晨冠盖出。中庭有奇树，荣早衰复疾⑧。此道犹不知，微言安可述⑨！

①《玉篇》："存，有也。"

②王延寿《鲁灵光殿赋》："旋室便娟以窈窕"。张铣注："窈窕。深也。"

③抚：弹奏。瑟：弦乐器，似琴。清：声音清雅。《礼图》："雅瑟，

八尺一寸，广一尺八寸，二十三弦，其常用者十九弦。颂瑟，七尺二寸，广同，二十五弦。"郭璞《游仙诗》："静啸抚清弦。"

④《玉篇》："飙，暴风也。"［赵注］陆云《南征赋》："狂飙起而妄骇。"

⑤慄：恐惧而肢体颤抖。

⑥［赵注］《诗·卫风·氓》："氓之蚩蚩。"毛苌传："蚩蚩者，敦厚之貌。"朱熹传："无知之貌"。生按：《释言·释姿容》："蚩，痴也。"王先谦曰："蚩谬意同。"《尔雅·释诂》："命，告也。"

⑦《增韵》："秩，职也，官也。"

⑧《古诗十九首》："庭中有奇树，绿叶发华滋。攀条折其荣，将以遗所思。"

⑨［赵注］《汉书·艺文志》："仲尼没而微言绝。"颜师古注："微言，精微要妙之言也。"

评　笺

《四库全书总目提要》："质朴之中，有古雅之味。"

《唐诗归》："钟云：寄兴入想，皆高一层，厚一层，远一层，田家诸诗皆然。有此心手，方许拟陶，方许作王、孟，莫为浅薄一路人便门。末首较前数首觉气平，其极厚、极细、极和，乃从平出。此储诗之妙，亦须平气读之。"

王士祯《带经堂诗话》："储光羲诗，多龙虎铅汞之气，田园樵牧诸篇，又迂阔不切事情，而古今称'储、王'，何也?"

施补华《岘佣说诗》："储光羲田家诸作，真朴处胜于摩诘。"

周珽《唐诗选脉会通评林》："大抵储诗冲淡中涵深厚，幽细中见高壮，每多道气语，如《田家》《同王十三偶然作》等篇，名理悟机跃跃在前。惟平故成其为奇;不善奇者必不能平。平，正所以近乎陶也。"

王尧衢《唐诗合解》："其意深厚，其气平和，虽胸中似有不平，令人不觉，风人之旨也。"

管世铭《读雪山房唐诗序例》："储光羲真朴，善说田家。"

贺贻孙《诗筏》："储光羲五言古诗，虽与摩诘五言古同调，但储韵远而王韵隽，储气恬而王气洁;储于朴中藏秀，而王于秀中藏朴;储于厚中有细，而王于细中有厚；储于远中含淡，而王于淡中含远；与王看看敌手，而储似争得一先，观《偶然作》便知之。然王所以独称大家者，王之诸体悉妙，而储独以五言古胜场耳。”

高棅《唐诗品汇》：“《栾城遗言》：储光羲诗高处似陶渊明，平处似王摩诘。”

贺裳《载酒园诗话》：“摩诘才高于储，拟陶则储较王近。但储诗亦惟此种佳，有廉颇用赵人之意。王兼长，储独诣也。”○“《田家杂兴》《同王十三维偶然作》，最多素心之言。然如‘见人但恭敬，曾不问贤愚。虽若不能言，中心亦难诬’，仍复侘傺矣。阮嗣宗心不臧否人物，登广武原不禁长叹。”

陈铁民说：“储光羲毕竟曾隐居乡村十余年，对农村的现实多少有所了解，所以他的一部分田园诗，乡土生活气息较浓，比起王维的田园诗来，显得更古朴、真率。但感情的表达却较为直露，不像王、孟的诗歌那样，于自然平淡中蕴藏着悠远的情味。”（《王维新论》）

葛晓音说：“储光羲将田园诗和感遇诗的表现艺术相结合，在田家生活的描绘中寓意寄兴，创造了独特的比兴体。”（《论山水田园诗派的艺术特征》）

张应斌说：“盛唐田园诗的代表人物应是王储，而不是王孟。田园诗的数量王维最多，近二十首，储光羲十七首，孟浩然十二首。储光羲为田园诗提供了新的艺术形象和风景，他描写的农民生活比王维更丰富也更具体。他的田园诗在反映农村生活的深度和广度上都超过了陶渊明和王维。”（《王维的田园诗及盛唐田园诗派》）

西 施 咏①

艳色天下重，西施宁久微②？朝为越溪女③，暮作吴宫妃④。贱日岂殊众，贵来方悟稀。邀人傅脂粉⑤，不自着罗衣。君宠益娇态，君怜无是非⑥。当时浣纱伴⑦，莫得同车归。持谢邻家子⑧，效颦安可希⑨！

①"咏"，英灵、文粹、纪事作"篇"。○《史记·吴太伯世家》："夫差二年，吴王悉精兵以伐越，败之夫椒。越王使大夫种因吴太宰嚭而行成，请委国为臣妾。"《吴越春秋·勾践阴谋外传》："大夫种曰：'夫吴王淫而好色，宰嚭佞以曳心，往献美女，其必受之。'越王乃使相于国中，得苎萝山鬻薪之女，曰西施、郑旦，饰以罗縠，教以容步，习于土城，临于都巷，三年学服而献于吴。吴王大悦。伍子胥谏曰：'夏亡以妹喜，殷亡以妲己，周亡以褒姒。'王不听，遂受之。"咏：古诗的一种名称。元稹《乐府古题序》谓"诗之流为二十四名"，其中有"咏"。郎廷槐《师友诗传录》："长吟密咏，以寄其志，谓之咏。"

②"宁"，全唐诗一作"又"。○宁：岂。《书·尧典》："虞舜侧微"。孔颖达疏："贫贱谓之微。"

③"为"，英灵、纪事、全唐诗作"仍"。○越溪：浣纱溪。《吴越春秋》注："《会稽志》：苎萝山在诸暨南五里，一名萝山，下临浣江，江中有浣纱石。"《一统志》："浣纱石在若耶溪侧，是西施浣纱之所。或云在苎萝山下。"若耶溪在今绍兴市南二十里。《后汉书·郡国志》："会稽郡，馀暨。"注："《越绝》曰：西施之所出。"馀暨，今浙江萧山县。生按：《会稽志》说可从。

④"暮"，蜀刻本作"暝"。"宫妃"，赵本一作"王姬"。

⑤"邀"，英灵、纪事作"要"。"脂"，英灵、唐文粹、全唐诗作"香"。○邀：招唤。傅脂粉：涂脂抹粉。《广雅·释言》："傅，敷也。"脂：含油脂的化妆品，特指用燕支、香料和油脂制成的胭脂。《古今注》："燕支，叶似蓟，花似蒲公英，出西方（甘肃燕支山），土人以染，名为燕支，中国人谓之红蓝（红花）。"

⑥"娇态"，蜀刻本作"娇恣"，赵本作"骄态"，从述古堂本、元刊本。○［徐说］君怜他，但见其妙，不知其他，是无是非也。［王解］君既怜爱，谁敢见妒，安得有是非（口舌）哉！［秦注］恃宠任性，不分是非。生按：徐说较胜。

⑦"当"，英灵作"常"。○［赵注］《太平寰宇记》："诸暨县苎萝山下有石迹水，是西施浣纱之所。"［马注］《诗经·郑风》："有女同车，颜如舜

华。"此化用其语。生按:《古诗十九首》:"愿得常巧笑,携手同车归。"

⑧"持谢",英灵作"寄谢"。纪事作"寄言"。"子",英灵、正音作"女"。○《字汇》:"以辞相告曰谢。"《语辞汇释》:"持谢,犹云寄语也。"《仪礼·丧服》:"故子生三月,则父名之。"郑玄注:"凡言子者,可以兼男女。"

⑨〔赵注〕《庄子·天运》:"西施病心而矉其里。其里之丑人见而美之,归亦捧心而矉其里。其里之富人见之,坚闭门而不出;贫人见之,挈妻子而去之走。"释文:"蹙额曰矉,矉与颦同。"〔陈注〕除美态不可希求,有际遇亦不可希求之意。

评 笺

《王摩诘诗评》:"刘云:'贵来方悟稀',语有讽味,似浅实深。妙!(君宠二句下)顾云:事皆如此。"

赵殿成按:"'贱日岂殊众'二言,古今亟称佳句,然愚意以为不及'君宠益骄态'二言为尤工。四言之义,俱属慨词,然出之以冲和之笔,遂不觉讽讽乎为入耳之音,诚有合于风人之旨也哉!"

黄周星《唐诗快》:"既有君怜无是非,便有君憎无是非矣,语有意外之痛。"

王夫之《唐诗评选》:"讽刺亦褊。其转折浑成,犹有元韵"。

沈德潜《唐诗别裁集》:"写尽炎凉人。眼界不为题缚,乃臻斯诣。入后人手,征引故实而已。"

沈德潜《说诗晬语》:"咏古诗,未经阐发者,宜援据本传,见显微阐幽之意。若前人久经论定,不须人云亦云。王摩诘《西施咏》、李东川《谒夷齐庙》,或别寓兴意,或淡淡写景,以避雷同勦说,此别行一路法也。"

黄培芳《唐贤三昧集笺注》:"(艳色句下)托意深远。寓意在言外,甚妙。"

屠隆《鸿苞论诗》:"'贱日岂殊众'四句,丽情艳句,粉黛无色,足使世人遂为情死。"

宋宗元《网师园唐诗笺》:"(贱日句下)直为俗眼写照。"

《唐诗归》："钟云：艳情诗，到极深细、极委曲处，非幽静人原不能体会，此右丞所以妙于情诗也。彼专以禅寂闲居求右丞幽静者，真浅且浮矣。（君怜句下）宫怨妙语。（莫得句下）说得荣衰变态，咄咄逼人。谭云：（不自句下）写尽暴富人骄态，冶情中人微之言。"

陈沆《诗比兴笺》："吴修龄《围炉诗话》曰：'唐人诗意不必在题中。如右丞《息夫人》诗，使专稗说载其为宁王夺饼师妻作，后人何从知之。'可见《西施篇》之'贱日岂殊众'六句，当是为李林甫、杨国忠、韦坚、王铁辈而作。"

陈铁民说："隐喻士的遇与不遇，也不取决于他有无才德。诗中寄寓着怀才不遇的下层士人的不平与感慨。由于此诗采用比兴寄托的表现方式，因而形成了深婉含蓄的特点。"（《王维新论》）

陶文鹏说："笔调冲和，却暗寓对世态炎凉的讽刺之意。在历代咏西施的诗歌中，这是立意独特的一首。"（《唐代文学史》）

李 陵 咏 时年十九①

汉家李将军，三代将门子②。结发有奇策③，少年成壮士。长驱塞上儿④，深入单于垒⑤。旌旗列相向，箫鼓悲何已⑥！日暮沙漠陲，战声烟尘里。将令骄虏灭⑦，岂独名王侍⑧。既失大军援，遂婴穷庐耻⑨。少小蒙汉恩，何堪坐思此⑩！深衷欲有报，投躯未能死⑪。引领望子卿⑫，非君谁相理⑬？

此诗作于开元五年。

①活字本无"时年十九"四字。○《史记·李将军列传》："（李）广子三人，曰当户、椒、敢，为郎。当户早死，有遗腹子名陵。广死明年，李敢以校尉从骠骑将军击胡，斩首多，代广为郎中令。李陵既壮，选为建章监，监诸骑。善射，爱士卒。天子以为李氏世将，而使将八百骑。尝深

入匈奴二千余里，过居延视地形，无所见虏而还。拜为骑都尉，将丹阳楚人五千人，教射酒泉、张掖以屯卫胡。天汉二年秋，贰师将军李广利将三万骑击匈奴右贤王于祁连天山，而使陵将其射士步兵五千人，出居延北可千余里，欲以分匈奴兵。单于以兵八万围击陵军。陵军五千人，兵矢既尽，士死者过半，而所杀伤匈奴亦万余人。且引且战。连斗八日，还，未到居延百余里，匈奴遮狭绝道，陵食乏而救兵不到，遂降匈奴。单于乃以其女妻陵而贵之。汉闻，族陵母妻子。"

②三代：李广、李敢、李陵祖孙三代。[赵注]《汉书·李广传》："赞曰：三代之将，道家所忌。自广至陵，遂亡其宗。"

③结发：束发于顶。古代男子自成童（十五岁以上）开始束发。此借指青少年时期。《史记·李将军列传》："臣结发而与匈奴战。"奇策：出奇的计谋。

④"上"，述古堂本作"门"。〇驱：前行。长驱：（率领士兵）长途进军。刘向《新序·杂事》："轻率锐兵，长驱至齐。"塞音赛。《广韵》："塞，边塞。"塞上儿：戍守边境险要处的士兵。

⑤"垒"，元刊本作"里"，误。〇单音缠。汉时，匈奴称其君长曰单于。《汉书·匈奴传》："单于姓挛鞮氏，其国称之曰撑犁孤涂单于。匈奴谓天为撑犁，谓子为孤涂，单于者广大之貌。"垒：军事防守工事，四面有壁（围墙）的堡垒。

⑥《周礼·春官·司常》："凡军事，建旌旗。"列相向：双方军旗相对陈列。箫鼓：指军乐。鲍照《出自蓟北门行》："箫鼓流汉思，旌甲被胡霜。"何已：不已。《古书虚字集释》："何。犹不。"

⑦骄虏：指匈奴。《汉书·匈奴传》："胡者，天之骄子也。"虏：对外族的蔑称。

⑧岂独：岂止。《汉书·宣帝纪》："匈奴单于遣名王奉献。"颜师古注："名王者，谓有大名，以别诸小王也。"名王侍：为表示真心归服，派遣名王（多为亲贵）入侍汉帝。

⑨婴：遭受。[赵注]《汉书·匈奴传》："匈奴父子同穹庐卧。"颜师古注："穹庐，毡帐也，其形穹隆，故曰穹庐。"生按：今俗称蒙古包，因其圆顶而周围下垂有似天空，故名。耻，指兵败投降。

⑩《语辞汇释》："坐，甚辞，犹深也。"

⑪〔王注〕深衷：内心深处。欲有报：有朝一日能报效汉廷。司马迁《报任安书》："（陵）身虽陷败，彼观其意，且欲得其当而报于汉。"生按：投躯，舍身。鲍照《出自蓟北门行》："投躯报明主，身死为国殇。"

⑫引、延一声之转，伸。领：颈。〔赵注〕《左传·成公十三年》："引领西望。"子卿：苏武字。《汉书·苏武传》："匈奴与汉和亲，汉求武等。于是李陵置酒贺武曰：陵虽驽怯，令汉且贳陵罪，全其老母，使得奋大辱之积志，庶几乎曹柯之盟，（鲁国曹沫在柯邑的盟会上劫持齐桓公索被侵地）此陵宿昔之所不忘也。收族陵家，为世大戮，陵尚复何顾乎！已矣，令子卿知吾心耳。异域之人，一别长绝。"

⑬〔陈注〕理：辨白之意。谓若非子卿谁能辨白我的心迹。

评 笺

顾可久按："能道陵意中事，雅正，雄浑，顿挫。"

黄周星《唐诗快》："子长尚不能相理，子卿安能相理乎！写出无可奈何，足令鬼神饮泣。"

陈贻焮按："这诗写名将李陵，由于失援败绩、投降匈奴，深受屈辱的不幸遭遇和他渴望报国雪耻，渴望表白心迹的痛苦心情。"

燕子龛禅师①

山中燕子龛，路剧羊肠恶②。裂地竞盘屈③，插天多峭崿④。瀑泉吼而喷，怪石看欲落。伯禹访未知⑤，五丁愁不凿⑥。上人无生缘⑦，生长居紫阁⑧。六时自捶磬⑨，一饮常带索⑩。种田烧白云⑪，斫漆响丹壑⑫。行随拾栗猿，归对巢松鹤。时许山神请⑬，偶逢洞仙博⑭。救世多慈悲，即心无行作⑮。周商倦积阻⑯，蜀物多淹泊⑰。岩腹乍旁穿，涧唇时外拓⑱。桥因倒树架，栅值垂藤缚⑲。鸟道悉已平⑳，龙宫为之涸。跳波谁揭厉[廿一]，绝壁免扪摸。山木日阴阴，结跏归旧林^[廿二]。一向石门里^[廿三]，任君春草深。

①蜀刻本题作《燕子龛禅师咏》。○［赵注］按唐骊山宫图，燕子龛在连理木上，山城门在其东，飞霞泉在其西。生按：龛，供有佛像的石窟。刘孝绰《栖隐寺碑》："诚敬所先，是归龛庙。"禅师，修禅定的和尚称前人为禅师，后用为僧人的尊称。观此诗"周商"、"蜀物"二句，燕子龛当在川陕间秦岭通道上。辛德勇说：汉、魏以来，秦岭通道有散关道（故道）、褒斜道、傥骆道、子午道。隋唐时期新辟有锡谷道（小峪谷）、义谷道（大峪谷）、库谷道。库谷道以东有石门谷，未见记载有路南过秦岭。（《隋唐时期长安附近陆路交通》）禅师所修治的一段谷道，或是紫阁峰附近子午道的一段，或是周至县西南傥骆道的一段，或是新辟三条谷道中的某段，均无考。

②《玉篇》："刷，甚也。"［赵注］谓燕子龛之路，盘纡曲屈，较羊肠更恶。《括地志》："太行山在怀州河内县北二十五里，有羊肠坂。"

③《骈雅·释诂》："盘屈，屈曲也。"

④［赵注］孙绰《游天台山赋》："陟峭崿之峥嵘。"李善注："崿，崖也。"

⑤"禹"，元刊本、活字本作"雨"，误。○伯禹：即夏禹。伯，方伯。一方之长。《史记·夏本纪》："禹乃遂与益、后稷奉帝命，命诸侯百姓，兴人徒以傅土，行山表木，定高山大川。此谓禹平水土之时，考察高山，尚不知有此山路。

⑥［赵注］《华阳国志·蜀志》："蜀有五丁力士，能移山，举万钧。"生按：《水经·沔水注》："秦惠王欲伐蜀而不知道，作石五牛，以金置尾下，言能屎金。蜀王负力，令五丁凿之成道。秦使张仪、司马错寻路灭蜀，因曰石牛道。"谓五丁也愁不能开凿。

⑦上人，对僧人的尊称，一切事物皆由因缘（关系和条件）和合而成，就现象说，缘集则生，缘去则灭，而其本质则无生无灭，故人之为人，是无生缘的一种表现。上人亦然。参见《山中示弟等》注⑦。

⑧［赵注］《陕西志》："（终南山）紫阁峰在西安府鄠县东南三十里，旭日射之，烂然而紫，其形上竦若楼阁然。"

⑨佛教分一日一夜为六时，日初、日中、日没为昼三时，初夜、中夜、后夜为夜三时。《阿弥陀经》："昼夜六时。"自：独自。

⑩"常"，元刊本、活字本、赵本作"尚"，从蜀刻本、述古堂本等。○一饮：指"一坐食"，每天只在中午前吃一餐饭，是佛教十二头陀行之一。带索，以绳索为腰带。[赵注]《列子·天瑞》："孔子游于太山，见荣启期行乎郕之野，鹿裘带索，鼓琴而歌。"

⑪烧白云：在高山上焚烧制粿杂草用作播种的肥料。[赵注]《齐民要术》："凡开荒山泽田，皆七月芟艾之，草干即放火，至春而开垦。林木大者刈杀之，叶死不扇，便任耕种，三岁后根枯茎朽，以火烧之。"

⑫斫：音卓，砍伐。[赵注]《古今注》："漆树以刚斧斫其皮开，汁滴竹管中，即成漆也。"生按：丹壑：赤色山谷。孙绰《太平山铭》："上干翠霞，下笼丹壑。"

⑬[赵注]《法苑珠林》："释昙邕，投庐山事远公为师，内外经书，多怕综涉，志尚传法，不惮疲苦。后于山之西南别立茅宇，与弟子昙果，澄思禅门。尝于一时，果梦见山神求受五戒。果曰：'家师在此，可往谘受。'后少时，邕见一人，着单袷衣，风姿端雅，从者三十许人，请受五戒。邕以果先梦，知是山神，乃为说法受戒。神赆以外国匕箸，礼拜辞别，倏忽不见。"

⑭[赵注]曹植《仙人篇》："仙人揽六著，对博太山隅。"生按：《说文》："博，局戏，六著十二棋也。"《列子·说符》释文引《六博经》云："博法，二人相对坐向局，局分为十二道，两头当中名为水。用棋十二枚，六白六黑。又用鱼二枚，置于水中。其掷采以琼为之。琼畟（音则）方寸三分，长寸五分，锐其头，钻刻琼四面为眼，亦名为齿。二人互掷采行棋，棋行到处即竖之，名为骁棋，即入水食鱼，亦名牵鱼。每牵一鱼，获二筹；翻一鱼，获三筹。若已牵两鱼而不胜者，名曰被翻双鱼。彼家获六筹为大胜也。"生按：河南灵宝张家湾东汉墓出土博棋俑，与《六博经》所言博局相合，但具体博法仍不清楚。

⑮即：犹其。[赵注]《维摩诘经》："故无取无舍，无作无行，是为入不二法门。"生按：《大乘义章》："内心涉境，说名为行。"《俱舍论》："行名造作。"行，由意、口、身表现出来的行为。无行，首先是无心行，即无妄念。无作. 犹言无为，即自然而然，无人为造作。禅师本着大慈悲心去

救世利他，不求现世和来生的果报，这种行、作，也是无行作。

⑯周：陕西为古周地。《庄子·天道》："天道运而无所积。"释文："积，谓积滞不通。"［赵注］郭璞《江赋》："幽涧积阻。"

⑰"多"，蜀刻本作"苦"。○《广韵》："淹，滞也。"《韵会》："泊，止也。"

⑱岩腹：岩之中部。涧唇：涧之边缘。

⑲《经传释词》："因，由也。"《说文》："值，逢遇也。"上四句谓禅师曾修治山间道路。

⑳［赵注］凡山路之高峻险绝者，谓之鸟道。《南中八志》："交趾郡治龙编县（今越南河内），自兴古（今云南岘山县北）鸟道四百里。以其险绝，兽犹无蹊，特上有飞鸟之道耳。"生按：龙宫，喻窟地水潭。

［21］揭厉：涉水的两种方式。［赵注］《尔雅·释水》："济有深浅，深则厉，浅则揭。揭者揭衣也，以衣涉水为厉。由膝以上为揭，由带以上为厉。"

［22］［赵注］《菩萨璎珞经》："坐禅，结跏趺坐，便去众想。"生按：跏音加。结跏趺坐是坐禅的坐式。参见《山中寄诸弟妹》注③。旧林：故居。陶潜《归田园居》："羁鸟恋旧林，池鱼思故渊。"

［23］一向：指已过去的一段时间。石门：山中两岩壁立相对之处。此指禅师栖息之所。

评　笺

张谦宜《𬩽斋诗谈》："《燕子龛禅师》，形容曲尽，气象坦然。少陵、昌黎为之，便自怒张。"

顾可久按："禅寂意中多奇句。俊伟。"

葛晓音说："诗中繁荣的铺写和艰涩的声调近似大谢体。"（《山水田园诗派研究》）

羽林骑闺人①

秋月临高城，城中管弦思②。离人堂上愁③，稚子阶前戏。

出门复映户④，望望青丝骑⑤。行人过欲尽，狂夫终不至⑥。左右寂无言⑦，相看共垂泪。

①［陈注］骑：音寄，骑兵。羽林骑：皇帝的近卫军。［赵注］《汉书·百官公卿表》："羽林掌送从。武帝太初元年置，名曰建章营骑，后更名羽林骑。"《唐书·百官志》有左右羽林军。后人谓天子禁兵，皆谓之羽林。生按：闺，内室。闺人，妻也。

②张华《励志诗》："吉士思秋。"李善注："思，悲也。"

③［陈注］离人：指闺人。

④《说文新附》："映，隐也。"《一切经音义》："一扇曰户，两扇曰门。"谓隐蔽身体于门扉之内。

⑤［陈注］青丝：指青丝绳作成为的鞚辔。青丝骑：谓鞍辔华丽的马匹。［赵注］刘孝绰《淇上人戏荡子妇》："不见青丝骑，徒劳红粉妆。"

⑥［陈注］狂夫：古代妇人自称其夫的谦词。此有谓其放荡之意。生按：《列女传·楚野辩女》："大夫曰：盖从我于郑乎？对曰：既有狂夫昭氏在内矣。"

⑦左右：指侍候于左右的使女辈。

评　笺

张戒《岁寒堂诗话》："世以王摩诘古诗配太白，盖摩诘古诗能道人心中事而不露筋骨。如《陇西行》《息夫人》《西施篇》《羽林骑闺人》等篇，信不减太白。"

《王摩诘诗评》："顾云：说得此语出，决是作家。"

陈贻焮说："写羽林骑闺人久待其夫不至时的失望心情，从中也可看出一般羽林军人的荒唐生活。"（《王维诗选》）

张志岳说："篇中除'离人堂上愁'点明主题作为线索外，只是在秋月、高城、管弦所构成的气氛下，展开一系列的人物动态。这些动态一经组合，便围绕主线，起着比照、传神、映衬等作用，逐步加深表现，达于完整。这种表现给读者的感受既具体，又空灵。这也正是绘画结构的特色在诗中的表现。"（《诗词论析》）

杨荫深说："逼情人理，而有无限隽永之味。"（《王维与孟浩然》）

冬夜书怀

　　冬宵寒且永，夜漏宫中发①。草白霭繁霜②，木衰澄清月③。丽服映颓颜④，朱灯照华发⑤。汉家方尚少⑥，顾影惭朝谒⑦。

　　①［赵注］《唐六典》注："凡候夜漏，以为更点之节。每夜分为五更，每更分为五点。更以击鼓为节，点以击钟为节。"后人谓之漏鼓，亦谓之漏声是也。［陈注］谓宫中发出报更漏的钟鼓声。生按：夜漏，见《奉和圣制十五夜燃灯》注③。二句写省中值宿，寒夜漫长。

　　②霭：雪霜盛貌。谢惠连《雪赋》："霭霭浮浮。"［赵注］《诗·小雅·正月》："正月繁霜"。毛苌传："繁，多也。"

　　③［陈注］木衰，树木叶落。

　　④［陈注］颓颜，衰老的容貌。

　　⑤［赵注］鲍照《代夜坐吟》："朱灯灭，朱颜寻。"傅玄《怨歌行》："一别终华发。"生按：华发，花白头发。

　　⑥方：正。尚：好尚。［赵注］《汉武故事》："上至郎署，见一老郎，庞眉皓发。问'何时为郎？何其老也'！对曰：'臣姓颜名驷，以文帝时为郎。文帝好文，而臣好武；景帝好老，而臣独少；陛下好少，而臣已老。以是三叶不遇也。'上感其言，擢为会稽都尉。"

　　⑦顾：看。曹植《封二子为公谢恩章》："顾影惭形，流汗反侧。"朝谒：朝见皇帝。《正字通》："古者朝而听政，百官咸见，故朝见曰朝。"《增韵》："谒，请见也。"

早朝二首①

　　皎洁明星高，苍茫远天曙。槐雾郁不开②，城鸦鸣稍去③。

始闻高阁声④，莫辨更衣处⑤。银烛已成行⑥，金门俨骕骦⑦。

此诗约作于天宝五载。

①蜀刻本、述古堂本、元刊本诗题皆如此，他本收前首入古诗，次首入近体诗。

②"郁"，蜀刻本作"语"，误。活字本、二顾本、凌本、赵本、全唐诗作"暗"，从英华、述古堂本、元刻本。○古代京城大街两旁、宫廷之中、三公宰辅官署都植槐。［赵注］何逊《九日侍宴乐游苑》："城霞旦晃朗。槐雾晓氤氲。"［王注］不开：不散。

③《韵会》："稍，渐也。"

④高阁声：在高阁上按漏刻报时之声。黄生《杜诗说》："《紫宸殿退朝口号》：'昼漏希闻高阁报。'高阁在禁中，宫女司漏，递相传报。"

⑤［赵注］《汉书·王莽传》："张于西厢及后阁更衣中。"晋灼注："更衣中，朝贺易衣服处室屋名也。"

⑥银烛：白亮如银的蜡烛。［赵注］顾野王《舞影赋》："耀金波兮绣户，列银烛兮兰房。"

⑦"金"，英华作"重"。○金门：金马门。俨：整齐严肃貌。骕骦：驾驭车马的侍从。［赵注］张正见《门有车马客行》："良时不可再，骕骦都相催。"

柳暗百花明，春深五凤城①。城乌睥睨晓②，宫井辘轳声③。方朔金门侍④，班姬玉辇迎⑤。仍闻遣方士，东海访蓬瀛⑥。

①五凤城，即凤城。相传秦穆公女弄玉与箫史吹箫，引凤来集京都咸阳，后因称京都为凤城。此指长安城。《小学绀珠》："五凤：赤者凤，黄者鹓雏，青者鸾，紫者鸑鷟，白者鹄。"

②"乌"，英华、述古堂本作"鸦"。○睥睨：音璧尼。《释名·释宫室》："城上垣曰睥睨，言于其孔中睥睨非常也。亦曰陴，禅也，言禅助城之高也。'亦曰女墙，言其卑小，比之于城，若女子之于丈夫也。"此谓天明时城鸦在女墙止呼叫。

③辘轳：用以汲取井水的绞车。见《与卢员外象过崔处士兴宗林亭》卢象同咏注①。

④"侍"，英华作"召"，述古堂本一作"待"。○〔赵注〕《汉书·东方朔传》："东方朔字曼倩。武帝初即位，举方正贤良文学材力之士，朔上书，令待诏公车（公车署，负责接受上书及征召士人。上书中称意，一般都在公车署等待诏命做临时工作，无官职）。久之，使待诏金马门，（门内有宦者署，征士表现特异的在此等待诏命），稍得亲近。为常侍郎，遂得爱幸。朔虽诙笑，然时观察颜色，直言切谏，上常用之。"生按：句谓方朔侍于金门。

⑤班姬：即班婕妤（妃嫔之号）。《汉书·外戚传》："孝成班婕妤，帝初即位，选入后宫。始为少使，俄而大幸，为婕妤。成帝游于后庭，尝欲与婕妤同辇载。婕妤辞曰：'观古图画，贤圣名君皆有名臣在侧，三代末主乃有嬖女。今欲同辇，得无近似之乎！'上善其言而止。"辇：音碾，皇帝及后妃所乘车。〔赵注〕潘岳《籍田赋》："天子乃御玉辇。"生按：句谓迎班姬以玉辇。天宝四载八月，册杨太真为贵妃，备受宠幸。班姬借指贵妃。

⑥方士：有方术之士，古代自称能炼丹求仙、寻不死之药，使人长生不老者。《史记·秦始皇本纪》："齐人徐福等上书，言海中有三神山，名曰蓬莱、方丈、瀛洲，仙人居之。请得斋戒，与童男女求之。于是遣徐福发童男女数千人，入海求仙人。"〔赵注〕《史记·封禅书》："天予使方士入海，求蓬莱安期生之属。"生按：天宝以来，玄宗颇信神仙。元年，派人到函谷故关尹喜台西发得玄元皇帝（老子）所赐灵符，封庄子、列子、文子、庚桑子为真人，建集灵台以祀天神。三载，亲祀九宫贵神。四载正月，在嵩山炼成丹药。遣方士访蓬瀛事史无记载，可能发生于四、五载间。

评　笺

胡震亨《唐音癸签》："扈从应制诗自有体。王维《早朝》诗：'仍闻遣方士，东海访蓬瀛'，明以秦皇、汉武讥其君矣。不若宗楚客'幸睹八龙游阆苑，勿劳万里访蓬瀛'，为有含蓄。"

《王摩诘诗评》："顾云：乏趣。"

洪迈《容斋续笔》："唐人歌诗，其于先世及当时事，直辞咏寄，略无避隐。至宫禁壁昵，非外间所应知者，皆反复极言，而上之人亦不以为罪。如白乐天《长恨歌》讽谏诸章，始末皆为明皇而发。杜子美尤多。今之诗人不敢尔也。"

叶矫然《龙性堂诗话》："'柳暗百花明，春深五凤城'，千古发端绝唱也。"

胡应麟《诗薮》："唐五言律起句之妙者：'独有宦游人，偏惊物候新'；'八月湖水平，涵虚混太清'；'银烛吐青烟，金樽对绮筵'；'柳暗百花明，春深五凤城'；'万壑树参天，千山响杜鹃'；'风劲角弓鸣，将军猎渭城'；'犬吠水声中，桃花带雨浓'；'骏马似风飚，鸣鞭出渭桥'；'巫山十二峰，皆在碧空中'。或古雅，或幽奇，或精工，或典丽，各有所长。"

吴修坞《唐诗续评》："首句春深也，次句承明见时；次联早字；三联朝字；末推开作结。此又一格也。"

郑振铎说："（前一首）和隋代无名氏的《鸡鸣歌》：'东方欲明星烂烂，汝南晨鸡登坛唤。曲终漏尽严具陈，月没星稀天下旦。千门万户递鱼钥，宫中城上飞乌鹊'。恰是同类的隽作。"（《插图本中国文学史》）

寓言二首①

朱绂谁家子②？无乃金张孙③。骊驹从白马④，出入铜龙门⑤。问尔何功德⑥？多承明主恩。闘鸡平乐馆⑦，射雉上林园⑧。曲陌车骑盛⑨，高堂珠翠繁⑩。奈何轩冕贵⑪，不与布衣言⑫！

①诗有寄托之意，故以寓言为题。《庄子·寓言》："寓言十九"。成玄英疏："寓，寄也。"

②绂：音弗，蔽膝，系于礼服外之围裙，上宽一尺，下宽二尺，长三尺，障蔽腹膝之前。[赵注] 韦孟《讽谏诗》："黼衣朱绂"。颜师古注："黼衣，画为斧形，而白与黑为采也。朱绂为朱裳，画为亚文也。亚古弗字也，故因谓之绂，字又作黼。"[陈注] 泛指贵族的服装。

③无乃：莫非是。金、张，汉宣帝时，金日磾（音密低）、张安世并为显宦，后遂以金、张借指权贵。见《济上四贤咏·郑霍二山人》注③。

④《说文》："骊，马深黑色。""马二岁为驹。"〔赵注〕《陌上桑》："何用识夫婿？白马从骊驹。"〔陈注〕从：跟着。

⑤铜龙门：太子宫门名。见《恭懿太子挽歌五首》之二注④。

⑥〔赵注〕应璩《百一诗》："问我何功德，三入承明庐。"

⑦〔赵注〕《汉书·武帝纪》："元封六年夏，京师民观角抵于上林平乐馆。"《汉书·东方朔传》："董氏常从游戏北宫，驰逐平乐，观鸡鞠之会，角狗马之足。"

⑧上林园即上林苑。〔赵注〕《三国志·魏书·辛毗传》："常从帝射雉。"《三辅黄图》："《汉旧仪》云：上林苑三百里，苑中养百兽，天子秋冬射猎取之。"生按：上林苑故地．在今西安市西，周至、户县以东。

⑨〔陈注〕曲陌：曲折的街道。生按：曲陌，此处指曲巷。唐长安城有一百零八坊，从坊内住宅通往坊内街道（十字街）的小路称为曲或曲巷，通常只能一辆车单行，与肖统《相逢狭路间》所谓"京华有曲巷，巷曲不通舆"相似。歌舞妓女大都住在某些曲内，如《北里志》云："平康里入北门东面三曲，即诸妓所居之聚也。"曲陌车骑盛，即指许多官宦狎妓。

⑩〔陈注〕珠翠：珍珠翡翠之类首饰，此处用以指舞女歌伎。

⑪"轩冕贵"述古堂本作"骄轩冕"。○奈何：犹如何。轩：大夫车；冕：大夫以上冠，借指达官贵人。

⑫布衣：平民之衣，借指来民。布，通常指麻布、葛布。《盐铁论·散不足篇》："古者庶人耄老而后衣丝，其余则麻枲而已，故命曰布衣。"

诗押"元"韵，按今音读，园、繁、言与孙、门、恩已不叶，然前后有如转韵，故不觉。

评　笺

顾可久按："有深意"。

陈铁民说："王维写过一些揭露社会上的不合理现象、抒发自己内心的愤慨不平之情的诗歌。有的直抒胸臆。如《寓言二首》其一。有的成功地运用对比手法，控诉社会的不公，如《偶然作》其五。有的采用比兴寄托

的方式，寄寓怀才不遇的下层人士的不平与感慨，如《西施咏》《洛阳女儿行》。说明他当时对现实是关心的。"（《王维新论》）

　　君家御沟上，垂柳夹朱门①。列鼎会中贵②，鸣珂朝至尊③。生死在八议④，穷达由一言⑤。须识苦寒士，莫矜狐白温⑥！

　　此首《唐百家诗选》作卢象诗。《瀛奎律髓》入"侠少类"，题为《杂诗》，卢象作。按：蜀刻本、述古堂本、元刊本、活字本、二顾本等皆作维诗，宜从之。

　　①君家：指诗中显贵人物。御沟：流经宫苑的溪沟。因沟旁遍植杨柳，又称杨沟。上：旁近。程大昌《演繁露》："后世侯王及达官所居之屋，皆饰以朱，故曰朱门。"

　　②［赵注］刘向《说苑》："累茵而坐，列鼎而食。"《史记·李将军列传》："天子使中贵人从广。"服虔注："中贵，内臣之贵幸者。"［陈注］鼎，古食器，三足两耳，用铜铸成。古代贵族列鼎而食，故以"列鼎"喻丰盛的饮食。生按：见《奉和圣制重阳节宰臣及群官上寿应制》注⑤。

　　③珂音科。［赵注］《尔雅翼》："贝大者为珂，黄黑色，其骨白，可以饰马。"《韵会》："勒饰曰珂。"《旧唐书·舆服志》："马珂，一品以下九子，四品七子，五品五子（六品以下无）。"何逊《车中见新林》："下阪听鸣珂"。盖马行则珂响，故曰鸣珂。生按：臣称君为至尊。

　　④八议：《周礼·秋官·小司寇》有八议之法，汉以来历代都曾实行。《唐律疏议·名例》："八议：一曰议亲，谓皇帝袒免以上亲，及太皇太后、皇太后缌麻以上亲，皇后小功以上亲；二曰议故，谓故旧；三曰议贤，谓有大德行；四曰议能，谓有大才业；五曰议功，谓有大功勋；六曰议贵，谓职事官三品以上、散官二品以上，及爵一品者；七曰议勤，谓有大勤劳；八曰议宾，谓承先代之后为国宾者。"对于以上八种人犯罪，由刑部与御史中丞、中书舍人、给事中共同议定减刑意见（死罪减刑，流罪以下减一等），请皇帝裁定。犯十恶者，不用此律。在八议，谓经由八议减刑，非谓诗中所指贵人有生杀之权。

　　⑤［陈注］穷达：仕途上的通达或穷塞。

⑥［赵注］王微《杂诗》："讵忆无衣苦，但知狐白温。"吕向注："狐白，谓狐腋之白毛以为裘也。"［陈注］意谓勿夸耀自己富贵。

评　笺

《瀛奎律髓》："方云：此诗有古乐府之意，格调甚高。前四句叙其富贵，五六言其权势之盛，末句使之怜寒士也。○纪云：中四句虽对偶，然终是俳偶之古体，非律格也。语浅句促，以为高格尤非。"

宋育仁《三唐诗品》："《寓言》二首，直是脱胎《百一》。"生按：《百一诗》，魏应璩作。

葛晓音说："开元风骨的一个重要特色，是诗人们在追求功名的热情中显示出来的强烈自信和铮铮傲骨。进取的豪气和不遇的嗟叹相交织，讴歌盛世的颂声与抗议现实不平的激愤相融合，给始于建安的'风骨'传统带来了新的时代内容。王维的《济上四贤咏》《寓言》《不遇咏》《偶然作》《老将行》《陇头吟》，等等，都产生在开元二十三年以前，因而比其他诗人更早也更集中地体现了开元风骨的这一内涵。"（《论开元诗坛》）

杂诗二首①

朝因折杨柳②，相见洛城隅③。楚国无如妾④，秦家自有夫⑤。对人传玉椀⑥，映竹解罗襦⑦。人见东方骑，皆言夫婿殊⑧，持谢金吾子⑨，烦君提玉壶⑩。

①蜀刻本、述古堂本、元刊本连同"家住孟津河"三首，题作《杂诗五首》。○杂诗：《文选》诗目，除献诗、公宴、咏史、招隐、游览、行旅、咏怀、赠答、哀伤、乐府以外的诗歌，均列入杂诗。王粲《杂诗》李善注："不拘流例，遇物即言，故云杂也。"李周翰注："兴致不一，故云杂诗。"或以为大概原来无题，故编辑时称为杂诗，此说可商。

②钱锺钟书说："古有折柳送行之俗，历世习知。然玩索六朝及唐人篇什，似尚有折柳寄远之俗。如刘邈：'高楼十载别，杨柳濯丝枝。摘叶惊开驶，攀条恨久离。'卢照邻：'攀折聊将寄，军中书信稀。'此寄远之折柳也。盖送别赠柳，忽已经时，柳节重逢，而游子羁旅，怀人怨别，遂复折取寄将，所以速返催归。"（《谈艺录》）生按：此即折柳寄远者。

③"城"，凌本、类苑、全唐诗作"阳"，误。

④宋玉《登徒子好色赋》："天下之佳人莫若楚国，楚国之丽者莫若臣里，臣里之美者莫若臣东家之子。东家之子，增之一分则太长，减之一分则太短；著粉则太白，施朱则太赤；眉如翠羽，肌如白雪，腰如束素，齿如含贝。嫣然一笑，惑阳城，迷下蔡。"

⑤［赵注］乐府《陌上桑》："使君从南来，五马立踟蹰。使君遣吏往，问是谁家姝？秦氏有好女，自名为罗敷。使君谢罗敷：宁可共载不？罗敷前置词：使君一何愚！使君自有妇，罗敷自有夫。"生按：二句谓洛城妇女都不如我美貌，而我本是有夫之妇。

⑥"椀"，述古堂本、元刊本、赵本、活字本、全唐诗作"腕"，从蜀刻本。○椀，同碗。句谓对客人传送盛酒的玉碗。鲍照《答休上人》："玉椀徒自羞，为君慨此秋。"李白《客中作》："兰陵美酒郁金香，玉椀盛来琥珀光。"

⑦"竹"，蜀刻本、活字本、全唐诗作"烛"。○《说文新附》："映，隐也。"《释名·释采帛》："罗，文罗疏也。"《急就篇》颜师古注："襦，自膝以上。襦衣外曰表，内曰里，著（中间充絮）。"襦是短绵衣。［赵注］谢朓《赠王主簿》："轻歌急绮带，含笑解罗襦。"生按：二句谓当着人递过玉椀请我喝酒，背着竹丛想解开我的短袄。

⑧［赵注］乐府《陌上桑》："东方千余骑，夫婿居上头。坐中数千人，皆言夫婿殊。"

⑨持谢：寄语。金吾子：泛称执金吾所属军官。汉代执金吾，职掌巡察京城社会治安。见《故南阳夫人樊氏挽歌》之二注②。

⑩［赵注］辛延年《羽林郎》："不意金吾子，娉婷过我庐。银鞍何煜爚，翠盖空踟蹰。就我求清酒，丝绳提玉壶。贻我青铜镜，结我红罗裙。不惜红罗裂，何论轻贱躯！多谢金吾子，私爱徒区区。"生按：《羽林郎》是提玉壶沽酒，此是提玉壶斟酒。

双燕初命子[①]，五桃新作花[②]。王昌是东舍[③]，宋玉次西家[④]。小小能织绮[⑤]，时时出浣纱。亲劳使君问，南陌驻香车[⑨]。

①命子：《广雅·释诂》："命，呼也。"《乐府诗集·杂曲歌辞·伤歌行》："悲声命俦匹，哀鸣伤我肠。"

②"新"，元刊本、赵本作"初"，从蜀刻本、述古堂本等。"作"，凌本作"结"。〇作花：开花。《老子》十七章："万物并作"。王弼注："动作，生长。"［赵注］鲍照《拟行路难》："中庭五株桃，一株先作花。"

③［赵注］唐人诗中多用王昌事。上官仪诗："南国自然胜掌上，东家复是忆王昌。"李义山诗："王昌只在墙东住，未必金堂得免嫌。"《襄阳耆旧传》："王昌字公伯，为东平相，散骑常侍，早卒，妇任城王曹子文女。昌弟式，为渡辽将军长史，妇尚书令桓楷女。昌母聪明有教典，二妇入门，皆令变服，下车，不得踰侈。"似非挑闼之流，盖别是一人，然他书无考。生按：《天禄识馀》："钱希言曰：意其人为贵戚，出相东平，则姿仪俊美，为时所共赏可知。"

④《史记·屈原列传》："屈原既死之后，楚有宋玉、唐勒、景差之徒者，皆好辞而以赋见称；然皆祖屈原之从容辞令，终莫敢直谏。"王逸《楚辞章句》："楚大夫宋玉，屈原弟子也。"刘向《新序》："宋玉事楚襄王而不见察。"习凿齿《襄阳耆旧记》："宋玉者，楚之鄢郢人也，故宜城有宋玉冢。"［赵注］宋玉《登徒子好色赋》："臣里之美者，莫若臣东家之子。然此女登墙窥臣三年，至今未许也。"生按：次，居处。《国语·鲁语》："五刑三次"。韦昭注："次，处也。"

⑤《释名·释采帛》："绮，敧也，其文敧斜，不顺经纬之纵横也。"［赵注］萧衍《河中之水歌》："河中之水向东流，洛阳女儿名莫愁。莫愁十三能织绮，十四采桑南陌头。"

⑥参见前诗注⑤。车读叉音，麻韵。

评　笺

黄周星《唐诗快》："（次首）作诗只如说话，与太白'今日竹林宴'正同。"

生按：这两首诗是糅合乐府《陌上桑》《羽林郎》等而成，疑是游宦诸王期间所写的歌词。

献始兴公 时拜右拾遗①

宁栖野树林，宁饮涧水流②。不用坐粱肉，崎岖见王侯③。
鄙哉匹夫节④，布褐将白头⑤。任智诚则短⑥，守仁固其优⑦。
侧闻大君子⑧，安问党与雠⑨。所不卖公器⑩，动为苍生谋⑪。
贱子跪自陈⑫，可为帐下不⑬？感激有公议，曲私非所求⑭。

此诗作于开元二十三年。
①活字本无原注"时拜右拾遗"五字。○始兴公：即张九龄。陈铁民说：这是一种爵号之省称加"公"的敬称。《旧唐书·张九龄传》："张九龄字子寿，曲江人。登进士第，拜校书郎，迁右拾遗。开元十年，三迁司勋员外郎。十一年，拜中书舍人。无几，改太常少卿，出为洪州、桂州都督。张说卒后，召拜秘书少监、集贤院学士，副知院事。再迁中书侍郎。寻丁母丧归乡里。二十一年十二月，起复拜中书侍郎、同中书门下平章事。明年，迁中书令，兼修国史。二十三年，加金紫光禄大夫，封始兴县子。二十四年，迁尚书右丞相，罢知政事。坐引非其人，左迁荆州大都督府长史。俄请归拜墓，因遇疾卒。"拜：拜官，授官时须按一定礼仪拜谢。沈括《梦溪笔谈》："唐制，丞郎拜官，即笏门谢（谓在殿门下拜谢）。"《旧唐书·职官志》："中书省，右拾遗二员，从八品上。掌供奉讽谏，扈从乘舆。凡发令举事，有不便于时，不合于道，大则廷议，小则上封。若贤良之遗滞于下，忠孝不闻于上，则条其事状而荐言之。"
②"树"，蜀刻本作"木"。"水"，英华作"中"。○[陈注]二句谓宁愿栖隐山林。过澹泊生活。
③"坐"，赵本作"食"，从蜀刻本、述古堂本、元刊本等。"粱"，蜀

刻本、述古堂本作"良"。〇［赵注］《国语·齐语》："食必粱肉，衣必文绣。"生按：《语辞汇释》："坐，犹致也。鲍照《观圃人艺植》：'居无逸身技，安得食粱肉。'《本草纲目》："粱者，谷之良者也。粱即粟也。自汉以后，始以大而毛长者为粱，细而毛短者为粟，今则通呼为粟。"《玉篇》："崎岖，山路不平也。"借喻辛苦、困难。二句谓不因求取富贵而辛苦干谒王侯。

④张衡《东京赋》："鄙哉予乎！"李善注："鄙，固陋不慧。"匹夫：泛指平民百姓。《白虎通》："庶人称匹夫者，匹，偶也，与其妻为偶，阴阳相成之义也。"节：节操。《论语·泰伯》："临大节而不可夺也。"

⑤布褐：粗布衣服。《说文》："褐，一曰粗衣。"《诗·豳风·七月》："无衣无褐。"郑玄笺："褐，毛布也。"《盐铁论·通有》："古者，衣布褐，饭土硎。"见《偶然作》之二注③。

⑥任：使用；智：才能。《列子·杨朱》："任智而不恃力。"郝世峰说：智，也包含周旋官场的机杼。

⑦"仁"，全唐诗作"任"，非。〇守：保持。《论语·卫灵公》："知及之，仁不能守之，虽得之，必失之。"《论语·颜渊》："克己复礼为仁。"《论语·阳货》："子曰：能行五者于天下为仁矣，恭、宽、信、敏、惠。恭则不侮，宽则得众，信则人任焉，敏则有功，惠则足以使人。"［陈注］这里指道德、操守等立身之道。

⑧《说文》："侧，旁也。"侧闻：从旁听说，谦词。《诗·小雅·雨无正》："凡百君子。"郑玄笺："谓众在位者。"大君子：指张九龄。［赵注］《汉书·董仲舒传》："故不足称于大君子之门也。"

⑨［赵注］刘琨《重赠卢谌》："苟能隆二伯，安问党与雠。"生按：屈原《离骚》："惟夫党人之偷乐兮。"王逸注："党，朋也。"《说文通训定声》："雠，假借为仇。"［陈注］谓用人大公无私。

⑩所：发语词。所不：不也。公器：共用之器，此指官爵。《旧唐书·张九龄传》："（开元）十三年，车驾东巡，行封禅之礼。（中书令张）说自定侍从升中之官，多引两省录事主书及己之所亲，摄官而上。初，令九龄草诏，九龄言于说曰：'官爵者，天下之公器，德望为先，劳旧次焉。若颠倒衣裳，则讥谤起矣。'说竟不从。及制出，内外甚咎于说。"

⑪动：常。《助字辨略》："动，犹辄也。"苍生：黎民，百姓。见《赠

房卢氏琯》注③。

⑫〔赵注〕应璩《百一诗》："避席跪自陈，贱予实空虚。"

⑬帐：幕。帐下：下属之意。古代高官以出将入相为尊荣，故称其府衙为帐或幕。不：同否。〔赵注〕《三国志·魏书·乐进传》："进以胆烈从太祖为帐下吏。"《世说新语·雅量》："王丞相主簿欲校检帐下。"

⑭感激：感动激励。《后汉书·蔡邕传》："感激忘身。"公议：众议，舆论。曲私：曲意偏私。《荀子·儒效》："志不免于曲私。"二句谓，上诗请求引用，乃有感于众议以九龄为贤，非欲其曲私而举荐之也。

评 笺

《唐诗归》："钟云：不读此等诗，不知右丞胸中有激烈悲愤处。（'动为'句下）感慨之言，胸中目中真有所见。（'可为'句下）低回慷慨。○谭云：'崎岖'二字妙！说得权门人人退步不前。"

陈铁民说："诗中对九龄的褒美，并非一味阿谀。据史传记载，九龄早在开元初为左拾遗时，就曾向宰相姚崇进言，认为'任人当才，为政大体，与之共理，无出此途'（《通鉴》卷二一○）。又曾上书天子，指出'甿庶'为'国家之本'，对于直接治民的州县官吏的选用，当政者必须'以贤而授'。他反对'用牧守之任，为斥逐之地'的习惯做法，反对任人方面的朋党阿私，反对'求精于案牍，而忽于人才'，反对选吏'以一诗一判，定其是非'（《新唐书·张九龄传》）。开元十三年，玄宗封泰山，九龄曾向他提出'官爵者，天下之公器'的忠告（《旧唐书·张九龄传》）。九龄执政后，一直坚持官爵为'公器'不可以随便假人的原则，曾竭力反对玄宗拜张守珪、李林甫为相，加给牛仙客尚书职（见《通鉴》卷二一四）。由诗人对张九龄的由衷赞美，可以悟出两人政治主张的一致。"（《王维新论》）

陈贻焮说："'不卖公器'、'为苍生谋'，确实是张九龄政治特色。王维的干谒张九龄，不能单纯地理解为个人的投靠，他是作为张九龄政治主张的拥护者和支持者而要求援引的。"（《王维的政治生活和他的思想》）

王锡九说："这首诗结构上很完整，思想境界也很光明磊落，比古代大多数干谒诗文不知高出多少倍！诗中通俗明快的语言，高亢健举的格调，乃至某些句式和词汇，都可以看出它深受汉魏诗歌的浸润。"（《唐诗鉴赏辞典补编》）

上张令公①

　　珥笔趋丹陛②，垂珰上玉除③。步櫩青琐闼④，方幌画轮车⑤。市阅千金字⑥，朝开五色书⑦。致君光帝典⑧，荐士满公车⑨。伏奏回金驾⑩，横经重石渠。⑪从兹罢角抵⑫，且复幸储胥⑬。天统知尧后⑭，王章笑鲁初⑮。匈奴遥俯伏，汉相俨簪裾⑯。贾生非不遇⑰，汲黯自堪疏⑱。学《易》思求我⑲，言《诗》或起予⑳。尝从大夫后〔廿一〕，何惜隶人馀〔廿二〕！

　　此诗作于开元二十二年秋初。

　　①〔赵注〕《新唐书·玄宗本纪》："开元二十二年五月戊子，张九龄为中书令。"生按：令公，对中书令的尊称。《魏书·高允传》："拜允中书令。高宗重允，恒呼为令公。"《旧唐书·职官志》："中书省，中书令二员。正三品。掌军国之政令，绲熙帝载，统和天人。入则告之，出则奉之，以厘万邦，以度百揆，盖佐天子而执大政也。"

　　②〔赵注〕曹植《求通亲亲表》："安宅京室，执鞭珥笔。"李善注："珥笔，载笔也。"刘良注："珥，插也。"生按：《旧唐书·舆服志》："诸文官七品以上朝服者，簪白笔。"汉代朝官插笔于冠侧或笏上，以备记录。唐代插白笔只是一种冠饰。陛，天子殿前的多级高台阶。此指丹墀，即台阶上的地坪。《汉官仪》："以丹漆阶上地，曰丹墀。"

　　③〔赵注〕鲍照《代白纻舞歌词》："垂珰散佩盈玉除。"生按：垂貂珰蝉，乃中书令冠饰。见《故太子太师徐公挽歌》之二注④。《汉书·王莽传》颜师古注："除，殿陛之道也。"黄金贵说：指殿前台阶和台阶上（堂）与台阶下（庭径）延伸的一小段路。

　　④〔赵注〕左思《魏都赋》："方步櫩而有踰。"李善注："步櫩，长廊也。"范云《古意赠王中书融》："摄官青琐闼，遥望凤凰池。"生按：闼音

踏。《后汉书·张步传》注："闼，宫中门也。"青琐，户边刻为连琐文，而以青色涂之。此谓九龄出入宫禁。

⑤〔赵注〕纪少瑜《游建兴苑》："日落庭光转，方幌屡移阴。"生按：幌，车帷。方幌即通幌，车厢四方都有帷幔。通幌画轮（彩画轮毂）牛车，是晋代供皇帝、三公、尚书令等乘坐的车。见《恭懿太子挽歌五首》之三注⑤。

⑥〔赵注〕《史记·吕不韦列传》："吕不韦乃使其客，人人著所闻，集论以为八览、六论、十二纪，二十余万言，号曰《吕氏春秋》，布咸阳市门，悬千金其上，延诸侯游士宾客，有能增损一字者，予千金。"生按：九龄历官中书舍人，知制诰，被诏辄成，文高宗匠。

⑦"开"，全唐诗作"闻"。○五色书：用五色纸写成的诏书。见《和贾舍人早朝大明宫之作》注⑧。

⑧致：导致、辅佐。光：发扬光大。帝典：帝王应遵循的准则。〔赵注〕王俭《褚渊碑文》："光我帝典，缉彼民黎。"

⑨公车：汉代，朝廷以公家的车接送被征召、荐举的人，因称掌管上书及征召的官署为公车。见《苑舍人能书梵字兼达梵音》注②史载，九龄参与吏部选士，每称平允。又收拔幽滞，引进直言，所推引皆正人，故云。

⑩〔赵注〕颜延年《应诏观北湖田收》："金驾映松山。"李善注："金驾，金辂也（天子之车）。"《后汉书·铫期传》："期重于信义，自为将，有所降下，未尝掳掠。及至朝廷，忧国爱主，其有不得于心，必犯颜谏诤。帝尝轻与期门（侍卫）近出，期顿首车前曰：'臣闻古今之戒，变生不意，诚不愿陛下微行数出。'帝为之回舆而还。"生按：九龄为相，谔谔有大臣节。帝在位久，稍惰于政，九龄议论必极言得失。

⑪横经：横陈经书。《三辅故事》："石渠阁在未央宫殿北，藏秘书之府。"《三辅黄图》："萧何造，其下砻石为渠以导水，因以阁名。所藏入关所得秦之图籍。"〔赵注〕《汉书·韦玄成传》："玄成受诏，与太子太傅萧望之及五经诸儒，杂论同异于石渠阁。"生按：九龄文雅有学术，被张说称为'词人之首'，玄宗许以'经术济朕'。

⑫"罢"，蜀刻本作"能"，误。○〔赵注〕《汉书·武帝纪》："元封三年春，作角抵戏。"文颖注："两两相当，角力、角技艺射御，故名角抵，盖杂乐技也。"《后汉书·贡禹传》："元帝初即位，征禹为谏大夫。是时年

岁不登，郡国多困。禹奏言：‘天生圣人，盖为万民，非独使自娱乐而已也。’天子纳善其忠，乃下诏罢角抵诸戏。”

⑬“且”，述古堂本、元刊本作“希”。○［赵注］《三辅黄图》：“武帝作迎风馆于甘泉山（在今陕西淳化县），后加露寒、储胥二馆。”生按：《正韵》：“复，除也。”储胥，泛指离宫别馆。此谓免除行幸离宫之靡费。《汉书·贡禹传》：“为御史大夫，数言得失。天子罢上林宫馆希幸御者，及省建章、甘泉宫卫卒。”史载，天长节百僚上寿，多献珍异，惟九龄进《金镜录》五卷，言前古兴废之道。则此前对角抵、游幸当有谏言。

⑭［赵注］《汉书·高帝纪》赞：“汉承尧运，（刘姓出自唐尧），德祚已盛。断蛇著符，旗帜上赤。协于火德，自然之应，得天统矣。”臣瓒注：“汉承尧绪为火德，秦承周后，以火代木，得天之统绪，故曰得天统。”生按：古代五德终始之说，谓各朝代皆秉赋一德。主五行相生（木、火、土、金、水相生）者，谓尧火，周木，秦闰位无德，汉火，隋火，唐土；主五行相胜（木、土、水、火、金相克）者，谓周火、秦水、汉土、隋水、唐土。都以证明本朝奉天承运为目的。此处以汉喻唐，只在说明唐是得天统的。唐为土德，与汉不同。

⑮王章：王者的典章制度。［赵注］《左传·僖公二十五年》：“晋侯请隧。弗许，曰：王章也。”《礼记·檀弓》：“季康子母死，敛，般请以机封。将从之，公肩假曰：不可。夫鲁有初，公室视丰碑，三家视桓楹。”郑玄注：“初，谓故事（旧的典章制度）。”生按：此谓鲁的典章远不及唐，喻九龄对唐室典章有所因革。

⑯［赵注］《汉书·王商传》：“成帝即位，为丞相。河平四年，单于来朝，引见白虎殿。商坐未央廷中，单于前拜谒商。商起离席与言，单于仰视商貌，大畏之，迁延却退。天子闻而叹曰：此真汉相矣。”生按：俨籍裾，仪表庄重。《诗·陈风·泽陂》：“硕大且俨。”毛苌传：“俨，矜庄貌。”《仓颉篇》：“籍，笄也，所以持冠也。”《说文》：“裾，衣袍也。”《旧唐书》本传载：“后宰执每荐引公卿，上必问：风度得如九龄否？”足见九龄甚有威仪。

⑰［赵注］《汉书·贾谊传》赞：“刘向称贾谊言三代与秦治乱之意，其论甚美，通达国体，虽古之伊、管，未能远过也。使时见用，功化必盛。追观孝文，玄默躬行，以移风俗，谊之所陈，略施行矣。谊亦天年早终，虽不至公卿，未为不遇也。”生按：此隐以贾生自许。

⑱〔赵注〕《汉书·汲黯传》："武帝即位,黯为谒者,中大夫,东海太守,主爵都尉。为人性倨少礼,面折,不能容人之过。其谏,犯主之颜色。徙为右内史。后坐小法免官,于是黯隐于田园者数年。召为淮阳太守,居十岁而卒。"生按:自,本。堪,可。此以汲黯可疏,喻不当怨望朝廷,仍应效法汲黯之意。

⑲〔赵注〕《易·蒙》:"亨。匪我求童蒙。童蒙求我。"生按:此谓己若童蒙,当求教于九龄。

⑳《论语·八佾》:"子夏问曰:'巧笑倩兮,美目盼兮,素以为绚兮',何谓也?子曰:绘事后素。曰:礼后乎?子曰:起予者商也,始可与言诗已矣。"邢昺疏:"起,发也。予,我也。商,子夏名。孔子言,能发明我意者,是子夏也。"朱熹注:"礼必以忠信为质,犹绘事必以粉素为先。"此谓己为属下,或亦能发明九龄之志意。

〔廿一〕"尝",全唐诗作"当",通。○从:追随。《论语·宪问》:"孔子沐浴而朝,告于哀公曰:'陈恒弑其君(齐简公),请讨之。'公曰:'告夫三子(鲁国执政大夫季孙、仲孙、孟孙)。'孔子曰:'以吾从大夫之后,不敢不告也。'"此谓己当追随九龄之后。释"尝"为"曾",可备一说,似不够确切。

〔廿二〕"何",蜀刻本作"可",通。○可:岂可。《语辞汇释》:"惜,犹怕也。"《左传·昭公四年》:"舆人纳之,隶人藏之。"杜预注:"舆、隶皆贱官。"何休《春秋公羊注疏序》:"此世之馀事"。徐彦疏:"馀,末也。"句谓哪怕列于下级官员之末。

评 笺

葛晓音说:"《上张令公》,张令公为张说。前八句写张说为相的威仪和才能。中八句追述张说自则天朝至玄宗朝的经历和功绩,大都有史可证。'市阅千金字'当指张说在睿宗时为'同中书门下平章事,监修国史'。'致君光帝典'指张说屡请玄宗行祭祀大典之事,张说《大唐封祀坛颂》称封禅之举是'兴坠典,葺阙政'。'荐士满公车',指张说'喜延纳后进,引文儒之士,佐佑王化',如王翰、贺知章等均为张说所荐引。'伏奏回金驾'指'久视年则天幸三阳宫,自夏涉秋,不时还都,说上疏谏'。'横经重石渠',当指张说在则天时曾授弘文馆博士,后'玄宗在东宫,说与国子司业褚无量俱为侍读，深见亲敬。'‘从兹罢角抵'，角抵指杂乐伎，本传说：‘自则天末年，季冬为泼寒胡戏，中宗尝御楼以观之。至是，因蕃夷入朝，又作此戏。说上疏谏，自是此戏乃绝。'‘匈奴遥俯伏，汉相俨簪裾'，指张说开元九年、十年大破西域胡人康待宾之后，于开元十一年兼中书令。诗的末六句用贾谊、汲黯被贬谪的故事比喻自己不幸得罪见放，表示希求援引之意。此诗全部适用于张说，而有一部分与张九龄的行迹不符，作于开元十三年的可能性最大。这一年玄宗东封泰山，所需物资多由济州负责供应，王维有可能向张说献诗，希望他利用封禅推恩的机会援引自己。"（《汉唐文学的嬗变》）生按：此论可备一说。

叹白发二首①

　　我年一何长②，鬓发日已白。俯仰天地间③，能为几时客④！
惆怅故山云，徘徊空日夕。何事与时人，东城复南陌⑤！

　　①第一首，王安石《唐百家诗选》一作卢象，《全唐诗》卢象集载有，一作王维。宋蜀刻本、述古堂本、元刊本俱载此首。诗当为王维作。
　　②"一"，品汇、唐诗解作"亦"。○一何：为何如此。《战国策·燕策》："此一何庆吊相随之速也。"
　　③俯仰：生活，周旋。王羲之《兰亭集序》："夫人之相与，俯仰一世，或取诸怀抱，晤言一室之内；或因寄所托，放浪形骸之外。"
　　④《古诗十九首》："人生天地间，忽如远行客。"《楞严经》："譬如行客，投寄旅亭，不遑居处。"
　　⑤何事：何故。谓何故与时人周旋应付于东城之中、南陌之上。

评　笺
周珽《唐诗选脉会通评林》："‘能为几时客'一语，针骨见血。"

宿昔朱颜成暮齿①，须臾白发变垂髫②。一生几许伤心事，不向空门何处销③！

①宿昔：凤夕，早晚，谓时间短暂。暮齿：晚年。[赵注]《隋书·王劭传》："爰自志学，暨乎暮齿，笃好经史，遗落世事。"

②须臾：片刻，短时间。《礼记·中庸》："道也者，不可须臾离也。"《僧祇律》："一日一夜有三十须臾。"[赵注]《玉篇》："髫，小儿发也。"《三国志·魏书·毛玠传》："垂髫执简。"生按：白发变垂髫，此主宾易位句，谓垂髫变为白发。《集韵》："髫，髫髦，童子垂发。"（髦，特指前额下垂至眉的发。）

③空门：佛门。佛教讲万法（万事万物）皆空。佛教徒修行所追求之最高境界为涅槃，空门乃进入涅槃之第一门。《智度论》："涅槃城有三门，所谓空、无相、无作。"

评　笺

赵昌平说："（后二句）诗人在不堪重负的心理压力下吟出的这两句诗，其实是宣告了以才俊之士为主体，以'英特越逸'之气为盛唐之音的结束。"（《王维与山水诗由主玄趣向主禅趣的转化》）

不　遇　咏

北阙献书寝不报①，南山种田时不登②。百人会中身不预③，五侯门前心不能④。身投河朔饮君酒⑤，家在茂陵平安否⑥？且共登山复临水，莫问春风动杨柳⑦。今人作人多自私⑧，我心不说君应知⑨。济人然后拂衣去⑩，肯作徒尔一男儿⑪！

此诗约作于开元十六年春。

①《汉书·高帝纪》："萧何治未央宫，立东阙、北阙。"颜师古注："未央殿虽南向，而尚书奏事，谒见之徒，皆诣北阙，是则以北阙为正门。"寝：息，搁置。《广雅·释言》："报，复也。"［陈注］不报：不答复。［赵注］《汉书·朱买臣传》："至长安，诣阙上书，书久不报。"

②《孟子·滕文公》："五谷不登。"朱熹注："登，成熟也。"杨恽《报孙会宗书》："田彼南山，芜秽不治。种一顷豆，落而为萁。"此化用其语。

③［赵注］《世说新语·宠礼》："孝武（东晋烈宗司马曜）在西堂会，伏滔预座。还，下车呼其儿语之曰：百人高会，临座未得他语，先问伏滔何在，在此否？此故未易得。为人作父如此，何如？"生按：百人会，指朝廷盛会。预，通与，参与。

④《汉书·元后传》："上（汉成帝）悉封舅（王）谭为平阿侯，商、成都侯，立、红阳侯，根、曲阳侯，逢时、高平侯。五人同日封. 故世谓之五侯。"［赵注］《汉书·游侠传》："王氏方盛，宾客满门，五侯兄弟争名，其客各有所厚，不得左右，惟楼护尽入其门，咸得其欢心。"［林注］能：耐。心不能：不耐奔走于权贵之门。

⑤投：到。河溯：泛指黄河以北地区。此指唐河北道卫州王维隐居地淇上。饮君酒：饮（去声）君以酒。

⑥茂陵：汉武帝陵，在陕西省兴平县东北二十七里。《关中记》："汉诸陵，徙民置县凡七，长陵、茂陵万户，馀五陵各五千户。"《汉书·司马相如传》："相如既病免，家居茂陵。"此处借指王维在长安的家。

⑦"共"，蜀刻本作"以"，活字本、纬本、全唐诗作"此"。○宋王《九辩》："登山临水兮送将归，坎廪兮贫士失职而志不平。"［王注］闺中动杨柳，指闺中妻子的想念。《子夜·春歌》："陌头杨柳色，已被春风吹。妾心正断绝，君怀那得知！"

⑧"作"，蜀刻本、全唐诗作"昨"，纬本作"晚"，皆误。

⑨说：通悦。

⑩拂衣：古人起身离去时的一种姿态，此处借指归隐。谢灵运《述祖德诗》："高揖七州外，拂衣五湖里。"陶潜《饮酒诗》："拂衣归田里"。

⑪肯：岂肯。徒尔：徒然，枉自，白白地。谓岂能白作一个男子汉！

评　笺

《唐诗归》："钟云：（五侯句下）妙在'能'字，把不遇说得肮脏，不是穷愁。（末四句下）钟云：四语直而婉，是高、岑绝妙歌行。谭云：读此方知右丞真简寂，经济人原躁不得。"

周珽《唐诗选脉会通评林》："作不遇诗，辄多怨尤，语易腐。此独破胆选声，入云出渊。"

陆时雍《唐诗镜》："快小结，作浅着色。"

林庚说："《寓言》第一首和此诗，都是代表寒士阶层传统上与权贵的对抗。""这种慷慨不平正是寒士的普遍不平。"（《中国文学简史》）

陶文鹏说："分明寄托着诗人失意的悲愤和济世的抱负。"（《唐代文学史》）

葛晓音说："由于以散句精神贯串全篇，盛唐歌行乐府虽不乏鲜明的音节，但已不再以悠扬宛转的声情见长，而以气势劲健跌宕取胜了。如《不遇咏》中有四句连用四个'不'字，虽然是两对偶句，四层排比，但一句一意，只觉节奏顿挫，气势充沛。"（《初盛唐七言歌行的发展》）

王锡九说："每四句一转韵，诗意亦随之变换，是七古中典型的'初唐体'。诗中所表现的虽失意不遇，仍昂扬奋发的进取精神，是盛唐士人普遍的精神风貌和人生态度。"（《唐诗鉴赏辞典补编》）

晚春闺思①

新妆可怜色②，落日卷罗帷③。铲气清珍簟④，墙阴上玉墀⑤。春虫飞网户⑥，暮雀隐花枝。向晚多愁思，闲窗桃李时⑦。

①英灵题作《春闺》。"闺"，述古堂本、元刊本作"闲"，全唐诗作"归"，皆误。

②《语辞汇释》："怜有爱义，可怜犹可爱也。"

③"罗"，英灵作"帘"。

④"铲"，英灵作"淑"。○铲气：熏香铲中散发出的香气。《集韵》："清，洁也。"意谓使之清香。古人常于室内、坐侧安置香铲，焚烧香木香草，用以熏染衣被簟褥，清新空气。簟：音殿，竹席。〔赵注〕谢朓《在郡卧病呈沈尚书》："珍簟清夏室，轻扇动凉飔。"

⑤玉墀：白石阶的美称。沈约《三妇艳》："大妇扫玉墀，中妇结罗帷。"

⑥网户：刻有网状花纹的门扉。〔赵注〕宋玉《招魂》："网户朱缀，刻方连些。"王逸注："网户，绮文镂也。"

⑦向晚：傍晚。愁思：哀愁。《方言》："凡言相怜哀，江滨谓之思。"二句谓，闲窗之外，正桃红李白，而春闺寂寞，傍晚哀愁尤多。

评　笺

《诗源辩体》："摩诘五言律风体不一，'楚塞三湘接'，既甚雄浑，'新妆可怜色'则又娇嫩。"

《王摩诘诗评》："刘云：不俯仰刻画，甚有意味。"

王闿运《湘绮楼论唐诗》："刘希夷学简文，而超逸绝伦，居然青出。王维继之以烟霞，唐诗之逸，遂成芳秀。"

戏题示萧氏外甥①

怜尔解临池②，渠爷未学诗③。老夫何足似④，樊宅倘因之⑤。
芦笋穿荷叶，菱花胃雁儿⑥。邵公不易胜⑦，莫著外家欺⑧。

①诗题活字本、全唐诗无"外"字。诗末二句，宋祝穆《古今事文类聚》作王建句，误。○《尔雅·释亲》："谓我舅者，吾谓之甥也。"

②怜：爱。解：懂得。临池：学字。〔赵注〕《晋书·卫恒传》："张伯英临池学书，池水尽黑。"

③《集韵》："渠，吴人呼彼之称。"《说文》："吴人呼父为爷。"指外甥之父。

④晋何无忌智谋似其舅。见《送严秀才还蜀》注③。何足似：哪里可以相比。

⑤［赵注］《晋书·魏舒传》："魏舒少孤，为外家宁氏所养。宁氏起宅，相宅者云，当出贵甥。祖母以魏氏甥小而慧，意谓应之。舒曰：当为外祖成此宅相。"生按：因，如同。《经传释词》："因，犹也。"倘因之，倘或如同宁氏出一贵甥。

⑥"穿"，纬本、凌本作"藏"。○芦苇之芽，似笋而小，俗称芦笋。胃：音卷，缠绊。二句写池中景物，暗喻亲密相依之舅甥关系。

⑦郗：本作郄，音希。［赵注］《世说新语·简傲》："王子敬兄弟（王羲之子献之、徽之）见郗公（愔），蹑履问讯，甚修外甥礼。及嘉宾（愔子郗超，有盛名，且获宠于桓温）死，皆着高屐，仪容轻慢。命坐，皆云有事不暇坐。既去，郗公慨然曰：'使嘉宾不死，鼠子敢尔'！"

⑧著：俗作着。《语词汇释》："着，犹将也，把也。"外家：谓舅家。

秋夜独坐①

独坐悲双鬓，空堂欲二更②。雨中山果落，灯下草虫鸣。白发终难变③，黄金不可成④。欲知除老病，惟有学无生⑤。

①唐诗正音题作《冬夜书怀》。

②欲：将近。《正字通》："漏刻曰更"。《颜氏家训·书证》："汉魏以来，谓为甲夜、乙夜、丙夜、丁夜、戊夜，又云一鼓、二鼓、三鼓、四鼓、五鼓，亦云一更、二更、三更、四更、五更，皆以五为节。假令正月建寅，斗柄夕则指寅，晓则指午矣。自寅至午，凡历五辰。更，历也，经也，故曰五更尔。"生按：古代夜间计时，一夜分为五更，每更为今二小时。戌时（19—21时）为一更，亥时（21—23时）为二更，子时（23—1时）为三更，丑时（1—3时）

为四更，寅时（3—5时）为五更。每一更又分为五点，每点为今二十四分钟。

③《列仙传》："容成公善补导事，发白更黑。"《抱朴子·遐览》："余师郑君，时年出八十，先发鬓斑白，数年间又黑。"

④黄金不可成：谓金丹不能炼成。《史记·武帝本纪》："致物而丹砂可化为黄金。"《抱朴子·金丹》："黄帝九鼎神丹，第一之丹名曰丹华。当先作玄黄。用雄黄水、礜石水、戎盐、卤盐、礜石、牡蛎、赤石脂、滑石、胡粉各数十斤，以六一泥封之，火之三十六日，成，服之，七日仙。又以二百四十铢，合水银百斤，火之，亦成黄金。金成者，药成也。"［赵注］江淹《从建平王游纪南城》："丹砂信难学，黄金不可成。"

⑤《语辞集释》："蒋绍愚说：欲知，义同料想、已料。欲有已义，知有料义。"学无生：学佛。见《登辨觉寺》注⑨。［王解］既学无生，则生老病死诸苦，悉不介意，此便不除而除。

评　笺

《王摩诘诗评》："顾云：极平易，有点化。"

王士祯《带经堂诗话》："严沧浪以禅喻诗，余深契其说，而五言尤为近之。如'雨中山果落，灯下草虫鸣'，妙谛微言，与世尊拈花，迦叶微笑，等无差别。通其解者，可悟上乘。"

顾安《唐律消夏录》："上半首沉痛迫切，下半首直截了当。胸中有此一首诗，那得更有余事？须知右丞一生闲适之乐，皆从此'悲'字得力也。"

卢麰《闻鹤轩初盛唐近体读本》："陈德公曰：读之萧瑟，增人道念。评：'欲二更'，'欲'字尖颖。后四婉不伤雅，笔高故然。"

潘德舆《养一斋诗话》："一唱三叹，由于千锤百炼。今人都以平淡为易易，知其未吃甘苦来也。右丞'雨中山果落，灯下草虫鸣'，其难有十倍于'草枯鹰眼疾，雪尽马蹄轻'者。到此境界，乃自领之，略早一步，则成口头语而非诗矣。"

冒春荣《葚原诗说》："写景之句，以工缀为妙品，真境为神品，淡远为逸品。如王维'明月松间照，清泉石上流'；'雨中山果落，灯下草虫鸣'；皆逸品也。如'日落江湖白，潮来天地青'，皆神品也。"

黄培芳《唐贤三昧集笺注》："真意溢于楮墨，其气充足。清婉。"

许学夷《诗源辩体》："摩诘五言律，如'独坐悲双鬓'，澄淡精致者也。"

范大士《历代诗发》："神伤幽独，是夜情景，万古如生。"

贺贻孙《诗筏》："吾尝谓眼前寻常景，家人琐俗事，说得明白，便是惊人之句。盖人所易道，即人所不能道也。'枫落吴江冷，''空梁落燕坭'，与摩诘'雨中山果落'，老杜'叶里松子僧前落，'四落字俱以现成语为灵幻。"

高步瀛《唐宋诗举要》："吴曰：（白发句）挺起得势。"

王世贞《艺苑卮言》："摩诘才胜孟襄阳，由工入微，不犯痕迹，所以为佳。间有失检点者，如'独坐悲双鬓'，又云'白发终难变'，他诗往往有之，虽不妨白璧，能无少损连城？观者须略玄黄，取其神检。"

唐汝询《唐诗解》："悲双鬓者，悲其白也。白发难变，是承上语，不可言重。以此病之，正犹凿舟寻漏。"

钱穆说："'雨中山果落，灯下草虫鸣'，这一联有一个境，境中有一个人。重要字面在'落'字和'鸣'字，这两字中透露出天地自然界的生命气息来。坐在屋里的这个人，他这时顿然感到此生命，而同时又感到此凄凉。生命表现在山果、草虫身上，凄凉则是在夜静的雨声中。他所感觉的没有讲出来，这是一种'意境'，而妙在他不讲，他只把这一'外境'放在前面给你看，好让读者自己去领略。摩诘诗之妙，妙在他对宇宙人生抱有一番看法，他虽没有写出来，但此情此景，却尽已在纸上。这是作诗的很高境界，也可说摩诘由学禅而参悟到此境。"（《谈诗》）

顾随说："诗最高境界乃无意。如'雨中山果落，灯下草虫鸣。'岂止无是非，甚至无美丑，而纯是诗。如此方为真美，诗的美。'孤莺啼永昼，细雨湿高城'（陈与义《春雨》）亦然。但现在不允许我们写这种超世俗、超善恶美丑的诗了。""是静，而不是死静。"（《驼庵诗话》）

钱锺钟书说："寂静并非是声响全无，声响全无是死不是静。所以但丁说，在地狱里，连太阳都是静悄悄的。寂静可以说是听觉方面的透明状态，正如像空明可以说是视觉方面的寂穆。寂穆能使人听见平常所听不到的声息，使道德家听见了良心的微语，使诗人们听见了暮色移动的潜息或青草萌芽的幽响。"（《一个偏见》）生按：此文并非为论维诗而作，但正好移作本诗评笺。

周振甫说："王维在雨中的山果落，灯下的草虫鸣里体会到一种极为幽静的境界，这种体会就是妙悟。有了这种体会，写出'雨中山果落，灯下草虫鸣'，在这两句诗里透露出一种幽静的境界，这就是景中含情的神韵了。因此以禅喻诗就妙悟方面说，诗有了妙悟以后，还要结合景物来透露情思，还要神韵；禅只要了悟以后就可以了，不必要有神韵。所以钱锺钟书先生说：'妙悟而外，尚有神韵'，即'言有尽而味无穷之妙。'"（《谈艺录读本·谈妙悟》）

周裕锴说："寂照的本质毕竟是指向静穆的。王、孟、韦、柳等近禅的诗人无论怎样善写动态声响，却始终追求的是空寂的境界。他们更多描写的或更爱表现的是静夜中的轻动微响。'雨中山果落，灯下草虫鸣'。正是这些声响才衬托出极静的境界，传达出'动中的极静'的禅家意趣。"（《中国禅宗与诗歌》）

刘学锴说："这首诗的感人之处，并不在于人生悲慨的消释和对老病死亡的解脱，而是贯注全诗的对生的执著和对人生种种悲哀的不能释然于怀，包括那种极力企图摆脱悲苦的努力。'雨中山果落，灯下草虫鸣'这种浑融无迹的寓情于景的方式，比起'雨中黄叶树，灯下白头人'（司空曙），'落叶他乡树，寒更独夜人'（马戴）似乎更耐读，更多蕴含和远神。"（《王维孟浩然诗歌名篇欣赏》）

陈铁民说："诗人说，长生无望，只有学佛了。但是，在学佛的同时，也学道。王维所接受的道教的思想、理论，往往具有与佛教的思想、理论接近或可以相通的特点。佛教的修习禅定与道教的守静，其精神是相通的。道教的'坐忘'与佛教的'空'理是相通的。所以王维诗中有融合佛道的思想倾向。"（《王维新论》）

倪其心说："诗的前半篇表现诗人沉思而悲哀的神情和意境，形象生动，感受真切，情思细微，艺术上是颇为出色的；而后半篇纯属说教，枯燥无味，缺陷也是比较明显的。"（《唐诗鉴赏辞典》）

待储光羲不至①

重门朝已启②，起坐听车声。要欲闻清珮③，方将出户迎。

晚钟鸣上苑④，疏雨过春城。了自不相顾，临堂空复情⑤。

此诗约作于天宝八载春。

①储光羲，见《同王十三维偶然作》注①。

②重门：唐代长安和洛阳，作为京都有京城门、皇城门、宫城门；官吏和百姓居住的坊里有坊门。这些门都有门吏管理，晨五更三筹，听承天门击鼓声依次开启城门和坊门。昼漏尽，听鼓声闭城门；一更三点，闭坊门。门有多重，故称重门。谢朓《观朝雨》："平明振衣坐，重门犹未开。"

③要欲：要通"约"。《语辞例释》："欲：若。"约若，仿佛。清佩：清脆的玉佩声。

④"晚"，赵本作"晓"，从蜀刻本、述古堂本、元刊本等。○上苑：皇家园林。西内苑、东内苑皆在宫内，钟声当从此中传出。

⑤了自：了，已。自，词缀，无义。顾：看望。空复情：空怀期待之情。《语辞集释》："蒋绍愚说，'复'已虚化为语助。"［赵注］谢朓《同谢谘议咏铜雀台》："芳襟染泪迹，婵娟空复情。"张铣注："空有哀情，终不见君王也。"

评　笺

许学夷《诗源辩体》："摩诘五言律，如'重门朝已启'，闲远自在者也。"

《唐诗归》："钟云：（要欲二句下）'要欲'、'方将'等虚字下得极苦心，所谓苦吟，正如此。○谭云：（晚钟二句下）此十字正是待人，莫作境与事看。"

顾安《唐律消夏录》："上四句是待，下四句是不至，章法甚明。妙在从最早待至极晚。'要欲'、'方将'，说得倾心侧耳。及上苑钟鸣，春城雨过，方知其。'了自不相顾'也。'空复情'，'空'字说无数相待之情已成空，'复'字说无数相待之情仍然无已。"

卢麰《闻鹤轩初盛唐近体读本》："中有生致，虽轻不萎。'要欲'、'了自'，字法自高。"

宋征璧《抱真堂诗话》："疏雨过春城，'过'字妙。"

答王十三维　　　　　　　　（储光羲）

门生故来往①，知欲命浮觞②。忽奉朝青阁③，回车入上阳④。落花满春水，疏柳映新塘。是日归来暮，劳君奏雅章。

①门生：学生。欧阳修《后汉孔庙碑阴题名》："汉世公卿，多自教授。其亲授业者为弟子，转相传授者为门生。"储比王年轻约九岁，自称门生是谦词。

②浮觞：饮酒。浮，原意为罚，后指畅饮、满饮。吴质《在元城与魏太子笺》："受赠千金，浮觞旬日。"或释为上巳曲水流杯饮酒，似季节已晚

③谢朓《酬王晋安》："拂雾朝青阁，日旰坐彤闱。"李周翰注："青阁，朝堂也。"生按：汉代朝廷、皇宫，例以青色连环花纹装饰门窗，因称朝廷为青阁、青禁。

④上阳：唐宫名，在洛阳。《新唐书·地理志》："上阳宫在禁苑之东，东接皇城之西南隅，上元中置，高宗之季，常居以听政。"借指长安宫廷。

听 宫 莺

春树绕宫墙，宫莺啭曙光①。忽惊啼暂断②，移处弄还长③。隐叶栖承露④，攀花出未央⑤。游人未应返⑥，为此思故乡⑦。

①"宫莺"，元刊本、赵本作"春莺"，英华"宫莺次第翔。"从蜀刻本、活字本、全唐诗等。○《玉篇》："啭，鸟鸣。"

②"忽"，赵本作"欲"，从蜀刻本、述古堂本、全唐诗等。

③弄同哢。《广韵》："哢，鸟吟。"

④《三辅故事》："建章宫承露盘，高二十丈，大七围，以铜为之，上

有仙人掌承露，和玉屑饮之，以求仙。"［赵注］《咸阳古迹图》："汉承露台，在秦磁石门内。"

⑤"攀"，述古堂本、元刊本作"排"。○［赵注］《西京杂记》："汉高帝七年，萧相国营未央宫，因龙首山制前殿，建北阙。未央宫周回二十二里九十五步五尺。"生按：故址在今西安市西北郊汉长安故城西南隅。此处借指唐宫。

⑥未应返：《语辞汇释》："应，犹曾也。未应返，犹云不曾返。"

⑦"思故"，英华、全唐诗作"始思"。

愚公谷三首 青龙寺与黎昕戏题①

　　愚谷与谁去？惟将黎子同。非须一处住，不那两心空②。宁问春将夏，谁论西复东③。不知吾与子，若箇是愚公④？

①诗题，活字本无原注"青龙寺"等八字。○愚公谷：此借指王维所居的辋谷。见《田家》注⑪。青龙寺：见《夏日过青龙寺谒操禅师》注①。黎昕：时官拾遗，维有《黎拾遗昕裴迪见过秋夜对雨之作》。

②那：犹奈。不那：无奈。谓并非须居住一处，无奈两人都内心空寂，志同道合，所以同去。

③宁犹岂，将犹与。将、复互文，复亦犹与。《语辞例释》："谁论：谁管，亦即不管之意。"

④《语辞汇释》："若箇：疑问辞，犹云哪个。"

　　吾家愚谷里①，此谷本来平②。虽则行无迹③，还能响应声④。不随云色暗，只待日光明⑤。缘底名愚谷？都由愚所成⑥。

①"吾"，述古堂本、元刊本、久本作"愚"。

②"来"，蜀刘本作"家"，非。○佛教说万法皆空、空性即平等性，

故谷来采平。

③《庄子·天地》："是故行而无迹。"郭象注："任其自行，故无迹也。"成玄英疏："率性而动，故无迹之可求。"生按：佛教说，行是造作（人对事物产生的意念和言、行）。心无妄念，率性而动，又不执著，是行无迹。

④《管子·任法》："如响之应声也。"《朱子语类》一二五："谷之虚也，声达焉，则响应之，乃神化之自然也。"生按：佛教认为，世间一切事物，空无自性，皆缘生幻象。梦、幻、泡、影、响、阳焰、蜃楼、水中月、虚空花、旋火轮，就是十种缘生幻象。幻象是假有，但非虚无。因此，既要心无妄念，又要承认假有在现象上的存在；既能率性而动，又能如响之应声，随缘任运。

⑤深谷必随云色而暗，二句乃隐喻修习禅定时心灵所达到的清澄境界。禅定有名为"日光三摩提"者，无著法师所修。《玄应音义》："三昧，或言三摩提，或云正定，谓住缘一境，离诸邪乱也。"

⑥《语辞汇释》："底犹何也，甚也。缘底，言因何也。"《庄子·天地》："大愚者终身不灵。"庾信《咏怀》之十六："君见愚公谷，真言此谷愚。"

借问愚公谷，与君聊一寻①。不寻翻到谷，此谷不离心②。行处曾无险，看时岂有深③？寄言尘世客，何处欲归林④？

①《诗·桧风·素冠》："聊与子同归兮。"郑玄笺："聊，犹且也。"

②翻：反。《华严经》："三界所有，唯是一心。"《维摩诘经》："随其心净，则佛土净。"此谷本在心中，修心能愚，不寻谷反已到谷。

③《般若心经》："心无罣碍。无罣碍故，无有恐怖，远离颠倒梦想。"心无罣碍，故行处无险。《究竟一乘法性论》："所有凡夫圣人诸佛如来，自性清净心，平等无分别。"清净心无分别，故看时无深浅。

④"归林"，蜀刻本、活字本作"窥林"。窥通规，规通归，此从述古堂本。"林"，元刊本、全唐诗、赵本作"临"。○归林：归隐山林。谷不离心，修心则无须归林。

评 笺

钱锺钟书说："归愚谓摩诘'不用禅语'，未确。如《寄胡居士》诸

诗，皆无当风雅，《愚公谷》三首更落魔道，几类皎然矣。"（《谈艺录》）

听百舌鸟①

上兰门外草萋萋②，未央宫中花里栖③。亦有相随过御苑④，不知若箇向金隄⑤。入春解作千般语⑥，拂曙能先百鸟啼。万户千门应觉晓，建章何必听鸣难⑦！

①诗题，蜀刻本无"鸟"字。〇［赵注］《淮南子·说山训》："人有多言者，犹百舌之声。"高诱注："百舌，反舌鸟也，能辨反其舌，变易其声，以效百鸟之鸣，故谓百舌。"生按：百舌又名鹤鵊、牛屎八哥。喙尖，毛色黑黄相杂，善鸣，其声圆滑而多变化。

②上兰：汉宫观名。《三辅黄图》："上林苑有上兰观。"借指唐禁苑中某观。（以下汉宫皆借指唐宫）

③未央宫：汉宫名。故址在今西安市西北郊。见《听宫莺》注⑤。

③"有"，纬本、凌本作"自"。

④《语辞汇释》："若箇，疑问辞，犹云那箇。"［赵注］司马相如《子虚赋》："婴姗勃窣，上乎金隄。"颜师古注："金隄，言水之隄塘坚如金也。"

⑤《语辞汇释》："解，能也。此处为上下句对仗之互文。"

⑥建章：汉宫名。在汉长安城外西面。见《奉和圣制赐史供奉曲江宴应制》注⑤。听鸣鸡：听鸡人传唱《鸡鸣》报晓。见《和贾舍人早朝大明宫之作》注②。

赋得清如玉壶冰 京兆府试，时年十九①

藏冰玉壶里，冰水类方诸②。未共销丹日③，还同照绮疏④。

抱明中不隐，含净外疑虚⑤。气似庭霜积，光言砌月余⑥。晓凌飞鹊镜⑦，宵映聚萤书⑧。若向夫君比，清心尚不如⑨。

此诗作于开元五年。

①英华、蜀刻本、凌本、活字本、全唐诗无"赋得"二字。活字本无原注"京兆"等八字。○唐代参加科举考试者，除国子监及郡县学馆举荐之生徒外，均须先经府、州考试选拔，考试合格才解送尚书省应进士试。诗为考试内容之一，规定按题限韵作五言六韵或八韵律诗，称为试帖诗。这种诗或摘取古人诗句为题，或以事物为题，故题首多冠以"赋得"二字。（亦有于应制之作或定题分韵之作冠此二字者）［赵注］鲍照《代白头吟》："直如朱丝绳，清如玉壶冰。"生按：姚崇《冰壶颂》："夫洞彻无瑕，澄空见底，当官明白者，有类是乎！故内怀冰清，外涵玉润，此君子冰壶之德也。"

②"藏冰"二句，英华、全唐诗作"玉壶何用好，偏许素冰居"。○［赵注］《周礼·秋官·司烜氏》："以鉴取明水于月，以供祭祀。"郑玄注："鉴，镜属，取水者，世谓之方诸。"《淮南子·天文训》："方诸见月则津而为水。"高诱注："方诸，阴燧大蛤也，熟摩拭令热，月盛时，以向月下则水（露水）生，以铜盘受之，下水数滴。"生按：《说文句读》："方则其形，诸则其名，且诸是汉名，鉴乃古名。"句谓类似方诸取得的明水。《升庵诗话》："唐人省题诗，似今之科场程文。如此题，首二句必以'玉壶冰'三字错综用之。"按，大体如此，其实首联次联破题.皆合程式。

③"销"，蜀刻本、述古堂本作"消"，通。○《释名·释言语》："消，削也，言削减也。"谓玉壶冰不同于一般在红日下消溶的冰块。

④［赵注］《后汉书·梁冀传》："窗牖皆有绮疏青琐。"李贤注："绮疏，谓镂为绮文也。"生按：谓其清冷之气与照映绮窗的月光相同。

⑤"含"，蜀刻本、活字本作"会"。

⑥"言"，述古堂本作□，毛氏试帖本作"涵"。○言：犹似。王僧孺《为人有赠》："似出凤凰楼，言发潇湘渚。"似、言互文同义。砌：阶。余：遗留。砌月余：留照阶前的月光。

⑦凌：越，超过。［赵注］《神异传》："有夫妇相别，破镜，人各执半

以为信。其妻与人通，镜化为鹊，飞至夫前，夫乃知之。后人因铸为鹊，安背上。"吴均《和萧洗马子显古意诗》："愿为飞鹊镜，翩翩照离别。"

⑧"宵"，述古堂本作"霄"，误。○［赵注］《晋书·车胤传》："恭勤不倦，博学多通。家贫不常得油，夏月则练囊盛数十萤火以照书，以夜继日焉。"生按：二句谓冰的晶莹，早晨超过明镜，夜晚可如聚萤一般映照读书。

⑨"若向"二句，英华作"若向贪夫比，贞心定不馀"。全唐诗一作"若向贪夫比，贞心定不如"。"如"，纬本、凌本作"知"。○夫：音扶，此。此君，指玉壶冰，王维自谓不如。

评 笺

吴智龄《唐诗增评》："毛西河谓鲍诗原以比人明洁，若王摩诘作逊此多矣。然王作于结句点正题面，乃出奇制胜之法。"

李重华《贞一斋诗说》："唐人试帖，六韵为率，皆兢兢守定绳尺，绝少排奡生动者；其八韵律赋亦然。可知古人应试，无不敛才就法，不如此，亦不能入彀。"

程千帆说："唐人以诗取士的诗，是由两个部分组成的，一篇应考时当场作的省试诗和一卷或多卷经过举子们自己精心创作和编辑的行卷之作。省试诗的题材主要是颂圣、咏史、写景、赋物之类，不许做反面文章，一定要用五言排律，一般只能用六韵，有时还要限韵。行卷则可以用各种文体来充分显示自己的思想、感情、才能和风格，向某些人直接显示自己的创作成绩。省试诗赋和行卷之作，是暂时统一在进士科举这个母体中的对立物。"（《俭腹抄》一八）

<h2 style="text-align:center">春日直门下省早朝 <small>时为左补阙①</small></h2>

骑省直明光②，鸡鸣谒建章。遥闻侍中珮③，暗识令君香④。
玉漏随铜史⑤，天书拜夕郎⑥。旌旗映闾阖⑦，歌吹满昭阳⑧。

官舍梅初紫，宫门柳欲黄。愿将迟日意，同与圣恩长⑨。

此诗作于天宝元年。

①诗题，蜀刻本、述古堂本、元刊本、活字本、品汇无原注"时为"等五字。○直：同值。唐制：尚书省官员每日一人在省中住宿值勤。[赵注]《雍录》："宣政殿前有两庑，两庑各自有门，其东曰日华，日华之东则门下省也，以其地居殿庑之左，故又曰左省也。"生按：《旧唐书·职官志》："门下省，侍中二员，正三品。侍中之职，掌出纳帝命，缉熙皇极，总典吏职，赞相礼仪，以和万邦。以弼庶务，所谓佐天子而统大政者也。凡军国之务，与中书令参而总焉，坐而论之，举而行之，此其大较也。""左补阙二员，从七品上。补阙之职，掌供奉讽谏，扈从乘舆。"

②[赵注]骑省：谓散骑之省。潘岳《秋兴赋》序："寓直于散骑之省。"唐时两省皆有散骑常侍，故亦谓之骑省。生按：《旧唐书·职官志》："门下省，左散骑常侍二人，从三品。掌侍奉规讽，备顾问应对。"《雍录》："汉有明光宫三：一在北宫，与长乐相连；一在甘泉宫中；一为尚书奏事之所。"此处以后者借指宫廷。

③[赵注]《宋书·礼志》："侍中、左右常侍，皆佩水苍玉。"

④"君"，英华、品汇作"公。"○[赵注]《艺文类聚》："《襄阳记》曰：荀令君至人家，坐处三日香。"生按：《三国志·魏书·荀彧传》："荀彧字文若，颍川颍阳人也。初平二年，彧从太祖（曹操）。太祖大悦曰：'吾之子房也。'以为司马。建安元年，太祖奉迎天子都许。天子拜太祖大将军，进彧为汉侍中，守尚书令。常居中持重，太祖虽征伐在外，军国事皆与彧筹焉。"生按：令君，魏晋间对尚书令的敬称。唐自高宗龙朔二年起不设尚书令，此处借指中书令、尚书左右丞相等重臣。

⑤"随"，英华作"催"。"史"，蜀刻本、活字本、类苑作"吏"，非。○[赵注]陆倕《新刻漏铭》："铜史司刻，金徒抱箭。"李善注："张衡《漏水转浑天仪制》曰：盖上又铸金铜仙人，居左壶；为胥徒，居右壶，皆以左手抱箭，右手指刻，以别天时早晚。"生按：玉漏、玉饰的计时漏壶。见《奉和圣制十五夜燃灯》注③。

⑥"拜"，英华作"问"。○天书：皇帝的诏书。夕郎：汉黄门侍郎日

暮时在宫门拜接当日颁发的诏书，故名夕郎。唐门下省给事中承办审核诏书，别称夕郎，但不一定在傍晚接办。见《酬·郭给事》注⑦。

⑦阊阖：借指皇帝宫门。见《奉和圣制天长节赐宰臣歌应制》注③。

⑧"昭"，元刊本作"朝"，非。○歌吹：歌声与奏乐声。《汉书·霍光传》："击鼓歌吹作俳倡。"昭阳：汉武帝后宫殿名。见《扶南曲歌词五首之一》注④。[赵注]梁徐悱妻刘氏《和婕妤怨》："况复昭阳近，传闻歌吹声。"

⑨[赵注]《诗·豳风·七月》："春日迟迟。"毛苌传："迟迟，舒缓也。"正义："迟迟者，日长而暄之意，故为舒缓。张衡《西京赋》云：'人在阳则舒，在阴则惨。'然则人遇春暄，则四体舒泰，觉昼景之稍长，谓日行迟缓，故以迟迟言之。"生按：同与，如同。《语辞汇释》："与，犹如也。"

评 笺

沈德潜《唐诗别裁集》："（侍中、令君）二语，见未辨色。"

息 夫 人 时年二十①

莫以今时宠②，能忘旧日恩③。看花满眼泪④，不共楚王言。

此诗作于开元六年。

①诗题，英灵作《息夫人怨》，国秀集作《息妫怨》。英灵、活字本无"时年二十"。○[赵注]《左传·庄公十四年》："楚子灭息，以息妫归，生堵敖及成王焉。未言，楚子问之。对曰：吾一妇人而事二夫，纵弗能死，其又奚言！"孟棨《本事诗》："宁王宪贵盛，宠妓数十人，皆绝艺上色。宅左有卖饼者妻，纤白明媚，王一见属目，厚遗其夫，娶之，宠惜逾等。环岁因问之：'汝复忆饼师否？'默然不对。王召饼师使见之。其妻注视，双泪垂颊，若不胜情。时王座客十余人，皆当时文士，无不凄异。王命赋诗。王右丞维诗先成，云云。座客无敢继者。王乃归饼师，以终其志。"生

按：《乐府诗集·近代曲辞》收《簇拍相府莲》，为五言八句曲辞，前四句即此诗，后四句云："闺烛无人影，罗屏有梦魂。近来音耗绝，终日望应门。"《唐语林》卷六同。后四句疑是乐工所增。

②"时"，古今诗话作"朝"。○莫以：不要以为。冯小怜《感琵琶弦诗》："虽蒙今日宠，犹忆昔时怜。"

③"能忘"，蜀刻本、纪事、万首绝句、全唐诗作"难忘"，乐府作"宁无"，本事诗作"宁忘"。"旧"，国秀集作"昔"，纪事作"异"。

④"眼"，本事诗作"目"。○［马注］"看花"影射繁华锦绣的生活；息夫人又称桃花夫人，用"看花"词意更为贴切。

评　笺

张表臣《珊瑚钩诗话》："杜牧之《息夫人》诗曰：'细腰宫里露桃新，脉脉无言几度春。至竟息亡缘底事，可怜金谷坠楼人。'与所谓'莫以今朝宠，难忘旧日恩。看花满眼泪，不共楚王言'。语意远矣。盖学有浅深，识有高下，故形于言者不同也。"

王士禛《带经堂诗话》："益都孙文定公（廷铨）《咏息夫人》云：'无言空有恨，儿女粲成行'，谐语令人颐解。杜牧之'至竟息亡缘底事，可怜金谷坠楼人'，则正言以大义责之。王摩诘'看花满眼泪，不共楚王言'，更不著判断一语，此盛唐所以为高。"

吴乔《围炉诗话》："唐人诗意不必在题中，如右丞《息夫人》云云，使无稗说载其为宁王夺饼师妻作，后人何从知之。"

贺裳《载酒园诗话》："许浑《经始皇墓》：'龙蟠虎踞树层层，势入浮云亦是崩。一种青山秋草里，路人惟拜汉文陵。'本咏秦始，却言汉文，于题外相形，意味深长多矣。即摩诘'莫以今时宠'篇，正以咏饼师妇佳耳，若真咏息夫人，有何意味？"

《王摩诘诗评》："刘云：正尔憔悴得人。○顾云：只发一'楚'字，便有无穷悲怨。"屠隆《鸿苞论诗》："描写至情，历历如诉，一字一句，动魄惊魂。"

张谦宜《𬣙斋诗谈》："体贴出怨妇本情，又不露出宁王之本情，真得三百篇法。止二十字，却有味外味，诗之最高者。"

黄培芳《唐贤三昧集笺注》："顾云：婉曲。"

李瑛《诗法易简录》："只就不言一事点缀之，不加评论，诗品自高。"

马位《秋窗随笔》："最喜王摩诘'看花满眼泪，不共楚王言'；李太白'但见泪痕湿，不知心恨谁'；及张祜'一声何满子，双泪落君前'；又李峤'山川满目泪沾衣'；得言外之旨，诸人用'泪'字，莫及也。义山'湘江竹上痕无限，岘首碑前洒几多'，反无深意。鱼玄机'殷勤不得语，红泪一双流'，亦工。"

杨逢春《唐诗偶评》："首二句原其衷曲，三、四写其怨态。三、四从首二生出，实则首二从三、四看出也。忠厚悱恻，词旨凄婉动人。"

吴修坞《唐诗续评》："以息夫人为题，为宁王讳也。《诗矩》'相看'作'看花'，于诗有情致，于事不甚合。"生按：吴本作"相看满眼泪"，未知所据。

林庚说："这首流传人口的名篇，正说明着诗人多少善良的愿望。这里不需要什么夸张而神情自在。这当然又有王维个人气质上的原因。"（《唐诗综论》）

陈铁民说："'看花'二句，只描摹饼师之妻的情态，即表现出一个无法抗拒强暴势力凌辱的弱女子内心的无限哀怨，同时也流露了诗人对她的同情和对宁王的不满。"（《王维新论》）

陶文鹏说："诗人充分发挥诗歌高度概括浓缩的艺术特长，抓住这个悲剧故事中最富有戏剧性、最能显示人物性格和心灵震颤的一刹那来表现，仅写了息夫人的两句内心独白和一个含泪看花默然无语的镜头，便活现出一个被迫害被污辱却以沉默来反抗的妇女形象。单作咏史诗来看，已是一首含蓄高妙之作。诗人巧妙地借古讽今，讽刺宁王夺饼师之妻，情事切合，表现婉曲，显示出过人的机敏。"（《王维诗选读》）

余恕诚说："在唐诗发展过程中，有一个现象值得注意，即其中某些小诗，虽然篇幅极为有限，却仍企图反映一些曲折、复杂的事件。这种带'小说气'的诗，有些类似折子戏，可以看作近体诗叙述故事的一种努力。王维这首五绝就是这样。"（《唐诗鉴赏辞典》）

生按：北齐冯淑妃《感琵琶弦》云："虽蒙今日宠，犹忆昔时怜。欲知心断绝，应看膝上弦。"维诗亦青出于蓝而胜于蓝者。

班婕妤三首①

　　玉窗萤影度，金殿人声绝。秋夜守罗帏，孤灯耿不灭②。

　　此诗约作于任太乐丞时期。

　　①英灵集、唐文粹题作《婕妤怨》。○婕妤：音接予，妃嫔名号，汉武帝始置。元帝时位在皇后、夫人、昭仪之后。《乐府解题》："《婕妤怨》者，为汉成帝班婕妤（班况之女，彪之姑，彪子班固）所作也。婕妤美而能文，初为帝所宠爱，后幸赵飞燕姊弟，冠于后宫，婕妤自知见薄，作赋及《纨扇诗》以自伤悼。后人伤之，而为《婕妤怨》也。"［赵注］《汉书·外戚传》："赵飞燕姊弟从微贱兴，班婕妤及许皇后皆失宠。许皇后坐废，婕妤恐久见危，求供养太后长信宫，上许焉。婕妤退处东宫，作赋自伤悼。"

　　②"不"，元刊本、活字本、全唐诗、赵本作"明"，从蜀刻本、述古堂本、乐府诗集等。○耿：同炯。《广韵》："耿，光也。"

评　笺

　　唐汝询《唐诗解》："此叙秋夜独居之景，凄切有情。"

　　《王摩诘诗评》："顾云：咏婕妤而犹为含嚬希宠之态，似非婕妤本相。"

　　吴瑞荣《唐诗笺要》："可怜在一守字，若换为掩字、卧字，便是索然。"

　　宫殿生秋草①，君王恩幸疏②，那堪闻凤吹③，门外度金舆④！

　　①班婕妤《自悼赋》："宫殿尘兮玉阶苔，中庭萋兮绿草生。"此用其意。

　　②"恩"，英华作"宠"。○《字汇》："幸，爱也，宠也。"《史记·佞幸传》："以色幸者多矣。"

　　③"吹"，赵本一作"笛"。○那堪：怎能禁受。凤吹：本以笙为凤吹

（《列仙传》载王子晋好吹笙，作凤鸣），后以笙、箫、竽等细乐（管形象凤翼）为凤吹，引申为笳、箫等各种管乐之声为凤吹。见《奉和圣制御春明楼应制》注④。

　　④［赵注］《史记·礼书》："驾乘，为之金舆错衡，以繁其饰。"集解："《周礼》王之五辂，有金辂。郑玄曰：以金饰诸末。"生按：英灵选此首，题作《婕妤怨》。

评　笺

　　《王摩诘诗评》："顾云：浑涵。"

　　杨逢春《唐诗偶评》："首二正叙，下二转从近处验出疏来，语气一气层递而下，是加一倍渲染之法。"

　　黄叔灿《唐诗笺注》："意分两层，曲折沉挚。"

　　宋顾乐《唐人万首绝句选》："门内秋草日生，门外金舆自度，如此看便妙。"

　　周珽《唐诗选脉会通评林》："蒋一梅曰：凄然动人。"

　　黄生《唐诗摘抄》："此暗用辞辇事（婕妤曾婉辞与成帝共辇），而反其意以写之，言同列之承恩者尔尔，本意一毫不露，作法高绝，从来诸作，皆可废矣。"

　　唐汝询《唐诗解》："（后二句）梦得翻是联为《阿娇怨》，语意更新。"

　　怪来妆阁闭①，朝下不相迎②。总向春园里③，花间语笑声④。

　　①《语辞汇释》："怪来，与怪底、怪得同，皆惊疑义。"妆阁闭：不再梳妆打扮。

　　②朝下：成帝下朝。不相迎：指班婕妤。

　　③"向"，国秀集作"在"。○《语辞倒释》："向，等于说'在'。崔曙《登水门楼》：'人随川上逝，书向壁中留'。'向'一作'在'。"

　　④"语笑"，全唐诗、赵本作"笑语"，从国秀集、蜀刻本、述古堂本、元刊本等。○二句指成帝和新得宠者。生按：《国秀集》选此首题作《扶南曲》。

评　笺

《王摩诘诗评》：“刘云：语皆不刻而近。”

黄叔灿《唐诗笺注》：“花间语笑是别有相迎之人，‘总向’二字，与‘怪来’相应。”

黄生《唐诗摘抄》：“向日闻君退朝必开妆阁以相迎，近来恩不及己，故妆阁闭而不相迎也。然不言恩疏而反为自怪之词，更深。三、四从承恩者反映。”

唐汝询《唐诗解》：“此言班姬甘幽默也。言人怪我近来闭妆阁，罢朝之后便不复相迎。我想总向春园之中，亦惟花间语笑声而已，无他好也。其不与赵氏争宠可见。”

吴吴山《唐诗选附注》：“己不相迎而惟闻语笑，正写婕妤急于求退之意，孰谓是含颦希宠语乎？”

顾可久按：“含蓄，悠长，冲雅。”

惠洪《冷斋夜话》：“诗有句含蓄者，如老杜曰：‘勋业频看镜，行藏独倚楼’是也。有意含蓄者，如（右丞）诗曰：‘怪来妆阁闭，朝下不相迎。总向春园里，花间笑语声’是也。”

胡应麟《诗薮》：“唐五言绝，初盛前多作乐府。然初唐只是陈隋遗响，开元以后句格方遒。如崔国辅《流水曲》《采莲曲》，储光羲《江南曲》，王维《班婕妤》，崔颢《长干曲》，皆酷得六朝意象，高者可攀晋、宋，平者不失齐、梁。”

王夫之《姜斋诗话》：“《十九首》及‘上山采蘼芜’等篇，止以一笔入圣证。自潘岳以凌杂之心，作芜乱之调，而后元声几熄。唐以后间有能此者，多得之绝句耳。一意中但取一句，‘松下问童子’是已。如‘怪来妆阁闭’又止半句，愈入化境。”

徐增《而庵说唐诗》：“夫第一等人诗，必须第一等人作，婕妤诗，定须右丞作。从来后宫，谁不迎合至尊，而婕妤则以古君子之道自处，惟恐以好色累却君王，故罢朝之暇，即闭却妆阁，不复相迎。在婕妤则以为常，而他人见之，岂不以为怪乎？又推婕妤之意，谓我即相迎，亦不过向春园里花间，多一人笑语声耳，即无我去，又岂无笑语之声哉！”任半塘《唐声诗》：“（怪来妆阁闭一首）《国秀集》题作《王维扶南曲》。集中另载《扶南曲》五首，五言六句，多数乃以仄起之小律。《班婕妤》三首中，惟有此首平仄与五言小律体《扶南曲》之后四句合，彼此似有关。”

题友人云母障子 时年十五①

君家云母障，持向野庭开②。自有山泉入，非因彩画来③。

此诗作于开元元年。

①蜀刻本、活字本无"时年十五"四字。○［赵注］唐时呼屏障为障子，杜甫有《题李尊师松树障子歌》。生按：杜诗所咏当是用绢帛绘画的屏帏，此诗所咏则是以云母装饰的屏风。《后汉书·郑弘传》："设云母屏风，分隔其间。"

②"持"，蜀刻本、活字本、纬本、凌本、全唐诗作"时"。○野庭：堂前空旷的庭院。开：张设。张协《杂诗》："黑蜧跃重渊，商羊舞野庭。"

③"因"，全唐诗一作"关"。

评　笺

阮阅《诗话总龟》："《鉴戒录》：王摩诘《云母障子》，胡令能《绣障》，亦佳句。王诗曰'云云'。胡诗曰：'白日堂前花蕊娇，争携小笔上床描。绣成挂向春园里，引得黄莺下柳条。'"

红　牡　丹

绿艳闲且静①，红衣浅复深②。花心愁欲断，春色岂知心③！

①"闲"，纬本、凌本作"开"，非。

②衣：花瓣。蒋绍愚《唐诗词语札记》："复，义同或。"

③牡丹春末开花，故云。《唐国史补》："京城贵游，尚牡丹，每暮春，车马若狂。"

评　笺

萧弛说："王维在各种颜色（视觉）中也能感受到静（听觉）：'绿艳闲且静'，'色静深松里'，'青草肃澄陂'，无不表现着一种渊泊而绝不激动的境界。"（《中国诗歌美学》）

王树海说："唐汝询说：'唐人探物之作，惟右丞最深。'是说他对于自然景物认识摹写深出于'心'。这里牡丹简直就是一得道的高人，显然是一种自然的人化，自然的心化。"（《禅魄诗魂》）

左掖梨花咏①

闲洒阶边草，轻随箔外风②。黄莺弄不足，衔入未央宫③。

此诗作于天宝十五载春。

①元刊本、赵本作《左掖梨花》，英华作《左掖海棠花》，全唐诗一作《海棠》。从蜀刻本、述古堂本。〇[赵注]《汉书·高后纪》："太尉勃请卒千人，入未央宫掖门。"颜师古注："非正门而在两旁，若人之臂掖也。"唐门下省在日华门，名左掖，亦名东省。中书省在月华门，名右掖，亦名西掖。此之日华、月华者，立门自在宣政殿东西两廊，出门未是宫外，而亦以掖名之，则是殿自正门外，旁或有门，皆为掖门也。生按：时王维任给事中，是门下省（左掖）属官。

②箔：音泊。《集韵》："箔，帘也。"

③"入"，英华作"向"。"衔"，赵本作"嗛"，字同。○未央营：故址在西安市西北郊。借指唐宫。见《听宫莺》注⑤。

评 笺

俞陛云《诗境浅说》："鸟衔花片，虽诗人偶咏及之，其实为事理所希有。右丞殆借以为喻，以梨花喻京朝官，倘推毂无缘，则亦飘飏于阶前帘外耳。一旦汲引有人，忽蒙前席之召，犹花被莺衔人未央宫里。当是见同官中遇意外之荣．故借题寓意耳。否则虚构此景，果何谓耶？"

王夫之《姜斋诗话》："'黄莺弄不足，衔入未央宫'。断不可移咏梅桃李杏，而超然玄远，如九转还丹，仙胎自孕矣。"

徐用吾《精选唐诗分类评释绳尺》："词意自足。"

杨逢春《唐诗偶评》："首二借草兴风，烘托梨花，言外含闲曹无事，碌碌随人意。三、四借未央宫映合左掖，言外含望君进用意。"

同　咏　　　　　　　　　　（丘 为）①

冷艳全欺雪②，余香乍入衣③。春风且莫定，吹向玉阶飞。

①丘为：王维好友。见《送丘为落第归江东》注①。
②欺：凌，引申为胜过。
③《增韵》："乍，忽也，猝也。"

评 笺

徐用吾《精选唐诗分类评释绳尺》："'全欺雪'，梨花白过于雪，故曰'欺'。"

张文荪《唐贤清雅集》："寄意深婉，得力在一'且'字。"

黄叔灿《唐诗笺注》："轻情入妙。'吹向玉阶飞'，有喻意在。"

《唐诗归》："钟云：只是要说得有情。"

吴烶《唐诗直解》："首句咏茂盛而白，次句咏烂漫而香。且莫定，嘱风之力吹向玉阶，不使零落泥途，有借花飞以喻进君意。"

　　俞陛云《诗境浅说》："或言梨花虽在清华之地，忽被风吹，遂飘茵坠素，有上清沦落之感，其意果何指耶？"

　　霍松林说："'吹向玉阶飞'神态飘逸；王维'衔入未央宫'似太执著。故丘为此作后来者居上。"（《万首唐人绝句校注集评》）

同　咏　　　　　　（皇甫冉）①

　　巧解迎人笑②，偏能乱蝶飞③。春风时入户④，几片落朝衣。

　　①冉集题作《和王给事维禁省梨花诠》。○皇甫冉（718？—771？）字茂政，丹阳人。天宝十五载进士，授无锡县尉。乾元元年离任，营别业阳美山中。后任左金吾兵曹参军。广德二年，王缙为河南节度，辟掌书记。大历二年迁左拾遗，转右补阙。后奉使江表，因省亲丹阳，病卒，年五十四。独孤及谓冉诗"新声秀句，辄加于常时一等"。《全唐诗》编诗二卷。

　　②"迎"，全唐诗冉集作"逢"。○解：能。

　　③"偏"，全唐诗冉集作"还"。○乱：混杂。

　　④"风时"，全唐诗冉集作"时风"。

评　笺

　　吴烶《唐诗直解》："花开如笑，恍似迎人。花飞似蝶，况与同色。藉春风而入户，当玉阶而落衣，闲闲情致，淡淡传写，各有情致。"

杂诗三首①

　　家住孟津河②，门对孟津口。常有江南船，寄书家中否？

①蜀刻本、述古堂本、元刊本连同"朝因折杨柳"、"双燕初命子"二首，题作《杂诗五首》。○杂诗：王粲《杂诗》李善注："不拘流例，遇物即言，故云杂也。"见本卷《杂诗二首》注①。

②〔赵注〕《括地志》："周武王伐纣，与八百诸侯会盟津，亦曰孟津，又曰富平津。"生按：孟津在今河南省孟县南。孟津河，流经孟津的一段黄河。

评 笺

黄叔灿《唐诗笺注》："此系忆远之诗。言家在津口，江南船来，寄书甚便。语质直而意极缠绵。"

《千首唐人绝句》："刘云：此闺人念远之辞，不作怨语，而遥情深恨，跃然言外。"

李晓梅说："这首诗文字淡而又淡，平而又平，而细细咀嚼却有千般可思可想之情。每当她思念远方游子时，曾多少次打开那对着黄河的家门去张望？这种盼归之情不知延续了多久，发展为'寄书家中否'的疑问，她又要不停地去河边寻问。在读者心目中已伫立着一个年轻而又愁容满面的女子了。"（《论唐代爱情诗的特色》）

君自故乡来，应知故乡事①。来日绮窗前②，寒梅著花未③？

①《广释词》："应，料定，料度副词。"

②来日：从故乡前来之日。或释作往日，此说可商。左思《蜀都赋》："列绮窗而瞰江。"吕注："绮窗，雕画若绮也。"

③"著"，元刊本作"开"。○著：附着。《语辞汇释》："著花，犹云发花或生花。"

评 笺

《唐诗归》："钟云：寒梅外不问及他事，妙甚！'来日'二字如面对语。"

黄叔灿《唐诗笺注》："与前首俱口头语，写来真挚缠绵，不可思议，着'绮窗前'三字，含情无限。"

宋顾乐《唐人万首绝句选》："问得淡绝妙绝。如《东山》诗'有敦瓜苦'章，从微物关情，写出归时之喜。此亦以微物悬念，传出件件关心，思家之切。此等用意，今人那得知！"

王文濡《唐诗评注读本》："通首都是讯问口吻，而游子思乡之念，昭然若揭。"

《千首唐人绝句》："刘云：此游子怀内之辞。'来日'二句，不说思念家人，但问寒梅消息，最深婉有致。"

俞陛云《诗境浅说》："故乡久别，处处皆萦怀抱，而独忆窗外梅花，论襟期固雅逸绝尘，论诗句复清空一气，所谓妙手偶得也。"

赵殿成按："陶渊明诗云：'尔从山中来，早晚发天目。我居南窗下，今生几丛菊？'王介甫诗云：'道人北山来，问松我东冈。举手指屋脊，云今如许长。'与右丞此章同一杼轴，皆情到之辞，不假修饰而自工者也。然渊明、介甫二作，下文缀语稍多，趣意便觉不远。右丞只为短句，一吟一咏，更有悠扬不尽之致，欲于此下复缀一语不得。"

钱锺钟书说："赵按批评不错，只是考订欠些。那首陶渊明诗，是后人伪托的。上半首正以王维此篇为蓝本，下半首是'蔷薇叶已抽，秋兰气当馥。归去来山中，山中酒应熟。'结句又脱胎于李白《紫极宫感秋》：'陶令归去来，田家酒应熟。'王维这二十个字的最好对照，是初唐王绩《在京思故园见乡人问》：'旅泊多年岁，老去不知回。忽逢门前客，道是故乡来。敛眉俱握手，破涕共衔杯。殷勤访朋旧，屈曲问童孩。衰宗多弟侄，若个赏池台？旧园今在否？新树也应栽。柳行疏密布？茅斋宽窄裁？经岁何处竹？别种几株梅？渠当无绝水，石计总成苔。院果谁先熟？林花那后开？羁心只欲问，为报不须猜。行当驱下泽，去剪故园莱。'这首诗很好，和王维的《杂诗》在一起，鲜明地衬托出同一题材的不同处理。王绩相当手画里的工笔，而王维相当于画里的'大写'。"（《七缀集》）

刘学锴说："独问寒梅，不妨看成一种通过特殊体现一般的典型化技巧，而这种技巧却是用一种平淡质朴得如叙家常的形式来体现的。这正是寓巧于朴。"（《唐诗鉴赏辞典》）

周振甫说："陶渊明、王安石、王维诗里对菊花、松树、梅花的怀念，含意不仅在于怀念家里的花木，更重要的是由于这些花木象征一种高洁的品格，这才引起诗人的怀念。读这些诗，引起我们对诗人这种心情的体会，

就有余味。王维的诗比其他两首更写得精练而含蓄。"（《诗词例话》）

周裕锴说："和陶渊明、王安石诗相比，王维诗不仅同样平淡自然，而且多了几分精致，正是这种凝练简约的语言扩大了诗境想象的空间。这种手法显然来自王维对禅宗传达手段的了解：'默语无际，不言言也。'（《送璇上人诗序》）"（《中国禅宗与诗歌》）

刘大杰说："这一首，是可以作为抒情诗的。他抒的情，是那么恬淡，那么超然，真有一种特妙的理趣。"（《中国文学发展史》）

葛晓音说："这种以口语式的问答和发自内心的自然音调，正是乐府民歌的基本特点。""将乐府民歌自然流露，不作加工的原始状态，升华到自由抒写、法极无迹的更高层次，这是盛唐绝句具有天然魅力的根本原因。"（《初盛唐绝句的发展》）

羊春秋说："无名氏的《十五从军征》，陆机的《门有车马客行》，都有问有答，自然也真实感人，但着笔过实，没有回味和想象的余地。王绩诗尽情倾泄，细大不捐，在典型化方面是一个倒退，不若维诗以少总多，由此及彼，更加诗化，更加典型化。王安石学此诗，虽未泯去模拟的针线痕迹，但'举手指屋脊'一语，在形象化方面又有了新的发展。"（《唐诗精华评释》）

已见寒梅发，复闻啼鸟声。愁心视春草①，畏向阶前生②。

①"愁心"，蜀刻本、述古堂本、元刊本、活字本、全唐诗作"心心"。
②"阶前"，万首绝句、品汇、赵本作"玉阶"。从蜀刻本、述古堂本、元刊本、活字本、全唐诗等。

评　笺

《王摩诘诗评》："顾云：三诗皆淡中含情。"

唐汝询《唐诗解》："此闺人感春之辞。见梅、闻鸟，时物变矣。持此愁心而视春草，惟畏其生于玉阶，益动我之离情也。"

《唐诗归》："钟云：翻用《楚辞》'王孙游兮不归，春草生兮萋萋'意，脱胎换骨。更为深婉。○前二章问人，仓率得妙；后一章自语，闲缓得妙。各自含情。"

《千首唐人绝句》："刘云：此闺中答言。'心心'二句，不怨良人久别，惟恐草生玉阶，与'寒梅'之问，针锋相对，同其蕴藉。"

吴修坞《唐诗续评》："此因乡人之答而代写其闺中愁思如此，然则寄书其可缓耶？三首脉络自是灰线草蛇，隐隐露露，又如书家意到笔不到法，后人不能于无字处探玄索解，无惑乎取其一，或弃其二也。此只作自己语，而乡人之答，在前首之末、此首之前，不言而自见。"

黄叔灿《唐诗笺注》："'心心'字妙，一作'愁心'，浅矣。"

黄培芳《唐贤三昧集笺注》："意甚浓至，冲淡隽永。闲雅之思，极其悠长。"

生按：盛唐时期，深受南朝乐府民歌（吴歌和西曲）影响的崔国辅、丁仙芝、张潮等诗人，以写宫怨、闺情、江南水乡小儿女爱情和劳动生活为主，我曾称之为"齐梁民歌派"。王维的《杂诗》，储光羲的《江南曲》，都充满着这类诗歌的情韵，更为清丽明快，足见当时诗风之一面。

崔兴宗写真咏[①]

画君年少时[②]，如今君已老。今时新识人，知君旧时好。

①元刊本、赵本、活字本无"咏"字。纪事作《与崔兴宗写真咏》。从蜀刻本、述古堂本、全唐诗等。〇写真：画像。萧纲《咏美人看画诗》："可怜俱是画。谁能辨写真。"

②［富注］谓绘像时君正年少。

评　笺

徐师曾《诗体明辩》："（三、四两句）着想自殊"。

唐汝询《汇编唐诗十集》："意极圆转，觉传神者难于下笔。"

《千首唐人绝句》："刘云：通首皆以今昔为言，而一句一转，愈转愈深，便味之无尽。"

山茱萸咏[1]

朱实山下开[2]，清香寒更发[3]。幸与丛桂花[4]，窗前向秋月。

　　[1]各本均无"咏"字，从蜀刻本。○［赵注］《图经本草》："山茱萸，叶如梅，有刺，二月开花如杏，四月实如酸枣，赤色。"
　　[2]"朱实"，纬本作"茱萸"。
　　[3]发，读发叶切，屑韵。
　　[4]"与"，久本、二顾本、类苑、赵本作"有"。从蜀刻本、述古堂本、元刊本等。○《语辞汇释》："幸，犹正也。"

尉嘲史寰[1]

清风细雨湿梅花，骤马先过碧玉家[2]。正值楚王宫里至[3]，门前初下七香车。

　　[1]剧嘲：戏嘲，用言语或诗文调笑对方。史寰：未详何人。
　　[2]骤马：快马。《说文》："骤，马疾步也。"碧玉：小家（平民）女儿，为南朝宋汝南王宠妾。见《洛阳女儿行》注⑪。后又借指歌舞女伎。萧纲《鸡鸣高树颠》："碧玉好名倡，夫婿侍中郎。"
　　[3]"正值"，蜀刻本一作"适自"。○楚王：借指唐宗室某王。宫里：指"楚王"派来接"碧玉"进宫的小使。杨师道《阙题》："燕赵蛾眉旧倾国，楚宫腰细本传名。"

④七种香末制成的车。见《洛阳女儿行》注⑦。

评　笺

胡适说:"文人用诙谐的口吻互相嘲戏的诗,总是脱口而出,最自然,最没有做作的。虽然这一类的诗往往没有多大的文学价值,却有训练作白话诗的大作用。"(《白话文学史》)

菩提寺禁,裴迪来相看,说逆贼等凝碧池上作音乐,供奉人等举声便一时泪下,私成口号,诵示裴迪①

万户伤心生野烟②,百官何日更朝天③。秋槐叶落空宫里④,凝碧池头奏管弦。

此诗作于天宝十五载(至德元载)。

①万首绝句题作《菩提寺禁闻逆贼凝碧池上作乐》。○〔赵注〕《长安志》:"平康坊(故址在今西安市和平门南)南门之东,有菩提寺。隋开皇三年,陇西公李敬道及僧惠英所奏立寺。"张泊《贾氏谈录》:"贾君(贾黄中)尝自说:太原军前衔命,至永兴军(后汉,后周永兴军驻长安)催发马草,舍于菩提寺。僧有智满者,言祖师宏道天宝末为寺主,值禄山犯阙,王右丞为贼所执,囚于经藏院,与裴迪密相往来。裴说贼会蕃汉兵马,宴于太极西内。王闻之泣下,遂为诗二绝,书于经卷麻纸之后。祖师收得之,相传至智满。贾君既获披阅,遂录得其辞云:'万户伤心生野烟'云云,又示裴迪'安得舍尘网'云云。"《明皇杂录》:"天宝末,群贼陷两京,大掠文武朝臣及黄门、宫嫔、乐工、骑士,每获数百人,以兵仗严卫,送于洛阳。至有逃于山谷者,而卒能罗捕追胁,授以冠带。禄山尤致意乐工,求访颇切,于旬日获梨园弟子数百人。群贼因相与大会于凝碧池,宴伪官数十人,大陈

御库珍宝，罗列于前后。乐既作，梨园旧人不觉歔欷，相对泣下。群逆皆露刃持满以胁之，而悲不能已。有乐工雷海青者，投乐器于地，西向恸哭，逆党乃缚海青于戏马殿，支解以示众。闻之者莫不伤痛。王维时为贼拘于菩提佛寺，闻之赋诗云云。"《唐禁苑图》："凝碧池，在西内苑，重玄门之北，飞龙院之南。"生按：依赵注引书，菩提寺、凝碧池皆在长安。陈铁民据《旧唐书》本传："禄山逼人迎置洛阳，拘于普施寺。"及《通鉴》至德元载八月："禄山宴其群臣于凝碧池。"胡三省注："《唐六典》：洛阳禁苑中有芳树、金谷二亭，凝碧之池。"认为寺、池皆在洛阳，《旧唐书》作普施寺疑误。窃以为陈说亦有可商者。王维拘于长安菩提寺，《贾氏谈录》未必无稽。禄山宴伪官于洛阳的消息，自可通过各种渠道传入长安。当时洛阳、长安一线皆陷，裴迪很难通过数十处关卡进入洛阳。供奉人：宫中侍奉执事人员。唐时凡有一材一艺者，都可征入供奉内庭。此指宫廷乐工。口号：随口吟成的诗。裴迪：见《青雀歌》附裴迪诗注。

②野烟：原野上的烟火，指战火。

③"官"，蜀刻本、纪事、全唐诗作"察"。"更"，赵本作"再"，从蜀刻本、述古堂本、元刊本等。○时玄宗苍黄奔蜀，百官多从之不及，而盛世转瞬不再。《尔雅·释诂》："天，君也。"

④"叶"，旧唐书作"花"。"空"，纪事作"深"。○唐时宫中多植槐树，故云。

评　笺

王鏊《震泽长语》："'凝碧池头奏管弦'，不言亡国，而亡国之意溢于言外，得风人之旨矣。"

李沂《唐诗援》："有无限说不出处，而满腔悲愤俱在其中，非摩诘不能为。"

刘永济说："前二句写京师沦陷景象，三句写故宫荒凉，皆以抒悲悼二情，末句则引起悲悼之原因也。"（《唐人绝句精华》）

陈铁民说："写得悲痛、沉着、婉曲、深长。"（《王维新论》）

口号又示裴迪①

安得舍尘网②，拂衣辞世喧③。悠然策藜杖④，归向桃花源⑤。

①万首绝句作《菩提寺禁示裴迪》，全唐诗作《菩提寺禁口号又示裴迪》。

②"尘"，全唐诗作"罗"。○舍：弃，摆脱。尘网：旧谓人在世上多牵累束缚，故以罗网喻尘世。［赵注］陶潜《归田园居》："误落尘网中，一去三十年。"［陈注］暗指被囚禁。

③［陈注］世喧：人世的喧扰。拂衣：和拂袖而去的意思差不多。

④［赵注］《庄子·让王》："原宪华冠縰履，杖藜而应门。"释文："杖藜，以藜为杖也。"生按：见《积雨辋川庄》注③。策：拄着。

⑤"向"，万首绝句作"去"。○桃花源：见《桃源行》注①。［陈注］用入桃源避乱意，喻欲归辋川。

评 笺

陈贻焮说："这诗抒写作者渴望获得自由，渴望重归辋川的心情。"（《王维诗选》）

张晓明说："'桃花源'是王维毕生追寻的理想。所谓'归向桃花源'实际上意味着回归本性的天真，亦即庄子所说的'反其真'。"（《试论王维山水诗的空灵之美》）

王维诗集笺注

外

编

相　思[①]

红豆生南国[②]，秋来发几枝[③]。愿君多采撷[④]，此物最相思！

①凌本作《江上赠李龟年》，万首绝句万惓修订本作《相思子》。

②"豆"，万首绝句作"杏"，非。○[赵注]《资暇录》："豆有圆而红，其首乌者，举世呼为相思子，即红豆之异名也。其木斜斫之，则有文，可为弹博局及琵琶槽。其树也大株而白，枝叶似槐。其花与皂荚花无殊。其子若穞豆，处于荚中，通身皆红，李善云其实赤如珊瑚是也。"[陈注]相传古时有一个人死在边地，他妻子想念他，哭于树下而卒，化成红豆，所以又名相思子。生按：南国，泛指我国南方。屈原《九章·橘颂》："受命不迁，生南国兮。"王逸注："南国，谓江南。"陈新说："唐代岭南地区是犯罪官员的贬谪地。"此说与此诗似无关。

③"秋"，别裁集作"春"，从云溪友议、纪事、万首绝句、全唐诗、赵本。"几"，万首绝句、全唐诗作"故"。○发几枝：指秋日结实的红豆。

④"愿"，纪事、凌本、云溪友议一本作"赠"，别裁集、赵本作"劝"。"多"，万首绝句、别裁集作"休"。○撷：音结，同襭。《广韵》："撷，持取。"《说文》："以衣衽（袽）收物谓之襭，或从手。"周啸天说："多采撷，等于说：勿忘我。休采撷，等于说：忘掉我。"

评　笺

赵殿成按：唐诗纪事、万首唐人绝句、全唐诗、顾元纬外编、凌本俱录此首。《云溪友议》："明皇幸岷山，百官皆窜辱，李龟年奔泊江潭。龟年曾于湘中采访使筵上，唱'红豆生南国'云云；又曰'清风朗月苦相思'云云。此辞皆王右丞所制，至今梨园唱焉。歌阕，合座莫不望南幸而惨然。"

管世铭《读雪山房唐诗序例》："王维'红豆生南国'，王之涣'杨柳东门树'，李白'天下伤心处'，皆直举胸臆，不假雕镂，祖帐离筵，听之惘惘，二十字称情固至此哉！"

　　俞陛云《诗境浅说》："折芳馨以遗所思，采芍药以赠将离，自昔诗人骚客，每藉灵根佳卉以寄芳徘宛转之怀。况红豆号相思子，故愿君采撷，以增其别后感情。犹郭元振诗以同心花见殷勤之意，所谓愿天下有情人都成眷属也。"

　　王文濡《唐诗评注读本》："睹物思人，恒情所有，况红豆本名相思，'愿君多采撷'者，即谆嘱无忘故人之意。"

　　刘永济说："此以珍惜相思之情，托之名相思子之红豆也。"（《唐人绝句精华》）

　　《千首唐人绝句》："刘云：藉红豆表己之相思，愿人之毋息，风神摇曳，韵致缠绵。托物抒情，言近意远，是右丞五绝独造之境。"

　　葛晓音说："富有乐府的情韵和风致，像民歌一样天然清新，绝去雕饰，是盛唐绝句最重要的特点。"（《初盛唐绝句的发展》）

　　霍松林说："不说我思君，却劝君多采最相思之红豆，则我对君之无限深情，以及对彼此相思之情的无限珍惜，已从空际传出。"（《唐诗精选》）

　　程千帆说："红豆是爱情的象征物。诗人通过关于它的歌咏，赞颂了爱情。"（《古诗今选》）

　　朱自清说："《相思》歌辞用对称的口气，唱时好像在对听者说话，显得亲切。绝句用对称口气的特别多，有时用问句，作用也一般。这些原都是乐府的老调儿，绝句只是推广应用罢了。"（《唐诗三百首导大概》）

　　林庚说："这里可以说是爱情，可以说是友情，也可以说是乡情，它涵有非常普遍的思想感情，而又不流于一般化，这乃又都表现为盛唐诗歌深入浅出的普遍特色。"（《唐代四大诗人》）"这么一颗小小的红豆可是那'春来发几枝'的这一萌发，带给我们以何等新鲜的感受。这首诗之所以会那么流传人口，便全得力于这萌发的生意。"（《唐诗随笔》）

　　余冠英说："语言凝练，含蓄而又生动，不以华丽的词藻取胜，而以优美的意境动人。"（《中国文学史》）

　　郝世峰说："本来是自己思念对方，却寄希望于对方思念自己，而这种情思却借咏红豆表示，巧妙、深刻、蕴藉三者皆备。"（《隋唐五代文学史》）

　　章培恒说："王维写相思别情的诗也很出色，他善于用民间歌谣的素朴语言和自然音调，表现出单纯而又隽永的韵味。如《相思》《杂诗》'君自故乡来'，明朗活泼如日常生活的语言，却又那么新鲜、浑厚，传达出具有普遍意义的人生情思，因此千百年来传诵不绝。"（《中国文学史》）

　　任半塘说："《相思子》，玄宗时宫中用此调歌王维诗。敦煌曲辞内见《相思破》，必出于《相思》大曲，《相思子》宜为小曲之名。"（《唐声诗》）

山　中①

荆溪白石出②，天寒红叶稀③。山路元无雨④，空翠湿人衣⑤。

　　①万首绝句、全唐诗作《阙题》。凌本、纬本外编、赵本外编俱录此首。陈铁民说："惠洪《冷斋夜话》谓之曰'王维摩诘《山中》诗'，其说或别有据，今姑从之。"（《王维诗真伪考》）

　　②"荆溪"，《东坡题跋》作"蓝溪"，《冷斋夜话》一本作"溪清"，赵本一作"蓝田"，从《诗人王屑》卷十引《冷斋夜话》。○［赵注］《长安志》："荆谷水一名荆溪，来自蓝田县（西），至康村入万年县界，西流二十里出谷，至平川合库谷、采谷、石门水为荆谷水。"生按：《水经注·渭水》："长水出自杜县白鹿原，西北流谓之荆溪，又西北左合狗枷川，北入灞水。"

　　③"天寒"，东坡题跋作"玉山"，一本作"玉川"，赵本一作"玉关"，从《诗人玉屑》卷十引《冷斋夜话》。○红叶：经霜后变为红色的枫叶、槭叶之类。

　　④元：同原，本来。

　　⑤谓四围山色空濛苍翠，使人仿佛有衣服润湿之感。谢灵运《过白岸亭》："空翠难强名，渔钓易为曲。"空翠，或释为青色的潮湿的雾气，或释为近乎透明的青绿色，存参。

评　笺

　　惠洪《冷斋夜话》："吾弟超然喜论诗，其为人纯至有风味。尝曰：陈叔宝绝无肺肠，然诗语有警绝者，如曰：'午醉醒未晚，无人梦自惊。夕阳如有意，偏傍小窗明。'王摩诘《山中》诗曰：'溪清白石出，天寒红叶稀。山路元无雨，空翠湿人衣。'舒王（王安石）《百家夜休》曰：'相看不忍发，惨澹暮潮平。欲别更携手，月明洲渚生。'此皆得于天趣。予问之曰：句法固佳，然何以识其天趣？超然曰：能言萧何所以识韩信，则天趣可言。余竟不能诘，曰：微超然，谁知之。"

　　苏东坡《书摩诘蓝田烟雨图》云："味摩诘之诗，诗中有画；观摩诘之画，画中有诗。诗曰：'蓝溪白石出，玉山红叶稀。山路元无雨，空翠湿人衣。'此摩诘之诗也。或曰：非也，好事者以补摩诘之遗。"

　　胡震亨《唐音癸签》："坡公尝戏迷摩诘之诗，以摹写摩诘之图，编《诗纪》者，认为真摩诘诗，采入集中世人无识，那可与分辨！《书摩诘蓝田烟雨图》云：'此摩诘之诗也。或曰：非也，好事者以补摩诘之遗。'此话语被人作死语看，摩诘增一首好诗，失却一幅好画矣。"

　　《王摩诘诗评》："顾云：诗中有画。"

　　周振甫说："'山路元无雨，空翠湿人衣。'写深山中绿树荫浓，翠色欲滴，有画意。"（《诗词例话》）

　　宗白华说："这确是一首'诗中有画'的诗。前二句可以画出来成为一幅清奇冷艳的画，但后二句却不能在画面上直接画出来。诗中可以有画，但诗不全是画。而那不能直接画出来的后两句，恰正是诗中之诗，正是构成这首诗是诗而不是画的精要部分。""王维的静远空灵，都植根于一个活跃的、生动而有韵律的心灵。"（《艺境》）

　　袁行霈说："这首诗对景物的描绘可以达到了化境。"（《中国诗歌艺术研究》）

　　《千首唐人绝句》："富云：'山路'二句，与张旭《山中留客》'纵使晴明无雨色，入云深处亦沾衣相似，皆善状深山幽景。张诗摇曳生姿，唱叹有情；此诗空灵超妙，神韵绝胜。"

　　张福庆说："张旭的诗是在实写云雾沾湿衣服，而王维的诗却是在虚写，是将不可能发生的事写得如同真实一般，这就更突出了诗人心理感受的强烈，从而使描写的景物特更鲜明，给人留下的印象也更深刻。"（《唐诗美学探索》）

郝世峰说："主色是翠绿，配色是白石与稀落的红叶，它们使翠色更为鲜明，更见浓度。翠绿色在空气中弥漫浸润，仿佛湿润了人的衣服。'湿'是联想、通感，是受绿的冷静色调的影响而产生的平和舒畅的心理感受。"（《隋唐五代文学史》）

吴战垒说："秋山虽然红叶稀疏，但依然松柏苍翠，空气湿润，这是一个翠绿而空闲的世界，连湿润的空气也仿佛'绿化'了。人行空翠之中，身心尽染，依稀感到一种细雨湿衣似的凉意。从感受的过程来看，也许是因空翠而生凉意．由凉意而生湿衣之感，但整个感觉的产生却是即时的，不可分解的。正是这种似幻似真的综合性的心理感觉点化出这个奇妙的意境。"（《中国诗学》）

吴功正说："翠为视觉官能感受，湿是触觉官能感受，诗人出色地完成了从视觉到触觉的移位，产生幻觉化现象，其产生的基础是诗人对翠的感受程度，感到它简直能绿得滴下水来。于是视觉便错觉化，形成为触觉，出现一种经过移位的超常审美感觉。"（《唐代美学史》）

葛晓音说："写出了山光与人相亲的情趣，化无生命的美为有生命的美，表现了绘画所无法表达的意境。可见王维的空静之境，固然是吸收禅家涤清烦虑、自悟性空之说的产物，但也是他追求真淳高洁的审美理想，融合在高度提纯的自然美之中的结晶。"（《山水田园诗派研究》）

书　事①

轻阴阁小雨②，深院昼慵开③。坐看苍苔色④，欲上人衣来。

①万首绝句、凌本、纬本外编、赵本外编、全唐诗俱录此首。全唐诗注："出《天厨禁脔》。"○［陈注］书事：谓就目前的事物加以描写。

②阁：音搁，义同。《广雅·释诂》："阁，载也。又庋（藏）也。"
《语辞例释》："阁：含。谓薄云含着微雨。"〔富注〕状天空雨后景色。

③《广韵》："惰，懒也。"

④《语辞汇释》："坐：将然辞，行也。坐看：犹云行见。"

评　笺

惠洪《天厨禁脔》："《书事》：'轻阴阁小雨，云云。'《若耶溪归兴》：
'若耶溪上踏莓苔，兴尽张帆载酒回。汀草岸花浑不见，青山无数逐人来。'
前诗王维作，后诗舒王（王安石）作，皆含不尽之意，子由（苏辙）谓之
不带声色。"

杨慎《升庵诗话》："王维《书事》诗：云云。洪觉范《天厨禁脔》
云：'此诗含不尽之意，子由所谓不带声色者也。王半山（王安石）亦有
绝句，诗意颇相类。'按半山诗云：'山中十日雨，雨晴门始开。坐看苍苔
文，欲上人衣来。'蔡正孙编《诗林广记》，乃以'若耶溪上踏莓苔'一首
当之，谬矣。"生按：王安石《春晴》见《王文公文集》卷七十二，"山
中"作"新春"，"坐"作"静"，"欲"作"莫"。

王世贞《艺苑卮言》："有全取古文，小加剪裁，如王半山'山中十日
雨，云云'。后二语全用辋川，已是下乘，然犹彼我趣合，未足致厌。"

吴景旭《历代诗话》："东坡作《病鹤》诗，尝写'三尺长胫□瘦躯'
而缺其一字，使任德翁辈下之，凡数字，东坡徐出其稿，盖'阁'字也。
此字既出，俨然如见病鹤，然东坡此字正善用摩诘'轻阴阁小雨'也。"

《千首唐人绝句》："富云：状小雨初霁景象及苍苔之青翠可爱，极为
传神，通首有'万物静观皆自得'之趣。"

生按：《温公诗话》载："嘉佑末，群臣和御制诗，是日微阴寒，韩魏
公（琦）诗卒章云：'轻阴阁雨迎天仗，寒色留春入寿杯'。"上引王安石
《春晴》后二句"静看苍苔文，莫土人衣来"。韩、王二诗由此诗脱胎而
出，抑此诗由韩、王二诗变化而来谓是维诗，尚可商榷。

郝世峰说："诗人意念与苍苔绿色微妙的交流，生动地加强了'深院昼
惰开，的空静氛围。"（《隋唐五代文学史》）

吴战垒说："境从意出，有一类是由诗人独特感觉的外化而生成的，它

表现某种瞬间的幻觉或心态。'坐着苍苔色，欲上人衣来'，这看似动态的奇妙幻觉，固然表达了诗人对自然生机的喜悦，却也从另一面渲染了恬静的生活情趣。"（《中国诗学》）

吴功正说："这种幻化现象是一种奇妙的审美心理经验现象，是诗人与自然对象相亲和，相融洽，感觉完全投入对象，进而升腾成幻觉所致。这种审美观象充分显示了王维诗的超凡脱俗，出神入化。"（《唐代美学史》）

许总说："后两句的妙处，一方面在于对'朝向草地一边的衣褶受反射线而沾染草地的颜色'（芬奇《论绘画》）这样的光学现象的敏锐感受；另一方面又在于赋予经小雨滋润后的苍苔之色以'欲上人衣'的传神化动态。这就表现一种'绘画所描绘不出的画境'。（莱辛《拉奥孔》）"（《唐诗史》）

张晓明说："全诗仅二十字，却一片神行，使寻常静绿传达出天地不言之美，透发出大自然的生生之气。而且体现了中国文人'澄怀观道'的艺术精神，和'于寂寞处见流行，于流行处见寂寞'的悟道方式。"（《试论王维山水诗的空灵之美》）

伊　州　歌[①]

清风朗月苦相思[②]，荡子从戎十载余[③]。征人去日殷勤嘱：归雁来时数附书[④]！

①唐诗纪事、乐府诗集、万首绝句、纬本外编、凌本、赵本外编、全唐诗俱录此首。乐府诗集《伊州歌第一叠》，万首绝句、纬本作《李龟年所歌》，凌本作《杂诗》，赵本作《失题》。此从全唐诗。○《新唐书·礼乐志》："天宝乐曲，皆以边地名，若凉州、甘州、伊州之类。"《乐苑》："伊州，商调曲，西凉节度使盖嘉运所进。"《唐声诗》："《伊州歌》唐教坊舞曲。"《旧唐书·地理志》："伊州，贞观四年置西伊州，六年去西字。"生按：伊州故治在今新疆哈密县。

②"清"，乐府、凌本作"秋"。"朗"，全唐诗、赵本作"明"。"苦相思"，乐府作"独离居。"从云溪友议、万首绝句。

③"戎"，凌本作"军"。○《专诗十九首》："荡子行不归，空床难独守。"李善注："《列子》：有人去乡土游于四方而不归者，世谓之狂荡之人也。"

④"附"，乐府诗集、纬本、赵本作"寄"，从纪事、万首绝句、云溪友议、凌本、全唐诗。○《汉书·苏武传》："武在匈奴中，昭帝遣使通和。武乃夜见汉使，教使谓单于曰：天子射上林中，得雁：足有系帛书，言武等在某泽中。"雁可传书之说出此。

评　笺

范摅《云溪友议》："（李）龟年曾于湘中采访使筵上，唱'红豆生南国，云云'。又曰：'清风朗月苦相思，云云'。此辞皆王右丞所制，至今梨园唱焉。歌阕，合座莫不能望南幸而惨然。"

陈贻焮说："写闺怨一往情深却极蕴藉。情深，感染力就强；蕴藉，留给读者想象的余地就多。这也是盛唐之音，尤其是盛唐七绝的特点。"（《盛唐七绝刍议》）

又说："这诗描写一位妇女在月白风清的夜晚，思念她出征多年未归的丈夫的痛苦心情。只写'清风明月'而良宵的情境自然呈现。只说'荡子从戎十载余'，而十余年的相思苦情自然涌出。只提去日'归雁来时数寄书'的殷勤嘱咐，而今日由于一直盼不到征人音信所产生的绝望和焦虑情绪自然流露。这就是这首诗艺术上成功的地方。"（《山水诗人王维》）

周啸天说："岑参《玉关寄长安主簿》：'东去长安万里余，故人何惜一行书'。张旭《春草》：'情知海上三年别，不寄云间一纸书。'一样道出亲友音书断的怨苦心情，但都说得直截了当。而王维诗句却有一个回旋，只提叮咛附书之事，音书阻绝的意思表现得相当曲折，怨意隐然不露，尤有含蓄之妙。此诗艺术构思的巧妙，主要表现在'逆挽'（倒叙）的妙用。"（《唐诗鉴赏辞典》）

送孟六归襄阳①

杜门不欲出①，久与世情疏。以此为长策③，劝君归旧庐。醉歌田舍酒，笑读古人书④。好是一生事，无劳献《子虚》⑤。

此诗作于开元十六年秋末。

①全唐诗作《送孟六浩然归襄阳》，赵本一作送孟浩然。○孟六：即孟浩然。见《哭孟浩然》注①。

②"欲"，瀛奎律髓、全唐诗作"复"。○《汉书·王陵传》："杜门不朝请。"颜师古注："杜，塞也，闭塞其门也。杜字本作请，音同。"陶潜《饮酒二十首》："杜门不复出，终身与世辞。"

③"长"，全唐诗作"良"。○发［王解］即以杜门疏世为长策也。

④［王解］不恋市朝，而栖田舍，荣辱黜陟。不经于心。有酒即醉，醉而歌焉，其乐陶然。今人难亲，而亲古人，其书尚在，我笑读之，是尚友也，笑字更有情趣。

⑤《史记·司马相如列传》："上汉（武帝）读《子虚赋》而善之，曰：'朕独不得与此人同时哉！'（杨）得意曰：'臣邑人司马相如自言为此赋。'上惊，乃召问相如。"［王解］归旧庐之乐如此，不觉赞一声曰好！是真乃君一生事也，又何劳献《子虚》之赋而求用哉！

赵殿成按："顾元纬外编录此首，文英华亦作王维诗，瀛奎律髓作张子容诗。"生按：陈铁民《王维年谱》注六："《全唐诗》载张子容《送孟六浩然归襄阳》二首，其第一首曰：'东越相逢地，西亭送别津'，诗乃作于永嘉，浩然有《永嘉别张子容》，就是答这一篇的。其第二首即王维此诗，显然不是在永嘉写的。因此不应为张子容所作。"

评　笺

《唐诗归》："钟云：极真，极厚，不作一体面勉留套语，然亦愤甚，特深浑不觉。"

《瀛奎律髓》："方云：送浩然归，乃为此骨鲠之论，其甘与世绝，怀抱高尚可想见云。○纪云：结却太尽。必以甘与世绝为高，终是僻见。"

黄生《唐诗矩》："劝人归休，非真正知心之友不肯作此语。盖王已饱谙宦情，孟犹未沾一命，故因其归赠以此诗。言外有许多仕路险巇，人情翻复之感，俱未曾说出。人言王、孟淡，不知语淡而意实深至，所以可贵。若淡而不深，则未免寡薄之诮矣，岂知真王、孟哉！"

王寿昌《小清华园诗谈》："何谓自然？曰：近体则王子安之《送杜少府之任蜀川》，太白之《送友人》，右丞之《送孟六归襄阳》，少陵之《旅夜书怀》等篇是也。"

黄培芳《唐贤三昧集笺注》："虽清澈，学之易浅薄。五、六平平中亦自有味。"

姚鼐《今体诗抄》："此诗即效孟公体。"

王闿运批《唐诗选》："与'知弥不能荐'者交情更深。"

留别王维[1]　　　　　　　　　　　　（孟浩然）

寂寂竟何待[2]？朝朝空自归。欲寻芳草去[3]，惜与故人违[4]。当路谁相假[5]？知音世所稀[6]。只应守索寞[7]，还掩故园扉。

①英华、蜀刻本作"留别王侍御"，全唐诗作"留别王侍御维"，从品汇。此时王维未任侍御，二字当系何人所加。

②"何待"，活字本作"何事"。○寂寂：冷落孤独貌。待：期待。

③芳草：香草。屈原《离骚》："何所独无芳草兮，尔何怀乎故宇？"是以芳草喻忠贞的操守。此处比喻归隐，唐人以隐逸为清高的表现。

④违：离别。

⑤当路：当权者。《孟子·公孙丑》："夫子当路于齐。"朱熹注："当路，居要地也。"假：借助，援引。

⑥知音：能了解和赏识自己的志趣和才能的知己。见《送綦毋潜落第还乡》注⑯。

⑦"索寞"，活字本作"寂寞"，从英华、蜀刻本、全唐诗。○索寞：寂寞无聊。

过太乙观贾生房①

昔余栖遁日②，之子烟霞邻③。共携松叶酒④，俱篸竹皮巾⑤。攀林遍云洞⑥，采药无冬春。谬以道门子⑦，征为骖御臣⑧。常恐丹液就⑨，先我紫阳宾⑩。天促方途尽⑪，哀伤百虑新。迹峻不容俗⑫，才多反累真⑬。泣对双泉水，还山无主人⑭。

此诗约作于开元二十五年。

〔一〕太乙：即太一。《史记·封禅书》："天神贵者太一，太一佐曰五帝。"索隐："《乐汁徵图》曰：天宫，紫微。北极，天一、太一。宋均云：天一、太一，北极神之别名。"观：道教庙宇。太一观：在终南山太乙谷口，又名太乙宫。贾生：未详何人。

②栖遁：隐居避世。《陈书·虞荔传》："性冲静，有栖遁之志。"

③烟霞：烟雾云霞，泛指山林景色。烟霞邻：谓与贾生同在山林隐居且是近邻。

④〔赵注〕庾肩吾《赠周处士》："方欣松叶酒，自和游仙吟。"

⑤篸：同簪。〔赵注〕《汉书·高帝纪》："高祖为亭长，乃以竹皮为冠。"应劭注："以竹始生皮作冠，今鹊尾冠是也。"颜师古注："竹皮，笋皮，谓竹上所解之箨耳。今人亦往往为笋皮巾，古之遗制耳。"

⑥"云"，赵本一作"岩"。

⑦道门：道家之门。《易林》："被服衣冠，游戏道门。"道门子：信奉道术的人。

⑧骖御臣：侍从之臣。《汉书·文帝纪》："乃使宋昌骖乘。"颜师古注："乘车之法，尊者居左，御者居中，又有一人处车之右以备倾倒，戎车

则称车右，其余则曰骖乘。"《旧唐书·职官志》："补阙、拾遗之职，掌供奉讽谏，护从乘舆。"

⑨〔赵注〕《汉武内传》："其次药有九丹金液，子得服之，白日升天，此飞仙之所服，地仙之所见也。"参见《奉和圣制幸玉真公主山庄》注⑫。

⑩〔赵注〕《周氏冥通记》："第一紫阳左真人，治葛衍山，周君。第二紫阳右真人，治幡冢山，王君。"生按：《云笈七签》："紫阳真人周义山，字季通，汝阴人也。入蒙山逼羡门子，乞长生要诀。羡门子曰：子名在丹台玉室之中，何忧不仙。"紫阳宾，谓成仙而为紫阳真人宾客。

⑪天促：犹天折。《释名·释丧制》："少壮而死曰天。"《字汇》："促，短也。"

⑫迹峻：行为孤高。屈原《九章·悲回风》："望大河之洲渚兮，悲申徒之抗迹。"王逸注："迹，行也。"

⑬真：本性。《庄子·秋水》："无以人灭天，无以故灭命，无以得殉名。谨守而勿失，是谓返其真。"

⑭无主人：谓贾生已死。

赵殿成按："顾元纬外编及凌本俱录此首，文苑英华亦作王维诗。"生按：全唐诗亦作王维诗，当从。

东溪玩月①

月从断山口，遥吐柴门端②。万木分空霁③，流阴中夜攒④。光连虚象白⑤，气与风露寒。谷静秋泉响，岩深青霭残。清澄入幽梦⑥，破影抱空峦⑦。恍惚琴窗里，松溪晓思难⑧。

①东溪：见《早秋山中作》注③，诗有"思向东溪守故篱"句。

②《语辞例释》："门端，犹门前。"

③"分"，文粹作"纷"。○分空：半空。《公羊传·庄公四年》何休

注："分，半也。"霁：明朗。《正字通》："霁，日气温和也。盖雨止而阴曀者，非霁也。"

④［李云逸注］谓万木阴影移动于地，至夜半月高，乃攒聚一起。生按：或释流阴为浮云，存参。

⑤虚象：星空。《管子·心术》："天曰虚。"《易·系辞》："在天成象。"王弼注："象，况日月星辰。"

⑥"清澄"，文粹作"澄清"。全唐诗作"清灯"，误。

⑦"破影"，文粹作"影破"。○《淮南子·道应训》："罔两问于影。"高诱注："影，日月之光晷也。"［李云逸注］向晓月落，山衔其半，故称破影。生按：李贺《南园》十三"遥岚破月悬"，与此意近。空峦：幽静的山峰。

⑧［李云逸注］谓赏月通宵。向晓犹恋恋不舍。

赵殿成按："顾元纬外编录此首，《文苑英华》亦作王维诗，《唐文粹》作王昌龄诗。"生按：《全唐诗》王维集、王昌龄集皆收入此诗。今存明本《王昌龄集》无此诗，宜作王维诗。

评　笺

《唐诗归》："钟云：寒气苍然，却高于骨。"

附 录

重出误收诗及补遗

　　赵殿成《王右丞集笺注》"外编"收诗四十七首，其中《相思》《山中》《书事》《伊州歌》《送孟六归襄阳》《过太乙观贾生房》《东溪玩月》等七首，本书已定为维诗，收入外编。其余四十首和《休假还旧业便使》等六首又二句，都属于重出和误收的其他诗人的作品，现胪列于下并简要说明。

献寿词

　　宫殿参差列九重，祥云瑞气捧阶浓。微臣欲献唐尧寿，遥指南山对衮龙。

游春词二首

　　曲江丝柳变烟条，寒谷水随暖气销。才见春光生绮陌，已闻清乐动云韶。

　　经过柳陌与桃溪，寻逐春光着处迷。鸟度时时冲絮起，花繁滚滚压枝低。

秋思二首

　　网轩凉吹动轻衣，夜听更长玉漏稀。月渡天河光转湿，鹊惊秋树叶频飞。

　　宫连太液见沧波，暑气微消秋意多。一夜轻风蘋末起，露珠翻尽满池荷。

从军辞

　　髦头夜落捷书飞，来奏金门着赐衣。白马将军频破敌，黄龙戍卒几时归？

塞下曲二首

　　辛勤几出黄花戍，迢递初随细柳营。塞晚每愁残月苦，边更逐断蓬惊。

　　年少辞家从冠军，金装宝剑去邀勋。不知马骨伤寒水，惟见龙城起暮云。

平戎辞二首

　　太白秋高助汉兵，长风夜卷房尘清。男儿解却腰间剑，喜见从王道化平。

　　卷斾生风喜气新，早持龙节静边尘。汉家天子图麟阁，身是当今第一人。

赠远二首

　　当年只自守空帷，梦见关山觉别离。不见乡书传雁足，惟看新月吐蛾眉。

　　厌攀杨柳临青阁，闲采芙蕖傍碧潭。走马台边人不见，拂云堆畔战初酣。

闺人春思

　　愁见遥空百丈丝，春风挽断更伤离。闲花落遍青苔地，尽日无人谁得知！

秋夜曲二首

　　丁丁漏水夜何长，漫漫轻阴露月光。秋逼暗虫通夕响，寒衣未寄莫飞霜。

　　桂魄初生秋露微，轻罗已薄未更衣。银筝夜久殷勤弄，心怯空房不忍归。

太平乐二首

风俗今和厚，君王在穆清。行看探花曲，尽是泰阶平。
圣德超千古，皇威静四方。苍生今息战，无事觉时长。

游春曲二首

万树江边杏，新开一夜风。满园深浅色，照在绿波中。
上苑无穷树，花开次第新。香车与丝骑，风静亦生尘。

送春辞

日日人空老，年年春更归。相欢在尊酒，不用惜花飞。

塞上曲二首

天骄远塞行，出鞘宝刀鸣。定是酬恩日，今朝觉命轻。
塞虏常为敌，边风已报秋。平生多志气，箭底觅封侯。

从军行二首

戈甲从军久，风云识阵难。今朝拜韩信，计日斩成安。
燕颔多奇相，狼头敢犯边。寄言斑定远，正是立功年。

陇上行

负羽到边州，鸣笳度陇头。云黄知塞近。草白见边秋。

闺人赠远五首

花明绮陌春，柳拂御沟新。为报辽阳客，流芳不待人。
远伐功名薄，幽闺年貌伤。妆成对春树，不语泪千行。
啼莺绿树深，语燕雕梁晚。不省出门行，沙场知近远。

形影一朝别，烟波千里分。君看望君处，只是起行云。

洞房今夜月，如练复如霜。为照离人恨，亭亭到晓光。

以上三十首，宋蜀刻本《王摩诘文集》卷一之末收入，但诗前有"翰林学士知制诰王涯"九字。顾千里的蜀刻本《跋》中说："盖其始抄缀于此，而刻者不知删去耳，亦未误为维诗。"洪迈《万首唐人绝句》序说："王涯在翰林，同学士令狐楚、张仲素所赋宫词诸章，乃误入于王维集。"《唐诗纪事》以《游春曲》二首、《太平乐》二首、《送春辞》、《塞上曲》二首之一、《秋夜曲》二首、《平戎辞》二首之二、《闺人春思》《赠远》二首等十二首为张仲素诗，复旦大学藏《元和三舍人集》诸诗均收入，可见确非王维诗。

淮阴夜宿二首

水国南无畔，扁舟北未期。乡情淮上失，归梦郢中疑。木落知寒近，山长见日迟。客行心绪乱，不及洛阳时。

永绝卧烟塘，萧条天一方。秋风淮木落，寒夜楚歌长。宿莽非中土，鲈鱼岂我乡。孤舟行已倦，南越尚茫茫。

下京口埭夜行

孤帆度绿氛，寒浦落红曛。江树朝来出，吴歌夜渐闻。南溟接潮水，北斗近乡云。行役从兹去，归情入雁群。

山行遇雨

骤雨昼氛氲，空天望不分。暗山惟觉电，穷海但生云。涉涧猜行潦，缘崖畏宿氛。夜来江月霁，棹唱此中闻。

夜到润州

夜入丹阳郡，天高气象秋。海隅云汉转，江畔火星流。城郭传金柝，闾阎闭绿州。客行凡几夜，新月再如钩。

以上五首，收入顾起经《类笺唐王右丞集》外篇，其他各本未载。赵殿成说："又载唐《孙逖集》。《文苑英华》俱编入'行迈类'，亦称逖作，盖与右丞《早入荥阳界》诸诗同纪，遂误作右丞诗耳。"《全唐诗》亦作孙逖诗。陈铁民说："孙逖尝官山阴（唐越州治所，今浙江绍兴）尉，集中有不少越中诗。逖河南府（治所在今洛阳）人，故诗中有'思洛'之意。这五首诗应是孙逖入越途中及在越时所作。"（《王维诗真伪考》）

冬夜寓直麟阁

直事披三省，重关秘七门。广庭怜雪净，深屋喜炉温。月幌花虚馥，风窗竹暗喧。东三白云意，兹夕寄琴樽。

此诗收入顾起经《类笺唐王右丞集》，其他各本未载。《文苑英华》作宋之问诗。赵殿成说："题中'麟阁'之名，乃是天授时所改，神龙时无复此称，则此诗自应归宋耳。"按：《宋之问集》有此诗，《全唐诗》亦载入宋诗中。

感　兴

禾黍不艳阳，竞栽桃李春。翻令力耕者，半作卖花人。

赵殿成说："此本郑谷诗。《诗学权舆》以为王摩诘作，顾起经外编亦录此首。"按：《唐诗纪事》《全唐诗》俱以此诗为郑谷作。

赋得秋日悬清光

寥廓凉天静，晶明白日秋。圆光含万象，碎影入闲流。迥与青冥合，遥同江甸浮。昼阴殊众木，斜影下危楼。宋玉登高怨，张衡望远愁。余晖如可托，云路岂悠悠。

赵殿成说："《诗隽类函》《唐诗类苑》俱作王维诗，《唐诗品汇》作无名氏诗。"按：《全唐诗》收入王维诗中。佟培基《全唐诗重出误收考》说："按此乃省试诗，载《英华》一八一，同题尚有陶拱一首。另《英华》九又载陶拱与夏方庆、李子兰同赋之《天晴景星见赋》。检《登科记》一三，夏方庆为贞元十年进士，那么陶拱亦同时人，此诗非王维作。"

疑　梦

莫惊宠辱空忧喜，莫计恩仇浪苦辛。黄帝孔丘何处问，安知不是梦中身。

> 赵殿成说："见《事文类聚》。"按：《白居易集》《全唐诗》白居易诗，均有《疑梦二首》，此诗系第一首。佟培基说："诗句平易似白氏。"

过友人庄

故人具鸡黍，邀我至田家。绿树村边合，青山郭外斜。

> 赵殿成说："此本孟浩然八言律诗，今《万首唐人绝句》减去后四句作一绝，作王维，不知何据。顾起经外编亦录此首。"

休假还旧业便使

谢病始告归，依依入桑梓。家人皆伫立，相候柴门里。时辈皆长年，成人旧童子。上堂嘉庆毕，顾与姻亲齿。论旧忽余悲，目存且相喜。田园转芜没，但有寒泉水。衰柳日萧条，秋光清邑里。入门乍如客，休骑非便止。中饭顾王程，离忧从此始。

别弟妹二首

两妹日成长，双鬟将及人。已能持宝瑟，自解掩罗巾。念昔别时小，未知疏与亲。今来始离恨，拭泪方殷勤。

小弟更孩幼，归来不相识。同居虽渐惯，见人犹未觅。宛作越人语，殊甘水乡食。别此最为难，泪尽有余忆。

> 以上三首，《全唐诗》重见于王维诗与卢象诗中。赵殿成说："《卢象诗集》有《八月十五日，象自江东止田园移庄庆会，未几归汶上，小弟幼妹，尤悲其别，兼赋是诗三首》。其一，'谢病始告归'；其二，'两妹日成长'；其三，'小弟更孩幼'。《唐诗纪事》载此，亦作象诗。成考右丞本传及他书，未有言其寓家于越，浪迹水乡者。'宛作越人语，殊甘水乡食'二

语，合之卢象'携家来居江东最久'之语（见《唐才子传》二），乃为得
之。"陈铁民说："考《休假还旧业便使》诗意，可知是时卢象在汶上为
官，谢病告假归江东探亲，不久复返汶上。三诗盖象任齐州司马期间所作
（齐州治所在今济南，地近汶水）。"生按：王维幼年丧父，只有一妹，其
任官时更无孩幼的小弟，即此亦可见诗非维作。

阙题二首（其二）

相看不忍发，惨淡暮潮平。语罢更携手，月明州渚生。

此诗仅载于《全唐诗》，其一即《山中》。按：宋释惠洪《冷斋夜话》
云："王摩诘《山中》诗曰：'溪清白石出。天寒红叶稀。山路元无雨，空
翠湿人衣'。舒王（王安石）《百家夜休》曰：'相看不忍发，惨淡暮潮平。
欲别更携手，月明州渚生。'此皆得于天趣。"王安石《王文公文集》有
《离升州作二首》，此诗即第一首。

江上别流人

以我越乡客，逢君谪居者。分飞黄鹤楼，流落苍梧野。驿使
乘云去，征帆沿溜下。不知从此分，还袂何时把。

陈尚君《全唐诗外编修订说明》："孙望《全唐诗补遗》卷五收王维
《江上别流人》，录自《永乐大典》卷三○○六。按此为孟浩然诗，见影宋
蜀刻本《孟浩然诗集》卷下、《四部丛刊》爱明刻本《孟浩然集》卷一、
《全唐诗》卷一五九。"1988 年版《全唐诗外编》已删去此诗。

华 清 宫

红树萧萧阁半开，上皇曾幸此宫来。至今风俗骊山下，村笛
犹吹阿滥堆。

陈尚君《全唐诗外编修订说明》："童养年《全唐诗续补遗》卷三收王
维《华清宫》，录自清毕沅《关中胜迹图志》卷五。按影宋蜀刻《张承吉
文集》卷四、《全唐诗》卷五一一均作张祜诗，是。"1988 年版《全唐诗外
编》已删去此诗。

句

人家在仙掌，云气欲生衣。

杨慎《升庵诗话》："王摩诘诗，今所传仅六卷。'人家在仙掌，云气欲生衣'二句，见于董逌画跋，而本集不载，则知其诗遗落多矣。"《全唐诗》据此收入。佟培基《全唐诗重出误收考》："今检《广川画跋》五《书王摩诘山水后》一则云：'余见世以画名者，无复生动气象，不过聚石为山，分画写水，又岂可与论山光全在掌（一作人家在仙掌），云气欲生衣者耶?'此段议论王维山水画之气象，所引两句并未明言是王维诗，不过借以批评当时所谓山水画家，缺乏生动气韵。杨慎误以此二句为王维诗。宋蜀刻本《张承吉文集》一载此诗，乃《题王右丞山水障二首》之二，全诗八句。《全唐诗》张祜集同。"

补遗

长生草

老根那复占春晴，能住虚根自发生。

此二句见《全唐诗补编》卷中之《全唐诗续拾》卷十三。辑录者陈尚君注："见《刿录》卷十。疑伪。"

史传及遗事

进王维集表

臣缙言：中使王承华奉宣进止，令臣进亡兄故尚书右丞维文章。恩命忽临，以惊以喜，退因编录，又窃感伤。臣兄文词立身，行之余力，常持（蜀刻本作"当官"）坚正，秉操孤贞（蜀刻本作"直"）。纵居要剧，不忘清静，实见时辈，许以高流。至于晚年，弥加进道，端坐虚室，念兹无生。乘兴为文，未尝废业，或散朋友之上，或留箧笥之中。臣近搜求，尚虑零落，诗笔共成十卷，今且随表奉进。曲承天鉴，下访遗文，魂而有知，荷宠光于幽壤；殁而不朽，成大名于圣朝。臣不胜感戴悲欢之至，谨奉表以闻。臣缙诚惶诚恐，顿首顿首，谨言。宝应二年正月七日，银青光禄大夫尚书兵部侍郎兼御史大夫臣缙表上。（《全唐文》卷三七〇）

唐代宗答诏

卿之伯氏，天下文宗。位历先朝。名高希代。抗行周雅，长揖楚辞。调六气于终篇，正五音于逸韵。泉飞藻思，云散襟情，诗家者流，时论归美。诵于人口，久郁文房，歌以国风，宜登乐府。视朝之后，乙夜将观。石室所藏，殁而不朽。柏梁之会，今也则亡。乃眷棣华，克成编录，声猷益茂，叹息良深。（《全唐文》卷四六）

《旧唐书·王维传》

王维，字摩诘，太原祁人。父处廉，终汾州司马，徙家于蒲，遂为河东人。维开元九年进士擢第。事母崔氏以孝闻。与弟缙俱有俊才，博学多艺亦齐名，闺门友悌，多士推之。历右拾遗、监察御史、左补阙、库部郎中。居母丧，柴毁骨立，殆不胜丧，服阕，拜吏部郎中。天宝末，为给事中。禄山陷两都，玄宗出幸，维扈从不及，为贼所得。维服药取痢，伪称瘖病。禄山素怜之，遣人迎置洛阳，拘于普施寺，迫以伪署。禄山宴其徒于凝碧宫，其乐工皆梨园弟子、教坊工人。维闻之悲恻，潜为诗曰："万户伤心生野烟，百官何日再朝天？秋槐花落空宫里，凝碧池头奏管弦。"贼平，陷贼官三等定罪。维以《凝碧诗》闻于行在，肃宗嘉之，会缙请削己刑部侍郎以赎兄罪，特宥之，责授太子中允。乾元中，迁太子中庶子、中书舍人，复拜给事中，转尚书右丞。维以诗名盛于开元、天宝间。昆仲宦游两都，凡诸王驸马豪右贵势之门，无不拂席迎之，宁王、薛王待之如师友。维尤长五言诗。书画特臻其妙，笔踪措思，参于造化，而创意经图，即有所缺，如山水平远，云峰石色，绝迹天机，非绘者之所及也。人有得奏乐图，不知其名，维视之曰："《霓裳》第三叠第一拍也。"好事者集乐工按之，一无差，咸服其精思。维弟兄俱奉佛，居常蔬食，不茹荤血，晚年长斋，不衣文彩。得宋之问蓝田别墅，在辋口，辋水周于舍下，别涨竹洲花坞，与道友裴迪浮舟往来，弹琴赋诗，啸咏终日。尝聚其田园所为诗，号《辋川集》。在京师，日饭十数名僧，以玄谈为乐。斋中无所有，惟茶铛、药臼、经案、绳床而已。退朝之后，焚香独坐，以禅诵为事。妻亡不再娶，三十年孤居一室，屏绝尘累。乾元二年七月卒。临终之际，以缙在凤翔，忽索笔作别缙书，又与平生亲故作别书数幅，多敦厉朋友奉佛修心之旨，舍笔而绝。代宗时，缙为宰相。代宗好文，常谓缙曰："卿之伯氏，天宝中诗名冠代，朕尝于诸王座闻其乐章。今有多少文集，卿可进来。"缙曰："臣兄开元中诗百千余篇，天宝事后，十不存一。比于中外亲故间相与编缀，都得四百余篇。"翌日上之，帝优诏褒赏。缙自有传。

《新唐书·王维传》

王维，字摩诘。九岁知属辞。与弟缙齐名，资孝友。开元初，擢进士。调大乐丞，坐累为济州司仓参军。张九龄执政，擢右拾遗，历监察御史。母丧，毁几不生。服除，累迁给事中。安禄山反，玄宗西狩，维为贼所得，以药下痢，阳瘖。禄山素知其才，迎置洛阳，迫为给事中。禄山大宴凝碧池，悉召梨园诸工合乐，诸工皆泣。维闻悲甚，赋诗悼痛。贼平，皆下狱。或以诗闻行在。时缙位已显，请削官赎维罪，肃宗亦自怜之，下迁太子中允。久之，迁中庶子，三迁尚书右丞。缙为蜀州刺史未还，维自表己有五短，缙五长；臣在省户，缙远方；愿归所任官，放田里，使缙得还京师。议者不之罪，久乃召缙为左散骑常侍。上元初卒，年六十一。疾甚，缙在凤翔，作书与别，又遗亲故书数幅，停笔而化。赠秘书监。维工草隶，善画，名盛于开元、天宝间。豪英贵人，虚左以迎；宁、薛诸王，待若师友。画思入神，至山水平远，云势石色，绘工认为天机所到，学者不及也。客有以按乐图示者，无题识，维徐云："此《霓裳》第三叠最初拍也。"客未然，引工按曲乃信。兄弟皆笃志奉佛，食不荤，衣不文彩。别墅在辋川，地奇胜，有华子冈、欹湖、竹里馆、柳浪、茱萸沜、辛夷坞。与裴迪游其中，赋诗相酬为乐。丧妻不娶，孤居三十年。母亡，表辋川第为寺，终葬其西。宝应中，代宗语缙曰："朕尝于诸王座闻维乐章，今传几何？"遣中人王承华往取，缙裒集数十百篇上之。

赵殿成按：《梦溪笔谈》云："《国史补》言：'客有以按乐图示王维，维曰：此《霓裳》第三叠第一拍也。客未然，引工按曲乃信。'此好奇者为之。凡画奏乐，止能画一声，不过金石管弦同用一字耳，何曲无此声，岂独霓裳第三叠第一拍也。或疑舞节及他举动，拍法中别有奇声可验。此亦未然。《霓裳》曲凡十三叠，前六叠无拍，至第七叠方谓之叠遍，自此始有拍而舞作。故白乐天诗云：'中序擘𬘘初入拍'，中序即第七叠也，第三叠安得有拍？但言第三叠第一拍，即其妄也。"

《新唐书·宰相世系表》

河东王氏

儒贤	知节	胄	处廉	维
雍州司马	箫州司马	协律郎	汾州司马	字摩诘 尚书右丞

缙　字夏卿　相代宗

绅　江陵　少尹

纮

纨　太常　少卿

姚合《极玄集》："王维字摩诘，河东人。开元九年进士。历拾遗、御史。天宝末，给事中。肃宗时，尚书右丞。"

李肇《国史补》："王维好释氏，故字摩诘。立性高致，得宋之问辋川别业，山水胜绝，今清源寺是也。"

《册府元龟》："王维有俊才，尤工五言诗，独步于当时，染翰之后，人皆讽诵。"

《旧唐书·文苑传》："爰及我朝，挺生贤俊，韵谐金奏，词炳丹青。如燕（张说，燕国公）、许（苏颋，许国公）之润色王言，吴（兢）、陆（贽）之铺扬鸿业，元稹、刘蒉之对策，王维、杜甫之雕虫，并非肄业使然，自是天机秀绝。"

《新唐书·文艺传》："唐有天下三百年，文章无虑三变。高祖、太宗，大难始夷，沿江左余风，缔句绘章，揣合低昂。玄宗好经术，群臣稍厌雕琢，索理致，崇雅黜浮，气益雄浑。大历、贞元间，美才辈出，擩哜道真，涵泳圣涯，此其极也。若侍从酬奉则李峤、宋之问、沈佺期、王维，制册则常衮、杨炎、陆贽、权德舆、王仲舒、李德裕，言诗则杜甫、李白、元稹、白居易、刘禹锡，谲怪则李贺、杜牧、李商隐，皆卓然以所长为一世冠，其可尚已。"

《旧唐书·韦安石传》："二子陟、斌，并早知名。陟子殷卿。开元初，丁父忧，居丧过礼。自此杜门不出八年，与弟斌相劝励，探讨典坟，不舍昼夜，文华当代，惧有盛名。于时才名之士王维、崔颢、卢象等，常与陟唱和游处。""斌，开元十七年，司徒薛王业为女平恩县主求婚，以赋才地奏配焉。迁秘书丞。天宝初，转国子司业，徐安贞、王维、崔颢，当代辞人，特为推挹。"

《新唐书·韦抗传》："（抗）所表奉天尉梁升卿、新丰尉王倕、华原尉王焘，皆为僚属，后皆为显人。它所辟举，如王维、王缙、崔殷等，皆一时选云。"

《新唐书·孟浩然传》："（浩然）年四十，乃游京师。尝于太学赋诗，一座嗟伏，无敢抗。张九龄、王维雅称道之。维私邀入内署，俄而玄宗至，浩然匿床下，维以实对，帝喜曰：'朕闻其人而未见也，何惧而匿？'诏浩然出。帝问其诗，浩然再拜，自诵所为，至'不才明主弃'之句，帝曰：'卿不求仕，而朕未尝弃卿，奈何诬我？'因放还。"

刘禹锡《唐故尚书主客员外郎卢公集序》："尚书郎卢公讳象，字纬卿。始以章句振起于开元中，与王维、崔颢比肩骧首，鼓行于时。"

独孤及《唐故左补阙安定皇甫（冉）公集序》："沈、宋既殁，而崔司勋颢、王右丞维复崛起于开元、天宝之间，得其门而入者，当代不过数人，补阙其一也。"

无名氏《大唐传载》："王河南维，或有人报云：'公除右辖。'王曰：'吾居此官，虑被人呼为不解作诗王右丞。'"

冯贽《云仙杂记》："孟浩然眉毫尽落，裴迪袖手衣袖至穿，王维走入醋瓮，皆苦吟者也。""王维以黄磁斗贮兰蕙，养以绮石，累年弥盛。""王维辋川林下坐，用雷门四老石，灯灭则石中钻火。""王维居辋川，宅宇既广，山林亦远，而性好温洁，地不容浮尘，日有十数扫饰者，使两童专掌缚帚，而有时不给。"

《太平广记》引薛用弱《集异记》："王维右丞，年未弱冠，文章得名。性闲音律，妙能琵琶。游历诸贵之间，尤为岐王之所眷重。时进士张九皋，声称籍甚，客有出入公主之门者为其地。公主以词牒京兆试官，令以九皋为解头。维方将应举，言于岐王，仍求庇借。岐王曰：'贵主之强，不可力争，吾为子画焉。子之旧诗清越者，可录十篇。琵琶新声之怨切者，可度一曲。后五日至吾。'维即依命，如期而至。岐王谓曰：'子以文士请谒贵主，何门可见哉！子能如吾之教乎？'维曰：'谨奉命。'岐王乃出锦绣衣服，鲜华奇异，遣维衣之，仍令斋琵琶，同至公主之第。岐王入曰：'承贵主出内，故携酒乐奉燕。'即令张筵。诸伶旅进，维妙年洁白，风姿都美，立于行。公主顾之，谓岐王曰：'斯何人哉？'答曰：'知音者也。'即令独奏新曲，声调哀切，满座动容。公主自询曰：'此曲何名？'维起曰：'号《郁轮袍》。'公主大奇之。岐王因曰：'此生非止音律，至于词学，无出其右。'公主尤异之，则曰：'子有所为文乎？'维则出献怀中诗卷呈公主。公主既读，惊骇曰：'此皆儿所诵习，常谓古人佳作，乃子之为乎！'因令更衣，升之客右。维风流蕴藉，语言谐戏，大为诸贵之钦瞩。岐王因曰：'若令京兆府今年得此生为解头，诚为国华矣。'公主乃曰：'何不遣其应举？'岐王曰：'此生不得首荐，义不就试。然已承贵主论托张九皋矣。'公主笑曰：'何预儿事，本为他人所托。'顾谓维曰：'子诚取解，当为子力致焉。'维起谦谢。公主则召试官至第，遣宫婢传教。维遂作解头，而一举登第矣。及为太乐丞，为伶人舞黄狮子，坐出官。黄狮子者，非一人不舞也。禄山初陷西京，维及郑虔、张通等皆处贼庭。洎克复，俱因于宣扬里扬国忠旧宅。崔圆因召于私第，令画数壁。当时皆以圆勋贵无二，望其救解，故运思精巧，颇绝其艺。后由此事，皆从宽典，至于贬黜，亦获喜地。今崇义里窦，丞相易直私第，即圆旧宅也，画尚在焉。维累为给事中。禄山授以伪官，及贼平，弟缙为北都副留守，请以己官爵赎之，由是免死。累为尚书右丞。于蓝田置别业，留心释典焉。"

　　生按：陈铁民《王维年谱》注〔一〕："按，唐萧昕《张公神道碑》云：'公讳九皋'其先范阳人也。……弱冠，孝廉登科……以天宝十四载四月二十一日疾亟，薨于西京常乐里之私邸，春秋六十有六。'据《碑》所载卒年与享年推算，中宗景龙三年，九皋约二十岁。孝廉，唐人常以之为明经之称。王维开元七年赴京兆府试时，九皋明经及第已十年左右。又稽之史籍，中宗诸女贵盛者，开元七年安乐公主已死，长宁公主遭贬。睿宗诸女，无贵盛逾于岐王者，而玄宗诸女，当时又都年幼（长女永穆公主开元十年方及下嫁之年）。故《集异记》所记事有可疑。"

封演《封氏闻见记》："玄宗时，王维特妙山水，幽深之致，近古未有。"

窦臮《述书赋》，其称右丞云："诗兴入神，画笔雄精。李将军世称高绝，渊微已过；薛少保时许美润，合极不如。"窦蒙注云："右丞王维，字摩诘，琅琊人。诗通大雅之作。山水之妙，胜于李思训。弟太原少尹缙，文笔泉薮，善草隶书，功超薛稷。二公名望，首冠一时。时议论诗，则曰王维、崔颢，论笔则曰王缙、李邕，祖咏、张说，不得预焉。幼弟纮，有两兄之风。闺门之内，友爱之极。"

> 赵殿成按：右丞书画之妙，新旧两史，俱兼称之。宋朱长文《续书断》，所推能品六十六人，右丞与焉。乃世徒美其画而不及其书，湮没无传，惜哉！

李肇《国史补》："开元日，通不以姓而可称者，燕公、曲江、太尉、鲁公。不以名而可称者，宋开府、陆宣公、王右丞、房太尉、郭令公、崔太傅、杨司徒、刘忠州、杨崖州、段太尉、颜鲁公。"

裴敬《翰林学士李白墓碑》："夫古以名德称，占其官谥者甚稀。前以诗称者，若谢吏部、何水部、陶彭泽、鲍参军之类。唐朝以诗称，若王江宁、宋考功、韦苏州、王右丞、杜员外之类。"

王士祯《带经堂诗话》："山谷与摩诘貌相似，其自赞云：元丰间求李伯时作右丞像，此时与伯时未相识，而作摩诘偶似不肖，但多髯耳。今观秦少章所蓄画像，甚类而瘦，岂山泽之儒故应癯哉！"

《陕西志》："西安府蓝田县有王维母博陵县君崔氏及维墓，俱在鹿原寺西。○王右丞祠，在蓝田县辋川鹿苑寺。"

蓝上茅茨期王维补阙 （储光羲）

山中人不见，云去夕阳过。浅濑寒鱼少，<u>丛兰秋蝶多</u>。老年疏世事，幽性乐天和。酒熟思才子，溪头望玉珂。

奉赠王中允维 （杜 甫）

中允声名久，如今契阔深。共传收庾信，不比得陈琳。一病缘明主，三年独此心。穷愁应有作，试诵白头吟。

崔氏东山草堂 （杜 甫）

爱汝玉山草堂静，高秋爽气相鲜新。有时自发钟磬响，落日更见渔樵人。盘剥白鸦谷口栗，饭煮青泥坊底芹。何为西庄王给事，紫门空闭锁松筠？

解 闷 （杜 甫）

不见高人王右丞，<u>蓝田丘壑蔓寒藤</u>。最传秀句寰区满，未绝风流相国能。右丞弟，今相国缙。

中书王舍人辋川旧居 （钱 起）

几年家绝壑，满径种芳兰。带石买松贵，通溪涨水宽。诵经连谷响，吹律减云寒。谁谓桃园里，天书问考槃。一从解蕙带，三入偶蝉冠。今夕复何夕，归休寻旧欢。片云隔苍翠，春雨半林湍。藤长穿松盖，花繁压药栏。景深青眼下，兴绝彩毫端。笑向同来客。登龙此地难。

故王维右丞堂前芍药花开凄然感怀 （钱 起）

芍药花开出旧阑，春衫掩泪再来看。主人不在花长在，更胜青松守岁寒。

题清源寺　王右丞宅陈迹　　　　　　（耿　沣）

儒墨兼宗道，云泉旧结庐。孟城今寂寞，辋水自纡余。内学销多累，西园易故居。深房春竹老，细雨夜钟疏。陈迹留金地，遗文在石渠。不知登座客，谁得蔡邕书？

过王右丞书堂二首　　　　　　　　　（储嗣宗）

澄潭昔卧龙，章句世为宗。独步声名在，千岩水石空。野禽悲灌木，落日吊清风。后学攀遗址，秋山闻草虫。万树影参差，石床藤半垂。萤光虽散草，鸟迹尚临池。风雅传今日，云山想昔时。深感苏属国，千载五言诗。右丞昔陷贼庭，故有此句。

过胡居士觇王右丞遗文　　　　　　　（司空曙）

旧日相知尽，深居独一身。闭门惟有雪，看竹永无人。每许前山陷，曾邻陋巷贫。题诗今尚在，暂为拂流尘。

观王右丞维沧洲图歌　　　　　　　　（皎　然）

沧洲误是真，萋萋忽盈视。便有春渚情，褰裳摄芳芷。飒然风至草不动，始悟丹青得如此。丹青变化不可寻，翻空作有移人心。犹言雨色斜指座，乍似水凉未入襟。沧洲说近三湘口，谁知卷得在君手。被图拥褐临水时，翛然不异沧洲叟。

赠从弟茂卿　时欲北游　　　　　　　（杨巨源）

吾家骥足杨茂卿，性灵且奇才甚清。海内方微风雅道，邺中更有文章盟。扣寂由来在渊思，搜奇本自通禅智。王维证时符水月，杜甫狂处遗天地。流水东西歧路分，幽州迢递旧来闻。若为向北驱疲马，山似寒空塞似云。

题王右丞山水障二首 　　　　（张　祜）

精华在笔端，咫尺匠心难。日月中堂见，江湖满座看。夜凝
岚气湿，秋浸壁光寒。料得昔人意，平生诗思残。右丞今已殁，
遗画世间稀。咫尺江湖尽，寻常鸥鸟飞。山光全在掌，云气欲生
衣。以此常为玩，平生沧海机。

和　友　人 　　　　（韦　庄）

闭门同隐士，不出动经时。静阅王维画，闲翻褚胤棋。落泉
当户急，残月下窗迟。却想从来意，谯周亦自嗤。

寄洛下王彝训先辈 　　　　（齐　己）

贾鸟存正始，王维留格言。千篇千古在，一咏一惊魂。离别
无他寄，相思共此门。阳春堪永恨，郢路转尘昏。

凤翔八观王维吴道子画 　　　　（宋苏轼）

何处访吴画？普门与开元。开元有东塔，摩诘留手痕。吾观画
品中，莫如二子尊。道子实雄放，浩如海波翻。当其下手风雨快，
笔所未到气已吞。亭亭双林间，彩晕扶桑暾。中有至人谈寂灭，悟
者悲涕迷者手自扪。蛮君鬼伯千万万，相排竞进头如鼋。摩诘本诗
老，佩芷袭芳荪。今观此壁画，亦若其诗清且敦。祇国弟子尽鹤骨，
心如死灰不复温。门前两丛竹，雪节贯霜根。交柯乱叶动无数，一
一皆可寻其源。吴生虽妙绝，犹以画工论。摩诘得之于象外，有如
仙翮谢笼樊。吾观二子皆神俊，又于维也敛衽无间言。

次韵鲁直书伯时画王摩诘 　　　　（宋苏轼）

前身陶彭泽，后身韦苏州。欲觅王右丞，还向五字求。诗人
与画手，兰菊芳春秋。又恐两皆是，分身来入流。

摩诘画　　　　　　（宋　黄庭坚）

丹青王右辖，诗句妙九州。物外常独往，人间无所求。袖手南山雨，辋川桑柘秋。胸中有佳处，泾渭看同流。

王摩诘骊山宫图　　　　　　（元　王恽）

忆昔风流王右丞，开元亲侍玉堂庐。细吟凝碧池头句，正恐丹青是谏书。

题王右丞辋川图　　　　　　（元　王恽）

凝碧池边野鹿过，空悲双泪赋悲歌。论忠不到平原列，驰誉丹青未足多。

文采风流映一时，丹青三昧有余师。戏将万斛歃湖水，写尽南山五字诗。

王维辋川图诗　　　　　　（元　邓文原）

辋口风烟春日迟，浅沙深渚带东菑。红杏花开翔白鹤，绿杨丝袅逗黄鹂。山云寂寂入寒竹，野露瀼瀼裛嫩葵。谁似右丞清绝处，千秋一士更何疑。

王维终南草堂　　　　　　（元　吴镇）

昔人谢政后，生事此山中。树洒虚堂雨，泉飞隔浦风。喜无舟楫至，旋有鹤猿通。应识无声妙，临窗展未穷。

读右丞五言　　　　　　（明　李日华）

紫禁神仙侣，青霄侍史郎。明心寒水骨，妙语出天香。烟壑从疏散，花洲坐渺茫。菁华时揽撷，珠玉乱辉光。

辋川谒王右丞祠　　　　（明　敖英）

蜀栈青螺不可攀，孤臣无计出秦关。华清风雨萧萧夜，愁杀江南庾子山。

历代诗评及画评

综　论

殷瑶《河岳英灵集》叙：“至如曹、刘诗多直语，少切对，或五字并侧，或十字俱平，而逸驾终存。然挈瓶肤受之流，责古人不辨宫商徵羽，词句质素，耻相师范。于是攻异端，妄穿凿。理则不足，言常有余。都无兴象，但贵轻艳。虽满箧笥，将何用之！自萧氏以还，尤增矫饰。武德初，微波尚在。贞观末，标格渐高。景云中，颇通远调。开元十五年后，声律风骨始备矣。……粤若王维、昌龄、储光羲等二十四人，皆河岳英灵也，此集便以‘河岳英灵’为号。”

又：“瑶今所集，颇异诸家。既闲新声，复晓古体。文质半取，风骚两挟。言气骨则建安为传，论宫商则太康不逮。将来秀士，无致深憾。”

又：“维诗词秀调雅，意新理惬，在泉为珠，着壁成绘，一句一字，皆出常境。”

苑咸《酬王员外》：“为文已变当时体，入用还推间气贤。”

窦臮《述书赋》：“诗兴入神，画笔雄精。李将军世称高绝，渊微已过；薛少保时许美润，合格不珍。右丞王维，字摩诘，琅琊人。诗通《大雅》之作。山水之妙，胜于李思训。弟太原少尹缙，文笔泉薮，善草隶书，功超薛稷。二公名望，首冠一时。时议论诗，则曰王维、崔颢，论笔则曰王缙、李邕，祖咏、张说，不得预焉。"

司空图《与李生论诗书》："文之难，而诗之难尤难。……诗贯六义，则讽谕抑扬，渟蓄渊雅，皆在其中矣。然直致所得，以格自奇，前辈诸集，亦不专工于此，矧其下者耶！王右丞、韦苏州澄澹精致，格在其中，岂妨于遒举哉？噫！近而不浮，远而不尽，然后可以言韵外之致耳。"

又：《与王驾评诗书》："国初主上好文雅，风流特盛。沈宋始兴之后，杰出于江宁，宏肆于李、杜，极矣。右丞、苏州趣味澄复，若清沇之贯达。大历十数公，抑又其次焉。"

苏轼《书摩诘蓝田烟雨图》："味摩诘之诗，诗中有画；观摩诘之画，画中有诗。"

陈师道《后山诗话》："右丞、苏州皆学于陶，王得其自在。"

阮阅《诗话总龟》："顾长康善画而不能诗，杜子美善作诗而不能画。从容二子之间者，王右丞也。"

惠洪《冷斋夜话》："诗者，妙观逸想之所寓也，岂可限以绳墨哉！如王维作画雪中芭蕉，法眼观之，知其神情寄寓于物，俗论则讥以为不知寒暑。"

蔡正孙《诗林广记》："山谷老人云：余顷年登山临水，未尝不读摩诘诗，固知此老胸次，定有泉石膏肓之疾。"

又："苏庠《后湖集》云：摩诘之诗，造语妙处，至与造物相表里，岂直书中有画哉！观其诗，知其蝉蜕尘埃之中，蜉蝣万物之表也。"

蔡絛《西清诗话》："王摩诘诗浑厚闲雅，覆盖古今，但如久隐山林之人，徒成旷淡也。"

许顗《彦周诗话》："孟浩然、王摩诘诗，自李、杜而下，当为第一。"

晁公武《郡斋读书志》:"维诗清逸,追逼陶、谢。"

张戒《岁寒堂诗话》:"王右丞诗,格老而味长。韦苏州诗,韵高而气清。虽皆五言之宗匠,然互有得失,不无优劣。以标韵观之,右丞远不逮苏州;至于词不迫切而味甚长,虽苏州亦所不及也。"

又:"世以王摩诘古诗配太白,律诗配子美。盖摩诘古诗能道人心中事而不露筋骨,律诗至佳丽而老成。如《陇西行》《息夫人》《西施篇》《羽林骑归人》等篇,信不减太白。如'兴阑啼鸟换,坐久落花多';'草枯鹰眼疾,雪尽马蹄轻'等句,信不减子美。虽才气不若李杜之雄杰,而意味工夫是其匹亚也。摩诘心淡泊,本学佛而善画,出则陪岐、薛诸王及贵主游,归则屡饫辋川山水,故其诗于富贵山林,两得其趣。"

陆游《跋王右丞集》:"余年十七八时,读摩诘诗最熟,后遂置之者几六十年。今年七十七,永昼无事,再取读之,如见旧师友,恨间阔之久也。"

魏庆之《诗人玉屑》:"晦庵谓:王维以诗名开元间,遭禄山乱陷贼中,不能死,事平复,幸不诛。其人既不足言,词虽清雅,亦萎弱少气骨。独山中人与望终南、迎送神为胜。"

又:"敖陶孙《臞翁诗评》:闲暇日与弟侄辈评古今诸名人诗,王右丞如秋水芙蕖,倚风自笑。"

又:"《雪浪斋日记》:为诗欲清深闲淡,当看韦苏州、柳子厚、孟浩然、王维、贾长江。"

严羽《沧浪诗话》:"诗体:以人而论,则有……王右丞体。王维也。"

刘克庄《后村诗话》:"右丞不污天宝之别,大节凛然。其诗摆落世间腥腐,非食烟火人口中语。"

范德机《木天禁语》:"王维典丽靓深,学者不察,失于容冶。"

高棅《唐诗品汇·总序》:"开元、天宝间,则有李翰林之飘逸，杜工部之沉郁，孟襄阳之清雅，王右丞之精致，储光羲之真率，王昌龄之声俊，高适、岑参之悲壮，李欣、常建之超凡，此盛唐之盛者也。"

吕煐《重刊唐王右丞诗集序》："论近体者必称盛唐，若蓝田王右丞维，亦其一也。其为律、绝句，无问五、七言，皆庄重闲雅，浑然天成。至于古诗，句本冲澹，而兴则悠长。诸词清婉流丽，殆未可多訾。"

李东阳《怀麓堂诗话》："唐诗李、杜之外，孟浩然、王摩诘足称大家。王诗丰缛而不华靡，孟却专心古澹而悠远深厚，自无寒俭枯瘠之病。由此言之，则孟为尤胜。"

王鏊《震泽长语》："摩诘以淳古澹泊之音，写山林闲适之趣，如辋川诸诗，真一片水墨不着色画。及其铺张国家之盛，如'九天阊阖开宫殿，万国衣冠拜冕旒'，'云里帝城双凤阙，雨中春树万人家'，又何其伟丽也。"

又："若夫兴寄物外，神解妙悟，绝去笔墨畦径，所谓文不按古，匠心独妙，吾于孟浩然、王摩诘有取焉。"

徐献忠《唐诗品》："右丞诗发秀自天，感言成韵，词华新朗、意象幽闲。上登清庙，则情近圭璋；幽彻丘林，则理同泉石。言其风骨，固尽扫微波；采其流调，亦高跨来代。于《三百篇》求之，盖《小雅》之流也。而颂声之微，夫亦风气所临，不能洗濯而高视也。"

顾起经《王右丞诗集笺注小引》："玄、肃以下诗人，其数什百。语盛唐者，惟王、孟、高、岑四家为最。语四家者，惟右丞为最。其为诗也，上薄《骚》《雅》，下括汉、魏，博综群籍，渔猎百氏。子史、子、苍、雅、纬候、钤决、内学、外家之说，苞并总统，无所不窥，尤长于佛理。故其摛灌奇异，措思冲旷，驰迈前榘，雄视名俊，凡今长老荐绅之属，工为诗者，恒嗟赏而雅崇之，殆与耳食无异。"

　　赵殿成《王右丞集笺注》引《史鉴类编》："王维之作，如上林春晓，芳树微烘，百啭流莺，宫商迭奏；黄山紫塞，汉馆秦宫，芊绵伟丽于氤氲杳渺之间。真所谓有声画也，非妙于丹青者，其孰能之？ 知乃辞情闲适，音调雅驯，至今人师之诵之，为楷式焉。"

　　李梦阳《空同子·论学》："王维诗，高者似禅，卑者似僧，奉佛之应哉！ 人心系则难脱。"

　　谢榛《四溟诗话》："孔文谷曰：王摩诘、孟浩然、韦应物，典雅冲穆，入妙通玄。"

　　陆时雍《诗镜总论》："世以李、杜为大家，王维、高、岑为傍户，殆非也。摩诘写色清微，已望陶、谢之藩矣，第律诗有余，古诗不足耳。离象得神，披情著性，后之作者谁能之？ 世之言诗者，好大好高，好奇好异，此世俗之魔见，非诗道之正传也。体物著情，寄怀感兴，诗之为用。如此已矣。"

　　王世贞《艺苑卮言》："摩诘才胜孟襄阳，由工入微，不犯痕迹，所以为佳。"

　　王世懋《艺圃撷余》："古人云：'秀色若可餐'。余谓此言惟曹植、谢朓、李白、王维可以当之。"

　　又："诗称发端之妙者，谢宣城而后，王右丞一人而已。"

　　胡应麟《诗薮》："偏精独诣，名家也；具范兼镕，大家也。然又当视其才具短长，格调高下，规模宏隘，阃域浅深。有众体皆工而不免为名家者，右丞、嘉州是也；有律绝微减而不失为大家者，少陵、太白是也。"

　　又："诗最可贵者清。清者超凡绝俗之谓，非专于枯寂闲淡也。靖节清而远，康乐清而丽，曲江清而淡，浩然清而旷，常建清而僻，王维清而秀，储光羲清而适，韦应物清而润，柳子厚清而峭。""以上诸家，皆五言清淡之宗。"

　　又："王、杨、卢、骆以词胜，沈、宋、陈、杜以格胜，高、岑、王、孟以韵胜。词胜而后有格，格胜而后有韵，自然之理也。"

　　何良俊《四友斋丛说》："王右丞清深"。

　　许学夷《诗源辩体》："王摩诘、孟浩然少力不逮高、岑，而造诣实深，兴趣实远。故其古诗虽不足，律诗体多浑圆，语多活泼，而气象风格自在，多入于圣矣。"

　　《唐诗归》："钟惺云：王、孟并称，毕竟王妙于孟，王能兼孟，孟不能兼王也。""谭元春云：情诗、闲寂诗、田家诗，右丞一一能妙。如闲寂、田家诗不妙，情诗便是俗艳。"

　　胡震亨《唐音癸签》："仲默云：右丞他诗甚长，独古作不逮。读其集，大篇句语俊拔，殊乏完章；小言结构清新，所少风骨。"

　　又："唐人诗谱入乐者，初盛王维为多，中晚李益、白居易为多。"

　　《古今图书集成·文学典·诗部杂录》引《珍珠船》："《王昌龄集》云：王维诗天子，杜甫诗宰相。"

　　又引"《香宇诗谈》云：王右丞苦为宦情所缚，若能脱去尘嚣，只据其才思，则辋川之兴便可继迹柴桑，然其诗亦山林之奇逸也。"

　　天夫之《夕堂戏墨》："家辋川诗中有画，画中有诗，此二者同一风味，故得水乳调和，俱是造未造、化未化之前，因现量（对形象的不待思量的审美直觉）而出之。一觅巴鼻（把柄、根由），鹞子即过新罗国去矣。"

　　刘士麟《文致》："晁补之云：'右丞妙于诗，故画意有余。'余谓右丞精于画，故诗态转工。钟伯敬有云：'画者有烟云养其胸中，此是性情文章之助。"

　　屠隆《鸿苞论诗》："王元美谓'少陵集中不啻有数摩诘'。此语误也。少陵沉雄博大，多所包括，而独少摩诘之冲然幽适，泠然独往，此少陵生平所短也。少陵慷慨深沉，不除烦热；摩诘参禅悟佛，心地清凉，胸次原自不同。摩诘方之太白又颇别。太白清而放，摩诘清而适。故太白语多豪纵，摩诘语多闲淡，高人之调又自不同也。"

又："人但知李青莲仙才，而不知王右丞、李长吉、白香山皆仙才也。青莲仙才而俊秀，右丞仙才而元冲，长吉仙才而奇丽，香山仙才而闲澹，独俊秀者人易赏识耳。"

屠隆《唐诗类苑序》："右丞精禅，其诗玄诣。"

吴乔《围炉诗话》："唐人谓'王维诗天子，杜甫诗宰相'。今看右丞诗甚佳，而有边幅，子美浩然如海。"

又："应制诗，右丞胜于诸公。"

贺贻孙《诗筏》："唐人诗近陶者，如储、王、孟、韦、柳诸人，其雅懿之度，朴茂之色，闲远之神，淡宕之气，隽永之味，各有一二皆足以名家，独其一段真率处，终不及陶。储、王辈生平为人，事事不及陶公，其所以能近陶者，以其风流洒落，无俗韵耳。"

又："诗文中'洁'字最难。诗如摩诘，可谓之洁。惟悟生洁，洁生幽，幽斯灵，灵斯化矣。摩诘之洁，原从悟生，而摩诘之洁，亦能生悟；洁而能化，悟迹乃融。嗟乎！悟、洁二字，今人弃如土矣。""诗中之洁，独推摩诘。即如孟襄阳之淡，柳柳州之峻，韦苏州之警，刘文房之隽，皆得洁中一种而非其全。盖摩诘之洁，本之天然，虽作丽语，愈见其洁。孟、柳、韦、刘诸君，超脱洗削，尚在人境。识者辨之。"

又："诗中有画，不独摩诘也。浩然情景悠然，尤能写生，其便娟之姿，逸宕之气，似欲超王而上，然终不能出王范围内者，王厚于孟故也。吾尝譬之，王如一轮秋月，碧天似洗；而孟则江月一色，荡漾空明。虽同此月，而孟所得者特其光影耳。"

又："王右丞诗境虽极幽静，而气象每自雄伟。如'草枯鹰眼疾，雪尽马蹄轻'；'日落江湖白，潮来天地青'；'云里帝城双凤阙，雨中春树万人家'等语，其气象似在'九天阊阖开宫殿，万国衣冠拜冕旒'之上。如但以气象语求之，便失右丞远矣。"

又："七言诗作淡穆尤难，惟摩诘能之，然而稍加深秀矣。"

王士稹《带经堂诗话》："古人山水之作，莫如康乐、宣城，盛唐王、孟、李、杜及王昌龄、刘眘虚、常建、卢象、陶翰、韦应物诸公，搜抉灵奥，可谓至矣。”

又：“韦苏州本出右丞，加以古澹。”

又：“诗以言志。古之作者，如陶靖节、谢康乐、王右丞、杜工部、韦苏州之属，其诗具在，尝试以平生出处考之，莫不各肖其为人，尚友千载者自能辨之。”

又：“汪钝翁琬尝问予：‘王、孟齐名，何以孟不及王’？予曰：‘正以襄阳未能脱俗耳。’汪深然之。”

又：“尝戏论唐人诗，王维佛语，孟浩然菩萨语，刘眘虚、韦应物祖师语，柳宗元声闻辟支语。”

郎廷槐《师友诗传录》：“萧亭（张实居）答：唐司空图教人学诗，须识味外味，坡公常举以为名言。若学陶、王、韦、柳等诗，则当于平淡中求真味，初看未见，愈久不忘。”

刘大勤《师友诗传续录》：“问：王、孟诗假天籁为宫商，寄至味于平淡，格调谐畅，意兴自然，真有无迹可寻之妙，二家亦有互异处否？（王士禛）答：譬之释氏，王是佛语，孟是菩萨语。孟诗有寒俭之态，不及王诗天然而工。惟五古不可优劣。”

徐增《而庵诗话》：“诗总不离乎才也。有天才，有地才，有人才。吾于天才得李太白，于地才得杜子美，于人才得王摩诘。太白以气韵胜，子美以格律胜，摩诘以理趣胜。太白千秋逸调，子美一代规模，摩诘精大雄氏（释迦牟尼）之学，篇章字句，皆合圣教。合三人之所长而为诗，庶几其无愧于风雅之道矣。”

又：“诗到极则，不过是抒写自己胸襟，若晋之陶元亮，唐之王右丞，其人也。”

又：“夫作诗必须师承，亦须妙悟，盖师承、妙悟，不可偏举也。窃见今之诗家，俎豆杜陵者比比，而皈依摩诘者甚鲜。盖杜陵严于师承，尚有尺寸可循；摩诘纯乎妙悟，绝无迹象可即。作诗者能于师承、妙悟上究心，则诣唐人之域不难矣。”

贺裳《载酒园诗话》："唐无李、杜，摩诘便应首推。昔人谓'如秋水芙蕖，倚风自笑'，殆未尽厥美，庶几'咳唾落九天，随风生珠玉'耳。"

叶燮《原诗》："作诗有性情必有面目。王维五言则面目见，七言则面目不见。"

沈德潜《说诗晬语》："陶诗胸次浩然，其中有一段渊深朴茂不可到处。唐人祖述者，王右丞有其清腴，孟山人有其闲远，储太祝有其朴实，韦左司有其冲和，柳仪曹有其峻洁，皆学焉而得其性之所近。"

沈德潜《唐诗别裁集》："意太深，气太浑，色太浓，诗家一病，故曰穆如清风。右丞诗每从不着力处得之。"

赵殿成《王右丞集笺注序》："右丞崛起开元、天宝之间，才华炳焕，笼罩一时，而又天机清妙，与物无竞，举人事之升沉得失，不以胶滞其中。故其为诗，真趣洋溢，脱弃凡近，丽而不失之浮，乐而不流于荡。即有送人远适之篇，怀古悲歌之作，亦复浑厚大雅，怨尤不露。苟非实有得于古者诗教之旨，焉能至是乎？"

杭世骏《王右丞集笺注序》："开元天宝之间，诗人比迹而起。铺陈终始，排比声韵，工部实为之冠。摆脱町畦，高朗秀出，右丞实为之冠。右丞博学多艺，雅意玄谭，比物俪辞，该达三教，是非肤核之学可以测其津岸矣。"

符曾《王右丞集笺注序》："昔人称诗为有声画，画为无声诗，二者罕能并臻其妙。右丞擅诗名于开元天宝间，得唐音之盛，绘事独绝千古，所谓无声之诗，有声之画，右丞盖兼而有之。"

赵殿成《王右丞集笺注序》："唐时诗家称正宗者，必推王右丞。同时比肩接武如孟襄阳、韦苏州、柳连州，未能或之先也。孟格清而薄，韦体澹而平，柳致幽而激。惟右丞通于禅理，故语无背触，甜彻中边，空外之音也，水中之影也，香之于沉实也，果之于木瓜也，酒之于健康也，使人索之于离即之间，骤欲去之而不可得，盖空诸所有，而独契其宗。”

纪昀《纪河间诗话》：“沈、宋之诗宏整，李、杜之诗高深，王、孟之诗澹静，高、岑之诗悲壮，钱、郎之诗婉秀，元、白之诗朴实，温、李之诗绮缛。千变万化，不名一体，而其抒写性情则一也。”

纪昀《瀛奎律髓刊误》：“王、孟诗大段相近，而体格又自然微别，王清而远，孟清而切。学王不成，流为空腔；学孟不成，流为浅语。”

李重华《贞一斋诗说》：“阮亭选《三昧集》，谓五言有入禅妙境，七言则句法要健，不得以禅求之。余谓王摩诘七言何尝无入禅处，此系性所近耳。况五言至境，亦不得专以入禅为妙。”

又：“学王、孟，失之者其病在阒寂。”

薛雪《一瓢诗话》：“韦苏州韵高气静，王右丞格老味远，二公未易优劣。”

黄子云《野鸿诗的》：“高、岑、王三家，均能刻意炼句，又不伤大雅，可谓文质彬彬。”

乔亿《剑溪说诗》：“右丞诗精工，襄阳诗有乱头粗服处，故说者多谓胜王。不知此乃迹耳，境地高下不在此。”

又：“王、孟齐名，李西涯谓王不及孟，竟陵及新城先生谓孟不及王。愚谓以疏古孟为胜，以澄汰论王为胜，二家未易轩轾。”

又：“唐诗自李、杜而下，……诸体兼长，气象宏远，无过王维者。”

又：“古人诗境不同，譬诸山川：孟诗如匡庐，王诗如会稽诸山。”

又：“诗中有画，不若诗中有人。左司高于右丞以此。”

又：“或问酬应之作宜何师？曰：王维冠裳佩玉，而丰容绝世也。”

牟愿相《小澥草堂杂论诗》：“唐人诗都臻工妙者，惟王摩诘一人。”

又：“王维定合与李、杜鼎足。岑参在李、杜、王三家之下，亦可肩随。至李颀、高适则诗中之长者。”

又：“储王并称，王高；王、孟并称，王厚；王、韦并称，王真；裴、王并称，王大。”

又：“王摩诘诗如初祖达摩过江说法，又如翠竹得风，天然而笑。”

叶矫然《龙性堂诗话》：“古今诗人以变调能工者，惟颜延之、谢朓、王维、杜甫而已。摩诘高逸，至诵其应制应教诸作，俨造五凤巨手。”

李因培《唐诗观澜集》：“右丞诗荣光外映，秀色内含，端凝而不露骨，超逸而不使气，神味绵渺，为诗之极则，故当时号为‘诗圣’。”

张文荪《唐贤清雅集》：“昔人谓王、孟五言难分高下。蒙意王气较和，孟骨差峻；王可兼孟，孟不能兼王，即此微分。右丞各体俱佳，不谢不随，风规自远，古今绝调。”

翁方纲《石洲诗话》：“盛唐之后，中唐之初，一时雄俊，无过钱、刘。然五言秀绝，固足接武；至于七言歌行，仲文、文房皆浥右丞余波耳。”

袁枚《随园诗话》：“凡事不能无弊，学诗亦然。学王、孟、韦、柳者，其弊常流于弱。”

又：“陆钛曰：‘凡人作诗，一题到手，必有一种供给应付之语，老生常谈，不召自来。若作家，必如谢绝泛交，尽行挥去，然后心精独运，自出新裁。及其成后，又必浑成精当，无斧凿痕，方称合作。’余见史称孟浩然苦吟，眉毫尽落；王维构思，走入醋甕，可谓难矣。今读其诗，从容和雅，如天衣之无缝，深入浅出，方臻此境。”

方东树《昭昧詹言》：“辋川于诗，亦称一祖。然比之杜公，真如维摩诘之于如来，确然别为一派。寻其所至，只是以兴象超远，浑然元气，为后人所莫及；高华精警，极声色之宗，而不落人间声色，所以可贵。然愚乃不喜之，以其无血气无性情也。称诗而无当于兴、观、群、怨，失《风》《骚》之旨，远圣人之教，亦何取乎？"

又："诗道性情，只贵说本分语。如右丞、东川、嘉州、常侍，何必深于义理，动关忠孝？然其言自足有味，说自家话也。"

又："东川缠绵情韵，自然深至，然往往有痕。所谓无意为文而意已至，阔远而绝无弩拔之迹，右丞其至矣乎！"

又："辋川叙题细密不漏，又能设色取景，虚实布置，一一如画，如今科举作墨卷相似，诚万选之技也。"

潘德舆《养一斋诗话》："严羽卿论诗，以为当如'水中之月，镜中之象'，此诗家妙语也。又引禅家'羚羊挂角'、'香象渡河'等语，正以见作诗者当'不落理路，不着言筌'，学诗者诚不可不知此意。然观王右丞辋川别业与《积雨辋川庄作》诸篇，皆从实地说，何曾作浮滥语。今人则全无血脉，一句说向东，一句说向西，以为此'不落理路、不着言筌'语，即'水中之月、镜中之象'也，此何异向痴人说梦。"

又："王、孟、储、韦、柳五家相似，然五家亦自有高下。盖王实体兼众妙，孟、韦七古歌行似未留意耳。若孟、韦并衡，断难轩轾。储诗朴而未厚，柳诗淡而未腴，当出孟、韦下。"

胡凤丹《唐四家诗集序》："若王与孟与韦与柳，其生平出处，不甚相侔，而其胸襟浩落，萧然出尘，则遥遥百余年间，前后若合符节。王则以清奇胜，孟则以清远胜，韦则以清拔胜，柳则以清俊胜。"

刘熙载《艺概·诗概》："王右丞诗，一种近孟襄阳，一种近李东川，清高名隽，各有宜也。"

又："王摩诘诗好处，在无世俗之病。世俗之病，如恃才骋学，做身分，好攀引皆是。"

又："王、孟及大历十子诗，皆尚清雅，以格止于此而不能变，故犹未足笼罩一切。"

施补华《岘佣说诗》："陶公诗一往真气，自胸中流出，字字雅淡，字字沉痛。后来王、孟、韦、柳，皆得陶公之雅淡，然其沉痛处率不能至也，境遇使然，故曰'是以论其世也'。"

陈衍《石遗室诗话》："诗贵风骨，然亦要有色泽，但非寻常脂粉耳。亦要有雕刻，然非寻常斧凿耳。有花卉之色彩，有山水之色译，有彝鼎图书种种之色泽。王右丞，金碧楼台山水也。"

宋育仁《三唐诗品》："王摩诘，其源出于应德琏、陶渊明。五言短篇尤劲。《寓言》二首，直是脱胎《百一》。'楚国狂夫'诸咏，则《咏贫士》之流。'田舍'诸篇，《闲居》之亚也。七言矩式初唐，独深排宕。律诗神超，发端亦远。夫其炼虚入秀，琢淡成腴，变六代之深浑，发三唐之明艳，而古芳不落，夕秀方新。司空表圣云：'如将不尽，与古为新'，诚斯人之品目，唐贤之高轨也。"

高步瀛《唐宋诗举要》："吴汝纶曰：王、孟诗专以自然兴象为佳，而有真气贯注其间，斯其所以为大家也。"

钱锺钟书《谈艺录》："静而不嚣，曲而可寻，谓之幽，苏州有焉；直而不迫，约而有余，谓之倩，彭泽有焉；澄而不浅，空而生明，谓之漏，右丞有焉。幽、倩、漏者，以韵味胜，诗得阴柔之美者也。"

五言古诗

高棅《唐诗品汇·五言古诗叙目·名家》："夫诗莫盛于唐，莫备于盛唐，论者惟杜、李二家为尤。其间又可名家者十数公，人各鸣其所长。今观襄阳之清雅，右丞之精致，储光羲之真率，王江宁之声俊，高达夫之气骨，岑嘉州之奇逸，李欣之冲秀，常建之超凡，此皆宇宙山川英灵闲气，萃于时以钟乎人矣。"

胡应麟《诗薮》："五言古，唐初承袭梁、隋，陈子昂独开古雅之源，张子寿首创清澹之派。盛唐继起，孟浩然、王维、储光羲、常建、韦应物，本曲江清澹而益以风神者也。"

又："王、孟闲澹自得，其格调一也。"

又："世多谓唐无五言古，笃而论之，才非魏、晋之下，而调杂梁、陈之际，截长挈短盖宋、齐之政耳。如太白古风、书怀，少陵羌村、出塞，储光羲之田舍，王摩诘之山庄，皆六朝之妙诣，两汉之余波也。"

许学夷《诗源辩体》："摩诘五言古虽有佳句，然散缓而失体裁，平韵者间杂律体，仄韵者多忌'鹤膝'（五言诗第五字与第十五字同平上去入，一说五字中首尾皆清音而中一字为浊音）短篇为胜。"

王夫之《唐诗评选》："右丞于五言，自其胜场。乃律已臻化，而古体轻忽，迨将与孟为俦。佳处迎目，亦令人欲置不得，乃所以可爱，存者亦止此而已（指《渭川田家》《终南别业》《西施咏》《自大散以往……见黄花川》）。其他褊促浮露，与孟同调者，虽小藻足娱人，要为吟坛之衙官，不足采也。右丞与储唱和，而于古体，声价顿绝，趋时喜新，其弊遂至于此。王、孟于五言古体，为变法之始。顾其推送，虽以褶纹见凝滞，而气致顺适，亦不异人人意。若王昌龄、常建、刘眘虚一流人，既笔墨浓败，一转一合如蹇驴之曳柴车，行数步即踬，不得已而以谿刻危苦之语，文其拙钝，则其杂冗，尤令人闷顿不堪。历下（历城人李攀龙）开口一喝，说唐无五言古诗，自当为此诸公而设。若李、杜、储、韦，则夜床袜线，固非历下所知。"

王士祯《带经堂诗话》："沧溟先生（李攀龙）论五古，谓'唐无五言古诗，而有其古诗'，此定论也。要之唐五言古固多妙绪，较诸《十九首》、陈思、陶、谢，自然区别。"

又："作古诗须先辨体。尝论五言，感兴宜阮、陈，山水闲适宜王、韦，乱离行役、铺张叙述宜老杜，未可限以一格。"

沈德潜《唐诗别裁集·凡例》："五言古体，渊明诗胸次浩然，天真绝俗，当于语言意象外求之。唐人祖述者，王右丞得其清腴，孟山人得其闲远，储太祝得其真朴，韦苏州得其冲和，柳柳州得其峻洁，气体风神，翛然埃壒之外。"

李重华《贞一斋诗说》："五言古以陶靖节为诣极，但后人轻易模仿不得。王、孟、韦、柳虽与陶为近，亦各具本色。韦公天骨最秀，然亦参学谢康乐。至坡老和陶，好在不学状貌。"

管世铭《读雪山房唐诗序例》："以禅喻诗，昔人所诋。然诗境究贵在悟，五言尤然。王维、孟浩然逸才妙悟，笙磬同音。并时刘眘虚、常建、李颀、王昌龄、丘为、綦毋潜、储光羲之徒，遥相应和，共一宗风，正始之音，于兹为盛。"

朱庭珍《筱园诗话》："短章贵酝酿精深，渊涵广博，色声香味俱净，始造微妙之诣。孟山人、王右丞均工于短章五古，擅美一时。"

施补华《岘佣说诗》："摩诘五言古，雅淡之中，别饶华气，故其人清贵；盖山泽间仪态，非山泽间性情也。若孟公，则真山泽之癯矣。"

又："三韵五言古，摩诘、太白、苏州皆有之。太白宕逸；苏州幽澹；摩诘清远，《春夜竹庭》一首，《送别》一首可见。"

七言古诗

高棅《唐诗品汇·七言古诗叙目·名家》："盛唐工七言古调者多，李、杜而下，论者推高、岑、王、李、崔颢数家为胜。窃尝评之，若夫张皇气势，陟顿始终，综核乎古今，博大其文辞，则李、杜尚矣。至于沉郁顿挫，抑扬悲壮，法度森严，神情俱诣，一味妙悟，而佳句辄来，远出常情之外，之数子者，诚与李、杜并驱而争先矣。"

胡应麟《诗薮》："七言歌行，盛唐高适之浑，岑参之丽，王维之雅，李颀之俊，皆铁中铮铮者。"

许学夷《诗源辩体》："摩诘七言古诗虽婉丽，而气象不足，声调间有不纯者。何仲默云：'右丞他诗甚长，独古作不逮'是也。"

冯班《论歌行与叶祖德》："七言歌行，王摩诘诸作或通篇俪偶，犹古体也。"

毛先舒《诗辩坻》："七言古至右丞，气骨顿弱，已逗中唐。如'卫霍才堪一骑将，朝廷不数贰师功'；'愿得燕弓射大将，耻令越甲鸣吾君'；极欲作健，而风格已夷，即曲借对仗，无复浑劲之致。须溪评王'嫩复胜老'，爱忘其丑矣。"

王士禛《古诗选·凡例》："开元、大历诸作者，七言始盛，王、李、高、岑四家，篇什尤多。李太白驰骋笔力，自成一家。大抵嘉州之奇峭，供奉之豪放，更为创获。"

又：《带经堂诗话》："七言古诗，王摩诘、高达夫、李东川，是三家者，皆当为正宗。"

叶燮《原诗》："王维七古最无味。"

沈德潜《唐诗别裁集·凡例》："七言古诗，唐人出而变态极矣。初唐风调可歌，气格未上。至王、李、高、岑四家，驰骋有余，安详合度，为一体。李供奉鞭挞海岳，驱走风霆，非人力可及，为一体。杜工部沉雄激壮，奔放险幻，如万宝杂陈，千军竞逐，天地浑奥之气，至此尽泄，为一体。"

沈德潜《说诗晬语》："高、岑、王、李四家，每段顿挫处略作对偶，于局势散漫中求整饬也。"

李重华《贞一斋诗说》："七古，初学入手，求其笔势稳称，则王摩诘、高达夫二家，乃正善学唐初者。"

管世铭《读雪山房唐诗序例》："七言古，王摩诘善能错综子史，而言不欲尽，词旨温丽，音节铿锵，蔚然为一朝冠冕。"

范大士《历代诗发》："右丞七古，和平宛委，无蹈厉莽忧之态，最不易学。"

潘德舆《养一斋诗话》："右丞、东川、常侍、嘉州，七古七律往往以雄浑悲郁、铿锵壮丽擅长。"

朱庭珍《筱园诗话》："唐人七古，高、岑、王、李诸公，规格最正，笔最雅炼。散行中时作对偶警拔之句，以为上下关键，非惟于散漫中求整齐，平正中求警策，而一篇之骨，即树于此。兼以词不欲尽，故意境宽然有余；气不欲放，故笔力锐而时敛，最为词坛节制之师。"

施补华《岘佣说诗》："摩诘七古，格整而气敛，虽纵横变化不及李、杜，然使事典雅，属对工稳，极可为后人学步。"

方东树《昭昧詹言》："诗贵性情，只贵说本分语。如右丞、东川、嘉州、常侍，其言自足有味，说自家话也。"

五言律诗

罗大经《鹤林玉露》："朱文公曰：律诗则如王维、韦应物辈，自有萧散之趣，未至如今日之细碎卑冗无余味也。"

高棅《唐诗品汇·五言律诗叙目·正宗》："盛唐诗句之妙者，李翰林气象雄逸，孟襄阳兴致清远，王右丞词意雅秀，岑嘉州造语奇峻，高常侍骨格浑厚。"

胡应麟《诗薮》："五言律体，极盛于唐，要其大端，亦有二格：陈、杜、沈、宋，典丽精工；王、孟、储、韦，清空闲远；此其概也。然右丞赠送诸什、往往阑入高、岑。"

又："右丞五言，工丽闲淡，自有二派，殊不相蒙。'建礼高秋夜'，'楚塞三湘接'，'风劲角弓鸣'，'杨子谈经处'等篇，绮丽精工，沈、宋合调者也；'寒山转苍翠'，'一从归白社'，'寂寞掩柴扉'，'晚年惟好静'等篇，幽闲古澹，储、孟同声者也。"

许学夷《诗源辩体》："摩诘五言律，有一种整栗雄丽者，有一种一气浑成者，有一种澄淡精致者，有一种闲远自在者。如

'天官动将星'、'单车曾出塞'、'横吹杂繁筎'、'不识阳关路'
等篇，皆整栗雄浑者也。如'风劲角弓鸣'、'绝域阳关道'、
'建礼高秋夜'、'怜君不得意'等篇，皆一气浑成者也。如'独
坐悲双鬓'、'寂寞掩柴扉'、'松菊荒三径'、'言从石菌阁'、
'岩壑转微径'等篇，皆澄淡精致者也。如'清川带长薄'、'寒
山转苍翠'、'晚年惟好静'、'主人能爱客'、'重门朝已启'等
篇，皆闲远自在者也。至如'楚塞三湘接'既甚雄浑，'新妆可
怜色'则又娇嫩。若高、岑才力虽大，终不免一律耳。"

　　王夫之《唐诗评选》："右丞于五言近体，有与储合者，有与孟
合者，有深远鸿丽轶储、孟而自为体者，乃右丞独开手眼处，则与
工部天宝中诗相为伯仲，颜、谢、鲍、庾之风，又一变矣。工部之
工，在即物深致，无细不章；右丞之妙，在广摄四旁，圜中自显。
如终南之阔大，则以'欲投人处宿，隔水问樵夫'显之；猎骑之轻
速，则以'忽过'、'还归'、'回看'、'暮云'显之；皆所谓'离钩
三寸，鲅鲅金鳞'，少陵未尝问津及此也。然五言之变，至此已极。
右丞妙手，能使在远者近，搏虚作实，则心自旁灵，形自当位。苟
非其人，荒远幻诞，将有如'——鹤声飞上天'，而自诧为灵通者，
风雅扫地矣。是取径盛唐者，节宣之度不可不知也。"

　　贺贻孙《诗筏》："看盛唐诗，当从其气格浑老、神韵生动处赏
之，字句之奇，特其余耳。如王维'鹊乳先春草，莺啼过落花'，此
等语皆晚唐人所极意刻画者。晚唐气卑格弱，神韵又促，即取盛唐
人语入其集中，但见斧凿痕，无复前人浑老生动之妙矣。"

　　张文荪《唐贤清雅集》："右丞多解语，襄阳多苦词，固是
性情，亦由境遇不同也。右丞五律诗苍浑秀逸，气体甚大；襄阳
清秀足相尚，而微偏峻厉，似当逊一筹，丽而逸，无仕宦气。"

　　卢莣《闻鹤轩初盛唐近体读本》："陈德公曰：王五律能胜嘉
州。嘉州虽秀，百首一概；王则苍浑绣秀，真淡生幽，无所不俱。"

　　乔亿《剑溪说诗》："律诗而有古意，此盛唐诸公独绝，后

人极力模拟便着迹。"

田雯《古欢堂杂著》：“五言律，摩诘恬洁精微，如天女散花，幽香万片，落人巾帻间。每于胸念尘杂时取而读之，便觉神怡气静。"

叶燮《原诗》：“王维五律最出色。"

沈德潜《唐诗别裁集·凡例》：“五言律，开、宝以来，李太白之秾丽，王摩诘、孟浩然之自得，分道扬镳，并推极胜。杜少陵独开生面，寓纵横颠倒于整密中，故应超然拔萃。"

又：“右丞五言律有二种：一种以清远胜，如‘行到水穷处，坐看水起时’是也；一种以雄浑胜，如‘天官动将星，汉地柳条青’是也，当分别观之。"

李重华《贞一斋诗说》：“五言律杜老固属圣境，而王、孟确是正锋。向后诸名家，竭尽心力，不能外此三家。"

叶矫然《龙性堂诗话》：“五律不着一毫声色，天然可贵，唐人则右丞、苏州为绝唱，襄阳、柳州次之，文房、虞臣又次之。"

管世铭《读雪山房唐诗序例》：“‘蓝田日暖，良玉生烟，’此最五言胜境也，王摩诘殆篇篇不愧此意。"

姚鼐《今体诗抄·序目》：“盛唐人诗固无体不妙，而尤以五言律为最。此体中又当以王、孟为最，以禅家妙悟论诗者，正在此耳。孟公高华精警不逮右丞，而自然奇逸处则过之。"

王闿运批《唐诗选》：“诗以明丽为宗，而五言则王淡远。"

王闿运《湘绮楼说诗》：“杜五言律克尽其变，而华秀未若王维。"

高步瀛《唐宋诗举要》：“吴汝纶曰：王、孟诗专以自然兴象为佳，而有真气贯注其间，斯其所以为大家也。"

五言排律

高棅《唐诗品汇·五言排律叙目·正宗》：“开元后作者之

盛，声律之备，独王右丞、李翰林为多，而孟襄阳、高渤海辈，实相与并鸣。"

王世贞《艺苑卮言》："排律用韵稳妥，事不傍引，情无牵合，当为最胜。摩诘似之，而才小不逮。少陵强力宏蓄，开阖排荡，然不无利钝。"

胡应麟《诗薮》："排律，沈、宋二氏，藻赡精工；太白、右丞，明秀高爽。然皆不过十韵，且体在绳墨之中，调非畦径之外。"

又："盛唐排律，杜少陵外，右丞为冠，李白次之。"

又："排律，宋集中无不工者，且篇篇平正典重，赡丽精严。右丞韵度过之，而典重不如；少陵闳大有加，而精严略逊。"

宋荦《漫堂说诗》："排律大约侍从游宴应制之篇居多，所称台阁体也，虽风容色泽竞相夸盛，未免数见不鲜。《品汇》以太白、摩诘揭为正宗，钱起、刘长卿录为接武，均之不愧当家。"

叶矫然《龙性堂诗话》："唐人排律初推沈、宋，而宋妙于沈者，以逸胜也。盛则右丞尤在青莲之上，亦以逸不可及。"

管世铭《读雪山房唐诗序例》："王摩诘之春容，李青莲之洒落，岑嘉州之奇警，高达夫之沉着，长律中缺一不可。"

李因培《唐诗观澜集》："右丞五排，秀色外腴，浩气内充，由其天才敏妙，尽得风流，气骨遂为所掩。一变而入钱、郎，秀丽胜而沉厚之气亦减，此风气之一关也。"

七言律诗

高棅《唐诗品汇·七言律诗叙目·正宗》："盛唐作者虽不多，而声调最远，品格最高。若崔颢律非雅纯，太白首推其'黄鹤'之作，后至'凤凰'而仿佛焉。又如贾至、王维、岑参早朝倡和之什，当时各极其妙。王之众作，尤胜诸人。至于李颀、高适，当与并驱，未论先后，皆足为万世程法。"

李攀龙《唐诗选序》："七言律体，诸家所难。王维、李颀颇臻其妙。即子美篇什虽众，陨焉自放矣。”

王世贞《艺苑卮言》：“盛唐七言律，老杜外，王维、李颀、岑参耳。李有风调而不甚丽，岑才甚丽而情不足，王差备美。”

又：“摩诘七言律，自‘应制’、‘早朝’诸篇外，往往不拘常调。至‘酌酒与君’一篇，四联全用仄法，此是初盛唐所无，尤不可学。凡为摩诘体者，必以意兴发端，神情傅合，浑融疏秀，不见穿凿之迹，顿挫抑扬，自出宫商之表，可耳。”

胡应麟《诗薮》：“七言律，王、李二家和平而不累气，深厚而不伤格，浓丽而不乏情，几于色相俱空，风雅备极；然制作不多，未足以尽其变。”

又：“王维气极雍容而不弱。李颀词极秀丽而不纤。”

又：“七言律，以才藻论，则初唐必首云卿，盛唐当推摩诘，中唐莫过文房，晚唐无出义山。”

又：“王才甚藻秀而篇法多重。‘绛帻鸡人’不免服色之讥；‘春树万家’亦多花木之累。”

又：“右丞多仄韵对起，无风韵，不足多效。盖仄起宜五言，不宜七言也。”

胡震亨《唐音癸签》：“盛唐名家称王、孟、高、岑，独七言律应称王、李、岑、高。”

又：“王以高华胜，李以韶令胜。王如翠岭冠霞，占地特贵；李如琼蕊浥露，含质故鲜。王间有失严，无心内游衍自如；李即无落调，有意中补凑可摘。不独斤两微悬，正复色香亦别。”

许学夷《诗源辩体》：“摩诘七言律亦有三种：如‘欲笑周文’、‘居延城外’、‘绛帻鸡人’等篇，皆宏赡雄丽者也；如‘渭水自萦’、‘汉主离宫’、‘明到衡山’等篇，皆华藻秀雅者也；如‘帝子远辞’、‘洞门高阁’、‘积雨空林’等篇，皆淘洗澄净者也。是亦高、岑之所不及也。”

又：“或问：摩诘五、七言律，声气或有类大历者，何耶？

曰：大历诸子，时代渐移，而风气始散。摩诘于禅学有悟，其英气渐消，声气虽同，而风格自异耳。司空图云：‘王右丞澄淡精致，格在其中’是也。”

谢肇淛《小草斋诗话》：“七言律未可专主，必也以摩诘、李颀为正宗，而辅之以钱、刘之警炼，高、岑之悲壮，进之少陵以大其观，参之中、晚以尽其变，方是作手。”

沈德潜《唐诗别裁集·凡例》：“七言律，平叙易于径直，雕镂失之佻巧，比五言更难。摩诘、东川春容大雅，时崔司勋、高散骑、岑补阙诸公，实为同调。少陵胸次宏阔，议论开辟，一时尽掩诸家。”

彭端淑《雪夜诗谈》：“七言律最难，惟少陵、右丞乃造其极，而维诗甚少，殊不满意。如‘云里帝城双凤阙，雨中春树万人家’；‘九天阊阖开宫殿，万国衣冠拜冕旒’；‘草色全经细雨湿，花枝微动春风寒’；‘漠漠水田飞白鹭，阴阴夏木啭黄鹂’；皆雄视古今，无与颉者。”

又：“晚唐七律，往往至五、六而不振，结尤衰飒，看老杜、右丞是甚力量！”

乔亿《剑溪说诗》：“开、宝七律，王右丞之格韵，李东川之音调，并皆高妙。”

管世铭《读雪山房唐诗序例》：“七言律，王右丞精深华妙，独出冠时，终唐之时，与少陵分席而坐者，一人而已矣。”

姚鼐《今体诗抄序目》：“右丞七律，能备三十二相，而意兴超远，有虽对荣观燕处超然之意，宜独冠盛唐诸公。”

洪亮吉《北江诗话》：“开、宝诸贤七律，以王右丞、李东川为正宗。右丞之精深华妙，东川之清丽典则，皆非他人所及，然门径始开，尚未极其变也。至大历十才子，对偶始参以活句，尽变化错综之妙。”

方东树《昭昧詹言》：“七言律，盛唐而后厥有二派：一曰杜子美，如太史公文，以疏气为主，雄奇飞动，纵恣壮浪，凌跨古今，包举天地，此为极境；一曰王摩诘，如班孟坚文，以密字为主，庄严妙好，备三十二相，瑶房绛阙，仙官仪仗，非复尘间色相。李东川次辅之，谓之王、李。”

又：“专攻杜则气太浑，格太老，无脱换之妙；形迹不化，则为不善学矣，转成学究头巾伧俗腐儒矣。此与学陶同病，故宜参王、李。且不学辋川、东川则不能作赠送诗，又不解用典设色也。取字用典宜王、李，乃不朴野直粗。”

施补华《岘佣说诗》：“摩诘七律，有高华一体，有清远一体，皆可效法。”

五言绝句

高棅《唐诗品汇·五言绝句叙目·正宗》：“开元后独李白、王维尤胜诸人。次则崔国辅、孟浩然可以并驾，为正宗。”

胡应麟《诗薮》：“唐五言绝，太白、右丞为最。五言绝二途：唐诘之幽玄，太白之超逸。子美于绝句无所解，不必法也。”

又：“太白五言绝，自是天仙口语，右丞却入禅宗。如‘人闲桂花落’、‘木末芙蓉花’，读之身世两忘，万念皆寂，不谓声律之中，有此妙诠。”

许学夷《诗源辩体》：“摩诘五言绝，意趣幽玄，妙在文字之外。摩诘《与裴迪书》略云：‘夜登华子冈，辋水沦涟，与月上下；寒山远火，明灭林外；深巷寒犬，吠声如豹；村墟夜春，复与疏钟相间。此时独坐，僮仆静默，每思曩昔携手赋诗，倘能从我游乎？’摩诘胸中滓秽净尽，而境与趣合，故其诗妙至此耳。”

何良俊《四友斋丛说》：“五言绝句，当以王右丞为绝唱。”

毛先舒《诗辩坻》：“王、孟五言绝，笔韵超远，不减李拾遗，但李近浏亮，王近清疏，特差异耳。”

王士禛《带经堂诗话》：“五言，初唐王勃独为擅长。盛唐王、裴辋川倡和，工力悉敌；李白气体高妙，崔国辅源本齐梁；韦应物本出右丞，加以古澹。后之为五言者，于此数家求之，有余师矣。"

宋荦《漫堂说诗》："五言绝句起自古乐府，至唐而盛。李白、催国辅号为擅长。王、裴辋川倡和，开后来门径不少。钱、刘、韦、柳，古淡清逸，多神来之句，所谓好诗必是拾得也。要之，词简而味长，正难率意措手。"

沈德潜《说诗晬语》："五言绝句，右丞之自然，太白之高妙，苏州之古澹，并入化机。而三家中，太白近乐府，右丞、苏州近古诗，又各擅胜场也。"

又："王右丞诗不用禅语，时得禅理。"

钱良择《唐音审体》："少陵绝句多不甚着意。太白七言独步，五言其稍次也。味淡声希，言近指远，乍观不觉其奇，按之非复人间笔墨，惟右丞也，昔人谓读之可以启道心，浣尘虑。"

李重华《贞一斋诗说》："五言绝发源《子夜歌》，别无谬巧，取其天然，二十字如弹丸脱手为妙。李白、王维、崔国辅各擅其胜，工者俱吻合乎此。"

乔亿《剑溪说诗》："五言绝句，后人苦效王、裴，而不得其自在，所以去之逾远。"

管世铭《读雪山房唐诗序例》："王维妙悟，李白天才，即以五言绝句一体论之，亦古今之岱、华也。"

潘德舆《养一斋诗话》："唐人除李青莲之外，五绝第一，其王右丞乎？七绝第一，其王龙标乎？右丞以淡淡而至浓，龙标以浓浓而至淡，皆圣手也。""右丞五绝，冲澹自然，洵有唐至高之境也。"

黄培芳《唐贤三昧集笺注》："五绝乃五古之短章，最难简古浑妙，唐人此体，右丞可称妙手。"

刘大勤《师友诗传续录》："问：右丞《鹿柴》《木兰柴》诸绝，自极淡远，不知移向他题亦可用否？（王士禛）答：摩诘诗如参曹洞禅，不犯正位，须参活句；然钝根人学渠不得。"

七言绝句

高棅《唐诗品汇·七言绝句叙目·羽翼》："盛唐绝句，太白高于诸人，王少伯次之。正宗之外，同鸣于时者，正维、贾至、岑参亦盛。"

胡应麟《诗薮》："七言绝以太白、江宁为主，参以王维之俊雅，岑参之浓丽，高适之浑雄，韩翃之高华，李益之神秀，集长舍短，足为大家。"

沈德潜《唐诗别裁集·凡例》："七言绝句，贵言微旨远，语浅情深，如清庙之瑟，一倡而三叹，有遗音者矣。开元之时，龙标、供奉，允称神品。外此，高、岑起激壮之音，右丞多凄婉之调，以至'蒲桃美酒'之词，'黄河远上'之曲，皆擅场也。"

乔亿《剑溪说诗》："七言绝句，李供奉、王龙标神化至矣！右丞气韵，嘉州气骨，非大历诸公可到。"

管世铭《读雪山房唐诗序例》："七绝，摩诘、少伯、太白三家，鼎足而立，美不胜收。"

六言诗及《诗》《骚》体

刘克庄《唐绝句续选序》："六言尤难工。柳子厚高才，集中仅得一篇。惟王右丞、皇甫补阙（冉）所作绝妙，今古学者所未讲也。"

洪迈《容斋三笔》："予编唐人绝句，得七言七千五百首，五言二千五百首，合为万首，而六言不足四十首，信乎五言难，六言尤难也。"

李之仪《跋山谷书摩诘诗》："曾子固谓苏明允之文，丰而不余一言，约而不失一辞，虽《春秋》立言，亦不过如是。鲁直以摩诘六言诗，方得其法，乃真知摩诘者。"

谢榛《四溟诗话》："六言体起于谷永，陆机长篇一韵。迨张说、刘长卿八句，王维、皇甫冉四句，长短不同，优劣自见。"

胡应麟《诗薮》："盛唐摩诘，中唐文房，五、六、七言绝俱工，可言才矣。"

宋长白《柳亭诗话》："六言，嵇康《咏古》、庾阐《游仙》裁为四句，王右丞效之，殊觉洒脱自如。"

许学夷《诗源辩体》："陶靖节四言，章法虽本《风》《雅》，而语自己出，初不欲范古求工耳。然他人规模摹仿，而性情反窒。靖节无一语盗袭，而性情溢出矣。"生按：此段评陶之言，适可借以评王之四言诗。

又："摩诘楚辞，深得《九歌》之趣，唐人所难。"

朱景玄《唐朝名画录》："王维字摩诘，官尚书右丞，家于蓝田辋川。兄弟并以科名文学，冠绝当时，故时称'朝廷左相笔，天下右丞诗。'其画山水松石，踪似吴生，而风致标格特出。今京都千福寺西塔院有掩障一合，画青枫树一图。又尝写诗人襄阳孟浩然马上吟诗图，见传于世。复画辋川图，山谷郁盘，云飞水动，意出尘外，怪生笔端。尝自题诗云：'当世谬词客，前师应画师'，其自负也如此。慈恩寺东院与毕庶子（宏）、郑广文（虔）各绘一小壁，时号三绝。故庾右丞宅中有壁画山水兼题记，亦当时之妙，山水松石，并居妙上品。"

又："妙品上七人：王维，写真、山水、松石、树木。"

张彦远《历代名画记》："王维工画山水，体涉今古。清源寺壁上画辋川，笔力雄壮。余曾见破墨山水，笔迹劲爽。"

李肇《国史补》："王维画品妙绝，于山水平远尤工，今昭国坊庾敬休屋壁有之。"

《新唐书·文艺传》："王维过郢州，画孟浩然像于刺史亭，因曰浩然亭。咸通中，刺史郑减谓贤者名不可斥，更署曰孟亭。"

宋敏求《长安志》："李林甫奏分其宅东南隅，立为嘉猷观。观中有精思院，王维、郑虔、吴道子皆有画壁。"

郑嵎《津阳门诗》云：“烟中壁碎摩诘画，云间寺失玄宗诗。”注云：“石瓮寺有红楼，在佛殿之西岩，下临绝壁。楼中有玄宗题诗草八分，每一篇一体；王右丞山水两壁。寺毁之后，皆失之矣。”

伊世珍《琅嬛记》：“王维为岐王画一大石，信笔涂抹，自有天然之致。王宝之，时罘罳间独坐注视，作山中想，悠然有余趣。数年之后，益有精彩。一旦大风雨中，雷电俱作，忽拔石去，屋宇俱坏，不知所以。后见空轴，乃知画石飞去耳。宪宗朝，高丽遣使言，几年月日，大风雨中，神嵩山上飞一奇石，下有王维字印，知为中国之物，王不敢留，遣使奉献。上命群臣以维手迹较之，无毫发差谬。上始知维画神妙，遍索海内，藏之宫中，地上俱洒猪狗血厌之，恐飞去也。”

生按：此乃王维画曾传入高丽之传说。

段成式《酉阳杂俎》：“韩干，蓝田人，少时尝为贳酒家送酒。王右丞兄弟未遇，每一贳酒漫游。干常征债于王家，戏圆地为人马。右丞精思丹青，奇其意趣，乃岁与钱二万，令学画十余年。”

沈括《梦溪笔谈》：“书画之妙，当以神会，难可以形器求也。世观画者，多能指摘其间形象位置、彩色瑕疵而已，至于奥理冥造者，罕见其人。如彦远画评，言王维画物，多不问四时。如画花，往往以桃杏芙蓉莲花同画一景。余家所藏摩诘画《袁安卧雪图》，有雪中芭蕉，此乃得心应手，意到便成，故造理入神，迥得天意，此难可与俗人论也。”

《宣和画谱》：“维善画，尤精山水，当时之画家者流，以谓天机所到，而所学者皆不及。后世称重，亦云维所画不下吴道玄也。观其思致高远，初未见于丹青，时时诗篇中已自有画意。由是知维之画，出于天性，不必以画拘，盖生而知之者。故‘落花寂寂啼山鸟，杨柳青青渡水人’，又与‘行到水穷处，坐看云起时’，及‘白云回望合，青霭入看无’之类，以其句法，皆所画也。而《送元二使安西》诗者，后人以至铺张为阳关曲、图。且往时士人，或有占其一艺者，无不以艺掩其德，若阎立本是也。至人以画师名之，立本深以为耻。若维则不然矣，乃自为诗云：'夙世谬词客，前身应画师'。人卒不以画师归之也。如杜子美作诗，品量人物，必有攸当，时犹称维为'高人王右丞'也，则其他可知。何则？诸人之以画名于世者，止长于画也。若维者，妙龄属词，长而擢第，名盛于开元、天宝间，豪英贵人，虚左以迎，宁、薛诸王，待之若师友。兄弟乃以科名文学，冠绝当代，故时称'朝廷左相笔，天下右丞诗'之句，皆以官称而不名也。至其卜筑辋川，亦在图画中，是其胸次所存，无适而不潇洒，移志之于画，过人宜矣。重可惜者，兵火之余，数百年间，而流落无几，后来得其仿佛者，犹可以绝俗也。正如唐史论杜子美，谓残膏剩馥，沾丐后人之意，况乃真得维之用心处耶！今御府所藏一百二十有六：太上像二，山庄图一，山居图一，栈阁画七，剑阁图三，雪山图一，唤渡图一，运粮图一，雪冈图四，捕鱼图二，雪渡图三，渔市图一，骤纲图一，异域图一，早行图一，村墟图二，度关图一，蜀道图四，四皓图一，维摩诘图二，高僧图九，渡水僧图三，山谷行旅图一，山居农作图二，雪江胜赏图二，雪江诗意图一，雪冈渡关图一，雪川羁旅图一，雪景饯别图一，雪景山居图二，雪景待渡图三，群峰雪霁图一，江皋会遇图二，黄梅出山图一，净名居士像三，渡水罗汉图一，写须菩提像一，写孟浩然真一，写济南状生像一，十八罗汉图四十八。"

董其昌《画旨》："文人之画，自王右丞始，其后董源、僧巨然、李成、范宽为嫡子，李龙眠、王晋卿、米南宫及虎儿，皆从董、巨得来。直至元四大家黄子久、王叔明、倪元镇、吴仲圭，皆其正传，吾朝文、沈，则又遥接衣钵。若焉、夏及李唐、刘松年，又是大李将军之派，非吾曹易学也。"

又："释家有南北二宗，唐时始分。画之南北二宗，亦唐时分也，但其人非南北耳。北宗则李思训父子着色山水，流传而为宋之赵干、赵伯驹、伯骕，以至马、夏辈。南宗则王摩诘始用渲淡，一变钩斫之法，其传为张璪、荆、关、郭忠恕、董、巨、米家父子，以至元之四大家，亦如六祖之后，有马驹、云门、临济儿孙之盛，而北宗微矣。要之摩诘，所谓'云峰石迹，迥出天机，笔意纵横，参乎造化'者。东坡赞吴道子、王维画壁，亦云'吾于维也无间言'，知言哉！"

现代诗评

　　下面的资料，摘自有关专著和论文结集，大致可以看到王维研究中的重要观点。

综　论

　　胡适《白话文学史》："王维是一个美术家，用画意作诗，故人说他'诗中有画'。他爱山水之乐。他又信佛（他的名与字便是把维摩诘斩成两截！）他的好禅静，爱山水，爱美术，都在他的诗里表现出来，遂开一个'自然诗人'的宗派。""这个崇拜自然的风气究竟有点解放的功用。王维、孟浩然的律诗也都显出一点解放的趋势，使律诗倾向白话化。""王维的乐府歌辞在当时很流传。乐府诗歌是唐诗的一个大关键，诗体的解放多从这里来，技术的训练也多从这里来。"（1928年）

　　傅东华《王维诗》："陶诗在'韵'，王诗在'味'。两者的区别，在前者是一种平淡的叙述，好处只在含有一种令人愉快的韵致；后者则耐人寻索，读者愈能体会，则趣味愈长。王维诗中，并不寓有什么深奥的哲理——他虽是生平'奉佛，居常蔬食，不茹荤血'，而'晚年弥加进道，端坐虚室，念慈无生'——也不含

浓烈的感情，他的好处，只在一种清淡而深长的趣味。"（1930 年）

陆侃如、冯沅君《中国诗史》："我们读王维的诗，细读全集，知道诗人最爱用'静'字。惟其他能静，故他能领略到一切的自然的美。怎样叫做'诗中有画'，那就是说，他长于描写自然的美。他本是诗人兼画家，所以使他的诗更趋于成功。""王维以五言著，而尤长于短诗。他所表的情与所取的景是一致的。""他这种淡远闲静的风格，或许有点佛教的影响。不过他的几首谈禅说理的诗，却不高明得很。"（1931 年）

郑振铎《插图本中国文学史》："王维的诗是直接承继了东晋的陶渊明的。渊明的诗，澹泊而有深远之致，维诗亦然。像那样的田园诗，若浅实深，若凡庸实峻厚，若平淡实丰腴的，千百年间仅得数人而已。王维的最好的田园诗，恬静得像夕光朦胧中的小湖。""王维的诗，写自然者，往往是纯客观的，差不多看不见他自己的影子，或连他自己也都成了静物之一，而被写入画幅中了。"（1932 年）

苏雪林《唐诗概论》："王维本是一个画家，所以能以恬静而鲜明的笔调摄取自然真相。而且他的小诗善能捉住一瞬间的印象而清澈生动地表现出来，如《鹿柴》《木兰柴》《北垞》，写光线变动与西洋画之印象主义相似，我们竟可以说他是中国诗里的印象派。"（1933 年）

杨荫深《王维与孟浩然》："王维的诗我们可以称得'淡而有味'四字。惟其是'淡'，所以他在诗里爱用静一方面的词句。他似不想人家听他高声直呼，而只是低声吟咏，令人如闻溪流之声，淙淙有韵。他之所以爱写这样的诗，这不能不归根于他的好佛。"（1936 年）

刘麟生《中国诗词概论》："唐代最大的诗人是李、杜，有人加上王维，称之为李、杜、王。王士祯至比之为仙、圣、佛。他编《唐贤三昧集》专取神韵派的诗，不选杜甫一首，而以王维为压卷，虽然不免过当，但王维的诗有独立的风格，却是无可否认的。唐人学陶而成名家的，有王维、孟浩然、储光羲、韦应物、柳宗元，他们的诗的优劣，言人人殊，可是王维的诗名，比较的更大。他们的作品有很多相同之点：（一）多以山水式田园为背景；（二）长于五言古或五言律绝（其中王维的七古七律最好）；（三）作风都偏向于高古简淡。分别在何处呢？沈德潜的评说（见《说诗晬语》）可供我们参考。"（1936 年）

蔡正华《中国文艺思潮》："中国的山水诗与山水画，同是描写自然，但所描写的，只在美的一方面，在心中所想象的理想境界中。中国画是美的，主观的，超现实的，它的表现，是一个梦境。重峦叠嶂，一望安得尽见？断港绝潢，扁舟岂能飞渡？但这都是无关紧要的。中国的山水画如此，中国的山水诗也是如此。""胡适之说得最妙，谢灵运是'叫人做不自然的诗，来歌唱自然。王、孟、诸家，与其说是出于谢，无宁说是出于陶。""王维是一个画家，是真能见到山水之美的。"（1936 年）

宗白华《艺境·我和诗》："王、孟的诗境，正合我的情味，尤其是王摩诘的清丽淡远，很投我的癖好。""唐人的绝句，像王、孟、韦、柳等人的，境界闲和静穆，态度天真自然，寓秾丽于冲淡之中，我顶喜欢。"（1937 年）

钱基博《中国文学史》："王维、孟浩然以清微萧远别张一军，而自开蹊径，其源盖出陶潜也。然王维朗而能丽，孟浩然澹而入古，则又同而不同。""王维为诗，通于绘画音乐之理，搞藻铁丽，措思冲旷，而出以庄重闲雅，浑然天成。柔厚而不为华靡，简淡而不伤寒俭。格调高浑，而寄兴复远。""论王维诗者，多称其清微淡远，罕道其雄奇苍郁；喜言其萧散旷真，不知其精整华丽，是所谓知其一而不知其二。大抵意寄清旷，而出以跌宕昭彰，上承陶潜之血脉；格调高亮，而发以沉郁顿挫，近媲杜陵之气体；法度森严，神情俱诣，驰迈前矩，雄概名隽矣。"（1939 年）

刘大杰《中国文学发展史》："在唐代的浪漫诗歌中，有一些人专注力于自然山水的歌咏，乡村生活的描写，用疏淡的笔法，造成恬静的诗风的，是王维代表的田园诗派。这一派人的人生观与生活动态虽是浪漫的，但他们只是失意于现实的人世，或满意于富贵功名以后，带着对闲适清静生活的追求和欲望，避之于山林与田园，想在那里找到一点心境上的慰安。""王维是一个诗、乐、图画的兼长者，真可称为一个多才多艺的艺术家。他的画以山水为代表，正如他的诗以田园诗为代表是一样。他在绘画与作诗的造境与用笔上，是取着同一的态度。这态度便是抛弃谢灵运、李思训们的写实，而采用陶渊明的写意。他所追求的，是人人懂得而又是人人写不出的一种高远的意境，他鄙视那种惟妙惟肖的形象，因为在那形象里，只有外貌而没有灵魂，后人称道他的作品有神韵有滋味，便是指的这一点。""五言小诗，因字句过少，在诗体中最难出色。而王维以其过人之才，在这方面得到了最高的成就。他用二十个字，表现那一霎那的自然现象，无论一块石，一溪水，一枝花，一只鸟，都显现着活跃的灵魂，而同作者的心境，完全调和融洽，于是自然与人生结成不可分离的整体。每首诗只是在那里表现自然界的景物，而无处不有作者的地位与性情，所谓画笔、禅理与诗情三者的组合，成就了这些小小的文字画。""王维的五律也有许多好作品。律诗因对偶平仄的限制，本不适宜于浪漫心情与一霎那的自然现象的表现，但王维的天才，却能驾驭这种格律的拘束，运用自如，使他的律诗和他的绝句一样，现出那一种淡远闲静的风格，毫没有一点做作凑合的痕迹。律诗到了王维的手里，算是大大的解放了。"（1941）

顾随《禅与诗》："实在说来，禅与诗的关系是：'似则似，是则非是。'二者未可混为一谈。诗与禅相似处只在'不可说'之一点。非不许知，乃是不许说。禅宗大师云：'这张嘴只好挂在墙上'，即是必须由自己参悟而来的意思。凡一境界其高深微妙之处，皆是'不可说'，固不独诗与禅为然。"

顾随《驼庵诗话》:"欲了解唐诗,当参考王维、老杜二人,几时参出二人异同,则于中国之旧诗,懂过半矣。""姚鼐谓王摩诘有三十二相(《今体诗抄》)。佛有三十二相,乃凡心凡眼所不能看出的。摩诘不使力,老杜使力。王即使力,出之亦为易;杜即不使力,出之亦艰难。""王维是诗人、画家,且深于佛理。深于佛理则不许感情之冲动,亦无朝气之蓬勃,其作乃静穆。还须注意其描写多为客观的。""盖入禅愈深则产量、变化愈少,故王、孟、韦、柳作品皆少。佛乃万殊归于一本,是'反约',故易成为单纯。而'反约'亦有其优点,虽不易变化丰富而易有精美作品。""右丞诗,五古最能表现其高,盖五言古宜于表现右丞之境界。"(1943 年)

林庚《唐代四大诗人》:"唐代四位大诗人,王维、李白、杜甫、白居易。李白是时代高潮上产生的一个集中的典型,而王维则是一个更为全面的典型,他在盛唐之初就早已成名,反映着整个诗坛欣欣向荣的普遍发展。""唐代诗歌,像《楚辞》那样的体裁已经久无佳作了,王维却有《鱼山神女祠歌》《赠徐中书望终南山歌》等难得的好诗。如果说李白主要是受了《离骚》的影响,王维则是承袭了《九歌》的传统。至于当时的五、七言诗,王维在任何一种诗体中都获有大量的成就。李白较少写律诗,杜甫较少写绝句,而王维则均衡地发展了自己的才能,取得了普遍的成功。王维在诗歌题材方面也是无所不备的。我们平常总觉得王维乃是一个山水诗人,并且认为他的山水诗又是以晚年辋川诸作为代表。实际上,王维在当时却并非以这类诗流传人口。《云溪友议》载,李龟年曾于湘中采访使筵上唱《相思》和《伊州歌》,'此辞皆王右丞所制,至今梨园唱焉'。而《河岳英灵集》选诗起甲寅(开元二年)终癸巳(天宝十二载),叙中标举当代英灵时首推王维,可是集中也并没有着重选其归隐后的作品。可见王维当时有影响的诗篇主要并不在这方面。王维的边塞诗现存者多达三十余首,而对比之下,通常称为边塞诗人的李颀,却只有不到十首,王昌龄也不过才二十几首。实际上,王维的边塞诗不仅数量多，而且十分出色。""王维很少写特殊的题材，也不着意于表现题材中的特殊的部分，而是写出了时代生活中共同的脉搏，这便使他的诗歌更富于普遍的意义。""盛唐是一个春风得意，奋发蓬勃的时代，生活中生机盎然。古人称王诗'穆如清风'，那就仿佛是清新的空气，在无声地流动着，无时不有，无处不在。这正是因为与时代的气氛息息相通。""王维的青春气息，李白的壮士豪情，杜甫的老成凝重，标志着盛唐诗歌波澜壮阔的完整过程。"（1957年）

陈贻焮《王维诗选·后记》："王维回到长安重作京官，主要是由于张九龄的提拔。他是作为张九龄政治主张的拥护者和支持者而要求工作的。张九龄要求搞好州县地方政治，要求任用贤能，反对朋比阿私，反对名器假人，虽也是贞观之治以来布衣卿相们的基本政治主张（实际上是属于儒家的），但在当时贵族腐化政治势力日渐抬头的时期，更显出它所特具的极现实的斗争意义。张在政治上受到打击，贬为荆州长史，不仅意味着他个人政治靠山的丧失，更是他理想中的开明政治的幻灭。王维在李林甫执政期内仍然在做官，而且也多少有所晋升，但是他内心是矛盾的，是有隐忧的。在黑暗的政治重压下，他是张九龄的旧人，又怎教他不感到'既寡遂性欢，恐招负时累'呢？这当然只是外因，他之所以日趋消极，主要还决定于他本身的软弱性与妥协性。他是一面做官一面稳居的。这样的隐居，就在李林甫执政的那个时候开始。可见他还是不甘同流合污的。大体说来，王维从受累贬官到重回长安做京官以前和在张九龄执政期内（前期），接近当时比较进步的政治力量，思想感情中的确存在着进步和积极的因素；而这些因素也就是他许多诗歌带有人民性与积极意义的根据。自开元二十五年张九龄贬官荆州以后（后期），王维是消极的、妥协的。他不满意李林甫，不愿巧诣以自进，但又不干脆离去。他不甘同流合污，但又极力避免政治上的实际冲突，把自己装点成亦官亦隐的'高人'，始终为统治者所不忍弃。所有这些表现，不应只看作为佛学对他所产生的坏影响；相反，他的学佛，也应看作为他思想意识中妥协一面发展的必然结果。王维对自己消极妥协的一面还有自己的理论。在《与魏居士书》中，他引孔子的话作根据，解释说：'我则异于是，无可无不可。可者适意，不可者不适意也。君子以布仁施义，活国济仁为适意；纵其道不行，亦无意为不适意也。苟身心相离，理事俱如，则何往而不适'？这足以说明他晚年为人处世的圆通态度。""王维是我国著名古典诗人之一，他在诗歌上的成就是很大的。王维生在盛唐时代，受到当时灿烂的文化艺术的熏陶，有极高的美术和音乐修养，因此，当他创作诗歌时，就势必比一般诗人更能精确地细致地感受到、把握住自然美妙的景色和神奇的音响并将之表现出来，更会用辞设色，更注意诗歌音调的和谐。这样，就无形中形成了作者独特的'诗中有画'和'百啭流莺，宫商迭奏'的诗歌艺术风格。王维诗歌风格的形成，也和他所受前代优秀作家作品的影响分不开。他的一些诗蕴藉、朴素，深受国风、乐府民歌的影响；他累用《史记》中的题材为诗，不失原作慷慨悲壮之情。而其中给他影响最大的，又莫如《楚辞》和陶渊明。王维创作了许多骚体诗，就是他的近体诗，像《欹湖》《椒园》《送别·山中》诸作，境界精美，且一往情深，颇有哀怨之思，所受《楚辞》（尤其是《九歌》）的影响，也莫不隐约可辨。王维诗中常以陶渊明自况，是渊明之后成功的田园山水诗人。他们都热爱自然，都具有和平恬静的心情。他们的风格都是浑成的，格调也都是高雅的，但也有所不同。陶诗着重白描，王诗长于彩绘；陶诗虽善写风景，而表现生活感受居多，王诗虽情景交融，却仍以景物描写为重。同代人中孟浩然、储光羲、裴迪、祖咏、卢象、丘为、綦毋潜等都是王维的好友，由于意趣相同，且都以描写自然景物见长，就无形中形成盛唐诗歌中的一个流派。他们之中以王维、孟浩然的成就最大，因此素以王孟并称，但也存在着风格上的差异。王诗显得丰润而富有生趣一些，孟诗显得清秀而意趣淡远一些。总的成就，则孟诗不如王诗。王维在诗歌领域中的成就，是多方面的。他的五古、七古、五律、七律、五排、五绝、七绝诗中都有佳作，他所采用的题材也很广泛。他在唐代诗人中是有一定地位的。王维的诗歌也有不少思想性很强、倾向性很鲜明的作品，如《济上四贤咏》《偶然作》中之‘赵女’首、《西施咏》《寓言》《夷门歌》《陇头吟》《老将行》《洛阳女儿行》《不遇咏》等都是。只是由于人们历来都极力强调他在山水诗创作上的艺术成就，对之注意不够。王维集中最多的还是那些写隐逸心情和生活、写田园山水的诗篇。这类诗歌大都渗透了出世的思想和颓唐的感情。但有些也曲折地反映出封建社会中隐士的内心世界，他们不愿与邪恶的政治势力同流合污，但又不免感到空虚的苦闷心情；也莫不或多或少地具有认识价值和进步意义。这类诗歌还有一定的美学价值。诗人以他特有的诗情画意将对自然美景的感受有声有色地表达出来，创造出一个远较现实为高的、优美的艺术境界，能给人以出奇的美感，能清新人的头脑，能丰富人的精神生活，能激发人爱好美好事物的纯正感情，因此获得了极大的艺术魅力，成为了中国风景诗中不可多得的佳作。王维全家信佛，受到佛家寂灭思想的影响极深，又掺着中国固有的道家思想，就无形中形成了他后期的那种消极遁世的人生观，和明哲保身、随遇而安的政治态度。这样，他就势必会写出许多与时代、社会无关，甚至存在着严重思想缺点的作品。那些积极因素与消极因素杂糅的田园山水诗、隐逸诗，艺术性都比较高，当读者欣赏其诗情画意的时候，很可能无形中接受其逃避现实、流连光景的消极影响。"（1959 年）

　　北京大学中文系五五级编著《中国文学史》："王维在诗作里，写出了对进步的政治倾向的歌颂（如《夷门歌》），对社会的不合理现象给予了揭露和抨击（如《济上四贤咏》《寓言》），在边塞诗中抒发了一种强烈的慷慨悲壮的感情（如《陇头吟》《老将行》）。了解王维诗歌的这种思想内容，才能正确地认识他的某些山水田园诗的全部意义。""王维诗歌的艺术风格，前期充满着蓬勃壮劲和兀傲不羁的气势，后期转为清丽恬淡而仍不失其生意。""王维后期的诗竭力追求一种恬淡宁静而又浑然一体的境界，诗中我们看不到诗人的形象在进行活动，但处处可以看到诗人的感情浸染了他所描写的每一个景物。在他的作品中，情和景达到了浑然一致，表现为人格与自然、主观与客观的合而为一。诗人的个性融于外物之中，而被描写的万物也体现了诗人的个性，诗人的作品，便是诗人独特的艺术个性的体现。诗人通过素淡的景物描写，表达了他浓烈的内在感情。""王维笔下所出现的抒情对象，常常是不同于现实生活的，是无比美好和绮丽、纯洁和宁静的世界。它是对现实社会的不满和否定，虽然他采取的方法是消极的。我们必须充分估计它的价值。""王孟诗派通过对于客观世界的主观的、理想化的描写，表现被诗人的世界观所决定了的思想感情。特别是王孟二人，在这方面以自己的创作实践，提倡了一种反映生活、表达感情的特殊方法：折射现实、表达理想的方法。他们主要都通过五言诗来进行这一表现。"（1959 年）

　　马茂元《唐诗选》："盛唐时期出现了不少的田园山水诗，代表这方面的诗人，有孟浩然、王维、储光羲等。他们都有着一个较长或较短时期的隐居生括。他们在经济地位和心理状态上，始终是浮在社会中上层；虽然身在田园，却不可能对农村生活有深入的体验。因而反映在他们诗里的，往往只是当时农村生活中一些和平宁静的表面现象，或者是单纯美好风景画面。许多脍炙人口的名篇，之所以吸引人，主要还是在于艺术技巧上的高度成就。继陶潜、谢灵运、谢朓而后的盛唐田园山水诗，其艺术技巧，在继承前人的基础上有所发展提高。但这类诗篇，往往也只能代表这些诗人创作的一个方面。像王维，他所歌咏的题材，就不只是田园山水；而他的风格也不仅是'清腴'而已。""乐府民歌对诗体影响最显著的，是歌行和五言绝句。王维集里的歌行，多半是少作，可见他的诗，是从乐府入手的。不过这些作品，还有一些搞文铺采的痕迹；深得乐府民歌神髓的，应该是他的绝句诗。""王维在诗歌史上影响极大。中唐前期大历十才子主宰诗坛，就是王维诗风的直接延续与发展。唐代宗誉之为'天下文宗'，正是这一情况的最好说明。以后贾岛、姚合……直至清代王士禛，均受其重大影响。形成诗史上一个以清淡雅秀为特点的绵延千年之久的诗歌流派。"（1960年）

　　王运熙《王维和他的诗》："王维在盛唐诗坛所以能独树一帜，引人注目，在文学史上具有重要地位，对后代发生深远影响，主要是由于写景诗具有独特的成就。王维的写景诗，有的描绘农村风光，有的刻画山水清景，这便是田园山水诗。""在长期的封建社会中，许多文人和知识分子欣赏和赞美王维的诗，称之为'诗佛'，尤其爱好王维诗中那种萧瑟冷寞、超尘绝世，'不食人间烟火'的境界。历代的不少批评家，从唐代的司空图到清代的王渔洋竭力推崇王维的诗，认为最富有'神韵'。人们对于王维这类诗歌的爱好，固然是由于它们表现出较高的艺术技巧，更重要的是由于这些爱好者本身存在地主阶级知识分子的闲情逸致和消极出世思想，容易产生共鸣。""盛唐时代，王维以他的写景诗在当时诗坛放射出闪耀的光芒，成为田园山水诗派的领袖。这个流派中的其他优秀诗人孟浩然、储光羲等都有他们各自的独特成就，但总的成绩都赶不上王维。伟大的诗人李白、杜甫也创作了不少写景名篇，但在展示自然界的丰富多彩和表现作家对自然的深入细致的感受上面，较王维也不免有所逊色。他不愧为诗国中首屈一指的风景画大师。""从内容上讲，反映功高赏薄、蔑视权贵、寄托怀才不遇的诗篇，在王维集中是最富有现实意义的作品，我们应当珍视，并可由此认识到诗人对社会现实还是相当关心（主要是前期）。但另一方面，也不能把这些诗估价太高。其原因不仅因为数量少，反映面不广，更重要的是思想感情的深度，

不能与李白、杜甫的诗篇相比。艺术技巧尽管比较优秀，也没有创造出一种为别人不曾达到的新境界。"（1961 年）

刘大杰《中国文学发展史》："王维前期的作品里，《陇西行》《燕支行》《从军行》《陇头吟》《老将行》《少年行》《使至塞上》《观猎》一类关于边塞、游侠的诗篇，运用各种形式，描写多方面的题材，其中七言歌行，笔意酣畅，具有岑、高诗派的雄浑之气。但就王维的诗歌艺术来说，真能代表他的特色的，还得推他后期的作品。这些作品，具有他自己的鲜明个性和独创的风格，在山水田园的描写上，达到了很高的艺术成就。他诗歌的最见功力处，正如清人沈德潜所说'正从不着力处得之'（《唐诗别裁集》）。这就是他的精炼而不雕饰，明净而不浅露，自然而不拙直。"（1962 年）

陈贻焮《山水诗人王维》："王维最突出的是山水诗和景物描写，是他的精湛的诗歌艺术。他善于用清新的情调、匀润的色彩，精致的描绘山林静美景物和生活在这静美境界中的闲情逸致，也能以开阔的胸襟，劲健的手腕，涂抹壮丽的河山，表现驰骋在祖国辽阔原野上的豪迈心情。他的山水名篇如一般景物描写大都形象鲜明，色彩鲜艳，又能烘托此时此地所特有的情境，没有前代某些山水诗人那种片面、客观写景的毛病，而做到了高度的情景交融。以前的山水诗，往往只有名句可摘，而他却顾到全诗的和谐，既有名句，又显得浑然一体。他真不愧为山水诗典范作家和艺术大师。"（1962 年）

余冠英主编《中国文学史》："过去的文学史家习惯于按题材来划分流派，他们把这个时期的王维、孟浩然等称为田园山水诗人。田园山水诗人继承谢灵运和陶渊明的艺术传统，在反映自然美和描写技巧上都有所发展和丰富，但他们的思想却带有逃避现实的消极因素。王、孟除田园山水诗外，都写过反映其他现实生活的诗篇。说他们是田园山水诗人，不过是就其作品的主要方面而言。""王维写过一些边塞诗，大都以慷慨激昂的情调，抒发了边防将士为保卫疆土献身的英雄气概，歌唱了开元天宝时期蓬勃向上的进取精神。这一类诗的特点是所表现的感情果敢、坚决，意气风发，充满着英勇自豪的精神。即使描写边塞景物，王维的笔触也是那么疏淡有致，景象明朗。""王维的田园诗里，农村的景物被表现得那么清澈、明净，田园生活变得那么平静、安详。这正是由于王维思想深处浸染了佛教的清净无为的色彩。虽说这些诗也客观地反映了田园景色的美，但与封建社会真实的农村生活是有很大距离的。无论'楚狂'或'浣女'，这些模糊的面影，都只是诗歌中的点缀物，是用来体现王维自己安适自得的心境的。王维的山水诗变化多彩，具有不同的风格与情调。有时气魄宏大，意境开阔，大笔挥洒，描绘了祖国雄壮的山河。在另一些山水诗里，王维对自然景物的刻画又十分细致，从这些静谧而引人深思的作品中，使我们认识到大自然中另一些富于诗意的情景。王维的诗色彩明丽，景象鲜明，都可入画。但是他的诗还有一种胜境，它的比画更为动人的地方是在于这些诗所表现的声息、动态，仿佛可闻可见，是任何画幅也不能表达的。真是'有声画'。王维也有一些谈禅说佛、以自然景物寄寓禅理的诗歌，自然景物都变成了演说佛法的一种依托，无诗意可谈。另有一些诗如《谒璿上人》则空谈佛理，不过徒具诗的格式而已。""安史乱前王维与杜甫同在长安一带居住，表现在杜甫诗里是《兵车行》《丽人行》等诗篇，而王维更多地沉溺于内心生活，寄情山水，陶醉自然，客观上产生了粉饰现实、又引导人们追求清静、爱好孤独的消极影响。(1963年)

游国恩、王起、萧涤非、季镇淮、费振刚主编《中国文学史》："王维的思想，可以四十岁左右为界限，分为前后两期。王维前期也写了一些关于游侠、边塞的诗篇或少年的豪迈，或写大将的英武，或叙征戍之苦，或写凯旋之乐，都表现了那个时代人们的英雄气概和爱国热情。在《济上四贤咏》《寓言》里，有意识地把他们正直高尚的形象和那些'幸有先人业，早蒙明主恩'的'翩翩繁华子'作对比，指摘了当时社会的不合理的一面。王维善于描写自然景物的艺术才能，在前期的诗里已有出色的表现，或以素描见长，或以刻画见工。王维后期的诗，主要是写隐居终南、辋川的闲情逸致的生活。这些诗在艺术上的成功，并不能掩饰他思想上的严重缺点。这些几乎和现实生活绝缘的、'萎弱少气骨'的山水田园诗，却因为和后代文人们的消极思想发生共鸣，受到许多文人无保留的赞美。有人甚至推尊他为'诗佛'，把他捧到和李白、杜甫同样高的地位，这显然是极端错误的。当然，他后期也有少数诗篇，佛老消极思想流露得比较少，并且具有一定的活泼自然的生活气息。""王维的诗在艺术上有很高的成就。那些山水田园诗，既能概括地写雄奇壮阔的景物，又能细致入微地刻画自然事物的动态。正因为他观察自然的艺术本领很高，所以他能够巧妙地捕捉适于表现他生活情趣的种种形象，构成独到的意境。""他的诗既有陶诗浑融完整的意境，又有谢诗精工刻画的描写。语言也高度清新洗练，朴素之中有润泽华彩。的确深得陶诗'清腴'的特色。"（1963 年）

余冠英主编《唐诗选》："王维的山水诗，继承了谢灵运的传统，却没有谢诗晦涩堆砌的缺点，变化多彩，具有不同的风格与情调，描写了多种多样的自然景色，达到了很高的造诣。"（1978 年）

程千帆《唐诗的历程》："安史战乱以前，诗人们在其创作中都散发着强烈的浪漫气息。这或者表现为希企隐逸，爱好自然；诗中的代表人物形象是隐士。或者表现为追求功名，向往边塞；诗中的代表人物形象是侠少。""王维在高蹈者孟浩然等和进取者高适、岑参、李颀、王昌龄之间，恰好是一座桥梁。所以有些评论者一方面将其与孟浩然相提并论，合称王孟；另一方面又将其与高适等相提并论，合称王、李、高、岑。当然，这种提法也包含有对诗歌样式的考虑在内。"（1982 年）

程千帆、沈祖棻《古诗今选》："盛唐诗有两个有代表性的主题，边塞和田园山水。诗人们往往根据直接的或间接的生活经验，创作以边塞战争生活为主题的诗篇，来表达自己希望为国效劳，建功立业的心情。所以这类诗，往往表现出他们入世的、进取的精神状态。诗人们对田园山水的咏歌，既显示了他们对大自然的爱好，又往往在不同程度上透露了自己不甘心无所作为但却无可奈何的心情。所以这类诗，往往表现着诗人们出世的，恬退的精神状态。这两种精神状态往往并不是分别存在于不同的诗人身上，而是自相矛盾地存在一个诗人身上。这种情况在杰出的诗人王维的作品中表现得很鲜明。"（1983 年）

　　赵昌平《唐五代诗概述》："盛唐诗题材多样，而以边塞诗与山水田园诗为两个大宗。玄宗朝与四裔少数民族的频繁战争，激发了诗人们赴边立功的雄心，玄宗前期政治比较清明，又使诗人的抱负有实现的可能，从而促进了边塞诗的发达。又诗人一旦失意，多在山林田园中寻找慰藉，有的更以泉石清高自鸣，以待朝廷招贤举稳，这就刺激了山水田园诗的兴盛。至开元后期，以李林甫入相、张九龄遭贬为契机，玄宗政治渐趋昏昧，不少诗人见机而退，山水田园诗也就更形发展，为中唐前期诗风埋下了伏笔。""六朝以来的山水田园诗，总的发展趋势是以陶潜的自然淡远，参以谢灵运的精丽善绘。王、孟为代表的盛唐山水田园诗，正是这一趋势的最高表现。他们的作品态度自然，色调清秀，意境邃远，其中王维成就尤高，唐代宗称之为'天下文宗'，殷璠《河岳英灵集》序列举诸家，亟称王维，正揭示了这一特点，并可看出唐人对这位大家的推崇。""从诗史演变的角度分析，稍前的李白更多地体现了盛唐的特点；稍后的杜甫却更多地预示着未来，他实际上是盛、中唐之交诗风转变的关键人物。但是，无论是'诗仙'李白，还是'诗圣'杜甫，他们的价值在当时还未被深刻地认识到，直到中唐后期才产生重要的影响；而在当时声誉最高的，却是由清秀朗远转为清空寂灭，而有'诗佛'之称的王维。从肃宗至德年间至代宗大历年间，诗坛大抵为

王维的影响所笼罩。"（1986 年）

王运熙、杨明《王维》："王维的五、七言绝句，感情真挚，语言明朗自然，不用雕饰，具有淳朴深厚之美，可与李白、王昌龄的绝句媲美，代表了盛唐绝句的最高成就。""王维的七律或雄浑华丽，或澄净秀雅，为明七子所师法。七古《桃源行》《同崔傅答贤弟》等，形式整饬而气势流荡，堪称盛唐七古中的佳篇。"（1986 年）

史双元《王维诗歌与盛唐气象》："对于王维的作品，仅仅从消极者否定、积极者肯定这一模式出发，是不够的。我们有必要调整角度，重新认识它的价值，认识其诗作整体上表现出的时代精神——作为中国文化骄傲的'盛唐气象'。""王维的作品主要记录了那一时代人们的普遍希冀和追求，对盛世功业的自信和满足，对美好平静生活的渴望和享受，对各种思想的宽容和吸收，对文化艺术开拓创造的热诚追求。他的诗主要传达出明彻而平静的印象——一个净化了的时代的印象。盛唐的煌煌巨业及其由盛转衰的变化，使得诗人对崇高美的景仰中混着伤感。缺乏力量和气魄，但并不贫乏，而具有盛唐时代特有的浑厚和深沉。"（1986 年）

林庚《中国文学简史》："王维在文艺上的全面发展，使得他在诗歌里成为一个全面的人才。我们很难指出王维诗歌的特点，因为他发展得如此全面。如果一定要指出，那就是代表整个盛唐诗歌的特点：深入浅出，爽朗不尽，融汇着历代诗歌的精华。""在盛唐解放的高潮中，王维主要的成就，正是那些少年心情的、富有生命力的、对于新鲜事物敏感的多方面的歌唱，那也就是当时诗歌的主流。"（1988 年）

陈伯海《唐诗学引论》："以王维、孟浩然、储光羲、常建为代表的山水田园诗，综合了陶渊明咏写田园和谢灵运摹形山水的传统而出以变化，以田园的情趣领略山水，又以山水的眼光观赏田园，较多地表现诗人隐逸恬退的思想和闲适自足的情怀，做到色彩清淡，意境深幽。常用五言古诗和五言律句的体裁。"
"无论边塞诗或山水田园诗，在抒情写景之中，多还保留着清新明郎的基调，所以又共同构成'盛唐之音'的一个侧面，矛盾而又统一。这也是两派诗人在创作中互有沟通的缘故。""李白、王维、崔国辅构成了盛唐五绝的三鼎足，致使这一诗体日后的发展也很少能超出其范围。"（1988年）

王友怀《王维诗选注》："王维的七律在形式和表现手法上都有独到之处。可以说在当时还处于尝试阶段的七律，经过王维才趋于成熟。"（1988年）

周啸天《唐绝句史》："王维山水五绝之迥出常格，主要原因在于这些诗在意蕴上通常包含多个层面，而在艺术处理上非常独到：一是山水层面，对自然美的发掘。王维不仅是'写生妙手'（杨逢春《唐诗偶评》）、'善于体物'（俞陛云《诗境浅说续编》），而且在于他的审美感觉特别敏锐，有些景色，在别人或熟视无睹，他却能为之心动，常发人所未发。二是情感层面，抒发生活的感触。王维五绝的抒情一般是淡淡的抒情，较为平和，或是表达游览闲适之情，或是抒发亲友间的别情，或是寄托俯仰今昔之慨，即使黯然，终归平淡，即使凄清，终归平和。很少像陶渊明那样直抒怀抱，通常是'无限深情，却于景中写出'（黄生《唐诗摘抄》）。三是哲理层面，表现一种人生态度。王维山水五绝中的所谓禅味，乃是接受禅宗影响而持的一种以自然为宗的生活态度。诗人实践着一种平平常常的、与物无忤的生活，将自身融入自然，以求得心境的和平。在这一点上，也可以看到陶渊明对王维的影响。""'人民性'曾经是对古代作家进行价值判断的一把尺子。其实，人民性的一个重要表现，就是为人民所认同。王维的许多绝句，如《相思》、《伊州歌》、《渭城曲》等，当时就被谱成歌曲广为流传，深受群众喜爱。在这一点上，王维表现出自己的人民性。"（1988年）

霍松林《唐诗精选》："王维早岁边塞诗沉雄慷慨，意气飞

动。山水田园诗或壮丽雄阔，或清幽恬澹，‘诗中有画’。五绝
绘景传神，超妙自然；七绝语近情遥，风神摇曳，与李白同擅胜
场。”（1992 年）

　　许总《唐诗史》："王维十五六岁时即游两京，二十岁前已名噪
诗坛，成为都城诗人群中的核心人物。而李白二十五岁始出蜀，四
十二岁才被召入京城，对开天诗坛的影响，显然不可与王维同日而
语。杜甫不仅小王维十多岁，而且主要作品皆写于天宝以后的晚
年。""当时人对王维诗的推崇，着重点显然在于‘秀’、‘雅’二
字。后世人对王维诗的评说，已拈出‘澄淡精致’、‘韵外之致’为
其主要特征。王维诗作为都城文化的集中表现，其秀雅的表达方式
恰恰得到共时性文化精神的认同。王维诗作为情景交融的典型体现，
其淡远的诗境蕴含恰恰造成历时性审美的心理沟通。当时人注重的
是普遍性的时代氛围，后世人注重的则是创造性的艺术成就。就其
存世作品的整体看，这两方面并不能互相替代。如果缺少前期部分，
王维则失去了其一代文宗的实际依据；如果缺少后期部分，王维诗
则失去其历史价值的根本特征。""边塞题材创作与风骨审美表现，
乃是开天诗坛的普遍艺术现象与鲜明时代特征。王维正是在其政治、
文学生涯的一开始就走在这一时代潮流的前列，才有可能取得一代
‘天下文宗’的地位。""开天时期的都城文化，一方面固然体现着
积极向上、高朗阔大的时代精神风貌；另一方面随着文化修养的积
聚与提升，在诗歌审美上就表现为对精雅的艺术形式的追求与崇尚。
王维早期作品所显示出的雄整高华、精密雅致的特点，正是这一艺
术趋向中的突出代表。""王维在《别綦毋潜》诗中写道：‘盛得江
左风，弥工建安体’。所谓‘建安体’就是建安文学的强劲风骨，所
谓‘江左风’就是齐梁文学的秀美风华。王维既诗名早著，又具自
觉的理论意识，且诗学主张与创作实践的具体内涵恰恰适应推激着
融汇建安风骨与齐梁词彩的诗史进程与审美祈向，正是其超越同侪
而率先成为继张说、张九龄之后的开天诗坛核心人物的重要原因。"

（1994 年）

葛兆光《中国古典诗歌基础文库·唐诗卷》："王维诗的风格也许还有以下两点：第一，既擅绘画又精乐理的王维有极出色的声、色感觉。这种声、色感交融在一道，使他的山水田园诗常常能一下子抓住读者的视觉与听觉，不由自主地随他的诗句进入那幽深清远的境界。第二、在盛唐人诗中王维很能全面吸收汉魏六朝诗歌的长处。一方面他学了陶渊明的淡旷闲恬，即《后山诗话》说的'得其自在'，这'自在'包括了意境高远闲旷，也包括了意脉从容不迫，意象朴素自然；他还有意仿照汉魏六朝古诗，以一些最普通的名词为意象，用最平直的语序说出来，构成最朴素的诗境，造就了自然淡泊的韵味。另一方面他又学了谢灵运、谢朓一流的精致工巧，在朴素淡雅的诗句中融入清新流丽，使诗歌既不过分枯瘠质直，又不过分浓艳华丽。这使得六朝诗歌两大风格在盛唐合而为一，并启迪了中晚唐诗歌的发展路向。当然，早年和晚年，王维也有一些诗并不能包容在上述风格中，不过就其主导诗风来说，还是像上面所说那样。"（1994 年）

陶文鹏《唐代文学史》："王维的诗歌，题材丰富，体裁多样，思想洒脱，情趣横溢，兼具阳刚美和阴柔美。他是盛唐边塞诗的先驱，更是盛唐山水田园诗的代表人物。他的诗把写景与抒情、自然和工丽完美地统一起来，标志着对自然美的艺术表现，进入了一个新的境界。""诗情、画意、音乐美、禅趣四者高度结合，诗人的自我形象和山水景物形象契合交融，这就是王维山水田园诗的独特艺术成就。""这些诗篇，以一种高度净化的美的意境，以及旷逸恬淡、宁静和谐的情调，从一个独特的角度反映了盛唐气象。""前人所以用'诗中有画'来概括王维山水诗的艺术特征，是由于他在这方面高人一筹，有独到之处。这不仅在于他的诗同他的画一样，常常表现一种清幽静穆、缥缈空灵的境界，更在于他有成效的将色彩、线条、构图等本来属于绘画艺术的表现形式，全面地融汇入诗，使他的诗具有格外鲜明的色彩美、线条美、构图美，有很强的空间感和立体感，取得了写意的水彩画和水墨画的效果。""开元天宝时期，七律创作还处于尝试阶段。初唐的沈佺期，盛唐早期的张说、苏颋等，各人仅有十多首七律；在七律创作上与王维齐名的李颀，传世之作仅七首；被誉为七律圣手的杜甫，这一时期只写了五首左右。而王维的七律却有二十首，这在当时是独占魁首的。他的七律作品，前期用典使事，妍华工整；后期则不拘常调，自由挥洒，风格多样，标志着唐代七律形式的成熟。""王维的五律和五绝的造诣最高。五言诗节奏短，音节比较安闲和平，适宜于表现幽静的风光和个人恬适的心情，所以他大量运用五律和五绝写山水田园，并达到了天然入妙的境地。王维的七绝，量少质优。清人管世铭认为他与李白、王昌龄'三家鼎足而立，美不胜收'（《读雪山房唐诗抄凡例》）。"（1995 年）

　　师长泰《王维研究（第二辑）·前言》："1995 年 10 月上旬召开的全国第二届王维诗歌学术讨论会上，普遍认为：从文学史角度看，盛唐是唐代诗歌发展的黄金时期，王维则是盛唐诗坛的杰出代表，堪与李白、杜甫鼎足而三。在李白未到长安、杜甫未成名时，王维已名噪京师，长时期居于诗歌创作的中心，实际上是这个时期诗坛的领袖人物，当时尝有'天下文宗'之称。从文化史的角度看，盛唐是唐代文化发展的高峰时期，王维集诗歌、绘画、音乐、书法于一身，是盛唐文化的凝聚。就其在文化领域的诸多成就看，有唐一代，恐无人与之比肩。长期以来对待王维很不公允：一是评价偏低。甚至以'隐逸诗人'归入'脱离现实'或'反现实主义'之列。二是研究方法不当。思想上否定，艺术上肯定，思想与艺术割裂，最终导致否定。"（1995 年）

　　傅璇琮《在王维诗歌学术讨论会上的讲话》："对于王维的研究，应当有一个观念上的改变。上次申报王维研究会成立时，有关方面的文件上写到不要把李、杜、王并列，这是没有必要的，这是一种偏见。这是个学术问题，可以由专家们来讨论。"
"安史之乱陷贼为官的问题，应当从历史的角度去看。这个历史
责任在帝王身上，不在王维的身上。我们面对历史、研究历史应
当持一种宽容的态度。在中国历史上，对知识分子，对文人，总
是有一种苛刻的不公正的评价，这是片面的，应当从文化角度对
文人进行评价。""在以前的王维研究中，总认为王逃避政治，
是反现实主义。我觉得，我们对待文化遗产，不能用现实政治的
标准来衡量古人，而应当从他当时所处的文化环境来品评他。我
们更多地应当从文学艺术角度来评价他那和谐的心灵，美好的心
态。这种心态和心灵，对于一个盛唐诗人来讲很值得研究，它针
对当时黑暗的政治和官场，是很难能可贵的。"（1995 年）

　　章培恒、骆玉明主编《中国文学史》："王维后期的诗歌，和社
会政治的距离越来越远。但即使如此，他的诗与盛唐时代具有浪漫
气质的总体文化氛围仍有相一致之处。在山林溪壑之中，既寄托着
诗人高尚其志、不与世俗合流的人生理想，也倾注了他对自然之美
的衷心喜爱。包括那些体现禅宗哲理、给人以极端幽静之感的诗篇，
同时也有生趣盎然、鲜洁明丽的意境。""王维对后世影响最大的是
山水田园诗，他在这方面所表现出来的创造性和惊人才华，甚至掩
盖了他在边塞诗等方面取得的成就。山水田园诗在王维手中，得到
一次总结和显著的提高。他的诗，既有精细的刻画，又注重完整的
意境；既有明丽的色彩，又有深长隽永的情味；既包含哲理，又避
免了枯淡无味的表述，而且风格多变，极富于艺术创造性。他的成
就，对后人产生了深远的影响。"（1996 年）

　　霍有明《论唐诗繁荣与清诗演变》："大体说来，盛唐山水
田园诗派有如下共同特点：一，作者的思想倾向主要接近于佛道
的退隐思想，反映出一种闲适心情；二，题材内容主要以山水风
景、田园生活为主；三，创作风格一般较幽美、宁静；四、体式
以五言律、绝为主。""王维以音乐家气质入诗，最主要的是指

通过描绘自然界的音响来传达诗人自身的主观情志。作为一位著名音乐家，他却没有一首诗歌直接描写音乐；他所弹奏的乐曲，完全是大自然的音响在他心弦上的鸣奏。每当那些远离尘嚣的天籁清音触动这位特别敏感的音乐家内心时，便发为歌诗。高闲淡远的情志，形成了他'有声画'的宁静诗境和艺术特色。""王、孟诗作的风格都可用一'清'字来概括，其差异大略为：王诗清而闲静，孟诗清而跳动；王诗清而平淡，孟诗清而怨怅；王诗清而雅秀，孟诗清而古澹。"（1997年）

李浩《王维与孟浩然诗之比较》："在观照自然的角度上，孟诗多为动态的记游，王诗多为静观的写生。孟诗多叙述景物的动态姿势，强调在时间的线性延续中展现诗人情感的律动。王诗多捕捉对象的静态形貌，强调意象在空间中并置映出，表达诗人瞬间的感悟印象。""从抒情方式来说，孟诗多为明线情感结构，而王诗多为暗线情感结构，间或采用双线情感结构方式。在孟诗中，作者常常出现，'景中有人'，有时作者的情绪浸染渗透着景物，自然山水是'人中之景'。在王诗中，因作者往往采取'于宾见主'或'暗主宾中'的角度，读者和诗歌意象间不再站着作者，有时作者巧妙地藏在景物背后，不动声色，任景物自由兴发映出；有时连作者自己也变成了诗中景物之一，而被写入画幅中去了。因此展现在读者视觉中的，表面上似乎是一些外在力量支配下的山水景物具象的自发运动，实际上是诗人内在情感支配下的意象组合。山水诗的技法在王维手里已完全成熟，由直接抒情说理转变为'假明见意'、'用景写意'、'景显意微'——通过山水景物间接抒情，保持诗中景物的独立自足。史双元认为王维某些山水诗具有俗真二相（《王维诗新探》），颇有见地。如《鹿柴》等诗，从世俗的角度去欣赏，可以给人愉悦身心的审美感受；那些高人逸士、禅客释子又可以从'胜义谛'的角度，'读之身世两忘，万念俱寂'（《诗薮》）真俗二相并存，明暗双

线对应，形成一种情感的交响，增大了诗歌意蕴的容量，秘响旁通，旨意遥深，雅俗共赏。"（2000 年）

亦官亦隐

葛晓音《盛唐田园诗和文人的隐居方式》："盛唐田园诗的创作环境，一是在郊馆别业休沐之时，即所谓'亦官亦隐'；二是在借宿隐者'山居'或过访友人'田庄'之时；三是在作者自己闲居庄园之时。这三种情况都与盛唐别业在官僚阶层、尤其是中下层士人中的普及有关。""隐居方式包括两类：一类是在释褐之前为入仕做准备；一类是在得第之后等候选官，或任满之后待时再选。隐居地域选择方面，一般来说，中进士以前多在家乡隐居，亦官亦隐则在任所附近。为待时选官而暂时闲居则多在出过著名隐士的风光优美的地区。终南山和嵩山离长安洛阳最近，王公贵人别业又多，是亦官亦隐的最佳居处。较贫困的士人多选择淇上和汝颍。""王维的田园诗大多是以画家的眼光静观村野景色，并通过提炼和净化，再现为一幅幅明朗优美、清新淡雅的图画，体现了他善绘平远景色的特长。王维对田园诗的贡献，主要在于他创造了士大夫理想之中的最优雅高尚的田园意境。"（1989 年）

陈铁民《论王维的隐逸》："天宝时，王维除了丁母忧有两年时间长住辋川外，其他时候一直在朝为官。辋川在蓝田县南，距长安一百余里，就是每个旬休日（唐制，内外官每旬休沐一日），也不可能都到那里去过。他企图逃避现实，啸傲林泉，然为官职所拘，又无法常居辋川。所谓亦官亦隐，其实是做官的时候多而隐居的日子少。所以他一旦有时间回到辋川，就流露出对于那里的隐逸生活和山水风景的极为浓厚的兴趣和爱恋。"（1990 年）

葛晓音《山水田园诗派研究·王维》："在开元时代精神的熏陶下，王维早年的诗歌充满乐观浪漫的幻想和积极进取的少年意气。被贬济州时，他开始思考社会上的不合理现象，将个人的不平与当时布衣贤才遭到权势压抑的普遍现象联系起来。隐居淇上时，他对古往今来人事的是非作过一番认真的思考。正因如此，王维才能坚持有道则仕、无道则隐的原则，隐则以固穷守节的清操自勉，仕则以儒家布仁施义的思想为指导。王维在淇上、嵩山隐居时所作的山水田园诗，正是在这个意义上继承了汉魏风骨，接续了陶渊明田园诗的基本精神。""王维先后在终南山和辋川购置别业，过起'隐吏'的生活。这种隐居方式是盛世文明所提供的一种享乐生活，与当时盛行的朝隐在形迹上并无二致。王维不得不敷衍李林甫，这对于一个本来是有血性有正义感的诗人，是相当痛苦的。因此这种朝隐就不像一般的朝隐那样心安理得。王维在天宝年间的山水田园诗，往往能在再现自然美的同时，创造一种空静绝俗的理想美，正是由于他在现实中已无法坚持自由高洁的人生理想，只能在艺术中进行人格自我完善的缘故。""王维是在充分吸取南方山水诗表现艺术的基础上，开辟了北方山水田园诗的新境界，以雄浑壮丽与清新自然相结合的风格，实现了汉魏风骨与齐梁词彩相交融的艺术理想。""王维的空静之境固然是吸收了禅家涤清烦虑、自悟性空之说的产物，但也是追求真淳高洁的审美理想融合在高度提纯的自然美之中的结晶。当他晚年在长安'惟以禅诵为事'，丧失了生活情趣之后，即无好诗，可证对禅境的体会并不是王维取得高度成就的主要原因。"（1993 年）

张晓明《试论王维诗水诗的空灵之美》："王维亦官亦隐，亦官是为了安顿生命，亦隐是为了安顿灵魂。"（1995 年）

诗中有画

葛晓音《王维·神韵说·南宗画》："王维的诗画堪称盛唐艺术的代表，但他的造诣和成就并不限于明清人所标榜的虚和、萧散、简约、淡远的风格和意境。从现存唐宋人观王维画的记载看，王维的画也是非常注意写实的。""在山水田园诗中，王维既注重对景物的精确描绘，又善于融入抒情主人公的思想感情，创造优美的意境，其中一部分格近似于北宗画的精工和雄伟。""王维诗的意境，正是凭着一个诗人兼画家对自然美的特殊敏感，通过辩证地处理形的虚实、主次、繁简等关系构成的，而不是舍形求意的结果。""王维诗常借助精心结构的画面表现深长的含义，并不如明清人所说来自天籁，不用人巧。"（1982 年）

　　金学智《王维诗中的绘画美》："绘画离不开透视。黑格尔在《美学》中把透视分为线形透视和空气透视两类。线形透视指物体形状在视觉中近大远小的差异规律。中国画也讲究这种规律。传为王维的《山水论》和《山水诀》说：'丈山尺树，寸马分人。远人无目，远树无枝。远山无石，隐隐如眉。远水无波，高与云齐'。'远岫与云容相接，遥天共水色交光。'王维诗中也不乏这种线形透视。《北垞》前两句写近景，杂树朱栏，历历分明。后两句写中景和远景，中景是一片青林，远景则是在视觉中更小的南川水明灭在青林之端。这首诗清晰地表现了受透视规律制约的空间层次。至于'远水无波，高与云齐'的透视，诗中也有生动的表现。'灞陵才出树，渭水欲连天'（《游悟真寺》）；'山临青塞断，江向白云平'（《送严秀才还蜀》）；都写出了诗人阔远的视野，空间的远近层次，人的视平线和物的纵深感。""所谓'空气透视'，黑格尔说：'在现实界里一切事物都由于空气而产生着色方面的差异。正是这种仿佛随距离渐远而渐蒸发掉的色调形成了空气透视'。王维也是在这方面长于着色的画家和诗人。'江流天地外，山色有无中'，这两句所表现的是空气透视。在视觉中，山的颜色仿佛随距离渐远而渐蒸发掉，一是由于目力渐渐不及，二是由于空气不完全是透明的。因此，翁郁的近山是浓绿色的，远山则变为淡青或淡紫色的，更远则更淡，轮廓形态也随之而更不明确，若隐若现而又没有完全消失。这种透视，在中国传统绘画里，叫做'迷远'或'幽远'。""宋代画家郭熙在《林泉高致》中指出：'山有三远：自山下而仰山巅，谓之高远；自山前而窥山后，谓之深远；自近山而望远山，谓之平远。高远之势突兀，深远之意重叠，平远之意冲融而缥缥缈缈'。王维也善于用诗的语言来表现'三远'。'万壑树参天，千山响杜鹃。山中一夜雨，树杪百重泉'。这是用的'高远'法。巅崖悬泉在高处远处，繁树茂林则在低处近处，抬头仰视，当然可以看到树杪后面的百重泉。而诗人把它化为诗中之画，就取消了二者的空间距离，使之叠合为平面，从而把三度空间给以二度化。汤贻芬《画筌析览》说：'远欲其高，当以泉高之'。在树杪悬泉，正是这种艺术手法。'分野中峰变，阴晴众壑殊'。这是用'深远'法写终南山之大。诗人站在想象的高处，移动视点，俯瞰扫视，画出了重叠复沓的深远境界。'山下孤烟远村，天边独树高原'。这是典型的'平远'画面。前句是近景和中景，已有缥缥缈缈之意；后句是远景，构思落笔更为别致。两句写出了平视中所见的空间远近关系。整个画面是空阔的，意境是冲融的，它不激不历，风韵自远，较典型地体现了诗人的个性。"（1984年）

袁行霈《王维诗歌的禅意与画意》："中国的山水画兴起比较晚。到隋代，展子虔才画出合乎比例的山水楼台。唐吴道子才以山水作为绘画的主要题材，他的画法属于写意的疏体。李思训以细密的笔法作画，创青绿山水。王维则融会吴、李，自成一家，用水墨渲淡，创造了水墨山水，被推崇为'文人画'的始祖。""从现存王维的画迹及历代关于王维绘画的著录和评论看来，王维绘画的特点是有较强的主观抒情性，画中融合了他的思想和性格。王维的'诗中有画'，是因为他虽用语言为媒介，却突破了这种媒介的局限性，最大限度地发挥了语言的启示性，在读者头脑中唤起了对于光、色、态的丰富联想和想象，组成一幅幅生动的图画。这样，诗和画就沟通起来了。""王维善于从纷繁变幻的景物中，略去次要的部分，抓住它们的主要特征，摄取最鲜明的一段和最引人入胜的一刹那，加以突出的表现。他既不堆砌词藻，也不作琐细的形容，总是给读者留下充分的余地，供他们自己去联想、想象，进行艺术的再创造。王维的诗最有写意画的效果、略加渲染，就产生强烈的艺术魅力。""王维不仅善于把握和表现景物的主要特征，而且总是突出自己最鲜明的印象和感受，以唤起读者类似的体验，使他们产生身临其境之感。""王维还把绘画的技巧，运用到诗歌中来，特别注意所描写景物之间的关联，善于处理画面虚实的布置。""'诗中有画'并不是王维所独有的。在他之前，谢灵运的山水诗也有画意很浓的，谢朓的山水诗也能以简练的笔墨描绘出一幅画面。但他们的山水诗均以形似取胜，还没有完全达到神似的地步，还缺少一点神韵和气象。王维诗中的画，则是形似与神似的统一，诗中的画意也是富有神韵和气象的。这正是王维超过前人的地方。"（1986年）

　　钱文辉《唐代山水田园诗传》："以'清淡'为其风格特色的唐代山水田园诗派，是中国美学思想由浓艳向清淡转变的产物。两晋南北朝是崇尚浓艳转变为崇尚清淡的重要时期。正如宗白华所说，当时人认为'初发芙蓉'比之于'错采缕金'是一种更高的美的境界。（《美学散步》）但真正完成这种转变，是在盛唐，而专注实践这种风格的，是以王、孟为代表的山水田园诗派。唐代山水田园诗，还是另一美学思想——由崇尚形似向崇尚形神并重的大转变的产物。陶渊明写了大批以写意为主、以神似为重的诗歌，而《诗品》将他列为中品。唐代山水田园诗派以陶诗为祖，说明诗坛上审美观的大转变已经完成。以王、孟为代表的诗人们，以坚实的创作实践将偏于主观意象的陶渊明的田园诗，和偏于客观意象的大小谢的山水诗，合流为唐代山水田园诗。""唐代山水田园诗派的形成，还与当时的诸多社会原因有关。道家的自然观和道教以道家思想为本所创立的'守静去欲'、'安心坐忘'等理论，对以自然为题材、以清淡为风格的山水田园诗有重要影响。佛教至魏晋与玄学交融，把山水看成'法身'的象征，把对自然的'观想静察'的旁观态度变为道家那样的亲和态度，把自然作为'静悟'的意象依据。孔子说：'知者乐水，仁者乐山'。儒家借自然风物来比喻自己的品德，寄托自己的思想。这些对山水田园诗重要影响也是很明显的。""陈贻焮说：'隐逸、漫游既是一时风尚，那末，反映到诗坛上，就必然会促使山水田园诗的大量产生'（《孟浩然诗选·后记》）。山水田园诗派的诗人，都有隐逸和漫游的经历。""王、孟及该诗派诗人写得最好，最有代表性的山水诗，往往是那些以田园隐逸者的心态摄取山水风光的幽美和宁静，以寄托自己淡泊平和心境的作品。""所谓'诗中有画'，一是指以景色入诗，用语言代替绘画描写自然景物；二是指诗与画一样，都显示出清淡的内格；三是指以画理画法入诗。""宗白华总结与西洋画透视法不同的中国画空间意识为'移远就近'，'愈远愈上。又说：'是用心灵的眼，笼罩全景，从全体看部分，以大观小'。他认为中国'诗和画中所表现的空间意识，是俯仰自得的、节奏化的、音乐化了的中国人的宇宙感'。王维很多诗把听觉上的自然界音响与视觉上的自然意象结合，构成一幅幅清淡幽远的'有声画'。""此外，'诗中有画'，还指诗画互相生发、互相补足的境界。宗白华说：'诗中可以有画，但诗不全是画。而那不能直接画出来的恰正是诗中之诗'。钱锺钟书说：'像嗅觉、触觉、听觉里的事物以及不同于悲喜怒愁等显明表情的内心状态也都是难画、画不出的'（《读拉奥孔》）。描绘同一时间内并置于空间的景物，本是绘画的特点，王维成功的引进诗歌里来（如《新晴野望》）。这些都是诗画互补。"（1998 年）

　　吴功正《唐代美学史》："在中国诗学美学史上，能把对象彻底审美化的只有包括王维在内的极少数几个人。他善于把艺术的各个门类加以转化和融合，为诗学注入别种艺术的成分和生机。在审美过程中，他与其说是用文学家的眼光，毋宁说是用艺术家的视域体认对象。""王维的诗美是真正的盛唐风味，具象而抽象，征实而空灵。他的丰富而清微、灵敏而细腻的审美感觉经验完全是盛唐人才具有的。""王维较为集中地体现了盛唐的

文化、美学精神。他的后期诗篇摆脱了可能影响审美的诸多因素，走向纯美学。"（1999年）

张福庆《唐诗美学探索》："为什么只是在盛唐、在王维的山水诗中，才达到了'诗中有画'的境界呢？一是到了唐代，中国的山水画开始成熟，山水景物在画中开始成为独立的审美对象。特别是郑虔、王维、张璪、王宰开创独具一格的水墨山水画以后，不再只重形似和描绘，而是更重视神似和表现，重视人与宇宙精神的深刻契合，重视作者个性和心灵的物化。这种美学追求，与中国的山水诗是完全一致的。从艺术表现的境界上看，两者都要求艺术创作要超越实境，进入一种可意会而不可言传的虚境，从而达到对宇宙人生的某种形而上的生命体验。王维的山水画与山水诗都达到了极高的境界，能够把握诗画共同的美学追求，这是他能够做到'诗中有画'的根本原因。二是到了唐代，近体格律诗已成熟定型。律诗的诗行关系偏于并列、铺排和对比，这主要是由于律诗中对仗的大量使用。王力先生曾指出：'所谓对仗的范畴，差不多也就是名词的范畴'（《汉语诗律学》）。在一联里，主要靠名词和少量的形容词连缀成句，往往会构成静态的意象。王维的写景优美的诗句中，有不少是无动词句，如'塞阔山河净，天长云树微'，'大漠孤烟直，长河落日圆'，等等，因为抽去了动态表现，所以极具静态的画面美。有些诗句虽然使用了动词，但并不构成叙述性的结构，一联诗上下两句的位置可以互换，其中动词所表示的行为不具有先后顺序的关系。如'白云回望合，青霭入看无'，'渡头余落日，墟里上孤烟'，'漠漠水田飞白鹭，阴阴夏木啭黄鹂'，等等。这种并列结构破坏了诗的叙述功能，改变了诗作为'时间艺术'的原有意义，赋予了它静态呈示的作用，使诗与画的界限在无形中被悄悄地冲淡了。这是山水诗能够达到'诗中有画'境界的重要前提条件之一。在王维之前和之后的很多诗人，都有过可以称为'诗中有画'的作品。不过在诗与画两方面都具有精深的造诣，能够在诗中全面地运用绘画的

观念和方法，使大量诗作达到'诗中有画'之极高境界的，还数王维。"（2000 年）

诗有禅趣

袁行霈《王维诗歌的禅意与画意》："王维是一个熟谙禅学的佛教徒。禅学，作为他世界观的一个组成部分，不能不对他的诗歌创作产生一定的影响。王维虽然信禅，但毕竟不是有一定师承的僧侣。大抵在开、天时期，由于京师一代盛行北宗，他自然与北宗禅师来往密切。至德以后南宗流行，他又与南宗禅师交游。他自己倒不一定有什么门户之见的。""王维诗中的禅意，集中地表现为空寂的境界。在人世间他难以找到这种境界，便寄兴于空山寂林，到大自然中去寻求。《竹里馆》《鹿柴》《鸟鸣涧》《辛夷坞》，正是王维所追求的那种远离尘嚣的空而又寂的境界。王维诗中的禅意还表现为无我的境界。佛教无我的思想和中国本土的庄子哲学颇有一致的地方，二者很容易结合在一起。《戏赠张五弟谭》其三、《山中示弟等》、《酬黎居士淅川作》，佛学和《庄子》通过'无我'的媒介携起手来了。禅家任运、任心，追求主观精神的自由境界，这种生活态度在王维的诗里也有所表现。如《酬张少府》《田园乐》之六。总的看来，王维后期的诗歌意象空灵，境界清幽，呈现出一种闲澹冷寂、悠然自在的情趣。这显然与禅学的浸润有关。禅宗那种独特的引导信徒明彻佛理的'顿悟'方式，很适合当时文士的口味。禅宗又常常使用形象的表达方法和诗的语言。因此一个耽于禅悦的像王维这样的诗人兼画家，当他超脱尘俗、投身大自然并进行艺术创作的时候，'顿悟'的方式往往能引导他迸出智慧的火花，在刹那间突破一点，进入富于哲理意味和艺术情趣的世界。"（1987 年）

袁行霈《诗与禅》："诗与禅是两种不同的意识形态，一属文学，一属宗教。它们的归趣显然是不同的。然而，诗和禅都需要敏锐的内心体验，都重启示和象喻，都追求言外之意。这又使它们有了互相沟通的可能。诗和禅的沟通，表面看来似乎是双向的，其实主要是禅对诗的单向渗透。诗赋予禅的不过是一种形式而已，禅赋予诗的却是内省的功夫，以及由内省带来的理趣；中国诗歌原有的冲和澹泊的艺术风格也因之占据了更重要的地位。""所谓'妙悟'指特别颖慧的悟觉、悟性。妙悟可以表现为对禅的识见力，也可以表现为艺术感受力。妙悟之诗其好处就在于'透澈玲珑，不可凑泊，如空中之音，相中之色，水中之月，镜中之象，言有尽而意无穷'（《沧浪诗话》）。这就是要求诗歌扩大其语言的容量，通过有限的字句给人以无穷的启示，取得多义的效果。因为是多义的，所以不停止在一种解释上，这就叫'不可凑泊'。因为是多义的，所以单从任何一个角度都不能完全把握它，这就叫'空中之音，相中之色，水中之月，镜中之象'。这几句话，不过是指出了诗歌语言的弹性和诗歌意象的多义性而已。"（1987 年）

赵昌平《从王维到皎然》："慧能至神会的南宗禅与北宗区别主要在两点：一是北宗主由定入慧，而他们主定慧等修，定中见慧，慧中见定，而不必专门打坐入定；二是北宗主悟有阶渐，他们主悟无阶次，一念相应，便成正觉。然而因为以忍为教首，以植德与保任为顿悟之准备与延展，以清净空寂、更无余念的灵知为本体，所以他们所说的顿悟，并非说悟就悟，而是一种相当严肃的思想，它实际上不能废去修行。这样，从慧能到神会一系的南宗禅与北宗尽管主顿主渐有别，但在注重植德，追求内心的'湛然常寂'这一点上恰恰是相同的。""王维与自然独晤，在清秀幽静的山水林木之中，体验、追索生命时空的义谛，而一归之于内心的清净空寂，这就形成了他静穆悠远的诗境。这种不断的体验、追索，无论是北宗的由定发慧或慧能、神会一系的'一念修行'、'念念相续'，都有助于集佛学家、画家、音乐家和诗人于一身的王维，以自己的卓异禀赋，通过对自然的静默观照，来表达上述心境。北宗与神会一系的南宗禅，在盛中唐之际，主要盛行于北方，王维是唐代宗推许的天下文宗，加以安史之乱后士大夫普遍具有一种失落感与修憩欲，于是王维诗风就演为笼罩诗坛十数年的大历诗风。"由于王维基本上是平行地接受南、北二宗的影响，所以在实际分析中，很难一一分辨他的诗哪一首体现北宗观念，哪一首体现南宗观念。"（1987年）

孙昌武《佛教与中国文学》："禅宗影响于王维诗歌创作艺术，可分三个层次：（一）以禅语入诗。如《与胡居士皆病寄此诗兼示学人二首》，充满了禅学概念与说理。有些好诗一入禅语也会影响整个情趣，如《过香积寺》，结尾的说理就索然寡味了。这种写法，可能受到译经中偈颂的影响。（二）以禅趣入诗。所谓'禅趣'，指进入禅定时那种轻安娱悦、闲淡自然的意味。王维的自然山水诗，经常表现出解脱尘嚣的怡悦安适心境。它们往往不用说理的语言，而是在生动的意境中自然的流露。如《送别》结句'但去莫复问，白云无尽时'，舒卷自由的白云，正是随遇而安、自由自在生活的象征，也是'禅心'的流露。禅宗任运随缘，并不在朝市与山林间强做区别。它贯彻佛法平等的原则，认为法身遍一切境，因此可以在各种自然现象中悟解禅理。这样，自然山水不仅是超离现实的逋逃薮，它的存在还包含着宇宙与人生的真谛。王维的名句如'松风吹解带，山月照弹琴'，'行到水穷处，坐看云起时'等，在体会到物我无间的感情之外，还会感受到更深厚的意趣。（三）以禅法入诗。这是指在诗的构思过程中借鉴了禅的认识和表达方法。南宗禅讲单刀直入地'识心见性'，主张'顿悟'可以成佛，因此特别强调直觉、暗示、感应、联想在体悟中的作用。王维参禅有得，把它们用之于诗作之中，也就丰富了诗歌艺术，特别是在具有深厚韵味的意境的创造上取得了较大成绩。禅宗讲的'顿悟'境界有以下几个特征：一，既然一机一境都是法身的具体体现，认识它（例如一山一水）也就是认识法身整体，因此一切境界必然是完整浑成的；二，禅表现在生活之中，体现禅趣的境界必然是生机勃勃的，而不是僵死枯寂的；三，外境本空，观照外境不能执著，必须除去一切尘劳妄念，达到自净自定。在这些认识的指引下，创造诗的境界，也必然是浑然一体的、生动活泼的、情景交融的。这样，就不能满足于模山范水的雕凿刻画，也不应只追求表现一丘一壑的清词丽句。王维的《鹿柴》《辛夷坞》《鸟鸣涧》等五言绝句，正是如此。"（1988 年）

　　陈铁民《论王维的佛学信仰》："王维从佛教的义学中所接受的，主要是'空'理、真如缘起论和佛性论，以及到处有净土的思想。这些思想，虽然在慧能那里全可以找到，但又都不是慧能自己所独有的。有的研究者说，王维曾从南宗那里，接受了'随缘任运'的人生哲学。实际上，'随缘任运'是由'空'理引出的，'随缘'是建立在'无我'的思想基础之上的，并不是南宗独有的东西。南宗创始人慧能独有的思想，主要是提倡'直指人心'、'见性成佛'，王维除在《能禅师碑》中谈到外，其他地方均未提及。王维晚年，热衷于搞布施、诵经、坐禅等宗教实践，这与南宗提倡不布施、不诵经、不坐禅也颇不相同。王维无疑受到过禅宗南宗的较多影响，但他对于当时佛教各宗的思想，总的说来，是广泛汲取、兼收并蓄的。"（1990 年）

　　陈铁民《关于王维山水田园诗的禅意和思想价值》："古人或以禅来比喻王维的山水田园诗，这一点同说王维的山水田园诗中寓有禅意并不一样，需先辨明。如王士禛《带经堂诗话》卷三云：'严沧浪以禅喻诗，余深契其说，而五言尤为近之。如王、裴辋川绝句，字字入禅。'严羽以禅喻诗，认为'大抵禅道惟在妙悟，诗道亦在妙悟'（《沧浪诗话·诗辨》）。禅宗南宗以为禅理可意会不能言传，对它的悟解，无须依仗经书，不必凭借理性思维，而只靠个体感性的忽然'妙悟'（实即一种神秘的直觉）。严羽认为，诗道也靠'妙悟'，可与禅道相通。艺术不是逻辑思维，它建筑在个体的直观领悟的基础之上，故可与南宗所说的禅悟相通。严羽借助于禅而悟出了诗歌的特点，他‘约略体会到形象思维和逻辑思维的分别，但没有适当的名词可以指出这分别，所以只好归之于妙悟’（郭绍虞《沧浪诗话校释》）。‘妙悟’之诗，长于形象思维，可作不同的理解，能留给读者再创造的广阔天地。故沧浪云：‘其妙处透彻玲珑，不可凑泊，如空中之音，相中之色，水中之月，镜中之象，言有尽而意无穷。’王士禛很同意严羽的说法，他所谓‘字字入禅’，也是以禅喻诗，即指王、裴辋川绝句有弦外之音，意外之意，臻于‘妙悟’境地。在他看来，诗歌创作和欣赏过程中的‘妙悟’与禅悟，其理相同，故可以禅喻诗。所以，征引王士禛的上述那段话来说明王维的山水田园诗中寓有禅意，其实是一种误解。”“王维山水诗中的禅意，窃以为集中地表现为追求寂静清幽的境界。佛教是引人出世的，在这个境界中，我们即可以感受到一种离尘绝尘、超然物外的思想情绪。胡应麟说：《辛夷坞》与《鸟鸣涧》，‘读之身世两忘，万念皆寂’。这话可帮助我们理解这两首诗所追求的境界和其中蕴含禅意。”“王维的一些山水田园诗，还常常流露出一种超脱尘世、亲近自然的意趣和‘随缘任运’的思想。如《酬张少府》《终南别业》。”“王维的山水田园诗非但具有禅意，且具有浓厚的隐逸气息。寂静清幽境界的创造，是同隐逸生活的体验不能分开的。”“道教的‘守静去欲’、‘安心坐忘’理论，对王维的思想产生过影响。可以说王维的大部分山水田园诗，是隐逸生活与佛、道思想结合的产物。”（1990 年）

　　周裕锴《中国禅宗与诗歌》：“所谓居士，按慧远《维摩义记》的解释，就是‘在家修道，居家道士’，不出家的奉佛人。不必遁入空门便可超渡彼岸，既可寺院谈禅，又可坐朝论事，士大夫那种‘达则兼济天下，穷则独善其身’的人生哲学便在‘居士’这种特殊身份上统一起来了。在唐宋诗人中，白居易号香山居士，欧阳修号六一居士，苏轼号东坡居士，陈师道号后山居士，而王维却以他的字摩诘表明了在家奉佛的居士身份。""王维过早地逃避世事，显然和他家庭浓厚的佛教气氛的熏陶有关。对于政治斗争，他与其说是人身的逃避，不如说是精神的逃避，因为他是在官阶升迁的过程中避入山林和禅门的。""在我看来，王维受北宗的影响似乎更大，诗中更多表现的是北宗'凝心入定，住心看净，起心外照，摄心内证'的境界。北宗讲究坐禅，在王维诗中也到处可见'禅寂'、'安禅'一类字眼，这显然与反对坐禅的南宗有别。王维的山水诗主要是北宗的'住心看净'而不是南宗的'顿悟自性'的产物。""禅在梵语中是沉思，译为思维修或静虑，它的意思是将散乱的意念集中，进行冥想，止息意念，得到无我无念的境界。这种凝神沉思的状态，往往能使人下意识产生无数奇幻的联想。另一方面，以禅定的方式进行直觉观照与沉思冥想，人的思维就会摒弃逻辑和理性的制约，观照的对象与人的心灵相互交融，浑然莫辨。这对哲学和逻辑学是一种谬误，但对艺术创作与欣赏却有极宝贵的价值。""苏轼《送参寥师》诗说：'欲令诗语妙，无厌空且静。静故了群动，空故纳万境'。空和静就是一种禅定状态。排除一切外界干扰的空心澄虑的静默观照，景象不知不觉进入脑中，没有理智和逻辑的介入，也就是诗思的状态。这里没有'斗酒诗百篇'的豪猛，只有'诗从静境生'的淡泊。""禅悟是东方思维中的一种特有表现方式，它关系哲学心理学中常说的直觉、体验、灵感、想象、独创等，但却非其中每一概念所能涵盖，它与艺术思维能力有共通性。《沧浪诗话》说：'禅道惟在妙悟，诗道亦在妙悟'。禅可以一念悟（顿悟）众生即佛，而诗人的妙悟是一种渐悟，在长期艺术实践的基础上，掌握写诗的精微规律。这一精微规律必须在熟读前人大量作品的基础上，通过直觉、经验领悟到它，这就需要渐修的功夫。""青青翠竹，尽是法身，郁郁黄花，无非般若'（《景德传灯录》卷六）。这句话极为形象地说明了自然物象都是佛性真如的体现，感觉中的物质世界都是精神本体虚幻的表现形式。在对大自然的观赏中获得对佛性

（宇宙目的性）的了悟，是禅宗的主要证悟途径之一。对自然山水的亲切信赖，很容易将宗教体验引向一种审美体验。纯山水诗在兼习南北宗的王维那里达到极致，正因为诗中纯粹的山水世界（甚至是无人的世界）既是闪现幻化、除尘净虑的审美境界，也是禅宗'山林大地皆念佛法'的'无差别境界'。""一方面，受禅学影响极深的诗人都对山水表现出特别的偏爱。另一方面，中国唐宋以来正宗的山水诗常有极浓重的禅意。或透过宁静、平淡、悠远的景色露出无心淡泊的禅趣，或借助空旷、幽静、寂寞的山水表现宇宙的空无永恒。王维的'行到水穷处，坐看云起时'等诗句，常被后世禅师借用来说法，并非偶然。""老庄哲学也提倡淡泊虚无，清净无为，但将这种人生哲学转化为一种审美趣味，并在中国诗坛上产生广泛影响，却是禅宗的功劳。禅宗是更彻底的避世主义哲学，是一种心灵的逃避。无论是它那澄澈宁静的观照方式，还是无心无念的生活态度，都造成一种绝不激动、平静淡泊的心境。因而，禅宗对诗歌渗透的结果，必然带来审美趣味的平淡化。这一倾向在禅宗初兴的盛唐发端，使王、孟派诗歌都具有一种特别冲淡的韵味。"（1992 年）

　　赵昌平《王维与山水诗由主玄趣向主禅趣的转化》："山水诗之玄禅区别首先在于，庄玄之学以自然为最近于道之本体的有形体现，故以隐居山林田园为归依自然。归依自然是想找回在仕途宦海中失落的自我，是对自我价值的重新肯定，因此是以出世为入世，骨子里有着对人生的真正执著。禅学则不同，它没有庄玄那种以自然物为实体的观念，山林隐居也就必非皈依自然，而是对业已失落的自我的更彻底的否定，体现了佛教以苦空为人生本质的原初观念。谢灵运的山水诗，大多由骚而入庄玄，以山水散愁的特点显而易见；陶潜的田园诗，也更多表现为一种归依自然的怡悦之情。禅趣的山水诗所体现的人生的意趣，则由庄玄之散愁怡情转化为对清空寂灭的体认。由此又引起二者在意象与技法上的区别，主玄趣的山水诗，因其对自然实体的崇尚，趋向于对山林田园的写实性的描摹，陶、谢二家虽有清淡繁富的明显区别，但在追摹自然形态之秀丽与生意，以见个人融合于自然的意趣上却并无二致。主禅的山水诗，不以归依自然为宗旨，而以众生本性为自然，已变对山林田园的写实性的描摹，为我之近于空明的心地在山林田园之中刹那的体验。因而在体势上，又变玄趣山水诗之以动态的游行为主线的格局，为静态的片断体认；在意象上就必然洗剥色相，努力排除言诠，专注于虽有实无，非有非无，空灵依稀的意境的营造，从而也必然变对物象实体的取用，为更多地运用声、光、影、息等有虚幻倾向的意象。这些更表现在篇章上，便产生由大篇、中篇向短碎小章的发展。""王维初入终南开始亦官亦隐生活，在开元末或天宝初。《终南山》《终南别业》，可以视为由主玄的山水诗至主禅的山水诗之接合部。王维天宝后期诗，主要向《终南山》诗所表现的以精微澄淡之笔写空沉清寂之感一体发展，并越来越多寂灭幽邃的色调，终于而有《辋川绝句》。做到了幽邃精微与空灵不著相统一的超妙境地。"（1994 年）

　　庄严《中国诗歌美学史》："王维所信奉的禅宗，实际上已经是一种融合了东方认知传统和中国文化特征的人生哲学与生活方式——即如何在现实生命的动态推移中把握住超越外部的佛心佛性和内在的本心本性的终极合一。这种佛其名而禅其实，禅其外而庄其内的人生哲学，表现在审美意识上则主要是：（一）它充分体现了东方人所特有的直观、内省、感悟式的、直接从对象内部去体验和把握对象整体的认识方式，这就强化了诗人对物象观察的穿透力与对艺术创造的想像力。（二）它深深植根于东方人（首先是中国人）那种综合式的、物我同一的宇宙观中，这就必然要在诗歌创作上去追求一种物我两忘的审美境界。（三）它要求人们超脱功利，摒弃杂念，保持一颗虚静的心灵，保持一种向主客体内部世界掘进的'力'，进而将它转化为外在的美的形式。王维就是上述禅宗美学的最早的最成功的实践者。""正像王维思想是一个儒道佛矛盾的复合体一样，王维诗歌也是一个多种形态美的复合体，既有其秀丽淡雅的一面，又有其雄奇苍郁的一面，还有朴素淳厚的一面。但其主导的方面，则表现为一种使人在超脱的胸襟里体味到宇宙深境和生命至动的'空灵'之美。其内涵则是合于庄学的禅境、又通于唐人的诗境、更达于宋元人的画境所投射的'萧散简远'的文化性格。所以宗白华先生说：'李、杜境界的高、深、大，王维的静远空灵，都植根于一个活跃的、至动而有韵律的心灵'（《艺境》）。""盛唐山水田园诗与魏晋山水田园诗相比，在内容上完全克服了有句无篇的缺点，达到情景交融、诗情与哲理的浑然为一。在技巧上使'炼意'、'炼字'与'炼句'都统一在以意为帅的整体运作上，较之以往更加精工圆熟。在审美情趣上，不仅继承和发扬了自然之美和平淡之美，而且创造和表现了空灵之美与飞动之美。这些，无不受到禅宗的深刻影响。"（1994 年）

霍然《隋唐五代诗歌史论》："王维是从山水田园之美的寻求者、发现者、欣赏者和表现者，进而成为以山水田园诗表现禅心佛机玄妙意识的开拓者。禅宗主张'观境'，即在观照自然中求得净心。人们观照外境不能执著，也不能与外境完全相隔绝。这种若即若离的态度，就是以客观欣赏的态度去体察境界，又在自然界中求得内心的感悟。《辋川集》《皇甫岳云溪杂题》诸诗，并不刻意雕琢（借用禅语就是不'着境'），但在每一幅小小的画面中，都跃动着活泼的禅趣。这禅趣既是诗人的主观感受，又好像是自然提供给诗人的。它以客观体现了主观，主观浑然一体，意境情景交融。它的美就在那种天机盎然、完整浑成的境界中。"（1995 年）

刘纲纪《略论唐代佛学与王维诗歌》："在唐代佛学诸宗派中，对文艺与美学发生了最为直接而重要的影响的宗派是华严宗与禅宗。盛唐美学精神是以华严宗为主导的，到了中晚唐禅宗（南宗）才上升为主导地位。""王维所受佛教宗派的影响，主要有三：净土宗、华严宗、禅宗。王维吃斋念佛，妻死不再娶，正是净土宗的思想和修行方法的表现。但从佛学义理来看，对王维影响最深的，先是华严宗，后为禅宗（南宗）。他二十九岁左右拜华严宗禅师道光为师，'十年座下，俯伏受教'。约在四十岁时，于南阳会见慧能最重要的弟子神会，讨论南禅北禅的差别问题，神会认为王维'知道，以颂见托'，请他写《能禅师碑》，这表明王维在南北禅的争论中站到了南派一边。""佛家看到了人世生活的有限性。一切是非得失的追求，都会成为过去，最后归于'空'，归于'寂灭'，所以本质上都不过是一种虚幻的存在。这种思想既有其消极有害的方面，同时又可使人涵养一种超越有限的宽阔自由的心境。这样一种心境或审美的境界在文艺上的达到，最重要的就是成功地呈现出一种绝言绝虑的'空'、'静'之境。慧能说：'若于一切处而不住相，彼相中不生爱憎，亦无取舍，不念利益成坏等事，安闲恬静；虚融淡泊，此名一相三昧'（《坛经》）。在古今诗人中，王维是最善于表现这种'空且静'的境界的。""华严宗虽然也与禅宗一样认为世界是由'心'所生的空幻的存在，但它很为强调'空不绝有'，认为世界虽如幻影，但仍然充满光、色、香、味，是非常生动美丽的。禅宗则不同，它认为如幻般的世界是冷寂凄清的，在思想上不取华严宗所赞颂的光艳美丽。由于王维兼有华严宗与禅宗思想，所以在他的诗中，既有'泉声咽危石，日色冷青松'这样明显带有禅宗冷寂凄清之感的诗句，也有更多的诗，在'空且静'中仍然显出清新明丽的色相和生机。这是王维所创造的佛家审美境界的一个重要特色，表明他究竟是受过华严宗长期影响的盛唐诗人，不像中晚唐不少表现禅境的诗人那样，一味追求冷寂凄清的意味。""王维诗高度重视景物的描绘。这种描绘，融入了佛家对形相的直觉与观照，成为一种既十分真切、又具有高度审美超越性的描绘，不同于一般但求细致逼真的'形似之言'。王维'诗中有画'的诗，是具有佛学意味的诗（就其中晚期的多数作品而言），不同于一般的诗。"（1996年）

　　余恕诚《王孟诗歌名篇欣赏·鸟鸣涧》："王维的山水诗所包含的诗人的体验及意念活动，与一般读者从诗中所获得的直接感受，二者之间的关系是较为复杂的。王维所描写的环境多半偏于寂静，静中往往出现一些轻微而又迅速消失的声音、光线、动作，等等，它从呈现在'色空有无之际'的景象中，体现出一种禅意，这是一个方面。王维尽管亦官亦隐，但毕竟是唐朝的官员，也过着世俗生活，他的感受在某些方面不免与一般人相沟通。而佛学所谓有禅意的某种宁静和谐且又能发人灵性的境地或刹那，在大自然和日常生活中本来也是有的。作为禅宗的信徒的王维，有可能把它往唯心论方面引；而作为艺术家的王维，捕捉到了这种境界，并以天才的艺术手段将它作了表现，让读者从中得到一份精神享受，则又是另外一回事。这可以说是各赏其所赏，各得其所得。"（1999 年）

　　王树海《禅魄诗魂》："终其一生仍然'亦官亦隐'的王维，其生命最高价值的实现全在于艺术。身在朝廷心存山野的生存方式，是其性格发展的必然归宿。奔忙、栖止于两间的王维，在这种'身心相离'而'理事'不得'俱如'的矛盾状态中经受着磨炼与煎熬，而此种境地却是盛开文学之花的肥田沃土。""王维诗风的具象特征：托于天然的'清丽'，本自空寂的'旷淡'，'万取一收'（博之虽有万途，约之只是一理）之'含蓄'，我梵一如之'浑成'。"（2000 年）

王维年谱

　　本年谱系以陈铁民《王维年谱》、张清华《王维年谱》、陶敏、傅璇琮《唐五代文学编年史》为主，参考赵殿成《右丞年谱》、陈贻焮《王维生平事迹初探》、谭优学《王维生平事迹再探》、杨军《王维诗文系年》、王达津《王维生平及其诗》、王从仁《王维生卒年考辨》、《王维和孟浩然》及其他有关王维生平的历史资料和文章，结合个人的一些见解编写而成。引用各家论述，文字略有删节，且概以本年谱相关年代为准，敬请原著诸位先生鉴谅。

王维字摩诘，大排行十三。祖籍太原祁县（故治即今山西祁县）。祖父王胄，官协律郎。父处廉，官终汾州（故治即今山西汾阳市）司马，徙家于蒲州（故治河东县，即今山西永济县西南蒲州镇。蒲州在开元八年一度改为河中府，天宝元年改为河东郡），遂为河东人。

母崔氏，赐博陵（故治在今河北蠡县南）县君（唐制，五品或勋官三品有封，母、妻为县君）。曾师事大照禅师三十余年（大照禅师法名普寂，俗姓冯，蒲州河东县人，禅宗北宗大师神秀之弟子，开元时禅宗北方僧众，大都承认普寂是继菩提达摩—慧可—僧璨—道信—弘忍—神秀法系之后的第七世。）

弟缙，字夏卿。开元十五年及以后，连应高才沉沦草泽自举科及文辞清丽科。二十二年前后曾官登封县（故治即今河南登封县）。历侍御史，大理丞（在天宝七载），武部员外郎。安史乱起，任北都副留守，与李光弼同守太原，以功加宪部侍郎兼本官。寻入为国子祭酒，改工部侍郎。上元元年春，任蜀州（故治在今四川崇庆县）刺史。二年二月，任凤翔（故治即今陕西凤翔县）尹、秦陇州防御使。五月，迁左散骑常侍。宝应元年，任兵部侍郎兼御史大夫。广德二年正月，拜黄门侍郎、同中书门下平章事，当年七月，河南副元帅李光弼卒，八月，以王缙为侍中，进封太原郡公，代光弼都统河南、淮西、淮南、山南东道诸节度行营事。缙恳让侍中、郡公，加上柱国，兼东都留守。永泰元年，迁河南副元帅。约次年秋归朝，复知政事。大历三年六月，幽州节度使李怀仙为部将所杀，以缙领幽州、卢龙节度使，赴镇而还。旋兼

太原尹、北都留守、河南节度营田观察等使。五年四月归朝，仍
知政事。时元载用事，缙方务聚财，遂卑附之。素奉佛，晚年尤
甚。妻死，以道政里第为宝应寺，每节度观察使入朝，必延至寺，
讽令施财。又纵弟妹僧尼等广纳财贿。与元载向代宗盛陈福业报
应事，致宫中设内道场诵经攘寇。十二年三月，元载得罪赐自尽，
缙连坐贬括州（故治在今浙江丽水县西）刺史。十四年，除太子
宾客，留司东都。建中二年十二月卒，年八十二。缙工文辞，时
称"朝廷左相笔，天下右丞诗"（见《唐朝名画录》）；善书法，
窦臮以为其草隶"功超薛稷"（见《述书赋》）。

弟绅，曾官江陵（故治即今湖北江陵县）少尹。

弟纮，广德中仍在。《述书赋》谓纮有两兄之风。《旧唐书·
萧复传》载，复家贫，将鬻昭应别业。宰相王缙曾使纮说复，"以
别业奉家兄，当以要地处。"复不肯，缙憾之，乃罢复官。

弟纻，广德二年后任祠部员外郎（岑参有《和祠部王员外
雪后早期即事》，李嘉言《岑诗系年》谓王员外即王纻，亦能
诗）。后迁司勋郎中，太常少卿。大历十二年四月，与吏部侍郎
杨炎等十余人，皆坐依附元载贬官。

妹某，适萧氏（维《偶然作》之三有"小妹日成长"句，
又有《山中寄诸弟妹》《戏题示萧氏外甥》诗），余未详。

此外，有从弟绿、据、蕃、惟祥，及灵云池所送从弟某，皆
见于维诗中。

武后圣历二年己亥（699），王维生。一岁。

王维生卒年和享年，主要有三说：

一、武后长安元年（701）生，肃宗上元二年（761）卒，享年六十一
岁。主此说者为赵殿成、陈贻焮、陈铁民等，多种中国文学史、王维诗选
本、及文学辞典皆从之。据《旧唐书·王维传》："乾元二年七月卒。"《新
唐书·王维传》："上元初卒，年六十一。"赵《谱》："维集中有《谢弟缙

新授左散骑常侍状》，其系尾年月乃'上元二年五月四日'。自上元二年起逆数而前，至中宗长安元年，得六十一岁，故断自是年始。"傅璇琮《唐代诗人丛考》："《佛祖历代通载》卷十三已明确记载：'上元辛丑（二年），尚书左（右?）丞王维卒'。"陈《谱》："赵、傅之说皆可信，今从之。"

二、约生于武后如意元年（692），肃宗上元二年卒，享年七十岁左右。主此说者为王从仁，赵昌平，和陶敏、傅璇琮主编的《唐五代文学编年史》。其主要论据是：第一，《旧唐书·德宗纪》："建中二年十二月丙申，太子宾客王缙卒。"两《唐书·王缙传》皆载缙卒于建中二年，年八十二。据此逆推，当生于武后久视元年（700）。缙为弟。反比兄早生一年，王维生年有误。第二，王维于乾元二年左右上《责躬荐弟表》，中有"臣又逼近悬车，朝暮入地"一语，"悬车"意为致仕后悬置所乘之车不用。《白虎通·致仕》："七十悬车致仕。"则上元二年王维已七十岁左右。第三，《新唐书·王维传》："开元初，擢进士。调太乐丞。"《旧唐书·王维传》："开元九年进士擢第。"按《新唐书·选举志》所载登第、释褐后的叙官品阶为："明经，上上第，从八品下；上中第，正九品上；上下第，正九品下（还有中上第从九品上，共四等）。进士、明法，甲第，从九品上；乙第，从九品下。"陶《史》认为："太乐丞从八品下，已非进士释褐之职，《新唐书》既云'调'，则王维前此已为官，惟未知任何职。《旧唐书》之'九年'或是'元年'之形误。"对于年近七十之说，陈铁民在《王维生年新探》中予以反驳，认为"悬车"指致仕，而不一定指七十岁。"悬车"也指时近黄昏。《淮南子·天文》："（日）至于悲泉，爰止其女，爰息其马，是谓悬车；至于虞渊，是谓黄昏。"与《责躬荐弟表》同年写的《谢弟缙新授左散骑常侍状》，有"臣之兄弟，皆迫桑榆。"《太平御览》卷三引《淮南子》："日西垂，景在树端，谓之桑榆。"桑榆，日暮，又喻老年。"逼近悬车"意同"皆迫桑榆"，不足以证明王维享年近七十。又，若依享年七十之说，则王维十五岁至二十一岁（706—712），大抵每年皆有诗作，而自二十二岁至二十八岁（713—719），应是创作力更为旺盛的时期，却根本没有作品，这不好解释。张《谱》质疑说，如果把王维的年龄向前推十年左右，王维怎能与比他小十来岁的祖咏"少为吟侣"？十七岁至三十二岁的王维，怎能携十来岁的弟弟一同宦游？是否也要把祖咏和王缙的年龄向前推上十年？生按：陈、张之说皆甚辨，陶解"调太乐丞"亦合理。

三、武后圣历二年（699）生，肃宗上元二年卒，享年七十三岁。主此说者为顾起经、谭正璧《中国文学家大辞典》、杨军、王达津。王达津《王维的生平及其诗》："《旧唐书·王维传》说他卒于乾元二年，那么卒年六十一是指这一年。但他实际活到上元二年，当年六十三。以此推算。他的生年自然就是圣历二年。"陈铁民认为，王说"不过是弥合赵氏所定维之生年与两《唐书》所载缙之生年之间的矛盾而作的一种比较合理的假设而已"。生按：王维集中有两条内证，有助于证成这种假设。第一，陈铁民据赵殿成本《王右丞集笺注》引了王维《与魏居士书》中的一段话："仆年且六十，足力不强，上不能原本理体，裨补国朝；下不能殖货聚谷，博施穷窭，偷禄苟活，诚罪人也。"然后作出论断说："维被宥罪复官在乾元元年春，这篇文章当作于乾元元年春之后。依赵殿成说，王维乾元元年五十八岁，正宜谓之年且六十。"按，陈引的这段话，在蜀刻本《王摩诘文集》中，"年且六十"作"年俱六十"。《诗·节南山》毛传："具，俱也。"《集韵》："俱，具也。"《广雅·释诂》："具，备也。"张衡《东京赋》："礼举仪具"。薛综注："具，足也。"荀子《正名》："性之具也。"杨倞注："具，全也。"可见"年俱六十"即"年已六十"之意。乾元元年已六十岁，上元二年自然是六十三岁。第二，王维晚年所作《慕容承携素馔见过》，有"门看五柳识，年算六身知"句。《左传·襄公三十年》："史赵曰：亥有二首六身，下二如（于）身，是其日数也。""六身"二字由"亥"字的解释而来。史赵是借"亥"字解说绛县老人有生以来的天数，王维是借"亥"字隐喻他出生于武后圣历二年——己亥年（参见本书卷四此诗注释）。这一点，我与毕宝魁《王维传》的有关论述不谋而合。根据以上两条内证，本年谱对王维的生、卒和享年即采用此说。

武后久视元年庚子（700），二岁。

武后长安元年辛丑（701），三岁。

武后长安二年壬寅（702），四岁。

武后长安三年癸卯（703），五岁。

武后长安四年甲辰（704），六岁。

中宗神龙元年乙巳（705），七岁。

中宗神龙二年丙午（706）。八岁。维父约亡于本年。维母至洛阳参拜大照禅师学佛约在其后。

《请施庄为寺表》："臣亡母博陵县君崔氏，师事大照禅师（普寂）三十余岁。"按禅宗北宗大师神秀在本年二月坐化于洛阳。中宗传诏令其弟子普寂"统领徒众，宣扬教迹"（李邕《大照禅师塔铭》）。普寂卒于开元二十七年（739）八月，下距本年三十三年。

中宗景龙元年丁未（707），九岁。知属辞。

中宗景龙二年戊申（708），十岁。

中宗景龙三年己酉（709），十一岁。

睿宗景云元年庚戌（710），十二岁。

睿宗景云二年辛亥（711），十三岁。

玄宗先天元年壬子（712），十四岁。

玄宗开元元年癸丑（713），十五岁。

《题友人云母障子》诗题下原注："时年十五。"

《过秦皇墓》诗题下原注："时年十五。"〔陈谱〕

"秦皇墓在骊山（今陕西临潼东南），诗即离乡赴长安途经骊山时所作。"

开元二年甲寅（714），十六岁。在长安。

开元三年乙卯（715），十七岁。与祖自虚同隐终南，间至洛阳，游于金谷（洛阳城西十三里）。

〔陈谱〕"《九月九日忆山东兄弟》诗题下原注：'时年十七'。山东，指华山以东地区，蒲州在华山之东。长安在华山之西。此诗或即作于长安。"

开元四年丙辰（716），十八岁。初在长安，后回洛阳。疑本年全家已迁居洛阳。

〔陈谱〕"《哭祖六自虚》诗题下原注：'时年十八。'诗曰：'本家清渭曲，归葬旧茔边。永去长安道，徒闻京兆阡。'知祖六卒于长安，诗是在长安作的。诗又曰：'念昔同携手，风期不暂捐。南山俱隐逸，东洛类神仙。……花时金谷饮，月夜竹林眠。'根据这段话，知维在此年以前居长安时，曾和祖六一起隐于终南，又曾到过洛阳。"

《洛阳女儿行》诗题下原注："时年十六，一作十八。"此诗写出当时洛阳的富庶，权贵的豪奢。张清华认为，"从此诗可以看出，王维对洛阳的社会经济和历史人文情况都很熟悉，说明此时他家已移居洛阳。"（《王摩诘传》）

开元五年丁巳（717），十九岁。七月，赴京兆府试，举解头。

《赋得清如玉壶水》诗题下原注："京兆府试，时年十九。"唐制：士人赴进士试之前，需怀牒自向府、州求举。开元年间，以京兆府、同州、华州举子为荣。府、州考试在七月举行，京兆府委托万年县办理，"故其时有'槐花黄，举子忙'之谚"（《唐音癸签》）。考试合格者由府、州于十月向尚书省上报参加进士试的解送名单，第一名称"解头"，得解者通称"乡贡进士"。

薛用弱《集异记》载：王维将应举，言于岐王，请求庇借。岐王令维贵琵琶，同至公主之第，为公主奏新曲《郁轮袍》，又以怀中诗卷呈公主。公主乃召试官至第，遣宫婢传教，维遂作解头。〔陈谱〕"疑此事系掇拾传闻，不尽合于事实"（参见附录《史传及遗事》）。张《传》："赵彦卫《云麓漫抄》：'唐之举人，先籍当世显人以姓名达之有司，然后以所业投献。逾数日又投，谓之温卷。如《幽怪录》《伟奇》等皆是也。盖此等文备众体。可以见史才、诗笔、议论。至进士则多以诗为贽，今有唐诗数百种行于世者，是也。'《集异记》所写不一定真有其事，但不失为唐人投献行卷之风的佐证，也可说明王维与岐王等交游的一斑。"

《桃源行》诗题下原注："时年十九。"

《李陵咏》诗题下原注："时年十九。"

开元六年戊午（718），二十岁。在长安。春，应进士试，落第。

唐制：经府州解送的举人，于次年正月在长安（或洛阳）受吏部考试（考功员外郎主之。开元二十四年起改由礼部，侍郎主之）。考试内容：先帖一小经并注十条（易、书、春秋公羊传、谷梁传为小经。天宝十一载改为帖一大经及尔雅，礼记、春秋左氏传为大经。帖经之法，将所习经掩其两端，中间开惟一行，裁纸为帖，凡帖三字，随时增损，可否不一）：帖既通而后试文（诗）、赋各一篇；文通而后试时务策五道。及暮未完卷，许烧烛三条。三试皆通者，登进士第；经、策全通为甲第，经过四、策通四为乙第。每年录取二十人至四十人，约为应试人数的百分之一、二。吏部状报朝廷，第一名称"状头"亦曰"状元"，得第者通称"前进士"。

此年以来，与弟缙"宦游两都，凡诸王、驸马、豪右贵势之门，无不拂席迎之，宁王（宪）、薛王（业）待之如师友"。（《旧唐书》本传）"（岐王）范好学工书，雅爱文章之士，士无贵贱，皆尽礼接待。"（《旧唐书·睿宗诸子传》）维每从岐王游宴。

在宁王府赋《息夫人》诗，题下原注："时年二十。"

《从岐王过杨氏别业应教》《从岐王夜宴卫家山池应教》约作于本年春夏之间。

开元七年己未（719），二十一岁。在长安。曾随岐王至岐州。

《旧唐书·玄宗纪》："开元六年十二月，以岐王范为岐州刺史。"本年岐王当在岐州。〔陶史〕维已为岐王府属。"此说存参。夏，有《敕借岐王九成宫避暑应教》诗。

《燕支行》诗题下原注："时年二十一。"

开元八年庚申（720），二十二岁。在长安。

〔张谱〕"《少年行》《老将行》《陇头吟》《夷门歌》思想内容与艺术风格与《燕支行》相同，当写于此年或此年以前。"

《资治通鉴·唐纪》："玄宗开元八年十月，上（玄宗）禁约诸王，不使与群臣交结。光禄少卿驸马都慰裴虚己与岐王范游宴，仍私挟谶纬。戊子，流虚己于新州，离其公主。万年慰刘庭琦、太祝张谔，数与范饮酒赋诗，贬庭琦雅州司户，谔山荏丞。然待范如故。"生按：本年宁王宪为开府仪同三司；九月，岐州刺史岐王范入为太子太傅，豳州刺史薛王业入为太子太保。

开元九年辛酉（721），二十三岁。进士擢第，释褐授官疑为秘书省校书郎（正九品上）。

王维登第之年，姚合《极玄集》："开元九年进士。"《旧唐书》本传云："开元九年进士擢第。"晁公武《郡斋读书志》："开元九年进士。"《新唐书》本传："开元初，擢进士。"无明确记年。张彦远《历代名画记》："年十九，进士擢第。"辛文房《唐才子传》："开元十九年状元及第"。二说皆误。杨慎《科第题名考》："开元五年进士二十五人，状元王维。"此年进士人数，见《文献通考·选举二》引《唐登科记》。徐松《登科记考》无状元姓名，考出进士刘清、刘廷元、刘巘、王泠然四人。杨说不知何据。

唐制：进士及第极为荣耀，但仅取得做官出身，还须参加吏部铨选——称为"释褐试"，以察考身（取其体貌丰伟）、言（取其词论辨正）、书（取其楷法道美）、判（取其文理优长）四事，合格者由吏部注拟官职，报门下省复核后，经中书省发给授官"告身"（委托状），方能正式为官。

关于释褐所授官职，陶敏认为："太乐丞从八品下，已非进士释褐之职；既云'调'，则王维此前已为官，惟未知任何职。"陶说合理，而开元九年进士擢第释褐有据，不宜改变。据统计：开元、天宝时期登进士第后随即释褐授官的綦毋潜、崔国辅、王昌龄、常建、卢象、薛据、萧颖士、张晕、崔曙、岑参、李嘉佑、钱起、鲍防、皇甫冉、郎士元等十五人中，任秘书省校书郎（正九品上）的五人，任秘书省正字、右内率府兵曹参军、上县主簿（均正九品下）的三人，任太子正字（从九品上）一人，任县尉（上、中县从九品上，中下县、下县从九品下）的六人，说明释褐授官的品阶比《新唐书·选举志》记载的规定略高，但并无授从八品下阶的。陶说可从，故本谱假定王维释褐授官秘书省校书郎。

〔陈谱〕"《送綦毋潜落第还乡》，寻绎诗意，此篇应是二、三月间放榜之后，在长安送潜还虔州时所作。"

开元十年壬戌（722），二十四岁。在长安，疑仍任秘书省校书郎。

开元十一年癸亥（723），二十五岁。调太乐丞（从八品下）约在本年春。

正月末，有《晦日游大理寺韦卿城南别业》诗。陶敏《全唐诗人名考证》："韦卿，韦虚舟。《旧唐书·韦凑传》：'（从子）虚舟，入为刑部侍郎，终大理卿。'李华《荆州南泉大云寺故兰若和尚碑》：'天宝十年二月既望。……中夜而灭。……刑部韦侍郎时临荆州，躬护丧事。'其为大理卿当在天宝末。"生按：诗有"归斿缌微官，惆怅心自咎"句，天宝末维官给事中，已是贵官，本年为九品官，自是微官。陶说非。此韦卿当是韦抗。王维与抗及其从弟陟、斌，关系甚深，而与韦凑从子虚心、虚舟似无往来。《旧唐书·韦安石传》："二子：陟、斌，并早知名。陟，开元初（二年），丁父忧，居丧过礼。自此杜门不出八年，与弟斌相劝励，探讨典故，不舍昼夜，文华当代，俱有盛名。于时才名之士王维、崔颢、卢象等，常与陟唱和游处。""斌，天宝初，转国子司业，徐安贞、王维、崔颢，当代辞人，特为推挹。""（从父兄子）抗，（开元）十一年入为大理卿，其年代陆象先为刑部尚书，寻又分掌吏部选事，十四年卒。"《新唐书·韦安石伟》："（抗）它所辟举，如王维、王缙、崔殷等，皆一时选云。"窃疑王维调太乐丞在本年春，且系韦抗荐举，因其精通音律。

《旧唐书·职官志》："太乐署：令一人，从七品下。丞一人，从八品下。太乐令调合钟律，以供邦国之祭祀宴飨。丞为之贰。凡大宴会，则设十部伎。凡大祭祀、朝会用乐，辨其曲度章服，而分始终之次。有事于太庙，每室酌献各用舞。"

有《扶南曲》《班婕妤》《相思》《伊州歌第一叠》，皆作于太乐署。

秋，为伶人舞黄狮子，坐累为济州（故址在今山东茌平县西南）司仓参军（下州。从八品下）。

薛用弱《集异记》："（维）及为太乐丞，为伶人舞黄狮子，坐出官。黄狮子者，非一人（皇帝）不舞也。"

〔赵谱〕"开元九年辛酉，年二十一。以进士擢第。调太乐丞。后坐累谪济州司仓参军。"《旧唐书·刘子玄传》："长子贶，为太乐令。开元九年，犯事配流。子玄诣执政诉理，上闻为怒之，由是贬为安州都督府别驾。"

学者多从〔赵谱〕之说，以调太乐丞与谪官济州司仓参军在同一年，且以刘贶"犯事配流"与王维"坐累"为同一案件连坐。生按：此说有误。

关于舞黄狮子，《旧唐书·音乐志》："高祖登极之后，享宴因隋旧制，用九部之乐。其后分为立、坐二部。今立部伎有安乐、太平乐、破阵乐、庆善乐、大定乐、上元乐、圣寿乐、光圣乐凡八部。太平亦谓之五方狮子舞。狮子，鸷兽，出于西南夷天竺（印度）、狮子（斯里兰卡）等国。缀毛为之，人居其中，像其俯仰驯狎之容，二人持绳秉拂为习弄之状。五狮子各立其方色，（东方青、南方赤、西方白、北方黑、中央黄，各方狮子即配此五色），百四十人歌太平乐，舞以足。持绳者服饰作昆仑像（晋以后，通称中南半岛、南洋群岛一带卷发黑身的土著人为昆仑）。"舞黄狮子关系到敏感的皇权问题，擅自舞黄狮子当然犯罪。但既云"坐累"，则维非首犯。《唐律疏议·名例》："诸同职犯公坐者，长官为一等，通判官（副职）为一等，判官为一等，主典为一等，各以所由（直接犯罪者）为首。即无四等官者，止准现官为罪。"太乐署是太常寺的一个部门，官员只可分为三等，令为一等，丞为一等，府、史、乐正为一等。伶人擅舞黄狮子当属公罪。如王维是首犯，应科全刑；太乐令为二从，应减一等；其余为三从，应减二等。反之，擅舞黄狮子的某伶人是首犯，则府、史、乐正为二从，太乐丞为三从，太乐令为四从。都没有王维仅处谪官，而刘贶反处配流（死刑减等）的道理。看来刘贶犯的是与王维无关的重罪，所以刘子玄找执政诉理也遭贬官；如果有关，牵连下属，则王维为二从，配流减一等应受徒刑，不可能仅处谪官。可见刘贶犯罪，与王维"坐累"谪累，既非同时，也不同案。

离开长安有《被出济州》诗。

至洛阳后沿驿路北上，有《宿郑州》诗。

〔张谱〕"汜水、荥阳、荥泽、管城等都属郑州管辖，州治唐初曾设在汜水的武牢，沿用旧称是写诗常有的事，故宿武牢可说宿到了郑州。"

汜水乘船经荥阳东北的敖仓口进入荥泽，有《早入荥阳界》诗。

〔张谱〕"由郑州东进，乘船经汴河，有《千塔主人》诗。"（杨军《系年》同。陈铁民以此诗为开元二十九年由润州沿汴河北归时所作，疑非，说见后。）

由汴州沿驿路北上，经韦城至滑州，有《至滑州隔河望黎阳忆丁三寓》诗。此后即乘船走黄河水路直达济州。

开元十二年甲子（724），二十六岁。在济州司仓参军任。

《旧唐书·职官志》："下州：户不满二万，为下州也。……司仓、司户、司法三曹参军事各一人，从八品下，随曹有佐史人数。司仓掌公廨、度量、庖厨、仓库、租赋、征收、田园、市肆之事。"《旧唐书·地理志》："济州旧领县五，户六千九百五，口三万四千五百一十。"

本年以来，王维曾至东阿、郓州（《送郓州须昌冯少府赴任序》："予昔仕鲁，盖尝之郓"）、清河等地。《济上四贤咏》（题下原注："济州官舍作")《济州过赵叟家宴》《鱼山神女祠歌》（鱼山在济州东阿县东南二十里，见《元和郡县志》卷十）、《寄崇梵僧》（题下注云："崇梵寺近东阿覆釜村"）、《渡河到清河作》、《赠东岳焦炼师》、《赠焦道士》等诗，均当作于本年或下年。

本年八月，裴耀卿任济州刺史。（孙逖《唐济州刺史裴公德政颂》："甲子岁八月，莅于是邦。"）

开元十三年乙丑（725），二十七岁。仍在济州。

有《和使君五郎望远思归》诗，使君五郎，即裴耀卿。

有《赠祖三咏》，诗题下原注："济州官舍作。"维寄赠此诗，期与祖咏暮秋相会。咏如期而来，相会后又去东州（济州之东为齐州，东南为兖州。陶《史》："州一作周，东周都于洛邑，故以代称洛阳。"此说存参。），有《济州送祖三》诗（"济"，误作"齐"。《全唐文》载孙逖《唐济州刺史裴公德政颂》、王维《裴仆射济州遗爱碑》，"济"皆误作"齐"，与此同例。）〔张谱〕"时咏已登第授官。盖咏过济州后，复东行赴任，维遂送之至齐州，作此诗赠别。"生按：此说疑误。姚合《极玄集》："祖咏，开元十三年进士"（《直斋书录解题》、《唐才子传》、《全唐诗》作"十二年"，此"十二"起初或为版刻讹误，或因磨损。姚合唐人，所记当更有据）。马茂元《唐诗札丛》："芮挺章于天宝三载（公元744年）编《国秀集》，选录咏诗二首，尚题作'进士祖咏'，则咏自开元十三年登第，历二十年犹未释褐。"

《新唐书·玄宗纪》："十一月庚寅，封于泰山。辛卯，禅于社首。壬寅，大赦。"生按：唐制，大赦是除"十恶"之罪外，对杂犯死罪以下，甚至对常赦所不免之罪，都予以赦免。受贬谪之官（左降官），在大赦令至后，若本职有人替代，便可离职回京候选，由吏部依资格量移使用。王维是大赦的对象。

开元十四年丙寅（726），二十八岁。约二月下旬离济州赴洛阳候吏部选。

途经汜水，有《寒食汜上作》诗。

夏，在洛阳，有《送郑五赴任新都序》。

〔陈谱〕"序云：'邠（今陕西彬县）人前京兆，后扶风……故有黠吏恶少，犯命干纪。……郑子为邑也，……风俗大治。苟（但）以文墨抵罪，除

名为人，……属圣朝龙骑銮辂，登封告成（封泰山）之事毕，……犹下哀怜
之诏。万方有罪，与之更新；百寮失职，使复其位。降邑宰为舆尉，……龙
星始见，马首欲西。缙绅先生，居多结友；诸曹列署，且有同时。时工部侍
郎萧公，弱年筮仕，一命联官于奉常；几日左迁，六人同罪于外郡。籯金盛
业，克传丞相文儒；万石高风，弥重故人宾客。赋诗宠别，赠言戒行。……
黄鹂欲语，夏木成阴，悲哉此时，相送千里。'按：玄宗东封泰山之后颁布
大赦诏令，在开元十三年十一月，而此文记夏景，故当作于开元十四年夏。
新都即今四川新都县，郑赴任新都不可能经过郑州。又文中叙及朝廷官员赋
诗赠别事，当作于洛阳。据此，可推知本年夏，维已离济州司仓参军任。"
又说："《左传·桓公五年》：'龙见而雩。'杜注：'龙见，建巳之月（四
月）。'此序当作于十四年四月。工部侍郎萧公，赵注谓是萧嵩之子华。按华
为工部侍郎约在开元末或天宝初，且嵩家亦无'六人同罪于外郡'之事。
《旧唐书·萧至忠传》：'先天二年，复为中书令。……未几，左仆射窦怀贞，
侍中岑羲及至忠……等与太平公主谋逆事泄，至忠伏诛，籍没其家。……弟
元嘉，工部侍郎。'萧公盖指元嘉，盖受至忠株连之故。萧公之贬外郡在先
天二年，为工部侍郎则在开元十四年。"（《王维生平五事考辨》）杨军认为：
"《序》中'籯金盛业'，用《汉书·韦贤传》典故。'万石高风'，用《史
记》万石君石奋典故，万石君之少子曾为齐相。不难看出这位萧公待罪的
'外郡'正在邹、鲁一带，估计这位将尉新都的郑五也是邹、鲁一带人，他
在家乡接到新的委任，萧公因友人的关系赋诗送别。"（《王维生平的若干问
题》）又说："此文作于济州官舍。元嘉曾为工部侍郎，两《唐书·萧至忠
传》均有记载，但未指明年月。严耕望《唐仆尚丞郎表》断在开元初，当有
所据。开元十四年工部侍郎为贺知章。且唐人称在世者前任某官时，并不都
要加'故'、'前'字样，而是径称官职，如王维、孟浩然称现任荆州长史之
张九龄为张丞相。"（《王维诗文校理札记》七）生按：陈说仍可从。第一，
唐制，被除名的，六年以后依出身法降级叙官，必须赴京由吏部铨选。未经
铨选就在居住地新授官职，是不适用于六品以下官员的。第二，据《旧唐书
·贺知章传》："俄属惠文太子（岐王范）薨，有诏礼部选挽郎，知章取舍非
允，为门荫子弟喧诉，由是改授工部侍郎。"岐王卒于十四年四月丁卯（十
九日），其时知章任礼部侍郎。诸王灵枢挽郎，例选六品以下门荫子弟担任，

可以作为他们未来取得吏部或兵部参选资格的一项资历。依丧礼，王公以下三月而葬，刚选挽郎恐在六月以后。工部侍郎名额为一员，知章改授之前由元嘉担任是可能的。《新唐书·宰相世系表》所列元嘉官职为谏议大夫（正五品上），或是受牵连时的官职，十多年后升到工部侍郎（正四品下）是合理的。第三，十三年十一月大赦令后，到洛阳参加铨选的人很多（科举及制举释褐，考满铨选，门荫及流外吏员入官，左降及免官、除名者依资授官等），玄宗以选限渐迫，分吏部为十铨，敕礼部尚书苏颋、刑部尚书韦抗等十人分掌选事，以加快铨选进度。所以郑五到四月份才离洛赴任，而王维赴任时间更晚。还可以设想裴耀卿推荐过他，韦抗又援过手。

〔陶史〕"秋，王维在洛阳，与孙逖、徐安贞同作诗挽程伯献妻樊氏。《故南阳夫人樊氏挽歌》有'凝笳随晓斾，行哭向秋原'，诗作于秋日。孙逖有《程将军妻南阳郡夫人樊氏挽歌》，徐安贞有《程将军夫人挽诗》，当均同时作。程将军，程伯献。《旧唐书·程知节传》：'少子处弼，……处弼子伯献，开元中左金吾大将军。'《唐代墓志汇编》开元四八三《程伯献墓志》：'夫人南阳樊氏讳周字大雅，……年五十四先公而薨，窆于偃师县首山之阳。'《志》云程为左金吾大将军，玄宗封泰山回（事在开元十三年），改右金吾大将军，玄宗亲谒五陵（事在开元十七年）回，出为夔州刺史，二十六年卒。樊氏之卒约本年秋。"

维未几改官，疑在卫州共城县任县丞（从八品下）一类官职。

〔张谱〕"共城县，故治在今辉县城附近，尚有旧垣。疑王维当时即在共城一带的淇水之滨。此地北部有山，抬头可见，南、东是旷野平川，地理环境符合王维诗中写的'日夕见太行'，'东野旷无山'的情况。"

〔陈谱〕"王维改官淇上，有《淇上即事田园》等诗可证。《偶然作》六首其三曰：'日夕见太行，沉吟未能去。问君何以然？世网婴我故。小妹日成长，兄弟未有娶。家贫禄既薄，储蓄非有素。几回欲奋飞，踟蹰复相顾。孙登长啸台，松竹有遗处。相去距几许，故人在中路。'玩诗意，是时作者的居地距太行山与孙登长啸台（在辉县西北苏门山上）甚近，而'淇上'正好是这样一个地方。"

生按：我以为王维改官和隐居分别在两个地方。淇上即淇水旁的卫县

（故治在今河南淇县卫贤镇）一带，高适也曾隐居在这里。王维《送魏郡李太守》："淇上转骖䮽"，也是指卫县，因为唐代驿路，至卫县分为二路，北去相州，东北去魏州。《元和郡县志》："卫县，苏门山在县西北十一里，孙登所隐，阮籍、嵇康所造之处。"这是一个有啸台的地方，但见不到太行山，看来王维不是改官淇上。可以看到太行山，又距所谓"孙登长啸台"不远的有三个县，一是卫州共城县。《一统志》："太行山在辉县西五十里。西南连怀庆府界一带峰麓，虽各有名，然总呼为太行。""苏门山在辉县西北七里，一名百门山。啸台在百门山上，即孙登隐居长啸之所。"《晋书·隐逸传》："孙登，汲郡共人，于郡北山土窟居之。"这是又一个有啸台的地方。二是怀州修武县（故治即今河南修武县）。《元和郡县志》："太行山在县北四（一作三）十二里。天门山，今谓之百家岩，在县西北三十七里。上有精舍，又有锻灶处所. 即嵇康所居也。"《太平寰宇记》引《图经》云："百家岩有刘伶醒酒台，孙登长啸台，阮氏竹林，嵇康淬剑池，并在岩之左右。"这是另一个有啸台的地方。三是怀州河内县（故治在今河南沁阳县）。《元和郡县志》："太行山在县北二十五里"。这三个县，都距孙登长啸台不远，都可以"日夕见太行"。但是，王维后来隐居的地方在淇上，从共县到淇上隐居似更顺理成章，所以还是采用张清华改官共城的推论。

开元十五年丁卯（727），二十九岁。疑仍官其城。

开元十六年戊辰（728），三十岁。疑仍官共城。秋，因公赴长安，旋返，隐于淇上。

〔陶史〕"秋，綦毋潜弃官归江东。王维有《送綦毋秘（一作校，是）书弃官还江东》诗，亦寓归隐之念，诗有'余亦从此去，归耕为老农'句。"

《偶然作》其三，约作于本年冬。诗有"忽乎吾将行，宁俟岁云暮"句。生按：诗有"爱染日已薄，禅寂日已固"句，最早谈到诗人的佛教信仰。

开元十七年己巳（729），三十一岁。弃官隐居淇上约始于去年冬，至本年秋。

有《淇上即事田园》《淇上送赵仙舟》诗。《偶然作》其一、其二、其四、其五，《不遇咏》，皆约作于洪上。

冬，维已在长安闲居。

〔陈谱〕"诗人孟浩然于开元十六年冬赴长安应进士试，落第后滞留长安，于本年冬返襄阳，行前，作《留别王维》诗：'寂寂竟何待，朝朝空自归。欲寻芳草去，惜与故人违。当路谁相假，知音世所稀。只应守寂寞，还掩故园扉。'维亦作《送孟六归襄阳》赠之。诗曰：'杜门不欲出，久与世情疏。以此为长策，劝君归旧庐。醉歌田舍酒，笑读古人书。好是一生事，无劳献《子虚》。'"

〔陶史〕"冬，祖咏自洛阳至长安，留宿王维宅。维有《喜祖三至留宿》：'门前洛阳客，下马拂征衣。……行人返深巷，积雪带余晖。……'咏《答王维留宿》：'四年不相见，相见复何为！握手言未毕，……却令伤别离。'盖二人曾于开元十三年会面于济州，至此已四年。祖咏来长安后旋复别归汝坟。"

开元十八年庚午（730），三十二岁。在长安，始从大荐福寺道光禅师学顿教，并改字"摩诘"。

生按：始学顿教，〔陈谱〕系于十七年，据道光卒于二十七年逆推，改列本年。顿教，主张顿修顿悟真理（佛性、真如）的教法。南朝宋名僧慧观，首先将教法分为顿教、渐教二科，对具顿悟之机者，不从小乘经典学到大乘经典，直说大乘《华严经》，为顿教；对具渐悟之机者，先说小乘《阿含》等经，渐次学《般若》《思益》《维摩》《法华》《涅槃》《华严》等经，为渐教。《大乘义章》："如来一化所设，无出顿、渐。《华严》等经是其顿教，馀为渐教。"《华严一乘教义分齐章》："大不由小，故名为顿。""为根熟者，于一法门，具足演说一切佛法。常与无常，空与不空，同时俱说，更无渐次，故名顿教。"隋代以阐扬《华严经》义理而得名的华严宗，将一切教门分为五等，即愚法声闻教、大乘始教、大乘终教、大乘顿教、一乘圆教。大乘顿教是指学习不依言辞、不设位次而顿悟真理的《维摩诘经》等的教门。王维学顿教，即从学《维摩诘经》开始学佛，其字"摩诘"或系本年所改。有以学顿教为学禅宗南宗之教，这种说法不准确。

维摩诘是古印度的一个有资财有德行、在家奉佛修持的居士。《维摩诘经·方便品》："尔时毗耶离（Vaiśālī，亦译吠舍厘，在恒河北岸）大城中有长者，名雒摩诘（vimalakirti，亦译毗摩罗诘，意译'净名'、'无垢称'），已曾供养无量诸佛，深殖善本，得无生忍。资财无量，摄诸贫民。奉戒清净，摄诸毁禁。以忍调行，摄诸恚怒。以大精进，摄诸懈怠。一心禅寂，摄诸乱意。以决定慧，摄诸无智。虽为白衣，奉持沙门清净律行。虽处居家，不著三界。受诸异道，不毁正信。虽明世典，常乐佛法。一切见敬，为供养中最。"

〔陈谱〕"《大荐福寺大德道光禅师塔铭》曰：'禅师讳道光，本姓李，绵州巴西人。……遇五台宝鉴禅师……遂密授顿教。……以大唐开元二十七年五月二十三日，入般涅槃于荐福僧坊，门人明空等建塔于长安城南毕原。……维十年座下，俯伏受教。……'大荐福寺在长安开化坊。"

〔系年〕"有《故右豹韬卫长史赐丹州刺史任君神道碑》。据所叙知任某子官从羽林将军，护卫玄宗谒五陵，受赠父丹州刺史，母河东郡君，因改葬而立碑。考《玄宗纪》，谒陵事在去年十一月，大赦天下，内外官五品以上清官父母亡者，依级赐官及邑号。羽林将军从三品，任氏受赠当在十七八年之交。"

秋，去洛阳。过华阴。

有《华岳》诗。赵殿成按："《旧唐书》：'开元十三年，东封泰山。十八年，百僚及华州父老累表请封西岳，不允。'右丞之作，当在是时，故有'神祇望幸久，何独禅云亭'之句。"

过卢氏，曾访问房琯。

〔陶史〕"秋，房琯在卢氏令任，王维过卢氏，有诗赠之。《旧唐书·房琯传》：'应堪任县令举，授虢州卢氏令，政多惠爱，人称美之。二十二年，拜监察御史。'其任卢氏令约在本年。"生按：诗中"将从海岳居，守静解天刑。或可累安邑，茅茨君试营"之句，有往依房琯隐于卢氏之意。

隐居嵩山，约在本年秋至明年秋。

有《东溪玩月》诗。

《赠李颀》约作于此年。颀于开元二十三年进士第，此前隐居颍阳东川十年。姚莫中说："东川实即河南登封县东北十余里五渡河上游的东溪。《水经注·颍水》：'颍水又东，五渡水注之，其水导源崇高县东北太室东溪'。"

开元十九年辛未（1731），三十三岁。妻亡约在是年。

《旧唐书》本传："妻亡，不再娶，三十年孤居一室。"维卒于肃宗上元二年（761），妻亡当在此年前后。

巴蜀之游约始于本年秋冬之际。

曾游太白山，有《投道一师兰若宿》诗。

谭优学《王维生平事迹再探》："王维曾经入蜀，其证有三：（一）王维《自大散以往，深林密竹，蹬道盘曲四五十里，至黄牛岭，见黄花川》，是他入蜀开始的纪行之作。赵注云：'《文献通考》：凤州（即今陕西凤县）梁泉县有黄花川、大散关。《宋中兴四朝志》：大散关隶梁泉县，在凤翔宝鸡县之南，为秦蜀往来要道。'又有《青溪》一首：'言入黄花川，每逐青溪水……'赵注云：'《方与胜览》：黄花川在凤州梁泉县，大散水流入黄花川。'这两首诗当是王维入蜀沿途留连览胜的纪行之作。而《青溪》诗《文苑英华》作《过清溪水作》，当然只能是入蜀过此了。（二）据《宣和画谱》载，王维有《栈阁图》七，《剑阁图》三，《蜀道图》四。米芾《画史》说：'唐蜀中画雪山，世以为王维也。剑门关图、雪景，五代笔也。'以'精于鉴裁'著称的米芾，没有否定另外十一幅《栈阁图》和《蜀道图》，这也证明了王维是曾入蜀的。不能设想一个大画家没有亲临其地，仅凭想象就画了出来，命它为《栈阁图》、《蜀道图》。（三）《晓行巴峡》可算是王维曾经入蜀的铁证。陈贻焮《王维生平事迹初探》说：'王维约于开元二十八九年已到襄阳。集中有《晓行巴峡》诗，维到巴峡，可能在是时。'王维知南选赴岭南，沿途哪有巴峡？如果承认巴峡只能是渝州的巴峡，知南选怎么会迁道一两千里呢？王维曾经入蜀是可以肯定的了。他约以开元十四五年离开济州，回到两京，至开元二十三年擢右拾遗，这五六年中，赵《谱》、陈《探》全是空白，我以为王维入蜀及吴越之行当在这几年间。"生按：王维《送崔五太守》《送杨长史赴果州》《送梓州李使君》等诗，形象地描写了入蜀途径和蜀中风光民俗，也可以视为他曾入蜀的旁证。

开元二十年壬申（732），三十四岁。暮春，过巴峡。约初夏沿江东下，有吴越之游。

《晓行巴峡》云："际晓投巴峡，馀春忆帝京。"

《登辨觉寺》诗，系过九江上庐山所作。

至润州（今江苏镇江市），有《送邢桂州》诗。谭优学《王维生平事迹再探》："此诗题下，各本并无'一作某某诗'，乃王维所作无疑，是他在京口（润州城北浦口）送邢某赴桂州任刺史之作。赵注引《旧唐书·睿宗诸子传》：'上元二年，以刑济兼桂州都督、侍御史、充桂管防御都使。'这与诗意不合。天宝乱后，王维从未离开长安。王维所送并非邢济，而是另一邢某，由京口出发往刺桂州。时王维也在京口。"

南游越州，登云门寺。《再探》："宋末元初人邓牧所著《伯牙琴》中的《自陶山游云门》有这么一段：'涉溪水，是亭榜曰云门山。山为唐僧灵一、灵澈居。萧翼、崔颢、王维、孟浩然、李白、孟郊来游，悉有题句。'云门山在越州（今浙江绍兴市）城南，寺在山中，即以山名寺。山下的水就是有名的若耶溪。钱起有《寄灵一上人初归云门寺》诗。《唐才子传》说灵澈'姓汤氏，会稽人。'李白曾经来游，世人习知。崔颢有《入若耶溪》诗，孟浩然有《题云门山寄越府包户曹徐起居》，孟郊有《春集越州皇甫秀才山亭》，当然都是游过云门山、寺的。关于萧翼，《唐诗纪事》卷五说：'太宗以翼为监察御史，充使取义之《兰亭序》真迹于越僧辩才。翼初作北人南游，一见款密留宿，设缸面酒。酣乐之后，探韵赋诗。既而取其书以归。'既然邓牧所举八人，七人来游都凿凿有据，就不容王维之来游不真。《西施咏》很可能是他泛若耶、游云门的即兴抒感之作。"生按：王维曾游吴越，诗中亦有内证。比如有两首诗都用了吴语。《酬黎居士浙（蜀刻本、述古堂本作"浙"）川作》，有"侬家真箇去，公定随侬否？"《赠吴官》有"不如侬家任挑达，草屩捞虾富春渚"。可以认为，由于王维游过吴越，所以在有关吴越人士的诗里用上吴语，使人感到亲切。

秋，返洛阳，归嵩山。

开元二十一年癸酉（733），三十五岁。

〔陶史〕"二月，王维于河内摩崖造阿弥陀像一躯。《唐文续拾》卷十一引《河内县志》：'唐开元二十一年癸酉岁，二月己巳朔日，弟子王维，敬造阿弥陀像一躯，申宿诚也。夫至诚必应，福无唐捐（空虚）。□（昔？）游此山，实爱幽胜。宏发誓愿，思卜闲居。果契陈志，诛茅□□。兹太行之绝境，往来三□，……太行之崖，丹河之际。爰开佛影，是申宏誓。……往来礼谒，千秋万岁。'"（王维，《八琼室金石补正》卷五四作王惟，云："造像名半泐，似是慎字，吴氏作惟，从之。"）生按：据"思卜闲居，果契陈志，诛茅"等语，似王维本年曾暂住河内一段时间。

夏，去长安，旋隐于终南山太乙谷。秋，张諲来长安，有诗赠之。

《戏赠张五弟諲三首》，诗题下原注："时在长乐东园，走笔成。"（长乐坊为长安皇城之东第二街街东自北向南第一坊。）其一云："我家南山下，动息自遗身。……何事须夫子，邀予谷口真。"知此诗乃王维在终南隐居期间作于长安，维以谷口郑子真自喻，可见当时并未居官。其二云："张弟五车书，读书仍隐居。闭门二室下，隐居十年馀。……秋风自萧索，五柳高且疏。望此去人世，渡水向吾庐。"谓张諲前此隐居嵩山，现来长安与维相聚。其三云："吾生好清净，蔬食去情尘。今子方豪荡，思为鼎食人。"谓张諲正求仕进，与己异趣。按，此三首陶系《史》原系在开元十六年，参酌现有资料，改系于本年。王维曾三隐终南，第一次已见于开元三年。本年夏至明年夏，隐于太乙谷是第二次隐于终南。《过太乙观贾生房》云："昔余栖遁日，之子烟霞邻。共携松叶酒，俱簪竹皮巾。攀林遍云洞，采药无冬春。谬以道门子，征为骖御臣。"此诗与《戏赠张五弟諲》同参，可证王维在擢为右拾遗前曾隐居终南学道。

《答张五弟》《送从弟蕃游淮南》作于本年秋。

《终南山》《白鼋涡》，作于本年或明年春夏间。

开元二十二年甲戌（734），三十六岁。上半年仍隐居终南，间至长安。

〔陈谱〕"《京兆尹张公（去奢）德政碑》曰：'前年不登，人悴太甚，野无遗秉，路有委骨；天子不忍征于不粒，赋于无衣，六军从卫，以临东诸侯，息关中也。'下文即述张公于灾后抚定京兆事迹。《赵谱》系此篇于开元二十二年，并说：'前年不登，路有委骨，是二十一年事；天子以临东诸侯，是二十二年事。'按，赵说是。《旧唐书·玄宗纪》：'开元二十一年十二月丁未，京兆尹裴耀卿为黄门侍郎，前中书侍郎张九龄起复旧官，并同中书门下平章事。'据此，知张去奢为京兆尹当在二十一年十二月以后。另，碑文中说：'长老孜孜，愿刊于石，以余学于旧史，来即我谋；且维与人（即民，避唐太宗讳改，下同）编户，与人为伍。与人出入，与人言语，知风俗之淳獒，识政化之源本。属词愧文，书事盖实。'寻绎文意，知维仍闲居长安。"

秋，赴洛阳，献诗张九龄求汲引。旋归嵩山，待机出仕。

〔陈谱〕"《送崔兴宗》云：'……君王未西顾，游宦尽东归。……方同菊花节，相待洛阳扉。'盖是时崔自长安赴洛，维作此诗送之，末二句谓将同崔一起在洛阳过重阳节。"

"有《上张令公》诗。张令公指张九龄，他于开元二十二年五月二十七日加中书令（见明成化九年韶州刊本《唐丞相曲江张先生文集》附录'诰命'〈加银青光禄大夫中书令制〉），诗称张为'令公'，当作于九龄加中书令之后。诗中说：'尝从大夫后，何惜隶人馀。'意谓自己曾忝为朝官，不惜列居群辈之末。据此，知维是时尚未居官。本年玄宗居洛阳，九龄既执政，献诗必在洛阳。"

"维献诗后，即隐于嵩山。《归嵩山作》应作于本年秋。"

开元二十三年乙亥（735），三十七岁。年初，仍隐于嵩山。三月，至洛阳，拜右拾遗（从八品上）。

〔陈谱〕"有《留剅山中温古上人兄并寄舍弟缙》诗。'温古上人'即唐智升《续古今译经图记》中的'嵩岳沙门温古'，诗乃维拜官后离隐居地赴任时与同隐者道别之作。"生按：时王缙官于登封，诗有"舍弟官崇高"句，崇高即登封。

〔陈谱〕"《献始兴公》诗，当是维初拜右拾遗时写给执政者的。始兴公指张九龄，考张于开元二十三年三月九日进封始兴县开国子（见《唐丞相曲江张先生文集》附录'诰命'〈封始兴县开国子食邑四百户制〉），此诗当作于本年三月九日以后，而维拜右拾遗大抵也在此时。"

〔张谱〕"《早朝》诗（'皎洁明星高'篇），王达津《王维的生平及其诗》系于是年，近是。"

开元二十四年丙子（736），三十八岁。自春至秋，在东都，任右拾遗。冬十月，随玄宗回长安。

正月，有《奉和圣制十五夜燃灯继以酺宴应制》诗。

三月，有《奉和圣制暮春送朝集使归郡应制》诗。诗末云："宸章类河汉，垂象满中州。"《论衡·谈天》："洛阳，九州之中也。"

〔张谱〕"《送方尊师归嵩山》诗，疑写于任右拾遗后，在洛阳作。"

开元二十五年丁丑（737），三十九岁。春，在长安任右

拾遗。

二月，有《和尹谏议史馆山池》诗。《旧唐书·玄宗纪》："开元二十五年正月癸卯（二十九日），道士尹愔为谏议大夫、集贤学士兼知史馆事。"

《奉和圣制与太子诸王三月三日龙池春禊应制》作于本年。《旧唐书·玄宗纪》："二十三年夏五月戊寅，宗子请率月俸于兴庆宫建龙池。"二十四年三月三日玄宗尚在东都，故本年率太子诸王于新建龙池春禊。〔系年〕列此诗于二十四年，不当；谓"《奉和圣制赐史供奉曲江宴应制》疑在同时"，是。

〔陈谱〕"《暮春太师在左右丞相诸公于韦氏逍遥谷宴集序》曰：'时则有太子太师徐国公、左丞相稷山公、右丞相始兴公、少师宜阳公。'赵殿成说：'据《旧唐书·玄宗纪》云，开元二十四年十一月，侍中裴耀卿为尚书左丞相，中书令张九龄为尚书右丞相，尚书右丞相萧嵩为太子太师，工部尚书韩休为太子少保（按《旧唐书·韩休传》作太子少师），至二十五年四月，张九龄左授荆州长史，不在朝廷矣，是诸公宴集，实在二十五年之春。'赵说是。韦氏逍遥谷在骊山（参见《旧唐书·韦嗣立传》），可见本年春维在长安。又《同卢拾遗韦给事东山别业二十韵》。给事首春休沐，维已陪游，及乎是行，亦预闻命，会无车马，不果斯诺'亦本年春作于长安。"

《韦给事山居》《韦侍郎山居》当亦作于本年春。前者疑即《首春体沐，维已陪游》时所作；后者可能作于《同卢拾遗……二十韵……》之后。

夏，任监察御史（正八品上）出使凉州。

《旧唐书·玄宗纪》："四月甲子（二十日），尚书右丞相张九龄左授荆州长史。"此时疑维在赴凉州途中。至凉州后，又兼任河西节度副大使崔希逸判官。

生按：《唐会要》："监察御史，自永徽以后多是勑授。"乃清要官。陈贻焮说："监察御史有出使和巡按军戎的职责（见《新唐书·百官志》与《唐会要》卷六十二'出使'条）。王维于本年秋奉使出塞宣慰。"（见《王维诗选·后记》）陈说学者多从之。窃以为出使时间似可定为初夏。第一，《旧唐书·玄宗纪》："开元二十五年三月己卯（五日，原作'乙卯'，误），河西节度使崔希逸自凉州南率众入吐蕃界二千余里。己亥（二十五日），希夷至青海西郎佐素文子觜，与贼相遇，大破之，斩首二千余级。"

捷报入京，出使宣慰，皆当在四月。第二，《使至塞上》云："归雁入胡天。"我国西部的雁属陕西亚种和新疆亚种，南飞在七、八月间，北飞在三、四月间，"入胡天"是北飞，不会在秋天。第三，此诗又云："都护在燕然"，谓崔希逸尚在青海前线未返凉州，看来也是四、五月之际。

《出塞作》云："暮云空碛时驱马，秋日平原好射雕。"诗题下原注："时为御史监察塞上作。"《凉州赛神》诗题下原注："时为节度判官在凉州作。"又《凉州郊外游望》《送崔三往密州觐省》，以上皆作于秋季。《为崔常侍谢赐物表》《送怀州杜参军赴京选集序》，皆作于十月（唐制，选人"冬季"在十月）。《为崔常侍祭牙门姜将军文》，作于十一月。

吴《年表》："韦应物约本年生。"

开元二十六年戊寅（738），**四十岁。春至初夏，仍在凉州。**

〔张谱〕"《陇西行》，写于上年冬或本年春。《双黄鹄歌送别》《灵云池送从弟》《送刘司直赴安西》《送平淡然判官》，写于本年春，皆为在凉州送别之作。"

约五月初，崔希逸入朝述职，维亦返回长安，仍官监察御史。

《旧唐书·玄宗纪》："三月癸亥（十五日），吐蕃寇河西，左散骑常侍崔希逸击破之。"《资治通鉴·玄宗纪》："五月乙酉（十八日），以李林甫遥领河西节度使。丙申（二十九日），以崔希逸为河南尹。希逸自念失信于吐蕃（希逸曾与吐蕃刑白狗为盟，各去守备。内给事赵惠琮至凉州，矫诏令希逸袭吐蕃，大破之），内怀愧恨，未几而卒。"

〔张谱〕"王维回长安后，替崔希逸写了两篇文章。崔奏准其女十五娘落发出家，落发后写了《赞佛文》；为崔夫人李氏的亡父追荐冥福，写了《西方变画赞》。"

〔陈谱〕"希逸离河西后，继任者为萧炅，维诗文中从未提及萧，故疑希逸离任之后，维寻赤归京。""又《送岐州源长史归》诗题下注曰：'源与余同在崔常侍幕中，时常侍已殁。'诗曰：'秋风正萧索，客散孟尝门。故驿通槐里，长亭下槿原。'槐里在今陕西兴平县东南，源长史自凉州归岐州（今陕西凤翔）不经过槐里，而由长安还岐州则经过槐里，故送别地应在长安"

《寄荆州张丞相》作于本年秋。此时张在荆州，归朝之期不可必；新知崔尹，转眼物故，维因有"举世无相识"的感慨。此诗学者多列于去年秋，盖误以出使凉州在秋季；若视为作于凉州，而崔希逸奏准留幕兼任判官，待维不薄（前诗喻崔为"孟尝"，可见关系甚好），似以列于本年为宜。

开元二十七年己卯（739），四十一岁。在长安。仍官监察御史。

〔陈谱〕"《大荐福寺大德道光禅师塔铭》：'（道光）以大唐开元二十七年五月二十三日，入般涅槃于荐福僧坊（按寺址在京师开化坊），门人明空等，建塔于长安城南毕原。……维……欲以毫末，度量虚空，无有是处，志其舍利所在而已。'据此文，知维本年在长安。"

开元二十八年庚辰（740），四十二岁。迁殿中侍御史（从七品下）。冬初，知南选，自长安经襄阳、郢州、复州、岳州等，至桂州。

〔陈谱〕"《哭孟浩然》：'故人不可见，汉水日东流。借问襄阳老，江山空蔡洲。'诗题下原注：'时为殿中侍御史，知南选，至襄阳有作。'王士源《孟浩然集序》说：'开元二十八年，王昌龄游襄阳。时浩然疾疹发背，且愈，相得欢甚，浪情宴谑，食鲜疾动，终于冶城南园。'据此，知维迁殿中侍御史及知南选，均在本年。""关于'南选'，《新唐书·选举志》说：'高宗上元二年，以岭南五管、黔中都督府得即任土人，而官或非其才，乃遣郎官、御史为选补使，谓之南选。'《通典》卷一五说：'其黔中、岭南、闽中郡县之官，不由吏部，以京官五品以上一人充使，就补御史一人监之，四岁一往，谓之南选。'因此，所谓'知南选，至襄阳有作'，并不是南选在襄阳举行，而是途经襄阳。""《唐会要》卷七五载：'开元八年八月敕：岭南及黔中参选吏曾，各文解每限五月三十日到省，八月三十日检勘使了，选使及选人，限十月三十日到选所，正月三十日内铨注使毕；其岭南选补使，仍移桂州安置。'维既然必须在十月三十日以前赶到桂州，他在长安出发的时间，大抵应在九月底或十月初。王维抵襄阳，约在十月上旬，其对浩然去世不久，故维赋诗哭之。"

在襄阳，有《汉江临泛》诗。过郢州，画孟浩然像于刺史亭。《新唐书·孟浩然传》："初，王维过郢州，画浩然像于刺史亭，因曰浩然亭。咸通中刺史郑诚谓贤者名不可斥，更书曰孟亭。"

生按：唐代由长安至桂州（故治在今广西临桂县），走驿路是经商、邓、襄、荆、岳、潭、衡、永等州至桂州；若由襄州走一段水路，则经郢州、复州（故治在旧沔阳城）至岳州，然后又走驿路至桂州。〔陈谱〕谓"抵郢州后，又顺汉水南行至夏口，在夏口作《送封太守》诗，后即溯江而上，历湖湘南行至桂州。"此说有误。复州至岳州唐代有水道可通。《元和郡县志》："沔阳县南至岳州水路五百里。"无须至夏口再溯江而上。且天宝元年州改为郡，刺史始改称太守，开元年间不得称太守，《送封太守》当不在此时。

开元二十九年辛巳（741），四十三岁。二月初，自桂州北归，尝过江宁瓦官寺谒璇禅师。

〔陈谱〕"《谒璇上人》诗曰：'凤从大导师，焚香此瞻仰。……高柳早莺啼，长廊春雨响。……'序曰：'玄关大启，德海群泳。时雨既降，春物俱美，……'按璇上人即《宋高僧传》卷一七《元崇传》中的'璇禅师'，开元末年居瓦棺寺，此诗当是维到寺中瞻仰禅师时作的。维自岭南北归的时间在春二月，这同《谒璇上人》诗中所纪节候恰好相合。"生按：关于璇禅师，据杨曾文《唐五代禅宗史》："洛阳大福先寺僧道璇（702—760）曾从定宾学律，从普寂学禅法和华严宗教义，在开元二十三年应日僧普照、荣睿之请，在鉴真赴日前东渡日本传律学、华严宗和北宗禅法（日本师炼《元亨释书》卷十六《道璇传》）。"据此可知，道璇自日本归国后即住锡江宁瓦官寺。王维于数千里外来谒，足见奉佛求法之诚。又，监察南选事毕，理应随选补使回京复命，而王维得转赴江宁，疑是临时奉诏巡按江东某地，并非告假。

春末，循驿路经润、扬、楚、泗、宋、汴、郑等州西返长安。（按：〔陈谱〕谓循邗沟、汴水、黄河北归秦中。疑非。自京口走水路至汜水，全程约二千四百余里，且是上水，而走驿路全程约一千七百馀里，此后去洛阳、西安都是驿路。）

营终南别业，亦官亦隐，约始于归长安后。

陈贻焮《王维生平事迹初探》："《终南别业诗》曾收入同时人芮挺章编选的《国秀集》中，题作《初至山中》。《国秀集》选开元以来诗作，迄至天宝三载。据此，则可进一步确定《终南别业》诗的写作时期，也就是维隐居终南山的时期，是在开元二十九年以后，天宝三载以前的三、四年间。"

〔陈谱〕"按，此说大致可信，下面再补充几条证据：（1）《唐诗纪事》卷一六：'（裴）迪初与王维、兴宗俱居终南。'按裴迪开元末年曾在张九龄荆州幕府（参见陈贻焮《孟浩然事迹考辨》），其返长安与维俱隐终南，疑在开元二十八年九龄卒后。（2）《终南别业》云：'中岁颇好道，晚家南山陲，'中岁即中年。王维《故任城县尉裴府君墓志铭》谓裴'享年三十九'，'而寿不中年'，盖以四十以上为中年。据此，则维隐居终南当在四十岁以后。（3）本年春在润州作的《谒璇上人》说：'少年不足言，识道年已长。……誓从断荤血，不复婴世网。'诗中表示自己决心隐居学佛，故返京后遂隐于终南。但其时维似并未去职，所以这种隐居实际是亦官亦隐。（4）维隐居终南时间的下限应移前一年。因为隐居终南在隐居辋川之前（说见《初探》），维隐居辋川最晚始于天宝三载（说详后），故隐居终南应在天宝二年以前。"生按：陈谱所补充的证据共五条，原（1）条为《戏赠张五弟諲三首》，本谱原则上赞同陶《史》意见，已在开元二十年引用并作出解释。

〔张谱〕有《终南别业》诗。

天宝元年壬午（742），四十四岁。在长安。是年转左补阙（从七品上）。

〔陶史〕"《春日直门下省早朝》题下注：'时为右补阙'。按右补阙属中书省，左补阙属门下省，'右'当作'左'。""《三月三日曲江侍宴应制》：'从今亿万岁，天宝纪春秋。'诗当作于本年。年初改元。""《奉和圣制从蓬莱向兴庆阁道中留春，雨中春望之作应制》诗，题云'留春'，故当作于三月。苗晋卿、李灯亦有和作。苗于天宝二年正月自吏部侍郎贬出，故其在朝应制唱和当在本年或稍前。""丘为落第归江东，有诗留别，王维、祖咏均有诗送之。王维《送丘为落第归江东》：'怜君不得意，况复柳条春。为客黄金尽，还家白发新。……知祢不能荐，羞称献纳臣。'按王维本年在补阙任，职司供奉讽谏，献可替否，故自称'献纳臣'。"

《奉和圣制庆玄元皇帝玉像之作应制》，亦作于本年春。

〔陶史〕"七月，斐旻献捷京师，玄宗置酒花萼楼，诏旻舞剑，乔潭、颜真卿有诗、赋赠旻。乔潭《裴将军剑舞赋》：'元和秋七月，羽林裴公献戎捷于京师。上御花萼楼，大置酒。酒酣，诏将军舞剑。''元和'字误，当从《文苑英华》卷八二作'后元年'。玄宗之后元元年，即天宝元年。裴将军，裴旻。《新唐书·宰相世系表》一上洗马裴：'旻，左金吾大将军。'颜真卿《赠斐将军》：'将军临八荒。炟赫耀英材。剑舞若游龙，随风萦且回。'乔潭天宝三载进士，颜真卿本年秋登制科，均在长安。"生按：王维有《赠裴旻将军》，亦当作于本年。

〔陈谱〕"《和仆射晋公扈从温汤》诗题下原注：'时为右补阙。''仆射晋公'谓李林甫，他于开元二十五年七月赐爵晋国公，天宝元月八日加尚书左仆射（见《旧唐书·玄宗纪》）。又玄宗例于每年十月幸骊山温泉，此诗当即天宝元年十月所作。据维诗《春日直门下省早朝》，则作'左补阙'为是。"生按：李白《侍从游宿温泉宫作》亦作于此时，但二人竟无交往，不知何故。

生按：《旧唐书·韦斌传》："天宝初，转国子司业，徐安贞、王维、崔颢，当代辞人，特为推挹。"据此，知维任左补阙，曾受韦斌推荐。

天宝二年癸未（743），四十五岁，在长安，仍官左补阙。

〔陈谱〕"《故任城县尉裴府君墓志铭》曰：'天宝二年正月十二日，唐故鲁郡任城县尉河东裴府君，卒于西京新昌坊私第。'知是时维在长安。"

《夏日过青龙寺谒操禅师》《愚公谷三首》《黎拾遗昕、裴秀才迪见过秋夜对雨之作》《临高台送黎拾遗》，皆作于本年夏秋之间。

〔陶史〕"七月，裴耀卿卒，王维为作《裴仆射济州遗爱碑》。《旧唐书·裴耀卿传》：'天宝元年，改为尚书左仆射，寻转右仆射（在八月），一岁薨，年六十三。'同书《玄宗纪》：'天宝二年七月丙辰，尚书右仆射裴耀卿薨。'碑文当作于本年或稍前裴耀卿在仆射任时。""本年左右，孙逖有诗送李成式赴河西，王维为序。孙诗为《送李补阙摄御史充河西节度判官》。王维《送李补阙充河西支度营田判官序》：'我散骑常侍曰王公……请命介于本朝。天子琐闻，辍谏官以从事。补阙李公，家世龙门……'天宝初，李成式官右补阙。孙逖《为宰相贺中岳合炼药自成兼有庆云见表》中有'并奉敕令右补阙李成式往验'等语。王公，王倕，本年在河西节度使任。"生按：开元二十八年六月至二十九年底，河西节度使为盖嘉运。《资治通鉴·唐纪》：
"天宝元年十二月，河西节度使王倕奏破吐蕃渔海及游奕等军。"孙逖《为宰
相贺武威郡石化为面表》："臣等伏见王倕奏：武威郡番禾县嘉瑞乡天宝山周
回五六里，石化为面。"此事《旧唐书·玄宗纪》载于天宝三年三月。而
《资治通鉴》天宝元年二月载："间一岁（即天宝三载），清河人崔以清复言：
'见玄元皇帝于天津桥北，云藏符在武城紫微山。'敕使往求，亦得之。东都
留守王倕知其诈，按问果首服。"可见王倕任河西节度使在天宝一、二年，
至迟三载四月前已离任为东都留守。此序当作于本年。

**本年左右，王维得宋之问蓝田辋川别墅，经营之，与裴迪同
游，各赋绝句，后结为《辋川集》。**

〔陶史〕"《旧唐书·王维传》：'得宋之问蓝田别墅，在辋口，辋
水周于舍下，别涨竹洲花坞，与道友裴迪浮舟往来，弹琴赋诗，啸咏终日。尝聚其
田园所为诗，号《辋川集》。'王维《请施庄为寺表》：'臣遂于蓝田县营山
居一所，草堂精舍，竹林果园，并是亡亲宴坐之余，经行之所。'维母崔氏
天宝九载二月卒，故蓝田别墅之经营当在九载前数年，约始于本年。"生按：
王维隐居辋川的时间有多种说法。王达津《王维生平及其诗》："开元十六
年，经营辋川，或在此时。辋川诗当写于十八年至二十一年间。"卢怀宣
《王维的隐居与出仕》："王维隐居辋川是开元二十六年到二十八年两年内的
事。"杨军《王维诗文系年》："开元二十七年，经营辋川，或在此时。王维
遇张九龄前隐居终南。张九龄贬荆州长史，维亦萌隐居之志，旋即奉使出
塞。今复入朝，虽官爵略有升迁，终因与李林甫政见不合，只得寄情山水，
虚与应付。"陈贻焮《王维生平事迹初探》："现在既能明确肯定他在开元二
十八九年以后到天宝三载以前的三四年间隐居终南山，又接着在天宝七载前
营蓝田别墅，似乎就更能证实他的退隐与当时的政治密切有关。"陈铁民
《王维年谱》："关于王维始营蓝田山居的时间，我认为最晚应在天宝三载。
根据是，储光羲《蓝上茅茨期王维补阙》云：'山中人不见，云去夕阳过。
浅濑寒鱼少，丛兰秋蝶多。老年疏世事，幽性乐天和。酒熟思才子。溪头望
玉珂。'蓝上茅茨即谓蓝田山居，时维隐于此，山中人、才子皆指维而言。
盖储至蓝田山居寻维，维适不在，储留候之，遂作是诗。诗中称维之官衔为
补阙，可见维任左补阙时，已得蓝田别墅。考维下年迁侍御史，本年应仍居

补阙之职,所以其得蓝田别墅,最晚当在三载。"本谱采用陶《史》的意见,列于天宝二年。至于储光羲《蓝上茅茨期王维补阙》,陶《史》列于元年,认为是"储光羲隐居蓝田,秋,有诗期王维",此说存参。

〔王说〕"王维《李处士山居》,储光羲《酬李处士山居见赠》,均当作于隐居终南时。"

天宝三年甲申(744),四十六岁。春,疑已任侍御史(从六品下)。

生按:《唐御史台精舍碑》题名,三院御史的职称有侍御史、知杂御史、侍御史兼殿中、殿中侍御史、监察御史五种,前三种都是侍御史,"知杂"是资深侍御史,协助御史大夫、中丞处理台内日常事务;侍御史兼殿中,是将原由侍御史二员主管、殿中侍御史二员协管的东、西推职务(推,推事,即审理案件,是将京城百司及诸州的案件分为东、西两部分),改由任侍御史兼殿中的二员全权负责。据《精舍碑》题名,王维即任此职。

三月,有《奉和圣制上巳于望春亭观禊饮应制》诗。按《旧唐书·玄宗纪》:"(天宝元年)命陕郡太守韦坚引浐水开广运潭于望春亭之东,以通河、渭。二年三月,韦坚开广运潭毕功,盛陈舟舰。丙寅(二十六),上幸广运楼(即望春亭)以观之。"天宝三年是广运潭开通的第二年,玄宗不到曲江而又到望春亭观禊,足见他对这项水利运输工程之重视。唐代上巳节,本巳改为三月三日,本年三月五日己巳,虽晚二日,恰是上巳。

〔陶史〕"春末夏初,王昌龄在长安,与王维、王缙、裴迪集青龙寺,维有《青龙寺昙壁上人兄院集序》及诗。""夏,王维、卢象、王缙、裴迪。同过崔兴宗林亭,有诗唱和,又各作《青雀歌》。卢象有《同王维过崔处士林亭》,裴迪、维、缙各有《与卢员外象过崔处士林亭》。维诗有'绿树重阴盖四邻,青苔日厚自无尘',当作于夏日。卢象天宝四载即自司勋员外郎出为齐州司马,故诸人唱和在本年夏。"生按:崔兴宗林亭,即杜甫诗中的"蓝田崔氏庄"、"崔氏东山草堂",王、卢等能于本年夏过访,亦可见王维经营辋川别业始于去年。

《与卢象集朱家》约作于本年。

〔陶史〕"《奉和圣制送不蒙都护兼鸿胪卿归安西应制》:'上卿增命服,都护扬归旆。……落日下河源,寒山静秋塞。'不蒙即夫蒙,夫蒙灵詧天宝元年至六载为安西都护，见《唐刺史考》。盖夫蒙在任期中归长安，加官后复返安西。"生按：《资治通鉴·唐纪》："天宝三载五月，安西节度使夫蒙灵詧讨突骑施莫贺达干，斩之，更请立骨咄禄毗伽为十姓可汗。"夫蒙以此入朝，秋返安西。

〔陈谱〕"殷遥最晚卒于本年。王维有《哭殷遥》，储光羲有《同王十三维哭殷遥》。《唐诗纪事》：'（殷）遥，丹阳人，天宝间终于忠王府曹参军。'王又有《哭殷遥》七绝一首，收入《国秀集》，题作《送殷四葬》（殷遥行四，参见《唐人行第录》）。《国秀集》选诗迄至天宝三载，殷遥当卒于天宝元、二、三载间。"

《辋川集》诸诗当作于本年前后。

天宝四年乙酉（745），四十七岁。仍官侍御史。

〔陶史〕"正月，王维在侍御史任，与裴总等作诗送僧归江东，陶翰为《送惠上人还江东序》云：'今钱塘惠上人，捉一盂，振一锡，则呼吸词府，颉颃朝颜。……于是侍御史王公维、太子舍人裴公总，寄彼好事，于焉首唱。……正月，祓裳东旅，征帆南岸。……'王士源《孟浩然集序》称'丞相范阳张九龄、侍御史京兆王维……率以浩然为忘形之交。……天宝四载徂夏，诏书征谒京邑，与冢臣八座讨论，山林之士藨至，始知浩然物故。'知维已在侍御史任。"

〔系年〕"有《三月三日勤政楼侍宴应制》诗。据《玄宗纪》，宴群臣于勤政楼有是载三月甲申及十四载三月丙寅两次，此诗颂'天保无为德，人欢不战功'之升平景象，似不当属十四载。"生按：三月三日是上巳节，三月甲申为二十日，明是两次宴会。天宝时期，玄宗在勤政楼宴会次数甚多，列此诗于本年仍可从，参见本诗注。

〔陶史〕"五月，王维在长安，有《送高道（一作适）弟耽归临淮作》，被送者当是应高蹈不仕举不第者。此次制举，仅马曾等三人授官，馀给公乘还乡。"

秋，奉命出使南阳郡、江夏郡一带。

在南阳郡（故治在今河南邓县）临湍县（故治在今邓县西北）曾向神会和尚问道，并受托作《能禅师碑》。按《荷泽神会禅师语录》："门人刘相倩云：于南阳郡见侍御史王维在临湍驿中，屈神会和尚及同寺慧澄禅师，语经数日。于时王侍御问和尚言：'若为修道得解脱?'答曰：'众生本自心净，若更欲起心有修，即是妄心，不可得解脱。'王侍御惊愕云：'大奇！曾闻大德，皆未有作如此说。'乃为寇太守（洋）、张别驾、袁司马等曰：'此南阳郡有好大德，有佛法甚不可思议。'"王维比较深入地接触禅宗南宗教义，大抵始于此时。

神会，俗姓高，襄阳人，南宗祖师慧能弟子，是促使禅宗分为南北二宗的关键人物。开元二十二年正月十五日，曾在滑台（今河南滑县）大云寺举行"无遮大会"，与崇远法师辩难，公开指责神秀一系"传承是傍，法门是渐。"天宝四年，兵部侍郎宋鼎请神会入住洛阳荷泽寺，南宗禅法从此逐渐行世。《能禅师碑》叙及神会，有"世人未识，犹多抱玉之悲"语，而无一言涉及安史乱时神会以度僧所获供支军费，诏入内供奉事，碑文不当作于彼时。

在夏口，有《送封太守》《送康太守》诗。

冬，出使新秦郡（故治在今陕西神木县北），有《新秦郡松树歌》。后又使至榆林郡（故治在今内蒙古准格尔旗十二连城）。

〔张传〕"王维在榆林期间，亲历金河一带的一场战斗，写成了一首《从军行》诗。"

生按：《旧唐书·杨国忠传》："天宝初，由剑南节度宾佐，擢授监察御史。"《唐会要》："天宝四载八月，殿中侍御使杨钊（国忠）充司农出纳钱物使。"杨、王曾丑正同列。

天宝五年丙戌（746），四十八岁。春，在榆林郡。

〔张谱〕"《榆林郡歌》云：'千里万里春草色，黄河东流流不息。'当写于春天。"

〔陶史〕"又至河西，为王忠嗣作《祭沙陀鄩国夫人文》。按《旧唐书·王忠嗣传》：'（天宝）五载，河陇以皇甫惟明败衄之后，以忠嗣持节充西平郡太守，判武威郡事，充河西、陇右节度使。'此次王维赴边，为时甚暂，当是出使而非参幕。"生按：据《资治通鉴·唐纪》："天宝五载正月癸酉，（陇右节度使兼河西节度使）皇甫惟明，以离间君臣，贬播川太守。以王忠嗣为河西、陇右节度使，兼知朔方、河东节度事。"

春末，回长安。

〔张谱〕"春末，回长安。归辋川有《辋川别业》诗云：'不到东山向一年，归来才及种春田'。"

夏，迁库部员外郎（从六品上）

《奉和圣制圣札赐宰臣连珠词五首应制》题下原注："时为库部员外。"

〔陈谱〕"维尝官库部员外郎，此事两《唐书》本传及赵谱均失载。《通典》卷二十四曰：'凡侍御史之例，不出累月，则迁登南省（唐尚书省在大内之南，因谓之南省），故号为南床。'库部员外郎正是南省属官。依迁除常例，官员外郎亦应在官侍御史之后。"

冬，杜希望及其妻张氏卒，有《故西河郡杜太守挽歌三首》。

〔陶史〕"权德舆《杜佑淮南遗爱碑》：'烈考讳希望，历鸿胪卿、御史中丞，再为恒州刺史，代、鄯二州都督，西河郡太守，襄阳县男，赠尚书左仆射。'《金石录》卷七：'《唐西河太守杜公遗爱碑》：……天宝九载。'岑参亦有《西河太守杜公挽歌四首》《西河郡太守张夫人挽歌》。"

天宝六年丁亥（747），四十九岁。仍官库部员外郎。

《同比部杨员外十五夜游有怀静者季》，约作于本年。《酬比部杨员外暮宿琴台朝跻书阁率尔见赠之作》，约作于本年或明年。

王达津说："《早朝》（'柳暗百花明'篇）意指玄宗与贵妃，似本年春作。"

〔陶史〕"本年，为苗晋卿作《魏郡太守河北采访处置使上党苗分德政碑》。苗本年自魏郡太守转河东太守，参见《唐刺史考》魏州。""又作《送缙云苗太守》诗。按《仙都志》卷上：'仙都山古名缙云山。……《图经》云，'天宝七载六月八日，有彩云……覆绕缙云山独峰之顶。……刺史苗奉倩上其事于朝，敕改今名。'其初赴任约在本年。"

〔系年〕"有《兵部起请露布文》，为高仙芝讨小勃律而作，参之以《高仙芝传》《西域列传》《资治通鉴》，当在是年十二月高领田镇节度使后。"

天宝七年戊子（748），五十岁。仍官库部员外郎。

〔陈谱〕"维尝作《苑舍人能书梵字兼达梵音皆曲尽其妙戏为之赠》诗赠苑咸（咸时任中书舍人兼郎中），咸亦作《酬王维》答之，王维复作《重酬苑郎中》，诗题下原注：'时为库部员外'；诗序曰：'顷辄奉赠，忽枉见酬。叙末云：且久未迁，因而嘲及。诗落句云：应同罗汉无名欲，故作冯唐老岁年。亦解嘲之类也。'盖维官库部员外郎非止一年，故苑咸嘲笑他久未迁除。据上述维与苑咸互相酬答之诗，可推知维官库部员外郎时，咸正任中书舍人。颜真卿《尚书刑部侍郎赠尚书右仆射孙逖文公集序》曰：'公之除庶子也，苑咸草诏曰：西掖掌纶，朝推无对。议者以为知言。'《旧唐书·孙逖传》曰：'天宝三载，权判刑部侍郎。五载，以风疾求散秩，改太子左庶子。'中书舍人掌草诏，可见天宝五载孙逖除庶子时，咸正官中书舍人。据此，亦可见断维于五载转库部员外郎，似无大误。"生按：维、咸酬唱，陈谱列天宝六年。窃以为嘲"久未迁"，当在两年以上（唐制，六品以下官，原则上四年一任）；而咸之遭贬，当在十二年二月追削故右相李林甫在身官爵，其子及宗党五十人皆流贬时。故改列于本年。

〔陈谱〕"三月，有《大同殿生玉芝龙池上有庆云百官共睹圣恩便赐宴乐敢书即事》诗。《旧唐书·玄宗纪》曰：'天宝七载三月乙酉，大同殿柱产玉芝，有神光照殿。'""八月，有《奉和圣制天长节赐宰臣歌应制》诗。赵注引《挥尘录》曰，天宝七载八月己亥，诏改千秋节（唐玄宗八月五日生，以其日为千秋节）为天长节，又'灵芝'句即指'大同殿生玉芝，龙池上有庆云'事。""十二月，有《奉和圣制登降圣观与宰臣等同望应制》诗。储光羲《述降圣观》诗题下自注：'天宝七载十二月二日，玄元皇帝降于朝元阁，改为降圣阁。'维诗写冬景，当作于本年。"

天宝八年己丑（749）），五十一岁。迁库部郎中（从五品上）。

〔陈谱〕"《旧唐书》本传：'历右拾遗、监察御史、左补阙、库部郎中，居母丧柴毁骨立，殆不胜丧。服阕，拜吏部郎中。'据此，知维迁库部郎中在其母崔氏卒前，考崔氏卒于天宝九载初，则迁库部郎中应在七载或八载。"

《待储光羲不至》，约作于本年春，时储官太祝，在长安。

夏，以本官分司东都。

〔陶史〕"《贺古乐器表》：'臣某言：……伏惟开元天宝圣文神武应道皇帝陛下，……臣等限以留司，不获随例抃舞，不胜踊跃喜庆之至。'唐代于洛阳置尚书留省及御史台留台，其官员称分司官，时王维当分司东都，故表中屡自称'限于留司'。据《唐会要》卷一，玄宗天宝七载五月十三日加尊号'开元天宝圣文神武应道皇帝'，八载闰六月五日，改'天宝'为'天地大宝'。故知此表作于八载闰六月五日前，时王维已在东都。"

〔陈谱〕"《贺玄元皇帝见真容表》云：'臣维言：今月十五日三元齐开光明……伏惟开元天地大宝圣文神武应道皇帝陛下，……臣等限以留司，……'据此表所称尊号，当作于本年闰六月之后。又，旧以正月、七月、十月之望为三元日，据表中'今月十五日三元齐开光明'之语，可推知此表应作于本年七月十五日或十月十五日之后。"

〔陶史〕"秋，达奚珣妻寇氏卒，王维、李颀同在洛阳，各有诗挽之。王维《达奚侍郎夫人寇氏挽词二首》：'卜茔占二室，行哭度千门。秋日光能淡，寒川波自翻。'李颀亦有《达奚吏部夫人寇氏挽歌》。达奚侍郎，达奚珣。"生按：《金石萃编》卷八十七载有《游济渎记》碑，碑首题："吏部侍郎达奚珣文"，末署"天宝六载冬十二月己未朝议郎行济源尉郑琚记"。

〔陶史〕"有《过乘如禅师萧居士嵩丘兰若》诗：'无著天亲弟与兄，嵩丘兰若一峰晴'。乘如俗姓萧，人称萧和尚，后居东都敬爱寺，又居长安大安国寺。萧居士名越，皇甫冉有《和郑少尹祭中岳寺北访萧居士越上方》诗。"

秋末，曾回长安，旋返洛阳。

〔陈谱〕"有《故太子太师徐公挽歌四首》。徐公，徐国公萧嵩。《旧唐书·玄宗纪》：'天宝八载闰六月戊辰（初五），太子太师徐国公萧嵩薨。'嵩卒后于同年秋末下葬，诗盖即是时所作。"

天宝九年庚寅（750），**五十二岁。**

〔陶史〕"二月，仍以库部郎中分司东都，作贺哥舒翰取石堡城表。"

〔陈谱〕"《贺神兵助取石堡城表》云：'臣维等言：……伏见绛郡太平县百姓王英杞状称：去载七月，于万春乡界，频见圣祖空中有言曰：我以神兵助取石堡城。……今载正月，又于旧处再见。……伏惟开元天地大宝圣文神武应道皇帝陛下，……臣等限以留习……'哥舒翰拔吐蕃石堡城，事在天宝八载六月；必石堡城已拔，而后好事之徒方敢造作圣祖（玄元皇帝）以神兵助取的诞言，所以表中的'去载'应指天宝八载，而'今载'则指九载。金丁《王维丁忧时间质疑》谓此表当作于天宝九载二月前后，其说大体近之。"

旋丁母忧，离职守丧，屏居辋川。

〔陈谱〕"《旧唐书》本传：'居母丧，……服阕，拜吏部郎中。'《通鉴》卷二一六：'天宝十一载三月乙巳（二十八日），改吏部为文部。'既然维于服除后拜吏部郎中，那么他服除的时间应在十一载三月底吏部改文部之前。古遭父母之丧，例需守丧三年，但所谓'三年'，并不是指三十六个足月。《礼记·三年问》：'君子三年之丧，二十五月而毕。'就是说，以年而论，前后历三个年头，以月而论，则前后仅历二十五个月。维既然在十一载三月底以前服除，则他始居丧的时间就在本年三月初。""《请施庄为寺表》曰：'臣逮于蓝田县营山居一所。草堂精舍，竹林果园，并是亡亲宴坐之余，经行之所。'寻绎文意，维母崔氏卒前当居辋川。"

天宝十年辛卯（751），五十三岁。守母丧仍居辋川。

春，有《春园即事》《辋川闲居》诗。

夏，有《酬诸公见过》，计题下原注："时官未出在辋川庄。"

秋，有《奉寄韦太守陟》。《册府元龟》卷七百："韦陟自天宝初自吏部侍郎出为襄阳、钟离、义阳三郡太守。十一载十一月李林甫卒，杨国忠专政，征为河东太守、本道采访使。"韦陟约天宝四、五载为襄阳太守，见《唐刺史考》。维寄此诗时，陟已在义阳太守任。

又有《送陆员外》。《资治通鉴·唐纪》："（天宝十载）八月。安禄山将三道兵六万以讨契丹，以奚骑二千为向导。过平卢千余里，至契丹牙帐。奚复叛，与契丹合，夹击唐兵，杀伤殆尽。"陆员外当是奉诏随安禄山出征者。其时维在辋川守制，故自称"商山翁"。王达津列于十一载，疑非。

〔陈谱〕"吴兴郡别驾前京兆尹韩朝宗葬于蓝田白鹿原，维为作《唐故京兆尹长山公韩府君墓志铭》，文曰：'公讳朝宗，……天宝八载六月二十一日寝疾，薨于官舍。……至是以天宝十载十月二十四日舍祔，陪于蓝田白鹿原长山公先茔，礼也。'"

《赠刘蓝田》约作于本年冬。

天宝十一年壬辰（752），五十四岁。三月初，服阕，拜吏部郎中。

有《别辋川别业》诗，王缙有同题作。

〔陈谱〕"《勅赐百官樱桃》，诗题下原注：'时为文部郎中'。知本年三月二十八日吏部改为文部之后，维仍守此职。"

〔王说〕"秋,有《同崔员外秋宵寓直》诗。《旧唐书·玄宗纪》:'天宝十一载十一月,以司勋员外郎崔圆为剑南留后。'崔与王维同属文部。崔为杨国忠所信任,杨遥领剑南节度使,故派崔代行其职权。"

有《送宇文太守赴宣城》诗。安旗《李白全集编年注释》:"宇文太守为宇文审,见《新唐书·宇文融传》。李白于天宝十二载初至宣城,其时宇文太守已在任。当年秋,李白有《赠宣城宇文太守兼呈崔侍御》诗。审尝为大理评事,故白诗谓'君(审)自九卿来。'据此,知维送宇文太守当十一载秋。"

天宝十二年癸巳(753),五十五岁。仍官文部郎中。

〔陶史〕"春,徐浩以都官郎中为岭南选补使,王维有《送祢(一作徐)郎中》诗。"

〔陈谱〕"维《送李睢阳》诗曰:'麦渐渐,雉子班,槐阴阴,到潼关。……宗室子弟君最贤,分忧当为百辟先。'李睢阳即信安王李祎长子峘。《旧唐书·李峘传》:'杨国忠秉政,郎官不附己者悉出于外,峘自考功郎中出为睢阳太守。'又岑参《送颜平原》诗序曰:'十二年春,有诏补尚书十数公为郡守,上亲赋诗,饯群公,宴于蓬莱前殿。'诗曰:'夏云照银印,'颜真卿夏日离京之任。李峘出守睢阳郡前官考功郎中,他应该是'尚书十数公'中的一员,诗中'麦渐渐'等语,可证峘离京之任亦为夏日。"

〔张传〕"《送魏郡李太守赴任》诗曰:'与君伯氏别,又欲与君离。'此李太守系指李峘之弟李岘。《旧唐书·李峘传》:'峘自考功郎中出为睢阳太守,寻而弟岘出为魏郡太守'。"

〔陈谱〕"有《送秘书晁监还日本国》诗并序,秘书晁监,晁衡,日本人。原名阿倍仲麻吕,开元初来中国。据近人考证,衡于天宝十二载与日本国遣唐大使藤原清河等同船归日本(参见詹锳《李白诗文系年》)。衡本年回国的具体时间,可从赵骅《送晁补阙归日本国》找到线索(衡尝官左补阙,故云),赵诗云:'马上秋郊远,舟中曙海阴'。据此,知衡回国自长安首途的时间为秋日。"生按:陶《史》认为,"维诗题称'秘书晁监',序中称'晁司马',均不甚合,似当从赵骅诗作晁补阙为是,赵诗云'西掖承休浣',衡当是官右补阙。"张《谱》引贺昌群《唐代文化之东渐与日本文明之开发》云:"天宝十二年,仲麻吕与藤原清河、真备吉备等同船东归,发扬州,海上遇风,漂至安南,同行多为土人所害,仲麻吕与清河仅免于难,复返长安，特进秘书监"，若依贺说，则'秘书晁监'四字，乃编诗集时所改然李白《哭晁卿衡》诗称晁为'卿'，可见秘书监是返国前加官。《新唐书·日本传》："朝衡历左补阙（从七品上）、仪王友（从五品下），多所该识。"疑晁任左补阙时曾回日本一次，赵骅诗作于彼时。

〔张谱〕"九月，有《同崔兴宗送瑗公》诗。又有《送衡岳瑗公南归诗序》云：'天宝癸巳岁，始游于长安。……秋九月，杖锡南返，扣门来别。'癸巳即天宝十二载。"

《赠从弟司库员外絿》约作于本年。

天宝十三年甲午（754），五十六岁。仍官文部郎中。

春，有《奉和圣制与太子诸王三月三日龙池春禊应制》。诗云："故事修春禊，新宫展豫游。"按《历代宅京记》卷六："天宝十二载冬十月，和雇京城户丁一万三千人筑兴庆宫墙，起楼观。"新宫当指此。

〔王说〕"有《送崔五太守》诗。崔涣官司门员外，天宝末杨国忠出为剑州刺史。"生按：《新唐书·崔涣传》："杨国忠恶不附己，出为巴西太守。"穆员《相国崔公（涣）墓志铭》："天宝中历屯田、左司二员外郎，出为歙州刺史，换绵州（巴西郡）。"十五载，玄宗奔蜀，至巴西郡，太守崔涣奉迎。此诗约作于本年。

夏，有《送高判官从军赴河西序》。《旧唐书·哥舒翰传》："天宝十三载，拜太子太保，更加实封三百户，又兼御史大夫。"序云："上将有歌舒大夫者"，知此序作于本年。周勋初《高适年谱》："核诸史事，此人非高适莫属。然新旧《唐书》均不言高适曾任判官，诗中亦无此记载，不知何故。"陶《史》："五月，高适自河西使长安，复归河西。"疑序中所云"召见甘采"为本年夏高适至京时事。

〔王说〕"有《过崔驸马山池》诗。杜甫也有《崔驸马山亭宴集》诗，黄鹤注云：'写于十三载，崔驸马为崔惠童，京城东有山池。'此诗或同时所作。"

〔陶史〕'秋，王维曾归蓝田辋川庄，与崔季重（孝童）有诗唱和。《崔濮阳兄季重前山兴》：'秋色有佳兴，况君池止闲。悠悠西林下，自识门前山。'题下注：'山西去亦对维门。'崔季重天宝十二载在濮阳太守任，其罢郡当在本年。"

《过卢员外宅看饭僧共七韵》《与苏卢二员外期游方丈寺而苏不至因有

是作》《酬虞部苏员外过蓝田别业不见留之作》，约作于本年秋冬。其时卢象当已入朝官膳部员外郎。

天宝十四年乙未（755）。五十七岁，转给事中（正五品上）。

〔陈谱〕"《旧唐书》本传：'天宝末，为给事中'。未明言维何年迁给事中。《酬郭给事》曰：'晨摇玉佩趋金殿，夕奉天书拜琐闱。'二句写给事中生活。杜甫有《奉同郭给事汤东灵湫作》，维诗中的郭给事与杜甫诗中的郭给事当为一人，仇兆鳌系甫此诗于天宝十四载，维任给事中亦应在此年。陶《史》：'郭给事，郭纳。《元和姓纂》卷十：'颍川郭氏：纳，给事中，陈留采访使。'纳本年十二月在陈留太守任，见新书《玄宗纪》。"

〔陶史〕"四月，有《宋进马哀词》。按《隋唐五代墓志汇编》陕西卷《唐故殿中省进马宋公墓志铭》：'天宝十四载岁次乙未，四月庚寅朔，八日丁酉，殿中省进马宋公卒，年始十九。……公名应，字用之。……父呈，朝议大夫、中书舍人'。"

〔张谱〕"有《祭兵部房郎中文》。文中云：'往岁谷贵，关辅阻饥。'据《资治通鉴》载：'天宝十三载，自去岁水旱相继，关中大饥。'《旧唐书·韦见素传》：'天宝十三载秋，霖雨六十余日。'可证此文当写于十四载。"

〔陶史〕"十月，綦毋潜为著作郎，去官东归洛阳，王维有《别綦毋潜》诗送之。潜本年或稍后卒。"

十一月丙寅（十一日），范阳节度使安禄山率领蕃、汉之兵十余万，反于幽州。十二月丁酉（十二日），禄山陷东京。

天宝十五年（至德元年）丙申（756），五十八岁。仍官给事中。

正月乙卯朔，安禄山僭号于洛阳，自称大燕皇帝。

春，僧元崇至辋川访王维。《宋高僧传·元崇传》："至德初，杖锡去郡，历于上京。遂入终南，上蓝田，于辋川得右丞王公维之别业，松生石上，水流松下。王公焚香静室，与崇相遇。"

〔陶史〕"春，王维有诗咏《左掖梨花》，丘为、皇甫冉和之。按王维乾元元年再官给事中，而皇甫冉已于本年赴越，故诗必本年春作。"

六月辛卯（九日），哥舒翰至潼关，为其帐下执之，降安禄

山，京师大骇。甲午（十二日），玄宗谋奔蜀。乙未（十三日）凌晨，自延秋门出，妃主、皇孙、百官多从之不及。己亥（十七日）禄山兵陷京师。禄山命搜捕百官、宦者、宫女、乐工等，每获数百人，辄以兵卫送洛阳。王维为贼所得。拘于菩提寺。维服药取痢，伪称痦疾。

七月甲子（十八日），肃宗即皇帝位于灵武，改元至德。

八月，有《菩提寺禁，裴迪来相看，说逆贼等凝碧池上作音乐，供奉人等举声便一时泪下，私成口号，诵示裴迪》《口号又示裴迪》诗。《资治通鉴·唐纪》："至德元载八月，禄山宴其群臣于凝碧池，盛奏众乐。梨园弟子往往歔欷泣下，贼皆露刃睨之。"赵注引《长安志》："平康坊南门之东，有菩提寺。"又《贾氏谈录》："贾君尝自说，太原军前衔命至永兴军（长安）催发马草，舍于菩提寺。僧有智满者，言祖师宏道天宝末为寺主，值禄山犯阙，王右丞为贼所执，因于经藏院，与裴迪密相往来。裴说贼会蓄汉兵马，宴于太极西内，王闻之泣下，遂为诗二绝，书于经卷麻纸之后。祖师收得之，相传至智满。贾君既获披阅，遂录得其辞云：'万户伤心生野烟'云云，又示裴迪'安得舍尘网'云云。"生按：《贾氏谈录》，宋张洎撰。洎仕南唐时，奉使至宋，将所闻于馆伴贾黄中者，录为一卷。史称黄中多知台阁故事，故此录多唐代旧闻。又《唐语林》卷二亦载此事。可见王维是被拘禁于长安菩提寺。至于凝碧池，《唐六典》："洛阳禁苑中有芳树、金谷二亭，凝碧之池。"《唐禁苑图》："凝碧池，在西内苑，重玄门之北，飞龙院之南。"依《贾氏谈录》，是长安凝碧池。依《资治通鉴》，是洛阳凝碧池。安禄山叛军虽占领西京，而他本人未至西京，其宴群臣于凝碧池当在洛阳；但不能排除叛军将领在长安凝碧池作乐。

陈铁民《王维生平五事考辨》："维集中有《大唐故临汝郡太守赠秘书监京兆韦公（斌）神道碑铭》一文有云：'呜呼！上京既骇，法驾大迁，……凿齿入国，磨牙食人。君子为投槛之猿，小臣若丧家之狗，伪疾将遁，以猜见囚。勺饮不入者一旬，秽溺不离者十月；白刃临者四至，赤棒守者五人。刀环筑口，戟枝叉颈，缚送贼庭。实赖天幸，上帝不降罪疾，逆贼恫瘝在身，无暇戮人，自忧为厉。公（韦斌，安禄山陷洛阳，为贼所得，伪授黄门侍郎）哀予微节，私予以诚，推食饭我，致馆休我。毕今日欢，泣数行下，示予佩玦，斫手长吁，座客更衣、附耳而语……'杨军《王维事迹证补》指出：'这一段文字为我们提供了陷贼官员遭遇的真相，王维自己同样饱尝了折磨和屈辱。本传称禄山素知其才，迎置洛阳，恐系猜测之词。'《证补》这一意见颇能给人以启发，下面作些具体诠释。'伪疾将遁'与《旧唐书》本传所载'维服药取痢，伪称瘖疾'事相合。'勺饮'四句写己被囚后情状。秽指粪，溺同尿，盖'服药取痢'，故'秽溺不离'，十月，极言时间之长。'刀环'三句指己蒙受箠楚之辱，被叛军缚送洛阳。'逆贼'句指当时安禄山患病。恫瘝，病痛。《旧唐书·安禄山传》：'(至德元年)十一月，……禄山以体肥，长带疮。及造逆后而眼渐昏，至是不见物。又著疽疾。俄及至德二年正月朔受朝，疮甚而中罢。''自忧为厉'亦指安禄山而言。'私予以诚'三句，指自己备受折磨之后，得到当时在洛阳任伪职的韦斌的照顾。上述文字，提供了王维陷贼遭遇的真相，可补史传记载之不足，并纠正其误。所谓'禄山素怜之，遣人迎置洛阳'，并不是事实。"

　　生按：据上述文字，可知维因泻痢瘖哑被拘禁于长安菩提寺数月（"秽溺不离者十月"，是说许多个月。《易·屯》："十年乃字。"疏："十者，数之极。"）；裴迪来探望时所说的情节，盖得自传闻；被械送至洛阳，大约是在冬季，禄山已疾病缠身；而韦斌又致馆休维，并未再受拘禁；受伪署则是此后不久的事。

　　至德二年丁酉（757），五十九岁。九月廿八日，唐军收西京。十月十八日，收东京。维及诸陷贼官皆被收系，寻勒赴西京。维被囚于宣阳里杨国忠旧宅。十二月廿一日，陷贼官以六等定罪，维以凝碧诗闻于行在，弟缙又请削己职以赎兄罪，肃宗遂宥之。

　　〔陈谱〕"《资治通鉴·唐纪》：'至德二载十月。广平王俶之入东京也，百官受安禄山父子官者陈希烈等三百馀人，皆素服悲泣请罪。俶以上旨释之，寻勒赴西京……收系大理、京兆狱。十二月甲子（二十一日）。崔器、吕𬤇上言：诸陷贼官，背国从伪，准律皆应处死。上欲从之。李岘以为……此属皆陛下亲戚或勋旧子孙，今一概以叛法处死，恐乖仁恕之道。且河北未平，群臣陷贼者尚多，若宽之，足开自新之路；若尽诛，是坚其附贼之心也。……争之累日，上从岘议，以六等定罪，重者刑之于市，次赐自尽，次重杖一百，次三等流、贬。'维被免罪，应在此时。关于维被免罪的原因，据《旧唐书》本传：'贼平，陷贼官三等定罪。维以凝碧诗闻于行在，肃宗嘉之，会缙请削己刑部侍郎以赎兄罪，特宥之。'"

乾元元年戊戌（758），六十岁。是春复官，责授太子中允，加集贤殿学士；迁太子中舍人、中书舍人。秋，复拜给事中。

〔张谱〕"维自上年十二月宥罪获免之后，乃闲居蓝田辋川。有《与工部李侍郎书》，当写于责授太子中允之前。李侍郎，李遵，天宝十五载为彭原太守，率兵迎肃宗有功，与王维旧交。时维尚闲居，李遣人慰问，维致书云：'维自结发，即枉眷顾，侍郎素风，维知之矣。'又云：'维虽老贱，沉迹无状，岂不知有忠义之士乎！……然不敢自列于下执事者，以为贱贵有伦，等威有序，以闲人持不急之务，朝夕倚门窥户，抑亦侍郎之所恶也。'此时维自命'闲人'，当未授官。"

二月丁未（初五），改至德三年为乾元元年。

〔陈谱〕"责授太子中允，有《谢除太子中允表》曰：'臣维稽首言：伏惟某月日制，除臣太子中允。……伏惟光天文武大圣孝感皇帝陛下，孝德动天，圣功冠古……'据两《唐书·肃宗纪》，上皇（玄宗）本年正月戊寅（初五）御宣政殿，加肃宗尊号曰'光天文武大圣孝感皇帝'，维表称此尊号，则除太子中允，应在正月戊寅之后。又《既蒙宥罪，旋复拜官，伏感圣恩，窃书鄙意，兼奉简新除使君等诸公》曰：'花迎喜气皆知笑，鸟知欢心亦解歌。'则除太子中允约在初春。"生按：《旧唐书·职官志》："太子左春坊；左庶子二人，正四品上；中允三人，正五品下。左庶子掌侍从赞相，驳正启奏，中允为之贰。"时杜甫任左拾遗，有《奉赠王中允维》诗。

有《为薛使君谢婺州刺史表》。薛即新除使君之一。

春末，加集贤殿学士。

〔陈谱〕"《谢集贤学士表》云：'朝议大夫试太子中允臣维稽首言，伏奉今月十八日敕，令臣充集贤殿学士……无任感恩踊跃战越之至，谨诣延英门陈谢以闻。'知雄除太子中允后，又尝加集贤殿学士，此事两《唐书》本传及'赵谱'并失载。"生按：集贤殿学士属中书省。"是年，贾至官中书舍人（参见《旧詹书》本传），尝赋《早朝大明宫呈两省僚友》，王维、岑参、杜甫并有和章。参和诗曰：'莺啭皇州春色阑'。知诗当作于春末。""有《晚春严少尹与诸公见过》《酬严少尹徐舍人见过不遇》诗。严少尹。京兆少尹严武。《新唐书·严武传》：'已收长安，拜京兆少尹，坐（房）琯事，贬巴州刺史。'《资治通鉴》乾元元年六月：'前祭酒刘秩贬阆州刺史，京兆尹严武贬巴州刺史，皆琯党也。'则维与武往来，应在本年六月之前。"

迁太子中舍人（正五品上）约在夏日。

《旧唐书》本传："乾元中，迁太子中庶子，中书舍人。"《新唐书》本传："下迁太子中允，久之，迁中庶子。"生按：唐无中庶子。自晋至陈，中庶子领门下坊，庶子领典书坊；隋改左庶子掌门下坊，右庶子掌典书坊；唐改门下坊为左春坊，典书坊为右春坊；则中庶子当是左庶子的旧称。王维由责授正五品下的太子中允，骤迁为正四品上的左庶子，与当时处境及迁官常例均不合。唐制，左春坊拟门下省，右春坊拟中书省，太子中舍人拟中书舍人，皆正五品上。王维当是由太子中允兼集贤殿学士，迁为太子中舍人。杨军推测："中子中庶子或是太子中舍人之误。太子中舍人可以称为太子中书舍人，书、庶同音，可以误作。"按：《旧唐书·职官志》："太子右春坊：右庶子二人，正四品下；中舍人二人，正五品上。舍人掌行令书令旨及表启之事。"《和宋中丞夏日游福贤观天长寺即陈左相所施之作》约作于本年夏。宋中丞，宋若思。李白有《中丞宋公以吴兵三千赴河南，军次浔阳，脱余之囚，参谋幕府，因赠之》，作于至德二载七月。此前宋以御史中丞为宣城太守、江西采访使，其时当奉命带兵参与收复东京之战，故溯江过江州。九月，宋在江州曾奏置至德县（见《旧唐书·地理志》）。十月十八日唐军入东京。宋回朝任职约在乾元元年。

秋初，仍官太子中舍人。

有《登楼歌》云："舍人下兮青宫，据胡床兮书空。……秋风兮吹衣，夕鸟兮争返。……"

旋转中书舍人（正五品上），再任给事中（正五品上）。

有《赠徐中书望终南山歌》。徐中书，徐浩，时为中书舍人。陈国灿《全唐文职官丛考》有《中书舍人可省称中书》条云："梁肃《越州开元寺律和尚塔铭并序》云：'公卿下榻以宾礼，由是与少保究国陆公象先、贺宾客知章、李北海邕、徐中书安贞、褚谏议庭诲及泾县令万齐融为儒释之游。'检《旧唐书·徐安贞传》：'开元中为中书舍人……累迁中书侍郎。天宝初卒。'《新唐书·徐安贞传》明确指出'终中书侍郎'。又《塔铭》谓律和尚'开元二十六年复归会稽'，可见铭中所言的徐中书指二十六年及其前的徐中书，应为中书舍人，其任中书侍郎当在二十六年以后。因为二十六年下距天宝初年（姑定为元年）尚有五年，徐氏不应担任中书侍郎达五年之久而不升迁。且铭中所列陆象先等人先后顺序，是依官职大小排列，中书舍人排在大郡守之后，方为合理。"其说是。

〔陈谱〕"杜甫《崔氏东山草堂》云：'何事西庄王给事，柴门空闭锁松筠'？闻一多《少陵先生年谱会笺》谓，乾元元年六月，杜甫出为华州司功参军，是秋，尝自华州至蓝田县访崔兴宗、王维。《九日蓝田崔氏庄》及此诗，乃是时所作。闻说是。据此，知维本年秋已任给事中。"

有《送韦评事》诗。按杜甫《送韦十六评事充同谷防御判官》，系同一人，诗人'今归行在所'句，时肃宗在凤翔，故黄鹤注系于至德二载。此诗当写于本年，时韦改官凉州。

〔陶史〕"有《为画人谢赐表》。至德二载十二月，册勋扈从剑南、缔构灵武功臣三十三人，写其图形及画人受赏当在本年。"

〔张谱〕"有《大唐故临汝郡太守赠秘书监京兆韦公神道碑铭并序》，云：'……公溃其腹心，候其间隙，义覆元恶，以雪大耻。……皇帝中兴，悲怜其意，下诏褒美，赠秘书监。'此文当写于本年。"生按：《旧唐书·肃宗纪》："（乾元元年）二月丁未，死王事、陷贼不受伪命而死者，并与追赠。"韦斌虽受伪职，义不忘唐，忧愤而卒，赠秘书监约在此时或其后不久。

〔陈谱〕"《请施庄为寺表》云：'……又属元圣中兴，群生受福。臣至庸朽，得备周行。无以谢生，将何答施。……伏乞施此庄为一小寺。'《初探》谓请施庄为寺，当在乾元元年'既蒙宥罪，旋复拜'官之后不久。本年秋杜甫既至辋川访维，似其时此庄尚未施为寺。疑施庄为寺约在本年冬。""又，《旧唐书》本传曰：'在京师，日饭十数名僧，以玄谈为乐。斋中无所有，惟茶铛、药臼、经案、绳床而已。退朝之后'，焚香独坐，以禅诵为事。'《初探》说这段话是维复官后至卒前三四年之间的生活写照。甚是。"

〔王说〕"有《雪中忆李揖》诗。李揖即随房琯出战陈陶斜的户部侍郎、行军司马。此诗约作于乾元元年。"

《与魏居士书》作于本年。书中称"仆年俱六十"，本年维六十岁。《登科记考》引《唐大诏令集》："（至德二载）十二月戊午，上御丹凤门大赦。制曰：'百姓中孝弟力田、不求闻达者，委采访使闻奏。其文经邦国，学究天人，博于经史，工于词赋，善于著述，精于法理，军谋制胜，武艺绝伦，并任于所在自举，委郡守铨择奏闻，不限人数。'""（乾元元年）四月甲寅，郊祀事毕。翌日御丹凤门，大赦天下。诏曰：'草泽及卑位之间，有不求闻达、未经推荐者，有一艺已上，恐遗俊义，令兵部、吏部作征召条目奏闻。'十月甲辰，帝御宣政殿册成王为太子，大赦天下。诏曰：'为政之要，求贤是急。比令中外荐举，多非实才，所以询事考言，登科盖寡。犹虑岩穴之内，尚有沉沦，宜令所在州县更加搜择。其怀才抱器，隐遁邱园，并以礼征送。如或不赴，具以名闻。凡与前诏科目相当，一切委内外文武五品已上官，有所知者，不限人数，任各荐闻。如自举者，亦听于所在投状。有堪任用，不限常资'。"书中"又属圣主搜扬仄陋，束帛加璧，被于岩穴"之语，即指此三诏。

乾元二年己亥（759），六十一岁。仍官给事中。

春，有《春夜竹亭送钱少府还蓝田》诗，钱起有《酬王维春夜竹亭赠别》诗。钱起于天宝九载登进士第，释褐校书郎。十三载任蓝田尉。至德二载十月在长安观肃宗法驾自凤翔回。乾元元年已改官京畿某县尉。本年春回蓝田别业，乃是省亲路过长安，故二人有诗赠答。或谓钱仍官蓝田尉，细审诗意疑非。

〔张谱〕"《为相国王公紫芝木瓜赞并序》云：'二物者，虽感曩时之纯至，亦符今日之崇高也。……至乾元二年，乃画图以进。'《新唐书·肃宗纪》：'乾元元年五月乙未，太常少卿王玙为中书侍郎、同中书门下平章事。……二年三月乙未，王玙罢。'文当写于本年三月前。"

《送元中丞转运江淮》作于本年夏。

〔陈谱〕"有《送韦大夫东京留守》诗。韦大夫即韦陟。《旧唐书·肃宗纪》：'乾元二年秋七月乙丑朔，以礼部尚书韦陟充东京留守'。诗即是时所作。诗曰：'给事黄门省，秋光正沉沉'。本年七月维犹为给事中。"

〔陶史〕"秋，薛据授太子司议郎，与王维游，并同赋《瓜园诗》。诗《序》云：'时太子司议郎薛据发此题'。《杜诗详注》卷八《秦州见勅目，薛三据授司议郎……》：'秋风动关塞，高卧想仪形。'由诗知薛迁官在本年秋季。"

《同崔傅答贤弟》约作于本年秋。崔傅，济王傅崔圆。

〔陈谱〕"《为干和尚进注仁王经表》曰：'沙门惠干言……伏惟乾元大圣光天文武孝感皇帝陛下……'据两《唐书·肃宗纪》，肃宗于本年正月加此尊号，为干和尚作表应是本年之事。"《裴右丞写真赞》约作于本年。《旧唐书·裴遵庆传》："肃宗即位，征拜给事中，尚书右丞，吏部侍郎。上元中（二年），萧华辅政，（四月）迁黄门侍郎、同中书门下平章事。"按《旧唐书·肃宗纪》，上元元年二月前崔寓任右丞，四月前萧华任右丞，其后王维任右丞，则裴任右丞约在乾元二年。

上元元年庚子（760），六十二岁。春，仍官给事中。

〔陈谱〕"有《河南严尹弟见宿弊庐访别人赋十韵》诗。河南严尹，盖指严武。武为河南尹、御史中丞事，史并失载。据岑参《使君席夜送严河南赴长水》《稠桑驿喜逢严河南中丞便别》《虢州南池候严中丞不至》等诗，可知武曾任此职，御史中丞是其兼职。维诗云：'薄霜澄夜月，残雪带春风'。点明访别时为初春。时洛阳又被史朝义占据，河南府治暂设长水。参诗写于武赴任所途经虢州（时参为虢州长史）之时，维诗写作时间略早于参诗。"

有《送钱少府还蓝田》，诗云："每候山樱发，时同海燕归。今年寒食酒，应得返柴扉。"可见其时钱并未在蓝田为县尉。钱以《晚归蓝田酬王维给事赠别》答之。

〔陈谱〕"《门下起赦书表》曰：'……奉天之时，以行春令。……大赦戮馀之罪，益宽流宥之典。……臣等忝居门下，不任兔藻抃跃之至。'表中称肃宗尊号'乾元大圣光天文武孝感皇帝'，知当作于乾元二年正月之后。赵注引《新唐书·肃宗纪》：'上元元年三月丙子，降死罪，流以下原之。'则此表应作于本年三月，时维仍官给事中。"

夏，转尚书右丞（正四品下）。

〔陈谱〕"维《请回前任一司职田粟施贫人粥状》曰：'臣前任中书舍

人、给事中，两任职田，并合交纳，近奉恩敕，不许并请，望将一司职田，回与施粥之所。……仍望令刘晏分付所由讫，具数奏闻。'此状当作于维转尚书右丞之后不久。《旧唐书·刘晏传》：'寻迁河南尹，时史朝义盗据东都，寄理长水。入为京兆尹。倾之，加户部侍郎兼御史中丞，判度支。'据《通鉴》载，乾元二年九月洛阳陷落，则晏为河南尹，最早当在乾元二年十月之后。《通鉴》上元元年五月：'癸丑（二十四日），以京兆尹刘晏为户部侍郎。'参照《旧唐书·刘晏传》，知晏入为京兆尹应在五月癸丑之前不久。状文云'仍望令刘晏……'，可推知维作此状时，晏正在长安任职。"《责躬荐弟表》约作于本年秋。陈《谱》说："《表》曰：'……臣弟蜀州刺史缙，……顾臣谬官华省，而弟远守方州。……弟之与臣，更相为命，两人又俱白首，一别恐隔黄泉。……伏乞尽削臣官，放归田里，赐弟散职，令在朝廷。'华省即画省，谓尚书省，可见此表乃维官右丞时作。杜甫《和裴迪登新津寺寄王侍郎》曰：'何恨倚山木，吟诗秋叶黄。'诗题下原注：'王时牧蜀'。《文苑英华》注：'即王蜀州'。《杜诗详注》曰：'梦弼曰：王侍郎，王维弟缙也。'据此，知缙上元元年秋正官蜀州刺史。《旧唐书·王缙传》：'禄山之乱，选为太原少尹，……寻入拜国子祭酒。……历工部侍郎、左散骑常侍。'缙官蜀州刺史，疑在为工部侍郎之后，除左散骑常侍之前，其时间约在上元元年秋至二年五月之前。此表的写作，则应在缙做了一段时间蜀州刺史之后，约在上元二年初。"生按：陈说似可略作修正。《旧唐书·王缙传》："寻拜国子祭酒，改凤翔尹、秦陇防御使，历工部侍郎、左散骑常侍。"陈说缙任蜀州刺史在任工部侍郎之后，其说是。据《旧唐书·肃宗纪》："乾元二年五月，贬宰相李岘蜀州刺史。"钱起《送裴迪侍御使蜀》："锦水繁花添丽藻，峨眉明月引飞觞"，裴迪去蜀在春末。联系到裴迪秋日在新津与杜甫同游，可见裴使蜀后到蜀州当了王缙的僚属。则王缙约在上元元年三月继李岘任蜀州刺史。此年冬，杜甫有《和裴迪登蜀州东亭送客逢早梅相忆见寄》。上元二年正月初七，高适已任蜀州刺史（此年正月有《人日寄杜二拾遗》诗）。而《旧唐书·王维传》云："临终之际，以缙在凤翔。"则缙任凤翔尹当在任左散骑常侍之前，《旧唐书》缙传叙述任官次序有误。又据《旧唐书·肃宗纪》，乾元二年三月，薛景仙为凤翔尹；上元元年二月，崔光远为凤翔尹；上元二年二月癸亥（初五日），以凤翔尹崔光远为成都尹。可见王缙是在任蜀州刺史后继崔光远任凤翔尹，虽未调回长安，已非远州。据此，《责躬荐弟表》似可列于本年秋。

　　〔张谱〕"冬，有《恭懿太子挽歌五首》。《旧唐书·恭懿太子佋传》：'恭懿太子佋，肃宗第十二子。至德二载封兴王，上元元年六月薨。……七月丁亥，诏谥曰恭懿。……十一月，葬于高阳原。'挽歌当作于十一月。"

上元二年辛丑（761），六十三岁。仍官尚书右丞。

　　春，有《春日与裴迪过新昌里访吕逸人不遇》诗。

　　五月，有《谢弟缙新授左散骑常侍状》，文末云："上元二年五月四日，通议大夫守尚书右丞臣王维状进。"

七月卒，年六十三，葬辋川清源寺西。

　　《新唐书》本传："母亡，表辋川第为寺，终葬其西。"

　　李肇《唐国史补》："王维得宋之问辋川别业，山水胜绝，今清源寺是也。"

校注主要引用书目

王右丞集笺注	清赵殿成（赵本）	中华书局校点本
王摩诘文集	北宋蜀刻本（蜀刻本）	上海古籍出版社影印
王右丞文集	述古堂影抄宋本 （述古堂本）	北京图书馆藏书
唐王右丞集	须溪先生校本（元刊本）	商务印书馆影印
王摩诘集	明铜活字本（活字本）	上海古籍出版社影印
王维诗集 （《全唐诗》中）	清曹寅（全唐诗）	上海古籍出版社影印
王右丞诗集 （《世界文库》中）	郑振铎校	上海生活书店印
唐王右丞诗集注说	明顾可久（久本）	北京图书馆藏明刊本
类笺唐王右丞集	明顾元纬（纬本）	北京图书馆藏明刊本
王摩诘诗集	明凌濛初（凌本）	北京图书馆藏明刊本
河岳英灵集	唐殷璠（英灵集）	中华书局《唐人选唐诗》本
国秀集	唐芮挺章	同上
极玄集	唐姚合	同上
又玄集	唐韦庄	同上
文苑英华	宋李昉（英华）	中华书局影印宋刊明配本
唐文粹	宋姚铉	商务印书馆影印明刊本
乐府诗集	宋郭茂倩（乐府）	中华书局校点本
唐诗纪事	宋计有功（纪事）	商务印书馆影印明刊本
万首唐人绝句	宋洪迈（万首绝句）	文学古籍刊行社影印明刊本
楚辞后语	宋朱熹	人民文学出版社影印宋本
瀛奎律髓	元方回（律髓）	上海古籍出版社影印四库本
唐诗鼓吹	金元好问（鼓吹）	同上

唐诗正音	元杨士弘（正音）	同上
唐诗品汇	明高棅（品汇）	上海古籍出版社影印明刊
唐诗解	明唐汝询	清顺治武林赵孟龙重刻本
唐诗归	明钟惺谭元春	湖北人民出版社校点本
唐诗类苑	明张之象（类苑）	清同治胡凤丹《唐四家诗集》引
唐贤三昧集	清王士祯（三昧集）	上海古籍出版社影印四库本
唐诗别裁集	清沈德潜（别裁集）	中华书局影印本
圣叹外书	清金人瑞〔金解〕	浙江古籍出版社校点本
而庵说唐诗	清徐增〔徐说〕	中州古籍出版社校点本
古诗笺	清闻人倓〔闻笺〕	上海古籍出版社校点本
古唐诗合解	清王尧衢〔王解〕	岳麓书社校点本
唐诗三百首注疏	清章燮〔章注〕	安徽文艺出版社校点本
历代诗评注读本	王文濡〔濡注〕	中国书局影印本
唐宋诗举要	高步瀛〔高注〕	中华书局校点本王
维诗选	陈贻焮〔陈注〕	人民文学出版社
唐诗选	马茂元〔马注〕	人民文学出版社
中国历代诗歌选	林庚、马沅君〔林注〕	人民文学出版社
唐诗选	余冠英、王水照〔余注〕	人民文学出版社
唐人七绝诗浅释	沈祖棻〔沈笺〕	上海古籍出版社
古诗今选	程千帆、沈祖棻〔程注〕	上海古籍出版社
王维诗百首	张凤波〔张注〕	花山文艺出版社
王维诗选注	王友怀〔怀注〕	陕西八民出版社
王维诗选	倪木兴〔倪注〕	人民文学出版社
王维诗选译	邓安生、刘畅、杨永明〔邓注〕	巴蜀书社
唐诗新选	秦似〔秦注〕	湖北人民出版社
王维孟浩然选集	王达津〔王注〕	上海古籍出版社
唐诗精选	霍松林〔霍注〕	江苏古籍出版社
唐诗卷	葛兆光〔葛注〕	浙江文艺出版社
千首唐人绝句	富寿荪〔富注〕	上海古籍出版社

唐诗经典	郁贤皓〔郁注〕	上海书店出版社
王维新论	陈铁民〔陈说〕	北京师范学院出版社
诗词曲语辞汇释 （《语辞汇释》）	张相	中华书局
诗词曲语辞例释 （《语辞例释》）	王锳	中华书局
诗词曲语辞集释 （《语辞集释》）	王锳　曾明德	中华书局
古书虚字集释 （《虚字集释》）	裴学海	中华书局
词诠	杨树达	中华书局
广释词	徐仁甫	四川人民出版社
古诗考索	程千帆	上海古籍出版社
晚照楼论文集	马茂元	上海古籍出版社
唐声诗	任半塘	上海古籍出版社
汉语诗律学	王力	上海教育出版社
唐人行第录	岑仲勉	中华书局
唐刺史考	郁贤皓	江苏古籍出版社
唐代诗人丛考	傅璇琮	中华书局
唐才子传校笺	傅璇琮主编	中华书局
唐诗丛考	王达津	上海古籍出版社
唐诗人行年考续编	谭优学	巴蜀书社
全唐诗人名考	吴汝煜胡可先	江苏教育出版社
全唐诗人名考证	陶敏	陕西人民出版社
全唐诗重出误收考	佟培基	陕西人民出版社
唐五代文学编年史	陶敏　傅璇琮	辽海出版社

（注：文中引用较多的经、史、子、集，只引用过一二次的书籍和论文，以
及评笺中已标出书名的书籍，都未列入此书目。）